U0111680

大展好書　好書大展
品嘗好書　冠群可期

大展好書　好書大展

品嘗好書　冠群可期

日語加油站 8

最新
日語常用漢字辭彙

主 編　彭　曦

編 者　夏建新　方　萍

　　　　吳新蘭　莊　倩

　　　　呂　晉　陳薇薇

　　　　朱圓圓

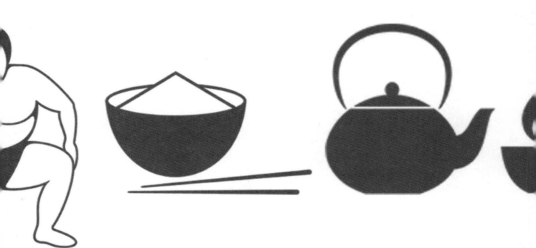

大展出版社有限公司

目 錄

前 言

　　這是一本專門針對我國日語學習者的特點編寫的日語常用漢字辭典。

　　日本是屬於漢字文化圈的國家，近代以來，儘管日本政府多次對漢字的使用進行了限制，但由於僅僅依靠假名很難區分日語中為數眾多的同音詞，所以至今漢字在日語中依然被廣泛使用，其中使用頻率較高的2136個漢字被稱為「常用漢字」。

　　本辭典收錄的便是主要由這2136個漢字所組成的近3萬條詞語。

　　對於一個外語單詞，我們只有做到能寫、會讀、明白它的意思並能熟練運用，才能說掌握了。因為日語中相當多詞語的詞形、詞義與漢語（古漢語或現代用語）完全或大致相同，所以我們在學習日語之前就基本上明白它的意思，剩下的只要記住讀音就行了。三項工作中省去了兩項，自然要輕鬆許多。如果再能掌握日語漢字辭彙讀音的竅門，學習效率就可以進一步提高。

　　凡是學習日語的人都知道，漢字在日語中一般都有音讀和訓讀兩種讀法。

　　所謂「音讀」，是指日本人模仿漢字原本發音時的

讀法，根據漢字傳入日本的時代以及地域之不同，又可以分為吳音、漢音、唐音。記住了常用漢字的「音讀」以後，很多詞的讀法就可以「猜」出來。

而所謂「訓讀」，則是指用日語的發音來讀解與其意義相同或相近的漢字時的讀法（日本在從中國引進漢字之前，只有語言沒有文字）。日語漢字的訓讀與漢字原本的讀音是沒有關係的，因此我們在學習這樣的字時必須一個一個死記。

當然，我們的母語給我們帶來的不全是優勢，那些在中日文中詞形相同而詞義迥異的詞，我們往往因受母語的干擾而難以用好。把「含意深刻」說成「含意が深刻である」、把「顏色大方」說成「色が大方である」就是典型的「有中國特色的」誤用。

下面，我們以「安」字為例來具體說明日語詞語的記憶方法。在本辭典中，含「安」的詞一共收錄了32個，其中前置的有26個，後置的有6個。就與漢語的關係而言，這32個詞可以分為兩類。

第一類：與漢語詞形詞義相同的詞（22個，占68%）

安逸・安閑・安危・安居・安産・安心・安静

安全・安息・安泰・安置・安定・安寧・安穏

安眠・安養・安楽・公安・治安・不安・平安

保安

第二類：與漢語詞形不同，詞義可以猜出來的詞（10
個，占31%）

安易[容易，簡單]·安価[便宜]·安住[安居]

安打[安全打]·安堵[放心]·安否[平安與否]

慰安[安慰，慰勞]·安い[便宜]

安値[便宜的價格]·安物[便宜的物品]

在日語中，由其他漢字組成的詞語情形也大致相
同。這樣有規律地記憶日語單詞，很顯然比孤立地死記
硬背效率要高很多。基於揚我國日語學習者之長、避我
國日語學習者之短這一宗旨，編者力圖在本辭典中實現
以下幾個目的：

第一，使用者能迅速查閱並高效率地記住漢字詞語
在日語中的讀法。

第二，將日語漢字與漢語繁體字和簡體字的字形進
行對照，使三者的關係一目了然。

第三，對字義以及詞義與現代漢語不同的日語漢字
以及詞語進行辨析，以排除我們母語對日語學習的干
擾。

本辭典的主編是南京大學外國語學院日語系的教
師。編者當初是碩士研究生，現在大多數人走上了高校
日語教師的工作崗位。南京大學日語系2011年碩士研
究生周茶以及執教於揚州大學外國語學院日語系的夏建

新老師的高徒楊榆華、沈慧、姜進步同學也承擔了一部分資料整理的工作。辭典中的辨析之處都是我們在教學中實際遇到過的問題。可以說，本辭典是對我們在日語教學中所獲經驗教訓的一個歸納總結。我們的經驗教訓能以這種方式與廣大日語學習者共享，完全得益於安徽科學技術出版社張雯編輯對我們的大力支持。在此，我們對張雯編輯致以衷心的感謝。

編者

於南京大學仙林校區

凡 例

1. 本辭典收錄了主要由2136個日語常用漢字所構成的近3萬條詞語。

2. 為了便於查找，辭典中所列日語常用漢字按漢語拼音順序排列。

3. 多音字一般按在字母表中最前面的讀音順序排列，例如有lè和yuè兩種發音的「樂」排列在lè的位置。不過，在日語中沒有前者用法時，對順序進行了調整。例如：有lào、là、luò三種發音的「落」排列在luò的位置。

4. 漢字的訓讀用平假名表示，漢字部分與送假名部分（即寫在漢字後面的部分）用「‧」隔開；音讀用片假名表示。

5. 日語漢字與漢語的繁體、簡體字的字形不同時，列出與日語漢字相對應的漢語的繁體、簡體字，並用「[]」表示。

6. 詞語按先訓讀後音讀的順序排列，音讀詞則按日語五十音順序排列。

7. 後置詞排列在最後，其詞義解釋請參見所列詞語起頭的漢字部分（以非常用漢字起頭詞語的意思及其用法，讀者可以憑藉本辭典所標注的讀音查閱其他工具書來瞭解）。

8. 考慮到部分日語漢字的字體與現代漢語中的簡化字不同，用拼音難以查找，在辭典正文前排列了筆畫檢字表。

9. 不容易產生歧義的詞語沒有舉出例句。

10. 將讀法特殊的漢字以及主要地名收錄在附錄中。

11. 略語的表示

＝	（字形、詞義等）相同
≒	（字形）不同
⓪①②③④等	聲調
～	例句中的體言；例句中用言的詞幹
〈名〉	名詞
〈五〉	五段動詞
〈一〉	一段動詞
〈サ變〉	サ變動詞
〈自〉	自動詞
〈他〉	他動詞
〈形容〉	形容詞
〈形動〉	形容動詞
〈トタル〉	文言形容動詞
〈副〉	副詞

〈接続〉	連詞
〈助〉	助詞
〈連體〉	連體詞
〈感〉	感歎詞
〈連語〉	詞組
〈接頭〉	接頭詞
〈接尾〉	結尾詞
例	例句
慣	慣用形
辨	詞義辨析
★	漢字後置詞的詞

筆畫檢字表

（筆畫相同的漢字按漢語拼音順序排列）

一畫		三	354	才	35	凶	485	心	479
		上	361	与	535	分	115	戶	168
一	509	下	464	及	183	切	330	手	386
乙	514	丸	437	**四畫**		刈	596	支	562
二畫		久	224			勾	596	文	448
		亡	440	勾	142	化	169	斗	91
丁	88	凡	107	瓦	436	匹	316	斤	214
七	321	刃	347	牙	497	区	337	方	110
九	224	勺	363	不	30	升	369	日	347
了	262	千	327	中	572	午	455	月	544
二	103	口	241	丹	74	厄	100	木	297
人	345	土	432	予	536	友	530	欠	329
入	351	士	380	互	168	双	396	止	567
八	4	夕	458	五	455	反	108	比	18
刀	77	大	69	井	221	收	385	毛	280
力	254	女	308	仁	346	天	421	氏	380
十	375	子	587	今	215	太	414	水	397
又	531	寸	66	介	213	夫	120	火	179
三畫		小	475	仏	120	孔	239	父	124
		山	359	元	539	少	363	片	316
巾	214	川	59	公	139	尺	51	牛	307
乞	324	工	138	六	268	屯	435	犬	341
爪	555	己	187	内	302	幻	173	王	441
万	439	干	129	円	540	弔	86	乏	105
丈	554	弓	138	冗	350	引	522	以	514

巡	495	米	285	那	299	冷	251	妙	288
帆	106	糸	400			初	57	妥	436
年	304	缶	149	**七畫**		判	312	妨	111
延	498	羊	502	町	88	別	24	姊	588
廷	424	羽	535	肘	576	利	256	孝	476
式	382	老	248	呂	271	助	579	完	438
弎	104	考	237	弄	308	努	309	对	97
当	75	耳	103	沙	358	励	256	寿	390
忙	279	肉	350	汰	414	劳	248	尾	444
成	46	肌	180	沃	451	医	512	尿	307
扱	596	臣	46	芯	480	即	184	局	227
旨	567	自	588	妖	504	却	342	岐	322
早	549	至	568	串	60	卵	271	希	459
旬	495	舌	363	乱	271	君	233	床	60
曲	337	舟	576	亜	497	吟	522	序	489
有	531	色	357	伯	29	否	120	弟	83
朱	577	芋	537	伴	9	含	155	形	483
朴	321	芝	563	伸	366	吹	60	役	515
机	180	虫	54	伺	64	呈	47	忌	188
朽	487	血	493	但	75	呉	452	忍	346
次	64	行	156	位	446	告	133	志	569
死	402	衣	512	低	80	困	245	忘	422
每	282	西	458	住	580	囲	443	応	524
気	325	迅	495	佐	595	図	431	快	243
汗	156	邦	9	体	420	坂	7	我	451
污	452	邪	477	何	160	均	232	戒	213
江	204	防	110	余	532	坊	111	戻	256
池	50	似	403	作	595	坑	239	扶	121
灯	80	吸	458	克	238	声	371	批	315
灰	175	私	400	免	287	壱	512	技	188
百	6	汎	109	児	102	壳	278	抄	44
竹	578	臼	225	兵	26	妊	347	把	5

抑	515	肝	130	苛	237	卓	585	実	375
投	429	良	260	岡	131	協	477	尚	362
抗	236	花	169	奈	300	参	36	居	226
折	364	芳	110	呪	577	叔	392	屈	338
抜	4	芸	515	旺	442	取	339	届	214
択	550	芽	497	枕	558	周	576	岩	499
拒	228	見	200	刹	41	味	446	岬	195
改	128	角	207	並	27	呼	167	岳	544
攻	140	言	498	乳	351	命	293	岸	2
更	138	谷	143	事	382	和	161	幸	484
杉	358	豆	92	享	473	固	144	底	82
材	35	貝	15	京	219	国	152	店	85
村	66	赤	52	佳	193	坪	319	府	123
束	394	走	591	併	27	垂	61	建	202
条	422	足	592	使	379	夜	507	弦	467
来	246	身	367	例	257	奇	322	弧	168
求	336	車	45	侍	382	奉	119	彼	19
決	230	辛	480	供	140	奔	16	往	441
汽	326	迎	525	依	512	妹	283	征	560
沈	46	近	217	価	195	妻	321	径	222
沖	53	返	109	具	229	始	379	忠	573
没	281	邸	82	典	84	姓	485	念	306
沢	550	里	253	到	77	委	444	怖	33
災	546	阻	592	制	569	季	188	性	484
状	584	附	125	刷	396	孤	142	怪	146
狂	244	麦	278	券	342	学	492	房	111
男	300			刺	64	宗	590	所	411
社	364	**八畫**		刻	238	官	147	承	47
秀	487	妬	495	効	476	宙	577	披	315
究	224	狙	226	劾	162	定	88	抱	12
系	462	采	35	卑	14	宜	513	抵	82
肖	476	阜	125	卒	592	宝	11	抹	276

押	496	武	455	祉	567	受	399	俊	234
抽	54	步	33	空	240	弥	284	俗	405
担	74	殴	310	糾	224	宛	8	保	11
拍	311	河	162	者	557	股	143	信	482
拐	146	沸	114	肢	564	虎	168	修	487
拓	436	油	529	肥	114	拉	246	冒	281
拘	226	治	569	肩	196	柿	383	冠	147
拙	586	沼	556	肪	111	玩	438	則	550
招	555	沿	499	肯	239			削	474
拜	7	況	245	育	537	**九畫**		前	327
拠	228	泊	29	肺	114	眉	281	勒	53
拡	246	泌	285	舍	365	拭	382	勇	527
放	112	法	106	苗	288	訃	125	勉	287
斉	323	泡	312	若	363	枥	257	南	300
昆	245	波	28	苦	242	虹	165	単	74
昇	369	泣	326	英	524	侶	271	卸	479
明	291	泥	303	茂	281	茨	64	厘	252
易	515	注	580	茎	219	昧	283	厚	166
昔	459	泳	527	表	24	畏	446	巻	230
服	121	浅	328	迫	319	咽	501	叙	489
杯	13	炉	269	迭	87	怨	543	咲	597
東	90	炊	61	述	395	拶	548	哀	1
松	404	炎	499	郊	206	柵	552	品	318
板	8	版	8	郎	248	勃	28	型	484
析	459	牧	298	金	215	乗	48	垣	540
林	264	物	456	長	42	亭	424	城	48
枚	281	畫	170	門	283	侮	455	変	22
果	153	的	79	降	205	侯	165	奏	591
枝	563	盲	280	限	469	侵	331	契	326
枠	596	直	564	雨	535	便	22	姫	170
枢	392	知	563	青	333	係	462	姻	521
欧	310	祈	323	非	112	促	65	姿	587

字	碼	字	碼	字	碼	字	碼	字	碼
威	442	政	562	炭	415	紀	189	陛	20
客	238	故	145	点	84	約	543	院	543
宣	490	施	374	為	441	紅	165	陣	559
室	383	既	189	牲	371	級	185	除	58
封	117	星	482	狩	391	美	282	陷	469
專	582	映	525	独	93	耐	300	面	287
將	204	春	61	狭	463	胃	447	革	135
屋	452	昨	594	珍	557	胆	74	音	520
峠	597	昭	555	甚	369	背	15	風	118
峽	463	是	383	界	214	胎	413	飛	113
差	39	昼	577	畑	597	胞	10	食	377
帝	83	枯	242	疫	516	茶	40	首	390
帥	396	架	195	発	104	草	38	香	472
幽	528	柄	26	皆	209	荒	173	骨	143
度	94	某	296	皇	174	荘	583	鬼	151
庭	424	染	343	盆	314	虐	310	**十畫**	
待	72	柔	350	相	471	要	505		
律	275	柱	580	盾	98	訂	89	哺	30
後	166	柳	268	省	371	計	189	唄	6
怒	309	査	41	看	236	貞	557	剥	10
思	401	栄	348	県	469	負	125	残	37
怠	73	段	96	砂	358	赴	125	脇	477
急	184	毒	92	研	499	軌	151	挫	67
恒	164	泉	341	砕	409	軍	233	酎	577
恨	163	洋	502	祖	593	迷	284	釜	123
括	246	洗	461	祝	581	追	584	桁	164
拷	237	洞	90	神	368	退	434	脊	187
拾	377	津	216	秋	336	送	404	捉	585
持	50	洪	165	科	237	逃	417	挨	2
指	567	活	178	秒	288	逆	303	冥	292
挑	422	派	312	突	430	郡	234	凄	322
挟	193	浄	222	窃	331	重	574	拳	341

字	頁	字	頁	字	頁	字	頁	字	頁
袖	488	埋	277	息	459	殺	358	租	591
俺	2	夏	465	惠	177	泰	414	秩	570
俳	311	娘	304	悔	176	流	267	称	46
俵	24	娠	367	悟	457	浜	25	竜	268
俸	120	娯	533	悦	544	浦	321	笑	476
倉	38	孫	410	悩	301	浪	248	粉	117
個	136	宮	141	扇	359	浮	122	粋	66
倍	16	宰	546	挙	227	浴	537	紋	449
倒	77	害	155	振	559	海	154	納	299
候	167	宴	502	挿	40	浸	218	純	62
借	214	宵	475	捕	29	消	474	紙	568
倣	111	家	193	搜	405	涙	250	紛	116
値	565	容	349	料	262	烈	263	素	407
倫	273	射	365	旅	275	特	418	紡	111
俊	198	展	552	時	378	珠	577	索	411
健	203	峰	118	書	392	班	7	翁	451
党	76	島	77	朕	559	瓶	319	耕	137
兼	196	師	374	朗	248	畔	312	耗	159
准	585	席	460	栓	396	留	267	胴	90
凍	90	帯	73	校	209	畜	58	胸	485
剖	320	帰	150	株	577	畝	296	能	303
剛	131	座	596	核	162	疲	315	脂	564
剣	203	庫	243	根	137	疾	185	脅	478
剤	190	弱	354	格	135	病	27	脈	278
務	457	徐	488	栽	546	症	562	臭	55
匿	304	徒	431	桃	417	益	516	致	570
原	540	従	64	案	3	真	557	航	158
員	541	恋	259	桑	355	眠	286	般	7
哲	556	恐	241	桜	524	砲	312	荷	162
唆	410	恥	51	桟	553	破	320	華	169
唇	62	恩	102	殉	495	祥	472	蚊	449
唐	416	恭	141	殊	392	秘	285	蚕	37

衰	396	陳	46	停	424	巢	44	揭	211
衷	573	陵	265	側	39	帳	555	敏	290
被	16	陶	417	偵	558	常	42	救	226
討	418	陸	270	偶	311	庶	395	敗	6
訓	496	險	468	偽	445	康	236	教	206
託	435	隻	564	副	125	庸	526	敢	130
記	189	飢	180	剩	372	廊	248	斎	552
財	35	馬	277	動	90	張	554	斜	478
貢	142	高	132	勘	235	強	329	斷	96
起	324			唯	444	彩	35	旋	491
軒	490	**十一畫**		唱	44	彫	86	族	592
辱	351	堆	97	商	360	得	79	晚	439
透	430	痕	163	問	450	悠	528	曹	38
逐	578	葛	135	啓	325	患	173	望	442
遞	83	惧	229	域	537	惡	101	梅	282
途	432	梗	138	執	566	悼	78	械	479
通	425	梨	252	培	313	情	334	欲	538
逝	383	亀	151	基	181	惜	460	殼	237
速	406	鹿	270	堀	242	惨	37	涯	497
造	549	斬	553	堂	416	捨	364	液	508
連	258	菱	444	堅	196	据	229	涼	261
部	33	頃	336	堕	100	掃	357	淑	393
郭	152	埼	323	婚	177	授	391	淡	75
郵	530	捻	306	婦	126	排	311	深	367
鄉	472	舵	467	宿	407	掘	231	混	178
都	92	唾	436	寂	191	掛	145	添	421
酌	586	爽	397	寄	191	採	36	清	333
配	313	婆	319	密	286	探	415	渴	238
酒	224	戚	322	尉	447	接	209	濟	190
針	558	乾	130	崇	54	控	241	涉	366
陪	313	偉	445	崎	323	推	433	渋	357
陰	521	偏	316	崩	18	措	67	溪	459

渦	451	紹	363	販	109	淫	522	喜	461
猛	284	紺	130	貫	149	崖	497	喝	159
猟	263	終	573	責	550	捗	34	喪	355
猫	280	組	593	赦	365			喫	50
率	276	経	219	距	229	**十二畫**		営	525
現	469	翌	517	軟	352	傲	4	圏	340
球	337	習	460	転	582	斑	7	堤	81
理	253	脚	208	逮	72	曽	39	堪	236
産	41	脱	435	過	576	喉	165	報	12
略	272	脳	301	進	218	僅	216	場	43
異	516	舶	29	逸	517	椎	585	塀	597
盗	78	船	59	過	153	嵐	247	塁	250
盛	372	菊	227	酔	593	募	298	塊	244
眺	423	菌	234	釈	383	腎	369	塔	412
眼	501	菓	153	野	507	痩	391	奥	4
着	586	菜	36	釣	86	貼	423	婿	489
票	317	著	581	閉	20	隙	463	媒	282
祭	190	虚	488	陽	503	須	488	富	126
移	513	蛇	364	隅	536	椅	515	寒	155
窒	570	蛍	525	隆	269	湧	527	尊	594
窓	60	術	395	隊	98	喩	538	尋	495
章	554	規	151	階	210	媛	543	就	226
笛	81	視	383	随	408	傍	10	属	394
符	123	訟	405	雪	494	傑	212	帽	281
第	84	訪	111	頂	88	傘	355	幅	123
粒	257	設	365	魚	533	備	16	幾	187
粗	65	許	489	鳥	306	割	134	廃	114
粘	305	訳	517	麻	276	創	60	弾	75
粛	407	豚	435	黄	174	勝	372	御	538
累	250	象	474	黒	163	博	29	復	126
細	462	貧	317	描	288	善	359	循	495
紳	368	貨	179	羞	487	喚	173	悲	14

惑	179	森	357	痘	92	葉	508	遲	51
惰	100	棺	148	痛	428	葬	548	遇	538
愉	534	植	566	痢	257	蛮	278	遊	530
慌	174	檢	198	登	80	衆	575	運	545
慨	235	極	186	短	96	街	210	遍	23
扉	113	欺	322	硝	475	裁	34	道	78
掌	554	款	244	硫	268	裂	264	達	68
提	419	歯	51	硬	526	装	583	違	444
揚	503	殖	566	禅	41	裕	538	酢	65
換	173	減	199	禍	179	補	30	量	261
握	451	渡	95	程	49	覚	231	鈍	98
揮	175	温	447	税	398	訴	407	開	234
援	541	測	39	童	427	診	558	閑	467
搖	505	港	132	筆	19	証	562	間	197
搭	67	湖	168	等	80	詐	552	隔	135
散	355	湯	416	筋	216	詔	556	雄	486
敬	222	湾	437	筒	428	評	319	雅	497
普	321	湿	374	答	67	詞	62	集	186
景	221	満	278	策	39	詠	527	雇	145
晴	335	滋	587	粧	583	貯	581	雰	117
晶	220	滑	169	紫	588	貴	151	雲	545
暁	476	滞	570	結	210	買	277	項	474
暑	394	無	452	絞	208	貸	73	順	398
替	420	焦	207	絡	275	費	115	飯	109
最	593	然	343	給	137	貿	281	飲	523
朝	44	焼	363	統	428	賀	162		
期	322	煮	579	絵	177	超	44	**十三畫**	
棄	326	猶	530	絶	232	越	544	嫉	187
棋	323	琴	332	脹	555	践	203	煎	197
棒	10	番	106	腕	440	軸	576	迺	408
棚	314	畳	87	艇	425	軽	334	遜	496
棟	91	疎	393	落	274	遂	409	催	65

債	552	戰	553	督	92	詳	473	靴	492
傷	360	損	410	碁	323	誇	243	預	539
傾	334	搬	7	碑	14	譽	538	頑	439
働	597	携	478	禁	218	誕	75	頒	7
像	474	搾	597	福	123	誠	49	飼	404
勢	384	摂	366	稚	571	豐	119	飽	12
勤	332	数	395	節	212	賃	265	飾	384
勧	342	新	481	絹	230	賄	176	魂	178
嗣	403	暇	463	継	192	資	587	鼓	144
園	541	暖	309	続	490	賊	550	奨	204
塑	408	暗	3	罪	594	跡	181	羨	470
塗	432	業	508	置	570	路	270	嗅	488
塚	574	楼	269	署	394	跳	423	填	422
塩	500	楽	249	群	342	較	208	腺	470
墓	298	概	129	義	518	載	548	詮	341
夢	284	歳	409	聖	373	辞	62	塞	354
嫁	195	殿	86	腰	504	農	308	睦	298
嫌	468	源	542	腸	43	遠	542	溺	304
寛	244	準	585	腹	127	遣	328	慄	257
寝	322	溝	142	蒸	560	酪	249	賂	270
幕	298	溶	349	蓄	490	酬	54	楷	235
幹	131	滅	289	虜	270	鈴	265	裾	227
廉	259	滝	269	虞	534	鉄	423	窟	242
微	443	漠	295	裏	251	鉛	327	蓋	128
想	473	煙	497	裸	274	鉢	28	毀	176
愁	54	照	556	解	213	鉱	245	腫	574
意	518	煩	107	触	58	際	191	頓	98
愚	534	献	470	試	384	障	555	彙	177
愛	1	猿	542	詩	375	隠	523	蜂	118
感	130	痴	50	詰	212	零	265		
慈	63	盟	284	話	171	雷	248	十四畫	
慎	369	睡	398	該	128	電	85	箸	581

辣	246	慣	149	綿	286	銅	427	嘲	45
璃	252	摘	552	総	590	銑	468	儀	514
貌	281	旗	323	緑	276	銘	293	億	519
箋	198	暦	258	緒	490	銭	328	劇	229
緊	216	構	142	罰	105	関	148	勲	494
蜜	286	様	504	聞	449	閣	136	嘱	579
餌	103	模	293	腐	123	閥	105	噴	314
駒	227	歴	257	膜	294	隣	264	墨	296
餅	27	滴	81	舞	455	雌	63	墳	116
瑠	268	漁	534	蔵	38	雑	546	審	368
僕	321	漂	317	製	571	需	488	寮	262
僚	262	漆	322	複	127	静	222	導	77
僧	357	漏	269	褐	163	領	266	層	39
嘆	416	演	501	誌	571	駄	100	履	275
塾	394	漢	156	認	347	駅	519	影	525
境	223	漫	279	誓	385	駆	338	徹	46
増	551	漬	590	誘	532	髪	106	慮	276
墜	585	漸	203	語	536	魅	283	慰	447
歌	134	獄	539	誤	457	鳴	292	慶	335
奪	99	疑	513	説	399	鼻	18	憂	529
嫡	81	監	198	読	93	暮	299	憎	551
察	41	磁	63	豪	158	養	504	憤	117
寡	145	種	575	賓	26			戯	463
寧	307	稲	79	踊	527	**十五畫**		摩	294
幣	20	端	95	適	385			撃	181
弊	20	箇	136	遭	549	畿	182	撤	46
彰	554	算	408	遮	556	頬	194	撮	67
徳	80	管	148	醇	209	潰	245	撲	320
徴	560	精	220	酷	243	蔑	289	敵	82
態	414	維	444	酸	408	熊	486	敷	120
慕	299	綱	132	銀	522	踪	590	暫	548
慢	279	網	441	銃	54	蔽	20	暴	13

槽	38	膚	121	靈	265	墾	239	膨	314
標	23	舖	320	餓	102	壁	20	興	483
權	349	衛	447	駐	581	壇	415	薄	11
橫	164	衝	53	默	295	壞	171	薦	203
歡	172	褒	11	摯	571	壤	344	薪	482
潔	211	課	239	憧	53	奮	117	薰	494
潛	329	調	87	嬉	460	孃	306	藥	506
潟	479	談	415	膝	460	憩	326	融	349
潤	353	請	335	罵	277	憲	471	衡	165
潮	45	論	273	誰	397	憾	156	覽	247
澄	49	諸	578	賭	94	懷	171	親	331
熟	386	諾	310	稽	182	擁	526	諭	539
熱	344	贊	548	憬	221	操	38	諮	587
盤	312	賜	64			曇	415	謀	296
確	342	賞	361	**十六畫**		樹	396	謁	509
稼	196	賠	313			橋	330	輸	394
稿	133	賢	468	諦	84	機	182	避	21
穀	144	賦	127	錮	145	激	183	還	172
穗	409	質	571	骸	154	濁	586	醜	55
窮	335	趣	339	鍵	203	濃	308	鋼	132
窯	505	踏	413	錦	216	燃	343	錘	61
箱	472	輝	175	謎	285	獸	392	錠	89
範	110	輩	16	戴	74	獲	180	鍊	260
線	470	輪	273	鍋	152	磨	294	錯	67
締	84	遵	594	麵	288	積	182	錄	270
編	21	遷	327	醒	484	穩	450	隸	258
緩	172	選	491	整	560	築	582	頭	429
緯	445	遺	513	膳	360	篤	94	頻	317
練	260	銳	353	繳	572	糖	417	賴	247
緣	542	鑄	582	諧	478	縛	124	館	149
繩	371	閱	544	儒	351	縱	591	嚴	500
罷	5	震	559	凝	307	縫	119		

十七畫		謠	505	闘	92	類	48	二十九畫	
		購	142	離	252	鯨	220		
曖	2	轄	464	霧	457	鶏	183	鬱	539
闇	3	鍛	97	題	419	麗	258		
償	43	霜	397	額	100	二十畫			
優	529	鮮	467	顔	500				
嚇	466	齢	266	顕	469	鶴	163		
懇	239	十八畫		騎	324	麓	271		
擦	34			騒	356	鐘	573		
擬	303	顎	102	験	502	騰	419		
濫	247	韓	155	髄	408	懸	491		
濯	587	鎌	259	十九畫		競	223		
燥	550	曜	506			籍	187		
爵	232	癒	539	蹴	65	艦	204		
犠	460	癖	316	艶	502	議	520		
環	172	礎	58	懲	49	譲	344		
療	262	穣	180	瀬	247	護	168		
瞬	399	簡	199	爆	13	醸	306		
矯	208	糧	261	璽	462	響	473		
礁	207	織	564	簿	34	魔	294		
縮	410	繕	360	繰	356	二十一畫			
績	192	繭	200	羅	274				
繁	108	翻	107	藻	549	欄	247		
繊	467	職	567	覇	5	躍	545		
翼	519	臓	548	識	378	露	271		
聴	424	藩	107	譜	321	顧	145		
臆	519	襟	219	警	221	二十二畫			
臨	264	覆	127	贈	551				
膳	419	観	148	鏡	223	籠	269		
謙	327	謹	217	難	301	襲	461		
講	204	鎖	412	韻	545	鑑	204		
謝	479	鎮	559	願	543	驚	221		

A **Y**

哀 あわ・れ/あわ・れむ/アイ
 āi[日＝繁＝簡]

悲傷；悼念；苦苦地

哀れ①〈名・形動・感〉悲哀，悲傷，憐憫；寒磣，凄慘，情趣，情感；哀哉 **例**～を感じる[感到悲哀]

哀れむ③〈他五〉同情，憐憫；憐愛 **例** 彼らは私の境遇を～んで金銭的な援助を申し出てくれた[他同情我的處境，提出要資助我]＝憐れむ

哀歌①〈名〉哀歌
哀歓⓪〈名〉悲歡，哀樂
哀願⓪〈名・サ變〉哀求，懇求
哀史①〈名〉哀史
哀愁⓪〈名〉哀愁
哀傷⓪〈名〉哀傷
哀惜⓪〈名・サ變〉哀悼，惋惜
哀切⓪〈形動〉悲慘，悲哀
哀調⓪〈名〉悲調
哀悼⓪〈名・サ變〉哀悼
哀楽⓪①〈名〉哀樂，悲歡
哀話⓪①〈名〉悲慘的故事

★ 喜怒哀楽・悲哀

愛 アイ
[愛][爱]ài[日＝繁≒簡]

對人或者事物有著深厚的感情；愛惜；喜歡，愛好

愛①〈名・サ變〉愛，愛情 **例** 自然を～する人々[熱愛自然的人們]
愛飲⓪〈名・サ變〉喜歡喝(的)
愛煙家⓪〈名〉喜歡吸菸的人

愛玩⓪〈名・サ變〉喜歡欣賞、玩賞(的)
愛嬌③〈名〉熱情和藹，可愛，動人之處＝愛敬
愛犬⓪〈名〉愛犬，喜歡的狗
愛顧①〈名・サ變〉光顧
愛護①〈名・サ變〉愛護
愛好⓪〈名・サ變〉愛好
愛国心④〈名〉愛國心
愛嬢⓪〈名〉愛女
愛妻⓪〈名〉心愛的妻子
愛児⓪〈名〉愛子
愛車⓪〈名〉心愛的車子；注重保養自家的車
愛執⓪〈名〉留戀
愛唱⓪〈名・サ變〉喜歡唱(的)
愛称⓪〈名〉愛稱
愛情⓪〈名〉愛情
愛人⓪〈名〉戀人，所愛的異性(多指情夫或情婦) **辨** 在漢語中，用於向他人提起自己的配偶(夫、妻)，或他人夫婦中一位(ご主人、奥さん)
愛惜⓪〈名・サ變〉愛惜
愛想⓪〈名〉和藹，熱情
愛憎⓪〈名〉愛和憎恨
愛息⓪〈名〉愛子，愛兒
愛着⓪〈名・サ變〉依戀，喜愛
愛読⓪〈名・サ變〉喜歡讀(的)
愛猫⓪〈名〉愛貓，受寵愛的貓
愛慕①〈名・サ變〉愛慕
愛用⓪〈名・サ變〉喜歡用(的)
愛欲⓪〈名〉愛慾，情慾

★ 恩愛・割愛・求愛・敬愛・慈愛・自愛・情愛・親愛・性愛・溺愛・熱愛・博愛・友愛・恋愛

挨 ᵃⁱ
āi[日＝繁＝簡]

靠近

挨拶① 〈名・サ變〉寒暄，問候

曖 ᵃⁱ
[曖][曖]ài[日＝繁≒簡]

日光昏暗

曖昧⓪ 〈名・形動〉曖昧

安 やす・い/アン
ān[日＝繁＝簡]

沒有危險；平靜，穩定；舒適，快樂

辨 日語中還有「便宜、低廉（廉い、安い）」的意思

安い② 〈形〉便宜，低廉，賤

　例 地方は大都会より物価が〜い[地方上的物價比大城市便宜]

安值②⓪ 〈名〉便宜的價格

　例 この服は驚くほどの〜で買った[這件衣服買得很便宜]

安物⓪ 〈名〉便宜的物品

　例 〜ばかり身に付けている[穿的全是便宜貨]

安易① 〈形動〉容易，簡單；閒散，安逸；敷衍，得過且過

安逸① 〈形動〉安逸

安価① 〈名・形動〉便宜，廉價；沒有價值，膚淺，淺薄

　例 〜な同情は受けたくない[不願意接受膚淺的同情]

安閑⓪ 〈形動〉安閒，悠閒

安危① 〈名〉安危

安居⓪ 〈名・サ變〉安居

安產① 〈名・サ變〉順產，平安分娩

安住⓪ 〈名・サ變〉安居

安心⓪ 〈名・サ變〉安心，放心

安靜⓪ 〈名・形動〉安靜

安全⓪ 〈名・形動〉安全

安息⓪ 〈名・サ變〉安歇，歇息

　辨 在漢語中，經常用於表示對死者的悼念

安打① 〈名・サ變〉(棒球)安全打

安泰⓪ 〈名・形動〉安定，平安

安置①⓪ 〈名・サ變〉安置

安定⓪ 〈名・サ變〉安定

　例 〜感[安定感]

安堵① 〈名・サ變〉放心，安心

安寧⓪ 〈名〉安寧，平穩

安穩⓪ 〈形動〉安穩

安否① 〈名〉平安與否

安眠⓪ 〈名・サ變〉安眠

安樂⓪① 〈形動〉安樂

安養⓪ 〈名・サ變〉安養＝あんにょう

★ 慰安・公安・治安・不安・平安・保安

俺 おれ
ǎn[日＝繁＝簡]

(方言)我，我的

　辨 在日語中為男子對同輩或晚輩的自稱

俺樣⓪ 〈代〉咱家，老子

岸 きし/ガン
àn[日＝繁＝簡]

水邊的陸地

岸② 〈名〉岸；(文)崖

★ 沿岸・海岸・接岸・対岸・着岸・彼岸

案 ア ン
あん àn[日＝繁＝簡]

長桌；有關建議或計畫的文件；有關政治法律的文件

辨 在日語中一般不用來指「事件」

案外 ① ⓪〈副・形動〉沒想到，意外，出乎意料

案件 ⓪〈名〉議案；訴訟案件

案じる ④ ③〈他一〉擔心，掛心；籌劃，想辦法

例 一策を〜じる[想出一計]

案内 ③〈名・サ變〉嚮導，引導，指南；陪同遊覽；通知；傳達，引見；熟悉，詳知；招待，邀請

例 〜所[問訊處]

★ 改正案・勘案・懸案・原案・愚案・考案・試案・思案・新案・図案・草案・対案・代案・提案・答案・腹案・文案・法案・妙案・名案

暗 くら・い/アン
àn[日＝繁＝簡]

光線弱；隱藏的；愚昧；偷偷地

暗い ③ ⓪〈形〉暗，黑，陰鬱，不明朗，暗淡；見不得人，不可告人；（顏色）不鮮豔，發暗；不熟悉，不懂，無知 **例** いつも〜い顔をしている[老是陰沉著臉]

暗暗裏 ②〈副〉暗中，背地裏

暗雲 ⓪〈名〉烏雲

暗記 ⓪〈名・サ變〉記住；背下來

例 文章を〜する[背文章]

暗愚 ①〈形〉愚昧

暗君 ⓪〈名〉愚君，愚昧的君主

暗号 ⓪〈名〉密碼；暗號；代號

暗黑 ⓪〈名・形動〉黑暗，漆黑；愚昧

暗算〈名・サ變〉心算 **例** 〜で計算する[用心算] **辨** 在漢語中，指暗中圖謀傷害或陷害(陰謀を企らむ)

暗示 ⓪〈名・サ變〉暗示，示意

暗唱 ⓪〈名・サ變〉記住，背誦

暗誦 ⓪〈名・サ變〉背誦

暗礁 ⓪〈名〉暗礁；意外的障礙

暗証 ⓪〈名〉密碼(「暗証番号」的略語)

暗然 ⓪〈形動〉（為不幸事件）悲傷，黯然；黑暗，黯淡

暗転 ⓪〈名〉（不閉幕而在）黑暗中轉換舞台的場面

暗幕 ⓪〈名〉黑窗簾

暗黙 ⓪〈名〉默默不語；不聲不響 **例** 〜の了解[默契]

暗躍 ⓪〈名・サ變〉暗中活動，幕後活動(「暗中飛躍」的略語) **例** 裏面で〜する[在幕後活動]

暗喩 ⓪ ①〈名〉暗喻；隱喻

暗涙 ⓪〈名〉暗自流淚

★ 明暗・冷暗

闇 やみ/アン
[闇][闇]àn[日＝繁≒簡]

暗 **辨** 在日語中還有「非法」的意思

闇市 ② ③〈名〉黑市

闇金融 ③〈名〉黑市貸款

闇商人 ③〈名〉黑商販

闇相場 ③〈名〉黑市行情

闇値 ② ⓪〈名〉黑市價格

闇屋 ②〈名〉（開）黑店(的人)

闇夜 ①〈名〉暗夜

★ 暗闇・無闇

凹 オウ
āo(wā)〔日＝繁＝簡〕

四周高中間低

凹角〈名〉凹角

凹地〈名〉窪地，低地

凹凸⓪〈名〉凹凸，高低不平

凹版⓪〈名〉凹版

★凸凹

奧 おく/オウ
āo〔日＝繁＝簡〕

室內西南角（引申為離入口遠處）；
含義深

奧①〈名〉裏頭，內部，深處；內宅；
奧秘，秘密；末尾
例 心の～[心中的秘密]

奧義①〈名〉（武術、演技等的）秘訣，
訣竅；（學問的）深奧意義＝おうぎ

奧さん①〈名・代〉夫人；您的愛人

奧付け⓪〈名〉書籍底頁
例 扉から～まで[從頭到尾，全卷]

奧伝⓪〈名〉秘傳，秘訣

奧深い④〈形〉深；深遠，深奧，難懂

奧行⓪〈名〉（房屋、庭園、場地等的）
進深；（知識、思考等的）深度

★胸奧・玄奧・深奧・內奧・秘奧

傲 おご・る/ゴウ
āo〔日＝繁＝簡〕

驕傲

傲る⓪〈自五〉驕傲

傲然⓪〈トタル〉傲然

傲慢⓪〈名・形動〉傲慢

★倨傲

八 や/やっ・つ/よう/ハチ
bā〔日＝繁＝簡〕

數字

八百屋⓪〈名〉蔬菜店

八つ②〈名〉八，八個，八歲，多數；
八寸照相紙；舊時的時刻名；下午
間食 例 お～[下午間食]＝やっつ

八つ当たり⓪③〈名・サ變〉亂發脾
氣，對誰都發火

八つ裂き⓪〈名〉碎裂，寸斷，大解八
塊 例 ～にする[撕碎]

八日⓪〈名〉（每月的）八號；（日數）
八天，八日

八②〈名〉八，八個

八月④〈名〉八月

★四苦八苦

拔 ぬ・かす/ぬ・かる/ぬ・く/ぬ・
ける/バツ

[拔][拔]bá〔日≒繁＝簡〕

抽出；超出，高出；挑選 辨 日語中
還有「漏掉、省掉」的意思

拔かす③⓪〈他五〉遺漏，漏掉；跳過
例 忙しくて昼飯を～すことがよく
あった[因為忙碌而常常不吃午飯]

拔かる③⓪〈自五〉（因疏忽大意）出錯
例 これは～かった[哎呀，搞錯了]

拔き刷り⓪〈名・サ變〉抽印、選印(本)

拔く②⓪〈自他五〉拔出，抽出；挑
出，選出，選錄；去掉，消除；省
掉；竊取；攻陷；穿透；追過，超
過，勝過 例 ビールの口を～く[開
啤酒瓶蓋子]

抜け殻⓪〈名〉(蟲)蛻下的殼皮；打不
　起精神的人
抜け字〈名〉漏字，掉字
抜け道⓪〈名〉抄道，近道；退路，後
　路，逃避責任的借口、手段
抜け目⓪〈名〉漏洞，破綻，疏忽
　例～がない[周到，體貼，沒有漏洞]
抜ける③⓪〈自一〉脫落，掉下；跑
　氣，撒氣；漏掉，缺少；脫離，退
　出；缺心眼，遲鈍；穿通，通過；消
　失；陷落 例すこし～けた男[有些
　傻裏傻氣的男子]
抜群⓪〈名〉拔群，超群
抜粋⓪〈名・サ變〉拔萃，摘錄
抜擢⓪〈名・サ變〉拔擢，提拔
抜刀⓪〈名・サ變〉拔刀
抜本⓪〈名〉除根，徹底

★ 海抜・奇抜・警抜・秀抜・選抜・
　卓抜・不抜

把 ハ
bǎ[日＝繁＝簡]
　握住，抓住；控制
把握⓪〈名・サ變〉抓住；掌握，充分
　理解 例要旨を～する[充分理解要
　旨] 辨漢語中的「有(無)把握」不
　能照字面直譯成「～がある(ない)」，
　而應該翻譯成「～見込みがある(な
　い)」
把持①〈名・サ變〉把持

罷 ヒ
[罷][罷]bà[日＝繁≒簡]
　停止；解除
罷業⓪①〈名〉罷工
罷工⓪〈名〉罷工

罷免⓪〈名・サ變〉罷免，免職

覇 ハ
[覇][覇]bà[日≒繁＝簡]
　做諸侯的盟主，引申為獲勝
覇王②〈名〉覇王
覇業①〈名〉覇業
覇権⓪〈名〉覇權
覇者①〈名〉覇主，(體)冠軍

★ 制覇・爭覇・連覇

白 しら/しろ/しろ・い/ハク/ビャク
ái[日＝繁＝簡]
　顏色之一種；說明，陳述；空的
白髮⓪〈名〉白髮
白露⓪〈名〉露，露珠
白羽⓪〈名〉白羽，白翎
　例～の矢が立つ[(在許多人中)選
　中；被指定為犧牲者]
白①〈名〉白，白色；白色的東西，白
　種人；(圍棋的)白棋子；清白(無
　罪) 例容疑者を～と判明した[判
　明嫌疑者無罪]
白い②〈形〉白色；清白(無罪)
　例肌色が～い[膚色白]
白黑⓪①〈名〉黑白，白色和黑色；
　是非，曲直，皂白，有罪無罪
白衣①〈名〉白衣
白眼⓪〈名〉白眼
白銀⓪〈名〉白銀
白菜③⓪〈名〉白菜
白紙⓪〈名〉白紙，空白紙；原狀
白日⓪〈名〉白日，白晝；光天化日
白寿①〈名〉(「百」字去掉「一」畫為
　「白」，百減去一則為99)99歲的異
　稱，99壽辰

^{はく しょ}
白書①〈名〉白皮書(指官方報告)
^{はく じょう}
白状①〈名・サ變〉坦白，招供
^{はく しょく}
白色⓪〈名〉白色
^{はく じん}
白人⓪〈名〉白種人
^{はく せん}
白線⓪〈名〉白線
^{はく ち}
白痴⓪〈名〉白癡
^{はく ちゅう}
白昼⓪〈名〉白晝
^{はくちゅう む}
白昼夢③〈名〉白日夢
^{はく ちょう}
白鳥⓪〈名〉白色的鳥；(鳥類)短嘴天

鵝；白陶酒壺＝しらとり
^{はく とう}
白桃⓪〈名〉白桃
^{はく ないしょう}
白内障⓪②〈名〉白內障
^{はく ねつ}
白熱⓪〈名・サ變〉白熱，白熾；最激

烈，白熱化
^{はく ひょう}
白票⓪〈名〉(國會)白票，贊成票；

(未寫候選人名的)空白票
^{はく まい}
白米②〈名〉白米
^{はく めん}
白面⓪〈名〉不施脂粉的臉，淨面；白

面，膚色潔白；幼稚，缺乏經驗
^{はっ けつびょう}
白血病⓪〈名〉白血病
^{はっ こつ}
白骨⓪〈名〉白骨

★ 関白・空白・敬白・潔白・建白・
紅白・告白・自白・純白・蒼白・
蛋白質・追白・独白・漂白・
表白・傍白・明白・余白・腕白

百 ヒャク
bǎi[日＝繁＝簡]
數字「百」**辨**注意「三百、六百、
八百」時要讀成濁音
^{ひゃく じ}
百事①〈名〉(古)百事，諸事，萬事
^{ひゃくしゅつ}
百出⓪〈名・サ變〉百出
^{ひゃくせい}
百姓③〈名〉百姓，農民，鄉下人
^{ひゃくせん}
百戦⓪〈名〉百戰
^{ひゃくぶん}
百聞⓪〈名〉百聞 **慣**～は一見に如か
ず[百聞不如一見]

^{ひゃっ か}
百花⓪〈名〉百花 **例**～斉放[百花齊
放]；～繚乱[百花繚亂]
^{ひゃっ か そうめい}
百家争鳴①〈名〉百家爭鳴
^{ひゃっ か ぜん しょ}
百科全書④〈名〉百科全書
^{ひゃっ か てん}
百貨店③〈名〉百貨商店
百発百中⓪〈名・サ變〉百發百中；
(預見、計畫)準確無誤

敗 やぶ・れる/ハイ
[敗][敗]bài[日＝繁≒簡]
在戰爭或競賽中失利；做事沒有成
功；衰落，腐爛
^{やぶ}
敗れる③〈自一〉敗，敗北 **例**2対5
で～れた[以2比5輸了]
^{はい いん}
敗因⓪〈名〉敗因，失敗原因
^{はい ぐん}
敗軍⓪〈名〉敗軍
^{はい ざん}
敗残⓪〈名〉戰敗未死
^{はい しゃ}
敗者①〈名〉敗者
^{はい しょく}
敗色⓪〈名〉敗勢
^{はい せい}
敗勢⓪〈名〉敗勢
^{はい せん}
敗戦⓪〈名・サ變〉戰敗
^{はい そ}
敗訴①〈名・サ變〉敗訴
^{はい そう}
敗走⓪〈名・サ變〉敗走，敗退
^{はい たい}
敗退⓪〈名・サ變〉敗退
^{はい ぼう}
敗亡⓪〈名・サ變〉敗亡，敗逃
^{はい ぼく}
敗北⓪〈名・サ變〉敗北，敗仗

★ 完敗・惨敗・失敗・勝敗・成敗・
惜敗・全敗・大敗・不敗・腐敗・
連敗

唄 うた/うた・う/バイ/ハイ
[唄][唄]bài[日＝繁≒簡]
誦經或誦經歌 **辨**在日語中一般泛指
唱歌或唱的歌曲，而沒有讀成bei時
的語氣助詞的用法
^{うた}
唄②〈名〉歌，歌曲

唄う⓪〈他五〉歌唱

★ 梵唄
^{ぼん ばい}

拝^{おが・む/ハイ}
[拜][拜]bài[日≒繁＝簡]

表示敬意的一種禮節；用在表示自己動作的詞前面，表示對人的尊敬；崇尚

拝み倒す⑤〈他五〉再三央求同意，死乞白賴使人同意 **例** やっとのことで～して行ってもらった[再三央求他好容易才同意去了]

拝む②〈他五〉拜，叩拜；(謙)看；懇求，拜託 **例** わたしにも～ませていただく[請讓我也見識見識]

拝謁⓪〈名・サ變〉拜謁，謁見
^{はい えつ}

拝観⓪〈名・サ變〉拜謁(神社等)
^{はい かん}

拝金主義⑤〈名〉拜金主義
^{はい きん しゅ ぎ}

拝啓①〈名〉(信)拜啓，敬啓者
^{はい けい}

拝見⓪〈名・サ變〉(謙)拜見
^{はい けん}

拝謝⓪〈名・サ變〉拜謝，謹謝
^{はい しゃ}

拝借⓪〈名・サ變〉(謙)借
^{はい しゃく}

拝受①〈名・サ變〉(謙)拜領，領受
^{はい じゅ}

拝する③〈サ變〉拜；拜受，受命，拜領；拜謁，拜見
例 大命を～する[拜受大命]
^{たい めい}

拝聴⓪〈名・サ變〉聆聽，敬聽
^{はい ちょう}

拝復①⓪〈名〉(信)拜復，敬復者
^{はい ふく}

拝命⓪〈名・サ變〉被任命；(謙)拜命，受命，奉命
^{はい めい}

★ 参拝・崇拝・遥拝・礼拝
^{さん ぱい}^{すう はい}^{よう はい}^{れい はい}

班^{ハン}
bān[日＝繁＝簡]

為了便於協調行動而分成的單位

班長①〈名〉班長
^{はん ちょう}

★ 救護班・首班
^{きゅう ご はん}^{しゅ はん}

般^{ハン}
bān[日＝繁＝簡]

種類

般若①〈名〉(佛)般若；面容可怕的女鬼
^{はん にゃ}

★ 一般・諸般・先般・全般
^{いっ ぱん}^{しょ はん}^{せん ぱん}^{ぜん ぱん}

斑^{まだら/ハン}
bān[日＝繁＝簡]

斑點或斑紋

斑⓪〈名・形動〉斑點，斑紋；斑駁
^{まだら}

斑点③⓪〈名〉斑點
^{はん てん}

★ 一斑・黄斑
^{いっ ぱん}^{おう はん}

搬^{ハン}
bān[日＝繁＝簡]

移動物品的位置

搬出⓪〈名・サ變〉搬出
^{はん しゅつ}

搬送⓪〈名・サ變〉搬運，運送
^{はん そう}

搬入⓪〈名・サ變〉搬入，搬進
^{はん にゅう}

★ 運搬
^{うん ぱん}

頒^{ハン}
[頒][頒]bān[日＝繁≒簡]

發布；發放

頒布①⓪〈名・サ變〉頒布；分發，發放
^{はん ぷ}

坂^{さか/ハン}
bǎn[日＝繁＝簡]

山坡，坡道 **辨**「坂」是「阪」的異體字，在現代漢語中不用

坂②①〈名〉坡，斜坡；坡道
^{さか}

坂道②〈名〉坡道
^{さか みち}

★ 急坂・登坂
^{きゅう はん}^{とう はん}

板 いた/ハン/バン
板 bǎn[日=繁=簡]

片狀較硬的物體

板①〈名〉板；菜板；舞台 **慣** ～につく
　［熟練；工作得心應手；合適］

板金⓪〈名〉金屬板；(金屬板)貨幣
　＝ばんきん

板ガラス③〈名〉平板玻璃

板挟み③〈名〉左右為難
　例 ～になる［進退兩難；受夾板氣］

板塀⓪〈名〉板壁

板前⓪〈名〉(專做日本飯菜的)廚師；
　廚房

★ 回覧板・画板・看板・掲示板・
　甲板・黒板・鉄板・登板・銅板・
　平板

阪 さか/ハン
阪 bǎn[日=繁=簡]

斜坡 **辨** 在日語主要用於地名

大阪⓪〈名〉大阪(府，市)

版 ハン
版 bǎn[日=繁=簡]

印刷用的底板；書籍排印的次數

版画⓪〈名〉版畫

版権⓪〈名〉版權，著作權，出版權

版式⓪〈名〉版式

版下⓪④〈名〉刻木版的底稿；原稿，
　繪圖，圖表

版籍⓪①〈名〉版籍；領土和人民

版図①〈名〉版圖，領土

版本⓪〈名〉版本

★ 凹版・改版・活版・原版・
　再版・私版・重版・出版・
　初版・新版・図版・製版・

絶版・銅版・凸版・木版

半 なか・ば/ハン
半 bàn[日=繁=簡]

二分之一；在中間；不完全；表數
量少

半ば③⓪②〈名〉半，一半；中央，
　正中間；正進行中；中途，半途

半コート③〈名〉短外套

半ズボン③〈名〉(男)短褲

半ドア③⓪〈名〉(汽車)未關好的
　門，門半開著

半円⓪〈名〉半圓

半価①〈名〉半價

半解⓪〈名〉半解

半壊⓪〈名・サ變〉半壞，半毀

半角⓪〈名〉半角

半額⓪〈名〉半價，五折

半官民⓪〈名〉半官半民，公私合營

半旗①〈名〉(下)半旗

半球⓪〈名〉半球

半径①〈名〉半徑

半月①〈名〉半月；弦月；半月形的東
　西

半減③⓪〈名〉減半，減去一半

半死半生①⓪〈名〉半死不活

半熟⓪〈名〉半熟，半生不熟；不十分
　熟

半植民地④〈名〉半殖民地

半身⓪③〈名〉半身

半信半疑⑤〈名〉半信半疑，將信將
　疑

半濁音④〈名〉半濁音

半途①〈名〉半途

半島⓪〈名〉半島

半導体⓪〈名〉半導體

半年④〈名〉半年

半日④〈名〉半日，半天

半端⓪〈名·形動〉不完全，不齊全；哪一方面都不是；發呆，呆子
例～な気持[忽高忽低的情緒]

半半③⓪①〈名〉各半，一半一半

半分③〈名·造語〉一半，二分之一；半開(玩笑等)

半夜①〈名〉半夜；半宿

半裸①⓪〈名〉半裸體

★ 後半·折半·前半·大半·夜半

弁 ベン
[瓣，辦，辯，辨，辮]

[瓣，辦，辯，辨，辮]bàn(biàn)
辨「弁biàn」在古漢語中指用皮革做成的一種帽子，引申後表示戴該帽子的人，如武弁、馬弁等。而日語中的「弁」則是「bàn辦、瓣」以及「biàn辯、辨、辮」這五個字的簡化字

弁①〈名〉口才；方言，口音
例関東～[關東方言]；彼女は～が立つ[她能說善道]

弁解⓪〈名·サ變〉辯解，分辨

弁護①〈名·サ變〉辯護，辯解

弁巧⓪〈名〉嘴巧，能說善道

弁護士③〈名〉律師、辯護人

弁済⓪〈名·サ變〉償還，還債 **注**在此「弁」為「辦」的簡化字

弁じる③⓪〈自他一〉終了，結束；辨別，識別，區別；處理，辦完；申述，陳述；辯解，護護 **例**用事を～じる[把事情辦完]＝べんずる

弁償⓪〈名·サ變〉賠償
注在此「弁」為「辦」的簡化字

弁証法⓪〈名〉辯證法

弁舌⓪〈名〉辯舌，口才，口齒

弁当③〈名〉盒飯
注在此「弁」為「辦」的簡化字

弁別⓪〈名·サ變〉辨別

弁膜①⓪〈名〉瓣膜

弁明⓪〈名·サ變〉辨明、闡明；辯解，辯白

弁論⓪〈名·サ變〉辯論

★ 駅弁·詭弁·強弁·自弁·代弁·多弁·答弁·訥弁·熱弁·能弁·雄弁

伴 とも/ともな·う/ハン/バン
bàn[日＝繁＝簡]
在一起生活工作(的人)；陪同；從旁配合

伴①〈名〉陪同，陪伴，隨從 **例**お～いたしましょう[我陪您去吧]

伴う③〈自他五〉伴同，帶領，隨，跟；同時發生，帶有；伴隨，隨著；相稱 **例**その手術には多少の危険が～う[那個手術多少帶點危險性]

伴奏⓪〈名·サ變〉伴奏

伴侶①〈名〉伴侶

★ 相伴·随伴·接伴·同伴

邦 くに/ホウ
bāng[日＝繁＝簡]
國家

邦⓪〈名〉國，國家，國土
例ホスト～[東道國]

邦貨①〈名〉日本人稱呼本國貨幣的名稱

邦画①〈名〉日本影片；日本畫

邦楽⓪〈名〉日本(古代)音樂

邦人⓪〈名〉日本人自稱本國人；日

僑自稱日本人

邦訳◎〈名・サ變〉日本人指將外文譯
　成日文(的作品)

★ 異邦・友邦・隣邦

棒 ボウ
bàng[日＝繁＝簡]

　棒子，棍，杖

棒◎〈名・サ變〉棒子，棍；指揮棒；
　(畫的)粗線 慣 ～に振る[白白浪費]

棒グラフ③〈名〉柱狀統計圖表

棒状〈名〉棒狀

棒高跳び③④〈名〉撐竿跳

棒引き◎〈名・サ變〉畫一條線勾銷；
　銷賬，一筆勾掉 例 かれの負債を～
　にしてやる[把他的債勾銷]

★ 棍棒・鉄棒・綿棒・麺棒

傍 かたわ・ら/ボウ
bàng(páng)[日＝繁＝簡]

　旁邊，靠近；臨近；其他，另外

傍ら◎④〈名・副〉旁邊；一邊…一
　邊… 例 勉強する～遊ぶ[一邊學習
　一邊玩]

傍観◎〈名・サ變〉旁觀

傍系◎〈名〉旁系；支流，非正統

傍若無人◎〈形動〉旁若無人

傍受①〈名・サ變〉從旁收聽(無線電
　通信)，監聽，偵聽，竊聽

傍証◎〈名〉旁證

傍線◎〈名〉旁線

傍注◎〈名〉旁注

傍聴◎〈名・サ變〉旁聽

傍白◎〈名〉旁白

★ 近傍・路傍

包 つつ・む/ホウ
[包][包]bāo[日≒繁＝簡]

　裝東西的口袋；用紙等薄片把東西
　裹起來；容納在裏頭

包み③〈名〉包，包裹，包袱

包む②〈他五〉包上；包圍；隱藏，遮
　掩；籠罩，充滿；(將酬金)包上送
　去 例 悲しみに～まれる[被悲傷所
　籠罩]

包囲①〈名・サ變〉包圍

包括◎〈名・サ變〉總括，總結 辨 在日
　語中沒有「包含」(含む、包含する、
　含める)的意思

包含◎〈名・サ變〉包含，包括

包摂◎〈名・サ變〉包攝，包含，包容

包装◎〈名・サ變〉包裝；打包

包蔵◎〈名・サ變〉包藏，內藏

包帯◎〈名〉繃帶，紗布

包丁◎〈名〉菜刀

包皮①◎〈名〉包皮

包容◎〈名・サ變〉包容，容納，容讓

★ 梱包・内包

胞 ホウ
[胞][胞]bāo[日≒繁＝簡]

　同父母所生的，嫡親的，同一個國
　家或民族的人

胞衣①◎〈名〉胞衣，胎盤＝胞衣

★ 細胞・同胞

剝 はげ・す/は・げる/む・く/む・け
る/ハク
bāo(bō)[日＝繁＝簡]

　去掉物的外皮或殼

剝がす②〈他五〉剝下，撕下

剝げる②〈自下一〉剝落，脫落；退色

剥く⓪〈他五〉剝，削
剥ける⓪〈自下一〉剝落，脱落
剥脱⓪〈名・サ變〉剝脱，脱落
剥奪⓪〈名・サ變〉剝奪
剥片⓪〈名〉剝落的片
剥落⓪〈名・サ變〉剝落，脱落
剥離①〈名・サ變〉剝離

褒 ほ・める/ホウ

bāo［日＝繁＝簡］

贊揚，誇獎

褒める②〈他一〉贊揚，稱贊，表揚
　例 みなが彼女のことを～める［大
家都誇她］
褒詞①〈名〉褒義詞
褒賞⓪〈名〉褒賞，褒獎；獎品
褒美⓪〈名・サ變〉褒賞，獎勵；獎品
褒貶⓪〈名・サ變〉褒貶

薄 うす・い/うす・める/うす・らぐ/ うす・れる/ハク

báo(bó)［日＝繁＝簡］

扁平物上下兩面之間的距離小；冷
淡，不深；不濃，淡

薄い②③〈形〉薄；淡，淺；稀少，淡
　薄 例 ～く化粧している［化著淡妝］
薄める④⓪〈他一〉稀釋，弄淡
　例 熱いので冷たい水で～める［水太
熱，對點涼水］
薄らぐ③〈自五〉變薄，變淡，漸稀；
漸輕，漸弱，漸少 例 爆発の危険
が～いだ［爆炸的危險性變小了］
薄れる③④〈自一〉變薄；減弱
　例 視力が～れる［視力減弱］
薄雲⓪〈名〉薄雲
薄笑い③〈名・サ變〉輕蔑地一笑

薄片⓪〈名〉薄片
薄遇⓪〈名・サ變〉冷遇，冷待
薄志①〈名〉(謙)薄意，寸心，一點心
意；意志薄弱
薄情⓪〈名・形動〉薄情
薄氷⓪〈名〉薄冰
薄暮①〈名〉薄暮，黄昏
薄命⓪〈名〉薄命，短命；不幸，不遇
薄利①〈名〉薄利
薄利多売①〈名・サ變〉薄利多銷
薄荷⓪〈名〉薄荷
薄給⓪〈名〉薄給，低薪，低工資

★ 希薄・軽薄・厚薄・浅薄・肉薄・
浮薄

宝 たから/ホウ

［寶］［宝］bǎo［日＝簡≒繁］

珍貴的東西；珍貴的；敬辭

宝③〈名〉寶，寶貝；財富；(俗)錢
宝くじ③④〈名〉彩票 例 ～に当たる
［得彩票，中獎］
宝器①〈名〉寶器，寶物；難得的人才
宝剣⓪〈名〉寶劍
宝庫①〈名〉寶庫
宝飾⓪〈名〉寶石等貴金屬類的裝飾品
宝石⓪〈名〉寶石
宝刀⓪〈名〉寶刀
宝塔⓪〈名〉寶塔
宝物⓪〈名〉寶物＝たからもの

★ 家宝・国宝・財宝・至宝・重宝・
珍宝・秘宝・名宝・霊宝

保 たも・つ/ホ

bǎo［日＝繁＝簡］

保護，保衛；保持；保證；擔保；
保人，保證人

保つ② 〈自他五〉守，保；維持；保
持，堅守；保持住，持續
　　例 原則を～つ［堅持原則］
保安⓪〈名〉保安，公安
保育⓪〈名・サ變〉保育；哺育
保温⓪〈名・サ變〉保温
保管⓪〈名・サ變〉保管
保健⓪〈名〉保健　**例** ～所［保健所］
保険⓪〈名〉保險；保修，保換
　　例 ～会社［保險公司］
保護①〈名・サ變〉保護
　　例 ～鳥［保護鳥］
保持①〈名・サ變〉保持；拿，持
保釈⓪〈名・サ變〉保釋
保守①〈名〉保守；維護，保養
　　例 ～点検［維修保養］
保証⓪〈名・サ變〉保證；(法)作保
保障⓪〈名・サ變〉保障
保する②〈サ變〉保證
　　例 安全を～する［保證安全］
保税⓪〈名〉保税
保全⓪〈名・サ變〉保全，保存
保存⓪〈名・サ變〉保存
保母①〈名〉保姆，保育員
保有⓪〈名・サ變〉保有，持有
保養⓪〈名・サ變〉療養，休養
保留⓪〈名・サ變〉保留
★ 確保・担保・留保

飽 あ・かす/あ・きる/ホウ
[飽][饱]báo[日≒簡≒繁]
　　滿足了食量；足足地，充分；滿足
飽かす②〈他五〉討人嫌，使人厭煩；
　　充分使用，不吝惜　**例** 暇に～して
　　遊び歩く［閒著無事到處遊玩］
飽きっぽい④〈形〉沒常性的，好厭

煩的
飽きる②〈自一〉飽，夠，滿足；厭煩，
　　厭膩　**例** 何度見ても～きることがな
　　い［百看不厭］
飽食暖衣①〈名〉飽食暖衣
飽満⓪〈名・サ變〉吃飽，飽食
飽和⓪〈名・サ變〉飽和，飽和狀態

抱 いだ・く/かか・える/だ・く/ホウ
[抱][抱]bào[日≒繁＝簡]
　　用手臂圍住；結合在一起；心裏存
　　著(想法等)
抱く②〈他五〉(文)抱，摟；懷有，懷
　　抱　**例** 雄志を～く［懷著雄心壯志］
抱える④⓪〈他一〉抱，夾；有某種負
　　擔或不好處理的人和事；雇用
　　例 家に病人を～える［家裏有病人］
抱く②⓪〈他五〉抱，懷著；環抱
　　例 乳呑児を～いている［抱著吃奶的
　　孩子］
抱っこ①〈名・サ變〉(兒)抱
抱負⓪〈名〉抱負
抱腹絶倒⓪〈名・サ變〉捧腹大笑
抱擁⓪〈名・サ變〉擁抱，愛撫
★ 介抱・辛抱

報 むく・いる/ホウ
[報][报]bào[日＝繁≒簡]
　　告訴；回答；報答；報腹；報紙，
　　刊物
報いる③〈自他一〉報酬，報答；報
　　復　**例** 長年の努力がついに～いら
　　れた［多年的努力終於有了回報］
報恩⓪〈名〉報恩
報告⓪〈名・サ變〉報告，告知；匯報
　　例 ～書［報告書］

報国⓪〈名〉報國，為國盡力
報酬⓪〈名〉報酬，禮品
報奨⓪〈名・サ變〉獎勵，獎賞
報償⓪〈名・サ變〉補償，賠償
報道⓪〈名・サ變〉報導
報復⓪〈名・サ變〉報復

★ 悪報・応報・果報・会報・確報・
画報・官報・吉報・急報・虚報・
凶報・警報・月報・公報・広報・
誤報・時報・情報・速報・続報・
通報・電報・特報・日報・年報・
訃報・予報・朗報

暴 あば・く/あば・れる/バク/ボウ
bào[日＝繁＝簡]

突然而且猛烈；凶狠，殘酷；損害；
急躁；顯露

暴く②〈他五〉挖，刨開，掘；揭發，
揭穿 例 矛盾を～く[揭露矛盾]
暴れる④⓪〈自一〉鬧，亂鬧，胡鬧；
大肆活動，猛闖 例 新天地で大い
に～れる[在新天地裏大顯身手]
暴れん坊⓪〈名〉淘氣的孩子，不聽
話的孩子
暴露①〈名・サ變〉暴露；揭露
暴悪⓪〈名・形動〉殘暴，凶惡
暴圧⓪〈名・サ變〉暴力壓制
暴飲暴食⓪〈名・サ變〉暴飲暴食
暴漢⓪〈名・サ變〉暴漢，暴徒
暴虐⓪〈名・形動〉暴虐，殘暴
暴挙①〈名〉暴行；暴舉，暴動
暴君①⓪〈名〉暴君；蠻橫的人，任
性的人
暴言⓪〈名〉暴言，粗暴、狂妄的話
暴行⓪〈名・サ變〉暴行；強奸，奸淫
暴走⓪〈名・サ變〉狂奔，猛跑；車亂

跑亂撞；冒進
暴徒①〈名〉暴徒
暴騰⓪〈名・サ變〉暴騰，暴漲
暴動⓪〈名〉暴動
暴風⓪③〈名〉暴風
暴落⓪〈名・サ變〉暴落，暴跌
暴利①〈名〉暴利
暴力①〈名〉暴力，武力
暴戻⓪〈名・形動〉暴戻

★ 横暴・狂暴・凶暴・強暴・
自暴自棄・粗暴・乱暴

爆 バク
bào[日＝繁＝簡]

猛然破裂或迸出；出人意料地出
現，突然發生

爆音⓪〈名〉爆炸聲；發動機的噪音
爆撃⓪〈名・サ變〉轟炸
例 ～機[轟炸機]
爆笑⓪〈名・サ變〉哄堂大笑
爆弾⓪〈名〉炸彈；炮彈，手榴彈
爆竹⓪〈名〉爆竹，鞭炮
爆破⓪①〈名・サ變〉爆破，炸毀
爆発⓪〈名・サ變〉爆炸；爆發
爆雷⓪〈名〉深水炸彈
爆裂⓪〈名・サ變〉爆裂，爆炸，炸裂

★ 起爆・空爆・原爆・自爆・水爆・
被爆

杯 さかずき/ハイ
bēi[日＝繁＝簡]

盛飲料或其他液體的器具

杯⓪④〈名〉酒杯；交杯結盟
例 ～をかわす[交杯換盞]
杯中⓪〈名〉杯中 慣 ～の蛇影[杯弓
蛇影]

杯盤⓪〈名〉杯盤

★ 乾杯・賜杯・祝杯

卑 いや・しい/いや・しめる/ヒ
bēi[日＝繁＝簡]

（位置）低；（地位）低下；（品質）低
劣；謙恭

卑しい③⓪〈形〉貪婪；下流，卑鄙；
寒碜，醜陋；低賤
例 〜い目付き[貪婪的眼神]

卑しめる④⓪〈他一〉輕視，鄙視，
蔑視 例 貧しい人を〜めるな[別小
看窮人]

卑怯②①〈名・形動〉怯懦，懦弱；卑
鄙

卑近⓪〈名・形動〉淺近，淺顯

卑屈⓪〈名・形動〉卑屈，低聲下氣

卑下①〈名・サ變〉地位低下；自卑，
過分謙虛

卑見⓪〈名〉愚見，拙見

卑語①〈名〉下流話，粗野話

卑小⓪〈形動〉微小，微不足道

卑称⓪〈名〉卑稱，謙稱

卑賤⓪〈名・形動〉卑賤

卑俗⓪〈名・形動〉卑俗，庸俗

卑劣⓪〈名・形動〉卑劣，卑鄙

卑陋〈名〉卑賤，卑鄙

卑猥⓪〈名・形動〉鄙猥，下流

★ 男尊女卑・野卑

悲 かな・しい/かな・しむ/ヒ
bēi[日＝繁＝簡]

悲傷；憐憫

悲しい⓪③〈形〉悲傷，悲哀；遺憾，
可憐，使人感傷 例 〜そうに見つ
める[傷感地凝視]

悲しむ③〈他五〉感到悲傷，悲痛；
可悲 例 先生の死を〜む[哀悼老師
逝世]

悲哀⓪①〈名〉悲哀

悲運①〈名〉悲慘的命運

悲歌①〈名〉悲歌，哀歌，挽歌；唱悲
歌

悲観⓪〈名・サ變〉悲觀

悲願①〈名〉（佛）悲願，大慈大悲的
誓願；誓必實現的心願

悲喜①〈名〉悲喜

悲境⓪〈名〉不幸的境遇，逆境

悲況⓪〈名〉悲慘狀況，慘狀

悲劇①〈名〉悲劇

悲惨⓪〈名・形動〉悲慘

悲酸⓪〈名・形動〉悲慘

悲愁⓪〈名・サ變〉悲愁，憂愁

悲壮⓪〈名・形動〉悲壯，壯烈

悲愴⓪〈名・形動〉悲愴，悲傷

悲嘆⓪〈名・サ變〉悲嘆

悲痛⓪〈名・形動〉悲痛

悲憤⓪①〈名・サ變〉悲憤

悲鳴⓪〈名〉悲鳴，驚叫；叫苦

悲涙⓪①〈名〉悲傷的淚水

悲恋①〈名〉戀愛的悲劇

悲話①〈名〉悲慘的故事

★ 慈悲

碑 ヒ
bēi[日＝繁＝簡]

刻著文字或圖畫，豎起來作為紀念物
或標記的石頭

碑石⓪〈名〉碑石；石碑

碑文⓪〈名〉碑文

碑銘⓪①〈名〉碑銘

★ 記念碑・石碑

北 きた/ホク

北 běi[日＝繁＝簡]

四個主要方向之一

北⓪②〈名〉北，北方；北風

北向き③〈名〉向北，朝北

北緯①②〈名〉北緯

北欧⓪〈名〉北歐

北上⓪〈名・サ變〉北上，北進

北西⓪〈名〉西北

北端〈名〉北端

北斗星③〈名〉北斗星

北東⓪〈名〉東北

北半球⓪〈名〉北半球

北部①〈名〉北部

北米⓪〈名〉北美

北面⓪〈名・サ變〉北面，向北，朝北

北海道③〈名〉北海道(位於日本列島北端)

北極⓪〈名〉北極 **例** ～圈[北極圈]

北国⓪〈名〉北國，北方寒冷地區

北方⓪〈名〉北方

★ 西北・東北・南北・敗北

貝 カイ

貝 [貝][贝]běi[日＝繁≒簡]

軟體動物的統稱，水產上指有介殼的軟體動物

貝殻③⓪〈名〉貝殼

貝塚⓪〈名〉貝冢(由古代日本人食用過的貝殼堆積起來的遺址)

貝焼き⓪〈名〉連殼一起烤的貝類食物

貝類①〈名〉貝類

貝割れ大根⓪〈名〉(日本)用；蘿蔔的兩片葉子包的菜(因形狀類似貝殼張開而得名)

★ 魚貝

背 せ/せい/そむ・く/そむ・ける/ハイ

背 běi[日＝繁＝簡]

軀幹的一部分；某些物體的反面或後部；背對；躲避，瞞；違背，違反；朝著相反的方向

背①〈名〉脊背，後背；後方；山脊；個子，身長，身量

例 ～を見せる[轉身逃走]

背く②〈自五〉背；違背，違反；背叛，背棄 **例** 世を～く[出家]

背ける③〈他一〉背過臉去；背過身去 **例** 目を～ける[把視線移開，往別處看]

背恰好②〈名〉身量，身材

背比べ〈名〉比身高，比個子

背筋①⓪〈名〉脊梁；衣服的脊縫

背中⓪〈名〉背，脊梁，脊背；背面，背後

背伸び①〈名〉伸腰；蹺著腳往上搆；逞能，逞強

背広⓪〈名〉男子西服

背割り⓪〈名〉切開魚的脊背；建築上為防止柱子裂縫，在其一端上下劈開

背泳⓪〈名〉仰泳(仰式)＝背泳ぎ

背景⓪〈名〉背景；布景；後台，後盾，靠山，支持者

背後①〈名〉背後；背地，暗地

背信⓪〈名〉背信，背信棄義

背水⓪〈名〉背水

背任⓪〈名・サ變〉瀆職

背反⓪〈名・サ變〉背叛，違反，違背；(邏)違背

背部〈名〉背部，背後，背面

背面⓪③〈名〉背面，後面
背約⓪〈名・サ變〉違約，背約
背理⓪①〈名〉背理，悖理
背離⓪①〈名・サ變〉背離
★ 違背・後背・紙背・腹背

倍 バイ
倍 bèi[日＝繁＝簡]

跟原數相等的數(某數的幾倍就用幾乘某數)；加倍

倍加⓪〈名・サ變〉加倍，倍增，增加一倍；大大增加

倍額⓪〈名〉兩倍的金額，加倍的金額

倍数③〈名〉倍數

倍する③〈名・サ變〉成倍，加倍；倍增，大增

倍増⓪〈名・サ變〉倍增；大大增加

倍率⓪〈名〉(放大鏡、望遠鏡等的)倍率，放大率，放大倍數；(考試等)競爭率

★ 数倍

被 こうむ・る/ヒ
被 bèi(pī)[日＝繁＝簡]

遭遇，遭受；組成被動詞組；被子

被る③〈他五〉蒙，蒙受，遭受，招致 例 損害を～る[遭受損害]

被害①〈名〉被害，受害，遭災 例 洪水の～に見舞われる[遭受洪水災害]

被告⓪〈名〉被告

被災⓪〈名・サ變〉受災

被弾⓪〈名・サ變〉中彈

被爆⓪〈名・サ變〉被炸，遭受轟炸；遭受原子彈、氫彈轟炸，遭受放射

能的災害

被服①⓪〈名〉被服，衣服

備 そな・える/そな・わる/ビ
備[備][备]bèi[日≒繁≒簡]

具備，具有；準備；防備；設備；表示完全

備える③〈他一〉準備，防備；設置，備置，備齊 例 万一に～える[以防萬一]

備わる③〈自五〉備有，設有；加入，參加，列入；具有 例 名実ともに～る[名副其實]

備考⓪〈名〉備考

備蓄⓪〈名・サ變〉儲備

備品⓪〈名〉備品，消耗品

備忘録②〈名〉備忘錄

★ 完備・具備・軍備・警備・兼備・守備・準備・常備・整備・設備・装備・配備・不備・武備・防備・予備

輩 ともがら/ハイ
輩[輩][辈]bèi[日＝繁≒簡]

行輩，輩分；等，同類

輩⓪④〈名〉輩，一伙，一類

輩出⓪〈名・サ變〉輩出

★ 後輩・若輩・先輩・同輩・年輩・余輩

奔 ホン
奔 bēn[日＝繁＝簡]

奔走，急跑；緊趕，趕急事

奔走⓪〈名・サ變〉奔走，張羅

奔騰⓪〈名・サ變〉(物價、行情等)猛漲，飛漲 例 今年は物価が～した

［今年物價飛漲］ 辨 在漢語中，是「快速奔跑」的意思(勢いよく進む)

奔放⓪〈名‧形動〉奔放

奔流⓪〈名‧サ變〉奔流，急流

★ 狂奔‧出奔

本 もと/ホン
bèn［日＝繁＝簡］

本子；版本；本來；主要的，中心的

本⓪②〈名〉基礎，根源，本源 例 失敗は成功の～［失敗是成功之母］

本①〈名〉書，書籍

本位①〈名〉本位，中心，基點；(貨幣)本位；原來的位置

例 お客～［一切為客人著想］

本意①〈名〉本意，真意；初衷，最初的願望

本営⓪〈名〉本營，總部

本科①〈名〉本科；該科，這個科

本懐⓪〈名〉夙願，生平的願望

本会議③〈名〉全體會議，正式會議；這個會議

本格⓪〈名〉原則，規範；正式

例 しだいに～化する［逐漸走上軌道］

本義⓪〈名〉本義

本拠①〈名〉據點，根據地

本業⓪〈名〉本業，正業

本局⓪〈名〉總局

本家①〈名〉直系，嫡系，本支；(流派的)本家；總店 辨 在漢語中，指同宗族的人(同族、一族)

本月①〈名〉本月，這個月

本件①〈名〉這件事；本案

本源③〈名〉本源，根源

本校⓪〈名〉(與分校相對的)本校；(自稱)本校

本国①〈名〉本國；故鄉，祖國

本腰⓪〈名〉真正的幹勁，認真努力

例 ～を入れる［拿出真正的幹勁］

本旨①〈名〉本意，宗旨

本質⓪〈名〉本質，實質

本日①〈名〉本日，今天

本社①〈名〉總公司；本公司；主要的神社

本州①〈名〉位於日本列島中心的最大的島

本署①〈名〉總署；警察署

本性③①〈名〉本性＝ほんせい

本職⓪①〈名〉本職，本業；專業；(官吏自稱)本官

本心①⓪〈名〉良心；本心，真心

例 ～に立ち返る［(改邪)歸正］

本数③〈名〉根、支、條、瓶數

本籍①⓪〈名〉原籍

本線⓪〈名〉幹線，本線

本則⓪〈名〉原則；(法令、規章等的)正文部分

本体①〈名〉真相，原形，本來面目；(哲學)本體，實體；(機械等的)主體；(神社、寺廟的)主佛，正尊

例 ～を明らかにする［弄清真相］

本棚①〈名〉書架，書櫥

本店⓪〈名〉本店，本號，總號

本当⓪〈名‧形動〉真正，真實，本來，的確

本人①〈名〉本人，當事者

本音⓪〈名〉真正的、正常的音色；真話，真心話 例 ～を吐く［說真心話］

本年①〈名〉本年，今年

本能①〈名〉本能

本箱⓪〈名〉書箱

本番⓪〈名〉(電影、電視、廣播等的)

正式演出、廣播

本部①〈名〉本部，總部

本分⓪〈名〉本分，應盡的責任

本文①〈名〉本文，正文

本舖①〈名〉本店，本號；總店，總號

本末①〈名〉本末

本命⓪①〈名〉本命(年)；(賽馬、賽車等的)優勝候補者(馬)

本屋①〈名〉書店；賣書的人；正屋

本来①〈名・副〉本來

本流⓪〈名〉(河流的)主流；主流派

本領⓪①〈名〉本領，特長；(古)本來的領地

本塁①⓪〈名〉根據地，堡壘；(棒球)本壘

★異本・絵本・刊本・完本・元本・基本・脚本・原本・根本・資本・写本・抄本・新本・製本・台本・拓本・底本・謄本・読本・抜本・標本・副本・古本・模本・訳本

崩 くず・す/くず・れる/ホウ

崩 bēng[日＝繁＝簡]

倒塌，崩裂；破裂

崩す②〈他五〉使崩潰，拆掉，拆御；弄零散，使零亂；換成零錢

例 ひざを～す[伸腿坐，隨便坐]

崩れる③〈自一〉崩潰，倒塌；(完整的東西)失去原形，不完整、零亂；(錢)破得開 例 形が～れる[走形]

崩壊⓪〈名・サ變〉崩潰，潰散，損壞；(放射性元素)蛻變，衰變

崩落⓪〈名・サ變〉崩落，崩壞；(行市)暴跌

鼻 はな/ビ

鼻 bí[日＝繁＝簡]

鼻子；開創

鼻⓪〈名〉鼻子；鼻孔；鼻涕 慣 ～が高い[趾高氣揚]

鼻歌⓪〈名〉鼻子哼唱歌曲

鼻緒⓪〈名〉(日本)木(草)屐帶

鼻薬③〈名〉鼻藥；哄小孩的點心等；小賄賂 例 ～をかがせる[給點甜頭嘗嘗]

鼻糞⓪〈名〉鼻垢，鼻屎

鼻毛⓪〈名〉鼻毛

鼻声⓪〈名〉鼻音，鼻聲；(哭泣或感冒時)鼻子堵塞時的聲音

鼻先⓪〈名〉鼻尖兒，鼻頭；目前，眼前

鼻汁⓪〈名〉鼻涕＝はなじる

鼻血⓪〈名〉鼻血

鼻水⓪④〈名〉清鼻涕

鼻炎⓪〈名〉鼻炎

鼻音⓪〈名〉鼻音

鼻孔⓪〈名〉鼻孔

鼻腔⓪〈名〉鼻腔

鼻祖①〈名〉鼻祖

鼻息⓪〈名〉鼻息

★耳鼻科

比 くら・べる/ヒ

比 bǐ[日＝繁＝簡]

比較；較量；比方，比喻；比較倍數；緊靠，挨著

比べる④⓪〈他一〉比，比較；較量，比賽 例 根気を～べる[比耐力]

比較⓪〈名・サ變〉比較

比況⓪〈名〉比況，比喻

比肩⓪〈名・サ變〉倫比，匹敵

比重⓪〈名〉比重

比喩①〈名〉比喻

比翼⓪〈名〉比翼(雙飛);雙層(和服的袖、領、襟);(西服的)暗扣

比率⓪〈名〉比率

比倫①⓪〈名〉倫比,匹敵

比類①〈名〉倫比,相比

比例⓪〈名・サ變〉比例;比例關係

★対比・無比・類比

彼 かの/かれ/ヒ
bi[日＝繁＝簡]

那,那個;對方,他

彼①〈代〉他;彼;女性用來指戀人、未婚夫、丈夫或情人

彼の①〈代〉那個

彼女①〈代〉她;男性用來指戀人、未婚妻、妻子或情人

彼氏①〈名〉(俗)愛人,情人(指男人),男朋友,丈夫

彼我①〈名〉彼此 例 ～の利害関係[彼此的利害關係]

彼岸②⓪〈名〉彼岸,對岸;春分、秋分前後各加3天共7天的期間;(佛)彼岸,來世;嚮往的境界,目的地

筆 ふで/ヒツ
[筆][笔]bi[日＝繁≒簡]

寫字、畫圖的用具;筆法;用筆寫出;手跡;筆畫

筆⓪〈名〉毛筆;毛筆字,水墨畫;寫文章(的能力) 例 ～を入れる[修改文字、文章]

筆箱⓪〈名〉文具盒,筆盒

筆墨⓪〈名〉筆墨;筆跡

筆記⓪〈名・サ變〉筆記,記筆記

筆耕⓪〈名〉筆耕

筆算⓪〈名・サ變〉筆算

筆者①〈名〉筆者,作者

筆順⓪〈名〉筆順

筆陣⓪〈名〉筆戰

筆勢⓪〈名〉筆勢;運筆,筆的使用方法

筆跡⓪〈名〉筆跡

筆削⓪〈名・サ變〉修改(文章)

筆談⓪〈名・サ變〉筆談

筆頭⓪〈名〉(排列姓名時)第一名(的人) 例 戸籍～者[戶主] 辨 在漢語中,指文章的表達

筆法⓪〈名〉筆法,書法,運筆;(文章)措詞;作法,方法

筆鋒⓪〈名〉筆鋒

筆名⓪〈名〉筆名

★悪筆・一筆・遺筆・運筆・鉛筆・加筆・画筆・執筆・自筆・主筆・随筆・絶筆・代筆・達筆・遅筆・直筆・肉筆・能筆・文筆・末筆・万年筆・毛筆・乱筆

必 かなら・ず/ヒツ
bi[日＝繁＝簡]

必定,必然;必須,一定要

必ず④⓪〈副〉一定,必定,必然 例 われわれの目的は～成し遂げる[我們的目的一定能夠達到]

必携⓪〈名〉必攜(的東西)

必見⓪〈名・サ變〉必閱,必覽,必看

必死⓪〈名・形動〉拼命,殊死;(日本將棋)必死 例 おれは～の覚悟だ[我是豁出這條命來了]

必至⓪〈名〉必至,必然到來

必需⓪〈名〉必需

必修⓪〈名〉必修

必勝⓪〈名〉必勝

必定⓪〈名〉必定，一定

必須⓪〈名〉必須，必要

必然⓪〈名〉必然

必読⓪〈名・サ變〉必讀(的書)

必要⓪〈名・形動〉必需，必要

例～悪[必要的暴力(如死刑)]

陛 ヘイ
bì[日＝繁＝簡]

(書)宮殿的台階

陛下①〈名〉陛下

閉 し・まる/し・める/と・ざす/と・じる/ヘイ

[閉][闭]bì[日＝繁≒簡]

關，合；堵塞不通；結束，停止

閉まる②〈自五〉關閉，緊閉

例デパートが～った[百貨商店已經關門了]

閉める②〈他一〉關閉 例店を～める[閉店；停業，歇業]

閉ざす②⓪〈他五〉鎖(門)；封閉

例心を～す[悶在心裏]

閉じる②〈自他一〉關，閉；結束；合上，關閉；結束(會議等)

例口を～じる[閉上嘴]

閉会⓪〈名・サ變〉閉會

閉館⓪〈名・サ變〉(圖書館、電影院等)閉館，停止營業，停止開放

閉業⓪〈名・サ變〉閉店，休業；廢業，歇業

閉口⓪〈名・サ變〉閉口無言；為難，無法對付；認輸，折服 例寒さに

すっかり～だ[冷得受不了]

閉校⓪〈名・サ變〉停課

閉講⓪〈名・サ變〉停講

閉鎖⓪〈名・サ變〉封鎖，封閉，關閉

閉場⓪〈名・サ變〉會場等停止使用；散場

閉塞⓪〈名・サ變〉閉塞，堵塞

閉廷⓪〈名・サ變〉閉庭

閉店⓪〈名・サ變〉(過營業時間)關門，停止營業；倒閉，歇業，廢業

閉幕⓪〈名・サ變〉閉幕；(事情)結束，完結，告終

閉門⓪〈サ變〉關門；閉門反省

★ 開閉・密閉・幽閉

蔽 おお・う/ヘイ
bì[日＝繁＝簡]

遮蓋

蔽う⓪②〈他五〉遮蓋，覆蓋

★ 隠蔽・掩蔽・遮蔽

幣 ヘイ

[幣][币]bì[日＝繁≒簡]

貨幣

幣制⓪〈名〉幣制，貨幣制度

★ 貨幣・紙幣・造幣

弊 ヘイ
bì[日＝繁＝簡]

欺詐蒙騙、圖便宜的行為；害處，毛病

弊害⓪〈名〉弊病，毛病

弊社①〈名〉(謙)敝公司

弊習⓪〈名〉壞風氣，壞風俗，惡習

弊政⓪〈名〉弊政，惡政

弊店⓪〈名〉敝店(對自己商店的謙稱)

へい ふう
弊風⓪〈名〉壞風俗，陋習

★ 悪弊・旧弊・語弊・時弊・宿弊・
積弊・通弊・疲弊・病弊・余弊

壁 かべ/ヘキ
bi[日＝繁＝簡]

牆；某些物體上作用像圍牆的部分

かべ
壁⓪〈名〉壁，牆壁
かべ がみ
壁紙⓪〈名〉壁紙，牆紙
へき が
壁画⓪〈名〉壁畫
へき めん
壁面⓪③〈名〉壁面，牆面

★ 胃壁・隔壁・岸壁・岩壁・胸壁・
四壁・周壁・障壁・牆壁・城壁・
絶壁・鉄壁・土壁・氷壁・腹壁・
防壁・面壁

避 さ・ける/ヒ
bi[日＝繁＝簡]

躲開，迴避；防止

さ
避ける②〈他一〉避開，躲避；避免；
不介入 **例** 危険を～ける[避開危險]
ひ しょ
避暑②〈名・サ變〉避暑
ひ なん
避難①〈名・サ變〉避難
ひ にん
避妊⓪〈名・サ變〉避孕
ひ らい しん
避雷針⓪〈名〉避雷針

★ 回避・忌避・待避・退避・逃避

辺 あた・り/べ/ヘン
[邊][边]biān[日≒繁≒簡]

邊緣；界限；邊界，邊疆；靠近物
體的地方

あた
辺り①〈名・造語〉附近，一帶，周
圍；大約，左右，上下；之類的
例 山本君～が適当だ[像山本君那
樣的人比較合適]
へん かい
辺界⓪〈名〉邊界

へん きょう
辺境⓪〈名〉邊境，邊疆
へん ち
辺地①〈名〉(與外國相接的)最邊遠
的地方；偏僻地方
へん ど
辺土①〈名〉邊土，邊遠地方
へん みん
辺民⓪〈名〉邊境地區或偏僻農村的
居民
へん ぴ
辺鄙①〈名・形動〉偏僻

★ 海辺・近辺・周辺・身辺・水辺・
底辺・無辺・路辺

編 あ・む/ヘン
[編][编]biān[日≒繁≒簡]

把細長條狀東西交叉組織起來；把
分散的事物組織或排列起來；編
輯；創作

あ ぼう
編み棒②〈名〉織針，毛衣針
あ め
編み目③⓪〈名〉編織品的網眼
あ もの
編み物③②〈名〉針織，針織品
あ
編む①〈他五〉編，織；編輯，編纂；
定計畫，安排 **例** 日程を～む[安排
日程]
へん きょく
編曲⓪〈名・サ變〉編曲
へん さん
編纂⓪〈名・サ變〉編纂
へん しゃ
編者①〈名〉編者＝へんじゃ
へん しゅう
編修⓪〈名・サ變〉編修，特別指編史
書
へん しゅう
編集⓪〈名・サ變〉編輯，編纂
例～部[編輯部]；～局[編輯局]
へん せい
編成⓪〈名・サ變〉組成，組織，編造
例 列車の～[列車的編組]
へん せい
編制⓪〈名・サ變〉(團體、軍隊的)編
制、組織 **例** 艦隊を～する[編組艦
隊] **辨** 在漢語中，還可以指組織機
構的人員定額以及職務的分配(定
員、ポスト)
へん たい
編隊⓪〈名〉編隊

編著①〈名〉編著；編著的作品

へんにゅう
編入⓪〈名・サ變〉編入；插入

★ 改編・再編・新編・千編一律・
前編・続編・短編・中編・長編

便 たよ・り/ベン/ビン
biàn[日＝繁＝簡]

方便，便利；順便的機會；非正式
的；屎或尿；排泄屎尿

たよ
便り①〈名〉信；消息，信息

びんじょう
便乗⓪〈名・サ變〉就便搭他人的車
船；巧妙利用 例 時局に～して名
を売る[巧妙利用時機爭取出名]

びんせん
便箋⓪〈名〉便箋，信箋

べんい
便意①〈名〉便意

べんい
便衣①〈名〉便衣，便服 辨 在漢語
中，用來指不穿制服執行任務的軍
人或警察(私服)

べんえき
便益⓪①〈名〉方便，便利，有利條件

べんき
便器①〈名〉大(小)便器，便盆

べんぎ
便宜①〈名・形動〉方便，便利；權宜
例 あらゆる～を与える[提供一切方
便] 辨 在漢語中，「便宜」(pián yi)
是花費少(安い、得する)，以及使
某人得到寬恕(とりあえず処罰しな
いで看過する)的意思

べんざ
便座⓪〈名〉抽水馬桶的馬蹄形的坐
墊

べんじょ
便所③〈名〉廁所

べんつう
便通⓪〈名〉大便的排泄，通便

べんぴ
便秘⓪〈名・サ變〉便秘

べんべん
便便⓪〈トタル〉(大腹)便便；浪費
時間，悠閒 例 ～と日を送る[虛度
光陰]

べんぽう
便法⓪〈名〉簡便的方法，捷徑；權宜
之計

べんらん
便覧⓪〈名〉便覽，手冊＝びんらん

べんり
便利①〈名・形動〉便利，方便

★ 穏便・音便・簡便・急便・軽便・
航空便・小便・大便・船便・
不便・郵便

変 か・える/か・わる/ヘン
[變][変]biàn[日≒繁≒簡]

性質或情形和原來不同，改變

か
変える③⓪〈他一〉變更，更改，變
動 例 方針を～える[改變方針]

か は
変わり果てる⑤〈自一〉完全變了，
變得不像樣子；墮落 例 かれの～
すがた おどろ
てた姿に驚く[他的墮落令人吃
驚]

か もの
変わり者⓪〈名〉奇人，怪人

か め
変わり目⓪〈名〉轉折點，交替時期；
きせつ
區別，差別 例 季節の～にはかぜ
ひ
を引きやすい[在季節轉變的時候容
易感冒]

か
変わる③⓪〈自五〉變，變化，改變；
ひと
區別，不同；特殊，古怪 例 あの人
は～っている[那個人挺古怪]

へんあつ
変圧⓪〈名〉變壓

へんい
変位①〈名・サ變〉(物)變位，轉位，
位移

へんい
変異①〈名・サ變〉變異

へんい
変移①〈名・サ變〉變移

へんか
変化①〈名・サ變〉變化，改變

へんかく
変格⓪〈名〉不正規，變則；(日語語
法)變格

へんかく
変革⓪〈名・サ變〉變革，改革

へんかん
変換⓪〈名・サ變〉變換，轉換

へんけい
変形⓪〈名・サ變〉變形，變相

へんげん
変幻⓪〈名〉變幻

へんこう
変更⓪〈名・サ變〉變更，改變，更改

変死⓪〈名・サ變〉不自然的死，橫死

変事①〈名〉變故 **例** 〜を聞いてかけつける［聽說出事，匆忙跑去］

変質⓪〈名・サ變〉變質，變質的東西；精神失常，性質異常

変種⓪〈名〉變種

変色⓪〈名・サ變〉變色

変心⓪〈名・サ變〉變心

変身⓪〈名・サ變〉變形，換裝

変人⓪〈名〉性情古怪的人

変数③〈名〉變數

変性⓪〈名〉變性

変成⓪〈名・サ變〉變成

変声期③〈名〉變聲期

変節⓪〈名・サ變〉變節，叛變

変説⓪〈名・サ變〉改變自己的主張

変遷⓪〈名・サ變〉變遷

変装⓪〈名・サ變〉化裝，喬裝，改扮

変造⓪〈名・サ變〉偽造，竄改 **例** 〜紙幣［偽造紙幣］

変奏曲③〈名〉變奏曲

変則⓪〈名・形動〉不合常規，不正規

変速⓪〈名・サ變〉變速

変体⓪〈名〉變體，體裁不同

変態⓪〈名・サ變〉（生物）變態，改變形態；「変態性欲」的略語

変調⓪〈名・サ變〉變調，改調；（身體、精神）不正常，情況異常；（電）調製；（音）變調，移調，轉調

変哲⓪〈名〉出奇 **例** なんの〜もない［沒有一點出奇的地方］

変転⓪〈名・サ變〉轉變，變化 **例** 〜きわまりない［變化無窮，變化多端］

変動⓪〈名・サ變〉變動，改變；（物價）波動；（喻）騷動，事變

変貌⓪〈名・サ變〉改變面貌，變樣子

変名⓪〈名・サ變〉化名；改名，更名，變名

変容⓪〈名・サ變〉變樣，改觀，換樣

変乱⓪〈名〉變亂

★ 異変・一変・改変・急変・凶変・激変・事変・政変・千変万化・不変・豹変

遍 ヘン
［遍］［遍］biàn［日≒繁＝簡］
普遍，全面；次，回

遍在⓪〈名・サ變〉遍在，普遍存在

遍歴⓪〈名・サ變〉遍歷，周遊

遍路①〈名〉（佛）對日本四國地區的88處弘法大師的遺跡進行周遊朝拜（的人）

★ 一遍・普遍

標 ヒョウ
［標］［标］biāo［日＝繁≒簡］
標誌，記號；標準，指標；用文字或其他事物表明

標記①〈名・サ變〉標記（的符號）；標題

標語⓪〈名〉標語

標高⓪〈名〉標高，海拔

標示⓪〈名・サ變〉標示，標出

標識⓪〈名〉標識，標誌

標準⓪〈名〉標準

標題⓪〈名〉書名；標題，主題

標的⓪〈名〉標的，標靶

標榜⓪〈名・サ變〉標榜

標本⓪〈名〉標本；典型，樣本

★ 座標・指標・商標・道標・墓標・目標・路標

表 あらわ・す/あらわ・れる/おもて/ヒョウ

biǎo[日＝繁＝簡]

外面，外表；表示；榜樣，模範；用表格形式排列的資料

表す③〈他五〉表示，表現，顯露
　例嬉しい気持ちを外に～す[喜形於色]

表れる④〈自一〉出現，表現，顯出；被發覺，暴露
　例効果が～れる[有效果]

表③〈名〉面兒，正面；表面，外表，外觀；房前，室外；公開；正式的；客廳；(棒球)先攻的一方
　例裏も～もない[表裏如一]

表書き⓪〈名〉在信封上寫(收信人的地址及姓名)

表沙汰⓪〈名〉公開化；起訴，打官司
　例ことが～になる[事情公開了]

表立つ④〈自五〉公開，表面化，暴露出來　**例**～った動きはない[沒有什麼明顯的動靜]

表向き⓪〈名〉公開，正式；表面上
　例～の理由[表面上的理由]

表意文字④〈名〉表意文字

表音⓪〈名〉注(標)音

表記⓪①〈名・サ變〉表面記載(的東西)；列表；(用文字、符號等)表示

表敬⓪〈名〉表示敬意(常用在正式場合)

表決⓪〈名・サ變〉表決

表現③⓪〈名・サ變〉表現，表達

表札⓪〈名〉門牌

表紙⓪③〈名〉封面，封皮

表示⓪〈名・サ變〉表示，表達；(用圖表)表示

表彰⓪〈名・サ變〉表彰，表揚

表象⓪〈名・サ變〉(心)表象；象徵

表情③〈名〉表情

表層⓪〈名〉表層

表装⓪〈名・サ變〉裱褙，裱(書畫)

表題⓪〈名〉書名；標題，主題

表白⓪〈名・サ變〉(古)表白，表述

表皮①⓪〈名〉(動植物的)表皮

表明⓪〈名・サ變〉表明

表面③〈名〉表面

表裏①〈名・サ變〉表裏；表與裏(不一致)
　例～のない人[言行一致的人]

★公表・時刻表・辞表・上表・図表・代表・地表・統計表・年表・発表・付表・別表

俵 たわら/ヒョウ

biào[日＝繁＝簡]

在漢語中指分發給很多人，而在日語中則指稻草包(袋)

俵③⓪〈名〉(裝米、木炭等的)稻草包(袋)

★米俵・土俵

別 わか・れる/ベツ

[別][別]bié[日＝繁≒簡]

分離；另外；區分，區別；差別；類別 **辨**日語中還有「特殊」的意思

別れる③〈自一〉分離，分別，分手；(夫婦)離婚 **例**両親に～れて孤児になった[死去了雙親成了孤兒]

別れ道③〈名〉岔道，分手時的岔路；歧途，歧路
　例人生の～[人生的歧途]

別誂え③〈名〉特別定做的(東西)

別宴⓪〈名〉送別宴會

別科⓪〈名〉大學的預科；別的科目

別格⓪〈名・サ變〉破格，特別
例 ～の扱い[特殊待遇]

別館⓪〈名〉主要建築以外的建築物，別館

別記⓪〈名・サ變〉別記，附錄

別居⓪〈名・サ變〉分居

別業⓪〈名〉別的職業；別墅

別掲⓪〈名・サ變〉另載，附錄，附記

別件⓪〈名〉另外的事件、案件

別個⓪〈名・形動〉另外，另一個；分別開，個別
例 ～に扱う[個別對待，分別對待]

別項⓪〈名〉別項，另一項目

別懇⓪〈名・形動〉特別親密，交往密切

別冊⓪〈名〉(雜誌、全集等的)增刊，附冊，另冊

別紙⓪①〈名〉另紙，另一紙張；文件的附件

別事①〈名〉特別的事情，不一般的事情 例 ～なく暮らす[平安度日]

別辞①⓪〈名〉告別詞，送別詞

別室⓪〈名〉另一房間，別的房間；特別的房間

別種⓪〈名〉另一種類

別称⓪〈名〉別名，別稱，異稱

別状⓪〈名〉不正常的情況，異常，毛病 例 命に～がない[生命沒有危險]

別人⓪〈名〉別人，另一個人

別姓⓪〈名〉不同的姓

別製⓪〈名〉特製品

別世界③〈名〉另一個世界；完全不同的環境(常指理想的環境)

別席⓪〈名〉另外的坐席；特別坐席，雅座

別荘③〈名〉別墅

別送⓪〈名・サ變〉另寄，另郵

別宅⓪〈名〉另一所住宅

別段⓪〈名〉特別，另外，格外

別邸⓪〈名〉別邸，別墅

別途⓪①〈名〉另一途徑，另一種辦法；另一方面；另一種用途
例 ～会計[另項帳目]

別働隊⓪〈名〉別動隊

別派⓪①〈名〉另一流派；另一黨派

別表⓪〈名〉另表，附表

別嬪⓪〈名〉(口語)美人

別別⓪〈名・形動〉分別，各別，分開；各自，分頭

別名⓪〈名〉別名

別様⓪〈名・形動〉另一種樣子；另外(的)

別離①〈名・サ變〉別離，分別，離別

★ 格別・区別・決別・告別・差別・識別・死別・種別・峻別・性別・生別・惜別・千差万別・選別・餞別・送別・大別・特別・判別・分別・弁別・離別・類別

浜 はま/ヒン

[濱][浜]bīn[日≒繁≒簡]

水邊；靠近(水邊) 辨「浜」在日語中是「濱」的簡化字，不讀成bāng。「濱」在漢語中表示「小河溝」，多用於地名(如沙家濱)

浜②〈名〉海濱，湖濱，河岸；(圍棋)提取對方的子兒；(口語)港口；(地名)橫濱 例 ～の真砂[海濱的細沙；(喻)不可勝數]

浜風⓪②〈名〉海邊的風，海風

浜辺⓪③〈名〉海邊，湖邊，河邊
★ 海浜・横浜

賓 ヒン
[賓][宾]bīn[日＝繁≒簡]
　地位尊貴、受人尊敬的客人
賓客⓪〈名〉賓客＝ひんかく
★ 貴賓・国賓・主賓・来賓

氷 こおり/ヒョウ
[冰][冰]bīng[日≒繁＝簡]
　水在攝氏零度以下結成的固體
氷⓪〈名〉冰
氷河①〈名〉冰河
氷解⓪〈名・サ變〉(疑問、誤解等)冰
　解，冰釋
氷塊⓪〈名〉冰塊
氷結⓪〈名・サ變〉結冰，凍冰
氷山①〈名〉冰山
氷上⓪〈名〉冰上
氷雪⓪〈名〉冰雪
氷炭⓪〈名〉冰炭
　例 〜相容れず[水火冰炭不相容]
氷点①〈名〉冰點，(攝氏)零度
★ 樹氷・製氷・薄氷・霧氷・流氷

兵 ヘイ/ヒョウ
bīng[日＝繁＝簡]
　兵器；軍人，軍隊；軍隊中的最基
　層成員；關於軍事或戰爭的
兵員⓪〈名〉兵員
兵営⓪〈名〉兵營
兵役⓪〈名〉兵役
兵火①〈名〉因戰爭引起的火災；戰
　禍(指炮擊、轟炸等造成的災害)
兵学①⓪〈名〉兵學，軍事學

兵器①〈名〉兵器，武器
兵士①〈名〉士兵
兵舎①〈名〉兵營
兵書①〈名〉兵書；軍事學
兵制⓪〈名〉兵制
兵卒⓪〈名〉兵卒，士兵
兵隊⓪〈名〉軍隊；士兵
兵站⓪〈名〉兵站
兵馬①〈名〉兵馬，軍隊，軍備；戰爭
兵法①〈名〉兵法；武術，劍術
兵乱⓪〈名〉兵亂，兵災
兵略⓪〈名〉戰略
兵力①〈名〉兵力，戰鬥力；武力
兵糧⓪〈名〉軍糧；糧食
★ 騎兵・義兵・挙兵・工兵・出兵・
　将兵・水兵・徴兵・派兵・伏兵・
　歩兵・募兵

丙 ひのえ/ヘイ
bǐng[日＝繁＝簡]
　天干的第三位
丙午⓪〈名〉干支之一的丙午年
　＝ひのえうま
★ 甲乙丙

柄 え/がら/つか/ヘイ
bǐng[日＝繁＝簡]
　器物的把手 **辨** 日語中還有體格、身
　份、人品、花紋等意思
柄⓪〈名〉柄，把
柄⓪〈名〉身材，體格；身份，人品，
　風度；花紋，花樣
　例 〜のわるい人[人品不好的人]
柄行⓪〈名〉花樣，花紋
柄②〈名〉刀劍的柄；筆軸
★ 横柄・権柄・取柄・銘柄・人柄

餅 もち/ヘイ
[餅][饼]bǐng[日＝繁≒簡]

泛稱烤熟或蒸熟的扁而圓的麵食

餅⓪〈名〉餅

餅搗き④②〈名〉搗年糕

餅肌⓪〈名〉白嫩的肌膚

★鏡餅・画餅・月餅・煎餅

併 あわ・せる/ヘイ
[併][并]bìng[日＝繁≒簡]

合在一起；兩種或以上事物同時存在，同時進行

併せる③〈他一〉合，加，添；合併 **例** 5と7を～せる[將5和7加到一起]

併せ持つ④〈他五〉兼備
例智勇～つ[智勇雙全]

併記①〈名・サ變〉(兩種以上事項)併記，同時記載

併合⓪〈名・サ變〉合併

併設⓪〈名・サ變〉併設，同時設置

併存⓪〈名・サ變〉併存，共存
＝へいぞん

併置①⓪〈名・サ變〉併設，附設，同時設置

併読⓪〈名・サ變〉同時訂閱兩種以上報紙；同時閱讀(兩種以上的讀物)

併呑⓪〈名・サ變〉併呑，呑併

併発⓪〈名・サ變〉併發 **例** かぜから肺炎を～する[感冒併發肺炎]

併有⓪〈名・サ變〉兼有，同時有

併用⓪〈名・サ變〉併用

★合併

並 な・み/なら・びに/なら・ぶ/なら・べる/ヘイ
[並][并]bìng[日＝繁≒簡]

連，和；不同事物同時存在

朔 日語中還有「普通」的意思

並⓪〈名〉普通，一般，平常；下等(委婉的説法) **例** ～の人間では思いもつかないことばかりだ[淨是一般人意料不到的事情]

並ぶ③⓪〈自五〉排列；挨近；相比，比得上；兼備 **例** かれに～ぶ者がいない[沒人比得上他]

並びに④〈接〉及，和，與
例 ご両親～皆様によろしく[向令尊、令堂和其他各位問好]

並べる④⓪〈他一〉排列，並列；列舉，羅列；陳列；(圍棋、將棋)布子；比較
例 証拠を～べる[列舉證據]

並製⓪〈名・サ變〉普通產品，普通貨；(書籍)平裝

並並⓪〈名〉普通，一般，平常
例 ～ならぬ[非凡，不平凡，不尋常]

並木⓪〈名〉道旁樹，林蔭樹
例 ～道[林蔭道]

並行⓪〈名・サ變〉並行；同時進行

並列⓪〈名・サ變〉並列，並排；(電)並聯

病 やまい/や・む/ビョウ/ヘイ
bìng[日＝繁＝簡]

生理上或心理上發生的不正常狀態

病①〈名〉病，久病，重病；(喻)毛病，惡癖
例 ～膏肓に入る[病入膏肓]

病み付く③〈自五〉患病，得病；入迷，狂熱；染上惡習
例 彼が～いてから2か月になる[他生病已經有兩個月了]

病む②〈自他五〉患病，生病；煩惱，
　憂愁
　例久しく～んでいる[長期患病]
病因⓪〈名〉病因
病院⓪〈名〉醫院 辨日語中的「医院」
　一般指小規模的私人診所
病害⓪〈名〉病害
病気⓪〈名・サ變〉病，疾病；老毛病，
　惡習 例例の～が始まった[舊毛病
　又犯了]
病苦①〈名〉疾病的折磨
病欠⓪〈名・サ變〉因病缺席
病後⓪〈名〉病後
病死⓪〈名・サ變〉病死
病室⓪〈名〉病室，病房
病弱⓪〈名・形動〉病弱
病床⓪〈名〉病床
病症⓪〈名〉病症
病状⓪〈名〉病情
病巣⓪〈名〉病灶
　例～の切除[切除病灶]
病棟⓪〈名〉病房
病毒⓪〈名〉病毒
病人⓪〈名〉病人，患者
病没⓪〈サ變〉病故，病逝，病
病弊⓪〈名〉弊病
病歴⓪〈名〉病史，病例

　★看病・急病・仮病・持病・
　　疾病・重病・成人病・大病・
　　伝染病・闘病・熱病・無病息災

波 なみ/ハ bō[日＝繁＝簡]

　波浪；(物理)波，波動；比喻事情
　的意外變化
波②〈名〉波，波浪，波濤；光波，音

波；波動，潮，潮流；起伏；皺紋
波風②〈名〉風浪；風波，糾紛，不
　和；痛苦的事情，難以忍受的事情
波及⓪〈名・サ變〉波及，影響
波形⓪〈名〉波形
波状⓪〈名〉波狀，波浪形；波浪式，
　反覆，輪番
波線⓪〈名〉波狀線
波長⓪〈名〉波長
波涛⓪〈名〉波濤；海，大洋
波動⓪〈名〉波動；週期的變化
波止場⓪〈名〉碼頭＝波戸場
波紋⓪〈名〉波紋；影響，波及
　例～を投げかける[產生影響]
波瀾⓪〈名〉波瀾；糾紛，風波＝波乱
波瀾万丈⓪〈名〉局勢變化激烈
波浪⓪〈名〉浪，波浪

　★音波・周波数・短波・中波・
　　長波・電磁波・電波・脳波・
　　余波

勃 ボツ bó[日＝繁＝簡]

　興起，興旺
勃起⓪〈名・サ變〉勃起
勃興⓪〈名・サ變〉勃興，興起
勃然⓪〈トタル〉勃然
勃勃⓪〈トタル〉勃勃

鉢 ハチ [鉢][鉢]bō[日＝繁≒簡]

　陶製的器具，形狀像盆而較小
鉢合わせ③〈名・サ變〉頭撞頭；偶然
　碰見，意外碰見
　例家を出たとたんに彼と～した[一
　出家門就碰上他了]

鉢巻き②〈名〉纏頭，纏頭巾；帽檐上
包的布；土倉檐下牆上的水平凸線
例ねじり〜[把布手巾撐緊繫在頭上
（表示加油）]

鉢物⓪②〈名〉盆栽，盆栽的花木；
大鉢盛的菜，大碗盛的酒餚

★植木鉢・金魚鉢・乳鉢

伯 ハク
bó[日＝繁＝簡]

伯父；在弟兄排行的次序裏代表老
大；封建五等爵位中的第三等

伯爵⓪〈名〉伯爵

伯仲⓪〈名・サ變〉伯仲，不分上下
例力が〜している[勢均力敵]

伯父①〈名〉伯父＝おじ

伯母①〈名〉伯母＝おば

伯楽⓪〈名〉伯樂

泊 と・まる/と・める/ハク
bó[日＝繁＝簡]

船靠岸；停留；安靜

泊まる③⓪〈自五〉投宿，住下；值
宿；（船）停泊
例港に〜る[停泊在港口]

泊める③⓪〈他一〉留宿，留住；使入
港 例客を〜める[留客住宿]

★外泊・宿泊・淡泊・停泊・漂泊

舶 ハク
bó[日＝繁＝簡]

航海的大船

舶来⓪〈名・サ變〉舶來（品），進口
（貨）例〜品[舶來品，進口貨]

★船舶

博 ひろ・い/ハク/バク
[博][博]bó[日≒繁＝簡]

量多，豐富；通曉；博取，取得；
古代的一種遊戲，後泛指賭博

博い②〈形〉淵博的，廣泛的；（心
胸）寬闊 例顔が〜い[交際廣]

博愛⓪〈名〉博愛

博学⓪〈名・形動〉博學

博士①〈名〉博士＝はかせ

博識⓪〈名・形動〉博識，博學

博する③〈サ變〉博得，博取 例好評
を〜する[博得好評]

博打⓪〈名〉博弈，賭博 例大〜を打
つ[孤注一擲]＝博奕

博徒①〈名〉賭徒

博物⓪②〈名〉博物 例〜学[博物
學]；〜館[博物館]

博聞⓪〈名〉博聞，知識淵博 例〜強
記[博覽强記]

博覽⓪〈名・サ變〉博覽

★賭博

捕 つかま・える/つかま・る/とら・
える/とらわ・れる/と・る/ホ
bǔ[日＝繁＝簡]

捉，逮

捕まえる⑤⓪〈他一〉揪住，抓住；捉
拿，逮捕；（口）拉去，拉走 例車
を〜える[叫住一輛出租車]

捕まる④⓪〈自五〉被捉拿，被捕獲；
緊緊抓住 例スパイが〜った[間諜
被捕了]

捕らえる③〈他一〉捕獲，捉拿，捉；
抓住，抓緊；領會 例人の心を〜
える[扣人心弦]

捕らわれる④⓪〈自一〉被擒，被俘；

受拘束，被束縛 例 メンツに～れない[不講情面]

捕る①〈他五〉捕，捉，打 例 猫が鼠を～る[貓捉老鼠]

捕獲⑩〈名・サ變〉捕獲(魚、獸)；俘獲(敵船等)

捕鯨⑩〈名・サ變〉捕鯨

捕殺⑩〈名・サ變〉捕殺

捕捉⑩〈名・サ變〉捉摸，理解(文章等的內容) 例 真意はなかなか～しがたい[很難理解其真意]

捕縛⑩〈名・サ變〉捕獲

捕虜①〈名〉俘虜

★ 逮捕・拿捕

哺 ホ

bǔ[日＝繁＝簡]

　餵，餵養

哺乳⑩〈名・サ變〉哺乳

哺育⑩〈名・サ變〉哺育

★ 反哺

補 おぎな・う/ホ

[補][补]bǔ[日＝繁≒簡]

　補充，補足，填補(缺額)，修補

補う③〈他五〉補充，補償 例 長所をとりいれて短所を～う[取長補短]

補遺①〈名〉補遺(的部分)

補完⑩〈名・サ變〉補齊，補全

補給⑩〈名・サ變〉補充，補償 例 栄養の～[補充營養]

補強⑩〈名・サ變〉增強，加強，加固 例 ～工事[加固工程]

補欠⑩〈名〉補缺，補充(人員)；候補 例 ～選手[候補選手]

補佐①〈名・サ變〉輔佐，助理，輔助

例 ～役[助理職位]

補修⑩〈名・サ變〉補修，修補

補習⑩〈名・サ變〉補習

補充⑩〈名・サ變〉補充，補足

補助①〈名・サ變〉補助，輔助

補償⑩〈名・サ變〉補償，賠償

補正⑩〈名・サ變〉補正，補充，修正 例 誤差の～[修正誤差]

補足⑩〈名・サ變〉補足，補充 例 資料を～する[補充資料]

補則⑩〈名〉補充規則

補填⑩〈名・サ變〉填補，彌補

補注⑩〈名〉補注

補導⑩〈名・サ變〉輔導

★ 候補・增補

不 フ/ブ

bù[日＝繁＝簡]

　表否定

不安⑩〈名・形動〉不安，不放心，擔心

不意⑩〈名・形動〉想不到，意外，突然 例 ～の事件[意外的事件]

不一①〈名〉(古)(信)專此，草草不能盡言＝不乙

不運①〈名・形動〉不幸，倒霉，運氣不好

不縁①〈名〉離婚；沒緣分

不穩⑩〈名・形動〉不穩，險惡 例 ～な空気に包まれる[被惡劣的空氣所籠罩]

不可①②〈名〉不可，不行；(按優、良、可、劣評定成績時的)劣，不及格，不會

不快⑩②〈名・形動〉不愉快，不高興；有病

不可解②〈名・形動〉不可理解，不可思議

不覚⓪〈名・形動〉失策，過失；不知不覺，不由得；失去知覺 例 ～な涙がこぼれる［不由得流下淚來］

不可欠〈名・形動〉不可少的，必需的

不可視②〈名〉（理）不可見

不可侵②〈名〉不可侵犯

不可分②〈名・形動〉不可分，分不開

不堪⓪〈名〉（技能、技巧）拙笨；貧困；（田地）荒廢 辨 在漢語中是「不能勝任」、「無法忍受」以及形容程度深等意思

不帰①〈名〉不歸，死亡

不軌〈名〉不軌

不義①〈名〉不義；私通

不吉①〈名・形動〉不吉利，不吉祥

不気味⓪①〈名・形動〉令人不快的；令人可怕的
例 ～な沈黙［不愉快的沉默］

不急⓪〈名・形動〉不急需，不著急

不朽⓪〈名〉不朽

不況⓪〈名〉蕭條，不景氣
例 ～に見舞われる［遭到不景氣］

不興⓪〈名〉掃興，不高興

不器用②〈名・形動〉笨，拙笨；手藝不高明

不具①〈名〉殘廢；（書信結尾）書不盡言 例 ～者［殘疾人］

不遇⓪〈名・形動〉遭遇不佳

不俱戴天①〈名〉不共戴天

不敬⓪②〈名・形動〉（對皇室、神社等的）敬，無禮

不潔⓪〈名・形動〉不乾淨，髒；不純潔

不孝①⓪〈名・形動〉不孝敬

不幸①②〈名・形動〉不幸，倒霉

不在⓪〈名〉不在，不在家

不作⓪〈名〉歉收；（作品等的）品質、效果不好 例 百年の～［娶個不稱心的老婆倒一輩子霉］

不死①〈名〉不死，長生

不思議⓪〈名・形動〉奇怪，難以想象，不可思議 例 この薬は～によく効く［這種藥異常靈］

不自然②〈名・形動〉不自然，勉強

不実①⓪〈名・形動〉不誠實，不誠懇；虛假，不符合事實 例 ～の申立て［虛假的陳述］

不自由①〈名・形動・サ變〉不自由，不如意，不方便 例 お金に～する［缺錢花］

不十分②〈名・形動〉不充分，不完全 ＝不充分

不純⓪〈名・形動〉不純

不順⓪〈名・形動〉不順，不調，不正常；不服從，違反道理

不祥⓪〈名・形動〉不祥，不吉利

不肖⓪〈名・形動〉不肖；（謙）鄙人，不才

不詳⓪〈名・形動〉不詳，不清楚

不承⓪〈名・サ變〉不答應，不贊成

不精②〈名・サ變・形動〉懶，不想動，懶散，懶惰

不浄⓪〈名・形動〉不乾淨；廁所，大小便；（古）月經

不信⓪〈名〉沒有信義，不誠實；不相信；沒有信仰心

不審⓪〈名・形動〉懷疑，疑問 例 ～に思う［覺得奇怪］

不振⓪〈名〉不好，不佳；蕭條

不正〈名・形動〉不正當

不戦⓪〈名〉不戰，不交戰，不發動戰
　爭；不比賽

不測⓪〈名〉不測，難以預料

不足⓪〈名・サ變・形動〉不足，缺少；
　不滿意

不即不離④〈名〉不即不離

不治①②〈名〉不治，不能治＝ふじ

不忠⓪〈名〉不忠

不調⓪〈名〉不順利

不出来①〈名・形動〉做得不好，品質
　低；(收成等)不好 **例** ～な子供[長
　得不好的孩子，笨孩子]

不貞⓪〈名〉不守貞節；不忠貞

不当⓪〈形動〉不當，不得當，不合理

不等⓪〈名〉不等

不動産②⓪〈名〉(法)不動產

不同⓪〈名・形動〉不同，不一樣；不
　連貫，沒次序

不妊症⓪〈名〉不孕症

不燃⓪〈名〉不燃，防火

不能⓪〈名〉不能，不可能，不能行；
　無能，無才，沒本事

不買⓪〈名〉不買

不発⓪〈名〉(子彈等)沒爆炸，不發
　火；想做沒有做成，落空，告吹
　例 ～に終わる[告吹]

不抜⓪〈形動〉堅韌不拔

不備①〈名・形動〉不完備，不周全，
　不完整；(書信結尾用的)不盡欲言
　例 計画には～な点がある[計畫有
　不周的地方]

不評⓪〈名〉評價(評論)不好，聲譽
　不好 **例** ～を買う[招致惡評]

不文律②〈名〉不成文的規定；習慣
　法

不平⓪〈名〉不平，不滿，牢騷

不変⓪〈名〉不變，永恆

不偏⓪〈名〉不偏，正當中；公允

不便①〈名・形動・サ變〉不便，不方
　便

不敗⓪〈名〉不敗

不法⓪〈名・形動〉不法，違法，非法

不磨⓪〈名〉不能磨滅，不滅，不朽

不満⓪〈名・形動〉不滿，不滿意

不眠⓪〈名〉不眠，不睡；睡不著，失
　眠

不明⓪〈名・形動〉不明，不清楚；缺
　乏見識，無能，愚昧無知；盲目；
　失踪

不滅⓪〈名〉不滅，不朽

不毛⓪〈名・形動〉不毛；(喻)無成果，
　無成績

不問⓪〈名〉不問

不用⓪〈名・形動〉不用；無用

不要⓪〈名・形動〉不要，不需要

不利①〈名・形動〉不利

不良⓪〈名・形動〉不好使，壞；(品
　質)不良，流氓

不漁⓪〈名〉捕魚量少

不慮①〈名〉意外，不測

不倫⓪〈名・形動〉不倫，違背人倫；
　(古)順序錯亂

不老⓪〈名〉不老

不和①〈名・形動〉不和，不和睦

不惑⓪〈名〉不惑；40歲

布 ぬの/フ
bù[日＝繁＝簡]

　用棉、麻等織成的可以做衣服等的
　材料；宣告；散布；佈置

布⓪〈名〉布，布匹

布衣①〈名〉布衣，平民

布教⓪〈名・サ變〉傳教，傳道

布告⓪〈名・サ變〉布告，公告；宣布，宣告

布陣⓪〈名・サ變〉布陣，陣勢

布施⓪②〈名〉(佛)布施，施捨

布石⓪〈名〉(圍棋)佈局；(喻)準備(的手段)，防禦，捍衛 **例** 次期選舉への～[對下屆選舉的部署]

布団⓪〈名〉蒲團；被褥、坐墊的總稱 **例** ～をかける[蓋被子]

★昆布・公布・財布・散布・湿布・配布・発布・頒布・分布・綿布・毛布・流布

歩 あゆ・む/ある・く/ブ/ホ
[步][步]bù[日≒繁＝簡]

行走時兩腳間的距離；階段；用腳走

歩み寄る④⓪⑤〈自五〉走近，靠近；互相讓步 **例** なかなか～る様子もない[毫無讓步的跡象]

歩む②〈自五〉(文)走，步行；進展，前進 **例** 問題の解決に向って一歩～む[向著解決問題的方向前進一步]

歩く②〈自五〉走，步行；散步；(乘車輛等)走，轉；(到處)走
例 足に任せて～く[信步而行]

歩合⓪〈名〉比率，比值，百分率；手續費
例 利益の～を求める[追求利潤率]

歩行⓪〈名・サ變〉步行，行走

歩測⓪〈名・サ變〉用腳步測量

歩調⓪〈名〉步調，步伐

歩道⓪〈名〉人行道 **例** 横断～[人行橫道]；～橋[人行天橋]

歩兵⓪〈名〉步兵

歩廊⓪〈名〉走廊，長廊；站台，月台

★一歩・散歩・初歩・譲歩・進歩・徒歩・日歩・漫歩

怖 こわ・い/フ
bù[日＝繁＝簡]

懼怕，惶恐

怖い②〈形〉可怕的，令人害怕的
例 彼は～いということを知らない
[他從不知道害怕]

★畏怖・恐怖

部 ブ
bù[日＝繁＝簡]

部分，部位；某些機關的名稱或機關企業中按業務而分的單位；部隊；量詞

部位①〈名〉部位

部員⓪〈名〉部裏的成員

部下①〈名〉部下

部会⓪〈名〉部門會議；以部為單位的集會 **例** 専門～[專業會議]

部外①〈名〉(與其單位、組織無關的)外部(的人)，外單位

部局①〈名〉局、處、科的總稱
例 ～長会議[各局、處、科長會議]

部首①〈名〉(漢字的)部首

部署①〈名・サ變〉部署(工作任務)；工作崗位，工作任務

部数②〈名〉(書報等)部數，冊數

部族①〈名〉部族

部隊①〈名〉部隊；隊伍，一伙人

部長⓪〈名〉部長

部内①〈名〉(組織、機關等的)內部，部內

部品⓪〈名〉零件 **例** ラジオの～[收

音機零件]

部分①〈名〉部分，一部分

部門①〈名〉部門

部類⓪①〈名〉部類，種類
　例 ～に分ける[分門別類]

★ 一部・外部・学部・下部・幹部・
　胸部・局部・細部・支部・上部・
　全部・総務部・内部・編集部・
　本部・野球部

捗 はかど·る/チョク
[捗][捗]bù[日≒繁=簡]

辨在漢語中是「收斂」的意思，在日
語中是「進展」的意思

捗る③〈自五〉進展

★ 進捗

簿 ボ
[簿][簿]bù[日≒繁=簡]

用於記錄的冊子

簿記①〈名〉簿記

★ 家計簿・原簿・出納簿・帳簿・
　通信簿・名簿

C ㄘ、ㄘ

# 擦 す·る/す·れる/サツ
cā[日=繁=簡]

摩，搓；貼近；除去

擦り替える④③〈他一〉頂替，偷換
　例 論理を～える[偷換邏輯]

擦り傷②〈名〉擦傷

擦り切れる④⑤〈自一〉磨破，磨斷，
　磨損 例 絨毯が～れた[地毯磨破
　了]

擦り剥く③〈他五〉擦破，蹭破 例 ひ
　じを～いた[蹭破了胳膊肘]

擦り寄る③④〈自五〉靠近，貼近，
　挨近 例 官庁に～る業者[依賴政府
　的企業]

擦る①〈他五〉擦，摩擦；磨，磨碎；
　損失；糾紛
　例 マッチを～る[劃火柴]

擦れ合う③〈自五〉相互摩擦
　例 車体が～う[車身相互刮擦]

擦れ違う④⑤〈自五〉交錯，交錯過
　例 電車が～う[電車錯車]

擦れる②〈自一〉摩擦，磨損；久經世
　故 例 ～れた子供[世故的小孩]

★ 摩擦

# 裁 さば·く/た·つ/サイ
cái[日=繁=簡]

用剪子剪布；去掉一部分；決定，判
斷；安排取捨；節制，抑制

裁く②〈他五〉裁判，審判，排解
　例 けんかを～く[勸架]

裁つ①〈他五〉裁，剪 例 生地を～つ
　[裁剪布料]

裁可①〈名・サ變〉(君主或天皇的)裁
　決

裁許①〈名・サ變〉批准

裁決⓪①〈名・サ變〉裁決

裁断⓪〈名・サ變〉切斷，剪裁；裁決

裁定⓪〈名・サ變〉裁定，裁決，仲裁

裁判①〈名・サ變〉審理，審判
　例 ～を受ける[受審判] 辨在漢語
　中，還可以指在體育比賽中擔任裁
　決評判工作的人(審判)

裁縫⓪〈名・サ變〉裁縫

裁量⓪③〈名・サ變〉斟酌，酌辦，酌

量

★ 制_{さい}裁・総_{そう}裁・体_{てい}裁・仲_{ちゅう}裁・洋_{よう}裁・
和_わ裁

才^{サイ}
［才］［才］cái［日≒繁＝簡］

才能；有才能的人 辨 在日語中可替
代「歲」，用於表示年齡

才①〈名〉才能，才華，才幹
才_{さいかく}覚⓪〈名〉才智，機智
才_{さいかん}幹⓪〈名〉才幹，才能
才_{さいき}気①〈名〉才氣，才華
才_{さいげい}芸①〈名〉才藝
才_{さいし}子①〈名〉才子
才_{さいじょ}女①〈名〉才女，有文才的女性
才_{さいしょく}色⓪①〈名〉(女子的)才色，才貌
才_{さいそう}藻⓪〈名〉文才
才_{さいのう}能⓪〈名〉才能，才幹

★ 秀_{しゅうさい}才・多_{たさい}才・天_{てんさい}才・文_{ぶんさい}才

材^{ザイ}
cái［日＝繁＝簡］

木料，泛指材料；資料；有才能的人
材_{ざいしつ}質⓪〈名〉木材或材料的性質；樹
芯，樹的木質部分
材_{ざいもく}木⓪〈名〉木材，木料
材_{ざいりょう}料③〈名〉材料；資料，素材；影響
行市漲落的因素

★ 逸_{いつざい}材・教_{きょうざい}材・人_{じんざい}材・素_{そざい}材・題_{だいざい}材・
木_{もくざい}材

財^{サイ/ザイ}
［財］［財］cái［日＝繁≒簡］

錢和物資的總稱
財_{ざいか}貨①〈名〉財物；(經濟學)物質
財_{ざいかい}界⓪〈名〉財界，經濟界，工商業界

財_{ざいけい}形⓪〈名〉(「財産形成」的略語)積
攢財產
財_{ざいげん}源⓪③〈名〉財源
財_{ざいさん}産①〈名〉財產
財_{ざいせい}政⓪〈名〉財政；家計
財_{ざいだん}団⓪〈名〉財團(「財団法人_{ざいだんほうじん}」的略
語)
財_{ざいばつ}閥⓪〈名〉財閥，大資本家集團；富
豪
財_{ざいふ}布⓪〈名〉錢包
財_{ざいぶつ}物①⓪〈名〉財物
財_{ざいほう}宝⓪〈名〉財寶
財_{ざいよく}欲⓪〈名〉財慾
財_{ざいむ}務①〈名〉財務
財_{ざいりょく}力①〈名〉財力，經濟力量；(費用
的)負擔能力

★ 家_{かざい}財・散_{さんざい}財

采^{サイ}
cǎi［日＝繁＝簡］

通「彩」；精神，神色
采_{さいはい}配⓪〈名〉令旗；指揮

★ 喝_{かっさい}采・風_{ふうさい}采

彩^{いろど・る/サイ}
cǎi［日＝繁＝簡］

顏色
彩_{いろど}る③〈他五〉塗顏色，著色；裝飾，
點綴；化妝，打扮 例 山を～る紅葉_{もみじ}
［點綴山峰的紅葉］
彩_{さいうん}雲⓪〈名〉彩雲
彩_{さいしき}色⓪〈名・サ變〉彩色；著色

★ 色_{しきさい}彩・水_{すいさい}彩

採 と・る/サイ

採 [採][采]cǎi[日≒繁≒簡]

辨「採」是「采」的異體字，現代漢語中一般使用「采」

採る①〈他五〉採用；採集 例 きのこを～る[採蘑菇]

採掘⓪〈名・サ變〉採掘，開採

採決⓪①〈名・サ變〉表決 例 ～を行う[進行表決]

採血⓪〈名・サ變〉採血，抽血

採光⓪〈名・サ變〉採光

採鉱⓪〈名・サ變〉採礦

採算⓪〈名〉核算，核算盈虧 例 ～が取れる[合算，上算]

採取①⓪〈名・サ變〉選取；提取 例 指紋を～する[取指紋]

採集⓪〈名・サ變〉採集，收集

採石⓪〈名・サ變〉採石

採択⓪〈名・サ變〉選定；通過，採納 例 決議を～する[通過決議]

採炭⓪〈名・サ變〉採煤

採点⓪〈名・サ變〉評分 例 あの先生の～は甘い[那個老師評分不嚴]

採納⓪〈名・サ變〉採納，接受

採否①〈名〉採用與否

採油⓪〈名・サ變〉開採石油；榨油 例 菜種から～する[從菜籽裏榨油]

採用⓪〈名・サ變〉採用，採納，錄用

採録⓪〈名・サ變〉採錄，選錄，摘錄 例 優れた作品を～する[選錄優秀作品]

★ 伐採

菜 な/サイ

菜 cài[日＝繁＝簡]

蔬菜，能做食品的植物；菜餚

菜①〈名〉菜；青菜

菜種⓪〈名〉油菜籽

菜園⓪〈名〉菜園，菜地

菜食⓪〈名・サ變〉菜食，素食

★ 山菜・惣菜[家常菜]・白菜・野菜

参 まい・る/サン

参 [參][参]cān(shēn)[日＝簡≒繁]

加入；參考；進見，謁見

参る①〈自五〉「行く」、「來る」的自謙語，來，去；參拜；認輸，服氣 例 墓に～る[掃墓]

参加①⓪〈名・サ變〉參加，加入 例 組合に～する[加入工會]

参賀①〈名・サ變〉(新年或天皇生日時)到皇宮祝賀

参画⓪〈名・サ變〉參加策畫

参観⓪〈名・サ變〉參觀

参議院③〈名〉參議院

参詣⓪〈名・サ變〉參拜(寺廟、神社)

参考⓪〈名・サ變〉參考

参事官③〈名〉政府各個省次長、局長以下的高級職員

参集⓪〈名・サ變〉聚集，集合

参照⓪〈名・サ變〉參照，參閱

参上⓪〈名・サ變〉拜訪，登門拜見

参政⓪〈名・サ變〉參政

参戦⓪〈名・サ變〉參戰

参禅⓪〈名・サ變〉參禪

参内⓪〈名・サ變〉晉謁天皇，朝見，參見

参道⓪〈名〉參拜用的道路

参入⓪〈名・サ變〉進入皇宮；參加，進入 例 日本市場に～する[進入日本市場]

参拝⓪〈名・サ變〉参拜
参謀⓪〈名〉参謀
参与①〈名・サ變〉参與，参加
参列⓪〈名・サ變〉列席
　例 記念式に〜する[列席紀念儀式]

★持参・墓参

残 のこ・す/のこ・る/ザン
[残][残]cán[日≒繁≒簡]

不完整，殘缺；剩餘的，將盡的；傷
害，摧毀；凶惡

残す②〈他五〉留下，剩下；存留，
攢；(相撲)即將被摔倒時頂住
　例 手紙を〜す[留下信]
残る②〈自五〉留下；留有；剩，剩下
　例 大学に〜って研究を続ける[留
在大學繼續研究]
残骸⓪〈名〉物體的殘骸；屍體
残額⓪〈名〉餘額
残菊⓪〈名〉殘菊
残虐⓪〈名・形動〉殘酷，殘暴，殘忍
　例 〜な行為[殘暴的行為]
残業⓪〈名・サ變〉加班
残金⓪〈名〉餘額，餘款；欠款
残月①〈名〉殘月
残酷⓪〈名・形動〉殘酷，殘忍
残滓⓪〈名〉殘渣
残暑①⓪〈名〉殘暑，立秋後的熱天
残照⓪〈名〉太陽下山後殘留在天空
的陽光
残存⓪〈名・サ變〉殘存，殘留
　＝ざんぞん
残高①⓪〈名〉餘款，餘額
残敵⓪〈名〉殘敵
残党⓪〈名〉殘黨
残忍⓪〈名・形動〉殘忍，凶狠

残念③〈名・形動〉遺憾，可惜；悔
恨，懊悔 **例** あんな弱いチームに
負けてしまって〜だ[輸給那麼弱的
隊，真遺憾]
残飯⓪③〈名〉剩飯
残務①〈名〉剩下的事務
残余①〈名〉剩餘部分
残留⓪〈名・サ變〉殘留，剩餘
　例 〜農薬[殘留農藥]
残塁⓪〈名・サ變〉殘留的堡壘；(棒
球)跑壘者留在壘上

★敗残・無残

蚕 かいこ/サン
[蠶][蚕]cán[日＝簡≒繁]

家蠶

蚕①〈名〉蠶
蚕業⓪〈名〉養蠶業
蚕糸①〈名〉蠶絲；養蠶製絲
蚕室⓪〈名〉養蠶室
蚕食⓪〈名・サ變〉蠶食

★養蚕

惨 みじ・め/サン/ザン
[慘][惨]cǎn[日＝簡≒繁]

悲慘；程度嚴重；凶惡，狠毒

惨め①〈形動〉悲慘，凄慘，慘痛
　例 〜な生活[悲慘的生活]
惨禍①〈名〉慘禍，嚴重災害
　例 〜に遭う[遭災]
惨害⓪〈名〉天災或戰爭引起的嚴重
損失
惨苦①〈名〉痛苦
惨劇⓪〈名〉慘劇
惨殺⓪〈名・サ變〉慘殺，殘殺
惨死⓪〈名・サ變〉慘死

さん じ
惨事①〈名〉惨事，惨案
さん じょう
惨状⓪〈名〉惨狀
さん たん
惨憺⓪〈形動〉凄慘，悲慘；慘淡，費
　盡心血　例～たる苦心[慘淡苦心]
ざん ぱい
惨敗⓪〈名・サ變〉慘敗
さん れつ
惨烈⓪〈名〉慘烈

★悲惨

倉 くら/ソウ
[倉][仓]cāng[日≒繁≒簡]
　倉房，倉庫
くら
倉②〈名〉倉庫
そう こ
倉庫①〈名〉倉庫
そう そつ
倉卒⓪〈名〉倉促　例～の間[倉促之
　間]

★穀倉・船倉

蔵 くら/ゾウ
[藏][藏]cáng[日≒繁≒簡]
　收存，儲藏　辨日語中沒有「躲藏」
　的意思
くら
蔵②〈名〉倉庫
そう しょ
蔵書⓪①〈名〉藏書

★私蔵・収蔵・所蔵・貯蔵・内蔵・
　秘蔵・埋蔵・無尽蔵・冷蔵

操 あやつ・る/みさお/ソウ
cāo(cào)[日＝繁＝簡]
　抓在手裏；做，從事；品行；用某
　種語言説話；操練
あやつ
操る③〈他五〉掌握；操縱，駕馭，駕
　馭；耍　例七か国語を～る人[掌握
　七國語言的人]
みさお
操⓪〈名〉節操，貞操
そうぎょう
操業⓪〈名・サ變〉(在工廠)工作，作
　業，操作

そう こう
操行⓪③〈名〉操行，品行
そう さ
操作①〈名・サ變〉操作，操縱；(設
　法)安排，操縱
　例株価を～する[操縱股價]
そう しゃ
操車⓪〈名・サ變〉調度列車
そう じゅう
操縦⓪〈名・サ變〉操縱；駕駛
　例～士[飛行員]

★情操・節操・体操・貞操

曹 ソウ
cáo[日＝繁＝簡]
　古代分科辦事的官署
そう ちょう
曹長①〈名〉(舊日軍的)曹長

★軍曹・法曹

槽 ソウ
cáo[日＝繁＝簡]
　兩邊高起中間凹下的物體；凹下部分

★歯槽・水槽・浴槽

草 くさ/ソウ
cǎo[日＝繁＝簡]
　栽培植物以外的草本植物的總稱；
　不細緻，草率；草稿
くさ
草②〈名〉草
くさ わ
草分け⓪〈名〉開拓(者)；先驅(者)
　例日本の教育界の～的存在[日本
　教育界的先驅]
そう あん
草案⓪〈名〉草案
そう げん
草原⓪〈名〉草原＝くさはら
そう こう
草稿⓪〈名〉草稿，原稿
そう しょ
草書⓪〈名〉(書法)草書
そう しょく
草食⓪〈名・サ變〉(動物)食草
そう そう
草創⓪〈名〉草創，開創；建造(寺廟、
　神社)　例～期[開創時期]
そう そう
草草⓪〈名〉簡慢；匆忙；書信結尾

用語

草体⓪〈名〉草體

草堂⓪〈名〉草堂

草莽⓪〈名〉草莽，民間(的)

草木⓪①〈名〉草木，植物＝くさき

★ 雑草・除草・毒草・牧草・野草・
薬草

冊 サク/サツ
[冊][册]cè[日≒繁＝簡]

冊子；量詞

冊立⓪〈名・サ變〉冊立(皇后、皇太
子等)

冊⓪〈名〉冊，書本的計量單位

冊子①⓪〈名〉小冊子，書

★ 分冊・別冊

側 かわ/がわ/ソク
[側][侧]cè[日＝繁≒簡]

旁邊

側②〈名〉側，邊；方面，立場；列，
行，排 例消費者の～に立つ[站在
消費者一方]＝がわ

側近⓪〈名〉親信，心腹

側室⓪〈名〉側室，妾

側面⓪③〈名〉側面，一面

策 サク
cè[日＝繁＝簡]

計謀，辦法；古代寫字用的竹片；
古代趕馬用的棍子

策定⓪〈名・サ變〉考慮，決定 例基
本方針を～する[確定基本方針]

策動⓪〈名・サ變〉策動

策謀⓪〈名・サ變〉策畫，謀畫

策略⓪〈名〉策略

★ 政策・対策

測 はか・る/ソク
[測][测]cè[日≒繁≒簡]

利用儀器來度量；檢定，檢驗；料想

測る②〈他五〉測量，測算；評價
例距離を～る[測量距離]

測地⓪〈名・サ變〉測量土地

測定⓪〈名・サ變〉測定，測量

測量⓪②〈名・サ變〉測量

★ 憶測・観測・実測・推測・不測・
歩測・目測・予測

曾 かつて/ソウ/ヒイ
[曾][曾]éng(zēng)[日≒繁＝簡]

過去發生過(讀céng)；指中間隔兩
代的親屬關係(讀zēng)

曾①〈副〉曾經

曾祖父③〈名〉曾祖父

曾祖母③〈名〉曾祖母

曾孫⓪〈名〉曾孫＝ひまご

★ 未曾有

層 ソウ
[層][层]céng[日≒繁≒簡]

量詞，用於重疊積累的東西

層雲⓪〈名〉層狀的雲

層状⓪〈名〉層狀

★ 階層・高層・上層・深層・断層・
地層

差 さ・す/サ
chā(chāi，cī)[日＝繁≒簡]

差別；不相同；派遣；差役 辨日語
中還有「伸出，呈現出；感到；(光)
照射；注入，加入；插入」等意思

差し上げる⑤⓪〈他一〉舉起；(「与える、やる」的敬語)給、贈與 **例**赤ん坊を両手で～げる[雙手舉起孩子]

差し入れる④⓪〈他一〉插入，放入，伸入；(給被關押或忙於工作的人)送東西，送食物 **例**新聞を戸の隙間から～れる[從門縫裏塞入報紙]

差し押さえる⑤⓪〈他一〉摁住，按住；查封，凍結 **例**財産を～さえる[查封財産]

差し込む⓪③〈自他五〉(光線)射入；(胃或腹部)突然疼痛；插入 **例**日が～む[陽光射入]

差し障り⓪〈名〉妨礙，麻煩，故障 **例**～があっていけない[因故去不了]

差し出す③⓪〈他五〉伸出，拿出，提出，寄出 **例**手紙を～す[寄信]

差し支え⓪〈名〉妨礙，障礙，不方便 **例**～ない[不要緊]

差し支える⑤⓪〈自一〉妨礙，障礙，不方便 **例**やってみても～えない[不妨試試看]

差し止める④⓪〈他一〉禁止，停止 **例**外出を～める[禁止外出]

差し伸べる④⓪〈他一〉伸出(手) **例**援助の手を～べる[伸出援助之手]

差し控える⑤〈他一〉待命；控制，保留，緩辦 **例**行動を～える[暫緩行動]

差し引く⓪③〈他五〉扣除，減去 **例**給料から～く[從工資扣除]

差し向かい⓪〈名〉相對，面對面 **例**～で話す[面對面說話]

差し向ける⓪④〈他一〉派遣；使…朝向 **例**銃口を相手に～ける[把槍口對準對方]

差し戻す④⓪〈他五〉退回，駁回 **例**原審に～す[退回重審]

差す①〈自他五〉呈現出；感到；(光)照射；注入，加入；插入；鎖住 **例**赤みが～す[臉發紅]

差異①〈名〉差異

差違①〈名〉差異

差益⓪〈名〉差額利潤，餘利

差額⓪〈名〉差額

差配⓪①〈名・サ變〉代管房地產(的人)

差別①〈名・サ變〉差別，區別；歧視

★誤差・時差・大差

挿 さ・す/ソウ
[插][挿]chā[日≒繁＝簡]
放進，擠入；中間加進去

挿し絵⓪②〈名〉插圖，插畫

挿し木③〈名〉將樹枝等插入土中使其生根

挿す①〈他五〉插 **例**花瓶に花を～す[把花插入花瓶]

挿入⓪〈名・サ變〉插入

茶 サ/チャ
chá[日＝繁＝簡]
常綠灌木，嫩葉加工後可泡水飲用；飲料

茶飯事②〈名〉常有的事，日常事 **例**日常～[毫不稀奇的正常事]

茶色⓪〈名〉茶色

茶園⓪〈名〉茶園

茶会⓪〈名〉茶道會

茶化す②〈他五〉開玩笑；支吾，搪塞 **例**人の真面目な話を～す[拿人

家的正經話開玩笑]

茶褐色②〈名〉茶褐色

茶器①〈名〉茶具，茶道用具

茶巾⓪②〈名〉茶道用毛巾

茶室⓪〈名〉(茶道舉辦茶會的)茶室

茶漬け⓪〈名〉茶泡飯

茶摘み⓪〈名〉採茶(人)

茶道①〈名〉茶道＝さどう

茶の間⓪〈名〉(和式)餐室，起居間；茶室

茶飲み⓪〈名〉喝茶；愛喝茶的人；茶杯

茶畑⓪〈名〉茶園，種茶的地

茶屋⓪〈名〉茶葉舖；茶館

茶話会②〈名〉茶話會

茶碗⓪〈名〉(瓷的)茶碗，茶杯

★ 喫茶店・紅茶・新茶・煎茶・番茶・抹茶・銘茶・緑茶

査 サ

[査][査]chá[日≒繁＝簡]

檢查，調查；翻檢著看

査閲⓪〈名・サ變〉査閱

査察⓪〈名・サ變〉檢查，視察，監察

査収⓪〈名・サ變〉查收

査証⓪〈名〉簽證

査定⓪〈名・サ變〉查定

査問⓪〈名・サ變〉查問，盤問，訊問

★ 検査・考査・捜査・調査

察 サツ

chá[日＝繁＝簡]

仔細看，調查

察する⓪③〈サ變〉推測；體諒

察知①〈名・サ變〉察知，察覺

★ 観察・考察・視察・診察

刹 サツ/セツ

chà[日＝繁＝簡]

指佛寺；(梵語 ksana 的音譯)表示極短的瞬間

刹那①〈名〉一刹那，瞬間

★ 古刹・禅刹・名刹

禅 ゼン

[禪][禅]chán[日≒繁≒簡]

泛指與佛教有關的事物

禅宗⓪〈名〉禪宗

禅譲⓪〈名・サ變〉禪讓

禅僧⓪〈名〉禪宗的僧侶

★ 座禅・参禅

産 うぶ/う・まれる/う・む/サン

[産][产]chǎn[日＝繁≒簡]

幼體從母體分離出來；創造，出產；物產，產業

産着⓪〈名〉初生嬰兒的衣服

産屋⓪〈名〉產房；古時為生小孩另造的房子

産まれる④⓪〈自一〉出生，誕生；產生，出現 例 子供が〜れる[孩子出生]

産み出す③〈他五〉產生出，創造出；生產 例 新しい理論を〜す[創造新理論]

産む②〈他五〉生，產；產生，產出 例 利益を〜む[產生利益]

産院⓪〈名〉產院

産休⓪〈名〉產假(「出産休暇」的略語)

産業⓪〈名〉產業，工業

産後⓪〈名〉產後

産児①〈名〉生育；生出的嬰兒

産室⓪〈名〉(醫院的)産房

産出⓪〈名・サ變〉生産；出産 **例** 石炭を～する[出産煤]

産地①〈名〉産地

産婆⓪〈名〉接生婆，助産士

産婦人科⓪〈名〉婦産科

産物⓪〈名〉産物；成果

産卵⓪〈名・サ變〉産卵

★安産・国産・出産・生産・増産・名産

長 なが・い/チョウ
[長][长]cháng(zhǎng)
[日＝繁≒簡]

兩點間(時間或空間)距離大；長度；長處，擅長；年紀大，輩分大；領導人；生長，增加

長雨⓪③〈名〉淫雨，久下不停的雨

長い②〈形〉(時間或空間上)長的 **例**～い目で見る[用長遠眼光看]

長生き③〈名・サ變〉長壽

長靴⓪〈名〉長筒靴

長続き③〈名・サ變〉持續，持久 **例** 晴天は～するだろう[晴天大概會持續下去吧]

長年⓪〈名〉長年，多年

長引く③〈自五〉拖長，拖延，久拖不決 **例** 交渉が～く[談判久拖不決]

長持ち③④〈名・サ變〉耐用，持久 **例** 丈夫で～する[結實耐用]

長音①〈名〉(發音上的)長音

長官⓪〈名〉(政府機關的)長官，首長

長期①〈名〉長期

長距離③〈名〉長距離

長駆①〈名・サ變〉長驅；遠征

長剣⓪〈名〉長劍

長江①〈名〉長江

長子①〈名〉老大(長男或長女)；長男 **辨** 在日語中，「長子」也可以用於女性

長姉①〈名〉大姐

長時間③〈名〉長時間

長者⓪①〈名〉富豪，富翁

長寿①〈名〉長壽

長所①〈名〉優點，長處

長女①〈名〉長女

長じる③④〈サ變〉成長，長大；擅長 **例** スポーツに～じる[擅長體育]＝ちょうずる

長征⓪〈名〉長征

長大⓪〈形動〉長大，高大

長短①〈名〉長短；長處、短處，優缺點；長度

長堤⓪〈名〉長堤

長途①〈名〉長途

長男①③〈名〉長男，長子

長波①〈名〉長波

長文⓪〈名〉長句子，長篇文章

長編⓪〈名〉長編

長方形③⓪〈名〉長方形

長夜①〈名〉長夜

長幼⓪〈名〉長幼 **例**～の序[長幼之序]

長老⓪〈名〉長老，老前輩

★延長・助長・消長・冗長・身長・増長・体長・年長・悠長

常 つね/とこ/ジョウ
cháng[日＝繁＝簡]

一般，普通；不變；經常，常常

常①〈名〉平常，尋常，經常，常情

例世の〜[世之常情]

常常〈名・副〉平常，常常 **例**〜の心がけが大切だ[平時留意很重要]

常温⓪〈名〉常溫；（年）平均溫度

常軌⓪〈名〉常軌

常客⓪〈名〉常客

常勤⓪〈名・サ變〉專職，專任

例〜講師[專職講師]

常時①〈名〉平時；經常

常識⓪〈名〉常識

常習犯③〈名〉慣犯

常住⓪〈名・サ變〉常住

常食⓪〈名・サ變〉常吃(的食物)

常設⓪〈名・サ變〉常設

常態⓪〈名〉常態，正常狀態

常置①⓪〈名・サ變〉常置

常駐⓪〈名・サ變〉常駐

常套⓪〈名〉老一套

常道⓪〈名〉常規做法，原則上的做法

常任⓪〈名・サ變〉常任，常務

常備①〈名・サ變〉常備

常務①〈名〉常務董事(「常務取締役」的略語)；日常事務

常用⓪〈名・サ變〉經常使用，繼續使用 **例**この薬は〜しなければ効果がない[這藥不經常使用就沒有效果]

常緑⓪〈名〉常綠 **例**〜樹[常綠樹]

常連⓪〈名〉老伙伴，老搭檔；老顧客，常客

★異常・経常・恒常・尋常・正常・通常・日常・非常・平常・無常

腸チョウ
[腸][肠]cháng[日＝繁≒簡]
胃與肛門間的消化器官

腸炎①〈名〉腸炎

腸詰め⓪④〈名〉香腸，臘腸

★胃腸・十二指腸・小腸・大腸・直腸・盲腸

償つぐな・う/ショウ
[償][偿]cháng[日＝繁≒簡]
歸還，抵補

償う③〈他五〉賠償，補償；贖罪，抵罪 **例**損失を〜う[賠償損失]

償還⓪〈名・サ變〉償還

償却⓪〈名・サ變〉返還

償金⓪〈名〉賠款

★代償・賠償・弁償・補償・報償・無償・有償

場ば/ジョウ
[場][场]cháng(chǎng)
[日＝繁≒簡]
平坦的空地；集，市集

場⓪〈名〉場所，地方，場合；(戲劇)場次；(股)市

場合⓪〈名〉場合，時候；情況，狀況

場当たり⓪〈名・形動〉即興表演；當場，權宜，臨時 **例**〜的な政策[臨時的政策]

場所⓪〈名〉場所，地方；席位，座位；(相撲)場地，賽季

場面①⓪〈名〉場面，情景；(電影等的)鐘頭，場景

場外①〈名〉場外

場内①〈名〉場內

★運動場・会場・休場・劇場・工場・市場・戦場・退場・登場・道場・入場・農場・牧場・満場

唱 とな・える/ショウ
chàng［日＝繁＝簡］

唱歌；大聲叫；倡導

唱える③〈他一〉(有節奏地)念，誦；
高喊；提出(主張)，提倡 **例** 軍縮
を～える［提倡裁減軍備］

唱歌①〈名〉(小學課程)唱歌；歌曲 **辨**
「唱歌」在日語中不能當動詞使用

唱道⓪〈名・サ變〉提倡，倡導

唱導⓪〈名・サ變〉倡導；(佛教)布道

唱和⓪①〈名・サ變〉(眾人)附和，隨
著喊；對詩

★ 愛唱・暗唱・歌唱・吟唱・高唱・
合唱・三唱・主唱・首唱・斉唱・
提唱・独唱・二重唱・復唱・
朗唱

抄 ショウ
chāo［日＝繁＝簡］

謄寫

抄本⓪〈名〉抄本

抄録⓪〈名・サ變〉抄錄，摘錄

超 こ・える/こ・す/チョウ
chāo［日＝繁＝簡］

超過，高出；超出尋常的；超過範
圍，不受限制

超える③⓪〈自一〉超過，超出；跳
過 **例** 出席者は千人を～える［出席
者過千人］

超す②⓪〈自五〉越過；渡過；超過，
勝過 **例** 冬を～す［過冬］

超越⓪〈名・サ變〉超越，超出；超脫

超音速③〈名〉超音速

超音波③〈名〉超音波

超過⓪〈名・サ變〉超過，超出

超克⓪〈名・サ變〉超過(前人)；戰勝
(困難)

超人⓪〈名〉超人

超然⓪〈形動〉超然

超俗⓪〈名〉超凡脫俗

超脱⓪〈名・サ變〉超脫

★ 出超・入超

巢 す/ソウ
［巢］［巢］cháo［日≒繁＝簡］

鳥的窩，也稱蜂、蟻的窩

巢①⓪〈名〉巢，窩；蜘蛛網
例 愛の～［愛巢］

巢立つ②〈自五〉(小鳥)出窩；(人)
獨立，走上社會
例 学窓を～つ［畢業離校］

★ 営巣・卵巣・病巣

朝 あさ/チョウ
cháo(zhāo)［日＝繁＝簡］

朝廷，朝代；朝見；面對著；早晨；
一天

朝①〈名〉早晨，早上
例 ～から晩まで［從早到晚］

朝市②〈名〉早市

朝顔②〈名〉牽牛花，喇叭花

朝寝坊③〈名〉早晨睡懶覺(的人)
例 毎日～をする［每天睡懶覺］

朝晩①〈名・副〉早晨和夜晚；成天，
經常 **例** ～考え続けている［日夜思
考］

朝日①〈名〉朝陽，旭日

朝夕①〈名〉早晨和黃昏；成天，經常

朝刊⓪〈名〉晨報

朝貢⓪〈名・サ變〉朝貢

朝三暮四⑤〈名〉朝三暮四

ちょうしょく
朝食⓪〈名〉早飯
ちょうせん
朝鮮③〈名〉朝鮮
ちょうてい
朝廷⓪〈名〉朝廷
ちょうめい
朝命⓪〈名〉朝命，朝廷的命令
ちょうや
朝野①〈名〉朝野；全國
ちょうれい
朝礼⓪〈名〉(學校、公司的)早會
ちょうれいぼかい
朝令暮改⓪〈名〉朝令暮改，朝令夕
改

おうちょう そうちょう みょうちょう みんちょう よくあさ
★ 王朝・早朝・明朝・明朝・翌朝

嘲 あざけり/あざ・ける/チョウ
cháo[日＝繁＝簡]

譏笑，拿別人取笑
あざけ
嘲り①④③〈名〉嘲笑，譏諷
あざけ
嘲る③〈他五〉嘲笑，譏諷
あざわら
嘲笑う④〈他五〉嘲笑
ちょうしょう
嘲笑③〈名・サ變〉嘲笑
ちょうば
嘲罵①〈名・サ變〉嘲罵
ちょうろう
嘲弄⓪〈名・サ變〉嘲弄

じちょう
★ 自嘲

潮 うしお/しお/チョウ
cháo[日＝繁＝簡]

潮汐，潮水；潮濕；大規模的社會
變動或運動發展的起伏形勢
うしお しお しおじる うし
潮⓪〈名〉「潮」的雅語；「潮汁」、「潮
おに
煮」的略語
うしおじる
潮汁④〈名〉只加鹽的清魚湯
うしおに
潮煮⓪〈名〉只用鹽的煮魚
しお
潮②〈名〉海潮；海潮的漲落；時機
あめや たいさん
例雨が止んだのを〜に退散した[趁
雨停的時候走了]
しおどき
潮時⓪〈名〉漲潮時，落潮時；(開始
或結束某事的)最佳時機 例〜を待
ま
つ[等待時機]
しおみず
潮水②〈名〉潮水，海水

ちょうせき
潮汐⓪〈名〉潮汐；(潮水)漲落
ちょうりゅう
潮流⓪〈名〉(海水的)潮流；潮流，趨
勢

こうちょう しちょう ふうちょう まんちょう
★ 高潮・思潮・風潮・満潮

車 くるま/シャ
[車][车]chē[日＝繁≒簡]

陸地上有輪子的交通工具
くるま
車⓪〈名〉輪子，轱轆；車，汽車
か
例〜のついた家具[帶輪子的家具]
くるまいす
車椅子③〈名〉輪椅
くるまえび
車海老③〈名〉對蝦，大蝦
くるまだい
車代⓪〈名〉車費，車票錢
しゃけん
車検⓪〈名〉車檢，汽車的定期檢查
しゃこ
車庫①〈名〉車庫
しゃじく
車軸⓪〈名〉車軸
しゃしゅ
車種①〈名〉汽車的種類
しゃしょう
車掌⓪〈名〉乘務員，列車員
しゃせん
車線⓪〈名〉行車線
しゃそう
車窓⓪〈名〉車窗
しゃたい
車体⓪〈名〉車體，車身
しゃどう
車道⓪〈名〉車道
しゃない
車内①〈名〉車內
しゃば
車馬①〈名〉車和馬；車輛，交通工具
しゃりょう
車両⓪〈名〉車輛，車廂
しゃりん
車輪⓪〈名〉車輪

か しゃ かっ しゃ き しゃ げ しゃ こうしゃ
★ 貨車・滑車・汽車・下車・降車・
さんりんしゃ じ か ようしゃ じ てんしゃ
三輪車・自家用車・自転車・
じ どうしゃ じょうしゃ じょうようしゃ
自動車・乗車・乗用車・
じんりきしゃ すいしゃ ちゅうしゃ てい しゃ
人力車・水車・駐車・停車・
でんしゃ ば しゃ はくしゃ はっしゃ ふうしゃ
電車・馬車・拍車・発車・風車・
れっしゃ
列車

徹 テツ
[徹][彻]chè[日＝繁≒簡]

通，透

徹する④⓪〈サ變〉徹，透徹，貫穿；徹
　　底，一貫 例 寒さが骨身に〜する
　　［嚴寒徹骨］

徹底⓪〈名・サ變〉徹底，完全
徹頭徹尾⑤〈副〉徹頭徹尾
徹夜⓪〈名・サ變〉徹夜

★ 貫徹・透徹・冷徹

撤 テツ
chè［日＝繁＝簡］

　　除去；退

撤回⓪〈名・サ變〉撤回，撤銷
撤去①〈名・サ變〉拆除 例 障害物
　　を〜する［拆除障礙物］
撤収⓪〈名・サ變〉撤走，撤回；撤退
撤退⓪〈名・サ變〉撤退
撤廃⓪〈名・サ變〉撤銷，取消，廢止
撤兵⓪〈名・サ變〉撤兵

臣 シン/ジン
chén［日＝繁＝簡］

　　君主時代的官吏，有時亦包括百姓

臣下①〈名〉臣下
臣民③〈名〉臣民

★ 家臣・近臣・群臣・功臣・重臣・
　　大臣・忠臣・乱臣・老臣

沈 しず・む/しず・める/チン
［沉］［沈］chén［日≒繁＝簡］

　　（水中）往下落；使降落，往下放；程
　　度深，分量重

沈む③⓪〈自五〉下沉；消沉，落魄；
　　沉淪，淪落；（染色後顏色不再脱
　　落）定色 例 太陽が〜む［太陽下山］
沈める④⓪〈他一〉使沉下 例 ソファ
　　ーに身を〜める［深深坐在沙發中］

沈下①⓪〈名・サ變〉下沉，沉下
沈降⓪〈名・サ變〉沉降，下沉
沈思①〈名・サ變〉沉思
沈静⓪〈名・サ變・形動〉沉靜
沈滞⓪〈名・サ變〉沉滯，停滯
沈着⓪〈名・サ變・形動〉沉著
沈痛⓪〈名・形動〉沉痛
沈殿⓪〈名・サ變〉沉澱
沈黙⓪〈名・サ變〉沉默

★ 撃沈・自沈・消沈・浮沈

陳 チン
［陳］［陈］chén［日＝繁≒簡］

　　時間久的，舊的；暗房，擺設；敍説

陳謝①〈名・サ變〉陳謝，道歉
陳述⓪〈名・サ變〉陳述
陳情⓪〈名・サ變〉請願，上訪
陳腐①〈名・形動〉陳腐，老掉牙
陳列⓪〈名・サ變〉陳列

★ 開陳・具陳・新陳代謝

称 ショウ
［稱］［称］chēng［日≒繁≒簡］

　　叫做，説；贊揚；名稱

称呼①〈名・サ變〉稱呼；名稱
称号⓪〈名〉稱號
称賛⓪〈名・サ變〉稱贊，贊揚
称揚⓪〈名・サ變〉稱贊

★ 愛称・仮称・敬称・呼称・詐称・
　　自称・総称・俗称・対称・通称・
　　美称・名称・略称

成 な・す/な・る/ジョウ/セイ
chéng［日＝繁＝簡］

　　完成；成全；成功；成為；成果；已
　　定的，定形的；答應，許可

成す①〈他五〉成，形成；生，生產；變成 **例** 災いを転じて福と～す[轉禍為福]

成り済ます④〈自五〉徹底變成；假裝，冒充 **例** 医者に～す[裝作醫生]

成り立つ③⓪〈自五〉組成，構成；成立，站得住脚；能維持 **例** 商売が～つ[買賣不賠，能維持]

成り行き⓪〈名〉趨勢，變遷，結果；市場價，時價
例 ～を静観する[靜觀事態]

成る①〈自五〉變成，成為；成功，完成；組成，構成；允許，能忍受
例 国会は二院より～る[國會由兩院構成]

成就①〈名・サ變〉實現，完成 **辨** 在漢語中，還有「業績，事業上優良的成效」(業績、成果)的意思

成仏①〈名・サ變〉修成正果，死後成佛

成案⓪〈名〉成熟、完整的方案

成育⓪〈名・サ變〉成長發育

成員⓪〈名〉成員

成因⓪〈名〉成因

成果①〈名〉成果

成魚①〈名〉成魚

成型⓪〈名・サ變〉(衝壓)成型

成形⓪〈名・サ變〉成形

成功⓪〈名・サ變〉成功

成婚⓪〈名〉結婚；婚姻成立

成算⓪〈名〉成功的把握

成熟⓪〈名・サ變〉成熟

成人⓪〈名・サ變〉成年人；長大成人

成人病⓪〈名〉成人病

成績⓪〈名〉成績

成層圏③〈名〉(氣)同溫層，平流層

成体⓪〈名〉成熟的生物體

成虫⓪〈名〉成蟲

成長⓪〈名・サ變〉成長；增長

成年⓪〈名〉成年

成敗⓪〈名〉成功與失敗

成否①〈名〉成功與否

成分①〈名〉成分；要素

成文⓪〈名〉成文，寫成文字的

成約⓪〈名・サ變〉簽訂合同；合同成立

成立⓪〈名・サ變〉成立

★ 育成・完成・形成・構成・合成・作成・促成・達成・養成

呈 テイ
chéng[日＝繁＝簡]
呈現；恭敬地送上

呈示⓪〈名・サ變〉出示

呈上⓪〈名・サ變〉呈上

呈する③〈サ變〉呈送(上)；呈現

★ 献呈・進呈・贈呈・露呈

承 うけたまわ・る/ショウ
chéng[日＝繁＝簡]
托著，接著；承擔；(客套話)承蒙；繼續，接續

承る⑤〈他五〉「聞く」、「引き受ける」、「承諾する」的自謙語
例 ご病気と～りましたが[聽說您貴體欠安]

承諾⓪〈名・サ變〉答應，應允，承諾
例 ～できない条件[不能答應的條件]

承知⓪〈名・サ變〉知道，了解；同意，答應 **例** ご～のとおり[如您所知]

承認⓪〈名・サ變〉承認，認可，批准

承服⓪〈名・サ變〉服從，聽從

★ 継承・相承・伝承・不承・了承

城 しろ/ジョウ

城 chéng[日＝繁＝簡]

城牆，城市 **辨** 在日語中，指古代
的堡壘、要塞

城⓪〈名〉城堡；勢力範圍 **例** 〜を落
とす[攻陷城堡]

城跡⓪〈名〉城堡的遺跡

城外①〈名〉城外

城郭⓪〈名〉堡壘，要塞

城内①〈名〉城內

城壁⓪〈名〉城牆

城門⓪〈名〉城門

★ 牙城・古城・築城・落城

乗 の・せる/の・る/ジョウ

乗[乗][乘]chéng[日≒繁＝簡]

用交通工具代步；利用；乘法運算

乗せる③⓪〈他一〉（把東西）放上；
裝載；登載；欺騙 **例** 軌道に〜せる
[納入正軌]

乗っ取る③〈他五〉奪取，搶奪，的篡
奪 **例** 飛行機を〜る[劫機]

乗り合い⓪〈名〉（互不相識的人）同
乘（車船）；被人同乘的公共汽車、
船

乗り合わせる⑤〈自一〉（偶然）同乘
（車船）**例** 〜せた人々[同車（船）乘
客們]

乗り入れる④〈他一〉乘車馬進入；
（鐵道等）路線延長，並線
例 バイクを〜れることができない
[不能騎摩托車進入]

乗り遅れる⑤〈自一〉沒趕上車船；落

後於時代
例 時代に〜れる[落後於時代]

乗り換える④③〈他一〉換乘；改變
主張、信仰；改買其他股票
例 バスに〜える[換乘巴士]

乗り気⓪〈名〉興趣，幹勁
例 〜になる[感興趣、願意做]

乗り切る③〈自五〉克服，擺脫
例 難局を〜る[擺脫困境]

乗り組む③〈自五〉在同一架飛機（或
船）上工作。

乗り越える④〈自一〉越過，跨過；
超越，克服
例 先人を〜える[超過前人]

乗り心地⓪〈名〉乘坐（交通工具）的
心情，感覺
例 〜のいい車[感覺很舒服的車]

乗り越し⓪〈名〉乘過站
例 〜料金[追加車費]

乗り込む③〈自五〉乘上；開進，到
達 **例** バスに〜む[乘巴士]

乗り出す③〈自他五〉乘車外出；開始
乘（騎）；主動出面；使身體前傾
例 調停に〜す[出面調停]

乗り継ぐ③〈他五〉接著乘坐（其他交
通工具）
例 飛行機を〜ぐ[接著乘飛機]

乗り場⓪〈名〉乘車船的地點，車站，
碼頭

乗り回す④〈他五〉乘車到處轉；兜
風 **例** 馬を〜す[騎馬兜風]

乗り物⓪〈名〉交通工具

乗る②⓪〈自五〉登上，放上；騎，
乘；吻合，協調，趁機；參與，參
加；登載，刊載；上當
例 勢いに〜る[趁勢]

乗員⓪〈名〉乗務員
乗客⓪〈名〉乗客
乗降⓪〈名・サ變〉上下(車、船)，乗降 例～客[上下的旅客]
乗車⓪〈名・サ變〉乗車 例～券[車票]
乗除①〈名・サ變〉乗除
乗じる⓪③〈自他一〉趁機，乗；(數)乗 例すきに～じる[趁機] ＝じょうずる
乗数③〈名〉(數)乗數
乗船⓪〈名・サ變〉乗船
乗馬⓪①〈名・サ變〉騎馬
乗法①〈名〉(數學)乗法；騎馬的方法
乗務員③〈名〉乗務員
乗用車③〈名〉小汽車
★ 自乗・相乗・搭乗・同乗・便乗

程 ほど/テイ chéng[日＝繁＝簡]
規矩；進展，限度；(旅行的)道路，路程 辨 日語中還有「程度」的意思
程⓪②〈名・副助〉程度，限度，度；數量、時間、空間的大致範圍 例 冗談にも～がある[玩笑也該有個限度]
程合い⓪③〈名〉恰到火候，正合適的程度 例～の甘み[適當的甜度]
程近い④〈形〉不太遠，比較近 例 駅から～いところに住む[住在離車站不遠的地方]
程遠い⓪④〈形〉(時間、距離)相距甚遠 例 完成までには～い[離完成還差很遠]
程良い③〈形〉適度的，正好 例 この箱は～い大きさだ[這箱子

大小適中]
程度①⓪〈名・接尾〉程度；水準；限度；左右 例～が高い[程度高]
★ 課程・過程・規程・教程・工程・射程・道程・日程・里程・旅程

誠 まこと/セイ
[誠][诚]chéng[日＝繁≒簡]
真心，實在，的確
誠⓪〈名〉真實；真心，真誠 例～をいう[說真話]
誠に⓪〈副〉真地，實在是 例～ありがとうございます[真感謝您]
誠意①〈名〉誠意
誠実⓪〈形動〉誠實，老實
誠心⓪〈名〉誠心
★ 忠誠

澄 す・ます/す・む/チョウ chéng[日＝繁＝簡]
(水)很清；澄清
澄ます②〈自他五〉去掉不純物質，濾清；去除雜念、干擾，專心；無所謂，滿不在乎 例 耳を～す[傾聽]
澄み切る③〈自五〉晴朗；清澈，清靜 例 空が～る[天空晴朗]
澄む①〈自五〉純潔，清澈，清脆；(一般旋轉的東西)似乎靜止 例～んだ色[鮮豔的顏色]
★ 清澄・明澄

懲 こ・らしめる/こ・らす/こ・りる/チョウ
[懲][惩]chěng[日≒繁≒簡]
處罰，警戒
懲らしめる④〈他一〉懲罰，懲戒

例 悪人を～める[懲治壞人]

懲らす②〈他五〉懲罰

懲りる②〈自一〉(因吃過苦頭)不敢
再嘗試 **例** 一度の失敗に～て二度
と手を出さない[因一次失敗不敢再
幹]

懲役⓪〈名〉徒刑

懲戒⓪〈名・サ變〉懲戒

懲罰①⓪〈名・サ變〉懲罰

痴 チ
[癡][痴]chī[日＝簡≒繁]

傻,愚笨;極度迷戀

痴漢⓪〈名〉流氓,色情狂

痴愚①〈名〉蠢貨,癡呆

痴情⓪〈名〉癡情,盲目的感情

痴人⓪〈名〉傻子,白癡

痴態⓪〈名〉癡態,醜態

痴呆⓪〈名〉癡呆

★ 音痴・愚痴・白痴

喫 キツ
[喫][吃]chī[日≒繁≒簡]

飲食;浸入水中 **辨** 「喫」是「吃」的
異體字,不過「吃」有「口吃」的意
思,而「喫」卻沒有

喫煙⓪〈名・サ變〉吸菸

喫茶店⓪③〈名〉咖啡館,茶館

喫水⓪〈名〉(船)吃水

喫する③④〈サ變〉吃,喝;遭受,
蒙受 **例** 惨敗を～する[遭到慘敗]

★ 満喫

池 いけ/チ
chí[日＝繁＝簡]

池塘

池②〈名〉池塘,水池;硯池

池魚①〈名〉池塘的魚

池沼⓪〈名〉池沼

★ 貯水池・電池

持 も・つ/ジ
chí[日＝繁＝簡]

拿,握著;支持,保持

持ち上げる⓪⑤〈他一〉拿起,舉起;
奉承,吹捧 **例** 首を～げる[抬起頭]

持ち家②⓪〈名〉私房,房産

持ち帰る④〈他五〉帶回 **例** 彼はその
植物を日本に～った[他把那植物帶
回了日本]

持ち掛ける④⓪〈他一〉提出來,開
口説出 **例** 女性に結婚ば話を～ける
[向女性求婚]

持ち株⓪〈名〉持有的股票

持ち越す③④〈他五〉留待解決,留
待繼續完成 **例** 解決を次回に～す
[留待下次解決]

持ち込む⓪③〈他五〉帶入,拿進;
帶來,提出(問題);把(未解決的問
題)帶入下一階段 **例** 延長戦に～む
[(比賽)進入加時賽]

持ち出す③⓪〈他五〉拿出去,帶出
去;提出,提起;開始持有;自己
掏錢補貼 **例** 前面に～す[拿到前
面,提出來]

持ち直す④⓪〈自他五〉恢復,好轉;
換手 **例** 景気が～す[景氣恢復]

持ち運ぶ④⓪〈他五〉搬運
例 大きすぎて～ぶのに不便だ[太
大了,不便於搬運]

持ち分②〈名〉份額,份兒
例 個人の～[個人的份額]

持ち回り⓪〈名〉輪流，傳遞，傳閱
例～の優勝カップ[流動的優勝獎杯]

持つ①〈自他五〉保持，維持；耐久；拿，持，帶；持有，所有，有；承擔，擔負 **例**一年生を～つ[承擔一年級學生的課]

持久⓪〈名・サ變〉持久

持参⓪〈名・サ變〉帶來(去)，自帶
例弁当～[便當自帶]

持続⓪〈名・サ變〉持續，繼續

持病⓪①〈名〉慢性病，老病；壞習慣

持論⓪〈名〉一貫主張

★維持・堅持・護持・支持・所持・保持

遲 おく・らす/おく・れる/おそ・い/チ
[遲][迟]chí[日≒繁≒簡]
慢；比規定或合適的時間靠後

遲らす④⓪〈他五〉＝遲らせる

遲らせる⓪〈他一〉推遲，延期；使變慢 **例**會議を数日～せる[將會議推遲數日]

遲れる④⓪〈自一〉遲到；落後；慢
例電車が20分～れる[電車晚點20分鐘]

遲い②⓪〈形〉(速度)慢；(時間)晚；遲，遲鈍 **例**理解が～い[理解得慢]

遲延⓪〈名・サ變〉拖延；誤點

遲疑①〈名・サ變〉遲疑，猶豫

遲効⓪〈名〉慢效，長效

遲刻⓪〈名・サ變〉遲到，晚點

遲滞⓪〈名・サ變〉遲延，拖延

遲配⓪〈名・サ變〉(郵件等)晚送；(支付)誤期

遲筆⓪〈名〉寫得慢；下筆慢

尺 シャク
chǐ[日＝繁＝簡]
量長度的器具；長度單位

尺度①〈名〉尺度，標準

尺八⓪〈名〉短簫

★縮尺

恥 はじ/は・じらう/は・じる/は・ず
かしい/チ
[恥][耻]chǐ[日＝繁≒簡]
羞愧；恥辱

恥②〈名〉恥辱；羞恥
例～をかく[出醜，丟人]

恥じらう③〈自五〉害羞
例花も～う美しい乙女[有羞花之貌的美麗少女]

恥じる②〈自一〉羞愧，慚愧
例良心に～じる[愧對良心]

恥ずかしい④〈形〉害羞的，不好意思的；可恥的
例みんなの前で歌うなんて～い[在大家面前唱歌真難為情]

恥骨⓪②〈名〉恥骨

恥辱⓪〈名〉恥辱

恥部①〈名〉陰部；陰暗面

★羞恥・無恥・破廉恥

歯 は/シ
[歯][齿]chǐ[日≒繁≒簡]
人或高等動物的咀嚼器官；物體上的齒形部分；帶齒的

歯①〈名〉牙；齒狀物；(器物的)齒
例目には目を、～には～を[以牙還

牙]

歯痒い③〈形〉焦急的，不耐煩的
　例あの人は優柔不断で本当に～い
[那個人優柔寡斷，真叫人著急]

歯切れ③〈名〉咬東西的感覺；發音，
　口齒 例～がいい[口齒清晰]

歯茎①〈名〉牙齦，牙床

歯車②〈名〉齒輪

歯応え②〈名〉咬頭，嚼頭；有幹頭，
　有回報，滿足感 例～のある相手
[難對付的對手]

歯触り②〈名〉用牙咬東西時的感覺
　例～がいい[有嚼頭]

歯止め⓪③〈名〉車閘，制動器
　例～をかける[刹車，阻止]

歯並み⓪〈名〉牙齒的排列情況

歯ブラシ②〈名〉牙刷

歯磨き②〈名〉刷牙；牙膏

歯向かう③〈自五〉反抗，抵抗
　例相手は空手の有段者だ、～って
　も無駄だ[對方是空手道高手，抵抗
　也沒用]

歯科①②〈名〉牙科

歯垢⓪〈名〉牙垢

歯石⓪〈名〉牙結石

歯槽⓪〈名〉齒槽，牙床

歯痛⓪〈名〉牙痛

★永久歯・義歯・乳歯

叱 しか・る/シツ
chì[日＝繁＝簡]
　大聲呵斥責罵

叱り⓪〈名〉叱責，責備

叱る⓪②〈他五〉叱責，責備

叱正⓪〈名〉指正，斧正

叱責⓪〈名・サ變〉叱責

斥 セキ
chì[日＝繁＝簡]
　使離開 朔日語中沒有「責備」的意思

★排斥

赤 あか/あか・い/あか・らむ/あか・らめる/セキ
chì[日＝繁＝簡]
　比朱紅稍淺的顏色，紅色；泛指革
　命；光著，空的

赤①〈名〉紅，紅色；共產主義(者)，
　赤色分子；完全，根本 例～の他人
[毫無關係的人]

赤い②〈形〉紅的，紅色的；共產主義
　的，左傾的 例顔を～くする[臉紅]

赤字①〈名〉赤字，虧空；(校正用)
　紅字

赤潮⓪②(海水)紅潮

赤信号③〈名〉紅燈；危險信號

赤ちゃん①〈名〉嬰兒

赤蜻蛉③〈名〉紅蜻蜓

赤旗⓪〈名〉紅旗

赤肌⓪〈名〉紅色的肌肉；光禿禿(的
　山)

赤らむ③〈自五〉(臉)紅，變紅
　例顔が～む[臉紅]

赤らめる④〈他一〉使(臉)紅 例顔
　を～て弁解する[紅著臉辯解]

赤ん坊⓪〈名〉嬰兒，幼兒

赤外線⓪③〈名〉紅外線

赤軍⓪〈名〉(前蘇聯)紅軍

赤子①〈名〉嬰兒，幼兒

赤十字③〈名〉紅十字

赤色⓪〈名〉紅色；共產主義

赤心⓪③〈名〉赤心，丹心

赤道⓪〈名〉赤道

赤貧⓪〈名〉赤貧
赤面⓪〈名・サ變〉臉紅，害羞，慚愧
赤裸裸⓪〈形動〉赤裸裸
赤痢①〈名〉赤痢，痢疾
赤化⓪〈名・サ變〉變紅；左(傾)化
赤血球③〈名〉紅血球

勅 チョク
[勅][敕]chì[日＝繁≒簡]
皇帝的(詔令等)
勅語⓪〈名〉天皇的詔書 例 教育～
[教育詔書]
勅使①⓪〈名〉皇帝的使者
勅撰⓪〈名・サ變〉根據皇帝的命令挑
選 例 ～集[御選詩集]
勅命⓪〈名〉皇帝的命令
勅令⓪〈名〉皇帝的命令
勅許⓪〈名〉皇帝的許可
★ 詔勅

充 あ・てる/ジュウ
chōng[日＝繁＝簡]
滿，足；裝滿；擔任，充當 辨 日語
中沒有「冒充」的意思
充てる③⓪〈他一〉充當，當做
例 このお金を学費に～てる[把這
筆錢用於學費]
充溢⓪〈名・サ變〉充滿，充沛
充血⓪〈名・サ變〉充血
充実⓪〈名・サ變〉充實，齊備
充足⓪〈名・サ變〉充足，滿足
例 条件を～する[滿足條件]
充填⓪〈名・サ變〉裝填，填補
充電⓪〈名・サ變〉充電
充当⓪〈名・サ變〉充當
充分③〈形動〉充分，充足

充満⓪〈名・サ變〉充滿
★ 補充・拡充・汗牛充棟

沖 おき/チュウ
[沖][冲]chōng[日＝繁≒簡]
山區平地；沖洗，汰刷 辨 在現代
漢語中「沖」還是「衝」的簡化字。在
日語中還有「海上、洋面」的意思
沖⓪〈名〉(離岸較遠的)海面，水
面；(中部方言)開闊的天地，原野
沖合い⓪〈名〉面，水面；漁船的船頭
沖縄⓪〈名〉沖繩
沖積⓪〈名〉沖積
例 ～平野[沖積平原]

衝 つ・く/ショウ
[衝][冲]chōng[日＝繁≒簡]
通行的大道，重要的地方；猛烈撞
擊；向前直闖
衝く①②〈他五〉冒著，不顧(壞天
氣)；指出，指摘；攻擊 例 吹雪を
～いて進む[冒著暴風雪前進]
衝撃⓪〈名〉衝擊，打擊；強烈的感動
衝動⓪〈名〉衝動
衝突⓪〈名・サ變〉衝突；衝撞
例 バスと～する[和巴士相撞]
★ 緩衝・折衝・要衝

憧 あこが・れる/ドウ/ショウ
chōng[日＝繁＝簡]
搖曳不定
憧れ⓪〈名〉憧憬，嚮往
憧れる⓪〈自下一〉憧憬，嚮往
憧憬⓪〈名・サ變〉憧憬，嚮往
＝しょうけい

虫 むし/チュウ
[蟲][虫]chóng[日＝簡≒繁]

昆蟲類的通稱 辨 在日語中還用來指熱衷、著迷於某事的人

虫⓪〈名〉蟲；熱衷、愛好…的人
本の～[書蟲]；～がいい[只顧自己，自私]；～が起こる[(小孩)患多動症，神經質，易興奮]；～が付く[生蟲子；(未婚女性)有(父母不喜歡的)男友]

虫歯⓪〈名〉蛀牙

虫眼鏡③〈名〉放大鏡，凸透鏡

虫除け⓪④〈名〉除蟲，防蟲；除蟲藥；避蟲的護身符

虫害⓪〈名〉蟲害

★ 益虫・害虫・寄生虫・甲虫・昆虫・成虫・幼虫

崇 あが・める/スウ
chóng[日＝繁＝簡]

尊重，推重；高

崇める③〈他一〉崇拜，崇敬
例 神と～められる[被尊為神]

崇敬⓪〈名・サ變〉崇敬，崇拜

崇高⓪〈名・形動〉崇高

崇拝⓪〈名・サ變〉崇拜

銃 ジュウ
[銃][铳]chǒng[日＝繁≒簡]

一種火器

銃火①〈名〉(槍的)火力

銃器①〈名〉槍械

銃刑⓪〈名〉槍斃，槍決

銃撃⓪〈名〉用槍射擊

銃剣⓪〈名〉槍和劍；槍刺

銃後①〈名〉(與前線相對)後方

銃口⓪〈名〉槍口

銃殺⓪〈名・サ變〉槍殺

銃声⓪〈名〉槍聲

銃弾⓪〈名〉槍彈，子彈

銃砲⓪〈名〉槍支，槍炮

★ 小銃・拳銃

抽 チュウ
chōu[日＝繁＝簡]

把夾在中間的東西取出；從中取出一部分 辨 日語中沒有「抽打」「吸」的意思

抽出⓪〈名・サ變〉抽出，提取

抽象⓪〈名・サ變〉抽象

抽選⓪〈名・サ變〉抽籤

愁 うれ・い/うれ・える/シュウ
chóu[日＝繁＝簡]

憂慮

愁い②〈名〉擔心，憂慮；憂鬱
例 後顧の～[後顧之憂]

愁える③〈自他一〉擔心，憂慮；悲嘆 例 前途を～える[為前途憂慮]

愁傷⓪〈名〉悲傷，哀痛(某人的去世) 例 ご～さま[請節哀保重]

愁嘆⓪〈名・サ變〉悲嘆

愁眉①〈名〉愁眉，愁容

★ 哀愁・郷愁・春愁・悲愁・憂愁・旅愁

酬 シュウ
chóu[日＝繁＝簡]

用財物報答；交際往來

★ 応酬・報酬

醜 みにく・い/シュウ

[醜][丑]chǒu[日＝繁≒簡]

醜陋，不好看；叫人厭惡或瞧不起的

醜い③〈形〉難看的；醜陋的 例～い
骨肉の争い[醜惡的骨肉之爭]

醜悪⓪〈形動〉醜惡

醜態⓪〈名〉醜態

醜聞⓪〈名〉醜聞

醜名⓪〈名〉惡名，臭名

★ 美醜

臭 くさ・い/シュウ

[臭][臭]chòu(xiù)[日≒繁＝簡]

氣味難聞；惹人厭惡的

臭い②〈形〉臭的，有臭味的；可疑
的 例どうも、あいつが～い[那傢
伙很可疑]

臭み③〈名〉臭味；矯揉造作，裝腔
作勢 例～のある人[裝腔作勢的人]

臭気①〈名〉臭氣，難聞的氣味

臭味①〈名〉臭味＝くさみ

★ 悪臭・異臭・口臭・俗臭・体臭・
防臭・無臭

出 だ・す/で・る/シュツ/スイ

chū[日＝繁＝簡]

從裏面到外面；來到；超出；往外
拿；出產，產生；發出；支出

出し合う③〈他五〉一起出(錢)，湊
份子 例皆で金を～って車を買う
[大家湊錢買車]

出し切る③〈他五〉用盡，用光；全
部拿出 例力を～る[用盡力氣]

出し物②〈名〉(演出)節目

出す①〈他五〉取出，拿出；派出；
寄出，發表；產生 例警報を～す[發

出警報]

出会う②〈自五〉巧遇，偶然碰上；
在外會面 例私たちはその後一度
も～わなかった[那以後我們一次也
沒有碰過面]

出足⓪〈名〉到場情況；(行動的)開
頭；(汽車)啓動速度；相撲、柔道
的步法 例～の速い自動車[啓動速
度快的汽車]

出入り⓪〈名・サ變〉出入，進出；常
來常往，上門服務；糾紛
例お金の～[錢的收支]

出掛ける④⓪〈自一〉出去，外出
例散歩に～ける[出去散步]

出稼ぎ⓪〈名〉外出打工掙錢(的人)
例～労働者[打工者]

出来る②〈自一〉能，會；可以；產
生，形成，出現；做完，完成；出
産 例食事が～きた[飯做好了]

出口①〈名〉出口

出先③⓪〈名〉去處，去的地方
例～機関[派出機構，分公司]

出揃う③④〈自五〉到齊，來齊
例みんな～いましたか[都到齊了
嗎]

出鱈目⓪〈名・形動〉胡說八道，信口
開河；荒唐，靠不住
例～な人[靠不住的人]

出っ歯①〈名〉「出歯」的口語形式

出っ張る⓪③〈自五〉「出張る」的口
語形式

出歯①〈名〉齙牙

出張る②⓪〈自五〉突出在外面

出番②⓪〈名〉(輪到)出場；值班
例君の～だ[輪到你了]

出前⓪〈名・サ變〉(飯店的)外賣；給

顧客送菜上門

出回る⓪③〈自五〉(商品)上市；充斥，到處都是 **例** 偽物が～る[假冒商品充斥市場]

出店⓪〈名〉分店，支店；露天的小店，貨攤

出迎える⓪④〈他一〉出迎，迎接 **例** 玄関まで～える[一直到門口迎接]

出る①〈自一〉出來，出去；通過；出發；到達；離開；出席，參加；出現；超過；採取某種態度 **例** 左へ行けば会場に～る[往左走就到會場]

出演⓪〈名・サ變〉出場表演 **例** ～者[參加演出者]

出火⓪〈名・サ變〉起火，失火

出荷⓪〈名・サ變〉交貨，上市

出棺⓪〈名・サ變〉出殯

出願⓪〈名・サ變〉申請，報名

出勤⓪〈名・サ變〉出勤，上班

出家⓪〈名・サ變〉出家(人)；僧侶

出撃⓪〈名・サ變〉出擊

出欠⓪〈名〉出席和缺席，出勤和缺勤

出血⓪〈名・サ變〉出血

出現⓪〈名・サ變〉出現

出向⓪〈名・サ變〉(保留原職)到其他單位工作

出港⓪〈名・サ變〉出港

出航⓪〈名・サ變〉出航

出国⓪〈名・サ變〉出國

出獄⓪〈名・サ變〉出獄

出産⓪〈名・サ變〉分娩，生孩子 **辨**「出産」在日語中僅用於人，指天然生長或人工生產時，為「産出」

出資⓪〈名・サ變〉出資，投資

出自⓪②〈名〉出身

出社⓪〈名・サ變〉去公司上班，出勤

出所⓪〈名〉出處，去(研究所等)上班；出獄＝でどころ

出場⓪〈名・サ變〉出場，上場；出站，從場內出來

出色⓪〈名〉出色，卓越

出身⓪〈名〉出身地，籍貫；畢業學校

出陣⓪〈名・サ變〉出征上陣

出世⓪〈名・サ變〉出人頭地

出征⓪〈名・サ變〉出征

出生⓪〈名・サ變〉出生

出席⓪〈名・サ變〉出席

出題⓪〈名・サ變〉(為考試等)出題

出張⓪〈名・サ變〉因公出差

出超⓪〈名〉出超

出典⓪〈名〉典故的出處

出土⓪〈名・サ變〉出土

出頭⓪〈名・サ變〉(到政府機關、法庭等)出面，説明情況

出動⓪〈名・サ變〉(消防隊、警察、軍隊等)出動，趕赴現場

出馬⓪〈名・サ變〉出馬；參加競選

出発⓪〈名・サ變〉出發，動身；新的開始 **例** ～点[出發點]

出版⓪〈名・サ變〉出版

出帆⓪〈名・サ變〉出船

出費⓪〈名・サ變〉支出，開支；出錢，出費用

出品⓪〈名・サ變〉向展覽會等提供產品、收藏品

出兵⓪〈名・サ變〉出兵，派兵

出没⓪〈サ變〉出沒

出奔⓪〈名・サ變〉出奔，逃跑

出猟⓪〈名・サ變〉出去打獵，外出狩獵

出力②〈名・サ變〉輸出

すいとう
出納⓪〈名・サ變〉出納 **例** ～係 [出納
員]；～簿 [出納簿]

★ 移出・演出・外出・傑出・檢出・
現出・算出・支出・進出・析出・
選出・帶出・退出・脱出・提出・
轉出・導出・派出・搬出・百出・
輸出・裸出・流出・露出

初 うい/そ・める/はじ・め/は・じめ て/はつ/ショ

chū [日＝繁＝簡]

開始的，第一個；第一次；原來的；
低等級的

初〈接頭〉第一次，第一個

例 ～産 [第一胎]

初々しい⑤〈形〉未經世故的，純眞
的，羞答答的

例 ～い花嫁 [嬌羞的新娘]

初陣⓪〈名〉初次上陣

初める〈接尾〉(接動詞連用形後)開
始 **例** 咲き～める [開始開花]

初め⓪〈名〉開始，起初

例 ～からおわりまで [自始至終]

初めて②〈副〉第一次，最初；才

例 ～の海外旅行 [第一次國外旅行]

初②〈名・接頭〉最初，首次

例 ～売り [開市]

初恋⓪〈名〉初戀

初荷⓪〈名〉年初第一次送貨

初孫⓪〈名〉長孫＝ういまご

初耳⓪〈名〉第一次聽到(的稀奇事)

例 それは～です [這可是第一次聽
說]

初詣③〈名・サ變〉第一次到神社參拜

初雪⓪〈名〉年內的第一場雪

初夏①〈名〉初夏＝はつなつ

初回⓪〈名〉第一回

初会⓪〈名〉第一次見面；第一次會合

初刊⓪〈名〉初刊，第一刊

初期①〈名〉初期

初級⓪〈名〉初級

初給⓪〈名〉第一次工資；剛上任的
工資

初見⓪〈名〉第一次見

初校⓪〈名〉第一次校正

初刷⓪〈名〉第一次印刷(物)
＝しょずり

初志①〈名〉最初的志向，初衷

初秋⓪〈名〉初秋＝はつあき

初春⓪〈名〉初春＝はつはる

初旬⓪〈名〉初旬，上旬

初審⓪〈名〉初審，第一審

初心⓪〈名〉初衷；初學

初診⓪〈名〉初診

初対面②〈名〉第一次見面

初代①⓪〈名〉第一任，第一代

例 ～大統領 [第一任總統]

初段⓪〈名〉初段

初冬⓪〈名〉初冬＝はつふゆ

初等⓪〈名〉初等

初日⓪〈名〉第一天

初任給②〈名〉初次任職的薪金

初年⓪〈名〉(某個時代的)初期

初版⓪〈名〉第一版，初版

初犯⓪〈名〉初犯

初歩①〈名〉初步

初夜①〈名〉第一夜；新婚之夜

初老⓪〈名〉剛進入老年，半老

★ 最初・当初・年初

除 のぞ・く/ジ/ジョ
chú[日＝繁＝簡]

去掉；不計算在內；(數學)除算

除く ③ ⓪ 〈他五〉除外，除去；消除，
清除 **例** 邪魔物を～く[清除障礙]

除外 ⓪ 〈名・サ變〉除外

除去 ① 〈名・サ變〉除去，去除，清除

除湿 ⓪ 〈名・サ變〉除濕

除数 ② 〈名〉(數學)除數

除籍 ⓪ 〈名・サ變〉開除(學籍、黨籍
等)

除雪 ⓪ 〈名・サ變〉除雪，掃雪

除草 ⓪ 〈名・サ變〉除草

除隊 ⓪ 〈名・サ變〉(軍人等)退役，退
伍

除法 ① 〈名〉(數學)除法

除幕 ⓪ 〈名・サ變〉揭幕

除名 ⓪ 〈名・サ變〉除名，開除

除夜 ① 〈名〉除夕夜

★ **解除・駆除・削除・乗除・切除・
排除**

処 ショ
[處][処]chǔ(chù)[日≒繁≒簡]

處置，辦理；處罰 **辨** 日語中沒有
「地方」「交往」等意思

処遇 ⓪ 〈名・サ變〉安置；待遇

処刑 ⓪ 〈名・サ變〉執行(死刑)

処決 ⓪ 〈名・サ變〉(明確、果斷地)處
理，處置；下定決心 **辨** 日語中沒有
依法或依照命令把人處死的意思

処女 ① 〈名〉處女

処する ② 〈サ變〉處理，應付；處罰，
判處 **例** 死刑に～する[判處死刑]

処世 ⓪ 〈名〉處世

処置 ① 〈名・サ變〉處置，處理；治

療；措施

処罰 ① ⓪ 〈名・サ變〉處罰

処分 ① 〈名・サ變〉處理(不用的東
西)；處分，處罰

処方 ⓪ 〈名・サ變〉(開)處方

処理 ① 〈名・サ變〉處理

★ **善処・対処**

礎 いしずえ/ソ
[礎][础]chǔ[日＝繁≒簡]

墊在房屋柱子底下的石頭

礎 ⓪ ③ 〈名〉基石；基礎

礎石 ⓪ 〈名〉基石，柱石；基礎

★ **基礎・定礎**

畜 チク
chù(xù)[日＝繁＝簡]

禽獸，多指家禽

畜産 ⓪ 〈名〉畜産

畜生 ③ 〈名〉畜生；(罵人)混蛋，畜生

畜類 ② 〈名〉家畜；野獸

★ **家畜・鬼畜・人畜・牧畜**

触 さわ・る/ふ・れる/ショク
[觸][触]chù[日≒繁≒簡]

接觸，碰，撞，抵；觸動，感觸

触る ③ ⓪ 〈自五〉觸，摸；接觸，參
與 **例** 指で～る[用手觸摸]

触れ合う ③ 〈自五〉相互觸碰而發出聲
音；接近並觸及
例 心が～う[心心相印]

触れる ③ ⓪ 〈自他一〉觸，摸；觸
及；感觸到；觸犯；通知
例 法に～れる[觸犯法律]

触手 ① 〈名〉(動)觸手

触媒 ⓪ ② 〈名〉觸媒，催化劑

触発⓪〈名・サ變〉觸發，引發；觸動
^{しょくはつ}
触覚⓪〈名〉觸覺
^{しょっかく}
触角⓪〈名〉觸角
^{しょっかく}

★ 一触即発・感触・接触・抵触
^{いっしょくそくはつ} ^{かんしょく} ^{せっしょく} ^{ていしょく}

川 ^{かわ/セン}
chuān[日＝繁＝簡]

河流
川②〈名〉河
^{かわ}
川岸⓪〈名〉河岸
^{かわぎし}
川瀬⓪〈名〉(河中的)水流急湍的淺
^{かわせ}
灘，河淺流急的地方
川辺⓪③〈名〉河邊
^{かわべ}

★ 河川・山川
^{かせん} ^{やまかわ}

伝 ^{つた・う/つた・える/つた・わる/}
^{デン}
[傳][传]chuán[日≒繁≒簡]

由一方交給另一方；傳授；傳播；
表達
伝う③⓪〈自五〉順著，沿著 **例**瓶の
^{つた} ^{びん}
口を～って牛乳が垂れる[牛奶順
^{くち} ^{ぎゅうにゅう} ^た
著瓶口滴下來]
伝える④⓪〈他一〉傳達，轉告；傳
^{つた}
授，傳給；傳導；傳播
例振動を～える[傳遞振動]
^{しんどう}
伝わる④⓪〈自五〉傳；傳播，流傳；
^{つた}
傳導 **例**仏教は6世紀半ば日本に～
^{ぶっきょう} ^{せいきなか} ^{にほん}
った[佛教在6世紀中葉傳到日本]
伝記⓪〈名〉傳記
^{でんき}
伝奇①〈名〉傳奇
^{でんき}
伝言⓪〈名・サ變〉傳話，轉告，帶口
^{でんごん}
信
伝授①〈名・サ變〉傳授
^{でんじゅ}
伝習⓪〈名・サ變〉(明治初年用語)傳
^{でんしゅう}
授，教給

伝承⓪〈名・サ變〉傳承，繼承
^{でんしょう}
例昔から～されてきた話[古代傳
^{むかし} ^{はなし}
下來的故事]
伝説⓪〈名〉傳説
^{でんせつ}
伝染⓪〈名・サ變〉傳染
^{でんせん}
伝染病⓪〈名〉傳染病
^{でんせんびょう}
伝達⓪〈名・サ變〉傳達，轉達
^{でんたつ}
伝統⓪〈名〉傳統
^{でんとう}
伝動⓪〈名・サ變〉傳動
^{でんどう}
伝導⓪〈名・サ變〉傳導
^{でんどう}
伝道⓪〈名・サ變〉傳道，佈道
^{でんどう}
伝播①〈名・サ變〉傳播，流傳
^{でんぱ}
伝票⓪〈名〉傳票，發票，單據
^{でんぴょう}
伝聞⓪〈名・サ變〉傳聞，聽説
^{でんぶん}
伝来⓪〈名・サ變〉(從外國、祖先)傳
^{でんらい}
進來、傳下來

★ 遺伝・奥伝・家伝・口伝・自伝・
^{いでん} ^{おくでん} ^{かでん} ^{くでん} ^{じでん}
宣伝・相伝・直伝・秘伝・列伝
^{せんでん} ^{そうでん} ^{じきでん} ^{ひでん} ^{れつでん}

船 ^{ふな/ふね/セン}
[船][船]chuán[日≒繁≒簡]

水上運輸工具
船路⓪〈名〉航路，航線；水路
^{ふなじ}
船賃②〈名〉乘船的費用
^{ふなちん}
船出⓪〈名・サ變〉開船，出港；走上
^{ふなで}
社會
船便⓪〈名〉有船通航；海運，通過
^{ふなびん}
海運郵寄
船酔い⓪〈名・サ變〉暈船
^{ふなよ}
船①〈名〉船；宇宙飛船；槽，盆；棺
^{ふね}
材
船員⓪〈名〉船員
^{せんいん}
船客⓪〈名〉乘船的旅客
^{せんきゃく}
船倉⓪〈名〉船艙
^{せんそう}
船室⓪〈名〉船室，客艙
^{せんしつ}
船上⓪〈名〉船上
^{せんじょう}

船籍⓪〈名〉船的國籍
船体⓪〈名〉船體
船隊⓪〈名〉船隊
船団⓪〈名〉船隊
船底⓪〈名〉船底
船頭③〈名〉(小船的)船長,船主;
　船夫
船舶①〈名〉船舶
船腹⓪〈名〉船隻;貨艙;船腹

★ 貨物船・汽船・客船・漁船・
　造船・帆船・連絡船

串 くし
chuàn[日＝繁＝簡]

連貫而成的物品 辨 在日語中沒有
「勾結」等動詞的用法
串②〈名〉串
串焼き⓪〈名〉串燒

★ 金串・竹串・玉串

窓 まど/ソウ
[窗][窗]chuāng[日≒繁＝簡]

房屋、車、船上的通氣透光的洞口
窓①〈名〉窗
窓口②〈名〉窗口;管道
窓辺⓪〈名〉窗邊
窓枠⓪〈名〉窗框
窓外①〈名〉窗外

★ 学窓・車窓・同窓

床 とこ/ゆか/ショウ
chuáng[日＝繁＝簡]

供人躺著睡覺的家具(とこ);地板
(ゆか)
床⓪〈名〉床,床舖;草墊子;河床
例 ～につく[上床(睡覺)]

床の間⓪〈名〉壁龕(日本式客廳正面
　靠牆處高起的部分,用於陳設裝飾
　品)
床屋⓪〈名〉理髮店,理髮師 辨 不要
　誤解為「寢室」(放著床的屋子)
床⓪〈名〉地板 例 ～を張る[鋪地板]
床下⓪〈名〉地板下面
床面積③〈名〉(房屋的)使用面積

★ 温床・河床・起床・鉱床・病床・
　臨床

創 ソウ
[創][创]chuàng[日≒繁≒簡]

開始做;初次做
創案⓪〈名・サ變〉(做)有創意的計畫
創意①〈名〉創意,創見
創刊⓪〈名・サ變〉創刊
創業⓪〈名・サ變〉創業
創建⓪〈名・サ變〉創建,開創
創作⓪〈名・サ變〉創新,創作(文藝作
　品)
創始①⓪〈名・サ變〉創始
創設⓪〈名・サ變〉創辦,開設
創造⓪〈名・サ變〉創造
創立⓪〈名・サ變〉創立,創建

★ 草創・独創

吹 ふ・く/スイ
chuī[日＝繁＝簡]

合攏嘴唇用力吹氣;吹奏;(空氣
等)流動;誇口
吹き荒れる④ ⓪〈自一〉(狂風)大
　作;(運動、思潮)席捲,洶湧
　例 一日中あらしが～れる[整日狂
　風大作]
吹き替え⓪〈名〉(貨幣、金屬器具)

回爐重鑄；(戲劇等)替角；譯製片
配音(演員) **例** その番組は日本語
で～になっている[這節目用日語配
音了]

吹き込む③〈自他五〉(風雨)刮進來，
吹進來；使吹入；灌輸，教唆；灌
製唱片 **例** 危險思想を人に～む[灌
輸危險思想]

吹き出す③⓪〈自他五〉(風)開始刮
起來；忍不住笑出來；開始吹(奏)
例 思わず～した[忍不住笑了出來]

吹き付ける④〈自他一〉狂吹；噴
上，噴塗 **例** 塗料を～ける[噴上塗
料]

吹き飛ばす④〈他五〉刮飛，吹跑；
驅除，趕走；吹牛 **例** 帽子が～され
る[帽子被刮飛了]

吹く①〈自他五〉(風)吹；吹氣；吹
奏；吹牛 **例** ほらを～く[吹牛]

吹管⓪〈名〉(實驗用)吹管

★ 鼓吹

炊 た・く/スイ
chuī[日＝繁＝簡]

燒火做飯

炊く②⓪〈他五〉燒(飯)，煮(飯)
例 ご飯を～く[做飯]

炊煙⓪〈名〉炊煙

炊事⓪〈名・サ變〉炊事；做飯

炊飯器③〈名〉電飯鍋

★ 自炊・雜炊

垂 た・らす/た・れる/スイ
chuí[日＝繁＝簡]

東西的一頭向下；流傳

垂らす②〈他五〉垂下，吊下 **例** よだ

れを～す[垂涎]

垂れ流し⓪〈名・サ變〉(大小便)失
禁；(工廠)隨便排放污水 **例** 廢水を
川に～にする[把污水排到河裏]

垂れる②〈自他一〉下垂；滴；使下
垂；垂，示 **例** 名を後世に～れる
[名垂後世]

垂涎⓪〈名・サ變〉垂涎，非常羨慕
＝すいえん

垂直⓪〈形動〉垂直

垂範⓪〈名・サ變〉垂範，做示範

★ 懸垂・下垂

錘 つむ/スイ
[錘][锤]chuí[日＝繁≒簡]

鑽孔的工具 **辨** 在日語中僅指紡錘

錘①〈名〉紡錘

★ 紡錘

春 はる/シュン
[春][春]chūn[日≒繁＝簡]

春季；男女情慾

春①〈名〉春季；鼎盛時期；青春

春一番①②〈名〉初春的第一次強南
風(預示春天的到來)

春着⓪③〈名〉春天的服裝

春雨⓪〈名〉春雨；粉絲

春夏秋冬①〈名〉春夏秋冬

春画⓪〈名〉春宮畫

春寒⓪〈名〉春寒

春季①〈名〉春季

春菊①⓪〈名〉春菊

春暁⓪〈名〉春曉

春愁⓪〈名〉春愁

春秋⓪①〈名〉春天和秋天；歲月；
年齡

春宵⓪①〈名〉春宵

春色⓪①〈名〉春天的景色

春暖⓪〈名〉春暖

春泥⓪〈名〉春天化雪後的泥濘

春鬪①〈名〉春鬥(「春季鬪爭」的略
　　語，工會組織每年春季舉行的要求
　　加薪、改善待遇的鬥爭)

春風⓪〈名〉春風＝はるかぜ

春分⓪〈名〉春分

春眠⓪〈名〉春眠

春雷①⓪〈名〉春雷

★迎春・思春期・新春・早春・
　晚春・立春

唇 くちびる/シン
chún[日＝繁＝簡]

　嘴唇

唇⓪〈名〉嘴唇

唇齒①〈名〉唇齒

★口唇

純 ジュン
[純][纯]chún[日≒繁≒簡]

　純淨，不含雜質；純粹，單純

純益①⓪〈名〉純利潤

純化①⓪〈名・サ變〉純化，純淨化

純金⓪〈名〉純金

純銀⓪〈名〉純銀

純潔⓪〈名・形動〉純潔

純血⓪〈名〉純血，血統純正

純情⓪〈名・形動〉天真，純真

純真⓪〈名・形動〉天真，單純

純粹⓪〈名・形動〉純，不含雜質的；
　　純真，純潔，無雜念的

純正⓪〈名・形動〉純正

純然⓪〈形動〉純粹

純度①〈名〉純度

純白⓪〈名・形動〉純白，潔白

純朴⓪〈名・形動〉純樸

純綿⓪〈名〉純棉

純毛⓪〈名〉純毛(紡織品)

純利①〈名〉純利潤

純良⓪〈名・形動〉純質，優質

★清純・單純・不純

詞 シ
[詞][词]cí[日≒繁≒簡]

　語言裏可以獨立運用的最小單位；言
　辭，話語

★歌詞・形容詞・形容動詞・
　作詞・祝詞・助詞・助動詞・
　數詞・誓詞・接續詞・動詞・
　品詞・副詞・名詞

辭 や・める/ジ
[辭][辞]cí[日＝簡≒繁]

　言辭；告別；辭職；辭退，解雇

辭める⓪〈他一〉停止，放棄；忌
　例 旅行を～める[不去旅行了]

辭意①〈名〉辭職之意

辭宜⓪①〈名・サ變〉鞠躬，點頭致意
　＝辭儀

辭去①〈名・サ變〉辭去，告別，告辭

辭書①〈名〉辭書，辭典

辭職⓪〈名・サ變〉辭職

辭する②〈サ變〉辭別；辭職；拒絕，
　　推辭

辭世⓪〈名〉辭世，逝世；絕命詩

辭退①〈名・サ變〉辭退；謝絕

辭典⓪〈名〉詞典，辭典

辞任⓪〈名・サ變〉辭職
辞表⓪〈名〉辭呈，辭職書
辞林⓪〈名〉辭林，辭典；字典
辞令⓪〈名〉任免令，委任狀

★ 訓辞・言辞・贊辞・式辞・修辞・
　祝辞・世辞・答辞・悼辞

慈 いつく・しむ/ジ
 cí[日＝繁＝簡]

和善；(上對下)慈愛

慈しむ④〈他五〉憐愛，疼愛，慈愛

例 子を～む[疼愛孩子]

慈愛⓪〈名〉慈愛
慈雨①〈名〉甘霖，甘雨
慈善①〈名〉慈善，施捨，救濟

例 ～家[慈善家]

慈悲①〈名〉慈悲；憐憫，憐恤
慈父①〈名〉慈父
慈母①〈名〉慈母

★ 仁慈

磁 ジ
cí[日＝繁＝簡]

物質能吸引鐵、鎳等金屬的性質；同
「瓷」

磁界⓪〈名〉磁場
磁気①〈名〉磁力
磁極⓪〈名〉磁極
磁石①〈名〉磁鐵，磁石，吸鐵石；
　磁鐵礦；磁針，指南針
磁針⓪〈名〉磁針
磁性⓪〈名〉磁性
磁場①〈名〉磁場
磁力①〈名〉磁力

★ 電磁性・陶磁器

雌 め/めす/シ
cí[日＝繁＝簡]

生物中能產生卵細胞的(跟「雄」相
對)

雌②〈名〉雌，牝，母
雌花①〈名〉雌花
雌蕊⓪〈名〉雌蕊
雌雄①〈名〉雌雄；優劣

次 つぎ/つ・ぐ/シ/ジ
cì[日＝繁＝簡]

次序；第二；較差的

次②〈名〉其次；第二；下一個
次ぐ⓪〈自五〉接著；次於，亞於

例 首相に～ぐ地位を占める[身居
僅次於首相的地位]

次第⓪〈名・接助〉順序；情形，原
　由；馬上，立刻；按…，要看…
次回①〈名〉下次，下回，下屆
次官①〈名〉次官，次長，副部長
次期①〈名〉下次，下回，下屆
次元⓪〈名〉(數、理)的次元，維；立
　場，著眼點
次号①〈名〉(雜誌等的)下一期
次女①〈名〉次女
次序①〈名〉次序
次長①〈名〉次長，次官
次席⓪〈名〉次席，第二位，第二名，
　副職，第二把手
次男①〈名〉次男

★ 順次・席次・漸次・逐次・年次・
　目次・数次

伺 うかが・う/シ
cì(sì)[日＝繁＝簡]

觀察；等候，守候

伺う⓪〈他五〉(「聞く」「尋ねる」「問
う」的謙讓語)請教，打聽；聽說；
拜訪，訪問 **例** もう一つ～いたいこ
とがあります[還有一件事想向您請
教]
伺候⓪〈名・サ變〉伺候；請安
★奉伺

刺 さ・さる/さ・す/シ
ci[日＝繁＝簡]
尖的東西穿過物體；暗殺；刺激；
諷刺
刺さる②〈自五〉扎，刺入 **例** 指にと
げが～る[手指上扎了刺]
刺し殺す④⑤〈他五〉刺殺，刺死
例 強盗に～された[被強盗刺死了]
刺し身③〈名〉生魚片
例 マグロの～[金槍魚的生魚片]
刺す①〈他五〉刺，扎；蜇；縫；刺殺
例 胸を～すような言葉[刺心的話]
刺客⓪〈名〉刺客＝しきゃく
刺激⓪〈名・サ變〉刺激
刺殺⓪〈名・サ變〉刺死，刺殺
★風刺・名刺

茨 いばら
ci[日＝繁＝簡]
蒺藜 **辨** 在日語中主要用作地名
茨⓪〈名〉荊棘
茨城③〈名〉茨城(縣)

賜 たまわ・る/シ
[賜][賜]ci[日＝繁≒簡]
賞賜
賜る③〈他五〉蒙受賞賜；賜予 **例** 何
かとご教示を～りありがとうござ

います[多蒙您指教，謝謝]
賜物⓪〈名〉賞賜；恩賜；結果
例 人類への～[對人類的賞賜]
＝たまいもの
賜杯⓪〈名〉賜杯，天皇、皇族等獎
給的優勝杯
★恩賜・下賜

従 したが・う/したが・える/ショ
ウ/ジュウ
[従][从]cóng[日≒繁≒簡]
跟隨；順從；次要的，從屬的；從
事，參加
従う⓪〈自五〉跟隨，跟；服從，遵
從；按照，依據；隨著，伴隨著
例 郷に入っては郷に～え[入鄉隨
俗]
従える⓪〈他一〉率領，帶著；征服，
迫使 **例** 部下を～える[率領部下]
従業員③〈名〉工作人員，職工，業
務員，雇員
従軍⓪〈名〉隨軍，從軍
従事①〈名・サ變〉從事
従者①〈名〉隨從人員，隨員
従順⓪〈形動〉順從，聽話，溫順
従前⓪〈名〉從前，以往
従属⓪〈名・サ變〉從屬
従犯⓪〈名〉從犯
従容⓪〈形動〉從容
従来①〈名・副〉往，以前，從來，直
到現在
★屈従・主従・随従・追従・陪従・
服従・盲従・隷従

粗 あら・い/ソ
cū[日＝繁＝簡]

(條狀物)橫剖面較大(跟「細」相對);粗糙;疏忽,不周密;魯莽,粗野

粗い⓪〈形〉粗糙,稀疏;粗暴;劇烈,凶猛;粗,大

例～い気性[粗暴的脾氣(性格)]

粗筋⓪〈名〉梗概,概略,概要

例計画の～[計畫的梗概]

粗悪⓪〈名·形動〉品質差,粗糙

粗忽⓪〈名·形動〉輕率,冒失

粗雑⓪〈名·形動〉粗糙,不細緻

粗食⓪〈名〉粗茶淡飯,簡單的飲食

粗品⓪〈名〉微薄的禮品,不值錢的東西

粗製濫造⓪〈名〉粗製濫造

粗大⓪〈名·形動〉粗枝大葉;又笨重又大

粗糖⓪〈名〉粗糖

粗放⓪〈名·形動〉粗放,不細緻

粗暴⓪〈名·形動〉粗暴

粗末①〈形動〉粗糙,簡陋;簡慢

粗慢⓪〈名·形動〉粗疏,草率,疏忽,怠慢＝疎慢

粗密⓪〈名〉疏密,稀密＝疎密

粗野①〈形動〉粗野,粗暴,粗魯

粗略⓪〈名·形動〉疏忽,疏慢;魯莽

促 うなが·す/ソク
cù[日＝繁＝簡]

緊迫,時間短;推動;使加快,催

促す⓪〈他五〉催促,促進 例出席するように～す[催促去出席]

促音②〈名〉促音

促進⓪〈名·サ變〉促進

促成⓪〈名·サ變〉促成,人工加速培育

★催促・督促

酢 す/サク
[醋][醋]cù[日≒繁＝簡]

調味用的酸的液體,多用米或高粱等發酵製成

酢①〈名〉醋 例～がきいていない[醋太少,不大酸]

酢豚①〈名〉糖醋裡脊肉

酢酸⓪〈名〉醋酸,乙酸

蹴 け·る/シュウ
cù[日＝繁＝簡]

用腳踢 辨 在日語中沒有「踩」「踏」的意思

蹴落とす③⓪〈他五〉踢掉;排擠

蹴返す⓪②〈他五〉踢回

蹴立てる③⓪〈他下一〉揚起,踢起

蹴散らす⓪③〈他五〉踢散,沖散,驅散

蹴飛ばす⓪③〈他五〉踢飛,踢倒

蹴破る③⓪〈他五〉踢破

蹴る①〈他五〉踢

蹴球⓪〈名〉踢球

★足蹴・一蹴

催 もよお·す/サイ
cuī[日＝繁＝簡]

使事物的產生和變化加快 辨 日語中還有「舉行、舉辦,感覺(要)」等意

催し⓪〈名〉籌劃,計畫,主辦;集會,活動 例創立記念日にはホテルで～がある[創立紀念日在飯店有慶祝活動]

催す③〈自他五〉舉行，舉辦；感覺
（要）…；有徵兆 **例** 歓迎会を～す
［開歡迎會］

さいこく
催告⓪〈名・サ變〉催告；催促的通知

さいそく
催促①〈名・サ變〉催促，催討

さいみん
催眠⓪〈名〉催眠

さいるい
催涙ガス⑤〈名〉催淚瓦斯，催淚性
毒氣

さいるいだん
催涙弾③〈名〉催淚彈

★ 開催・主催
かいさい しゅさい

粹 スイ［粹］［粹］
cuì［日≒繁＝簡］

純粹；精華

すいじん
粋人⓪〈名〉多才多藝的人；通曉人
情世故的人

★ 国粋・純粋・抜粋
こくすい じゅんすい ばっすい

村 むら/ソン
cūn［日＝繁＝簡］

鄉下聚居的場所

むら
村②〈名〉村落，村莊，鄉村

むらはちぶ
村八分④〈名〉全村絕交（的制度）
例 ～にされる［受到不准和其他人
來往的制裁］

そんえい
村営⓪〈名〉村營

そんじゅく
村塾①〈名〉村塾，鄉間私塾

そんちょう
村長①〈名〉村長

そんどう
村道⓪〈名〉鄉村的道路，村里的道
路

そんみん
村民⓪〈名〉村民

そんらく
村落⓪〈名〉村落，村莊

★ 寒村・漁村・山村・市町村・農村
かんそん ぎょそん さんそん しちょうそん のうそん

存 ソン/ゾン
cún［日＝繁＝簡］

存在；保存，保留 **辨** 在日語中還有
「知道、認識，想、打算」的意思

ぞんがい
存外⓪〈名・副・形動〉出乎意料

そんざい
存在⓪〈名・サ變〉存在

ぞん あ
存じ上げる⑤〈自一〉（「知る」「思う」
的謙讓語）知道，想，認為

ぞん
存じる③〈自一〉（謙）知道，認識；
想，打算

そん
存する③〈サ變〉存在

そんぞく
存続⓪〈名・サ變〉繼續存在，保留，
永存

そんぱい
存廃⓪〈名〉存廢，保留和取消

そんぴ
存否①〈名〉生存與否，健在與否；
存廢，保留和取消；有無

ぞんぶん
存分⓪〈副〉儘量，充分，儘情

そんぼう
存亡⓪〈名〉存亡

そんりつ
存立⓪〈名〉生存

★ 依存・異存・一存・温存・既存・
いそん いぞん いちぞん おんぞん きぞん
現存・所存・生存・保存
げんそん しょぞん せいぞん ほぞん

寸 スン
cùn［日＝繁＝簡］

長度單位；形容極短或極小

すんいん
寸陰⓪〈名〉寸陰

すんか
寸暇①〈名〉寸暇，片刻的閒暇

すんげき
寸劇⓪〈名〉短劇

すんげん
寸言⓪〈名〉寸言，簡短（而意味深長）
的話

すんし
寸志①〈名〉寸心，一點心願；菲薄
的禮品

すんしょ
寸書①〈名〉（謙）寸函，寸簡（簡短的
信）

すんしん
寸心⓪〈名〉寸心，薄意

すんぜん
寸前⓪〈名〉臨近，眼看就要…的時
候，迫在眉睫

すんだん
寸断⓪〈サ變〉寸斷，粉碎

すんびょう
寸秒⓪〈名〉極短的時間
すんびょう
寸描⓪〈名〉簡短的描寫
すんびょう
寸評⓪〈名・サ變〉短評
すん ぽう
寸法③〈名〉尺寸，尺碼，大小，長
　　短；計畫，安排，步驟
すん れつ
寸裂⓪〈名・サ變〉撕碎，撕得粉碎
げん すん
★ 原寸

撮 と・る/サツ
cuō[日＝繁＝簡]

　聚合；摘取要點 **辨** 在日語中僅指
　「攝影、照相」
と
撮る①〈他五〉攝影，錄影，照相 **例** 写
しん
　真を～る[拍照片]
さつ えい
撮影⓪〈名・サ變〉攝影，照相，拍電
　影

挫 くじ・く/くじ・ける/ザ
cuò[日＝繁＝簡]

　摧折，失敗；韻律或旋律的變調、
　轉調
くじ
挫く②〈他五〉挫傷，扭傷
くじ
挫ける③〈自下一〉沮喪，氣餒
ざ こつ
挫骨⓪〈名・サ變〉骨折
ざ しょう
挫傷⓪〈名・サ變〉挫傷，扭傷
ざ せつ
挫折⓪〈名・サ變〉挫折
とん ざ　　ねん ざ
★ 頓挫・捻挫

措 ソ
cuò[日＝繁＝簡]

　安排，處理；籌畫
そ じ
措辞①〈名〉措詞
そ ち
措置①〈名・サ變〉措施，處理，處理
　辦法
きょ そ
★ 挙措

錯 サク
[錯][错]cuò[日＝繁≒簡]

　交叉著，叉開；不正確
さっ かく
錯覚⓪〈名・サ變〉錯覺
さく ご
錯誤⓪〈名〉錯誤；(與事實)不符
さく ざつ
錯雑⓪〈名・サ變〉錯綜複雜
さく そう
錯綜⓪〈名・サ變〉錯綜複雜，交錯
さく らん
錯乱⓪〈名・サ變〉錯亂，混亂
こう さく
★ 交錯

D **ㄉ**

搭 トウ
dā[日＝繁＝簡]

　乘，坐
とう さい
搭載⓪〈名・サ變〉裝載，載(貨)，載
　(人)
とう じょう
搭乗⓪〈名・サ變〉搭乘

答 こた・え/こた・える/トウ
dá[日＝繁＝簡]

　回答；因受了別人的好處而回報
こた
答え②〈名〉回答，答覆；答案，解
ただ
　答；響應，反應 **例** 正しい～を選び
　なさい[請選擇正確答案]
こた
答える③〈自一〉回答，解答；響應；
み　　　　　　　　　　　　　　　　　さむ
　報答；(深深地)打動；忍受 **例** 寒
　さが身に～える[冷得夠嗆]
答案⓪〈名〉試卷，答卷，答案
とう じ
答辞⓪〈名〉答詞
とう しん
答申⓪〈名・サ變〉答覆，回答，報告
とう べん
答弁①〈名・サ變〉答辯，回答
とう れい
答礼⓪〈名〉還禮，回禮
おう とう　　かい とう　　かい とう　　そく とう　　もん どう
★ 応答・解答・回答・即答・問答

達 タツ

[達][达]dá[日＝繁≒簡]

達到；懂得透徹，通達(事理)

達意①〈名〉達意，意思通達

達観⓪〈名・サ變〉看得遠，看得清；
達觀

達見⓪〈名〉卓見，卓識

達者⓪〈名・形動〉精通，熟練；健
壯，健康

達人⓪〈名〉(技藝上的)高手；達觀
的人

達する⓪〈サ變〉到，到達；達到，完
成

達成⓪〈名・サ變〉完成，成就，達成

達筆⓪〈形動〉文章寫得漂亮

達文⓪〈名〉詞義通達、文理流暢的
文章

★ 熟達・送達・速達・調達・伝達・
到達・配達・発達・練達

打 う・つ/ダ

dǎ[日＝繁＝簡]

用手或器具撞擊某物；發生與人交
涉的行為

打ち明ける④⓪〈他一〉毫不隱瞞地
說，坦率地說出 例 ～けて言えば
[開誠佈公地說，老實說來]

打ち上げる④⓪〈他一〉打上去，發
射；波浪把東西沖上岸；結束
例 花火を～げる[放煙火]

打ち合わせる⑤〈他一〉使…相撞，互
擊，對打；商量，商洽
例 善後策を～せる[商量善後對策]

打ち落とす④〈他五〉打落，打下來；
砍落，砍掉 例 柿を～す[打下柿子]

打ち掛け⓪〈名〉和式罩衫；(圍棋)

中途停止，暫停 例 きょうはこれ
で～する[今天就此停止]

打ち切る⓪〈他五〉停止，截止，結
束，中止 例 交渉を～る[停止交涉
(談判)]

打ち砕く④〈他五〉打碎，粉碎
例 野望を～く[粉碎野心]

打ち消す⓪〈他五〉否認，否定；消
除 例 事実を～す[否定事實]

打ち壊す④〈他五〉打壞，拆毀；破
壞，毀壞 例 計画を～す[破壞計畫]

打ち出す③〈他五〉提出(主張)；散
戲；開始打，打起來 例 主題をはっ
きりと～す[突出主題]

打ち解ける⓪〈自一〉融洽，無隔閡，
隨便，無拘無束 例 すっかり～ける
[十分融洽，水乳交融]

打ち抜く③〈他五〉穿洞，打通；鑽
孔；打穿，刺穿 例 山を～いてトン
ネルをつくる[鑿通山腹開隧道]

打ち払う④〈他五〉撣掉；趕走，驅
散，(用槍炮)擊潰
例 ちりを～う[撣掉灰塵]

打ち負かす④〈他五〉打敗，戰勝
例 小国でも大国を～すことができ
る[小國也能夠打敗大國]

打ち破る④〈他五〉打破，破壞；打
敗，攻破 例 世界記録を～る[刷新
(打破)世界紀錄]

打つ①〈他五〉毆打；碰，撞，衝
擊；拍打，敲響；注射；投，撒；
注上，打上；鍛造，製造；演出；
採取措施；打動，刺激；衝 例 心臓
が規則正しく～っている[心臟跳動
正常]

打開⓪〈名・サ變〉打開，打破，開

鬪，解決

打楽器②〈名〉打擊樂器

打撃⓪〈名〉打擊；(棒球)擊球

打算⓪〈名・サ變〉算計，盤算
例 損得の～もない[不計較得失]
辨 在漢語中，指「計畫或預定做某事」(…するつもりだ)

打診⓪〈名・サ變〉敲診，叩診；探詢，探問

打電⓪〈名・サ變〉拍電報

打倒⓪〈名・サ變〉打倒，打敗

打破①〈名・サ變〉打破；打敗

打撲⓪〈名〉打；磕碰

打率⓪〈名〉(棒球)安全打擊球率

★ 安打・殴打・痛打・乱打・連打

大 おお/おお・いに/おお・きい/タイ/ダイ

dà[日＝繁＝簡]

在體積、面積、數量、強度等方面超過一般或超過所比較的對象(跟「小」相對)；大小；程度深；排行第一

大当たり③〈名・サ變〉大成功；中頭彩，中選；收成好，大豐收；(棒球等)得分，打得準 例 ～の小説[暢銷小說]

大雨③〈名〉大雨，豪雨

大荒れ⓪〈名・サ變〉大暴風雨，大風暴；大鬧，大風波 例 ～の海[狂風巨浪的海洋]

大いに①〈副〉大，很，甚，頗，非常
例 ～違う[大不一樣，迥然不同]

大売り出し〈名〉大賤賣，大甩賣，大減價 例 歳末～[年末大減價；年終大甩賣]

大掛かり③〈形動〉大型，大規模，規模宏大 例 ～に調査する[大規模地進行調查]

大方⓪〈名〉大部分，大概，大體；一般人，廣泛的人們；大概，大約
例 ～の考えがそっちへ向いている[一般人的想法傾向那方面] 辨 在漢語中，是指「見識廣博或有專長的人」(專門家、玄人)，以及「不吝嗇財物」(気前が良い、吝嗇臭くない)，「自然，不俗氣」(上品)

大きい①〈形〉大 例 ～くなったら医者になりたい[長大以後想當醫生]

大食い⓪〈名〉飯量大，吃得多，貪食(的人) 例 ～は胃に悪い[多吃傷胃]

大袈裟⓪〈形動〉誇大，誇張，舖張，小題大做 例 彼はいつも～にものを言う[他總是誇大其詞]

大声③〈名〉大聲，高聲

大阪府④〈名〉大阪府

大雑把③〈形動〉草率，粗枝大葉；粗略，大略 例 仕事が～だ[工作做得粗枝大葉，工作草率]

大筋⓪〈名〉梗概，概略，主要經過
例 計画の～を説明する[說明計畫的主要內容]

大勢③〈名〉大批(的人)；眾多(的人)；一群人 例 ～見送りに行った[很多人一起前往送行]另見「大勢」

大手①〈名〉前門，正門；正面進攻部隊；大企業，大公司
例 業界の～[(該)行業的大公司]

大手⓪〈名〉伸開的雙臂
例 ～を広げて迎える[張開雙臂歡迎；熱烈歡迎]

大通り③〈名〉大道，大路，大街

大橋〈名〉大橋

大幅⓪〈名・形動〉寬幅；大幅度，廣泛，間距大 **例** ドルの～な切り下げ [美元的大幅度貶值]

大まか⓪〈形動〉粗略，草率，粗枝大葉 **例** ～に言えば[籠統地說]

大晦日③〈名〉除夕，(舊曆的)大年三十

大麦⓪〈名〉大麥

大判⓪〈名〉全開大的紙，大張紙，大開本；(江戶時代)大型橢圓形金幣

大麦⓪〈名〉大麥

大物⓪〈名〉大的東西；大作品；大的事業，大的生意；大人物，有實力的人

大家①〈名〉房東 **辨**「大家に家賃を払う」不能翻譯成「向大家交房租」，而應該翻譯成「向房東交房租」另見「大家」

大雪④⓪〈名〉大雪

大凡⓪〈名・副〉大體，大概，大致；凡是，一般地

大笑い③〈名・サ變〉大笑；大笑柄

大意①〈名〉大意，要旨

大尉①〈名〉大尉

大往生③〈名・サ變〉安然死去，無疾而終

大家①〈名〉大房子；大家，大師，專家 另見「大家」

大火①〈名〉大火災

大過①〈名〉大過錯，嚴重錯誤

大会⓪〈名〉大會；全體會議，全會

大概⓪〈名・副〉大部分，多半；大概，大多，大致；適度，不過分

大学⓪〈名〉大學

大学院④〈名〉(大學)研究生院

大喝⓪〈名・サ變〉痛斥

大患⓪〈名〉大患

大寒⓪〈名〉(二十四節氣中的)大寒，嚴冬，嚴寒

大器⓪〈名〉大容器；大才，英才

大気①〈名〉大氣，空氣

大吉⓪〈名〉大吉

大器晩成①-⓪〈名〉大器晚成

大規模③〈形動〉大規模

大逆⓪〈名〉大逆

大挙①〈名・サ變〉大舉；大計畫，大業

大魚①〈名〉大魚

大凶⓪③〈名〉罪大惡極(的人)

大局⓪〈名〉大局，全局，整個形勢

大金⓪〈名〉巨款，大錢

大工①〈名〉木匠

大群⓪〈名〉(動物等)大群

大軍⓪〈名〉大軍，重兵

大慶⓪〈名〉大慶

大言③⓪〈名〉大言，大話

大悟①〈名・サ變〉大悟

大綱⓪〈名〉大綱

大国⓪〈名〉大國

大根⓪〈名〉蘿蔔

大差①〈名〉顯著不同，很大差別

大作⓪〈名〉大作

大使①〈名〉大使 **例** ～館[大使館]

大志①〈名〉大志

大師①〈名〉大師

大事①③〈名・形動〉大事，重大問題，大事件；重要，要緊，寶貴，愛護

大使館⓪〈名〉大使館

大自然③〈名〉大自然

大した①〈連體〉驚人的，大量的，了不起的；（和否定連用）不值一提的，沒什麼了不起的，不怎麼樣的 **例** 彼の英語は～ものではない［他的英語不怎麼樣］

大して①〈副〉並不太…，並不怎麼…，沒有…

大震災③〈名〉大地震＝おおじしん

大赦①〈名〉大赦

大衆⓪〈名〉大眾，群眾

大暑①〈名〉酷暑，炎熱；（二十四節氣中的一個）大暑

大将①〈名〉大將；（集團的）頭頭；老朋友，那個傢伙

大小①〈名〉大小；大刀和小刀；大小便

大震⓪〈名〉大地震

大臣①〈名〉大臣，（台灣的）部長

大豆⓪〈名〉大豆

大好き①〈形動〉非常喜歡，最愛

大勢⓪〈名〉大勢，大局。另見「大勢」

大西洋③〈名〉大西洋

大切⓪〈形動〉重要，要緊，貴重；愛護，珍惜，保重

大戰⓪〈名〉大戰，世界大戰

大喪⓪〈名〉天皇、皇后等的葬禮

大体⓪〈名・副〉大概，概略；大致，差不多，本來，原來，根本

大胆③〈名・形動〉大膽，勇敢，無畏

大地①〈名〉大地

大著①〈名〉偉大著作，傑出的著作，巨著

大腸①〈名〉大腸，結腸

大帝⓪〈名〉大帝

大抵⓪〈名・副〉大部分，大多；大概，大約；一般，普通

大敵⓪〈名〉大敵，強敵，勁敵

大典⓪〈名〉大典

大刀⓪〈名〉大刀，長刀

大統領③〈名〉總統

大任⓪〈名〉大任，重任

大脳⓪〈名〉大腦

大納会③〈名〉（交易所）年終最後一場交易，年終交易行市

大破①〈名・サ變〉大破，全壞，嚴重破壞

大敗⓪〈名・サ變〉大敗

大半⓪〈名〉大半，多半

大病⓪〈名〉大病，重病

大分⓪〈副〉相當，很，頗

大仏⓪〈名〉大佛

大部分③〈名・副〉大部分，多半

大別⓪〈名・サ變〉大致區別，粗分

大変⓪〈名・副〉大事變，大事故；非常，嚴重，厲害，夠受的；很，太，好

大便③〈名〉大便，糞

大砲⓪〈名〉大炮

大本営③〈名〉大本營

大名③〈名〉諸侯

大要⓪〈名〉要點，概要，摘要

大洋州③〈名〉大洋洲

大乱⓪〈名〉大亂，大動亂

大陸⓪〈名〉大陸 **例** ～棚［大陸架］

大理石③〈名〉大理石

大略⓪〈名・副〉雄才大略，宏謀；概要，概況

大量⓪〈名〉大量，多量；大度量，大氣量

★ 偉大・拡大・巨大・強大・国立大・最大・私立大・女子大・壮大・短大・肥大・

雄大（ゆうだい）

逮 タイ
dāi(dài)[日＝繁＝簡]
捉
逮捕（たいほ）①〈名・サ變〉逮捕，拘捕，捉拿
逮捕状（たいほじょう）⓪〈名〉拘票

代 か・える/か・わる/しろ/よ/タイ/ダイ
dài[日＝繁＝簡]
代替；代理；歷史的分期；世系之輩分
代える（かえる）⓪〈他一〉代替，替換；換 **例** レポートで演説に～える[用報告代替演說]
代わる（かわる）⓪〈自五〉代替，替代，代理；替換，更替 **例** 内閣が～った[內閣換了]
代案（だいあん）⓪〈名〉代替方案
代価（だいか）⓪①〈名〉價錢，價款，貨款；代價，犧牲
代議士（だいぎし）③〈名〉(眾議院)議員
代休（だいきゅう）⓪〈名〉補假，報酬時間
代金（だいきん）①〈名〉價款，貨款，款
代言人（だいげんにん）⓪〈名〉代言人，辯護人，律師
代行（だいこう）⓪〈名・サ變〉代行，代辦，代理
代謝（たいしゃ）①〈名・サ變〉(新陳)代謝
代書（だいしょ）⓪〈名・サ變〉代書，代筆
代署（だいしょ）⓪〈名・サ變〉代署，代簽(的名)
代償（だいしょう）⓪〈名〉替別人補償；賠償，補償
代数（だいすう）③〈名〉代數
代替（だいたい）⓪〈名・サ變〉代替
代代（だいだい）①〈名〉世世代代，歷代，輩輩
代筆（だいひつ）⓪〈名・サ變〉代寫，代筆，代書
代表（だいひょう）⓪〈名・サ變〉代表

例 ～団[代表團]
代物（だいぶつ）⓪〈名〉替代品
代返（だいへん）⓪〈名・サ變〉(點名時)代替應到
代弁（だいべん）⓪〈名・サ變〉代(替賠)償；代辦事務，代理(職務)；代言，代辯
代名詞（だいめいし）③〈名〉代名詞
代用（だいよう）⓪〈名・サ變〉代用
代理（だいり）⓪〈名・サ變〉代理，代替；代理人 **例** ～店[代理店]
★ 近代（きんだい）・現代（げんだい）・古代（こだい）・交代（こうたい）・時代（じだい）・初代（しょだい）・世代（せだい）・先代（せんだい）・代代（だいだい）・地代（ちだい）・当代（とうだい）・名代（なだい）・歷代（れきだい）

待 ま・つ/タイ
dài(dāi)[日＝繁＝簡]
等待；停留
待ち合い（まちあい）⓪〈名〉等候
待ち明かす（まちあかす）⓪〈自五〉等到天亮，徹夜等待；長期等待，久候 **例** もうすぐ来ると思ってきのうひと晩～した[以為你隨時會來，我昨天晚上一直等到天亮]
待ち合わせる（まちあわせる）⑤〈自一〉等候，約會，碰頭，會面 **例** われわれは公園で～せることにした[我們約定在公園見面]
待ち受ける（まちうける）④〈他一〉等待，等候 **例** 彼女の帰国を～ける[盼望地回國]
待ち構える（まちかまえる）⑤〈他一〉(做好準備而)等待，等候 **例** チャンスが来るのを～える[等待機會的到來]
待ち遠しい（まちどおしい）⑤〈形〉急切等待，盼望 **例** 遠足が～い[盼望郊遊]
待ち望む（まちのぞむ）⓪〈他五〉盼望，期待，殷切期望 **例** 子どものすこやかな成

長を～む[盼望孩子茁壯成長]

待ち伏せ⓪〈名・サ變〉埋伏，伏擊

例 ～を食う[遭到伏擊，陷入埋伏圈]

待つ①〈他五〉等，等待，等候；站住，等一下；靜候，靜觀，等待；等待，指望 例 いつまでも～つ[永遠等下去]

待った①〈感・名〉等一下，且慢，住手；暫停 例 今度の企画には上から～がかかった[這次的計畫上級有指示暫時停止實施了]

待機①〈名・サ變〉待命；待機，伺機

待遇⓪〈名・サ變〉招待，接待；待遇，工資，報酬

待避①〈名・サ變〉待避，退讓，躲避

待望⓪〈名・サ變〉期望，等待，期待

待命⓪〈名・自他〉待命，另候任用；有官無職

★ 招待・接待・特待

怠 おこた・る/なま・ける/タイ
dài[日＝繁＝簡]

懶惰，鬆懈

怠る⓪〈自他五〉懶惰，怠慢，懈怠，放鬆，玩忽，疏忽 例 ～らずに勉強する[不懈地學習]

怠ける③〈自一〉懶惰，懶 例 学校を～ける[逃學]

怠け者⓪〈名〉懶漢

怠業⓪〈名・サ變〉怠工；偷懶

怠状⓪〈名〉謝罪狀

怠惰①〈名・形動〉懶惰，怠惰

怠慢⓪〈名・形動〉懈怠，怠慢，玩忽

★ 倦怠

帯 おび/お・びる/タイ
[帶][帯]dài[日≒繁≒簡]

帶子；區域；隨身拿著，攜帶

帯①〈名〉帶，帶狀物；腰帶，帶子；紙帶；封帶；連續節目，長篇大套節目

帯びる②〈他一〉佩戴，攜帶；負重，擔任，負擔；帶有，含有 例 重い任務を～びる[負有重任]

帯出⓪〈名・サ變〉帶出，攜帶

帯電⓪〈名・サ變〉帶電

帯刀⓪〈名・サ變〉佩刀，帶刀；佩帶的刀

★ 携帯・地帯・連帯

貸 か・す/タイ
[貸][貸]dài[日＝繁≒簡]

貸款；借入或借出

貸し切り⓪〈名〉包租 例 ～バス[包租的大轎車]

貸し金⓪〈名〉貸款

貸し倒れ⓪〈名〉呆帳，荒帳 例 ～になった貸し金[收不回來的放款]

貸し出す③〈他五〉出借，出租；貸款，放款 例 図書館では学生に本を～す[圖書館出借給學生的圖書]

貸し付ける④〈他一〉貸款，出借，出租 例 A社に1億円～ける[貸給A公司一億日元]

貸し家⓪〈名〉出租的房子

貸す⓪〈他五〉借給，借出，貸給，貸出；租給，租出，出租；幫助，提供 例 金を～す[借給錢]

貸借①〈名・サ變〉借貸，貸方和借方

★ 賃貸

戴 いただ・く/タイ
dài[日＝繁＝簡]

頭上頂著；擁護尊敬

戴き⓪〈名〉頂，上部
戴き物⓪〈名〉別人送的東西
戴く⓪〈他五〉頂在頭上，戴；擁戴，推舉
戴冠式③〈名〉加冕典禮

★推戴・頂戴・不俱戴天

丹 タン
dān[日＝繁＝簡]

紅色

丹心③⓪〈名〉丹心，紅心
丹精①〈名〉精心，丹誠，真誠；努力，竭力
丹青⓪〈名〉紅和藍；(繪畫)丹青；色彩
丹誠①〈名〉精心，丹誠，真誠；努力，竭力
丹念①〈形動〉精心，細心

★牡丹

担 かつ・ぐ/にな・う/タン
[擔][担]dān(dàn)[日≒簡≒繁]

用肩膀挑；負擔，承擔；擔子

担ぐ②〈他五〉擔，挑，背；推舉，推戴；討吉利；騙，耍弄，受騙
例彼を会長に～ぐ[推舉他為會長]
担う②〈他五〉擔，挑；肩負，負擔
例みんなの期待を一身に～う[身負眾望]
担架①〈名〉擔架
担当⓪〈名・サ變〉擔任，擔當，擔負，負責
担任⓪〈名・サ變〉擔任，擔當

担保①〈名〉抵押，按揭，擔保

★負担・分担

単 タン
[單][单]dān[日≒繁≒簡]

一個(跟「雙」相對)；單獨

単位①〈名〉(計算上的)單位；學分
辨在日語中不能用於指「機關、團體、企業」等
単一⓪〈名・形動〉單一；單獨
単価①〈名〉單價
単記①〈名〉單式，單記法
単騎①〈名〉單騎
単元③〈名〉(哲)單元；(學習上的)單元
単語⓪〈名〉詞，詞彙，單詞
単行本⓪〈名〉單行本
単純⓪〈名・形動〉單純，簡單
単身⓪〈名〉單身，隻身
単数③〈名〉一，一個；單數
単線⓪〈名〉一根線；(鐵路、電器的)單線，單軌
単調⓪〈名・形動〉單調，平庸，無變化，沒有抑揚頓挫
単刀直入⓪〈名〉乾脆，直截了當
単独⓪〈名〉單獨，獨自，單身
単に①〈副〉僅，只，單，…罷了，…而已，只不過…罷了
単利①〈名〉單利

★簡単

胆 タン
[膽][胆]dǎn[日＝簡≒繁]

膽囊的通稱；膽量

胆汁⓪〈名〉膽汁
胆大心小⓪〈名〉膽大心細

胆石① 〈名〉膽石
たんせき

胆嚢⓪ 〈名〉膽囊
たんのう

胆力① 〈名〉膽力，膽量
たんりょく

★ 肝胆・豪胆・魂胆・小胆・心胆・
かんたん ごうたん こんたん しょうたん しんたん

大胆・放胆・落胆
だいたん ほうたん らくたん

旦 タン

dàn[日＝繁＝簡]

天明，早晨；天，日

旦夕⓪① 〈名〉旦夕
たんせき

★ 一旦・元旦・月旦
いったん がんたん げったん

但 ただ・し

dàn[日＝繁＝簡]

但是

但し① 〈接〉但，但是，可是，不過
ただ

例 野球はできない、～見るのは好
やきゅう み

きだ[我雖然不會打棒球，但是喜歡
觀看]

但し書き⓪ 〈名〉但書 例 ～を加え
ただ が くわ

る[附加但書]

淡 あわ・い/タン

dàn[日＝繁＝簡]

液體或氣體中所含的某種成分少或
稀薄(跟「濃」相對)；(顏色)淺；冷
淡，不熱心

淡い② 〈形〉淺，淡；些微，清淡，淡
あわ

泊 例 ～い期待をいだく[抱一線希
たい

望]

淡水⓪ 〈名〉淡水 例 ～魚[淡水魚]
たんすい ぎょ

淡泊① 〈名・形動〉(味道、顏色等)
たんぱく

淡，素；(性格)坦率，直爽；(對名
利、金錢)淡泊

★ 枯淡・濃淡・冷淡
こたん のうたん れいたん

弾 たま/はず・む/ひ・く/ダン

[彈][弹]dàn(tán)[日≒繁≒簡]

彈子，槍彈；用手指、器具撥弄或
敲打，使物體震動；有彈性；抨擊

弾② 〈名〉子彈，彈丸，槍彈
たま

弾む⓪ 〈他五〉跳，彈，蹦；起勁，情
はず

緒高漲；喘，氣喘；(一狠心，一高
興)拿出很多錢

例 心が～む[心情興奮]
こころ

弾く⓪ 〈他五〉彈，拉，彈奏，彈撥
ひ

例 ピアノを～く[彈鋼琴]

弾圧⓪ 〈名・サ變〉鎮壓，壓制
だんあつ

弾劾⓪ 〈名・サ變〉彈劾，譴責
だんがい

弾丸⓪ 〈名〉槍彈，炮彈，彈丸
だんがん

弾痕⓪ 〈名〉彈痕
だんこん

弾性⓪ 〈名〉彈性，彈力
だんせい

弾道⓪ 〈名〉彈道
だんどう

弾薬⓪ 〈名〉彈藥
だんやく

弾力⓪ 〈名〉彈力，彈性
だんりょく

★ 糾弾・指弾
きゅうだん しだん

誕 タン

[誕][诞]dàn[日≒繁≒簡]

誕生；生日

誕生⓪ 〈名・サ變〉(人的)出生，誕
たんじょう

生；(事物的)成立，創辦

誕生日③ 〈名〉生日，生辰，誕辰，(老
たんじょうび

人的)壽辰

★ 降誕・生誕
こうたん せいたん

当 あ・たる/あ・てる/トウ

[當][当]dāng(dàng)

[日＝簡≒繁]

相稱；應當；面對著，向著；正在
(那時候、那地方)；承擔，承受；
掌管，主持

当たり⓪〈名・尾〉打中；中彩；稱心如意，成功；著落，頭緒；對人，對待；味道；每，平均；有害，受病
　例 口～[口味，口感]

当たり散らす⑤〈自五〉(對周圍的人胡亂)發脾氣，撒氣
　例 怒り出すと～す[一發脾氣就拿別人撒氣]

当たり前⓪〈形動〉當然，自然，應該

当たる⓪〈自五〉照射；取暖；碰，撞；中，成功；中(毒、害)；承擔，負責；發脾氣；相當於，等於；查，打聽 例 当番に～る[值日]

当て擦る④〈自五〉諷刺，指桑罵槐，含沙射影 例 実は私に～っているのだ[其實那是諷刺我呢]

当て嵌まる④〈自五〉適用，適合，合適，恰當 例 この例によく～る法則[非常適用此例的法則]

当て嵌める④〈他五〉適用，應用
　例 規則に～めて処分する[根據規章加以處分]

当てる⓪〈他一〉碰，撞；猜，成功；指定，充作，作為；配，填；給
　例 退職金を家のローンに～てる[把退休金用於償還住宅貸款]

当為①〈名〉責任，義務

当該⓪〈連體〉該，有關

当局①〈名〉當局

当月①〈名〉本月

当座⓪〈名〉即席，當場；一時，暫時；(銀行存款)活期

当時⓪〈名〉當時，那時

当事者⓪〈名〉當事者，當事人

当日⓪〈名〉當日，當天，那一天

当世①〈名〉當代，現代，當今，現今

当節①〈名〉當今，如今

当選⓪〈名・サ變〉當選，中選；中彩，中籤

当然⓪〈名・形動・副〉當然，理所當然，應當，應該

当初①〈名〉當初，最初，開始

当代①〈名〉當代，當時，現今；那個時代，該時代

当地①〈名〉當地，本地，此地

当直⓪〈名・サ變〉值班，值勤，值日

当人①〈名〉本人，當事人

当年①〈名〉今年，本年；那時，當年

当番①〈名〉值日(生)，值班(人)，值勤(人員)

当否①〈名〉當否，是否正確，是否適當，是否恰當

当分⓪〈副〉暫時，一時

当方①〈名〉我方

当面⓪〈名・サ變〉目前，當前；面臨

当用⓪〈名〉現用，目前使用

当惑⓪〈名・サ變〉為難，困惑

★ 穏当・該当・見当・至当・失当・充当・順当・正当・相当・妥当・担当・抵当・適当・日当・配当・不当

党 トウ
[黨][党]dǎng[日＝簡≒繁]
政黨；由利害關係結成的集團

党①〈名〉黨羽，同伙；(政治的)政黨

党員⓪〈名〉黨員

党紀①〈名〉黨紀，黨的紀律

党規①〈名〉黨章，黨的章程

党議①〈名〉黨內的議論；黨內的決議

党首①〈名〉政黨的領袖，黨的首領

党是①〈名〉黨的基本方針
党勢⓪〈名〉黨的勢力，黨的力量
党籍⓪〈名〉黨籍
党則⓪〈名〉黨章
党派①〈名〉黨派，派別
党閥⓪〈名〉黨閥
党務①〈名〉政黨(黨派)的事務，黨務
党利①〈名〉(自己所屬)黨的利益
党略⓪〈名〉黨的策略

★悪党・政党・脱党・入党・野党・
与党・離党

刀 かたな/トウ
dāo[日＝繁＝簡]

用來切、割、削、砍的工具，一般
是用鋼鐵製成

刀③〈名〉刀；小刀；大刀
刀剣⓪〈名〉刀劍
刀痕⓪〈名〉刀痕，刀傷的痕跡

★快刀・軍刀・帯刀・大刀・短刀・
抜刀・宝刀・名刀

島 しま/トウ
[島][岛]dāo[日＝繁≒簡]

海洋、湖泊或江河裏被水環繞的陸地

島②〈名〉島嶼，島
島国②〈名〉島國
島嶼①〈名〉島嶼
島民⓪〈名〉島上居民

★群島・孤島・諸島・全島・半島・
無人島・離島・列島

導 みちび・く/ドウ
[導][导]dǎo[日＝繁≒簡]

指引，帶領；傳引，轉向；啓發

導く③〈他五〉引導，指導，領導；

引路，領道；導致 例 先生が学生
を～く[老師指導學生]
導火線⓪〈名〉導線，引線；導火線
導出⓪〈名・サ變〉引出，導出
導体⓪〈名〉導體，導電體
導入⓪〈名・サ變〉導入，引進，引入，
輸入；引用(新的材料、論據)

★引導・教導・訓導・指導・唱導・
先導・伝導・補導・誘導

倒 たお・す/たお・れる/トウ
dǎo(dào)[日＝繁＝簡]

(人或者豎立的東西)橫躺下來；(事
業)失敗，垮台

倒す②〈他五〉倒，放倒，弄翻，推
倒；打敗，擊敗；推翻，打倒；賴
帳，不還錢 例 内閣を～す[打倒内
閣]
倒れる③〈自一〉塌；病倒；死，斃；
垮台，滅亡；倒閉，破產 例 木が
台風で～れる[樹被颱風刮倒]
倒影⓪〈名〉倒影
倒壊⓪〈名・サ變〉倒塌，坍塌
倒閣⓪〈名・サ變〉倒閣，打倒内閣
倒錯⓪〈名・サ變〉巔倒；反常
倒産⓪〈名・サ變〉倒閉，破產
倒置⓪〈名・サ變〉倒置
倒立⓪〈名・サ變〉倒立，拿大頂

★圧倒・一辺倒・傾倒・卒倒・
打倒・転倒

到 トウ
dào[日＝繁＝簡]

從別處來；前往；周到

到達⓪〈名・サ變〉到達，達到
到着⓪〈名・サ變〉到達，抵達

到底⓪〈副〉無論如何也，怎麼也
到来⓪〈名・サ變〉來到，到來

★ 殺到・周到

盗 ぬす・む/トウ

[盗][盗]dào[日＝簡≒繁]

偷竊；強盗

盗み聞き⓪〈名・サ變〉偷聽
盗み食い⓪〈名・サ變〉偷來吃；偷偷
地吃，背著人吃
盗み見⓪〈名・サ變〉偷看
盗み読み⓪〈名・サ變〉偷看；背著人
看
盗む③〈他五〉偷，偷盗；背著；抽
空，偷閒 **例** 人目を～んで[背著人
偷偷地]
盗掘⓪〈名・サ變〉私自開採；盜掘
（文物）
盗作⓪〈名・サ變〉剽竊
盗賊⓪〈名〉盗賊
盗聴⓪〈名・サ變〉竊聽，偷聽
盗難⓪〈名〉失竊，被盗
盗品⓪〈名〉盗竊的東西，臟物
盗癖⓪〈名〉盗癖，愛偷盗
盗塁⓪〈名・サ變〉（棒球）盗壘

★ 怪盗・強盗・窃盗・夜盗

悼 いた・む/トウ

dào[日＝繁＝簡]

悲傷，哀念

悼む②〈他五〉哀悼，哀念 **例** 友人の
死を～む[哀悼友人之死]
悼辞⓪〈名〉悼詞

★ 哀悼・追悼

道 みち/トウ/ドウ

dào[日＝繁＝簡]

道路；方向，方法；道理；學術或
宗教的思想體系

道⓪〈名〉路，道路，馬路；路程；方
法；道理，道義，道德；途徑，手段
道案内〈名〉嚮導；路標 **例** ～を立
てる[立路標]
道順⓪〈名〉路線，應走的路；順
序，程序
道すがら⓪〈副〉沿路，沿途，一道上
例 ～の話し[路上的聊天]
道連れ⓪〈名〉旅伴，同行（者）
例 あなたと～ならけっこうです
[和你搭伴去就行]
道端⓪〈名〉道旁
道学⓪〈名〉道德學；宋儒理學；道教
道義①〈名〉道義
道教①〈名〉道教
道具③〈名〉工具；家庭生活用品；道
具；手段
道化⓪〈名〉滑稽，逗笑，逗人笑；
丑角
道場①〈名〉（佛道的）道場，修行的
地方；練功場，練武場
道程⓪〈名〉路程
道徳⓪〈名〉道德
道標⓪〈名〉路標
道楽④〈名〉（業餘的）愛好，癖好，
嗜好；吃喝嫖賭，放蕩，不務正業
道理③〈名〉道理，情理
道路①〈名〉路，道路，公路

★ 沿道・街道・軌道・芸道・国道・
私道・車道・柔道・唱道・食道・

人道・水道・赤道・茶道・鉄道・
武道・歩道・報道

稲 いな/いね/トウ
[稻][稲]dào[日≒繁=簡]
一種一年生的草本植物；這種植物的果實

稲子⓪〈名〉蝗蟲，螞蚱 辨注意不要與漢語中的「稻子」混淆

稲作⓪〈名〉種稻子；稻子的收成

稲妻⓪〈名〉閃電；(動作)飛快，閃電一般 例〜が光る[打閃]
＝いなずま

稲穂⓪〈名〉稻穗

稲①〈名〉稻，稻子

稲刈り②〈名〉割稻子

★水稲

的 まと/テキ
de(dí,dì)[日=繁=簡]
眞實，實在；箭靶的中心

的⓪〈名〉靶子；目標，對象；要害，要點 例〜を狙う[對準靶子，瞄準靶子]

的確⓪〈名・形動〉正確，確切，準確，恰當＝てっかく 辨在漢語中，是「毫無疑問」(確かに、間違いなく)的意思

的中⓪〈名・サ變〉中，射中，打中；猜中，猜對，料中

★標的・目的

得 う・る/え・る/トク
dé[日=繁=簡]
獲得，接受(跟「失」相對)；滿意

得る①〈他五〉得，得到；能夠，可

能 例それはあり得ることだ[那是可能有的事]

得る①〈他一〉得，得到，取得，獲得；得(病)，獲(罪)，遭受；能，可以 例信頼を得る[取得信任，得到信賴]

得体⓪〈名〉本來面目 例〜の知れない人[來路不明的人] 辨在漢語中，指言行恰到好處、恰當(ふさわしい、適切)

得手①〈名・形動〉拿手，擅長 例文学は私の〜ではない[我不擅長文學] 辨在漢語中，「得手」多指達到不良目的

得手勝手③〈名・形動〉光顧自己，不顧別人，任性放肆

得意②〈形動〉得意，滿意，心滿意足；得意洋洋，自滿，自鳴得意；拿手，擅長

得意先⓪〈名〉老客戶

得策⓪〈名〉上策，好辦法

得失⓪〈名〉得失

得する⓪〈サ變〉占便宜，賺

得点⓪〈名・サ變〉得分，比分

得票⓪〈名・サ變〉得票

★会得・獲得・既得・自得・取得・修得・拾得・習得・所得・説得・損得・体得・納得・利得

徳 トク
[德][徳]dé[日≒繁=簡]
道德，品行，品質

徳育⓪〈名〉德育

徳義①〈名〉道義

徳政⓪〈名〉德政

徳性⓪〈名〉德性

德望⓪〈名〉德望

德利⓪〈名〉酒壺

德行⓪〈名〉德行

★威徳・公徳・高徳・人徳・道徳・
美徳・有徳

灯 ひ/トウ

[燈][灯]dēng[日＝簡≒繁]

照明或其他用途的發光器具

灯①〈名〉燈，燈光 **例**〜を消す[關
(熄)燈]

灯影⓪〈名〉燈光，燈影

灯火①〈名〉燈火，燈光

灯台⓪〈名〉燈架，燭台；燈塔

灯油⓪〈名〉煤油，燈油

★街灯・蛍光灯・消灯・点灯・
電灯

登 のぼ・る/ト/トウ

dēng[日＝繁＝簡]

(人)由低處到高處(多指步行)；刊
登或記載

登る⓪〈自五〉上，登，攀登；上
升；逆流而上，上溯；進京；升
級，晉升，高升；到達，高達；被
拿出，被提到；端上，擺上
例山に〜る[登山]

登記①〈名・サ變〉登記，註冊

登校⓪〈名・サ變〉上學，到校

登載⓪〈名・サ變〉登載，刊登

登場⓪〈名・サ變〉登場，出場；出現

登庁⓪〈名・サ變〉(官員、職員)上班

登頂⓪〈名・サ變〉登上頂峰

登坂⓪〈名・サ變〉爬坡

登板⓪〈名・サ變〉(棒球選手)上場

登用⓪〈名・サ變〉起用，錄用，擢用

登竜門③〈名〉登龍門

登楼⓪〈名・サ變〉登樓，登上高樓

登録⓪〈名・サ變〉登記，註冊

登山①〈名・サ變〉登山，爬山

等 ひと・しい/トウ

dēng[日＝繁＝簡]

等級；數量或程度上相同；表示列
舉未盡

等しい③〈形〉相等，相同，一樣，
等於 **例**その行為は犯罪に〜い[那
種行為等於犯罪]

等位①〈名〉等級，等別；同級，級
別相同，職務相同

等価①〈名〉等價

等外⓪〈名〉等外，次品，等外品，一
定等級之外

等級⓪〈名〉等級

等式⓪〈名〉等式，相等

等質⓪〈名・形動〉性質相等

等親⓪〈名〉(「親等」的舊稱)等親，
親族遠近的等別

等身大⓪〈名〉和身高同樣大小

等速⓪〈名〉等速

等等⓪〈尾〉等等

等比①〈名〉等比

等分⓪〈名・副〉暫時

等量⓪〈名〉等量，同量，分量相等

★下等・均等・高等・初等・上等・
対等・同等・特等・不等・平等・
優等・劣等

低 ひく・い/ひく・まる/ひく・める/ティ

[低][低]dī[日＝繁≒簡]

從下向上距離小，離地面近(跟「高」

相對）；在一般標準或平均程度之
下；等級在下的；向下垂

低い②〈形〉低，矮；低賤，微賤；低，
小 **例** 背が～い[個子不高(矮)]

低まる③〈自五〉變低
例 音が～る[聲音變低]

低める③〈他一〉使低，降低
例 温度を～める[降低温度]

低圧⓪〈名〉低壓

低位①〈名〉地位低，低等級

低音⓪〈名〉低聲，低音；低聲部

低温⓪〈名〉低温

低下⓪〈名・サ變〉下降，降低，低落

低額⓪〈名〉少額，低額

低学年③〈名〉(小學)低年級(的學
生)

低気圧③〈名〉低氣壓；透不過氣來

低級⓪〈名・形動〉低級，下等，低等

低吟⓪〈名・サ變〉低吟

低空⓪〈名〉低空

低減⓪〈名・サ變〉降低，減少，減
低，低落

低俗⓪〈名・形動〉低俗

低調⓪〈名・形動〉低調，音調低；不
熱烈，不活躍，不旺盛

低能⓪〈名・形動〉低能

低迷⓪〈名・サ變〉低垂，彌漫；沉
淪，淪落，徘徊

低木⓪〈名〉矮木，灌木

低落⓪〈名・サ變〉低落，降低，下跌

低利①〈名〉低利率，低利

低率⓪〈名・形動〉比率低，低廉；低
利率

低劣⓪〈名・形動〉低劣，低等級，下
流，鄙俗

低廉⓪〈形動〉低廉，便宜

★ 高低・最低

堤 つつみ/テイ
dī[日＝繁＝簡]

沿河或者沿海防水的建築物

堤③〈名〉堤壩；蓄水池，水庫
例 ～を築く[築堤]

堤防⓪〈名〉堤，壩，堤防，堤岸，
堤壩

★ 長堤・防波堤

滴 しずく/したた・る/テキ
dī[日＝繁＝簡]

液體一點一點地向下落；一點一點
向下落的液體

滴③〈名〉水點，水滴

滴る③〈自五〉滴 **例** 新緑 ～るばか
り[青翠欲滴]

★ 雨滴・水滴・点滴

笛 ふえ/テキ
dī[日＝繁＝簡]

橫吹管樂器；響聲尖鋭的發聲器

笛⓪〈名〉笛子，橫笛，哨子

★ 汽笛・警笛

嫡 チャク
dī[日＝繁＝簡]

宗法制度下指家庭的正支(跟「庶」相
對)；家庭中血統近的

嫡子①〈名〉嫡子，嫡出長子

嫡出⓪〈名〉嫡出

嫡孫⓪〈名〉嫡孫

嫡伝⓪〈名〉嫡傳

嫡男②〈名〉嫡子，嫡出長子

嫡流⓪〈名〉嫡流，正支，正宗

敵 ^{かたき/テキ}
[敵][敌]dí[日＝繁≒簡]

有利害衝突不能相容的；敵人；對抗，抵擋

敵③〈名〉對手，競爭者；仇人，仇敵
敵意①〈名〉敵意，仇視的心
敵軍⓪〈名〉敵軍
敵国⓪〈名〉敵國
敵視①〈名・サ變〉敵視，仇視
敵手①〈名〉敵手，敵人之手；(比賽)對手
敵情⓪〈名〉敵情
敵する③〈サ變〉為敵，敵對；匹敵，對抗
敵性⓪〈名〉敵性，敵對性
敵前⓪〈名〉敵前
敵対⓪〈名・サ變〉敵對，作對
敵兵⓪〈名〉敵兵

★ 仇敵・強敵・宿敵・匹敵・無敵

邸 ^{テイ}
[邸][邸]dǐ[日＝繁≒簡]

高級官員的住所；旅舍
邸宅⓪〈名〉宅地，住宅，公館
邸内①〈名〉府邸內，公館內

★ 官邸・豪邸・私邸・別邸

抵 ^{テイ}
[抵][抵]dǐ[日＝繁≒簡]

支撐；抵擋，抵抗；抵消；相當，能替代
抵抗⓪〈名・サ變〉抵抗，反對；反抗，抗拒；反感；反應；阻力
抵触⓪〈名・サ變〉抵觸，觸犯
抵当⓪〈名〉抵押(品)；典當時的擔保物；當頭

★ 大抵

底 ^{そこ/テイ}
[底][底]dǐ[日＝繁≒簡]

物體的最下部分；事情的根源或內情
底⓪〈名〉最下面，底，底下；深處，內心；谷地，最低值，下限，根底
例 ～が浅い[根底淺，基礎不牢，膚淺]；～が割れる[表明內心；(行市)打破最低大關]；～が知れている[知道底細]；～が知れない[無法估量，高深莫測]
底上げ⓪〈名・サ變〉提高水準
例 国民生活水準の～を図る[謀求人民生活水準的提高]
底辺①〈名〉底邊；(社會的)低層
底本⓪〈名〉底本，藍本；原稿，草稿
底流⓪〈名〉底流；潛伏的力量，暗中的形勢

★ 海底・眼底・基底・根底・心底・船底・地底・徹底・到底

地 ^{チ/ジ}
dì[日＝繁＝簡]

地球；陸地；土地，田地；地區；地點；地位
地獄⓪〈名〉地獄
地震⓪〈名〉地震
地主⓪〈名〉地主
地肌⓪①〈名〉地表面；沒有化妝的皮膚
地盤⓪〈名〉地盤，地基；(喻)勢力範圍，根據地
地味②〈名・形動〉樸素，素氣，素淨；不顯眼，普通
地元⓪〈名〉本地，當地

地紋⓪〈名〉紡織品上織出或染出的花紋

地雷⓪〈名〉地雷＝ちらい

地位①〈名〉地位

地域①〈名〉地域

地縁⓪〈名〉鄉土關係，同鄉關係

地下①②〈名〉地下

地価①〈名〉地價，土地價格

地階⓪〈名〉(高樓的)地下室；(樓房的)第一層，一樓

地下街②〈名〉地下街道，地下商店街

地下室②〈名〉地下室

地下水②〈名〉地下水

地下鉄⓪〈名〉地鐵

地下茎⓪〈名〉地下莖，根莖，球根

地殻⓪〈名〉地殼

地核⓪〈名〉地心

地学①〈名〉地學

地球⓪〈名〉地球

地区①〈名〉地區

地形⓪〈名〉地形，地勢

地検⓪〈名〉地方檢察署

地誌①〈名〉地誌

地質⓪〈名〉地質

地上⓪〈名〉地上，地面；人世

地図①〈名〉地圖

地勢⓪〈名〉地勢，地形

地租①〈名〉地租

地層⓪〈名〉地層

地帯⓪〈名〉地帶

地代⓪〈名〉地租，地價

地底⓪〈名〉地底，地下深處

地点①〈名〉地點

地熱⓪〈名〉地熱＝じねつ

地表⓪〈名〉地表

地平線⓪〈名〉地平線

地方②〈名〉地方，地區；外地

例～税[地方稅，地稅]

地名⓪〈名〉地名

地理①〈名〉地理；地理情況

★ 各地・基地・窮地・局地・現地・耕地・高地・国有地・山地・産地・湿地・生地・素地・大地・宅地・天地・土地・農地・平地・辺地・盆地・目的地・陸地・領地

弟 おとうと/ダイ/テイ/デ
dì[日＝繁＝簡]

弟弟；親戚中同輩而年紀比自己小的男子；稱同輩比自己年紀小的男性

弟④〈名〉弟弟；義弟，小叔子，內弟，妹夫；年齡比自己小、資歷比自己淺的人

弟妹⓪〈名〉弟弟和妹妹

弟子②〈名〉弟子，門生，徒弟

★ 義弟・愚弟・兄弟・賢弟・子弟・師弟・実弟・門弟

帝 テイ
dì[日＝繁＝簡]

君主，皇帝；帝國主義的簡稱

帝位①〈名〉帝位

帝王③〈名〉帝王，皇帝，天子

帝国主義⑤〈名〉帝國主義

帝政⓪〈名〉帝政

★ 皇帝・女帝・先帝・大帝

逓 テイ
[遞][递]dì[日≒繁≒簡]

傳送，傳遞；順次

逓減⓪〈名・サ變〉遞減

逓信⓪〈名〉通信，郵信

逓送⓪〈名・サ變〉遞送
逓増⓪〈名・サ變〉遞增

第ダイ
dì[日＝繁＝簡]

在數詞的前面表示次序；科第

第一①〈名〉第一，首先；最，最好，最佳，頭等，首屈一指
第三者③〈名〉第三者，局外人
第六感①〈名〉第六感，直感，直覺

★ 及第・落第

締し・まる/し・める/テイ
[締][缔]dì[日≒繁≒簡]

結合，訂立

締まる②〈自五〉緊，結實，振作；關，關上 **例**寒さで身が～まる[身子凍得發緊起來]
締め上げる④〈他五〉搯住(脖子等)往上揪；使勁勒緊，嚴厲追究 **例**犯人を～げる[嚴厲審問犯人]
締め切る③〈他五〉屆滿，截止，結束 **例**申し込みを～る[截止報名]
締め括る⓪〈他五〉繫緊，紮緊；管束，管理；結束，總結 **例**会議を～る[總結會議]
締め出す③〈他五〉把…關在門外，不讓…進屋 **例**日本製品を～す[排斥日貨]
締め付ける④〈他一〉捆緊，勒緊，繫緊 **例**バンドを～ける[勒緊褲帶]
締める②〈他一〉勒緊，繫緊，關，閉；合計；縮減；拍手，擊掌 **例**家計を～める[縮減家庭開支]
締結⓪〈名・サ變〉簽訂，締結
締約⓪〈名・サ變〉締約，締結(條約，契約)

諦あきら・める/テイ/タイ
dì[日＝繁＝簡]

詳細，仔細；眞實無誤的道理 **辨**在日語中還有「死心」的意思

諦め⓪〈名〉
諦める④〈他下一〉斷思，死心，想開
諦観⓪〈名・サ變〉看破，想開
諦視①〈名・サ變〉仔細觀察

★ 要諦

典テン
diǎn[日＝繁＝簡]

可以作爲標準的書籍；標準，法則；典禮

典雅①〈形動〉典雅，雅致，斯文，嫻雅
典拠①〈名〉書本根據，可靠的根據
典型⓪〈名〉典型
典籍⓪〈名〉典籍，書籍
典麗⓪〈名・形動〉典雅，美麗
典礼⓪〈名〉典禮，儀式

★ 楽典・経典・原典・古典・祭典・字典・辞典・式典・祝典・出典・大典・特典・仏典・法典

点テン
[點][点]diǎn[日＝簡≒繁]

液體的小滴；小的痕跡；引著火；點心；使液體一滴一滴向下落

点⓪〈名〉點，標點；分，分數；點，論點，觀點；件
点火⓪〈名・サ變〉點火，點燃
点画⓪〈名〉點和畫，筆畫
点眼⓪〈名・サ變〉點眼藥

点検⓪〈名・サ變〉檢點，檢查

点呼①〈名・サ變〉點名

点在⓪〈名・サ變〉散在，散布

点字⓪〈名〉盲字，盲文

点心⓪〈名〉茶點，點心；小吃，點心

点数③〈名〉分數，得分，比分

点ずる⓪〈サ變〉點點兒；點(茶)；滴，點；點(燈)；加訓讀

点線⓪〈名〉虛線，點線

点滴⓪〈名〉水滴；輸液

点点⓪〈名・副〉點點，滴滴；水點，滴落

点灯⓪〈名・サ變〉點燈

点描⓪〈名・サ變〉點畫法；速寫，素描

点滅⓪〈名・サ變〉(燈火)忽亮忽滅

点薬⓪〈名・サ變〉點眼藥水

★観点・拠点・句読点・欠点・原点・減点・交点・黒点・採点・時点・弱点・終点・重点・出発点・地点・頂点・同点・得点・難点・斑点・美点・平均点・満点・盲点・問題点・要点・利点・力点・論点

店 みせ/テン

diàn[日＝繁＝簡]

售賣貨物的舖子

店②〈名〉商店，店舖，舖子，攤兒

店先⓪③〈名〉店頭，店面，店房

例～でバーゲンセールを行う[店頭進行廉價拍賣]

店開き③〈名・サ變〉(商店)開門，開始營業；開張，開業

例新しいスーパーは今日から～す

る[新超市從今天開始營業]

店員⓪〈名〉店員，售貨員

店主①〈名〉店主人，店東，老闆，老闆娘

店頭⓪〈名〉舖面，門面，門簾

店内①〈名〉店舖內部

店舗①〈名〉店舖，商店，舖子

★飲食店・開店・喫茶店・支店・商店・書店・代理店・売店・分店・閉店・弊店・本店・来店・露店

電 デン

[電][电]diàn[日＝繁≒簡]

有電荷存在和電荷變化的現象；電報

電圧⓪〈名〉電壓

電位①〈名〉電位，電勢

電化⓪〈名・サ變〉電氣化

電解⓪〈名・サ變〉電解

電機①〈名〉電機，電動機

電気①〈名〉電，電器，電力；電燈

電球⓪〈名〉電燈炮，燈炮

電極⓪〈名〉電極

電撃⓪〈名〉電擊，閃電式

電源⓪〈名〉電源

電算機③〈名〉電子計算機的簡稱

電子①〈名〉電子

電磁性⓪〈名〉電磁性

電磁波③〈名〉電磁波

電車⓪〈名〉電車，火車

電信⓪〈名〉電報，電信

電線⓪〈名〉電線，電纜

電送⓪〈名・サ變〉傳真，傳真電報

電卓⓪〈名〉電子桌上計算機

電池①〈名〉電池

電柱⓪〈名〉電線桿

でん とう
電灯⓪〈名〉電燈

でん どう
電動⓪〈名〉電動 **例** ～機[電動機，馬
達]

でん ねつ
電熱⓪〈名〉電熱

でん のう
電脳⓪〈名〉電腦

でん ぱ
電波①〈名〉電波

でん ぽう
電報⓪〈名〉電報

でん りゅう
電流⓪〈名〉電流

でん りょく
電力①〈名〉電力，電

でん れい
電鈴⓪〈名〉電鈴

でん ろ
電路①〈名〉電路

でん わ
電話⓪〈名〉電話，電話機

★ がいでん かんでん くんでん しゅうでん じゅうでん
　外電・感電・訓電・終電・充電・
しゅくでん そうでん だでん たいでん ちょうでん
祝電・送電・打電・帯電・弔電・
ていでん はつでん ほうでん らいでん ろうでん
停電・発電・放電・来電・漏電

殿 との/どの/テン/デン

diàn[日＝繁＝簡]

高大的房屋，特指供奉神佛或帝王
受朝理事的房屋 **辨** 在日語中還可
以作為敬稱使用

との
殿①〈名〉老爺，大人 **例** お～さま[老
爺]

どの
殿〈接尾〉先生，台啓 **例** 人事課長～
[(寫信時)人事科長台啟]

との さま
殿様⓪〈名〉老爺，大人

でん か
殿下①〈名〉殿堂下；(尊稱)殿下

でん どう
殿堂⓪〈名〉殿堂，高大壯麗的公共
建築

★ きゅうでん ぶつでん
　宮殿・仏殿

彫 ほ・る/チョウ

[雕][雕]diāo[日≒繁≒簡]

在竹木、玉石、金屬等上面刻畫；
有色彩裝飾的

ほ もの
彫り物③〈名〉雕刻(品)；文身，刺

青，黥墨

ほ
彫る①〈他五〉雕刻；文身，刺青，黥
墨 **例** はんこを～る[刻圖章]

ちょうきん
彫金⓪〈名〉雕金，雕刻金屬，鏤金

ちょうこく か
彫刻⓪〈名・サ變〉雕刻 **例** ～家[雕刻
家]

ちょうそ
彫塑①〈名〉雕塑，雕像

ちょうぞう
彫像⓪〈名〉雕像

★ もくちょう
　木彫

弔 とむら・う/チョウ

[吊][吊]diào[日≒繁＝簡]

祭奠死者或對遭到喪事的人家、團
體給予慰問 **辨**「吊」是「弔」的俗字

とむら
弔う③〈他五〉吊喪，吊唁，吊慰
例 亡き人を～う[吊喪]

ちょうい
弔意①〈名〉哀悼之意

ちょうい
弔慰①〈名・サ變〉吊唁

ちょうきゃく
弔客⓪〈名〉吊唁者＝ちょうかく

ちょうじ
弔辞⓪〈名〉悼詞，哀辭

ちょうでん
弔電⓪〈名〉唁電

ちょうぶん
弔文⓪〈名〉祭文，悼詞

ちょうもん
弔問⓪〈名・サ變〉吊唁

★ けいちょう
　慶弔

釣 つ・る/チョウ

[釣][钓]diào[日＝繁≒簡]

用釣竿捉魚或者其他水生動物；比
喻用手段獵取(名利)

つ
釣り⓪〈名〉釣魚；找的錢，找頭，找
零錢 **例** 日曜日に～に行く予定だ
[星期日打算去釣魚]

つ あ
釣り合い⓪〈名〉平衡，均衡；勻稱，
相稱，調和，比配

つ あ
釣り合う③〈自五〉平衡，均衡；勻
稱，相稱，調和，比配 **例** 収入と

支出が〜う[收支平衡]

釣り上げる④〈他一〉釣上來；吊起來；抬高，提高，哄抬；向上吊 例目を〜げる[吊起眼梢(發火)；豎起(立起)眼睛]

釣り糸⓪〈名〉釣(魚)絲，魚線

釣り具⓪〈名〉釣魚用具，釣具，漁具

釣り竿⓪〈名〉釣竿

釣り銭⓪〈名〉找回的錢，找給的錢，找的(零頭)，找頭

釣り針⓪〈名〉釣鈎，魚鈎

釣り船⓪〈名〉釣魚船；船形吊式花瓶

釣る⓪〈他五〉釣(魚)；勾引，誘惑，誘騙 例川で魚を〜る[在河邊釣魚]

釣魚①〈名〉釣魚

調 しら・べる/ととの・う/ととの・える/チョウ

[調][调]diào(tiáo)[日≒繁≒簡] 調動，分配；使配合得均勻合適；調解

調べる③〈他一〉調查，查；詢問，審訊，訊問 例事故の原因を〜べる[調查事故原因]

調う③〈自五〉整齊，完整，勻稱；齊備，完備；達成(協議)，談妥，商妥 例隊列が〜う[隊列整齊]

調える④〈他一〉整理，整頓，整齊；齊備，準備好；達成(協議)，談妥 例交渉を〜える[達成協議]

調印⓪〈名・サ變〉簽訂，簽署，簽字

調音⓪〈名・サ變〉調音

調教⓪〈名・サ變〉馴，調教，訓練

調合⓪〈名・サ變〉調劑，配藥

調査①〈名・サ變〉查，調查

調剤⓪〈名・サ變〉配藥，調劑

調子⓪〈名〉音調，調(子)，調門兒；腔調，語調，語氣，口氣；情況，樣子；勢頭，勁頭；做法，辦法

調書①〈名〉記錄，筆錄，調查書，報告書

調整⓪〈名・サ變〉調整

調製⓪〈名・サ變〉調製

調節⓪〈名・サ變〉調節

調達⓪〈名・サ變〉籌措；供應，辦置

調停⓪〈名・サ變〉調停，調解

調髪⓪〈名・サ變〉理髪

調味料③〈名〉調料

調理①〈名・サ變〉烹調，烹飪，做(菜)

調律⓪〈名・サ變〉調音，調準(音調)

調練①〈名・サ變〉訓練，操練；練兵

調和⓪〈名・サ變〉調和

★ 哀調・音調・格調・基調・好調・高調・順調・新調・声調・単調・低調・不調・変調・論調

送 テツ

dié[日＝繁＝簡] 輪流，替換

★ 更送

畳 たたみ/たた・む/ジョウ

[疊][叠]dié[日≒繁≒簡] 重複；折疊

畳⓪〈名〉(厚的)草墊，草席；(音譯)榻榻米

畳み込む④〈他五〉折疊進去，折疊起來；放在心裏，藏在心裏 例きょうの言葉をよく〜んでおけ[把今兒的話好好記住吧]畳屋〈名〉製作(經營)草席的舖子(人)

畳む⓪〈他五〉折，疊；合上；關，關
　閉，收拾；藏在心裏；殺，結果，
　幹掉 **例** 将来の夢を胸に～む［把對
　將來所抱的夢想藏在心中］

★ 重畳

丁 チョウ/テイ

ding［日＝繁＝簡］
　成年男子，人口；從事某種勞動的
　人 **辨** 日語中還可用於表示紙張、菜
　餚、四方形物的數量
丁①〈名〉（量詞的）張、塊、碗
丁数③〈名〉（線裝書的）頁數
丁度⓪〈副〉正，整；正好，恰好；剛，
　好像，正像
丁字路⓪〈名〉丁字路
丁重⓪〈名・形動〉很有禮貌，鄭重其
　事，彬彬有禮，誠摯，誠懇，殷勤
丁寧①〈名・形動〉很有禮貌，恭恭敬
　敬；小心謹慎，周到，細心，精心，
　殷勤，親切
丁稚⓪〈名〉（店舖的）學徒、徒弟

★ 落丁・乱丁

町 まち/チョウ

ding(tíng)［日＝繁＝簡］
　原意指田界 **辨** 在日語中指城鎮、
　行政單位以及長度單位
町②〈名〉城市，城鎮，市街
　例 住み慣れた～を離れる［離開生
　活慣了的城市］
町工場③〈名〉市鎮上的小工廠，街
　道工廠
町役場③〈名〉鎮公所
町会⓪〈名〉鎮議會；街道居民委員會
町長①〈名〉鎮長

町内①〈名〉街道裏，街道
町民⓪〈名〉鎮上的居民

★ 市町村

頂 いただ・き/いただ・く/チョウ

［頂］［顶］ding［日＝繁≒簡］
　人體或者物體上最高的部分
頂き⓪〈名〉頂，上部
頂く⓪〈他五〉頂，戴，頂在頭上；擁
　戴，推舉；受領，蒙…賜給；（「食
　う」「飲む」的謙讓語）吃，喝，抽；
　請… **例** 星を～いて帰る［披星戴月
　而歸］
頂角①〈名〉頂角
頂上③〈名〉頂峰，山頂，山巔，絕頂；
　頂點，極點，頂峰
頂戴③〈名・サ變〉受到，收到，得到；
　吃；賞給，賜給
頂点①〈名〉頂點；最高處，頂尖兒；
　極點，頂峰，絕頂

★ 絶頂・山頂・天頂・登頂

定 さだ・か/さだ・まる/さだ・める/ジョウ/テイ

ding［日＝繁＝簡］
　決定，使確定；已經確定的，不改
　變的；規定的
定か①〈形動〉清楚，明確，確實
定まる③〈自五〉定，決定，規定；安
　定，平定，穩定，固定，定下來
　例 反乱が～った［叛亂平息了］
定め⓪〈名〉規定；固定，一定，穩
　定；命運 **例** 悲しい～に泣く［為可
　悲的命運而哭泣］
定める③〈他一〉定，決定；制定，
　規定；使定居，使安頓下來；平定，

鎮定 **例** 法律を～める［制定法律］

定規①〈名〉尺，規尺，尺子；尺度，
標準

定石⓪〈名〉棋譜；公式，一般規律，
常規

定圧⓪〈名〉定壓

定員⓪〈名〉定員，定額，規定的人數

定温⓪〈名〉恆溫，常溫，一定的溫度

定価⓪〈名〉定價

定期券③〈名〉月票，定票，定期車票

定額⓪〈名〉定額

定款⓪〈名〉(公司的)章程

定期①〈名〉定期；月票(「定期乗車
券」的略語)；定期存款(「定期預金」
的略語)

定休⓪〈名〉(定期)休息日

定見⓪〈名〉定見，主見

定刻⓪〈名〉正點，定時，準時，按時

定住⓪〈名・サ變〉定居，落戶，固定
的住處

定数③〈名〉定數，定額；固定的命
運；常數，恆數

定説⓪〈名〉定論，定説

定礎⓪〈名〉奠基

定着⓪〈名・サ變〉紮根，落實，固定
定居

定年⓪〈名〉退休的年齡

定評⓪〈名〉定評

定理①〈名〉定理

定立⓪〈名・サ變〉確定命題；命題，
論題

定量⓪〈名〉定量

定例⓪〈名〉定例；常規，慣例

定訳⓪〈名〉定譯，標準的翻譯

★安定・一定・改定・確定・協定・

決定・固定・裁定・指定・制定・
測定・断定・鎮定・認定・判定・
必定・平定・未定・予定

訂 テイ
［訂］［订］dìng［日≒繁≒簡］
改正

訂正⓪〈名・サ變〉訂正，修訂，改正，
更正

★改訂・校訂・修訂・重訂

錠 じょう
［錠］［锭］dìng［日＝繁≒簡］
做成塊狀的金屬或藥物 **辨** 在日語
中還可以用來指「鎖」

錠⓪〈名〉鎖，鎖頭；片

錠剤⓪〈名〉藥丸，藥片

錠前⓪〈名〉鎖，鎖頭

★施錠・手錠

冬 ふゆ/トウ
dōng［日＝繁＝簡］
冬季

冬②〈名〉冬，冬天，冬季

冬場⓪〈名〉冬季，冬季期間

冬服⓪〈名〉冬裝

冬物⓪〈名〉冬季用品，冬季衣料

冬休み③〈名〉寒假，冬季休假

冬期①〈名〉冬季，冬季期間

冬季①〈名〉冬季

冬至⓪〈名〉冬至

冬眠⓪〈名・サ變〉冬眠；停頓

★越冬・旧冬・厳冬・暖冬・立冬

東 あずま/ひがし/トウ
［東］［东］dōng［日≒繁≒簡］

四個主要方向之一，太陽出來的一邊

東屋③〈名〉(庭院中的)亭子

東⓪〈名〉東，東方

東側⓪〈名〉東邊，東側，東面；社會主義陣營

東亜①〈名〉東亞

東欧⓪〈名〉東歐

東京⓪〈名〉東京 **例**～都[東京都]

東経⓪〈名〉東經

東西①〈名〉東西；東方和西方，東部和西部 **辨**在日語中不能用來指事物

東征⓪〈名〉東征

東南⓪〈名〉東南

東部①〈名〉東部

東方⓪〈名〉東方＝ひがしがた

東北⓪〈名〉東北，東北方；日本本州東北部地方；(中國的)東北

東奔西走⓪〈名・サ變〉東奔西走

東洋①〈名〉亞洲；(東亞)東洋
例～史[東洋史]

★以東・関東・極東・近東

洞 ほら/ドウ
dòng[日＝繁＝簡]

物體中間的穿通的或凹入較深的部分；深遠，透徹

洞②〈名〉洞，洞穴

洞窟⓪〈名〉洞窟，洞穴

洞穴⓪〈名〉洞穴，洞窟

洞察⓪〈名・他自〉洞察，觀察

★空洞・鍾乳洞

胴 ドウ
dòng[日＝繁＝簡]

軀幹

胴上げ⓪〈名・サ變〉眾人把某人橫著向空中拋起

胴衣①〈名〉(裹在軀體上的)衣服

胴体①〈名〉軀體，軀幹，胴體；機身，車身

胴震い③〈名・サ變〉打冷戰(寒戰)，戰抖，哆嗦

胴長⓪〈名〉軀幹長，腰身長；膠皮連腳褲

胴巻き⓪〈名〉錢腰帶，錢兜子

胴回り③〈名〉腰身，腰圍

胴元⓪〈名〉(放賭抽頭的)局東，局頭

胴欲⓪〈名〉貪婪，殘酷，冷酷

凍 こお・る/こご・える/トウ
[凍][冻]dòng[日＝繁≒簡]

(液體或含水分的東西)遇冷凝固；受冷或感到冷

凍り付く④〈自五〉結成堅冰，凍上
例～いたように動かない[好像凍上了一樣一動不動]

凍る⓪〈自五〉凍，結冰，凍冰，結凍
例川が～る[河封凍]

凍える⓪〈自一〉凍僵 **例**手足が～えて仕事ができない[手腳凍僵了，不能工作]

凍害⓪〈名〉凍害

凍結⓪〈名・サ變〉凍，凍冰，上凍；(財產)凍結

凍死⓪〈名・サ變〉凍死

凍傷⓪〈名・サ變〉凍傷，凍瘡

凍土①〈名〉凍土

★解凍・冷凍

動 うご・かす/うご・く/ドウ
[動][动]dòng[日＝繁≒簡]

(事物)改變原來位置或脫離靜止狀
態(跟「靜」相對);動作,行動;改
變(事物)原來的位置或樣子

動かす③〈他五〉動,活動,搖動;開
動,轉動,操縱;移動,挪動,調
動,變更;動員,發動;感動,打
動;運用,運作;更動,否定,否
認 **例**～すのできない真理[千
真萬確的真理]

動く②〈自五〉動,活動;開動,轉
動;搖動,擺動;移動,調動;行
為,活動,動搖;變動 **例** 木の葉が
風で～く[樹葉隨風擺動]

動員⓪〈名・サ變〉動員

動因⓪〈名〉直接原因

動画⓪〈名〉動畫片

動機⓪〈名〉動機

動議①〈名〉動議

動向⓪〈名〉動向

動作①〈名〉動作

動産⓪〈名〉動產

動詞⓪〈名〉動詞

動静⓪〈名〉動態,動靜,情況,狀
況,情勢

動体⓪〈名〉運動物體;流體

動態⓪〈名〉動態

動的⓪〈形動〉動的,活動的,變動
的,變化的;生動的,活潑的

動物⓪〈名〉動物,獸

動脈⓪〈名〉動脈;交通幹線

動揺⓪〈名・サ變〉巔簸,搖動,搖擺,
擺動,搖晃;(心神)動搖,不穩定,
不平靜

動乱⓪〈名・サ變〉騷亂,騷動,動亂,
變亂

動力①〈名〉動力,原動力

★ 移動・運動・活動・挙動・激動・
言動・行動・自動・震動・騒動・
発動・反動・微動・不動・浮動・
変動・暴動・鳴動・流動

棟 むな/むね/トウ

[棟][栋]dòng[日≒繁≒簡]
房屋的脊檁;量詞,指房屋

棟②〈名〉屋脊,房頂;大樑,脊檁;
刀背;棟,幢 **例** 会議室は別の～
にあります[會議室在另一棟樓裏]

棟梁①〈名〉棟樑;木匠頭兒

★ 病棟・別棟

斗 ト

dǒu[日=繁=簡]
容量單位 **辨** 在現代漢語中,「斗」
還是「鬥」的簡化字

斗⓪〈名〉斗(容積單位,10升為1斗,
10斗為1石)

斗酒①〈名〉斗酒

★ 北斗星

豆 まめ/ズ/トウ

dòu[日=繁=簡]
豆子

豆②〈名・接頭〉豆子;腰子,腎;
小,小型 **例**～知識[小知識]

豆油③〈名〉豆油

豆粒③〈名〉豆粒;像豆粒大

豆鉄砲③〈名〉竹槍

豆撒き②〈名〉播豆種;(立春前日)
撒豆驅邪

豆乳⓪〈名〉豆乳,豆漿

豆腐⓪〈名〉豆腐

★ 小豆・大豆・納豆

痘 ^{トウ} dòu[日＝繁＝簡]

天花；出天花時或者接種痘苗後，
皮膚上出的豆狀疱疹

痘痕⓪〈名〉麻子＝あばた

痘瘡⓪〈名〉痘瘡＝もがさ

痘苗⓪〈名〉痘苗

★ 種痘・水痘・天然痘

闘 ^{たたか・う/トウ} [闘][斗]dòu[日≒繁≒簡]

對打，比賽爭勝 辨 注意不要與表
示容量單位的「斗」混淆

闘う⓪〈自五〉進行戰爭，作戰，打
仗；作闘爭，抵抗；戰，掙，競賽，
比賽 例 貧困(病気)と〜う[與貧困
(疾病)闘爭]

闘技①〈名〉比武，比賽

闘牛⓪〈名〉闘牛

闘鶏⓪〈名〉闘雞

闘魂⓪〈名〉闘志，闘爭精神

闘士①〈名〉戰士，士兵；闘士

闘争⓪〈名・サ變〉闘爭，爭闘

闘病⓪〈名・サ變〉和疾病闘爭

★ 格闘・敢闘・苦闘・決闘・健闘・
死闘・戦闘・争闘・奮闘・力闘

都 ^{みやこ/ツ/ト} dū(dòu)[日＝繁＝簡]

首都，全國最高領導機關所在地；
大城市

都⓪〈名〉首都，京城，皇宮所在地；
有特點的城市；繁華的中心城市

都合⓪〈名〉理由，情況；順不順利，
湊不湊巧；方便，合適 例 〜が良い
(悪い)[方便，合適(不方便，不合

適)]

都度①〈名〉每次，每回，每逢 例 歯
を磨く〜血が出[每次刷牙都出血]

都営⓪〈名〉都營，東京都經營，都辦

都会⓪〈名〉都市，都會；東京都議會

都議会②〈名〉東京都議會

都市①〈名〉都市，城市

都心⓪〈名〉東京都的中心

都政⓪〈名〉東京都的行政

都庁⓪〈名〉東京都廳(政府)

都道府県⑤〈名〉(日本的行政區劃)
都、道、府、縣

都内①〈名〉東京都的市區(23個)

都民①〈名〉東京都居民

都立①〈名〉東京都立

★ 古都・首都・東京都

督 ^{トク} dū[日＝繁＝簡]

察看；監管

督促⓪〈名・サ變〉督促，催促

督励⓪〈名・サ變〉督促，鼓勵

★ 監督・総督

毒 ^{ドク} dú[日＝繁＝簡]

有害的性質或有害的事物；害，傷
害；凶狠，猛烈

毒液②⓪〈名〉毒(液)汁

毒ガス⓪〈名〉毒氣，毒瓦斯

毒気③〈名〉毒氣；惡意，歹意

毒消④③〈名〉解毒(劑、片)

毒殺⓪〈名・サ變〉毒殺，毒死

毒蛇①〈名〉毒蛇＝どくへび

毒手①〈名〉毒手

毒する③〈サ變〉毒害 例 世を〜する

[流毒於社會]

毒性⓪〈名〉毒性，有毒

毒舌⓪〈名〉挖苦話，刻薄話

毒草⓪〈名〉毒草

毒茸⓪〈名〉毒蕈，有毒的蘑菇

毒物⓪〈名〉毒品，毒藥

毒薬⓪〈名〉毒藥

★害毒・解毒・消毒・中毒・病毒・服毒・猛毒・有毒

独 ひと・り/ドク

[獨][独]dú[日＝簡≒繁]

單一；沒有依靠或幫助；只，唯有

独り②〈名・副〉單人，獨身；僅僅，只是；獨自＝一人 例 ～で考える[獨立思考]

独り合点④〈名・サ變〉自以為懂，自以為是 例 彼は～でしゃべっていた[他自以為是地胡扯]

独り言⑤④〈名〉自言自語

独り占め⑤⓪〈名・サ變〉獨占，獨自霸占 例 市場を～する[壟斷市場]

独り者④〈名〉單身漢，獨身，光棍兒

独り善がり④〈名〉自以為是 例 それは～の考えだ[那是個自以為是的想法]

独演⓪〈名・サ變〉獨演，獨自演出，獨唱，獨奏；(會議上不讓他人插話的、自始至終)一個人發言

独学⓪〈名・サ變〉獨學，自學

独裁⓪〈名・サ變〉獨裁，專政；獨斷獨行

独自①⓪〈名・形動〉獨自，獨特

独習⓪〈名・サ變〉自修

独唱⓪〈名・サ變〉獨唱

独身⓪〈名〉獨身，單身

例 ～寮[單身宿舍]

独占⓪〈名・サ變〉獨占，壟斷

独善⓪〈名〉獨善其身；自以為是

独創⓪〈名・サ變〉獨創

独奏⓪〈名・サ變〉獨奏

独走⓪〈名・サ變〉(比賽時)一個人單跑；(賽跑時)遙遙領先；(工作)搶先，拔尖；單獨活動，單幹

独尊⓪〈名・サ變〉獨尊

独断⓪〈名・サ變〉獨斷，專斷

独特⓪〈名・形動〉獨特，獨有＝独得

独白⓪〈名・サ變〉獨白

独立⓪〈名・サ變〉獨立，自立

独力⓪〈名〉獨立

独居①〈名・サ變〉獨居

独歩①⓪〈名・サ變〉獨自步行；自立，自主；無與倫比，獨到

★孤独・単独

読 よ・む/トウ/トク/ドク

[讀][读]dú[日≒繁≒簡]

依照文字念；看書，閱覽

読み合わせる⓪〈他一〉校對，核對，唱對(一人讀，一人核對)

例 書類を～せる[核對文件]

読み書き①〈名〉讀寫，讀書寫字；(有)學問，(有)知識

読み切る⓪〈他五〉讀完，念完

例 この小説はまだ～っていない[這部小說還沒有讀完]

読み下す⓪〈他五〉(從頭到尾)通讀

例 手紙を～す[瀏覽一遍信]

読み取る③〈他五〉讀懂；推測，揣摩，領會，理解 例 相手の気持ちを～る[看透對方的心情]

読み流す⓪〈他五〉粗枝大葉地讀，

粗讀，概略地讀；讀得流暢 **例** 難し
い古文（こぶん）をすらすらと〜す[很流利地
讀出難讀的古文]

読（よ）み耽（ふけ）る⓪〈自五〉埋頭閱讀，讀得
入迷 **例** 明（あ）け方（がた）まで書物（しょもつ）を〜った
[埋頭讀書到凌晨]

読（よ）み物（もの）②③〈名〉讀物

読（よ）む⓪〈他五〉讀，念；閱讀，看；推
察，猜度，猜測，揣摩；數，查；作
詩歌，誦，詠 **例** 新聞（しんぶん）を〜む[看報]

読点（とうてん）①⓪〈名〉逗點

読経（どきょう）⓪〈名・サ變〉念經(佛)

読者（どくしゃ）①〈名〉讀者

読書（どくしょ）①〈名・サ變〉讀書＝とくしょ
例 〜家（か）[愛讀書的人]

読破（どくは）①〈名・サ變〉讀破，讀完

読本（とくほん）⓪〈名〉讀本

読解（どっかい）⓪〈名・サ變〉(文章的)閱讀理解

★ 愛読（あいどく）・音読（おんどく）・解読（かいどく）・句読点（くとうてん）・
熟読（じゅくどく）・通読（つうどく）・判読（はんどく）・黙読（もくどく）・朗読（ろうどく）

篤 あつ・い/トク
[篤][笃]dǔ[日＝繁≒簡]

忠實，不虛偽；(病情)沉重；深厚

篤（あつ）い⓪〈形〉危篤，(病情)嚴重
例 病気（びょうき）が〜い[病勢沉重]

篤行（とっこう）⓪〈名〉誠實，篤實的品行

篤志（とくし）⓪〈名〉慈善心，仁慈心腸

篤実（とくじつ）⓪〈名〉篤實，誠實

篤信（とくしん）⓪〈名〉篤信，虔信

★ 危篤（きとく）・懇篤（こんとく）・重篤（じゅうとく）

賭 か・ける/ト
[賭][赌]dǔ[日＝繁≒簡]

用財務作注比輸贏；泛指比勝負、
爭輸贏

賭（か）け②〈名〉賭博，打賭

賭（か）け金（きん）⓪〈名〉賭注

賭（か）け事（こと）②〈名〉賭博

賭（か）ける②〈他下一〉賭博，打賭

賭（と）する②〈サ變〉打賭，豁出去，孤
注一擲

賭場（とば）⓪②〈名〉賭場

賭博（とばく）⓪〈名〉賭博

度 たび/タク/ト/ド
dù[日＝繁＝簡]

計算長短的標準，尺碼；依照計算
標準劃分的單位；程度，事物所達
到的境界；法則，應遵行的標準；
度量，能容受的量；次

度（たび）②〈名〉時，時候；每…；回，次
例 彼（かれ）らは顔（かお）を合（あ）わせる〜に喧嘩（けんか）す
る[他們每次見面都吵架]

度重（たびかさ）なる⑤⓪〈自五〉重複，反覆，
再三，屢次 **例** 〜討議（とうぎ）を経（へ）て問題（もんだい）
は解決（かいけつ）した[經過反覆討論問題解決
了]

度度（たびたび）⓪〈名・副〉屢次，反覆；屢屢，
再三，幾次

度合（どあ）い⓪〈名〉程度，火候；(溫度計
等的)刻度

度外（どがい）⓪〈名・サ變〉範圍以外；置之度
外，無視

度胸（どきょう）①〈名〉膽量

度数（どすう）②〈名〉(溫度、角度的)度數；
回數，次數

度量（どりょう）①〈名〉度量(長度與容積)；度
量，胸懷，氣度 **例** 〜衡（こう）[度量衡]

★ 緯度（いど）・温度（おんど）・過度（かど）・角度（かくど）・感度（かんど）・
強度（きょうど）・極度（きょくど）・経度（けいど）・軽度（けいど）・限度（げんど）・

こう ど   こう ど   しつ ど   じゅん ど   しん ど
硬度・高度・湿度・純度・震度・
せい ど   せい ど   せん ど   そく ど   たい ど
制度・精度・鮮度・速度・態度・
てい ど   みつ ど
程度・密度

渡 わた・す/わた・る/卜
dù[日＝繁＝簡]

横過水面；過，由此到彼；渡口，
渡河，過河的地方

わた   ぶね
渡し船④〈名〉渡船＝渡し舟

渡す〈他五〉渡，送過河去；架，搭；
交，遞；給，讓與，授予 例 子供は
こども
おばあさんの手を引いて大通り
おお どお
を～してあげた[小孩拉著老奶奶的
手，把她送過大馬路]

わた
渡り合う④〈自五〉交鋒，格鬥；論
戰，激烈爭論 例 国会で～う[在國
こっかい
會上爭論]

わた   ある
渡り歩く⑤〈自五〉(為謀生等)到處
奔走(變換著職業) 例 全国を～く
[走遍全國]

わた   もの
渡り者⓪〈名〉到處奔走謀生的人，跑
江湖的；從外地移居來的人，外鄉人

わた   どり
渡り鳥③〈名〉候鳥

わた
渡る⓪〈自五〉渡，過；經過，掠過，
吹過；過日子；領到手，歸…所
有；(雙方)扭到一起；分發到，普
及到 例 ～れぬ川はない[沒有過不
かわ
去的河]

と   おう
渡欧⓪〈名・サ變〉赴歐，到歐洲去
と   か
渡河①〈名・サ變〉渡河，過河
と   こう
渡航⓪〈名・サ變〉出洋，出國
と   せい
渡世⓪〈名〉度日，過活，生計
と   べい
渡米⓪〈名・サ變〉赴美，到美國去
と   らい
渡来⓪〈名・サ變〉(由外國)渡來；進
口

か と き   じょう と
★ 過渡期・讓渡

妬 ねたまし・い/ねた・む/や・く/
や・ける/卜
dù[日＝繁＝簡]

因為別人好而忌恨

ねた
妬ましい④〈形〉感到嫉妒
ねた
妬み③〈名〉嫉妒，嫉妒心
ねた
妬む②〈他五〉嫉妒，眼紅
や
妬く②〈他五〉嫉妒，吃醋
や
妬ける③⓪〈自下一〉嫉妒，吃醋

しっ と
★ 嫉妬

端 は/はし/はた/タン
duān[日＝繁＝簡]

端正，不歪斜；東西的一頭

はし
端①〈名〉端，頭，邊；零頭，零星物
はし
端⓪〈名〉(事物的)起點，開端；(細
長物)的端，頭；邊，緣；(事物)的
片段；(斷開、剪下的)零碎物，零
頭
みち   ある
例 道の～を歩く[走路邊]

はた
端⓪〈名〉邊，端 例 井戸の～[井邊]
いど
たん   ご
端午①〈名〉端午，端陽
たん   ざ
端座①〈名・サ變〉端坐，正坐
たん   し
端子①〈名〉端子，接頭，接線柱
たん   しょ
端緒①〈名〉端緒，頭緒，開端，線索
＝たんちょ
たん   せい   たん せい
端正⓪〈名・形動〉(舉止)端正＝端整
たん   ぜん
端然⓪③〈形動〉端然
たん   てき
端的⓪〈形動〉明顯的(地)；直截了
當的(地)
たん   まつ
端末⓪〈名〉(電線等的)終端，末端，
線端(頭)
たん   れい
端麗⓪〈形動〉端莊美麗，端麗

いっ ぱし   いっ たん   か たん   きょく たん   じょう たん
★ 一端・一端・下端・極端・上端・
せん たん   はっ たん   まっ たん   ばん たん   りょう たん
先端・発端・末端・万端・両端

短 みじか・い/タン

短 duǎn[日＝繁＝簡]

長度小，跟「長」相反；缺少，欠；
短處，缺點

短い③〈形〉短；低，矮；(時間)短，
短促，短暫；(見識)膚淺，短淺；
性急 **例** 時計は針の長いほうは分
をさし，〜いほうは時をさす[鐘的
長針指分，短針指時]

短音①〈名〉短音

短歌①〈名〉短歌(由31個假名組成的
和歌)

短期①〈名〉短期

短気①〈名・形動〉沒耐性，性急

短距離③〈名〉短距離

短見⓪〈名〉短見，淺見

短剣⓪〈名〉短劍；匕首

短縮⓪〈名・サ變〉縮短，縮減

短所①〈名〉短處，缺點

短小⓪〈名・形動〉短小，矮小

短信⓪〈名〉簡短的信；短消息

短大⓪〈名〉短期大學

短刀③〈名〉短刀，匕首

短波①〈名〉短波

短文⓪〈名〉短文

短編⓪〈名〉短篇＝短篇

短命⓪〈名・形動〉短命

短絡⓪〈名・サ變〉短路，短接；武斷，
簡單地論斷

短慮①〈名・形動〉短慮，淺見；急性子

★ 最短・長短

段 ダン

段 duàn[日＝繁＝簡]

截斷；事物、時間的一節

段①〈名〉樓梯，台階，層，格，欄；
段落；(故事，戲劇的)一場，一
幕；(柔道、劍道、圍棋、象棋等
的)段，級；(能力、品質的)等級，
程度；手段；時候；點，地方

例 いざという〜になると[當緊急
的時候]

段位①〈名〉(柔道、劍道、圍棋、象
棋等以「段」表示的)段位，段別

段ボール③〈名〉(包裝用)瓦楞紙

段違い③〈名・形動〉(程度、能力等)
差得太遠，懸殊；高度不同

段階⓪〈名〉等級；階段(時期)，步
驟

段丘⓪〈名〉(地)台地，階梯狀山丘

段差①〈名〉(比賽)段位(等級)的差
別；(柏油道路)高低路面的差異，
斷坡

段段①〈名・副〉樓梯；逐漸，漸地

段取り④⓪〈名〉(事情的)安排，程
序，方法，步驟

段落⓪④〈名〉(文章、事物的)段落

★ 下段・手段・初段・上段・階段

断 ことわ・る/た・つ/ダン

断[斷][断]duàn[日＝簡≒繁]

長形的東西從中間截開；斷絕；判
斷，決定，判定；一定，絕對 **辨** 在
日語中還有「謝絕、拒絕」等意思

断る③〈他五〉謝絕，拒絕；預先通
知，事先得到允許；道歉；解雇

例 手きびしく〜られた[遭到嚴厲拒
絕，碰了硬釘子]

断つ①〈他五〉切開，截，斷，割斷
＝裁つ **例** 絆を〜つ[斷絕關係]

断じる⓪(他一)審判；判定，判斷
＝だんずる **例** 罪を〜じる[判罪]

断言③〈名・サ變〉斷言，斷定
断固①〈副・形動〉斷然，堅決＝断乎
断交⓪〈名・サ變〉斷交，絕交；斷絕
　國交
断行⓪〈名・サ變〉斷然執行，堅決執
　行
断裁⓪〈名・サ變〉切斷，切開
断罪⓪〈名・サ變〉斷罪，判罪；斬首
断酒⓪〈名・サ變〉戒酒，不喝酒
断食④〈名・サ變〉斷食，絕食
断水⓪〈名・サ變〉斷水，停水
断絶⓪〈名・サ變〉斷絕；絕滅
断然⓪〈副・形動〉斷然
断層⓪〈名〉斷層；(想法、意見等的)
　差別，分歧
断続⓪①〈名・サ變〉斷斷續續
断定⓪〈名・サ變〉斷定，判斷
断熱⓪〈名・サ變〉絕熱，隔熱
断念⓪〈名・サ變〉斷念，死心
断髪⓪〈名・サ變〉剪(短)髮；女短髮
断片③⓪〈名〉片段，部分
断面③〈名〉斷面，截面，切面，剖
　面；(事物)的剖面，側面

★英断・横断・果断・禁断・決断・
　裁断・縦断・診断・寸断・切断・
　即断・中断・独断・判断・分断・
　無断

鍛きた・える/かじ/タン
[鍛][锻]duàn[日＝繁≒簡]

把金屬加熱，然後錘打
鍛える③〈他一〉鍛，鍛造；錘鍊，
　鍛鍊 例 腕を～える[練本領]
鍛冶屋⓪〈名〉鐵匠；鐵匠爐；鐵橇，
　釘起子
鍛造⓪〈名・サ變〉鍛造

鍛錬①〈名・サ變〉鍛造；鍛鍊

堆うずたか・い/タイ
duī[日＝繁＝簡]

土墩；堆積 **辨** 日語中沒有量詞的
　用法
堆い④〈形〉堆起
堆石⓪〈名〉堆起的石頭
堆積⓪〈名・サ變〉堆積
堆肥⓪①〈名〉堆肥

対タイ/ツイ
[對][对]duì[日≒繁≒簡]

對答，答話，回答；向著；對面的；
跟，和；互相；對於，說明事物的
關係；對待，看待，對付；相和，
適合；正確；雙
対案⓪〈名〉相反的提案，不同建議
対応⓪〈名・サ變〉對應；相適應，調
　和；對付，見機行事
対価⓪〈名〉等價，等價報酬
対外⓪〈名〉對外
対岸⓪〈名〉對岸
対局⓪〈名・サ變〉(正式的)對局，下
　棋
対極⓪〈名〉相反的極端
対空⓪〈名〉對空，對抗空襲
対偶⓪③〈名〉對偶，一對；夫婦；伙
　伴；(邏輯、數學)對偶；(修辭)對
　偶法
対決①⓪〈名・サ變〉(在法庭上)對
　質，對證；辨明誰是誰非；對抗，
　抗爭，交鋒
対抗⓪〈名・サ變〉對抗
対座⓪〈名・サ變〉對坐，相對而坐
対策⓪〈名〉對策

対峙 ①〈名・サ變〉對峙
対質 ⓪〈名〉對質
対処 ①〈名・サ變〉應對，處理
対照 ⓪〈名・サ變〉照；核對；對比，
　鮮明對比
対称 ⓪〈名〉對稱，相稱；（邏輯、數
　學）對稱（現象）；第二人稱
対象 ⓪〈名〉客體；對象
対人 ⓪〈名〉對（待）人
対陣 ⓪〈名・サ變〉對陣，對壘
対数 ③〈名〉對數
対する〈サ變〉面對，相對；對比，
　對照；對待；對；對於
　例 親切な態度で客に～する［以親
　切的態度對待客人］
対戦 ⓪〈名・サ變〉對戰；比賽
対談 ⓪〈名・サ變〉對談，交談
対置 ⓪〈名・サ變〉放在對稱的位置
　上，對置
対等 ⓪〈形動〉對等，平等
対内 ⓪〈名〉對內
対日 ⓪〈造語〉對日，對日本的
対比 ⓪〈名・サ變〉對比，對照
対面 ⓪〈名・サ變〉對面，會面，見面
対訳 ⓪〈名・サ變〉對譯
対立 ⓪〈名・サ變〉對立
対流 ⓪〈名〉對流
対話 ⓪〈名・サ變〉對話，對談（的話）
対句 ⓪〈名〉對句，對偶句
★ 一対・応対・絶対・相対・敵対・
　反対

隊 タイ
[隊][队]duì［日＝繁≒簡］
有組織的群眾團體或排成的行列
隊員 ①⓪〈名〉隊員

隊伍 ①〈名〉隊伍
隊長 ⓪〈名〉隊長
隊列 ⓪①〈名〉隊列，隊伍
★ 部隊・連隊

盾 たて／ジュン
dùn［日＝繁＝簡］
古代打仗時防護身體，擋住敵人刀、
劍等的牌；盾形的東西
盾 ①〈名〉盾，擋箭牌
　例 ～にする［作後盾］
★ 矛盾

鈍 にぶ・い／にぶ・る／ドン
[鈍][钝]dùn［日＝繁≒簡］
不鋒利，不快；笨，不靈活
鈍い ②〈形〉鈍；（動作、思想）遲鈍，
遲緩；（光、音）暗淡，不清晰
　例 頭が～い［腦筋不靈活，遲鈍］
鈍る ②〈自五〉變鈍，不快；變遲鈍；
　（勢力、能力等）減弱，變弱
　例 視覚が～る［視覺減弱］
鈍化 ⓪〈名・サ變〉變鈍，遲鈍
鈍角 ⓪①〈名〉鈍角
鈍感 ⓪〈名・形動〉不敏感，感覺遲鈍
鈍器 ①〈名〉鈍器，鈍刀；（無刃）凶器
鈍才 ⓪〈名〉頭腦遲鈍（的人）
鈍重 ⓪〈名・形動〉拙笨，愚笨
鈍足 ⓪〈名〉行動遲緩，走路慢
★ 愚鈍

頓 とみに／トン
[頓][顿]dùn［日＝繁≒簡］
以頭叩地或以腳踩地；到下；疲憊，
困乏；立刻，馬上；通「鈍」
頓に ①〈副〉忽然，突然，頓然

<ruby>頓狂<rt>とんきょう</rt></ruby>①〈形動〉反常；怪異

<ruby>頓挫<rt>とんざ</rt></ruby>①⓪〈名・サ變〉受挫

<ruby>頓死<rt>とんし</rt></ruby>⓪〈名・サ變〉猝死

<ruby>頓着<rt>とんちゃく</rt></ruby>①〈名・サ變〉介意，在意
　＝とんちゃく

<ruby>頓首<rt>とんしゅ</rt></ruby>⓪〈名・サ變〉頓首，敬禮

<ruby>頓智<rt>とんち</rt></ruby>⓪〈名〉機智，機靈

<ruby>頓珍漢<rt>とんちんかん</rt></ruby>③〈名・形動〉自相矛盾，答非
　所問

<ruby>頓服薬<rt>とんぷくやく</rt></ruby>④〈名〉一次服用的藥物劑量

<ruby>頓馬<rt>とんま</rt></ruby>①〈名・形動〉傻瓜，笨蛋

★ <ruby>整頓<rt>せいとん</rt></ruby>・<ruby>停頓<rt>ていとん</rt></ruby>

多　おお・い/タ

多 duō[日＝繁＝簡]

　數量大的；有餘的；過分不必要的；
　表示相差的數目大

<ruby>多<rt>おお</rt></ruby>い②①〈形〉多，眾多，豐富 例 ～
　ければ～いほどよい[越多越好]

<ruby>多雨<rt>たう</rt></ruby>①〈名〉多雨

<ruby>多寡<rt>たか</rt></ruby>①〈名〉(數量的)多寡

<ruby>多角<rt>たかく</rt></ruby>〈造語〉多角，多邊；多方面

<ruby>多額<rt>たがく</rt></ruby>⓪〈名〉大金額，大數量

<ruby>多感<rt>たかん</rt></ruby>⓪〈名・形動〉多感，善感

<ruby>多岐<rt>たき</rt></ruby>①〈名・形動〉多歧(路)；頭緒多，
　複雜，多方面

<ruby>多義<rt>たぎ</rt></ruby>①〈名・形動〉(一詞)多義

<ruby>多極<rt>たきょく</rt></ruby>⓪〈名〉多極

<ruby>多元<rt>たげん</rt></ruby>⓪〈名〉多元

<ruby>多元論<rt>たげんろん</rt></ruby>②〈名〉多元論

<ruby>多言<rt>たげん</rt></ruby>⓪〈名・サ變〉多言，多嘴

<ruby>多幸<rt>たこう</rt></ruby>⓪〈名・形動〉多福

<ruby>多国<rt>たこく</rt></ruby>⓪〈造語〉多國

<ruby>多才<rt>たさい</rt></ruby>⓪〈名・形動〉多才(的)

<ruby>多彩<rt>たさい</rt></ruby>⓪〈名・形動〉(豐富)多彩；五顏
　六色，色彩繽紛

<ruby>多作<rt>たさく</rt></ruby>⓪〈名・サ變〉作品多；種植大量
　農作物

<ruby>多産<rt>たさん</rt></ruby>⓪〈名〉(人、動物)生殖力旺盛；
　產量多，高產

<ruby>多事多難<rt>たじたなん</rt></ruby>①〈名・形動〉非常忙碌，事
　情多

<ruby>多種多様<rt>たしゅたよう</rt></ruby>④各式各樣，多種多樣

<ruby>多重<rt>たじゅう</rt></ruby>⓪〈名〉多重，多層，多路系統

<ruby>多少<rt>たしょう</rt></ruby>⓪〈名・副〉多少；稍微，一些

<ruby>多情<rt>たじょう</rt></ruby>⓪〈名・形動〉多情

<ruby>多色<rt>たしょく</rt></ruby>⓪〈名〉多(種顏)色

<ruby>多数<rt>たすう</rt></ruby>②〈名〉多數

<ruby>多勢<rt>たぜい</rt></ruby>②〈名〉多數人，許多人

<ruby>多難<rt>たなん</rt></ruby>⓪〈名・形動〉多難

<ruby>多年<rt>たねん</rt></ruby>⓪〈名〉多年

<ruby>多発<rt>たはつ</rt></ruby>⓪〈名〉多發生，常發生；多引擎
　(飛機)等

<ruby>多病<rt>たびょう</rt></ruby>⓪〈名・形動〉多病(的樣子)

<ruby>多分<rt>たぶん</rt></ruby>①〈副〉恐怕是，大概

<ruby>多弁<rt>たべん</rt></ruby>⓪〈形動〉能説會道；愛講話

<ruby>多忙<rt>たぼう</rt></ruby>⓪〈名・形動〉百忙，繁忙，很忙，
　忙碌

<ruby>多方面<rt>たほうめん</rt></ruby>②〈名・形動〉多(各)方面

<ruby>多面<rt>ためん</rt></ruby>⓪〈名〉多方面

<ruby>多目的<rt>たもくてき</rt></ruby>②〈名〉多種目的，綜合

<ruby>多用<rt>たよう</rt></ruby>⓪〈名・サ變〉事多，繁忙；用得
　很多

<ruby>多量<rt>たりょう</rt></ruby>⓪〈名・形動〉多量，數量多

★ <ruby>雑多<rt>ざった</rt></ruby>

奪　うば・う/ダツ

奪 [奪][夺]duó[日＝繁≒簡]

　搶，強取；爭取，得到

<ruby>奪<rt>うば</rt></ruby>う②〈自五〉搶，搶奪；剝奪，奪
　去；吸引人，迷人；除去，除掉；
　偷竊，盜竊

例発言権を～う[剥奪發言權]

奪回⓪〈名・サ變〉奪回，收復

奪還⓪〈名・サ變〉奪還，奪回

奪取①〈名・サ變〉奪取

★強奪・争奪・剥奪・略奪

堕 ダ

[墮][堕]duò[日＝簡≒繁]

掉下來，墜落

堕する②〈サ變〉墮，墮落，陷於

例生活が華美に～する[生活流於華麗]

堕胎⓪〈名・サ變〉墮胎，打胎，人工流産

堕落⓪〈名・サ變〉墮落；還俗

惰 ダ

duò[日＝繁≒簡]

懶，懈怠

惰弱⓪〈名・形動〉懦弱；體弱

惰性⓪〈名〉惰性；慣性，習慣

惰眠⓪〈名〉睡懶覺；無所事事，虛度光陰

惰力⓪〈名〉惰性，慣性，慣力

★勤惰・怠惰

駄 ダ

[馱][馱]duò(tuó)[日≒繁≒簡]

騾馬等負載的成捆的貨物；用背負載人或物　辨日語中還有「無聊、拙劣」的意思

駄犬⓪〈名〉(雜種的)劣等犬

駄作⓪〈名〉拙劣的作品

駄洒落⓪〈名〉無聊的笑話

駄賃⓪〈名〉(對於勞動力的)報酬，力錢，跑腿錢；(牲口駄運的)腳錢，運費

駄馬①〈名〉駑馬；馱馬

駄文⓪〈名〉無聊的文章；拙文

駄弁⓪〈名〉閒聊，瞎扯

駄目②〈名・形動〉圍棋盤上的空眼；無用，白費；無望，不可能；(表示禁止)不行；劣，差

駄目押し⓪〈名・サ變〉(圍棋)填空眼；一再叮囑，再三囑咐；(棒球)勝負大局已定後又多得的分

★下駄・荷駄

E ㄜ、ㄝ、ㄟ、ㄅ、ㄥ、ㄦ

額 ひたい/ガク

[額][额]é[日＝繁≒簡]

眉上髮下的部分；規定的數量；匾額

額⓪〈名〉額，天庭

慣猫の～[狹小的地方]

額縁⓪〈名〉框，畫框；(門窗等)裝飾框；在食品周圍塞的紙片等

額面②⓪〈名〉匾，匾額；面額，票面額，券額，票額；(事物的)表面，外表

★価額・巨額・金額・月額・差額・残額・前額・総額・多額・低額・定額・年額・半額

厄 ヤク

è[日＝繁＝簡]

困苦，災難；阻塞；險要的地方

厄落とし③〈名・サ變〉(參拜神佛)袚除不祥；厄運之年消災

厄介①〈名・形動〉麻煩，難辦，難對付；照料，照顧，照應，幫助

例親の～になる[受父母照顧]

厄年②〈名〉坎坷的一年，厄運之年

厄難①②〈名〉災難

厄払い③〈名〉祓除不祥，驅邪，消災，禳除；驅逐找麻煩的人

厄除け④③〈名〉消災，祓除不祥，禳解

★災厄

悪 わる・い/アク/オ

[惡][悪]è[日≒繁≒簡]

惡劣，不好；凶狠；犯罪的事，極壞的行為

悪い②〈形〉不道德，不禮貌，壞；（品質）低劣，惡劣；有害，不利；（狀態）壞的，不正常的；對不起

例景気が～い[不景氣]

悪気③〈名〉惡意，歹意

悪口②〈名〉壞話，誹謗人的話，罵人（的話）

悪知恵④⓪〈名〉壞主意，壞招兒

悪者⓪〈名〉壞蛋，壞傢伙；（被認為是）壞人

悪賢い⑤〈形〉刁乖，狡猾，奸猾，鬼機靈兒 例狐は～い[狐狸狡猾]

悪意①②〈名〉惡意，歹意，壞心；往壞方面想，惡意（歪曲）；知法犯法，明知故犯

悪因⓪〈名〉惡因

悪運②⓪〈名〉噩運，厄運；賊運（做壞事卻不遭惡報的運氣）

悪疫⓪〈名〉瘟疫；惡性傳染病

悪縁⓪②〈名〉惡緣；孽緣

悪感情③〈名〉惡感，不愉快的心情；敵意，惡意

悪逆⓪②〈名〉凶惡，殘暴；弒君弒父之罪

悪行②⓪〈名〉惡行，壞事，劣跡

悪妻⓪〈名〉惡妻，壞老婆

悪才⓪〈名〉奸才，邪才，壞本事

悪事①〈名〉壞事，惡行

悪食⓪〈名〉吃怪東西；粗食

悪質⓪〈名・形動〉惡劣，惡性；劣質，品質差

悪疾⓪〈名〉惡性病

悪趣味③〈名・形動〉低級趣味，不良嗜好；惡作劇，喜歡做捉弄別人的事

悪臭⓪〈名〉惡臭，難聞的氣味

悪習⓪〈名〉惡習，壞習慣

悪循環③〈名・サ變〉惡性循環

悪書①〈名〉壞書，有毒的書

悪女①〈名〉狠毒的女人，悍婦；醜女

悪心③〈名〉惡意，邪念，壞心

悪性⓪〈名〉惡性

悪政⓪〈名〉苛政

悪戦⓪〈名・サ變〉惡戰

悪銭⓪③〈名〉不義之財，品質壞的貨幣

悪相③〈名〉凶相，醜惡的嘴臉；不吉之兆

悪態⓪③〈名〉罵人，髒話

悪玉⓪〈名〉壞蛋，壞人

悪党③〈名〉壞人，惡棍，壞蛋；狐群狗黨

悪道⓪②〈名〉壞道路，難走的道路；苦海，地獄

悪徳⓪〈名〉不道德，道德敗壞，缺德

悪日⓪〈名〉凶日，不吉利的日子

悪念②⓪〈名〉惡念，歹意，壞心

悪筆⓪〈名〉拙劣的筆記（字）

悪評⓪〈名〉壞的評價，壞名聲，臭名聲

悪文⓪〈名〉拙劣的文章，難懂的文章

悪弊⓪〈名〉惡習，壞習慣

悪癖⓪〈名〉惡癖，惡習，壞毛病

悪法⓪〈名〉反動的法律；邪教

悪報⓪〈名〉惡報，罪孽的報應；不好的消息

悪魔①〈名〉惡魔，魔鬼；凶惡的人

悪夢①②〈名〉噩夢

悪名⓪②〈名〉臭名，壞名聲

悪役⓪〈名〉反派角色，反面人物

悪友⓪〈名〉壞朋友；老朋友

悪用⓪〈名・サ變〉濫用，胡用

悪辣⓪〈形動〉惡毒，毒辣，陰險

悪霊⓪〈名〉惡鬼，冤魂，邪鬼

悪例⓪〈名〉壞例子

悪化⓪〈名・サ變〉惡化，變壞

悪貨⓪〈名〉品質差的貨幣

悪漢⓪〈名〉惡棍，無賴，壞蛋

悪鬼①〈名〉惡魔，魔鬼，厲鬼

悪寒⓪〈名〉發冷，惡寒

★嫌悪・好悪・憎悪・凶悪・極悪・罪悪・善悪・必要悪

餓 ガ
[餓][饿]è[日＝繁≒簡]
肚子空，想吃東西

餓鬼②〈名〉餓鬼；小淘氣，小崽子，小鬼，淘氣包

餓死①〈名・サ變〉餓死

★飢餓

顎 あご/ガク
[顎][颚]è[日＝繁≒簡]
某些動物攝取食物的器官

顎②〈名〉顎，頷；下巴

★上顎(うわあご)・下顎(したあご)

恩 オン
ēn[日＝繁＝簡]
好處；深厚的情誼

恩愛⓪①〈名〉恩惠，恩情；恩愛
＝おんない

恩返し③〈名・サ變〉報恩

恩給⓪〈名〉養老金，撫恤金

恩義③①〈名〉恩義

恩顧①〈名〉惠顧

恩恵⓪〈名〉恩惠

恩師①〈名〉恩師

恩賜①〈名〉恩賜，恩賞

恩赦①〈名〉恩赦(包括大赦、特赦、免刑、減刑等)

恩讐⓪〈名〉恩仇，恩怨

恩賞⓪〈名〉恩賞

恩知らず③〈名・形動〉忘恩負義(的人)

恩人⓪③〈名〉恩人

恩沢⓪〈名〉恩澤

恩寵⓪①〈名〉(神或君主)的寵愛，恩寵

恩典⓪〈名〉恩典

★厚恩・師恩・謝恩・報恩・忘恩

児 ジ/ニ
[兒][儿]ér[日≒繁≒簡]
小孩子；年輕的人；兒子，男孩子

児戯①〈名〉兒戲

児童①〈名〉兒童，學齡兒童

★愛児・遺児・育児・園児・孤児・小児科・乳児

耳 みみ/ジ

耳 ěr[日＝繁＝簡]

耳朵，聽覺器官；像耳朵的

耳②〈名〉耳，耳朵；耳殼，耳垂；聽力，聽見，聽；(器物的)提手；(面包、布、紙張等的)邊緣 ⌘～に入れる[傳說；說給…聽]；～が痛い[刺耳]；～が肥えている[(對音樂等)有欣賞素養]；～が遠い[耳朵背，聽力差]；～が早い[消息靈通，耳朵長]；～にさわる[不願意聽]；～に付く[聽後永不會忘；聽膩]；～にたこができる[聽膩了，聽夠了]；～に残る[留在耳朵裏，留下記憶]；～に入る[傳入耳裏，聽到]；～を疑う[不相信自己的耳朵]；～を貸す[聽別人說話，參與交談]；～を傾ける[傾聽]；～を澄ます[聚精會神地聽]；～を塞ぐ[掩耳，不聽]

耳学問④〈名〉口耳之學，道聽塗說的學問

耳鳴り④⓪〈名〉耳鳴

耳元④〈名〉耳邊，耳旁，耳根子

耳鼻科⓪〈名〉耳鼻科

耳目①〈名〉耳目，提供消息者；注意，注目；聽和看，見聞，視聽

★俗耳・内耳・馬耳東風

餌 え/えさ/ジ

餌 [餌][饵]ěr[日＝繁≒簡]

釣魚用的魚食；食物的總稱

餌②⓪〈名〉飼料，餌料＝え

餌食①⓪〈名〉餌料；犧牲品

餌付け⓪③〈名・サ變〉餵養(野生動物使之馴服)

★生き餌・好餌・食餌・擂り餌・練り餌・撒き餌

二 ふた/ふた・つ/ニ

二 ěr[日＝繁＝簡]

數目字；第二，次的；兩樣

二つ③〈名〉兩個，二；兩歲；兩者，兩方，兩種；第二，二則；第二個

二日⓪〈名〉初二，二號；兩天

二日酔い⓪〈名〉宿醉

二階⓪〈名〉二樓；二層樓(房)

二月③〈名〉二月

二元⓪〈名〉二元，二重

二酸化炭素⑤〈名〉二氧化碳

二次①〈名〉第二次，第二位，其次，次要；二次

二者択一①〈連語〉兩者選一

二重⓪〈名〉兩重，雙層 例～唱[二重唱]

二世①〈名〉二世；孩子，兒子

二人三脚④〈名〉(賽跑)二人三足；(二人)同心協力

二の足⓪〈名〉第二步

二の次④〈名〉第二，次要；往後推

二の舞⓪〈名〉重演，重蹈覆轍

二番①〈名〉第二(位)

二分⓪〈名・サ變〉二分；分成(作)兩份

二枚舌②〈名〉撒謊，謊言，說話矛盾

二枚目④〈名〉(歌舞伎節目名單上的第二名)扮演美男子的角色，小生；美男子；(相撲)順序表上的第二名力士

二律背反①〈名〉二律背反(同時主張兩個相互對立或矛盾命題)

二流⓪〈名〉二流，二等；兩個流派

二輪車②〈名〉(自行車、摩托車等)
雙輪車

弐ニ
[貳][贰]èr[日≒繁≒簡]
「二」的大寫，數目字

弐進⓪〈名〉二進(制)

Ｆ　Ｃ

発ハツ/ホツ
[發][发]fā[日≒繁≒簡]
交付，送出；表達，説出；發射；
散開，分散；開展，張大，擴大；
打開，揭露；顯現；開始動作

発案⓪〈名・サ變〉(新)設想，(新)方
案，(新)想出來；(新)計畫出來；
提案，提議

発意①②〈名・サ變〉發起，提議

発育⓪〈名・サ變〉發育，成長

発音⓪〈名・サ變〉發音

発火⓪〈名・サ變〉點火，起火；放空
包彈，空槍，空炮　朔 在日語中沒有
「生氣、發脾氣」(怒る、腹を立て
る)的意思

発芽⓪〈名・サ變〉發芽，出芽

発覚⓪〈名・サ變〉暴露，被發現
例 陰謀が～した[陰謀被發現，陰謀
敗露]　朔 在漢語中，是「開始知
道」(気づく、発見)的意思

発刊⓪〈名・サ變〉出版，發行；發
刊，創刊

発汗⓪〈名・サ變〉發汗，出汗

発癌⓪〈名〉致癌

発揮⓪〈名・サ變〉發揮

発議①②〈名・サ變〉提議，動議；
(議員)提議就某一議案開始討論

発給⓪〈名・サ變〉發給，發與

発狂⓪〈名・サ變〉發狂，發瘋，精神
錯亂

発禁⓪〈名〉禁止發售(「発売禁止」的
略語)

発掘⓪〈名・サ變〉發掘；發現(人才
等)

発見⓪〈名・サ變〉發現

発券⓪〈名・サ變〉發行銀行券(或公
債券等)

発言⓪〈名・サ變〉發言

発光⓪〈名・サ變〉發光，發亮

発行⓪〈名・サ變〉(書報、紙幣、債券
的)發行；發放，發給(證件，入場
券等)

発効⓪〈名・サ變〉生效

発酵⓪〈名・サ變〉發酵；(物體)腐爛

発散⓪〈名・サ變〉發散，消散，散發；
(物理學中的)發散光束；(數學中
的)發散級數

発射⓪〈名・サ變〉發射

発車⓪〈名・サ變〉發車，開車

発祥⓪〈名・サ變〉發祥，發源，開端

発情⓪〈名・サ變〉(動物)發情

発条②⓪〈名〉發條＝ぜんまい＝ばね

発色⓪〈名・サ變〉成色，著色；(經過
處理)顯(出顏)色

発進⓪〈名・サ變〉(飛機等)起飛，起
航；(部隊)出發，進發

発信⓪〈名・サ變〉發信，發報

発疹⓪〈名・サ變〉發疹子

発生⓪〈名・サ變〉發生，產生；發生，
出現

発声⓪〈名・サ變〉發聲；領呼，領喊

発送⓪〈名・サ變〉(貨物、行李、郵件等)發送，寄送，送出

発想⓪〈名・サ變〉主意，想法；表達思想；演奏者表達樂曲的神情

発達⓪〈名・サ變〉發達

発着⓪〈名・サ變〉(交通工具)出發和到達

発注⓪〈名・サ變〉訂貨

発展⓪〈名・サ變〉發展，擴展；活躍，活動

発電⓪〈名・サ變〉發電；拍電報，發電報

発動⓪〈名・サ變〉發動，動用，啓動

発熱⓪〈名・サ變〉發熱，放熱

発売⓪〈名・サ變〉發售，出售

発表⓪〈名・サ變〉發表，發明

発病⓪〈名・サ變〉發病，得病

発布①⓪〈名・サ變〉發布，公布

発奮⓪〈名・サ變〉發奮＝発憤

発砲⓪〈名・サ變〉放槍，開炮

発泡⓪〈名・サ變〉起泡，出泡

発明⓪〈名・サ變〉發明

発揚⓪〈名・サ變〉發揚

発令⓪〈名・サ變〉發令，頒布

発起⓪①〈名・サ變〉發起；有決心，有皈依心

発作⓪〈名〉發作(醫學術語)

発足⓪〈名・サ變〉開始(活動)；發足，出發，動身

発端⓪①〈名〉發端，開端，開始，起源

★開発・活発・偶発・告発・再発・散発・始発・終発・出発・蒸発・先発・増発・即発・続発・摘発・

突発・爆発・不発・併発・誘発・連発

乏 とぼ・しい/ボウ
fá[日＝繁＝簡]

缺少；疲倦

乏しい⓪③〈形〉缺乏，不足；貧窮，貧困 例 ～い生活[貧困的生活]

★窮乏・欠乏・耐乏・貧乏

伐 バツ
fá[日＝繁＝簡]

砍，征討，攻打

伐採⓪〈名・サ變〉採伐，砍伐

★間伐・討伐・乱伐

閥 バツ
[閥][阀]fá[日＝繁≒簡]

憑借權勢造成特殊地位的個人或集團

★学閥・軍閥・財閥・党閥・派閥・藩閥

罰 バチ/バツ
[罰][罚]fá[日＝繁≒簡]

處分犯錯誤的人

罰②〈名〉(神佛)懲罰，報應 例 ～があたる[遭報應]

罰金⓪〈名〉罰金，罰款；賠款

罰する⓪③〈サ變〉懲罰，處罰

罰則⓪〈名〉罰規，處罰規則，罰則

罰点③〈名〉叉(表示無用、錯誤或取消的)

★刑罰・厳罰・処罰・賞罰・体罰・懲罰

法 ハッ/ホウ/ホッ
fǎ[日＝繁＝簡]

法律；方法，處理事物的手段；仿
效；標準，模範；教義

法度⓪①〈名〉(封建時代的)法度，
法令，禁令；禁止，禁例

法案⓪〈名〉法案，法律草案

法会⓪①〈名〉法會；(為死者做的)
佛事，法事

法王⓪〈名〉法王

法外①⓪〈名·形動〉格外，分外，超
出限度

法学①〈名〉法學，法律學

法規①〈名〉法律，法律規定；法律，
規則

法事⓪〈名〉法事，佛事

法人⓪〈名〉法人

法制⓪〈名〉法制，法律與制度

法曹⓪〈名〉法律工作者(特指司法官
和律師)

法則⓪〈名〉規律；法則，定律

法治⓪①〈名〉法治

法定⓪〈名〉法定

法廷⓪〈名〉法庭 **別** 注意不要誤寫成
「法庭」

法的⓪〈形動〉法律上的

法典⓪〈名〉法律；法典

法務①〈名〉法務，法律事務，司法
事務；有關佛法的事務，大寺院的
庶務

法網⓪〈名〉法網

法律⓪〈名〉法律

法令⓪〈名〉法令，條例；法律和命令

法例⓪〈名〉法例，法令，條例

★ 刑法・憲法・国際法・作法・
司法・手法・商法・製法・文法・
方法・民法・用法・療法・礼法・
論法

髪 かみ/ハツ
[髪][发]fà[日≒繁≒簡]

頭髪

髪②〈名〉髪，頭髪；髪型

髪の毛③〈名〉頭髪

髪型⓪④〈名〉髪型，髪式＝髪形

髪結い③〈名〉梳頭；梳頭店

★ 金髪・散髪・整髪・断髪・調髪・
頭髪・怒髪・毛髪・理髪

帆 ほ/ハン
fān[日＝繁＝簡]

利用風力使船前進的布篷

帆⓪①〈名〉帆，帆船

帆立貝③〈名〉海扇，扇貝

帆船⓪〈名〉帆船＝はんせん

★ 帰帆・出帆

番 バン
fān[日＝繁＝簡]

遍數；稱外國的或外族的；倍；代換

番組④⓪〈名〉節目，節目表

番犬⓪〈名〉看門狗，守門犬

番号③〈名〉號碼，號數 **例** ～順[按
號碼先後的順序]

番所③〈名〉守衛室，守衛人員值班
的地方；(江戶時代的)市鎮衙門

番台⓪〈名〉(日本澡堂等入口處的)
櫃台；坐在櫃台裏的人

番茶⓪〈名〉粗茶

番手⓪〈名〉出場的順序；(紡紗粗細
的單位)支；白鐵皮的厚薄單位；守
城武士；(部隊列陣時表示順序的)

號碼

番人③〈名〉看守，值班人

★ 一番・交番・週番・順番・当番・
非番・門番・留守番・輪番

藩 ハン
fān[日＝繁＝簡]

王侯的封國

藩主①〈名〉藩主

藩政⓪〈名〉藩政，諸侯政治

藩閥⓪〈名〉藩閥

★ 廃藩置県

翻 ひるがえ・す/ひるがえ・る/ホン
fān[日＝繁＝簡]

歪倒，或上下、內外移位；改變；數
量成倍的增加；翻譯

翻す〈他五〉翻過來，翻轉；使飄動，
使飄揚 例 手のひらを～す[翻過手
掌；突然改變態度]

翻る③〈自五〉飄揚；（突然）改變，
（一下子）翻過來 例 國旗が高く～
る[國旗高高飄揚]

翻案⓪〈名・サ變〉(小説、戲劇的)改
編作品，改寫 辨 在漢語中，指推翻
原來的判決、前人的論斷

翻意①〈名・サ變〉改變主意(決心)，
回心轉意

翻刻⓪〈名・サ變〉翻版，翻印

翻訳⓪〈名・サ變〉(筆譯)翻譯 辨「口
譯」在日語中為「通訳」

翻弄⓪〈名・サ變〉翻弄，撥弄，玩弄

凡 およそ/ハン/ボン
fān[日＝繁＝簡]

平常的，不出奇的；凡是，所有的；

大概，要略

凡そ⓪〈名・副〉大概，概略；凡，凡
是，一般説來；大約，大概；(多接
否定)完全，全然，簡直，實在
例 彼の話しは～意味がない[他的
話實在沒有什麼意義]

凡例⓪〈名〉凡例＝ぼんれい

凡才⓪〈名〉凡才，庸才

凡作⓪〈名〉凡作，平庸的作品

凡人③⓪〈名〉凡人，普通人

凡俗①⓪〈名〉凡俗，庸俗；普通人，
平凡的人(事)

凡夫①〈名〉凡夫，凡人；愚氓

凡庸⓪〈名・形動〉凡庸，平庸

★ 非凡・平凡

煩 わずら・う/わずら・わしい/わず
ら・わす/ハン/ボン

[煩][煩]fán[日＝繁≒簡]

苦悶，急躁；又多又亂

煩う⓪〈自五〉煩惱，苦惱；想…而
不…，總不能…
例 言い～う[(想説而)不好説出口]

煩わしい⓪⑤〈形〉麻煩；繁雜
例 ～くてやりきれない[麻煩透了]

煩わす⓪〈他五〉使…煩惱，使…苦
惱，使…麻煩；麻煩，使…受累
例 お手数を～しますが、よろしく
お願いします[麻煩您給辦一辦]

煩瑣①〈名・形動〉煩瑣

煩雑⓪〈名・形動〉繁雜

煩悶⓪〈名・サ變〉煩悶，苦悶，苦惱

煩悩③⓪〈名〉(佛教用語)煩惱 辨 一
般情況下用「悩み」

繁 しげ・る/ハン

繁 fán[日＝繁＝簡]

複雑；許多，不少

繁る②〈自五〉繁茂，茂密＝茂る 例 牧草が～っている[牧草繁茂]

繁栄⓪〈名・サ變〉繁榮，興旺

繁華⓪①〈名・形動〉繁華

繁華街③〈名〉鬧市，繁華街道

繁簡⓪〈名〉繁簡

繁雑⓪〈形動〉繁雜

繁盛①〈名・サ變〉繁榮，昌盛

繁殖⓪〈名・サ變〉繁殖，滋生

繁文縟礼⓪〈名〉繁文縟節

繁忙⓪〈名・形動〉繁忙

繁茂①〈名・サ變〉繁茂

★農繁期・頻繁

反 そ・らす/そ・る/タン/ハン/ホン

反 fǎn[日＝繁＝簡]

翻轉，顛倒；和原來的不同，和預想的不同；反對，反抗；回，還

反らす②〈他五〉(把東西)弄彎；(將身體)向後仰 例 胸を～して歩く[挺著胸膛往前走]

反る①〈自五〉翹，翹曲，翹棱；身體向後彎 例 本の表紙が～った[書皮翹了]

反映⓪〈名・サ變〉反射，反照；反映

反感⓪〈名〉反感

反旗①〈名〉叛旗，反旗＝叛旗

反逆⓪〈名・サ變〉叛逆＝叛逆

反響⓪〈名・サ變〉反響，回聲，反應

反撃⓪〈名・サ變〉反擊，反攻，還擊，回擊

反語⓪〈名〉反語，反問法；譏諷，反話

反抗⓪〈名・サ變〉反抗，對抗

反攻⓪〈名・サ變〉反攻，反擊

反骨⓪〈名〉反骨＝叛骨

反射⓪〈名・サ變〉反射，折射

反照⓪〈名〉反照；晚霞

反証⓪〈名・サ變〉反證

反芻⓪〈名・サ變〉反芻；反覆玩味

反する③〈サ變〉反對，相反；違反；背叛，違背，造反

反省⓪〈名・サ變〉反省

反戦⓪〈名〉反戰，反對戰爭

反則⓪〈名・サ變〉犯規，違反規則

反俗⓪〈名〉反(世)俗

反対⓪〈名・形動・サ變〉相反，相對；反對

反体制③〈名〉反體制

反転⓪〈名・サ變〉反轉，翻轉；(方向)返回，折回；(底片往正片上)轉印

反騰⓪〈名・サ變〉(行情)回升

反動⓪〈名〉反作用(力)；反動

反日⓪〈名〉反日，反對日本

反応⓪〈名・サ變〉反應，反響；(化學)反應；(對刺激的)反應

反発⓪〈名・サ變〉彈回，回跳，排斥；反抗，抗拒，不接受；(行情)回升

反比例③〈名・サ變〉反比例

反復⓪〈名・サ變〉反覆，重複

反面③〈名・副〉反面，另一方面

反目⓪〈名・サ變〉反目，不和，翻臉

反問⓪〈名・サ變〉反問

反乱⓪〈名・サ變〉叛亂＝叛乱

反論⓪〈名・サ變〉反論，反駁

反故②①〈名〉廢紙，亂紙；作廢，取消＝反古

★違反・造反・背反・謀反・離反

返 かえ・す/かえ・る/ヘン

fàn[日＝繁＝簡]

回，歸

返す①〈自他五〉歸還，退還，送回（原處）；恢復（原狀），復原；回答，報答，回敬；嘔吐；(接在動詞連用形後表示)重複；回來，回去

例借りた本を～す[還借的書]

返り咲く⓪〈自五〉(一年內)再次開花；重新上台，東山再起

返る①〈自五〉復原，恢復；歸還，返還 例もとに～る[恢復原樣]

返還⓪〈名・サ變〉歸還

返却⓪〈名・サ變〉歸還，退還

返金⓪〈名・サ變〉還帳，還債，還(的)錢

返済⓪〈名・サ變〉還帳，還債，還東西

返事③〈名・サ變〉答應，回答，回話；回信，覆信

返照⓪〈名・サ變〉反照，反射

返上⓪〈名・サ變〉歸還，奉還，退還

返信⓪〈名・サ變〉回電，回信

返送⓪〈名・サ變〉送還，退還，寄回

返答③〈名・サ變〉回答，回信

返納⓪〈名・サ變〉送回，送還，歸還

返品⓪〈名・サ變〉退貨，退的貨

返礼⓪③〈名・サ變〉回禮，答禮

犯 おか・す/ハン

fàn[日＝繁＝簡]

抵觸，違反；犯罪的人；侵犯，進攻；觸發，發作；做出錯誤的事

犯す⓪〈他五〉犯，違犯；奸污，污辱；侵害，侵犯 例罪を～す[犯罪]

犯意①〈名〉犯罪意識

犯行⓪〈名〉犯罪行為

犯罪⓪〈名〉犯罪

犯人①〈名〉犯人，犯罪者

★共犯・現行犯・殺人犯・主犯・從犯・初犯・常習犯・侵犯・政治犯・戰犯・知能犯・防犯

氾 ハン

fàn[日＝繁＝簡]

大水漫流 辨在漢語中通「泛」

氾濫⓪〈名・サ變〉氾濫

汎 ハン

fàn[日＝繁＝簡]

一般 辨在漢語中通「泛」

汎神論③〈名〉泛神論

汎用⓪〈名・サ變〉泛用

汎論⓪〈名〉通論，概論

販 ハン

[販][贩]fàn[日＝繁≒簡]

指買貨出賣；買貨物出賣的行商或小商人

販売⓪〈名・サ變〉販賣，銷售

販路①〈名〉銷路

★市販

飯 めし/ハン

[飯][饭]fàn[日≒繁≒簡]

煮熟的穀類食品，多指大米飯；每日定時分次吃的食物

飯②〈名〉飯，主食；開飯，吃飯；糊口 例～を炊く[煮(燒、做)飯]

飯屋②〈名〉飯舖，小飯館；(大眾化)的飯店

飯米⓪〈名〉(農家自用的)口糧；做飯的大米

★ 残飯・炊飯・米飯・夕飯
<small>ざんぱん　すいはん　べいはん　ゆうはん</small>

範 <small>ハン</small>
[範][范]fàn[日＝繁≒簡]

模子；模範，榜樣；一定界限

範囲①〈名〉範圍，界限
<small>はんい</small>

範疇⓪〈名〉範疇
<small>はんちゅう</small>

★ 規範・師範・模範
<small>きはん　しはん　もはん</small>

方 <small>かた/ホウ</small>
fāng[日＝繁＝簡]

角為直角的四邊形或六面體；正直；
一邊或一面；方法，法子；正，正
當；量詞

方位①〈名〉方位，方向
<small>ほうい</small>

方角⓪〈名〉方位；方向
<small>ほうがく</small>

方言③〈名〉方言
<small>ほうげん</small>

方向⓪〈名〉方向，方面；方針
<small>ほうこう</small>

方策⓪〈名〉計策，手段
<small>ほうさく</small>

方式⓪〈名〉方式，作法；手續
<small>ほうしき</small>

方針⓪〈名〉方針
<small>ほうしん</small>

方程式③〈名〉(數)方程式
<small>ほうていしき</small>

方途①〈名〉途徑，方法，辦法
<small>ほうと</small>

方便①〈名〉(佛教用語中的)方便；
<small>ほうべん</small>
　權宜之計 **别** 漢語中的「方便」相當
　於日語中的「便利」
　　　　　　　　　<small>べんり</small>

方法⓪〈名〉方法，辦法，手段
<small>ほうほう</small>

方面③〈名〉方面，方向；領域
<small>ほうめん</small>

方略⓪〈名〉方略，策略
<small>ほうりゃく</small>

★ 処方・正方形・先方・他方・
<small>しょほう　せいほうけい　せんぽう　たほう</small>
　途方・当方・平方・立方
<small>とほう　とうほう　へいほう　りっぽう</small>

芳 <small>かんば・しい/ホウ</small>
fāng[日＝繁＝簡]

芳香，花草的香味；比喻美好的

芳しい④〈形〉芳香；聲譽高；好，
<small>かんば</small>

令人滿意，稱心(常接否定表示「不
好，不佳」)

例 ～い名を残す[流芳千古]
<small>な　のこ</small>

芳香⓪〈名〉芳香
<small>ほうこう</small>

芳志①〈名〉厚意，盛情
<small>ほうし</small>

芳醇⓪〈名・形動〉芳醇
<small>ほうじゅん</small>

芳情⓪〈名〉芳情，厚意
<small>ほうじょう</small>

芳名⓪〈名〉芳名；好評
<small>ほうめい</small>

芳烈⓪〈形動〉芳烈，香味濃；義烈，
<small>ほうれつ</small>
　忠烈

防 <small>ふせ・ぐ/ボウ</small>
fáng[日＝繁＝簡]

防備，戒備；守衛

防ぐ②〈他五〉防守，防禦，捍衛；防
<small>ふせ</small>
　止，預防

例 公害を～ぐ[防止公害]
<small>こうがい</small>

防衛⓪〈名・サ變〉防衛，保衛
<small>ぼうえい</small>

防疫⓪〈名・サ變〉防疫
<small>ぼうえき</small>

防音⓪〈名〉防音；隔音
<small>ぼうおん</small>

防火⓪〈名〉防火
<small>ぼうか</small>

防寒⓪〈名〉防寒
<small>ぼうかん</small>

防空⓪〈名〉防空
<small>ぼうくう</small>

防御①〈名・サ變〉防禦
<small>ぼうぎょ</small>

防護①〈名・サ變〉防護
<small>ぼうご</small>

防災⓪〈名〉防災
<small>ぼうさい</small>

防止⓪〈名・サ變〉防止
<small>ぼうし</small>

防湿⓪〈名〉防濕，防潮
<small>ぼうしつ</small>

防臭⓪〈名〉防臭
<small>ぼうしゅう</small>

防縮⓪〈名〉防縮，防止縮水
<small>ぼうしゅく</small>

防食⓪〈名〉防蝕，防腐
<small>ぼうしょく</small>

防水⓪〈名・サ變〉防水
<small>ぼうすい</small>

防戦⓪〈名・サ變〉防禦戰
<small>ぼうせん</small>

防弾⓪〈名〉防彈
<small>ぼうだん</small>

防諜⓪〈名〉防(間)諜
<small>ぼうちょう</small>

防波堤⓪〈名〉防波堤；抵禦外部壓
<small>ぼうはてい</small>

迫（侵略）的防線，防範物

防犯⓪〈名〉防止犯罪

防備①〈名・サ變〉防備，防守

防腐⓪〈名〉防腐，防蝕

防風林③〈名〉防風林

防壁⓪〈名〉壁壘，防禦牆，防火、
風、雨等的牆壁

防壘⓪〈名〉堡壘，防禦工事

★ 海防・警防・国防・砂防・消防・
水防・予防

坊 ボウ/ボッ

fáng［日＝繁＝簡］

在漢語中指里弄、街市以及舊時標
榜功德的建築物，而在日語中則指
和尚等

坊さん⓪〈名〉和尚（親切的稱呼）

坊主①〈名〉僧，和尚；光頭，禿頭；
對男孩子的愛稱；（花牌）二十點的牌

坊ちゃん①〈名〉（對別人男孩子的敬
稱）小寶寶，小朋友；少爺

★ 僧坊

妨 さまた・げる/ボウ

fáng［日＝繁＝簡］

妨害，阻礙

妨げる⓪④〈他一〉妨礙，阻礙，打
攪，阻撓；（以「…妨」的形式）不
妨，可以 例ぼくの仕事を～げるな
［不要妨礙我的工作］例再任を～
げない［不妨連任］

妨害⓪〈名・サ變〉妨害，妨礙

肪 ボウ

fáng［日＝繁＝簡］

厚的脂膏

★ 脂肪

房 ふさ/ボウ

［房］［房］fáng［日≒繁＝簡］

住人或放東西的建築物；形狀像房
間的

房②〈名〉嘟嚕，（一）串，（一）掛
例～になって実る［結成嘟嚕］

房事⓪〈名〉房事，性交

★ 官房・監房・閨房・工房・心房・
厨房・暖房・冷房

倣 なら・う/ホウ

［倣］［倣］fǎng［日＝繁＝簡］

效法，照樣做 **朔**「倣」是「仿」的異
體字，在現代漢語中使用「仿」

倣う②〈他五〉仿效，仿照，模仿，
學 例前例に～う［效仿前例］

★ 模倣

紡 つむ・ぐ/ボウ

［紡］［纺］fǎng［日≒繁≒簡］

把絲、棉、麻、毛或人造纖維等做
成紗

紡ぐ②〈他五〉紡 例糸を～ぐ［紡紗，
紡線］

紡織⓪〈名〉紡織

紡錘⓪〈名〉（紡織）紗錠

紡績⓪〈名〉紡織，紡紗

紡毛⓪〈名〉紡毛；紡毛絲的略語

★ 混紡

訪 おとず・れる/たず・ねる/ホウ

［訪］［访］fǎng［日≒繁≒簡］

向人詢問或調查；探問，看望

訪れる④⓪〈自一〉拜訪，訪問，走

訪；通信；(季節等)到來，來臨
例代表団は上海を〜れた[代表團
訪問了上海]

訪ねる③〈他一〉訪問 **例**今日の午後
お〜ねしてもよろしいですか[可以
今天下午去拜訪您嗎?]

訪欧⓪〈名〉訪歐

訪中⓪〈名・サ變〉訪問中國

訪日⓪〈名・サ變〉訪問日本

訪問⓪〈名・サ變〉訪問

★往訪・探訪・来訪・歷訪

放 はな・す/はな・つ/はな・れる/ホウ

fàng[日＝繁＝簡]

解除約束、得到自由；任意，隨
便；發出；擴展；擱，置，流放

放す②〈他五〉撒開，鬆開，放開，
放；(接動詞連用形)置之不理，丟
在一旁；(接動詞連用形)連續
例風船を〜す[放氣球]

放つ②〈他五〉放；派出；流放，放
逐 **例**虎を野に〜つ[放虎歸山]

放れる③〈自一〉離開，分離；離去；
距離，相距；脫離 **例**親もとを〜
れる[離開父母身邊]

放映⓪〈名・サ變〉(在電視上)放映

放火⓪〈名・サ變〉放火，縱火

放課⓪〈名〉下課，放學

放課後⓪〈名〉放學後

放棄①〈名・サ變〉放棄

放吟⓪〈名・サ變〉放聲吟唱

放射⓪〈名・サ變〉放射

放縱⓪〈名・形動〉放縱

放出⓪〈名・サ變〉發放，投放，出
售，處理(積壓物資)；放出

放心⓪〈名・サ變〉放心，安心；出神，
發呆，精神恍惚

放水⓪〈名・サ變〉放水

放送⓪〈名・サ變〉廣播，播送；散布，
傳播 **例**〜網[廣播電視網]

放題〈接尾〉隨便，自由，無限制的
例言い〜[想說什麼就說什麼]

放胆③⓪〈形動〉大膽

放置⓪〈名・サ變〉放置(不理)；置之
不理，放任不管

放逐⓪〈名・サ變〉放逐，流放

放擲⓪〈名・サ變〉放棄，拋棄

放電⓪〈名・サ變〉放電

放蕩⓪〈名・サ變〉放蕩

放任⓪〈名・サ變〉放任

放熱⓪〈名・サ變〉放熱；(機器)散熱

放牧⓪〈名・サ變〉放牧

放漫⓪〈名・形動〉散漫，鬆散，隨便

放免⓪〈サ變〉釋放

放流⓪〈名・サ變〉放出(堵住的水)；
放(魚苗)

放浪⓪〈名・サ變〉流浪，漂泊

★解放・開放・釈放・奔放

妃 ヒ

fēi[日＝繁＝簡]

古代皇帝的妾；太子、王、侯的妻

妃①〈名〉王妃，妃子；皇太子或皇
族的妻

妃殿下②〈名〉妃殿下

★王妃・后妃・皇太子妃

非 ヒ

fēi[日＝繁＝簡]

不，不是；不合理的，不對的；以為
不對，不以為然

非核◎〈名〉沒有核武器的

非行◎〈名〉不良行為

非公開②〈名〉非公開，不公開

非公式②〈名・形動〉非正式

非才②◎〈名〉才疏學淺

非常◎〈名・形動〉非常

非情◎①〈名・形動〉無情，冷酷

非道①〈名・形動〉殘忍，殘暴，不講道理

非難①〈名・形動〉非難，責難

非番◎〈名〉不值班

非望◎〈名〉非分的願望，奢望

非凡◎〈名・形動〉非凡

非命①〈名〉非命

非力①〈名・形動〉力量不足，沒勁，沒有實力，沒有能力

非礼◎①〈名・形動〉非禮

★是非・理非

飛 と・ばす/と・ぶ/ヒ
[飛][飞]fēi[日＝繁≒簡]
鳥類或蟲類用翅膀在空中往來活動；快；極，特別地

飛ばす◎〈他五〉使飛，放；奔馳，飛馳；跳過，越過；散布；派遣；刮跑，吹走；濺，噴
例 馬を～す[策馬疾馳]

飛び上がる④〈自五〉飛向天空，飛起；跳起，跳躍；越級晉升
例 ぱっと～る[縱身一跳]

飛び石◎〈名〉(稍有間隔的)踏(腳)石

飛び交う③〈自五〉飛來飛去；紛飛；交錯亂飛
例 蛍が～う[螢火蟲飛來飛去]

飛び越える④〈他一〉跳過去；飛過，

飛躍 例 塀を～える[跳過牆去]

飛び込み◎〈名〉跳進，跳入；(游泳)跳水

飛び出す③〈自五〉飛起來，起飛；跳出，跑出；露出，鼓出，鑽出，突出；闖出，出現 例 釘が～している[釘子露出來了]

飛び立つ③〈自五〉飛起來，起飛；跳起來 例 ～つほど嬉しかった[高興得幾乎要跳起來]

飛び散る③〈自五〉飛濺，飛散；四處飛跑；飄落 例 落花が風に～る[落花隨風飄落]

飛び付く③〈自五〉奔(撲)過來；爭著幹，搶著做 例 子供が母の胸に～く[孩子撲到母親懷裏]

飛ぶ◎〈自五〉飛，飛行；飄落，吹落；傳播，流傳；飛揚，飛濺；跳，跳過；急跑，飛跑；逃走，逃跑；(順序等)不連接；脫落；(價格)波動大 例 ～ぶように売れる[暢銷，熱賣]

飛脚◎〈名〉使者，信使；(江戶時代)以郵遞信件、轉運貨物為業者

飛行◎〈名・サ變〉飛行

飛行機②〈名〉飛機

飛翔◎〈名・サ變〉飛翔

飛騰◎〈名・サ變〉飛騰

飛沫①◎〈名〉飛沫

飛躍◎〈名・サ變〉飛躍

飛来◎〈名・サ變〉飛來

扉 とびら/ヒ
[扉][扉]fēi[日≒繁＝簡]
門

扉◎〈名〉門，扉；扉頁

★ 開扉^{かいひ}・鉄扉^{てっぴ}・門扉^{もんぴ}

肥 こ・え/こ・える/こ・やし/こ・や す/ヒ

féi[日＝繁＝簡]

含脂肪多的；肥沃；肥料；使田地
増加養分；寛大

肥え② 〈名〉肥料，糞肥

肥える② 〈自一〉肥，胖；肥沃；有
判斷能力；講究，要求高；富裕，
豐富

例 目が～える[有眼力]

肥やし③ 〈名〉肥料，糞肥

肥やす② 〈他五〉使肥胖；使(土地)肥
沃；提高鑑賞能力；肥私

例 土地^{とち}を～す[使土壤肥沃]

肥大^{ひだい}⓪ 〈名・サ變〉肥大

肥立ち^{ひだち}⓪ 〈名〉(產婦、病人)日益復
員(康復)；發育，成長

肥満^{ひまん}⓪ 〈名・サ變〉肥胖

肥沃^{ひよく}① 〈名・形動〉肥沃

肥料^{ひりょう}①⓪ 〈名〉肥料

★ 施肥^{せひ}・堆肥^{たいひ}・追肥^{ついひ}

肺 ハイ

féi[日＝繁＝簡]

人和某些高等動物體內的呼吸器官

肺⓪① 〈名〉肺

肺炎^{はいえん}⓪ 〈名〉肺炎

肺活量^{はいかつりょう}④ 〈名〉肺活量

肺癌^{はいがん}⓪ 〈名〉肺癌

肺結核^{はいけっかく}③ 〈名〉肺結核

肺臓^{はいぞう}⓪ 〈名〉肺臟

肺病^{はいびょう}⓪ 〈名〉肺病，肺結核

肺腑^{はいふ}① 〈名〉肺臟；肺腑，內心

沸 わか・す/わ・く/フツ

fèi[日＝繁＝簡]

開，滾

沸かす^わ⓪ 〈他五〉燒開，燒熱；熔化；
使…沸騰 **例** ふろを～す[燒洗澡水]

沸き上がる^{わ あ}④ 〈自五〉沸騰，滾開；
湧現，捲起；(觀眾)沸騰，激動
例 湯^ゆが～る[熱水滾開]

沸き立つ^{わ た}③ 〈他五〉沸騰，滾開；湧
起；噴出，冒起；情緒歡騰，沸騰
例 喜^{よろこ}びに～つ[一片歡騰]

沸く^わ⓪ 〈自五〉沸騰；歡騰，激動，轟
動；熔化；發酵
例 場内^{じょうない}が～く[會場歡騰]

沸点^{ふってん}①③ 〈名〉沸點

沸騰^{ふっとう}⓪ 〈名・サ變〉沸騰

★ 煮沸^{しゃふつ}

廃 すた・る/すた・れる/ハイ

[廢][废]fèi[日≒繁≒簡]

停止，放棄；沒有用的，失去效用
的；荒蕪，衰敗

廃る^{すた}⓪ 〈自五〉＝すたれる

廃れる^{すた}⓪ 〈自一〉變成廢物，變為無
用；過時，不時興；丟臉，現眼；
衰落，衰頹
例 ～れた習慣^{しゅうかん}[陳腐的習慣]

廃案^{はいあん}⓪ 〈名〉未被採納或通過的提案

廃液^{はいえき}⓪ 〈名〉廢液

廃刊^{はいかん}⓪ 〈名・サ變〉停刊

廃業^{はいぎょう}⓪ 〈名・サ變〉廢業，棄職，關門，
歇業

廃棄^{はいき}①⓪ 〈名・サ變〉廢棄，銷毀

廃墟^{はいきょ}① 〈名・サ變〉廢墟

廃校^{はいこう}⓪ 〈名・サ變〉學校停辦，停辦的
學校

廃止⓪〈名・サ變〉廢止，廢除

廃疾⓪〈名〉不治之症

廃車⓪〈名〉廢車，壞車

廃人⓪〈名〉廢人，殘廢人

廃水⓪〈名〉廢水

廃する③〈サ變〉廢除，廢止，作廢
　例 虚礼を～する[廢除虛禮]

廃絶⓪〈名・サ變〉(家系、流派等)絕
　嗣，絕後，斷後

廃退⓪〈名・サ變〉頹廢，衰敗

廃置⓪〈名・サ變〉廢置

廃藩置県⑤〈名〉廢藩置縣

廃品⓪〈名〉廢品

廃物⓪〈名〉廢物，廢品

廃滅⓪〈名・サ變〉衰敗，衰退，衰亡

廃立⓪〈名・サ變〉廢立

★ 改廃・興廃・荒廃・全廃・存廃・
　退廃・撤廃

費 つい・える/つい・やす/ヒ
[費][费]fèi[日＝繁≒簡]
　花費，消耗；費用

費える⓪③〈自一〉耗費，減少，消
　耗；浪費 **例** 人員が～える[人員減
　少]

費やす⓪③〈他五〉用掉，花費；浪
　費，白費 **例** バス代は一元～した
　[坐公共汽車花了一元錢]

費目⓪①〈名〉經費(開支)項目

費用①〈名〉費用

★ 医療費・会費・学費・空費・
　経費・交通費・国費・歳費・
　雑費・私費・実費・出費・消費・
　食費・人件費・燃費・乱費・
　旅費・浪費

分 わ・かつ/わ・かる/わ・かれる/
　　わ・ける/フン/ブ/ブン
fēn[日＝繁＝簡]
　分開，區劃；辨別；區劃而成的部
　分；單位名；名位、職責、權利的
　限度；成分

分かつ②〈他五〉分開；區分，割分；
　分享；分辨，辨別
　例 手を～つ[分別]

分かる②〈自五〉懂，理解，明白；
　知道，了解，判明；通情達理，體
　貼人；知道，曉得
　例 意味が～る[意思明白了]

分かれ道③〈名〉岔道，分手時的道路

分かれ目④③〈名〉界限，分界，分
　歧點

分かれる③〈自一〉分離，分別，分
　手；(夫婦)離婚；分散，不一致；分
　開，割分，區分 **例** ～れてから一年
　になる[分別一年了]

分け前③②〈名〉(自己)應得的份
　兒；分的份兒

分ける②〈他一〉分，分開；區分，
　劃分，分類；分配，分給，分發；
　撥開，分開 **例** 人ごみの中を～けて
　行く[撥開人群走去]

分化⓪①〈名・サ變〉分化

分会⓪〈名〉分會

分解⓪〈名・サ變〉拆開，卸開；(化學)
　分解

分割⓪〈名・サ變〉分割，分開

分轄⓪〈名・サ變〉分開管轄

分岐①⓪〈名・サ變〉分歧，分岔

分業⓪〈名・サ變〉分工

分家⓪〈名・サ變〉分家，另立門戶

分校⓪〈名〉分校

分冊⓪〈名・サ變〉分冊

分散⓪〈名・サ變〉分散

分子①〈名〉分子

分子式③〈名〉(化)分子式

分掌⓪〈名〉分擔

分讓⓪〈名・サ變〉(土地等)分開出售，分成小塊出售

分水嶺③〈名〉分水嶺

分數③〈名〉分數

分析⓪〈名・サ變〉分析

分節⓪〈名・サ變〉(文章等)分節，分段

分担⓪〈名・サ變〉分擔

分断⓪〈名・サ變〉分割，分裂

分店⓪〈名〉分店

分派①⓪〈名・サ變〉(政黨、學派等)分出的一派，派別；宗派，幫派

分配⓪〈名・サ變〉分配，分給

分泌⓪〈名・サ變〉分泌＝ぶんぴつ

分秒⓪〈名〉分秒，片刻，一分一秒

分布⓪〈名・サ變〉分布

分別①〈名・サ變〉通達事理，通情達理；主意，辦法

分娩⓪〈名・サ變〉分娩

分母①〈名〉分母

分野①〈名〉領域，範圍，範疇

分離⓪〈名・サ變〉分離；分開

分立⓪〈名・サ變〉分立

分流⓪〈名・サ變〉支流，分流；支派，分派

分量③〈名〉分量，重量；數量，程度

分類⓪〈名・サ變〉分類

分列⓪〈名・サ變〉(隊形的)分列

分裂⓪〈名・サ變〉分裂

★応分・過分・気分・区分・細分・四分五裂・処分・職分・水分・

成分・当分・等分・配分・半分・部分・本分・名分・領分

紛 まぎ・らす／まぎ・らわしい／まぎ・らわす／まぎ・れる／フン

[紛][紛]fēn[日≒繁≒簡]

眾多，雜亂

紛らす〈他五〉蒙混，掩飾；岔開，支吾過去；解除，消除 **例** 悲しみを笑いに〜す[用笑來掩飾悲傷]

紛らわしい⑤〈形〉容易混淆的，不易分辨的，含含糊糊的 **例** あの二人はよく似ているので〜い[那兩個人因為長得很像所以容易弄錯]

紛らわす④〈他五〉「まぎらす」的強調形

紛れ込む⓪④〈自五〉混進，混入 **例** 映画館に〜む[混進電影院]

紛物⑤④〈名〉贋品，偽造品＝まがいもの

紛れる③〈自一〉混入，混進；混同，混淆；忘懷，(注意力)分散 **例** 書類が〜れないようにする[別把文件弄亂]

紛糾⓪〈名・サ變〉糾紛，混亂

紛失⓪〈名・サ變〉丟失，遺失

紛然⓪〈形動〉紛然，雜亂

紛争⓪〈名・サ變〉糾紛，爭端

★内紛

墳 フン

[墳][坟]fén[日＝繁≒簡]

埋葬死人築起的土堆

墳墓①〈名〉墓，墳墓

★古墳

粉 こ/こな/フン
fěn[日＝繁＝簡]

細末；粉刷；使破碎或成為粉末；
帶粉末的；用粉末做成的食品

粉② 〈名〉粉末，麵兒；麵粉 **例** 小麦
を～にひく[把小麥磨成麵]

粉ミルク③ 〈名〉奶粉

粉碎⓪ 〈名・サ變〉粉碎，破碎

粉状⓪ 〈名〉粉狀，粉末狀

粉骨砕身①-⓪ 〈名〉粉身碎骨

粉飾⓪ 〈名・サ變〉粉飾

粉塵⓪ 〈名〉粉塵，灰塵

粉末⓪ 〈名〉粉末，碎末，末兒

★ 花粉・魚粉・銀粉・脂粉・鉄粉・
澱粉

雰 フン
[氛][氛]fēn[日≒繁＝簡]

氣象，情勢 **辨**「雰」是「氛」的異體
字，現代漢語中使用「氛」

雰囲気③ 〈名〉氣氛；大氣，空氣

憤 いきどお・る/フン
[憤][愤]fèn[日＝繁≒簡]

因為不滿意而感情激動

憤る③ 〈自五〉憤怒，氣憤，生氣；憤
慨 **例** 失礼なやり方に対して～る
[對不禮貌的做法感到氣憤]

憤慨⓪ 〈名・サ變〉憤慨，氣憤

憤激⓪ 〈名・サ變〉激憤，憤怒

憤死⓪ 〈名・サ變〉氣憤而死

憤然⓪ 〈形動〉憤然

憤怒① 〈名〉憤怒

憤懣⓪ 〈名〉憤懣，氣憤

★ 義憤・公憤・私憤・痛憤・発憤・
悲憤

奮 ふる・う/フン
[奮][奋]fèn[日＝繁≒簡]

振作，鼓勁；提起，舉起

奮い起こす⑥ 〈他五〉振起，煥發，
激發，振奮，鼓起 **例** 元気を～す[振
作精神]

奮う⓪ 〈自五〉振奮，振作；興旺，
興隆，好；積極，踴躍；與眾不同，特
別，離奇，古怪 **例** 国力が大いに～
う[國力大增]

奮起① 〈名・サ變〉奮起，奮發

奮戦⓪ 〈名・サ變〉奮戰

奮然⓪③ 〈形動〉奮然

奮闘⓪ 〈名・サ變〉奮鬥，奮戰，努力

奮発⓪ 〈名・サ變〉奮發

奮励⓪ 〈名・サ變〉奮勉

★ 感奮・興奮・発奮

封 フウ/ホウ
fēng[日＝繁＝簡]

密閉；帝王把土地或爵位給予親屬、
臣屬

封印⓪ 〈名・サ變〉封印，封條

封切り④⓪ 〈名・サ變〉開封，剛開
封的東西；開始；首次放映

封鎖⓪① 〈名・サ變〉封鎖；凍結

封殺⓪ 〈名・サ變〉(棒球)封殺

封じる⓪ 〈他一〉封，封閉，封上；封
鎖，阻止住；封鎖，禁止 **例** 敵の攻
撃を～じる[阻止敵人的進攻]

封じ込む④ 〈他五〉封閉，封鎖
例 船を港に～む[把船封鎖在港口]

封書⓪ 〈名〉封緘的書信

封筒⓪ 〈名〉信封；文件袋

封建⓪ 〈名〉封建

★ 開封・厳封・同封・密封

風 かざ/かぜ/フ/フウ
[風][风]fēng[日＝繁≒簡]

流動的空氣；消息；沒有確實根據的；表現在外的景象或態度；風氣，習俗

風穴⓪〈名〉風洞，通風孔

風向き⓪〈名〉風向；形勢；情緒，心情＝かぜむき 例 ～が変わる[風向變了；形勢變了；變卦了；改變態度了]

風⓪〈名〉風；風傳

風当たり③⓪〈名〉風勢，風力；招風，受到的責難或攻擊 例 山上は～が強い[山頂風大]

風通し⓪⑤〈名〉通風＝かざとおし

風圧⓪〈名〉風壓

風雨①〈名〉風雨，暴風雨

風雲⓪①〈名〉風雲

風化⓪〈名・サ變〉風化

風雅①〈名・形動〉風雅

風害⓪〈名〉風害

風格⓪〈名〉風格

風変わり③〈名・形動〉與眾不同，古怪，奇特

風紀①〈名〉風紀

風景①〈名〉風景；情景

風月①〈名〉風月

風向⓪〈名〉風向

風光⓪〈名〉風光

風采⓪〈名〉風采，相貌

風姿①〈名〉風姿，風采

風刺⓪〈名・サ變〉諷刺，譏諷

風車⓪〈名〉風車

風習①〈名〉風習，風俗，習慣

風説⓪〈名〉傳聞，風傳

風雪①⓪〈名〉風雪

風船⓪〈名〉氣球

風速⓪〈名〉風速

風俗①〈名〉風俗，風習；風紀

風潮⓪〈名〉風潮，潮流

風鎮⓪〈名〉掛在字畫軸上的墜子

風土①〈名〉風土，水土

風波①〈名〉風波

風靡①〈名・サ變〉風靡

風評⓪〈名〉傳說，謠傳

風物①〈名〉風物，風景

風聞⓪〈名・サ變〉風聞，謠傳

風貌⓪〈名〉風貌，風采，風度

風味③①〈名〉風味，味道

風諭①〈名・サ變〉諷喻＝諷喻

風流①〈名・サ變〉風流，風雅

風力①〈名〉風力

風鈴⓪〈名〉風鈴

風呂②①〈名〉浴池，澡盆，洗澡水；(公共)澡堂，浴室

風浪⓪〈名〉風浪

★威風・家風・画風・学風・寒風・棋風・気風・季節風・逆風・強風・古風・作風・疾風・台風・微風・美風・暴風・洋風・涼風・烈風・和風

峰 みね/ホウ
fēng[日＝繁＝簡]

高而尖的山頭

峰⓪②〈名〉峰，山峰；刀背 例 泰山の～[泰山之巔]

★高峰・主峰・連峰

蜂 はち/ホウ
fēng[日＝繁＝簡]

一種昆蟲；比喻眾多成群

蜂①〈名〉蜂

蜂鳥②〈名〉蜂鳥

蜂蜜⓪〈名〉蜂蜜

蜂起①〈名・サ變〉蜂起，暴動

★働き蜂・養蜂

豊 ゆた・か/ホウ
[豐][丰]fēng[日≒繁≒簡]

容貌好看；盛，多；大

豊か①〈形動〉豐富，富裕，寬裕；足夠，十足；悠然自得，從容 **例**衣食ともに～になる[豐衣足食]

豊凶⓪〈名〉豐收和歉收

豊作⓪〈名〉豐收，豐年

豊熟⓪〈名・サ變〉豐熟，豐產，豐登

豊潤⓪〈名・形動〉豐潤

豊穣⓪〈名・形動〉豐穰，豐收

豊饒⓪〈名・形動〉豐饒，富饒

豊年⓪〈名〉豐年，好年成

豊富①⓪〈名・形動〉豐富

豊満⓪〈名・形動〉豐滿

豊沃⓪〈名・形動〉肥沃，富饒

豊漁⓪〈名〉漁業豐收

豊麗⓪〈名・形動〉豐麗，豐豔

縫 ぬ・う/ホウ
[縫][缝]féng(fèng)[日≒繁≒簡]

用針線連綴；裂開或自然露出的窄長口子、接合處的痕跡

縫い合わせる⓪⑤〈他一〉縫到一起，縫合 **例**傷口を～せる[縫合傷口]

縫い込む⓪〈他五〉縫在裏面，縫進去；縫時把布邊包進去，窩邊兒 **例**札を着物に～む[把鈔票縫進和服裏]

縫い付ける⓪〈他一〉縫上 **例**ボタ

ンを～ける[釘紐扣]

縫い針①〈名〉縫針，綉花針

縫い目③〈名〉接縫；針腳，針跡

縫う①〈他五〉縫；刺繡；刺穿，扎透；穿過空隙 **例**ミシンで～う[用縫紉機縫]

縫製⓪〈名・サ變〉縫製，縫做

★裁縫・天衣無縫

奉 たてまつ・る/ブ/ホウ
fèng[日＝繁＝簡]

恭敬地用手捧著；獻給；接受；信奉；供養，伺候

奉る④〈他五〉奉，獻；恭維，捧；（接在動詞連用形後）表示謙恭 **例**新年を賀し～る[恭賀新年]

奉行①〈名・サ變〉奉行；日本江戶時代擔當行政事務的武士官名

奉賀⓪〈名・サ變〉恭賀

奉還⓪〈名・サ變〉奉還

奉迎⓪〈名・サ變〉奉迎，恭迎

奉献⓪〈名・サ變〉奉獻

奉公①〈名・サ變〉奉公，效勞；雇工，佣人

奉伺⓪〈名・サ變〉問候；侍候

奉仕①⓪〈名・サ變〉服務，盡力；廉價出售

奉祀①〈名・サ變〉祭祀，供奉

奉じる⓪〈他一〉奉，奉上，呈上；尊奉；信奉；供職＝ほうずる **例**仏教を～じる[信奉佛教]

奉祝⓪〈名・サ變〉慶祝，祝賀（國家大典）

奉書⓪〈名〉奉書紙

奉職⓪〈名・サ變〉奉職，供職

奉呈⓪〈名・サ變〉奉呈

奉納⓪〈名・サ變〉(向神佛)供獻

★ 供奉・信奉

俸ホウ
fèng[日＝繁＝簡]

舊時官員等所得的薪金

俸給⓪〈名〉俸給,薪水,工資

俸禄①⓪〈名〉俸禄

仏 ほとけ/ブツ/フツ
[佛][佛]fó(fú)[日≒繁＝簡]

梵語「佛陀」的略稱 辨 在日語中還
是「佛蘭西」的略寫,指法國

仏③⓪〈名〉佛,佛像;死者;(像佛
那樣)溫厚、仁慈的人,菩薩心腸的
人 例 ～の顔も三度[事不過三]

仏画⓪〈名〉有關佛教的畫,畫中有
佛、僧的畫

仏学⓪〈名〉佛教學,佛學;法學,
法國的研究

仏教③①〈名〉佛教

仏語⓪〈名〉法語;佛教用語

仏国⓪〈名〉法國

仏寺⓪〈名〉佛寺,寺院

仏心⓪③〈名〉佛心

仏像③⓪〈名〉佛像

仏陀①〈名〉佛陀;釋迦牟尼

仏壇⓪〈名〉佛龕

仏典⓪〈名〉佛典,佛經

仏殿⓪〈名〉佛殿

仏塔⓪〈名〉舍利塔

仏道②⓪〈名〉佛道,佛教

仏堂②⓪〈名〉佛堂,佛殿

仏門⓪〈名〉佛門,佛道

仏刹⓪〈名〉佛寺,佛刹

仏滅⓪〈名〉釋迦牟尼逝世;大凶日

★ 成仏・神仏・石仏・大仏・念仏

否 いな/いな・む/いや/ヒ
fǒu(pǐ)[日＝繁≒簡]

不;不如此,不然 辨 日語中沒有讀
pi時的「惡、壞」的意思

否①〈名・感〉否,不同意;不,不是
例 ～の態度をとる[採取否定的態
度]否む〈他五〉否定;拒絕 例 社
長の命令では～めない[總經理的命
令無法拒絕]

否応⓪〈名〉願意與否

否決⓪〈名・サ變〉否決

否定⓪〈名・サ變〉否定

否認⓪〈名・サ變〉否認

★ 安否・可否・拒否・合否・採否・
賛否・実否・成否・正否・適否・
当否・認否・良否

夫 おっと/フ/フウ
fū[日＝繁＝簡]

舊時成年男子的通稱;丈夫

夫⓪〈名〉丈夫

夫婦①〈名〉夫婦,夫妻

夫妻②〈名〉夫妻,夫婦

夫唱婦随⓪〈名〉夫唱婦隨

夫人⓪〈名〉夫人

★ 漁夫・坑夫・鉱夫・工夫・水夫・
農夫・匹夫・亡夫・凡夫

敷 し・く/フ
fū[日＝繁＝簡]

塗上,搽上;佈置,舖開;足夠

敷く⓪〈自他五〉舖;墊上;舖上一
層,撒上一層;舖設;頒佈,發佈,
部署,施行;壓制,按在下面;(作

結尾詞用)落滿，四面都是 例 座布
団を～く[墊上坐墊]
敷居⓪〈名〉門檻
敷石⓪〈名〉舖路的石頭，舖路石
敷金②〈名〉保證金，押金
敷地⓪〈名〉(建築用的)用地，地皮
敷布⓪〈名〉床單，褥單
敷き布団③〈名〉褥子
敷物⓪〈名〉鋪的東西(指舖席、褥墊
等)
敷延⓪〈名・サ變〉詳説，細説＝敷衍
例 ～して述べる[詳述] 辨 在現代
漢語中，「敷衍」只有「表面上應
付」的意思
敷設⓪〈名・サ變〉敷設，安設，架設
＝布設

膚 はだ/フ
[膚][肤]fū[日＝繁≒簡]
肉體表面的皮
膚①〈名〉(人的)肌膚，皮膚；(土地
等的)表面，表層＝肌

★完膚・皮膚

払 はら・う/フツ
[拂][拂]fú[日≒繁＝簡]
輕輕擦過；甩動，抖動 辨 日語中
還有支付(支払う)的意思
払い下げる⑤〈他一〉政府機關處理
拍賣物品 例 ～げた自動車[機關處
理的汽車]
払い込む④〈他五〉繳納
払い戻す⑤〈他五〉找還，返還；支付
存款 例 株金を～す[發還股金]
払う②〈他五〉拂，揮；付錢，還
債；處理，出售(廢品)；表示，提

醒；普及；趕掉，驅逐，揮，掄；除
去，除掉，取下，拿光 例 敬意を～
う[表示敬意]
払暁⓪〈名〉拂曉＝ふぎょう
払拭⓪〈名・サ變〉拂拭，掃清，消除

伏 ふ・す/ふ・せる/フク
fú[日＝繁＝簡]
臉朝下，體前屈，趴；低下去；隱
藏；使屈服，降服
伏す①〈自五〉伏，藏；伏臥，趴下；
躺，臥，仰臥；叩拜 例 草に～す
[趴在草地上]
伏せる②〈他一〉低下；扣，伏，趴
下；掩蓋 例 目を～せる[垂眼]
伏する③〈サ變〉伏，俯；屈服，降服
例 權力に～する[屈服於權力]
伏線⓪〈名〉伏筆，伏線，預示，預
兆；(設下)埋伏
伏兵⓪〈名〉伏兵
★起伏・降伏・説伏・潜伏・平伏

扶 fú[日＝繁＝簡]
用手支持，攙；幫助，援助
扶育①⓪〈名・サ變〉撫育，撫養
扶助①〈名・サ變〉扶助，幫助
扶持②①〈名・サ變〉扶持；(日本古
時武士的)糧餉，俸祿
扶養⓪〈名・サ變〉撫養

服 fú[日＝繁＝簡]
衣裳；穿衣裳；作，擔任；順從；
習慣，適應；吃(藥)
服②〈名〉衣服

服役⓪〈名・サ變〉服役；服刑

服罪⓪〈名・サ變〉服罪，認罪

服地⓪〈名〉西服衣料

服従⓪〈名・サ變〉服従

服飾⓪〈名〉服飾

服する③〈サ變〉服従；服，從事
　例命令に～する[服從命令]

服装⓪〈名〉服裝，服飾

服毒⓪〈名・サ變〉服毒

服務②〈名・サ變〉服務，工作

服薬⓪〈名・サ變〉服藥，吃藥

服用⓪〈名・サ變〉服用，吃(藥)

★ 威服・衣服・感服・屈服・敬服・
呉服・作業服・私服・承服・
制服・征服・着服・内服・洋服・
和服

浮 う・かぶ/う・かべる/う・かれる/
うく/フ

fú[日＝繁＝簡]
　漂；表面的；暫時的；不沉靜；空
　虛，不切實；超過，多餘

浮かぶ⓪〈自五〉漂，浮，飄；呈現，
　浮現；湧上心頭，想到，想起
　例昔の様子が心に～んだ[往昔的
　情景湧上心頭]

浮かべる⓪〈他一〉使…漂起，使…
　浮起；使…露出，使…現出
　例記憶に～べる[記起]

浮かれる⓪〈自一〉興緻勃勃；興沖
　沖 **例**～れて歌う[高興得唱起來]

浮き⓪〈名〉浮標，漂兒；救生圈

浮き上がる④〈自五〉浮出，漂上來，
　飄起；出現，浮現，顯現出；脫離；
　擺脫(不良境遇) **例**潜水艦が～る
　[潜水艇浮出水面]

浮き足⓪〈名〉蹺腳；準備逃跑；(相
　撲)腳跟離地 **例**～で歩く[蹺著腳
　走]

浮き浮き③①〈副・サ變〉興緻勃勃，
　興高采烈 **例**～した気持ちになる
　[興緻勃勃]

浮き雲⓪③〈名〉浮雲

浮き沈み⓪③〈名・サ變〉浮沉；盛
　衰，榮枯

浮き出る③〈自一〉浮出，漂上來；凸
　出；開始往上漂；漂起來 **例**油が水
　面に～出る[油漂浮在水面]

浮橋⓪〈名〉浮橋

浮き袋③〈名〉救生圈；魚鰾

浮き彫り⓪〈名・サ變〉浮雕，浮雕作
　品；凸出，塑造，刻畫 **例**それは当
　時の世相を～にした事件だった[那
　個事件正刻畫出當時的社會情況]

浮世絵⓪〈名〉(日本江戶時代的風俗
　畫)浮世繪

浮く⓪〈自五〉浮，漂；浮現，出
　現；鬆動，不牢固；興高采烈，興
　緻勃勃；剩餘；輕佻，輕浮
　例歯が～く[牙根發炎；倒牙]

浮腫①〈名〉(「むくみ」的醫學用語)
　浮腫

浮動⓪〈名・サ變〉浮動，不定

浮薄⓪〈名・形動〉浮薄，輕浮；人情
　淡薄

浮標⓪〈名〉浮標，航標

浮氷⓪〈名〉浮冰

浮遊⓪〈名・サ變〉浮游

浮揚⓪〈名・サ變〉浮起，漂浮，漂起

浮流⓪〈名・サ變〉漂動，漂流

浮力①〈名〉浮力；流體的壓力

浮浪⓪〈名・サ變〉流浪

符 フ
fú[日＝繁＝簡]

代表事物的標記，記號；相合

符号⓪〈名〉符號，記號

符合⓪〈名・サ變〉符合，吻合

符丁⓪〈名〉暗碼，暗號；行話，黑話，暗語＝符牒＝符帳

★ 音符・切符・疑問符・終止符

幅 はば/フク
fú[日＝繁＝簡]

寬度；邊緣；量詞

幅⓪〈名〉寬，幅面；勢力，威力；有伸縮餘地；兩點之間的距離；差價 慣 ～がきく[有勢力]；～をきかす/きかせる[顯示威力，有勢力]

幅跳び④③〈名〉跳遠

幅広い④〈形〉寬，寬敞；廣泛

幅寄せ⓪〈名〉儘量靠邊

幅員⓪〈名〉(道路、船、橋樑等)幅員，寬度

★ 画幅・書幅

福 フク
fú[日＝繁＝簡]

幸福；福利

福②〈名〉福，福氣，幸福

福音⓪〈名〉福音

福祉②〈名〉福利

福相③〈名〉福相

福引き⓪〈名〉抽籤，抓彩

福利②〈名〉福利

★ 禍福・幸福・至福・祝福・冥福

府 フ
fú[日＝繁＝簡]

舊時貴族或高級官員辦公或居住的地方；行政區域名

府県②〈名〉府縣，府與縣

府知事②〈名〉(日本)府知事

府庁②〈名〉(日本)府廳

★ 京都府・首府・政府・総理府・大阪府・幕府

釜 かま/フ
fǔ[日＝繁＝簡]

一種鍋

釜⓪〈名〉鍋

釜飯⓪〈名〉鍋飯

釜茹で⓪〈名〉用鍋煮(的東西)

★ 後釜・茶釜・初釜

腐 くさ・らす/くさ・る/くさ・れる/フ
fǔ[日＝繁＝簡]

朽爛，變質；思想陳舊過時；某些豆製食品

腐らす⓪〈他五〉弄爛，使腐爛；使不愉快，使沮喪 例 気を～す[氣餒，沮喪]

腐る②〈自五〉腐臭，腐爛，壞；腐朽，鏽，爛；墮落，腐敗；消沉 例 牛乳が～った[牛奶壞了]

腐れる③〈自一〉腐朽，腐敗 例 ～れた勢力[腐朽勢力]

腐朽⓪〈名・サ變〉腐朽，腐爛

腐蝕⓪〈名・サ變〉腐蝕＝腐食

腐心⓪②〈名・サ變〉煞費苦心，費盡心血 例 対策に～する[絞盡腦汁想對策]

腐敗⓪〈名・サ變〉腐敗，腐化

腐乱⓪〈名・サ變〉腐爛

★ 陳腐・防腐

縛 しば・る/バク

[縛][缚]fù[日≒繁≒簡]

捆綁；拘束

縛（しば）り上（あ）げる②⑤〈他一〉捆上，緊緊地綁上 **例** 泥棒（どろぼう）を～げる[把小偷捆綁起來]

縛（しば）り付（つ）ける②⑤〈他一〉綁住，捆住，綁到…上
例 スピーカーを電柱（でんちゅう）に～ける[把喇叭綁到電線桿上]

縛（しば）る②〈他五〉捆，綁，紮；束縛，拘束，限制 **例** 荷物（にもつ）を縄（なわ）で～る[用繩子捆行李]

★ 緊縛（きんばく）・自縄自縛（じじょうじばく）・束縛（そくばく）・捕縛（ほばく）

父 ちち/フ

fù[日＝繁＝簡]

父親；家族或親戚中的長輩男子

父（ちち）①②〈名〉父親，家父

父親（ちちおや）⓪〈名〉父親

父兄会（ふけいかい）〈名〉家長會

父系（ふけい）⓪〈名〉父系，屬於父方血統的人

父権（ふけん）⓪〈名〉父權；家長權

父子（ふし）①〈名〉父子

父母（ふぼ）①〈名〉父母

★ 岳父（がくふ）・義父（ぎふ）・厳父（げんぷ）・慈父（じふ）・叔父（しゅくふ）・祖父（そふ）・伯父（はくふ）・老父（ろうふ）

付 つ・く/つ・ける/フ

fù[日＝繁＝簡]

交給；(通「附」)歸附，附著

付（つ）き合（あ）い③⓪〈名・サ變〉交際，交往，往還；打交道，應酬
例 ～が広（ひろ）い[交際廣]

付（つ）く①②〈自五〉附上，附著，黏附，沾上；生，長，增添；跟隨，伴同；隨從，從屬；偏袒；設有，連接；紮根；相當於，值；染上；感到；決定，得到(結果)；走運，占優勢；附有，附加 **例** 泥（どろ）がズボンに～く[泥沾到褲子上]

付（つ）け合（あ）わせる〈他一〉接在一起；配合，搭配，陪襯 **例** 酢（す）の物（もの）を～せる[配上用醋涼拌的菜]

付（つ）け加（くわ）える⑤⑥〈他一〉增加，添加，附加，補充 **例** ひと言（こと）～える[補充一句話]

付（つ）ける②〈他一〉安上，連接上；穿上，戴上，繫上；寫上，注上；定價；塗上；(船)靠攏；使跟隨；尾隨；添加，附上；裝載；養成(習慣)；建立，解決 **例** 棚（たな）を～ける[擱板]

付加（ふか）①②〈名・サ變〉附加

付記（ふき）①②〈名・サ變〉附記

付近（ふきん）①②〈名〉附近

付言（ふげん）⓪〈名・サ變〉附言，附帶説

付図（ふず）①〈サ變〉附圖

付随（ふずい）⓪〈名・サ變〉附隨，隨帶

付（ふ）する②〈サ變〉付；交付，提交 **例** 条件（じょうけん）を～する[附加條件]

付設（ふせつ）⓪〈名・サ變〉附設

付則（ふそく）⓪〈名〉附則

付属（ふぞく）⓪〈名・サ變〉附屬

付帯（ふたい）⓪〈名・サ變〉附帶，隨帶

付託（ふたく）⓪〈名・サ變〉託付，委託

付着（ふちゃく）⓪〈名・サ變〉附著，黏著

付表（ふひょう）⓪〈名〉附表

付録（ふろく）⓪〈名〉附錄＝附録

★ 下付（かふ）・交付（こうふ）・送付（そうふ）・添付（てんぷ）・納付（のうふ）・配付（はいふ）

附 ^フ
fù[日＝繁＝簡]

　另外加上，隨帶著；同意，贊同；靠近；依從

附加①②〈名・サ變〉附加，添加，追加，補充＝付加

附言⓪〈名・サ變〉附言，附帶說＝付言

附図①〈名〉附圖＝付図

附随⓪〈名・サ變〉附隨，附帶＝付随

附する②〈サ變〉付，附，加；交付，提交＝付する

附設⓪〈名・サ變〉附設＝付設

附則⓪〈名〉附則＝付則

附属⓪〈名・サ變〉附屬＝付属

附帯⓪〈名・サ變〉附帶，隨帶＝付帯

附着⓪〈名・サ變〉附著，黏著＝付着

附表⓪〈名〉附表，附錄＝付表

附与①〈名・サ變〉授予，給予＝付与

附録⓪〈名〉附錄＝付録

附和雷同①⓪〈サ變〉隨聲附和，追隨別人＝付和雷同

★**寄附**

阜 ^{おか/フ}
fù[日＝繁＝簡]

　土山　**辨** 在日語中僅用作地名

岐阜⓪〈名〉岐阜(縣)

★**曲阜**

赴 ^{おもむ・く/フ}
fù[日＝繁＝簡]

　到(某處)去

赴く③〈自五〉奔赴，前往；趨向，傾向　**例** 前線に～く[上前線]

赴任⓪〈名・サ變〉赴任，上任

負 ^{お・う/ま・かす/ま・ける/フ}
[負][负]fù[日＝繁≒簡]

　背；擔負；遭受；依仗，依靠；失敗(跟「勝」相對)；小於零的(跟「正」相對)

負う②⓪〈自他五〉背，負；擔負，負擔；遭受，蒙受；多虧，有賴於，借助；符合　**例** 子どもをせなかに～う[把孩子背在背上]

負かす③⓪〈他五〉打敗，擊敗，戰勝；說服，駁倒；還價，駁價，打價　**例** 議論で相手を～す[憑辯論駁倒對方]

負ける③⓪〈自他一〉輸，負，敗；屈服，示弱，不能抵制，不能克服；中，經不住；劣，次，亞，不如，不及；寬恕，寬容；讓價　**例** 試合いに～けた[比賽輸了]

負荷①②〈名〉擔，負，荷；載荷，負荷；負載

負債⓪〈名〉負債，欠債

負傷⓪〈名・サ變〉負傷

負数②〈名〉負數

負担⓪〈名・サ變〉承擔，負擔

★**自負**・**勝負**・**抱負**

訃 ^フ
[訃][讣]fù[日＝繁≒簡]

　報喪

訃報⓪〈名〉訃告；噩耗

副 ^{フク}
fù[日＝繁＝簡]

　居第二位的，輔助的；附帶的　**辨** 在日語中沒有「相配、相稱」的意思，也不能用作量詞

副業⓪〈名〉副業；第二職業
副産物③〈名〉副產品
副詞⓪〈名〉副詞
副次的⓪〈形動〉第二位的，副的，
　次要的，附屬，派生
副賞⓪〈名〉附加獎
副食⓪〈名〉副食，副食品
副題⓪〈名〉副標題，小標題
副本⓪〈名〉副本；抄本，影印件

婦 フ
[婦][妇]fù[日＝繁≒簡]
　婦女；已婚的女子；妻子
婦女①〈名〉女性，婦女，女人
婦人⓪〈名〉婦女，女子
婦人科⓪〈名〉婦科
婦長①②〈名〉護士長

★家政婦・寡婦・看護婦・主婦・
　新婦・妊婦・夫婦

復 フク
[復][复]fù[日＝繁≒簡]
　回去，返；回答，回報；還原，使如
　前；再，重來 **辨** 在現代漢語中，
　「复」是「復」和「複」的簡化字(另
　見「複」)
復位②〈サ變〉復位
復員⓪〈名・サ變〉復員
復縁⓪〈名・サ變〉(離婚夫妻)恢復舊
　好，恢復夫妻關係
復学⓪〈名・サ變〉復學
復元⓪〈名・サ變〉復原，恢復原狀
　＝復原
復讐⓪〈名・サ變〉復仇
復習⓪〈名・サ變〉複習，溫習
復唱⓪〈名・サ變〉複述，重説，重讀

＝復誦
復職⓪〈名・サ變〉復職
復する③〈サ變〉恢復，復原；重複，
　反覆
復姓⓪〈名・サ變〉恢復原來的姓
復命⓪〈名・サ變〉復命，匯報工作，
　匯報結果，交差
復活⓪〈名・サ變〉復活
復刊⓪〈名・サ變〉復刊
復帰⓪〈名・サ變〉恢復(原狀)；復
　職；復原
復旧⓪〈名・サ變〉恢復原狀，修復
復権⓪〈名・サ變〉(定罪、破產後的)
　復權，恢復權利
復興⓪〈名・サ變〉復興
復古①⓪〈名・サ變〉復古
復刻⓪〈名・サ變〉復刻，翻刻；再
　版，翻印

★往復・回復・修復・報復

富 とみ/と・む/フ/フウ
fù[日＝繁＝簡]
　財產多(跟「貧、窮」相對)；資源，
　財產；充裕，充足
富①〈名〉財富，財產，資產，錢財；
　資源，富源 **例** ～を誇る[誇耀富裕]
富む①〈自五〉富，富裕，有錢；富
　於，富有，豐富 **例** 栄養に～む[富
　有營養]
富貴①〈名・形動〉富貴
富豪⓪〈名〉富豪
富国強兵④〈名〉富國強兵
富強⓪〈名・形動〉富強
富士山①〈名〉富士山
富農⓪〈名〉富農，富裕農民
富裕⓪①〈名・形動〉富裕

★巨_{きょ}富・国_{こく}富・貧_{ひん}富・豊_{ほう}富

腹^{はら/フク}

fù[日＝繁＝簡]

軀幹的一部分；比喻中央部分

腹②〈名〉腹，肚子；鼓出部分；內心，想法；度量 慣～が減る[肚子餓]；～が黒_{くろ}い[心腸壞，壞心腸]；～が据わる[沉著]；～が立つ[生氣；發怒]；～具_{ぐ あ}合い[肚子(腸胃)的情況]；～べこ[肚子很餓]；～巻_まき[腹帶]；～も身_みの内_{うち}[肚子是自己的(戒暴飲暴食)]；～をくくる[下定決心]；～をこしらえる[填飽肚子]；～を割る[推心置腹]；～を決_きめる[下決心；拿定主意]；～を切る[剖腹；引咎辭職]；～を探_{さぐ}る[試探想法]；～を痛_{いた}める[親身]；～を立_たてる[生氣]

腹痛^{はら いた}⓪〈名〉腹痛＝ふくつう

腹筋^{はら すじ}⓪〈名〉腹肌

腹案^{ふく あん}⓪〈名〉腹稿

腹心^{ふく しん}⓪〈名〉眞心，心腹；親信，心腹人物

腹背^{ふく はい}⓪〈名〉腹部和背部；前後

腹部^{ふく ぶ}②〈名〉腹部，肚子；中部

腹膜^{ふく まく}⓪〈名〉腹膜

★割_{かっ}腹・空_{くう}腹・山_{さん}腹・切_{せっ}腹・船_{せん}腹・中_{ちゅう}腹・抱_{ほう}腹絶倒・満_{まん}腹・立_{りっ}腹

複^{フク}

[複][复]fù[日＝繁≒簡]

許多的，不是單一的 辨 在現代漢語中，「复」是「複」和「復」的簡化字(另見「復」)

複眼^{ふく がん}⓪〈名〉複眼；不同的觀點，不同的立場

複合^{ふく ごう}⓪〈名・サ變〉復合，合成

複雑^{ふく ざつ}⓪〈名・形動〉複雜

複式^{ふく しき}⓪〈名〉複式

複写^{ふく しゃ}⓪〈名・サ變〉複寫，複印；謄抄，謄寫

複数^{ふく すう}③〈名〉複數，幾個

複製^{ふく せい}⓪〈名・サ變〉複製

複線^{ふく せん}⓪〈名〉複線，雙軌

複利^{ふく り}①⓪〈名〉複利

★重複^{じゅうふく}

賦^フ

[賦][赋]fù[日＝繁≒簡]

(上對下)交給；舊指田地稅

賦役^{ふ えき}①〈名〉賦役，賦稅徭役

賦課^{ふ か}①②〈名・サ變〉賦課，征收

賦与^{ふ よ}①〈名・サ變〉賦予，給予

★月賦^{げつ ぶ}・天賦^{てん ぶ}・年賦^{ねん ぷ}

覆^{おお・う/くつがえ・す/くつがえ・る/フク}

fù[日＝繁＝簡]

遮蓋，蒙；翻，傾倒

覆^{おお}う②⓪〈他五〉覆蓋，蒙上；掩飾，掩蓋；籠罩，洋溢，充滿；概括，包括 例 一言^{ひとこと}もってこれを～えば[一言以蔽之]

覆^{くつがえ}す③〈他五〉弄翻，翻轉；打倒，推翻 例 前言^{ぜんげん}を～す[否定前言]

覆^{くつがえ}る③〈自五〉翻，翻個兒；被打倒，覆滅，垮台；被否定，被推翻 例 トラックが～った[卡車翻了]

覆水^{ふく すい}②〈名〉覆水，潑出去的水

覆面^{ふく めん}⓪〈名・サ變〉遮面，蒙臉(布)；匿名，不出面

覆刻⓪〈名・サ變〉(木版書的)複製，翻版；翻印＝復刻

★転覆・反覆

Ｇ ㄍ 《

該 ガイ
[該][该]gāi[日≒繁≒簡]

完備，包括一切 辨 在日語中，沒有表示「應當」「欠帳」以及表示前述內容的代詞用法

該当⓪〈名・サ變〉符合，適合；相當

★当該

改 あらた・まる/あらた・める/カイ
gǎi[日＝繁＝簡]

改變；修改；改正，糾正；重新做某事

改まる④〈自五〉改，變，更新；改善，革新；一本正經，鄭重其事 例 年が～る[歲月更新]

改める④〈他一〉改，改變；修改，革新；改正，檢，查，點，驗 例 規則を～める[改變規章]

改悪⓪〈名・サ變〉改壞；越改越壞

改案⓪〈名・サ變〉修改方案

改革⓪〈名・サ變〉改革

改行⓪〈名・サ變〉換行

改憲⓪〈名・サ變〉修改憲法

改元⓪〈名・サ變〉改元，改年號

改札⓪〈名・サ變〉檢票

改宗⓪〈名・サ變〉改變宗旨；改變信仰

改修⓪〈名・サ變〉修理，修復

改称⓪〈名・サ變〉改稱；改了的名稱

改心①〈名・サ變〉革心；改悔，改過自新

改新⓪〈名・サ變〉革新

改正⓪〈名・サ變〉修改，修正；改正

改姓⓪〈名・サ變〉改姓；更改的姓

改選⓪〈名・サ變〉改選

改善⓪〈名・サ變〉改善，改進

改組⓪〈名・サ變〉改組

改装⓪〈名・サ變〉改換包裝；改換裝潢，裝修 辨 在漢語中沒有「裝修」的意思

改造⓪〈名・サ變〉改造；改組

改題⓪〈名・サ變〉改換標題；(雜誌、書籍、劇本等)改名

改築⓪〈名・サ變〉改建

改鋳⓪〈名・サ變〉改鑄，重新鑄造，另行鑄造

改定⓪〈名・サ變〉修訂，重新規定，改訂

改訂⓪〈名・サ變〉修訂

改廃⓪〈名・サ變〉改革和廢除，調整

改版⓪〈名・サ變〉改版

改変⓪〈名・サ變〉改變

改編⓪〈名・サ變〉改編

改名⓪〈名・サ變〉改名，更名

改良⓪〈名・サ變〉改良

★更改・朝令暮改

蓋 けだし/ふた/ガイ
[蓋][盖]gài[日＝繁≒簡]

有遮蔽作用的東西；表示大概如此 辨 在日語中沒有表示「遮掩」等意思的動詞用法

蓋し①〈副〉想來；可謂

蓋⓪〈名〉蓋

蓋物⓪〈名〉帶蓋子的容器

蓋然性⓪〈名〉蓋然性，或然性

★ 円蓋・鍋蓋・軟口蓋・火蓋・
目蓋・無蓋・有蓋

概 おおむ・ね/ガイ

gài[日＝繁＝簡]

總括，大略；節操，風度；一律

概ね⓪〈副〉大概，大體，大致
概観⓪〈名〉概觀
概括⓪〈名・サ變〉概括，總括
概況⓪〈名〉概況，概貌
概算⓪〈名〉概算；估計
概して①〈副〉一般，普通，大概；
總的說來，一般說來
概数③〈名〉概數，大致的數目
概説⓪〈名・サ變〉概論，概述
概則⓪〈名〉大綱，簡章
概念①〈名〉概念
概評⓪〈名・サ變〉概括的評論
概要⓪〈名〉概要，概略，大略
概略⓪〈名〉概略
概論⓪〈名・サ變〉概論

★ 一概・気概・大概

干 ひ・る/ほ・す/カン

gān[日＝繁＝簡]

(通「乾」)沒有水分或水分很少；冒
犯；牽連，涉及 辨 在現代漢語中，
讀 gàn 時是「幹」的簡化字，指事物
的主體或重要部分，日語中沒有這
種用法
干上がる③〈自五〉乾枯；乾透；難
以糊口，無法生活 例 失業して～る
[因失業而無法糊口]
干る①〈自一〉乾；(潮)落，退 例 衣
服が干た[衣服乾了]

干す①〈他五〉曬，晾；曬乾，晾乾；
喝乾，乾；冷落，晾，不給工作
例 洗濯物を～す[晾曬洗好的衣服]
干害⓪〈名〉旱災，乾旱
干支①〈名〉干支＝えと
干渉⓪〈名・サ變〉干涉，干預
干拓⓪〈名・サ變〉排水開墾，填海造
田
干満⓪〈名〉(潮的)漲落

★ 若干

甘 あま・い/あま・える/あま・やか
す/カン

gān[日＝繁＝簡]

使人滿意的；甜(跟「苦」相對)
辨 在日語中，還有「撒嬌、姑息、
過於樂觀」等意思
甘い②③〈形〉甜；淡；甜蜜；寬，
姑息，好說話，小看；鬆，弱，鈍
例 ～い菓子[甜點心]
甘口⓪〈名・形動〉帶甜味的，甜頭
的；好吃甜東西的人；甜言蜜語，
花言巧語 例 人の～にのる[上花言
巧語的當]
甘栗②⓪〈名〉糖炒栗子
甘酒⓪〈名〉甜米酒
甘党⓪〈名〉好吃甜食的人
甘える④〈自一〉撒嬌，恃寵故意作
態；裝小孩兒；趁，利用…的機會
例 ～えた調子で言う[用撒嬌的口
吻說]
甘味①〈名〉甜味
甘やかす④〈他五〉姑息，嬌養，縱
容，放任，嬌縱 例 自分を～すな[不
要放任自己]
甘苦①〈名〉甜和苦；甘苦，快樂與

痛苦

甘言⓪③〈名〉花言巧語

甘酸⓪〈名〉甘苦，苦樂

甘受①〈名・サ變〉甘心忍受，甘受；
　甘願受

甘美①〈形動〉甘美，香甜；美好

甘露①〈名〉甘露，甜的水；美味

肝 きも/カン
gān[日＝繁＝簡]

人和高級動物的消化器官之一

肝①〈名〉肝臟；內臟，五臟六腑；膽
　子，膽量；心，內心深處 慣 ～に銘
　じる[銘記在心]；～を据える[鎮定
　自若]；～を潰す[嚇破膽，喪
　膽]；～を冷やす[嚇得提心吊膽]

肝炎①〈名〉肝炎

肝心⓪〈名・形動〉首要，重要，緊要，
　關鍵＝肝腎

肝臟⓪〈名〉肝，肝臟

肝胆⓪〈名〉肝和膽；肝膽，赤誠
　慣 ～相照らす[肝膽相照]

肝銘⓪〈サ變〉銘刻心中，感激不忘，
　感動＝感銘

肝油⓪〈名〉肝油，魚肝油

肝要⓪〈名・形動〉緊要，重要

乾 かわ・かす/かわ・く/カン/ケン
[乾][干，乾]gān(qián)

辨 讀 gān 時，指沒有水分或水分很
　少，枯竭、空虛，其在現代漢語中
　的簡化字為「干」；讀 qián 時，指八
　卦之一，日語、繁體、簡體相同

乾かす③〈他五〉曬乾，烤乾，烘乾，
　晾乾，弄乾 例 雨に濡れた洋服を
　ストーブで～す[把被雨淋濕了的西

服放在火爐邊烘乾]

乾く②〈自五〉乾，乾燥；乾枯，枯
　燥；乾巴巴的 例 洗濯物が～いた
　[洗的東西乾了]

乾季①〈名〉旱季

乾式⓪〈名〉乾式

乾性⓪〈名〉乾性

乾燥⓪〈名・サ變〉乾燥，乾巴

乾草⓪〈名〉乾草

乾電池③〈名〉乾電池

乾杯⓪〈名・サ變〉乾杯

乾物③⓪〈名〉乾菜，乾貨＝ひもの

乾酪⓪〈名〉乾酪

乾坤⓪〈名〉乾坤，天地；陰陽

紺 コン
[紺][绀]gān[日≒繁≒簡]

稍微帶紅的黑色

紺①〈名〉藏青；藏藍；深藍

紺青⓪〈名〉深藍，碧藍

紺屋⓪〈名〉染匠；染坊＝こうや

敢 あ・えて/カン
gān[日＝繁＝簡]

有勇氣，有膽量

敢えて①〈副〉敢，硬，勉強，特意；
　毫不，並不，未必 例 ～問う[敢問]

敢行⓪〈名〉毅然實行，大膽進行

敢然⓪〈副〉毅然，決然，勇敢地

敢闘⓪〈名・サ變〉英勇戰鬥，勇敢奮
　戰

★果敢・勇敢

感 カン
gān[日＝繁＝簡]

覺得；感動；對別人的好意懷著謝

意；感受

感①〈名〉感，感覺，感慨，感動

感化①〈名・サ變〉感化，影響

感懷⓪〈名〉感懷，感想

感慨⓪〈名〉感慨

感覚⓪〈名・サ變〉感覺

感官⓪〈名〉感官，感覺器官

感泣⓪〈サ變〉感激涕零

感興⓪〈名〉興趣，興緻，興會

感激⓪〈名・サ變〉感激，感動

感光⓪〈名・サ變〉曝光，感光

感じ⓪〈名〉感覺，知覺，感；印象，感覺；情感，感情

感じる④〈自一〉感，感覺，覺得；感到；感想，感動，感佩＝かんずる

感謝①〈名・サ變〉感謝

感受①〈名・サ變〉感受

感傷⓪〈名・形動〉傷感，感傷

感情⓪〈名〉感情，情緒

感触⓪〈名〉觸覺，觸感

感心⓪〈名・形動・サ變〉欽佩，讚佩，佩服，讚美；(和否定詞連用)不讚賞，不喜歡；令人吃驚 **例** 彼の態度には皆～した[大家都佩服他的態度]

感性①⓪〈名〉感性，感受性

感染⓪〈名・サ變〉感染

感想⓪〈名〉感想

感嘆⓪〈名・サ變〉感嘆，讚嘆

感知①〈名・サ變〉感覺，感知

感電⓪〈名・サ變〉觸電，感電

感度①〈名〉靈敏度

感動⓪〈名・サ變〉感動，激動

感服⓪〈名・サ變〉欽佩，佩服

感奮⓪〈名〉感奮

感冒⓪〈名〉感冒，傷風

感応⓪〈名・サ變〉感應，反應，觸動；與神交通；(理)感應

感銘⓪〈名・サ變〉銘刻在心中

感涙⓪〈名〉感激(感動)的眼淚

★ 安定感・違和感・快感・共感・交感・好感・雑感・所感・直感・同感・反感・敏感・万感

幹 みき/カン

[幹][干]gàn[日＝繁≒簡]

事物的主體或重要部分；指幹部

幹①〈名〉樹幹；骨幹 **例** この木は～がとても太い[這棵樹的樹幹很粗]

幹事①〈名〉幹事

幹線⓪〈名〉幹線

幹部①〈名〉幹部，骨幹

★ 基幹・根幹・才幹・主幹・樹幹

岡 おか/コウ

[岡][冈]gāng[日＝繁≒簡]

較低而平的山脊

岡⓪〈名〉山岡

岡持ち⓪〈名〉(送外賣時用的)提盒

剛 ゴウ

[剛][刚]gāng[日＝繁≒簡]

硬，堅強(跟「柔」相對) **辨** 在日語中沒有表示「恰好、恰巧、剛才」這些意思的用法

剛毅⓪〈名・形動〉剛毅

剛健⓪〈名・形動〉剛健，剛強

剛性⓪〈名〉(理)剛性，剛度

剛体⓪〈名〉(理)剛體

剛直⓪〈形動〉剛直，耿直

剛毛⓪〈名〉硬毛

剛勇⓪〈名・形動〉剛強，剛勇，英勇

剛強
★ 外剛內柔・金剛石

綱 つな/コウ

[綱][纲]gāng[日≒繁≒簡]

提網的總繩（多用於比喻）；比喻事
物的關鍵部分

綱②〈名〉粗繩，繩索，纜繩；命脈，
依靠，保障 例 命の～[命脈]

綱引き②④〈名〉拔河 例 ～試合い
を行う[舉行拔河比賽]

綱渡り③〈名〉（雜技）走鋼絲；冒險
例 そんな～はやめたほうがいい[最
好別幹那種冒險的事]

綱紀③〈名〉綱紀，紀律
綱目⓪〈名〉綱目
綱要⓪〈名〉綱要
綱領⓪〈名〉綱領

★ 大綱・要綱

鋼 はがね/コウ

[鋼][钢]gāng[日＝繁≒簡]

鐵和碳的合金

鋼①〈名〉鋼
鋼管⓪〈名〉鋼管
鋼材⓪〈名〉鋼材
鋼鉄⓪〈名〉鋼鐵
鋼板⓪〈名〉鋼板

★ 鉄鋼

港 みなと/コウ

gǎng[日＝繁＝簡]

港灣

港⓪〈名〉港，港口；碼頭 例 定刻
に～に着いた[準時到達了港口]

港湾⓪〈名〉港灣，港口

★ 漁港・空港

高 たか/たか・い/たか・まる/たか・める/コウ

gāo[日＝繁＝簡]

下向上距離大，離地面遠（跟「低」
相對）；高度；在一般標準或平均程
度之上；等級在上的

高②①〈名〉上漲，提高；量，數量，
金額 例 収穫～[收穫量] 辨 接在名
詞後面構成復合詞的時候，讀音要
人濁化成「だか」，如「生産高」

高い②〈形〉高，高大；（聲音）高，
響，響亮；（數值）高；貴，昂貴；崇
高，高尚；（地位）高，高貴；有名
氣，有聲譽，著名 例 ～い山[高山]

高台⓪〈名〉高地，高崗＝こうだい

高飛び⓪④〈名・サ變〉跳高；（罪犯）
逃跑，遠走高飛 例 犯人が～する
[罪犯逃跑]

高値②〈名〉高價 例 ～を吹っかける
[要高價]

高波⓪〈名〉大浪，高浪

高まる③〈自五〉高漲，提高，增強；
高潮，熱潮；興奮 例 気分が～る
[情緒高漲]

高める③〈他一〉提高，抬高，加高
例 教養を～める[提高教養]

高圧⓪〈名〉高壓，強大壓力
高位①〈名〉高的職位
高遠⓪〈名・形動〉高遠，遠大
高温⓪〈名〉高溫
高音⓪〈名〉高音
高価①〈名・形動〉高價
高架①〈名〉高架

高雅①〈名・形動〉高雅

高学年④③〈名〉高年級

高額⓪〈名・形動〉高額，巨額

高官⓪〈名〉高級官吏，高級幹部

高気圧③〈名〉高氣壓

高貴①〈名・形動〉高貴，尊貴

高級⓪〈名・形動〉(等級)高，高級；
　(程度、價值)高，高級，上等，高檔

高給⓪〈名〉高工資，高薪

高吟⓪〈名・サ變〉高聲吟詠

高空⓪〈名〉高空

高潔⓪〈名・形動〉高潔，清高

高血圧④③〈名〉高血壓

高原⓪〈名〉高原

高校⓪〈名〉高中 **辨** 在現代漢語中指
　高等院校

高山①〈名〉高山

高湿⓪〈名〉高濕度

高射砲⓪③〈名〉高射炮

高所①〈名〉高地，高處

高尚⓪〈名・形動〉高尚；高深

高唱⓪〈名・サ變〉高聲歌唱

高僧⓪〈名〉高僧

高層⓪〈名〉高空，高氣層；高層

高速⓪〈名〉高速

高足⓪〈名〉高足，優秀的學生、弟子

高地①〈名〉高地；高原

高潮⓪〈名・サ變〉高潮

高調⓪〈名・サ變〉高音調

高低⓪〈名〉高低

高度①〈名・形動〉高度

高等⓪〈名・形動〉高等，高級

高騰⓪〈名・サ變〉暴漲，高漲

高熱⓪〈名〉高熱，高溫

高徳⓪〈名〉高尚的品德

高配⓪〈名〉(您的)關懷；高額紅利

高評⓪〈名〉(您的)批評，指教

高分子③〈名〉高分子

高峰⓪〈名〉高的山峰

高慢⓪〈名・形動〉傲慢，高傲

高名⓪〈名・形動〉著名，有名
　＝こうみょう

高木⓪〈名〉高樹，大樹，喬木

高揚⓪〈名・サ變〉發揚，提高

高覧⓪〈名〉垂覽，台覽，台鑑

高利①〈名〉高利，重利，厚利

高率⓪〈名〉高率，高百分率

高齢⓪〈名〉高齡，年高

高炉①〈名〉高爐，熔煉爐

高楼⓪〈名〉高樓

高論⓪〈名〉高論，卓論

★ 崇高・標高

稿 コウ
gāo[日＝繁＝簡]

稿子

稿本⓪〈名〉原稿，草稿

★ 遺稿・寄稿・原稿・草稿・投稿

告 つ・げる/コク
gào[日＝繁＝簡]

把事情向人陳述、解說；向國家行
政司法機關檢舉、控訴；為了某事
而請求；表明；宣布或表示某種情
況的實現

告げ口⓪〈名〉傳舌；搬弄是非；告
　密 **例** 人の〜をする[說旁人的閒話]

告げる③⓪〈他一〉告訴，告知，通
　知 **例** 終わりを〜げる[告終]

告示⓪〈名・サ變〉告示，佈告

告辞⓪〈名〉致辭；告示的詞句 **辨** 在

漢語中，是「與人辭別(いとまを告
げる)」的意思

告訴 ⓪〈名・サ變〉控告，提起訴訟
辨 在漢語中，還有「向別人陳述(告
げる)」「使人知道(知らせる、教え
る)」的意思

告知 ① ⓪〈名・サ變〉告知，通知
告白 ⓪〈名・サ變〉坦白，自白
告発 ⓪〈名・サ變〉告發；揭發
告別 ⓪〈名・サ變〉告別；送行

★ 勧告・警告・原告・広告・上告・
申告・忠告・被告・報告・予告

割 さ・く/わり/わ・る/わ・れる/カツ
[割][割]gē[日≒繁＝簡]

截斷；放棄 辨 在日語中，還有表示
「除法、比率、比較」的意思

割く ①〈他五〉撕開；切開，劈開；分
開；分出，勻出，騰出 例 時間を～
く[抽空]

割 ⓪〈名〉加水，對水；(相撲中對手
的)組合；比，比較；比率，比例；分
配；十分之一，一成 例 水～[對水]

割合 ⓪〈名〉比例，百分比；比較起
來 例 きょうは～涼しい[今天比較
涼快]

割当 ⓪〈名〉分配，分攤，分派，分
擔；分攤額 例 寄付金の～がきた
[捐款的分攤額下來了]

割高 ⓪〈形動〉價錢比較貴 例 ～の品
[比較貴的東西]

割引 ⓪〈名〉打折扣，減價；貼現，折
價 例 ～なし[不打折扣]

割安 ⓪〈形動〉價錢比較便宜 例 ～の
品[比較便宜的東西]

割る ②⓪〈他五〉分，切，割，劈；
分配；打壞，弄碎，破裂；分離，
離間，分隔，分裂；擠開，推開；
坦白；除；對，攙；低於，打破；
(相撲)出界，越過界限 例 クルミ
を～る[砸核桃]

割れ目 ⓪〈名〉裂縫，裂口，裂紋；
(地理)節理，裂口 例 氷河の～[冰
河的裂縫]

割れ物 ⓪〈名〉破碎的東西；易碎品
例 ～注意[易碎品小心輕放]

割れる ③⓪〈自一〉破裂，裂開；
碎；分散，分裂；暴露，泄漏，敗
露；除得開；劈裂 例 秘密が～れ
る[秘密泄露]

割愛 ⓪〈名・サ變〉割愛
割拠 ①〈サ變〉割據
割譲 ⓪〈サ變〉割讓
割腹 ⓪〈名・サ變〉剖腹(自殺)

★ 分割

歌 うた/うた・う/カ
gē[日＝繁＝簡]

歌曲；唱

歌 ②〈名〉歌，歌曲；和歌，短歌
歌う ③〈他五〉唱；賦詩，詠歌，歌
吟；謳歌，歌頌 例 ピアノ伴奏で～
う[彈鋼琴伴唱]

歌曲 ①〈名〉歌，歌曲；曲調
歌劇 ①〈名〉歌劇
歌詞 ①〈名〉歌詞；(和歌的)詞句
歌手 ①〈名〉歌手，歌唱家
歌集 ⓪〈名〉歌集，詩集
歌唱 ⓪〈名・サ變〉歌唱；歌曲
歌人 ⓪①〈名〉「和歌」詩人

歌壇①〈名〉詩壇，歌壇

歌舞伎⓪〈名〉歌舞伎

歌謡⓪〈名〉歌謡 例 ～曲［流行歌曲；小調］

★ 校歌・国歌・詩歌・唱歌・短歌・流行歌

革 かわ/カク

gé［日＝繁＝簡］

去了毛並且加過工的獣皮；改變

革②〈名〉皮革

革靴⓪〈名〉皮鞋

革新⓪〈名・サ變〉革新

革命⓪〈名〉革命

★ 改革・皮革・変革

格 カク/コウ

gé［日＝繁＝簡］

格子；規格

格上げ⓪〈名〉提高地位，提高等級，升級，提高資格，提高身份 例 大使館に～する［升格為大使館］

格外②〈名〉格外，特別；不合規格，等外 例 ～の品［次品］

格言⓪③〈名〉格言

格下げ⓪〈名〉降低等級，降低品質；降低資格，降格 例 仕事でミスをして～された［因為工作失誤而被降級］

格式⓪〈名〉資格，地位；禮節 辨 在漢語中，主要是指出一定的規則樣式（書式）

格段⓪〈名・形動〉特別，非常，格外

格調⓪〈名〉風格，格調

格付け⓪〈名〉（交易所按商品品質）規定等級［價格］；（按資格、價值、能力等）分等級

格闘⓪〈名・サ變〉格鬥，搏鬥 例 ～技［格鬥技］

格納⓪〈名・サ變〉容納，收藏

格別⓪〈副・サ變〉特別，特殊，格外，顯著

格安⓪〈形動〉非常便宜

格好⓪〈名・形動〉樣子，外形，形狀；姿態，姿勢；裝束，打扮；情況；合適，適當；大約，差不多 例 あまり～がよくない［形狀不大好］

格こう子⓪〈名〉格子，棋盤格，方格；（窗戶的）縱橫格子

★ 価格・規格・合格・骨格・資格・人格・性格・破格・品格・風格・別格

葛 かずら/くず/カツ

gě［日＝繁＝簡］

多年生草本植物

葛⓪〈名〉藤蔓

葛①〈名〉葛

葛藤⓪〈名・サ變〉糾葛

隔 へだ・たる/へだ・てる/カク

［隔］［隔］gé［日≒繁＝簡］

遮斷，阻隔；間隔，距離

隔たり④〈名〉距離，間隔，差距；分歧，隔膜，隔閡 例 彼の家から駅まで800メートルの～がある［他家距車站800公尺］

隔たる③〈自五〉（時間、空間上）相隔，離，距；不同，不一致，有差別；疏遠，發生隔閡 例 いまを～ること2000年の昔［距現在2000年以前］

隔てる③〈他一〉隔開，分開；(距離
上)間隔；(時間上)相隔；離間
　例 屏風で～てる[用屏風隔開]
隔意①〈名〉隔閡
隔月⓪〈名〉每隔一個月
隔週⓪〈名〉每隔一週
隔世⓪〈名〉隔世
隔絶⓪〈名・サ變〉隔絕
隔離⓪①〈名・サ變〉隔離；隔絕
隔靴搔痒①〈名〉隔靴搔癢

★ 遠隔・間隔

閣 カク
[閣][阁]gé[日＝繁≒簡]
　風景區或庭園裏的一種建築物；指
　內閣
閣外②〈名〉閣外；內閣以外
閣議①〈名〉閣議，內閣會議
閣僚⓪〈名〉閣員，閣僚；(中國的)部
　長
閣下①〈名〉閣下

★ 組閣・內閣・入閣・楼閣

各 おのおの/カク
gè[日＝繁＝簡]
　(指示詞)不止一個；(副詞)不止一
　個或一物同做某事或同有某種屬性
各②〈名〉各自，各；各位，諸位，大
　家 **例** ～の位置につきなさい[各就
　各位]
各位①〈名〉各位
各駅③〈名〉電車的各站；慢車(各站
　停車的列車)
各界①〈名〉各界
各個①〈名〉各個

各国①〈名〉各國
各自①〈名〉每個人，各自
各種①〈名〉各種
各所①〈名〉各處
各省①〈名〉各省，各部 **辨** 日本的
　「省」相當於台灣的「部」
各人①〈名〉各人，每個人
各地①〈名〉各地；到處
各派①⓪〈名〉各流派；各黨派
各部〈名〉各部分
各方面①〈名〉各方面
各様⓪①〈名〉各種，種種
各論⓪〈名〉分論，分題論述，分題專
　論

個 コ
[個][个]gè[日＝繁≒簡]
　單獨的
個個①〈名〉各個，每個，各自
個室⓪〈名〉單人房間，單間
個人①〈名〉個人；私人；個體
個数②〈名〉件數，個數
個性①〈名〉個性
個体⓪〈名〉個體
個展⓪〈名〉個人作品展覽會
個別⓪〈名〉個別

★ 各個・別個

箇 カ
[箇][个]gè[日＝繁≒簡]
　量詞，用於沒有專用量詞的固體物
　的名詞
箇所①〈名〉地方，(…之)處，部分
箇条⓪〈名〉條款，項目

★ 一箇月

給 キュウ

[給][给]gěi(jǐ)[日≒繁≒簡]

使對方得到某些東西或某種遭遇

給金①〈名〉薪金,薪水,工資

給仕①〈名・サ變〉伺候(吃飯);勤雜
工;服務員,侍者

給食⓪〈名・サ變〉供給飲食,提供伙
食,包伙

給水⓪〈名・サ變〉供水 **例**～栓[供水
開關]

給する③〈サ變〉供給,支給

給費⓪〈名・サ變〉供給費用,提供費
用;提供助學金

給付①⓪〈名・サ變〉付給;供給

給油⓪〈名・サ變〉加油,供油

給与①〈名・サ變〉工資,薪金,薪餉;
津貼;待遇;供給,供應;供給物
資

給料①〈名〉工資,薪金,薪水

★ 恩給・供給・月給・高給・支給・
自給・初任給・昇給・日給・
配給・補給

根 ね/コン

gēn[日＝繁＝簡]

高等植物的營養器官;比喻子孫後
代;事物的本原,人的出身底細;
依據,作為根本 **辨** 在日語中,不能
作為量詞使用

根①〈名〉根;根底;根源,根據;根
本,本性 **例**～を絶つ[除根]

根差す②〈自五〉生根,紮根;起因,
由來 **例**地中に深く～す[深深地在
土裏紮根]

根付く②〈自五〉生根,紮根 **例**民主
主義がしっかりと～く[民主主義牢

牢地紮下了根]

根強い③〈形〉根深蒂固,堅韌不
拔,頑強 **例**～い偏見[根深蒂固的
偏見]

根深い③〈形〉根深;根深蒂固
例～い恨み[根深蒂固的仇恨]

根掘り葉掘り①刨根問底,追根究
底 **例**～聞く[刨根問底地打聽]

根回し②〈サ變〉修根,整根;做事
前準備,事前講明,打下基礎,醞
釀,疏通 **例**～がよくできている[事
前工作做得很周到]

根回り②〈名〉樹根的周圍 **例**～には
草がある[樹根的周圍長著草]

根元③〈名〉根;根本 **例**耳の～まで
赤くなる[臉紅到耳根]

根幹⓪〈名〉樹根和樹幹;根本,基
本,原則

根気⓪〈名〉耐性,耐心;毅力,精力

根拠①〈名〉根據,依據

根源③⓪〈名〉根源＝根元

根性①〈名〉脾氣,性情,秉性;天
生;骨氣,鬥志,毅力

根絶⓪〈名・サ變〉根絕,消滅

根治①〈サ變〉根治,徹底治好
＝こんじ

根底⓪〈名〉根底,基礎,根本

根本⓪③〈名〉根本,根源,基礎
＝ねもと

★ 禍根・精根

耕 たがや・す/コウ

gēng[日＝繁＝簡]

用犁把田裏的土翻鬆

耕す③〈他五〉耕 **例**畑を～す[耕地]

耕作⓪〈名・サ變〉耕種

耕地① 〈名〉耕地
耕土① 〈名〉耕地表土

★ 農耕・筆耕

梗 キョウ/コウ
gěng[日＝繁＝簡]

植物的枝或莖；阻塞，妨礙；大略
梗概⓪ 〈名〉梗概
梗塞⓪ 〈名・サ變〉梗塞

★ 桔梗

更 さら/ふ・かす/ふ・ける/コウ
gèng[日＝繁＝簡]

改變，改換；舊時夜間計時單位，
每更大約兩小時
更に① 〈副〉更，更加，越發，更進一
步；並且，還；再，重新；絲毫
(不)，一點也(不) 例 ～努力する
[更加努力]
更かす② 〈他五〉熬夜 例 読書で夜
を～す[看書看到深夜]
更ける② 〈自一〉深，闌 例 秋が～け
る[秋深]
更衣① 〈名・サ變〉更衣，換衣裳
更改⓪ 〈名・サ變〉更改
更新⓪ 〈名・サ變〉更新，革新
更正⓪ 〈名・サ變〉更正，更改
更迭⓪ 〈名・サ變〉更迭，更換；調動，
變動
更年期③ 〈名〉(婦女的)更年期

★ 深更

工 ク/コウ
gōng[日＝繁＝簡]

工人；工作，生產勞動；工程；工
業；技術和技術修養

工夫⓪ 〈名・サ變〉設法，想辦法；動
腦筋；找竅門 例 ～をこなす[找竅
門]
工面①⓪ 〈名・サ變〉設法，籌措，籌
畫；籌款，設法弄錢 例 金の～が
つかない[弄不到錢]
工員⓪ 〈名〉(工廠的)工人；產業工
人
工科① 〈名〉工科
工学⓪ 〈名〉工學，工程學
工業① 〈名〉工業 例 ～化[工業化]
工具① 〈名〉工具
工芸⓪ 〈名〉工藝
工作⓪ 〈名・サ變〉製作；修理，工
程，施工；手工；活動，工作 辨 在
漢語中，還有「操作(運転する)、
職業(仕事)、勞動(働らく)」等意
思
工事① 〈名・サ變〉工程
工場③ 〈名〉工廠＝こうば
工賃① 〈名〉工錢
工程⓪ 〈名〉進度；階段；工序 辨 在
漢語中，主要指用較大而複雜的設
備來進行的工作(プロジェクト、大
規模な工事)
工兵① 〈名〉工兵
工房⓪ 〈名〉工作室
工務店③ 〈名〉建築公司

★ 細工・熟練工・女工・商工・
職工・人工・図工・大工・着工・
名工

弓 ゆみ/キュウ
gōng[日＝繁＝簡]

射箭或發彈丸的器械；像弓的器具
或形態；使彎曲

弓②〈名〉弓；弓形物；（弦樂器的）弓子

弓形⓪〈名〉弓形＝ゆみがた

弓術⓪①〈名〉射箭術

弓道①〈名〉射術，射箭術

公 おおやけ/ク/コウ

公 gōng［日＝繁＝簡］

屬於國家或集體的（跟「私」相對）；共同的，大家承認的；讓大家知道；公平，公正；封建制度最高爵位

公⓪〈名〉政府，官廳；國家，公家；集體組織；公共場所，公眾，公有；公開 例～の席で［在公開的場合］

公家⓪〈名〉朝臣 辨在漢語中，原指朝廷、官府，現指國家、機關、團體等

公安⓪〈名〉公安，治安

公印⓪〈名〉官印；公章

公営⓪〈名〉官辦，國有

公益⓪〈名〉公共利益

公園⓪〈名〉公園

公演⓪〈名・サ變〉公演，演出

公海⓪〈名〉公海

公開⓪〈名・サ變〉公開，開放

公害⓪〈名〉公害

公刊⓪〈名・サ變〉公開出版，公開發行

公館⓪〈名〉官廳，大使館，領事館

公休⓪〈名〉公休

公共⓪〈名〉公共

公金⓪〈名〉公款

公言⓪③〈名・サ變〉公開説，聲明，明言

公庫⓪〈名〉公庫，金融合作社

公告⓪〈名・サ變〉公告，佈告

公債⓪〈名〉公債，政府債券

公算⓪〈名〉或然率，概率，可能性

公使①〈名〉公使

公私①〈名〉公私

公示⓪〈名・サ變〉公告，公布

公式⓪〈名・形動〉正式；（數學上）公式

公社⓪〈名〉國有公司；公用事業公司 辨在漢語中，指原始社會中人們共同生產、共同消費的一種結合形式，還特指曾經在中國實施的政經合一的鄉級組織「人民公社」

公爵①〈名〉公爵

公衆⓪〈名〉公共，公眾，大家

公称⓪〈名・サ變〉公稱，名義

公証⓪〈名〉公證

公職⓪〈名〉公職

公人⓪〈名〉公職人員

公正⓪〈名・形動〉公正，公平

公設⓪〈名〉公營，公立

公選⓪〈名・サ變〉（由人民）公選；公開選舉

公然⓪〈形動〉公然，公開

公訴①〈名・サ變〉公訴

公団⓪〈名〉公團

公聴会③〈名〉意見聽取會，公開咨詢會

公定⓪〈名〉法定，政府規定

公的⓪〈形動〉公共的，公家的，官方的

公道⓪〈名〉公道，正義，正道

公徳⓪〈名〉公共道德

公認⓪〈名・サ變〉公認；國家（政黨）的正式承認；政府機關的許可

公売⓪〈名・サ變〉（公開）拍賣（查封

的東西)

公判⓪〈名〉公審

公費①〈名〉公費，官費

公表⓪〈名・サ變〉公布，發表，宣布

公布①⓪〈名・サ變〉公布，頒布

公憤⓪〈名〉公憤；義憤，憤慨

公文⓪〈名〉公文 例 ～書[公文，文件]

公平⓪〈名・形動〉公平，公道

公募①⓪〈名・サ變〉公開招募

公報①⓪〈名〉公報

公法①⓪〈名〉公法

公僕⓪〈名〉公僕

公民⓪〈名〉公民 例 ～館[文化館，文化宮]

公務①〈名〉公務

公約⓪〈名・サ變〉諾言，公約

公有⓪〈名・サ變〉公有

公用⓪〈名〉公用

公理①〈名〉公道；(數學上)公理

公立⓪〈名〉公立

★ 奉公

功 コウ
gōng[日＝繁＝簡]
勞績，成績(跟「過」相對)；成效和表現成效的事情(多指較大的)

功罪⓪①〈名〉功罪

功臣⓪〈名〉功臣

功績⓪〈名〉功績，功勞

功名⓪〈名〉功名

功利①〈名〉功利；功效和利益，功名和利祿

功労⓪〈名〉功勞，功績

★ 成功・奏功

攻 せ・める/コウ
gōng[日＝繁＝簡]
打擊(與「守」相對)；指責，駁斥；致力研究或學習

攻め落とす④⑤〈他五〉攻下，攻陷，攻落，攻破；逼使同意，逼使答應 例 敵城を～す[攻破敵城]

攻め寄せる④⑤〈自一〉向…攻來，攻到…附近；包抄 例 敵軍が～せてきた[敵軍攻到附近來了]

攻める②〈他一〉攻，攻打，攻擊，進攻 例 城を～める[攻城]

攻撃⓪〈名・サ變〉攻擊

攻守①〈名〉攻守

攻勢⓪〈名〉攻勢

攻防⓪〈名〉攻防，攻守

攻略⓪〈名・サ變〉攻占，攻破，攻下；打敗，擊敗

★ 專攻・速攻・難攻

供 そな・える/とも/キョウ/ク/グ
gōng(gòng)[日＝繁＝簡]
讀 gōng 時，指準備著東西給需要的人應用；讀 gòng 時，指奉獻、祭祀用的東西，被審問時在法庭上述說事實

供え物⓪⑤〈名〉供品

供える③〈他一〉供，獻 例 お酒を～える[供酒]

供①〈名〉隨從

供応⓪〈名・サ變〉奉承，逢迎；設宴招待，款待 辨 在漢語中，指為他人提供商品或食物，用物質滿足某種需求

供給⓪〈名・サ變〉供給，供應

供述⓪〈名・サ變〉供述，口供

きょうたく
供託⓪〈名・サ變〉寄存
きょうよ
供与①〈名・サ變〉提供，供給；發

放；供應
きょうらん
供覧⓪〈名・サ變〉提供觀覽，展覽，

陳示
ぐぶ
供奉①〈名〉(日本天皇等出行時的)

隨從
くもつ
供物①〈名〉(佛)供品
くよう
供養①〈名・サ變〉供養，上供，祭

祀；祭奠，做佛事

★ じ きょう ・ てい きょう
自供・提供

うやうや・しい/キョウ
恭 gōng[日＝繁＝簡]

肅靜，謙遜有禮貌
うやうや
恭しい⑤〈形〉恭恭敬敬，很有禮貌，

彬彬有禮 **例** ～く捧る[很有禮貌地

ささ
雙手捧舉]
きょうけい
恭敬⓪〈名〉恭敬
きょうじゅん
恭順⓪〈名〉恭順，順從，服從

みや/キュウ/ク/グウ
宮 [宮][宮]gōng[日＝繁≒簡]

帝王居住的房屋；神話中神仙居住

的房屋；廟宇的名稱
みや け
宮家②〈名〉王府；稱「宮」的皇族
みや まい
宮参り③〈名〉參拜神社；小孩兒生

後滿月時初次參拜本地保護神；小

孩兒3歲、5歲、7歲時參拜本地保

護神
きゅうちゅう
宮中⓪〈名〉宮中，禁中，皇宮
きゅうてい
宮廷⓪〈名〉宮廷，皇宮，禁中
きゅうでん
宮殿⓪〈名〉宮殿
く ないしょう
宮内省②〈名〉(日本負責皇室事務

的)宮內省

★ あん ぐう ・ おうきゅう ・ じん ぐう ・ り きゅう
行宮・王宮・神宮・離宮

とも/キョウ
共 gòng[日＝繁＝簡]

相同的，共同具有的；共同具有或

承受；在一起，一齊；一共，總計
とも
共〈接尾〉(表示限度)至，最；全部，

さんにん
都 **例** 三人～る[三個人全來]
とも かせ ふう
共稼ぎ⓪③〈名〉雙職工 **例** ～の夫
ともばたら
婦[雙職工的夫妻]＝共働き
とも だお
共倒れ⓪〈名〉兩敗俱傷，同歸於盡
きょうそう けっか
例 競争の結果～になった[競爭的

結果是兩敗俱傷]
とも ども
共共②⓪〈副〉互相，彼此，共同
まな
例 ～に学びあう[互相學習]
とも
共に③①〈副〉共同；同時，既…

く らく
又… **例** 苦楽を～する[同甘共苦]
ともばたら
共働き⓪③〈名〉雙職工，夫婦都工
ともかせ
作＝共稼ぎ
きょうえい
共栄⓪〈名〉共同繁榮，共榮
きょうえき
共益⓪〈名〉共同利益
きょうえん
共演⓪〈名・サ變〉共同演出
きょうがく
共学⓪〈名〉同校
きょうかん
共感⓪〈名・サ變〉同感，共鳴
きょうさい
共催⓪〈名・サ變〉共同主辦
きょうさい
共済⓪〈名〉共濟，互助
きょうさんしゅぎ
共産主義⑤〈名〉共產主義
きょうじょ
共助⓪〈名〉互相幫助
きょうせい
共生⓪〈名・サ變〉共生，共棲；同居，

一起生活
きょうそん
共存⓪〈名・サ變〉共存，共處
きょうちょ
共著①〈名〉共著，合著
きょうつう
共通⓪〈名・形動・サ變〉共通
きょうどう
共同⓪〈名・サ變〉共同
きょうはん
共犯⓪〈名〉共犯
きょうぼう
共謀⓪〈名・サ變〉共謀
きょうめい
共鳴⓪〈名・サ變〉共鳴

共有⓪〈名・サ變〉共有
共用⓪〈名・サ變〉共同使用
共和国③〈名〉共和國

★公共

貢 みつ・ぐ/ク/コウ

[貢][贡]gòng[日＝繁≒簡]

進貢；貢品

貢ぎ物⓪〈名〉貢品
貢ぐ②〈他五〉獻納，納貢；寄生活費；扶養 例 彼女は貯金をすべてあの男性に～いだ[她把存款都花在那個男人身上了]
貢献⓪〈名・サ變〉貢獻

★年貢

勾 まがり/コウ

gōu[日＝繁＝簡]

停留，逗留 朔 在日語中有表示「彎曲的」的意思，沒有「描畫」等意思
勾玉⓪〈名〉勾玉(月牙形的玉)
勾引⓪〈名・サ變〉拘捕，逮捕；拘留 朔 在漢語中，是誘惑(誘惑する)的意思
勾配⓪〈名〉坡度，斜度；斜坡
勾留⓪〈名・サ變〉扣留，拘留

溝 どぶ/みぞ/コウ

[溝][沟]gōu[日＝繁≒簡]

人工挖掘的水道或工事；淺槽；和溝類似的窪處
溝板⓪〈名〉髒水溝的蓋板
溝川⓪〈名〉髒水渠
溝⓪〈名〉水溝，水道；溝，槽

★海溝・排水溝

構 かま・う/かま・える/コウ

[構][构]gòu[日＝繁≒簡]

構造，組合；結成 朔 在日語中，還有「照料、照顧」的意思
構う②〈自他五〉照顧，照料，招待，款待，顧及，管；介意，干預，在乎 例 余計なことを～うな[別多管閒事]
構える③〈他一〉修築，修蓋；取某種姿勢，取某種態度；假託，捏造 例 罪を～える[捏造罪名]
構外①〈名〉院外，圍牆外
構図⓪〈名〉構圖
構成⓪〈名・サ變〉構成
構想⓪〈名・サ變〉構想
構造⓪〈名〉構造
構築⓪③〈名・サ變〉構築，建築
構内①〈名〉…內；…裏
構文⓪〈名〉文章結構，句法

★機構・虚構

購 コウ

[購][购]gòu[日＝繁≒簡]

買

購読⓪〈名・サ變〉訂閱，購閱
購入⓪〈名・サ變〉購買，買進，購進，購入；購置；採購
購買⓪〈名・サ變〉買，購買

孤 コ

[孤][孤]gū[日≒繁≒簡]

幼年喪父或父母雙亡的；單獨
孤影⓪①〈名〉孤影
孤軍奮闘〈名〉孤軍奮戰
孤高⓪〈名・形動〉孤高，高傲
孤児①〈名〉孤兒

孤島⓪〈名〉孤島

孤独⓪〈名・形動〉孤獨

孤立⓪〈名・サ變〉孤立

孤壘①⓪〈名〉孤壘

古 ふる・い/ふる・す/コ

gǔ[日＝繁＝簡]

陳舊；經歷多年的

古い②〈形〉老，古，過去的，很久的；舊的，陳的，落後的，過時的 **例** ～い友人[老朋友]

古着⓪〈名〉舊衣服

古臭い④〈形〉破舊的，陳腐的，落後的 **例** ～い考え方[落後的想法]

古里②〈名〉故鄉，老家

古す〈造語〉用舊，弄舊 **例** 着～す[穿舊]

古巣⓪〈名〉老巢，老窩；舊居

古本⓪〈名〉舊書，古書

古往今来①〈副〉古往今來，從古至今

古雅①〈名・形動〉古雅

古稀①〈名〉古稀之年(70歲)＝古希

古訓⓪〈名〉古訓

古語①〈名〉古語

古今①〈名〉古今；自古至今

古参⓪〈名〉老手；老人；老資格

古寺①〈名〉古寺，古廟

古式①⓪〈名〉古式；老式，傳統

古書①〈名〉古書；舊書

古城⓪①〈名〉古城

古色①〈名〉古色，古雅

古人①〈名〉古人，古代人

古跡⓪〈名〉古跡

古銭①⓪〈名〉古錢

古代①〈名〉古代

古典⓪〈名〉古典

古都①〈名〉故都，古都

古風①〈名・形動〉古式，舊式，古老式樣，老派作風

古墳⓪〈名〉古墓，古墳

古文①〈名〉古文

古木⓪〈名〉古木，老樹

古文書⓪②〈名〉古文書

古来①〈名〉古來，自古以來

古老⓪〈名〉故老，熟悉過去事情的老人＝故老

★往古・懐古・考古学・上古・千古・太古・中古・復古

谷 たに/コク

gǔ[日＝繁＝簡]

兩山之間狹長而有出口的地帶 **辨** 在現代漢語中，「谷」還是表示穀類植物或糧食作物的「穀」的簡化字

谷②〈名〉山谷，山澗；盆地

谷底⓪〈名〉谷底

谷間⓪〈名〉山澗，峽谷，山谷

★峡谷・渓谷

股 また/もも/コ

gǔ[日＝繁＝簡]

大腿，自胯至膝蓋的部分

股②〈名〉胯下，大腿內側

股間⓪〈名〉胯襠，胯下

股関節②〈名〉骨關節

股引き⓪〈名〉緊身褲

骨 ほね/コツ

[骨][骨]gǔ[日≒繁＝簡]

骨頭；比喻在物體內部支撐的架子或竅門；品質，氣概

骨②〈名〉骨，骨頭；遺骨；骨骼，骨架；骨幹，核心；骨氣；困難，費事 慣 ～が折れる［費力氣，困難，麻煩］

骨惜しみ③〈名・サ變〉惜力，不肯賣力氣，懶惰 例 家族のためなら～せずに働く［只要是為了家人就不辭辛苦地幹］

骨接ぎ⓪④〈名〉接骨，正骨

骨抜き⓪④〈名〉去掉骨頭，去掉刺；去掉主要部分，刪掉核心內容 例 ～にされた原案［被刪掉主要內容的原方案］

骨張る③〈自五〉 得露出骨頭，瘦骨嶙峋；孤傲，固執 例 ～った人［骨瘦如柴的人］

骨身②③〈名〉骨和肉，全身；骨髓 例 ～を削る［粉身碎骨］

骨休め③〈名〉休息，稍事休息 例 ～にお茶を一杯飲む［喝一杯茶休息一會兒］

骨格⓪〈名〉骨骼；身軀

骨材⓪②〈名〉骨材，攙料

骨子①〈名〉要點，主旨

骨髓⓪②〈名〉骨髓；心底

骨折⓪〈名・サ變〉骨折

骨董⓪〈名〉古董，古玩

骨肉⓪〈名〉骨肉

骨盤⓪〈名〉骨盆

★ 遺骨・気骨・筋骨・鉄骨・納骨・白骨

鼓 つづみ/コ
gǔ［日＝繁＝簡］

打擊樂器；形狀、聲音、作用像鼓的；使某些樂器和東西發出聲音；敲；用風扇等扇風；發動，振奮

鼓⓪③〈名〉小鼓，手鼓；腰鼓

鼓吹⓪〈名・サ變〉鼓吹；提倡，宣傳；鼓舞，鼓勵

鼓動⓪〈名・サ變〉跳動，搏動，悸動 辨 在漢語中，是「以言語或行為激勵他人有所行動」「唆使」的意思

鼓舞①〈名・サ變〉鼓舞

鼓膜⓪〈名〉鼓膜

★ 太鼓

穀 コク
［穀］［谷］gǔ［日≒繁≒簡］

穀類作物，糧食作物

穀倉⓪〈名〉穀倉，糧倉

穀物②〈名〉糧食，穀物，五穀

穀類②〈名〉糧穀，五穀

★ 雜穀・脫穀・米穀

固 かた・い/かた・まる/かた・める/コ
gù［日＝繁＝簡］

結實，牢靠；堅決地，堅定地；原來

固い③⓪〈形〉硬，堅硬的；堅固的，牢固的，結實的；堅強的，堅決的，不可動搖；生硬的；老實的；頑固的 例 ～い石［硬石頭］
＝堅い＝硬い

固まる④⓪〈自五〉變硬，凝固，成塊；聚集，成堆；定型鞏固，成了；熱衷、篤信(宗教) 例 血が～る［血凝固］

固める④⓪〈他一〉使堅固，使堅實；鞏固，固定；(把零散物)歸攏到一處；找到固定工作 例 こぶしを～める［握緊拳頭］

固形⓪〈名〉固形

固持①〈名・サ變〉堅持，固執

固辞①〈名・サ變〉堅決辭退

固執⓪〈サ變〉堅持，固執

固守①〈名・サ變〉固守

固体⓪〈名〉固體

固定⓪〈名・サ變〉固定

固有⓪〈名・形動〉固有

★ 確固・頑固・強固・凝固・堅固・
牢固

故 ゆえ/コ
gù[日＝繁＝簡]

存心，有意；所以，因此；原來的，
從前的，舊的；朋友；已經死亡的人

故②〈名〉理由，緣故 **例** ～ なくして
人を殺す［無故殺人］

故に②〈副〉所以，故 **例** 悪天候～旅
行は延期された［旅行因為天氣不好
而延期了］

故意①〈名・形動〉故意

故旧⓪〈名〉故舊，舊知，故交

故郷①〈名〉故郷＝ふるさと

故国①〈名〉故郷；祖國

故殺⓪〈名・サ變〉故意殺人

故事①〈名〉典故，傳説；故事

故障⓪〈名・サ變〉故障

故人①〈名〉故人

故知①〈名〉故智，古人之智

故老⓪〈名〉故老，熟悉過去事情的
老人＝古老

★ 縁故・温故知新・事故・世故

雇 やと・う/コ
[雇][雇]gù[日≒繁＝簡]

出錢讓人給自己做事；租賃交通運
輸工具

雇う②〈他五〉雇，雇佣；租
例 ガイドを～う［雇嚮導］

雇員⓪①〈名〉雇員，辦事員

雇用⓪〈名・サ變〉雇佣，雇用

★ 解雇

錮 コ
gù[日＝繁≒簡]

禁閉

★ 禁錮

顧 かえり・みる/コ
[顧][顾]gù[日≒繁≒簡]

轉過頭看，注意，照管；商店和服
務行業指前來購買東西或要求服務

顧みる④〈他一〉往回看，回頭看；回
顧；顧慮 **例** 後ろの人を～みる［回
頭看後面的人］

顧客⓪〈名〉顧客；主顧，客戶

顧問①〈名〉顧問

★ 愛顧・恩顧・回顧・後顧

寡 カ
guǎ[日＝繁＝簡]

少；淡而無味；婦女死了丈夫

寡言⓪〈名〉寡言，不多説

寡作⓪〈形動〉作品很少

寡占⓪〈名〉寡頭壟斷

寡頭政治④〈名〉寡頭政治

寡婦①〈名〉寡婦＝やもめ

寡聞⓪〈名〉寡聞

寡黙⓪〈名・形動〉默寡言

寡欲①〈名・形動〉寡慾

★ 衆寡・多寡

掛 かか・り/か・かる/か・ける
[掛][挂]guà[日＝繁≒簡]

借助於繩子、鈎子、釘子等物體附著於某處的一點或幾點；牽掛；鈎；打電話 **辨** 在日語中，還有「花費時間、金錢」「乘法」的意思

掛かり①③〈名〉需要，花費；靠…扶養；規模，構造；順便；好像…似的；進攻 **例** 半日～でやる[花半天時間搞]

掛かり合い④⓪〈名〉瓜葛，關係；連累，牽連 **例** ～になるのを避ける[避免受牽連]

掛り付け⓪〈名〉平時專門依靠(看病)的醫生 **例** ～の醫者[患者的專職醫生]

掛かる②〈自五〉掛，懸掛；覆上，蓋上；遭遇；架設，安裝；著手，從事；來到，到達；需要，花費；落上，淋上；攻擊，進攻；有關，在於；自己受到或給予別人(某種精神作用或影響) **例** わなに～る[中圈套]

掛け合う③④〈自五〉互相(打、潑等)；談判，交涉，商量，商談，接洽 **例** 值段を～う[商談價錢]

掛替え⓪〈名〉代替的東西，替換物，備件 **例** ～のない物[不可替代之物(至寶)]

掛け金②⓪〈名〉分期交納的錢款；(賒帳時的)欠款，欠帳

掛け声②③〈名〉號子聲；吆喝聲

掛け算②〈名〉乘法

掛け軸②〈名〉掛的字畫，掛軸

掛け捨て⓪〈名〉中途停止繳納，繳納費不退還 **例** ～の火災保險[繳納費不退還的火災險]

掛け違う④⑤〈自五〉沒遇上，錯過；不一致，有分歧，有矛盾；與…不相符 **例** 話が～う[談不攏]

掛け離れる⑤⑥〈自一〉相離太遠，相差懸殊 **例** 実力が～れている[實力相差懸殊]

掛け布団③〈名〉被子

掛ける②〈他一〉掛上，懸掛；挎；戴上，繫；搭上，架上，靠上；蓋上，蒙上；繫上，捆上，撩，澆；鎖上，扣上；釣(魚)，捉(鳥)；開動；燙，熨；花費；發動，進行；設圈套；打招呼；提交；乘；交配；關聯；寄託 **例** カーテンを～ける[掛上窗簾]

拐 カイ
[拐][拐]guǎi[日≒繁＝簡]

拐騙

拐帯⓪〈サ變〉拐走

★ **誘拐**

怪 あや・しい/あや・しむ/カイ
guài[日＝繁＝簡]

奇怪；驚奇；怪物

怪しい③⓪〈形〉奇怪的，可疑的；不確實，靠不住的；特別，與眾不同，反常 **例** 空模様が～くなってきた[天氣靠不住了]

怪しむ③〈他五〉懷疑，犯疑；覺得奇怪 **例** 人から～まれる[被人懷疑]

怪異①〈形動〉奇怪，奇異；妖怪

怪奇①〈名・形動〉奇怪，怪異

怪傑⓪〈名〉怪傑

怪死⓪〈名・サ變〉離奇的死

怪事①〈名〉怪事
怪獣⓪〈名〉怪獸
怪人⓪〈名〉怪人
怪談⓪〈名〉鬼怪故事
怪盗⓪〈名〉怪盜
怪物⓪〈名〉怪物；神秘人物
怪聞⓪〈名〉怪聞，奇怪的傳聞
怪腕⓪〈名〉驚人的才幹

★奇怪・妖怪

官 カン
guān[日＝繁＝簡]

在政府擔任職務的人；屬於國家的或
公家的；生物體上特定機能的部分
官①〈名〉國家，政府，國家機關，政
　府機關；衙門；官員，官吏
官位①〈名〉官職；官級
官営⓪〈名〉國有，政府經營
官界⓪〈名〉官界，政界，宦途
官学⓪〈名〉官學，官立學校；當時政
　府所承認的學派、學問
官紀①〈名〉官紀，官吏的紀律
官給⓪〈名〉官費，由公家供給
官業⓪〈名〉政府經營的營利事業
官軍⓪〈名〉官軍
官憲⓪〈名〉機關，官廳；衙門，官
　府；警察
官権⓪〈名〉官權，政府的權利；官吏
　的權限
官舍①〈名〉機關宿舍
官需①〈名〉政府的需求(物質)
官職①〈名〉官職
官製⓪〈名〉政府製造
官設⓪〈名〉官立，官辦，國有
官選⓪〈名〉由政府選定
官尊民卑⑤〈名〉官尊民卑

官庁①⓪〈名〉政府機關，官廳
官邸⓪〈名〉官邸
官途①〈名〉宦途
官能⓪〈名〉器官機能；肉感，肉慾
官費①〈名〉官費，國費；公費
官報①〈名〉政府公報
官房⓪〈名〉辦公廳
官民⓪③〈名〉官和民
官窯⓪〈名〉官窯
官吏①〈名〉官吏
官僚⓪〈名〉官僚，官吏

★器官・教官・警官・五官・高官・
士官・次官・退官・長官・
半官半民・武官・文官・免官

冠 かんむり/カン
guān(guàn)[日＝繁＝簡]

帽子；形狀像帽子或在頂上的東西；
居第一位
冠⓪③〈名〉冠，冠冕；字頭，字
　蓋；有點生氣，不高興
例 ～をかぶる[戴冠]
冠婚葬祭⓪〈名〉紅白事；慶吊儀式
　（古來的成年、結婚、喪葬及祭祀等
　四大儀式）
冠詞⓪〈名〉冠詞
冠状⓪〈名〉冠狀
冠水⓪〈名・サ變〉浸水，水淹
冠する③〈サ變〉冠，給…戴上，裝
　飾…頂；冠戴

★衣冠・栄冠・王冠・弱冠・戴冠・
無冠

棺 ひつぎ/カン
guān[日＝繁＝簡]

棺材

棺①〈名〉棺，柩
棺桶③〈名〉棺材

★出棺・石棺・寝棺・納棺

関 せき/かかわ・る/カン
[關][关]guān[日≒繁≒簡]

古代在交通險要或邊境出入的地方
設置的守衛處所；貨物出口和入口
收稅的地方；牽連，關係 辨 在日語
中沒有「關閉」的意思

関①〈名〉關隘；關口；關卡；遮掩
物，隔扇；力士
関る③⓪〈自五〉關係，涉及；有牽
連，糾纏到；拘泥 例 生命に～る
[性命攸關]
関係⓪〈名・サ變〉關係，關聯，聯繫
関心⓪〈名〉關心，關懷；感興趣
関西①〈名〉關西(京都、大阪一帶)
関数③〈名〉(數)函數
関する③〈サ變〉(與…)有關，關於
関税⓪〈名〉關稅
関節⓪〈名〉關節
関東①〈名〉關東(東京一帶)
関白①〈名〉(日本古代的一種官職)
關白；權威大的人
関門⓪〈名〉關卡
関与①〈名・サ變〉干預，參與
関連⓪〈名〉關聯，聯繫；有關係

★機関・玄関・税関・相関・通関・
難関・連関

観 カン
[觀][观]guān[日≒繁≒簡]

看；景象或樣子；對事物的認識或
看法
観閲⓪〈名・サ變〉檢閱，閱兵

観客⓪〈名〉觀眾
観劇⓪〈サ變〉觀劇，看戲
観光⓪〈名・サ變〉觀光
観察⓪〈名・サ變〉觀察
観衆⓪〈名〉觀眾
観賞⓪〈名・サ變〉觀賞；欣賞
観照⓪〈名・サ變〉靜觀
観ずる③〈サ變〉觀察；徹悟
観戦⓪〈名・サ變〉觀戰；觀看比賽
観測⓪〈名・サ變〉觀測
観点①③〈名〉觀點
観念①〈名〉觀念
観音⓪〈名〉觀音
観梅⓪〈名〉賞梅
観覧⓪〈名・サ變〉觀看，參觀

★外観・概観・楽観・奇観・客観・
景観・参観・主観・人生観・
静観・先入観・壮観・直観・
拝観・悲観・美観・傍観

管 くだ/カン
guǎn[日＝繁＝簡]

吹奏的樂器；圓而細長中空的東西；
負責
管①〈名〉管，管子；(紡織)線軸
管下①〈名〉管轄下，管轄範圍內
管轄⓪〈名・サ變〉管轄
管区①〈名〉管轄區域，管區
管見⓪〈名〉膚淺的見識
管弦⓪〈名〉管弦
管弦楽③〈名〉管弦樂
管財人⓪〈名〉財產管理人
管状⓪〈名〉管狀
管制⓪〈名・サ變〉管制 例 ～塔[塔台]
管内①〈名〉管轄範圍內
管理①〈名・サ變〉管理

★移_い管_{かん}・鉛_{えん}管_{かん}・気_き管_{かん}・血_{けっ}管_{かん}・
試_し験_{けん}管_{かん}・主_{しゅ}管_{かん}・所_{しょ}管_{かん}・水_{すい}道_{どう}管_{かん}・
鉄_{てっ}管_{かん}・土_ど管_{かん}・銅_{どう}管_{かん}・保_ほ管_{かん}・
毛_{もう}細_{さい}管_{かん}

館 やかた/カン
[館][馆]guǎn[日＝繁≒簡]

招待賓客或旅客居住的房屋；一個
國家在另一國家辦理外交的人員常
駐的住所；儲藏、陳列文物或進行
文化活動的場所

館_{やかた}⓪〈名〉（舊時貴族的）宅邸，公
館；老爺

館_{かん}員_{いん}⓪〈名〉館內人員
館_{かん}長_{ちょう}⓪〈名〉館長
館_{かん}内_{ない}①〈名〉館內

★映_{えい}画_が館_{かん}・会_{かい}館_{かん}・公_{こう}館_{かん}・公_{こう}民_{みん}館_{かん}・
図_と書_{しょ}館_{かん}・水_{すい}族_{ぞく}館_{かん}・大_{たい}使_し館_{かん}・
博_{はく}物_{ぶつ}館_{かん}・武_ぶ道_{どう}館_{かん}・旅_{りょ}館_{かん}

缶 カン
[罐][罐]guàn[日≒繁＝簡]

罐子
缶_{かん}切_きり③〈名〉罐頭起子
缶_{かん}詰_{づめ}③④〈名〉罐頭

★空_{あき}缶_{かん}

貫 つらぬ・く/カン
[貫][贯]guàn[日＝繁≒簡]

穿，通連；穿錢的繩子，引申為金錢
貫_{つらぬ}く③〈他五〉穿過，穿透；貫通，貫
穿；連貫；貫徹，堅持；達到
例正_{せい}義_ぎを～く［堅持正義］
貫_{かん}通_{つう}⓪〈名・サ變〉貫通，貫穿
貫_{かん}徹_{てつ}⓪〈名・サ變〉貫徹（到底）
貫_{かん}禄_{ろく}⓪〈名〉尊嚴，威嚴；派頭，氣

派；威信

★一_{いっ}貫_{かん}・縦_{じゅう}貫_{かん}・突_{とっ}貫_{かん}

慣 な・らす/な・れる/カン
[慣][惯]guàn[日＝繁≒簡]

習以為常，積久成性 辨日語中沒有
「縱容、放任」的意思
慣_ならす②〈他五〉使習慣，使慣於
例体_{からだ}を気_き候_{こう}に～す［使身體適應氣
候］
慣_なれる②〈自一〉習慣，習以為常
例いなかの風_{ふう}習_{しゅう}に～れる［適應鄉
下的習慣］
慣_{かん}行_{こう}⓪〈名〉慣例，常規，習俗
慣_{かん}習_{しゅう}⓪〈名〉習慣；習俗；老規矩；常
規
慣_{かん}性_{せい}⓪〈名〉慣性
慣_{かん}用_{よう}⓪〈名・サ變〉慣用，習用
慣_{かん}用_{よう}句_く③〈名〉慣用短語，熟語
慣_{かん}例_{れい}⓪〈名〉慣例，老規矩

★習_{しゅう}慣_{かん}

光 ひかり/ひか・る/コウ
guāng[日＝繁＝簡]

通常指照耀在物體上使人能看見物
體的那種物質；榮譽，榮耀；景
物；使顯赫；光陰，時光 辨在日
語中，沒有「完了、一點不剩」以及
「露著」的意思
光_{ひかり}③〈名〉光，光亮，光線；光明，希
望
光_{ひか}る②〈自五〉發光，發亮；出眾，出
類拔萃 例星_{ほし}が～る［星星閃光］
光_{こう}陰_{いん}⓪〈名〉光陰，時光
光_{こう}栄_{えい}⓪〈名・形動〉光榮，榮譽
光_{こう}学_{がく}⓪〈名〉光學

光輝⓪〈名〉光輝

光景⓪①〈名〉光景

光彩⓪〈名〉光彩

光線⓪〈名〉光線

光速⓪〈名〉光速

光沢⓪〈名〉光澤

光電子③〈名〉光電子

光熱⓪〈名〉光與熱；電燈與燃料

光波①〈名〉光波

光明⓪〈名〉光明，亮光；希望

光臨⓪〈名〉光臨，駕臨

★ 栄光・観光・月光・日光・風光

広 ひろ・い/ひろ・がる/ひろ・げる/
ひろ・まる/ひろ・める/コウ

［廣］［广］guǎng［日≒繁≒簡］
（面積、範圍）寬闊；多；擴大，擴充

広い②〈形〉大，廣闊，遼闊，廣大，
寬敞，寬廣，寬闊 **例** 〜い部屋［寬
敞的房間］

広がる④⓪〈自五〉擴大；變寬，拓
寬；展現，擴展 **例** 視野が大きく〜
った［視野開闊了很多］

広げる④⓪〈他一〉擴大；擴展，拓
寬；攤開，擺開 **例** 間隔を〜げる
［拉開間隔］

広場①〈名〉廣場

広まる③〈自五〉擴大；傳播，遍
及，蔓延，擴展 **例** 知識が〜る［增
長知識］

広める③〈他一〉擴大，增廣；普及，
推廣；披露，宣揚，公佈出去
例 宗教を〜める［傳教］

広域⓪〈名〉廣大地區

広遠⓪〈名・形動〉宏偉，遠大

広角⓪〈名〉廣角，大角度

広軌⓪〈名〉寬軌

広義①〈名〉廣義

広言⓪〈名・サ變〉公開說，明言

広告⓪〈名・サ變〉廣告

広大⓪〈名・形動〉遼闊，廣闊；宏大
辨 在日語中，沒有數目很多的意思

広汎⓪〈形動〉廣泛，廣大

広漠⓪〈副〉廣漠，廣闊，遼闊

広報⓪〈名〉宣傳，報導

帰 かえ・す/かえ・る/キ

［歸］［归］guī［日≒繁≒簡］
返回，還給，歸還；由，屬於

帰す①〈他五〉使（打發）回去，叫…
回去 **例** 郷里に〜す［打發回家鄉］

帰る①〈自五〉回歸，回來；回去，歸
去 **例** 家に〜る［回家］

帰一①〈名・サ變〉歸一

帰依①〈名・サ變〉歸依

帰化①②〈名・サ變〉歸化，入籍；順
化，服水土，適應本地水土

帰還⓪〈名・サ變〉回歸，回來，返回；
回饋，回授 **辨** 在漢語中，是「把人
或物還給原主、原地」（返却、返
す）的意思

帰休⓪〈名・サ變〉暫時回家休息

帰郷⓪〈名・サ變〉返回家鄉

帰京⓪〈名・サ變〉返京，回首都

帰結⓪〈名・サ變〉歸結

帰国⓪〈名・サ變〉歸國

帰順⓪〈名〉歸順

帰心②⓪〈名〉歸心

帰省⓪〈名・サ變〉歸省

帰属⓪〈名・サ變〉歸屬

帰宅⓪〈名・サ變〉回家

帰途①②〈名〉歸途

帰農⓪〈名・サ變〉回鄉務農

帰納⓪〈名・サ變〉歸納

帰納法⓪〈名〉歸納法

帰帆⓪〈名〉歸帆，歸舟

帰服⓪〈名・サ變〉歸服，歸順

帰路①〈名〉歸途

★回帰・不帰・復帰

規 キ

[規][规]guī[日＝繁≒簡]

法則，章程，標準；謀劃，打主意

規格⓪〈名〉規格，標準

規準⓪〈名〉標準，基準；規格；準則，準繩

規制⓪〈名・サ變〉規定，章則；限制，控制

規正⓪〈名・サ變〉矯正，調整

規則②①〈名〉規則，章程，規矩

規定⓪〈名・サ變〉規定

規範⓪〈名〉規範，模範，標準

規模①〈名〉規模；範圍

規約⓪〈名〉規章，章程，規約

規律⓪〈名〉紀律；規律有節奏的，不是雜亂的；規章；秩序 辨 在漢語中，還可以用來指自然界和社會諸現象之間必然、本質和反覆出現的關係(法則)

★条規・定規・正規・法規

亀 かめ/キ

[龜][龟]guī[日≒繁≒簡]

爬行動物的一科

亀①〈名〉龜

亀甲⓪〈名〉龜甲

亀頭⓪〈名〉龜頭

亀裂⓪〈名〉龜裂，裂縫

軌 キ

[軌][轨]guǐ[日＝繁≒簡]

車轍；一定的路線；應遵循的規則

軌跡⓪〈名〉軌跡

軌道⓪〈名〉軌道

★狭軌・広軌・常軌・不軌

鬼 おに/キ

guǐ[日＝繁＝簡]

迷信的人所說的人死後的靈魂；不可告人的打算或勾當；惡劣；機靈

鬼②〈名〉魔鬼，鬼怪；非常殘暴的人；迷，狂

鬼才⓪〈名〉奇才，才能過人

鬼神⓪①〈名〉鬼神＝おにがみ

鬼畜⓪〈名〉魔鬼和畜生；殘酷無情的人，忘恩負義的人，畜生

★悪鬼・餓鬼・疑心暗鬼・幽鬼

貴 たっと・い/たっと・ぶ/とうと・い/とうと・ぶ/キ

[貴][贵]guì[日＝繁≒簡]

價格高，價值大；評價高；地位優越；敬稱，稱與對方有關的事物

貴い③〈形〉珍貴，貴重，寶貴；高貴，尊貴 例 ～いお方[貴人]

貴ぶ③〈他五〉尊貴，尊重；尊敬，欽佩 例 親を～ぶ[尊敬父母]

貴い③〈形〉珍貴，寶貴，貴重；尊貴，高貴，值得尊敬 例 ～い教訓[寶貴的教訓]

貴ぶ③〈他五〉尊重，尊敬，尊崇，崇敬，恭敬；重視，珍視，珍重 例 名誉を～ぶ[重名譽]

貴金属②〈名〉貴金屬

貴君⓪〈代〉你

貴人⓪①〈名〉高貴的人，貴人
貴賎⓪〈名〉貴賤
貴族①〈名〉貴族
貴重⓪〈名・形動・サ變〉貴重
貴賓⓪〈名〉貴賓
貴婦人②〈名〉貴婦人

★高貴・尊貴・騰貴・富貴

郭 カク
guō[日＝繁＝簡]

古代在城的外圍加築的一道城牆

★城郭・外郭・輪郭

鍋 なべ
[鍋][锅]guō[日≒繁≒簡]

烹煮食物或燒水的器具

鍋①〈名〉鍋
鍋底⓪〈名〉鍋底
鍋蓋⓪②〈名〉鍋蓋
鍋料理③〈名〉火鍋

国 くに/コク
[國][国]gúo[日＝簡≒繁]

國家；代表國家的

国⓪〈名〉國，國家；政府；國土，領
　土；家鄉，老家；封地，領地；地
　區，地方
国威①〈名〉國威
国運⓪〈名〉國運，國家的命運
国営⓪〈名〉國有
国益⓪〈名〉國家利益
国王③〈名〉國王，國君
国外②〈名〉國外
国学⓪〈名〉(江戶時代興起的)日本
　古典學
国技①〈名〉國技

国語⓪〈名〉國語
国債⓪〈名〉國債
国際⓪〈名〉國際 **例**～法［國際法］
国策⓪〈名〉國策
国産⓪〈名〉國產
国字①〈名〉一個國家的文字；日本
　自製的漢字
国璽①〈名〉國璽
国書①〈名〉國書
国情⓪〈名〉國情
国辱⓪〈名〉國恥
国粋⓪〈名〉國粹
国是①⓪〈名〉國是，國策
国勢⓪〈名〉國勢，國家的總情況
国政⓪〈名〉國政
国税⓪〈名〉國稅，國家的稅收
国籍⓪〈名〉國籍
国葬⓪〈名〉國葬
国賊⓪〈名〉叛國者，賣國賊
国体⓪〈名〉國體，國家體制；日本的
　全國運動會(「国民体育大会」的略
　語)
国定⓪〈名〉國家制定，國家規定
国土①〈名〉國土
国道⓪〈名〉國道
国内②〈名〉國內
国難⓪〈名〉國難
国費①〈名〉國家經費，公費
国賓⓪〈名〉國賓
国富⓪〈名〉國富
国宝⓪〈名〉國寶
国防⓪〈名〉國防
国民⓪〈名〉國民
国務①〈名〉國務
国有⓪〈名〉國有 **例**～地［國有地］
国利①〈名〉國家利益

国立⓪〈名〉國立 **例** 〜大学［國立大
學］
国力②〈名〉國力
国連⓪〈名〉聯合國
国論⓪〈名〉國人議論；輿論
国家①〈名〉國家
国歌①〈名〉國歌
国花①〈名〉國花
国会⓪〈名〉國會，議會
国旗⓪〈名〉國旗
国境⓪〈名〉國境
国庫①〈名〉國庫
国交⓪〈名〉邦交，外交

★ 愛国・異国・外国・帰国・挙国・
傾国・建国・故国・皇国・
最恵国・三国志・小国・全国・
祖国・属国・大国・中国・敵国・
天国・売国・富国強兵・報国・
万国・民国

果 は・たす/は・て/は・てる/カ
guǒ［日＝繁＝簡］

某些植物花落後含有種子的部分；
事情的結局，結果；堅決；確實，
眞的 **辨** 在日語中還有「死亡」「盡
力」「極其」「邊際、盡頭」等意思
果 たす②〈他五〉完成，實現，實行；
光，盡 **例** 責任を〜す［盡責任］
果 て②〈名〉邊，邊際；盡頭；最後，
末了，結局；下場 **例** 〜のない話
［沒完沒了的話］
果 てる②〈自一〉終，盡，完畢；死；
（接在動詞連用形後）極其，達到極
點 **例** 息が〜てる［斷氣］
果敢⓪〈形動〉果敢
果実⓪〈名〉果實

果樹①〈名〉果樹
果汁⓪〈名〉果汁
果然⓪〈副〉果然
果断⓪〈形動〉果斷
果糖⓪〈名〉果糖
果報①⓪〈形動〉因果報應，報應；
幸福，幸運

★ 結果・効果・成果・青果・戦果

菓 カ
［菓］［菓］guǒ［日＝繁＝簡］
果實；點心 **辨** 「菓」是「果」的異體
字，現代漢語中使用「果」
菓子①〈名〉點心，糕點；糖果

★ 茶菓＝ちゃか

過 あやま・ち/あやま・つ/す・ぎる/
す・ごす/カ

［過］［过］guò［日≒繁≒簡］
經過某個空間或時間；超過；過失
過ち③④〈名〉錯誤，錯兒，失敗；
過錯，過失，罪過
過つ③〈他五〉弄錯，做錯；犯錯誤
例 矢は〜たず的に命中した［箭準
確地射中了靶子］
過ぎ去る③④〈自五〉通過；過去，
完了；消逝 **例** 〜った昔［已成過去
的往昔］
過ぎる②〈自一〉過，經過；過去，
逝去；消逝；超過；過度，過分
例 〜ぎたことはしかたがない［過去
的事情就算了吧］
過ごす②〈他五〉過，度，度過；生
活，過活；過度，過量 **例** 楽しい夏
休みを〜す［度過愉快的暑假］
過客⓪①〈名〉來客；過客，旅客

過激⓪〈形動〉過激

過去①〈名〉過去

過誤⓪〈名〉過錯，過失

過酷⓪〈形動〉嚴酷，苛刻；殘酷

過言⓪〈名〉誇大；説得過火

過失⓪〈名〉過失

過重⓪〈形動〉過重

過小⓪〈名〉過少

過剰⓪〈名・形動〉過剩

過食⓪〈名・サ變〉吃得過多

過信⓪〈名・サ變〉過於相信

過疎①〈形動〉(人口)過稀，過少，
　過疏

過多①〈名〉過多

過大⓪〈形動〉過大

過程⓪〈名〉過程

過渡①〈名〉過度

過渡期②〈名〉過度時期

過度①〈名〉過度

過当⓪〈名・形動〉過當，過分

過熱⓪〈名・サ變〉過熱

過半数②④〈名〉過半數

過敏⓪〈名・形動〉過敏

過分⓪〈名〉過分，過度

過保護②〈名・形動〉過分嬌生慣養，
　過度保護

過密⓪〈名・形動〉過於密集

過労⓪〈名〉過勞，疲勞過度

★ 経過・罪過・超過・通過

H ㄏ

骸 むくろ/ガイ
hái[日＝繁＝簡]
　骨頭；身體

骸⓪〈名〉屍體；身軀

骸骨①〈名〉骸骨，屍骨

遺骸⓪〈名〉遺骸，遺體

★ 残骸・死骸

海 うみ/カイ
hǎi[日＝繁＝簡]
　大洋靠近陸地的部分；大的

海①〈名〉海，海洋；茫茫一片

海辺⓪③〈名〉海邊，海濱

海尉①〈名〉海尉(日本海上自衛隊中
　的一種官職)

海域⓪〈名〉海域

海員⓪〈名〉海員，船員

海運⓪〈名〉海運

海外①〈名〉海外

海岸⓪〈名〉海岸

海魚①〈名〉海魚

海峡⓪〈名〉海峽

海軍①〈名〉海軍

海溝⓪〈名〉海溝，海底溝

海産物③〈名〉海產品

海事①〈名〉海上事務，海事

海上⓪〈名〉海上

海水⓪〈名〉海水

海戦⓪〈名〉海戰

海賊⓪〈名〉海盜

海底⓪〈名〉海底

海難⓪〈名〉海難

海抜⓪〈名〉海拔

海浜⓪〈名〉海濱

海風⓪〈名〉海風

海兵⓪〈名〉海軍士兵

海防⓪〈名〉海防

海面⓪〈名〉海面

海洋⓪〈名〉海洋

海里①〈名〉海里
海陸①〈名〉海陸，水陸，海洋和陸地
海流⓪〈名〉海流
海路①〈名〉海路

★雲海・沿海・公海・航海・樹海・深海

害 ガイ
hài[日＝繁＝簡]

有損的（與「益」相對）；引起災難的人或事物，壞處；使受損傷，殺死

害悪①〈名〉危害，毒害；壞影響
害意①〈名〉惡意，禍心
害する③〈サ變〉傷害，損害，毀壞；妨礙；殺害，陷害
害虫⓪〈名〉害蟲
害鳥⓪〈名〉害鳥
害毒①〈名〉毒害

★干害・危害・公害・災害・殺害・惨害・自害・障害・水害・阻害・損害・迫害・被害・妨害・薬害・要害・利害・冷害

含 ふく・む/ふく・める/ガン
[含][含]hán[日≒繁＝簡]

東西放在嘴裏，不嚥下也不吐出；藏在裏面，包容在裏面；帶有某種意思、情感等，不完全表露出來

含む②〈自他五〉含；帶有，含有，包括；了解，考慮，知道；含，懷（恨）例恨みを～む[懷恨]
含める③〈他一〉包含，包括；囑咐，告知，指導 例スポンジに水を～める[把海綿蘸上水]
含意①〈名・サ變〉含意
含羞⓪〈名〉含羞(帶愧)

含蓄⓪〈名〉含蓄，有言外之意，不明説，暗示
含有⓪〈名・サ變〉含有

★包含

寒 さむ・い/カン
hán[日＝繁＝簡]

冷（跟「暑」相對）；害怕；窮困

寒い②〈形〉冷，寒冷；寒碜，簡陋，破舊，窮氣 例きょうはばかに～いね[今天冷得真属害]
寒気③〈名〉寒冷，風寒；寒戰
寒気①〈名〉寒氣，寒冷
寒月⓪〈名〉寒月
寒暑①〈名〉寒暑，冷暖
寒色⓪〈名〉寒色，冷色
寒村⓪〈名〉窮鄉僻壤
寒帯⓪〈名〉寒帶
寒暖⓪〈名〉寒暑，寒暖
寒暖計⓪〈名〉寒暑表，溫度計
寒中⓪〈名〉隆冬季節，寒冬，三九天裏；嚴冬，嚴寒的冬天
寒天③⓪〈名〉寒天，寒空；瓊脂，實花膠，洋粉，洋菜
寒梅⓪〈名〉寒梅
寒風⓪〈名〉寒風
寒流⓪〈名〉寒流，寒潮
寒冷⓪〈名〉寒冷

★悪寒・極寒・厳寒・小寒・耐寒・大寒・防寒・余寒

韓 カン
[韓][韩]hán[日＝繁≒簡]

國名

韓国①〈名〉韓國

★日韓

汗 ^{あせ/カン}
hàn［日＝繁＝簡］

人或高等動物從皮膚排泄出來的液
體

汗①〈名〉汗

汗臭い④〈形〉有汗味兒

　例 体が～い［身上有汗味兒］

汗ばむ③〈他五〉微微出汗

　例 ～んだ手［出汗了的手］

汗疹③〈名〉痱子

汗水①②〈名〉汗水

汗顔⓪〈名〉汗顔，漸愧

汗牛充棟⓪〈名〉汗牛充棟

汗腺⓪〈名〉汗腺

汗馬①〈名〉汗馬，流汗的馬

★発汗・冷汗

漢 ^{カン}
［漢］［汉］hàn［日＝繁≒簡］

中國朝代名；漢族

漢音①⓪〈名〉漢音

漢学⓪〈名〉漢學

漢語⓪〈名〉漢語，漢語詞；音讀漢語
　詞

漢詩⓪〈名〉中國古詩，漢詩

漢字⓪〈名〉漢字

漢人⓪〈名〉漢族人

漢籍⓪〈名〉漢語典籍

漢文⓪〈名〉漢文；（中國的）古文，
　文言文，古漢語

漢方医③〈名〉中藥師

漢和辞典④〈名〉漢日辭典

★悪漢・巨漢・好漢・酔漢・痴漢・
　暴漢・門外漢・冷血漢

憾 ^{カン}
hàn［日＝繁＝簡］

失望，不滿足

★遺憾

行 ^{い・く/おこな・う/ゆ・く/アン/ギ
ョウ/コウ}
háng(xíng)［日＝繁＝簡］

走；進行，做；流行性的，臨時性
的；行列；某些營業機構；量詞

行き当たる④〈自五〉走到盡頭；不
　能前進，不能進展；碰壁＝ゆきあ
　たる 例 ～ったら右に曲がりなさい
　［走到盡頭請往右拐］

行き交う③〈自五〉往來＝ゆきかう
　例 大小の船が～う［大小船隻來來
　往往］

行き来⓪〈名・サ變〉往來，來往；交
　往，交際 例 彼とは～がある［和他
　有交往］＝ゆきき

行き先⓪〈名〉目的地；將來＝ゆき
　さき

行き過ぎる④〈自一〉通過，經過；
　走過頭了，走過去；過度＝ゆきす
　ぎる 例 ～ぎたことをした［做了過
　火的事情］

行き違う④⓪〈自五〉走兩岔，沒遇
　上；搞錯，發生差錯＝ゆきちがう
　例 話が～う［話不投機］

行き着く③到達，達到目的；耗盡全
　力（人力，物力）例 ～く所は一つ
　［目的是一個］＝ゆきつく

行き付け⓪〈名〉去慣，去熟 例 ～
　の店［去慣了的商店］＝ゆきつけ

行き届く④〈自五〉周到，周密
　例 心配りが～いている［考慮得周

行き詰まる④〈自五〉行不通，走到盡頭，走不過去；停滯，停頓，陷入僵局＝ゆきづまる **例** いたるところで～る[到處碰壁]

行き止まり⓪〈名〉走到盡頭，走頭，終點，盡頭＝ゆきとまり **例** この道は～だ[這條路走到頭了]

行き渡る④〈自五〉普及，遍布＝ゆきわたる **例** テレビは全国に～った[電視機普及全國]

行く⓪〈自五・補動〉(ゆくの口語形)去，往；行，走；(事物)進行，進展；(用於否定)(不)行，(不)可，(不)能；做，搞；(路等)通往，通向，通到；經過，走過；滿意，滿足；成長；到，到達；出嫁；出征；表示繼續進行；表示逐漸變化 **例** 計画通りにうまく～った[按計畫進行得很順利]

行う⓪〈他五〉做，舉行，施行，實行，進行；修行 **例** 思い切って改革を～う[進行大膽的改革]

行く⓪〈自五・補動〉去，往，到；行，走；離去；經過，走過；(道路)通往，到達；成長；(事物的)進行，進展；(感到)滿足，滿意；出嫁；(用於否定表示)不行，不可；出征；表示動作持續進行；表示(狀態)逐漸變化 **例** 納得が～く[可以理解，可以領會]

行方⓪〈名〉去向，下落，行踪；前途，將來 **例** ～を案じる[擔心將來]

行く末⓪〈名〉前途，將來 **例** ～を考えると、ぞっとする[瞻望前途，不

寒而慄]

行脚⓪①〈名・サ變〉雲遊，遊方，行腳；周遊，巡遊，徒步旅行

行宮③⓪〈名〉行宮

行間⓪〈名〉行間

行儀⓪〈名〉舉止，禮貌，規矩

行幸⓪〈名・サ變〉(天皇)出行，行幸

行司③⓪〈名〉相撲裁判員，裁判員

行事①③〈名〉(按照一定的計畫、習慣舉行的)活動，儀式，節日

行書⓪〈名〉行書

行商⓪〈名・サ變〉行商

行状⓪〈名〉行為，品行；行狀

行政⓪〈名〉行政

行政区③〈名〉行政區

行跡⓪〈名〉行跡，行為，品行＝こうせき

行列⓪〈名・サ變〉行列，隊伍

行為①⓪〈名〉行為，行徑

行員⓪〈名〉銀行職員

行雲流水⓪〈名〉行雲流水；聽其自然

行軍⓪〈名・サ變〉行軍

行使①〈名・サ變〉行使

行進⓪〈名・サ變〉(列隊)前進，行進，遊行

行動⓪〈名・サ變〉行動

行文⓪〈名〉行文，文筆

行楽⓪①〈名〉遊覽，遊玩

行路①〈名〉行路，走路的人；度世，處世

★改行・紀行・急行・銀行・決行・実行・発行・非行・飛行・歩行・流行・旅行

航 コウ

háng[日＝繁＝簡]

船；行船或飛行

航海① 〈名・サ變〉航海

航空⓪〈名〉航空 例 ～便[航空郵件；航班]

航行⓪〈名・サ變〉航行

航跡⓪〈名〉(船舶等)航行時留下的痕跡

航程⓪③〈名〉航程

航路①〈名〉(船、飛機)航線

★出航・難航

豪 ゴウ

háo[日＝繁＝簡]

氣魄大，直爽痛快，沒有拘束的；具有傑出才能的人；強橫的，有特殊勢力的 辨 在日語中，還可以表示澳洲、澳大利亞

豪雨①〈名〉大雨，暴雨

豪華①〈形動〉豪華，奢華

豪快⓪〈形動〉豪爽，豪放，豪邁

豪気①〈名・形動〉豪放，豪邁

豪傑⓪〈名〉豪傑

豪語①〈名・サ變〉豪言壯語

豪奢①〈名・形動〉豪奢，豪華

豪州⓪〈名〉澳洲，澳大利亞

豪商⓪〈名〉豪商，富商

豪勢①〈形動〉豪華，奢華，奢侈

豪雪⓪〈名〉大雪

豪壮⓪〈形動〉豪壯，雄壯；豪華

豪族①⓪〈名〉豪族，土豪，權門

豪胆③〈名・形動〉大膽，勇敢

豪農⓪〈名〉豪農

豪放⓪〈形動〉豪放，豪爽

豪遊⓪〈名・サ變〉揮霍無度地遊玩

★酒豪・富豪・文豪

好 この・む/す・き/す・く/コウ

hǎo(hào)[日＝繁＝簡]

優點多的或使人滿意的；友愛，和睦；愛，喜歡 辨 在日語中，沒有「身體健康」「容易」「完成」「很，甚」「便於」等意思

好み③〈名〉愛好，嗜好；希望，要求；流行，時興 例 ～にぴったりあう[正中所好]

好む②〈他五〉愛好，喜歡；希望，願意 例 スポーツを～む[愛好體育活動]

好き②〈名・形動〉愛好，嗜好，喜好，喜歡；愛，愛情；任意，隨便；好色 例 ～なのをとる[喜歡什麼就拿什麼]

好く①〈他五〉喜好，喜歡 例 彼は皆に～かれている[他受到大家的喜愛]

好い①〈形〉好(的)；正確的，理當，正當；善；正適宜，正好，恰好；充分，很；(表示)滿足，安心，太好了；表示譏諷對方；可以，行，好；關係親密，感情好，和睦；(價格)貴，高；美麗的，漂亮的；好(日子)，吉(日)，佳(期)；(連用形「よく」)經常，動不動，好，愛；(接動詞連用形後表示)順利，好使 例 ～くおいでくださいました[您來得太好了]

好意①〈名〉好意

好運⓪①〈名・形動〉幸運，僥倖

好悪①〈名〉好惡，愛憎＝こうあく

好学⓪〈名〉好學

好感⓪〈名〉好感

好漢 ⓪〈名〉好漢
好奇 ①〈名〉好奇
好機 ①〈名〉良機，好機會
好奇心 ③〈名〉好奇心
好況 ⓪〈名〉繁榮，景氣，興盛
好戦 ⓪〈名〉好戰
好調 ⓪〈名・形動〉順利，情況很好
好都合 ③〈名・形動〉恰好，方便，順利
好適 ⓪〈名〉合適，適於，正好
好転 ⓪〈名・サ變〉好轉
好評 ⓪〈名〉好評
好物 ①⓪〈名〉喜歡的東西
好例 ⓪〈名〉好例子，正好的例子
★愛好・絶好・同好・友好

号 ゴウ
[號][号]hào[日＝簡≒繁]
名稱；命令，號令；記號，標誌；表示次第或等級
号外 ⓪〈名〉(報紙等的)號外
号砲 ⓪〈名〉號炮
号令 ⓪〈名〉號令，命令；口令
★雅号・記号・信号・怒号・年号・番号

耗 コウ/モウ
hào[日＝繁＝簡]
減損，消費
耗散〈名・サ變〉減少，損耗
★消耗・損耗・耗耗

喝 カツ
[喝][喝]hē(hè)[日≒繁＝簡]
大聲喊叫 辨在日語中沒有把液體飲料或流質食物嚥下去的意思

喝采 ⓪〈名・サ變〉喝采，歡呼
喝破 ①〈名・サ變〉説穿，道破；厲聲呵斥
★威喝・一喝・恐喝・大喝

合 あ・う/あ・わす/あ・わせる/カッ/ガッ/ゴウ
hé[日＝繁＝簡]
閉，對攏；聚集；總共，全；一事物與另一事物相應或相符
合縁奇縁 ⑤〈名〉奇緣，意外之緣，天緣巧合 例これこそ〜だ[這真是意外之緣]
合鍵 ②⓪〈名〉配的鑰匙
合図 ①〈名・サ變〉信號，暗號
合間 ③⓪〈名〉空隙，間隔，間隙
合う ①〈自五・接尾〉準，對，正確；合適，適合；一致，符合；配合；調和；合算，不虧本；合一，合到一起；(接動詞連用形後)一塊…，一同…；互相… 例気が〜う[對勁兒，投緣]
合わす ②〈他五〉＝合わせる
合わせる ③〈他一〉加在一起，合起；對，使…一致；對照，核對；配合，調和，整頓；合奏；(相撲、劍道等按規定使比賽者)對賽，使…競賽；合併，兼併；介紹，引見 例心を一つにして力を〜せる[齊心協力]
合切 ⓪〈名〉一切，全部(多用於和其他詞合成的複合詞)
合作 ⓪〈名・サ變〉合作，協作；共著，合著
合冊 ⓪〈名・サ變〉合訂(本)

合算⓪〈名・サ變〉共計，總計，合計
　辨 在日語中，還有「花費少而收效較
　大」(引き合う、勘定に合う、安上
　がり)的意思
合衆国③〈名〉合眾國
合宿⓪〈名・サ變〉集訓(運動員或從
　事研究工作人員等為了提高效率共
　同寄宿，集中住在一起)；集體住宿
合唱⓪〈名・サ變〉合唱
合掌⓪〈名・サ變〉合掌
合戦⓪①〈名・サ變〉會戰，對打，交
　戰；(對立的雙方)爭勝負
合奏⓪〈名・サ變〉合奏
合葬⓪〈名〉合葬
合体⓪〈名〉合為一體，合併；
　團結一心
合致⓪〈名・サ變〉一致，吻合，符合
合点③〈名・サ變〉同意，認可；理解，
　領會
合評⓪〈名・サ變〉共同評論，集體評
　論
合併⓪〈名・サ變〉合併
合意①〈名・サ變〉同意，意見一致
合一⓪〈名・サ變〉合一
合格⓪〈名・サ變〉合格
合議①〈名・サ變〉協商，協議，商議，
　商談
合金⓪〈名〉合金
合計⓪〈名・サ變〉合計
合憲⓪〈名〉符合憲法
合資⓪〈名・サ變〉合股，合資
合祀①⓪〈名・サ變〉合祀，供在一起
合字⓪〈名〉合字(兩個漢字、假名合
　寫成一個字，如「麻呂」寫成「麿」
　等)

合成⓪〈名・サ變〉合成
合繊⓪〈名〉合成纖維(「合成纖維」的
　略語)
合同⓪〈名・サ變〉聯合；合併 **辨** 在
　漢語中，指當事人之間在辦理某事
　時而訂立的條文(契約)
合板⓪〈名〉膠合板，三合板
　＝ごうはん
合否①〈名〉合格與否
合弁⓪〈名〉合辦，合營
合法⓪〈名・形動〉合法
合理①〈名〉合理
合力〈名・サ變〉協力，幫助；救濟，
　施捨，捐助；乞丐，乞討者
合流⓪〈名・サ變〉合流，匯合；(團
　體、政黨的)聯合，合併

★化合・会合・集合・総合・適合・
　符合・連合

何 なに/なん/カ
hé[日＝繁＝簡]
　疑問代詞。什麼；為什麼；怎樣

何某②〈代〉某某，某人；某些，若干
何事⓪〈名〉何事，什麼事情
何何① ②〈代〉(用於列舉許多不明
　確的事物)哪個，哪些，什麼，某
　某，等等
何程⓪〈名〉多少，若干
何者⓪〈名〉什麼人，誰
何物⓪〈名〉什麼(東西)
何故⓪①〈副〉何故(為什麼)
何回①〈名〉多少回(次)，幾回(次)
何月①〈名〉幾月
何歳①〈名〉幾歲，多大年紀
何時①〈名〉幾點鐘

何度①〈名〉幾次，幾遍；屢次，再
　三；幾度，多少度
何人①〈名〉幾個人，多少人
何年①〈名〉幾年，多少年；何年，哪
　一年
何番①〈名〉多少號；第幾，第幾位
何遍①〈名・副〉幾次，幾回，幾遍；
　若干次，反覆

★幾何

和 あ・える/なご・む/なご・やか/や
　わ・らぐ/やわ・らげる/オ/ワ

hé[日＝繁＝簡]
相安，協調；平靜，不猛烈；平息
爭端；和數；指日本　在日語中，
沒有連詞（與…一起）的用法，也沒
有「不分勝負」的意思，而有「拌、
拌菜」的意思

和える②〈他一〉拌，拌菜 **例** みそ
で～える[用醬拌]
和む②〈自五〉平靜，溫柔 **例** ～んだ
目を投げる[投以溫柔的目光]
和やか②〈形動〉平靜，溫和，和睦，
友好 **例** 風～に日はうらら[風和日
麗]
和らぐ③〈自五〉緩和起來，平靜下
來 **例** 態度が～ぐ[態度緩和起來]
和らげる④⓪〈他一〉使之柔和；使
（緊張狀態）緩和；使易懂 **例** 張り
詰めた気を～げる[使緊張的氣氛緩
和下來]
和英辞典④〈名〉日英詞典
和音⓪〈名〉和弦，日本式的漢字讀音
和歌⓪〈名〉和歌（日本固有形式的詩
歌）；短歌（五句31字的日本詩歌）

和解⓪〈名・サ變〉和好；(法律)和解
和菓子②〈名〉日本點心
和漢①〈名〉日本與中國；日語與漢語
和議①〈名〉和議，和談；(法)(債權
者與債務者之間的)和解契約
和気藹藹①〈形動〉和藹，樂融融
和語①〈名〉和語，日本語；(對外來
語而言)日本固有的語言
和裁⓪〈名〉和服的剪裁
和紙①〈名〉日本紙
和式⓪〈名〉日本式
和室⓪〈名〉日本式的房間
和書①〈名〉日文書籍；日本式裝訂
的書
和尚①〈名〉和尚
和食⓪〈名〉日本飯菜
和親①⓪〈名〉(國際間的)親善，友
好，建立正式的外交關係
和人⓪〈名〉日本人
和製⓪〈名〉日本製(的)
和戦①〈名〉和與戰；停戰
和装⓪〈名〉日式服裝
和風⓪〈名〉日本式；(氣)和風(風力
四級)
和服⓪〈名〉和服，日本衣服
和文⓪〈名〉日本的文章
和平①〈名〉和平，和睦
和訳⓪〈名・サ變〉(把外國語言)譯成
日語
和洋⓪〈名〉日本和西洋
和楽⓪〈名・サ變〉和樂，和睦歡樂

★英和・温和・穏和・漢和・緩和・
協和・講和・親和・総和・調和・
柔和・不和・平和

劾 ガイ

hé[日＝繁＝簡]

揭發罪狀

★ 弾劾

河 かわ/カ

hé[日＝繁＝簡]

水道的通稱

河②〈名〉河，河川，河流，江河

河辺③⓪〈名〉河邊，河沿

河口⓪〈名〉河口

河岸⓪〈名〉河岸

河床⓪〈名〉(地)河床

河川⓪〈名〉河川

河畔①〈名〉河畔

★ 運河・黃河・銀河・山河・氷河

荷 に/カ

hé(hè)[日＝繁＝簡]

原意指用肩扛或擔 **辨** 在日語中主要作為名詞使用，特指貨物、行李

荷①⓪〈名〉東西，貨物，行李；負擔，責任，累贅

荷揚げ③〈名・サ變〉(從船上)卸貨(工人) **例** 船から～する[從船上卸貨]

荷扱い②〈名〉辦理貨物，託運；裝卸、搬運方法 **例** ～が荒い[搬運得不仔細，野蠻搬運]

荷受け③〈名〉收貨，領貨

荷馬①〈名〉馱馬，拉車的馬

荷為替②〈名〉押匯，跟單匯票，貨匯

荷車②〈名〉(人或牛、馬拉的)大板車，載貨車，運貨車

荷捌き②〈名・サ變〉處理貨物；銷售

貨物 **例** ～がうまくいく[貨物暢銷]

荷台⓪〈名〉(卡車的)車廂，(自行車的)駄架，貨架

荷作り②〈名・サ變〉包裝(貨物)，包捆(行李)

荷主①⓪〈名〉貨主，發貨人

荷札①〈名〉貨簽，貨物飛子

荷物①〈名〉(運輸、攜帶的)行李，貨物，物品；(俗)負擔，累贅

荷重⓪〈名〉(建築物的)負荷，(車、船的)載重，載重量

荷電⓪〈名・サ變〉(物體)帶電；電荷

★ 集荷・出荷・入荷・初荷

核 カク

hé[日＝繁＝簡]

果實中堅硬並包含果仁的部分；物體中像核的部分；指原子核、核能、核武器等

核家族③〈名〉(由夫妻及其未婚子女組成的)小家庭

核実験③〈名〉核試驗

核心⓪〈名〉核心，要害，關鍵

核燃料⑤〈名〉核燃料

核反応③〈名〉原子反應，核反應

核武装③〈名〉核武裝，核軍備

核分裂③〈名〉(物)核裂變，原子核分裂；(生)(細胞)核分裂

核兵器③〈名〉核武器

核力②〈名〉(物)核力

★ 地核・中核

賀 ガ

[賀][贺]hè[日＝繁≒簡]

慶祝，祝頌

賀宴⓪〈名〉賀宴，喜筵

賀正①⓪〈名〉慶祝新年，賀年(賀年片等用語)

賀状⓪〈名〉賀信；賀年片

賀する②〈サ變〉慶賀，祝賀 例 新年を～する[慶賀新年]

★ 参賀・祝賀・年賀・奉賀

褐 カツ

[褐][褐]hè[日≒繁＝簡]

　黑黃色

褐色⓪〈名〉褐色

褐炭⓪①〈名〉褐煤

鶴 つる/カク

[鶴][鶴]hè[日＝繁≒簡]

　鳥類的一屬

鶴①〈名〉鶴

鶴首①〈名・サ變〉翹首，殷切期望

鶴亀①〈名〉龜鶴

鶴嘴②〈名〉鶴嘴鎬

★ 折り鶴・丹頂鶴

黑 くろ/くろ・い/コク

hēi[日＝繁＝簡]

　煤或墨那樣的顏色(跟「白」相反)；暗，光線不充足；非法或隱蔽的

黑①〈名〉黑，黑色；黑色的東西；犯罪，嫌疑，嫌疑犯 例 今のところ～とも白ともいえない[現在不能斷定是否是他犯的罪]

黑い②〈形〉黑，黑色的；骯髒，髒；壞，不正，邪惡 例 腹が～い[壞心腸，黑心眼兒]

黑髪②〈名〉黑髮

黑雲⓪〈名〉烏雲，陰雲；(喻)障礙物

黑砂糖③〈名〉紅糖

黑字⓪〈名〉黑字

黑船⓪〈名〉外國(黑色的)輪船；(江戶末期從歐美到日本的)艦船

黑幕⓪〈名〉黑幕

黑衣①〈名〉黑衣服；(黑色)僧服，緇衣＝こくえ

黑煙⓪〈名〉黑煙

黑鉛⓪〈名〉石墨

黑色⓪〈名〉黑色

黑人⓪〈名〉黑人，黑種人

黑点⓪〈名〉黑點

黑板⓪〈名〉黑板

黑白②⓪〈名〉黑白，黑色和白色；黑白，正邪，善惡，是非＝くろしろ

黑竜江③〈名〉黑龍江

★ 暗黑

痕 あと/コン

hén[日＝繁＝簡]

　創傷痊癒後留下的疤，亦泛指斑跡

痕跡⓪〈名〉痕跡

★ 血痕・傷痕(きずあと)・弾痕・爪痕・瘢痕・墨痕

恨 うら・む/うら・めしい/コン

hèn[日＝繁＝簡]

　怨，仇視；懊悔，令人懊悔或怨恨的事

恨む②〈他五〉恨，懷恨；怨，埋怨；遺憾 例 何かあるとすぐ人を～む[一有什麼就埋怨人]

恨めしい④〈形〉覺得可恨；覺得遺憾 例 ～そうな目つき[含怨的目光]

恨事①〈名〉恨事，遺恨

★ 遺恨・怨恨・悔恨

恒 コウ
[恆][恒]héng[日＝簡≒繁]

持久；經常的，普通的

恒温⓪〈名〉恆温
恒久⓪〈名〉恆久，永久
恒常⓪〈名〉恆常，永久，通常
恒心⓪〈名〉恆心
恒星⓪〈名〉恆星
恒例⓪〈名〉慣例，常規

桁 けた/コウ
héng[日＝繁＝簡]

樑上或門框、窗框等上的橫木

辨 在日語中還有表示數字的「位」的意思

桁⓪〈名〉橫梁；算盤柱；位數
桁違い③〈名〉數值錯位；相差懸殊
桁外れ③〈名〉格外，異常

★井桁・橋桁

横 よこ/オウ
héng[日＝繁＝簡]

跟地面平行的；地理上東西向的；從左往右或從右往左的(跟「豎」「直」「縱」相對)；縱橫雜亂；蠻橫，凶惡

横⓪〈名〉橫；旁邊，側面；不正，斜寬；緯紗，緯線
横雨⓪〈名〉斜著下的雨
横顔①〈名〉旁臉，側臉；(喻)(一般人不知道的人、物的)側面像，側影
横書き⓪〈名〉橫寫 例 左から～にする[左起橫寫]
横切る③〈他五〉橫過，橫穿 例 大通りを～る[橫穿大街]
横雲⓪〈名〉帶狀雲

横軸⓪〈名〉水平軸，橫軸
横滑り③〈名・サ變〉橫向滑動，向旁處溜，側滑；(喻)同級別的工作調動 例 彼は蔵相から通産相に～した[他由大藏大臣調任通産大臣]
横たえる④〈他一〉橫放，橫臥；橫挎 例 大刀を腰に～える[腰間橫挎大刀]
横倒し⓪〈名〉橫倒，橫躺 例 自転車が～になった[自行車翻倒了]
横たわる④〈自五〉躺臥，橫臥；橫放，橫布；擺著，存在著，面臨著 例 橋が目の前に～っている[眼前橫著一座橋]
横町⓪〈名〉胡同，小巷，橫街
横づけ⓪〈名・サ變〉(車、船等)橫靠，停靠 例 船を岸壁に～する[把船靠到岸邊]
横綱⓪〈名〉(相撲比賽的冠軍)「橫綱」；(喻)(同行中)首屈一指者
横面⓪〈名〉旁臉，側臉；(物體)側面
横長⓪〈名〉長方形的，橫寬的
横流し⑤③〈名・サ變〉以黑市價格出售(配售品、統製品等) 例 コメを～する[私賣大米]
横波⓪〈名〉從側面擊來的波浪，橫波，橫浪
横幅⓪〈名〉橫幅
横浜⓪〈名〉橫濱(地名)
横向き⓪〈名〉朝向側面，側身；側面
横目⓪〈名〉斜眼(看)；含情的眼神，飛眼，秋波；(印刷用紙上的)皺紋，皺褶
横文字⓪〈名〉橫寫的文字，西洋文字
横溢①〈名・サ變〉橫溢

横断⓪〈名・サ變〉横斷；横渡
横転⓪〈名・サ變〉横倒下；向左右旋
　轉
横道⓪〈名〉邪道，歪道
横柄①〈名〉傲慢，妄自尊大
横暴⓪〈名・形動〉横暴
横領⓪〈名・サ變〉私吞，侵吞
★ 縦横・専横

衡 コウ
héng[日＝繁＝簡]

稱東西輕重的器具；稱量；平，對等

★ 均衡・度量衡・平衡

虹 にじ/コウ
hóng[日＝繁＝簡]

雨後天空中出現的彩色圓弧
虹⓪〈名〉虹
虹彩⓪〈名〉彩虹

洪 コウ
hóng[日＝繁＝簡]

大；大水

洪水①⓪〈名〉洪水

紅 くれない/べに/コウ
[紅][红]hóng[日≒繁≒簡]

像鮮血一樣的顏色
紅②③〈名〉鮮紅色，深紅，通紅；
　紅花
紅①〈名〉紅色顏料；紅色，鮮紅色；
　口紅，胭脂
紅色⓪〈名〉紅色＝こうしょく
紅花②〈名〉(植)紅花
紅一点①③〈名〉(萬綠叢中)一點
　紅；多數男性中的唯一女性

紅顔⓪〈名〉紅顏
紅茶⓪①〈名〉紅茶
紅潮⓪〈名・サ變〉臉紅；月經；映日
　而呈現紅色的海潮
紅梅⓪〈名〉紅梅
紅白①〈名〉紅與白
紅葉⓪〈名・サ變〉樹葉變紅；紅葉，
　霜葉＝もみじ

侯 コウ
hóu[日＝繁＝簡]

古代五等爵位的第二等；泛指達官
　貴人
侯爵⓪①〈名〉侯爵

★ 王侯・諸侯

喉 のど/コウ
hóu[日＝繁＝簡]

頸的前部和氣管相通的部分
喉①〈名〉喉
喉頭⓪〈名〉喉頭
喉越し⓪〈名〉嚥食物(時的感覺)
喉自慢③〈名〉展現自己的歌喉
喉笛⓪③〈名〉氣嗓，聲門
喉仏③〈名〉喉核，喉結
喉元⓪〈名〉嚥喉，喉嚨

后 コウ
hòu[日＝繁＝簡]

皇后，帝王的妻子 **辨** 在現代漢語
中，「后」又是表示「背面的」「時間
遲」「子孫後代」的「後」的簡化字(參
見「後」)
后妃①〈名〉后妃；后宮的女官

★ 皇后・皇太后

厚 あつ・い/コウ
hòu[日＝繁＝簡]

扁平物體上，下兩個面的距離較大的；深，重，濃，大；不刻薄，待人好

厚い⓪〈形〉厚；深厚，誠摯，熱情
　　例～いもてなし[熱情的招待]

厚着⓪〈名・サ變〉多穿，穿得多
　　例～しすぎる[穿得太厚]

厚化粧③④〈名・サ變〉濃妝豔抹

厚地⓪〈名〉厚衣料，厚布
　　例～のカーテン[厚窗簾]

厚手⓪〈名〉(紙、布、陶器等)厚，厚東西　**例**～のウール[厚毛料]

厚意①〈名〉厚意

厚恩⓪〈名〉厚恩，大恩

厚顔⓪〈形動〉厚顔，厚臉皮

厚誼①〈名〉(書信用語)高情，厚誼

厚遇⓪〈名・サ變〉優待，厚待

厚志①〈名〉厚誼，厚情

厚情⓪〈名〉厚情

厚生⓪〈名〉衛生福利

厚薄⓪①〈名〉厚薄，厚度

★温厚・重厚・濃厚

後 あと/うしろ/おくれ・る/のち/コウ/ゴ

[後][后]hòu[日＝繁≒簡]

背面的，反面的(跟「前」相反)；晚，未到的；指次序；後代，子孫

後①〈名〉後邊，後面，後方；以後，後來，將來；死後，後事；其餘，其他，此外；子孫，後裔，後代；後任者，繼任；以前，過去；(次序)其次，下一個；結果，後果

後味⓪②〈名〉(飲食後的)口中餘味；事後回味(多用於消極方面)
　　例考えれば考えるほど～が悪い[越想越不是滋味兒]

後押し②〈名・サ變〉(從後面)推(的人)；腰(的人)，支持(者)，後援(者)　**例**彼には強力の～がついている[他有強有力的靠山]

後書き⓪〈名〉(書的)後記，跋；(信的)又及，附記

後始末③〈名〉收拾，清理，善後

後払い③〈名・サ變〉後付款

後回し③〈名〉推遲，緩辦

後戻り③〈名・サ變〉返回，往回走；倒退，退步

後ろ⓪〈名〉後，後頭，後面；背後，背面；背地，暗中　**慣**～の雁は先になる[後來居上]

後れる⓪〈自一〉遲，誤，耽誤；慢，晚；落後，過時；晚死　**例**情勢に～れる[落後於形勢]

後遺症③〈名〉後遺症

後援⓪〈名・サ變〉後援，支援，贊助；援軍

後悔①〈名・サ變〉後悔，懊惱

後患⓪〈名〉後患

後期①〈名〉後期，後半期

後記①〈名〉後記，結束語

後継⓪〈名〉繼承(者)，接班人

後見⓪③〈名・サ變〉(年幼護主的代理人或輔助人進行)輔助；(法)(未成年者或禁治產者的)保護(人)，監護(人)；(能樂、歌舞伎等的)檢場(人)

後顧①〈名〉後顧　**例**～の憂い[後顧之憂]

後嗣①〈名〉後嗣，繼承人

後事①〈名〉後事

後者①〈名〉後者；後來人

後述⓪〈名・サ變〉後述

後進⓪〈名・サ變〉後進

後世①〈名〉後世　另見「後世」

後退⓪〈名・サ變〉後退

後天⓪〈名〉後天

後任⓪〈名〉後任，繼任

後年⓪①〈名〉後來，多年以後，很久以後，將來；晚年 辨 在漢語中，是指次年的次年(再さ来年)

後輩⓪〈名〉後輩，後生，晚輩；後到職的同事，(同一學校的)後班同學；資歷淺，本事低的人

後発⓪〈名・サ變〉晚出發；後起

後半⓪〈名〉後半

後部①〈名〉後部(分)，後面

後方⓪〈名〉後邊；(戰場)後方

後輪⓪〈名〉後輪，後面的車輪

後日①⓪〈名〉事件發生以後；日後，將來

後世①〈名〉(佛)來世，來生另見「後世」

後手⓪①〈名〉落後，後下手，著手晚；(棋)後手，後著 例 ～に回る [落後一步]

★以後・空前絶後・午後・今後・最後・死後・食後・先後・戰後・前後・直後・背後・病後・放課後・老後

候 コウ
hòu[日＝繁＝簡]
等待；看望；時節；事物在變化中間的情狀

候補⓪〈名〉候補，候補人；候選，候選人

★気候・伺候・時候・兆候・天候

呼 よ・ぶ/コ
hū[日＝繁＝簡]
喊；喚，叫；往外出氣(跟「吸」相反)

呼び起こす⓪〈他五〉叫醒；喚起，引起 例 興味を～す[引起興趣]

呼び掛ける④〈他一〉召喚，招呼；呼吁，號召 例 道で彼に～ける[在路上招呼他一聲]

呼び声③⓪〈名〉呼聲，吆喚聲

呼び込む④〈他五〉叫進來，讓進來；引進來；拉進來，邀進來 例 客を～む[把客人讓進來]

呼び捨て⓪〈名〉(不加敬稱)只叫姓、名 例 人を～にする[直呼其名]

呼び出す③〈他五〉喚(叫)出來，找來，找出；傳喚，傳呼；開始叫，開始呼喚 例 友達を受付まで～す[把朋友叫(找)到傳達室]

呼び寄せる④〈他一〉叫到跟前來；召集在一起 例 医者を～せる[請醫生來]

呼ぶ⓪〈他五〉呼喚，召喚，喊叫；點名；叫，叫來；請，邀請；博得，吸引；引起；稱為，稱呼，叫做 例 人気を～ぶ[博得眾望；受歡迎]

呼応⓪〈名・サ變〉呼應

呼気①〈名〉呼氣

呼吸⓪〈名・サ變〉呼吸

呼号⓪①〈名・サ變〉呼號，呼喊，號召；誇大的説，號稱

呼集⓪〈名・サ變〉召集，呼集

呼称⓪〈名・サ變〉稱呼，稱為，叫
做；呼唱，(做體操時)呼號

★ 歓呼・称呼・点呼・連呼

弧 コ
[弧][弧]hú[日≒繁＝簡]

圓周的一段

弧状⓪〈名〉弧狀，弧形
弧線⓪〈名〉弧線
弧度①〈名〉弧度

★ 円弧・括弧

湖 みずうみ/コ
hú[日＝繁＝簡]

陸地上聚積的大水體

湖③〈名〉湖
湖沼⓪〈名〉湖沼，湖澤
湖水⓪〈名〉湖，湖水
湖底⓪①〈名〉湖底
湖畔①⓪〈名〉湖畔，湖濱
湖面⓪〈名〉湖面

★ 火口湖

虎 とら/コ
[虎][虎]hǔ[日≒繁＝簡]

一種哺乳動物

虎⓪〈名〉虎
虎穴⓪〈名〉虎穴
虎口⓪〈名〉虎口
虎視眈眈①〈トタル〉虎視眈眈
虎の子⓪〈名〉虎子

戸 と/コ
[戸][戸]hù[日≒繁≒簡]

一扇門；人家

戸締まり②⓪〈名〉關門，鎖門

例～を厳重にする[把門關嚴緊]

戸棚⓪〈名〉櫥，櫃，櫥櫃
戸惑う③〈自五〉不知所措，張皇失
措；迷失方向；(夜間)睡迷糊 例い
きなり聞かれて返事に～う[被突然
一問不知如何回答]
戸外①〈名〉戸外，屋外，室外
戸主①〈名〉(「世帯主」的舊稱)戸
主，家長
戸籍⓪〈名〉戶籍，戶口(簿)
戸別⓪〈名〉每家，挨戶

★ 一戸・門戸

互 たが・い/ゴ
hù[日＝繁＝簡]

彼此

互い⓪〈名〉雙方(多用「お～」的形
式)；互相，相互；彼此，大家一樣

例お～さま[彼此彼此]

互角⓪③〈名〉不相上下，勢均力敵

例～の勝負[不分勝負]

互換⓪〈名〉互換，互相交換
互恵⓪〈名〉互惠
互助⓪①〈名〉互助
互譲⓪〈名〉互讓
互選⓪〈名・サ變〉互選

★ 交互・相互

護 ゴ
[護][护]hù[日≒繁≒簡]

保衛

護衛⓪〈名・サ變〉護衛(員)
護憲⓪〈名〉護憲，保護憲法
護国⓪〈名〉護國，保衛國家
護持①〈名・サ變〉護持，捍衛
護身⓪〈名〉護身，防身

護身術②〈名〉防身術，護身術
護送⓪〈名・サ變〉護送；押送

★愛護・援護・加護・看護・守護・
弁護・保護・擁護

花 はな/カ

huā[日＝繁＝簡]

種子植物的繁殖器官，有各種形狀
顏色，一般花謝後結果實；樣子或
形狀像花的

花②〈名〉花 慣 両手に～[美人扶持
左右；名利兼收]

花形②〈名〉出名的人物，明星；花
樣 例 ～役者[名演員，名角]

花束③②〈名〉花束

花火①〈名〉焰火，煙火，花炮

花見③〈名〉觀花，賞花

花婿③〈名〉新郎，新姑爺

花屋敷③〈名〉栽植花卉(供觀賞的)
的庭園

花嫁②〈名〉新娘，新婦

花輪②⓪〈名〉(慶吊用)花圈，花環

花押う⓪①〈名〉花押(圖案化的草
書簽名)

花卉①〈名〉花卉

花甲⓪〈名〉花甲(60歲)
　＝華甲(かこう)

花崗岩②〈名〉花崗岩

花壇①〈名〉花壇

花鳥①〈名〉花鳥

花瓶⓪〈名〉花瓶

花粉⓪〈名〉(植)花粉

花弁⓪①〈名〉花瓣＝はなびら

花柳⓪〈名〉花柳

★開花・献花・造花・百花

華 はな・やか/カ/ケ

[華][华]huá[日＝繁≒簡]

美麗有光彩的；中華民族或中國

華やか②〈形動〉華麗，華美，美麗；
盛大，顯赫，活躍 例 ～な雰囲気
[歡快熾烈的氣氛]

華僑①〈名〉華僑

華甲⓪〈名〉花甲(60歲)＝花甲

華氏温度③〈名〉華氏溫度

華族①〈名〉華族(日本自明治維新後
賜給爵位的人及其家族，戰後廢止)

華道①〈名〉花道(日本的插花術)

華美①〈名・形動〉華美

華麗⓪〈形動〉華麗

★栄華・豪華・中華・繁華・蓮華

滑 すべ・らす/すべ・る/なめ・らか/カツ/コツ

[滑][滑]huá[日≒繁＝簡]

滑溜，光溜，不粗澀；在光溜的物
體表面上溜動；狡猾，不誠實

滑らす①〈他五〉使滑動；(腳)滑；走
(嘴) 例 口を～す[說走了嘴]

滑り込む⓪〈自五〉(棒球)溜進，滑
進；溜進，開進；(喻)好容易趕上
例 そっと部屋に～む[悄悄地溜進
屋裏]

滑り台③〈名〉滑梯

滑り出す④⓪〈自五〉開始滑動；滑
進去；(事物)開始 例 新事業が～
す[新事業開始]

滑り止め⓪〈名〉防滑物；(為了防止
考不上)多報考幾個學校

滑る②〈自五〉滑(冰、雪等)；滑溜，
發滑，滑；滑倒，溜倒；(俗)沒考
上；下台；走(嘴) 例 入学試験に～

った[入學考試沒考上]

滑らか②〈形動〉滑溜，平滑，光滑；
流利，順利 **例** 交渉が～に進む[交
涉順利進行]

滑降⓪〈名・サ變〉滑降

滑車①〈名〉滑車，滑輪

滑走⓪〈名・サ變〉滑行

滑稽⓪〈名・形動〉滑稽，可笑；詼諧

★ 円滑・潤滑

化 ば・かす/ば・ける/カ/ケ
huà[日＝繁＝簡]

性質或形式改變；特指「化學」

化かす②〈他五〉迷住，騙(人)，(使
人)迷惑 **例** 私はすっかり～された
[我完全受騙了]

化物④③〈名〉妖怪，鬼怪，妖精；
(喻)怪異的人，有奇才的人，怪人
例 あいつは～だ[那傢伙是個怪異
的人]

化ける②〈自一〉變；化裝，改裝；
(俗)意外的變化 **例** 学生に～ける
[化裝成學生]

化学①〈名〉化學

化合物②〈名〉化合物

化粧箱②〈名〉化妝盒

化する②〈サ變〉化為，變為；感化，
同化 **例** 徳をもって人を～する[以
德化人]

化生⓪〈名・サ變〉(生、醫)化生

化石⓪〈名〉化石

化繊⓪〈名〉化纖

化粧②〈名・サ變〉化妝

化身⓪〈名〉(佛)化身；(歌舞伎)鬼
怪，鬼臉

★ 悪化・感化・機械化・気化・
強化・教化・近代化・激化・
工業化・消化・進化・退化・
風化・変化・民主化

画 カク/ガ
[畫][画]huà[日≒繁≒簡]

圖；描畫或寫；字的一筆

画家⓪〈名〉畫家

画架⓪①〈名〉畫架

画一⓪〈名・形動〉劃一，統一

画数③〈名〉(漢字)筆畫數

画する③〈サ變〉畫線；劃分，隔開
例 一線を～する[畫清界限]

画然⓪〈形動〉顯然，分明，截然
例 ～とした考え[截然不同的想法]

画定⓪〈名・サ變〉劃定

画工⓪①〈名〉畫匠

画材⓪〈名〉繪畫的素材，繪畫的題
材；畫具

画室⓪〈名〉畫室

画質⓪〈名〉(電視機等的)圖像清晰
度

画趣①⓪〈名〉畫趣，圖意

画集⓪〈名〉畫集，畫冊

画像⓪〈名〉畫像；圖像

画題⓪〈名〉畫的題目；畫的題材

画壇⓪①〈名〉畫壇

画帳⓪〈名〉畫冊

画期的⓪〈形動〉劃時代的

画板⓪〈名〉畫板

画筆⓪〈名〉畫筆

画風⓪〈名〉畫風

画幅⓪〈名〉裝裱好的畫，帶軸的畫，
(一幅)畫

画餅⓪〈名〉畫餅，(計畫等)落空

画報①⓪〈名〉畫報

画法⓪①〈名〉畫法

画面①⓪〈名〉畫面

画用紙②〈名〉圖畫紙

画竜点睛⓪〈名〉畫龍點睛

画廊⓪①〈名〉畫廊

★映画・企画・区画・計画・参画・
字画・自画・書画・図画・
水彩画・水墨画・点画・動画・
日本画・版画・漫画・名画・
洋画

話 はなし/はな・す/ワ

[話][话]huà[日≒繁≒簡]

語言；説，談

話③〈名〉話，談話的內容；談話；事
理，道理；話題；商談，商議；傳
聞，傳説；故事，單口相聲，(虛構)
小説 圓～に花が咲く[越説越熱鬧，
越説越起勁]

話す②〈他五〉説，談；告訴；商量，
磋商 例いくら聞いても，彼は～そ
うとしない[怎麼打聽，他都不説]

話芸①〈名〉口述藝術(説唱曲藝中的
説部，如「評書、故事、笑話、相聲」
等)

話術①〈名〉講話方式，説話技巧

話題⓪〈名〉話題，談話資料

話法①⓪〈名〉説法，説話技巧；(語
法)敍述方法

★逸話・会話・寓話・訓話・懇話・
実話・小話・笑話・情話・神話・
説話・対話・談話・通話・童話・
悲話・秘話・民話・夜話・余話

懷 なつ・かしい/なつ・かしむ/なつ・く/なつ・ける/ふところ/カイ

[懷][怀]huái[日≒繁≒簡]

思念；包藏；胸前；心意；安撫

懐かしい④〈形〉思念，懷念；留戀，
依依不捨 例昔の戦友が～い[想念
過去的戰友]

懐かしむ④〈他五〉思念，想念，懷
念 例故郷を～む[懷念故郷]

懐く②〈自五〉(小孩等對周圍的人)
親密，接近，熟識 例彼にはどの
子もよく～く[小孩都願跟他接近]

懐ける③〈他一〉使親密，使接近，
使馴服 例猛獣を～ける[使猛獸馴
服]

懐⓪〈名〉懷，胸；腰包，(身上)帶的
錢；心事，想法，內心；四周被圍
的地方

懐疑①〈名・サ變〉懷疑

懐旧⓪〈名〉懷舊，懷念往事

懐郷⓪〈名〉思郷，懷郷

懐古①〈名・サ變〉懷古，懷舊

懐柔⓪〈名・サ變〉懷柔

懐胎⓪〈名・サ變〉懷胎

懐中⓪〈名・サ變〉懷中，懷裏；錢袋，
錢包

懐妊⓪〈名・サ變〉懷孕，妊娠

懐炉⓪〈名〉懷爐

★感懐・述懐・追懐・本懐

壞 こわ・す/こわ・れる/カイ

[壞][坏]huài[日≒繁≒簡]

品質惡劣，有害(跟「好」相反)；人
體、東西受了損傷；品質差，不完美

壞す②〈他五〉毀壞，弄壞，打碎，拆

毀；損害，損傷；破壞(約會、計
畫、談判等) **例** 縁談を〜す[破壞
婚事]

こわ
壞れる③〈自一〉壞，碎，倒塌；(計
畫、約會等)破裂，吹了；有毛病，
發生故障；壞，變質 **例** いすが〜れ
た[椅子壞了]

かい けつびょう
壞血病⓪〈名〉(醫)壞血病

かい めつ
壞滅⓪〈名・サ變〉毀滅，殲滅；崩
潰，毀滅

けっ かい   ぜん かい   そん かい   とう かい   は かい
★ 決壞・全壞・損壞・倒壞・破壞・
ほう かい
崩壞

歓 カン
[歡][欢]huān[日≒繁≒簡]

歡樂，高興；活躍，起勁

かん き
歡喜①〈名・サ變〉歡喜，欣喜

かん げい
歡迎⓪〈名・サ變〉歡迎

かん こ
歡呼①〈名・サ變〉歡呼

かん せい
歡声⓪〈名〉歡聲，歡呼聲

かん そう
歡送⓪〈名・サ變〉歡送

かん だん
歡談⓪〈名・サ變〉歡談，暢談

かん らく
歡楽⓪①〈名〉歡樂，快樂

あい かん   こう かん
★ 哀歡・交歡

還 カン
[還][还]huán[日≒繁≒簡]

回，歸；回報；償 **辨** 在日語中，沒
有作為副詞(讀成 hái 時)的用法

かん げん
還元⓪〈名・サ變〉還原，恢復原狀；
(化)還原

かん ぷ
還付①〈名・サ變〉歸還，退還

かん れき
還暦⓪〈名〉花甲之年(滿60歲)

おう かん   き かん   しょう かん   せい かん   そう かん
★ 往還・帰還・償還・生還・送還・
だっ かん   ほう かん
奪還・奉還

環 カン
[環][环]huán[日≒繁≒簡]

圓圈形的東西；圍繞

かん きょう
環境⓪〈名〉環境

かん し
環視⓪〈名・サ變〉圍觀

かん しょう
環礁⓪〈名〉環礁，環狀珊瑚礁

かん じょう
環状⓪〈名〉環狀，環形

かん たい へい よう
環太平洋⑤〈名〉環太平洋

いっ かん   じゅん かん
★ 一環・循環

緩 ゆる・い/ゆる・む/ゆる・める/ゆ
る・やか/カン
[緩][缓]huǎn[日≒繁≒簡]

寬鬆，寬大，慢，不急迫(跟「急」
相反)；延遲

ゆる
緩い②〈形〉鬆，不緊；不嚴；(坡)不
急，不陡，緩；緩慢；稀，不濃，不
乾 **例** ひもを〜く結ぶ[繩(帶)子繫
鬆點兒]

ゆる
緩む②〈自五〉鬆懈，鬆弛，緩和；
(行市)疲軟 **例** 気が〜む[精神鬆
懈，馬虎大意]

ゆる
緩める③〈他一〉放鬆，鬆懈；放慢，
降低；放寬；稀釋 **例** 制限を〜める
[放寬限制]

ゆる
緩やか②〈形動〉緩慢，緩和；寬鬆，
寬大；舒暢 **例** 風が〜に吹く[風輕
輕地吹]

かん きゅう
緩急⓪〈名〉緩急；危急；快慢

かん こう
緩行⓪〈名・サ變〉緩行，徐行

かん しょう
緩衝⓪〈名・サ變〉緩衝

かん まん
緩慢⓪〈形動〉(動作)緩慢，遲緩；
不嚴格，過於寬大

かん わ
緩和⓪〈名・サ變〉緩和

ち かん
★ 弛緩

幻 まぼろし/ゲン

huàn[日＝繁＝簡]

空虛的，不真實的；奇異變化

幻⓪②〈名〉虛幻，幻想，幻影

例 母の〜が目に浮ぶ[母親的幻影浮現在眼前]

幻影⓪〈名〉幻影，幻象

幻覚⓪〈名〉幻覺

幻視⓪〈名〉(心)幻視

幻術①⓪〈名〉幻術；戲法兒

幻想⓪〈名・サ變〉幻想，空想

幻聴⓪〈名〉幻聽

幻灯⓪〈名〉幻燈

幻滅⓪〈名・サ變〉幻滅

幻惑⓪〈名・サ變〉迷惑；目眩，昏眩

★ 変幻・夢幻

患 わずら・う/カン

huàn[日＝繁＝簡]

災禍；憂慮；害病

患う⓪〈自他五〉患病，生病 **例** 関節を〜う[患關節炎]

患者⓪〈名〉患者，病人

患部①〈名〉患部，傷口

★ 外患・急患・後患・疾患・重患・大患・内患・憂患

喚 カン

[喚][喚]huàn[日≒繁≒簡]

呼叫，喊

喚起①⓪〈名・サ變〉喚起，提醒

喚声⓪〈名〉(吃驚、興奮時的)叫喊聲

喚問⓪〈名・サ變〉傳訊

★ 叫喚・召喚

換 か・える/か・わる/カン

[換][換]huàn[日≒繁≒簡]

給人東西同時從他那裏取得別的東西；變換，更改

換える⓪〈他一〉代替，代理；換，更換，變換，交換，對換；(接尾)改…，換… **例** 命には〜えられない[生命是無法代替的]

換わる⓪〈自五〉換，交換，變賣 **例** 土地が大金に〜る[土地變賣成一大筆錢]

換羽⓪〈名・サ變〉(鳥)換毛

換気①⓪〈名・サ變〉換氣，通風

換金⓪〈名・サ變〉(把實物賣出去)換成現金，變賣

換言⓪〈名・サ變〉換言之，換句話

換骨奪胎①-⓪〈名〉脫胎換骨

換算⓪〈名・サ變〉換算，折合

★ 交換・置換・転換・変換

荒 あら・い/あ・らす/あ・れる/コウ

huāng[日＝繁＝簡]

收成不好；嚴重缺乏；長滿野草或無人耕種；不實在的，不正確的

辨 在日語中，還有「粗野、亂鬧」等意思

荒い②〈形〉凶猛，洶湧；粗野，粗暴；濫用 **例** 気性が〜い[脾氣粗暴]

荒稼ぎ③〈名・サ變〉力氣活兒，粗活兒；(用投機等手段)發橫財；不擇手段(搶劫、扒竊)設法賺錢

荒事⓪②〈名〉(歌舞伎)武打，武戲

荒仕事③〈名〉力氣活，累活，粗活；搶劫，強搶，行凶

荒波⓪〈名〉激浪，惡浪，怒濤；辛酸，艱辛 **例** 〜に揉まれる[歷經艱

辛]

荒らす⓪〈他五〉使…荒廢；騷亂，
擾亂；糟蹋，毀壞，破壞；搶劫，
偷盜 例 鼠が食べ物を～す[老鼠糟
蹋食物]

荒れ地⓪〈名〉荒地，不毛之地

荒れ肌⓪〈名〉粗糙的皮膚，乾燥的
皮膚

荒れ果てる④〈自一〉荒廢，荒蕪；壞
得不可救藥 例 ～てた土地を耕す
[耕種荒地]

荒れる⓪〈自一〉狂暴；(海濤)洶
湧；鬧(天氣)；激烈起來；失常，
秩序混亂；荒蕪，荒廢；(皮膚)皸
裂；粗糙；(俗)胡說，亂鬧，胡鬧
例 会議が～れる[會開得一團糟]

荒淫⓪〈名〉荒淫

荒原⓪〈名〉荒原

荒土①〈名〉荒土

荒唐無稽⓪〈名・形動〉荒誕無稽

荒廃⓪〈名・サ變〉荒廢

荒野①〈名〉荒野，荒郊＝あらの

荒涼⓪〈形動〉荒涼，荒寂

★ 救荒・凶荒・破天荒

慌 あわ・ただしい/あわ・てる/コウ
huāng[日＝繁＝簡]

急忙，忙亂；恐懼，不安

慌ただしい⑤〈形〉匆匆忙忙，慌慌
張張；不穩定的 例 ～く駆け込む
[慌慌張張地跑進去]

慌て者⓪〈名〉冒失鬼

慌てる⓪〈自一〉驚慌，張皇；很著
急，急急忙忙 例 ～てないで、落ち
着いて 考えなさい[別著慌，沉住氣
想一想]

★ 恐慌

皇 オウ/コウ/ノウ
huáng[日＝繁＝簡]

君主

皇位①〈名〉皇位

皇居①〈名〉皇宮

皇宮③〈名〉皇宮

皇后③〈名〉皇后

皇国⓪〈名〉天皇統治的國家

皇室⓪〈名〉皇室

皇族⓪〈名〉皇族

皇太后③〈名〉皇太后

皇太子③〈名〉皇太子
例 ～妃[皇太子妃]

皇帝③〈名〉皇帝

★ 天皇・法皇

黄 き/オウ/こ/コウ
[黄][黃]huáng[日＝簡≒繁]

像金子或向日葵花的顏色

黄色⓪〈名〉黄色

黄金⓪〈名〉黄金；金錢＝こがね
＝こうきん

黄色⓪〈名〉黄色＝きいろ
＝こうしょく

黄疸⓪〈名〉(醫)黄疸，黄病

黄桃⓪〈名〉黄桃

黄銅⓪〈名〉黄銅

黄河①〈名〉黄河

黄海⓪〈名〉黄海

黄塵⓪〈名〉黄塵

黄砂①〈名〉黄沙

黄泉⓪〈名〉黄泉

黄土①〈名〉黄土，黄泉

★ 硫黄(＝いおう＝ゆおう)・卵黄

灰 ^{はい/カイ}
[灰][灰]huī[日≒繁＝簡]

物體燃燒後剩下的東西；塵土；黑
白之間的顏色

灰色⓪〈名〉灰色；(喻)暗淡，陰暗，
陰鬱；(喻)曖昧，模稜兩可

灰皿⓪〈名〉菸灰缸

灰塵⓪〈名〉灰塵

★ 降灰・石灰

揮 ^キ
[揮][挥]huī[日＝繁≒簡]

舞動，搖擺；散出，甩出；指派，
命令

揮発⓪〈名・サ變〉揮發

揮毫⓪〈名・サ變〉揮毫，揮筆

★ 指揮・発揮

輝 ^{かがや・く/かがや・かしい/キ}
[輝][辉]huī[日＝繁≒簡]

閃射的光采；照耀

輝く③〈自五〉放光，放光輝，亮晶
晶；輝煌，閃耀，燦爛；光榮
例彼の目は喜びに〜いていた[他的
眼中閃爍著喜悅的光芒]

輝かしい⑤〈形〉耀眼，閃閃發光；
輝煌，光輝 例〜い手本を打ち立
てる[樹立光輝的榜樣]

輝度①〈名〉(物)亮度，輝度

★ 光輝

回 ^{まわ・す/まわ・る/エ/カイ}
huí[日＝繁＝簡]

還，走向原來的地方；掉轉；曲
折，環繞，旋轉；量詞，指事情的
次數

回す⓪〈他五〉轉，旋轉；把…交給對
方；(依次)傳遞，轉送，轉到；
派，派遣；圍上，圍繞；做得周
到，搞得圓滿；想辦法；借款，投
資，運用資金；轉任，調職
例事前に手を〜しておく[預先安
排好，事前採取措施]

回り道⓪〈名・サ變〉彎路，繞道，繞
遠走

回る⓪〈自五〉轉，旋轉，迴轉，轉
動；繞圈兒；(依次)傳遞，輪流，
巡迴，遍歷；繞彎，迂迴，繞道；
(在體內)發作，(動作等)靈活，靈
敏；周到，徹底；(資金)生利；(時
間)過去；轉職，調職；(接尾)(向
一定的範圍)轉移，移動
例あいさつに〜る[一一拜訪]

回帰①⓪〈名・サ變〉回歸

回忌⓪〈名〉(每年的)忌辰

回顧①〈名・サ變〉回顧，回憶

回航⓪〈名・サ變〉巡迴航行；(船空
載)開往某(港)處，轉港，返航

回収⓪〈名・サ變〉回收

回春⓪〈名〉回春；返老還童；病癒

回心①⓪〈名・サ變〉回心，改邪歸正

回診⓪〈名・サ變〉(醫生)巡迴診察，
查病房

回数③〈名〉回數，次數

回旋⓪〈名・サ變〉回旋

回線⓪〈名〉回路，電路，線路

回想⓪〈名・サ變〉回想，回憶

回漕⓪〈名・サ變〉漕運

回送⓪〈名・サ變〉轉送，轉寄，轉運

回虫⓪〈名〉蛔蟲

回腸①〈名〉(解)回腸

回転⓪〈名・サ變〉旋轉，扭轉局面，
　挽回大局(乾坤)
回答⓪〈名・サ變〉回答，答覆
回読⓪〈名・サ變〉集體閱讀討論
回避①⓪〈名・サ變〉回避，逃避
回復⓪〈名・サ變〉恢復，收復；康復
回文⓪〈名〉傳閱的文件；正念倒念
　都是一樣的話
回遊⓪〈名・サ變〉周遊，環遊
回覧⓪〈名・サ變〉傳閱 例 ～板[傳閱
　板]
回礼⓪〈名・サ變〉各處拜訪；到各家
　拜年 辨 在漢語中，是「還禮，回覆
　別人的敬禮」以及「回贈禮品」的意
　思
回路①〈名〉回路
回廊①⓪〈名〉回廊

★今回・巡回・初回・旋回・撤回・
　転回・挽回

悔 く・いる/くや・しい/く・やむ/カ
イ/ゲ

[悔][悔]huǐ[日≒繁＝簡]
懊惱過去做得不對
悔いる②〈他一〉後悔 例 今更～いて
　も始まらない[事到如今後悔也無濟
　於事]
悔しい③〈形〉遺憾，窩心，令人氣
　憤，委屈 例 騙されたと知って本
　当に～かった[知道是受騙，心裏很
　窩火]
悔やみ③〈名〉後悔，悔恨；吊喪，
　吊唁 例 ～に行く[去吊唁]
悔やむ②〈他五〉悔，懊悔；吊唁，
　吊喪，悼念 例 もうそんなに～む

な[別再那麼懊惱了]
悔悟①〈名・サ變〉悔悟，改悔
悔恨⓪〈名・サ變〉悔恨

★後悔・懺悔

毀 こぼ・れる/キ
[毀][毀]huǐ[日≒繁＝簡]
破壞損害；誹謗，說別人的壞話
毀れる③〈自下一〉毀壞，損壞
毀損⓪〈名・サ變〉毀損，毀壞
毀誉褒貶①〈名〉毀譽褒貶

賄 まかな・う/ワイ
[賄][賄]huì[日＝繁≒簡]
財物(現指用來買通公職人員的財
物)；用財物買通別人 辨 在日語中
還有「供應、供給」的意思
賄う③〈他五〉供應，供給；供給伙
　食；維持，處置，籌措(金錢)
　例 100人前の昼食を～う[供應100
　人的午飯]
賄賂①〈名〉賄賂

★収賄・贈賄

会 あ・う/エ/カイ
[會][会]huì[日＝簡≒繁]
聚合，合攏，合在一起；多數人的
集合；城市；彼此見面；時機
会う①〈自五〉會見，見面
　例 駅で～うことになっている[約
　好在車站見面]
会釈①〈名・サ變〉點頭，行禮，打招
　呼；(古)關懷，體貼，照顧；(佛)
　(對法門奧義的)理解，融會貫通；
　理解，領會 例 互いに～を交わす
　[互相打招呼]

会得①⓪〈名・サ變〉領會，理解

会意①〈名〉稱心，滿意；(漢字六書之一)會意

会員⓪〈名〉會員

会館⓪〈名〉會館

会期①〈名〉會期，會議期間

会議①③〈名・サ變〉會議

会計⓪〈名・サ變〉會計；算帳，付錢；帳目

会見⓪〈名・サ變〉會見，會面

会合⓪〈名・サ變〉聚會，集會

会社⓪〈名〉公司

会場⓪〈名〉會場

会食⓪〈名・サ變〉會餐，聚餐

会心⓪〈名〉稱心，滿意

会する③〈サ變〉集合，集聚；相會，匯合；把…集合在一起，糾合；領會，領悟 例 旨を～する[領會意圖]

会席⓪〈名〉集會場所；集會吟詠詩歌；宴席，酒席

会則⓪〈名〉會規，會則，會章

会談⓪〈名・サ變〉會談

会長⓪〈名〉會長

会費⓪〈名〉會費

会報⓪〈名〉會報，會訊

会話①〈名・サ變〉會話，對話

★委員会・宴会・音楽会・学会・機会・議会・協会・国会・再会・際会・司会・社会・集会・商会・照会・総会・大会・展覧会・同好会・閉会・密会・面会・流会

恵 めぐ・む/エ/ケイ
[惠][惠]huì[日≒繁＝簡]

好處；給人財物或好處；敬辭，用於對方對待自己的行動

恵まれる⑤⓪〈自一〉(承蒙)賦予，富有 例 資源に～れる[有豐富的資源]

恵む⓪②〈他五〉同情，憐憫；施捨，周濟 例 食べ物を少し～んでください[請給我一點兒吃的]

恵贈⓪〈名・サ變〉惠贈

★恩恵・知恵

絵 エ/カイ
[繪][绘]huì[日≒繁≒簡]

畫，描畫；某些圖畫

絵①〈名〉畫，圖；(電視、電影)畫面，圖像

絵柄⓪①〈名〉(工藝品等的)圖案，圖樣，花樣

絵図①〈名〉畫，圖

絵の具⓪〈名〉繪畫顏料

絵葉書②〈名〉美術明信片

絵本②〈名〉小人書，連環畫；(日本江戶時代)以插畫為主的通俗小説

絵馬①〈名〉(獻給神社、廟宇的)繪馬匾額

絵巻き①〈名〉(帶説明文的)畫卷

絵画①〈名〉繪畫

★油絵・口絵・挿絵

彙 イ
[彙][汇]huì[日＝繁≒簡]

聚合，以類相聚

語彙①〈名〉詞彙

婚 コン
hūn[日＝繁＝簡]

男女結為夫婦

婚姻⓪〈名・サ變〉婚姻，結婚

婚期①〈名〉婚期，結婚年齡

婚儀①〈名〉婚禮，結婚儀式

婚前⓪〈名〉結婚前

婚約⓪〈名・サ變〉婚約，訂婚

婚礼⓪〈名〉婚禮，結婚典禮

★ 結婚・再婚・重婚・新婚・成婚・
早婚・晩婚・離婚

混 ま・ざる/ま・じる/ま・ぜる/コン
hún(hùn)[日＝繁＝簡]

摻雜在一起

混ざる②〈自五〉摻混，混雜，夾雜
例 米に石が〜っていた[米裏混雜
有石子]

混じる②〈自五〉混，雜，夾雜，摻
混 例 髪に白髪が〜っている[頭髮
裏夾雜著白髮]

混ぜる②〈他一〉摻和，摻混，摻
入，加進；攪和，攪拌；插嘴
例 トランプのカードを〜ぜる[洗撲
克牌]

混血⓪〈名・サ變〉混血

混淆⓪〈名・サ變〉混淆＝混交

混合⓪〈名・サ變〉混合

混在⓪〈名・サ變〉摻雜，混雜

混作⓪〈名・サ變〉混種，混合種植

混雑①〈名・サ變〉混雜，擁擠，混亂

混信⓪〈名・サ變〉(無線電、收音機、
電視等)混台，串台

混生⓪〈名・サ變〉混成，混合

混声⓪〈名〉混聲合唱

混戦⓪〈名・サ變〉混戰

混濁⓪〈名・サ變〉混濁；(意識等)模
糊，朦朧

混同⓪〈名・サ變〉混同，混淆

混入⓪〈名・サ變〉混入，摻入

混紡⓪〈名・サ變〉混紡

混迷⓪〈名・サ變〉混亂，紛亂，不清
楚

混乱⓪〈名・サ變〉混亂

混和⓪〈名・サ變〉混合

魂 たましい/コン
hún[日＝繁＝簡]

舊時迷信的說法，指能離開肉體而
存在的精神；指精神或情緒

魂①〈名〉靈魂，魂魄；精神，氣魄
例 〜をこめる[聚精會神]

魂胆③①〈名〉陰謀，計謀，企圖

★ 英魂・招魂・心魂・身魂・精魂・
闘魂・霊魂

活 い・かす/カツ
huó[日＝繁＝簡]

生存，能生長(跟「死」相反)；救，
使…生存下去；不固定，可移動的

活かす②〈他五〉弄活，使之復活；有
效地利用，活用，發揮；恢復 例 金
を〜して使う[把錢用在刀刃上]

活火山③〈名〉活火山

活気⓪〈名〉生氣，朝氣，活力

活魚①〈名・サ變〉活魚；鮮魚

活況⓪〈名〉興隆；(市場)興旺，繁
榮

活字⓪〈名〉鉛字，活字

活写⓪①〈名・サ變〉生動地描繪

活性⓪〈名〉(化)活性

活動⓪〈名・サ變〉活動，工作

活発⓪〈形動〉活潑，活躍

活版⓪〈名〉活版，鉛版(印刷)

活躍⓪〈名・サ變〉活躍

活用⓪〈名・サ變〉活用
活力②〈名〉活力
活路①〈名〉活路，生路

★快活・死活・自活・生活・復活

火 ひ/カ
huǒ[日＝繁＝簡]

東西燃燒時所發的光和焰；槍炮彈藥；緊急

火①〈名〉火 慣～に油を注ぐ[火上澆油]；～のない所に煙は立たぬ[無風不起浪]；～の中水の底[赴湯蹈火，艱難困苦]；～の消えたよう[毫無生氣，非常寂靜]；～のついたよう[(小孩)突然大聲哭鬧；極度慌張忙亂]；～を吐く[噴火；激烈辯論]；～を吹く力もない[毫無生氣；非常貧困]；～を見たら、火事と思え[要時刻提高警惕]；～を見るよりも明らかだ[洞若觀火，非常明顯]

火加減②〈名〉火力強弱，火候
火消し③②〈名〉滅火，救火
火花①〈名〉火花，火星
火元③〈名〉有火的地方；起火處，發生火災的人家
火炎⓪〈名〉火焰
火急⓪〈名〉火急
火口⓪〈名〉火口 例～湖[火口湖]
火災⓪①〈名〉火災
火山①〈名〉火山
火事①〈名〉(口)火災，失火
火星⓪〈名〉(天)火星
火葬⓪〈名・サ變〉火葬
火中⓪①〈名・サ變〉火中；火焚 慣～の栗を拾う[火中取栗]

火藥⓪〈名〉火藥
火曜日②〈名〉星期二
火力⓪①〈名〉火力

★引火・失火・銃火・出火・消火・大火・鎮火・点火・燈火・発火・噴火・放火・砲火・防火

貨 カ
[貨][货]huò[日≒繁≒簡]

財物；錢幣；貨物 辨 在日語中，沒有對人的貶稱(用於罵人或開玩笑時)的用法

貨客①〈名〉貨物和旅客
貨客船⓪〈名〉貨客船
貨車①〈名〉(鐵路)貨車
貨幣①〈名〉貨幣
貨物①〈名〉貨物 例～船[貨船]

★悪貨・外貨・金貨・銀貨・硬貨・財貨・雑貨・通貨・銅貨・百貨

惑 まど・う/まど・わす/ワ
huò[日＝繁＝簡]

心神不定，不明白對與不對；使迷亂

惑う②〈自五〉困惑，拿不定主意；迷惑，誤入歧途 例行くべきかどうか～う[該不該去，拿不定主意]
惑わす③〈他五〉蠱惑，擾亂；欺騙，誘騙，迷惑 例デマで人を～す[造謠惑眾]
惑星⓪〈名〉惑星，行星
惑乱⓪〈名・サ變〉蠱惑，迷惑

★疑惑・幻惑・眩惑・困惑・当惑・不惑・魅惑・迷惑・誘惑

禍 カ
[禍][祸]huò[日≒繁≒簡]

災殃，苦難；損害，使受災殃

禍根① ⓪〈名〉禍根

禍福①〈名〉禍福

★ 災禍・慘禍・戰禍・輪禍

獲 え・る/カク

[獲][获]huò[日＝繁≒簡]

打獵得到的禽獸；得到，取得

獲物③ ⓪〈名〉獵獲物；戰利品

獲る⓪〈他一〉得，得到，獲得

獲得⓪〈名・サ變〉獲得，取得

穫 カク

[穫][获]huò[日＝繁≒簡]

收割莊稼

★ 收穫

J **ㄐ**

机 つくえ/キ

jī[日＝繁＝簡]

書桌 辨 在現代漢語中，「機」還是表示「機器、器械」之意的「機」的簡化字

机⓪〈名〉桌子，書桌

机下② ①〈名〉案下，足下

机上⓪〈名〉桌上 例 ～の空論[紙上談兵]

肌 はだ

jī[日＝繁＝簡]

人和動物體的組織之一 辨 在日語中，還有「表面、表層」以及「風度、氣質」的意思

肌①〈名〉(人的)肌膚，皮膚；(土地

等的)表面，表層；風度，氣質

肌合い③ ⓪〈名〉性情，性格，氣質；手感，接觸時皮膚的感覺 例 さっぱりした～の人[性格爽朗的人]

肌荒れ④ ⓪〈名・サ變〉皮膚粗糙 例 ～のところに藥を塗る[在皮膚粗糙的地方上藥]

肌色⓪〈名〉膚色，肉色；(器物的)素地，原色

肌着③〈名〉汗衫，貼身襯衣

肌寒い④〈形〉(肌膚)感覺冷，微寒 例 今日なんとなく～い[今天總覺得有點冷]

肌触り③〈名〉觸及肌膚的感覺；交往時的感覺 例 ～の柔らかい人[對人很溫和的人]

★ 山肌・赤肌・岩肌・地肌・鳥肌・美肌・柔肌

姬 ひめ

[姬][姬]jī[日≒繁＝簡]

古代對婦女的美稱；舊時稱妾 辨 在日語中，還有「小而可愛」的意思

姬①〈名〉(女子的美稱)姬，媛，小姐；(接頭)表示「小而可愛」的意思 例 ～鏡台[小梳妝台]

★ 寵姬

飢 う・える/キ

[飢][饥]jī[日＝繁≒簡]

餓；莊稼收成不好或沒有收成

飢える②〈自一〉飢餓；渴求 例 知識に～える[求知心切]

飢餓①〈名〉飢餓

飢渴⓪〈名〉飢渴

飢饉②〈名〉飢饉

基 もと/もとい/もと・づく/キ

ji[日＝繁＝簡]

建築物的根腳；根據；化學上，化合物的分子中所含的一部分原子被看做一個單位時，叫做「基」

基①②〈名〉基礎，根基，根源；材料，原料；原因；酵母

基②〈名〉根基，基礎，(事物的)根本

基(もとい)づく③〈自五〉據，基於，根據，依照 **例** 事実に～いて真理を求める[實事求是]

基因①〈名〉起因

基幹①〈名〉基幹，骨幹

基金②〈名〉基金

基軸①①〈名〉(思想、組織等)基礎，中心

基準①〈名〉基準，標準

基数②〈名〉(數)基數

基礎②〈名〉基礎

基地②①〈名〉基地

基調①〈名〉基調

基底①〈名〉(思想、行動等的)基礎

基点①②〈名〉基點，原點

基盤①〈名〉基礎，底座

基部①〈名〉基礎部分，底部

基本①〈名〉基本

★ 塩基・開基

跡 あと/セキ

[跡][迹]ji[日≒繁≒簡]

腳印；物體遺留下的印痕；前人遺留下的事物

跡①〈名〉印跡，筆跡；下落，行踪；跡象；繼承家業的人；痕跡；遺址，遺跡

跡形①②〈名〉行跡，痕跡

跡継ぎ②③〈名〉後代，後嗣；後任，接班人，後繼者

跡地②〈名〉(輪作)收穫後的耕地，茬口；拆除建築物、設施後的空場

跡付ける④〈他一〉探究，追溯，探索 **例** 英語の歴史を～ける[探究英語的歷史]

跡目③②〈名〉家業，(家業的)繼承(人)；(賭徒、政黨的總裁、技藝師傅等的)後繼人，繼承人

★ 遺跡・奇跡・軌跡・旧跡・形跡・航跡・行跡・痕跡・史跡・人跡・足跡(＝あしあと)・追跡・筆跡・名跡・門跡

擊 う・つ/ゲキ

[擊][击]ji[日≒繁≒簡]

打，敲打；攻打；碰

擊ち取る①〈他五〉殺死，擊斃；(比賽)打敗，擊敗 **例** 決勝戦で強敵のチームを～った[在決賽中打敗了強敵]

擊つ①〈他五〉(用槍、炮)放，射，射擊 **例** 鳥を～つ[打鳥]

擊退①〈名・サ變〉擊退，打退

擊退①〈名・サ變〉擊退

擊沈①〈名・サ變〉擊沉

擊破①〈名・サ變〉擊潰，擊破

擊滅①〈名・サ變〉殲滅，消滅

★ 攻擊・射擊・襲擊・銃擊・衝擊・狙擊・打擊・追擊・突擊・爆擊・反擊・砲擊

稽^{ケイ}

稽 jī[日＝繁＝簡]

查考，考核

稽古①〈名・サ變〉練習，練功，排練

★ 荒唐無稽・滑稽

畿^キ

畿 jī[日＝繁＝簡]

國都附近的地區

畿内①〈名〉京都附近的五國

★ 近畿

機^{はた/キ}

機 [機][机] jī[日＝繁≒簡]

事物發生的樞紐；靈巧，能迅速適

應事物變化的；機器

機織り④③〈名〉織布(的人)

機①〈名〉機會，時機 慣～に臨み、

変に応ず[隨機應變]

機運①〈名〉機會，好機會，時機

機縁①〈名〉機緣

機会②〈名〉機會，時機

機械②〈名〉機械，機器 例～化[機

械化]

機関②〈名〉發動機；機關，組織

機器①②〈名〉機器

機具①〈名〉器具，儀表，器械

機嫌①〈名〉情緒；(多加「ご」字表示)

高興；(加「ご」)問安用語

機構①②〈名〉機構

機甲①〈名〉裝甲

機材①〈名〉機械的材料，機械和材料

機軸①①〈名〉輪軸；中心；做法

機種①②〈名〉飛機的種類；機器的

種類

機体①〈名〉(飛機發動機以外的部分)

機體，機身

機長②〈名〉機長

機転①〈名〉機智，機靈

機動①〈名〉機動，靈活

機能①①〈名・サ變〉功能，機能

機敏①〈名・形動〉機敏，敏捷

機密①〈名〉機密

機雷①〈名〉水雷

★ 危機・軍機・契機・好機・
工作機・時機・心機一転・
枢機・戦機・戦闘機・待機・
転機・電算機・電動機・動機・
爆撃機・臨機応変

積^{つ・む/つ・もる/セキ}

積 [積][积] jī[日＝繁≒簡]

聚集 辨 在日語中，還有「打算」「估

計、預計」的意思

積み荷①〈名〉裝載的貨物，裝貨，

載貨

積み上げる④〈他一〉疊起來，堆起

來；(喻)一步一步地進行 例着実に

実績を～げる[腳踏實地地創造成績]

積み換える④〈他一〉倒裝，改裝；

重新堆，重新裝 例壊れやすい物

を上の方に～える[把易碎的東西重

新裝在上面]

積み重ねる⑤〈他一〉摞起來，堆起

來，積累 例反省に反省を～ねる

[反覆反思]

積み木①〈名〉堆積的木材

積み込む③〈他五〉(往車船等)裝

貨，裝東西 例船に荷物を～む[往

船上裝貨]

積み立てる④〈他一〉積累，積攢，

積存 例一か月500元ずつ～てる

［毎月積攢500元錢］

積む⓪〈自他五〉堆積起來，累積；裝載；積，堆 **例** 年月を～む［積年累月］

積もる⓪②〈自他五〉積，堆積；積攢，累積，積存；估計；推測 **慣** ちりも積もれば山となる［積少成多］

積載⓪〈名・サ變〉裝載

積算⓪〈名・サ變〉累計；估算

積雪⓪〈名〉積雪

積年⓪〈名〉積年，多年

積弊⓪〈名〉積弊

積分⓪②〈名・サ變〉(數)積分

積極⓪〈名〉積極

★ 山積・集積・体積・蓄積・面積・容積・累積

激 はげ・しい/ゲキ
ji［日＝繁＝簡］

水衝擊或急速澆淋；感情衝動；急劇的，強烈的

激しい③〈形〉激烈，強烈，猛烈，劇烈；厲害，太甚，過甚；頻繁 **例** 気性の～い人［性格暴躁的人，性子烈的人］

激越⓪〈形動・サ變〉激越

激化⓪〈名・サ變〉激化＝げっか

激減⓪〈名・サ變〉驟減，銳減

激情⓪〈名〉激情

激震⓪〈名〉強震，劇烈的地震(震級7級)

激増⓪〈名・サ變〉激增，猛增

激痛⓪〈名〉劇痛

激怒①〈名・サ變〉大怒，震怒 **辨** 在漢語中，是「受刺激而發怒」(怒らせる、立腹させる)的意思

激闘⓪〈名・サ變〉激戰

激動⓪〈名・サ變〉激烈震動，激烈動蕩 **例** ～ する社会情勢の中で［在急劇變動的社會形勢中］ **辨** 在漢語中，「激動」是由於受到刺激而感情衝動的意思(興奮する、感激する)

激突⓪〈名・サ變〉猛撞；激烈衝突，激戰

激発⓪〈名・サ變〉激發，激起；(感情)激動

激変⓪〈名・サ變〉驟變，劇變

激務①⓪〈名〉繁重的職務，繁忙的工作(任務)

激流⓪〈名〉激流

激励⓪〈名・サ變〉激勵，鼓勵；鼓舞；鞭策

激烈⓪〈形動〉激烈

激浪⓪〈名〉激浪，狂浪

激論⓪〈名・サ變〉熱烈爭論；激烈辯論，口角

激昂⓪〈名・サ變〉激昂，激怒

★ 過激・感激・急激・刺激・憤激

鶏 にわとり/ケイ
［雞］［鸡］ji［日≒繁≒簡］

一種家禽

鶏⓪〈名〉雞

鶏舎①〈名〉雞舍

鶏肉⓪〈名〉雞肉

鶏鳴⓪〈名〉雞鳴

鶏卵⓪〈名〉雞蛋

★ 闘鶏・養鶏

及 およ・び/およ・ぶ/およ・ぼす/キュウ
ji［日＝繁≒簡］

到，達到；趁著，乘；和，跟

及び⓪①〈接〉及，與，和

及び腰⓪〈名〉欠身哈腰，彎腰探身（伸手向前夠東西的姿勢）；搖擺不定，舉棋不定，縮手縮腳

　例～で応接する［縮手縮腳地接待］

及ぶ⓪〈自五〉及於，擴及，波及；臨到，達到；（與否定相呼應）比（不）上，趕（不）上；（用「に（は）～ばない」的形式表示）不必，不用，用不著，不需要

　例出席者（しゅっせきしゃ）は二（に）千人（せんにん）に～んだといわれる［據說出席的達2000人之多］

及ぼす⓪〈他五〉波及，使受到，給帶來

　例技術の水準は工業農業などの発展に影響を～す［技術水準影響工農業的發展］

及第⓪〈名・サ變〉及第

及落⓪①〈名〉及格與否

★言及・遡及・追及・波及・普及・論及

吉キチ/キツ
ji［日＝繁＝簡］

幸福的，美好的

吉事②〈名〉喜事，吉利的事

吉日⓪④〈名〉吉日

吉祥⓪〈名〉吉祥

吉凶⓪③〈名〉吉凶

吉相③〈名〉吉相，福相；吉兆

吉兆⓪③〈名〉吉兆

吉報⓪〈名〉喜報，喜信，佳音

★小吉・大吉・不吉

即すなわ・ち/ソク
ji［日＝繁＝簡］

就是；當時或當地；便，就；靠近

即ち②〈接〉即，即是，就是

即位①②〈名・サ變〉即位

即応⓪〈名・サ變〉適應；順應

即吟⓪〈名・サ變〉即興吟詠

即座①〈名〉馬上，立即，當場

即死⓪〈名・サ變〉當場死亡

即時①〈名〉立即，即時

即日⓪〈名〉即日，當天

即製⓪〈名・サ變〉當場製作

即席⓪〈名〉即席，當場；方便的

即題⓪〈名〉（詩歌等）當場出的題；（音）即席自編自演

即断⓪〈名・サ變〉立即決定

即答⓪〈名・サ變〉立即回答

即売⓪〈名・サ變〉展銷，（展覽品等）當場出售

即妙⓪〈名・形動〉機敏，機智，隨機應變

即急⓪〈名〉非常緊急

即興⓪〈名〉即興

即金⓪〈名〉現款，現錢，當場付款

即決⓪〈名・サ變〉當場裁決，立刻決定；立即判決，（辯論結束後）立即宣判，當場判決

即効⓪〈名〉立即見效，立即生效

即行⓪〈名・サ變〉立刻實行，立即進行，立刻執行

即刻⓪〈副〉即刻，立即，立刻

★一触即発・不即不離

急いそ・ぐ/せ・かす/せ・く/キュウ
ji［日＝繁＝簡］

焦躁；匆促，迅速；迫切，要緊

急ぎ足③〈名〉快走，快步，急行
例～で三十分かかる[快走得半個小時]

急ぐ②〈自他五〉急，急忙；快走，快步；趕緊，趕快，抓緊 例勝ちを～いで失敗する[急於求成而失敗，欲速則不達]

急かす②〈他五〉催，催促 例そんなに～すな[別那麼催(我)]

急く①〈自五〉著急；急劇 例息が～く[氣喘吁吁]

急き込む⓪〈自五〉焦急，著急
例～んで話す[焦急地說]

急き立てる⓪〈他一〉催，催促，催逼
例情勢は人々を～てている[形勢逼人]

急テンポ③〈名・形動〉迅速，高速度
例わが国の石油工業は～な発展をみせている[我國的石油工業在高速度發展]

急ピッチ③〈名・形動〉迅速，高速度
例ダム工事は～で進んでいる[水庫工程進展迅速]

急患⓪〈名〉急病

急激⓪〈形動〉急劇

急行⓪〈名・サ變〉急往，急趨；快車

急死⓪〈名・サ變〉突然死去

急峻⓪〈名・形動〉險峻，陡峭，陡坡

急所③⓪〈名〉(人身)致命處；要害

急進⓪〈名・サ變〉快走，迅速前進；急進

急診⓪〈名〉急診

急伸⓪〈名・サ變〉急速伸展

急須⓪〈名〉陶質小茶壺

急性⓪〈名〉急性

急先鋒③〈名〉急先鋒

急送⓪〈名・サ變〉急送，搶送

急増⓪〈名・サ變〉驟增，劇增

急速⓪〈名・形動〉迅速

急追⓪〈名・サ變〉急追，迅猛追擊，追趕

急転⓪〈名・サ變〉急轉

急騰⓪〈名・サ變〉(物價、股票等行市)暴漲，驟漲

急派①〈名・サ變〉速派

急場⓪〈名〉緊急場合，危急情況

急迫⓪〈名・サ變〉緊迫，緊急，吃緊

急坂⓪〈名〉陡坡

急病⓪〈名〉急病

急変⓪〈名・サ變〉驟變

急募①〈名・サ變〉緊急招募

急報⓪〈名・サ變〉緊急通知，緊急報告，飛報

急務①〈名〉急務

急落⓪〈名・サ變〉(物體、股票等)驟落，猛跌，暴跌

急流⓪〈名〉急流

★応急・火急・緩急・危急・救急車・緊急・至急・性急・早急・即急・特急

級 キュウ

級[級][级]jí[日≒繁≒簡]

層次；等次，年級

級数③〈名〉級數

級長⓪〈名〉(學校的)班長

級友⓪〈名〉同班同學

★一級・階級・学級・高級・初級・進級・等級・同級・特級

疾 シツ

疾jí[日＝繁＝簡]

病，身體不舒適；恨；快，迅速；
疼痛

疾患⓪〈名〉疾患，疾病

疾駆①〈名・サ變〉(車、馬)疾馳，飛
馳

疾呼①〈名・サ變〉疾呼

疾走⓪〈名・サ變〉疾馳，奔馳，快跑

疾病⓪〈名〉疾病

疾風⓪〈名〉疾風；(氣)清勁風(每秒
6～10公尺，5級)＝はやて

★ 悪疾・眼疾・廃疾

極 きわ・まる/きわ・み/きわ・める/
キョク/ゴク

［極］［极］jí[日＝繁≒簡]

頂端，最高點，盡頭處；最，達到
頂點

極まる③〈自五〉窮盡，達到極限；
困窘 例失礼〜る[極不禮貌]

極み③〈名〉極限，極 例喜びの〜
[萬分喜悅]

極める③〈他一〉達到極限，達到頂
點；查明，追究，究明 例口を〜め
てほめる[滿口稱讚]

極右①⓪〈名〉極右

極限②③〈名〉極限

極言⓪〈名・サ變〉極端地說

極左①⓪〈名〉極左

極小⓪〈名・形動〉極小

極大⓪〈名・形動〉極大

極端③〈名・形動〉極端

極地①〈名〉極地；邊陲

極致①〈名〉極致

極点③〈名〉極點

極度①〈名〉極度，非常，頂點

極東⓪〈名〉遠東

極量②〈名〉(用藥的)最大劑量

極力②〈副〉極力

極論⓪〈名・サ變〉極力主張；極端的
言論

極刑⓪〈名〉極刑，死刑

極悪⓪②〈名・形動〉惡極

極意①②〈名〉奧秘，絕招，秘訣

極印⓪〈名〉(為防止偽造，在貨幣等
上打的)印，烙印，戳記，印記；確
鑿的證據(多用於貶義)

極寒⓪〈名〉非常寒冷

極暑①〈名〉酷暑

極上①〈名〉極上，極好

極道②〈名・形動〉為非作歹(的人)；
放蕩(的人)，沉溺於酒色、賭博的
人；敗家子，壞蛋

極秘①⓪〈名〉極密，絕密

極貧⓪〈名〉赤貧

極細⓪〈名〉極細，最細(的毛線)

極楽④⓪〈名〉(佛)極樂，西天，天
堂；安樂，無憂無慮 慣聞いて〜見
て地獄[看景不如聽景；聽時如天
堂，看時似地獄]

★ 陰極・究極・三極・至極・終極・
消極・積極・太極・対極・南極・
北極・陽極

集 あつ・まる/あつ・める/つど・う/
シュウ

jí[日＝繁＝簡]

聚，會合，總合；會合許多著作編成
的書

集まる③〈自五〉聚，集，聚集，集
合；集中，匯合；(錢等)收到，湊
齊；緊貼在一起，密集 例花びら
が〜る[花瓣兒緊密]

集める③〈他一〉集中；收集；集合在一起；收羅，吸引 **例** 注目を～める[引人注目]

集う②〈自五〉集合，集會，會合 **例** 多くの人が～う[有很多人參加集會]

集荷①〈名・サ變〉(農水產品的)產品聚集(收購)，聚集(收購)的產品，進貨，上市

集貨①〈名・サ變〉聚集(收購)貨物，貨物聚集(上市)，聚集(上市)的貨物

集会⓪〈名・サ變〉集會

集金⓪〈名・サ變〉收款，收的錢

集計⓪〈名・サ變〉合計，總計

集結⓪〈名・サ變〉集結

集光⓪〈名・サ變〉聚光

集合⓪〈名・サ變〉集合

集札⓪〈名〉(乘車等的)收票

集散⓪〈名・サ變〉聚散；集散

集成⓪〈名・サ變〉集成，匯總

集積⓪〈名・サ變〉集積，集聚

集大成③〈名・サ變〉集大成

集団⓪〈名〉集團，集體

集中⓪〈名・サ變〉集中

集注⓪〈名・サ變〉(注意力)貫注；集注

集配⓪〈名・サ變〉(郵件等的)收集和遞送

集約⓪〈名・サ變〉集約，匯總

集落⓪①〈名〉聚落，村落，部落；城市；(培養基內細菌的)集聚，群體

★ 歌集・画集・凝集・群集・結集・採集・参集・詩集・収集・召集・招集・選集・全集・徴集・文集・編集・密集

嫉 そねみ/そね・む/シツ
ji[日＝繁＝簡]

忌妒有才德地位美貌等的人

嫉み③〈名〉嫉妒

嫉む②〈他五〉嫉妒

嫉妬⓪①③〈名・サ變〉嫉妒

籍 セキ
ji[日＝繁＝簡]

書籍，冊子；代表個人對國家、組織的隸屬關係

★ 学籍・漢籍・原籍・戸籍・国籍・在籍・書籍・除籍・典籍・転籍・党籍・入籍・版籍・本籍

己 おのれ/キ/コ
ji[日＝繁＝簡]

對人稱本身

己⓪〈名〉本人，自己；我；(蔑、罵)你

★ 自己・知己・利己

脊 せ/セキ
[脊][脊]ji[日≒繁＝簡]

背中間的骨頭

脊髄②⓪〈名〉脊髓

脊柱⓪〈名〉脊柱

脊椎⓪②〈名〉脊椎

幾 いく/キ
[幾][几]jǐ(jī)[日＝繁≒簡]

詢問數量多少的疑問詞；表示不定的數目 **辨** 在日語中，沒有表示「將近，差一點」的意思(讀成jī)的用法

幾〈接頭〉幾，多少；許多

幾多①〈副〉許多，無數 **例** ～の困難を乗り越える[克服重重困難]

幾度①〈名・副〉幾次，多少次；許多
次，好多次

幾分⓪〈名〉幾部分，一部分

幾つ①〈名〉幾個，多少；幾歲

幾ら①〈名・副〉(價錢、重量、數量、
時間等)多少；(下接「でも」)不論怎
麼…也，怎麼…也，不管怎麼…
也，即使…也 **例**〜残っていない
[所剰無幾]

幾何②①〈名〉幾何

伎 キ/ギ
ji[日＝繁＝簡]

泛指歌舞表演

★ 歌舞伎⓪〈名〉歌舞伎

技 わざ/ギ
ji[日＝繁＝簡]

才能，本領

技②〈名〉技能，技術；(武術的)招數
例〜を磨く[練技術]

技官②⓪〈名〉技術官員

技監⓪〈名〉技師總監

技芸①〈名〉(美術、工藝)手藝，技藝

技巧⓪〈名〉技巧

技工⓪〈名〉手工技術工人

技師①〈名〉技師，工程師

技手①〈名〉技術員

技術①〈名〉技術

技能①〈名〉技能，本領

技法⓪〈名〉手法，技巧

技量⓪①〈名〉本事，能耐

★ 演技・格闘技・球技・競技・
国技・雑技・実技・特技・武技・
妙技・余技

忌 い・まわしい/い・む/キ
ji[日＝繁＝簡]

忌妒；害怕；認為不適宜而避免；
戒除

忌まわしい④〈形〉討厭，令人作嘔；
不祥，不吉利
例〜い予感[不祥的預感]

忌み明け 服喪期滿，守孝期滿

忌み嫌う①〈他五〉忌諱，厭惡
例人に〜われる[被人厭惡]

忌み言葉③〈名〉忌諱的話

忌む①〈他五〉忌，忌諱；厭惡，討
厭 **例**肉食を〜む[禁忌肉食]

忌諱①〈名・サ變〉忌諱

忌引き⓪〈名〉居喪，服喪

忌辰⓪②〈名〉忌日，忌辰

忌中⓪〈名〉居喪服忌(49天)

忌日⓪〈名〉忌辰，忌日

忌避①〈名・サ變〉忌避，逃避

忌服⓪〈名〉穿孝，服喪期

忌憚⓪〈名〉顧慮
例〜なく言う[直言不諱]

★ 回忌・禁忌・周忌・年忌

季 キ
ji[日＝繁＝簡]

3個月為一季；一段時間

季刊⓪〈名〉季刊

季語①〈名〉(在俳句、連歌等中)春、
夏、秋、冬季節的詞(如牡丹表示初
夏等)

季節②〈名〉季節 **例**〜風[季風]

★ 雨季・夏季・乾季・四季・秋季・
春季・冬季・年季

計 はか・らう/はか・る/ケイ
[計][计]jì[日≒繁≒簡]

核算;測量或計算度數、時間等的儀器;主意,策略;計畫,謀劃,打算

計らう③〈他五〉處置,(適當地)處理;考慮,裁奪,定奪;斟酌,安排;商談,商量 例私の一存では～いかねる[我一個人很難做主]

計り③〈名〉稱,量,計量,(稱的)分量;限度,邊際,盡頭 例～もなく[無限度地,無邊無際地]

計り知れない⓪〈連語・形〉不可估量的 例前途は～ものがある[前途無量]

計る②〈他五〉謀求;商量;推測;揣測;計量 例時間を～る[計時]

計画⓪〈名・サ變〉計畫

計器①〈名〉計器,計量儀器

計算⓪〈名・サ變〉計算;(多用「に入(い)れる」的形式)估計、計算在內

計上⓪〈名・サ變〉計入,列入

計数③〈名〉計算,統計

計測⓪〈名・サ變〉測量,計量

計略①⓪〈名〉計策,謀略

計量③⓪〈名・サ變〉計量,測量

★温度計・家計・会計・寒暖計・奇計・詭計・合計・集計・設計・体温計・統計・時計・妙計・余計・累計

# 既 すで・に/キ
jì[日=繁=簡]

完畢,完了

既に①〈副〉以前;已經,業已;將

要,正當 例会議は～始まっている[會議已經開始了]

既往①〈名〉既往,往昔

既刊⓪〈名〉已刊行的(書籍、文章),已出版

既決⓪〈名・サ變〉已經判決,已經決定

既婚⓪〈名〉已婚

既習⓪〈名・サ變〉已經學過

既述⓪〈名・サ變〉前文所述

既成⓪〈名〉既成

既製⓪〈名〉做好的,現成的

既設⓪〈名・サ變〉已設

既存⓪〈名・サ變〉既存,原有

既知①②〈名〉已知

既定⓪〈名〉既定

既得⓪〈名〉既得,已得

既報⓪〈名〉已經報導

紀 キ
[紀][纪]jì[日≒繁≒簡]

記載;古時把12年算作1紀;法度

紀元①〈名〉紀元

紀行⓪〈名〉紀行,遊記,旅行記

紀要⓪〈名〉學報,期刊(大學、研究所等的定期學術刊物)

紀律①⓪〈名〉紀律,秩序

★官紀・軍紀・校紀・綱紀・世紀・風紀

記 しる・す/キ
[記][记]jì[日≒繁≒簡]

把印象保持在腦子裏;把事物寫下來;記載事物的書冊或文字;記號,標記

記す⓪〈他五〉書寫，記錄，記載；記
住 **例** 心に～す[記在心裏]

記憶⓪〈名・サ變〉記憶

記号⓪〈名〉記號，符號

記載⓪〈名・サ變〉記載

記事①〈名〉(報紙、雜誌)報導，新
聞，消息

記者②〈名〉記者

記述⓪〈名・サ變〉記述

記する②〈名〉寫下來，記錄下來；銘
記，記住 **例** ここに名前を～する
[在這裏寫上名字]

記帳⓪〈名・サ變〉記帳；簽名

記入⓪〈名・サ變〉記上，寫上，填寫

記念⓪〈名・サ變〉紀念

記念碑②〈名〉紀念碑

記念日②〈名〉紀念日

記名⓪〈名・サ變〉記名，簽名

記録⓪〈名・サ變〉記錄

★暗記・誤記・雑記・手記・戦記・
速記・注記・転記・伝記・登記・
日記・筆記・標記・表記・付記・
簿記・明記・銘記・列記・連記

剤 ザイ
[劑][剂]ji[日≒繁≒簡]
配合而成的藥；製劑

★下剤・錠剤・洗剤・調剤・配剤・
薬剤

祭 まつ・り/まつ・る/サイ
ji[日＝繁＝簡]
對死者表示追悼、敬意的儀式；供
奉鬼神

祭り⓪③〈名〉祭典，祭祀，祭日，廟
會；(為慶祝、紀念、宣傳等而舉行

的)各種娛樂活動，節，節日
例 お～騒ぎ[狂歡]

祭る⓪②〈他五〉祭祀，祭奠；當作
神來祭祀，供奉
例 祖先を～る[供祖宗]

祭器①〈名〉祭器，祭祀用具

祭祀①〈名〉祭祀

祭司①〈名〉祭司

祭事①〈名〉祭事，祭祀儀式

祭日⓪〈名〉(日本)神社的祭祀日；
祭靈日；節日

祭主①〈名〉主祭者

祭場⓪〈名〉祭祀場所

祭壇⓪〈名〉祭壇

祭典⓪〈名〉祭禮，典禮；慶祝活動，
盛會

祭殿⓪③〈名〉祭殿

祭文⓪〈名〉祭文

祭礼⓪①〈名〉祭禮，祭典

★冠婚葬祭・司祭・新嘗祭・
体育祭・文化祭

済 す・ます/す・む/サイ
[濟][济]ji[日≒繁≒簡]
過河，渡；對困苦的人加以幫助；
(對事情)有益 **辨** 在日語中還有「結
束、終了」的意思

済ます②〈他五〉弄完，做完，償清，
還清；應付，將就
例 仕事を～す[做完工作]

済む①〈自五〉完了，終結；可以解
決，能對付 **例** 金で～む問題では
ない[不是用錢可以解決的問題]

★完済・救済・共済・経済・決済・
返済・弁済

寄 よ・せる/よ・る/キ

ji[日＝繁＝簡]

原指託人遞送，現在專指透過郵局遞送；付託；依附別人；認的(親屬) 辨 在日語中，還有「靠近」「集中」等意思

寄せ集め ⓪④〈名〉收集，匯集，拼湊 例 ～の人數[拼湊起來的人數]

寄せ書き ⓪〈名・サ變〉集體寫畫的東西

寄せ付ける ④〈他一〉讓靠過來，使接近 例 彼女は異性を～ける魅力の一優しさにある[她吸引異性的魅力之一在於温柔]

寄せる ⓪〈他自一〉挪近，靠近，使接近；集合，集中，招攬，吸引；加；寄身，投身；愛慕，傾心；寄以關心；寄；送，借口，借故；挨近，接近，逼近，迫近 例 車を道のそばに～せておく[把車停到路邊]

寄る ⓪〈自五〉靠近，挨近；聚會，集聚；順便去，順路到
例 學校の帰りに本屋へ～る[從學校回來順便到書店去]

寄金 ⓪〈名〉捐款

寄港 ⓪〈名・サ變〉(航海途中到某港口)停泊

寄稿 ⓪〈名〉投稿

寄宿 ⓪〈名・サ變〉寄宿，寄居

寄食 ⓪〈名・サ變〉寄食

寄生 ⓪〈名・サ變〉寄生
例 ～虫[寄生蟲]

寄贈 ⓪〈名・サ變〉贈予，贈給

寄託 ⓪〈名・サ變〉寄存，委託保管或處理 辨 在漢語中，還有「寄希望、

感情於某人或某事物上(託する)」的意思

寄附 ⓪①〈名・サ變〉捐助，捐贈

寄与 ①〈名・サ變〉有助於，貢獻
例 社会に大いに～する[對社會做出巨大貢獻]

寂 さび/さび・しい/さび・れる/ ジャク/セキ

ji[日＝繁＝簡]

靜，沒有聲音

寂 ②〈名〉古雅，古香，古色古香；蒼老，老練；樸素優美，幽雅

寂しい ③〈形〉感到不足；寂寞，孤單，淒涼，孤苦，無聊；荒涼，僻靜，淒寂，冷清 例 タバコが切れて口が～い[菸抽沒了憋得慌]

寂れる ③⓪〈自一〉蕭條，衰微，冷落 例 市場が～れている[市面蕭條]

寂然 ⓪③〈形動〉寂然，寂靜
＝じゃくねん

寂寞 ⓪〈名・形動〉寂寞，淒涼

★ 閑寂・静寂・入寂・幽寂

際 きわ/サイ

[際][际]ji[日＝繁≒簡]

靠邊的或分界的地方；裏邊，中間；彼此之間；時候

際だつ ③〈自五〉顯著，顯眼 例 ～って美しくなる[顯得特別漂亮]

際どい ③〈形〉差一點，危險萬分；淫猥，猥褻 例 ～いところで助かる[險些喪命]

際物 ⓪〈名〉應時的商品；(小説、劇本等)迎合時尚的作品

際 ①〈名・サ變〉際，時，正值

際会⓪〈名・サ變〉(事件、機會)遭
遇，遇到
例危機に～する[遭到危機]
際限③〈名〉邊際，盡頭，止境
例欲には～がない[慾望無窮]
際する③〈サ變〉遇，當…之際
例出発に～して一言とご挨拶申
し上げます[在出發之際，請讓我說
幾句話]
★学際・交際・国際

継 つ・ぐ/ケイ
[繼][继]jì[日≒簡≒繁]
繼續，接續；繼承
継ぎ合わせる⑤〈他一〉接上，焊
上；縫上 例割れた茶碗を～せる
[把打壞了的茶碗拼好]
継ぎ足す③〈他五〉補上，添上，接
上，加上 例ランプに油を～す[給
煤油燈添油]
継ぎ手⓪〈名〉(金屬、木材等)接頭，
接縫 例～から外れた[從接頭處脫
開了]
継ぎ目⓪〈名〉接頭，接縫，接口，
接焊處；繼承人
継ぐ⓪〈他五〉繼承，接續；縫補；添
加；接上 例父の家業を～ぐ[繼承
父親的家業]
継起⓪①〈名・サ變〉繼起
継嗣①〈名〉後嗣
継子①〈名〉繼子
継室⓪〈名〉繼室，續弦
継承⓪〈名・サ變〉繼承
継走⓪〈名・サ變〉接力賽
継続⓪〈名・サ變〉繼續
継電器③〈名〉繼電器

継父⓪〈名〉繼父
継母⓪〈名〉繼母
★後継・中継

績 セキ
[績][绩]jì[日≒繁≒簡]
把麻纖維披開接續起來搓成線；功
業，成果
★業績・功績・事績・実績・成績・
紡績

加 くわ・える/くわ・わる/カ
jiā[日＝繁＝簡]
增多；把本來沒有的添上去；把幾
個數合起來的算法；施加某種動
作；使程度增高
加える⓪③〈他一〉加，添；施加，
給予 例治療を～える[施與治療]
加わる⓪③〈自五〉增加；參加，加
入 例仲間に～る[入伙]
加圧⓪〈名・サ變〉加壓
加害⓪〈名〉加害，損害
加害者②〈名〉加害者
加減⓪〈名・サ變〉調節，調整；程度，
情況；健康狀況；表示略微有一點
例温度を～する[調節溫度]
加護⓪〈名・サ變〉保佑，保護
加工⓪〈名・サ變〉加工
加算⓪〈名・サ變〉加上，加在一起；
加法
加湿⓪〈名・サ變〉增加濕度
加重⓪〈名・サ變〉加重
加速⓪〈名・サ變〉加速
加担⓪〈名・サ變〉挑貨物；支持、祖
護；參與
例陰謀に～する[參與陰謀]

加入⓪〈名・サ變〉加入，參加
加熱⓪〈名・サ變〉加熱，加溫
加筆⓪〈名・サ變〉潤色，修改
加味①〈名・サ變〉調味；摻入，加進
加盟⓪〈名・サ變〉加盟

★ 参加・増加・追加・添加・倍加・
付加・附加・累加

佳 ㄐ
jiā[日＝繁＝簡]

美，好
佳境⓪〈名〉佳境
佳肴⓪①〈名〉佳餚
佳作⓪〈名〉佳作，好的作品
佳日①〈名〉吉日，好日子
佳辰⓪〈名〉良辰吉日
佳人⓪①〈名〉佳人
佳節①〈名〉佳節
佳品⓪〈名〉優良作品，佳作
佳麗⓪〈名・形動〉佳麗，美麗

★ 絶佳

挟 はさ・まる/はさ・む/キョウ
[挾][挟]jiā(xié)[日＝簡≒繁]

從物體兩邊鉗住（讀成 jiā）**辨** 在日
語中，沒有讀成 xié 時的「用胳膊夾
住」，以及「挾制」的意思
挟まる③〈自五〉夾；居間，當中人
例 両国の間に〜る［夾在兩國之間］
挟む②〈他五〉夾，插；隔 **例** 道を〜
んで歓迎する［夾道歡迎］
挟撃⓪〈名・サ變〉夾擊，夾攻

家 いえ/うち/や/カ/ケ
jiā[日＝繁＝簡]

家庭，人家；家的住所；掌握某

種專門學識或從事某種專門活動的
人
家⓪〈名〉房屋；家，自己的家；家
庭；家世門第 **例** 〜を建てる［蓋房
子］（另見「家」）
家出③〈名・サ變〉離家出走
家並み⓪〈名〉成排的房屋；每戶，
家家戶戶 **例** 〜に国旗を立てる［家
家戶戶懸掛國旗］
家主⓪〈名〉戶主；房東＝やぬし
家元⓪④〈名〉（某種祖傳技術的）師
家，掌門人
家持ち④〈名〉房主；戶主，家長；
當家，料理家務 **例** 〜がうまい［會
過日子］
家⓪〈名〉家，家庭；房子；家裏人；
自己的丈夫或妻子。（另見「家」）
辨 讀成「いえ」時，偏重於所住的房
子即建築物；而讀「うち」時，則偏
重於家庭
家賃①〈名〉房租
家運①〈名〉家運，一家的命運
家屋①〈名〉房屋，房產
家業①〈名〉家庭的職業；家傳的行
業
家禽⓪〈名〉家禽
家具①〈名〉家具
家訓⓪①〈名〉家訓，家教
家兄⓪〈名〉家兄
家系①〈名〉家系，門第
家計⓪〈名〉家計，家中收支情況
例 〜簿［家用記帳本］
家裁⓪〈名〉家庭裁判所
家財①〈名〉家庭財產；家具
家産⓪〈名〉家產

家事①〈名〉家務事

家書⓪〈名〉家信，家書

家常茶飯〈名〉家常便飯

家臣①〈名〉(諸侯的)家臣

家信①〈名〉家信，家書

家政⓪〈名〉管理家務、家事；家庭
　經濟景況 **例** ～婦[女佣人]

家族①〈名〉家族，家屬

家宅⓪〈名〉住宅

家畜⓪〈名〉家畜

家中①〈名〉家中，全家，合家

家長⓪①〈名〉家長，戶長

家庭⓪①〈名〉家庭

家伝⓪〈名〉家傳(的東西)

家電⓪〈名〉家電

家督⓪〈名〉家業的繼承人，長子；戶
　主的權利、義務、地位

家内①〈名〉(謙)妻子，內人；家庭，
　家中；家屬，家族

家人⓪①〈名〉家裏人

家父①〈名〉家父

家風⓪〈名〉家風

家宝⓪①〈名〉傳家寶

家僕①〈名〉家僕

家紋⓪〈名〉家徽

家名⓪〈名〉姓氏；長子地位，家的
　繼承人；門第，家聲，一家的名譽
　(聲望)

家門①〈名〉全家，一家一戶；家庭
　出身

家来①〈名〉家臣

家老⓪〈名〉(幕府時代諸侯的)家臣
　之長

★一家・旧家・芸術家・慈善家・
　実家・儒家・宗家・小説家・
情熱家・人家・政治家・生家・
彫刻家・努力家・読書家・
農家・分家・本家・民家・隣家

頰 ほお/ほほ/キョウ
[頬][颊]jiá[日≒繁≒簡]
　臉的兩側

頰①〈名〉臉頰，面頰

頰被り③〈名・サ變〉用手巾等包住頭
　和臉；伴作不知＝ほほかぶり

頰擦り③④〈名・サ變〉貼臉

頰杖⓪③〈名〉托腮

頰張る③〈他五〉嘴裏塞滿東西，大
　口吃

頰骨⓪①〈名〉頰骨

頰っぺた③〈名〉臉蛋

甲 きのえ/カン/コウ
jiǎ[日＝繁＝簡]
　居第一位；角質硬殼；起保護作用
　的裝備

甲⓪〈名〉(十干之一)甲

甲高い④〈形〉尖銳，高亢
　例 ～い声で歌う[高聲歌唱]

甲乙①〈名〉甲乙，優劣
　例 ～丙[甲乙丙]

甲殻⓪〈名〉甲殼

甲種①〈名〉甲種，第一類

甲状⓪〈名〉甲狀 **例** ～腺[甲狀腺]

甲虫⓪〈名〉甲蟲

甲板⓪〈名〉甲板

★華甲・機甲・金甲・装甲車

仮 かり/カ/ケ
[假][假]jiǎ(jià)[日≒繁＝簡]
　不眞實的；借用，利用；據理推斷，

有待驗證的；非正式的；暫且 **朔**在
日語中，沒有讀成 jià 時的「離開工
作或學習場所」的意思

仮⓪〈名〉臨時，暫時；假，偽
例〜の住まい[暫時的住處]

仮に⓪〈副〉假定，假設；暫時，暫且
例〜僕が君だったら[如果我是你]

仮釈放③〈名・サ變〉臨時釋放，取保
釋放

仮処分③〈名・サ變〉臨時處置

仮寓⓪〈名・サ變〉臨時住處

仮構⓪〈名〉虛構

仮作⓪〈名・サ變〉臨時做的東西；虛
構、編造的東西

仮借①〈名・サ變〉假借

仮称⓪〈名・サ變〉暫時的稱呼，臨時
名稱

仮睡⓪〈名・サ變〉打盹，假寐

仮性⓪〈名〉(病症)假性

仮説⓪〈名・サ變〉假説

仮想⓪〈名・サ變〉假想

仮装⓪〈名・サ變〉假裝、偽裝；化裝

仮題⓪〈名〉(作品、論文等)暫時使
用的名稱

仮託⓪〈名・サ變〉假託

仮定⓪〈名・サ變〉假定，假設

仮名⓪〈名〉假名

仮眠⓪〈名・サ變〉假寐，打盹

仮面⓪〈名〉假面具

仮病⓪〈名〉裝病

岬 みさき
jià[日＝繁＝簡]

突入海中的陸地；兩山之間

岬⓪①〈名〉岬；海角

価 あたい/カ
[價][价]jià[日≒繁≒簡]

商品所值的錢數；商品之間相互比
較和交換的基礎

価⓪①〈名〉價錢，價格；價值；數值

価格⓪〈名〉價格

価額①〈名〉價錢

価値①〈名〉價值；價格

★ 原価・減価・高価・市価・時価・
真価・単価・定価・賣価・売価・
半価・評価・物価・廉価

架 か・かる/か・ける/カ
jià[日＝繁＝簡]

用做支　的東西支　，支起；捏造，
虛構；毆打，爭吵

架かる②〈自五〉架設著，安裝著
例この川には橋が二つ〜っている
[這條河上架著兩座橋]

架ける②〈他一〉架上，鋪上 **例**橋
を〜ける[架橋]

架橋⓪〈名〉架橋

架空⓪〈名・形動〉架空，空中的架
設；虛構，空想 **例**〜の人物[虛構
的人物]

架設⓪〈名・サ變〉架設，安裝

架線⓪〈名・サ變〉架線

架台⓪〈名・サ變〉墊腳的台架；(鐵
道、橋)的墩、座

★ 画架・開架・高架・十字架・
書架・担架・開架

嫁 とつ・ぐ/よめ/カ
jià[日＝繁＝簡]

女子結婚；轉移罪名、損失、負擔等

嫁ぐ②〈自他五〉出嫁 **例**娘を〜が

せる[把女兒嫁出去]

嫁⓪〈名〉兒媳；新娘 **例** 息子に～を
もらう[給兒子娶媳婦]

嫁入り⓪〈名〉出嫁，出閣

★ 降嫁・転嫁

稼 かせ・ぐ/カ
jià[日＝繁＝簡]

原意為種植穀物，在日語中主要指
掙錢謀生、贏得分數等

稼ぎ手③〈名〉(勞動)賺錢的人

稼ぐ②〈自他五〉做工，做苦工；賺
錢，掙錢；爭取，贏得 **例** 生活費
を～ぐ[掙生活費]

稼業①〈名〉謀生的職業、行業

稼働⓪〈名・サ變〉做工，工作；機器
開動、運轉

肩 かた/ケン
[肩][肩]jiān[日≒繁＝簡]

脖子旁邊胳膊上邊的部分；擔負

肩①〈名〉肩膀

肩揚げ②〈名・サ變〉兒童衣服肩上窩
的褶(準備長大後放下來)

肩当て②〈名〉衣服墊肩；(扛物時)
的墊肩；(就寢防寒)圍肩布

肩書き⓪④〈名〉頭銜；地位，身
份，稱號

肩代わり③〈名・サ變〉(債務、契約
等)過戶，轉移，更替 **例** 人の借っ
金を～する[替別人還債]

肩車③①〈名〉(小孩)騎脖子；(柔道
招數之一)把對方背到肩上摔

肩凝り②③〈名〉肩膀酸痛

肩身①〈名〉面子，體面 **例** ～が広い
[有面子，感到自豪]

肩章⓪〈名〉肩章

★ 強肩・双肩・比肩

兼 か・ねる/ケン
jiān[日＝繁＝簡]

兩倍的；同時涉及或具有幾種事物

兼ねる②〈他一・接尾〉兼帶，兼任；
不能，難以 **例** 買おうか買うまいか
決め～ている[買還是不買，決定不
了]

兼営⓪〈名・サ變〉兼營

兼業⓪〈名・サ變〉兼營副業

兼行⓪〈名・サ變〉兼程，兼行；兼辦

兼職⓪〈名・サ變〉兼職

兼摂⓪〈名・サ變〉兼管，兼任

兼任⓪〈名・サ變〉兼任，兼職

兼備①〈名・サ變〉兼備，雙全

兼務①〈名・サ變〉兼職，兼任

兼用⓪〈名・サ變〉兼用，兩用
例 晴雨～の傘[晴雨兩用傘]

堅 かた・い/ケン
[堅][坚]jiān[日＝繁≒簡]

硬，堅固；不動搖，不改變；牢固、
結實的東西或陣地

堅い⓪〈形〉硬，堅固，堅強，堅決；
有把握，可靠，呆板，生硬；頑固；
嚴厲 **例** ～くて食べられない[太
硬，不能吃]

堅気⓪〈名〉正經，規矩，正直；正經
的職業

堅苦しい⑤〈形〉拘謹，古板
例 ～い人[古板的人]

堅焼き⓪〈名〉烤得硬(的東西)

堅固①〈名・形動〉堅固，堅強

堅甲⓪〈名〉堅硬的甲殼

堅持①〈名・サ變〉堅持

堅実⓪〈名・形動〉堅實，可靠

堅守①〈名・サ變〉堅守，固守

堅調⓪〈名〉行情上漲

堅牢⓪〈形動〉堅牢 例 この箱は～に
できている[這個箱子做得堅固]

★中堅

間 あいだ/ま/カン/ケン

[間][间]jiān[日＝繁≒簡]

中間；一定的空間或時間；在房子
內隔成的部分；量詞，房屋的最小
單位；一會兒，傾刻；近來

間⓪〈名〉間，中間；間隔，距離；中
間，居中；期間，工夫；(人與人的)
關係

間柄〈名〉(人與人的)關係；交往，
交情 例 彼とは会釈する程度の～
だ[跟他只不過是點頭之交]

間合い⓪〈名〉間隔；時機 例 ～をは
かってあの人と相談してみよう[找
個機會和他商量商量]

間借り⓪③〈名・サ變〉租用房間

間際①〈名〉將要…的時候，正要…
之時 例 発車の～に駅に駆けつけ
た[正要開車時趕到車站]

間近⓪①〈名・形動〉臨近，就近，靠
近 例 駅はもう～だ[車站就在眼前]

間違い③〈名〉錯誤，過失；不準確，
不確實；差錯，事故 例 ～を犯す
[犯錯誤]

間近い③〈形〉(時間)臨近 例 冬休み
は～い[寒假快到了]

間違う③〈自他五〉錯，錯誤；弄錯
例 意味を～った[把意思弄錯了]

間違える④〈他一〉搞錯，弄錯

間遠い⓪③〈形〉間隔長，斷斷續續
例 ～いの物音[一陣一陣的聲響]

間取り⓪〈名〉房間的方位等的配置

間に合う③〈自五〉(時間)趕得上，
來得及；有用，起作用；夠用，足
夠 例 汽車に～う[趕得上火車]

間延び⓪〈名・サ變〉(時間)延緩，拖
延；緩慢，遲鈍

間引く②〈他五〉去掉中間部分

間もなく②〈副〉不久，不一會兒
例 春も～過ぎ去ろうとしている
[春天快要過去了]

間一髪〈名〉一髮之間；千鈞一髮，
緊急，緊迫 例 ～で間に合う[險些
沒趕上]

間隔⓪〈名〉間隔

間欠⓪〈名〉間歇，時斷時續

間歇⓪〈名〉間歇，時斷時續

間色⓪〈名〉中間色

間食⓪〈名・サ變〉零食，點心

間接⓪〈名〉間接

間奏⓪〈名〉間奏

間伐⓪〈名・サ變〉(森林)間伐，疏
伐 例 茂りすぎる森林を～する[間
伐過於茂密的森林]

★期間・空間・月間・行間・山間・
時間・週間・瞬間・人間・世間・
中間・年間・民間・夜間・離間・
林間

煎 い・る/セン

jiān[日＝繁＝簡]

把東西放在水裏煮；烹飪方法

煎る①〈他五〉煎

煎^{せん}じ薬^{くすり}④〈名〉煎藥

煎^{せん}じる③ ⓪〈他上一〉煎，熬
　＝煎ずる

煎^{せん}茶^{ちゃ}⓪〈名〉煎茶

煎^{せん}餅^{べい}①〈名〉脆米餅

煎^{せん}薬^{やく}⓪ ①〈名〉煎藥

★ 湯^ゆ煎^{せん}

監^{カン}
[監][监]jiān(jiàn)[日＝繁≒簡]
從旁查看，監視；牢獄

監^{かん}禁^{きん}⓪〈名・サ變〉監禁

監^{かん}護^ご①〈名・サ變〉監護

監^{かん}獄^{ごく}⓪〈名〉監獄

監^{かん}査^さ①〈名・サ變〉監察，審計

監^{かん}察^{さつ}⓪〈名・サ變〉監察

監^{かん}視^し⓪〈名・サ變〉監視

監^{かん}守^{しゅ}⓪〈名・サ變〉監督，看守

監^{かん}修^{しゅう}⓪〈名・サ變〉主編

監^{かん}督^{とく}⓪〈名・サ變〉監督，監督者；(電
影)導演；(運動)教練
　例映^{えい}画^が～[電影導演]

監^{かん}房^{ぼう}⓪〈名〉監獄，牢房

監^{かん}理^り①〈名・サ變〉監理，監督管理

★ 収^{しゅう}監^{かん}・総^{そう}監^{かん}・統^{とう}監^{かん}

箋^{セン}
[箋][笺]jiān[日＝繁≒簡]
寫信或題詠用的紙

★ 便^{びん}箋^{せん}・付^ふ箋^{せん}・用^{よう}箋^{せん}

儉^{つま・しい/ケン}
[儉][俭]jiǎn[日≒繁≒簡]
節省，不浪費

倹^{つま}しい③〈形〉節省，樸素
　例～く暮^くらす[節省度日]

儉^{けん}約^{やく}⓪〈名・形動・サ變〉節儉，節約，
節省 例材^{ざい}料^{りょう}を～する[節約材料]

★ 勤^{きん}倹^{けん}・節^{せっ}倹^{けん}

檢^{ケン}
[檢][检]jiǎn[日≒繁≒簡]
查；約束

検^{けん}圧^{あつ}⓪〈名・サ變〉檢查壓力

検^{けん}案^{あん}⓪ ①〈名・サ變〉(刑事案件的)
鑑定；驗屍

検^{けん}印^{いん}⓪〈名・サ變〉檢證；作者檢驗章
(蓋在書後面)

検^{けん}疫^{えき}⓪〈名・サ變〉檢疫

検^{けん}閲^{えつ}⓪〈名・サ變〉(官方對書刊、電
影、貨物、郵件等的)審查，檢查，
審閱；檢閱

検^{けん}温^{おん}⓪〈名・サ變〉檢查體溫

検^{けん}眼^{がん}⓪〈名・サ變〉檢查視力

検^{けん}挙^{きょ}①〈名・サ變〉逮捕，拘留

検^{けん}査^さ①〈名・サ變〉檢查

検^{けん}索^{さく}⓪〈名・サ變〉查找，查閱(文章
內容、詞彙等)

検^{けん}察^{さつ}⓪〈名・サ變〉檢察

検^{けん}死^し⓪〈名・サ變〉驗屍

検^{けん}視^し⓪〈名・サ變〉查驗現場；驗屍

検^{けん}事^じ①〈名〉檢察官

検^{けん}字^じ⓪〈名〉檢字，按筆畫的索引

検^{けん}車^{しゃ}⓪〈名・サ變〉檢查車輛(有無故
障)

検^{けん}出^{しゅつ}⓪〈名・サ變〉化驗，測出，檢查
出

検^{けん}証^{しょう}⓪〈名・サ變〉證實，驗證，檢
驗；對證，查證

検^{けん}診^{しん}⓪〈名・サ變〉健康檢查

検^{けん}針^{しん}⓪〈名〉(電表、水表、煤氣表等)

検査用量

検束⓪〈名・サ變〉管束，監督，拘留，收押 **例** 容疑者を～する［拘留嫌疑犯］

検地⓪①〈名・サ變〉丈量土地

検定⓪〈名・サ變〉檢定，審定

検尿⓪〈名・サ變〉驗尿

検品⓪〈名・サ變〉檢查商品

検分⓪〈名・サ變〉現場檢查，實地調查

検便⓪〈名・サ變〉化驗大便

検問⓪〈名・サ變〉查問，盤問

★ 巡検・送検・探検・地検・点検・臨検

減 ヘ・らす/ヘ・る/ゲン
［減］［减］jiǎn［日＝繁≒簡］

由原有數量中去掉一部分；降低，衰退

減らす⓪〈他五〉減少；（肚子）餓 **例** 人員を～す［裁減人員］

減る⓪〈自五〉減少；（肚子）餓 **例** 体重が～った［體重減輕了］

減圧⓪〈名・サ變〉減壓，降壓

減員⓪〈名・サ變〉裁員，減員

減益⓪〈名・サ變〉收益減少

減価⓪〈名・サ變〉減價，降價

減額⓪〈名・サ變〉減額，減量

減却⓪〈名・サ變〉減少，減去

減給⓪〈名・サ變〉減薪

減刑⓪〈名・サ變〉減刑

減作⓪〈名〉減產，歉收

減産⓪〈名・サ變〉減產，歉收

減算⓪〈名・サ變〉減法

減資⓪〈名・サ變〉壓縮資金

減収⓪〈名・サ變〉收入減少；莊稼減產

減少⓪〈名・サ變〉減少，縮減

減食⓪〈名・サ變〉飯量減少

減水⓪〈名・サ變〉水量減少

減衰⓪〈名・サ變〉衰減

減数⓪〈名・サ變〉（數學）減數；數量減少

減税⓪〈名・サ變〉減稅

減速⓪〈名・サ變〉減速

減損⓪〈名・サ變〉耗損

減退⓪〈名・サ變〉減退

減反⓪〈名・サ變〉減少（縮小）耕作面積

減点⓪〈名・サ變〉減分，扣分

減配⓪〈名・サ變〉減少配給量

減俸⓪〈名・サ變〉減薪，降薪

減摩①〈名・サ變〉磨去，磨損；減少摩擦

減免⓪〈名・サ變〉（稅金、刑罰等的）減輕和免除

減量⓪〈名・サ變〉減少分量；（運動員）減輕體重

減枠⓪〈名・サ變〉壓縮限額

★ 軽減・削減・節減・増減・低減・逓減・半減

簡 カン
［簡］［简］jiǎn［日＝繁≒簡］

古代用來寫字的竹片；信件；不複雜；選擇（人才）

簡易⓪①〈名・形動〉簡易，簡便

簡潔⓪〈名・形動〉簡潔

簡素①〈名・形動〉簡單，樸素

簡単⓪〈名・形動〉簡單

簡便⓪〈名・形動〉簡便

簡明⓪〈形動〉簡明，簡單明瞭

簡約⓪〈名・形動・サ變〉簡約
簡略⓪〈名・形動〉簡略

★ 書簡・繁簡・木簡

繭 まゆ/ケン

[繭][茧]jiǎn[日≒繁≒簡]

某些昆蟲的幼蟲在變成蛹之前吐絲
做成的殼

繭①〈名〉繭，蠶繭

繭玉⓪〈名〉(日本風俗)繭形面團子，
年糕球

繭糸①〈名〉絲和繭；蠶絲

件 ケン

jiàn[日＝繁＝簡]

量詞，用於個體事物；指可以一一
計算的事物；不平常的大事情；文
書、證明之類

件①〈名〉事，事件；件數

件数③〈名〉件數

★ 案件・事件・条件・難件・物件・
与件・用件・要件

見 み・える/み・せる/み・る/ケン

[見][见]jiàn[日＝繁≒簡]

看到；接觸，遇到；看得出，顯現出

見合い⓪〈名〉相親；相抵，平衡
例 ～結婚[相親結婚]

見上げる⓪〈他一〉抬頭看，仰望；
表示令人敬佩，景仰
例 空を～げる[仰望天空]

見誤る⓪④〈他五〉看錯
例 信号を～る[看錯信號]

見合わせる⓪〈他一〉互看；比較，
對照；暫停 例 しばらく～せてお
こう[暫時延遲一下]

見失う⓪〈他五〉迷失，看不見 例 方
向を～う[迷失方向]

見える②〈自一〉看得見；好像，似
乎；看樣子好像，似乎；(敬)來，
光臨 例 ここから海が～える[從這
看得到海]

見栄②〈名〉外表，門面，外貌；虛
榮，炫耀；(演員)亮相 例 ～を張
る[裝飾門面，追求虛榮]

見送る⓪〈他五〉目送；送別，送
行；送終；等待下次好機會，靜觀
例 友達を空港まで～った[送朋友
到機場]

見落とす⓪〈他五〉看漏，忽略過去
例 番号を～した[忽略了號碼]

見覚え⓪〈名〉彷彿見過，眼熟 例 全
く～がない[一點印象也沒有]

見下ろす⓪〈他五〉俯視，往下看；
輕視，看不起；視線由上往下 例 谷
を～す[俯瞰山谷]

見返り⓪〈名〉回顧，回頭看；抵押品

見掛ける⓪〈他一〉見過，看到過；
開始看 例 よく～ける病気[常見的
病]

見方⓪〈名・サ變〉看法，見解

見交わす⓪〈他五〉對視，互看

見極める⓪〈他一〉看清，看透，看出
結果；弄清楚，研究明白；鑑定，
識別

見下す⓪〈他五〉往下看，俯視；輕
視，看不起 例 人を～してはいけな
い[不可小看人]

見苦しい④〈形〉骯髒，不整齊；不
體面，難看，丟臉

見越す⓪〈他五〉預料，預測；越過…

看 例 垣根（かきね）を～すと隣（となり）の梅（うめ）が見（み）える
［越過籬笆可以看到鄰居的梅花］

見事（みごと）①〈名・形動〉漂亮，好看，美麗；精彩，出色；完全，徹底
例 ～な演技（えんぎ）［出色的演技］

見込（みこ）む①〈他五〉期待，相信；估計在內；預料估計；盯上，糾纏住
例 今度（こんど）は3万人（まんにん）が大会（たいかい）に出席（しゅっせき）するものと～む［預計這回有3萬人參加大會］

見殺（みごろ）し①④〈名〉見死不救，坐視不管 例 困（こま）っている人（ひと）を～にすることはできない［對有困難的人不能坐視不管］

見頃（みごろ）③②〈名〉正是觀賞的時候
例 桜（さくら）はちょうど～だ［現在正是賞櫻花時節］

見下（みさ）げる①〈他一〉輕視，蔑視，瞧不起

見据（みす）える①〈他一〉目不轉睛地看；看準

見透（みす）かす①〈他五〉看穿，看透 例 相手（あいて）の腹（はら）を～す［看穿了對方的意圖］

見過（みす）ごす①〈他五〉看漏；放過
例 今度（こんど）だけ～してやろう［饒了你這一回吧］

見捨（みす）てる①〈他一〉拋棄，不理睬
例 困（こま）っている友人（ゆうじん）を～てる［不顧困難的朋友］

見（み）せ掛（か）ける①〈他一〉假裝，裝飾
例 病気（びょうき）のように～ける［裝病］

見（み）せしめ①〈名〉警戒
例 ～のために厳重（げんじゅう）に罰（ばっ）する［為了警戒他人效尤而嚴厲懲處］

見（み）せ付（つ）ける①〈他一〉賣弄，顯示，炫耀

見（み）せる②〈他一〉給看，讓看，展現；做給別人看；決心和意志 例 きっと成功（せいこう）して～せる［一定成功讓你瞧瞧］

見逃（みのが）れる①〈他一〉沒認出來，忘記是誰 例 ～れるほど大（おお）きくなった［長大得認不出來了］

見出（みだ）し①〈名〉標題；索引目錄；選拔，提拔

見立（みた）てる①〈他一〉斷定，判斷；診斷；把…當做 例 本物（ほんもの）と～てる［斷定是真的］

見違（みちが）える①〈他一〉認不出來；看錯
例 番号（ばんごう）を～える［看錯號碼］

見詰（みつ）める①〈他一〉盯著，凝視 例 相手（あいて）の顔（かお）を～める［凝視對方的面孔］

見積（みつ）もる①〈他五〉估計，估量
例 部屋（へや）の内装費（ないそうひ）を～る［估算房屋的裝修費］

見通（みとお）す①〈他五〉看到完；望穿；看透；推測，預料 例 終（お）わりまで～す［一直看完］

見届（みとど）ける①〈他一〉看準，看到；看到最後 例 子供（こども）の行（ゆ）く末（すえ）を～けよう［要親眼看到孩子的發展前途］

見取（みと）る①〈他五〉看出來，看到 例 すぐ情勢（じょうせい）を～る［善於審時度勢］

見習（みなら）い①〈名〉模仿；見習，學習

見慣（みな）れる①〈自一〉看慣，看熟，眼熟

見逃（みのが）す①〈他五〉看漏；放過，饒恕
例 今度（こんど）～したら二度（にど）と見（み）られない［錯過這次機會，下次就看不見了］

見計（みはか）らう①〈他五〉斟酌，看著辦；估計（時間）例 品物（しなもの）を～って送（おく）る［斟酌著發送貨物］

見張る⓪〈他五〉瞪大眼睛看；警戒，看守 **例**油断なく～っていてください[請認真看守著，不要疏忽]

見惚れる⓪〈自一〉看出了神，看呆了，看入了迷 **例**小説に～れる[看小說看得著迷]

見本⓪〈名〉樣品，樣本

見舞い⓪〈名〉望，慰問；挨(打)遭受(不幸等) **例**台風のお～を受ける[遭受台風的侵襲]

見守る⓪〈他五〉看守，保佑，照料；注視 **例**事件の展開を～る[關注事件的發展]

見回す⓪〈他五〉環視 **例**あたりを～す[環視四周]

見回る⓪〈他五〉巡視，巡查，巡邏；遊覽 **例**警官が夜の街を～る[警察夜晚巡街]

見る①〈他一〉遭受經歷；達到；看，觀看；觀賞；閱讀；查看；品嘗；估計，評價；照料，處理 **例**映画を見る[看電影]

見向き①〈名〉轉過臉來看，回顧 **例**～もしないで去っていく[連頭都不回就走了]

見破る⓪〈他五〉看穿，識破，看透 **例**正体を～った[看清了真面目]

見分ける⓪〈他一〉分辨，區分，分清 **例**味方、敵をはっきり～ける[分清敵我]

見渡す⓪〈他五〉瞭望，環視，眺望 **例**中山陵から南京市を～すことができる[從中山陵可以眺望到南京市]

見解⓪〈名〉見解 **例**～を述べる[發表見解]

見学⓪〈名・サ變〉參觀，見習

見識⓪〈名〉見識，見解；氣度

見地①〈名〉觀點，立場

見当③〈名〉方位，方向；希望，估計；大約前後；(槍的)標尺 **例**～がつく[有眉目，有頭緒]

見物⓪〈名・サ變〉遊覽，觀賞

見聞⓪〈名・サ變〉見聞，見識

★意見・一見・引見・会見・外見・管見・愚見・散見・識見・識所見・政見・先見・卓見・定見・拝見・発見・卑見・必見・偏見・望見・予見・露見

建 た・つ/た・てる/ケン/コン
jiàn[日＝繁＝簡]
樹立；造，築；提出，首倡

建つ①〈自五〉蓋，建 **例**大通りに新しいビルが～つ[大街上建起新的大廈]

建て替える⓪〈他一〉翻蓋，重蓋，重建 **例**この図書館は～えなければならない[這圖書館得重新蓋了]

建て直す⓪〈他五〉改建，重建 **例**家を～す[翻蓋房子]

建坪②〈名〉立坪(建築物占地面積的坪數，每坪約為6日尺平方，約3.306平方公尺)

建前①②〈名〉上樑儀式；方針，原則

建物②③〈名〉房屋，建築物

建てる②〈他一〉建造，建立 **例**工場を～てる[建廠]

建議③①〈名・サ變〉建議

建言③〈名・サ變〉建議

建国⓪〈名・サ變〉建國
建材⓪〈名〉建築材料
建設⓪〈名・サ變〉建設
建造⓪〈名・サ變〉建築，建造
建築⓪〈名・サ變〉建築，建築物，建築學
建白⓪〈名・サ變〉建議，建議書
建立⓪〈名・サ變〉興修，修建(寺院、堂、塔)

★ 再建・創建・封建

健 すこ・やか/ケン
jiàn[日＝繁＝簡]

強壯，身體好；善於，精力旺盛
健やか②〈形動〉健壯，健康 例 子供が～に育つ[孩子健康的成長]
健脚⓪〈名・形動〉健步，能走路
健康⓪〈名・形動〉健康
健在⓪〈名・形動〉健在
健勝⓪〈名・形動〉健康，強健
例 ますますご～でいらっしゃることと存じます[祝您健康]
健全⓪〈形動〉健全
健闘⓪〈名・サ變〉拼命奮鬥
健忘⓪〈名〉健忘

★ 穏健・頑健・強健・剛健・壮健

剣 つるぎ/ケン
[劍][剑]jiàn[日≒繁≒簡]

古代兵器，一端尖，兩邊有刃，安有短柄，可以佩帶在身旁
剣③〈名〉劍
剣客⓪〈名〉劍客
剣士①〈名〉劍客
剣術⓪〈名〉劍術，劍法
剣道①〈名〉劍術，劍道

剣呑③〈形動〉危險 例 ～な人[危險人物]
剣舞①〈名〉劍舞
剣法①〈名〉劍術

★ 真剣・短剣・長剣・刀剣

践 セン
[踐][践]jiàn[日≒繁≒簡]

踩，踏；履行，實行

★ 実践

漸 ようや・く/ゼン
[漸][渐]jiàn[日＝繁≒簡]

一點點地，慢慢地
漸く⓪〈副〉好不容易，總算，勉強；漸漸 例 天気は～暖かくなってきた[天氣漸暖和起來了]
漸減⓪〈名・サ變〉逐漸減少
漸次①〈副〉逐漸，漸 例 病気は～快方に向かっている[病逐漸好轉]
漸進⓪〈名・サ變〉漸進
漸増⓪〈名・サ變〉逐漸增加
漸落⓪〈名・サ變〉(行情、物價)漸落，漸跌

薦 すす・める/セン
[薦][荐]jiàn[日＝繁≒簡]

推舉，介紹；草，草席
薦める⓪〈他一〉推薦 例 彼を委員に～める[推薦他任委員]

★ 自薦・推薦・他薦・特薦

鍵 かぎ/ケン
[鍵][键]jiàn[日＝繁≒簡]

琴或機器上使用時用手按動的部分
辨 在日語中還有「鑰匙」的意思

鍵②〈名〉鍵
鍵盤⓪〈名〉鍵盤

艦 カン
[艦][舰]jiàn[日≒繁≒簡]
　大型軍用船隻
艦載⓪〈名・サ變〉軍艦搭載
艦船⓪〈名〉軍艦和船舶
艦隊⓪〈名〉艦隊
艦長⓪①〈名〉艦長
艦艇⓪①〈名〉艦艇
艦砲⓪〈名〉艦炮

★ 巨艦・駆逐艦・軍艦・戦艦・
　潜水艦

鑑 かんが・みる/カン
[鑑][鉴]jiàn[日≒繁≒簡]
　鏡子；照；仔細看；可以作為警戒
　或引為教訓的事
鑑みる④〈他一〉鑑於，遵照，根據
　例 事の重大性に～みる[鑑於事情
　的嚴重性]
鑑査①〈名・サ變〉鑑定
鑑識⓪〈名・サ變〉鑑別，鑑定(能力)
鑑賞⓪〈名・サ變〉欣賞，鑑賞
鑑定⓪〈名・サ變〉鑑定；評價，估價
鑑別⓪〈名・サ變〉鑑別，識別

★ 印鑑・図鑑・年鑑

江 え/コウ
jiāng[日＝繁＝簡]
　大河　**辨** 在日語中，指海灣或湖岔
江⓪(湖、海的)灣
江戸⓪〈名〉江戶(東京的舊稱)
江南⓪〈名〉大江以南；特指中國江
　南地區

★ 入り江・黒竜江・長江・揚子江

将 ショウ
[將][将]jiāng(jiàng)
[日≒繁≒簡]
　快要；帶領，扶助；將官
　辨 日語中沒有「拿、把」的意思
将官⓪①〈名〉將官
将棋⓪①〈名〉象棋
将軍⓪〈名〉將軍
将校①〈名〉少尉以上的軍官
将帥⓪〈名〉將帥
将兵①〈名〉將校和士兵
将来①〈名・副・サ變〉將來
将領⓪〈名〉將領

★ 主将・大将・武将・名将

奨 ショウ
[奬][奖]jiāng[日≒簡≒繁]
　獎勵，誇獎；為了鼓勵或表揚而給
　予的榮譽或財物
奨学金⑤〈名〉獎學金
奨励⓪〈名・サ變〉獎勵，鼓勵

★ 勧奨・推奨・選奨・報奨

講 コウ
[講][讲]jiāng[日＝繁≒簡]
　説；解釋，説明；商量，商議；注
　重某一方面，並設法使它實現
講演⓪〈名・サ變〉講演，演説
講義③〈名・サ變〉講課，講義
講究⓪〈名・サ變〉鑽研，研究　**辨** 在
　漢語中，是注重(重んじる)、力求
　完美(凝る、念を入れる)
講座⓪〈名〉講座
講師①〈名〉(大學等的)講師；講演

者；到他校兼課的老師

講習⓪〈名・サ變〉講習

講ずる⓪③〈他一〉講授；謀求，採取 例 文学を～ずる[講授文學] ＝こうじる

講壇⓪〈名〉講壇

講談⓪〈名〉說(書)

講堂⓪〈名〉禮堂

講和⓪〈名・サ變〉講和，媾和

講話⓪〈名・サ變〉講話，報告

★ 開講・受講・進講・聴講

匠 たくみ/ショウ
jiàng[日＝繁＝簡]

有手藝的人；靈巧，巧妙

匠①〈名〉木工，雕刻藝人

★ 意匠・巨匠・師匠・名匠

降 お・りる/お・ろす/ふ・る/コウ
jiàng(xiáng)[日＝繁＝簡]

落下；使落下；投降；降伏

降りる②〈自一〉下，下來；降(霜、露)；發下來 例 階段を～りる[下樓梯]

降ろす②〈他五〉放下，取下，落下；卸下，取出；初次用(的新東西)；落發；高山上刮下來的(風)；降(職) 例 腰を～す[坐下]

降り注ぐ⓪〈自五〉傾盆(大雨)；(日光)強射；紛紛而來 例 雨が～ぐ[傾盆大雨]

降る①〈自五〉(雨等)下降 例 雨に～られた[淋雨了]

降雨①〈名〉降雨

降下①〈名・サ變〉下降 例 気温が～する[氣溫下降]

降嫁①⓪〈名・サ變〉下嫁

降灰⓪〈名・サ變〉落灰

降格⓪〈名・サ變〉降級，降格

降車⓪①〈名・サ變〉下車

降職⓪〈名・サ變〉降職

降水⓪〈名〉降水

降雪⓪〈名〉下雪

降霜⓪〈名〉下霜

降誕⓪〈名・サ變〉降世，聖誕

降着⓪〈名・サ變〉降落，著陸

降任⓪〈名〉降級，降職

降板⓪〈名・サ變〉原指棒球投手從投手板上被換下來，引申為退出崗位

降伏⓪〈名・サ變〉投降

降臨⓪〈名〉降臨，下凡

★ 以降・下降・昇降・投降

交 か・う/か・わす/ま・ざる/まじ・える/ま・じる/まじ・わる/コウ
jiāo[日＝繁＝簡]

把事物轉移給有關方面；(時間、地區)相連接；交叉；結交；交往；交配；互相；一齊，同時(發生)

交う①〈自五〉(接在其他動詞的連用形之後)相互，彼此 例 町は行き～う人々でごった返している[街上行人往來熙熙攘攘]

交わす⓪〈他五〉交換，交叉 例 お互いに意見を～した[互相交換意見]

交ざる②〈自五〉摻混，混雜，夾雜 例 あの人の話す言葉には時々方言が～る[他說話常常混雜著方言]

交える③〈他一〉夾雜，摻雜；交叉 例 英語を～えて言う[夾雜著英語說]

交じる②〈自五〉混，雜，夾雜
　例 髪に白髪が〜っている[頭髮裏長出白髮]

交わる③〈自五〉交叉；交際，交往
　例 朱に〜れば赤くなる[近朱者赤]

交易⓪〈名・サ變〉交易，貿易

交感⓪〈サ變〉交感

交換⓪〈名・サ變〉交換，互換

交歓⓪〈名〉聯歡

交誼①〈名〉交往

交響楽③〈名〉交響樂

交響曲③〈名〉交響曲

交互①〈名〉相互，交替

交合⓪〈名・サ變〉交合

交差⓪〈名・サ變〉交叉

交際⓪〈名・サ變〉交際，交往

交錯⓪〈名・サ變〉交錯，錯雜

交雑⓪〈名〉雜交

交渉⓪〈名・サ變〉交涉，談判

交信⓪〈名・サ變〉通訊聯絡

交戦⓪〈名・サ變〉交戰

交接⓪〈名・サ變〉交往；性交 辨 在日語中，沒有「移交(渡す、讓渡)」和「接替(引き継ぐ)」的意思

交代⓪〈名・サ變〉輪流，替換 辨 在漢語中，還有「囑託(頼む、依頼する)以及把事情或意見向有關人員講明(釈明する、白状する)」的意思

交替⓪〈名・サ變〉輪流，替換

交点①〈名〉交點

交通⓪〈名・サ變〉交通 例 〜費[交通費]；〜網(もう)[交通網]；〜量[交通量]

交配⓪〈名・サ變〉交配，雜交

交番⓪〈名〉派出所；輪流，交替

交尾⓪①〈名・サ變〉交尾，交配

交付⓪①〈名・サ變〉交付，發給

交友⓪〈名〉交友

交遊⓪〈名・サ變〉交遊，交際

交流⓪〈名・サ變〉交流；交變電流

★ 外交・旧交・国交・混交・社交・修交・親交・絶交・断交

郊 コウ
jiāo[日＝繁＝簡]

城市周圍的地區

郊外①〈名〉郊外，市郊

★ 近郊

教 おし・える/おそ・わる/キョウ
jiāo(jiào)[日＝繁＝簡]

把知識或技能傳給人；指導，訓誨；宗教

教え子③〈名〉門徒，學生

教える⓪〈他一〉教，教授；指點，告訴 例 すみませんが、駅へ行く道を〜えてくださいませんか[對不起，能不能告訴我到車站去的路?]

教わる⓪〈他五〉跟…學習
　例 木村先生に英語を〜る[跟木村老師學英語]

教案⓪〈名〉教學方案

教育⓪〈名・サ變〉教育

教員⓪①〈名〉教員，教師

教化①〈名・サ變〉教化，感化

教科書③〈名〉教科書

教会⓪〈名〉教會，教堂

教戒⓪〈名・サ變〉訓誡，告誡

教学⓪①〈名〉教學

教官⓪〈名〉(國立大學以及政府管轄研究機構的)教師、研究人員

教義①〈名〉教義，教理

教区①〈名〉教區

教具①〈名〉教學用具

教訓⓪〈名・サ變〉教訓

教唆①〈名・サ變〉教唆

教材⓪〈名〉教材

教師①〈名〉教師，教員；導師；傳教
士

教示⓪〈名・サ變〉示範

教室⓪〈名〉教室；大學的研究室

教授⓪①〈名・サ變〉教授；講授

教習⓪〈名・サ變〉講習，教練

教条⓪〈名〉教條

教職員④③〈名〉學校教職員

教祖①〈名〉教祖，開山鼻祖

教壇⓪〈名〉講壇，講台

教団⓪〈名〉宗教團體

教程⓪〈名〉教學程序；教科書

教徒⓪〈名〉教徒，信徒

教導⓪〈名・サ變〉教化

教本⓪〈名〉教科書；(宗教道德等的)
教科書籍

教務①〈名〉(學校)教務；(宗教)教務

教務課⓪〈名〉教務處，教務科

教諭⓪①〈名〉(日本中小學的正式)
教員

教養⓪〈名〉教養，素養，涵養，知
識；(個人)專業知識以外的學識

教練①〈名・サ變〉教練，軍事訓練

★異教・邪教・儒教・宗教・殉教・
正教・聖教・説教・道教・布教・
仏教・文教・密教

焦 あせ・る/こ・がす/こ・がれる/
こ・げる/ショウ

jiāo[日＝繁＝簡]

物質經火燒變成黃色、黑色並發硬、
發脆；焦炭；著急

焦る②〈自五〉急躁，焦躁，著急
例そう～るには及ばない[不必那麼
急躁]

焦がす②〈他五〉烤煳，烤焦 例ご飯
を～す[飯燒焦了]

焦がれる③〈自一〉渴望，嚮往；朝
思暮想，戀慕 例東京に出たいと
ひたすら～れる[非常渴望去東京]

焦げ付く⓪〈自五〉燒焦；呆帳；(行
情)固定不變 例貸し金が～いた
[貸款收不回來了]

焦げる②〈自一〉煳，烤焦 例アイ
ロンで服が～げた[把衣服熨焦了]

焦心⓪〈名・サ變〉焦慮

焦燥⓪〈名・サ變〉焦躁，焦急

焦点①〈名〉焦點，中心 例問題の～
となる[成為問題的焦點]

焦土①〈名〉焦土 例空襲で町は～
と化した[城市因空襲化為焦土]

焦熱⓪〈名〉焦熱，灼熱

焦眉①〈名〉燃眉 例～の急[燃眉之
急]

焦慮①〈名・サ變〉焦慮，焦急

礁 ショウ

jiāo[日＝繁＝簡]

礁石；由珊瑚蟲的遺骸堆積成的岩
石狀物

★暗礁・環礁・岩礁・座礁・
珊瑚礁

角 かど/つの/カク

jiāo(jué)[日＝繁＝簡]

牛、羊、鹿等頭上長出的堅硬的東

西；古時軍中吹的樂器；形狀像角
的東西；岬角；物體兩個邊沿相接
的地方 **郹** 在日語中，沒有讀成jué
時的「人物、演員」的意思

角① 〈名〉角，拐角；(語言或行為)粗
暴不圓滑

角② 〈名〉角，犄角；類似角形的東西

角隱し 〈名〉(婚禮時穿和服的新娘
的)蓋頭，蒙頭紗

角型⓪〈名〉方形，矩形

角材⓪②〈名〉方木材，木方子

角質⓪〈名〉角質；硬如角質的東西

角逐⓪〈名・サ變〉角逐，競爭

角度①〈名〉角度

角煮⓪〈名〉紅燉的(豬肉塊、魚塊)

角帽⓪〈名〉方形帽頂的(大學生)製
帽

角膜⓪〈名〉角膜

★ 銳角・互角・四角・死角・視角・
触角・折角・直角・頭角・鈍角

脚 あし/キャ/キャク
[脚][脚]jiǎo[日＝簡≒繁]

人或動物的腿的下端，接觸地面支
持身體的部分；東西的最下部；舊
時稱跟體力搬運有關的

脚②〈名〉脚

脚光⓪〈名〉脚燈 **例** ～を浴びる[登
上舞台，引人注目]

脚色⓪〈名・サ變〉把小説改編成劇
本；渲染，鋪張

脚注⓪〈名〉脚注

脚本⓪〈名〉劇本

脚力⓪〈名〉脚力；走路的能力

★ 行脚・健脚・三脚・失脚・馬脚・
飛脚

絞 しぼ・る/し・まる/し・める/コウ
[絞][绞]jiǎo[日≒繁≒簡]

擰，扭緊，擠壓；用繩子把人勒死；
纏繞

絞り③〈名〉(花瓣等)帶雜色斑紋的；
手巾；(照相)光圈

絞り上げる⑤②〈他一〉擰乾，榨盡；
聲嘶力竭；斥責，苛責；勒索
例 モップを～げる[把拖把擰乾]

絞り出す〈他五〉擠出，擰出，榨出
例 海綿から水を～す[從海綿中擠
出水來]

絞り取る〈他五〉榨取，擠取
例 牛乳を～る[擠牛奶]

絞る②〈他五〉擰，榨，擠；強迫，硬
擠；剝削，勒索，榨取；申斥；縮
小，集中 **例** 知恵を～る[想盡辦法]

絞まる〈自五〉過緊，勒著 **例** この洋
服を着ると首が～って苦るしい[穿
著這件衣服領子緊，不舒服]

絞める②〈他一〉榨，掐；勒死
例 菜種を～めて油を取る[榨油菜
籽取油]

絞殺⓪〈名・サ變〉絞死，勒死

絞首⓪①〈名〉絞死，勒死

較 かく
[較][较]jiǎo[日＝繁≒簡]

比較；明顯

較差①〈名〉(最高與最低，好與壞之
間的)差距

★ 比較

矯 た・める/キョウ
[矯][矫]jiǎo[日＝繁≒簡]

糾正，把彎曲的弄直；強壯，勇武

矯 める ②〈他一〉矯正；(壞習慣、脾

　氣等的)矯正，改正；瞄準

　例 悪い癖を～める[矯正惡習]

矯激 ⓪〈名・形動〉過激；偏激

矯正 ⓪〈名・サ變〉矯正

叫 さけ・ぶ/キョウ

[叫][叫]jiào[日≒繁＝簡]

　呼喊

叫び声 ④〈名〉叫聲

叫ぶ ②〈自五〉叫，喊，呼吁 **例** 助け

　てくれと～ぶ[大聲求救]

叫喚 ⓪〈名〉喊叫

★ 絶叫

校 コウ

jiào(xiào)[日＝繁＝簡]

　訂正；專門進行教育的機構；軍銜

　的一級，在「將」之下，「尉」之上

校医 ①〈名〉校醫

校閲 ⓪〈名・サ變〉校閱，校訂

校歌 ①〈名〉校歌

校勘 ⓪〈名・サ變〉校勘，校對

校旗 ①〈名〉校旗

校規 ⓪〈名〉校規

校紀 ①〈名〉校紀

校舎 ①〈名〉校舍

校正 ⓪〈名・サ變〉校正，校勘；校準

校則 ⓪〈名〉校規

校注 ⓪〈名〉校注

校長 ⓪〈名〉校長

校定 ⓪〈名・サ變〉注疏(古典原文)

校訂 ⓪〈名・サ變〉校訂，訂正

校内 ①〈名〉校內

校風 ⓪③〈名〉校風

校務 ①〈名〉校務

校名 ⓪〈名〉學校名

校門 ⓪〈名〉校門

校友 ⓪〈名〉校友，同學

校了 ⓪〈名〉校完，校畢

★ 開校・学校・下校・初校・将校・

　転校・登校・分校・母校

酵 コウ

jiào[日＝繁＝簡]

　發酵

酵素 ①〈名〉酵素，酶

酵母 ①〈名〉酵母；發酵粉

★ 発酵

皆 みな/カイ

jiē[日＝繁＝簡]

　都，都是

皆 ⓪①〈副〉皆，全，都；諸位，各

　位，大家

皆勤 ⓪〈名・サ變〉全勤

皆兵 ⓪〈名〉皆兵

皆無 ①〈名・形動〉完全沒有

皆目 ⓪〈副〉完全，全然(下接否定)

　例～わからない[完全不明白]

接 つ・ぐ/セツ

jiē[日＝繁＝簡]

　連成一體；繼續，連續；靠近，換

　上；承受，收取；迎

接ぎ手 ⓪〈名〉(機械的)接頭、接縫、

　接口；繼承人，接班人

接ぐ ⓪〈他五〉接上 **例** 骨を～ぐ[接

　骨]

接岸 ⓪〈名・サ變〉(船)靠岸；(台風、

　海流等)靠近海岸

接客 ⓪〈名・サ變〉接待客人

接近⓪〈名・サ變〉接近

接合⓪〈名・サ變〉接合，接上，黏合

接骨⓪〈名・サ變〉接骨

接辞⓪〈名〉(語法)接詞(接頭詞與接尾詞的總稱)

接写⓪〈名・サ變〉(照相)近拍，特寫

接種①〈名・サ變〉接種；注射

接受①〈名・サ變〉接受(外交使節等)；受理(公文等)

接収⓪〈名・サ變〉接收

接触⓪〈名・サ變〉接觸

接する⓪〈サ變〉靠近，挨近；接連，連續；接到，遇上；接待，交往　例多くの人に～する[與許多人接觸]

接戦⓪〈名・サ變〉短兵相接；勢均力敵

接続⓪〈名・サ變〉連續，接連，連接；銜接，聯絡　例～詞[接續詞]

接待①〈名・サ變〉接待，招待

接着〈名・サ變〉黏著，黏接

接点①〈名〉切點，接觸點

接伴⓪〈名・サ變〉結伴

接吻⓪〈名・サ變〉接吻

★ 引接・応接・間接・近接・迎接・交接・密接・面接・溶接・熔接・隣接

階 カイ
[階][阶]jiē[日＝繁≒簡]

台階；等級

階下①〈名〉樓下，一樓

階級⓪〈名〉階級，軍階；階層；位，等級，職務

階層⓪〈名〉(建築物、樓房的)層；社會階層

階段⓪〈名〉階梯，樓梯；等級　**题** 在漢語中，指事物發展過程中根據一定的標準劃分的段落(段階)

階梯⓪〈名〉階梯；入門指南

階名①〈名〉階名

★ 位階・音階・最上階・段階・地階

街 まち/カイ/ガイ
jiē[日＝繁＝簡]

街道，街市

街②〈名〉街道，大街

街角③〈名〉街口，巷口

街道⓪③〈名〉大街，大道，公路交通要道

街商⓪〈名〉攤販

街頭⓪〈名〉街頭

街灯⓪〈名〉路燈，街燈

街路①〈名〉馬路

街路樹③〈名〉行道樹，街道樹

★ 市街・住宅街・商店街・繁華街

結 むす・ぶ/ゆ・う/ゆ・わえる/ケツ
[結][结]jiē(jié)[日≒繁≒簡]

植物長出果實；繫；聚，合；收拾，完了

結び付く④〈自五〉結合成為一體，相結合；互相關聯，密切關聯　例努力が成功に～く[努力會帶來成功]

結び付ける⑤〈他一〉拴上，繫上；結合，聯繫　例理論と実践とを～ける[把理論與實踐結合起來]

結び目⓪〈名〉結的扣兒

結ぶ⓪〈他五〉連接；締結，訂立；結束，結尾；凝結；發生，出現

例契約を～ぶ[簽合同]

結納⓪〈名〉(訂婚時)下聘，聘禮

結う⓪〈他五〉繫結，紮 **例**髪を～う
[結髪，梳髪]

結わえる③〈他一〉綁，拴，繫 **例**髪
にリボンを～える[在頭髮上繫絲帶]

結果⓪〈名・サ變〉結果；結果子

結核⓪〈名〉結核

結局④〈名・副〉結局，結果；結果，
究竟

結句⓪③〈名・副〉(漢詩絕句的)最
後一句；結果，最後；反而

結語⓪〈名〉結尾語

結構⓪③〈名・形動・副〉(建築等)結
構，構造；很好；可以，行；夠
了，不用了；蠻好 **辨** 在漢語中，只
能作為名詞使用，指組成整體的各
部分的搭配和安排，而沒有「很好、
夠了」的意思。而且，作為名詞使用
時，詞義相當於日語中的「構造、構
成、仕組み」

結合⓪〈名・サ變〉結合，連合

結婚⓪〈名・サ變〉結婚

結實⓪〈名・サ變〉結果實；得到豐碩
成果

結論⓪〈名・サ變〉結論

結社①〈名〉結社

結集⓪〈名・サ變〉積聚，集中

結晶⓪〈名・サ變〉結晶，成果

結成⓪〈名・サ變〉結成，組成

結石⓪〈名〉結石

結束⓪〈名・サ變〉捆，束；團結
辨 在漢語中，是「完畢、不再繼續
(終わる、終了する)」的意思

結託⓪〈名・サ變〉勾結，串通

結党⓪〈名・サ變〉組織政黨

結尾①〈名〉結尾

結膜⓪②〈名〉結膜

結末⓪〈名〉結果，收場，結尾

結盟⓪〈名・サ變〉結盟

結露①〈名・サ變〉凝結(成水珠)

結論⓪〈名・サ變〉結論

★ 完結・帰結・起承転結・凝結・
終結・集結・妥結・団結・締結・
凍結・氷結・連結

潔 いさぎよ・い/ケツ
[潔][洁]jié[日＝繁≒簡]
清潔；人的品德高尚

潔い④〈形〉純潔；勇敢；果斷，乾
脆 **例**～い心[純潔的心]

潔白⓪〈名・形動〉清白，無辜；純潔

潔癖⓪〈名・形動〉潔癖

★ 簡潔・高潔・純潔・清潔・貞潔・
不潔・廉潔

揭 かか・げる/ケイ
[揭][揭]jié[日≒繁＝簡]
把黏在別的物體上的片狀物取下；
把蓋在上面的東西拿起；揭露；高舉

掲げる⓪〈他一〉懸掛，高舉；揭
示，刊登

例国旗を～げる[懸掛國旗]

掲載⓪〈名・サ變〉刊登

例新聞に～する[登報]

掲示⓪〈名・サ變〉揭示，布告

例～板[布告牌]

掲出⓪〈名・サ變〉揭示，公佈

掲揚⓪〈名・サ變〉升起

例国旗を～する[升起國旗]

傑^{ケツ}
[傑][杰]jié[日＝繁≒簡]

才能出眾的人；特異的，超過一般的

傑作⓪〈名・形動〉傑作，滑稽，離奇

傑出⓪〈名・サ變〉傑出

傑物⓪〈名〉傑出的人物

★英傑・怪傑・豪傑・女傑

節 ふし/セチ/セツ
[節][节]jié[日＝繁≒簡]

物體各段之間相連的地方；段落；量詞；節日，節氣；刪節；節約，節制；事項；節操 **朤** 在日語中還可以指曲調、旋律

節②〈名〉(竹、葦的)節；(動物的)關節，骨節；地方，時候，點；旋律，曲調；段落 **例**怪しい～がある[有可疑的地方]

節回し③〈名〉(歌謠、故事等的)曲調，(聲音的)抑揚

節介①〈名〉管閒事，多嘴多舌 **例**余計なお～はやめてくれ[少管閒事]

節季①〈名〉年終，年末；(舊時商店)中元節和臘月的兩次結帳期

節義①②〈名〉節義

節句⓪③〈名〉傳統節日

節儉⓪〈名・サ變〉節儉，節約

節減⓪〈名・サ變〉節減，節省

節酒⓪〈名・サ變〉節制飲酒

節食⓪〈名・サ變〉節食

節水⓪〈名・サ變〉節約用水

節する⓪〈サ變〉節制；節約，節省

節制⓪〈名・サ變〉節制，控制

節操⓪〈名〉節操，操守

節電⓪〈名・サ變〉節約用電

節度①②〈名〉節度，適度

節婦①〈名〉節婦

節分⓪〈名〉立春的前一天

節約⓪〈名・サ變〉節約，節省

節理①②〈名〉條理，道理；紋理；節理

★音節・佳節・楽節・季節・苦節・時節・小節・章節・忠節・調節・貞節・当節・分節・変節・礼節

詰 つ・まる/つ・む/つ・める/キツ
[詰][诘]jié[日≒繁≒簡]

責備，質問 **朤** 在日語中還有「堵塞、填塞、裝入」的意思

詰まる②〈自五〉擠滿，塞滿；堵塞，不通；窮困，窘迫；縮短；(果實等)實心 **例**風邪を引いて鼻が～った[傷風了，鼻子不通]

詰む①〈自五〉緊密，密實 **例**目の～んだ生地[質地密實的衣料]

詰め合わせ⓪〈名〉混裝，摻雜裝 **例**果物の～[水果籃]

詰め替える⓪〈他一〉重新裝 **例**このクッションは～えなければならない[這個靠墊必須重新填裝一下]

詰め掛ける⓪〈他一〉擁上來，擠上來 **例**この店には客が～けている[這家商店顧客擠得滿滿的]

詰め込む⓪〈他五〉儘量多裝，裝入，塞入；(填鴨式地)硬灌 **例**本を箱のなかに～む[把書塞在箱子裏]

詰める②〈自他一〉待機，待命，守候；裝，裝入；屏住(呼吸)，抑制住；節約；縮短；填，塞；緊逼，逼問 **例**息を～める[屏息]

詰責⓪〈名・サ變〉責問

詰問⓪〈名・サ變〉追問，盤問 **例**～

したら白状した[一追問便招供了]

★ 難詰・面詰

解 と・かす/と・く/と・ける/カイ/ゲ
jiě[日＝繁＝簡]

分開；把束縛著或繫著的東西打開；
除去，廢除，停止；解釋；了解，明
白；解送；懂得；溶化；調和，處理

解 かす②〈他五〉溶化，溶解 **例** 氷
を～す[把冰化開]＝溶かす

解 く①〈他五〉解，解開；拆，拆開；
廢除；解除；消除；解答；解釋
例 なぞを～く[解謎]

解 ける②〈自一〉(扣子等)開了，鬆
了；(怒火)消了；解除，解決 **例** 靴
の紐が～けている[鞋帶鬆了]

解禁 ⓪〈名・サ變〉解除禁令

解決 ⓪〈名・サ變〉解決

解雇 ①〈名・サ變〉解雇

解散 ⓪〈名・サ變〉解散，散會；(團
體、組織等)解散；因議會解散而解
除議員資格

解釈 ①〈名・サ變〉解釋，理解

解除 ①〈名・サ變〉解除

解消 ⓪〈名・サ變〉取消，撤銷

解職 ⓪〈名・サ變〉免職

解析 ⓪〈名・サ變〉解析，分析

解説 ⓪〈名・サ變〉解説，説明

解像 ⓪〈名・サ變〉析像，顯像

解体 ⓪〈名・サ變〉拆卸，拆毀；解
體，瓦解

解題 ⓪〈名・サ變〉(書籍、作品的)解
題

解答 ⓪〈名・サ變〉解答

解凍 ⓪〈名・サ變〉解凍

解読 ⓪〈名・サ變〉解讀；譯解(難懂

的文章、密碼等)

解任 ⓪〈名・サ變〉免職

解放 ⓪〈名・サ變〉解放；釋放

解剖 ⓪〈名・サ變〉解剖；剖析

解明 ⓪〈名・サ變〉解釋明白

解約 ⓪〈名・サ變〉解除合同

解脱 ⓪〈名・サ變〉(佛)解脱

解毒 ⓪〈名・サ變〉解毒

解熱 ⓪〈名・サ變〉退熱，解熱

★ 一知半解・曲解・見解・誤解・
図解・注解・読解・難解・氷解・
不可解・分解・弁解・溶解・
理解・了解・諒解・和解

介 カイ
jiè[日＝繁＝簡]

在兩者當中

介意 ①〈名・サ變〉介意

介在 ⓪〈名・サ變〉夾雜在裡頭，介於
之間

介する ③〈サ變〉使介於之間，透過作媒
介；放在心上

介添え ⓪〈名・サ變〉伺候，服侍；陪
嫁的女佣人

介抱 ①〈名・サ變〉護理，服侍，照看
(傷病人)

★ 紹介・節介・仲介・媒介・厄介

戒 いまし・める/カイ
jiè[日＝繁＝簡]

防備，警惕；革除不良嗜好；指禁
止做的事情；佛教戒律

戒める ④〈他一〉戒，勸誡，懲戒；
戒備，警戒 **例** 子供の悪戯を～める
[勸誡孩子不要淘氣]

戒厳令 ③〈名〉戒嚴令

戒告〈名・サ變〉告誡；警告(處分)
戒心〈名・サ變〉戒心；警惕
戒名〈名〉戒名，法號，法名
戒律①〈名〉(佛)戒律
★ 教戒・訓戒・警戒・嚴戒・自戒・
　懲戒・破戒

届 とど・く/とど・ける
[届][届]jiè[日≒繁＝簡]
　到達 靜 在日語中只作動詞使用，
　表示「達到、送到、收到」等意思
届く②〈自五〉達，及，夠；到達，送
　到；周到，周密；(心願)得償
　例 手紙が～いた[信寄到了]
届け先①⑤〈名〉投遞處，投送地點
届け出る①〈他一〉呈報，申報
　例 欠席した者はかならず～ること
　[缺席者務必申報]
届ける③〈他一〉投送(文件、物品)；
　(向上級)呈報，申報

界 カイ
jiè[日＝繁＝簡]
　一個區域的邊限；一定的範圍；按
　職業或性別等所畫的人群範圍；大
　自然中指動物、植物、礦物等的最
　大的類別
界隈①〈名〉附近一帶 例 ～の人々
　[鄰里的人們]
界標①〈名〉界石，界標
界面①〈名〉界面，表面
★ 学界・官界・境界・業界・下界・
　限界・財界・視界・社交界・
　世界・政界・他界・文学界・
　冥界

借 か・りる/シャク
jiè[日＝繁＝簡]
　暫時使用別人的物品或金錢 靜 在
　漢語中，既可以表示借入，還能表
　示借出；在日語中只能表示借入，
　借出用「貸す」表示
借り入れる④〈他一〉借入，借來
　例 金を～れる[借錢]
借り切る③〈他五〉包租 例 バスを～
　る[包租公共汽車]
借越し①〈名・サ變〉(銀行)透支，透
　支額；債務，欠款
借り手①〈名〉借戶，借的人
借り主①②〈名〉債主，債務人
借りる①〈他一〉借(租)；借助
　例 ～りた物は返さなければならな
　い[借來的東西必須還]
借家①〈名〉租的房子＝しゃくや
借款①〈名〉(國際間的)借款
借間①〈名〉租賃的房間
借金①〈名・サ變〉借錢，負債
借財①〈名・サ變〉借款，負債
借地①〈名・サ變〉租地；租的地
借用①〈名・サ變〉借用
借覧①〈名・サ變〉借閱
★ 仮借・租借・貸借・賃借・転借・
　拝借

巾 はば/キン
jīn[日＝繁＝簡]
　小塊的紡織品
巾着③④①〈名〉小袋，荷包
★ 頭巾・雑巾・茶巾・布巾

斤 キン
jīn[日＝繁＝簡]

計算重量的單位；砍樹木的工具

斤目③〈名〉重量，分量

斤量③〈名〉重量，分量

今 いま/キン/コン

[今][今]jīn[日≒繁＝簡]

現在，現代；當前

今①〈名・副〉現在，目前；剛才，馬上；再，另外

今頃⓪〈名・副〉這時候；現在

今更⓪①〈副〉事到如今

今上⓪〈名〉今上，當今的皇帝

今回①〈名〉此次，這回

今期①〈名〉本期

今季①〈名〉現在的季節；這個季節

今暁⓪〈名〉今天凌晨

今月⓪④〈名〉本月

今後⓪①〈名〉今後，以後

今昔⓪〈名〉今昔

今週⓪〈名〉本周，本星期

今生⓪〈名〉今生，今世

今度①〈名〉此次，這回；下回

今日①〈名〉今日，今天

今晩①〈名〉今夜，今晚

今般①〈名〉這回，最近

今夜①〈名〉今夜，今晚

今夕⓪〈名〉今晚，今夕

★現今・古今・昨今

金 かな/かね/キン/コン

jīn[日＝繁＝簡]

黃金；錢；古時金屬製的打擊樂器；比喻尊貴、貴重；像金子的顏色

金網⓪〈名〉鐵絲網

金具⓪〈名〉(器具上的)金屬零件，小五金

金屑⓪③〈名〉鐵屑

金⓪〈名〉金屬，鐵；錢，金錢

金持ち④③〈名〉有錢的人

金儲け⓪③〈名・サ變〉賺錢

金貨①〈名〉金幣

金塊⓪〈名〉金條

金額⓪①〈名〉金額，款額

金科玉条①〈名〉金科玉律

金魚①〈名〉金魚 例～鉢[金魚缸]

金銀①〈名〉金銀；金錢，現金

金券⓪〈名〉可兌換金幣的紙幣(證券)；(在特定地區)可做金錢使用的幣券

金権⓪〈名〉金錢，勢力

金言⓪〈名〉格言 慣～耳に逆らう[忠言逆耳]

金庫①〈名〉金庫，保險櫃；金融機關，金庫

金鉱⓪〈名〉金礦

金策⓪〈名・サ變〉籌款

金山①〈名〉金礦山

金糸⓪①〈名〉(織錦、刺繡用的)金線

金字塔⓪〈名〉金字塔

金星⓪〈名〉金星

金製⓪〈名〉金製(品)

金銭①〈名〉金錢，錢財

金属①〈名〉金屬，五金

金玉③〈名〉(俗)睪丸

金箔⓪①〈名〉金箔；鍍金

金髪⓪〈名〉金髮

金品⓪①〈名〉金錢和物品

金粉⓪〈名〉金粉

金本位③〈名〉金本位

金脈⓪〈名〉金礦脈；財源

金融⓪〈名・サ變〉金融

金曜日⑤〈名〉星期五
金利①〈名〉利息；利率
金色⓪〈名〉金色＝きんしょく
金剛石③〈名〉金剛石

★一刻千金・一字千金・
一諾千金・一攫千金・黄金・
献金・元金・現金・試金石・
資金・謝金・借金・純金・償金・
賞金・正金・千金・貯金・賃金・
罰金・冶金・預金・料金

津 つ/シン
jīn[日＝繁＝簡]

唾液；汗；潤澤；渡口
津津浦浦①〈名〉五湖四海，全國各
個角落 **例** 彼名は～にまで知れ渡
っている[他的名字家喻户晓]
津波⓪〈名〉海嘯
津津⓪〈形動〉津津 **例** 興味～[津津
有味]

★天津

筋 すじ/キン
jīn[日＝繁＝簡]

(生理)肌的舊稱；肌腱或骨頭上的
軔帶；皮下可以看見的靜脈管；像
筋的東西
筋①〈名〉筋；血管，葉脈；線，紋；
血統，素質；條理，道理；纖維；
梗概，情節；有關方面 **例** 手に青
い～が浮いて見える[可以看到手背
上露的青筋]
筋合い⓪〈名〉理由，道理；條理
筋書き⓪④〈名〉劇情簡介；梗概；
計畫，預想
筋金⓪〈名〉鐵筋，鋼筋

筋違い③〈名・形動〉不合理，不相
當；不對路，不對頭；不合手續；
扭筋
筋骨①〈名〉筋骨；體格
筋肉①〈名〉肌肉
筋力①〈名〉體力

★鉄筋・腹筋

僅 わずか/キン
jǐn[日＝繁≒簡]

只，不過
僅か①〈副〉僅，少；略微，稍稍
僅差①〈名〉微小的差距
僅少③〈名・形動〉極少，甚少

緊 キン
[緊][紧]jǐn[日＝繁≒簡]

密切合攏；使緊；非常接近，空隙
極小；形勢嚴重；動作先後密切接
近；經濟不寬裕，拮据
緊急⓪〈名・形動〉緊急
緊縮⓪〈名・サ變〉縮減(開支)
緊張⓪〈名・サ變〉緊張
緊迫⓪〈名・サ變〉緊急，吃緊
緊縛⓪〈名・サ變〉綁緊
緊密⓪〈形動〉緊密，密切
緊要⓪〈形動〉重要，要緊

★喫緊

錦 にしき/キン
[錦][锦]jǐn[日＝繁≒簡]

有彩色花紋的絲織品；色彩鮮明華麗
錦①〈名〉錦
錦絵③〈名〉彩色木版浮世繪
錦鯉③〈名〉錦鯉
錦蛇③④〈名〉蟒蛇

謹 つつし・む/キン

[謹][谨]jǐn[日≒繁≒簡]

謹慎，小心；鄭重

謹む③〈他五〉謹慎，小心，慎重，
節制；謹 例 ～んで敬意を表す[謹
表敬意]

謹賀①〈名〉謹賀，恭賀 例 ～新年
[恭賀新年]

謹啓⓪①〈名〉(信)敬啓者

謹厳⓪〈名・形動〉嚴謹

謹言⓪③〈名〉謹言，謹啓(書函結尾
用語)

謹上⓪〈名・サ變〉謹啓，謹上

謹慎⓪〈名・サ變〉謹慎，小心(犯錯
誤之後)謹言慎行；閉門思過；禁止
外出(江戶時代的一種刑罰)

謹呈⓪〈名・サ變〉謹呈

尽 つ・かす/つ・きる/つ・くす/ジン

[盡][尽]jìn[日＝簡≒繁]

完畢；達到極端；全部用出；全，
所有的

尽かす⓪〈他五〉用盡，用完 例 愛想
を～す[討厭，嫌棄]

尽き果てる⓪④〈自一〉用盡，竭
盡 例 方法ほうが～てた[用盡了一
切辦法]

尽きる⓪②〈自一〉盡，完，沒了；
到頭，終了 例 道が～きて林とな
る[走到路的盡頭就是樹林子]

尽くす⓪〈他五〉竭盡；盡力，效力
例 手段を～す[千方百計]

尽忠⓪〈名〉盡忠

尽日⓪〈名〉整天，終日；一個月、
一年的最後一天

尽力①〈名・サ變〉盡力，努力

★ 一網打尽・消尽・蕩尽・無尽
蔵・理不尽

近 ちか・い/キン

jìn[日＝繁＝簡]

空間或時間距離短；接近；親密

近い②〈形〉靠近(距離)近；(時間)
近，不久；(血緣)近，有直接血統
關係；親近，親密；近似，相似，幾
乎；近視 例 ゼロに～い[近於零]

近付く⓪③〈自五〉靠近，臨近；接
近，交往；相似，相近 例 ～きにく
い人[不易接近的人]

近付ける④〈他一〉使靠近；使親近
例 顔を～けて話す[把臉湊上去說
話]

近因⓪〈名〉近因

近影⓪〈名〉近照

近海①〈名〉近海

近刊⓪〈名・サ變〉即將出版(的書
刊)；最近出版(的書刊)

近眼⓪〈名〉近視眼

近距離③〈名〉近距離

近況⓪〈名〉近況

近景⓪〈名〉近景

近郊⓪〈名〉近郊

近在⓪〈名〉城市附近的鄉村

近作⓪〈名〉近作，最近作品

近視⓪〈名〉近視

近似⓪〈名・サ變〉近似，類似

近時①〈名〉近來，最近

近所①〈名〉附近

近称⓪〈名〉(語法)近稱

近状⓪〈名〉近況

近日⓪①〈名〉近日，最近幾天

近臣⓪〈名〉親信大臣

近世①〈名〉近世，近代(在日本指江
　戸時代)

近接⓪〈名・サ變〉接近，挨近，貼近

近代①〈名〉近代，現代

　例～化[現代化]

近東⓪〈名〉近東

近年①〈名〉近幾年

近辺①〈名〉近處，附近

近傍⓪〈名〉近旁，附近

近来①〈名・副〉近日，最近

近隣⓪〈名〉近鄰，鄰近

★遠近・最近・至近・親近・接近・
　側近・卑近・付近

浸 ひた・す/ひた・る/シン
jìn[日＝繁＝簡]

　泡在液體裏；液體滲入；逐漸

浸す⓪②〈他五〉浸泡 例足を水に～
　す[把脚泡在水裏]

浸る⓪②〈自五〉浸泡；沉浸，沉迷
　例作物が水に～っている[農作物
　被水淹了]

浸出⓪〈名・サ變〉滲出

浸潤⓪〈名・サ變〉浸潤，滲透

浸食⓪〈名・サ變〉浸蝕

浸水⓪〈名・サ變〉浸水

浸透⓪〈名・サ變〉滲透，浸透

浸入⓪〈名・サ變〉滲入，浸進

進 すす・む/すす・める/シン
[進][进]jìn[日＝繁≒簡]

　向前移動；從外面到裏面；收入；
　奉上，呈上；(用在動詞後)表示到
　裏面

進む⓪〈自五〉向前，前進；(鐘)
　快；進展，提高；增強，加強

例気が～まない[不願意，不高興]

進める⓪〈他一〉向前進，向前移
　動；開展，進行；提高，加快，撥
　快；晉級，提升；助長，促進 例時
　計を5分～める[把錄撥快5分鐘]

進化①〈名・サ變〉進化

進学⓪〈名・サ變〉升學

進級⓪〈名・サ變〉晉級，升級

進撃⓪〈名・サ變〉出擊，進攻

進言⓪③〈名・サ變〉進言，建議

進行⓪〈名・サ變〉前進，行進；進行，
　進展；病情惡化

進攻⓪〈名・サ變〉進攻

進講⓪〈名・サ變〉(對天皇等)進講，
　侍講

進軍⓪〈名・サ變〉進軍

進入⓪〈名・サ變〉進入，侵入

進退①〈名・サ變〉進退

進駐⓪〈名・サ變〉進駐

進捗⓪〈名・サ變〉進展

進呈⓪〈名・サ變〉贈送，奉送

進展⓪〈名・サ變〉進展，發展

進度①〈名〉進度

進入⓪〈名・サ變〉進入

進発⓪〈名・サ變〉(部隊的)出發

進歩①〈名・サ變〉進步

進路①〈名〉前進的道路

★一進一退・栄進・急進・後進・
　行進・昇進・新進・推進・精進・
　先進・前進・漸進・増進・促進・
　直進・挺進・突進・日進月歩・
　発進・邁進・猛進

禁 キン
jìn(jǐn)[日＝繁＝簡]

　禁止；監禁；法令或習俗所不允許

的事項 辨 在日語中，沒有讀成 jīn
時的表示「受得住」「忍耐」等意思
的用法

禁圧⓪〈名・サ變〉強制禁止

禁煙⓪〈名・サ變〉禁止吸菸；戒菸

禁忌①〈名・サ變〉禁忌

禁句⓪〈名〉(和歌中)避諱的語句；
忌諱的詞句

禁止⓪〈名・サ變〉禁止

禁酒⓪〈名・サ變〉禁酒；戒酒

禁書⓪〈名〉禁書

禁ずる⓪③〈サ變〉禁止 例 無用の
者の出入りを～ずる[閒人免進]
＝きんじる

禁絶⓪〈名・サ變〉嚴禁，徹底根除

禁断⓪〈名・サ變〉嚴禁

禁物⓪〈名〉忌諱，禁忌的東西

禁欲⓪〈名・サ變〉禁慾，節慾

禁猟⓪〈名〉禁止狩獵

禁令⓪〈名〉禁令

★ 解禁・監禁・厳禁・拘禁・軟禁・
発禁

襟 えり/キン
jīn[日＝繁＝簡]
上衣、袍子前面的部分；胸懷，抱負

襟②〈名〉領子；頸背 慣 ～につく
[趨炎附勢，阿諛權勢]

襟髪②〈名〉脖後的頭髮

襟巻き②〈名〉圍巾

襟懐⓪〈名〉胸懷

襟度①〈名〉胸襟 例 ～が狭い[心胸
狹窄]

★ 開襟・胸襟

茎 くき/ケイ
[莖][茎]jīng[日≒繁≒簡]
植物的主幹；用於長條形的東西

茎②〈名〉(植)莖，梗，幹

★ 地下茎

京 キョウ/ケイ
jīng[日＝繁＝簡]
首都

京劇⓪〈名〉京劇

京都府③〈名〉京都府

京浜⓪〈名〉東京和橫濱

★ 帰京・上京・東京・離京

経 た・つ/へ・る/キョウ/ケイ
[經][经]jīng[日≒繁≒簡]
織物上直方向的紗或線；中醫指人
體內氣血運行通路的主幹；經度；
經營，治理；歷久不變的，正常；
經典；經過；禁受

経つ①〈自五〉(時間)經過，消逝
例 時間が～つにつれて[隨著時間
的推移]

経る①〈自一〉(時間)經過；(場所)
通過，經過；(過程)經，經歷
例 東京を経てアメリカへ帰る[經
東京返回美國]

経典⓪①〈名〉佛經，宗教書

経堂⓪〈名〉(寺院等)藏經堂

経文⓪〈名〉佛經，經文

経緯①〈名〉(事情的)原委

経営⓪〈名〉經營

経過⓪〈名・サ變〉經過

経験⓪〈名・サ變〉經驗

経済①〈名・形動〉經濟

経常⓪〈名〉經常

経世⓪〈名〉經世

経典⓪〈名〉經典著作

経度①〈名〉經度

経費①〈名〉經費

経由⓪①〈名・サ變〉經由，途經

経絡⓪〈名〉(事物的)條理，系統；
　經絡

経理①〈名〉經營管理，治理；會計事
　務 **辨** 在漢語中，指企業以及商店
　的負責人(社長、支配人、店長な
　ど) **例** 彼はその会社で～を担当
　している[他在那家公司擔任會計]

経歴⓪〈名〉經歷，履歷

経路①〈名〉路徑，途徑

★ 神経・西経・東経・読経

晶 ショウ

晶 jīng[日＝繁＝簡]

光亮；水晶；晶體

★ 液晶・結晶・水晶

精 ショウ/セイ

精 jīng[日＝繁＝簡]

　經過提煉或挑選的；提煉出來的精
　華；完美，最好；細(跟「粗」相對)

精進①〈名・サ變〉精進(修行)；吃素
　齋戒，專心致志；潔身慎行
　例 ～料理[素食]

精鋭⓪〈名・形動〉精鋭

精液①〈名〉精液

精華①〈名〉精華

精確⓪〈名・形動〉精確，準確

精気①〈名〉(萬物的)元氣，精氣；
　靈魂，精靈

精勤⓪〈名・サ變〉精勤，勤奮，辛勤
　工作

精巧⓪〈名・形動〉精巧，精緻

精根①〈名〉精力

精魂①〈名〉靈魂，精魂

精彩⓪〈名〉精彩

精細⓪〈名・形動〉精細，精密

清算⓪〈名・サ變〉精算，細算

精子①〈名〉精子

精神①〈名〉精神，思想，意識

精髄⓪①〈名〉精髓，精華

精製⓪〈名・サ變〉精心製造

精選⓪〈名・サ變〉精選

精緻⓪〈名・形動〉精致，精密

精通⓪〈名・サ變〉精通

精糖⓪〈名〉精糖

精度①〈名〉精度，精確度

精読⓪〈名・サ變〉精讀，細讀

精薄⓪〈名〉精神薄弱，低能

精微①〈名・形動〉精緻

精美①〈名・形動〉精美

精米⓪〈名・サ變〉碾成的白米

精密⓪〈名・形動〉精密，精確

精妙⓪〈形動〉絕妙，精巧

精油①〈名〉精煉油；香精油

精良⓪〈名・形動〉精良

精力①〈名〉精力

精励⓪〈名・サ變〉勤奮，奮勉

精霊⓪〈名〉精靈；靈魂

精練⓪〈名・サ變〉精心訓練；洗練

精錬⓪〈名・サ變〉精煉，提煉

★ 丹精・不精・妖精

鯨 くじら/ゲイ

鯨 [鯨][鯨] jīng[日＝繁≒簡]

　哺乳動物，種類很多，生活在海洋
　中，胎生，形狀像魚

鯨⓪〈名〉鯨魚

鯨肉⓪〈名〉鯨肉

鯨油⓪〈名〉鯨油

★捕鯨

驚 おどろ・かす/おどろ・く/キョウ

[驚][惊]jīng[日＝繁≒簡]

騾馬因害怕而狂跑不受控制；由於
突然來的刺激而精神緊張；震動；
出人意料的

驚かす④〈他五〉嚇唬，驚動 例 人
を～す[嚇唬人]

驚く③〈自五〉吃驚，驚恐；驚奇，驚
嘆；出乎意料，想不到 例 これは～
いた[這可真沒想到]

驚異①〈名〉驚異，驚奇

驚喜①〈名・サ變〉驚喜

驚嘆①〈名・サ變〉驚嘆

驚倒⓪〈名・サ變〉嚇倒，大吃一驚

驚愕⓪〈名・サ變〉驚愕，吃驚

井 い/セイ/ショウ

jīng[日＝繁＝簡]

從地面往下鑿成的能取水的深洞；
形式像井；形容整齊

井①〈名〉井；(河流或泉水)汲水的
地方 慣 ～の中の蛙[井底之蛙]

井戸①〈名〉井

井然⓪③〈形動〉井然，整整齊齊

★市井・天井・油井

丼 どん/どんぶり

丼〈接尾〉

丼⓪〈名〉大碗；蓋澆飯

★鰻丼・親子丼・牛丼・天丼

景 ケイ

jǐng[日＝繁＝簡]

環境的風光；情形，情況；尊敬，
佩服

景観⓪〈名〉景致

景気⓪〈名〉景氣；活潑

景況⓪〈名〉景氣

景仰⓪〈名・サ變〉景仰
＝けいぎょう＝けいごう

景趣①〈名〉景趣，景色

景勝⓪〈名〉風景優美的地方

景品⓪〈名〉贈品；紀念品

景物⓪〈名〉景物

景色①〈名〉風景，景色

★遠景・近景・光景・殺風景・
情景・絶景・背景・風景・夜景

憬 ケイ

jǐng[日＝繁＝簡]

覺醒

★憧憬(＝しょうけい)

警 ケイ

[警][𥪈]jǐng[日≒繁＝簡]

戒備；使人注意(情況嚴重)；危險
緊急的情況或事情；警察

警戒⓪〈名・サ變〉警戒，警惕

警官⓪〈名〉警官，巡警

警護①〈名・サ變〉警衛

警告⓪〈名・サ變〉警告

警察⓪〈名〉警察，警察局

警視庁③〈名〉警視廳

警鐘⓪〈名〉警鐘

警世⓪〈名〉警世

警笛⓪〈名〉警笛，汽車喇叭

警抜⓪〈形動〉新穎出色

警備①〈名・サ變〉警備，戒備

警部①〈名〉警部(日本警察職稱，地位在警視之下，警部補之上)

警報⓪〈名〉警報

警防⓪〈名〉警戒，防備

警務①〈名〉警務

★ 奇警・県警・自警・夜警

径 ケイ

[徑][径]jìng[日≒繁≒簡]

狹窄的道路；比喻達到目的的方法；徑直；直徑的簡稱

径行⓪〈名〉剛直的行動；固執己見的行動

径庭⓪〈名〉徑庭，懸殊

★ 口径・小径・直径・半径

浄 ジョウ

[淨][净]jìng[日≒繁≒簡]

清潔；使清潔；什麼也沒有；單純的

浄化⓪〈名・サ變〉淨化

浄机①〈名〉淨幾

浄血⓪〈名〉潔淨的血；使血液潔淨

浄罪⓪〈名〉(宗)洗罪

浄財⓪〈名〉(指給寺廟或社會團體等的)捐助

浄書⓪〈名・サ變〉謄清 **例** 原稿を～する[謄清原稿]

浄水⓪〈名〉乾淨的水；使水淨化；(古)廁所的洗手水

浄土①〈名〉淨土

浄福⓪〈名〉(佛)淨福；清福

★ 清浄・洗浄・不浄

敬 うやま・う/ケイ

jìng[日=繁=簡]

尊重，有禮貌地對待；表示敬意的禮物；有禮貌地送上

敬う③〈他五〉敬，尊敬 **例** 人に～われる[受人尊敬]

敬愛⓪〈名・サ變〉敬愛

敬意①〈名〉敬意

敬遠⓪〈名・サ變〉敬而遠之

敬具①〈名〉(信)謹具，謹啓

敬虔⓪〈形動〉虔誠

敬語⓪〈名〉敬語

敬重⓪〈名・サ變〉敬重

敬称⓪〈名〉敬稱

敬神⓪〈名〉敬神

敬体⓪〈名〉敬體

敬弔⓪〈名・サ變〉敬吊

敬白⓪①〈名〉(信)敬白，敬啓

敬服①〈名・サ變〉敬佩，佩服

敬慕⓪〈名・サ變〉敬仰

敬礼⓪〈名・サ變〉敬禮

敬老⓪〈名〉敬老

★ 愛敬・畏敬・恭敬・失敬・崇敬・尊敬・表敬

静 しず・か/しず・まる/しず・める/ジョウ/セイ

[靜][静]jìng[日=簡≒繁]

停止的；沒有聲音；安詳，嫻雅

静か①〈形動〉靜，寂靜；平靜，平穩；輕輕；沉默寡言 **例** ～な人[沉默寡言的人]

静まる③〈自五〉靜下來，平靜下來；(風等)息，減弱；平定，安定 **例** 心が～る[心情平靜]

静める③〈他一〉使安靜下來；使鎮

靜；平定 例 父の怒りを～める[讓父親息怒]

静脈⓪①〈名〉靜脈
静穏⓪〈名・形動〉安穩，平靜
静観⓪〈名・サ變〉靜觀
静座⓪①〈名・サ變〉靜坐
警察署④⓪〈名〉警政署
静止⓪〈名・サ變〉靜止
静思①〈名・サ變〉靜思
静寂⓪〈名・形動〉寂靜，沉寂
静粛⓪〈名・形動〉肅靜，靜穆
静態⓪〈名〉靜態，靜止狀態
静聴⓪〈名・サ變〉靜聽
静夜①〈名〉寂靜的夜晚
静養⓪〈名・サ變〉靜養，休養

★ 安静・閑静・沈静・動静・平静・冷静

境 さかい/キョウ/ケイ
jīng[日＝繁＝簡]

疆界；地方，處所；狀況，地步

境②〈名〉界限，交界；分界線，分水嶺；境地，境界
境目④〈名〉交界線，交接處 例 生死の～[生死關頭]
境域⓪①〈名〉領域
境界⓪〈名〉地界，疆界；(事物之間的)界限 辨 在日語中沒有「程度、境地」的意思
境涯⓪〈名〉境遇，處境，地位
境遇⓪③〈名〉境遇，處境
境地①〈名〉境地，處境；思想境界
境内⓪〈名〉(神社、寺廟的)院內

★ 異境・越境・佳境・環境・逆境・窮境・国境・心境・仙境・辺境・老境

鏡 かがみ/キョウ
[鏡][镜]jìng[日＝繁≒簡]

用來映照形象的器具；利用光學原理特製的各種器具

鏡③〈名〉鏡子
鏡餅③〈名〉(正月或祭祀時用的大小兩塊疊在一起的)圓形年糕
鏡台⓪〈名〉鏡台，梳妝台
鏡面③〈名〉鏡面；透鏡面

★ 眼鏡(=めがね)・顕微鏡・双眼鏡・望遠鏡・明鏡

競 きそ・う/せ・る/キョウ/ケイ
[競][竞]jìng[日＝繁≒簡]

比賽，相互爭勝

競う②〈自五〉競爭，競賽 例 先を～う[爭先恐後]
競る①〈他五〉競爭；(拍賣時買主們)爭著出高價 例 激しく～る[激烈地競爭]
競泳⓪〈名・サ變〉游泳比賽 例 ～大会を開く[舉行游泳比賽]
競演⓪〈名・サ變〉(戲劇、音樂等的)表演比賽，競演 例 各地の音楽団が～する[各地的樂園會演]
競技①〈名・サ變〉體育比賽；技術比賽
競合⓪〈名・サ變〉競爭；爭執；衝突
競作⓪〈名・サ變〉競爭創作
競争⓪〈名・サ變〉競賽，競爭
競走⓪〈名・サ變〉賽跑 例 マラソン～をする[馬拉松賽跑] 辨 「走」在日語中是「跑」的意思，漢語中的「競走」在日語中為「競歩」
競艇⓪〈名〉賽艇，摩托賽艇
競売⓪〈名・サ變〉拍賣

競歩①〈名・サ變〉競走

競馬⓪〈名〉賽馬；賽馬賭博

競輪⓪〈名〉(賭博性的)自行車賽

究　きわ・める/キュウ
jiū[日＝繁＝簡]

推求，追查；極，到底

究める③〈他一〉達到極點；查明，追究 例 真相を～める[查明真相]

究極⓪〈名〉畢竟，最終 例 ～の目標[最終的目標]

究明⓪〈名・サ變〉追究明白 例 真理を～する[究明真理]

究理①〈名〉追求真理

★ 学究・研究・考究・探究・追究・論究

糾　あざな・う/キュウ
[糾][纠]jiū[日≒繁≒簡]

纏繞；矯正；集合(含貶義)

糾う③〈他五〉搓，捻 例 縄を～う[搓繩子]

糾合⓪〈名・サ變〉糾合

糾弾⓪〈名・サ變〉彈劾，聲討

糾明①⓪〈名・サ變〉追究，追查(罪狀等)

糾問⓪③〈名・サ變〉盤查，盤詰(犯罪、壞事等)

★ 紛糾

九　ここの・つ/キュウ/ク
jiū[日＝繁＝簡]

數字；泛指多次或多數

九重え③〈名〉九重，九層；宮中，帝都

九日④〈名〉九號；九天

九つ②〈數〉九個；九歲；(古代時制的)午前(午後)12時

九死①〈名〉九死 慣 ～に一生を得る[九死一生]

九州①〈名〉九州

九歲⓪〈名〉九歲

九人①〈名〉九個人

九月①〈名〉九月

久　ひさ・しい/キュウ/ク
jiū[日＝繁＝簡]

時間長

久しい③〈形〉許久，好久；隔了好久 例 姉とは～く会っていない[好久沒見到姐姐了]

久久⓪②〈名・副〉(文)隔了好久 例 ～にお目にかかりましたね[好久不見]

久闊⓪〈名〉久違，久別 例 ～を叙する[暢敘離衷]

久遠⓪①〈名〉久遠＝きゅうえん

★ 永久・恒久・持久・耐久・悠久

酒　さか/さけ/シュ
jiū[日＝繁＝簡]

含乙醇的飲料，有刺激性

酒屋⓪〈名〉酒店，賣酒的人

酒場⓪③〈名〉酒館，酒家

酒⓪〈名〉酒，日本酒，清酒

酒癖⓪〈名〉酒後的脾氣＝しゅへき

酒好き④⓪〈名〉愛喝酒(的人)

酒飲み④③〈名〉能喝酒(的人)，酒徒，酒鬼

酒宴⓪〈名〉酒宴

酒気①②〈名〉酒味，酒氣；醉意

酒豪⓪〈名〉很能喝酒的人

酒色① 〈名〉酒色
酒食① 〈名〉酒食，酒飯
酒席⓪ 〈名〉酒席
酒量⓪ 〈名〉酒量
酒類① 〈名〉酒類
酒楼⓪ 〈名〉酒樓，酒家

★ 飲酒・禁酒・清酒・節酒・斗酒・
日本酒・美酒・葡萄酒・銘酒・
薬酒・洋酒・冷酒

旧 ふる・い/キュウ
[舊][旧]jiù[日＝簡≒繁]

過時的(和「新」相反)；東西因經過
長時間而變了樣子；原先曾有過的
交情

旧い② 〈形〉舊，老；落後，陳舊
例 〜いやり方[老辦法]

旧悪⓪① 〈名〉舊惡，以前做的壞事
旧怨⓪ 〈名〉舊恨，宿怨
旧縁⓪ 〈名〉舊交，舊緣
旧恩⓪① 〈名〉舊恩
旧家①⓪ 〈名〉世家，故居
旧懐⓪ 〈名〉懷舊
旧慣⓪ 〈名〉舊習慣
旧誼① 〈名〉舊友誼，舊交情
旧居① 〈名〉舊居，故居
旧交⓪ 〈名〉舊交
旧作⓪ 〈名〉舊作
旧事① 〈名〉舊事
旧式⓪ 〈名・形動〉舊式，老式
旧識⓪ 〈名〉舊相識，老朋友
旧主① 〈名〉舊主人
旧習⓪ 〈名〉舊習慣
旧称⓪ 〈名〉舊稱
旧制⓪ 〈名〉舊制度
旧姓⓪ 〈名〉原來的姓

旧蹟⓪① 〈名〉古跡
旧説⓪ 〈名〉過去的説法(現在不一定正確)
旧族⓪ 〈名〉古老的氏族
旧態⓪ 〈名〉舊態
旧宅⓪ 〈名〉舊宅，以前的住處
旧知① 〈名〉故知，老友
旧著① 〈名〉舊著
旧都① 〈名〉舊都，故都
旧冬⓪ 〈名〉去年冬天
旧套⓪ 〈名〉陳規舊律，老一套
旧年⓪ 〈名〉(年初時用語)去年
旧版⓪ 〈名〉舊版
旧物⓪ 〈名〉舊物，陳腐的事物
旧聞⓪ 〈名〉舊聞，老話
旧弊⓪ 〈名〉舊弊
旧盆⓪① 〈名〉舊曆7月15日前後舉行的盂蘭會
旧名⓪ 〈名〉舊名，舊稱
旧約⓪ 〈名〉以前的約定；舊約聖經
旧訳⓪ 〈名〉舊譯(本)
旧来① 〈名〉以往，以前，前，從來
旧友⓪ 〈名〉舊友，故交
旧領⓪ 〈名〉舊領地，舊領土
旧例⓪ 〈名〉舊例
旧暦⓪ 〈名〉舊曆，陰曆

★ 懐旧・故旧・守旧・新旧・復旧

臼 うす/キュウ
jiù[日＝繁＝簡]

舂米的器具，中部凹下；形狀像臼，中間凹下的

臼① 〈名〉
臼歯① 〈名〉臼齒

★ 石臼・脱臼・茶臼・碾き臼

# 救 すく・う/キュウ
jiù[日=繁=簡]

幫助，使脫離困難或危險

救い出す④〈他五〉救出 例 友達を危険から～す[從危難中救出朋友]

救い上げる⑤〈他一〉救上來，救出來 例 溺れようとするところを～げた[差點要淹死的時候救了上來]

救う⓪〈他五〉救，拯救；救濟 例 災害地区の人民を～う[救濟災區人民]

救援⓪〈名・サ變〉救援

救急⓪〈名〉急救，搶救

救護①〈名・サ變〉救護

救荒⓪〈名・サ變〉救荒

救国⓪〈名〉救國

救済⓪〈名・サ變〉救濟

救出⓪〈名・サ變〉救出

救恤⓪〈名・サ變〉撫恤，救濟

救助①〈名・サ變〉救助，拯救

救世主③〈名〉(宗)救世主；耶穌基督

救難⓪〈名〉救難，搶救

救貧⓪〈名〉濟貧

救民⓪〈名〉賑濟災民

# 就 つ・く/つ・ける/シュウ/ジュ
jiù[日=繁=簡]

湊近，靠近；從事；完成

就く①⓪〈自五〉就，從事；沿著，順著，跟隨 例 会長の任に～く[就任會長]

就ける②〈他一〉使上任；使之跟…學習，使受教導 例 校長の地位に～ける[使之出任校長的位置]

就学⓪〈名・サ變〉就學

就業⓪〈名・サ變〉上班；就業

就航⓪〈名・サ變〉(船舶、飛機等)首航，初航

就床⓪〈名・サ變〉就寢，上床睡覺

就職⓪〈名・サ變〉就業

就寝⓪〈名・サ變〉就寢

就任⓪〈名・サ變〉就任，就職

就縛⓪〈名・サ變〉(犯人)就擒，被縛

就眠⓪〈名・サ變〉入眠，就寢

就労⓪〈名・サ變〉工作，上工

★去就・成就

# 拘 こだわ・る/コウ
jū[日=繁=簡]

逮捕，扣押；限制；拘束

拘る③〈自五〉拘泥 例 細かいことに～る[拘泥於小事]

拘禁⓪〈名・サ變〉拘禁，拘留

拘束⓪〈名・サ變〉拘留，拘禁；限制，約束

拘置①⓪〈名・サ變〉拘留 例 容疑者を～する[拘留嫌疑犯]

拘泥⓪〈名・サ變〉拘泥，固執

拘留⓪〈名・サ變〉拘留，扣押

# 狙 ねら・う/ソ
jū[日=繁=簡]

窺伺，伏伺

狙い⓪〈名〉瞄準；目標，目的，意圖

狙い撃ち⓪〈名・サ變〉瞄準射擊；對準目標出擊

狙う⓪〈他五〉瞄準；伺機

# 居 い・る/キョ
jū[日=繁=簡]

住；住處；處於

居合い⓪〈名〉跪坐快速拔劍術

居心地⓪②〈名〉(居住、就職等的)心情

例 ～がいい[心情舒暢]

居座る③〈名〉坐著不去，賴著不走；(地位)不變動，留任

例 ～って立ち去ろうとしない[賴著不想走]

居所②⓪〈名〉住處

居直る③〈自五〉坐正，端坐；突然翻臉 例 彼は突然～った[他突然翻臉]

居残る③〈自五〉留下，不走；加班加點

居場所⓪〈名〉住所；座位

居間②①〈名〉居室

居る⓪〈自一〉(人、生物)有，在；活著；(接在動詞的「て」形後面)表示動作、作用等正在進行；(動作、作用的結果)繼續存在；現在的狀態 例 何人が居る[有幾個人]

居室①⓪〈名〉居室，起居室

居住⓪〈名・サ變〉居住，住址

居留⓪〈名・サ變〉居留，逗留；僑居

居留地②〈名〉居留地

★安居・隱居・閑居・起居・旧居・群居・皇居・雜居・住居・新居・転居・同居・独居・入居・別居

裾 すそ/キョ
jū[日＝繁＝簡]

衣服的前後襟

裾⓪〈名〉(衣服的)下擺；褲腳

裾野⓪〈名〉山腳下平緩的原野

★裳裾・山裾

駒 こま/コ
jū[日＝繁≒簡]

少壯的馬

駒①⓪〈名〉小馬，馬駒

★手駒・持ち駒

局 キョク
jú[日＝繁＝簡]

部分；機關及團體組織單位；棋盤；事情的形勢

局員②⓪〈名〉(郵政局、電報局等的)職員

局外②〈名〉某郵電局管轄區域之外；局外

局限②〈名・サ變〉侷限，限定

局所①〈名〉局部(多指身體)

局地①〈名〉局部地區

局長⓪〈名〉局長

局番⓪〈名〉電話局的號碼，電話的區號

局部①〈名〉局部

局面②③〈名〉棋局；局面

★一局・結局・支局・事務局・時局・終局・政局・戦局・対局・大局・難局・破局・部局・編集局・本局・薬局・郵便局

菊 キク
jú[日＝繁＝簡]

菊花，多年生草本植物

菊②〈名〉菊花

★残菊・野菊

挙 あ・がる/あ・げる/キョ
[舉][举]jǔ[日≒繁≒簡]

向上抬；動作行為；提出；全

挙がる⓪〈自五〉(被)列舉，(被)提示；被發現，被找到；被逮捕；被當做；(身體或其一部分)舉，抬　例槍玉に～る[被當做責難的對象]

挙げる⓪〈他一〉舉，抬，揚；取得，獲得　例いい成績を～げる[取得好成績]

挙行⓪〈名・サ變〉舉行

挙国①〈名〉舉國

挙止①〈名〉舉止

挙式①⓪〈名・サ變〉舉行(結婚)儀式

挙手①〈名・サ變〉舉手

挙世①〈名・副〉舉世

挙措①〈名〉舉措；舉止

挙党⓪〈名〉全黨

挙動⓪〈名〉舉動，行動，行跡

挙兵⓪〈名・サ變〉舉兵

挙用⓪〈名・サ變〉起用，提拔

★科挙・快挙・義挙・愚挙・軽挙・検挙・推挙・選挙・壮挙・大挙・暴挙・枚挙・列挙

巨 キョ/コ
jù[日＝繁＝簡]

很大；數量多

巨億①〈名〉億萬，很多

巨魁⓪〈名〉巨魁，盜賊的頭目

巨額⓪〈名〉巨額，巨款

巨漢⓪〈名〉巨漢，大漢

巨艦⓪〈名〉巨艦

巨躯①〈名〉巨大的身軀

巨細①〈名〉巨細，大小＝巨細

巨財⓪〈名〉大量財寶

巨視的⓪〈名〉宏觀的；從全局著眼

巨資①〈名〉巨資

巨獣⓪〈名〉巨獸

巨匠⓪〈名〉(藝術方面的)巨匠，大家

巨人⓪〈名〉巨人

巨星⓪〈名〉巨星

巨体⓪〈名〉巨大身軀

巨大⓪〈形動〉巨大

巨頭⓪〈名〉巨頭

巨費①〈名〉巨款

巨富①〈名〉巨富

巨砲⓪〈名〉巨炮；(喻)(棒球)擊球能手；(喻)(相撲)猛推

巨木⓪①〈名〉大樹

巨万⓪①〈名〉巨萬，很多

巨利①〈名〉巨大的利益

句 ク
jù[日＝繁＝簡]

由詞和詞組組成的能表示完整意思的話

句①〈名〉句，詞組，短語，短句

句読点②〈名〉句號和逗號

句法⓪〈名〉詩文、俳句的作法

★慣用句・起句・結句・字句・転句・名句・文句・類句

拒 こば・む/キョ
jù[日＝繁＝簡]

抵擋，抵抗；不接受

拒む②〈他五〉拒絕；阻攔，阻止　例敵の侵入を～む[阻止敵人的入侵]

拒絶⓪〈名・サ變〉拒絕

拒否①〈名・サ變〉拒絕，否決

拠 キョ/コ
[據][据]jù[日≒繁≒簡]

依靠，依託；占有；憑證

拠点①⓪〈名〉據點

★ 依_{きょ}拠・根_{こん}拠・準_{じゅん}拠・証_{しょう}拠・占_{せん}拠・
典_{てん}拠・本_{ほん}拠・論_{ろん}拠

具 ^グ
[具][具]jù[日≒繁＝簡]

器物；備有；都，完全

具⓪〈名〉器具，工具；手段；(加
在燙菜裏的)菜碼；(表示成套衣服
、器具的)件數

具現_{げん}⓪〈名・サ變〉體現，實現

具象_{しょう}⓪〈名〉具體；(藝術作品的)形
象表現

具申_{しん}⓪〈名・サ變〉呈報，具呈

具足_{そく}①⓪〈名・サ變〉(事物)具備；工
具，家俱；(簡單的)甲冑

具体化_{たいか}⓪〈名・サ變〉具體化

具体的_{たいてき}⓪〈形動〉具體的

具陳_{ちん}⓪〈名・サ變〉詳細紋述

具備_び①〈名・サ變〉具備，具有

★ 家_か具・玩_{がん}具・器_き具・敬_{けい}具・寝_{しん}具・
道_{どう}具・文_{ぶん}房_{ぼう}具・用_{よう}具

据 ^{す・える/す・わる}
jù(jū)[日＝簡＝繁]

按照(通「據」) 辨 在日語中，還有
「安放、安置」「不動」的意思

据え置く_{すおく}③⓪〈他五〉安置，安放；
擱置，置之不理；(經)在一定時期
內不提存款，存放，不動
例 税率_{ぜいりつ}を現行_{げんこう}のままに～く[稅率
按現行不動]

据え付ける_{すつける}④〈他一〉安裝，安置
例 機械_{きかい}を～ける[安裝機器]

据える_す⓪〈他一〉安放，擺；沉靜下
來，穩定下來；放在某個位置(職

位)上；灸治；蓋章 例 心_{こころ}を～えて
よく見ろ[沉下心來仔細看看吧]

据わる_す⓪〈自五〉居某種地位；擱淺；
蓋章；直呆呆；不動 例 心_{こころ}が～る
[坐著不動；沉著，不動搖]

★ 拮_{きっ}据_{きょ}

距 ^{キョ}
jù[日＝繁＝簡]

相隔的空間和時間

距離_{きょり}①〈名〉距離

惧 ^グ
jù[日＝繁≒簡]

害怕

★ 危_き惧_ぐ①〈名〉憂慮，擔憂

劇 ^{ゲキ}
[劇][剧]jù[日＝繁≒簡]

厲害，猛烈，很；戲劇

劇①〈名〉戲，劇

劇映画_{えいが}③〈名〉(電影)故事片

劇化_か⓪〈名・サ變〉(把故事片、小説
等)改編為戲劇

劇画_が⓪〈名〉(舊)拉洋片，連環話
劇；故事漫畫

劇作_{さく}⓪〈名・サ變〉戲劇創作，寫劇本

劇場_{じょう}⓪〈名〉劇場

劇団_{だん}⓪〈名〉劇團

劇壇_{だん}⓪〈名〉劇壇，戲劇界

劇中_{ちゅう}⓪〈名〉劇中

劇的_{てき}⓪〈形動〉戲劇性的

劇毒_{どく}⓪〈名〉劇毒

劇薬_{やく}⓪〈名〉劇藥

★ 演_{えん}劇_{げき}・歌_か劇_{げき}・喜_き劇_{げき}・京_{きょう}劇_{げき}・惨_{さん}劇_{げき}・
寸_{すん}劇_{げき}・悲_ひ劇_{げき}

巻 まき/ま・く/カン

[卷][巻]juǎn(juàn)[日≒繁＝簡]
把東西轉裹成圓筒狀；書籍的册本
或篇章；考試用的紙；文件、檔案

巻 ⓪〈名〉卷；（書的）卷，書籍；
（畫）軸

巻き上がる ④〈自五〉捲起，揚起；
纏在一起 例 縄が～った[繩子纏在
一起]

巻き上げる ④〈他一〉捲起，捲揚；
纏，捲；搶奪，騙取 例 金を～げる
[搶錢]

巻き起こす ④〈他五〉捲起；惹起
例 騒ぎを～す[掀起風潮]

巻き起こる ④〈自五〉捲起；掀起
例 大変な騒ぎが～った[掀起了一
場大風波]

巻き返す ③〈他五〉（布匹等放開後）
重新捲起來；倒線（已捲的線再倒
纏）；捲土重來，反撲；（政治）回
潮，翻案 例 竹のすだれを～す[把
竹簾重新捲起來]

巻紙 ⓪〈名〉成捲的信紙；捲東西的
紙

巻き込む ③〈他五〉捲入，捲進；牽
連 例 事件に～まれる[受事件牽連]

巻き添え ⓪〈名〉牽連，連累，株連
例 交通事故の～を食って遅刻した
[受交通事故的影響遲到了]

巻き付ける ⓪〈他一〉纏，盤繞
例 怪我をした足にほうたいを～け
る[把受傷的腳纏上繃帶]

巻き取り紙 ④〈名〉（印刷報刊等用
的）捲筒紙

巻物 ⓪〈名〉捲軸（書畫）；（飯館）用

紫菜捲的飯捲

巻く ⓪〈自他五〉捲，捲起；喘不上
氣；擰（發條），上弦；纏上，包上；
包圍 例 城を～く[圍城]

巻数 ③〈名〉卷數，册數；（電影片）
盤數

巻頭 ⓪〈名〉卷頭，卷首，書中最優
秀的詩歌

巻尾 ①〈名〉卷尾，卷末

巻末 ⓪〈名〉卷末

★ 圧巻・下巻・上巻・全巻

絹 きぬ/ケン

[絹][绢]juàn[日≒繁≒簡]
一種薄的絲織物

絹 ①〈名〉絲，絲綢

絹糸 ⓪〈名〉絲線

絹物 ②〈名〉絲綢；絲綢衣服

絹布 ①〈名〉絹，綢子

★ 人絹

決 き・まる/き・める/ケツ

[決][决]jué[日＝繁≒簡]
堤岸被水沖開的口子；拿定主意；
決定最後的勝負

決まる ⓪〈自五〉定，規定，決定；合
乎要求；（以「～って」的形式表示）
一定，必然 例 新しい方針が～っ
た[新的方針定下來了]

決める ⓪〈他一〉規定，決定；決心；
約定，商定；（「…と～めている」、
「…と～めてかかる」的形式表示）認
定，相信，認為
例 帰ってくるものと～めている
[相信一定會回來]

決め手⓪〈名〉(相撲等)決定勝敗的
　招數；決定問題的人；決定性的根據
決め付ける④〈他一〉(不容反駁地)
　指責，申斥；(不容分説地)斷定，
　判定 例 ～けるような調子で[用不
　容反駁的語氣]
決して⓪〈副〉(下接否定)決(不)，
　絕對(不) 例 ご恩は、～忘れませ
　ん[絕對不會忘記您的恩情]
決意①②〈名・サ變〉決意，決心
決河①〈名〉決堤，決口
決壊⓪〈名・サ變〉決口，潰決
決起①〈名・サ變〉奮起
決議①②〈名・サ變〉決議
決行⓪〈名・サ變〉堅決執行，斷然執
　行
決済①〈名・サ變〉結算，清算；支付
決裁①〈名・サ變〉批准，裁決
決算①〈名・サ變〉結帳，清帳；結
　算，清算
決死①⓪〈名〉決死，敢死
決勝⓪〈名〉決賽，決勝負
決心①③〈名・サ變〉決心，決意
決選⓪〈名〉正式選舉
決戦⓪〈名・サ變〉決戰
決然③⓪〈副・形動〉決然，堅決
決断⓪〈名・サ變〉果斷，決心
決着⓪〈名・サ變〉終結，解決
決定⓪〈名・サ變〉決定，確定
決闘⓪〈名・サ變〉決鬥
決別⓪〈名・サ變〉訣別，辭別
決裂⓪〈名・サ變〉決裂，破裂
★ 可決・解決・議決・採決・自決・
　処決・先決・即決・対決・判決・
　否決・未決

掘 ほ・る/クツ
jué[日＝繁＝簡]
　挖，刨
掘り起こす⓪④〈他五〉掘土，翻
　土；發掘，開發 例 才能を～す[發
　掘才能]
掘り下げる⓪〈他一〉深挖，往下
　挖；深入思考 例 問題を～げる[深
　入思考問題]
掘る①〈他五〉挖，掘；發掘 例 里芋
　を～る[挖芋頭]
掘削⓪〈名・サ變〉挖掘，掘鑿
★ 採掘・発掘

覚 おぼ・える/さ・ます/さ・める/
カク
　[覺][觉]jué(jiào)[日≒繁≒簡]
　(人或動物的器官)對刺激的感受和
　辨別；睡醒；醒悟
覚え書き⓪〈名〉記錄，備忘錄
覚える③〈他一〉感覺；學會，掌
　握；(老)以為；記住，記憶
　例 よく～えていない[記得不清楚]
覚ます②〈他五〉弄醒，叫醒；(從迷
　惑、錯誤中)使清醒，醒悟過來
　例 人に呼び～された[被別人喚醒
　了]
覚める②〈自一〉醒；清醒，醒悟
　例 夢から～める[從夢中清醒]
覚悟②①〈名・サ變〉(對不利的事)有
　精神準備，豁上 辨 在漢語中，是
　「醒悟、明白的(悟る、自覚する)」
　的意思
覚醒⓪〈名・サ變〉睡醒；醒悟
覚醒剤⓪〈名〉興奮劑
★ 感覚・幻覚・才覚・錯覚・視覚・

自覚・触覚・先覚・知覚・聴覚・
発覚・不覚・味覚

絶 た・える/た・つ/た・やす/ゼツ
[絶][绝]jué[日≒繁≒簡]

斷；窮盡；極，極端；獨特的；一
定的，肯定的；舊體詩的一種體裁

絶え果てる⓪④〈自一〉完全斷絶；
斷氣，死去 **例** 人通りも～ていた
[路上沒有行人了]

絶え間③〈名〉縫兒，空隙，間隙

絶える②〈自一〉斷，中斷；無，盡，
絶 **例** 水が～える[水沒了]

絶つ①〈他五〉絶，絶斷；截斷，切
斷；結束，消滅 **例** 命を～つ[自殺]

絶やす②〈他五〉(使)滅絶，消滅；
(東西)用盡，斷絶 **例** 火を～さない
ように[別讓火滅了]

絶縁⓪〈名・サ變〉斷絶關係，脫離關
係；(電)絶緣

絶佳①〈名・形動〉(風景等)絶佳，最
美

絶技①〈名〉絶技

絶叫⓪〈名・サ變〉絶叫，大聲呼叫

絶句⓪③〈名・サ變〉(漢詩的)絶句；
(說話當中)張口結舌，無話可說；
(演唱時)忘詞 **例** 緊張のあまり～
する[由於太緊張，說話卡住了]

絶家⓪〈名・サ變〉絶戶，絶嗣的門戶

絶景⓪〈名〉絶佳景色

絶後①②〈名〉絶後；斷氣之後
例 ～に蘇る[死而復生]

絶交⓪〈名・サ變〉絶交，斷交

絶好⓪〈名〉最好，極好

絶贊⓪〈名・サ變〉高度贊揚，贊不絶
口

絶唱⓪〈名〉絶唱，優秀詩歌

絶食⓪〈名・サ變〉絶食，斷食

絶する⓪③〈サ變〉盡，絶；優越，
超越 **例** 古今に～する[古今無比]

絶世⓪〈名〉絶世，絶代

絶息⓪〈名〉絶命，斷氣

絶対⓪〈名・副〉絶對，一定 **例** ～値
[絶對值]

絶大⓪〈名・形動〉絶大，極大

絶頂③〈名〉頂峰，最高峰

絶倒⓪〈名・サ變〉絶倒，大笑

絶島⓪〈名〉絶島，遠洋上的孤島

絶版⓪〈名・サ變〉絶版

絶筆⓪〈名〉絶筆；最後的作品

絶品⓪〈名〉絶品，最好的東西；傑作

絶壁⓪〈名〉絶壁，峭壁

絶望⓪〈名・サ變〉絶望，無望

絶妙⓪〈名・形動〉絶妙

絶無①②〈名・形動〉絶無，絶對沒有

絶命⓪〈名・サ變〉絶命，死亡

絶滅⓪〈名・サ變〉絶滅；消滅

絶倫⓪〈名・形動〉絶倫，無比

★隔絶・気絶・拒絶・空前絶後・
根絶・謝絶・卓絶・断絶・中絶・
途絶・廃絶・抱腹絶倒

爵 シャク
jué[日＝繁＝簡]

爵位，君主國家貴族封號級

爵位①②〈名〉爵位

★侯爵・公爵・子爵・男爵・伯爵

均 キン
jūn[日＝繁＝簡]

平，勻；都

均一⓪〈名・形動〉均等，劃一

均衡⓪〈名・サ變〉均衡
均質⓪〈名〉等質，均質
均整⓪〈名〉匀稱，匀整
均斉⓪〈名〉匀整，匀稱
均等⓪〈名・形動〉均等，均匀
均分⓪〈名・サ變〉等分，均分

★平均

君 きみ/クン
jūn[日＝繁＝簡]

封建時代的帝王諸侯等；你 辨 在
漢語中，為對對方的尊稱；在日語
中，為男人對同輩或者晚輩的愛稱

君⓪〈代〉（男人對同輩或者晚輩的愛
稱）你
君子①〈名〉君子
君主①〈名〉君主，皇帝
君臣①⓪〈名〉君臣
君臨⓪〈名・サ變〉君臨

★暗君・貴君・細君・主君・諸君・
暴君・明君

軍 グン
[軍][军]jūn[日＝繁≒簡]

武裝部隊

軍医①〈名〉軍醫
軍営⓪〈名〉軍營，兵營
軍役①⓪〈名〉兵役
軍歌①〈名〉軍歌
軍拡⓪〈名・サ變〉擴軍
軍楽⓪〈名〉軍樂
軍艦⓪〈名〉軍艦
軍旗①〈名〉軍旗
軍紀①〈名〉軍紀
軍機①〈名〉軍事機密
軍功⓪〈名〉戰功

軍港⓪〈名〉軍港
軍国主義⓪〈名〉軍國主義
軍師①〈名〉軍師，參謀，策士
軍事①〈名〉軍事
軍需①〈名〉軍需，軍用物資
軍縮⓪〈名・サ變〉裁軍
軍人⓪〈名〉軍人
軍陣⓪〈名〉軍營，陣營
軍政⓪①〈名〉軍勢，兵力；（戰爭等
時）軍事管制
軍勢⓪①〈名〉軍勢，兵力；軍隊
軍曹①〈名〉（日本舊時陸軍中的下級
士官的軍衡之一）中士
軍属①⓪〈名〉（日本舊時軍隊中陸軍
、海軍或軍事機關的）軍隊所屬的文
職人員 辨 在漢語中，指軍人的家屬
軍隊①〈名〉軍隊
軍団⓪①〈名〉（日本）軍團
軍刀⓪〈名〉軍刀，戰刀
軍配③〈名〉指揮，命令
軍閥⓪〈名〉軍閥
軍費①〈名〉軍費
軍備①〈名〉軍備；戰備
軍部①〈名〉軍部（陸海空的總稱）；
軍事當局
軍服⓪〈名〉軍服
軍法⓪〈名〉軍法；兵法，戰術
軍民①〈名〉軍民
軍務①〈名〉軍務
軍用⓪〈名〉軍用；軍費
軍律⓪〈名〉軍法；軍紀，軍隊紀律
軍令⓪〈名〉軍令

★援軍・海軍・官軍・義勇軍・
空軍・孤軍奮闘・行軍・
十字軍・従軍・将軍・進軍・

水軍・大軍・敵軍・敗軍・友軍
・陸軍

俊 シュン
jùn[日＝繁＝簡]

才智過人；容貌美麗

俊英⓪〈名〉英俊，英才
俊才⓪〈名〉俊才，英才
俊秀⓪〈名〉卓越之才，俊才
俊足⓪〈名〉高材生，高足
俊敏⓪〈名・形動〉俊敏

郡 グン
jūn(jùn)[日＝繁＝簡]

行政區劃(中國已不用，日本仍在使用)

郡部①〈名〉屬於郡管轄的區域；鄉下

菌 キン
jùn[日＝繁＝簡]

一種低等植物，不開花，沒有莖和葉子

菌類①〈名〉真菌類；細菌類

★細菌・殺菌・黴菌

K ㄎ

開 あ・く/あ・ける/ひら・く/ひら・ける/カイ

[開][开]kāi[日＝繁≒簡]

啓，張；想通；使顯露出來；擴大，發展；起始；設置，建立；舉行

開く⓪〈自五〉開；(商店等)開門；騰出，離開 例 幕が～く[開幕]

開ける⓪〈他一〉開，打開；開始，開辦；穿開，挖 例 目を～ける[睜開眼睛]

開く②〈自他五〉開，開放；敞開，打開；(兩種事物)相差很大，差距大；擴大距離；開，舉辦 例 つぼみが～く[花蕾開放]

開ける②〈自一〉開通；開闊；開化，進步；(人等)開通，開明；(時運)轉好 例 鉄道が～けた[鐵路開通了]

開運⓪〈名・サ變〉時來運轉，走好運

開演⓪〈名・サ變〉(演講、音樂會、戲劇)開演

開化①〈名・サ變〉開化

開架①〈名・サ變〉(圖書館)開架閱覽

開花①〈名・サ變〉開花；成果

開会⓪〈名・サ變〉開會

開館⓪〈名・サ變〉開設圖書館、電影院，建館；(圖書館等)開館

開眼⓪〈名・サ變〉復明 另見「開眼」

開基①〈名・サ變〉創建寺廟的人；奠基，創立

開業⓪〈名・サ變〉開業

開襟⓪〈名〉敞領；翻領

開眼⓪〈名・サ變〉(佛像的)開光，開光儀式；通曉佛法；領會，領悟 另見「開眼」

開口⓪〈名〉開口，張嘴，開口講話

開校⓪〈名・サ變〉創辦學校，建校，開學

開港⓪〈名・サ變〉開放的港口；新設的機場開始通航

開講⓪〈名・サ變〉開始講課

開国⓪〈名・サ變〉(以前閉關自守的國家)開始國際交往，對外開放

開墾⓪〈名・サ變〉開墾，開荒

開催⓪〈名・サ變〉(召開)會議，舉辦 **例** 年度大会を～する[召開年度大會]

開削⓪〈名・サ變〉開鑿

開始⓪〈名・サ變〉開始

開示⓪〈名・サ變〉(法)(在公審法庭上)宣布；明確指示

開設⓪〈名・サ變〉開設，新設

開戦⓪〈名・サ變〉開戰

開拓⓪〈名・サ變〉開拓；開闢

開陳⓪〈名・サ變〉陳述

開通⓪〈名・サ變〉通車；(電話等)開通

開店⓪〈名・サ變〉開店

開発⓪〈名・サ變〉開發

開扉⓪〈名〉開門

開票⓪〈名・サ變〉(選舉時)開箱點票，開票，查票

開封⓪〈名・サ變〉開封；啓封

開閉⓪〈名・サ變〉開閉，開關

開放⓪〈名・サ變〉解放；釋放

開幕⓪〈名・サ變〉開幕，開演

開明⓪〈名〉文明，開化；聰明

開門⓪〈名・サ變〉開門

★ 公開・再開・切開・全開・打開・展開・満開・未開

慨 ガイ
kǎi[日＝繁＝簡]

憤激；嘆息，嘆氣

慨世⓪〈名〉慨世，憂世

慨然⓪〈形動〉慨然；憤然，慷慨激昂

慨嘆⓪〈名・サ變〉慨嘆，嘆息

★ 感慨・憤慨

楷 カイ
kǎi[日＝繁＝簡]

漢字書體之一

楷書⓪〈名〉楷書

刊 カン
kān[日＝繁＝簡]

刻本，印本

刊行⓪〈名・サ變〉出版，發行

刊本①〈名〉刊本，印刷本，版本

★ 既刊・季刊・休刊・月刊・週刊・旬刊・創刊・朝刊・年刊・廃刊・発刊・復刊・夕刊

勘 カン
kān[日＝繁＝簡]

校對；細查，審查

勘案⓪〈名・サ變〉考慮，酌量 **例** 諸種の事情を～する[考慮各種情況]

勘気①〈名〉受到(君主、父親等的)處罰，貶斥 **例** ～をこうむる[受到貶斥]

勘考⓪〈名・サ變〉考慮，深思熟慮

勘定③〈名・サ變〉計算，計數；算帳，結帳；帳單，帳款；估計，考慮 **例** 損害を～に入れる[把損失算入帳中]

勘違い③〈名・サ變〉誤會，誤解，認識錯誤 **例** 君は僕に何か～をしていたのだ[你對我有些誤解]

勘弁①〈名・サ變〉饒恕，寬恕；容忍 **例** 今度だけは～できない[這回可不能饒你了]

★ 校勘

# 堪 た・える/カン
[堪][堪]kān[日=繁≒簡]

可以，能；容忍

堪える②〈自一〉耐，禁得住，受得起；值得 **例** 高温に～える壁[耐高温的牆]

堪忍①〈名・サ變〉忍受，容忍；寬恕

堪能〈名・形動〉擅長，精通 **例** 音楽に～な人[擅長音樂的人] ＝たんのう

★ 不堪

# 看 カン
kàn[日=繁＝簡]

瞧，觀察；守護

看過①〈名・サ變〉看漏，沒看到；放過，寬恕，忽視 **例** 過失を～する[饒恕過失]

看護婦③〈名〉(女)護士

看守①〈名〉(監獄等的)看守

看取①⓪〈名・サ變〉認出，識破

看破①〈名・サ變〉看穿，識破

看板⓪〈名〉(商店等的)招牌，廣告牌；幌子，牌子，外表 **例** ～はすばらしいが内容は貧弱だ[外表很漂亮，但是内容缺乏]

看病①〈名・サ變〉護理，看護 **例** 心をこめて～する[精心護理] **辨** 在漢語中，是醫生給病人治病(診察する)，或病人找醫生治病(診察を受ける)的意思

# 康 コウ
kāng[日=繁≒簡]

安寧；富裕

★ 健康・小康

# 抗 コウ
kàng[日=繁＝簡]

抵禦；匹敵，相當

抗議①③〈名・サ變〉抗議

抗菌⓪〈名〉(醫)抗菌

抗原③⓪〈名〉(生理)抗原

抗告⓪〈名・サ變〉(法)上訴 **例** 判決に～する[不服判決上訴]

抗する③〈サ變〉反抗，抵抗，抵擋 **例** 敵に～する[抗擊敵人]

抗戦⓪〈名・サ變〉抗戰

抗争⓪〈名・サ變〉抗爭，對抗

抗体⓪〈名〉(醫)抗體，免疫體

抗日⓪〈名〉抗日

抗弁①⓪〈名・サ變〉抗辯，反駁；(法)(被告的)答辯

抗力①〈名〉(物)阻力，抗力

抗論①⓪〈名・サ變〉抗辯，辯駁

★ 拮抗・対抗・抵抗・反抗

# 尻 けつ/しり
kāo[日=繁＝簡]

屁股

尻⓪〈名〉屁股；後邊

尻②〈名〉屁股；後邊；末尾

尻尾③〈名〉尾巴

尻上がり③〈名〉翹尾；(語調)上升

尻当て⓪③〈名〉屁股墊布

尻馬⓪〈名〉跟在別人後面

尻押し⓪③④〈名・サ變〉推屁股

尻込み③⓪〈名・サ變〉躊躇，畏縮

尻窄まり③〈名・形動〉越來越窄，越來越細；每况愈下，虎頭蛇尾

尻取り③〈名〉(遊戲)結尾令

尻拭い③〈名・サ變〉擦屁股；替別人處理遺留問題

尻抜け⓪④〈名・サ變〉健忘，沒記
　性；有頭無尾
尻目⓪③〈名〉不顧，不介意；斜視
尻餅③②〈名〉屁股著地摔到

考 かんが・える/コウ
kǎo［日＝繁＝簡］
　試驗；檢查；推究，研究
考える④〈他一〉想，思索；想像；
　打算，希望；認為；回顧；想出，
　創造 **例** 自分のやったことを～えて
　みよう［回顧一下自己以前做的事］
考案⓪〈名・サ變〉設計，想出
考究⓪〈名・サ變〉考究，研究
考古学③〈名〉考古學
考査①⓪〈名・サ變〉考查，考核；考
　試
考察⓪〈名・サ變〉考察
考証⓪〈名・サ變〉考證，考據
考慮①〈名・サ變〉考慮
考量⓪〈名・サ變〉考量，考慮
★勘考・参考・思考・熟考・推考・
　選考・備考

拷 ゴウ
kǎo［日＝繁＝簡］
　打
拷問⓪〈名・サ變〉拷問，刑問

苛 いじめ/いらだたし・い/いらだ・つ/さいな・む/カ
kē［日＝繁＝簡］
　過於嚴厲；繁瑣 **辨** 在日語中還有
　「焦躁」的意思
苛め⓪〈名〉欺負，欺辱，凌辱
苛めっ子⓪〈名〉欺負人的淘氣孩子
苛める⓪〈他下一〉欺負，欺辱，凌辱

苛立たしい⑤〈形〉焦躁，煩躁
苛立ち⓪〈名〉焦躁，煩躁
苛立つ③〈自五〉焦躁，煩躁
苛む③〈他五〉折騰，折磨
苛政⓪〈名〉苛政
苛烈⓪〈名・形動〉激烈，殘酷

科 カ
kē［日＝繁＝簡］
　分門別類的名稱；法律條文；判定
科学①〈名〉科學
科挙①〈名〉科舉
科する②〈サ變〉科，判處 **例** 罰金
　を～する［判處罰金］
科目⓪〈名〉科目
科料⓪〈名〉（法）（對輕罪的）罰款
　例 百円の～に処する［處以百元罰
　金］
★医科・学科・教科書・
　金科玉条・外科・歯科・
　小児科・前科・内科・婦人科・
　文科・別科・理科

殻 から/カク
［殻］［壳］ké(qiào)［日≒繁≒簡］
　硬的外皮
殻②〈名〉外殼；空殼 **例** 卵の～［蛋
　殼］
★外殻・甲殻・地殻

可 カ
kě［日＝繁＝簡］
　能夠；允許；值得
可逆②〈名〉可逆
可及的⓪〈副〉儘可能的 **例** ～すみ
　やかに実現をはかること［要力圖儘
　快實現］

可決⓪〈名・サ變〉(提案等)通過
例 予算案を～する[實現預算]

可耕地②〈名〉可耕地

可視①〈名〉(肉眼)可見，能見

可処分所得⑤〈名〉個人所得中作為稅金扣除的部分

可塑⓪〈名〉可塑

可動⓪〈名〉可動

可燃⓪〈名〉可燃，易燃

可能⓪〈名・形動〉可能，辦得到

可否①〈名〉可否；贊成與反對

可溶性⓪〈名〉可溶性

可憐⓪〈形動〉可愛；可憐 **辨** 在日語中修飾名詞時，沒有「值得憐憫」的意思

★ 許可・裁可・認可・不可・不可解

渴 かわ・く/カツ
[渴][渴]kě[日≒繁＝簡]
乾，想喝水；迫切地

渴く②〈自五〉渴；渴望，渴求
例 喉が～く[口渴]

渴水⓪〈名・サ變〉水涸，枯水

渴する⓪③〈サ變〉口渴；乾涸；特別缺少，渴求 **例** ～しても盜泉の水を飲まず[渴死不飲盜泉水]

渴望⓪〈名・サ變〉渴望，熱望

★ 飢渴・枯渴

克 コク
kè[日＝繁＝簡]
能；戰勝；制伏；克服，克制

克己⓪〈名・サ變〉克己，自制

克服⓪〈名・サ變〉克服，征服

克復⓪〈名・サ變〉恢復，復原
例 平和を～する[恢復和平]

克明②⓪〈形動〉細緻，細膩
例 ～に調べる[周密調查]

★ 下克上・相克・超克

刻 きざ・む/コク
kè[日＝繁＝簡]
雕，用刀子挖；時間；形容程度極深

刻む⓪〈他五〉切碎，剁細；雕刻，銘記 **例** 別れの時きの先生の言葉は今でも心に～まれる[分別時老師說的話現在還銘記在心]

刻印⓪〈名・サ變〉刻的圖章；刻記號

刻限②〈名〉定時，規定的時間；時間，時刻

刻銘⓪〈名〉銘刻(金屬製器上刻的文字)

刻苦①〈名・サ變〉刻苦，艱苦

刻刻⓪④〈名・副〉時時刻刻，每時每刻

刻する③〈サ變〉刻，雕刻；銘刻，銘記

★ 一刻千金・時刻・深刻・即刻・遅刻・彫刻・定刻・復刻・覆刻

客 カク/キャク
kè[日＝繁＝簡]
外來的人(和「主」相對)；出門在外的；服務的對象；指在人類意識外獨立存在的

客員⓪〈名〉(學校、學術、團體)特約的人，特聘的人

客観⓪〈名〉客觀

客死⓪〈名・サ變〉客死

客室⓪〈名〉客房

客車⓪〈名〉客車

客席⓪〈名〉客座(特指娛樂場所等的

觀眾席）；宴席

客船⓪〈名〉客船，客輪

客体⓪〈名〉客體，目的物；客觀

客間⓪〈名〉客廳，會客室

客用⓪〈名〉待客用，客人用

★ 貨客・過客・觀客・顧客・
　剣客（＝けんきゃく）・
　刺客（＝せっかく）・
　主客（＝しゅかく）・
　食客（＝しょっきゃく）・
　接客・珍客・旅客・
　賓客（＝ひんきゃく）・
　論客（＝ろんきゃく）

課ヵ
[課][课]kè[日＝繁≒簡]

教學的科目；使交納捐稅；機關學
校等的行政單位

課外⓪〈名〉課外

課する⓪〈サ變〉課(稅)；佈置 例 宿
題を～する[佈置作業]

課税⓪〈名・サ變〉課稅

課題⓪〈名〉題目，習題；課題，任務

課長⓪〈名〉科長

課程⓪〈名〉課程

課目⓪〈名〉學科，課程

★ 学課・教務課・人事課・
　総務課・日課・賦課・放課

肯コウ
kěn[日＝繁＝簡]

正面承認，確定不移

肯定⓪〈名・サ變〉肯定，承認

墾コン
[墾][垦]kěn[日＝繁≒簡]

用力翻土；開闢荒地

墾田⓪〈名〉墾田，開墾的荒田

★ 開墾

懇ねんご・ろ/コン
[懇][恳]kěn[日＝繁≒簡]

眞誠；請求

懇ろ⓪〈形動〉親切，殷勤；誠懇，
　鄭重；(男女、朋友之間)親密

例 ～に読む[仔細閱讀]

懇意①〈名・形動〉有交情，親密；好
　意，親切，盛情

懇願⓪〈名・サ變〉懇求，懇請

懇書①〈名〉大札，華翰

懇情⓪〈名〉好意，深情厚誼

懇親⓪〈名〉親密，聯誼

懇請⓪〈名・サ變〉懇請，懇求

懇切①⓪〈名・形動〉懇切，誠懇

懇談⓪〈名・サ變〉懇談

懇篤⓪〈形動〉誠懇，詳細

懇望⓪③〈名・サ變〉懇望，懇切希望
　＝こんぼう

懇話⓪〈名・サ變〉暢談，懇談

★ 別懇

坑コウ
kēng[日＝繁＝簡]

窪下去的地方；地洞，地道

坑口⓪〈名〉坑道口，井口
　＝こうぐち

坑道⓪〈名〉地道；(礦山的)坑道

坑内①〈名〉礦井內

坑夫①〈名〉礦工，井下礦工(現改稱
　為「鉱員」)

坑木⓪〈名〉坑木，坑道支柱

★ 炭坑

空 あ・く/あ・ける/から/そら/クウ
[空][空]kōng(kòng)
[日≒繁＝簡]

沒有內容；白白地；天空；無成效；騰出來；閒著，沒被利用的

空缶⓪〈名〉空罐

空く⓪〈自五〉空、閒、騰出 **例** 手が～く[騰出手]

空ける⓪〈他一〉騰出，空出；倒出 **例** 部屋を～ける[空出房間]

空⓪〈名〉虛偽 **例** ～元気を出す[虛張聲勢]

空押し⓪〈名・サ變〉(用刻有花紋的模具在紙、皮革、布上夾壓出花紋)素押，素押花

空梅雨②〈名〉梅雨期無雨，乾旱的梅雨期

空手⓪〈名〉空手，赤手空拳；(源於琉球的一種拳法)空手(道)

空取引③〈名〉買空賣空

空箱③〈名〉空盒子，空箱子

空回り③〈名・サ變〉(車、機器等)空轉；白費事，徒勞；徘徊不前

空①〈名〉天空，空中，高空；(多變不定的)天氣；沒有根據的，無緣無故的；無效的，無用的；虛假，説謊

空尉①〈名〉空尉(日本航空自衛隊中的頭銜)

空域⓪〈名〉空域，空間領域

空運⓪〈名〉空運

空間⓪〈名〉空間；(哲學)空間

空気①〈名〉空氣；氣氛

空虛①〈名・形動〉空虛

空軍⓪〈名〉空軍

空言③〈名〉謠傳；空話＝そらごと＝むなごと

空港⓪〈名〉機場

空室⓪〈名〉(旅館、公寓的)空房間

空車⓪〈名〉空(汽)車

空襲⓪〈名・サ變〉空襲

空席⓪〈名〉空座位；空缺，空位

空説⓪〈名〉無稽之談

空戰⓪〈名〉空戰

空前⓪〈名〉空前

空前絕後③〈名〉空前絕後

空疎①〈名・形動〉(內容)空洞，空乏

空想⓪〈名〉空想

空談⓪〈名・サ變〉空談，空話

空地⓪〈名〉空地；空中和地上

空中⓪①〈名〉空中，天空

空調⓪〈名〉空調

空轉⓪〈名・サ變〉空轉；(事物)有名無實，流於形式

空洞⓪〈名〉空洞，洞穴

空白⓪〈名〉空白；缺陷

空漠⓪〈形動・副〉空曠，渺茫；空洞，空虛

空爆⓪〈名・サ變〉轟炸，空襲

空費⓪〈名・サ變〉浪費，白費

空腹⓪〈名〉空腹，空肚子

空文⓪〈名〉空文

空母①〈名〉航空母艦

空砲⓪〈名〉空炮，空槍

空輸⓪〈名・サ變〉空運「空中輸送」的略語)

空欄⓪〈名〉空欄

空理①〈名〉空洞理論

空路①〈名〉航空路線

空論⓪〈名〉空論

★架空・虛空・航空・上空・真空・対空・中空・低空・碧空・防空・

りょうくう
領空

孔 コウ/ク
kǒng［日＝繁＝簡］

小洞，窟窿；姓

こう し
孔子⓪〈名〉孔子，中國古代著名的
思想家、教育家

こう じゃく
孔雀⓪〈名〉孔雀

恐 おそ・れる/おそ・ろしい/キョウ
kǒng［日＝繁＝簡］

害怕，恐懼；疑慮

おそ
恐れる③〈自一〉懼怕，害怕；顧忌，
なに
忌憚；擔心 例 何も～れない［無所
畏懼］

おそ
恐ろしい④〈形〉可怕；驚人；不可
はや
思議的力量；擔心 例 ～く速い［快
得驚人］

きょうえつ
恐悦⓪〈名・サ變〉恭喜，賀喜

きょうかつ
恐喝⓪〈名・サ變〉恐嚇，恫嚇

きょうこう
恐慌⓪〈名〉恐慌；經濟危機

きょうさい
恐妻⓪〈名〉懼內

きょうしゅく
恐縮⓪〈名・サ變〉（表示客氣或謝意）
いた
羞愧，對不起 例 ～の至り［惶恐之
至］

きょう ふ
恐怖⓪①〈名・サ變〉恐怖

きょうりゅう
恐竜⓪①〈名〉恐龍

控 ひか・える/コウ
［控］［控］kòng［日≒繁＝簡］

告狀，告發；節制 辨 在日語中，
還有「等候、待命」「備用、記下」
「面臨、靠近」等意思

ひか しつ
控え室③〈名〉等候室，候車室，休
息室

ひか ちょう
控え帳⓪〈名〉備忘冊，記事本，筆

記本

ひか め
控え目④〈名・形動〉謹慎，客氣
例 食事を～にする［節制飲食］

ひか
控える③〈他一〉勒；節制；打…念
頭，不想；寫下來，記錄下來；面
臨，迫在眉睫；靠，臨〈自一〉等
候；在旁邊 例 手紙を出すのを～
て がみ だ
える［暫不把信寄出］

こうじょ
控除①〈名・サ變〉扣除

こう そ
控訴①〈名・サ變〉控訴，上訴

口 くち/ク/コウ
kǒu［日＝繁＝簡］

嘴；出入通過的地方

くち
口⓪〈名〉口，嘴；出入口，門口；
（器物的）口兒，嘴兒；開始；口
味，味覺；人口，人數；裂口，傷
口；類，份，宗；工作，工作崗位
例 ～に合う［合口味］

くち え
口絵⓪〈名〉（書籍、雜誌等的）卷頭
畫，卷頭插圖

くち かた
口堅い⓪④〈形〉嘴緊，説話可靠

くち ごた
口答え③〈名・サ變〉頂嘴，還嘴

くち がる
口軽⓪〈形動〉説話輕率、不慎重

くち ど
口止め④⓪〈名・サ變〉堵嘴，鉗口；
堵嘴錢 例 秘密を～する［保守秘
ひ みつ
密］

くち ふさ
口塞ぎ③〈名〉堵嘴，鉗口；（「お」～）
粗茶淡飯 例 ほんのお～ですが，
どうぞおあがりください［沒有什麼
好吃的，請用吧］

くちやかま
口喧しい⓪⑥〈形〉話多，嘮叨

くち やく そく
口約束③〈名・サ變〉口頭約定

くち ちょう
口調⓪〈名〉語調，口氣

くち でん
口伝⓪〈名・サ變〉口頭傳達；口授

こう かく
口角⓪〈名〉嘴角，唇角

こうきょう
口供⓪〈名・サ變〉口述；供認
こうけい
口径⓪①〈名〉口徑，內徑，孔徑
こうご
口語⓪〈名〉口語
こうこう
口腔⓪〈名〉口腔
こうざ
口座⓪〈名〉戶頭，帳號
こうじつ
口実⓪〈名〉借口，口實
こうしゅう
口臭⓪〈名〉口臭
こうじゅつ
口述⓪〈名・サ變〉口述；口試（「口述
しけん
試驗」的略語）
くちしょう
口証⓪〈名・サ變〉口頭作證
くちびる
口唇⓪〈名〉口唇
こうぜつ
口舌⓪〈名〉口舌
こうとう
口頭⓪〈名〉口頭
こうないえん
口内炎③〈名〉口腔炎
くちりょう
口糧③⓪〈名〉口糧，乾糧
かこう かこう かいこう ここう ここう
★ 河口・火口・開口・糊口・虎口・
じゅうこう じんこう へいこう りこう わるぐち
銃口・人口・閉口・利口・悪口

枯 か・らす/か・れる/コ
kū[日＝繁＝簡]
沒有水分；凋落，衰敗
からす
枯らす⓪〈他五〉使枯萎，使枯乾
うえき
例 植木を～す[把栽的樹弄枯了]
かれる
枯れる⓪〈自一〉枯萎，凋謝；（技
術、手藝等)成熟，老練
じ
例 なかなか～れた字だ[寫得相當
熟練的字]
こかつ
枯渇⓪〈名・サ變〉乾涸；枯竭，用盡
こそう
枯燥⓪〈名〉乾枯
こたん
枯淡⓪〈名・形動〉淡泊
えいこ
★ 栄枯

堀 ほり
kū[日＝繁＝簡]
洞穴
ほり
堀②〈名〉溝，渠；護城河

窟 クツ
kū[日＝繁＝簡]
洞穴；某種人聚集或聚居的場所
がんくつ せっくつ そうくつ どうくつ まくつ
★ 岩窟・石窟・巣窟・洞窟・魔窟

苦 くる・しい/くる・しむ/くる・し
める/にが・い/ク
kŭ[日＝繁＝簡]
像膽汁或黃連的滋味（跟「甜」相
反）；感覺難受的；有耐心地，盡力
地
くる
苦しい③〈形〉苦，痛苦；困難，艱
苦；令人不快，難堪 例 生活が～い
せいかつ
[生活艱苦]
くる
苦しむ③〈自五〉痛苦，苦惱；吃
りかい
苦，費力；難以，苦於 例 理解に～
む[難以理解]
くる
苦しめる④〈他一〉使痛苦；使操
びょうき
心，使為難 例 病気に～められる
[受疾病折磨]
にが
苦い②〈形〉(味道)苦；不痛快，不高
の
興 例 ～くてとても飲めない[苦得
不能喝]
にがて
苦手③〈名・形動〉不好對付的、棘手
的人(事)；不擅長
くえき
苦役①〈名〉苦役，苦工
くかい
苦海①〈名〉(佛)苦海
くがく
苦学①〈名・サ變〉工讀
くきょう
苦境⓪〈名〉困境，窘境
くぎょう
苦行①〈名〉(佛)苦行，苦修
くげん
苦言⓪〈名・サ變〉忠言
くじゅう
苦渋⓪〈名〉苦惱
くじゅう
苦汁⓪〈名〉苦汁
くしょう
苦笑⓪〈名・サ變〉苦笑
くじょう
苦情⓪〈名〉不平，不滿，抱怨
も こ
例 ～を持ち込む[鳴不平，訴委屈]

苦心②〈名・サ變〉苦心，費苦心

苦節②〈名〉苦守節操

苦戦⓪②〈名・サ變〉苦戰

苦衷⓪〈名〉苦衷，難處

苦痛⓪②〈名〉痛苦

苦闘⓪〈名・サ變〉苦戰，艱苦奮鬥

苦難①〈名〉苦難，艱難困苦

苦肉⓪①〈名〉苦肉 **例** ～の策［苦肉計］

苦熱①〈名〉炎熱，酷暑

苦悩①〈名・サ變〉苦惱，痛苦

苦悶②〈名・サ變〉苦悶，難受

苦楽①〈名〉苦樂，甘苦

苦慮①〈名・サ變〉苦慮

苦労①〈名・形動・サ變〉苦勞，辛苦；擔心，操心

★甘苦・艱苦・困苦・四苦八苦・辛苦・生活苦・病苦・貧苦・労苦

庫 ク/コ

[庫][库]kù[日＝繁≒簡]

儲存東西的房間

庫裏①〈名〉（佛）寺院的廚房，香積廚；方丈

★金庫・公庫・国庫・在庫・車庫・書庫・貯蔵庫・文庫・宝庫

酷 ひど・い/コク

kù[日＝繁＝簡]

殘暴，暴虐；程度深，嚴厲

酷い②〈形〉殘酷，無情；厲害，嚴重 **例** ～い目にあう［倒霉］

酷寒⓪〈名〉酷寒，嚴寒

酷遇⓪〈名・サ變〉虐待，苛待

酷刑⓪〈名〉酷刑，嚴刑

酷使①〈名・サ變〉殘酷驅使

酷似①〈名・サ變〉酷似

酷暑①〈名〉炎暑，酷熱

酷税⓪〈名〉重稅，苛稅

酷熱⓪②〈名〉酷熱，酷暑

酷薄⓪〈名・形動〉殘忍，刻薄，冷酷無情

酷評⓪〈名・サ變〉嚴厲批評

酷烈⓪〈名・形動〉劇烈，激烈

★過酷・厳酷・残酷・冷酷

誇 ほこ・る/コ

[誇][夸]kuā[日≒繁≒簡]

説大話；誇獎 **辨** 在日語中，還有「引以為豪」的意思

誇る②〈自五〉自豪，誇耀 **例** 自分の功を～る［誇耀自己的功勞］

誇示①〈名・サ變〉誇示，誇耀

誇称⓪〈名・サ變〉號稱，自誇

誇大⓪〈形動〉誇大，誇張

誇張⓪〈名・サ變〉誇張，誇大

快 こころよ・い/カイ

kuài[日＝繁＝簡]

速度高；舒服，高興；爽利，直截了當；鋭利，鋒利

快い④〈形〉愉快，高興；（病情）見好 **例** 病も日増しに～くなってきた［病情日見好轉］

快活⓪〈形動〉快活，活潑，爽朗

快感⓪〈名〉快感

快挙①〈名〉快舉，壯舉

快事①〈名〉快事，大快人心的事

快勝⓪〈名・サ變〉漂亮的勝仗，大勝

快晴⓪〈名〉晴朗

快速⓪〈名・形動〉快速，高速度；快

速電車，快車

快諾⓪〈名・サ變〉慨允，慨諾，慨然
應允

快調⓪〈名・形動〉順利，情況良好，
正常

快適⓪〈名・形動〉舒適，舒服
例～な船旅[愉快的海上旅行]

快刀⓪〈名〉快刀

快復⓪〈名・サ變〉恢復，恢復健康

快報⓪〈名〉好消息，喜訊

快眠⓪〈名・サ變〉酣睡，睡得香甜

快癒⓪〈名・サ變〉痊癒

快楽⓪①〈名〉快樂

★ 軽快・豪快・全快・爽快・痛快・
不快・明快・愉快

塊 かたまり/カイ
[塊][块]kuài[日≒繁≒簡]

成疙瘩或成團的東西；量詞，表示
成團的東西

塊⓪〈名〉塊；群，堆，集團；（多用
於不良的傾向、性質）極端…的人
例乗客の～が改札を待つ[一群乗
客在等待檢票]

塊茎⓪〈名〉（植）塊莖

塊根⓪〈名〉塊根

塊状⓪〈名〉塊狀

★ 金塊・銀塊・団塊

寬 くつろ・ぐ/カン
[寬][宽]kuān[日≒繁≒簡]

闊大（跟「窄」相反）；使鬆弛；不
嚴；寬裕，富裕

寬ぐ③〈自五〉寬敞，寬綽；舒適，舒
服；休息；不拘束，隨便
例ゆっくり～いで音楽を聞く[悠

然自得地聽音樂]

寬刑⓪〈名〉寬大的刑法

寬厳⓪〈名〉寬嚴

寬厚⓪〈形動〉寬厚

寬恕①〈名・サ變〉寬恕，饒恕

寬仁⓪〈名・形動〉寬仁

寬大⓪〈名・形動〉寬大

寬容⓪〈名・形動〉寬容，容忍

款 カン
kuǎn[日＝繁＝簡]

器物上刻的字，書畫、信件頭尾上
的名字；法令，規定；經費，錢財

★ 借款・定款・落款

狂 くる・う/くる・おしい/キョウ
kuáng[日＝繁＝簡]

瘋癲，精神失常；任意地做，不受
理智的約束；猛烈的，聲勢大的

狂う②〈自五〉發瘋，發狂；著迷；有
毛病，出故障；（接在動詞連用形後
表示）超過…限度 **例**彼はスポーツ
に～っている[他對體育著迷]

狂おしい④〈形〉發瘋似的 **例**～く
叫ぶ[發瘋似的大叫]

狂歌①〈名〉（日本江戶時代中期以後
流行的）滑稽的和歌

狂喜①〈名・サ變〉狂喜

狂気①〈名〉發瘋，瘋狂

狂犬⓪〈名〉狂犬，瘋狗

狂言③〈名〉狂言（日本的一種傳統藝
術形式）；戲言，無理的話；詭計，
騙局

狂死⓪〈名・サ變〉得瘋病死去，瘋狂
而死

狂詩曲③〈名〉（音）狂想曲

狂者①〈名〉瘋人，狂人

狂信⓪〈名・サ變〉盲信，狂信

狂人⓪③〈名〉瘋子，狂人

狂暴⓪〈名・形動〉狂暴

狂奔⓪〈名・サ變〉狂奔；（為了某事）
拼命奔走

狂乱⓪〈名・サ變〉狂亂，瘋狂

狂恋⓪〈名〉熱戀

★ 熱狂・発狂

況 ま・して/キョウ

[況][况]kuàng[日＝繁≒簡]

情形；更進一層

況して⓪①〈副〉況且，何況，更

例 若者でも大変なのに、～老人に
耐えられるはずがない[連青年人都
不容易，何況老人，更受不了]

★ 概況・活況・近況・現況・好況・
実況・状況・盛況・戦況・悲況・
比況・不況

鉱 コウ

[礦][矿]kuàng[日≒繁≒簡]

蘊藏在地下的自然物質；開採礦物
的場所

鉱員⓪〈名〉礦工（「鉱夫」的改稱）

鉱業①〈名〉礦業

鉱区①〈名〉礦區

鉱山①〈名〉（金屬）礦山

鉱産⓪〈名〉礦產

鉱床⓪〈名〉礦床，礦體

鉱石⓪〈名〉礦石

鉱泉⓪〈名〉礦泉；溫泉；冷泉

鉱夫①〈名〉礦工

鉱物⓪〈名〉礦物

鉱脈⓪〈名〉礦脈

★ 金鉱・銀鉱・採鉱・炭鉱・鉄鉱・
銅鉱

潰 ついえ・る/つぶ・す/つぶ・れる/カイ

[潰][溃]kuì[日＝繁≒簡]

衝破，突破；敗退，散亂；腐爛

潰える③〈自下一〉落空，破滅；失
敗，潰敗

潰す③⓪〈他五〉弄碎，搗碎；報
廢，不頂用

潰れる④⓪〈自下一〉壞，破，碎；
報廢，不頂用；倒閉，破產；爛醉；
耗費；丟面子

潰瘍⓪①〈名〉潰瘍

昆 コン

kūn[日＝繁＝簡]

共同；眾多

昆虫⓪〈名〉昆蟲

昆布①〈名〉昆布，海帶

困 こま・る/コン

kùn[日＝繁＝簡]

陷在艱難痛苦或無法擺脫的環境
裏；窮苦，艱難

困る②〈自五〉困難，為難；苦惱，難
過，難受；不行，不可以；困苦

例 生活に～る[生活貧困]

困却⓪〈名・サ變〉困惑，為難

困窮⓪〈名・サ變〉困難；貧困

困苦①〈名〉困苦

困難①〈名・形動〉困難

困惑⓪〈名・サ變〉困惑

★ 貧困

拡 カク

[擴][扩]kùo[日≒繁≒簡]

放大，張大，推廣

拡散⓪〈名・サ變〉擴散

拡充⓪〈名・サ變〉擴充

拡声器③〈名〉揚聲器；話筒

拡大⓪〈名・サ變〉擴大，放大

拡張⓪〈名・サ變〉擴充，擴張

拡幅⓪〈名・サ變〉(道路等)拓寬，加寬

★ 軍拡

括 くく・る/カツ

kùo[日＝繁＝簡]

束，扎；包含

括る⓪〈他五〉捆，紮；概括；括起來

例 括弧で～る[用括號括起來]

括弧①〈名・サ變〉括號，括弧

★ 一括・概括・総括・統括・包括

L ㄌ

拉 ひし・ぐ/ラ

lā[日＝繁＝簡]

摧折，折斷；牽引，用力使移動

拉ぐ②〈他五〉壓倒，挫敗

拉致①〈名・サ變〉綁架

辣 ラツ

là[日＝繁＝簡]

有刺激性的味道；狠毒

辣腕⓪〈名・形動〉精明強幹

★ 悪辣・辛辣

来 きた・す/きた・る/く・る/ライ

[來][来]lái[日＝簡≒繁]

從另一方面到這一方面(跟「去」相反)；時間的經過，以後的；到，臨

来す⓪②〈他五〉招來，招致

例 災いを～す[招來災難]

来る⓪②〈自五・連體〉來，到；下一個，下一次 例 冬すぎて春～る[冬去春來]

来る①〈カ 〉來，到來；出現

例 学校に来る[來學校]

来意①〈名〉(來訪或來信的)來意

来往⓪〈名・サ變〉來往，往來

来会⓪〈名・サ變〉到會，蒞會

来客⓪〈名〉來客

来月⓪〈名〉下個月

来航⓪〈名〉來航

来社⓪〈名・サ變〉來社，到社(指到報社、公司等)

来週⓪〈名〉下一週

来襲⓪〈名・サ變〉襲來

来場⓪〈名・サ變〉到場，出席

来信⓪〈名・サ變〉來信

来診⓪〈名・サ變〉出診；(患者到醫院)看病

来世⓪①〈名〉(佛)來世，來生

来朝⓪〈名・サ變〉(日本人指外國人)來到日本

来店⓪〈名・サ變〉來到商店

来電⓪〈名〉來電

来日⓪〈名・サ變〉(外國人)來到日本，來日

来任⓪〈名・サ變〉前來上任，到任

来年⓪〈名〉明年

来賓⓪〈名〉來賓

来復⓪〈名〉復來，復歸

来訪⓪〈名・サ變〉來訪
来由⓪〈名・サ變〉來由，由來
来臨⓪〈名・サ變〉駕臨，來臨
来歴⓪〈名〉來由，來歷

★ 以来・遠来・往来・外来・元来・
旧来・捲土重来・古往今来・
古来・再来・在来・爾来・従来・
将来・新来・生来・伝来・渡来・
到来・如来・舶来・本来・未来・
由来

頼 たの・む/たの・もしい/たよ・る/ライ

[頼][赖]lài[日≒繁≒簡]
依靠，依仗；不承認；遊手好閒，
行為不端的人
頼む②〈他五〉拜託，求；(花錢)請
例 医者を〜む[請醫生]
頼もしい④〈形〉靠得住；前途有望
例 〜い青年[大有前途的青年]
頼る②〈自五〉靠，依靠；拉關係，找
門路 例 友人を〜ってとにちする
[投靠朋友去日本]
頼母子講⓪〈名〉撥會(會員按期存
款，依照抽籤先後順序借款的一種
組織)

★ 依頼・信頼・無頼

瀬 セ

[瀬][濑]lài[日≒繁≒簡]
流得很急的水
瀬戸際⓪④〈名〉生死關頭，關鍵時刻
瀬戸内海③〈名〉(日本的)瀬戸內海
瀬戸物⓪〈名〉陶瓷器

★ 浅瀬・川瀬

嵐 あらし/ラン

[嵐][岚]lán[日＝繁≒簡]
山林中的霧氣 辨 在日語中還有「暴
風雨」的意思
嵐①〈名〉暴風雨

★ 砂嵐・嵐気

覧 ラン

[覽][览]lǎn[日≒繁≒簡]
看，閱

★ 閲覧・回覧・観覧・高覧・周覧・
総覧・通覧・展覧・博覧強記・
便覧(＝びんらん)・遊覧

藍 あい/ラン

[藍][蓝]lán[日≒繁≒簡]
可以提取藍色染料的植物；像晴朗
天空的顏色
藍①〈名〉深藍色；藍靛

★ 伽藍・出藍

欄 ラン

[欄][栏]lán[日≒繁≒簡]
遮攔的東西；書刊、報章在每版或每
頁上用線條或空白分成的各個部分
欄外⓪〈名〉(書籍、報刊中的)欄外
欄間⓪〈名〉橫格子，橫楣上的裝飾；
氣窗，門頂窗

★ 家庭欄・求人欄・空欄・
広告欄・文芸欄

濫 ラン

[濫][滥]làn[日＝繁≒簡]
流水漫溢；不加選擇，不加節制
濫觴⓪〈名〉(古)濫觴，起源
濫用⓪〈名・サ變〉濫用

★ 粗製濫造・氾濫
（そ せい らん ぞう）（はん らん）

廊 ロウ
láng[日＝繁＝簡]

有頂的過道；房屋前檐伸出的部分

廊下（ろう か）⓪〈名〉走廊，廊子 例 ～ のは
ずれにトイレがある[走廊的盡頭是
廁所]

★ 画廊・回廊・歩廊
（が ろう）（かい ろう）（ほ ろう）

郎 ロウ
[郎][郎]láng[日≒繁＝簡]

對年輕男子的稱呼；女子稱情人或
丈夫

★ 下郎・女郎・太郎・夜郎自大・
（げ ろう）（じょ ろう）（た ろう）（や ろう じ だい）
野郎
（や ろう）

朗 ほが・らか/ロウ
[朗][朗]láng[日≒繁＝簡]

明朗，明亮；聲音清楚響亮

朗らか（ほが）②〈形動〉舒暢；（天氣）晴
朗；（聲音）爽朗，響亮；開朗 例 ～
な人（ひと）[開朗的人]

朗詠（ろう えい）⓪〈名・サ變〉朗誦，吟詠
朗吟（ろう ぎん）⓪〈名・サ變〉朗誦，吟詠
朗唱（ろう しょう）⓪〈名・サ變〉朗誦
朗笑（ろう しょう）⓪〈名・サ變〉爽朗的笑聲
朗読（ろう どく）⓪〈名・サ變〉朗讀，朗誦
朗報（ろう ほう）⓪〈名〉喜訊，好消息
朗朗（ろう ろう）⓪③〈トタル〉朗朗（明亮，皎
潔）；朗朗（聲音清晰洪亮）

★ 明朗・晴朗
（めい ろう）（せい ろう）

浪 ロウ
[浪][浪]làng[日≒繁＝簡]

大波；放縱

浪曲（ろう きょく）⓪〈名〉浪花曲（三弦伴奏的民間

説唱，類似我國的鼓詞）

浪士（ろう し）①〈名〉流浪的武士；失業者
浪人（ろう にん）⓪〈名・サ變〉到處流浪的武士；
（喻）無業游民，失學的學生
浪費（ろう ひ）⓪①〈名・サ變〉浪費
浪漫（ろう まん）①〈名〉浪漫

★ 逆浪・激浪・波浪・浮浪・風浪・
（ぎゃく ろう）（げき ろう）（は ろう）（ふ ろう）（ふう ろう）
放浪・流浪
（ほう ろう）（りゅう ろう）

労 ねぎら・う/ロウ
[勞][労]láo[日≒繁≒簡]

人類創造物質或精神財富的活動；
辛苦，辛勤；勞動者的簡稱；用
力；用言語或實物慰問

労う（ねぎら）③〈他五〉犒勞，酬勞 例 戦士
を～う[慰勞戰士]
労役（ろう えき）⓪①〈名〉勞役，苦工
労苦（ろう く）①〈名〉勞苦，辛勞
労災（ろう さい）⓪〈名〉（「勞働者災害補償保險」
的略語）勞災保險
労作（ろう さく）⓪〈名・サ變〉辛勤的勞動；精心
的創作（作品）
労資（ろう し）⓪〈名〉勞資，工人和資本家
労賃（ろう ちん）①〈名〉工資
労働（ろう どう）⓪〈名・サ變〉勞動
労務（ろう む）①〈名〉勞務
労力（ろう りょく）①〈名〉勞力

★ 慰労・過労・勤労・苦労・功労・
（い ろう）（か ろう）（きん ろう）（く ろう）（こう ろう）
就労・徒労・疲労
（しゅう ろう）（と ろう）（ひ ろう）

老 お・いる/ふ・ける/ロウ
lǎo[日＝繁＝簡]

年歲大，時間長

老いる（お）②〈自一〉老，年老；陳舊，
衰老 慣 ～ いてはますます壮（さか）んに
なるべし[老當益壯]

老ける②〈自一〉老，上年紀；變
質，發霉 例 ～けた米[變質的米]

_{ろう}_{おう}
老翁③〈名〉老翁

_{ろう}_か
老化◎〈名・サ變〉老化

_{ろう}_{がん}
老眼◎〈名〉老花眼

_{ろう}_{きゅう}
老朽◎〈名・サ變〉老朽；陳舊

_{ろう}_{きょう}
老境◎〈名〉老年 例 ～に入る[進入
老年]

_{ろう}_ご
老後◎①〈名〉老年，晚年

_{ろう}_し
老死◎〈名・サ變〉老死

_{ろう}_{じゃく}
老弱◎〈名〉老幼，老人和小孩

_{ろうじゅく}
老熟◎〈名・サ變〉成熟老練，熟練

_{ろう}_{しょう}
老松◎〈名〉老松(樹)

_{ろう}_{しん}
老臣◎〈名〉老臣

_{ろう}_{じん}
老人◎③〈名〉老人

_{ろう}_{すい}
老衰◎〈名・サ變〉衰老

_{ろう}_{せい}
老成◎〈名・サ變〉老練；(少年)老成

_{ろうじゃく}
老若◎①〈名〉老少

_{ろう}_{ねん}
老年◎〈名〉年老

_{ろう}_ば
老婆①〈名〉老太婆

_{ろう}_ふ
老父①〈名〉老父

_{ろう}_{よう}
老幼◎①〈名〉老少，老幼

_{ろう}_{れい}
老齢◎〈名〉老齡，高齡

_{ろう}_{れん}
老練◎〈名・形動〉老練，成熟，熟練

★_か_{ろう}
家老・_{けい}_{ろう}敬老・_{げん}_{ろう}元老・_こ_{ろう}古老・_こ_{ろう}故老・
_{しょ}_{ろう}初老・_{ちょう}_{ろう}長老・_{よう}_{ろう}養老

酪 ラク

lào[日＝繁＝簡]

用動物的乳汁做成的半凝固食品

_{らく}_{のう}
酪農◎〈名〉(飼養奶牛、奶羊)生產
乳製品的農業

★_{かん}_{らく}乾酪・_{ぎゅうらく}牛酪・_{にゅうらく}乳酪

楽 たの・しい/たの・しむ/ガク/ラク

[樂][乐]lè(yuè)[日≒繁≒簡]

快活，歡喜；音樂

_{たの}
楽しい③〈形〉快樂，愉快
例 旅行は～いものですね[旅行是
件愉快的事情]

_{たの}
楽しむ③〈他五〉享樂；期盼；欣賞
例 映画を～む[觀賞電影]

_{がく}_し
楽士◎〈名〉音樂師

_{がく}_{しょう}
楽章◎〈名〉(音)樂章

_{がく}_{せつ}
楽節◎〈名〉(音)樂節，樂段

_{がく}_{たい}
楽隊◎〈名〉樂隊

_{がく}_{だん}
楽団◎〈名〉樂團

_{がく}_{てん}
楽典◎③〈名〉樂典

_{がく}_や
楽屋◎〈名〉後台，演員休息所；幕後

_{がっ}_き
楽器◎〈名〉樂器

_{がっきょく}
楽曲◎〈名〉樂曲

_{らく}_{えん}
楽園◎〈名〉樂園，天堂

_{らくしょう}
楽勝◎〈名・サ變〉輕易取勝

_{らく}_{てん}
楽天◎〈名〉樂天，樂觀

_{らく}_ど
楽土①〈名〉樂土

_{らっ}_{かん}
楽観◎〈名・サ變〉樂觀

★_{あい}_{らく}哀楽・_{あん}_{らく}安楽・_{えつ}_{らく}悦楽・_{おん}_{がく}音楽・_が_{がく}雅楽・
_{かい}_{らく}快楽・_{かん}_{らく}歓楽・_{かん}_{げん}_{がく}管弦楽・_き_{がく}器楽・
_き_{らく}気楽・_{きょう}_{らく}享楽・_{ごく}_{らく}極楽・_く_{らく}苦楽・_{ぐん}_{がく}軍楽・
_ご_{らく}娯楽・_{こう}_{きょう}_{がく}交響楽・_{せい}_{がく}声楽・_{どう}_{らく}道楽・
_{はく}_{がく}伯楽・_ぶ_{がく}舞楽・_ゆ_{らく}愉楽・_わ_{がく}和楽

雷 かみなり/ライ

léi[日＝繁＝簡]

雲層放電時發出的巨大聲響；怒氣
或威力；軍事上用的爆炸武器

_{かみなり}
雷③④〈名〉雷；大發雷霆(的人)，
暴跳如雷(的人)

_{らい}_う
雷雨①〈名〉雷雨

_{らい}_{うん}
雷雲◎〈名〉積雨雲，雷雲

_{らい}_{げき}
雷撃◎〈名〉用魚雷攻擊

_{らい}_{でん}
雷電◎〈名〉雷電，雷和閃電

らい どう
雷同 ⓪〈名・サ變〉雷同
らい めい
雷鳴 ⓪〈名〉雷鳴

★ えん らい
遠雷・機雷・魚雷・春雷・水雷・
じ らい　　ばく らい　　ひ らい しん　　らく らい
地雷・爆雷・避雷針・落雷

累 ルイ
lěi(lèi)(léi)[日＝繁＝簡]

連續，重疊，堆積；屢次；使人感
到多餘或麻煩 辨 日語中無「疲勞，
勞累」的意思

るい か
累加 ⓪〈名・サ變〉累加，遞增，累進
るい けい
累計 ⓪〈名・サ變〉累計
るい げつ
累月 ⓪〈名〉累月，數月
るい げん
累減 ⓪〈名・サ變〉遞減，逐漸減少
るい さん
累算 ⓪〈名・サ變〉累計，累算
るい じ
累次 ①〈名〉累次，屢次，多次
るい じょう
累乗 ⓪〈名〉乘方，乘冪
るい しん
累進 ⓪〈名・サ變〉遞升；累進
るい せき
累積 ⓪〈名・サ變〉積累，積聚；乘
方，乘冪
るい ぞう
累増 ⓪〈名・サ變〉遞增，累增
るい だい
累代 ⓪〈名〉世世代代，累代
るい じつ
累日 ⓪〈名〉連日，累日
るい ねん
累年 ⓪〈名〉連年，逐年，累年
るい はん
累犯 ⓪〈名〉慣犯，累犯
るい らん
累卵 ⓪〈名〉累卵，危急
るい るい
累累 ⓪③〈形動〉層層疊疊，累累

★ けい るい　　れん るい
係累・連累

壘 ルイ
[壘][垒]lěi[日≒繁≒簡]

砌；軍營的牆壁或工事

るい
壘 ①〈名〉堡壘；(棒球)壘
るい へき
壘壁 ⓪〈名〉堡壘，壁壘，城牆

★ いち るい　　けん るい　　こ るい　　ざん るい　　ど るい
一壘・堅壘・孤壘・残壘・土壘・
とう るい　　ぼう るい　　ほん るい　　まん るい
盗壘・防壘・本壘・満壘

淚 なみだ/ルイ
[淚][泪]lèi[日≒繁≒簡]

眼裏流出的水

なみだ
涙 ①〈名〉淚
なみだ あめ
涙雨 ④〈名〉微雨；舉行喪禮時下的雨
なみだ ごえ
涙声 ④〈名〉哭腔，含著眼淚說話的聲
音
るい せん
涙腺 ⓪〈名〉淚腺

★ あん るい　　かん るい　　けつ るい　　こう るい
暗涙・感涙・血涙・紅涙・
さい るい だん　　ねつ るい　　ひ るい　　らく るい
催涙弾・熱涙・悲涙・落涙

類 たぐい/ルイ
[類][类]lèi[日≒繁≒簡]

許多相似或相同的事物的綜合；相
似，好像

たぐい
類 ②⓪〈名〉類，同類；…之流，…者
流(蔑) 例 パンダは～稀な動物だ
まれ　　どう ぶつ
[熊貓是稀有的動物]
るい
類 ①〈名〉同類，一類；種類
るい か
類火 ⓪〈名〉延燒(引起)火災
るい ぎ ご
類義語 ③〈名〉近義詞
るい く
類句 ⓪〈名〉類似的語句，類句；類
似的俳句、川柳；類句(按照「い、
ろ、は」)或「五十音図」順序排列的
ご じゅう おん ず
和歌、俳句等)
るい けい
類型 ⓪〈名〉類型
るい ご
類語 ⓪〈名〉同類語，同義詞，類語
るい さん
類纂 ⓪〈名・サ變〉匯編，類纂；匯編
集
るい じ
類似 ⓪〈名・サ變〉類似，相似
るい じ
類字 ⓪〈名〉字形相似的(漢)字；(以
「い、ろ、は」等字來分類的)索引
るい じゅう
類従 ⓪〈名・サ變〉分類，歸類，類
集，編纂
るい しょ
類書 ⓪①〈名〉類似的書，同類的書；
(日本古時分類的)百科事典

類推⓪〈名・サ變〉類推

類題⓪〈名〉同類的問題，類題；(和歌、俳句等的)同類題目

類比⓪〈名・サ變〉比較；類推

類別⓪〈名・サ變〉分類，類別

類本⓪〈名〉內容相似的書，同類書，類書

類例⓪〈名〉類似的例子

★ 異類・衣類・魚介類・酒類・書類・親類・同類・肉類・爬虫類・比類・部類・分類・哺乳類・無類・霊長類

冷 さ・ます/さ・める/つめ・たい/ひ・える/ひ・や/ひ・やかす/ひ・やす/レイ

[冷][冷]lěng[日≒繁＝簡]

溫度低(與「熱」相對)；使…冷，冷卻；不熱情，不溫和；寂靜，不熱鬧；生僻，少見的；不受歡迎的，沒人過問的

冷ます②〈他五〉冷卻，弄涼；降低，減少(感情，興趣) 例 お茶を口で吹いて～す[吹涼茶水]

冷める②〈自一〉(變)冷，(變)涼；(熱情、興趣等)減退，降低，淡薄 例 熱が～めた[熱退了]

冷たい⓪〈形〉涼，冷；冷淡，無情 例 ～い人[無情的人]

冷える②〈自一〉變冷，變涼；覺得冷，覺得涼；(感情等)變冷淡 例 ご飯が～えた[飯涼了]

冷や①〈名〉涼(酒、水) 例 ～で飲む[涼著喝]

冷やかす③〈他五〉冷卻，冰鎮，用水泡；挖苦，耍笑，嘲弄，貉落 例 人を～すな[不要嘲笑別人]

冷やす②〈他五〉涼一涼，(用冰)鎮 例 頭を～す[使頭腦冷靜，(發熱時)冷敷]

冷暗⓪〈名〉陰冷

冷雨①〈名〉冷雨

冷溫⓪〈名〉冷暖；低溫

冷害⓪〈名〉冷害，(夏天的)低溫災害

冷汗⓪〈名〉冷汗＝ひやあせ

冷気①〈名〉冷氣，寒氣

冷却⓪〈名・サ變〉冷卻；冷，冷靜

冷遇⓪〈名・サ變〉冷遇

冷血⓪〈名〉冷血，冷酷無情 例 ～漢[冷酷無情的人]

冷酷⓪〈名・形動〉冷酷

冷酒⓪〈名〉(沒燙的)冷酒，涼酒；(冷飲的)日本酒

冷笑⓪〈名・サ變〉冷笑，嘲笑

冷水⓪〈名〉冷水，涼水

冷静⓪〈名・形動〉冷靜，沉著

冷戦⓪〈名〉冷戰

冷然⓪〈形動〉冷淡，冷冰冰

冷蔵⓪〈名・サ變〉冷藏

冷蔵庫③〈名〉冰箱

冷淡③〈名〉冷淡

冷暖房③〈名〉冷、暖氣(設備)

冷徹⓪〈名・形動〉冷靜而透徹

冷凍⓪〈名・サ變〉凍，冷凍

冷熱①⓪〈名〉冷熱

冷罵①〈名・サ變〉嘲罵，冷嘲

冷評⓪〈名・サ變〉冷淡的評論，諷刺的批評

冷涼⓪〈名・形動〉冷颼颼，涼絲絲

★ 寒冷・秋冷・水冷

# 厘 リン
[釐][厘]li[日=簡≒繁]

市釐的通稱；利率單位名

厘毛⓪①〈名〉毫釐

# 梨 なし/リ
li[日=繁=簡]

一種落葉喬木；梨樹的果實

梨②⓪〈名〉梨子

梨園①〈名〉梨園，戲劇界

# 璃 リ
li[日=繁=簡]

一種質地硬而脆的透明物體

★浄瑠璃・瑠璃

# 離 はな・す/はな・れる/リ
[離][离]li[日=繁≒簡]

相距，隔開；分開，分別；缺少

離す②〈他五〉使…離開；隔開，拉開距離 例 運転する時にはハンドルから手を～してはいけない[駕駛汽車時手不許離開方向盤]

離れる③〈自一〉離開，分離；離去；距離，相距；脫離 例 話が本筋から～れた[話偏離正題了]

離縁①〈名・サ變〉離婚；和養子養女斷絕關係

離隔⓪〈名・サ變〉隔離

離間⓪〈名・サ變〉離間

離宮⓪〈名〉離宮，行宮

離京⓪〈名・サ變〉離京

離合⓪〈名・サ變〉離合

離婚①〈名・サ變〉離婚

離散⓪〈名・サ變〉離散

離愁⓪〈名〉離愁

離床⓪〈名・サ變〉起床；(病癒)離床，下床

離職⓪〈名〉離職；退職，失業

離水⓪〈名・サ變〉離水(水上飛機等離開水面)

離籍⓪〈名・サ變〉(戶主)取消家族的戶籍

離船⓪〈名・サ變〉(船員)離船

離俗⓪〈名・サ變〉離開俗世，離俗

離脱⓪〈名・サ變〉脫離

離着陸③〈名・サ變〉(飛機等)起飛和降落

離党⓪〈名・サ變〉退黨，脫黨

離島⓪〈名・サ變〉遠離陸地的島嶼，孤島；離開島嶼，離島

離乳⓪〈名・サ變〉(嬰兒)斷奶

離任⓪〈名・サ變〉離職

離農⓪〈名・サ變〉棄農(從事其他職業)

離反⓪〈名・サ變〉叛離，背離

離別①〈名・サ變〉離別

離陸⓪〈名・サ變〉(飛機等)離地，起飛

★乖離・隔離・距離・背離・不即不離・別離・遊離・流離

# 礼 ライ/レイ
[禮][礼]li[日=簡≒繁]

社會生活中的由於風俗習慣而形成的為大家共同遵守的儀式；表示尊敬的言語或動作；禮物

礼賛⓪〈名〉歌頌，讚美，讚揚，贊頌；禮拜，歌功頌德

礼儀③〈名〉禮節，禮貌

礼金⓪〈名〉酬謝金；(租房時)被房東勒索所付的補助費

礼遇⓪〈名・サ變〉禮遇

礼式⓪〈名〉儀式，禮法
礼状⓪〈名〉感謝信，謝函，謝帖
礼譲⓪〈名〉禮讓
礼節⓪〈名〉禮節，禮貌
礼装⓪〈名・サ變〉禮服
礼典⓪〈名〉禮法書；儀式，典禮
礼電⓪〈名〉謝電
礼拝⓪〈名・サ變〉(宗教)禮拜
　　例〜堂[禮拜堂]
礼服⓪〈名〉禮服
礼法⓪〈名〉禮法，禮節
礼砲⓪〈名〉禮炮
礼帽⓪〈名〉禮帽
★虚礼・敬礼・祭礼・失礼・謝礼・
　洗礼・大礼・朝礼・典礼・答礼・
　非礼・返礼・無礼・無礼講・
　黙礼・目礼

里 さと/リ
lǐ[日＝繁＝簡]
　街坊；家鄉；古代五家為鄰，五鄰
　為里；市里的通稱　朔在現代漢語
　中，「里」同時還是表示「裏面、內
　部」的「裏」的簡化字，與表示家鄉
　的「里」無關
里⓪〈名〉村落，村莊；鄉間，鄉下；
　娘家，寄養家，佣人的家
　　例〜の習い[鄉間習俗]
里芋⓪〈名〉芋，芋頭
里親⓪〈名〉養父，養母
里帰り③⑤〈名・サ變〉回娘家
里子⓪〈名〉(送給別人)寄養的孩子
　　例〜に出す[把孩子送給別人家去
　寄養]
里程⓪〈名〉里程，路程
★一望千里・鄉里・古里・万里

理 リ
lǐ[日＝繁＝簡]
　道理，事理；自然科學，有時特指物
　理學；管理，辦理；整理，使整齊
理科①〈名〉理科　例〜系[理科院系]
理会①〈名・サ變〉理會，明白事理；
　理解
理解①⓪〈名・サ變〉理解
理外①〈名〉理外(用一般的道理無法
　說明)
理学①〈名〉物理學；理學(中國宋代
　儒學)
理屈⓪〈名〉道理，理由
理財①⓪〈名〉理財
理事①〈名〉理事，董事
理数①⓪〈名〉數理(理科和數學)
理性⓪〈名〉(哲學)理性
理想⓪〈名〉理想
理念①〈名〉理念
理髪⓪〈名・サ變〉理髮
理非①〈名〉是非
理不尽②〈名・形動〉不講理，無理，
　沒道理
理法①〈名〉常規，法則，規律
理由⓪〈名〉理由
理容⓪〈名〉理容，理髮和美容(術)
理路①〈名〉(說話、文章等的)理路，
　條理
理論①⓪〈名〉理論
★監理・管理・究理・空理・経理・
　原理・合理・受理・修理・処理・
　情理・条理・心理・真理・推理・
　整理・生理・節理・総理・代理・
　調理・定理・道理・背理・物理・
　文理・弁理・無理・料理・倫理・

論理

裏 うら/リ
[裏][里]lǐ[日＝繁≒簡]
裏面，內部

裏②〈名〉背面，反面；衣服裏子；後面；內情，內幕；簡單，簡略 例 言葉の～を読み取る[聽其言外之意]

裏襟⓪〈名〉(衣服的)襯領

裏表⓪〈名〉正反兩面；相反；表面和內情；表裏不一 例 ～のない人[表裏如一的人]

裏街道③〈名〉抄道，近道；人生的邪路 例 ～の生活せいかつ[不正經的生活]

裏返す③〈他五〉翻過來，翻裏做面 例 ～して言えば[反過來說，從另一個方面說]

裏書き⓪④〈名・サ變〉背書，票背簽字；書畫背面的注釋或鑑定；證實，證明 例 事実がその理論を～した[事實證實了這個理論]

裏金⓪〈名〉裏邊襯的金屬片；背地的交易費

裏側⓪〈名〉裏側，內側，裏面；背地；見不得人的事(東西)

裏切る③〈他五〉背叛，叛變；違背，辜負，出乎意料 例 仲間を～る[背叛朋友]

裏口⓪〈名〉後門，便門；走後門，偷偷摸摸 例 ～入学[走後門入學]

裏芸⓪〈名〉平時不露的(非本行的)技藝

裏声⓪③〈名〉低於日本三弦琴的唱腔；假嗓子，假聲，小嗓

裏作⓪〈名〉(主要作物收割後種的)二茬作物

裏付け⓪④〈名〉根據，證據，保證；掛裏子，貼裏 例 なんの～もないうわさ[毫無根據的流言]

裏手③⓪〈名〉後面，背面

裏庭⓪〈名〉後院

裏腹⓪〈名・形動〉表裏不一致；正相反 例 ～なことを言う[說假心假意的話]

裏町②⓪〈名〉背巷，陋巷，後街，背胡同

裏道②〈名〉通往後門的路；近道，抄道；邪門歪道；生活窮困潦倒

裏目⓪③〈名〉曲尺背面的刻度 例 ～に出る[事與願違，適得其反]

裏門⓪〈名〉後門

裏山⓪〈名〉後山；山的陰面

裏面①〈名〉裏面，背面；內幕

★暗暗裏・囲炉裏・胸裏・秘密裏・表裏

力 ちから/リキ/リョク
lì[日＝繁＝簡]
改變物體運動狀態的作用；力量，能力；體力；盡力，努力

力③〈名〉體力，力氣，力量；努力，盡力，出力；(物理學)力；能力，實力，學力，財力；效力，作用，影響；精神頭，幹勁；暴力，武力，權力，威力；氣勢，語氣，筆力；依靠的力量，憑借，依仗；耐力，拉力 例 ～を入れる[使勁，用力]

力仕事④〈名・サ變〉體力勞動

力添え④⓪〈名・サ變〉援助，支援 例 お～をお願いします[請您協助我們]

ちからづよ
力強い⑤〈形〉有信心的；強有力的
例〜い返事[强有力的回答]

りき えい
力泳⓪〈名・サ變〉(游泳比賽)用力游
泳

りき えん
力演⓪〈名・サ變〉(戲劇等)賣力演
出，熱情演出

りき がく
力学②〈名〉力學

りき こう
力行⓪〈名・サ變〉力行

りき さく
力作⓪〈名〉力作

りき し
力士①⓪〈名〉力士

りき せつ
力説⓪〈名・サ變〉極力主張；極力強
調

りき そう
力走⓪〈名・サ變〉盡全力跑，拼命跑

りき てん
力点③⓪〈名〉(物理學)力點；重點，
著重點

りき とう
力闘⓪〈名・サ變〉竭力奮戰

りきりょう
力量⓪〈名〉力量

★怪力・眼力・気力・脚力・強力・
極力・筋力・権力・合力・財力・
自力・助力・人力・人力・尽力・
他力・胆力・弾力・通力・努力・
馬力・迫力・非力・風力・魅力・
民力・有力・腕力

立 た・つ/た・てる/リツ
lì[日＝繁＝簡]

站；做出，定出；存在，生存；立刻

たち あい にん
立会人⓪〈名〉見證人

立つ①〈自五〉立，站；離開；刺，
扎，射中；(水)開，熱；起，生；
設立，開設；到來；處於，占；引
人注目，傳出；擔當，充當；燃
盡；生氣，激動；有用；關閉；成
立，確立　**例** 名が〜つ[出名]

た
立てる②〈他一〉豎立，豎起；立定；
冒，揚起；派遣；紮；放，安置；

關，閉；燒開；掀起；作聲，響起；
明確提出；點(茶)；使之有用；保
全；維持；堅守；尊敬；傳出，弄尖
例彼を証人に〜てる[叫他作證人]

りつ あん
立案⓪〈名・サ變〉制訂計畫；起草

りっ か
立夏⓪〈名〉立夏

りつ がん
立願⓪〈名・サ變〉向神佛許願

りっ きゃく
立脚⓪〈名・サ變〉立足，根據

りっ けん
立憲⓪〈名〉立憲

りつ げん
立言⓪〈名・サ變〉發表意見

りっ こう ほ
立候補③〈名・サ變〉提名候選，提名
為候選人

りっ こく
立国⓪〈名〉建國；興國，立國

りっしゅう
立秋⓪①〈名〉立秋

りっしゅん
立春⓪①〈名〉立春

りっ しょう
立証⓪〈名・サ變〉證明，證實，作證

りっしょく
立食⓪〈名・サ變〉(西餐宴會形式的
一種)立餐

りっ しん
立身①〈名・サ變〉發跡，出息

りっ すい
立錐⓪〈名〉立錐

りっ ぞう
立像②⓪〈名〉立像

りっ たい
立体⓪〈名〉立體

りっ ち
立地①〈名〉(發展工農業生產的)地
區選定；立腳點，立場

りっ とう
立冬⓪〈名〉立冬

りっ ぱ
立派⓪〈形動〉漂亮，美觀，華麗；
(態度)高尚，(儀表)堂堂，莊嚴，崇
高；優秀，卓越，偉大，出色；十
分，充分，完全；光明正大，名正言
順，正當，公正，合法；出頭，成
名　**例**〜な建物[宏偉的建築]

りっ ぷく
立腹⓪〈名・サ變〉生氣，惱怒

りっ ぽう
立方⓪〈名〉立方

りつ ろん
立論⓪〈名・サ變〉立論，論證

★確立・県立・孤立・国立・市立・

私立・自立・樹立・成立・設立・存立・定立・独立・廃立・擁立・連立

吏 リ
lì[日＝繁＝簡]

舊時代沒有品級的小公務人員；泛指官吏

吏員①〈名〉政府機關職員，地方機關職員，公吏

★官吏

励 はげ・ます/はげ・む/レイ
[勵][励]lì[日＝簡≒繁]

勸勉

励ます③〈他五〉激勵，鼓勵，激發，鼓舞；厲聲，提高嗓門 例 人の心を～す[鼓舞人心]

励む②〈自五〉奮勉，勤奮，努力 例 勉強に～む[努力學習]

励行⓪〈名・サ變〉厲行

★激励・奨励・精励・督励・奮励・勉励

利 き・く/リ
lì[日＝繁＝簡]

好處(與「害」「弊」相對)；使得到好處；與願望相符合；口刀快，針尖銳；超過本錢的收穫

利く⓪〈自五〉起作用，有影響 例 腕が～く[有本事，能幹]

利上げ⓪〈名〉利息、利率上升

利益①〈名〉利益

利害①〈名〉利害

利器①〈名〉利器

利権①⓪〈名〉特權，利權

利己①〈名〉利己

利口⓪〈名・形動〉聰明，伶俐，機靈；精明，周到＝利巧

利下げ⓪〈名〉利息、利率下降

利子①〈名〉利息，利錢

利潤⓪〈名〉利潤

利殖⓪〈名・サ變〉食利致富，生財

利息⓪〈名〉利息

利他①〈名〉利他，捨己利人

利点⓪〈名〉長處，優點

利得⓪〈名〉得利，盈利，利益

利尿①〈名〉利尿

利便①〈名〉便利，方便

利回り②〈名〉利率

利用⓪〈名・サ變〉利用

利欲①〈名〉利慾

利率①⓪〈名〉利率

★営利・鋭利・元利・巨利・金利・月利・権利・功利・国利・私利・実利・純利・勝利・水利・戦利・単利・低利・徳利・年利・薄利・不利・複利・複利・便利・暴利・冥利・名利・名利・有利

戻 もど・す/もど・る/レイ
[戻][戻]lì[日≒繁＝簡]

彎曲；到達；暴惡 辨 在日語中，還有「返還」的意思

戻す②〈他五〉返還，送回，使重新回到(原處、原主、原狀)；使…倒退，退回；嘔吐，傾吐 例 借りた本を～す[還借的書]

戻る②〈自五〉返還，回到，恢復；回家；折回；退回，返回 例 今夜は～らない[今晚不回家]

★暴戻

例 ^{たと・える/レイ}

lì[日＝繁＝簡]

可以做依據的事物；從前有過，後來可以仿效或依據的事情；規則；按規定的，照成規進行的

例えば②〈副〉例如，比如

例える②比喩，比方 **例** 美人を花に～える[把美人比喻成花]

例会⓪〈名〉例會

例解⓪〈名・サ變〉舉例解釋，例解

例外⓪〈名〉例外

例規⓪〈名〉成規，先例，慣例

例月⓪〈名〉每月

例祭⓪〈名〉定期的祭祀

例示⓪〈名・サ變〉例示，舉例說明

例日⓪〈名〉照常的日子，往常的日子

例証⓪〈名〉例證

例題⓪〈名〉例題

例年⓪〈名〉常年，往年

例文⓪〈名〉例句(作為用例的句子，文章)；(法律)條款，條文

例話⓪〈名〉作為例證的話，實例

★ **悪例・異例・違例・慣例・旧例・月例・好例・恒例・事例・実例・条例・前例・通例・定例・特例・判例・比例・凡例・用例・類例**

粒 ^{つぶ/リュウ}

lì[日＝繁＝簡]

小圓珠形或小碎塊形的東西；量詞，多指顆粒狀的東西

粒①〈名〉粒，顆粒，圓粒，米粒

粒揃い③〈名〉顆粒一般大；整齊，一個賽一個，都是好樣的 **例** ～の選手[精心選拔出的選手]

粒子①〈名〉粒子，微粒

粒状⓪〈名〉粒狀，顆粒狀

★ **顆粒・細粒**

痢 ^リ

lì[日＝繁＝簡]

痢疾，傳染病的一種

★ **疫痢・下痢・赤痢**

栃 ^{とち}

lì[日＝繁＝簡]

樹名

栃①⓪〈名〉日本七葉樹

慄 ^{リツ}

lì[日＝繁＝簡]

害怕得發抖 **辨** 現代漢語中同「栗」

慄然⓪〈トタル〉戰慄，不寒而慄

★ **戦慄**

歴 ^{レキ}

[歷][历]lì[日≒繁≒簡]

經過；統指過去的各個或各次；遍，完全

歴史⓪〈名〉歷史

歴戦⓪〈名〉經歷過多次戰鬥

歴然⓪〈形動〉明確，確鑿

歴代②⓪〈名〉歷代，歷屆

歴任⓪〈名・サ變〉歷任

歴年⓪〈名〉歷年，年年，多年

歴訪⓪〈名・サ變〉歷訪，遍訪

歴歴⓪〈名・トタル〉赫赫有名的人；清楚，明顯 **例** ～たる事実[明顯的事實]

★ **閲歴・学歴・経歴・社歴・職歴・前歴・病歴・遍歴・遊歴・来歴・履歴・略歴**

曆 こよみ/レキ

[曆][歷]ħ[日≒繁≒簡]

推算年月日節氣的方法;記錄年月日節氣的書

曆③〈名〉曆書,日曆,月曆
曆日⓪〈名〉日曆,曆書
曆数⓪③〈名〉年代,年數;曆法;命運
曆年⓪〈名〉曆年(曆法上規定的一年) **題** 注意不要與表示「過去多少年」的「歷年」相混淆
曆法⓪〈名〉曆法
曆本⓪〈名〉曆書

★ 還曆・旧曆・新曆・西曆・太陰曆・太陽曆

隸 レイ

[隸][隸]ħ[日≒繁≒簡]

附屬;社會地位低下被奴役的人;衙役;漢字形體中的一種

隸下①〈名〉部下,屬下,手下
隸従⓪〈名・サ變〉隸屬,從屬,屬下,部下
隸書⓪〈名〉隸書(漢字書體一種)
隸属⓪〈名・サ變〉隸屬

★ 奴隸

麗 うるわ・しい/レイ

[麗][丽]ħ[日≒繁≒簡]

好看,美麗

麗しい④〈形〉美麗,美好;佳,爽朗,晴朗;動人,可愛 **例** ～い山河 [錦繡河山]
麗句①〈名〉美麗的詞句
麗姿①〈名〉麗姿,美麗的姿態
麗質⓪〈名〉(天生的)麗質,優秀素質
麗人⓪〈名〉麗人,美人
麗筆⓪〈名〉漂亮、工整的字跡;優美的文筆,精練的筆法
麗容⓪〈名〉美麗的姿容

★ 艶麗・佳麗・華麗・綺麗・奇麗・秀麗・鮮麗・壮麗・端麗・典麗・美麗・豊麗・優麗

連 つら・なる/つら・ねる/つ・れる/レン

[連][连]lián[日=繁≒簡]

相接;帶,加上;包括在內;軍隊的編制單位,由若干排組成 **題** 在日語中,還有「同伴、伙伴」的意思

連なる③〈自五〉連接;關聯 **例** このことは双方に～る[這件事與雙方有關]
連ねる③〈他一〉連接,連上;連同,帶領 **例** 袖を～ねる[一同就座]
連れる⓪〈他一〉帶領,帶著;隨著… **例** 子供を～れて公園へ出かける[帶小孩逛公園]
連歌①〈名〉連歌(日本詩歌的一種體裁,由兩人以上分別詠和歌的上下句,通常以100句為一首)
連関⓪〈名・サ變〉互相關聯,有關係
連記⓪〈名・サ變〉(選舉時把兩人以上候選人的名字寫在同一張選票上)排列填寫,連記
連休⓪〈名〉連續休假,連休
連係⓪〈名・サ變〉聯繫＝連繫
連携⓪〈名・サ變〉合作,聯合
連結⓪〈名・サ變〉聯結,連接,掛車
連呼①〈名・サ變〉連呼,連喊
連語⓪〈名〉(語法)詞組,複合詞

連行⓪〈名・サ變〉帶走，帶來；押
　送，解送

連合⓪〈名・サ變〉聯合

連鎖①〈名〉連鎖，聯繫，紐帶

連座①⓪〈名・サ變〉連坐，牽連

連載⓪〈名・サ變〉連載

連作⓪〈名・サ變〉(農業)連作，連
　茬，重茬；合著；(一個作者圍繞一
　個主題寫成的)一系列詩歌

連山①〈名〉山巒，山脈，連綿的山
　巒

連日⓪〈名・副〉連日，連續幾天

連珠①〈名〉連珠棋(五子棋)；對佳
　作的形容

連署①⓪〈名・サ變〉聯名簽署，連
　署，會簽

連勝⓪〈名・サ變〉連勝

連接⓪〈名・サ變〉連接，接連

連戰⓪〈名・サ變〉連戰

連想⓪〈名・サ變〉聯想

連續⓪〈名・サ變〉連續

連体詞①〈名〉連體詞

連帯⓪〈名・サ變〉連帶，聯合，團
　結，友好；共同(負責)

連隊⓪〈名〉連隊，團

連中⓪①〈名〉同伙，伙伴，一群人；
　(演藝團體的)成員們，一班
　＝れんじゅう

連動⓪〈名・サ變〉聯動，連鎖

連年⓪〈名〉連年

連覇⓪〈名・サ變〉連冠

連破①〈名・サ變〉連續打敗(對方)

連敗⓪〈名・サ變〉連敗

連發⓪〈名・サ變〉連發，連續發生；
　連續發射；連續發出

連峰⓪〈名〉連峰，連綿的山(峰)，峰
　巒

連盟⓪〈名・サ變〉聯盟

連名⓪〈名〉聯名

連綿⓪〈名・形動〉連綿

連夜①〈名〉連夜

連絡⓪〈名・サ變〉(交通方面的)連
　接，銜接，聯絡，聯合，聯運；聯
　繫，通信 **例** 〜船[聯絡船]

連立⓪〈名・サ變〉聯合，聯立，併立

連累⓪〈名〉連累，牽連

★一連・関連・国連・常連

廉 レン
lián[日＝繁＝簡]
　品行端方，有氣節；不貪污；價格
　低，便宜

廉価①〈名・形動〉廉價

廉潔⓪〈名・形動〉廉潔，清廉

廉恥①〈名〉廉恥

廉直⓪〈名・形動〉廉潔正直

廉売⓪〈名・サ變〉廉價出售

★清廉・低廉・破廉恥

鎌 かま
[鎌][镰]lián[日＝繁≒簡]
收割穀物和柴草的工具

鎌⓪〈名〉鎌刀

恋 こい/こい・しい/こ・う/レン
[戀][恋]liàn[日≒繁≒簡]
　想念不忘，不忍分離

恋①〈名〉戀愛，愛情 **例** 〜に落ちた
　[墜入情網]

恋敵③〈名〉情敵

恋心③〈名〉愛慕之心

恋しい③〈形〉愛慕，懷念，眷戀

例 故郷が〜い[懷念故鄉]

恋人⓪〈名〉情人，戀人

恋う①〈他五〉愛慕，戀慕；懷念，眷
戀，想念 例 母を〜う[想念母親]

恋愛⓪〈名・サ變〉戀愛

恋歌①〈名〉戀歌，情歌＝こいうた

恋情⓪〈名〉愛慕之情

恋着⓪①〈名・サ變〉愛慕，依戀，迷
戀

恋慕①〈名・サ變〉愛慕，依戀，戀慕

恋恋〈名・形動〉依戀，留戀，戀戀不
捨

★ 失恋・邪恋・悲恋

練 ね・る/レン
[練][练]liàn[日≒繁≒簡]
把生絲煮熟，使之柔軟潔白；練習，
訓練；經驗多，純熟 辨 在日語中，
還有「攪拌」的意思

練る①〈自他五〉鍛鍊，磨鍊，錘鍊；
推敲；熟（絲）；揣和，糅合，攪
拌；整隊遊行，結隊遊行 例 体を〜
る[鍛鍊身體]

練習⓪〈名・サ變〉練習

練成⓪〈名・サ變〉鍛鍊，磨鍊＝鍊
成

練達⓪〈名・サ變・形動〉熟練，精
通

練乳⓪〈名〉鍊乳

練武①〈名〉練武，練習武術

★ 教練・訓練・試練・熟練・精練・
洗練・調練・未練・老練

鍊 レン
[鍊][炼]liàn[日≒繁≒簡]
用加熱等辦法使物質純淨或堅韌；
用心琢磨使詞句精美簡潔

鍊鉄⓪〈名・サ變〉鍊鐵

鍊金術②〈名〉鍊金術

鍊成⓪〈名・サ變〉鍛鍊，磨鍊（身
心）＝練成

鍊磨①〈名・サ變〉鍛鍊，磨鍊

★ 修鍊・精鍊・製鍊・鍛鍊

良 よい/リョウ
[良][良]liáng[日≒繁＝簡]
好；很

良い①〈形〉好(的)；正確的，理當，
正當；善；正適宜，正好，恰好；
充分，很；滿足，安心，太好了；
表示譏諷對方；可以，行，好；(價
格)貴，高；美麗的，漂亮的，好
(日子)，吉(日)；(連用形「よく」)
經常，動不動，好，愛；(接動詞連
用形後表示)順利，好使
例 この子は〜く父に似ている[這
孩子很像他父親]

良案⓪〈名〉良策，妙計

良縁⓪〈名〉良緣，好姻緣

良家①〈名〉良家，好人家

良貨①〈名〉良貨，良幣(較純的金、
銀、銅的貨幣)

良好⓪〈名・形動〉良好

良港⓪〈名〉良港

良妻⓪〈名〉好妻子，良妻

良妻賢母⑤〈名〉賢妻良母

良策⓪〈名〉良策，妙計

良識⓪〈名〉理智，正確的見識，健
全的判斷力，明智，通情達理

良質⓪〈形動〉品質良好

良心①〈名〉良心

良俗⓪〈名〉良俗，良好的風俗

良知①〈名〉良知

りょうひ
良否①〈名〉好壞，善惡
りょうひん
良品⓪〈名〉良品，好貨，佳品
りょうふう
良風③〈名〉良風，良好風俗
りょうみん
良民⓪〈名〉良民
りょうやく
良薬①〈名〉良藥
りょうゆう
良友⓪〈名〉良友，益友

かいりょう　さいりょう　じゅんりょう　せいりょう　せんりょう
★ 改良・最良・純良・精良・選良・
ぜんりょう　ふりょう
善良・不良

涼 すず・しい/すず・む/リョウ

[涼][凉]liáng(liàng)
[日＝繁≒簡]

溫度低，冷(指天氣時比「冷」的程
度淺) **辨** 在日語中，不用來比喻灰
心或失望
すず
涼しい③〈形〉涼快，涼爽；明亮的，
あつ　　　　　　　　　なつ
亮晶晶的 **例** 暑い夏が過ぎて～い
あき
秋になる[炎熱的夏天過去後就是涼
爽的秋天]
すず
涼む②〈自五〉乘涼，納涼 **例** 木陰 こかげ
で～む[在樹陰下乘涼]
りょうかん
涼感⓪〈名〉涼的感覺，涼意
りょうき
涼気①〈名〉涼氣
りょうふう
涼風③⓪〈名〉涼風，清風
りょうみ
涼味①〈名〉涼爽

こうりょう　しゅうりょう　しんりょう　せいりょう　そうりょう
★ 荒涼・秋涼・新涼・清涼・爽涼・
のうりょう　れいりょう
納涼・冷涼

量 はか・る/リョウ

liáng(liàng)[日＝繁＝簡]

用尺、容器或其他作為標準來確定
事物的長短、大小、多少或其他性
質；料想；數目
はか
量る②〈他五〉[用尺、升(斗)、秤等]
量，測，稱；衡量，計算；推測，推
やま　たか
想，揣摩 **例** 山の高さを～る[測量

山的高度]
りょうかん
量感⓪〈名〉對大小、重量、厚度的
感覺，量感
りょうけい
量刑⓪〈名〉量刑
りょうさん
量産⓪〈名〉批量生産
りょうし
量子①〈名〉量子
りょうてき
量的⓪〈形動〉數量上的，量的

うりょう　がりょう　きりょう　ぎりょう　けいりょう
★ 雨量・雅量・器量・技量・計量・
けいりょう　こうつうりょう　こうりょう　さいりょう
軽量・交通量・考量・裁量・
しりょう　しつりょう　しゅりょう　じゅうりょう　しょうりょう
思量・質量・酒量・重量・少量・
すいりょう　すいりょう　すうりょう　そくりょう　たいりょう
推量・水量・数量・測量・大量・
ていりょう　てきりょう　どりょう　ぶんりょう　むりょう
定量・適量・度量・分量・無量・
ようりょう　りきりょう
容量・力量

糧 かて/リョウ/ロウ

[糧][粮]liáng[日＝繁≒簡]

可吃的穀類、豆類等
かて
糧②①〈名〉食糧，糧食，乾糧；精
神食糧，活力的源泉
りょうしょく
糧食⓪〈名〉糧食，食糧
りょうどう
糧道⓪〈名〉糧道；生活來源
りょうまつ
糧秣⓪〈名〉糧秣

いりょう　こうりょう　しょくりょう　ひょうろう
★ 衣糧・口糧・食糧・兵糧

両 リョウ

[兩][両]liǎng[日≒繁≒簡]

數目，二；雙方；市兩的通稱
りょういん
両院①⓪〈名〉(國會的)兩院(參議、
眾議兩院)
りょうがえ
両替⓪①〈名・サ變〉(貨幣)兌換；
(有價證券等同貨幣之間)兌換
りょうがわ
両側⓪〈名〉兩側，兩邊
りょうがん
両岸⓪〈名〉兩岸
りょうきょく
両極⓪〈名〉(南北)兩極；(陰陽)兩
極；兩極端
りょうぐん
両軍⓪〈名〉兩軍；(比賽的)兩方，雙

方
両家①〈名〉兩家，雙方的家庭
りょうけ

両国①〈名〉兩國
りょうこく

両者①〈名〉兩者
りょうしゃ

両親①〈名〉雙親，父母
りょうしん

両性⓪〈名〉兩性，男性和女性，雌
りょうせい
性和雄性；兩種性質

両生⓪〈名〉(水陸)兩棲＝両棲
りょうせい　　　　　　　　　　　りょうせい

両成敗③〈名〉雙方同受懲
りょうせいばい

両全⓪〈名〉兩全，兩全其美
りょうぜん

両端⓪③〈名〉兩端
りょうたん

両方③⓪〈名〉兩方，雙方
りょうほう

両面③⓪〈名〉兩面
りょうめん

両用⓪〈名〉兩用
りょうよう

両翼⓪〈名〉兩翼
りょうよく

両立⓪〈名・サ變〉兩立，併存
りょうりつ

両輪⓪〈名〉(車的)兩輪
りょうりん

両脇⓪〈名〉兩脇，左右胳肢窩；兩
りょうわき
側

★ 一両・車両・千両
いちりょう　しゃりょう　せんりょう

僚 リョウ
liáo[日＝繁＝簡]

官吏；同一官署的官吏

僚友⓪〈名〉僚友，同事
りょうゆう

★ 下僚・閣僚・官僚・属僚・同僚・
かりょう　かくりょう　かんりょう　ぞくりょう　どうりょう
幕僚
ばくりょう

寮 リョウ
liáo[日＝繁＝簡]

原意為小窗，引申指小屋 **辨** 在日
語中主要指宿舍

寮①〈名〉宿舍
りょう

寮生⓪〈名〉住宿生
りょうせい

寮費①〈名〉宿舍費，寄宿費
りょうひ

寮母①〈名〉學生宿舍的女管理人
りょうぼ

★ 社員寮・女子寮・男子寮・
しゃいんりょう　じょしりょう　だんしりょう
独身寮
どくしんりょう

療 リョウ
[療][疗]liáo[日＝繁≒簡]

醫治

療治⓪〈名・サ變〉治療，醫療
りょうじ

療法⓪〈名〉療法
りょうほう

療養⓪〈名・サ變〉療養，養病
りょうよう

★ 医療・治療・診療
いりょう　ちりょう　しんりょう

了 リョウ
liǎo(le)[日＝繁＝簡]

完畢，結束；明白，懂得

了解⓪〈名・サ變〉了解，諒解，懂
りょうかい
得，理解

了見①〈名・サ變〉(不好的)想法，念
りょうけん
頭，主意；器量，心胸；原諒，寬
恕，饒恕＝料簡
りょうけん

了察⓪〈名・サ變〉體諒，諒解＝諒察
りょうさつ　　　　　　　　　　　　　　　りょうさつ

了承⓪〈名・サ變〉明白，知道，同
りょうしょう
意，諒解＝諒承
りょうしょう

了する③〈サ變〉終了，完了；理會，
りょう
了解；決定 **例** 事情を～する[了解
じじょう
情况]

了知①〈名・サ變〉確知，了解
りょうち

★ 完了・校了・終了・満了・魅了
かんりょう　こうりょう　しゅうりょう　まんりょう　みりょう

瞭 リョウ
[瞭][了]liào[日＝繁≒簡]

從高處或遠處觀望

瞭然⓪〈トタル〉了然，清楚
りょうぜん

★ 明瞭
めいりょう

料 リョウ
liào[日＝繁＝簡]

可供製造其他東西的物質；餵牲口

的穀物；整理，處理 辨在日語中，
無「預料、料想」的意思

<ruby>料金<rt>りょうきん</rt></ruby>①〈名〉費用，使用費，手續費

<ruby>料地<rt>りょうち</rt></ruby>①〈名〉用地（為某種目的使用的
土地）

<ruby>料亭<rt>りょうてい</rt></ruby>⓪〈名〉高級飯館，酒家

<ruby>料理<rt>りょうり</rt></ruby>①〈名・サ變〉做菜，烹調；菜，
飯菜；料理，處理

★<ruby>飲料<rt>いんりょう</rt></ruby>・<ruby>顔料<rt>がんりょう</rt></ruby>・<ruby>給料<rt>きゅうりょう</rt></ruby>・<ruby>原料<rt>げんりょう</rt></ruby>・<ruby>香料<rt>こうりょう</rt></ruby>・
<ruby>材料<rt>ざいりょう</rt></ruby>・<ruby>使用料<rt>しようりょう</rt></ruby>・<ruby>史料<rt>しりょう</rt></ruby>・<ruby>資料<rt>しりょう</rt></ruby>・
<ruby>受験料<rt>じゅけんりょう</rt></ruby>・<ruby>食料<rt>しょくりょう</rt></ruby>・<ruby>送料<rt>そうりょう</rt></ruby>・<ruby>調味料<rt>ちょうみりょう</rt></ruby>・
<ruby>手数料<rt>てすうりょう</rt></ruby>・<ruby>入場料<rt>にゅうじょうりょう</rt></ruby>・<ruby>肥料<rt>ひりょう</rt></ruby>・<ruby>無料<rt>むりょう</rt></ruby>・
<ruby>有料<rt>ゆうりょう</rt></ruby>

列 レツ
liè[日＝繁＝簡]

排成一行；安排到某類事物之中；
擺出；類；各，眾；量詞，用於成
行列的事物

<ruby>列記<rt>れっき</rt></ruby>⓪①〈名・サ變〉開列，列舉

<ruby>列挙<rt>れっきょ</rt></ruby>①⓪〈名・サ變〉列舉，枚舉

<ruby>列強<rt>れっきょう</rt></ruby>⓪〈名〉列強

<ruby>列国<rt>れっこく</rt></ruby>⓪〈名〉列國，各國

<ruby>列車<rt>れっしゃ</rt></ruby>⓪〈名〉列車

<ruby>列<rt>れっ</rt></ruby>する⓪③〈サ變〉列入，列席；併
列，排列

<ruby>列席<rt>れっせき</rt></ruby>⓪〈名・サ變〉列席，到場

<ruby>列伝<rt>れつでん</rt></ruby>⓪〈名〉列傳

<ruby>列島<rt>れっとう</rt></ruby>⓪〈名〉列島，群島

★<ruby>行列<rt>ぎょうれつ</rt></ruby>・<ruby>系列<rt>けいれつ</rt></ruby>・<ruby>参列<rt>さんれつ</rt></ruby>・<ruby>序列<rt>じょれつ</rt></ruby>・<ruby>整列<rt>せいれつ</rt></ruby>・
<ruby>葬列<rt>そうれつ</rt></ruby>・<ruby>隊列<rt>たいれつ</rt></ruby>・<ruby>陳列<rt>ちんれつ</rt></ruby>・<ruby>同列<rt>どうれつ</rt></ruby>・<ruby>配列<rt>はいれつ</rt></ruby>・
<ruby>並列<rt>へいれつ</rt></ruby>・<ruby>羅列<rt>られつ</rt></ruby>

劣 おと・る/レツ
liè[日＝繁＝簡]

壞，不好；低下，小於一定標準的

<ruby>劣<rt>おと</rt></ruby>る②⓪〈自五〉劣，次，不如，不
及 例<ruby>生産高<rt>せいさんだか</rt></ruby>が<ruby>去年<rt>きょねん</rt></ruby>に～らない[產
量不低於去年]

<ruby>劣悪<rt>れつあく</rt></ruby>⓪〈名・形動〉惡劣，低劣，劣等
的

<ruby>劣位<rt>れつい</rt></ruby>①〈名〉低劣的地位，處於劣勢

<ruby>劣化<rt>れっか</rt></ruby>⓪〈名〉品質變差；氧化；老化

<ruby>劣弱<rt>れつじゃく</rt></ruby>⓪〈名・形動〉（能力、勢力、體
力等）微弱，軟弱

<ruby>劣情<rt>れつじょう</rt></ruby>⓪〈名〉卑劣的心情；卑劣的情
慾，色情，獸慾

<ruby>劣勢<rt>れっせい</rt></ruby>⓪〈名・形動〉劣勢

<ruby>劣等感<rt>れっとうかん</rt></ruby>③〈名〉自卑感

<ruby>劣敗<rt>れっぱい</rt></ruby>⓪〈名〉劣敗

★<ruby>下劣<rt>げれつ</rt></ruby>・<ruby>愚劣<rt>ぐれつ</rt></ruby>・<ruby>拙劣<rt>せつれつ</rt></ruby>・<ruby>低劣<rt>ていれつ</rt></ruby>・<ruby>卑劣<rt>ひれつ</rt></ruby>・
<ruby>優劣<rt>ゆうれつ</rt></ruby>・<ruby>陋劣<rt>ろうれつ</rt></ruby>

烈 レツ
liè[日＝繁＝簡]

火勢猛，引申為猛，厲害；剛直，
嚴正；為正義而犧牲的；功業

<ruby>烈火<rt>れっか</rt></ruby>①〈名〉烈火

<ruby>烈士<rt>れっし</rt></ruby>①〈名〉烈士

<ruby>烈日<rt>れつじつ</rt></ruby>⓪〈名〉烈日

<ruby>烈女<rt>れつじょ</rt></ruby>①〈名〉烈女

<ruby>烈婦<rt>れっぷ</rt></ruby>①〈名〉烈婦

<ruby>烈風<rt>れっぷう</rt></ruby>⓪③〈名〉烈風

<ruby>烈烈<rt>れつれつ</rt></ruby>⓪〈形動〉激烈，強烈，凜冽

★<ruby>苛烈<rt>かれつ</rt></ruby>・<ruby>義烈<rt>ぎれつ</rt></ruby>・<ruby>強烈<rt>きょうれつ</rt></ruby>・<ruby>激烈<rt>げきれつ</rt></ruby>・<ruby>酷烈<rt>こくれつ</rt></ruby>・
<ruby>惨烈<rt>さんれつ</rt></ruby>・<ruby>峻烈<rt>しゅんれつ</rt></ruby>・<ruby>鮮烈<rt>せんれつ</rt></ruby>・<ruby>壮烈<rt>そうれつ</rt></ruby>・<ruby>痛烈<rt>つうれつ</rt></ruby>・
<ruby>猛烈<rt>もうれつ</rt></ruby>

猟 リョウ
[獵][猎]liè[日≒繁≒簡]

捕捉禽獸；打獵的

<ruby>猟期<rt>りょうき</rt></ruby>①〈名〉獵期

猟奇① 〈名〉獵奇，好奇
猟犬⓪ 〈名〉獵犬，獵狗
猟師① 〈名〉獵人，獵手
猟人⓪ 〈名〉獵人

★ 漁猟・禁猟・狩猟・出猟・密猟

裂 さ・く/さ・ける/レツ
liè[日＝繁＝簡]

破而分開，破成兩個部分或幾部分

裂く① 〈他五〉撕開；切開，割開，
　劈開；分裂，離開 例 仲を～く[挑
　撥關係，離間]
裂ける② 〈自一〉裂，裂開，破裂
　例 縫目が～けた[綻線了]
裂傷⓪ 〈名〉裂傷，挫裂傷

★ 亀裂・決裂・炸裂・寸裂・破裂・
　爆裂・分裂

林 はやし/リン
lín[日＝繁＝簡]

成片的樹木或竹子；聚集在一起的
同類的人或事物

林③ 〈名〉林，樹木
林学⓪ 〈名〉林學，森林學
林間⓪ 〈名〉林間
林業⓪ 〈名〉林業
林檎⓪ 〈名〉蘋果
林産⓪ 〈名〉林產物
林泉⓪ 〈名〉林泉
林地① 〈名〉林地，林業用地
林道⓪ 〈名〉林間道路；山林中運輸
　木材等的道路
林野① 〈名〉林野
林立⓪ 〈名・サ變〉林立

★ 原始林・原生林・山林・辞林・
　樹林・植林・森林・竹林・

防風林・密林

隣 となり/とな・る/リン
[鄰][邻]lín[日≒繁≒簡]

住處接近的人家；接近的，臨近的

隣⓪ 〈名〉鄰，鄰近；鄰居，隔壁
隣り合う④ 〈自五〉緊挨著，為鄰，
　相鄰 例 ～って坐る[挨肩坐著]
隣り合わせ④ 〈名〉毗鄰，毗連
隣組⓪ 〈名〉鄰組(日本在第二次世界
　大戰期間實施的一種保甲組織)
隣る⓪② 〈自五〉相鄰，鄰接，毗鄰
　例 あい～る二数の和[相鄰兩數之
　和]
隣家① 〈名〉鄰家，鄰居
隣国① 〈名〉鄰國，鄰邦
隣室⓪ 〈名〉鄰室
隣人⓪ 〈名〉鄰人，鄰居，街坊
隣席⓪ 〈名・サ變〉鄰席，鄰座
隣接⓪ 〈名・サ變〉接臨，毗連
隣村⓪ 〈名〉鄰村
隣邦⓪ 〈名〉鄰邦，鄰國

★ 近隣・四隣・善隣

臨 のぞ・む/リン
[臨][临]lín[日＝繁≒簡]

靠近，對著；來到，到達；將要，
快要；照著字畫模仿

臨む⓪② 〈自五〉面臨，面對，面向；
　出席，光臨，蒞臨；君臨，統治
　例 危機に～む[面臨危機]
臨画⓪ 〈名・サ變〉臨摹畫
臨海⓪ 〈名〉臨海，沿海
臨界⓪ 〈名〉臨界
臨機応変⑤ 〈名〉隨機應變
臨月⓪ 〈名〉臨月，臨盆，臨蓐

臨検⓪〈名・サ變〉現場檢查

臨港⓪〈名〉臨港

臨時①〈名〉臨時，暫時

臨写⓪〈名・サ變〉臨摹，臨寫

臨終⓪〈名〉臨終，臨死

臨床⓪〈名〉臨床

臨場感③〈名〉如親臨現場的感覺

臨席⓪〈名〉臨席，出席

臨戦⓪〈名〉臨戰，臨陣

臨地⓪〈名〉現場，現地

臨模①〈名・サ變〉臨摹

★君臨・光臨・降臨・親臨・来臨

賃 チン

[賃][赁]lìn[日＝繁≒簡]

租借；工錢，給受雇人的報酬

賃貸し⓪〈名・サ變〉出租，租賃
例 あの家は誰に～をしたのか[那所房子租給誰了]

賃金①〈名〉工資

賃下げ④〈名〉降低工資，減薪

賃借く⓪〈名・サ變〉租用，賃

賃貸⓪〈名・サ變〉出租

★運賃・工賃・駄賃・船賃・家賃

陵 みささぎ/リョウ

[陵][陵]líng[日≒繁＝簡]

大土山；高大的墳墓

陵⓪〈名〉皇陵

陵墓①〈名〉陵墓，陵寢

★丘陵・山陵

零 こぼ・す/こぼ・れる/レイ

[零][零]líng[日≒繁＝簡]

液體降落；植物凋謝；整數以外的尾數；部分的，細碎的；介於正數

和負數之間唯一的數

零す②〈他五〉弄灑，灑掉；掉，落（淚）；發牢騷，鳴不平 例 涙を～す[落淚]

零れる③〈自一〉溢出，淌出；灑，灑落；充滿，洋溢 例 風呂の湯が～れた[浴缸裏的熱水溢出來了]

零下①〈名〉(攝氏)零下，低於冰點

零細⓪〈名・形動〉零碎，零星，零散，(規模)小

零時①〈名〉零點(24點)；中午12點

零点③①〈名〉零分；(計算器、溫度計等的)零，零度，冰點

零度①〈名〉零度

零落①⓪〈名・サ變〉零落，淪落

鈴 すず/リン/レイ

[鈴][铃]líng[日≒繁≒簡]

用金屬製成的響器；鈴狀物

鈴⓪〈名〉鈴，鈴鐺

鈴掛け⓪〈名〉(修行的人穿的)麻外衣；法國梧桐

★銀鈴・電鈴・馬鈴薯・風鈴・予鈴

靈 たま/リョウ/レイ

[靈][灵]líng[日≒繁≒簡]

有效驗；聰明，不呆滯；敏捷的心理活動；精神；舊時稱神或關於神仙的；反應敏捷，活動迅速；關於死人的

靈祭り③〈名〉祭祖靈(的儀式)；(日本古時中元節舉行的)盂蘭盆佛事

靈位①〈名〉靈位，靈牌

靈威①〈名〉靈威，神威，不可思議的威力

霊異①〈名〉靈異，神奇，奇蹟

霊園⓪〈名〉公墓，陵園

霊界⓪〈名〉靈魂世界；精神世界

霊感⓪〈名〉靈感；天啓，神靈的啓示；(神佛)顯靈

霊気①〈名〉靈氣，神秘的氣氛

霊験⓪〈名〉靈驗，神佛的感應

霊魂①〈名〉靈魂

霊山①〈名〉(供神佛的)靈山

霊芝⓪〈名〉靈芝

霊場⓪①〈名〉(寺院、廟宇所在的)靈地

霊水⓪①〈名〉(治病有靈驗的)靈水，仙水，神水

霊前③⓪〈名〉靈前

霊地①〈名〉靈地，聖地(供奉神佛有靈驗的地方)

霊長類③〈名〉靈長類

霊媒⓪〈名〉靈媒，巫師，女巫

霊宝⓪〈名〉靈寶

霊妙⓪〈名・形動〉神妙，神秘，奇妙

霊夢①〈名〉神託的夢，神佛啓示的夢

霊薬①〈名〉靈藥，妙藥

★悪霊・慰霊・英霊・死霊・神霊・精霊・亡霊・幽霊

齢 よわい/レイ
[齢][齡]líng[日≒繁≒簡]

歲數；年限

齢②⓪〈名〉年齡，年紀

★学齢・月齢・高齢・樹齢・壮齢・適齢・年齢・馬齢・妙齢・老齢

領 リョウ
[領][领]líng[日≒繁≒簡]

頸，脖子；衣服上圍繞脖子的部分；事物的綱領；帶，引；治理的，管轄的；接受

領域①〈名〉領域

領海⓪〈名〉領海

領空⓪〈名〉領空

領事①〈名〉領事

領主①〈名〉領主，莊園主；(日本戰國時代以後的)諸侯；(歐洲中世紀的)騎士

領収⓪〈名・サ變〉(錢等的)領收，收到

領袖⓪〈名〉領袖，首領

領する③〈サ變〉領有，統治；占有，據有；領，領取；明白，了解

領地①〈名〉領地

領土①〈名〉領土

領分①〈名〉領地，封地；領域，(勢力)範圍

領有⓪〈名・サ變〉占有，領有

★横領・綱領・首領・受領・占領・統領・頭領・要領

令 レイ
[令][令]líng[日≒繁＝簡]

上級對下級的指示；美好；敬辭，用於對方的親屬或有關係的人

令兄①〈名〉令兄

令嗣①〈名〉令郎，令嗣

令姉①〈名〉令姊，令姐

令室⓪〈名〉令室，尊夫人，太太

令書⓪〈名〉下達命令的文件，命令書，(行政處分的)通知文件

令嬢⓪〈名〉令愛，小姐

令状⓪〈名〉傳票，搜查證；逮捕證；命令(書)

令色⓪〈名〉令色，諂媚的神色

令する③〈サ變〉吩咐，命令

令婿⓪〈名〉令婿

令息⓪〈名〉令郎

令孫⓪〈名〉令孫，您的孫子

令達⓪〈名・サ變〉傳達命令

令弟⓪〈名〉令弟

令夫人③〈名〉尊夫人，夫人

令妹⓪〈名〉令妹

令名⓪〈名〉大名聲，好名譽；尊姓大名

★ 禁令・訓令・軍令・号令・司令・指令・辞令・条令・政令・朝令暮改・勅令・発令・法令・命令・律令

留 と・まる/と・める/リュウ/ル

liú[日＝繁＝簡]

停止在某一處所或地位上不動，不離去；注意力放在某方面；保存；接受

留まる⓪〈自五〉留下，剩下 **例** 目に～る[看在眼裏]

留める⓪〈他一〉留在(心上)，注目 **例** 気にも～めない[毫不注意，毫不介意]

留意①〈名・サ變〉留心，注意

留学⓪〈名・サ變〉留學

留置①⓪〈名・サ變〉拘留，拘押

留任⓪〈名・サ變〉留任，留職

留年⓪〈名・サ變〉(大學生)留級

留別⓪〈名・サ變〉告別，辭行

留保①〈名・サ變〉保留

留守①〈名〉出門，外出，不在家；看門(的人)，看家；忽略(正業、職守) **例** ～番[看家；看家人]

★ 慰留・遺留・居留・勾留・拘留・在留・残留・駐留・停留・保留・

抑留

流 なが・す/なが・れる/リュウ/ル

liú[日＝繁＝簡]

液體移動；移動不定；傳播；向壞的方向轉變；舊時的刑罰，把犯人送到邊遠地方去；指江河的流水；像水流的東西；品類，等級

流す②〈他五〉使…流(動)；沖走，漂走；傳播，流傳；流放，放逐；洗去，擦背；流產，墮胎；(當東西)當死，死號；(集會、計畫)停止，作罷 **例** 血を～して奮戦する[浴血奮戰]

流れる③〈自一〉流，淌，流動；沖走，漂流；(時間)推移，逝去，流逝；飄動，浮動；流傳；(聲音)傳來；順利進展；漂泊，流浪；有…傾向；(方向、位置等)偏移；流產，小產；停止，作罷；(押當的東西)死號，當死；箭、子彈等未中目標 **例** 雨で運動会が～れる[運動會因下雨停開]

流域⓪〈名〉流域

流会⓪〈名・サ變〉(因出席人數少)會議流產

流感⓪〈名〉流感

流儀③〈名〉流派；派頭，作風，做派

流刑⓪〈名〉流刑，流放

流血⓪〈名〉流血

流言①③〈名〉流言，謠言

流行⓪〈名・サ變〉流行，時興；蔓延 **例** ～歌[流行歌]

流産①〈名・サ變〉流產

流失⓪〈名・サ變〉流失

流出⓪〈名・サ變〉流出；外流

流水⓪〈名〉流水，水流

流星⓪〈名〉流星 **例** ～群 [流星群]

流説⓪〈名〉流言，謠言

流通⓪〈名・サ變〉流通

流動⓪〈名・サ變〉流動

流入⓪〈名・サ變〉流入，流進

流派①〈名〉(技藝、藝術等的)流派，派別

流氷⓪〈名〉流冰，浮冰

流用⓪〈名・サ變〉挪用

流離①〈名・サ變〉流離，流浪

流罪①⓪〈名〉流刑，流放

流転⓪〈名・サ變〉流轉，變遷，變化

流人⓪〈名〉被流放的罪犯

流布①〈名・サ變〉流傳，傳播

流浪⓪〈名・サ變〉流浪，漂泊

★亜流・海流・寒流・気流・逆流・急流・激流・源流・支流・自己流・女流・清流・俗流・濁流・暖流・潮流・電流・漂流・風流・分流・放流・本流・末流・名流

硫 リュウ
liú[日＝繁＝簡]

非金屬元素

硫黄⓪〈名〉硫黃＝いおう＝ゆおう

硫化⓪〈名・サ變〉硫化

硫酸⓪〈名〉硫酸

瑠 ル
liú[日＝繁＝簡]

一種有色半透明的礦石材料 **辨** 在漢語中通用「琉」

瑠璃①〈名〉琉璃石

★浄瑠璃

柳 やなぎ/リュウ
liŭ[日＝繁＝簡]

柳樹

柳⓪〈名〉柳，垂柳

柳腰⓪〈名〉柳腰，楊柳細腰

柳暗花明⑤〈名〉柳暗花明；花街柳巷

柳眉①〈名〉柳眉，柳葉眉

★花柳・楊柳

六 むっ・つ/リク/ロク
liù[日＝繁＝簡]

數目，六

六つ③〈名〉六；六個，第六；六歲

六書⓪①〈名〉六書(漢字按構成、使用分為：象形、指事、會意、形聲、假借、轉注)

六月④〈名〉六月

六角④〈名〉六角(形)

六法⓪〈名〉六法(指憲法、刑法、民法、商法、刑事訴訟法、民事訴訟法)

★第六

竜 たつ/リュウ/リョウ
[龍][龙]lóng[日≒繁≒簡]

中國古代傳說中的神異動物；封建時代用於帝王的象徵；古生物學上指古代一些巨大的爬行動物

竜⓪〈名〉龍

竜巻⓪〈名〉龍捲風

竜王③〈名〉龍王，龍王爺

竜宮③〈名〉龍宮

竜骨①〈名〉龍骨

竜頭①〈名〉(手錶、懷錶的)錶把，錶柄；(吊鐘、大鐘的)龍頭狀吊鉤

辨 在日語中，不用於指管道上放出液體的活門(コック，栓，蛇口)以及自行車的把手(ハンドル)

竜頭蛇尾⑤〈名〉虎頭蛇尾

★ 画竜点睛・青竜・天竜・登竜門

隆 リュウ
[隆][隆]lóng[日≒繁=簡]

盛大；興盛；深厚，程度深；凸出

隆起①〈名・サ變〉隆起，凸起
隆昌⓪〈名〉興隆，昌盛，繁榮
隆盛⓪〈名・形動〉隆盛
隆隆⓪〈トタル〉隆隆的；興盛的
例～たる勢い[旺盛的氣勢]

★ 興隆

滝 たき
[瀧][泷]lóng[日≒繁≒簡]

急流的水

滝⓪〈名〉瀑布
滝川⓪②〈名〉瀑布流下形成的河
滝口⓪②〈名〉瀑布開始往下流的地方；古時警衛宮中的武士
滝壷⓪③〈名〉瀑(布)潭

籠 かご/こ/こも・る/ロウ
[籠][笼]lóng(lǒng)
[日=繁≒簡]

讀成lóng，指用竹片編成的盛物或飼養鳥、蟲、家禽等的器具；讀成lǒng，是遮蓋、控制的意思

籠⓪〈名〉籠，筐
籠手⓪〈名〉護手，護套
籠もる②〈自五〉閉門不出；充滿；彌漫；含糊不清
籠城⓪〈名・サ變〉困守；閉門不出
籠絡⓪〈名・サ變〉籠絡

★ 印籠・灯籠・駕籠・蒸籠・揺り籠

楼 ロウ
[樓][楼]lóu[日≒簡≒繁]

兩層和兩層以上的房屋 **辨** 在日語中不作為量詞使用

楼閣⓪〈名〉樓閣
楼台⓪〈名〉樓台
楼門①⓪〈名〉(二層樓的)樓門；城樓門

★ 高楼・酒楼・登楼・望楼・摩天楼・蜃気楼

# 漏 も・らす/も・る/も・れる/ロウ
lòu[日=繁≒簡]

東西從孔或縫中滴下、透出或掉出；泄露；脫逃或無意放過

漏らす②〈他五〉漏，漏出，泄漏；遺漏，漏掉；流露，發泄；遺尿，尿床 **例** 秘密を～してはいけない[不能泄露秘密]
漏る①〈自五〉漏 **例** 天井から雨が～る[天棚漏雨]
漏れる②〈自一〉漏，漏出；走漏，泄露，傳出；漏掉，遺漏；落選，被淘汰 **例** ガスが～れる[漏煤氣]
漏洩⓪〈名・サ變〉泄漏；(液體)漏泄
漏出⓪〈名・サ變〉漏出，泄出
漏水⓪〈名・サ變〉漏水；漏的水
漏電⓪〈名・サ變〉漏電
漏斗①〈名〉漏斗=じょうご

★ 遺漏・疎漏・脱漏

炉 ロ
[爐][炉]lú[日≒繁≒簡]

取暖、做飯或冶鍊用的設備

炉端⓪〈名〉爐邊，爐旁

★ 懷炉・原子炉・香炉・暖炉・
溶鉱炉

虜 とりこ/リョ
[虜][虜]lǔ[日＝繁≒簡]

俘獲；俘獲的人；中國古代對北方
外族的貶稱

虜③⓪〈名〉俘虜；著迷，成為…的

俘虜 例 恋の～[愛情的俘虜]

虜囚⓪〈名〉虜囚，俘虜，俘囚

★ 囚虜・捕虜・俘虜

陸 リク
[陸][陆]lù[日≒繁≒簡]

高而平的地方

陸運⓪〈名〉陸運

陸海⓪③〈名〉陸海

陸軍②〈名〉陸軍

陸上⓪〈名〉陸上，陸地

陸戦⓪〈名〉陸戰

陸送⓪〈名・サ變〉陸路運輸

陸続⓪〈副・形動〉陸續

陸地⓪〈名〉陸地

陸路②①〈名〉陸路

陸橋⓪〈名〉(跨越鐵路、公路的)高
架橋，跨線橋，天橋，立交橋

★ 海陸・大陸・着陸・内陸

鹿 しか/か/ロク
lù[日＝繁＝簡]

哺乳動物反芻類的一科

鹿②〈名〉鹿

鹿の子⓪①〈名〉小鹿

鹿鳴⓪〈名〉宴會；宴會上演奏的音樂

賂 まいない/ロ
lù[日＝繁＝簡]

贈送的財物和錢

賂⓪〈名〉饋贈；賄賂

★ 賄賂

路 じ/ロ
lù[日＝繁＝簡]

道路；路程；途徑，門路；條理；
路線

路⓪〈名〉道，道路；手段，辦法；路
程，距離；中途，途中；手續，過程

例 千里の～も一里から[千里之行
始於足下]

路肩⓪〈名〉路肩＝ろけん

路銀⓪〈名〉路費，旅費，盤費

路地①〈名〉小巷，胡同；(通往茶室
的)勇路

路上⓪〈名〉路上

路線⓪〈名〉路線

路程⓪〈名〉路程，里程

路標⓪〈名〉路標

路辺⓪〈名〉路邊

路傍⓪〈名〉路旁，路邊

路面⓪〈名〉路面

路用⓪〈名〉(古時的)路費，盤纏

★ 隘路・回路・海路・街路・岐路・
帰路・空路・経路・行路・進路・
水路・販路・末路・迷路・陸路

録 ロク
[錄][录]lù[日≒繁≒簡]

記載，抄寫；採取，任用；用作記
載物的名稱

録音⓪〈名・サ變〉錄音，灌片

録画⓪〈名・サ變〉錄影

録する③〈サ變〉録，寫，記載；(最高)紀録 **例**ありのままに～する[照實記録]

★ 記録・議事録・採録・雜録・実録・收録・抄録・追録・摘録・登録・付録・附録・目録

麓 ふもと/ロク

麓lù[日＝繁＝簡]

山腳

麓③〈名〉麓，山腳

★ 山麓

露 つゆ/ロ

露lù[日＝繁＝簡]

凝結在地面或靠近地面的物體表面的水珠 **辨** 在日語中還是「露西亜」的略寫，指俄羅斯

露①〈名・副〉露水；短暫，一剎那；淚；一點點，微不足道；(接否定)一點也…

露営⓪〈名・サ變〉露營，野營

露見⓪〈名・サ變〉暴露，敗露＝露顕

露光計⓪〈名〉曝光表

露骨⓪〈名・形動〉露骨

露地①〈名〉露天地；飲茶會客廳的院子

露出⓪〈名・サ變〉露出

露台⓪〈名〉陽台，涼台；露台；露天舞台

露呈⓪〈名・サ變〉露出，暴露

露天⓪〈名〉露天

露店⓪〈名〉攤子，擺攤子的

★ 甘露・玉露・吐露・日露・白露・曝露・暴露・披露

呂 ロ

呂lǚ[日＝繁＝簡]

古代音樂十二律中的陰律 **辨**「呂」的異體字

呂律⓪〈名〉發音，語音

★ 風呂

侶 リョ

侶lǚ[日＝繁＝簡]

同伴 **辨**「侶」的異體字

★ 僧侶・伴侶

卵 たまご/ラン

卵luǎn[日＝繁＝簡]

動植物的雌性生殖細胞；特指動物的蛋

卵②⓪〈名〉(鳥、魚、蟲的)卵；雞蛋；未成熟，初出茅廬，尚缺乏經驗

卵黄⓪〈名〉蛋黃，卵黃

卵殻⓪〈名〉蛋殼

卵割⓪〈名〉卵裂

卵管⓪〈名〉輸卵管

卵形⓪〈名〉卵形，橢圓形

卵細胞③〈名〉卵細胞

卵子①〈名〉卵子

卵生⓪〈名・サ變〉卵生

卵巣⓪〈名〉卵巢

★ 鶏卵・産卵・排卵・累卵

乱 みだ・す/みだ・れる/ラン

[亂][乱]luàn[日＝簡≒繁]

沒有秩序；戰爭；使混亂，使紊亂；心緒不寧；任意，隨便

乱す②〈他五〉打亂，弄亂，擾亂，破壞 **例** 髪を～す[弄亂頭髮]

乱れる③〈自一〉亂，雜亂，散亂，不

整齊；動亂，不平靜，不安定；紊
亂 例 心が～れる［心煩意亂］

乱獲⓪〈名・サ變〉胡亂捕獲，濫捕
（魚、鳥、獸）

乱気流③〈名〉(造成飛機事故的)亂
氣流

乱逆⓪〈名〉叛逆

乱掘⓪〈名・サ變〉亂掘，亂採

乱撃⓪〈名・サ變〉亂擊

乱雑⓪〈名・形動〉雜亂

乱視⓪①〈名〉散光，亂視

乱臣⓪〈名〉亂臣

乱酔⓪〈名・サ變〉大醉

乱世①⓪〈名〉亂世

乱戦⓪〈名〉混戰；(難決勝敗的)激
烈比賽

乱造⓪〈名・サ變〉濫造

乱打①〈名・サ變〉亂打，亂撞

乱丁⓪〈名〉(書籍)錯頁，重頁

乱調⓪〈名〉亂調，調子紊亂；(經
濟)行情波動劇烈

乱闘⓪〈名・サ變〉(雙方許多人摻混
在一起)亂鬥，亂打，廝打，打群架

乱読⓪〈名・サ變〉濫讀

乱入⓪〈名・サ變〉(多數人)闖進，擁
入

乱売⓪〈名・サ變〉甩賣，大賤賣，拋
售

乱発⓪〈名・サ變〉濫發(法令或貨幣
等)

乱伐⓪〈名・サ變〉濫伐(樹木)

乱費①⓪〈名・サ變〉(金錢、物品等)
浪費

乱筆⓪〈名〉字跡潦草；(寫信末尾表
示自謙)筆跡潦草

乱舞①〈名・サ變〉亂舞

乱暴⓪〈名・形動・サ變〉粗魯，粗
暴，胡亂；蠻橫，不講道理；動野
蠻，動武

乱麻①〈名〉亂麻

乱脈⓪〈名・形動〉雜亂無章，亂七八
糟，混亂，紊亂

乱用⓪〈名・サ變〉濫用

乱立⓪〈名・サ變〉亂立，亂排列

乱流⓪〈名・サ變〉紊流，湍流

乱倫⓪〈名〉亂倫，亂搞男女關係

★ 霍乱・撹乱・混乱・錯乱・散乱・
治乱・争乱・騒乱・動乱・内乱・
百花繚乱・腐乱・変乱・
一心不乱・紊乱・戦乱・反乱・
叛乱・兵乱

略 リャク
luè［日＝繁＝簡］

簡單，大致；扼要敍述；省去，簡
化；計畫，計謀；奪取

略儀②①〈名〉簡略方式，省去(一
部分)手續

略語⓪〈名〉簡稱，略語

略号⓪〈名〉略號，略碼，簡寫符號

略字⓪〈名〉簡寫字，簡體字

略式⓪〈名・形動〉簡略方式，簡便方
式

略取①〈名・サ變〉奪取，掠奪

略述⓪〈名・サ變〉略述，簡述

略称⓪〈名・サ變〉略稱，簡稱

略する③〈サ變〉省略，簡略；攻取，
攻破

略図⓪〈名〉略圖，草圖

略説⓪〈名・サ變〉簡要說明，略述

略装⓪〈名〉便服，便裝

略奪⓪〈名・サ變〉掠奪，搶奪

略伝⓪〈名〉略傳

略筆⓪〈名・サ變〉簡記要點，扼要寫
的文章；簡寫，簡筆字，簡化字

略表⓪〈名〉略表，概略表

略歴⓪〈名〉簡歷

略っ解⓪〈名・サ變〉簡單解釋

略っ記⓪〈名・サ變〉略記，簡記

★ 概略・簡略・計略・攻略・才略・
策略・侵略・戦略・前略・粗略・
大略・党略・兵略・方略・謀略・
雄略

倫 リン

[倫][伦]lún[日＝繁≒簡]

與人之間的關係；條理，次序；同
類，同等

倫理①〈名〉倫理

★ 人倫・絶倫・比倫・不倫・乱倫

輪 わ/リン

[輪][轮]lún[日＝繁≒簡]

輪子，形狀像輪子的東西；依照次
序一個接替一個(做事)

輪①〈名〉車輪；圈，箍，環

輪投げ③〈名〉套(投)圈遊戲，套圈；
套圈遊戲用的工具

輪禍①〈名〉車禍

輪郭⓪〈名〉輪廓

輪形⓪〈名〉輪形

輪講⓪〈名・サ變〉輪流講解

輪作⓪〈名・サ變〉輪種，輪作

輪転⓪〈名・サ變〉輪轉，旋轉

輪読⓪〈名・サ變〉輪流講讀

輪廻⓪〈名〉(佛教)輪迴

輪番⓪〈名〉輪流，輪班

★ 銀輪・競輪・五輪・後輪・
三輪車・車輪・前輪・二輪車・
日輪・年輪・両輪

論 ロン

[論][论]lùn[日≒繁≒簡]

分析和說明事理(的話或文章)；學
說；說，看待；衡量，評定

論外①⓪〈名・形動〉論外，題外；不
值一談

論議①〈名・サ變〉議論，討論；爭
論；(佛)論議

論客⓪〈名〉論客

論及⓪〈名・サ變〉論及，談到

論究⓪〈名・サ變〉詳盡論述，廣泛討
論，深入討論

論拠①〈名〉論據

論決⓪〈名・サ變〉議決，議定

論結⓪〈名・サ變〉(通過討論)得出結
論，下結論

論語⓪①〈名〉論語

論考⓪〈名・サ變〉論考

論告⓪〈名・サ變〉(檢察員)求刑
例 検事の〜が行われる[檢察官進
行論罪求刑]

論旨①〈名〉議論的主旨，論點

論者①〈名〉論者，評論者

論集⓪〈名〉論文集

論述⓪〈名・サ變〉論述，闡述

論証⓪〈名・サ變〉論證

論陣⓪〈名〉辯論的陣勢

論ずる⓪〈サ變〉論，論述；爭論，討
論，辯論；談論，提及 例 事の是
非を〜ずる[討論事情的是非]
＝ろんじる

論説⓪〈名〉論說、評論(文章)

論戦⓪〈名・サ變〉論戰，辯論

論争⓪〈名・サ變〉爭論，爭辯

論題⓪〈名〉論題

論壇⓪〈名〉論壇；講壇

論断⓪〈名・サ變〉論斷

論調⓪〈名〉論調；語調

論敵⓪〈名〉論敵，爭辯的對手

論点⓪〈名〉論點

論難⓪〈名・サ〉論難，論駁

論破⓪〈名・サ變〉駁倒

論判①⓪〈名・サ變〉論斷(是非曲直)；爭論(是非)

論評⓪〈名・サ變〉論評，評論

論文⓪〈名〉(學術)論文

論法⓪〈名〉論法，推理

論理①〈名〉論理，邏輯；道理，條理；論理學

★異論・一般論・概論・各論・議論・極論・空論・激論・結論・言論・公論・抗論・高論・国論・至論・緒論・序論・世論・正論・総論・俗論・多元論・談論・通論・討論・反論・汎神論・弁論・無論・勿論・唯心論・唯物論・輿論・理論・立論

羅 ラ
[羅][罗]luó[日≒繁≒簡]

繁複

羅針盤⓪〈名〉羅盤，指南針

羅列⓪〈名・サ變〉羅列

★森羅万象・網羅・綺羅

裸 はだか/ラ
luǒ[日＝繁＝簡]

露出，沒有遮蓋

裸⓪〈名〉裸露，裸體

裸眼①〈名〉裸眼，肉眼視力

裸出⓪〈名・サ變〉裸露

裸身⓪〈名〉裸體

裸像⓪〈名〉裸體像

裸体⓪〈名〉裸體

裸婦①〈名〉(做模特等的)裸體婦女

★赤裸裸・全裸・半裸

落 お・ちる/お・とす/ラク
luò(lào)(là)[日＝繁≒簡]

物體因失去支持而下來；下降；衰敗，飄零；遺留在後面；停留，留下；聚居的地方

落ちる②〈自一〉落，落下，降落；塌，坍塌，倒塌；脫落，掉，漏掉，遺漏；沒考中，落選，落後；低落，降低，下降；亡命，逃遁，歸於，歸為，落到，陷落；(鳥、魚等)死；(光線)照射；墮落，淪落，敗落；(柔道)氣絕，斷氣，暈過去；陷(入)進 **例**日が～ちる[日落]

落とす②〈他五〉扔下，使落下；(程度、品質等)降低，減低；失落，丟失；漏掉，遺漏；使不及格，使落選，淘汰；攻陷，攻克；兌現；殺；使逃走，放走；使不省人事，使昏倒；中(標、籤)，抽中；使陷入，使落進，陷害；去掉，弄掉；日本(單口相聲)用詼諧的話結尾 **例**かぎを～した[把鑰匙弄丟了]

落書き⓪〈名〉亂寫亂畫

落語⓪〈名〉滑稽故事(日本曲藝之一種，類似中國的單口相聲)

落札⓪〈名・サ變〉(投標)中標，得標

落手①〈名・サ變〉(信件等)接到，收

到，到手；(象棋、圍棋)錯步，失著

落掌⓪〈名・サ變〉收到，接到(信件等)

落城⓪〈名・サ變〉城池陷落；被苦口勸說而承諾

落成⓪〈名・サ變〉落成，竣工

落石⓪〈名・サ變〉落石

落選⓪〈名・サ變〉(選舉時)落選；(升學，作品)沒選上，落選

落体⓪〈名〉落體，落下的物體

落第⓪〈名・サ變〉落第，沒考上

落胆⓪〈名・サ變〉灰心，氣餒

落丁⓪〈名〉缺頁，脫頁

落馬⓪〈名・サ變〉落馬，墜馬

落剝⓪〈名・サ變〉(塗料)剝落，脫落

落葉⓪〈名・サ變〉落葉

落雷⓪〈名・サ變〉落雷，霹雷，雷擊

落涙⓪〈名・サ變〉落淚，流淚

落下①⓪〈名・サ變〉落下，降下

落果①〈名〉落果

落花生③〈名〉落花生

落款⓪〈名〉落款，提款，簽名

落球⓪〈名・サ變〉(棒球)脫(手)球

★ 下落・陷落・集落・堕落・脫落・段落・凋落・低落・転落・剝落・部落・暴落・没落

絡 から・まる/から・む/ラク
[絡][络]luò[日≒繁≒簡]

網狀的東西；中醫指人體內氣血運行通路的旁支或小支；纏繞

絡まる③〈自五〉纏住，纏上，捲上，繞上；糾纏，錯綜複雜 例 糸が〜った[線纏到了一起]

絡む②〈自五〉纏，絆，裏，纏繞；歪纏，糾纏，胡攪蠻纏；牽扯，牽涉

例 よく〜む奴だ[愛胡攪蠻纏的傢伙]

★ 経絡・脈絡・連絡

旅 たび/リョ
[旅][旅]lǚ[日≒繁＝簡]

在外地作客，旅行

旅②〈名〉旅，旅行

旅先④〈名〉旅行目的地；旅行途中到達的地方

旅立つ③〈自五〉出發，起程，動身

例 選手一行は日本へ〜った[選手們起程去日本了]

旅館⓪〈名〉旅館

旅客⓪〈名〉旅客，乘客＝りょかく

旅券⓪〈名〉(出國旅行)護照

旅行⓪〈名・サ變〉旅行

旅愁⓪〈名〉旅愁

旅宿⓪〈名〉旅行時的住宿地

旅情⓪〈名〉旅情，旅行情趣

旅程⓪〈名〉旅程

旅費⓪〈名〉旅費

履 は・く/リ
lǚ[日＝繁＝簡]

鞋；踩，走；履行

履く⓪〈他五〉穿(鞋、襪等)

例 靴を〜く[穿鞋]

履行⓪〈名・サ變〉履行，實行

履修⓪〈名・サ變〉完成學業

履歴書③②〈名〉履歷書

★ 草履

律 リチ/リツ
lǜ[日＝繁＝簡]

法則，規章；中國古代審定樂音高

低的標準；舊詩的一種體裁；約束

律義③⓪〈名・形動〉耿直，忠實，規

　　規矩矩；守戒

律する⓪〈サ變〉(以一定的標準)衡

　　量，要求

律動⓪〈名・サ變〉律動，節律

律令⓪②〈名〉律令(日本奈良、平安

　　時代的法令)＝りつれい

★**一律**・**因果律**・**韻律**・**音律**・
　戒律・**規律**・**軍律**・**自律**・
　千篇一律・**旋律**・**他律**・**調律**・
　二律背反・**不文律**・**法律**

率 ひき・いる/ソツ/リツ
lǜ(shuài)[日＝繁＝簡]

　　兩數的比值；帶領；不加思考，不

　　慎重；直爽坦白

率いる③〈他一〉率領，帶領；統率

　例 兵を～いて戦う[領兵打仗]

率先⓪〈名・サ變〉率先，領頭

率直⓪〈形動〉坦率，直爽

★**引率**・**確率**・**軽率**・**効率**・**真率**・
　税率・**打率**・**低率**・**統率**・**能率**・
　倍率・**比率**・**利率**

綠 みどり/リョク
[綠][绿]lǜ[日≒繁≒簡]

　　像草和樹葉茂盛時的顏色

綠①〈名〉綠色；綠色的植物

綠陰⓪〈名〉綠蔭(處)，樹蔭(處)

綠樹①〈名〉綠樹

綠藻⓪〈名〉綠藻

綠地①⓪〈名〉綠地

綠茶⓪〈名〉綠茶

綠肥⓪①〈名〉綠肥

綠林⓪〈名〉綠林，強盜

綠化⓪〈名・サ變〉綠化

★**常綠樹**・**新綠**・**葉綠素**

慮 おもんぱか・る/リョ
[慮][虑]lǜ[日＝繁≒簡]

　　思考；擔憂，發愁

慮る⑤〈他五〉考慮，深思熟慮；謀

　畫 **例** 細かいところまで～る[細緻

　考慮]

慮外⓪〈名・形動〉意外；冒失，失禮

★**遠慮**・**苦慮**・**考慮**・**思慮**・**熟慮**・
　焦慮・**深慮**・**千慮一失**・**浅慮**・
　短慮・**配慮**・**不慮**

Ｍ ㄇ

抹 マツ
mā(mǒ)[日＝繁＝簡]

　　擦；塗抹；勾掉，除去，不計在內

抹殺⓪〈名・サ變〉抹殺

抹消⓪〈名・サ變〉抹掉，勾銷

抹茶⓪〈名〉抹茶

★**一抹**

麻 あさ/マ
má[日＝繁＝簡]

　　麻類植物的統稱；表面不平，不光

　　滑；感覺麻木

麻②〈名〉麻，麻纖維；麻線，麻布

麻糸⓪〈名〉麻線，麻紗

麻疹⓪〈名〉麻疹＝はしか

麻醉⓪〈名〉麻醉

麻痺①⓪〈名・サ變〉麻痺；癱瘓

麻藥⓪〈名〉麻(醉)藥；毒品

★**亜麻**・**胡麻**・**乱麻**

馬 ^{うま/バ/マ}
[馬][马]mǎ[日＝繁≒簡]

一種哺乳動物

馬②〈名〉馬

馬鹿①〈名・形動〉愚蠢，糊塗，傻；混蛋，笨蛋，糊塗蟲；不合理，無聊，無價值，霉氣，掃興；不好使，不中用；對社會常識極為缺乏(的人)，不通人情(的人)

馬き脚⓪〈名〉馬腳，原形

馬券⓪〈名〉(賽馬)馬票，賽馬賭錢的彩票

馬耳東風③〈名〉耳邊風

馬車①〈名〉馬車

馬術⓪〈名〉馬術，騎術

馬賊①〈名〉馬賊，土匪

馬蹄⓪〈名〉馬蹄

馬肉⓪〈名〉馬肉

馬匹①⓪〈名〉馬，馬匹

馬力⓪〈名〉馬力；(工作的)幹勁，精力；運貨馬車

馬齢⓪〈名〉馬齒，年齡

馬鈴薯⓪〈名〉馬鈴薯，土豆

★絵馬・汗馬・競馬・車馬・出馬・駿馬・南船北馬・兵馬・驢馬

罵 ^{ののし・る/バ}
[罵][骂]mà[日≒繁≒簡]

用粗野或惡意的話侮辱人；斥責

罵る③〈他五〉謾罵，咒罵

罵声⓪〈名〉罵聲

罵倒⓪〈名・サ變〉痛罵，打罵

罵詈①〈名・サ變〉罵人

★悪罵・痛罵・面罵

埋 ^{う・まる/う・める/う・もれる/マイ}
mái[日＝繁≒簡]

藏入土中；隱藏

埋まる⓪〈自五〉埋著，埋上；滿，占滿；補，填補 例 空席が～った[空位都坐滿了，座無虛席]

埋立地⓪〈名〉人造陸地，填築地

埋める⓪〈他一〉埋，埋上；填補；彌補，補充，補足；滿，填滿；(往熱水裏)對涼水 例 虫歯を～める[補牙]

埋もれる⓪〈自一〉埋，埋藏，埋在下面；埋沒 例 地下に～れている資源を探す[勘探埋藏在地下的資源]

埋骨⓪〈名・サ變〉埋骨

埋設⓪〈名・サ變〉埋設

埋葬⓪〈名・サ變〉埋葬

埋蔵⓪〈名・サ變〉埋藏

埋没⓪〈名・サ變〉埋沒

買 ^{か・う/バイ}
[買][买]mǎi[日＝繁≒簡]

拿錢換東西

買い込む③〈他五〉大量買入 例 値上がりを見越して～む[預見要漲價而大量購進]

買い占める④〈他一〉包買，囤積 例 米を～める[囤積大米]

買い戻す④〈他五〉重新買回來 例 売った時の値段で～す[用賣價重新買回來]

買い求める⑤〈他一〉求購

買う⓪〈他五〉買；招致；主動承擔；賞識，尊重 例 歓心を～う[討人歡心]

買価①〈名〉買價

買収⓪〈名・サ變〉收買，收購，購
入；收買，買通

買弁⓪〈名〉買辦

★ 購買・売買・不買

麦 むぎ/バク
[麥][麦]mài[日＝簡≒繁]

一種糧食作物；專指小麥

麦①〈名〉麥，小麥

麦粉③②〈名〉麵粉，白麵

麦作②〈名〉種麥，麥的收成

麦茶②〈名〉麥茶

麦畑③〈名〉麥田，麥地

麦藁③⓪〈名〉麥桿，麥秸

麦芽⓪②〈名〉麥芽

★ 燕麦・小麦・大麦

売 う・る/う・れる/バイ
[賣][卖]mài[日≒繁≒簡]

拿東西換錢；為了自己的利益背叛
國家、親友或自己的良心

売る⓪〈他五〉賣，售；沽名；出
賣；挑逗，挑釁，挑起

例 名を～る[沽名，揚名]

売れる⓪〈自一〉好賣，暢銷；能賣
出去；有名氣；結婚，嫁出去

例 この品物はよく～れる[這批貨賣
得很好]

売価①〈名〉賣價

売却⓪〈名・サ變〉賣掉

売血⓪〈名・サ變〉賣血

売国⓪〈名〉賣國

売国奴③④〈名〉賣國賊

売春⓪〈名・サ變〉賣淫

売店⓪〈名〉(車站或醫院、劇場等內
設的)小賣部

売買①〈名・サ變〉買賣

売品⓪〈名〉出售品，出賣的東西

売約⓪〈名・サ變〉銷售合同

売薬⓪〈名〉(商店賣的)成藥

★ 競売・商売・専売・即売・直売・
転売・特売・発売・販売・密売・
廉売

脈 ミャク
[脈][脉]mài[日≒繁≒簡]

血管；脈搏的簡稱；像血管一樣連
貫成系統的東西

脈動⓪〈名・サ變〉脈動；脈搏跳動；
(新的事物在暗中)萌動，搏動

脈拍⓪〈名〉脈搏，脈息

脈脈⓪〈名・形動〉綿綿，一脈相傳

脈絡⓪〈名〉脈絡

★ 気脈・血脈・鉱脈・支脈・静脈・
水脈・文脈・命脈・乱脈

蛮 バン
[蠻][蛮]mán[日≒繁≒簡]

粗野，凶惡，不通情理；中國古代
稱南方的民族

蛮行⓪〈名〉暴行，野蠻行為

蛮習⓪〈名〉蠻習，野蠻的風習

蛮人③⓪〈名〉野蠻人

蛮声⓪〈名〉粗野的聲音

蛮族①〈名〉蠻族，未開化的民族

蛮風③⓪〈名〉蠻風，野蠻的風習

蛮勇⓪〈名〉蠻勇，無謀之勇

蛮力①⓪〈名〉蠻力，蠻勁兒；暴力

★ 南蛮・野蛮

満 み・たす/み・ちる/マン
[滿][满]mǎn[日≒繁≒簡]

全部充實，達到容量的極點；十分，
全；驕傲，不虛心

満**たす**②〈他五〉填滿，充滿；滿足
例条件を～す［滿足條件］

満**ちる**②〈自一〉滿，充滿；滿足；
完滿；（月亮）圓；（孕婦）到產期，
到月；（期限）滿，到；（潮）滿，漲
例ユーモアに～ちた話［充滿幽默
的話］

満員⓪〈名〉滿座，客滿，滿員；名
額已滿

満悦⓪〈名・サ變〉欣喜，十分歡喜，
大悅

満開⓪〈名・サ變〉盛開，滿開

満額⓪〈名〉滿額，數額達到極限

満期⓪〈名〉滿期，期滿，到期

満喫⓪〈名・サ變〉吃飽喝足，飽餐；
飽嘗，充分領略（玩味，享受）

満月①〈名〉滿月，圓月，（陰曆）十
五日的月亮

満腔⓪〈名〉滿腔

満座⓪①〈名〉滿座，滿場，全體在
場人員

満載⓪〈名・サ變〉滿載

満場⓪〈名〉滿場

満足①〈名・形動・サ變〉滿足

満潮⓪〈名〉滿潮

満点③〈名〉（考試等）滿分；頂好，
最好，絕佳

満腹⓪〈名・サ變〉滿腹，飽腹

満満⓪③〈形動〉滿滿，充滿

満面⓪〈名〉滿面，滿臉

満目⓪〈名〉滿目

満了⓪〈名・サ變〉屆滿，期滿

満塁⓪〈名〉（棒球）滿壘

★ 円満・干満・充満・肥満・豊満・
飽満・未満

慢 マン
màn[日＝繁＝簡]

速度低；從緩；態度冷淡，沒有禮貌

慢心⓪③〈名・サ變〉自大，自滿，驕
傲

慢性⓪〈名〉慢性

★ 我慢・緩慢・驕慢・高慢・傲慢・
自慢・粗慢・怠慢

漫 マン
màn[日＝繁＝簡]

水過滿，向外流；到處都是，遍；
不受約束，隨便

漫画⓪〈名〉漫畫

漫才③〈名〉（對口）相聲

漫然⓪〈形動〉漫然，漫不經心

漫談⓪〈名・サ變〉漫談；單口相聲

漫筆⓪〈名〉漫筆，隨筆

漫歩①〈名・サ變〉漫步，信步

漫漫⓪③〈形動〉遼闊無邊，無邊無際

漫遊⓪〈名・サ變〉漫遊

★ 散漫・冗漫・放漫・浪漫・爛漫

忙 いそが・しい/ボウ
máng[日＝繁＝簡]

事情多，不得空；急迫不停的，加
緊的

忙**しい**④〈形〉忙，忙碌；（情況）緊
迫，急急忙忙，忙叨叨 例仕事で～
い［忙於工作］

忙殺⓪〈名・サ變〉非常忙，忙得不可
開交，忙殺

忙中①〈名〉忙中，大忙

★ 多忙・繁忙

盲 めくら/モウ

máng[日＝繁＝簡]

瞎，看不見東西；對某種事物不能辨認的

盲③〈名〉盲，盲人；文盲；不懂道理、無知(的人) **例** 人を～だと思っているのかい[你以為我什麼都不知道啊]

盲唖〈造語〉盲啞

盲愛⓪〈名・サ變〉溺愛；盲目的愛

盲從⓪〈名・サ變〉盲從

盲信⓪〈名・サ變〉盲目地相信，迷信

盲進⓪〈名・サ變〉盲目地前進

盲人⓪〈名〉盲人

盲腸①〈名〉盲腸

盲点①〈名〉盲點

盲動⓪〈名・サ變〉妄動

盲目⓪〈名〉盲目

★ 色盲・文盲・夜盲症

猫 ねこ/ビョウ

[貓][猫]māo[日＝簡≒繁]

被人類馴養的一種食肉類動物

猫①〈名〉貓 **慣** ～の手も借りたい[忙得不可開交]；～に小判[對牛彈琴]

猫足⓪②〈名〉桌腿，家具的腿(上粗下細，根部向內彎曲)

猫舌⓪②〈名〉怕燙的舌頭，不敢吃熱東西(的人)

猫目石③〈名〉貓眼石

猫柳③〈名〉垂楊柳

猫額⓪〈名〉貓的額頭(形容面積小) **例** ～大の土地[巴掌大的土地]

★ 愛猫

毛 け/モウ

máo[日＝繁＝簡]

動植物的皮上所生的絲狀物；像毛的東西；小，少 **辨** 在日語中，沒有「驚慌」的意思

毛⓪〈名〉毛髮，羽毛；毛狀物

毛穴⓪〈名〉汗毛孔

毛糸⓪〈名〉毛線

毛皮⓪〈名〉毛皮，皮貨

毛羽⓪〈名〉絨毛；地圖上表示高低、傾斜的細線

毛虫③〈名〉毛毛蟲；令人討厭的人

毛管⓪〈名〉毛細管；毛細血管

毛根⓪〈名〉毛根

毛細管⓪〈名〉毛細管；毛細血管

毛頭⓪〈副〉非常少，絲毫(與下文否定形搭配使用) **例** そんな気持ちは～ない[我根本沒有那樣的意思]

毛髮⓪〈名〉毛髮

毛筆⓪〈名〉毛筆

毛布①〈名〉毛毯，毯子

★ 羽毛・剛毛・純毛・不毛・羊毛

矛 ほこ/ム

máo[日＝繁＝簡]

古代兵器的一種，在長柄一端帶有金屬槍頭

矛①〈名〉矛

矛先⓪④〈名〉矛頭，刀刃；攻擊目標、方向；銳勢，鋒芒

矛盾⓪〈名・サ變〉矛盾

茂 しげ・る/モ
mào[日＝繁＝簡]

草木旺盛

茂る②〈自五〉繁茂，茂盛 **例**葉の～った木[枝葉茂盛的樹]

★ 繁茂

冒 おか・す/ボウ
mào[日＝繁＝簡]

不顧；衝撞，魯莽；假託

冒す②⓪〈他五〉冒，不顧；冒犯；冒名 **例**危險を～す[冒險]

冒險⓪〈名・サ變〉冒險

冒頭⓪〈名〉(文章、談話的)開始部分

冒瀆⓪〈名・サ變〉褻瀆

★ 感冒

帽 ボウ
mào[日＝繁＝簡]

蓋頭的東西

帽子⓪〈名〉帽子

帽章⓪〈名〉帽子上的徽章

★ 角帽・脱帽・礼帽

貿 ボウ
[貿][貿]mào[日＝繁≒簡]

交換財物

貿易⓪〈名・サ變〉貿易

貌 ボウ
mào[日＝繁＝簡]

面容，長相；狀態，樣子；外形，外表

★ 外貌・全貌・相貌・美貌・風貌・変貌・容貌

没 ボツ
[沒][没]méi(mò)[日≒繁≒簡]

無；不曾；隱在水中，隱藏，消失；扣留財物；終，死亡

没我①⓪〈名〉忘我，無我，無私

没却⓪〈名・サ變〉忘記，忘卻；抹殺 **例**個性を～する[抹殺個性]

没後①⓪〈名〉死後

没収⓪〈名・サ變〉沒收，充公

没する⓪③〈サ變〉沉沒；隱沒，使消失；死 **例**日が西に～する[太陽西下]

没前⓪〈名〉臨死之前；日落之前

没頭⓪〈名・サ變〉埋頭，專心致志

没入⓪〈名・サ變〉沒入，沉入；沉溺於，專心

没年⓪〈名〉死去之年

没落⓪〈名・サ變〉沒落；破產

★ 陥没・出没・陣没・戦没・潜没・日没・病没・埋没

枚 マイ
méi[日＝繁＝簡]

逐一；量詞 **辨**作為量詞使用時，在日語中用來數紙、板、衣服等薄的物品

枚挙①〈名・サ變〉枚舉，列舉 **例**～にいとまがない[不勝枚舉]

枚数③〈名〉(紙、板、衣服等)件數，張數

眉 まゆ/ビ/ミ
méi[日＝繁＝簡]

眼上方的突起部位，也指生長在該部位的毛

眉①〈名〉眉

眉毛①〈名〉眉毛

眉唾物⓪〈名〉不可輕信的事情

眉目①〈名〉眉目

眉間⓪〈名〉眉間，眉頭

梅 うめ/バイ

[梅][梅]méi[日≒繁＝簡]

落葉喬木的一種；梅花；梅樹

梅⓪〈名〉梅，梅樹

梅酒⓪〈名〉青梅酒(梅子用燒酒、冰糖醃製而成)

梅雨①〈名〉梅雨＝ばいう

梅園⓪〈名〉梅園

梅花①〈名〉梅花

梅毒①⓪〈名〉梅毒

梅林⓪〈名〉梅樹林

★塩梅・寒梅・観梅・紅梅・松竹梅・入梅・蝋梅

媒 バイ

méi[日＝繁＝簡]

使雙方發生關係的人或物

媒介⓪〈名・サ變〉媒介；傳播

媒質⓪〈名〉媒質，媒介

媒酌⓪〈名・サ變〉做媒，婚姻介紹

媒染⓪〈名・サ變〉使用催化劑(觸媒)進行染色

媒体⓪〈名〉媒體(報紙等)；媒質

★触媒・溶媒・霊媒

每 ごと/マイ

[每][每]měi[日≒繁＝簡]

全體中的任何一個；反覆動作中的任何一次

毎に〈副助〉每；每次 例 電車は10分〜出ます[電車每10分鐘一班]

毎朝⓪〈名〉每天早晨

毎回⓪〈名〉每次，每回

毎期①〈名〉每期

毎号⓪〈名〉每期(報紙、雜誌等)

毎週⓪〈名〉每週

毎食⓪〈名〉每頓飯

毎月⓪〈名〉每個月＝まいげつ

毎度⓪〈名・副〉每次；經常，總是 例 〜ありがとう[屢蒙照顧，多謝了]

毎日①〈名〉每天

毎年⓪〈名〉每年＝まいとし

毎晩①⓪〈名〉每晚

毎分⓪〈名〉每分

毎夜①〈名〉每個夜晚

毎毎⓪〈名・副〉每每，總是

美 うつく・しい/ビ

měi[日＝繁＝簡]

好，善；稱贊；使美麗，好看

辨「美國」「美洲」的「美」在日語中為「米」

美しい④〈形〉美麗的，漂亮的；美好的，崇高的 例 〜い景色[美麗的景色]

美化①〈名・サ變〉美化

美果①〈名〉美味的果實；好結果

美学①〈名〉美學

美観⓪〈名〉美觀

美感⓪〈名〉美感，美的意識

美顔⓪〈名〉面部美容

美挙①〈名〉值得稱讚的行為

美形⓪〈名〉美麗的形狀；美人，美女

美景⓪〈名〉美麗的景色

美辞①〈名〉美麗的辭藻

美酒①〈名〉美酒

び しゅう
美醜⓪〈名〉美醜

び じゅつ
美術①〈名〉美術

び じょ
美女①〈名〉美女

び しょう
美称⓪〈名・サ變〉美稱

び しょうねん
美少年②〈名〉美少年

び しょく
美食⓪〈名・サ變〉(品嘗)美食

び じん
美人①〈名〉美女

び せい
美声⓪〈名〉動聽的聲音

び ぞく
美俗①〈名〉好的風俗

び だん
美談①〈名〉美談

び だんし
美男子②〈名〉美男子

び てん
美点⓪〈名〉優點，長處

び とく
美徳⓪〈名〉美德

び はだ
美肌⓪〈名〉美麗的肌膚

び はつ
美髪⓪〈名・サ變〉美髮

び ふう
美風⓪〈名〉好的習慣、風俗

び ぶん
美文⓪〈名〉美文，好文

び ぼう
美貌⓪〈名・形動〉美貌

び み
美味①〈名・形動〉美味

び みょう
美妙⓪〈形動〉美妙

び よう
美容⓪〈名〉美容

び れい
美麗⓪〈形動〉美麗，華麗

★ 華美・甘美・賛美・賞美・審美・
善美・壮美・耽美・褒美・優美

妹 いもうと/マイ
mèi[日＝繁＝簡]

稱同父母(或只同父、只同母)而比
自己年紀小的女子

いもうと
妹④〈名〉妹妹

★ 義妹・姉妹・実妹・弟妹

昧 マイ
mèi[日＝繁＝簡]

昏暗；糊塗，不明白 **辨** 在日語中
沒有表示「隱藏」、「冒犯」等意思的

動詞用法

★ 曖昧・愚昧・三昧

魅 ミ
mèi[日＝繁＝簡]

傳說中的鬼怪；吸引人

み
魅する②〈サ變〉迷人，魅

例 聴 衆を～する美声[使聽眾著迷
的美妙聲音]

み りょう
魅了⓪〈名・サ變〉引人入勝，使著
迷 **例** 読者を～する[讓讀者著迷]

み りょく
魅力⓪〈名〉魅力

み わく
魅惑⓪〈名・サ變〉魅惑

門 かど/モン
[門][门]mén[日＝繁≒簡]

出入口；家族或家族的一支；學術、
宗教的派別

かど
門①〈名〉門，門口；家門

かど で
門出⓪③〈名・サ變〉出門；走向新的
生活、新的人生道路 **例** 人生の～
[人生新旅程]

かど まつ
門松②〈名〉新年裝飾在門前的松樹枝

もん か
門下①〈名〉門下，門人，弟子

もん がい かん
門外漢③〈名〉門外漢，局外人

もん げん
門限③〈名〉(宿舍、公寓等)夜間關
門時間

もん こ
門戸①〈名〉門戶；一家，一派

もん じん
門人⓪〈名〉門人，門生，弟子

もん ぜき
門跡⓪〈名〉繼承一個宗派的寺院、
僧侶；貴族出家當住持的寺院

もん ぜん
門前③〈名〉門前

もん ぜん ばら
門前払い⑤〈名〉閉門羹 **例** ～を食う
[吃閉門羹]

もん ち
門地①〈名〉門第

もん てい
門弟⓪〈名〉門下弟子

門徒①〈名〉門徒，門人

門派①〈名〉門派，支流，分支

門閥⓪〈名〉門第；名門

門番①〈名〉看門人，門衛

門扉①〈名〉門扉

★ 家門・開門・校門・水門・前門・
僧門・登竜門・入門・破門・
仏門・閉門・名門

盟 メイ
méng[日＝繁＝簡]

聯合

盟主①〈名〉盟主

盟約⓪〈名・サ變〉盟約

盟友⓪〈名〉盟友

★ 加盟・同盟・連盟

猛 たけ・る/モウ
měng[日＝繁＝簡]

氣勢大，力量大

猛る②〈自五〉（精力過剩而）狂暴；
興奮 例 ～る心を抑える[抑制興奮
的心情]

猛悪⓪〈形動〉殘忍，殘暴

猛威①〈名〉凶猛；凶猛的勢頭

猛雨①〈名〉大雨

猛火①〈名〉烈火，猛烈燃燒的火

猛禽⓪〈名〉猛禽

猛犬⓪〈名〉猛犬，惡狗

猛攻⓪〈名・サ變〉猛攻

猛獣⓪〈名〉猛獸

猛暑①〈名〉酷暑

猛進⓪〈名・サ變〉奮勇前進，挺進
例 猪突～する[盲目冒進]

猛然⓪③〈副・形動〉猛然

猛追⓪〈名・サ變〉窮追，猛追

猛毒⓪〈名〉劇毒

猛勇⓪〈形動〉奮勇，勇猛

猛烈⓪〈形動〉猛烈，激烈，非常

★ 勇猛

夢 ゆめ/ム
[夢][梦]mèng[日＝繁≒簡]

睡眠時外界刺激引起的景象活動

夢②〈名〉夢；夢想，幻想；理想

夢見る③②〈自他一〉做夢；夢想，幻
想 例 作家になることを～見る[夢
想成為作家]

夢幻⓪〈名〉夢幻，夢境

夢想⓪〈名・サ變〉夢想，幻想

夢中⓪〈名〉夢中；不顧一切；熱衷
於，著迷 例 金儲けに～だ[熱衷於
賺錢]

夢魔①〈名〉夢中的惡魔；噩夢

★ 悪夢・酔生夢死・同床異夢・
白昼夢・霊夢

弥 や/ビ/ミ
[彌][弥]mí[日≒繁≒簡]

填滿，遮掩；更加 朔 在日語中沒
有「滿，遍」的意思

弥縫⓪〈名・サ變〉彌縫，補救

弥陀⓪①〈名〉阿彌陀佛

弥勒⓪〈名〉

迷 まよ・う/メイ
mí[日＝繁＝簡]

分辨不清，喪失判斷力；醉心於，
沉醉於

迷う②〈自五〉猶豫不決，拿不定主
張；迷失方向；沉迷，著迷；（佛
教）迷執 例 選択に～う[難以選擇]

迷宮⓪〈名〉迷宮

迷彩⓪〈名〉迷彩

迷信⓪〈名〉迷信

迷走⓪〈名・サ變〉亂奔，無法判斷其
　前進方向 例 ～台風[前進方向不定
　的颱風]

迷妄⓪〈名〉迷妄，迷惑妄信

迷路①〈名〉迷途，容易迷失的道路

迷惑①〈名・形動・サ變〉麻煩，為難
　(的事) 例 ～をかける[添麻煩]
　辨 在漢語中，是「辨不清是非」「摸
　不著頭腦」的意思

★ 頑迷・昏迷・混迷・低迷

謎 なぞ/メイ
mí[日＝繁≒簡]

　還沒有弄明白的或難以理解的事物

謎⓪〈名〉迷，奧秘；謎語

謎謎⓪〈名〉謎語

謎めく③〈自五〉莫名其妙，神迷

米 こめ/ベイ/マイ
mǐ[日＝繁＝簡]

　稻米；長度單位 辨 在日語中，用
　來指美洲、美國

米②〈名〉米，稻米

米俵③〈名〉用來裝米的草袋

米搗き③④〈名〉搗米(的人)

米粒③〈名〉米粒

米塩⓪〈名〉米鹽

米価①〈名〉米價

米国⓪〈名〉美國

米穀⓪〈名〉米；穀物，糧食

米作⓪〈名〉種稻

米寿①〈名〉88歲壽辰(因「八十八」
　寫成一字為「米」)

米食⓪〈名〉米食，以大米為主食

米飯⓪〈名〉米飯

★ 英米・欧米・玄米・親米・新米・
　精米・渡米・南米・白米・平米・
　訪米・北米

泌 ヒ/ヒツ
mì(bì)[日＝繁＝簡]

　分泌

泌尿器②〈名〉泌尿器官

★ 分泌

秘 ひ・める/ヒ
mì(bì)[日＝繁＝簡]

　秘密；保守秘密；罕見，稀有

秘める〈他一〉隱藏，隱瞞 例 胸に～
　める[藏在心裏]

秘奥⓪〈名〉奧秘；秘密

秘曲②⓪〈名〉秘傳的樂曲

秘訣⓪〈名〉秘訣，竅門

秘書①②〈名〉秘書；秘藏的書籍
　例 ～を公開する[公開秘藏書籍]

秘藏⓪〈名・サ變〉秘藏，珍藏；珍愛
　例 ～弟子[得意門生]

秘伝⓪〈名〉秘傳

秘匿⓪〈名・サ變〉秘匿，隱藏

秘宝⓪〈名〉秘寶，秘藏的寶貝

秘方⓪〈名〉秘方

秘法⓪〈名〉秘法；(佛教眞言宗)秘
　密祈禱

秘密⓪〈名・形動〉秘密，暗中

秘密裏③〈形動〉不為人知，暗中

秘薬⓪①〈名・サ變〉秘方；靈藥(可
　特指返老還童的藥及春藥)

秘話①〈名・サ變〉秘話

★ 極秘・神秘・便秘・黙秘

密 ^{ひそ・か/ミツ}
mì[日＝繁＝簡]

距離短，間隙小；不公開；關係近；精緻，細緻

密か① ②〈形動〉悄悄地；偷偷地；暗自 **例** ～に会談する[秘密會談]

密会⓪〈名・サ變〉(男女)幽會

密議①〈名〉秘密商議

密教①〈名〉教旨深遠奧秘、不隨便外傳的宗教

密航⓪〈名・サ變〉偷渡；秘密航海

密告⓪〈名・サ變〉告密；檢舉，揭發

密使⓪〈名〉密使

密事①〈名〉秘密的事情

密出国③〈名・サ變〉用非法手段出國

密集⓪〈名・サ變〉密集

密接⓪〈名・サ變・形動〉緊連著，緊挨著；密切

密造⓪〈名・サ變〉秘造

密葬⓪〈名・サ變〉秘密埋葬；只有家人參加的葬禮

密奏⓪〈名〉密奏

密栓⓪〈名・サ變〉蓋嚴(的蓋)，塞嚴(的塞)

密談⓪〈名・サ變〉秘密會談

密着⓪〈名・サ變〉靠緊，貼緊 **例** 生活に～した作品[貼近生活的作品]

密通⓪〈名・サ變〉(男女)私通

密偵⓪〈名〉密探

密度①〈名〉密度；內容的充實度

密売⓪〈名・サ變〉私賣，秘密出售

密封⓪〈名・サ變〉密封

密閉⓪〈名・サ變〉密閉，密封

密貿易③〈名〉違禁的貿易，走私貿易

密約⓪〈名・サ變〉(簽訂)秘密條約

密輸⓪〈名・サ變〉走私

例 ～品[走私貨]

密漁⓪〈名・サ變〉違禁捕魚

密猟⓪〈名・サ變〉違禁打獵，偷獵

密林⓪〈名〉密林

★ 隠密・過密・機密・緊密・厳密・周密・詳密・親密・枢密院・精密・疎密・粗密・稠密・緻密・内密・濃密・秘密・綿密

蜜 ^{ミツ}
mì[日＝繁＝簡]

蜂採取花液釀成的甜汁；像蜂蜜的東西；甜美

蜜①〈名〉蜜，蜂蜜

蜜月⓪②〈名〉蜜月
＝ハネムーン(honeymoon)

蜜蜂⓪〈名〉蜜蜂

★ 糖蜜・蜂蜜

眠 ^{ねむ・い/ねむ・る/ミン}
mián[日＝繁＝簡]

睡覺

眠い②⓪〈形〉困倦的，想睡覺的 **例** 彼の講義を聞くと～くなる[一聽他的課就想睡覺]

眠る③⓪〈自五〉睡覺；死；放置，不被利用 **例** 海底に～る資源[沉睡在海底、尚未開發的資源]

★ 安眠・永眠・仮眠・快眠・催眠・就眠・熟眠・春眠・睡眠・惰眠・冬眠・不眠

綿 ^{わた/メン}
[綿][绵]mián[日≒繁＝簡]

棉花，絲綿；像絲綿那樣延續不斷

辨 在日語中，通「棉」

綿②〈名〉棉，棉花
綿入れ⓪④〈名〉棉衣，棉襖
綿織物④③〈名〉棉織品
綿花①〈名〉棉花
綿糸①〈名〉棉紗，棉線
綿製品③〈名〉棉製品
綿布①〈名〉棉布
綿棒①〈名〉醫用綿籤、棉棒
綿密⓪〈形動〉縝密，周密，詳細
　例～に調査する［詳細調查］
綿綿⓪〈形動〉綿綿不斷
綿羊⓪〈名〉綿羊

★ 純綿・石綿・脱脂綿・木綿・
連綿

免 まぬが・れる/メン
miǎn［日＝繁＝簡］

去掉，除掉；不被某種事物所涉及
免れる④〈他一〉免於，逃脱；擺脱；
　推卸 例 死を～れる［免於一死］
免疫⓪〈名〉免疫；習以為常
免役⓪〈名〉免除兵役
免官⓪〈名・サ變〉免職，免官
免許①〈名・サ變〉（政府機關頒發的）
　許可，批准；（師傅）傳授秘訣
免罪⓪〈名〉免罪
免除①〈名・サ變〉免除
免職⓪〈名・サ變〉免職
免税⓪〈名・サ變〉免税
免責⓪〈名・サ變〉免除應負責任；免
　除債務
免租①〈名・サ變〉免除租金
免訴①〈名・サ變〉免予起訴，不起訴

★ 減免・御免・赦免・任免・罷免・
放免

勉 ベン
miǎn［日＝繁＝簡］

盡力，努力 辨 日語中沒有「勉勵，
使他人努力」的意思
勉学⓪〈名・サ變〉勤奮學習，努力讀
書
勉強⓪〈名・サ變〉學習；經驗，鍛
錬；（俗語）讓價 例 英語を～する
［學習英語］辨 在漢語中，是「不是
甘心情願的」（いやいや、しぶし
ぶ）、「使他人做自己不願意做的
事」（無理に強いる）、「能力不夠，
還盡力做」（かろうじて）等意思
勉強家⓪〈名〉勤奮學習、努力鑽研
的人
勉励⓪〈名・サ變〉集中精力努力做
（一件事）辨 在漢語中，是「鼓勵
（励ます）」或「鼓舞（鼓舞）」的意思

★ 勤勉

面 おも/おもて/つら/メン
miàn［日＝繁＝簡］

臉；當面，直接；對著，向著；外
表；方面 辨 在現代漢語中，「面」還
是「麵」的簡化字，因而有「麵粉」
「麵條」的意思，而日語中則沒有
面①〈造語〉臉 例～差し［面龐，容
顏］
面影⓪③〈名〉（記憶中的、昔日的）
面貌，風采，樣子，痕跡 例 今の彼
にはかつての美青年の～はない［現
在的他已沒有昔日年輕時的風采］
面て③〈名〉臉部正面；（能的）面
具；表面
面持ち⓪③〈名〉不安、不滿、擔心
等時的表情，神色 例 心配そうな～

[擔心的表情]

面②〈名〉物體的表面；(貶義)臉，面孔 **例** 学者～をする[擺出一副學者的面孔]

面汚し③〈名〉丟臉，丟人

面会⓪〈名・サ變〉面會，面見

面詰⓪〈名・サ變〉當面譴責，面斥

面食い⓪③〈名〉以貌取人，重視長相(的人或習慣)

面食らう④⓪〈自五〉因突然事件而驚慌失措 **例** 突然英語とつぜんえいごで話しかけられたので～った[忽然有人用英語跟我說話，一時不知如何是好]

面識⓪〈名〉認識

面積①〈名〉面積

面接⓪〈名・サ變〉面見，會面 **例** ～試験[面試]

面相①〈名〉面相

面談⓪〈名・サ變〉面談

面皮①〈名〉面皮，臉皮

面目⓪〈名〉面目，臉面；名譽，威信，體面

★ 仮面・外面・局面・工面・四面楚歌・書面・赤面・対面・当面・内面・南面・白面・方面・満面

麵 メン
[麺][面]miàn[日≒繁≒簡]

用糧食磨成的粉，特指小麥磨成的粉以及用那種粉做成的細長食品

麵棒①〈名〉擀麵棒

麵類①〈名〉麵條類

★ 製麵・素麵

苗 なえ/なわ/ビョウ
miáo[日＝繁＝簡]

幼小的植株；初生的飼養的動物

苗①〈名〉苗；秧苗

苗木③⓪〈名〉苗木，樹苗

苗床⓪〈名〉苗床

苗代⓪〈名〉水稻秧田

苗圃①〈名〉苗圃

★ 種苗

描 えが・く/ビョウ
miáo[日＝繁＝簡]

依照原樣摹畫

描き出す④〈他五〉描繪出，描寫出 **例** カンバスに風景を～す[在畫布上畫出風景]

描く②〈他五〉繪畫，描繪；描寫，表現；想像 **例** 青写真を～く[描繪未來的藍圖]

描画⓪〈名・サ變〉描繪

描写⓪〈名・サ變〉描寫

★ 寸描・線描・素描・点描

秒 ビョウ
miǎo[日＝繁＝簡]

1分鐘的1/60

秒針⓪〈名〉秒針

秒速⓪〈名〉秒速

秒読み⓪〈名・サ變〉讀秒 **例** ～を開始する[開始讀秒，進入最後階段]

★ 寸秒・分秒

妙 たえ/ミョウ
miào[日＝繁＝簡]

美好；高明；精微

妙なる①〈連體〉絕妙的，美妙的，

優美的 例 ～笛の音が聞こえてくる[傳來美妙的笛聲]

妙①〈形動〉奇怪，奇異；格外，分外；奧妙；巧妙 例 ～な話だ[真是怪事]

妙案⓪〈名〉好主意

妙技①〈名〉妙技

妙計⓪〈名〉妙計

妙手〈名〉妙手

妙趣①〈名〉妙趣

妙味①③〈名〉妙趣

妙齢〈名〉妙齡

★奇妙・軽妙・玄妙・巧妙・至妙・神妙・精妙・絶妙・即妙・珍妙・微妙・霊妙

滅 ほろ・びる/ほろ・ぼす/メツ
[滅][灭]miè[日＝繁≒簡]

火熄；完、盡；使不存在

滅びる③〈自一〉滅亡，滅絕 例 国が～びる[國家滅亡]

滅ぼす③〈他五〉使滅亡，使毀滅 例 彼は酒で身を～した[他酗酒毀了自己]

滅却⓪〈名・サ變〉(使)消失，滅亡

滅菌⓪〈名・サ變〉滅菌，殺菌

滅罪⓪〈名〉(佛教)滅罪，贖罪

滅私①〈名〉消除私心

滅私奉公①〈名〉滅私奉公，克己奉公

滅失⓪〈名・サ變〉消失，失掉

滅する⓪③〈サ變〉(使)滅亡、消失 例 私心を～する[消除私心]

滅相③〈名・形動〉不合理，不應該 例 そんな～なことを言うんじゃない[不許說那種不該說的話]

滅多①〈形動〉胡亂，隨便 例 ～な事は言うな[別胡說]

滅多に①〈副〉(後接否定)幾乎不 例 この地方では雪は～降らない[這地方幾乎不下雪]

滅亡⓪〈名・サ變〉滅亡

滅法③〈形動・副〉不合情理，違背常規；非常 例 ～高い値段[非常貴的價格]

★幻滅・自滅・消滅・衰滅・絶滅・破滅・廃滅・不滅・仏滅・撲滅

蔑 さげす・む/ベツ
miè[日＝繁＝簡]

輕視，瞧不起

蔑み⓪④〈名〉輕蔑，蔑視

蔑む③〈他五〉輕蔑，蔑視

蔑視⓪①〈名〉蔑視

蔑称⓪〈名〉蔑稱

★軽蔑・侮蔑

民 たみ/ミン
mín[日＝繁＝簡]

人民；人或人群；民間的；非軍事的；從事不同職業的人

民①〈名〉民，人民；臣民

民意①〈名〉民意

民営⓪〈名〉民營

民家①〈名〉民宅

民間⓪〈名〉民間；民營，私營，在野 例 ～人[在野的人士]

民業⓪〈名〉民營企業

民芸⓪〈名〉民間工藝(品)

民権⓪〈名〉民權

民国⓪〈名〉民國

民事①〈名〉民事

民主①〈名〉民主 例～化[民主化]
民需①〈名〉民間的需要
民衆⓪〈名〉民眾，大眾
民宿⓪〈名〉(投宿於)家庭旅館
民情⓪〈名〉民情
民心⓪〈名〉民心
民生⓪〈名〉人民的生計，民生
民政⓪〈名〉文人政治(與軍人政治
　相對)
民選⓪〈名〉民選
民族①〈名〉民族
民俗①〈名〉民俗
民地①〈名〉民有地，私人土地
民兵①〈名〉民兵
民法①〈名〉民法
民有⓪〈名〉民間所有，私有
民謡⓪〈名〉民謠
民窯⓪〈名〉民窯
民力①〈名〉人民的經濟能力；民力
民話⓪〈名〉民間傳說

★ 移民・義民・漁民・愚民・軍民・
　県民・公民・国民・市民・庶民・
　植民地・臣民・人民・賤民・
　難民・農民・貧民・文民・平民・
　遊牧民・遊民・良民

皿 さら
mǐn[日＝繁＝簡]
　碗、碟、盤一類用器的統稱
皿⓪〈名〉盤子，碟子；盤狀物；裝在
　盤子裏的食物
皿洗い③〈名〉洗盤子
皿回し③〈名〉(雜技)用棒的頂端轉
　盤子(的人)

★ 小皿・灰皿

敏 ビン
[敏][敏]mǐn[日≒繁＝簡]
　有智慧，反應迅速、靈活
敏活⓪〈形動〉靈敏，靈活
敏感⓪〈形動〉敏感
敏捷⓪〈形動〉敏捷，機敏
敏速⓪〈形動〉迅速，敏捷
敏腕⓪〈名・形動〉(有)能力，才幹
例～を振るう[大顯身手]

★ 鋭敏・過敏・機敏・俊敏

名 な/メイ/ミョウ
míng[日＝繁＝簡]
　人或事物的稱謂；名譽，聲譽；有
　名的，大家都知道的
名⓪〈名〉名字，名稱；名聲，名譽；
　名義，借口 例～を揚げる[揚名，
　出名]
名残③⓪〈名〉影響，痕跡；留戀，
　依戀 例～を惜しむ[依依惜別]
名代⓪〈名〉著名，有名
名札⓪〈名〉寫著姓名的卡片，姓名牌
名前⓪〈名〉名字，名稱
名号③⓪〈名〉阿彌陀佛的佛號
名字①〈名〉姓，(封建時代貴族武士
　的)家名
名跡⓪〈名〉(歷代繼承下來的)姓，
　家名，稱號 另見「名跡」
名利①〈名〉名利
名案⓪〈名〉妙計，好主意
名医①〈名〉名醫
名園⓪〈名〉有名的庭園
名家①〈名〉名家
名画①〈名〉名畫；著名的電影
名鑑⓪〈名〉人名錄，名簿
名器①〈名〉珍貴的器物

名義③〈名〉名義，名分

名曲⓪〈名〉名曲

名句①〈名〉名句，佳句

名月①〈名〉陰曆8月15日和9月13夜晚的月亮

名劍⓪〈名〉名匠製作的劍

名犬⓪〈名〉著名的犬

名言⓪〈名〉名言

名工⓪〈名〉能工巧匠

名作⓪〈名〉著名的作品

名產⓪〈名〉名產

名士①〈名〉名士，知名人士

名刺⓪〈名〉名片

名詞⓪〈名〉名詞

名辞⓪〈名〉（邏輯學）表示概念的詞語

名実⓪〈名〉名與實

名手①〈名〉名人，高手；（下棋時）秒著，好棋

名酒⓪〈名〉上等好酒＝銘酒

名所⓪③〈名〉名勝地

名称⓪〈名〉名稱

名将⓪〈名〉名將

名匠⓪③〈名〉名工巧匠；名學者，名藝術家

名状⓪〈名・サ變〉名狀，表達

名跡⓪〈名〉著名的古跡

名著⓪〈名〉名著

名刀⓪〈名〉名刀

名品⓪〈名〉名品，名作品，名器

名物①〈名〉名產

名文⓪〈名〉名文

名分⓪〈名〉名分

名聞⓪〈名〉名譽，聲譽

名簿⓪〈名〉名簿，名冊

名宝⓪〈名〉有名的寶物

名望⓪〈名〉名望，盛名

名目⓪〈名〉名義，名目，名稱；借口

名門⓪〈名〉名門，世家

名訳⓪〈名〉著名的譯本

名誉①〈名〉名譽

名流⓪〈名〉名流，名士

★ 悪名・威名・異名・汚名・家名・戒名・学名・虚名・功名・書名・除名・俗名・大名・題名・著名・匿名・無名・命名・有名

明

あ・かす/あか・らむ/あ・かり/あか・るい/あか・るむ/あき・らか/あ・く/あ・くる/あ・ける/ミョウ/ミン/メイ

míng[日＝繁＝簡]

亮（與「暗」相對）；清楚；公開，不隱藏；睿智；次（日或年），下一個；視力

明かす⓪③〈他五〉透露，說出；證明；度過夜晚 例 秘密を～す[透露秘密]

明らむ③〈自五〉天亮 例 東の空が～む[東方的天空亮起來]

明かり⓪〈名〉光，亮；燈，希望，光明

明るい③⓪〈形〉明亮的；快活的，開朗的；熟悉，精通 例 ～い未來みらい[充滿希望的未來]

明るむ③〈自五〉變亮；（心裏）亮堂 例 心が～む[心情愉快]

明らか②〈形動〉顯然，明顯，明確；明亮 例 彼が間違っているのは～だ[很明顯是他錯了]

明く②⓪〈自五〉開，打開；到期 例 幕が～く[開幕，開始]

明くる⓪〈連體〉下、次、翌(年、月、
　日)　例～朝[第二天早晨]
明ける③⓪〈自他一〉(新的一天、新
　年等)開始；騰出，空出　例夜が～
　ける[天亮了]
明春⓪〈名〉明年春天
明星⓪〈名〉金星；明星
明朝⓪〈名〉明天早晨
明晚①〈名〉明晚
明朝①〈名〉明代；明朝體
明暗⓪〈名〉明亮與黑暗；快樂與悲
　傷，幸與不幸
明快⓪〈形動〉明快，清楚明瞭
明確⓪〈形動〉明確
明記①〈名・サ變〉明確記載，明文記
　載
明鏡⓪〈名〉明鏡
明君⓪①〈名〉明君
明月①〈名〉明月，滿月
明言⓪〈名・サ變〉明言，明確地説
明細⓪〈名・形動〉清單，明細表；詳
　細
明察⓪〈名・サ變〉明察
明視①〈名・サ變〉清楚地看(得)見
明治①〈名〉明治
明示①⓪〈名・サ變〉明確指示，明確
　表示
明晰⓪〈形動〉清晰，明晰
明達⓪〈名〉開明，賢明
明断⓪〈名・サ變〉明確判斷
明知①〈名〉明智
明澄⓪〈名〉明澈
明哲⓪〈名〉明哲，明理　例～保身
　[明哲保身]
明德⓪〈名〉(古語)君主的德行；人
　天生的德行

明白⓪〈形動〉明白，明顯
明文⓪〈名〉明文，條文
明文化③〈名・サ變〉寫下來，用明文
　規定下來
明朗⓪〈形動〉明朗，開朗；光明磊
　落

★解明・開明・簡明・究明・糾明・
　言明・自明・失明・釈明・照明・
　証明・清明・声明・説明・鮮明・
　聡明・透明・発明・判明・表明・
　文明・弁明・未明・黎明

冥 メイ/ミョウ
míng[日＝繁＝簡]
　深沉，深奧；陰間
冥王星⓪③〈名〉冥王星
冥界⓪〈名〉冥界
冥想⓪〈名・サ變〉冥想
冥途⓪〈名〉冥府，黃泉
冥土⓪〈名〉冥府，黃泉
冥福⓪〈名〉冥福

鳴 な・く/な・らす/な・る/メイ
[鳴][鸣]míng[日＝繁≒簡]
　鳥獸、昆蟲叫；發出聲音；表達(情
　感、意見)
鳴く②⓪〈自五〉動物鳴叫　例小鳥が
　～く[小鳥叫]
鳴らす⓪〈他五〉使發出聲音；訴説，
　指責；聞名　例警笛を～す[拉響警
　笛]
鳴り響く④〈自五〉鳴響，響徹；馳
　名，聞名　例ベルがあたりに～く
　[鈴聲響徹四方]
鳴る②⓪〈自五〉(無生命物體)發出
　聲音；知名，聞名　例電話が～る

[電話鈴響]

鳴禽⓪〈名〉經常鳴叫的小鳥

鳴動⓪〈名・サ變〉發出聲音且晃動

★ 共鳴・鶏鳴・悲鳴・百家争鳴・雷鳴

銘 メイ

[銘][铭]míng[日＝繁≒簡]

在器物上刻字；永遠不忘 辨 在日語中，還有「名牌」「商標」的意思

銘菓①〈名〉名牌糕點

銘柄⓪〈名〉交易的商品名；名牌商品；商標

銘記①〈名・サ變〉銘記，銘刻

銘じる⓪③〈他一〉銘記，銘刻 例 私は父の言葉を肝に～じています[我將父親的話銘記在心]＝めいずる

銘茶①⓪〈名〉特製茶，名茶

銘刀⓪〈名〉特製的、刻有鑄劍人名字的刀

銘文⓪〈名〉銘文

銘木⓪〈名〉珍貴木材

★ 感銘・肝銘・刻銘・碑銘・墓誌銘・無銘

命 いのち/ミョウ/メイ

mìng[日＝繁＝簡]

動植物的生活能力；迷信認為生來就注定的貧富、壽數等；上級對下級的指示，命令；給予

命①〈名〉生命，性命；壽命

命懸け⓪〈名〉拼命，冒死 例 ～の仕事[極度危險的工作]

命綱③〈名〉救生繩(在高空或海底作業時繫在身上)

命拾い④〈名・サ變〉揀命，死裏逃生 例 戦場で～して帰ってきた[從戰場上死裏逃生回來了]

命運⓪〈名〉命運

命じる⓪③〈他一〉命令；任命；命名 例 校長に～じられる[被任命為校長]＝めいずる

命数③〈名〉壽命；命運，天命

命題⓪〈名〉命題；課題

命中⓪〈名・サ變〉命中

命日①〈名〉忌日

命脈⓪〈名〉命脈

命名⓪〈名・サ變〉命名

命令⓪〈名・サ變〉命令

★ 運命・延命・革命・懸命・厳命・使命・受命・寿命・短命・致命・朝命・天命・特命・任命・拝命・薄命・復命・亡命・本命

模 モ/ボ

mó[日＝繁＝簡]

規範，法式；仿效；模範

模擬①〈名〉模擬，模仿

模型⓪〈名〉模型

模糊①〈形動〉模糊

模索⓪〈名・サ變〉摸索，探索

模式⓪〈名〉模式

模写①⓪〈名・サ變〉臨摹，複製

模する②〈サ變〉模仿，仿造

模造⓪〈名・サ變〉仿造(品)，仿製(品)

模範⓪〈名〉模範，榜樣

模倣⓪〈名・サ變〉模仿，模照

模本⓪〈名〉摹本，抄本；範本

模様⓪〈名〉花紋，圖案；情形，狀況；徵兆，趨勢 例 会議の～を報告

する[報告會議的情況]

★ 規模

膜 マク
mó[日＝繁＝簡]

動植物體內像薄皮的組織

膜②〈名〉膜，薄膜

膜質⓪〈名〉膜質，像膜一樣

★ 角膜・結膜・鼓膜・粘膜・脳膜・
皮膜・腹膜・網膜

摩 マ
mó[日＝繁＝簡]

擦，蹭，接觸；用手摸

摩擦⓪〈名・サ變〉摩擦；不和睦，鬧
摩擦

摩する②〈サ變〉非常接近 例 天を～
する[摩天(非常高)]

摩損⓪〈名・サ變〉磨損

摩天楼②〈名〉摩天大樓

摩滅⓪〈名・サ變〉磨滅，磨掉

摩耗⓪〈名・サ變〉磨耗，磨損

★ 按摩・研摩・減摩

磨 みが・く/マ
mó(mò)[日＝繁＝簡]

擦，刷；消耗，消滅 辨 在日語中，
沒有讀mò時的指粉碎糧食的工具的
用法

磨き上げる⑤〈他一〉擦亮，刷好；
鍛錬成功，使熟練 例 二時間もかけ
て愛車を～げた[花兩個小時擦好了
愛車]

磨く⓪〈他五〉擦，刷(皮鞋、窗戶、
牙等)；磨刀；鍛錬，練習
例 歯を～く[刷牙]

磨製⓪〈名・サ變〉磨製

磨滅⓪〈名・サ變〉磨滅，磨掉

★ 研磨・消磨・琢磨・不磨・錬磨

魔 マ
mó[日＝繁＝簡]

惡鬼；奇異的,不平常的

魔王②〈名〉魔王

魔界⓪〈名〉魔界，魔境

魔窟⓪〈名〉魔窟

魔術つ①〈名〉魔術

魔女①〈名〉魔女

魔性⓪〈名〉魔性

魔神⓪〈名〉魔神

魔道⓪〈名〉邪道，邪途

魔法⓪〈名〉魔法，魔術

魔法瓶②〈名〉保溫瓶

魔物⓪〈名〉惡魔，妖魔

魔除け⓪〈名〉護身符，避邪物

魔力①〈名〉魔力，魅力

★ 悪魔・降魔・邪魔・色魔・睡魔・
天魔・病魔・妖魔

末 すえ/バツ/マツ
mò[日＝繁＝簡]

梢，尖端(與「本」相對)；最後，終
了

末⓪〈名〉末端，尾部；最後，之後；
未來，將來；(排行)最小；子孫後代

末っ子⓪〈名〉最小的孩子

末裔⓪〈名〉後裔，後代＝ばつえい

末期①〈名〉末期，晚期，後期

末技①〈名〉雕蟲小技；不成熟的技
藝

末期①〈名〉臨終時

末日⓪〈名〉末日；最後一天

末世①〈名〉佛法衰敗的時代；道德淪喪的年代

末席⓪〈名〉末席，下等座位

末孫⓪〈名〉後世子孫＝ばっそん

末代②①〈名〉後世；來世，來生

末端⓪〈名〉末端；基層，底層 **例** 幹部の意思が～に伝わらなかった［幹部的意思沒有傳達到基層］

末弟⓪〈名〉最小的弟弟＝ばってい

末年⓪〈名〉末年

末輩⓪〈名〉地位(技術)低的人，無名小輩；晚輩

末尾①〈名〉末尾，結尾

末筆⓪〈名〉(書信結尾用語)最後一筆，順致 **例** ～ながら皆様のご多幸をお祈りいたします［最後謹祝各位幸福安康］

末文⓪〈名〉文章、書信的結尾部分

末法⓪〈名〉佛教衰退的時期

末葉⓪〈名〉末葉，末期；子孫，後裔

末流⓪〈名〉子孫，後代；支流，末流

末路①〈名〉末路，下場

★ 巻末・期末・結末・月末・歳末・始末・週末・終末・粗末・端末・顛末・年末・粉末・本末

漢 バク

漢 mò[日＝繁＝簡]

面積闊大無人定居、缺水乾燥的沙石地帶；空曠；冷淡的，不經心的

漠然⓪〈トタル〉模糊，含混，難以把握 **例** ～たる印象［模糊的印象］

漠漠⓪〈形動〉茫然，茫茫

★ 空漠・広漠・砂漠・茫漠

黙 だま・る/モク

黙 [默][默]mò[日≒繁＝簡]

不說話，不出聲

黙り込む④〈自五〉沉默，一言不發 **例** 再び～んでしまう［再次陷入沉默］

黙る②〈自五〉沉默，不作聲；不管，不問；不告訴 **例** なぜ今まで私に～っていたのだ［為什麼到現在才告訴我］

黙劇⓪〈名〉啞劇

黙座①〈名・サ變〉默坐，靜坐

黙殺⓪〈名・サ變〉無視，不理睬

黙視⓪〈名・サ變〉默視，坐視

黙示⓪〈名〉默示；暗示；(基督教)啓示＝もくじ

黙する③〈サ變〉沉默 **例** ～して語らない［默默不語］

黙然⓪〈トタル〉默然＝もくねん

黙想⓪〈名・サ變〉沉思默想

黙諾⓪〈名・サ變〉默認，默許

黙祷⓪〈名・サ變〉默默祈禱

黙読⓪〈名・サ變〉默讀

黙認⓪〈名・サ變〉默認

黙秘⓪①〈名・サ變〉(被告、證人等)沉默 **例** ～権［保持沉默的權力］

黙黙⓪〈トタル〉默默，不聲不響

黙礼⓪〈名・サ變〉默默敬禮

黙過⓪〈名・サ變〉默認，容忍，裝沒看見

黙許①〈名・サ變〉默許，默認

黙契⓪〈名・サ變〉默契

黙考⓪〈名・サ變〉默默地思考

★ 暗黙・寡黙・沈黙

墨 すみ/ボク

mò[日＝繁＝簡]

黑色顏料；黑色或近於黑色的；名家的字畫

墨② 〈名〉墨，墨汁；黑色(物體)；木工的墨線(「墨繩」)的略語)

例 ～をたっぷり含ませた筆[蘸滿墨汁的毛筆]

墨色⓪ 〈名〉墨(汁)的光澤、濃度

墨絵⓪ 〈名〉水墨畫

墨継ぎ⓪④ 〈名〉蘸墨汁再寫

墨守① 〈名・サ變〉墨守

墨汁⓪ 〈名〉墨汁

墨書① 〈名・サ變〉(用毛筆、墨汁)寫、畫(或已完成的字畫)

墨跡⓪ 〈名〉毛筆的筆跡

墨客⓪ 〈名〉畫師；文人墨客

＝ぼっきゃく

墨痕⓪ 〈名〉墨汁留下的痕跡

★ 遺墨・朱墨・水墨画・筆墨

謀 はか・る/ボウ/ム

[謀][谋]móu[日≒繁≒簡]

計畫，計策；商議；設法尋求

謀る② 〈他五〉謀劃，計畫；設陰謀，欺騙 例 殺害を～る[策劃謀殺]

謀殺⓪ 〈名・サ變〉謀殺

謀略⓪ 〈名〉謀略，陰謀

謀反① 〈名・サ變〉謀反＝謀叛

★ 陰謀・共謀・権謀術数・策謀・参謀・深謀遠慮・無謀

某 なにがし/ボウ

mǒu[日＝繁＝簡]

不明確的指代

某② ① 〈代〉某某，某人；某些，若干

例 木村～という人[叫做木村什麼的人]

某氏① 〈名〉某人

★ 何某

母 はは/ボ

mǔ[日＝繁＝簡]

媽媽；對女性長輩的稱呼；事物據以產生出來的

母① 〈名〉母親，媽媽 例 必要は発明の～[需要是發明之母]

母親⓪ 〈名〉母親

母音⓪ 〈名〉母音，元音，韻母

＝ぼおん

母艦⓪ 〈名〉母艦

母型⓪ 〈名〉(印刷)活字的字模

母系⓪ 〈名〉母系，母親一方的

母権⓪ 〈名〉母方支配家庭的權力

母校① 〈名〉母校

母国① 〈名〉祖國，出生國

母国語⓪ 〈名〉母語

母子① 〈名〉母子

母体① 〈名〉母體；母親的身體

母胎⓪ 〈名〉母胎，母體

母乳⓪ 〈名〉母乳

★ 異母・義母・継母・酵母・慈母・叔母・聖母・父母・保母・良妻賢母

畝 うね/せ

[畝][亩]mǔ[日＝繁≒簡]

土地面積單位

畝② ① 〈名〉壟，畦；壟狀物體，線狀隆起部分

畝 〈造語〉(日本的面積單位)畝，約等於0.99公畝

木 き/こ/ボク/モ/モク
mù[日＝繁＝簡]

樹類植物的通稱；木頭；用木頭製成的

木①〈名〉樹，樹木；木材，木料
木屑②〈名〉木屑，刨花
木箱①〈名〉木箱
木隠れ②〈名〉被樹葉、樹枝遮掩（而看不清楚）
木蔭⓪〈名〉樹蔭，樹下
木の葉①〈名〉樹葉
木魚①〈名〉木魚
木偶①〈名〉木偶＝でく
木材②⓪〈名〉木材
木質⓪〈名〉木質
木星⓪〈名〉木星
木製⓪〈名〉木製
木造⓪〈名〉木造，木製
木炭③〈名〉木炭
木彫⓪〈名〉木雕，木刻
木版⓪〈名〉印刷用木版
木片③⓪〈名〉木片，碎木片
木曜日③〈名〉星期四
木簡⓪〈名〉木簡
木棺⓪〈名〉木製棺材
木琴⓪〈名〉木琴
木綿⓪〈名〉棉花，棉線

★ 巨木・古木・高木・材木・樹木・草木・低木・土木・銘木

目 ま/め/ボク/モク
mù[日＝繁＝簡]

眼睛；看；大項中再分的小項；想要達到的地點、境地或想要得到的結果；標題；名稱為首的人

目蔭⓪〈名〉把手掌放在額頭遮光
例 ～を差す[舉手遮光；手搭涼棚]
目①〈名〉眼睛，眼球；視線；眼神，目光；眼力；看法，視點；慘痛的經驗
目薬②〈名〉眼藥
目指す②〈他五〉以…目標，瞄準
例 有名大學を～して頑張る[以名牌大學為目標努力]
目覚ましい④〈形〉驚人的，了不起的 例 ～い進步[驚人的進步]
目下⓪③〈名〉比自己地位低（的人），部下，下級；比自己年齡小（的人）
目印②〈名〉記號，標記 例 ～をつける[做記號]
目玉③〈名〉眼珠，眼球；被訓斥，遭白眼 例 お～を食う[被人訓斥]
目茶苦茶⓪〈形動〉亂七八糟，胡亂 例 ～な要求[不合情理的要求]
目減り⓪〈名・サ變〉損耗，分量減少 例 価値が～する[貶值]
目安⓪〈名〉基準，目標 例 ～を立てる[設定基準]
目算⓪〈名・サ變〉估計；計畫
目次⓪〈名〉目錄
目測⓪〈名・サ變〉目測
目撃⓪〈名・サ變〉目擊
目前⓪〈名〉眼前，面前；目前，當前
目送⓪〈名・サ變〉目送
目的⓪〈名〉目的 例 ～地[目的地]
目標⓪〈名〉目標
目礼⓪〈名・サ變〉以目致意，注目禮
目下①〈名〉當前，目前

★ 一目瞭然・科目・皆目・刮目・

項目・耳目・種目・書目・題目・
注目・頭目・破目・反目・品目・
編目・満目・名目・面目・盲目・

牧 まき/ボク
mù[日＝繁＝簡]

放養牲口

牧牛⓪〈名〉放養的牛

牧師①⓪〈名〉牧師，神父

牧舎①〈名〉馬厩、牛舍等動物住的
　小屋

牧場⓪〈名〉牧場＝まきば

牧草⓪〈名〉牧草

牧畜⓪〈名〉畜牧

牧童⓪〈名〉牧童

牧夫①⓪〈名〉放牧人

牧羊⓪〈名・サ變〉牧羊

牧歌⓪〈名〉牧歌

★ 放牧・遊牧

募 つの・る/ボ
mù[日＝繁＝簡]

廣泛徵求 辨 在日語中，還有「越來
　越厲害」的意思

募る②〈自他五〉(不好的心情)越發
　厲害；招募，徵集 例 会員を～る
　[招募會員]

募金⓪〈名・サ變〉募捐

募債⓪〈名・サ變〉募集公債

募集⓪〈名・サ變〉招募，徵集

募兵⓪〈名・サ變〉徵兵

★ 応募・急募・公募・召募・徵募

墓 はか/ボ
mù[日＝繁＝簡]

埋死人的地方

墓②〈名〉墳墓

墓場③〈名〉墓地，墳場

墓参り③〈名〉掃墓，上墳

墓穴⓪〈名〉墓穴

墓誌①〈名〉墓誌

墓誌銘②〈名〉墓誌銘

墓所①〈名〉墓地，墳地

墓石⓪〈名〉墓石，墓碑＝はかいし

墓地①〈名〉墓地

墓碑⓪①〈名〉墓碑

墓標⓪〈名〉墓標，墓碑

★ 展墓・墳墓・陵墓

幕 バク/マク
mù[日＝繁＝簡]

覆蓋或垂掛著的帳；古代將帥辦公
　的地方；戲劇較完整的段落

幕府①〈名〉幕府

幕末⓪〈名〉江戸幕府的末期

幕僚⓪〈名〉幕僚，參謀

幕②〈名〉幕布；(戲劇)幕；場合；
　(相撲)一級力士

幕間⓪〈名〉劇場的幕間休息

幕開き⓪〈名〉開幕；開始，開端

幕内⓪〈名〉(相撲)一級力士

幕下⓪〈名〉(相撲)二級力士

★ 暗幕・開幕・銀幕・終幕・序幕・
　除幕・天幕・討幕・閉幕・幔幕

睦 むつまじ・い/ボク
mù[日＝繁＝簡]

和好，親近

睦言⓪〈名〉枕邊私話

睦まじい④〈形〉和睦，親睦

★ 親睦・和睦

慕 した・う/ボ
mù[日＝繁＝簡]

向往，敬仰；思念，依戀

慕う⓪②〈他五〉懷念，思念；敬慕
例 彼は生徒から深く～われている
[他深受學生敬慕]

慕情⓪〈名〉愛慕之情

★ 愛慕・欽慕・敬慕・思慕・追慕・
恋慕

暮 く・らす/く・れる/ボ
mù[日＝繁＝簡]

傍晚；晚，將盡 **朝** 在日語中，還有
「生活」「度日」的意思

暮らし⓪〈名〉生活；生計 **例** 贅沢
な～[奢侈的生活]

暮らし向き⓪〈名〉生計，家庭經濟
狀況 **例** 楽な～[寛裕的生活]

暮らす③⓪〈自他五〉生活；過日
子 **例** 彼は余生を田舎で～した[他
在農村度過了餘生]

暮れ⓪〈名〉傍晚，黃昏；季末，年
末 **例** 秋の～[秋末]

暮れ方⓪〈名〉傍晚，黃昏 **例** ～の
柔らかい光[黃昏時分柔和的光線]

暮れ果てる④〈自一〉天完全黑下
來 **例** 冬のロンドンは5時にはも
う～ててしまう[冬天的倫敦5點就
完全天黑了]

暮れる③⓪〈自一〉天黑，太陽下
山；一年(季度)快要結束；失去平
常心，不能理智地判斷 **例** 途方に～
れる[不知如何是好]

暮秋⓪〈名〉暮秋
暮色⓪①〈名〉暮色；黃昏
暮夜①〈名〉晚上，夜晚

★ 歳暮・朝三暮四・朝令暮改・
薄暮・野暮

那 ナ
nà[日＝繁＝簡]

朝 在日語中用於音譯

★ 刹那・檀那

納 おさ・まる/おさ・める/ノウ/ナッ
[納]納 nà[日≒繁≒簡]

收入，放進；接受；享受；繳付

納まる③〈自五〉收納，容納；繳納
例 会費は全部～った[會費全部收
全了]

納める③〈他一〉交納，把東西收起
來；接受 **例** 税金を～める[交稅]

納豆③〈名〉大豆發酵後做成的一種
食品

納得⓪〈名・サ變〉理解，同意
例 ～の行く説明[令人首肯的解釋]

納会⓪〈名〉(組織的)年度最後一次
集會；(證券交易等)每月最後一天
的交易

納棺⓪〈名・サ變〉將遺體放入棺中
納期①〈名〉交納的期限
納骨⓪〈名・サ變〉(火葬)收骨灰
納税⓪〈名・サ變〉納稅
納入⓪〈名・サ變〉交納(錢或物)
納品⓪〈名・サ變〉向客戶交付物品
納付⓪①〈名・サ變〉向政府機關繳
納金錢
納本⓪〈名・サ變〉將完成的書交給客
戶

納涼⓪〈名・サ變〉納涼，乘涼

★ 格納・完納・帰納・献納・採納・
受納・収納・笑納・上納・前納・
滞納・返納・奉納・未納

奈ナ
nài[日＝繁＝簡]

朔 在日語中用於地名以及音譯

奈落⓪〈名〉地獄；底層

耐 た・える/タイ
nài[日＝繁＝簡]

受得住，忍

耐える②〈自一〉忍耐，忍受；抵抗，
經得住 **例** 誘惑に～える[抵抗誘惑]

耐圧⓪〈名〉耐壓

耐火⓪〈名〉耐火

耐寒⓪〈名〉耐寒，耐低溫

耐久⓪〈名〉耐久

耐酸⓪〈名〉耐酸

耐食⓪〈名〉耐腐蝕

耐震⓪〈名〉耐地震

耐水⓪〈名〉防水

耐性⓪〈名〉耐性；抗藥性

耐乏⓪〈名〉忍飢挨餓

耐用⓪〈名〉耐用

★ 忍耐

男 おとこ/ダン/ナン
nán[日＝繁＝簡]

陽性的人；兒子；封建制度五等爵
位的第五等

男③〈名〉男性；雄性；男子漢；情
夫；男佣

男系⓪〈名〉男系譜

男子①〈名〉男孩，男子，男人

例～寮[男宿舍]

男児①〈名〉男孩；男人

男爵①⓪〈名〉男爵

男女①〈名〉男女＝なんにょ

男性⓪〈名〉男性，男子

男声⓪〈名〉男聲

男装⓪〈名〉女扮男裝

男尊女卑⑤〈名〉男尊女卑

男優⓪〈名〉男演員

★ 次男・嫡男・長男

南 みなみ/ナン
nán[日＝繁＝簡]

方向(跟「北」相對)

南⓪〈名〉南，南方；南風

南緯①〈名〉南緯

南欧⓪〈名〉南歐

南下⓪〈名・サ變〉南下

南海⓪〈名〉南海；南太平洋

南極⓪〈名〉南極

南京③〈名〉南京

南国⓪〈名〉南方

南山①〈名〉(佛教)高野山的別稱

南進⓪〈名・サ變〉南進

南船北馬⑤〈名〉南船北馬，輾轉(旅
行)各地

南端⓪〈名〉南端

南東⓪〈名〉東南

南蛮⓪〈名〉對東南亞的舊稱；對葡
萄牙、西班牙的舊稱

南部①〈名〉南部，南方

南米⓪〈名〉南美洲

南方⓪〈名〉南方；東南亞

南北①〈名〉南北

南面⓪〈名・サ變〉面朝南方；稱帝

南洋⓪〈名〉南洋

★ 江_{こう}南_{なん}・西_{せい}南_{なん}・東_{とう}南_{なん}

難 かた・い/むずか・しい/ナン
[難][难]nán(nàn)[日≒繁≒簡]

不容易；不大可能；不好辦；災難，困苦；譴責

難_{かた}い②〈形〉難的 **例** 想像に～くない[不難想像]

難_{むずか}しい④〈形〉難理解、難解決的；麻煩、複雜的；不高興的 **例** ～い文章_{ぶんしょう}[難懂的文章]

難_{なん}易_い①〈名〉難易

難_{なん}解_{かい}⓪〈形動〉難以理解，難懂

難_{なん}関_{かん}⓪〈名〉難關

難_{なん}儀_ぎ①〈名・形動・サ變〉困難的，覺得痛苦；陷入困境 **例** 貧乏で～する[因貧窮而苦惱]

難_{なん}詰_{きつ}⓪〈名・サ變〉責難責問

難_{なん}局_{きょく}⓪〈名〉困難的局面，僵局

難_{なん}件_{けん}⓪〈名〉棘手的、難處理的問題

難_{なん}語_ご⓪〈名〉難懂的詞、話

難_{なん}攻_{こう}不_ふ落_{らく}⑤〈名〉難以攻陷，堅不可摧；難以說服

難_{なん}航_{こう}⓪〈名・サ變〉航行困難；(談判等)進展不順利 **例** ロシヤとの交渉_{こうしょう}は～している[和俄羅斯的交渉進展不順利]

難_{なん}産_{ざん}①〈名・サ變〉難產；進展不順利

難_{なん}字_じ⓪〈名〉難字

難_{なん}治_じ⓪〈名〉難治＝なんち

難_{なん}事_じ〈名〉難事

難_{なん}渋_{じゅう}⓪〈形動・サ變〉晦澀難懂；進展不順利

難_{なん}所_{しょ}③〈名〉險要的地方

難_{なん}症_{しょう}⓪〈名〉難治之症

難_{なん}色_{しょく}⓪〈名〉不贊成的態度、樣子

例 ～を示_{しめ}す[面帶難色]

難_{なん}題_{だい}⓪〈名〉難題；無理要求

難_{なん}点_{てん}⓪〈名〉難點；缺點

難_{なん}読_{どく}⓪〈名〉難讀

難_{なん}破_ぱ⓪〈名・サ變〉(船)遭遇暴風雨受到損壞，失去航行能力

難_{なん}病_{びょう}⓪〈名〉不治之症，難治的病

難_{なん}文_{ぶん}⓪〈名〉難懂的文章

難_{なん}民_{みん}⓪〈名〉難民

難_{なん}問_{もん}⓪〈名〉難題

★ 海_{かい}難_{なん}・艱_{かん}難_{なん}・危_き難_{なん}・救_{きゅう}難_{なん}・苦_く難_{なん}・国_{こく}難_{なん}・災_{さい}難_{なん}・至_し難_{なん}・受_{じゅ}難_{なん}・水_{すい}難_{なん}・遭_{そう}難_{なん}・多_た難_{なん}・盗_{とう}難_{なん}・避_ひ難_{なん}・非_ひ難_{なん}・無_ぶ難_{なん}・厄_{やく}難_{なん}・論_{ろん}難_{なん}

悩 なや・ます/なや・む/ノウ
[悩][恼]nǎo[日≒繁≒簡]

發怒，怨恨；煩悶，苦悶

悩_{なや}ます③〈他五〉使痛苦、苦惱 **例** 彼らは紅海_{こうかい}で炎熱_{えんねつ}に～された[他們被紅海的酷熱弄得苦惱不堪]

悩_{なや}む②〈自五〉煩惱，苦惱 **例** 赤字_{あかじ}に～む[為赤字苦惱]

悩_{のう}殺_{さつ}⓪〈名・サ變〉(女人讓男人)神魂顛倒

悩_{のう}乱_{らん}⓪〈名・サ變〉煩惱，精神錯亂

★ 苦_く悩_{のう}・煩_{ぼん}悩_{のう}

脳 ノウ
[脳][脑]nǎo[日≒繁≒簡]

人和高等動物顱腔內的器官；頭

脳_{のう}①〈名〉腦，頭腦；腦筋，智力

脳_{のう}溢_{いっ}血_{けつ}③〈名〉腦溢血

脳_{のう}炎_{えん}⓪〈名〉腦炎

脳_{のう}外_げ科_か③〈名〉腦外科

脳_{のう}死_し⓪①〈名〉腦部機能喪失

脳神経③〈名〉腦神經

脳髄①〈名〉腦髓

脳天③〈名〉頭頂

脳波①〈名〉腦電波

脳膜①〈名〉腦膜

脳味噌③〈名〉腦汁，腦髓 例 ～を絞る[絞盡腦汁]

脳裏①〈名〉腦海裏

★ 首脳・小脳・頭脳・洗脳・大脳・電脳

内 うち/ダイ/ナイ
nèi[日＝繁＝簡]
裏面(跟「外」相對)；家庭之中；朝廷；妻子

内⓪〈名〉裏面，内部；以内，之内；自己所屬組織、團體

内側⓪〈名〉内側，内部

内弁慶③〈名〉在家耀武揚威、在外軟弱無力(的人)

内輪⓪〈名〉内部(人)，自家(人)；保守，比實際少 例 ～に見積もる[保守估計]

内枠⓪〈名〉内框；分擔數量的範圍之内

内訳⓪〈名〉明細，細目 例 ～書[明細表]

内圧⓪〈名〉來自内部的壓力

内因⓪〈名〉内因

内縁⓪〈名〉非夫妻而同居的男女關係，姘居

内応⓪〈名・サ變〉秘密通敵，叛徒，内應

内奥⓪〈名〉内部深處；靈魂深處

内科⓪〈名〉内科

内外①〈名・接尾〉内外；大概，左右

内閣①〈名〉内閣

内患⓪〈名〉内患

内局⓪〈名〉(中央政府中直接由各部部長領導的)司、局

内勤⓪〈名・サ變〉内勤

内径⓪〈名〉内徑

内向性⓪〈名〉内向性格

内国〈名〉國内

内妻⓪〈名〉不合法的妻子，情人

内債⓪〈名〉内債，國内公債

内在⓪〈名・サ變〉内在

内示⓪〈名・サ變〉(正式通知前的)内部傳達

内耳①〈名〉内耳

内出血③〈名・サ變〉内出血

内緒⓪〈名〉瞞著(他人)，秘密；家庭經濟狀況 例 ～にする[作為秘密]

内情⓪〈名〉内情，内幕

内職⓪〈名・サ變〉副業；(家庭主婦和學生)打工

内親王⑤〈名〉日本皇室公主

内政⓪〈名〉内政

内戦⓪〈名〉内戰

内装⓪〈名〉建築物和汽車的内部裝飾

内臓⓪〈名〉内臟

内蔵⓪〈名・サ變〉内部帶有 例 セルフタイマー～のカメラ[帶自動定時器的相機]

内諾⓪〈名・サ變〉内部非正式的許可

内地①〈名〉本土，内地

内偵⓪〈名・サ變〉暗中偵察

内部①〈名〉内部

内服⓪〈名・サ變〉内服

内紛⓪〈名〉内部糾紛

内包⓪〈名・サ變〉内含，包含

内幕⓪〈名〉内幕＝うちまく

内密⓪〈名・形動〉秘密，暗中，私下，
　不公開

内務①〈名〉内務，内部事務

内面⓪〈名〉内面；精神、心理

内憂外患⓪〈名〉内憂外患

内陸⓪〈名〉内地，内陸

内乱⓪〈名〉内亂，叛亂

★ 案内・以内・家内・学内・管内・
　境内・国内・参内・室内・社内・
　車内・入内・場内・体内・年内・
　幕内

能 ノウ

néng[日＝繁＝簡]

　才幹，本事；有才幹的；善於，勝任

能楽⓪〈名〉能樂(一種古典戲劇)

能動⓪〈名〉能動，主動

能無し⓪〈名〉無能(特指無生活能
　力)

能筆⓪〈名〉擅長書法(的人)

能文⓪〈名〉擅長寫文章(的人)

能弁⓪〈形動〉能言善辯

能面⓪〈名〉能樂的面具

能吏①〈名〉有能力的官吏

能率⓪〈名〉效率 例 人数が多いのに
　仕事の～が上がらない[人數很多，
　工作效率卻上不去]

能力①〈名〉能力

★ 可能・機能・技能・芸能・効能・
　性能・全能・不能・堪能・本能・
　万能・無能・有能

尼 あま/ニ

ní[日＝繁＝簡]

　梵語「比丘尼」的略稱

尼①⓪〈名〉尼姑；修女；對女性的

蔑稱

尼僧⓪①〈名〉尼姑

泥 どろ/デイ

ní[日＝繁＝簡]

　土和水混合成的東西

泥②〈名〉泥，泥土

泥海③②〈名〉泥濁的海；一片泥濘

泥臭い④〈形〉有泥腥味的；土裏土
　氣的 例 ～い服装[土裏土氣的服裝]

泥沼⓪〈名〉泥沼；(比喩)僵局

泥棒⓪〈名〉小偷

泥水②〈名〉泥水，髒水＝でいすい

泥道②〈名〉一下雨就泥濘的道路

泥酔⓪〈名・サ變〉爛醉如泥

★ 拘泥・雲泥

擬 ギ

[擬][　]ní[日＝繁≒簡]

　仿造 辨 日語中沒有「打算」的意思

擬音⓪〈名〉(影視劇的)配音

擬古①〈名〉擬古，仿古

擬似①〈名〉擬似，模擬

擬人⓪〈名〉擬人

擬制⓪〈名〉仿製，仿造

擬声⓪〈名〉擬聲

擬装⓪〈名〉偽裝，化裝＝偽裝

擬態⓪〈名〉擬態

★ 模擬

逆 さか・らう/ギャク/ゲキ

nì[日＝繁＝簡]

　方向相反；抵觸，不順從；背叛

逆毛⓪〈名〉倒豎的頭髮

逆立ち⓪〈名・サ變〉倒立；顛倒 例 順
　序が～している[順序顛倒了]

逆巻く③〈自五〉(波濤)洶湧，翻捲
　例 〜く怒涛[洶湧的波濤]

逆目⓪〈名〉(刨木板時)與木料紋理
　反向

逆らう③〈自五〉逆向而動；反抗，
　頂撞 例 歴史の流れに〜う[違背歷
　史潮流]

逆⓪〈名・形動〉逆，反，倒

逆効果③〈名〉相反的效果
　＝ぎゃっこうか

逆算⓪〈名・サ變〉倒過來算

逆襲⓪〈名・サ變〉反擊，反攻

逆順⓪〈名〉倒過來數的順序；順
　逆，是非；逆境與順境

逆心⓪〈名〉叛逆之心

逆臣⓪〈名〉逆臣，叛臣

逆説⓪〈名〉悖論

逆接⓪〈名〉(語法)轉折，逆接

逆賊⓪〈名〉逆賊

逆手⓪〈名〉反扭對方胳膊；與對方
　預計相反的做法 例 〜に取る[將計
　就計]＝さかて

逆転⓪〈名・サ變〉逆轉，反過來；
　(飛機)翻筋斗

逆風⓪〈名〉逆風，頂風

逆戻り③⓪〈名・サ變〉反過來，倒
　退；走回頭路 例 全般的に見て、今
　の中東情勢は〜という状態にあ
　る[總的來看，現在的中東形勢正處
　在倒退的狀態之中]

逆輸出③〈名・サ變〉(把進口的東西
　加工後)再出口

逆輸入③〈名・サ變〉(把已出口的東
　西作為加工品)再進口

逆用⓪〈名・サ變〉反過來使用、利用

逆流⓪〈名・サ變〉逆流，倒流

逆浪⓪〈名〉妨礙船行進的波浪
　＝さかなみ

逆境⓪〈名〉逆境

逆光⓪〈名〉逆光

逆行⓪〈名・サ變〉倒行，反向前進

逆鱗⓪〈名〉傳說中龍的鱗，觸之則
　勃然大怒 例 〜に触れる[觸怒龍顏]

★悪逆・順逆・大逆・反逆

匿 トク
nì[日＝繁＝簡]
隱藏，躲避

匿名⓪〈名〉匿名

★隠匿・秘匿

溺 おぼ・れる/デキ
nì[日＝繁＝簡]
淹沒在水中；沉迷不悟，過分

溺れる④⓪〈自下一〉淹死；沉溺，
　沉湎

溺愛⓪〈名・サ變〉溺愛

溺死⓪〈名・サ變〉溺死

★耽溺・惑溺

年 とし/ネン
nián[日＝繁＝簡]
地球繞太陽一周的時間；每年的；
歲數；時期，時代；年景，收成

年②〈名〉年；年齡

年越し⓪〈名・サ變〉辭舊歲迎新年；
　除夕夜 例 〜蕎麦[除夕夜吃的蕎麥
　麵條]

年頃⓪〈名〉大致的年齡；適合(結
　婚)的年齡 例 退職してもいい〜
　[該要退休的年齡]

年下⓪〈名〉年齡小(的人)

例神田君は僕より二つ～です[神田君比我小兩歲]

年回り③〈名〉流年 例～がいい[流年吉利]

年寄り③④〈名〉老年人

年賀①〈名〉賀年，拜年 例～状[賀年卡]

年額⓪〈名〉年額

年刊⓪〈名〉年刊

年鑑⓪〈名〉年鑑

年間⓪〈名〉一年之間；年度

年忌⓪〈名〉每年的忌辰

年季⓪〈名〉學徒期，學徒的年數 例～を入れる[積累經驗]

年金⓪〈名〉每年領取的養老金

年月①〈名〉年月，歲月，光陰

年限③〈名〉年限

年功⓪〈名〉資歷，工齡；(與資歷相應的)熟練技術，老練 例～序列[論資排輩]

年号③〈名〉年號

年産①〈名〉年產(量)

年始①〈名〉年初，一年的開始

年次①〈名〉每年，逐年；年次，一年一年的順序

年収⓪〈名〉年收入

年中①〈名〉一年之中，一年到頭

年初①〈名〉年初

年商⓪〈名〉年營業額，年銷售額

年少⓪〈名・形動〉年少

年数③〈名〉年數，年頭

年中⓪①〈名〉「年中」的新說法

年長⓪〈形動〉年長，年齡大

年度①〈名〉年度

年内①〈名〉年內

年年⓪〈副〉年年，逐年

年配⓪〈名〉大致年齡；(閱歷豐富的)中年人；年紀大 例～の紳士[中年紳士]＝年輩

年表⓪〈名〉年表

年譜⓪〈名〉年譜

年賦⓪〈名〉分年付款 例五年の～で払う[分5年付款]

年俸⓪〈名〉年俸，以年為單位支付的工資

年報⓪〈名〉年報，每年一次的報告

年末⓪〈名〉年末

年利⓪〈名〉年利息

年率⓪〈名〉年利率

年輪⓪〈名〉樹木的年輪；事物發展變化的歷史過程

年齢⓪〈名〉年齡

★往年・旧年・享年・凶年・近年・後年・若年・弱年・周年・少年・新年・成年・青少年・青年・壮年・長年・定年・当年・同年・晩年・平年・豊年・忘年・毎年・余年・暦年・暦年・連年

粘 ねば・る/ネン

nián(zhān)[日＝繁＝簡] 使物體黏合的性質 辨 在日語中，與表示使兩者相附著的「黏」(nián)不通用

粘り気⓪〈名〉黏性 例～のあるオイル[有黏性的油]

粘り強い⑤〈形〉黏性大的；堅韌不拔、堅持不懈的 例～い努力がついに報われた[堅持不懈的努力終於得到回報]

粘る②〈自五〉黏，發黏；堅持不懈 例最後まで～ってついに逆転した

[堅持到最後，終於反敗為勝]

粘液⓪①〈名〉黏液

粘性⓪〈名〉黏性

粘着⓪〈名〉黏附，黏著

粘土①〈名〉黏土

粘膜①〈名〉黏膜

捻 ひねく・る/ひね・る/ねじ・る/ネン
niǎn[日＝繁＝簡]

用手指搓 辨 在日語中還有「強使力」的意思

捻くり回す⑥③〈他五〉搓弄，擺弄；琢磨，推敲

捻くる③〈他五〉捻，搓揉；強詞奪理

捻り出す④〈他五〉絞盡腦汁地想；擠出

捻り回す⑤〈他五〉搓弄，擺弄；絞盡腦汁去做

捻じる②〈他五〉擰，扭

捻挫⓪〈名・サ變〉扭傷，挫傷

捻出⓪〈名・サ變〉絞盡腦汁想出；擠出

念 ネン
[念][念]niàn[日≒繁＝簡]

惦記，常常想；想法，心中的打算；説，誦讀

念入り⓪〈形動〉用心，周到，細緻 例 ～に準備する[認真準備]

念者①〈名〉細心的人

念願⓪〈名・サ變〉心願，夙願 例 多年の～[多年的夙願]

念頭⓪〈名〉心頭，心裏 例 ～に浮かぶ[浮上心頭]

念仏⓪〈名・サ變〉念佛，念經

★ 概念・観念・祈念・記念・懸念・雑念・残念・思念・執念・信念・専念・俗念・丹念・断念・無念

娘 むすめ
[娘][娘]niáng[日≒繁＝簡]

年輕女子 辨 在日語中，僅指「女兒，少女，姑娘」

娘③〈名〉女兒；少女，姑娘

娘心④〈名〉少女情懷

娘盛り④〈名〉少女的青春時期，妙齡

嬢 ジョウ
[嬢][娘]niáng[日≒繁≒簡]

年輕女子

嬢①〈名〉姑娘；(接在未婚女子名字的後面，表敬稱)小姐 例 交換～[女話務員]

嬢ちゃん①〈名〉小妹妹，小姑娘

★ 愛嬢・令嬢

醸 かも・す/ジョウ
[醸][酿]niàng[日≒繁≒簡]

利用發酵作用製造；形成

醸す②〈他五〉醸造；醸成，引起 例 物議を～す[引起議論，招致批評]

醸成⓪〈名・サ變〉醸成

醸造⓪〈名・サ變〉醸造

★ 吟醸

鳥 とり/チョウ
[鳥][鸟]niǎo(diǎo)[日≒繁≒簡]

脊椎動物的一綱 辨 在日語中，多指雞

とり
鳥 ⓪〈名〉鳥，鳥類；雞，雞肉
とり い
鳥居 ⓪〈名〉神社入口處的牌坊
とり かご
鳥籠 ⓪〈名〉鳥籠
とり にく
鳥肉 ⓪〈名〉雞肉，鳥肉
とり はだ
鳥肌 ⓪〈名〉雞皮疙瘩 例 ～が立つ
[起雞皮疙瘩]
とり め
鳥目 ⓪〈名〉古時中間有洞的貨幣(因
其洞像鳥的眼睛)
ちょう かん
鳥瞰 ⓪〈名・サ變〉鳥瞰，俯瞰
ちょうじゅう
鳥獣 ⓪〈名〉飛禽走獸
ちょう るい
鳥類 ①〈名〉鳥類

★ あい ちょう えき ちょう がい ちょう ほ ご ちょう
  愛鳥・益鳥・害鳥・保護鳥・
  や ちょう だ ちょう
  野鳥・駝鳥

尿 ニョウ
niào[日＝繁＝簡]

小便
にょう
尿 ①〈名〉尿
にょう い
尿意 ①〈名〉尿意
にょう かん
尿管 ⓪〈名〉輸尿管
にょう さん
尿酸 ⓪〈名〉尿酸
にょう そ
尿素 ①〈名〉尿素
にょう どう
尿道 ⓪〈名〉尿道
にょう どく しょう
尿毒症 ③④〈名〉尿毒症

★ い にょう けん にょう はい にょう ひ にょう き
  遺尿・検尿・排尿・泌尿器・
  り にょう
  利尿

寧 むし・ろ/ネイ
[寧][宁]níng(nìng)
[日＝繁≒簡]

平安；情願，不如
むし
寧ろ ①〈副〉寧可，莫如 例 名 な より
み えら
も～実を選ぶ[與其要名，莫如求實]
ねい じつ
寧日 ⓪〈名〉安寧的時候

★ あん ねい てい ねい
  安寧・丁寧

凝 こ・らす/こ・る/ギョウ
níng[日＝繁＝簡]

氣體變為液體或液體變為固體；聚
集，集中
こ
凝らす ②〈他五〉集中精力於，聚精
め
會神地做 例 目を～す[凝視]
こ
凝る ①〈自五〉熱衷於；精致，考究；
けい ば
(肌肉)酸疼 例 競馬に～っている
[熱衷於賽馬]
ぎょうけつ
凝結 ⓪〈名・サ變〉凝結，凝固
ぎょうけつ
凝血 ⓪〈名・サ變〉凝血
ぎょう こ
凝固 ①⓪〈名・サ變〉凝固
ぎょう し
凝視 ⓪①〈名・サ變〉凝視
ぎょうしゅう
凝集 ⓪〈名・サ變〉凝集
ぎょうしゅく
凝縮 ⓪〈名・サ變〉濃縮
ぎょう たい
凝滞 ⓪〈名・サ變〉遲滯不前
ぎょうちゃく
凝着 ⓪〈名・サ變〉凝結並附著

牛 うし/ギュウ
niú[日＝繁＝簡]

家畜，牛
うし
牛 ⓪〈名〉牛
うし か
牛飼い ⓪〈名〉養牛人，牛倌
うし じ
牛耳 ⓪①〈名〉牛耳
ぎゅう じ
牛耳る ③〈他五〉執牛耳，控制，主
しゃちょう いんたい
宰 例 あの社長は引退したが，まだ
かいしゃ
会社を～っている[那社長雖已退
休，還控制著公司]
ぎゅう しゃ
牛舎 ①〈名〉牛棚
ぎゅう しゃ
牛車 ①〈名〉牛拉的車＝ぎっしゃ
ぎゅう とう
牛刀 ⓪〈名〉殺牛的刀
ぎゅうにゅう
牛乳 ⓪〈名〉牛奶
ぎゅう ひ
牛皮 ⓪〈名〉牛皮
ぎゅう ほ
牛歩 ①〈名〉牛步，慢條斯理的步伐
ぎゅう らく
牛酪 ⓪〈名〉黃油

★ すいぎゅう とうぎゅう にくぎゅう にゅうぎゅう や ぎゅう
  水牛・闘牛・肉牛・乳牛・野牛

農 ノウ
[農][农]nóng[日≒繁≒簡]

種莊稼，與種莊稼有關的；種莊稼的人

農園⓪〈名〉農園，菜園，果園
農家①〈名〉農家，農戶
農学①⓪〈名〉農學，農業學
農閑期③〈名〉農閒期
農期①〈名〉農時；農忙期
農協⓪〈名〉農協(「農業協同組合」的略稱)
農業①〈名〉農業
農具①〈名〉農具
農芸⓪①〈名〉農藝
農耕⓪〈名〉農耕
農作⓪〈名〉耕種，耕作
農作業③〈名〉農活
農作物④〈名〉農作物
農産物③〈名〉農產品
農事①〈名〉農事，農活
農場⓪③〈名〉農場
農政⓪〈名〉農業行政
農村⓪〈名〉農村
農地①〈名〉農地
農奴①〈名〉農奴
農繁期③〈名〉農忙季節
農夫⓪〈名〉農夫
農民⓪〈名〉農民，莊稼人
農薬⓪〈名〉農藥

★帰農・豪農・重農主義・貧農・富農・酪農

濃 こ・い/ノウ
[濃][浓]nóng[日≒繁≒簡]

含某種成分多；深厚

濃い①〈形〉(顔色)深的；(味道)濃的；濃密、濃厚的 **例** ～い化粧[濃妝豔抹]
濃艶⓪〈形動〉濃豔，妖豔
濃厚⓪〈形動〉濃重，濃厚；令人印象深刻
濃縮⓪〈名・サ變〉濃縮
濃淡③⓪〈名〉濃淡
濃度①〈名〉濃度
濃密⓪〈形動〉濃烈，濃密，濃厚
濃霧①〈名〉濃霧
濃緑⓪〈名〉濃綠色(比深綠色暗)
＝こみどり

弄 いじく・る/いじ・る/まさぐ・る/もてあそ・ぶ/ロウ
nòng[日＝繁＝簡]

手拿著、擺弄著或逗引著玩兒；玩耍 **辨** 在日語中沒有表示「小巷」的名詞用法

弄くる③〈他五〉擺弄，撥弄
弄る②〈他五〉擺弄，撥弄
弄る③⓪〈他五〉玩弄，擺弄
弄ぶ④⓪〈他五〉擺弄；玩弄，捉弄

★玩弄・愚弄・嘲弄・翻弄

女 おんな/め/ジョ/ニョ/ニョウ
nǚ[日＝繁＝簡]

陰性的人；女兒

女③〈名〉女性，女人，婦女；情婦
女盛り④〈名〉女子最美好的年華
女神①〈名〉女神＝じょしん
女医⓪①〈名〉女醫生
女王②〈名〉女王
女傑⓪〈名〉女中豪傑

女権⓪〈名〉女權，婦女的權利

女工⓪〈名〉女工

女子①〈名〉女孩子；女性，女子
例～大〔女子大學〕；～寮〔女宿舍〕

女史①〈名〉女士，女史

女囚⓪〈名〉女囚，女犯

女将⓪〈名〉(旅館、飯館等)女主
人，女掌櫃＝女将

女性⓪〈名〉女性，女人

女声⓪〈名〉女聲

女装⓪〈名・サ變〉男扮女裝

女体⓪〈名〉女性的身體＝によたい

女中⓪〈名〉女傭，女僕；女招待

女帝⓪〈名〉女皇帝

女優⓪〈名〉女演員

女流⓪〈名〉女流

女郎⓪〈名〉女性；賣春婦

女房①〈名〉「妻子」的俗稱，老婆；
古時宮中的宮女

★ 才女・処女・少女・男尊女卑・
長女・天女・婦女・養女・烈女

奴 やつ/ド/ヌ
nú[日＝繁＝簡]

階級社會中受壓迫、剝削、使役的
沒有人身自由的人

奴①〈名・代〉(俗)傢伙，東西；那小
子，那傢伙 例あんな～は大嫌いだ
[最討厭那樣的傢伙]

奴隷⓪〈名〉奴隸

奴婢①〈名〉奴婢

★ 守銭奴・農奴・売国奴

努 つと・める/ド
nú[日＝繁＝簡]

儘量用力

努める③〈自他一〉努力，致力
例 技術の向上に～める[致力於技
術的提高]

努力①〈名・サ變〉努力 例～家[努力
的人]

怒 いか・る/おこ・る/ド
nù[日＝繁＝簡]

生氣，氣憤；氣勢盛

怒り⓪〈名〉憤怒(的心情) 例 国民
の～を呼ぶ[激起民憤]

怒る②〈自五〉生氣，發怒；聳肩
例 烈火のごとく～る[勃然大怒]

怒る②〈自他五〉生氣，發怒；訓斥
例 昨夜のことで彼女はまだ～って
いるらしい[她似乎還在為昨晚的事
生氣]

怒気①〈名〉怒氣

怒号⓪〈名・サ變〉怒吼，怒號

怒声⓪〈名〉怒吼聲

怒張⓪〈名・サ變〉(血脈)怒張

怒濤⓪〈名〉怒濤

怒鳴る②〈自五〉大聲叫；大聲斥責
例「だれだっ!」と彼は大声で～っ
た[「誰!」他大聲喝道]

怒髪⓪〈名〉怒髮

★ 赫怒・激怒・憤怒

暖 あたた・か/あたた・かい/あた
た・まる/あたた・める/ダン
nuǎn[日＝繁＝簡]

暖和，不冷；使溫和

暖か③②〈形動〉暖和，溫暖
例～な病室[溫暖的病房]

暖かい④〈形〉溫暖，暖和；熱情；
和睦；手頭寬裕

例～い歓迎[熱烈的歡迎]

暖まる④〈自五〉暖，緩和；感到溫暖；手頭寬裕 例体の～る飲み物[暖身子的飲料]

暖める④〈他一〉使變暖、變熱；重溫；在心裏斟酌直至其完善 例スープを～める[熱湯]

暖衣①〈名〉暖和的衣服

暖気①〈名〉暖流，溫暖

暖色⓪〈名〉暖色(紅、黃、橙)

暖地①〈名〉氣候溫暖的地方

暖冬⓪〈名〉暖和的冬天

暖房⓪〈名・サ變〉暖氣，供暖設備 例この建物(たてもの)は～がない[這房子沒有取暖設備]

暖流⓪〈名〉暖流

暖炉①〈名〉壁爐；取暖用火爐

★温暖・寒暖・春暖

虐 しいた・げる/ギャク
[虐][虐]nüè[日≒繁＝簡]

殘暴

虐げる④〈他一〉虐待；凌辱；欺壓 例～げられた人々ひとびと[被壓迫的人們]

虐殺⓪〈名・サ變〉虐殺，屠殺

虐使①〈名・サ變〉粗暴地使用

虐政⓪〈名〉苛政

虐待⓪〈名・サ變〉虐待

★残虐・自虐・暴虐

諾 ダク
[諾][诺]nuò[日≒繁≒簡]

答應，應允

諾意①〈名〉同意

諾する③〈サ變〉知道，同意

諾否①〈名〉同意與否

★一諾千金・快諾・許諾・受諾・承諾・内諾・黙諾

O ㄛ

欧 オウ
[歐][欧]ōu[日＝簡≒繁]

歐洲

欧亜①〈名〉歐亞，歐洲和亞洲

欧化⓪〈名・サ變〉歐化

欧州①〈名〉歐洲

欧風⓪〈名〉歐式

欧米⓪〈名〉歐美

★西欧・渡欧・東欧・南欧・訪欧・北欧

殴 なぐ・る/オウ
[毆][殴]ōu[日≒簡≒繁]

打人

殴り合う④〈自五〉互相毆打，對打

殴り殺す⑤〈他五〉打死 例物干し竿で鼠を～す[用曬衣杆將老鼠打死]

殴り倒す⑤〈他五〉打倒 例一発で相手を～した[一下子就擊倒了對手]

殴り飛ばす⑤〈他五〉痛打，狠狠地打 例泥棒を～したのは一人の青年だった[痛打小偷的是一個青年]

殴る②〈他五〉用拳頭擊打頭、面部 例彼は痣ができるほど～られた[他被打得鼻青臉腫]

殴殺⓪〈名・サ變〉打死，毆打致死

殴打①〈名・サ變〉毆打

偶 グウ

ǒu[日＝繁＝簡]

用木頭或泥土等製成的人形；雙、
對，成雙或成對；事理上不一定要
發生而發生的；指丈夫或妻子

偶因⓪〈名〉偶然原因

偶作⓪〈名〉偶然的作品

偶人⓪〈名〉偶人

偶数③〈名〉偶數，雙數

偶然⓪〈名・副〉偶然

偶像⓪〈名〉偶像

偶発⓪〈名・サ變〉偶然發生

偶力①〈名〉(物理)力偶

★**対偶・土偶・配偶・木偶**(＝でく)

P ㄆ

拍 ハク/ヒョウ

pāi[日＝繁＝簡]

用手掌打；樂曲的節奏

拍車①〈名〉馬刺，刺馬針 **例**～をか
ける[加快速度]

拍手①〈名・サ變〉拍手，鼓掌；(參
拜神佛時)拍手

拍子③⓪〈名〉(音)拍子；打拍子；
一…的時候 **例**滑った～に足をく
じいた[一滑就把腳扭了]

★**脈拍**

俳 ハイ

pái[日＝繁＝簡]

古代的雜戲，滑稽劇，也指演這種
戲的人；詼諧，玩笑，滑稽，幽默

俳画⓪〈名〉含有俳句風格的水墨畫
或寫意淡彩畫

俳諧⓪①〈名〉一種帶詼諧趣味的和
歌，連歌；連句；俳句

俳句③①〈名〉俳句(由五、七、五三
句共17個音節組成的短詩)

俳号⓪③〈名〉俳句詩人的筆名(雅
號)

俳人⓪〈名〉俳句詩人

俳壇⓪〈名〉俳句界

俳文⓪〈名〉具有俳句風味的散文

俳優⓪〈名〉(電影、戲劇)演員

排 ハイ

pái[日＝繁＝簡]

擺成行；行列；除去

排煙⓪〈名・サ變〉(煙囪裏冒出的)
煙；排煙

排外⓪〈名〉排外

排気⓪〈名・サ變〉排氣；發動機排出
的廢氣

排撃⓪〈名・サ變〉排擠，抨擊

排出⓪〈名・サ變〉排出；排泄

排除①〈名・サ變〉排除

排水⓪〈名・サ變〉排水 **例**～溝[排水
溝]

排する③〈サ變〉排，排除；推開；
排列
例戸を～して入る[推門進入]

排斥⓪〈名・サ變〉排斥，抵制

排他⓪〈名〉排他，排外

排日⓪〈名〉排日，排斥日本

排尿⓪〈名・サ變〉排尿，小便

排便⓪〈名・サ變〉排便，排糞

排卵⓪〈名・サ變〉排卵

排泄⓪〈名・サ變〉排泄

派 ハ
[派][派]pài[日≒繁＝簡]

水的支流；一個系統的分支；分配，指定

派遣⓪〈名・サ變〉派遣

派手②〈形動〉華麗；(俗)大肆，鋪張 **例** 彼は〜好みだ[他好擺排場]

派出所④〈名〉(總公司等派出的人員的)駐地辦公室；警察派出所

派生⓪〈名・サ變〉派生

派閥⓪〈名〉幫派，派別

派兵⓪〈名・サ變〉派兵，出兵

★ 一派・学派・硬派・主流派・宗派・党派・特派・軟派・分派・別派・立派・流派

盤 バン
[盤][盤]pán[日＝繁≒簡]

盛放東西的扁而淺的器具；形狀像盤子的東西

盤台⓪〈名〉長圓形大而淺的盤子

盤面⓪〈名・サ變〉圍棋或象棋的表面；圍棋或象棋勝負的趨勢；唱盤或CD盤的表面

★ 基盤・銀盤・鍵盤・骨盤・算盤・石盤・旋盤・地盤・銅盤・羅針盤

判 ハン/バン
[判][判]pàn[日≒繁＝簡]

分辨，斷定；分開；評定；司法機關對案件的裁決 **辨** 在日語中，還有「畫押」「圖章」「金幣」的意思

判官①〈名〉古代一種官職；裁判官 **例** 〜びいき[偏袒弱者]

判決⓪〈名・サ變〉(法院的)判決

判事①〈名〉法官的一種，分設在高等法院和地方法院

判ずる⓪〈サ變〉判斷；思考之後給予定義＝はんじる

判然⓪〈副・たる〉清楚了解

判断①〈名・サ變〉判斷

判定⓪〈名・サ變〉判定

判読⓪〈名・サ變〉判讀

判別⓪〈名・サ變〉判別，判斷

判明⓪〈名・サ變〉清楚地了解、斷定

判例⓪〈名〉判決的實例

★ 公判・裁判・小判・審判・大判・談判・批判・評判

畔 あぜ/ハン
pàn[日＝繁＝簡]

田地的界限

畔②〈名〉田埂

★ 河畔・湖畔

泡 あわ/ホウ
[泡][泡]pào[日≒繁＝簡]

氣體在液體內使液體鼓起來的球狀體；像氣泡一樣的東西

泡②〈名〉泡沫

泡立③〈自五〉出很多泡沫 **例** この石鹼はよく〜つ[這個肥皂容易起泡沫]

泡立てる④〈他一〉使…出很多泡沫 **例** 〜てたクリーム[攪起泡沫的奶油]

泡沫⓪〈名〉泡沫

★ 気泡・水泡・発泡

砲 ホウ
[砲][炮]pào(pāo)(páo)
[日≒繁≒簡]

重型武器的一類 辨 在日語中，沒
有讀成 pāo 時的「烘烤」，以及讀成
páo 時的「燒」的意思

砲煙⓪〈名〉打砲時的煙塵

砲火①〈名〉打砲時噴出的火

砲艦①〈名〉警備用的小型軍艦

砲丸⓪〈名〉砲彈

砲撃⓪〈サ變〉大砲轟擊

砲手①〈名〉操縱大砲的人

砲術⓪〈名〉操縱大砲的技巧

砲声⓪〈名〉大砲發出的聲音

砲台⓪〈名〉放置大砲的地方

砲弾⓪〈名〉砲彈

砲兵①〈名〉砲兵

★ 巨砲・空砲・高射砲・号砲・
銃砲・大砲・鉄砲・発砲・礼砲

陪 バイ
péi[日＝繁＝簡]

隨同，在旁邊做伴；從旁協助，輔佐

陪観⓪〈名・サ變〉陪同地位高的人一
起參觀(的人)

陪従⓪〈名・サ變〉伴隨在地位高的人
左右(的人)

陪乗⓪〈名・サ變〉與地位高的人同乘
一輛車(的人)

陪食⓪〈名・サ變〉與地位高的人一同
用餐(的人)

陪審員③〈名〉陪審員

陪席⓪〈名・サ變〉與地位高的人同
席；陪同法官，幫助主法官進行裁
判

培 つちか・う/バイ
péi[日＝繁＝簡]

植物根基部分加土使其生長；幫助

和保護，以使成長

培う③〈他五〉栽種(花草)；培養，
養育 例 豊かな心を～う[培養出優
秀的品質]

培養⓪〈サ變〉培養

★ 栽培

賠 バイ
[賠][賠]péi[日＝繁≒簡]

補還損失 辨 在日語中，沒有「虧損」
的意思

賠償⓪〈名・サ變〉賠償

配 くば・る/ハイ
pèi[日＝繁＝簡]

兩性結合；相互分工合作；用適當
的標準加以調和；有計畫地分派，
安排；流放；把缺少的補足

配る②〈他五〉分配；配置 例 新聞
を～る[分發報紙]

配意①〈名・サ變〉關心，關懷，關
照，怕有閃失，擔心有不周到的地
方 例 ご～、ありがとう[多謝您的
關心]

配下①〈名〉部下；支配下

配管⓪〈サ變〉配裝煤氣或水管

配給⓪〈サ變〉分配物品

配偶⓪〈名〉配偶

配合⓪〈名・サ變〉巧妙組合 例 ～飼
料[配合飼料] 辨 在漢語中，「配
合」是為了某一共同任務而分工合
作、協調一致地行動(協力する)，
以及夫妻般配的(似合う)意思

配剤⓪〈名・サ變〉配藥，調劑

配所⓪〈名〉受刑而被發配的地方

配水⓪〈名・サ變〉分配水

配する③〈サ變〉分配；組合；配置；
　發配
配線⓪〈名・サ變〉裝電線；用電線連
　接電器產品的零件
配膳⓪〈名・サ變〉在客人面前呈上食
　品
配送⓪〈名・サ變〉分送，發送，投遞
配属⓪〈名・サ變〉分配(人員)做不同
　的事
配達⓪〈名・サ變〉分送，投遞
配置⓪〈名・サ變〉把人或物分配到合
　適的位置上 **例**～転換［改變原來的
　分配］
配電⓪〈名・サ變〉配電
配当⓪〈名・サ變〉分配；(分)紅利；
　由賭博分到的錢
配備①〈名・サ變〉配置並裝配
配付⓪〈名・サ變〉分配給每個人
配分⓪〈名・サ變〉分配
配本⓪〈名〉發給讀者的出版物的預
　覽本；把出版物分送到各小店
配役⓪〈名〉分配角色
配慮①〈名〉考慮，考量
配列⓪〈名・サ變〉排順序
★ 軍配・交配・勾配・差配・采配・
　支配・手配・集配・心配・遅配・
　年配・分配

噴 ふ・く/フン
　［噴］［喷］pēn［日＝繁≒簡］
　散著；射出
噴く①〈他五〉噴 **例**火を～く［噴火］
噴煙⓪〈名〉火山噴出的煙
噴火⓪〈名・サ變〉火山噴發
噴気①〈名〉噴出的蒸汽(煤氣)
噴射⓪〈サ變〉噴出氣體或液體

噴出⓪〈サ變〉噴出
噴水⓪〈名〉噴泉，噴水裝置
噴泉⓪〈名〉噴出的泉水、溫泉
噴飯⓪〈サ變〉(笑得)噴飯
噴霧器⓪〈名〉噴霧器＝スプレー
噴油①〈名・サ變〉從油井中噴出石油
噴流⓪〈名・サ變〉噴湧而出的激流

盆 ボン
　pén［日＝繁＝簡］
　盛放或洗滌東西的用具 **辨** 在日語
　中，還特用來指盂蘭盆節
盆⓪〈名〉能裝餐具並且能移動的工
　具；(日本的)盂蘭盆節
盆景⓪〈名〉盆景
盆栽⓪〈名〉供觀賞用的盆栽草木
盆石⓪〈名〉放在花盆中供觀賞的石頭
盆地⓪〈名〉盆地
盆暮れ①〈名〉盂蘭盆節和年末
盆踊り③〈名〉在盂蘭盆節跳的舞蹈
★ 旧盆・新盆

棚 たな
　péng［日＝繁＝簡］
　擱放東西用的板子，架子 **辨** 在漢語
　中，指支起來遮風雨或日光的東西
棚⓪〈名〉置物用的板子；大陸架
棚上げ⓪〈サ變〉貯存商品以待升
　值；暫時保留
棚牡丹⓪〈名〉意外的收穫＝棚から
　牡丹餅
★ 戸棚・書棚・食器棚・大陸棚・
　藤棚

膨 ふく・らむ/ふく・れる/ボウ
　péng［日＝繁＝簡］

漲大；重量或體積增大

膨らむ⓪〈自五〉膨脹變大

例 パンはなかなか～まない［麵包怎麼也發不起來］

膨れる⓪〈自一〉從裏面膨脹開

例 予算はなかなか～れあがった［預算相當龐大］

膨大⓪〈形動・サ變〉很大，很多；膨脹變大

膨脹⓪〈サ變〉體積膨脹；規模變大＝膨張

批ㄆ
[批][批]pī［日≒繁＝簡］

附註的意見或注意點；攻擊；判斷

批准⓪〈名・サ變〉國家政府批准某項條約

批正⓪〈名・サ變〉［文］批評，使其改正錯誤

批点⓪〈名〉（批改文章等加的）圈點；（對詩歌、文章等重要地方加的）圈點；應該修改之處

批判⓪〈名・サ變〉批評、判斷（善惡是非）

批評⓪〈名・サ變〉批判（善惡是非）

披ㄆ
pī［日＝繁＝簡］

覆蓋在肩上；打開，展示

披見⓪〈サ變〉［文］打開文件看 例 手紙を～する［拆閱信件］

披露①〈サ變〉展示給別人，讓別人看

披瀝⓪〈名・サ變〉把自己的內心無保留地告訴別人

皮かわ/ヒ
pí［日＝繁＝簡］

人和動植物體表的一層組織；獸皮或皮毛的製成品；表面

皮②〈名〉動植物的皮或物體的外表；皮革，皮草

皮切り⓪〈名〉事物的開端

皮衣③〈名〉毛皮的衣服，裘皮衣

皮算用③〈名〉「取らぬ狸の皮算用」的略語，表示打如意算盤，指望過早

皮下②〈名〉皮下

皮革⓪〈名〉皮革

皮脂①〈名〉皮脂，由皮脂腺分泌的物質

皮相⓪〈名・形動〉事物的表面現象

皮肉⓪〈名・形動〉諷刺，刁難；和期望相去甚遠，無奈 例 ～な運命［令人無奈的命運］ 辨 在漢語中，指皮和肉，還能借指肉體，但沒有「諷刺」的意思

皮肉る③〈他五〉諷刺，嘲諷 例 漫画で世相を～る［用漫畫來諷刺世道］

皮膚①〈名〉皮膚

皮膜⓪〈名〉皮和膜，皮膚和黏膜；皮膜，黏膜；（喻）微小的差別

★ 外皮・樹皮・脱皮・表皮・面皮

疲つか・れる/ヒ
pí［日＝繁＝簡］

身體感覺勞累；懈怠，不起勁

疲れ果てる⑤〈自一〉極度疲勞 例 ～てる時休んだほうがいい［極度疲勞的時候最好休息］

疲れ切る④〈自五〉筋疲力盡，極度疲勞 例 山を登って～てしまった［爬山累得筋疲力盡］

疲れる③〈自一〉疲勞；性能或質量
出現衰弱 例 土地が～れる［土地貧
瘠］

疲弊⓪〈名・サ變〉疲憊，疲乏；疲
敝，凋敝

疲劳⓪〈名・サ變〉疲勞，性能變弱

匹 ひき/ヒツ
pǐ［日＝繁＝簡］

量詞；單獨；比得上，相敵 辨 在日
語中，還可以用於體積小的鳥獸以
及蟲魚等的計數單位

匹⓪〈名〉動物的記數單位，隻；布
匹的計算單位 例 魚3～［3 條魚］

匹敵⓪〈名・サ變〉匹敵，媲美

匹夫①〈名〉匹夫

★ 馬匹

癖 くせ/ヘキ
pǐ［日＝繁＝簡］

對事物的偏愛成為習慣

癖②〈名〉某人的脾氣，習氣；獨特
的性格 例 ～のある文章［有個性的
文章］

癖毛⓪〈名〉捲髮怪癖

★ 悪癖・潔癖・酒癖・習癖・性癖・
盗癖

偏 かたよ・る/ヘン
piān［日＝繁＝簡］

歪，不在中間；不全面，不正確；旁

偏る③〈自五〉偏向一邊；不平衡，不
公平 例 ～った処置［不公平的處理］

偏愛⓪〈サ變〉偏愛

偏角⓪〈名〉偏角

偏狭⓪〈名・形動〉土地面積狹小；度

量小

偏屈①〈名・形動〉頑固，倔強

偏見⓪〈名〉偏見

偏光⓪〈名〉偏光

偏向⓪〈名・サ變〉偏向，傾向

偏差①〈名〉偏差

偏在⓪〈サ變〉個別存在

偏執⓪〈名〉偏執

偏重⓪〈名・サ變〉過分強調某個方面

偏食⓪〈名・サ變〉偏食，挑食

偏頗①〈名・形動〉不公平，偏頗

★ 人偏・不偏

片 かた/ヘン
piàn［日＝繁＝簡］

平而薄的物體；少，零星 辨 日語中
還有「一對當中的一方、一個」，以
及「收拾、整理」的意思

片⓪〈接頭〉一對事物的其中一個；
偏僻的 例 ～田舎［偏僻的農村］

片足⓪〈名〉一隻腳

片意地⓪〈名〉固執 例 ～をはる［固
執己見］

片一方①〈名〉一方

片腕⓪〈名〉一隻胳膊；信賴的人（手
下）

片思い③〈名〉單相思

片親⓪〈名〉父母其中一方

片仮名③〈名〉（日語）片假名

片言⓪〈名〉不完整的語言，不通順
的句子；隻言片語

片付く③〈自五〉收拾整齊；得到解
決；出嫁 例 例の事はやっと～いた
［那件事終於解決了］

片付ける④〈他一〉收拾，整理；解
決；嫁出

例部屋を～ける[拾掇屋子]

片手⓪〈名〉一隻手

片端⓪〈名〉一端

片方②〈名〉兩個事物中的一個

片道⓪〈名〉單程

片目⓪〈名〉一隻眼睛

片面⓪〈名〉一方面

片言隻句⑤〈名〉隻言片語

片時①〈名〉很短時間

片務①〈名〉只有一方當事者承擔義務 例～契約[只有一方當事者承擔義務的協約]

★ 一片・紙片・断片・薄片・破片・木片

漂 ただよ・う/ヒョウ
piāo(piǎo)(piào)[日＝繁＝簡]
浮在液體上面不下沉(piāo)；用水加藥品使物品褪色或變白(piǎo)

辨在日語中，沒有讀成piào時的「好看」的意思

漂う③〈自五〉(在空中、水中)漂，擺動；飄蕩，漂流；徘徊；洋溢，顯露 例和やかな雰囲気が～う[充滿和睦的氣氛]

漂着⓪〈名・サ變〉漂到岸上

漂白⓪〈名・サ變〉漂白

漂泊⓪〈名・サ變〉漂流；漂泊

漂流⓪〈名・サ變〉(船)漂流

票 ヒョウ
piào[日＝繁＝簡]
印的或寫的憑證

票決⓪〈名・サ變〉投票表決

票数③〈名〉票數

票田⓪〈名〉(選舉時候選人)可望獲得選票多的地區

票読み⓪④〈名・サ變〉估計得票數；唱票

★ 開票・伝票・投票・得票・白票

貧 まず・しい/ヒン/ビン
[貧][贫]pín[日＝繁≒簡]
窮；缺少

貧しい③〈形〉貧窮；(喻)貧乏，微薄 例内容はきわめて～い[內容很貧乏]

貧家⓪〈名〉貧窮的家

貧寒⓪〈トタル〉貧寒

貧窮⓪〈名・サ變〉貧窮，貧困

貧苦①〈名〉貧苦，貧困

貧血⓪〈名・サ變〉貧血

貧困⓪〈名・形動〉貧困；(知識、思想等的)貧乏

貧者①〈名〉貧者，窮人

貧弱⓪〈名・形動〉(身體)瘦弱；貧乏，貧弱

貧賎⓪①〈名・形動〉貧賤

貧相①〈名・形動〉窮酸相；寒酸

貧農⓪〈名〉貧農

貧富①〈名〉貧富，窮人和富人

貧乏①〈名・形動・サ變〉貧窮

貧民③〈名〉貧民，窮人

★ 極貧・清貧・赤貧

頻 しき・り/ヒン
[頻][频]pín[日≒繁≒簡]
屢次，連次

頻り⓪〈副〉頻繁；強烈，熱心 例～に手紙をよこす[頻繁來信]

頻出⓪〈名・サ變〉層出不窮，屢次發生

頻度①〈名〉頻率，頻度

頻発⓪〈名・サ變〉頻發，屢次發生

頻繁⓪〈名・形動〉頻繁

品 しな/ヒン

pin[日＝繁＝簡]

物件；等級；性質；體察出的好壞、優劣

品⓪〈名〉物品；商品，貨品；種類；等級，地位

品薄⓪〈名・形動〉缺貨

例 この生地は～です[這種布料缺貨]

品数③〈名〉(物品的)品種，貨色

品切れ⓪〈名〉(物品)賣完，脫銷

品物⓪〈名〉物品；商品

品位①〈名〉體面，風度；(礦石的)含礦量；(金銀的)成色

品格⓪〈名〉品格，人格

品行⓪〈名〉品行

品詞⓪〈名〉(語法)品詞，詞類

品質⓪〈名〉品質 例 ～を高める[提高品質] 辨 在漢語中，還指人的行為和作風所顯示的思想、品性、認識等實質(本質、品性、資質、たち)

品種⓪〈名〉(農)品種；種類

品性①〈名〉品性，品質

品評⓪〈名・サ變〉品評，評定(品質)

品名⓪〈名〉品名

品目⓪〈名〉品種，物品種類

★ 遺品・逸品・下品・佳品・氣品・金品・景品・作品・商品・上品・食品・人品・製品・絶品・珍品・盗品・納品・廃品・備品・物品・名品・薬品・用品

平 たい・ら/ひら/ビョウ/ヘイ

píng[日＝繁＝簡]

不傾斜，無凸凹；均等；與別的東西高度相同，不相上下；安定，安靜；治理，鎮壓；一般的，普通的；往常，一向

平ら⓪〈形動〉平坦

例 道を～にする[平整道路]

平泳ぎ③〈名〉蛙泳，俯泳

例 ～で泳ぐ[游蛙式]

平社員③〈名〉普通職員

平屋⓪〈名〉平房

平等⓪〈名・形動〉平等

平安⓪〈名・形動〉平安；平安時代

平易⓪〈名・形動〉容易，淺顯

平穏⓪〈名・形動〉平穩，平靜

平仮名③〈名〉(日語)平假名

平価①〈名〉比價；平價

平滑⓪〈名・形動〉平滑，光滑

平気⓪〈名・形動〉不在乎，若無其事；沉著，冷靜

平均⓪〈名・サ變〉平均

例 ～点[平均分]

平原⓪〈名〉平原

平行⓪〈名・サ變〉平行；並行

平衡⓪〈名〉平衡

平時①〈名〉平時，平常；和平時期

平日⓪〈名〉平日，節假日以外的日子；平素，平常

平叙①〈名・サ變〉平鋪直敍

平常⓪〈名・副〉平常，平素

平成⓪〈名〉日本的年號，1988 年為平成元年

平静⓪〈名・形動〉平靜，鎮靜

平素①〈名〉平素，平常；從很早以前

平地⓪〈名〉平地

平定⓪〈名・サ變〉平定，平息

平年⓪〈名〉平年，非閏年；平年，例年，常年

平板⓪〈名・形動〉平板

平米⓪〈名〉平方公尺

平方⓪〈名〉平方

平凡⓪〈名・形動〉平凡，普通

平民⓪〈名〉平民，百姓；(舊時日本的戶籍身份之一)平民

平面⓪③〈名〉平面；表面，外表

平野①〈名〉平原

平癒⓪〈名・サ變〉痊癒

平和⓪〈名〉和平

★公平・太平・泰平・不平・和平

坪 つぼ
píng[日＝繁＝簡]

面積單位

辨 在漢語中指平坦的場地

坪⓪〈名〉土地面積，1坪約3.3平方公尺；沙土等體積單位，1坪約6.016立方公尺；錦緞、印刷的面積單位，1坪約9.16平方毫米；瓷磚、皮革等的面積單位，1坪約9.16平方厘米

★建坪

瓶 ビン
píng[日＝繁＝簡]

口小腹大的容器

瓶①〈名〉瓶子

瓶詰め④③〈名〉瓶裝(的東西)

★一升瓶・ビール瓶・花瓶・鉄瓶・土瓶

評 ヒョウ
[評][评]píng[日≒繁≒簡]

議論或評判；判出高下

評価①〈名・サ變〉評價；估價

評議①〈名・サ變〉評議，討論

評決⓪〈名・サ變〉議決，評定

評言⓪〈名〉評語

評語⓪〈名〉評語

評する③〈サ變〉評論；評定 **例** 人物を〜する[評價人物]

評定⓪〈名・サ變〉評定

評判⓪〈名・サ變〉評論，評價；出名，著名；傳記，輿論

評論⓪〈名・サ變〉評論

★悪評・概評・好評・酷評・時評・書評・寸評・世評・定評・批評・品評・不評・風評・妄評

婆 ばば/バ
pó[日＝繁＝簡]

年老的婦女；舊指從事某種職業的婦女；祖母

婆①〈名〉祖母，奶奶；外祖母，姥姥；乳母

婆心⓪①〈名〉婆心

★鬼婆・産婆・老婆

迫 せま・る/ハク
pò[日＝繁＝簡]

接近；硬逼；催促；狹窄

迫る②〈自他五〉迫近，逼近；變狹窄，(距離)縮短；緊迫，急促；強迫，迫使 **例** 卒業が〜る[畢業臨近]

迫害⓪〈名・サ變〉迫害

迫撃⓪〈名・サ變〉迫擊，迫近

迫真⓪〈名〉逼真

迫力②⓪〈名〉動人的力量

★ 圧迫・気迫・急迫・窮迫・強迫・
脅迫・緊迫・切迫・肉迫・逼迫

破 やぶ・る/やぶ・れる/ハ
pò[日＝繁＝簡]

碎，不完整；分裂；使損壞；超出；
花費；打敗，打垮

破る②〈他五〉弄破；破壞；違反；
打破；擊敗 例この記録はまだ～ら
れていません[這個記録未被打破]

破れる③〈自一〉破損；破裂；破滅；
滅亡 例つりあいが～れる[失去平
衡]

破壊⓪〈名・サ變〉破壞

破戒⓪〈名〉(佛)破戒

破格⓪〈名・形動〉破格，打破；(詩、
文)別具一格

破顔①〈名・サ變〉破顔

破棄①〈名・サ變〉廢棄，廢除；撤
銷，取消(原判決)

破却⓪〈名・サ變〉打破，消除

破局⓪〈名〉悲慘的結局

破婚⓪〈名〉解除婚約，離婚

破砕⓪〈名・サ變〉破碎，粉碎；擊
潰，摧毀

破産⓪〈名・サ變〉破產，倒閉

破算⓪〈名〉表示算盤重新回到起始
狀態開始新的計算；之前做的事一
概取消，重新開始

破邪①〈名〉破邪

破水⓪〈名・サ變〉破水(分娩時流出
羊水)；羊水

破線⓪〈名〉虛線，點線

破船⓪〈名〉遇難船

破損⓪〈名・サ變〉破壞，損壞

破綻⓪〈名・サ變〉破綻，破裂

破談⓪〈名〉前約作廢，取消前言；
解除婚約

破竹⓪〈名〉破竹；破竹之勢

破天荒②〈名〉破天荒，史無前例

破片⓪〈名〉破片，碎片

破目②〈名〉板壁，困境，窘况＝羽目

破滅⓪〈名・サ變〉破滅，滅亡

破門⓪〈名・サ變〉(宗教)逐出教門；
(師傅)開除弟子

破約⓪〈名・サ變〉廢除契約

破裂⓪〈名・サ變〉破裂

破廉恥②〈名・形動〉恬不知恥

★ 看破・撃破・走破・打破・大破・
踏破・読破・突破・難破・爆破・
論破

剖 ボウ
pōu[日＝繁＝簡]

破開；分析，分辨

★ 解剖

撲 ボク
[撲][扑]pū[日＝繁≒簡]

衝，猛衝；相搏擊；跌倒

撲殺⓪〈名・サ變〉捕殺，打死

撲滅⓪〈名・サ變〉撲滅，消滅

★ 打撲

舖 ホ
[舖][铺]pū(pù)[日≒繁≒簡]

把東西散開放置；商店

舖装⓪〈名・サ變〉(用柏油、磚、混
凝土等)舖路

舖道⓪〈名〉(用柏油等)舖設的道路

★ 店^{てん}舖^ぽ・本^{ほん}舖^ぽ

朴 ボク
[樸][朴]pú(pō)(pò)
[日＝簡≒繁]

沒有細緻加工的木材；自然的

朴直^{ぼくちょく}⓪〈名・形動〉樸實
朴訥^{ぼくとつ}⓪〈名・形動〉木訥，質樸，寡言
例〜な性格^{せいかく}[質樸寡言的性格]

★ 素^そ朴^{ぼく}・純^{じゅん}朴^{ぼく}

僕 ボク
[僕][仆]pú[日＝繁≒簡]

雇傭到家裏供使役的人；舊時謙稱
自己

僕^{ぼく}⓪〈名・代〉僕人；男子對同輩或晚
輩的自稱

★ 家^か僕^{ぼく}・公^{こう}僕^{ぼく}・忠^{ちゅう}僕^{ぼく}

浦 うら/ホ
pǔ[日＝繁＝簡]

水邊或河流入海的地方

浦^{うら}②〈名〉海灣，湖岔；海濱
浦島^{うらしま}⓪〈名〉神話《浦島太郎》中的
「浦島」
浦波^{うらなみ}⓪〈名〉靠近岸邊的波浪
浦風^{うらかぜ}⓪〈名〉吹向海灣的風；海岸邊
的風

★ 曲^{きょく}浦^ほ

普 フ
pǔ[日＝繁＝簡]

遍，廣，全面

普及^{ふきゅう}⓪〈名・サ變〉普及
普請^{ふしん}⓪〈名・サ變〉建築，施工，修
繕 例〜を請け負う[承包工程]

普段^{ふだん}①〈名・副〉平常，平素 例〜着^ぎ
[便服]
普通^{ふつう}⓪〈名・形動〉普通，通常
普遍^{ふへん}⓪〈名〉普遍；(哲)共性

譜 フ
[譜][谱]pǔ[日≒繁≒簡]

按照事物的類別、系統編製的表
冊；記錄音樂、棋局等的符號或圖
形；編寫歌譜

譜系^{けい}①〈名〉(有血緣關係的)家譜
譜面^{ふめん}⓪〈名〉樂譜(紙)

★ 棋^き譜^ふ・系^{けい}譜^ふ・図^ず譜^ふ・年^{ねん}譜^ぶ

Q ㄑ

七 なな/なな・つ/なの/シチ
qī[日＝繁＝簡]

數字

七^{なな}⓪〈名〉(數)七＝しち
七つ^{なな}②〈名〉七，七個，七歲，第七
七日^{なの}か⓪③〈名〉初七，七號；七天；
(人死後的第一個七天)頭七
七五三^{しちごさん}③〈名〉(日本)男孩3歲、5歲
和女孩7歲時舉行的祝賀儀式
七人^{しちにん}⓪〈名〉七個人

妻 つま/サイ
qī[日＝繁＝簡]

男子的配偶

妻^{つま}⓪②〈名〉妻子；(房屋的)山牆
妻子^{さいし}①〈名〉妻子和兒女
妻帶^{さいたい}⓪〈名・サ變〉結婚，成家 例〜
生活[已婚生活]

★ 愛^{あい}妻^{さい}・賢^{けん}妻^{さい}・前^{ぜん}妻^{さい}・夫^ふ妻^{さい}

凄 セイ

すご・い/すご・む/すさまじ・い/

qī[日＝繁＝簡]

悲傷，悲哀 辨 在日語中還有「凶惡」「程度高」的意思

凄い②〈形〉駭人；了不起；厲害
凄腕〈名・形動〉做事潑辣
凄み③⓪〈名〉可怕，凶惡
凄む②〈自五〉露出凶相；嚇唬
凄まじい④〈形〉驚人，凶狠；猛烈，厲害
凄惨⓪〈名・形動〉凄慘
凄絶⓪〈名・形動〉異常激烈

戚 セキ

qī[日＝繁＝簡]

親屬 辨 在日語中沒有表示「親近，親密」的意思

★姻戚・遠戚・縁戚・外戚・親戚

期 キ/ゴ

qī[日＝繁＝簡]

規定的時間；約定的時間；盼望，希望

期⓪〈名〉時候，時期
期間②〈名〉期間
期限①〈名〉期限
期する②〈サ變〉以…為期；確信，決心；期待，期望 例 深く～するところがあるらしい[似乎很有決心]
期待⓪〈名・サ變〉期待，期望
期日①〈名〉規定的日期，期限
期末⓪①〈名〉期末

★雨期・過渡期・画期的・婚期・周期・定期・納期・農期・予期

欺 あざむ・く/ギ

qī[日＝繁＝簡]

蒙騙，蒙混；侮辱，壓迫

欺く③〈他五〉欺騙，蒙蔽；勝似，賽過 例 自他ともに～く[自欺欺人]
欺瞞⓪〈名・サ變〉欺瞞，欺騙

★詐欺

漆 うるし/シツ

qī[日＝繁＝簡]

各種黏液狀塗料的統稱；黑

漆⓪〈名〉漆樹；漆
漆器⓪〈名〉漆器
漆黒⓪〈名〉漆黑

岐 キ

[岐][岐]qī[日≒繁＝簡]

岔道；不相同，不一致

岐路⓪〈名〉歧路，岔道

★多岐・分岐

奇 キ

qī[日＝繁＝簡]

特殊的；出人意料的，令人不測的；引以為奇的

奇異①〈名・形動〉奇異
奇縁⓪①〈名〉奇緣
奇禍②①〈名〉橫禍
奇怪②〈名・形動〉奇怪，離奇
奇観⓪〈名〉奇觀，奇景
奇岩⓪①〈名〉奇岩
奇遇⓪〈名〉奇遇，巧遇
奇計⓪〈名〉巧計，奇謀
奇形⓪〈名〉畸形，殘疾＝畸形
奇警⓪〈名・形動〉新奇，奇特，俏皮
奇才⓪〈名〉奇才

奇策⓪〈名〉奇計

奇習⓪〈名〉奇俗

奇襲⓪〈名・サ變〉奇襲

奇術①〈名〉戲法，魔術

奇人⓪①〈名〉奇人

奇数②〈名〉奇數

奇蹟⓪〈名〉奇蹟

奇想⓪②〈名〉奇想

奇想天外②⓪〈名・形動〉異想天開

奇談①〈名〉奇談

奇特⓪〈名・形動〉奇特；難能可貴，
值得欽佩

奇抜⓪〈形動〉出奇，奇特；奇異；
新奇；新穎

奇病①〈名〉怪病，罕見的病

奇聞⓪①〈名〉奇聞

奇兵⓪〈名〉專門突襲敵人的部隊

奇妙①〈形動〉奇異，奇妙

奇麗①〈形動〉美麗，漂亮，好看；
潔淨，乾淨；漂亮；完全，徹底，
乾乾淨淨；清白，純潔；公正，正
派，一絲不苟，光明正大＝綺麗

★ 怪奇・好奇心・新奇・数奇・
珍奇

斉 セイ
[齊][斉]qí[日≒繁≒簡]

整齊；同時；全，完全

斉唱⓪〈名・サ變〉齊唱，合唱；齊聲
高呼

★ 一斉・均斉・整斉・百花斉放

祈 いの・る/キ
qí[日＝繁＝簡]

迷信的人向神求福；請求，希望

祈る②〈他五〉祈禱；祝願

例 ～より稼げ[求人不如求己]

祈願①〈名・サ變〉祈禱

祈祷⓪〈名・サ變〉祈禱

祈念①〈名・サ變〉(對神佛)祈禱

埼 さき
qí[日＝繁＝簡]

彎曲的岸 辨 在日語中多用於地名

埼⓪〈名〉岬

崎 さき
qí[日＝繁＝簡]

形容山路不平 辨 在日語中多用於人
名和地名

棋 キ
qí[日＝繁＝簡]

娛樂用品，象棋、圍棋等

棋界⓪〈名〉圍棋、象棋界

棋士①②〈名〉職業棋手

棋譜⓪①〈名〉(圍棋等的)棋譜

棋風⓪②〈名〉下棋的特點

★ 将棋

碁 ゴ
[碁][棋]qí[日≒繁≒簡]

特指圍棋

碁①〈名〉圍棋

碁石⓪〈名〉圍棋子

碁打ち③〈名〉下圍棋的人，圍棋高
手；職業圍棋手

碁盤⓪〈名〉圍棋盤

★ 囲碁

旗 はた/キ
qí[日＝繁＝簡]

用布紙綢子等做的標誌，多為長方

形或方形

旗②〈名〉旗幟

旗揚げ④〈名〉舉兵，興師；開創，
　發起 **例** あすはいよいよ～だ[明天
　就要開辦了]

旗印③〈名〉旗印，標誌；（行動的）
　目標，旗幟

旗竿⓪〈名〉旗杆

旗幟①②〈名〉旗幟，立場，主張

旗手①②〈名〉旗手；（喻）旗手，先
　行者

★軍旗・校旗・国っ旗・半旗・
　反旗

騎 キ

[騎][骑]qí[日＝繁≒簡]

跨坐在牲畜或其他東西上；騎兵或
騎馬的人；騎的馬

騎士⓪①〈名〉騎士

騎馬①〈名〉騎馬

騎兵⓪〈名〉騎兵

★一騎当千・単騎

乞 こ・う/コツ

qí[日＝繁＝簡]

向人討要

乞う①〈他五〉乞求，懇求

乞食③〈名〉乞丐＝こじき

企 くわだ・てる/キ

qǐ[日＝繁＝簡]

踮腳看，盼望

企てる④〈他一〉計畫，企圖 **例** 陰謀
　を～てる[想搞陰謀]

企画⓪〈名・サ變〉規劃，計畫 **例** ～
　を実行に移す[把計畫付諸實施]

企業⓪①〈名〉企業

企図②〈名・サ變〉企圖

起 お・きる/お・こす/お・こる/キ

qǐ[日＝繁＝簡]

由躺而坐或由坐而立；由下向上升；
開始；發生；擬定；建造

起き上がる⓪〈自五〉起來，站起來
　例 病人が床から～った[病人從病
　床上起來了]

起きる②〈自一〉起立；起床；不睡；
　發生 **例** 遅くまで～きている[很晚
　都不睡]

起こす②〈他五〉使…起立；喚醒；
　發動，引起；翻（地）；挖出來；
　使…振興；興辦 **例** 疑いを～す[起
　疑心]

起こる②〈自五〉發生；（病）發作；興
　盛；（火）燃起來，燒得旺 **例** 火鉢に
　火が～っている[火盆裏火燒得正旺]

起案⓪〈名・サ變〉起草，擬稿

起因⓪①〈名・サ變〉起因，原因

起臥①〈名・サ變〉起卧

起居②①〈名・サ變〉起居

起業①〈名・サ變〉創辦企業

起句①〈名〉首句，起句

起源①〈名〉起源

起債⓪〈名・サ變〉發行債券

起算⓪〈名・サ變〉算起

起床⓪〈名・サ變〉起床

起承転結⓪〈名〉起承轉合；順序，
　次序

起訴②〈名・サ變〉起訴

起動⓪〈名・サ變〉啓動

起爆⓪〈名・サ變〉起爆

起伏⓪①〈名・サ變〉起伏；盛衰

起用⓪〈名・サ變〉起用，提拔
起立⓪〈名・サ變〉起立，站起來

★ 縁起・喚起・継起・決起・再起・
想起・提起・突起・発起・奮起・
蜂起・勃起・隆起

啓 ケイ
[啓][启]qǐ[日≒繁≒簡]

打開；開始；開導；陳述
啓示⓪〈名・サ變〉啓示
啓蟄⓪〈名〉(節氣中的)驚蟄
啓発⓪〈名・サ變〉啓發
啓蒙⓪〈名・サ變〉啓蒙

★ 謹啓・拝啓・復啓

気 キ/ケ
[氣][气]qì[日≒繁≒簡]

氣體；氣息；自然的現象；人的精
神狀態；作風；能使人體正常發揮
機能的原動力
気合い⓪〈名〉全神貫注；呼吸，氣
息 例～をあわせる[合拍]
気圧⓪〈名〉氣壓
気運①〈名〉趨勢，形勢
気温⓪〈名〉氣溫
気軽⓪〈形動〉輕鬆愉快，舒暢；爽
快，隨隨便便 例～にご参加くださ
い[請輕鬆愉快地參加]
気球⓪〈名〉氣球
気配り②〈名・サ變〉照料，操心
例細かいことまで～する[照顧周
到]
気候⓪〈名〉氣候
気質⓪〈名〉氣質，性情；派頭
気象⓪〈名〉氣象；秉性，脾氣；勁頭
兒

気色⓪〈名〉氣色，神色；心情
気勢⓪〈名〉氣勢，精神
気息②〈名〉氣息，呼吸
気体⓪〈名〉氣體
気違い③〈名〉神經錯亂；熱衷，狂熱
気遣う③〈他五〉擔心，掛念
例安否を～う[擔心是否平安]
気迫⓪〈名〉魄力，氣魄
気晴らし⓪④〈名・サ變〉解悶，散
心 例～に行く[去散心]
気品⓪〈名〉有品位，文雅
気分①〈名〉心情；氣氛；氣質，性
質 例喜ばしい～があふれている
[充滿喜悅的氣氛]
気泡⓪〈名〉氣泡
気味②〈名〉感觸，感受；心情，情
緒；(覺得)有點…；傾向，樣子
辨在漢語中，指嗅覺所感到的味道
(匂い)，還用於比喻人的性格、情
調(性格、趣味)
気短い⓪〈形動〉性子急
気楽⓪〈名・形動〉輕鬆；沒有顧慮
例どうぞ～にしてください[請隨便
些]
気流⓪〈名〉氣流
気力①〈名〉魄力，毅力；元氣
気配②①〈名〉苗頭，跡象；(交易的)
行情 例部屋に人のいる～がある
[好像房間裏有人]

★ 意気・意気投合・一気呵成・
浮気・活気・狂気・景気・血気・
元気・才気・士気・志気・邪気・
酒気・蒸気・蜃気楼・短気・
天気・怒気・風気・雰囲気・
平気

汽 キ
qi[日＝繁＝簡]

蒸氣，液體或固體變成的氣體

汽車⓪〈名〉火車 **辨** 漢語中的「汽
車」，在日語中為「自動車」「乗用
車」「カー」等

汽船⓪〈名〉輪船

汽笛⓪〈名〉汽笛

泣 な・かす/な・く/キュウ
qi[日≒繁＝簡]

小聲哭

泣かす⓪〈他五〉使哭，使流淚
例 昔、よくいじめて～したものだ
[以前總是欺負他，把他弄哭]

泣く⓪〈自五〉哭泣；苦惱，傷心
例 うれし泣きに～く[高興得落淚]

泣訴①〈名・サ變〉哭訴

★ 感泣・号泣

契 ちぎ・る/ケイ
qi[日＝繁＝簡]

用刀雕刻；刻的文字；合同；相合，
相投

契る②〈他五〉誓約，盟誓
例 末永く変わらずと～る[發誓永
不變心]

契印⓪〈名〉騎縫印

契機①〈名〉契機，轉機

契合⓪〈名・サ變〉契合，一致

契約⓪〈名・サ變〉契約，合同

棄 キ
[棄][弃]qi[日＝繁≒簡]

捨去；扔掉

棄却⓪〈名・サ變〉不採納，拒絕；駁

回 **例** 原告のうったえを～する[駁
回原告的訴訟]

棄権⓪〈名・サ變〉棄權

★ 遺棄・自暴自棄・唾棄・投棄・
破棄・廃棄・放棄

器 うつわ/キ
[器][器]qi[日≒繁＝簡]

用具的總稱；生物體結構中具有獨
立生理機能的部分；人的度量；看重

器⓪〈名〉容器，器皿；器具；(與地
位、職位相稱的)能力

例 その～にあらず[不是那塊料]

器械②〈名〉器械，儀器

器楽①〈名〉器樂

器官②〈名〉器官

器具①〈名〉器具，用具；器械

器材①〈名〉器材

器物①〈名〉器具，器物

器用①〈形動〉手巧，靈巧；機靈
例 ～に世渡りする[善於處世]

器量①〈名〉才幹，能力；容貌，姿
色；面子，臉面

★ 凶器・磁器・神器・大器・陶器・
鈍器・泌尿器(＝ひにょうき)・
兵器・名器

憩 いこ・い/いこ・う/ケイ
qi[日＝繁≒簡]

休息

憩い②〈名〉休息

憩う②〈自五〉歇息 **例** 木陰で～う
[在樹陰下休息]

憩室⓪〈名〉憩室

★ 休憩・小憩

千 セン
qiān[日＝繁＝簡]

數目字；表示極多

千①〈名〉千；數量多
千金⓪③〈名〉千金；價值高
千軍万馬⑤〈名〉千軍萬馬
千古①〈名〉太古，遠古；千古，永遠
千差万別①〈名〉千差萬別
千載⓪〈名〉千載，千古 例 〜一遇

[千載難逢]

千姿万態①⓪〈名〉千姿百態
千秋⓪①〈名〉千秋，千年 例 〜万歳

[千秋萬歲，長壽]

千辛万苦⓪〈名・サ變〉千辛萬苦
千篇一律①-⓪〈名〉千篇一律
千変万化⑤〈名〉千變萬化
千慮の一失①-⓪〈名〉千慮一失
千両①〈名〉一千兩；金額巨大；價

值千金，非常優秀；草珊瑚

★ **一騎当千・一諾千金・
一攫千金**

鉛 なまり/エン
[鉛][铅]qiān[日≒繁≒簡]

一種金屬元素；石墨

鉛⓪〈名〉鉛
鉛管⓪〈名〉鉛管
鉛筆⓪〈名〉鉛筆

★ **亜鉛・黒鉛**

遷 セン
[遷][迁]qiān[日＝繁≒簡]

機關、住所等另換地點；變動，改

變；貶謫，放逐

遷移①〈名・サ變〉遷移
遷都①〈名・サ變〉遷都

★ **左遷・変遷**

謙 ケン
[謙][谦]qiān[日≒繁≒簡]

虛心，不自大

謙虛①〈名・形動〉謙虛，虛心
謙称⓪〈名・サ變〉謙稱
謙譲⓪〈名・形動〉謙遜，謙讓
謙遜⓪〈名・サ變・形動〉謙遜
謙抑⓪〈名・サ變・形動〉謙虛

前 まえ/ゼン
qián[日＝繁＝簡]

指時間，過去的，往日的(與「後」
相對)；指空間，人面所向的一面；
房屋等正門所向的一面；家具等靠
外面的一面(跟「後」相反)；順序在
先的；向前進；未來的

前①〈名〉前，前面；從前；之前；庭
前；相當於；(顯得)優越
前書き⓪④〈名・サ變〉(文章、書籍
等的)序言，前言
前掛け⓪〈名〉圍裙
前金⓪〈名〉預付金，定金
前衛⓪〈名〉前鋒；(藝術)前衛派，先
鋒派
前科⓪〈名〉前科，犯過罪
前回①〈名〉前一次，上一次
前額⓪〈名〉額頭
前期①〈名〉前期，上半期
前記①〈名〉前述，上文寫的
前駆①〈名・サ變〉前驅，領先，走在
前面開道
前掲⓪〈名・サ變〉上述，上列
例 〜の如く[如上所述]
前傾⓪〈名・サ變〉(身體)向前傾

前景⓪〈名〉近景；(畫面，照片中人物前面的)小景；(舞台裝置的)前景

前後①〈名・サ變〉(空間的)前後；(時間上的)先後；相繼；(順序)顛倒

前菜⓪〈名〉(正餐前的)前菜，冷盤

前史①〈名〉某個時代以前或前一半的歷史；史前

前肢①〈名〉前肢

前者①〈名〉前者

前述⓪〈名・サ變〉前述，上述

前哨⓪〈名〉前哨

前進⓪〈名・サ變〉前進，進步

前人⓪③〈名〉前人，先人

前世①〈名〉(佛)前世，前生

前線⓪〈名〉前線，第一線

前奏⓪〈名〉前奏；序幕，前兆

前日⓪〈名〉前一天

前置詞③〈名〉前置詞

前兆⓪〈名〉前兆

前任⓪〈名〉前任，上任

前納⓪〈サ變〉預付，先繳，先交

前半⓪〈名〉前半，上半

前部①〈名〉前部，前半部

前文⓪①〈名〉前文；(文件、規章的)序言，序文；(書信的)寒暄語

前編⓪〈名〉前篇，前集，上集

前面③〈名〉前面，正面 **例**～に押し出す[往前面推，正面提出]

前門⓪〈名〉前門

前夜①〈名〉昨夜；(某事的)前夕；(某日的)前夜

前略⓪〈名・サ變〉(文章的)前略；(書信的)前略(表示省略寒暄語)

前輪③⓪〈名〉前輪

前例⓪〈名〉前例，慣例

前歷⓪〈名〉經歷，以前的職業

前列①〈名〉前列，前排

★ 以前・眼前・午前・最前・食前・寸前・生前・戰前・直前・面前・目前・門前

錢 ぜに/セン
[錢][钱]qián[日≒繁≒簡]

貨幣；圓形像錢的東西

錢①〈名〉金屬貨幣，硬幣

錢湯①〈名〉(營業性的)澡堂

★ 惡錢・一錢・金錢・古錢・賽錢

淺 あさ・い/セン
[淺][浅]qiǎn[日≒繁≒簡]

從表面到底或外面到裏面距離小的(跟「深」相反)；時間短；程度不深的；顏色淡的

淺い⓪〈形〉淺的；膚淺的；淡的 **例**傷が～い[傷口淺]

淺瀨⓪〈名〉(海、河的)淺灘，淺水處

淺海⓪〈名〉淺海；水淺的近海

淺學⓪〈名〉學識淺薄；淺學

淺見⓪〈名〉短見，膚淺的見解

淺薄⓪〈名・形動〉淺薄，膚淺

淺慮①〈名〉淺慮，考慮不周

★ 深淺

遣 つか・う/つか・わす/ケン
qiǎn[日＝繁＝簡]

派送，打發

遣う⓪〈他五〉使用；使喚；用掉，花費；玩耍 **例**時間を有效に～う[有效地使用時間]

遣わす⓪〈他五〉派遣；賜給 **例**使者

を～す[派遣使者]

遣隋使③〈名〉(推古女皇時代向中國派遣的)遣隋使

遣唐使③〈名〉遣唐使

★派遣

潜 ひそ・む/もぐ・る/セン

[潜][潜]qiǎn[日＝簡≒繁]

隱藏在水下活動；隱藏的

潜む②〈自五〉隱藏，潜伏；蘊藏，潜在 例物陰に～む[隱藏在暗處]

潜る②〈自五〉潜入(水中)；鑽進；潜伏 例水の中に～る[潜入水中]

潜行⓪〈名・サ變〉(在水裏)潜行；地下活動 例～を続ける[繼續地下活動]

潜在⓪〈名・サ變〉潜在，潜伏

潜水⓪〈名・サ變〉潜水 例～艇[潜水艇]

潜入⓪〈名・サ變〉潜入，溜進

潜伏⓪〈名・サ變〉潜伏

潜没⓪〈名・サ變〉潜没，潜入水中；(潛艇)潛航

欠 か・かす/か・く/か・ける/ケツ

qiàn[日＝繁＝簡]

缺乏，不夠

欠かす⓪〈他五〉遺漏，缺少 例会議に～さず顔を出す[會議不缺席]

欠く⓪〈他五〉缺少；損壞；弄壞；缺乏，怠慢 例茶碗を～く[打碎碗]

欠ける⓪〈自一〉掉了一塊；(月)虧，缺；缺少，不足 例月が～ける[月虧]

欠員⓪〈名〉(人員)缺額

欠格⓪〈名〉不夠資格

例～で免状をもらえない[因為不合格未能領取執照]

欠陥⓪〈名〉缺陷，缺點

欠勤⓪〈名・サ變〉缺勤，請假 例病気で～する[因病請假]

欠航⓪〈名・サ變〉(船、飛機等)因故停開，停航

欠字⓪〈名〉缺字，空鉛；空格(文章中在天皇、將軍名字前留一兩個字空，以表敬意)

欠席⓪〈名・サ變〉缺席

欠損⓪〈名〉缺損，虧損

欠点⓪③〈名〉缺點，短處

欠乏⓪〈名・サ變〉缺乏，缺少

欠落⓪〈名・サ變〉脱落，空缺

★出欠・病欠・不可欠・補欠

強 し・いる/つよ・い/つよ・まる/つよ・める/キョウ/ゴウ

[強][强]qiáng(qiǎng)[日＝繁≒簡]

健壯，有力(跟「弱」相反)；程度高；使強大；使用強力

強いる②〈他一〉強迫，強制 例自分の考えを他人に～いる[把自己的想法加於人]

強い②〈形〉強，有力；有本事，擅長；剛強；有抵抗力 例気が～い[剛強，倔強]

強まる③〈自五〉增強 例風当たりが～る[風勢漸強]

強める③〈他一〉加強，增強 例語調を～める[加強語氣]

強圧⓪〈名・サ變〉強壓，高壓

強化⓪①〈名・サ變〉強化，加強

強記①〈名〉記憶力強

強健⓪〈名・形動〉強健，健壯

強肩⓪〈名〉投球力強的(棒球手)
強権⓪〈名〉強權
強固①〈形動〉堅固，鞏固
強行⓪〈名・サ變〉強行，硬幹
強硬⓪〈名・形動〉強硬
強者①〈名〉強者
強襲⓪〈名・サ變〉強襲，強攻
強震⓪〈名〉強震
強靭⓪〈名〉堅韌
強制⓪〈名・サ變〉強制，強迫
強壮①〈名〉強壯
強大⓪〈名・形動〉強大
強調⓪〈名・サ變〉強調
強敵⓪〈名〉強敵，勁敵
強度①〈名〉強度
強迫⓪〈名・サ變〉強迫
強風⓪③〈名〉大風，強風
強弁⓪〈名・サ變〉強辯，狡辯
強暴⓪〈形動・サ變〉強暴
強要⓪〈名・サ變〉強行要求
強力⓪〈名・形動〉強有力，大力的
強烈⓪〈形動〉強烈
強引⓪〈形動〉強行，硬幹
　例 〜に当てはまる［生搬硬套］
強姦⓪〈名・サ變〉強奸
強情⓪〈名・形動〉固執，執拗
　例 〜を張る［固執］
強奪⓪〈名・サ變〉搶奪，掠奪
強盗⓪〈名〉強盜；搶劫
★頑強・屈強・増強・富強・勉強・
　補強・列強

橋 はし/キョウ
[橋][桥]qiáo[日＝繁≒簡]
架在水上或空中的便於通行的建築
物

橋②〈名〉橋，橋樑
橋梁⓪〈名〉橋樑
★大橋・鉄橋・歩道橋

巧 たく・み/コウ
qiǎo[日＝繁＝簡]
技能好，靈敏；美好；靈巧；浮虛
不實
巧み①①〈名・形動〉巧妙；技巧
　例 〜なわざ［巧計］
巧言⓪③〈名〉花言巧語
巧手①〈名〉巧手，技藝好的人
巧拙⓪〈名〉巧拙，(做的)好壞
巧遅①〈名〉雖然趕得巧，但是速度
慢
巧妙⓪①〈形動〉巧妙
★技巧・弁巧・利巧

切 き・る/き・れる/サイ/セツ
qiē(qiè)[日＝繁＝簡]
用刀從上往下割；密合；緊急；切
實，實在
切手⓪③〈名〉郵票；票據
切符⓪〈名〉車票；領取貨品的票
切る①〈他五〉切，割；斷開，斷
絕；限定，截止；洗牌
　例 電話を〜る［掛電話］
切れる②〈自一〉斷，中斷；(堤)決
口；磨破；用盡，買光；不足；偏
斜；鋒利；有才幹
　例 よく〜れる刀［很快的刀］
切開①②〈名・サ變〉切開，開刀
切削⓪〈名・サ變〉(金屬)切削
切実⓪〈形動〉切實，迫切
切除①〈名・サ變〉(醫)切除
切切⓪④〈トタル〉切切，切痛；殷

切，誠摯

切断⓪〈名・サ變〉切斷，割斷
せつだん

切迫⓪〈名・サ變〉迫近；迫切
せっぱく

切腹⓪〈名・サ變〉切腹自殺
せっぷく

切望⓪〈名・サ變〉渴望，熱望
せつぼう

切要⓪〈名・形動〉極其重要
せつよう

★ 哀切・一切・合切・懇切・親切・
あいせつ いっさい がっさい こんせつ しんせつ
大切・痛切・適切
たいせつ つうせつ てきせつ

且 か・つ

qiĕ[日＝繁＝簡]

進一層，又

且つ①〈副・接〉同時；並且
か
例会場は広く～明るい[會場既寬
れい かいじょう ひろ あか
敞又明亮]

窃 せつ

[竊][窃]qiè[日≒繁≒簡]

偷盜；私自，暗中

窃取①〈名・サ變〉竊取，偷盜
せっしゅ

窃盜⓪③〈名・サ變〉偷盜，小偷
せっとう

★ 剽窃
ひょうせつ

侵 おか・す/シン

qīn[日＝繁＝簡]

進犯

侵す⓪〈他五〉侵犯 例領空を～す
おか りょうくう
[侵犯領空]

侵害⓪〈名・サ變〉侵犯
しんがい

侵攻⓪〈名・サ變〉侵犯，進攻
しんこう

侵食⓪〈名・サ變〉侵蝕
しんしょく

侵入⓪〈名・サ變〉侵入，闖入
しんにゅう

侵犯⓪〈名・サ變〉侵犯(他國主權、
しんぱん
領土等)

侵略⓪〈名・サ變〉侵略
しんりゃく

★ 不可侵
ふかしん

親 おや/した・しい/した・しむ/シン

[親][亲]qīn[日≒繁≒簡]

有血緣的親屬；婚姻；因婚姻聯成
的關係；本身；感情好

親②〈名〉雙親，父母；祖先；母體，
おや
主根；莊家；大的，主要的

親会社③〈名〉母公司
おやがいしゃ

親方④③〈名〉師傅；(相撲的)前輩；
おやかた
頭目

親子⓪〈名〉父母與子女，雙聯
おやこ

親玉⓪〈名〉[俗]頭目；(念珠中)最
おやだま
大的珠子

親分⓪〈名〉義父母；首領，頭目
おやぶん

親元⓪④〈名〉父母的家，老家
おやもと

親指⓪〈名〉大拇指，拇指
おやゆび

親しい③〈形〉親近，親密；習以為
した
常；(血緣)近 例～い間柄[親密的
あいだがら
關係]

親しむ③〈自五〉親近，親密；欣
した
賞，愛好 例自然に～む[和大自然
しぜん
親近]

親愛⓪〈名・形動〉親愛
しんあい

親閱⓪〈名・サ變〉(國王，統帥等)親
しんえつ
自閱兵，親自檢閱

親近⓪〈名・サ變〉親近；親信；親戚
しんきん

親近感③〈名〉親近感
しんきんかん

親権⓪〈名〉親權(父母教育和監護子
しんけん
女的義務和權利)

親交⓪〈名〉親交，親密的交往
しんこう

親授①〈名・サ變〉(天皇等)親授，親
しんじゅ
手授予，御賜，親賜

親書①〈名・サ變〉親手寫；天皇或國
しんしょ
家元首寫的文章或書信

親切⓪〈名・形動〉親切，懇切
しんせつ

親善⓪〈名〉親善，友好
しんぜん

親疎①〈名〉親疏
しんそ

親族⓪①〈名〉親屬，親戚

親展⓪〈名〉(書信、來電等的)親啓

親等⓪〈名〉親屬關係親疏的等級

親任⓪〈名・サ變〉(日本天皇)特任

親王③〈名〉親王

親米⓪〈名〉親美

親睦⓪〈名・サ變〉和睦，友好

親密⓪〈名・形動〉親密

親友⓪〈名〉親密的朋友

親臨⓪〈名・サ變〉(御駕)親臨

親類⓪①〈名〉親屬；同類 例 遠い～より近い他人[遠親不如近鄰]

親和⓪①〈名・サ變〉親睦，和睦；親和

★ 懇親・等親・肉親・両親・和親

琴 こと/キン
[琴][琴]qín[日≒繁＝簡]

一種弦樂器；某些樂器的統稱

琴①〈名〉(日本)和琴，

琴曲⓪①〈名〉琴曲，　曲

琴線⓪〈名〉琴弦；心弦

琴瑟①〈名〉琴瑟

勤 つと・まる/つと・める/キン/ゴン
[勤][勤]qín[日≒繁＝簡]

做事盡力，不偷懶；按規定時間上班；幫助

勤まる③〈自五〉勝任，稱職 例 とても～る仕事ではない[怎麼也不能勝任的工作]

勤める⓪〈他一〉工作；努力；爭取 例 世界観の改造に～める[努力改造世界觀]

勤倹⓪〈名〉勤儉

勤続⓪〈名・サ變〉(在同一單位或同一工作裏)連續工作 例 ～年数[工齡]

勤惰⓪〈名〉勤惰

勤怠⓪〈名〉勤惰，勤勞和懶散

勤王⓪〈名〉勤王(日本幕府時代擁戴天皇親政的政治活動)

勤勉⓪〈名・形動〉勤奮，勤勞

勤務①〈名・サ變〉工作，職務

勤労⓪〈名・サ變〉勤勞，勞動

勤行⓪①〈名〉修行

★ 皆勤・外勤・欠勤・出勤・精勤・忠勤・通勤・転勤・内勤・夜勤

寝 ね・かす/ね・る/シン
[寝][寝]qǐn[日＝簡≒繁]

睡覺

寝かす⓪〈他五〉使睡覺，使躺下；放倒 例 赤ん坊を～す[哄小孩睡覺]

寝汗⓪〈名〉虛汗，盜汗

寝起き⓪〈名・サ變〉醒來；起居，生活 例 ～をともにする[共同生活]

寝棺⓪〈名〉　棺

寝言⓪〈名〉夢話；胡説 例 ～を言うな[別胡説]

寝付く②〈自五〉入睡；患病臥床 例 昨夜は長いこと～かなかった[昨天晚上很長時間沒有睡著]

寝坊⓪〈形動・サ變〉睡懶覺(的人)，貪睡(的人)

寝惚ける③〈自一〉睡迷糊；醒後還沒清醒 例 ～けて、ベッドから落ちた[睡得迷迷糊糊，從床上掉下來了]

寝巻き⓪〈名〉睡衣

寝耳⓪〈名〉睡中聽到 例 ～に水[青天霹靂]

寝る⓪〈自一〉躺著；睡覺；臥床；
（商品）滯銷；（男女）同床 例 ぐっ
すり寝ている[睡得很熟]

寝具①〈名〉寢具，鋪蓋

寝台⓪〈名〉床，臥鋪 例 ～車[臥鋪
車]

★ 就寝

青 あお/あお・い/ショウ/セイ
qīng[日＝繁＝簡]
綠色，藍色；綠色的東西；喻年輕

青①〈名〉青，蔚藍；綠色；綠(信號)燈

青い②〈形〉藍色，青的；發白的，蒼
白的 例 ～い顔色[蒼白的臉色]

青色⓪〈名〉蔚藍色，淺藍色

青臭い④〈形〉有青草氣味的；幼稚，
不老練的

青写真③〈名〉藍圖，設想 例 まだ～
の段階[還在初步設計的階段]

青信号③〈名〉綠色信號燈；(喻)安
全信號

青空③〈名〉藍天，青空；屋外，露
天

青田買い⓪〈名〉買青苗；(俗)在學
生畢業前和學生簽訂雇傭合同

青田狩り⓪〈名〉廉價購買青田；企
業與次年畢業的學生提前約定雇傭
關係＝青田買い

青葉①②〈名〉(初夏的)嫩葉；綠葉

青雲⓪〈名〉青雲；高的地位

青果①〈名〉青菜和水果

青少年③〈名〉青少年

青春⓪〈名〉青春

青松⓪〈名〉青松，蒼松

青銅⓪〈名〉青銅

青年⓪〈名〉青年

青竜⓪〈名〉青龍

★ 群青・丹青

清 きよ・い/きよ・まる/きよ・める/
セイ
qīng[日＝繁＝簡]
純淨透明(與「濁」相對)；安靜，不
煩；一點不留；明白，不混亂；清
除不純的成分；公正廉潔

清い②〈形〉清，清澈；純潔，一塵不
染 例 ～く水に流す[既往不咎，付
諸東流]

清まる③〈自五〉澄清，清潔
例 心が～る[心地清淨]

清める③〈他一〉洗淨；洗清
例 恥を～める[雪恥]

清音①⓪〈名〉清音

清閑⓪〈名・形動〉清閒

清潔⓪〈名・形動〉清潔，廉潔

清算⓪〈名・サ變〉精算，細算
例 乗り越し料金を～する[補交坐過
站的費用]

清酒⓪〈名〉清酒，日本酒

清純⓪〈名・形動〉純潔，純真

清書⓪〈名・サ變〉譽清；(為提交用)
書寫清楚

清祥⓪〈名〉康健，康泰

清浄⓪〈名・形動〉潔淨，乾淨

清掃⓪〈名・サ變〉清掃，打掃

清聴⓪〈名・サ變〉清聽，垂聽

清澄⓪〈名・形動〉清澈

清適⓪〈形動〉(信)健康，平安

清貧⓪〈名〉清貧

清明⓪〈名・形動〉清明節；清明的

清流⓪〈名〉清流，清溪，清清的流水

清涼⓪〈名・形動〉清涼，涼爽

清廉⓪〈名・形動〉清廉

★ 粛清（しゅくせい）

軽 かる・い/かろ・やか/ケイ

[輕][轻]qīng[日≒繁≒簡]

分量小（跟「重」相反）；數量少；用力小；不重視；隨便

軽い（かる）⓪〈形〉輕；輕便；清淡；輕快；輕浮；輕薄 例 口が～い[嘴不嚴]

軽やか（かる）②〈形動〉輕盈，輕快 例 ～な足取り（あしど）[輕快的腳步]

軽易（けい）①〈名・形動〉輕易，簡單

軽快（けい かい）⓪〈形動〉輕快，敏捷；快活；（服飾）簡便；病好轉

軽挙（けい きょ）①〈名〉輕舉，草率的行動

軽挙妄動（けい きょ もう どう）①⓪〈名・サ變〉輕舉妄動

軽減（けい げん）⓪〈名・サ變〉減輕，減少

軽視（けい し）⓪〈名・サ變〉輕視

軽重（けいじゅう）⓪〈名〉輕重

軽傷（けいしょう）⓪〈名〉輕傷

軽少（けいしょう）⓪〈名・形動〉微小；無關緊要

軽食（けいしょく）⓪〈名〉簡單的飯食，便飯

軽装（けい そう）⓪〈名〉輕裝

軽率（けい そつ）⓪〈名・形動〉輕率，草率

軽度（けい ど）①〈名〉輕度，輕微

軽薄（けい はく）⓪〈名・形動〉輕薄

軽微（けい び）①〈名・形動〉輕微

軽侮（けい ぶ）①〈名・サ變〉輕視，蔑視

軽蔑（けい べつ）⓪〈名・サ變〉輕蔑

軽便（けい べん）⓪〈名・形動〉輕便

軽妙（けい みょう）⓪〈名・形動〉輕鬆有趣

軽油（けい ゆ）⓪〈名〉輕油，汽油

軽量（けいりょう）⓪〈名〉輕量，分量輕

★ 足軽（あしがる）・気軽（きがる）・口軽（くちがる）・手軽（てがる）・身軽（みがる）

傾 かたむ・く/かたむ・ける/ケイ

[傾][倾]qīng[日＝繁≒簡]

斜、歪；趨向；倒塌；使器物翻轉或傾斜

傾く（かたむ）⓪〈自五〉斜，傾；衰落；傾向於；（日月）落下 例 夕日（ゆう ひ）が～く[夕陽西下]

傾ける（かたむ）④〈他一〉使傾斜；傾注；傾覆 例 君の意見（い けん）に耳（みみ）を～ける[洗耳恭聽您的意見]

傾向（けい こう）⓪〈名〉傾向

傾国（けい こく）⓪〈名〉傾國

傾斜（けい しゃ）⓪〈名・サ變〉傾斜

傾注（けいちゅう）⓪〈名・サ變〉傾注

傾聴（けいちょう）⓪〈名・サ變〉傾聽

傾度（けい ど）①〈名〉傾斜的角度

傾倒（けい とう）⓪〈名・サ變〉傾倒

★ 右傾（う けい）・左傾（さ けい）

情 なさ・け/ジョウ

qíng[日＝繁＝簡]

感情；愛情；情分；狀況

情け（なさ）①〈名〉人情，情面；同情；情趣；愛情；色情

情愛（じょうあい）⓪〈名〉愛情，深情

情感（じょうかん）⓪〈名〉情感；心情

情景（じょうけい）⓪〈名〉情景，景象

情趣（じょうしゅ）⓪①〈名〉情趣，風趣

情勢（じょうせい）⓪〈名〉形勢

情操（じょうそう）⓪〈名〉情操

情調（じょうちょう）⓪〈名〉情調，風趣

情熱（じょう ねつ）⓪①〈名〉熱情 例 仕事（し ごと）に～を燃（も）やす[對工作充滿熱情]；～家（か）[熱情的人]

情報（じょうほう）⓪〈名〉訊息，消息

情理（じょう り）①〈名〉情理

情話⓪〈名〉知心話，貼心話；戀愛故事；以人情世故為題材的滑稽故事

★ 愛情・感情・激情・事情・叙情・
心情・人情・性情・政情・陳情・
同情・内情・慕情・民情・無情・
友情・旅情・恋情

晴 は・らす/は・れる/セイ

qíng[日＝繁＝簡]

天空中沒有雲或雲量少（跟「陰」相反）辨 在日語中，還有「盛大」「消除」的意思

晴らす②〈他五〉解除，消除 例 恨みを～す[雪恨]

晴れ着③〈名〉盛裝，漂亮衣服

晴れ姿③〈名〉身著盛裝，參加盛大場面的風姿

晴れる②〈自一〉晴，雲散了；（雨雪等）停了；（疑團）解開，（心情）舒暢 例 疑いが～れた[疑團解開了]

晴雨①〈名〉晴雨，晴天和下雨

晴天⓪③〈名〉晴天

晴朗⓪〈名・形動〉晴朗

★ 快晴

頃 ころ

qǐng[日＝繁＝簡]

時，時候 辨 在日語中沒有表示面積單位的名詞用法

頃①〈名〉時候，時期，時節；時機，機會

頃合い⓪③〈名〉時機；正合適的

★ 今頃・この頃・先頃・食べ・
近頃・手頃・年頃・値頃・日頃・
見頃

請 う・ける/こ・う/シン/セイ

[請][请]qǐng[日≒繁≒簡]

求；邀約，約人來 辨 在日語中，有「承包」的意思

請け負う③〈他五〉承包；承辦；保證 例 工事を～う[承辦建築工程]

請ける②〈他一〉贖回（典當品）；承包 例 質草を～ける[贖回典當品]

請う①〈他五〉請求，企求；希望，請 例 赦しを～う[求饒]

請謁⓪〈名〉求見

請願⓪〈名・サ變〉申請，請求；請願

請求⓪〈名・サ變〉請求，要求，索取

請訓⓪〈名・サ變〉（駐外使節向本國政府）請示

請託⓪〈名・サ變〉拜託

★ 懇請・招請・申請・普請・要請

慶 ケイ

[慶][庆]qìng[日＝繁≒簡]

祝賀

慶賀①〈名・サ變〉慶賀，慶祝

慶事①〈名〉喜事，喜慶事

慶祝⓪〈名・サ變〉慶祝，祝賀

慶弔⓪〈名〉慶與吊，喜慶事和喪事

慶兆⓪〈名〉吉兆

★ 大慶・同慶

窮 きわ・まる/きわ・める/キュウ

[窮][穷]qióng[日≒繁≒簡]

缺乏財物；處境惡劣；達到極點；完了；推究到極點

窮まる③〈自五〉達到極限，極其，極為；窮盡；困窘 例 危険～ることだ[極其危險的事情]

窮める③〈他一〉達到極限；攀登到

頂；究其究竟，窮原竟委，徹底查
明　**例**山頂を〜める［登上山頂］

窮境⓪〈名〉窘境，困境

窮屈①〈名・形動〉窄小，狹窄，瘦
　小，緊

窮策⓪〈名〉窮極之策

窮死〈名・サ變〉窮死

窮状⓪〈名〉窮困狀況，窘境，窘態

窮する③〈サ變〉不知如何，困窘；
　窮困，貧困　**例**返答に〜する［詞窮］

窮地①〈名〉窮境，困境，窘境

窮追⓪〈名・サ變〉窮追，猛追

窮迫⓪〈名・サ變〉窘迫，困窘，窮困

窮乏①〈名・サ變〉貧窮，貧困

窮民⓪〈名〉貧民

窮余①〈名〉窮極

★ **困窮・貧窮・無窮**

丘 おか/キュウ
qiū［日＝繁＝簡］

　小土山；土堆

丘⓪〈名〉小山崗，小土堆

丘陵⓪〈名〉丘陵

★ **砂丘・段丘**

秋 あき/シュウ
qiū［日＝繁＝簡］

　一年的第三季；指一年

秋①〈名〉秋，秋天，秋季

秋風③〈名〉秋風；愛情冷淡下去
　＝しゅうふん

秋草⓪②〈名〉秋草

秋雨⓪〈名〉秋雨＝しゅうう

秋空③〈名〉秋空

秋晴れ⓪〈名〉秋天的晴天

秋期①〈名〉秋期，秋季

秋気①〈名〉秋氣；秋景；秋色；秋意

秋季①〈名〉秋季

秋月⓪〈名〉秋月

秋色⓪〈名〉秋色

秋霜⓪〈名〉秋霜

秋波①〈名〉秋波

秋分⓪〈名〉秋分

秋涼⓪〈名〉秋涼；陰曆8月

秋冷⓪〈名〉秋涼

★ **初秋・新秋・春秋・千秋・爽秋・
　早秋・中秋・晩秋・立秋**

囚 シュウ
qiú［日＝繁＝簡］

　拘禁；被拘禁的人

囚衣①〈名〉囚衣

囚人⓪〈名〉犯人，囚犯
　＝めしうど＝めしゅうど

囚徒①〈名〉囚犯，囚徒

囚虜①〈名〉俘虜，囚虜

★ **死刑囚・女囚・脱獄囚・
　未決囚・幽囚・虜囚**

求 もと・める/キュウ
qiú［日＝繁＝簡］

　設法得到；懇請，乞助；需求，需要

求める③〈他一〉要求，尋求，追求；
　請求；買　**例**権力を〜める［謀求權
　力］

求愛⓪〈名・サ變〉求愛

求刑⓪〈名・サ變〉請求處刑，求刑

求婚⓪〈名・サ變〉求婚

求職⓪〈名・サ變〉尋求職業，找工作

求心力③〈名〉向心力

求人⓪〈名〉招聘人員，招人，招工

★ **希求・請求・探求・追求・要求・**

欲求
^{よっきゅう}

球 ^{たま/キュウ}
qiú[日＝繁＝簡]

圓形的立體物；球形或接近球形的物體；指某些體育作品；指球類運動；特指地球

球②〈名〉球兒；泡；電燈炮

球界⓪〈名〉棒球界
^{きゅう かい}

球技①〈名〉球賽，球類比賽
^{きゅう ぎ}

球戲①〈名〉球類遊戲
^{きゅう ぎ}

球菌⓪〈名〉球菌
^{きゅう きん}

球形⓪〈名〉球形；圓形
^{きゅう けい}

球茎⓪〈名〉球莖
^{きゅう けい}

球根⓪〈名〉球根；鱗莖
^{きゅう こん}

球場⓪〈名〉棒球場
^{きゅう じょう}

球状⓪〈名〉球狀，球形
^{きゅう じょう}

球速⓪〈名〉球的速度
^{きゅう そく}

球団⓪〈名〉職業棒球團
^{きゅう だん}

球面⓪③〈名〉球面，凸面
^{きゅう めん}

★眼球・気球・水球・速球・卓球・
^{がんきゅう} ^{き きゅう} ^{すいきゅう} ^{そっきゅう} ^{たっきゅう}
地球・電球・投球
^{ち きゅう} ^{でんきゅう} ^{とうきゅう}

区 ^ク
[區][区]qū[日＝簡≒繁]

分別，劃分；地域；行政單位

区域①〈名〉區域，地區，範圍
^{く いき}

区営⓪〈名〉區營，區經營
^{く えい}

区画⓪〈名・サ變〉區劃，劃區；地區
^{く かく}

区外①〈名〉區外，區的邊界外面
^{く がい}

区間⓪〈名〉區間，段
^{く かん}

区議会②〈名〉區議會
^{く ぎ かい}

区切り③〈名〉句讀；小段落；(事情
^{く ぎ}
的)段落

区切る②〈他五〉加句讀；分成段
^{く ぎ}
落；隔開，劃分

区区①〈副〉各種各樣；分歧；紛
^{く く}
紜；微小，區區，微不足道

区分①〈名・サ變〉區分
^{く ぶん}

区別①〈名・サ變〉區別
^{く べつ}

区民①〈名〉區民，區內居民
^{く みん}

区役所②〈名〉區政府
^{く やくしょ}

区立①〈名〉區立，區所屬
^{く りつ}

区分け③〈名・サ變〉區分，劃分，分
^{く わ}
開

区割り⓪〈サ變〉劃分，區劃
^{く わ}

★学区・管区・行政区・選挙区・
^{がっ く} ^{かん く} ^{ぎょうせい く} ^{せん きょ く}
地区
^{ち く}

曲 ^{ま・がる/ま・げる/キョク}
qū(qǔ)[日＝繁＝簡]

彎轉(與「直」相對)；不公正，不合理；一種藝術形式；歌的樂調

曲がり角④〈名〉街角，拐角；轉折
^{ま かど}
點，需做選擇的重要關頭

曲がりくねる⑤〈自五〉彎彎曲曲
^ま
例～った山道を登る[攀登山間的羊
^{のぼ}
腸小道]

曲がり道④〈名〉曲徑，彎曲的道路
^{ま みち}

曲がる⓪〈自五〉彎曲，彎；拐，轉，
^ま
轉彎，拐彎；歪，歪斜，傾斜；扭
曲，乖張，歪門邪道 例このパイプ
は～っている[這管子是彎的]

曲げる⓪〈他一〉彎，曲，折彎；歪，
^ま
斜，傾斜；屈，歪曲，篡改；違心，
改變，放棄 例腰を～げる[彎腰]
^{こし}

曲学⓪〈名〉邪曲之學
^{きょくがく}

曲技①〈名〉雜技；特技飛行
^{きょく ぎ}

曲芸⓪〈名〉雜技 辨 在漢語中，指以
^{きょくげい}
說唱為主要手段的表演藝術

曲射⓪〈名〉曲射
^{きょくしゃ}

曲尺⓪〈名〉曲鐵尺，曲尺，矩尺，
^{きょくしゃく}

角尺＝かねじゃく

曲折⓪〈名・サ變〉彎曲，曲折；錯綜
　複雜

曲線⓪〈名〉曲線

曲調⓪〈名〉曲調，調子

曲直⓪〈名〉曲直，是非

曲馬⓪〈名〉馬戲

曲筆⓪〈名・サ變〉曲筆，不據事實寫，
　歪曲事實地書寫

曲譜⓪〈名〉曲譜，樂譜

曲浦①〈名〉彎曲的海灣

曲面②〈名〉曲面

曲目②〈名〉曲目

曲論⓪〈名・サ變〉邪曲之論，歪曲之
　論，詭辯，顛倒是非

曲解⓪〈名・サ變〉曲解，歪曲

　★異曲同工・迂曲・婉曲・音曲・
　歌曲・屈曲・交響曲・作曲・
　秘曲・舞曲・編曲・名曲・歪曲・
　灣曲

屈 かが・む/クツ

qū[日＝繁＝簡]

　彎曲，使彎曲（與「伸」相對）；低
　頭，降服；理虧；委屈

屈む⓪〈自五〉彎腰；蹲 例 ～んで歩
　く[彎著腰走路]

屈強⓪〈名・形動〉膂力過人，身強力
　壯；倔強，頑強不屈

屈曲⓪〈名・サ變〉彎曲

屈指①〈名・サ變〉屈指可數

屈從⓪〈名・サ變〉屈從

屈辱⓪〈名〉屈辱，恥辱，侮辱

屈伸⓪〈名・サ變〉伸展和彎曲

屈する⓪〈サ變〉屈，彎曲；挫折；
　氣餒；屈服，屈從

屈折⓪〈名・サ變〉彎曲，曲折；彎
　曲，不正常，不自然；曲折，折射

屈託⓪〈名・サ變〉擔心，操心，發愁；
　厭倦，無聊

屈服⓪〈名・サ變〉屈服，折服

　★窮屈・退屈・卑屈・理屈

駆 か・ける/か・る/ク

[驅][驱]qū[日≒繁≒簡]

　快跑；強行，逼迫；趕走

駆け足②〈名〉快跑，跑步；跑步似
　的，走馬觀花地；急急忙忙地；草
　率地；策馬急馳，使馬快跑

駆け付ける⓪〈自一〉跑去；跑來；
　跑到；急忙趕到 例 医者が～ける
　[醫生急忙趕來]

駆け込む⓪〈自五〉跑進 例 裁判所
　に～む[走上法庭]

駆け引き②〈名・サ變〉伺機，進退；
　討價還價；策略，手腕 例 ～の上手
　な商人[善於討價還價的商人]

駆け回る⓪〈自五〉到處亂跑；奔走
　例 資金集めに～る[為籌集資金而奔
　走]

駆け寄る⓪〈自五〉跑到跟前，跑近
　例 子どもは母親の姿を見ると、～
　って抱きついた[孩子一見到母親，
　就跑過去撲到她的懷裏]

駆ける②〈自一〉跑，快跑，奔跑；
　(騎著馬)跑，策馬疾馳 例 ゴールま
　でまっしぐらに～ける[一直向決勝
　點猛衝]

駆り集める⑤〈他一〉(緊急)聚集；
　召集；糾合 例 ボランティアを～め
　る[緊急召集志願者]

駆り立てる⓪〈他一〉迫使，逼迫，

驅使 例人を悪事に～てる[逼迫人
幹壞事]
駆る⓪〈他五〉驅策，驅趕，追趕；
迫使；驅使；受…支配 例馬を～っ
て行く[策馬而去]
駆使②〈名・サ變〉驅使；運用
駆除①〈名・サ變〉驅除，消滅
駆逐⓪〈名・サ變〉驅逐，趕走
駆逐艦⓪〈名〉驅逐艦
駆虫⓪〈名・サ變〉除蟲，殺蟲

★疾駆・先駆・前駆

取 と・る/シュ
qǔ[日＝繁＝簡]
拿到身邊；得到，招致；採取，選取
取り扱い所⑤⓪〈名〉經辦處
例荷物～[行李託運處]
取り柄③〈名〉長處，優點
取り立て⓪〈名〉催繳，催收；提拔，提
升，拔擢；剛摘下，剛捕獲，剛取得
例～のカニ[剛撈上的螃蟹]
取り引①〈名・サ變〉交易，貿易；買
賣；討價還價 例現金～[現款交易]
取り引先④〈名〉客戶，交易戶，往
來戶，顧客 例その会社は関西に～
が多い[那家公司在關西有很多交易
戶]
取り引高④〈名〉成交金額，交易
額，成交量
取る①〈他五〉拿，取，執，握；操
作，操縱；堅持；奪取，強奪；取
得，得到；掙，賺；保留下來；提
出，抽出；預約，訂下，訂閱；叫
（飯菜）；娶，嫁；花費，耗費；
採，取；上年紀，增加；除掉，除
去，去掉；拔掉，拔除；刪掉；

偷，偷盜；討伐；摘下，摘掉；索
取；擔任，承擔；選取，選擇；抄
寫；察言觀色 例手を～る[拉手，
攜手]
取材⓪〈名・サ變〉採訪；取材
取捨①〈名・サ變〉取捨
取得⓪〈名・サ變〉取得，獲得

★看取・詐取・採取・搾取・摂取・
奪取・聴取・頭取・略取

去 さ・る/キョ/コ
qù[日＝繁＝簡]
離開；已過的，特指剛過去的一
年；失掉；除去，除掉
去る①〈自五〉離去，離開；過去，
經過，結束；距離；去掉，消除；
已過去的 例世を～る[去世]
去就⓪〈名〉去就，去留，進退
去勢⓪〈名・サ變〉去勢，閹割，騙；
削弱
去年①〈名〉去年
去来①〈名・サ變〉去來，往復，縈回

★過去・死去・辞去・除去・消去・
逝去・退去・撤去

趣 おもむき/シュ
qù[日＝繁＝簡]
趣味，興味；有趣味的；志趣
趣④〈名〉旨趣，意思，大意，要點；
風趣，雅趣，情趣；韻味，風韻，
風格，情景，景象，局面，樣子，
情形，方式 例お話の～はよくわか
りました[您說的意思我全明白了]
趣意①〈名〉趣旨，宗旨；意思，意
見，想法
趣意書③②〈名〉旨趣書，宗旨書

趣向⓪〈名〉方案，主意；動腦筋，
　下工夫
趣旨①〈名〉宗旨，趣旨
趣致①〈名〉趣致，情趣
趣味①〈名〉愛好；喜愛，趣味

★意趣・画趣・雅趣・興趣・景趣・
　詩趣・情趣・妙趣

圏 ケン
[圈][圏]quān[日≒繁＝簡]

　環形，環形的東西；周；範圍
圏外①〈名〉圈外，範圍以外
圏点⓪〈名〉圈點
圏内①〈名〉範圍以內，圈子裏

★首都圏・成層圏・勢力圏・
　文化圏・北極圏

全 まった・く/ゼン
quán[日＝繁＝簡]

　完備，齊備；使完整不缺；整個；都
全く⓪〈副〉完全，全然；實在，
　眞；簡直 例彼は～たいしたものだ
　[他實在了不起]
全域⓪〈名〉整個地區，整個領域，
　整個範圍
全員⓪〈名〉全體人員
全欧⓪〈名〉全歐，整個歐洲
全音⓪〈名〉全音
全壊⓪〈名・サ變〉全部毀壞
全快⓪〈名・サ變〉完全治好，痊癒
全開⓪〈名・サ變〉全打開
全角⓪〈名〉全角
全額⓪〈名〉全額，全數，全部
全巻⓪〈名〉全卷；全部；(電影等的)
　全盤，全部影片
全館⓪〈名〉所有的館；全館

全局⓪①〈名〉全局
全軍⓪〈名〉全軍
全景⓪〈名〉全景
全権⓪〈名〉全權
全校①〈名〉全校；所有的學校
全国①〈名〉全國
全市①〈名〉全市；所有的城市
全紙①〈名〉全張紙；原張大小的紙，
　整版；整個版面；所有的報紙
全治⓪〈名・サ變〉痊癒，治好，治癒
　＝ぜんち
全自動⓪〈名〉全自動
全日制⓪〈名〉全日制
　＝ぜんにちせい
全社①〈名〉全公司
全集⓪〈名〉全集
全書①〈名〉全書
全勝⓪〈名・サ變〉全勝，連戰皆捷
全焼⓪〈名・サ變〉全部燒毀
全称⓪〈名〉全稱
全身⓪〈名〉全身，渾身；滿身
全数③〈名〉全數
全世界③〈名〉全世界，全球
全然⓪〈副〉全然，完全，根本，簡
　直，絲毫，一點兒也沒有
全体⓪〈名・副〉全，所有，整體，整
　個；到底，究竟
全天候〈造語〉全天候
全土①〈名〉全國；全境，全區
全島⓪〈名〉全島
全納⓪〈名・サ變〉全部交納；交齊；
　一次繳清
全能⓪〈名〉全能，萬能
全廃⓪〈名・サ變〉徹底廢除；徹底銷
　毀
全敗⓪〈名・サ變〉全輸

全般⓪〈名〉前幾天；上次；前些日子

全部①〈名・副〉全部，所有，一切；全，都，全都；總共

全文⓪〈名〉全文

全貌⓪〈名〉全貌

全滅⓪〈名・サ變〉滅絕，覆滅，毀滅

全面⓪〈名〉全面，全部，一切

全訳⓪〈名・サ變〉全譯

全癒①〈名・サ變〉痊癒

全容⓪〈名〉全貌，全部內容

全裸①⓪〈名〉全裸

全寮制③〈名〉全部寄宿制

全力⓪〈名〉全力

★安全・完全・健全・万全・保全

泉 いずみ/セン

quán[日＝繁＝簡]

從地下流出的水源

泉⓪〈名〉泉，泉水；源泉

泉下①〈名〉泉下，黃泉之下

泉水⓪〈名〉水池；泉水

泉石⓪〈名〉泉石

★黄泉・温泉・源泉・鉱泉・噴泉・林泉

拳 こぶし/ケン/ゲン

quán[日＝繁＝簡]

緊握的手

拳⓪〈名〉拳

★握り拳・拳骨・拳銃・拳闘・拳法・太極拳・鉄拳

詮 セン

[詮][诠]quán[日≒繁≒簡]

解釋，說明

詮議①〈名・サ變〉審議，討論；審問

詮索⓪〈名・サ變〉追究，探聽

★所詮

権 ケン/ゴン

[權][权]quán[日≒繁≒簡]

權衡；權力；權利

権威①〈名〉權威

権益⓪〈名〉權益

権限③〈名〉權限，職權範圍

権衡⓪〈名〉權衡

権勢①〈名〉權勢

権能⓪〈名〉權限，權能；權利

権柄⓪〈名〉權柄，權力

権謀⓪〈名〉權謀，謀略，陰謀

権謀術数⓪〈名〉權謀術數，陰謀詭計

権利①〈名〉權利

権力①〈名〉權力

権化①〈名〉菩薩下凡；化身，肉體化，具體化

★主権・所有権・人権・選挙権・著作権・特権・利権

犬 いぬ/ケン

quǎn[日＝繁＝簡]

狗

犬⓪〈名〉狗，犬；奸細，狗腿子，走狗，爪牙

犬死に⓪〈名・サ變〉死無代價，白死

犬猿⓪〈名〉犬和猿；關係不好，水火不相容

犬歯①〈名〉犬齒，犬牙

★愛犬・狂犬・駄犬・番犬・名犬・猛犬・猟犬

券 ケン

quàn[日＝繁＝簡]

票據或作為憑證的紙片

券売機③〈名〉售票機

券面⓪③〈名〉票面，額面；票面金額

★ 株券・金券・債券・招待券・
乗車券・入場券・旅券

勧 すす・める/カン

[勸][劝]quàn[日≒繁≒簡]

講明事理，使人聽從；勉勵

勧める⓪〈他一〉勸，勸告，勸誘；
讓 例 酒を～める[勸酒]

勧学⓪〈名〉勸學

勧業⓪〈名〉勸業，提倡實業

勧告⓪〈名・サ變〉勸告

勧奨⓪〈名・サ變〉獎勵，獎勸，鼓
勵；建議

勧請⓪〈名・サ變〉請神，請佛；迎接
佛神之靈而把它分祀在其他地方

勧進⓪〈名・サ變〉勸布施，化緣

勧善⓪〈名〉勸善

勧誘⓪〈名・サ變〉勸，勸説，勸誘

却 かえ・って/キャク

[卻][却]què[日＝簡≒繁]

後退；推辭，拒絕；去掉；表示轉折

却って①〈副〉反倒，反而
例 ～ご迷惑をおかけしました[反而給
你添了麻煩]

却下①〈名・サ變〉不受理，駁回，批
駁(申請、訴訟等)

★ 閑却・棄却・減却・償却・消却・
焼却・退却・脱却・破却・売却・
返却・忘却・滅却・冷却

確 たし・か/たし・かめる/カク

[確][确]què[日≒繁≒簡]

符合事實的，眞實；堅固，堅定

確か①〈副・形動〉確實；確切；確
鑿；一定；正確；準確；地道；可
靠，靠得住；信得過；保險；大
概，也許 例 ～な返事[確切的回答]

確かめる④〈他一〉弄清；查明；確
認 例 相手の意向を～める[弄清對
方的意圖]

確言⓪〈名・サ變〉斷言，肯定

確執⓪〈名・サ變〉固執己見，堅持己
見；不和，不睦；爭執(不下)

確実⓪〈形動〉準；確實；可靠

確証⓪〈名〉確證，確鑿的證據

確信⓪〈名・サ〉確信；有信心

確定⓪〈名・サ變〉確定

確答⓪〈名・サ變〉明確的答覆

確認⓪〈名・サ變〉確認；證實；判明，
明確

確保①〈名・サ變〉確保

確報⓪〈名〉確實消息；可靠報導

確約⓪〈名・サ變〉約定；保證

確立⓪〈名・サ變〉確立；確定

確率⓪〈名〉機率，概率，蓋然率；
準確率；可能性，蓋然性

確固①〈副〉堅定，堅決；斷然

★ 正確・精確・的確・適確・明確

群 むら/む・れ/む・れる/グン

qún[日＝繁＝簡]

聚在一起的人或物；成群的

群⓪〈名〉群，成群；叢 例 ひと～の
草[一叢草]

群れ②〈名〉群，伙 例 人の～[人群]

群れる②〈自一〉群聚，群集，聚集

例 カモメが海辺に〜れて飛ぶ[海鷗在海邊結群飛翔]

群議① 〈名〉眾議，群眾的興論

群居① 〈名・サ變〉群居

群山⓪① 〈名〉群山

群集⓪ 〈名・サ變〉群集；人群

群眾⓪ 〈名〉群眾，人群

群青⓪ 〈名〉(顏料)群青，佛青

群臣⓪ 〈名〉群臣

群生⓪ 〈名・サ變〉簇生

群像⓪ 〈名〉群像

群島⓪ 〈名〉群島

群雄⓪ 〈名〉群雄

★ 一群・魚群・大群・拔群・流星群

然 ゼン/ネン
rán[日＝繁＝簡]

對，不錯；如此，這樣，那樣；用於詞尾，表示狀態

★ 啞然・暗然・依然・慨然・敢然・偶然・決然・顯然・嚴然・公然・索然・燦然・自然・釋然・凄然・井然・寂然・全然・蒼然・騷然・卒然・端然・斷然・天然・徒然・當然・陶然・同然・必然・憤然・紛然・呆然・茫然・未然・猛然・黙然

燃 もえ・る/も・す/も・やす/ネン
rán[日＝繁＝簡]

燒起火焰；引火點著

燃え上がる④ 〈自五〉燃起，燒起

例 怒りが〜る[怒火中燒]

燃え尽きる④ 〈自一〉燒完，燃盡，燒盡；耗盡，耗完 例 もう闘志が〜きてしまった[鬥志已經耗盡了]

燃え広がる⑤ 〈自五〉延燒，火勢蔓延 例 火が隣家へ〜った[火延燒到鄰家]

燃える⓪ 〈自一〉燃燒；熾熱，滿懷；火紅 例 真っ赤に〜える太陽[火紅的太陽]

燃す⓪ 〈他五〉焚燒，燒 例 落ち葉を〜す[燒落葉]

燃やす⓪ 〈他五〉燃燒，燒 例 石炭を〜す[燒煤]

燃焼⓪ 〈名・サ變〉燃燒

燃費⓪ 〈名〉耗油量，每升燃料行駛的公里數

燃料③ 〈名〉燃料

★ 可燃・再燃・不燃

染 し・み/し・みる/そ・まる/そ・める/る/セン
rǎn[日＝繁＝簡]

把東西放在顏料裏使著色；感受疾病或沾上壞習慣或接觸到什麼

染み⓪ 〈名〉污染，污點；褐斑 例 〜が付く[沾上污點]

染み着く③ 〈自五〉沾上；沾染上 例 汗が〜く[沾上汗污]

染み透る③ 〈自五〉浸透；銘刻(在心) 例 ありがたさが身に〜る[銘感肺腑]

染みる⓪ 〈自一〉浸透，浸入；刺激，刺痛；染，沾染；深感，銘刻(在心) 例 汗がワイシャツに〜みる[汗水浸透襯衫]

染み渡る③〈自五〉全浸透，全濕
　透；蔓延，充滿(心裏)　**例**心に～
　るわびしさ[滿懷寂寞]
染まる②〈自五〉染上；沾染　**例**夕燒
　けで空があかね色に～った[天空被
　火燒雲染成玫瑰色]
染める②〈他一〉染上顏色；著手
　例毛糸を～める[染毛線]
染色⓪〈名・サ變〉染的色，上的色；
　染色，上色
染織⓪〈名・サ變〉染織
染髮⓪〈名・サ變〉染髮
染毛⓪〈名・サ變〉染髮
染料③〈名〉染料

★汙染・感染・伝染

壞 ジョウ

[壞][壞]rǎng[日≒繁＝簡]
　鬆軟的土可耕之地；地(與「天」相
　對)；地區

★天壞無窮・土壞・豐壞

讓 ゆず・る/ジョウ

[讓][让]ràng[日≒繁≒簡]
　把方便或好處給別人；索取一定的
　代價，把財物給別人
讓り合う④〈他五〉互讓，相互讓步
　例席を～う[相互讓座]
讓り受ける⑤〈他一〉承受，繼承
　例財産を～ける[繼承財産]
讓り渡す⑤〈他五〉出讓，轉讓，讓
　與　**例**藏書を～す[出讓自己的藏書]
讓る⓪〈他五〉讓給，轉讓；謙讓，讓
　步；出讓，賣給；改日，延期
　例道を～る[讓路]
讓位①〈名〉讓位，禪位，禪讓

讓渡①〈名・サ變〉轉讓
讓步①〈名・サ變〉讓步
讓与①〈名・サ變〉出讓，讓與，轉讓

★委讓・割讓・謙讓・禪讓・分讓・
　礼讓

熱 あつ・い/ネツ

[熱][热]rè[日≒繁≒簡]
　物體內部分子不規則運動放出的一
　種能；溫度高；感覺溫度高；使
　熱，加熱；生病引起的高體溫；情
　意深厚；受很多人歡迎的
熱熱⓪〈名・形動〉火熱；熱戀
　例～のご飯[熱氣騰騰的飯]
熱い②〈形〉熱；燙；熱衷，熱心；熱
　愛　**例**うだるように～い[酷熱]
熱愛⓪〈名・サ變〉熱愛，厚愛
熱意①〈名〉熱忱；熱情
熱演⓪〈名・サ變〉熱烈表演
熱学⓪〈名〉熱學
熱願⓪〈名・サ變〉渴望，熱望，懇切
　願望
熱気⓪〈名〉熱氣，高溫氣體
熱狂⓪〈名・サ變〉狂熱，熱狂
熱血⓪〈名〉熱血；血性；熱情
熱源⓪〈名〉熱源，熱能供應來源
熱賛⓪〈名・サ變〉熱情的贊揚
熱処理③〈名・サ變〉熱處理
熱唱⓪〈名・サ變〉熱情歌唱
熱情⓪〈名〉熱情，熱心
熱心①〈名・形動〉熱心
熱水⓪〈名〉熱液
熱する⓪〈名・サ變〉發熱，變熱；加
　熱，弄熱；激動，興奮，衝動；熱衷
熱性⓪〈名〉容易發高熱的體質
熱戰⓪〈名〉酣戰

熱帯⓪〈名〉熱帶 **例**～魚［熱帶魚］

熱中⓪〈名・サ變〉熱衷；專心致志；入迷

熱度①〈名〉熱度；熱心的程度

熱湯⓪〈名〉熱水，開水

熱闘⓪〈名〉熱烈的比賽

熱病⓪〈名〉(發高熱的)熱病，熱性病

熱弁⓪〈名〉熱情的演説，熱烈的辯論

熱望⓪〈名・サ變〉熱切希望，渴望

熱涙⓪〈名〉熱淚

★ 炎熱・加熱・過熱・解熱・苦熱・光熱・高熱・灼熱・焦熱・情熱・地熱・白熱・発熱・微熱・平熱・余熱

人 ひと/ジン/ニン

rén［日＝繁＝簡］

能製造工具並使用工具進行勞動的高等動物；指人的品質、性格或名譽；指人手、人才

人⓪〈名〉人，人類；他人，別人，旁人；人品，品質；人才；我，人家；(自己)的丈夫，我們家那位；對象；自然人

人影⓪〈名〉人影；人

人柄⓪〈名〉人品，人格，為人，品質；人品好 **例** 優れた～［出眾的人品］

人質⓪〈名〉人質

人手⓪〈名〉人手，勞力；人力；別人的手；他人的幫助，別人的力量；幫手

人減らし⓪〈名〉裁減人員，裁員 **例**～で首になる［因裁員而被解雇］

人見知り⓪〈名・サ變〉認生，怕生 **例**～して泣く［因為認生哭起來］

人為①〈名〉人為；人工

人員⓪〈名〉人員，人手

人煙⓪〈名〉人煙

人家⓪〈名〉人家

人界⓪〈名〉人間，人類世界

人格⓪〈名〉人格，人品

人件費③〈名〉勞務費

人権⓪〈名〉人權

人絹⓪〈名〉人造絲

人口⓪〈名〉人口；眾人之口

人工⓪〈名〉人工

人災⓪〈名〉人禍

人材⓪〈名〉人才

人士①〈名〉人士

人事⓪〈名〉人事；世事

人事課⓪〈名〉人事處，人事科

人種⓪〈名〉人種，種族

人心⓪〈名〉人心

人身⓪〈名〉人身

人世⓪〈名〉人世，人世間

人生①〈名〉人生 **例**～観［人生観］

人跡⓪〈名〉人跡

人選⓪〈名・サ變〉人選，選出

人造⓪〈名〉人造

人体①〈名〉人體，人的身體 ＝にんてい

人畜⓪〈名〉人和家畜，人畜

人道的⓪〈形動〉人道(的)，合乎人道(的)

人徳⓪〈名〉人的品德

人品⓪〈名〉人品，風度，人格

人物①〈名〉人物；人品

人文⓪〈名〉人文＝じんもん

人偏⓪〈名〉(漢字的)人字旁

人望⓪〈名〉威望，威信

人脈⓪〈名〉人的關係；人的線索

人民③〈名〉人民

人名⓪〈名〉人名

人命⓪〈名〉人命

人力⓪〈名〉人力＝じんりょく
　例～車[人力車]

人倫⓪〈名〉人倫；人，人類

人類①〈名〉人類

人気⓪〈名〉人望；人緣，聲望；受歡
　迎，博得好評；吃香，吃得開；商
　情，市況，行情

人形⓪〈名〉娃娃，偶人；玩偶；傀
　儡＝ひとがた

人間⓪〈名〉人，人類；品質，人
　品，品格

人情①〈名〉人情；人之常情

人数①〈名〉人數；人頭；人數眾多
　＝ひとかず

人足⓪〈名〉(做力氣活的)工人；壯
　工；小工＝ひとあし

★ 愛人・悪人・外人・芸能人・
　古人・故人・黒人・罪人・士人・
　私人・詩人・主人・囚人・衆人・
　商人・小人・職人・成人・聖人・
　仙人・先人・前人・知識人・
　知人・哲人・鉄人・土人・同人・
　白人・犯人・美人・一人・夫人・
　婦人・文人・法人・邦人・
　傍若無人・凡人・無人・名人・
　役人・友人・要人・猟人・浪人

仁 ジン/ニ
rén[日＝繁＝簡]

一種道德範疇，指人與人相互友愛、
　互助、同情等

仁愛⓪〈名〉仁愛

仁義①〈名〉仁義

仁慈①〈名〉仁慈

仁者①〈名〉仁者

仁術①〈名〉仁術

仁政⓪〈名〉仁政

仁徳⓪〈名〉仁徳

★ 同仁

忍 しの・ばせる/しの・ぶ/ニン
[忍][忍]rěn[日≒繁＝簡]

耐，把感情按住不讓表現；狠心，殘
　酷 辨 在日語中，還有「悄悄地」的
　意思

忍ばせる⑤⓪〈他一〉偷偷地、悄悄
　地行事；暗藏，偷偷攜帶 例 身を～
　せる[藏身]

忍び足③〈名〉躡足，躡手躡腳

忍び歩き④〈名〉躡足而行；躡手躡
　腳地走；微行 例 ～で家に帰る[躡
　手躡腳地回家]

忍び寄る④⑤〈自五〉偷偷靠近；不
　知不覺來到 例 冬が～る[冬天悄然
　來臨]

忍ぶ②③〈他五〉忍耐，忍受；隱藏，
　掩蓋；躲避，逃遁；偷偷地走
　例 恥を～んで生きていく[忍辱偷
　生]

忍苦①〈名・サ變〉耐苦，忍耐

忍者①〈名〉使隱身法(潛入敵方窺探
　情況)的人，隱身刺客

忍従⓪〈名・サ變〉忍受；隱忍服從，
　逆來順受

忍術①〈名〉隱身法，隱遁法，隱身
　術

忍耐①〈名・サ變〉忍耐

★ 隠忍・堅忍不抜・残忍

刃 は/ジン/ニン
[刀][刃]rèn[日≒繁＝簡]
刀剪等的鋒利部分；刀
刃① 〈名〉刃，刀刃，刀口，刀鋒
刃物① 〈名〉刀劍，刀具
刃傷⓪ 〈名・サ變〉刀傷
★ 凶刃・自刃・白刃

任 まか・す/まか・せる/ニン
rèn[日＝繁＝簡]
相信，信賴；使用，給予職務；擔
當，承受；職務
任す③⓪〈他五〉＝任せる
任せる③〈他一〉託付，交給；任由，
任憑；極盡，憑借 例 大丈夫、私
に～せてください[沒關係，交給我
吧]
任意①〈名・形動〉任意；隨意
任官①〈名・サ變〉任官
任期①〈名〉任期
任じる⓪〈他一〉任命；認為＝任ずる
任所①〈名〉赴任之地
任地①〈名〉任地
任務①〈名〉任務，職責
任命⓪〈名・サ變〉任命
任免⓪〈名・サ變〉任命和罷免
任用⓪〈名・サ變〉任用
★ 委任・一任・解任・兼任・再任・
自任・辞任・受任・就任・重任・
叙任・昇任・常任・親任・責任・
専任・退任・大任・担任・適任・
背任・赴任・放任・留任・歴任

妊 ニン
rèn[日＝繁＝簡]
懷孕

妊娠⓪〈名・サ變〉妊娠，懷孕
妊婦①〈名〉孕婦
★ 懷妊・避妊

認 みと・める/ニン
[認][认]rèn[日≒繁≒簡]
識別，分辨；表示同意；承認
認める④⓪〈他一〉看見，看到；認
為，判定；承認，賞識；允許，許
可，批准，承認 例 特別に入場
に～める[破例准予進入場內]
認可①〈名・サ變〉認可，許可；批
准，准許
認許①〈名・サ變〉許可，批准
認識⓪〈名・サ變〉認識，理解
認証⓪〈名・サ變〉(由官方)認證，確
認，承認，證明
認知①〈名・サ變〉(親生父母)對私生
子的承認，認領；認知
認定⓪〈名・サ變〉認定，認可
認否①〈名〉承認與否認
★ 確認・誤認・公認・自認・承認・
是認・追認・否認・黙認・容認

日 か/ひ/ジツ/ニチ
rì[日＝繁＝簡]
太陽；白天；每天；一天一天地；
特指「日本國」
日帰り⓪〈名〉當天回來 例 ～の旅行
[當天就回來的旅行]
日陰⓪〈名〉日影，陽光
日掛け⓪〈名〉每日儲存(一定數額的
錢) 例 ～貯金[每日(存一定數額)
的存款]
日頃⓪〈名・副〉平素，素日；一直，
經常

日差し⓪〈名〉陽光照射，陽光

日付け⓪〈名〉日期

日照り⓪〈名〉陽光強烈地照射；乾
　旱 例 ～が続く[連續乾旱]

日日⓪〈名〉日期；日數，日子
　＝にちにち＝ひび

日歩⓪〈名〉日利，日息

日焼け⓪〈名・サ變〉(皮膚)曬黑，曬
　焦；(水田等)乾枯 例 皮膚が～に
　した[皮膚曬黑了]

日雇い⓪〈名〉日工

日除け⓪〈名〉遮陽光，遮日光的幕
　(簾)；防止曬黑

日和見⓪〈名・サ變〉預測晴陰，見風
　使舵，觀望形勢 例 ～主義[機會主
　義]

日割り⓪〈名〉按日計算；(工作)日
　程安排，日程(表) 例 仕事の～を
　決める[規定工作日程]

日月⓪①〈名〉日月，太陽和月亮；
　歲月，光陰，時光＝じつげつ

日時①〈名〉日期和時間

日常⓪〈名〉日常，平時

日没⓪〈名〉日落

日夜①〈名〉日夜，晝夜；每天

日曜日③〈名〉星期日

日輪⓪〈名〉日輪，太陽

日露①〈名〉日本和俄國 例 ～戦争
　[日俄戦争]

日課⓪〈名〉每天的習慣活動

日刊⓪〈名〉日刊

日記⓪〈名〉日記

日給⓪〈名〉日薪，日工資

日勤⓪〈名・サ變〉每天上班；白班

日系⓪〈名・サ變〉日本系統，日本血
　統

日計⓪〈名・サ變〉一天的總計

日光①〈名〉日光；(栃木縣)日光市

日誌⓪〈名〉日誌，日記

日射⓪〈名〉日照；日射

日照⓪〈名〉日照

日食⓪〈名〉日食

日進月歩⑤〈名〉日新月異

日程⓪〈名〉日程，每天的計畫

日中⓪〈名〉白天；日本和中國

日直⓪〈名〉每天的值班

日当⓪〈名〉一天的津貼，日薪

日報⓪〈名〉每天的報告；日報

日本②〈名〉日本＝にっぽん 例 ～画
　[日本畫]；日本酒[日本酒]

★明日・隔日・元日・期日・休日・
後日・祭日・昨日・終日・祝日・
初日・数日・前日・即日・他日・
誕生日・一日(二日・三日・四
日・五日・六日・七日・八日・九
日・十日)・当日・半日・平日・
訪日・毎日・余日・曜日・翌日・
来日・落日・烈日・連日

栄 さか・える/は・え/は・える/エイ
[榮][荣]róng[日≒繁≒簡]
　草木茂盛；興盛；光榮

栄える③〈自一〉繁榮興盛，興旺，
　昌盛，隆盛
　例 この町は観光によって～えてい
　る[這座城市靠觀光旅遊繁榮起來
　了]＝映える

栄え②〈名〉顯眼，奪目；光榮

栄える②〈自一〉映照，照；顯眼，奪
　目 例 彼女はシックな色合いが～
　える[地配高雅的色調顯得漂亮]

栄位①〈名〉榮譽地位，顯貴，高位

栄華⓪〈名〉榮華，豪華
栄冠⓪〈名〉榮冠，榮譽；勝利
栄枯①〈名〉枯榮，盛衰
栄光⓪〈名〉榮光，光榮
栄職⓪〈名〉光榮的職務，顯要職位
栄辱⓪〈名〉榮辱
栄進⓪〈名・サ變〉榮升，晉升
栄転⓪〈名・サ變〉榮升，榮遷，升遷，高升
栄誉①〈名〉榮譽；名譽
栄耀⓪〈名〉榮耀；奢華
栄養⓪〈名〉營養

★ 虚栄・共栄・光栄・清栄・繁栄

容 ヨウ

róng［日＝繁＝簡］

包含；對人度量大；允許，讓；相貌，儀表，狀態

容易⓪〈形動〉容易，簡單
容顔⓪〈名〉容貌，面容
容器①〈名〉容器
容疑①〈名〉嫌疑
容姿①〈名〉姿容
容赦①〈名・サ變〉寬恕，饒恕，原諒；姑息，留情
容色⓪〈名〉姿色，容貌
容積①〈名〉容量；容積，體積
容体⓪〈名〉病情，病狀
容貌⓪〈名〉容貌，相貌
容量③〈名〉容量；負載量，負載能力；電容

★ 偉容・威容・温容・寛容・許容・形容詞・受容・収容・従容・全容・内容・美容・変容・包容・麗容

溶 と・かす/と・く/と・ける/ヨウ

róng［日＝繁＝簡］

在水中或其他液體中化開 **辨** 在日語中，通「融」「熔」

溶かす②〈他五〉熔化；溶化，融化，溶解 例 雪を～す[化雪]
溶く①〈他五〉溶解，化開 例 卵を～く[調開雞蛋]
溶ける②〈自一〉化，融化，溶化；熔化 例 塩は水に～ける[鹽在水中溶化]
溶液①〈名〉溶液
溶解⓪〈名・サ變〉溶解
溶岩①〈名〉熔岩
溶血⓪〈名〉溶血(作用)，血球溶解
溶鉱炉③〈名〉熔爐，高爐，鼓風爐
溶剤⓪〈名〉溶劑，溶媒
溶質⓪〈名〉溶質，溶解物
溶出⓪〈名・サ變〉熔析，偏析；洗提
溶性⓪〈名〉可溶性
溶接⓪〈名・サ變〉焊接，熔接 ＝熔よう
接溶着⓪〈名・サ變〉焊著，熔敷
溶媒⓪〈名〉溶媒，溶劑
溶融⓪〈名・サ變〉熔融，熔化，融解
溶炉①〈名〉熔爐，熔鐵爐

★ 水溶液

融 ユウ

［融］［融］róng［日≒繁＝簡］

固體受熱變軟或化為流體；和諧，調和；流通

融解⓪〈名・サ變〉融化，融解；熔化，熔解
融合⓪〈名・サ變〉融合；合併；聚變，聚合

融資① 〈名・サ變〉貸款，融資
融雪⓪ 〈名〉融雪；雪融
融通⓪ 〈名〉通融；靈活，隨機應變；
　暢通
融点① 〈名〉熔點，融點
融和⓪ 〈名・サ變〉和睦；融洽
★ 金融・溶融

冗 ジョウ
rǒng[日＝繁＝簡]
　多餘的；繁瑣；繁忙的事
冗員⓪ 〈名〉冗員，多餘的人員
冗官⓪ 〈名〉超編政府工作人員，臃腫
　的機構
冗句① 〈名〉冗句
冗語⓪ 〈名〉不必要的詞，多餘的字
冗談③ 〈名〉玩笑；戲言；笑話
冗長⓪ 〈形動〉冗長
冗費① 〈名〉浪費，不必要的開支
冗漫⓪ 〈名・形動〉冗長，拉雜

柔 やわ・らか/やわ・らかい/
ジュウ/ニュウ
róu[日＝繁＝簡]
　植物初生而嫩軟，不硬；軟弱（與
　「剛」相對）；溫和
柔肌⓪ 〈名〉細嫩、柔軟的皮膚
柔らか③ 〈形動〉柔軟，柔和 例～な
風[和風]
柔らかい④ 〈形〉軟，嫩，柔軟；柔
和；通俗，輕鬆 例～い話[輕鬆的
話題]
柔術① 〈名〉柔術
柔順⓪ 〈形動〉柔順
柔道① 〈名〉柔道，柔術
柔軟⓪ 〈形動〉柔軟；靈活

柔弱⓪ 〈名・形動〉柔弱，軟弱
柔和⓪ 〈形動〉溫柔，溫和，柔順
★ 温柔・懐柔・外柔内剛・
優柔不断

肉 にく
ròu[日＝繁＝簡]
　人或動物體內接近皮的部分的柔韌
　的物質；某些瓜果裏可以吃的部分
辨 在日語中，還有「印泥」「厚度」
「自然的」等意思
肉② 〈名〉肌肉；（食用的）肉；（肉）
厚；加工，潤色
肉眼⓪ 〈名〉肉眼
肉牛⓪ 〈名〉肉食牛，肉牛
肉質⓪ 〈名〉肉的品質；肉的組織
肉情⓪ 〈名〉情慾，性慾
肉食⓪ 〈名・サ變〉肉食
肉親⓪ 〈名〉骨肉親，親人 例～を失
う[失去親人]
肉声⓪ 〈名〉自然的嗓音；直接的聲
音 例被災者の～を伝える[轉達受
災者的聲音]
肉体⓪ 〈名〉肉體
肉付き⓪ 〈名〉（身體的）　胖程度；
（動物的）上膘 例～がよくなる[胖
起來]
肉薄⓪ 〈名・サ變〉肉搏；逼近，迫
近；詰問，逼問，追問，責問，質問
肉筆⓪ 〈名〉親筆，手筆 例～の手紙
[親筆信]
肉太⓪ 〈名・形動〉筆道粗 例～の書
体[粗筆字體]
肉饅頭③ 〈名〉肉包子
肉欲⓪ 〈名〉肉慾，性慾
肉類② 〈名〉（食用的）鳥獸肉類

★ 果肉_{かにく}・筋肉_{きんにく}・血肉_{けつにく}・骨肉_{こつにく}・
　弱肉強食_{じゃくにくきょうしょく}・朱肉_{しゅにく}・贅肉_{ぜいにく}・皮肉_{ひにく}

如 ジョ/ニョ
rú[日＝繁＝簡]

適合，依照；像，相似；比得上，及

如意① 〈名〉如意，稱心；（佛教）如
　意(一種象徵祥瑞的器物)

如実_{にょじつ}⓪ 〈名〉真實，如實

如来_{にょらい}⓪ 〈名〉如來

★ 欠如_{けつじょ}・突如_{とつじょ}・不如意_{ふにょい}・躍如_{やくじょ}

儒 ジュ
rú[日＝繁＝簡]

指儒家；舊時指讀書人

儒家_{じゅか}① 〈名〉儒家；儒者之家

儒学_{じゅがく}① 〈名〉儒學

儒教_{じゅきょう}① 〈名〉儒教，儒學

儒者_{じゅしゃ}① 〈名〉儒者，儒家

★ 侏儒_{しゅじゅ}・焚書坑儒_{ふんしょこうじゅ}

乳 ち/ちち/ニュウ
rǔ[日＝繁＝簡]

分泌奶的器官；奶汁；像奶汁的東
西；像奶頭的東西；初生的(動物)

乳首_{ちび}① 〈名〉奶頭，乳頭；奶嘴兒

乳_{ちち}② 〈名〉奶，乳汁，奶水；乳房，乳
　峰，奶子

乳臭_{ちちくさ}い④ 〈形〉乳臭；有乳臭，幼稚
　例彼はまだ～い[他還乳臭未乾]

乳飲_{ちの}み子_ご③ 〈名〉乳兒，嬰兒

乳離_{ちばな}れ② 〈サ變〉斷奶；自立

乳房_{ちぶさ}① 〈名〉乳房，奶子

乳液_{にゅうえき}① 〈名〉(化妝用)乳液

乳化_{にゅうか}⓪ 〈名・サ變〉乳化

乳癌_{にゅうがん}① 〈名〉乳腺癌

乳牛_{にゅうぎゅう}⓪ 〈名〉乳牛，奶牛

乳業_{にゅうぎょう}① 〈名〉乳製品業

乳酸_{にゅうさん}⓪ 〈名〉乳酸

乳歯_{にゅうし}① 〈名〉乳齒，奶牙，乳牙

乳児_{にゅうじ}① 〈名〉嬰兒

乳汁_{にゅうじゅう}⓪ 〈名〉乳汁

乳製品_{にゅうせいひん}③ 〈名〉乳製品

乳腺_{にゅうせん}⓪ 〈名〉乳腺

乳糖_{にゅうとう}⓪ 〈名〉乳糖

乳鉢_{にゅうばち}① 〈名〉乳鉢，研鉢

乳酪_{にゅうらく}⓪ 〈名〉奶製品，乳製品

★ 授乳_{じゅにゅう}・豆乳_{とうにゅう}・母乳_{ぼにゅう}・離乳_{りにゅう}・練乳_{れんにゅう}・
　哺乳_{ほにゅう}

辱 はずかし・める/ジョク
rǔ[日＝繁＝簡]

羞恥；使受羞恥；玷污；謙辭，表
示承蒙

辱_{はずかし}める⑤ 〈他一〉侮辱，羞辱；玷
　污，玷辱，辱沒 例人前で～める
　[當眾侮辱]

辱知_{じょくち}① 〈名〉辱知，辱承相識的人

★ 栄辱_{えいじょく}・汚辱_{おじょく}・屈辱_{くつじょく}・国辱_{こくじょく}・雪辱_{せつじょく}・
　恥辱_{ちじょく}・侮辱_{ぶじょく}・陵辱_{りょうじょく}

入 い・る/い・れる/はい・る/ジュウ/
　ニュウ
rù[日＝繁＝簡]

進來或進去；參加到某種組織中，
成為它的成員；收入

入_いり江_え⓪ 〈名〉海灣，湖岔

入_いる②⓪ 〈自五〉入，進入；沒，沒
　入，落；(接在動詞的連用形之後)
　深深地，不停地 例日_ひが西_{にし}に～る
　[太陽落入西方]

入_いれる③⓪ 〈他一〉裝進，放入；請

入，讓進；送進，收容；雇，叫個
（工匠）來；添，加，補足；引進，
採用；包含，算上，計算進去；承
認，認可；加入，插入；繳納；花
費；打開（開關）；投票 例 名前を〜
れる［填上名字］

入る①〈自五〉進，進入；含有，混
有；參加，加入，進入；容納；得
到；進帳；收入；運作；裝備；聽
到，看到 例 風呂に〜る［洗澡］

入内⓪〈名・サ變〉（日本皇宮）正式進
入皇居

入院⓪〈名・サ變〉住院

入園⓪〈名・サ變〉入（幼兒）園；進入
（花園、動物園等）

入荷⓪〈名・サ變〉進貨，到貨

入会⓪〈名・サ變〉入會，參加團體

入閣⓪〈名・サ變〉進入內閣（擔任大
臣職務）

入学⓪〈名・サ變〉入學

入居⓪〈名・サ變〉遷入，搬進，住進

入金⓪〈名・サ變〉入款，進款；收入
的款項

入庫⓪〈名・サ變〉入庫；開入車庫

入校⓪〈名・サ變〉入校

入港⓪〈名・サ變〉進港，入港

入国⓪〈名・サ變〉入境

入獄⓪〈名・サ變〉入獄

入札⓪〈名・サ變〉投標，招標

入試⓪〈名〉入學考試

入室⓪〈名・サ變〉進入室內；入室
（成為研究室的成員等）

入社⓪〈名・サ變〉進公司（工作），入
社

入寂⓪〈名〉圓寂

入手⓪〈名・サ變〉得到，取得，到手

入所⓪〈名・サ變〉入所工作；入獄；
進拘留所；進收容所

入賞⓪〈名・サ變〉獲獎

入場⓪〈名・サ變〉入場

入場券③〈名〉入場券，門票

入信⓪〈名・サ變〉皈依，入教

入籍⓪〈名・サ變〉（因結婚為）加入戶
籍，入戶

入選⓪〈名・サ變〉入選，當選，中
選；選入

入隊⓪〈名・サ變〉入隊，入伍，參軍

入団⓪〈名・サ變〉入團；參加團體

入超⓪〈名〉入超

入党⓪〈名・サ變〉入黨

入梅⓪〈名〉進入梅雨期；梅雨季節

入門⓪〈名〉入門

入浴⓪〈名・サ變〉洗澡，入浴，沐浴

入力⓪〈名・サ變〉輸入（功率）；輸入
（數據）

★加入・介入・記入・吸入・購入・
歳入・収入・出入・侵入・浸入・
進入・先入観・潜入・
単刀直入・転入・導入・突入・
搬入・編入・没入・輸入・乱入

軟 やわ・らか/やわ・らかい/ナン
［軟］［软］ruǎn［日＝繁≒簡］
柔（與「硬」相對）；懦弱；不用強硬
的手段進行

軟らか③〈形動〉柔軟，柔和 例 〜
な風［和風］

軟らかい④〈形〉軟，嫩，柔軟；柔
和；通俗，輕鬆 例 〜い土［軟土］

軟化⓪〈名・サ變〉軟化

軟禁⓪〈名・サ變〉軟禁

軟膏⓪〈名〉軟藥膏

軟骨⓪〈名〉軟骨
軟式⓪〈名〉軟式
軟質⓪〈名〉性質柔軟，軟性
軟弱⓪〈名・形動〉不結實，軟弱；懦弱
軟水⓪〈名〉軟水
軟派①〈名〉溫和派；色情文藝，專跟異性廝混的流氓

★ 硬軟・柔軟

鋭 するど・い/エイ

[鋭][锐]ruì[日≒繁≒簡]
鋒利，尖（與「鈍」相對）；感覺靈敏；勇往直前的氣勢；精良

鋭い③〈形〉銳利，尖利，鋒利；靈敏，強，敏感，敏銳；銳利，尖銳，尖利；嚴厲 辨 判斷力が～い[判斷力強]

鋭意①〈副〉銳意，專心
鋭角⓪〈名〉銳角
鋭気①〈名〉銳氣；幹勁
鋭敏⓪〈形動〉靈敏，敏銳
鋭利①〈形動〉銳利；尖銳

★ 気鋭・新鋭・精鋭・先鋭・尖鋭

潤 うるお・う/うるお・す/うる・む/ジュン

[潤][润]rùn[日＝繁≒簡]
不乾枯，濕燥適中；細膩光滑；使有光彩；利益，好處

潤う③〈自五〉潤，濕；寬綽起來；得利；受惠 例 ふところが～う[手頭寬綽起來]

潤す③〈他五〉潤，弄濕；使受惠 例 のどを～す[潤嗓子]

潤む②〈自五〉發暗，不透明；濕潤，弄得模糊不清；哽咽

例 目が～む[眼睛濕潤]
潤滑⓪〈形動〉潤滑
潤滑油④〈名〉潤滑油
潤色⓪〈名・サ變〉潤色，潤飾，渲染，誇張
潤沢⓪〈名・形動〉豐富，充裕
潤筆⓪〈名〉（書畫等的）執筆，揮毫

★ 湿潤・豊潤・利潤

若 も・しくは/わか・い/ジャク/ニャク

ruò[日＝繁＝簡]
像；或者 辨 在日語中還有「年輕」的意思

若しくは①〈接〉或，或者 例 私鉄～地下鉄が便利です[私營鐵路列車或者地鐵方便]

若い②〈形〉年輕；（年紀）小；幼稚；未成熟；不夠老練 例 ～い人[年輕人]

若返る③〈自五〉變年輕，返老還童 例 若い人話していると～る[和年輕人一談話就覺得年輕了]

若気⓪〈名〉青年人的朝氣，血氣方剛 例 あれは～の過ちだった[那是年輕好勝的過失]

若死に⓪〈名・サ變〉早死，少亡，夭折 例 両親とも～だった[雙親都是早年夭折]

若妻⓪〈名〉年輕的妻子，新娘子
若手⓪〈名〉年輕而能幹的人；年歲較輕的人，青年 例 ～教師[年輕能幹的教師]

若菜①〈名〉初春可食的嫩菜
若芽①〈名〉嫩芽，新芽
若者①〈名〉年輕人，青年

若年⓪〈名〉年輕，青年；少年，幼年
若輩⓪〈名〉年輕人＝弱輩
若干⓪〈名・副〉若干

★自若・般若・傍若無人・老若

弱 よわ・い/よわ・まる/よわ・める/
よわ・る/ジャク

ruò[日＝繁＝簡]

氣力小；勢力差；年幼；差，不如

弱い②〈形〉弱；軟弱，淺；脆弱，不
結實，不耐久；不擅長，搞不好；
難於抗拒，抵制不住，經不住
例 ～い酒[不强烈的酒]

弱気①〈名〉弱，軟弱，怯弱，膽怯；
行情疲軟 例 ～になる[膽怯起來]

弱腰⓪〈形動〉腰窩；懦弱，膽怯
例 ～を見せる[示弱]

弱まる③〈自五〉變弱，衰弱 例 風雨
が～る[風雨變弱]

弱虫〈名〉②膽小鬼，窩囊廢，膽怯；
孬種

弱める③〈他一〉使衰弱，削弱，減
弱，減低 例 火を～める[把火撐小]

弱る②〈自五〉軟弱；衰弱；減弱；困
窘，為難；尷尬 例 視力が～る[視
力減衰]

弱音①〈名〉弱音；使聲音減弱，消音
＝よわね

弱冠⓪〈名〉20歲的男子；青年

弱視⓪〈名〉視弱

弱志⓪〈名〉意志薄弱

弱者①〈名〉弱者

弱小⓪〈名・形動〉弱小；幼小

弱震⓪〈名〉弱震

弱体⓪〈名・形動〉體弱，軟弱的身
體；虛弱的身體；脆弱，薄弱，軟弱
無力

弱点③〈名〉弱點

弱年⓪〈名〉青年，少年，青少年；
年輕，年少

弱輩⓪〈名〉少年，青年，年輕人；
後生；經驗不足者

弱齡⓪〈名〉年輕，年少

弱っ化⓪〈名・サ變〉弱化

★虛弱・強弱・柔弱・衰弱・脆弱・
軟弱・薄弱・微弱・貧弱・文弱・
幼弱・老弱

S ㄙ

塞 ふさが・る/ふさ・ぐ/サイ/ソク

sāi[日＝繁＝簡]

堵，填滿空隙；可做屏障的險要地方

塞がる④⓪〈自五〉關閉；堵，塞；占
用，占滿

塞ぐ③⓪〈自他五〉塞，堵，填，占

★梗塞・城塞・閉塞・要塞

三 みっ・つ/みつ/サン

sān[日＝繁＝簡]

數目，二加一後所得；表示多數或
多次

三日⓪〈名〉三號，三日；初三；三天

三つ⓪〈名〉三；三個；三歲

三角①〈名〉三角形

三寒四温⑤〈名〉三寒四溫

三脚④〈名〉相機、望遠鏡等的三脚
架；三脚凳

三極⓪〈名〉三極

三権⓪〈名〉三權

三国志③〈名〉三國志

三者_{さんしゃ}①〈名〉三者，三人

三唱_{さんしょう}①〈名・サ變〉三呼

三体_{さんたい}①⓪〈名〉書法中眞、形、草三

　種字體，物質的固體、液體、氣體

　三種形態

三人_{さんにん}⓪〈名〉三人，三個人

三位一体_{さんみいったい}①〈名〉三位一體

三輪車_{さんりんしゃ}③〈名〉三輪車

★再三_{さいさん}

散_{ち・らかす/ち・らかる/ち・らす/ち・る/サン}

sǎn(sàn)［日＝繁＝簡］

　由聚集而分離；分布，分給；排除

散_ちらかす④⓪〈他五〉弄得亂七八

　糟；到處亂扔，亂拋　例部屋_{へや}を～し

　っぱなしにしておく［屋子裏經常是

　雜亂無章］

散_ちらかる④⓪〈自五〉零亂，放得亂

　七八糟　例机_{つくえ}の上_{うえ}が～っている［書

　桌上亂七八糟］

散_ちらす③⓪〈他五〉撒散，吹散；分

　發；把…分散開；趕散；驅散；散

　布，傳播；消腫；渙散，散漫

　例花_{はな}を～す［撒花］

散_ちる②⓪〈自五〉落，謝，凋謝；零

　亂，紛亂；散，分散；消；止；渾；

　渙散，散漫　例紙屑_{かみくず}が～る［到處都

　是碎紙］

散逸_{さんいつ}⓪〈名・サ變〉散佚

散会_{さんかい}⓪〈名・サ變〉散會

散見_{さんけん}⓪〈名・サ變〉散見

散光_{さんこう}⓪〈名〉散光

散在_{さんざい}⓪〈名・サ變〉散在，分散，分布；

　遍布

散財_{さんざい}⓪〈名・サ變〉花費，破費；浪費，

揮霍

散策_{さんさく}⓪〈名・サ變〉散步，隨便走走

散髪_{さんぱつ}⓪〈名・サ變〉理髮，剪髮

散発_{さんぱつ}⓪〈名・サ變〉零星地發射；不時

　地發出；零散地發生

散票_{さんぴょう}⓪〈名〉選票分散

散布_{さんぷ}①〈名・サ變〉撒，散布，灑

散文_{さんぶん}⓪〈名〉散文

散歩_{さんぽ}⓪〈名・サ變〉散步

散漫_{さんまん}⓪〈形動〉(精神)不集中，散漫，

　渙散；鬆懈

散乱_{さんらん}⓪〈名・サ變〉散亂

★一散_{いっさん}・解散_{かいさん}・拡散_{かくさん}・閑散_{かんさん}・集散_{しゅうさん}・

　発散_{はっさん}・分散_{ぶんさん}・離散_{りさん}

傘_{かさ/サン}

［傘］［伞］sǎn［日＝繁≒簡］

　擋雨或遮太陽的用具；像傘的東西

傘_{かさ}①〈名〉傘　例～をさす［撐傘］

傘下_{さんか}①〈名〉系統下；旗幟下；隸屬下

★日傘_{ひがさ}・落下傘_{らっかさん}

桑_{くわ/ソウ}

sāng［日＝繁＝簡］

　桑樹，落葉喬木

桑_{くわ}①〈名〉桑，桑樹　例蚕_{かいこ}に～をやる

　［用桑葉餵蠶］

桑園_{そうえん}⓪〈名〉桑園，桑田

★扶桑_{ふそう}

喪_{も/ソウ}

［喪］［丧］sāng(sàng)［日＝繁≒簡］

　跟死了人有關的事(sāng)；丟掉，

　失去(sàng)

喪_も⓪〈名〉居喪，服喪　例父_{ちち}の～に服_{ふく}

　する［給父親服喪］

喪主① 〈名〉喪主

喪中⓪ 〈名〉服喪期間

喪服⓪ 〈名〉喪服,孝衣

喪家① 〈名〉有喪事的人家,喪家

喪失⓪ 〈名・サ變〉喪失

喪心⓪ 〈名・サ變〉失神;發呆;暈過去

★ 阻喪・沮喪・大喪・服喪

騷 さわ・がす/さわ・がしい/さわ・ぐ/ソウ

[騷][骚]sāo[日≒繁≒簡]

動亂,擾亂,不安定 **辨** 日語中有「吵鬧」「喧嘩」,而沒有「舉止輕佻」的意思

騒がしい④ 〈形〉吵鬧的,嘈雜的,喧囂的;騷然,動蕩不安的,不穩的 **例** ～い物音[嘈雜的聲音]

騒がす③ 〈他五〉騷擾;驚動;轟動;引起混亂

騒がせる④ 〈他五〉騷擾,驚擾;轟動,驚動
例 全世界を～せた[轟動了全世界]＝騒がす

騒ぐ② 〈自五〉吵鬧,吵嚷;騷動,鬧事;不安,擔心;慌張,著慌;轟動一時,傳聞一時 **例** 胸が～ぐ[心裏不安]

騒音⓪ 〈名〉噪音,噪聲;嘈雜聲

騒擾⓪ 〈名・サ變〉騷擾

騒然⓪ 〈副〉騷然,吵吵嚷嚷

騒騒しい⑤ 〈形〉吵鬧,嘈雜,喧囂;不安寧,不安

騒動① 〈名〉騷動

騒乱⓪ 〈名〉騷亂

★ 潮騒・物騒

繰 く・る

[繰][缲]sāo(qiāo)[日＝繁≒簡]

把蠶繭浸在滾水裏抽絲 **辨** 在日語中,有「依次計算、依次翻動」的意思,而沒有讀qiāo時的「給衣服加邊」的意思

繰り合わせる⓪ 〈他一〉撙(繩);安排,調配 **例** 仕事をうまく～せる[很好地安排工作]

繰り入れる⓪ 〈他一〉纏上;編入,轉入 **例** 釣り糸を～れる[把釣絲纏上]

繰り返す⓪③ 〈他五〉反覆,重複
例 ～し考える[反覆思考]

繰り替える⓪ 〈他一〉調換;挪用
例 物件費の一部を人件費に～える[把一部分購置費用於支付工資]

繰り越す⓪ 〈他五〉轉入,結轉
例 残額を次期に～す[把餘額轉入下期]

繰り込む⓪ 〈他五〉編入,把零數計上去;拉回;依次趕進
例 羊の群れを囲いに～む[把羊群趕進養圈]

繰り下げる⓪ 〈他一〉往下推延
例 授業を5時間目に～げる[授課推遲到5個小時後]

繰り延べる⓪ 〈他一〉延期,暫緩
例 来月に～べる[延期至下個月]

繰り広げる⓪ 〈他一〉展開;開展,進行 **例** 絵巻物を～げる[展開畫卷]

繰り寄せる⓪ 〈他一〉倒過來;逐漸逼近 **例** 毛糸を～せる[倒毛線]

繰る① 〈他五〉陸續抽出;依次計算;依次翻 **例** 暦を～る[翻日曆]

掃 は・く/ソウ

[掃][扫]sǎo[日＝繁≒簡]

用笤帚除去塵土、垃圾等；除去，
消滅

掃き出す③④〈他五〉掃出 **例** ごみ
を～す[掃出垃圾]

掃①〈他五〉掃；用刷子輕輕地塗、
刷 **例** ほうきで庭を～く[用掃帚掃
院子]

掃除⓪〈名・サ變〉掃除

掃討⓪〈名・サ變〉掃盪

掃滅⓪〈名・サ變〉肅清，掃盪

★一掃・清掃

色 いろ/シキ/ショク

sè[日＝繁＝簡]

顏色；臉上表現的神氣、樣子；情
景，景象；指婦女美貌；外表；種
類；品質

色②〈名〉色，顏色；彩色

色色⓪〈形動・副〉種種，各種各樣，
各式各樣，形形色色

色紙②〈名〉彩色紙，彩紙

色気③〈名〉色調；色情，春心，春
情；誘惑力，魅力；風韻，風趣，情
趣；慾望，野心；有女人在場的氣氛

色覚⓪〈名〉色覺

色感⓪〈名〉色感

色彩⓪〈名〉色彩

色情⓪〈名〉色情，情慾

色素②〈名〉色素

色調⓪〈名〉色調

色盲⓪〈名〉色盲

★異色・艶色・温色・音色・顔色・
喜色・気色・脚色・景色・好色・

彩色・酒色・愁色・女色・遜色・
退色・単色・暖色・男色・着色・
特色・難色・敗色・配色・物色・
無色・憂色・有色・容色・冷色

渋 しぶ/しぶ・い/しぶ・る/ジュウ

[澀][涩]sè[日≒繁≒簡]

像明礬或不熟的柿子那樣使舌頭感
到麻木乾燥的味道；摩擦時阻力
大；不滑潤；不流暢；難讀；難懂

渋い②〈形〉澀(味)；不快，不滿意；
素雅，質樸；渾厚；低沉有力；吝
嗇，小氣 **例** あいつは金に～い[那
傢伙花錢很小氣]

渋柿②〈名〉澀柿子

渋味③〈名〉澀味；素雅，質樸；渾
厚，蒼老；老練，古老風味

渋る②〈自五〉不流暢，不暢旺，發
澀；蹲肚，裏急厚重；不肯，不痛
快 **例** 売れ行きが～る[銷路不暢]

渋滞⓪〈名・サ變〉堵塞，不通暢；不
順利，停滯不前

★晦渋・苦渋・難渋

森 もり/シン

sēn[日＝繁＝簡]

樹木眾多，引申為眾多、繁盛；幽
深可怕的樣子；嚴整的樣子

森⓪〈名〉樹林，森林

森閑⓪〈副〉寂靜，萬籟俱寂

森厳⓪〈形動〉森嚴，莊嚴

森羅万象①〈名〉森羅萬象，萬物，
宇宙

森林⓪〈名〉森林

僧 ソウ

[僧][僧]sēng[日≒繁＝簡]

出家修行的男性佛教徒俗稱「和尚」

僧①〈名〉僧，僧侶，和尚

<ruby>僧衣<rt>そう い</rt></ruby>①〈名〉僧衣，袈裟，法衣
　＝そうえ

<ruby>僧院<rt>そう いん</rt></ruby>⓪〈名〉寺院

<ruby>僧号<rt>そう ごう</rt></ruby>⓪〈名〉僧人名，僧號

<ruby>僧職<rt>そう しょく</rt></ruby>⓪〈名〉僧職；住持

<ruby>僧服<rt>そう ふく</rt></ruby>⓪〈名〉僧服，法衣，祭服

<ruby>僧坊<rt>そう ぼう</rt></ruby>⓪〈名〉僧房＝<ruby>僧房<rt>そうぼう</rt></ruby>

<ruby>僧侶<rt>そう りょ</rt></ruby>①〈名〉僧侶，僧，和尚

★<ruby>高僧<rt>こう そう</rt></ruby>・<ruby>禅僧<rt>ぜん そう</rt></ruby>・<ruby>尼僧<rt>に そう</rt></ruby>・<ruby>名僧<rt>めい そう</rt></ruby>

杉^{すぎ}
shā(shān)[日＝繁＝簡]

常綠蕎木，樹冠的形狀像塔，木材
白色

<ruby>杉<rt>すぎ</rt></ruby>⓪〈名〉柳杉　**例**～<ruby>材<rt>ざい</rt></ruby>[杉木]

沙^{すな/サ}
shā shà[日＝繁＝簡]

讀成 shā，細小的石粒；讀成 shà，
搖動，使東西裏的雜物集中，以便
清除

<ruby>沙<rt>すな</rt></ruby>②⓪〈名〉沙子

<ruby>沙汰<rt>さ た</rt></ruby>②①〈名・サ變〉音信；處置，處
　理；指示；行為；事情

<ruby>沙汰止<rt>さ た や</rt></ruby>み⓪〈名〉終止，告吹

★<ruby>音沙汰<rt>おと さ た</rt></ruby>・<ruby>表沙汰<rt>おもて ざ た</rt></ruby>・<ruby>御無沙汰<rt>ご ぶ さ た</rt></ruby>・
　<ruby>取沙汰<rt>とり ざ た</rt></ruby>

砂^{すな/サ/シャ}
shā[日＝繁＝簡]

細長的石粒；像沙的東西

<ruby>砂<rt>すな</rt></ruby>②〈名〉沙，沙子

<ruby>砂嵐<rt>すな あらし</rt></ruby>③〈名〉沙暴，沙塵暴

<ruby>砂肝<rt>すな ぎも</rt></ruby>⓪〈名〉沙囊，胗子

<ruby>砂煙<rt>すな けむり</rt></ruby>③〈名〉沙塵

<ruby>砂時計<rt>すな ど けい</rt></ruby>③〈名〉沙漏，沙子表

<ruby>砂浜<rt>すな はま</rt></ruby>⓪〈名〉海灘，沙面海岸

<ruby>砂丘<rt>さ きゅう</rt></ruby>⓪〈名〉沙丘，沙崗

<ruby>砂糖<rt>さ とう</rt></ruby>②〈名〉糖；砂糖

<ruby>砂漠<rt>さ ばく</rt></ruby>⓪〈名〉沙漠

<ruby>砂防<rt>さ ぼう</rt></ruby>⓪〈名〉防止沙土流失的設施

★<ruby>土砂<rt>ど しゃ</rt></ruby>

殺^{ころ・す/サツ/セツ}
[殺][杀]shā[日≒繁≒簡]

使人或動物失去生命；削弱，消除

<ruby>殺<rt>ころ</rt></ruby>す③⓪〈他五〉殺，殺死，殺害，
　致死，弄死；忍住；抑制；消除；
　扼殺；犧牲；使出局；使人神魂顛
　倒；典當　**例**<ruby>人<rt>ひと</rt></ruby>を～す[殺人]

<ruby>殺意<rt>さつ い</rt></ruby>①〈名〉殺機，殺人的念頭

<ruby>殺害<rt>さつ がい</rt></ruby>⓪〈名・サ變〉殺害
　＝せつがい

<ruby>殺気<rt>さっ き</rt></ruby>⓪〈名〉殺氣

<ruby>殺菌<rt>さっ きん</rt></ruby>⓪〈名・サ變〉殺菌，滅菌

<ruby>殺生<rt>せっ しょう</rt></ruby>⓪〈名・サ變〉殺生；殘酷

<ruby>殺傷<rt>さっ しょう</rt></ruby>⓪〈名・サ變〉殺傷

<ruby>殺人<rt>さつ じん</rt></ruby>⓪〈名〉殺人　**例**～<ruby>犯<rt>はん</rt></ruby>[殺人犯]

<ruby>殺虫<rt>さっ ちゅう</rt></ruby>⓪〈名〉殺蟲，滅蟲

<ruby>殺到<rt>さっ とう</rt></ruby>⓪〈名・サ變〉紛紛來到，蜂擁而
　至，湧向，湧來

<ruby>殺伐<rt>さつ ばつ</rt></ruby>⓪〈副〉殺伐，征戰，充滿殺機，
　殺氣騰騰；荒亂不穩

<ruby>殺風景<rt>さっ ぷう けい</rt></ruby>③〈形動〉殺風景，缺乏風趣；
　不風雅；粗俗；掃興，生厭

<ruby>殺戮<rt>さつ りく</rt></ruby>⓪〈名・サ變〉屠殺，殺戮

★<ruby>暗殺<rt>あん さつ</rt></ruby>・<ruby>虐殺<rt>ぎゃく さつ</rt></ruby>・<ruby>惨殺<rt>ざん さつ</rt></ruby>・<ruby>刺殺<rt>し さつ</rt></ruby>・<ruby>自殺<rt>じ さつ</rt></ruby>・
　<ruby>屠殺<rt>と さつ</rt></ruby>・<ruby>毒殺<rt>どく さつ</rt></ruby>・<ruby>悩殺<rt>のう さつ</rt></ruby>・<ruby>忙殺<rt>ぼう さつ</rt></ruby>・<ruby>謀殺<rt>ぼう さつ</rt></ruby>・
　<ruby>抹殺<rt>まっ さつ</rt></ruby>・<ruby>黙殺<rt>もく さつ</rt></ruby>・<ruby>扼殺<rt>やく さつ</rt></ruby>

山 やま/サン

shān[日＝繁＝簡]

地面形成的高聳的部分；形狀像山的東西

山② 〈名〉山；堆，一大堆，堆積如山；最高潮，最高峰，頂點；關頭

山奥⓪ 〈名〉深山裏

山陰③ 〈名〉山的背陰

山火事⓪③ 〈名〉山火

山川⓪ 〈名〉山川

山国② 〈名〉山國

山越え⓪ 〈名・サ變〉越過山嶺；抄道 爬山過關卡

山小屋⓪ 〈名〉山中小房

山沿い⓪ 〈名〉沿著山的地方，山邊

山積み③ 〈名〉堆積如山

山場⓪ 〈名〉高潮，頂點，最高峰

例 交渉の〜[談判的高潮]

山肌⓪ 〈名〉山的地表

山開き③ 〈名〉開山築路；(封山季節 已過)重新開放，封山開禁(時舉行 的儀式)

山吹② 〈名〉棣棠；金黃色；金幣

山雨① 〈名〉山雨

山河① 〈名〉山河

山岳⓪① 〈名〉山岳

山間⓪ 〈名〉山間，山中

山峡⓪ 〈名〉山峽

山菜⓪ 〈名〉野菜

山水① 〈名〉山水

山積⓪ 〈名・サ變〉堆積如山

山荘⓪ 〈名〉山莊

山村⓪ 〈名〉山村

山地① 〈名〉山地

山腹⓪ 〈名〉山腹

山頂⓪ 〈名〉山頂

山脈⓪ 〈名〉山脈

山門⓪ 〈名〉山門，寺院的大門

山野① 〈名〉山野

山陵⓪ 〈名〉皇陵；山陵，山岳

山林⓪ 〈名〉山林，山和樹林

★ 火山・開山・登山

扇 おうぎ/セン

[扇][扇]shàn[日≒繁＝簡]

搖動生風取涼或通風的用具；指板 狀或片狀的東西

扇③ 〈名〉扇子，折扇

扇形⓪ 〈名〉扇形，扇狀＝おうぎがた

扇子⓪ 〈名〉扇子，折扇

扇状⓪ 〈名〉扇狀

扇動⓪ 〈名・サ變〉煽動，扇動

扇風機③ 〈名〉風扇，電扇

扇面⓪ 〈名〉扇面

★ 換気扇

善 よ・い/ゼン

shàn[日＝繁＝簡]

心地仁愛，品質淳良；好的行為、 品質；良好；好好地；友好，和好

善い① 〈形〉好；優秀，出色；好， 對；合適；適合；行，可以；健 康；好轉 例 彼は〜い男だ[他是個 男子漢]＝良い＝好い

善悪① 〈名〉善惡

善意① 〈名〉善意

善因⓪ 〈名〉善因

善言⓪ 〈名〉善言

善後① 〈名〉善後

善行⓪ 〈名〉善行

善事① 〈名〉善事；善行；喜慶事

善処① 〈名・サ變〉妥善處理

善戦⓪〈名・サ變〉善戰

善玉⓪〈名〉好人

善導⓪〈名・サ變〉善導，善誘

善女①〈名〉善女，信女

善人③⓪〈名〉好人，善人；老好人

善美①〈名〉善美

善本⓪〈名〉善本；珍本；善根

善良⓪〈形動〉善良

善隣⓪〈名〉睦鄰，善鄰

★改善・勧善懲悪・偽善・最善・慈善・親善・独善

膳 ゼン

shàn[日＝繁＝簡]

飯食

膳⓪〈名・接尾〉飯菜；(飯)碗，(筷子)雙

★食膳・据え膳・配膳・本膳・薬膳

繕 つくろ・う/ゼン

[繕][缮]shàn[日≒繁≒簡]

修補

繕い物⓪③〈名〉縫補衣服；該縫補的衣服

繕う③〈他五〉修理，修繕；整理，修飾；敷衍；彌縫 例 欠点を～[掩蓋缺點]

★営繕・修繕

商 あきな・う/ショウ

[商][商]shāng[日≒繁＝簡]

兩個以上的人在一起計畫、討論；買賣，生意；做買賣、生意的人；數學上指除法運算中的得數

商う③〈他五〉買賣，經商 例 茶を～

う[經銷茶葉]

商運⓪〈名〉商業上的運氣

商科①〈名〉商科

商会⓪〈名〉商會

商学⓪〈名〉商業科學

商議①〈名・サ變〉商議

商業①〈名〉商業

商工⓪〈名〉工商

商事⓪〈名〉商務，商業

商社①〈名〉商社，貿易公司

商状⓪〈名〉商情

商戦⓪〈名〉商戰

商船⓪〈名〉商船

商談⓪〈名〉商業上的談判，貿易談判，談生意，洽談

商店①〈名〉商店

商店街③〈名〉商業街

商人①〈名〉商人

商売①〈名・サ變〉買賣，商業，生意；經營，營業，經營；職業，行業

商標⓪〈名〉商標，牌子

商品①〈名〉商品

商法①〈名〉經商的方法；商法

商務①〈名〉商務

商用⓪〈名〉商務，商業上的事；商業上使用

商略⓪〈名〉商業上的策略

商量⓪〈名・サ變〉酌量，考慮，思量

★画商・協商・行商・豪商・士農工商・政商・通商

傷 いた・む/いた・める/きず/ショウ

[傷][伤]shāng[日＝繁≒簡]

人體或其他物體受到的損害；損害；悲哀

傷む②〈自五〉疼，疼痛，痛；苦惱，

悲痛，痛苦 **例** きりきり～む[刺疼]

傷める③〈他一〉使疼痛；損傷；使
（精神、心靈）痛苦；弄壞，損壞；
使（水果、青菜）腐爛 **例** のどを～
めている[嗓子壞了]

傷⓪〈名〉傷，創傷；瑕疵，毛病；缺
陷，毛病

傷跡⓪〈名〉疤痕；創痕

傷口⓪〈名〉傷口

傷付ける④〈他一〉傷，弄傷；弄出
瑕疵；敗壞；傷害，挫傷 **例** 感情
を～ける[傷害感情]

傷害⓪〈名・サ變〉傷害，加害

傷病⓪〈名〉傷病，負傷和疾病

★哀傷・火傷・感傷・軽傷・殺傷・
死傷・重傷・創傷・損傷・
致命傷・中傷・凍傷・刀傷・
悲傷・負傷

賞 ショウ

[賞][赏]shǎng[日＝繁≒簡]
指地位高的人或長輩給地位低的人
或晚輩財物；因愛好某種東西而觀
看；認識到人的才能或作品的價值
而給予重視

賞玩⓪〈名・サ變〉玩賞

賞金⓪〈名〉獎金，獎賞；賞金

賞賛⓪〈名・サ變〉讚賞

賞辞①〈名〉讚賞之詞

賞状⓪〈名〉獎狀

賞する③〈サ變〉稱贊，讚賞

賞嘆⓪〈名・サ變〉讚嘆

賞杯⓪〈名〉獎杯，優勝杯

賞罰①〈名〉賞罰

賞美①〈名・サ變〉讚美

賞品①〈名〉獎品，賞品

賞味①〈名・サ變〉品嘗，欣賞滋味，
領略滋味

賞与①〈名〉獎金；獎賞

賞揚⓪〈名・サ變〉稱揚，贊揚

★恩賞・観賞・鑑賞・激賞・懸賞・
授賞・推賞・入賞・褒賞・
論功行賞

上 あ・がる/あ・げる/うえ/うわ/か
み/のぼ・せる/のぼ・る/ジョウ

shàng[日＝繁＝簡]
位置在高處的；等級或品質高的；
次序或時間在前的；從低處到高
處，或由周邊到中心；向前進

上がる⓪〈自五〉上，登，升；舉，
抬；提高，長進，進步；上漲，上
升；響起，發出（聲音）；出現，舉
出，列出；被找到，被發現；完；
收到；夠用；供上 **例** 階段を～る
[上樓梯]

上げる⓪〈他一〉抬起，搬起，舉起；
直起，揚起；放，懸，掛；送上，送
入；出，長進，提高；增加；發出（響
聲）；舉例，舉出；逮捕，檢舉；結
束，完了，完成；舉行，舉辦 **例** 犯
人を～げる[逮捕犯人]

上せる④⓪〈他一〉頭昏眼花，頭昏
腦漲；提升；寫上，記入；端上，
擺出；提出 **例** 話題に～せる[當做
話題]

上る③⓪〈自五〉上，登，攀登；上
升；逆流而上，上溯；進京；升級，
晉級，高升；達到，高達；被拿出，
被提出；端上，擺上 **例** 木に～る
[上樹]

上着⓪〈名〉上衣，褂子

上塗り⓪〈名〉抹上最後一層；加重一層

上座⓪〈名〉上座，上席；上場處，左方

上位①〈名〉上位，上座

上意①〈名〉領導的意思，長官意志

上院⓪〈名〉上院，參議院

上映⓪〈名・サ變〉放映，上映

上演⓪〈名・サ變〉上演，演出

上巻⓪〈名〉上卷

上官⓪〈名〉上司

上記①〈名・サ變〉上述，上列

上機嫌③〈名・形動〉情緒很好，心情愉快，非常高興，興高采烈

上京⓪〈名・サ變〉進京，到東京去

上空⓪〈名〉上空，高空，天空

上下①〈名〉上下

上限⓪〈名〉上限

上弦⓪〈名〉上弦

上古①〈名〉上古

上告⓪〈名・サ變〉上報；上訴，上告

上作⓪〈名〉傑作，出色的作品；豐收

上策⓪〈名〉上策

上司①〈名〉上司，上級

上梓①〈名・サ變〉付梓，出版

上肢①〈名〉上肢

上質⓪〈形動〉優質

上旬⓪〈名〉上旬

上昇⓪〈名・サ變〉上升

上乗⓪〈名・形動〉出色；上乘

上場⓪〈名・サ變〉上市，上演，上場

上申⓪〈名・サ變〉呈報

上申書⓪〈名〉呈報書，呈文

上手③〈名・形動〉好，高明；擅長，善於，拿手；能手；善於奉承，會說話

上水⓪①〈名〉自來水（「上水道」的略語）；淨水

上奏⓪〈名・サ變〉上奏

上層⓪〈名〉上層，高層；上流

上体⓪〈名〉上身，上半身

上達⓪〈名・サ變〉進步；長進；上進；上呈

上端⓪〈名〉上端

上段⓪〈名〉上層；上座，上席；（室內）地板高出一層的地方

上等⓪〈名・形動〉上等

上納⓪〈名・サ變〉上繳

上半身③〈名〉上半身

上皮①〈名〉外皮，表皮＝うわかわ

上表⓪〈名〉上表，上書；列在表的上面

上品③〈名・形動〉高尚，文雅，雅致，優雅，典雅，大方；高級品，上等品

上部①〈名〉上部

上陸⓪〈名・サ變〉登陸，上陸

上流⓪〈名〉上流；上游

★炎上・屋上・海上・机上論・逆上・今上・計上・湖上・口上・向上・最上・参上・史上・紙上・至上・身上・図上・水上・俎上・地上・頂上・呈上・天上・途上・返上・路上

尚　なお/ショウ
shàng［日＝繁＝簡］
尊崇；注重；還

尚①〈副・接〉還，仍然，依然，猶，尚；更，還，再；尚未；另外，尚且
例 しかられても〜やめない［挨說也不罷手］

尚且_{なおか}つ①〈副〉而且，並且 **例** 彼は礼
儀正しく、〜頭もよい［他很懂禮
貌，而且很聰明］

尚更_{なおさら}⓪〈副〉更，更加，越發 **例** それ
は〜困難だ［這就更困難了］

尚古_{しょうこ}①〈名〉尚古

尚早_{しょうそう}⓪〈名・形動〉尚早

尚武_{しょうぶ}①〈名〉尚武

★高尚・好尚

燒 や・く/や・ける/ショウ

［燒］［烧］shāo［日≒繁≒簡］
使東西著火；烹調方法；用火或發
熱的東西使物品受熱起變化

燒く⓪〈他五〉燒；燒毀，焚，燒製；
烤；焙；炒；燒熱；曬黑；印相；
熱戀，苦惱；忌妒，吃醋 **例** 魚を〜
く［烤魚］

燒ける⓪〈自一〉著火，燃燒；燒熱，
熾熱；燒成，錬製，烤製；曬黑；
曬褪色；燒心；變成紅色；添麻煩；
嫉妒，吃醋 **例** 胸が〜ける［燒心］

燒夷弾_{しょういだん}③〈名〉燃燒彈，燒夷彈

燒却_{しょうきゃく}⓪〈名・サ變〉焚燒，燒掉

燒香_{しょうこう}⓪〈名・サ變〉燒香

燒死_{しょうし}⓪〈名・サ變〉燒死

燒失_{しょうしつ}⓪〈名・サ變〉燒毀，燒掉，焚毀

燒尽_{しょうじん}⓪〈名・サ變〉燃盡，燒光

燒損_{しょうそん}⓪〈名・サ變〉燒壞，燒毀

燒酎_{しょうちゅう}③〈名〉燒酒，白酒

★延燒・全燒・燃燒・半燒・類燒

勺 シャク

sháo［日＝繁＝簡］
舀東西的用具

勺_{しゃく}②〈名〉勺

少 すく・ない/すこ・し/ショウ

shǎo(shào)［日＝繁≒簡］
數量小的(與「多」相對)；缺，不
夠；短時間

少ない③〈形〉少，不多 **例** 人口が〜
い［人口少］

少し②〈副〉一點兒，一些，少量，有
點兒，有些，稍微 **例** 〜ずつ進む
［一點一點地前進］

少尉_{しょうい}①〈名〉少尉

少額_{しょうがく}⓪〈名〉少額；小額

少女_{しょうじょ}①〈名〉少女，小姑娘＝おとめ

少食_{しょうしょく}⓪〈名〉飯量小

少数_{しょうすう}③〈名〉少數

少壮_{しょうそう}⓪〈名・形動〉少壯

少年_{しょうねん}⓪〈名〉少年

少量_{しょうりょう}③〈名〉少量

★過少・希少・僅少・減少・年少・
幼少・老少

紹 ショウ

［紹］［绍］shào［日≒繁≒簡］
為人引見，使相互認識

紹介_{しょうかい}⓪〈名・サ變〉介紹

舌 した/ゼツ

shé［日＝繁＝簡］
人或動物嘴裏辨別滋味、幫助咀嚼
和發音的器官；語言辯論的代稱

舌_{した}②〈名〉舌，舌頭；話，説話；舌狀
物

舌鼓_{したつづみ}③〈名〉咂嘴，吧嗒嘴

舌禍_{ぜっか}①〈名〉舌禍，因言招禍

舌根_{ぜっこん}⓪〈名〉舌根；舌

舌状_{ぜつじょう}⓪〈名〉舌狀

舌戦_{ぜっせん}⓪〈名〉舌戰

舌端⓪〈名〉舌端；舌鋒

★ 口舌・毒舌・筆舌・弁舌

折 おり/お・る/お・れる/セツ

shé(zhē，zhé)[日＝繁＝簡]

（讀 shé 時）斷；（讀 zhé 時）彎曲；迴
轉；轉變方向；折疊

折②〈名〉折，折疊；折疊物；折縫；
小盒，小匣；機會，時機；開數

折折⓪〈名・副〉時時，時常，常常，
有時，隨時 例 四季〜の花[四季
裏應時令開的花]

折り畳む⓪⑤〈他五〉折疊，疊 例 新
聞を〜む[疊報紙]

折る①〈他五〉折，折疊；折斷，弄
斷；彎，彎曲，屈 例 ひざを〜る[屈
膝]

折れる②〈自一〉折了；折，斷；拐
彎，轉彎；讓步，屈服；吃力；煞費
苦心 例 あまり曲げると〜れるよ
[彎大了會折斷的]

折角⓪〈副〉特意，難得，虧得，好不
容易；珍貴，難得，好不容易

折檻⓪〈名・サ變〉責備，痛斥；責
打，折磨；打罵

折衝⓪〈名・サ變〉交涉；談判；折衝

折衷⓪〈名・サ變〉折中

折半①〈名・サ變〉平分；分成兩份；
均攤

★ 右折・曲折・屈折・骨折・左折・
挫折・夭折

蛇 へび/ジャ/ダ

shé[日＝繁＝簡]

爬行動物，身體圓而細長，有鱗，
無四肢；形狀像蛇的

蛇①〈名〉蛇，長蟲

蛇管⓪〈名〉蛇管；軟管，水管

蛇口⓪〈名〉水龍頭

蛇の目⓪〈名〉粗環形；蛇眼傘

蛇行⓪〈名・サ變〉蜿蜒，彎彎曲曲地
行進；河流曲折

蛇足⓪〈名〉蛇足，多餘

★ 長蛇

捨 す・てる/シャ

[捨][舍]shě[日≒繁≒簡]

放在一邊，丟開；廢止，停止；布施

捨て金⓪〈名〉浪費的錢，白扔的錢；
壞帳，收不回來的貸款

例 こんなつまらないものを買うの
は〜に等しい[買這種無用的東西等
於浪費錢]

捨て去る③〈他五〉毅然捨棄 例 古
い考え方を〜る[毅然捨棄舊觀念]

捨て身⓪〈名〉捨身，拼命，奮不顧
身，冒著生命危險，全力以赴

捨てる③⓪〈他一〉扔，扔掉；放
棄；放任；拋棄，丟棄；廢棄，扔
掉 例 ごみを〜てる[扔垃圾]

捨象⓪〈名・サ變〉（抽象時）捨棄，捨
去表面現象，抽象

捨身⓪〈名〉捨身；犧牲性命

★ 喜捨・四捨五入・取捨・用捨

社 やしろ/シャ

shè[日＝繁＝簡]

祭祀土地神的地方、日子以及祭禮；
共同工作或生活的一種集體組織

社①〈名〉神社，神殿，廟，聖祠

社員①〈名〉職工，（公司）職員 例 〜
寮[職工宿舍] 辨 在漢語中，限指

　　人民公社等某些社團組織的成員

社屋①〈名〉公司辦公房屋，公司辦
　公樓

社会①〈名〉社會；界

社外①〈名〉社外，公司外部

社訓⓪〈名〉社規，公司的規則

社交⓪〈名〉社交，交際

社交界②〈名〉社交界，交際界

社債①〈名〉公司債

社史①〈名〉公司歷史，社史

社寺①〈名〉神社和寺院

社説⓪〈名〉社論

社宅⓪〈名〉公司的職工宿舍

社長⓪〈名〉總經理，(公司)經理；
　社長；董事長

社内①〈名〉公司內部，社內；神社內

社風①〈名〉公司風氣，社風

社名⓪〈名〉公司名稱，社名

社用⓪〈名〉公司業務，公務

社歴⓪〈名〉進公司的工齡，參加公
　司的年數；公司的歷史

★会社・結社・公社・支社・寺社・
　神社・退社・大社・入社・本社

舎 シャ
[舍][舍]shè[日≒繁＝簡]
　房屋；謙辭，用於對別人稱自己的
　輩分低或年紀小的親屬

舎監⓪〈名〉(學生宿舍的)舍監，管
　理宿舍的老師

舎弟⓪〈名〉舍弟

舎利①〈名〉舍利，遺骨；骨灰；白
　米粒，白米飯

★営舎・駅舎・学舎・官舎・校舎・
　宿舎・庁舎・兵舎

射 い・る/シャ
shè[日＝繁＝簡]
　用推力或彈力送出；液體受到壓力
　由小孔迅速擠出；放出

射る①〈他一〉射，射箭；射擊；射
　的，打靶 例 矢を～る[射箭]

射影⓪〈名・サ變〉投影，射影

射角⓪〈名・サ變〉射角

射撃⓪〈名・サ變〉射擊

射殺⓪〈名・サ變〉擊斃，槍殺；槍斃

射手①〈名〉射手，射擊手，槍手
　＝いて

射出⓪〈名・サ變〉射出

射精⓪〈名・サ變〉射精

射程⓪〈名〉射程；勢力達到的範圍

射的⓪〈名〉射的，打靶，射擊；打
　氣槍的遊戲

★注射・投射・発射・反射・輻射・
　噴射・放射・乱射

赦 シャ
shè[日＝繁＝簡]
　免除和減輕刑罰

赦免⓪〈名・サ變〉赦免

★恩赦・大赦・容赦

設 もう・ける/セツ
[設][设]shè[日＝繁≒簡]
　佈置，安排；籌劃；假設

設ける③〈他一〉設置，設立，預備；
　準備 例 講座を～ける[開設講座]

設営⓪〈名・サ變〉設置；建立，設
　營；修建，建築；準備

設計⓪〈名・サ變〉設計 例 ～図[設計
　圖]

設題⓪〈名・サ變〉出題；出的題

設置⓪〈名〉設置

設定⓪〈名〉設定

設備①〈名・サ變〉設備

設問⓪〈名・サ變〉設問

設立⓪〈名・サ變〉設立

★仮設・架設・開設・既設・公設・建設・私設・施設・常設・新設・創設・特設・敷設・併設・埋設

渉 ショウ
[渉][渉]shè[日≒繁＝簡]

牽連，關聯

渉外⓪〈名〉渉外

渉猟⓪〈名・サ變〉涉獵

★干渉・交渉

摂 セツ
[攝][摄]shè[日≒繁≒簡]

吸取；保養；代理

摂氏①〈名〉攝氏

摂取⓪〈名・サ變〉攝取；吸取

摂政①〈名〉攝政者

摂生⓪〈名・サ變〉養生，攝生

摂理①〈名〉天意，天命

★兼摂

申 もう・す/シン
shēn[日＝繁＝簡]

地支的第九位；説明，申訴

申し入れる⑤〈他一〉表明，提出 例面会を～れる[要求見面]

申し込む④⑤〈他五〉提議，提出 例結婚を～む[求婚]

申し出る④〈他一〉提議；建議，提出；報名 例変更を～出る[提議變更]

申し訳⓪〈名〉解釋，説明；敷衍塞責，應付 例ほんの～程度の寄付しかできませんが[只能應付著捐贈一點]

申す①〈他五〉(謙讓語)説；講，告訴，叫做 例父がよろしくと～しておりました[我父親向您問好]

申告⓪〈名・サ變〉申報；報告

申請⓪〈名・サ變〉申請

申請書⓪〈名〉申請書

★具申・上申・追申・答申・内申

伸 の・ばす/の・びる/シン
shēn[日＝繁＝簡]

(肢體或物體的一部分)展開

伸ばす②〈他五〉拉長，延伸；留；伸長；伸展，伸開；伸直；稀釋，勻開；延長；推延，延遲，拖延；發揮，提高，施展 例営業時間を～す[延長營業時間]

伸び縮み⓪〈名・サ變〉(有)伸縮性，(有)彈性 例～が自由な服装[伸縮自如的衣服]

伸び悩む④⑤〈自五〉停滯不前，進度緩慢；行市呆滯 例株価が～む[行市呆滯]

伸びる②〈自一〉伸長，長長；舒展；搽開，塗開，搽勻，塗勻；失去彈性；倒下；延長；擴大，增加，發展 例髪が～びる[頭髮長長]

伸縮⓪〈名・サ變〉伸縮

伸長⓪〈名・サ變〉伸長，延長

伸張⓪〈名・サ變〉擴展，擴張；伸縮

伸展⓪〈名・サ變〉伸展；擴展

★急伸・屈伸・追伸

身 み/シン
shēn[日＝繁＝簡]

人、動物的軀體，物體的主要部分；指人的生命或一生；自己，本人；人的品格和修養

身⓪〈名〉身體，身子，身；自身，自己；身份，立場；心思，精神；肉

身請け⓪〈名・サ變〉（妓女等的）贖身 例 〜金[贖身錢]

身内⓪〈名〉親屬；師兄弟；自家人，自己人；身體內部；全身

身勝手②〈名・形動〉自私，任性 例 〜な人[只顧自己方便的人]

身構え②〈名〉架子，架勢；姿勢 例 けんかの〜をする[擺出要打架的樣子]

身柄⓪〈名〉本人，正身；身份 例 〜を引き取る[把本人領回]

身軽⓪〈名・形動〉輕鬆，輕便；身體靈便

身代わり⓪〈名〉代替別人，替身

身丈①〈名〉身高，個子；（衣服的）身長

身の代金⓪〈名〉賣身錢，贖金

身分①〈名〉身份

身元⓪〈名〉出身；來歷；經歷，歷史；身份，身世 例 〜の確かな人[歷史可靠的人]

身寄り⓪〈名〉親屬，家屬 例 〜のない子どもを引き取る[收養無依無靠的兒童]

身魂⓪〈名〉身心

身上⓪〈名〉家產，家業，財產

身心⓪〈名〉身心

身体①〈名〉身體＝からだ

身中⓪〈名〉身中

身長⓪〈名〉身長，身高

身辺①〈名〉身邊

身命⓪〈名〉身命，身體和性命＝しんみょう

★ 一身・化身・献身・護身・渾身・砕身・自身・捨身・修身・終身・出身・心身・人身・前身・全身・挺身・艇身・投身・等身大・独身・分身・平身・満身・裸身・立身

娠 シン
shēn[日＝繁＝簡]

妊娠

★ 妊娠

深 ふか・い/ふか・まる/ふか・める/シン

[深][深]shēn[日≒繁＝簡]

從上到下或從外到裏的距離大（與「淺」相對）；久，時間長；程度高的

深い②〈形〉深 例 椅子に〜く腰かける[緊貼著椅背坐]

深まる③〈自五〉加深，變深，深起來 例 〜りゆく秋[秋色越發深了]

深める③〈他一〉加深，加強 例 印象を〜める[加深印象]

深意⓪〈名〉深意

深遠⓪〈名・形動〉深遠

深奥⓪〈形動〉深奧

深化①〈名・サ變〉深化

深海⓪〈名〉深海

深交⓪〈名〉深交

深更⓪〈名〉深夜

深呼吸③〈名・サ變〉深呼吸

深刻⓪〈形動〉嚴肅；嚴重 **辨** 在漢語中，是「感受的程度深」「深入透徹」「深厚」(意味深い)等意思

深雪⓪〈名〉深雪

深浅⓪〈名〉深淺；濃淡

深層⓪〈名〉深處，深層，深奧

深沈⓪〈副〉沉著；夜深人靜

深度①〈名〉深度

深謀⓪〈名〉深謀

深謀遠慮⓪〈名〉深謀遠慮

深夜①〈名〉深夜

深慮①〈名〉深思熟慮；慎重考慮

★ 水深

紳 シン

[紳][绅]shēn[日＝繁≒簡]

地方上有勢力、有地位的人

紳士①〈名〉紳士，君子；男士

神 かみ/こう/シン/ジン

shén[日＝繁＝簡]

迷信的人指天地萬物的創造者和統治者；特別高超或出奇，令人驚異的

神①〈名〉神

神様①〈名〉神(敬稱)

神威①〈名〉神威

神意①〈名〉神意

神域⓪〈名〉神社院內

神韻⓪〈名〉神韻

神化①⓪〈名・サ變〉神化

神格化③〈名〉神化

神学⓪〈名〉神學

神器①〈名〉祭神用的器皿＝しんき

神祇①〈名〉天神和地神

神宮③〈名〉神宮，神社

神経①〈名〉神經；精神作用

神事①〈名〉祭神，祭神儀式

神式⓪〈名〉神道的儀式

神社①〈名〉神社

神授①〈名〉神授

神州①〈名〉神州

神色①〈名〉神色

神髄⓪①〈名〉精髓

神聖⓪〈名・形動〉神聖

神仙⓪〈名〉神仙

神秘①〈名・形動〉神秘

神父①〈名〉神甫，神父

神仏①〈名〉神佛；神道和佛教

神妙⓪〈形動〉神妙，神奇，奇妙；令人欽佩，值得稱讚；老老實實地，乖乖地

神霊⓪〈名〉神靈，神

神話⓪〈名〉神話

★ 鬼神・失神・精神・入神・明神・名神・雷神

審 シン

[審][审]shěn[日＝繁≒簡]

詳細，周密；仔細思考，反覆分析；訊問案件

審議①〈名・サ變〉審議

審決⓪〈名〉判決

審査①〈名・サ變〉審查

審判⓪〈名・サ變〉審判，判決，裁判；(體)裁判(員) **例** 〜に抗議する [向裁判提抗議]

審美①〈名〉審美

審問⓪〈名・サ變〉細問；審訊，審問

審理⓪〈名・サ變〉審理

★ 球審・主審・線審・陪審・不審・副審・塁審

甚 はなは・だ/はなは・だしい/ジン
[甚][甚]shèn[日≒繁＝簡]

很，極；超過，勝過

甚だ⓪〈副〉很，甚，非常，極其

甚だしい⑤〈形〉很，甚，非常，太
甚 **例** 人を愚弄するも〜い[未免欺
人太甚]

甚大⓪〈形動〉甚大，很大

★ 幸甚・深甚

腎 ジン
shèn[日＝繁≒簡]

位於脊椎動物體腔內脊柱近旁的一
對內臟器官

腎炎①〈名〉腎炎

腎臓⓪〈名〉腎臓

腎不全③〈名〉腎功能衰竭

慎 つつし・む/つつ・ましい/シン
[慎][慎]shèn[日≒繁≒簡]

當心，小心 **辨** 日語中有「謙恭」之
意

慎み深い⑥〈形〉十分謙虚謹慎，很
有禮貌
例 謙虚で〜く、おごりやあせりを
戒める[謙虚謹慎，戒驕戒躁]

慎む③〈他五〉謹慎，慎重，小心；節
制；齋戒；恭謹，有禮貌 **例** 酒を〜
む[節制飲酒]

慎ましい②〈形〉謙虚，謙恭；謹慎，
樸實
例 〜い生活をする[生活樸實]

慎重⓪〈名・形動〉慎重

★ 謹慎

昇 のぼ・る/ショウ
[昇][升]shēng[日＝繁≒簡]

由低往高移動

昇る③⓪〈自五〉上升；升級，晉
級，高升 **例** 地位が〜る[職位上
升；升級]

昇華⓪〈名・サ變〉(化)昇華；(事物
的提高和精錬)昇華，純化

昇格⓪〈名・サ變〉升格，提升

昇給⓪〈名・サ變〉提薪

昇降⓪〈名・サ變〉升降，上下

昇叙①〈名・サ變〉(官吏)升敘，升級

昇進⓪〈名・サ變〉晉升，晉級

昇段⓪〈名・サ變〉升段

昇天⓪〈名・サ變〉升天

昇任⓪〈名・サ變〉升任，升級

昇竜⓪〈名〉上天的龍 **慣** 〜の勢い
[蒸蒸日上之勢]

★ 上昇

升 ます/ショウ
shēng[日＝繁＝簡]

容量單位；計量糧食的器具，容量
為斗的1/10 **辨** 在現代漢語中，「升」
還是「昇」的簡化字。日語中的「升」
不能作為動詞使用

升②⓪〈名〉(計量容器)升，斗；分
量；(劇場等的)池座

升席⓪〈名〉(日本劇場、相撲場地等
處)間隔成斗形的觀眾席

升目⓪③〈名〉用升斗量的分量

生 お・い/なま/セイ/ショウ
shēng[日≒繁＝簡]

生育；生存；生長；生計；生命；
生平；具有生命力的，活的；產生，

發生；果實沒成熟；食物沒有煮過

或煮得不夠；學習的人

生い茂る④〈自五〉繁茂，茂盛，叢

生 例 葉の～った大樹[根深葉茂的

大樹]

生い立ち⓪〈名〉成長；成長過程，

童年時代的經歷 例 苦難にみちた～

[飽嘗苦難的經歷]

生意気⓪〈形動〉自大，傲慢，不

遜，臭美；神氣活現；狂妄 例 ～を

言うな[別吹牛，別說大話]

生臭い④〈形〉腥，血腥味，膻味；

出家人不守清規，帶俗氣 例 ～い

臭いがする[有腥味]

生温い④⓪〈形〉微溫，有點熱氣；

不夠嚴格，馬馬虎虎，不夠徹底

例 ～い性格[優柔寡斷(敷衍了事)

的性格]

生身②〈名〉肉身，肉體，活人

例 ～だから時には病気にもなる

[因為是活人，有時也會得病]

生物②〈名〉鮮食品，生的食品

生易しい⑤⓪〈形〉輕而易舉，極容

易，極簡單 例 子を育てる苦労は～

いものではない[養育孩子的辛苦非

同小可]

生糸①〈名〉生絲

生地①〈名〉本來面目，本色，素質；

質地，布料，衣料；(陶器)素胎，

坯子 例 ～が出る[露出本來面目；

現原形]另見「生地」

生姜⓪〈名〉薑，生薑

生涯①〈名・副〉生涯

生滅⓪〈名・サ變〉生滅，生死

生育⓪〈名・サ變〉生長，繁殖，生育

和撫養

生家①〈名〉出生的家；娘家

生花①〈名〉插花；鮮花

生化学③〈名〉生物化學，生化

生活⓪〈名・サ變〉生活，生計

生活苦④〈名〉生活困苦、困難

生還⓪〈名・サ變〉生還，活著回來；

(棒球跑者)得分，回到本壘

生魚①〈名〉活魚，鮮魚，生魚

生業⓪〈名〉生業，維持生活的職業

＝なりわい

生計⓪〈名〉生計，生活

生後⓪①〈名〉生後，出生以後

生硬⓪〈名・形動〉(態度、作品等)生

硬，不流暢

生産⓪〈名・サ變〉生產

生死①〈名〉生死

生者①〈名〉生者，活著的人

＝しょうじゃ

生殖⓪〈名・サ變〉生殖

生食⓪〈名・サ變〉生食，生吃

生成⓪〈名・サ變〉生成，生長；形成，

產生，製成；轉化

生鮮⓪〈形動〉生鮮，新鮮

生前⓪〈名〉生前

生息⓪〈名・サ變〉生息

生存⓪〈名・サ變〉生存

生体⓪〈名〉活體，生物體

生態⓪〈名〉(生物的)生態，生長狀

態；生活狀態

生誕⓪〈名・サ變〉誕生

生地①〈名〉出生地另見「生地」

生長⓪〈名・サ變〉生長，發育

生徒①〈名〉(中小學的)學生

生年月日⓪〈名〉出生年月日

生物①〈名〉生物

生別⓪〈名・サ變〉生離，生別

せい らい
生来①〈副〉生來，天生；有生以來
せい り
生理①〈名〉生理；月經，例假

★ 人生・胎生・誕生・派生・発生・
密生・野生

声 こえ/こわ/ショウ/セイ
[聲][声]shēng[日≒簡≒繁]

物體振動時所產生的能引起聽覺的
波；消息，音訊；説出來讓人知道，
宣稱；名譽

こえ
声①〈名〉(人或動物的)聲，聲音，
語聲，嗓音；(物體的)聲響；語言，
話；想法，意見；(季節將到的)跡象
こわ いろ
声色①〈名〉聲調，語調；模仿別人
的説話
こわ ね
声音①〈名〉聲音，聲調，語聲，嗓音
しょう みょう
声明①①〈名〉(佛)聲明；佛的贊
歌，另見「声明」
せい いき
声域①〈名〉音域
せい えん
声援①〈名〉聲援
せい おん
声音①〈名〉聲音
せい がく
声楽①〈名〉聲樂
せい しょく
声色①〈名〉聲色，語聲和臉色；(頽
廢的)音樂和女色
せい たい
声帯①〈名〉聲帶
せい ちょう
声調①〈名〉聲調
せい ぶ
声部①〈名〉聲部
せい ぼう
声望①〈名〉聲望，聲譽
せい めい
声名①〈名〉名聲，聲譽
せい めい
声明①〈名・サ變〉聲明，另見「声明」
せい ゆう
声優①〈名〉廣播劇演員，電影配音
演員

★ 大声・音声・喚声・歓声・銃声・
笑声・肉声・罵声・発声・美声・
名声

牲 セイ
shēng[日＝繁＝簡]

古代祭神用的牛、羊、豬等

★ 犠牲

縄 なわ/ジョウ
[繩][绳]shéng[日≒繁≒簡]

繩子；糾正，約束，制裁

なわ
縄②〈名〉繩，繩索
なわ と
縄跳び③④〈名〉跳繩
なわ ば
縄張り①〈名〉圈繩定界；地盤，勢
力範圍；獨門兒
なわ め
縄目①③〈名〉繩結，繩扣兒；被縛
じょうもん
縄文①〈名〉(考古)繩文

★ 自縄自縛・捕縄

省 かえり・みる/はぶ・く/ショウ/
セイ
shěng(xǐng)[日＝繁＝簡]

儉省，節約；免掉，減去，省略；
檢查自己的思想行為 辨 用作名詞
時，在漢語中指最大的行政區域；
在日語中指中央政府的部門

かえり
省みる④〈他一〉反省，反躬自問
例 ～みてやましいところがない
[問心無愧]
はぶ
省く②〈他五〉省，節省，減去；從
略，省略；去掉，除掉，拆掉
例 これらの手続きは～けない[這
些手續不能省略]
しょう ぎ
省議①〈名〉日本內閣各省的省務
會議、決議
しょう ちょう
省庁①〈名〉(日本行政機關的)省和
廳(如文部省、警察廳)
しょう ひつ
省筆①〈名・サ變〉(文章)省略不必要
的詞句；簡筆，簡體字

省略⓪〈名・サ變〉省略

省力⓪〈名・サ變〉省力

省令⓪〈名〉日本內閣各省發出的政令

省察⓪〈名・サ變〉省察

★外務省・帰省・反省・法務省

盛 さか・る/さか・ん/も・る/ジョウ/セイ

shèng[日＝繁＝簡]

興旺；強烈；隆重；豐富，豐盛；普遍，廣泛；用力大，程度深

盛る③②⓪〈自五〉旺，旺盛；繁盛，興隆；發情交尾 **例** いまはきゅうりの出～る時だ[現在是黃瓜大批上市的時候]

盛ん⓪〈形動〉繁盛，繁榮，興盛；盛大，熱烈，積極，廣泛，猛烈；強壯，健壯 **例** 老いてますます～だ[老當益壯]

盛る②⓪〈他五〉盛，裝滿；堆高，堆起來；配藥，使服藥；刻度 **例** 毒を～る[下毒藥]

盛運⓪〈名〉好運，紅運

盛宴⓪〈名〉盛宴，盛筵

盛夏①〈名〉盛夏

盛会⓪〈名〉盛會

盛観⓪〈名〉壯觀，盛況

盛期①〈名〉旺盛期，旺季

盛挙①〈名〉盛舉，盛大的活動

盛況⓪〈名〉盛況

盛業⓪〈名〉盛大的事業，事業繁榮，生意興盛

盛時①〈名〉年富力強的時期，鼎盛時代；全盛時期，繁榮時期，黃金時代

盛衰⓪〈名〉盛衰，興衰

盛装⓪〈名・サ變〉盛裝

盛大⓪〈形動〉盛大

盛典⓪〈名〉盛典

盛年⓪〈名〉精力旺盛時期，年富力強的時期

盛名⓪〈名〉盛名，大名

★旺盛・全盛・隆盛

剩 ジョウ

[剩][剩]shèng[日≒繁＝簡]

多餘；餘下來的

剩員⓪〈名〉(編制)過剩人員

剩余①〈名〉剩餘

★過剰・余剰

勝 か・つ/まさ・る/ショウ

[勝][胜]shèng[日＝繁≒簡]

在鬥爭中或競賽中打敗對方或事業達到預定目的；比另一個優越；優美的

勝ち越す④③⓪〈自五〉(比賽時得分)領先 **例** 5点～している[領先5分]

勝つ①〈自五〉勝，戰勝，贏；超過，勝過，過多 **例** 理論の～った人[好講理論的人]

勝手⓪〈名・形動〉方便；情況；廚房；生活；任意，隨便，為所欲為，專斷 **例** わたしはこの辺の～がよくわからない[我不大了解這一帶的情況]

勝手口③⓪〈名〉通向廚房的入口，後門

勝る⓪②〈自五〉比…好，勝過，強過，凌駕 **例** 健康は富に～る[健康

勝於財富]

勝因⓪〈名〉勝利的原因

勝運⓪〈名〉勝利的運氣

勝機①〈名〉制勝的機會

勝算⓪〈名〉勝算，取勝的希望

勝者①〈名〉勝者

勝訴①〈名・サ變〉勝訴

勝地①〈名〉勝地，名勝之地

勝敗⓪〈名〉勝敗，勝負

勝負①〈名・サ變〉(爭)勝負，勝敗；
比賽，競賽

勝報⓪〈名〉捷報

勝利①〈名・サ變〉勝利

★ 圧勝・快勝・完勝・奇勝・決勝・
健勝・殊勝・常勝・絶勝・先勝・
全勝・大勝・探勝・名勝・優勝・
連勝

聖 セイ
[聖][圣]shèng[日＝繁≒簡]

最崇高的；稱常識或技能有極高成
就的；尊稱帝王；宗教的尊稱

聖域⓪〈名〉神聖地帶；禁區

聖歌①〈名〉聖歌

聖火①〈名〉聖火

聖教⓪〈名〉聖教；基督教

聖賢⓪〈名〉聖賢

聖書①〈名〉聖經

聖職⓪〈名〉聖職

聖人⓪〈名〉聖人

聖戦⓪〈名〉聖戰

聖断⓪〈名〉(指日本天皇的)裁決，
聖斷

聖地①〈名〉聖地

聖典⓪〈名〉聖經，聖典，經典

聖堂⓪〈名〉孔廟；教堂

聖母①〈名〉聖母

★ 画聖・棋聖・詩聖・書聖・神聖

失 うしな・う/シツ
shī[日＝繁＝簡]

丟掉；沒有把握住；找不著；沒有
達到目的；改變(常態)；違背，背
棄；錯誤

失う④⓪〈他五〉丟失，失落，喪
失；改變常態；迷失；喪，亡；錯過
例 命を～う[送，命，喪命]

失意①②〈名〉失意

失火⓪〈名・サ變〉失火

失格⓪〈名・サ變〉失掉資格；不及格

失陥⓪〈名・サ變〉失陷，陷落

失脚⓪〈名・サ變〉喪失立足地，下
台，垮台，沒落

失業⓪〈名・サ變〉失業

失禁⓪〈名・サ變〉(大小便)失禁

失敬③〈名・形動・サ變〉失敬

失血⓪〈名・サ變〉失血

失権⓪〈名・サ變〉喪失權利，失去權
力

失言⓪〈名・サ變〉失言，走嘴

失語⓪〈名・サ變〉失語，不能説話；
説錯

失効⓪〈名・サ變〉失效

失策⓪〈名・サ變〉失策

失笑⓪〈名・サ變〉失笑

失職⓪〈名・サ變〉失職

失神⓪〈名・サ變〉昏過去，昏迷，神
志不清，不省人事

失政⓪〈名〉失政

失速⓪〈名・サ變〉失速

失態⓪〈名〉失態＝失体

失地⓪〈名〉失地

失墜⓪〈名・サ變〉失掉，喪失

失点⓪〈名〉失分；缺點，過錯

失当⓪〈名・形動〉失當

失念⓪〈名・サ變〉遺忘，忘卻，忘掉

失敗⓪〈名・サ變〉失敗

失費⓪〈名〉開支，開銷，花銷
　　例～がかさむ［開支增多］

失望⓪〈名・サ變〉失望

失明⓪〈名・サ變〉失明

失礼②〈名・サ變〉失禮

失恋⓪〈名・サ變〉失戀

★過失・消失・焼失・喪失・損失・
得失・紛失・忘失・流失・
茫然自失

施 ほどこ・す/シ/セ
shī[日＝繁＝簡]

實行；用上，加工；給予

施す③〈他五〉施捨，周濟；施加，施
行；用，使　**例**手段を～す［要手段］

施行⓪〈名・サ變〉實施，施行

施工⓪〈名・サ變〉施工

施策⓪〈名・サ變〉對策，採取措施

施政⓪〈名〉施政

施設①②〈名・サ變〉設施，設備；孤
兒院、養老院等社會福利設施

施主①⓪〈名〉施主；辦喪事（法事）
之家的主人，治喪者

施錠⓪〈名・サ變〉上鎖

施肥①〈名・サ變〉施肥

施薬⓪〈名・サ變〉捨藥，施捨的藥

施与①〈名・サ變〉施與，施給

★実施・布施

師 シ
[師][师]shī[日＝繁≒簡]

稱某些傳授知識技術的人；學習的
榜樣；掌握專門技術的人；對和尚
的尊稱；指由師徒關係產生的；軍
隊的編制單位；軍隊

師恩①〈名〉師傅，老師的恩情

師事①〈名・サ變〉師事

師匠①②〈名〉老師，師傅，師父，
老師傅，老師父

師承⓪〈名・サ變〉師承

師団①〈名〉（軍）師

師弟①②〈名〉師徒，師生

師道①〈名〉師道，為師之道

師走⓪〈名〉臘月，陰曆12月
　＝しわす

師範①〈名〉榜樣，典範，師表；師
傅，先生，教師；師範學校

師表⓪〈名〉師表

師友①〈名〉師友

★医師・恩師・技師・教師・軍師・
講師・大師・牧師・薬剤師・
猟師・漁師

湿 しめ・す/しめ・る/シツ
[濕][湿]shī[日＝簡≒繁]

沾了水的或含水分多的（與「乾」相
對）

湿す②③⓪〈他五〉弄濕　**例**タオル
を～す［浸濕毛巾］

湿る③⓪〈自五〉濕，潮，返潮　**例**～
らないようにする［防潮］

湿気⓪〈名〉濕氣，潮氣＝しっけ

湿原⓪〈名〉濕原野

湿式⓪〈名〉（複寫裝置等的）濕式，
濕法

湿潤⓪〈名・形動〉濕潤

湿疹⓪〈名〉濕疹

湿地⓪〈名〉濕地

湿度①②〈名〉濕度

湿布⓪〈名・サ變〉濕敷；濕敷用毛巾

★ 陰湿・乾湿・高湿・除湿・多湿・
低湿・防湿

詩 シ

[詩][诗]shí[日≒繁≒簡]

文學體裁的一種，其特徵為有節奏
和韻律的語言形式

詩歌①〈名〉詩歌，漢詩和和歌
＝しいか

詩学①〈名〉詩學，作詩法

詩興⓪〈名〉詩興

詩句①〈名〉詩句

詩作⓪〈名・サ變〉作詩；詩作

詩趣①〈名〉詩趣

詩集⓪〈名〉詩集

詩人⓪〈名〉詩人

詩文⓪①〈名〉詩文

★ 漢詩・現代詩・古詩・散文詩・
叙事詩・唐詩

十 と/とお/ジッ/ジュウ

shí[日＝繁＝簡]

數目；表示達到頂點

十日⓪〈名〉十天；十號，十日

十①〈名〉十

十字架⓪〈名〉十字架

十字軍③〈名〉十字軍；軍團

十二支③〈名〉十二支，地支

十二指腸④〈名〉十二指腸

十人十色①⑤〈名〉(人的性格、思想
、愛好)各不相同，十個人十個樣

十干⓪③〈名〉十干，天干

十進法⓪〈名〉十進制

★ 二十

石 いし/コク/シャク/セキ

shí[日＝繁≒簡]

構成地殼的堅硬物質；指石刻

石②〈名〉石頭，石子；寶石，鑽石；
(圍棋)子兒；打火石

石臼⓪③〈名〉石臼，石磨

石垣⓪〈名〉石垣，石牆

石壁②〈名・サ變〉石牆，石壁

石塀②〈名・サ變〉石牆

石英②〈名〉石英，硅石

石材⓪〈名〉石料，石材

石室⓪〈名〉石屋；(考古)石室

石質⓪〈名〉石質

石造⓪〈名〉石造

石炭③〈名〉煤，煤炭

石塔⓪〈名〉石塔

石盤⓪〈名〉(寫石筆字用的)石板；
石板瓦

石碑⓪〈名〉石碑

石仏⓪〈名〉石佛

石綿⓪〈名〉石棉＝石綿

石油⓪〈名〉石油

石灰①〈名〉石灰＝石灰

石棺⓪〈名〉石棺

石器⓪〈名〉石器

石窟⓪〈名〉石窟

石鹸⓪〈名〉肥皂，香皂

石膏⓪〈名〉石膏

★ 一石二鳥・化石・懐石・岩石・
玉石混淆・鉱石・試金石・
磁石・礎石・定石・砥石

実 み/みの・る/ジツ

[實][实]shí[日≒繁≒簡]

充滿；符合客觀情況；果實，種子；
富足

実⓪〈名〉果實，水果；種子；湯裏的
青菜肉；內容 例 努力が～を結ぶ
[努力帶來成果]

実る②〈自五〉結實，成熟；有成果，
有成績，結果實 例 苦心が～る[努
力見成果]

実印⓪〈名〉正式印章，登記印章

実員⓪②〈名〉實際兵員數；實際人
數，實有人員

実益⓪〈名〉實際利益，現實利益

実演⓪〈名・サ變〉實際演出，登台表
演；當場表演

実家⓪〈名〉老家；娘家

実害⓪〈名〉實際損害，實際損失

実学⓪〈名〉實學，應用科學

実感⓪〈名・サ變〉真實感，確實感覺
到，體會到；真實的感情

実技①〈名〉實際技巧，實用技術

実況⓪〈名〉實況，實際情況，真實
情況

実業⓪〈名〉實業

実刑⓪〈名〉實際的服刑

実兄⓪〈名〉親哥哥，胞兄

実景⓪〈名〉實際景色，真景

実験⓪〈名・サ變〉實驗

実検⓪〈名・サ變〉實地檢查，鑑定，
確認

実見⓪〈名・サ變〉親眼看見

実現⓪〈名・サ變〉實現

実行⓪〈名・サ變〉實行，執行

実効⓪〈名〉實效

実際⓪〈名・副〉實際

実在⓪〈名・サ變〉實際存在

実質⓪〈名〉實質

実写⓪〈名・サ變〉寫實，拍照實況
（實事，實景）

実習⓪〈名・サ變〉實習，見習

実収⓪〈名〉實際收入，實際收穫（產
量）

実証⓪〈名・サ變〉確證，確鑿的證
據；證實，拿事實來證明

実情⓪〈名〉實際情況＝実状

実数③〈名〉實數

実寸⓪〈名〉實際尺寸（大小）

実積⓪〈名〉實際面積

実績⓪〈名〉實際成績，實際成果，
實際功績

実践⓪〈名・サ變〉實踐

実相⓪〈名〉真相

実像⓪〈名〉實像，真實面貌

実存⓪〈名・サ變〉實際存在；（哲）存
在，實在

実測⓪〈名・サ變〉實際測量

実態⓪〈名〉實際狀態，真實情況

実体⓪〈名〉實體

実弾⓪〈名〉實彈

実地⓪〈名〉實地

実弟⓪〈名〉親弟弟，胞弟

実否①〈名〉真實與否，是否屬實

実費⓪〈名〉實際費用，成本

実父⓪〈名〉親生父親，親父

実物⓪〈名〉實物

実母①〈名〉親生母親，親母

実妹⓪〈名〉親妹妹，同胞妹妹

実務①〈名〉事務

実用⓪〈名〉實用

実利①〈名〉實際利益，現實利益，
實惠，實用

実録⓪〈名〉實錄

実例⓪〈名〉實例

実話⓪〈名〉實有其事的故事

★ 確実・虚実・堅実・現実・口実・
写実・充実・真実・誠実・切実・
着実・忠実・篤実・内実・如実・
不実・無実・名実・有名無実

拾 ひろ・う/シュウ/ジュウ
shí[日＝繁＝簡]

把地上的東西拿起來，撿；收，整理

拾い上げる⓪〈他一〉拾起，撿起，
挑出，揀出 例 社長に～げられて
出世する[受經理提拔平步青雲]

拾い集める⑥〈他一〉拾攏，撿到一
起，收集

拾い物⓪〈名〉拾得物

拾い読み⓪〈名・サ變〉挑著讀，選擇
重點讀；一個字一個字地讀

拾う③⓪〈他五〉拾，撿；挑出，選
出，揀出，弄到手，意外得到 例 落
とし物を～う[撿起掉的東西]

拾遺①〈名〉拾遺

拾得⓪〈名・サ變〉拾得

★ 収拾

食 く・う/く・らう/た・べる/ショク/
ジキ

[食][食]shí[日≒繁＝簡]

吃；吃飯；生活；人吃的東西；供
食用或調味用的；背棄諾言；打
敗；遭受打擊

食う①〈他五〉吃；生活，吃飯；(蟲)
咬；需要，使用；侵占，吞併；輕
視，看不起；打敗，取勝；(歲數)
大，(年齡)高；受騙，上當

例 その手は～わぬ[不上那個當，
不吃那一套]

食らう③⓪②〈他五〉吃，喝；蒙受，
挨 例 お目玉を～う[受申斥，挨批
評]

食べる②〈他一〉吃；生活 例 この収
入では～べられない[靠這點收入維
持不了生活]

食塩②〈名〉食鹽

食言⓪〈名・サ變〉食言，食言而肥，
不履行諾言

食後⓪〈名〉食後，飯後

食事⓪〈名・サ變〉飯，餐，食物，吃
飯，進餐

食性⓪〈名〉食性，飲食習性

食前⓪〈名〉飯前，食前

食膳⓪〈名〉飯桌，食案

食卓⓪〈名〉飯桌，餐桌

食中毒③〈名・サ變〉食物中毒

食堂⓪〈名〉食堂，飯館

食道⓪〈名〉食道，食管

食肉⓪〈名〉食肉；食用肉

食費⓪〈名〉伙食費，飯費

食品⓪〈名〉食品

食物②〈名〉食物

食油⓪〈名〉食油，食用油

食用⓪〈名〉食用

食欲⓪②〈名〉食慾

食料②〈名〉食品，食物

食糧②⓪〈名〉糧食

食器⓪〈名〉食器，餐具 例 ～棚[餐
具櫃]

食客⓪〈名〉門客，食客；寄宿，寄
食＝しょっかく

食券⓪〈名〉飯票，餐券

★ 衣食住・飲食・会食・間食・
寄食・菜食・蚕食・弱肉強食・
主食・侵食・寝食・素食・断食・

昼食・肉食・日食・陪食・伴食・
美食・偏食・飽食・暴飲暴食

時 とき/ジ

[時][时]shí[日＝繁≒簡]

一切事物不斷發展變化所經歷的過
程；比較長的一段時間；季節；當
前，現在；計時的單位；機會；常
常；有時候

時②〈名〉時間；時期；情況，時候；
時機，機會；時勢；有時；時刻；
當時；時態 **例** 〜移り事去る[時過
境遷]

時時②⓪④〈名・副〉每個季節，一時
一時；時常，時時；有時

時運①〈名〉時運，機運

時価①〈名〉時價

時下①〈名〉時下，目前

時間⓪〈名〉時間

時期①〈名〉時期

時機①〈名〉時機

時給⓪〈名〉按小時計酬，計時工資

時局①〈名〉時局

時限①〈名〉規定的時間，定時，時
限 **例** 〜爆弾[定時炸彈]

時候⓪〈名〉時令，節令，季節，氣
候 **辨** 在漢語中，是指出事情發生的
時間或事情、狀態等經過的時間
（時、際）

時効⓪〈名〉時效

時刻①〈名〉時刻 **例** 〜表[時刻表]

時差①〈名〉時差

時事①〈名〉時事

時世⓪〈名〉時世，時代

時制⓪①〈名〉時態

時勢⓪〈名〉時勢，時代趨勢

時節①〈名〉時節

時速①〈名〉時速

時代⓪〈名〉時代

時点⓪〈名〉時間，時候

時評①〈名〉時事評論

時分①〈名〉時刻，時間，期間

時弊⓪〈名〉時弊

時報⓪〈名〉時報；報時

★ 一時・歳時記・四時・時時・
寸時・即時・当時・日時・
非常時・平時・臨時

識 シキ

[識][识]shí[日≒繁≒簡]

知道，懂得；感覺；辨別

識見⓪〈名〉見解，見識＝識見

識字⓪〈名〉識字，認字

識者②〈名〉有識之士

識別⓪〈名・サ変〉識別，辨別

★ 意識・学識・鑑識・見識・常識・
知識・認識・標識・面識

史 シ

shǐ[日＝繁＝簡]

自然界和人類社會的發展過程；記
述、研究自然界和人類社會發展過
程的文字和學科

史学①〈名〉史學，歷史學

史観⓪②〈名〉史觀

史実①〈名〉史實

史書①〈名〉史書

史上①〈名〉歷史上

史跡⓪①〈名〉史跡

史伝⓪〈名〉歷史和傳記；史傳

史料①〈名〉史料

史話①〈名〉史話

★ 哀史・外史・国史・社史・女史・
世界史・前史・東洋史・
日本史・文化史・歴史

矢 や/シ
shǐ[日＝繁＝簡]

箭
矢①〈名〉箭；楔子
矢先⓪③〈名〉箭頭，鏃；箭射來的
方向；目標，靶子；正要…的時候
例 始めようとする～だった［正要
開始來著］
矢印②〈名〉箭形符號
矢立て⓪③〈名〉箭筒，箭壺，箭
囊；輕便式筒狀文具盒
矢継ぎ早⓪〈名・形動〉接連不斷，一
個跟著一個 **例** ～の催促［緊跟著催
促］
矢張り②〈副〉仍然，依然，還是，
照舊；也，同樣；畢竟還是，歸根結
底；但，仍；果然 **例** われわれも～
反対だ［我們也同樣反對］
★ 嚆矢・弓矢

使 つか・う/シ
shǐ[日＝繁＝簡]

派遣，支使；使用；讓，叫，致使；
奉使命辦事的人
使う③⓪〈他五〉用，使用；使喚
（人），雇傭；花費，消費；擺弄，
耍弄，玩弄；做某種特定的事
例 手品を～う［耍戲法］
使役⓪①〈名・サ變〉役使
使者①〈名〉使者
使臣⓪〈名〉使臣
使節①〈名〉使節

使徒①②〈名〉使徒；奉獻於神聖事
業的人
使途①②〈名〉用途，開銷
使命①〈名〉使命
使用⓪〈名・サ變〉使用
使用料②〈名〉使用費
★ 駆使・遣隋使・遣唐使・公使・
行使・酷使・大使・勅使・天使・
密使・労使

始 はじ・まる/はじ・める/シ
shǐ[日＝繁＝簡]

最初，起頭（與「終」相對）；才，剛
才
始まる④⓪〈自五〉開始；發生，引
起；起源，緣起；犯（老毛病），拿
出（平生的本事）**例** 悪いことは酒
から～る［壞事緣起於酒］
始める④⓪〈他一〉開始；開創，創
辦，…起來 **例** 商売を～める資金
がない［沒有經商的資金］
始期①〈名〉開端，開始的時期
始業⓪〈名・サ變〉開始工作；開始上
課，開學
始終①〈名・副〉開始和結尾；始終，
從頭至尾；一直；經常，時常，總，
不斷
始祖①〈名〉始祖
始点⓪②〈名〉起點
始動⓪〈名・サ變〉開動，啓動
始発⓪〈名〉起點；頭班（車）
例 ～駅［起始站］
始末①〈名・サ變〉始末，原委；情
形，情況，（壞的）結果；處理，應
付 **例** 後～をする［善後］
★ 開始・原始・終始・創始・年始

士 シ
shì[日＝繁＝簡]

古代的一種階層；軍人；指某種技術人員；對人的美稱

士官①②〈名〉軍官

士気②①〈名〉士氣；情緒，熱情

士族①〈名〉武士家族；（明治維新的）士族

士卒①〈名〉士卒

★ 学士・騎士・義士・志士・修士・紳士・人士・戦士・代議士・闘士・博士・武士・兵士・弁護士・名士・勇士・烈士

氏 うじ/シ
shì[日＝繁＝簡]

姓；對名人、專家的稱呼

氏①〈名〉姓，氏；家世，門第；氏族；接姓之下表示尊稱

氏神②①③〈名〉出生地守護神，地方守護神；氏族神

氏子①〈名〉屬於祭祀同一氏族神地區的居民

氏姓①〈名〉姓氏

氏族①〈名〉氏族

氏名①〈名〉姓與名，姓名

★ 彼氏・同氏

示 しめ・す/シ/ジ
shì[日＝繁＝簡]

把事物擺出來或指出來使人知道

示す②⓪〈他五〉出示，拿出來給（對方）看；表示；指示，指教，開導

例 腕前を～す[顯示本領]

示威①〈名・サ變〉示威

示教⓪〈名・サ變〉教導，賜教，指教

示唆①〈名・サ變〉暗示，示意，啓發

示達⓪〈名・サ變〉（上級機關）指示，通告

示談①〈名〉說合，調停，和解

例 事故を～ですませた[事故賠償以說合解決了]

★ 暗示・開示・教示・訓示・掲示・誇示・告示・指示・展示・標示・表示・明示・黙示

世 よ/セ/セイ
shì[日＝繁＝簡]

人的一輩子；有血統關係的人相傳而成的輩分；一代又一代；社會，人間

世①⓪〈名〉世，世上，人世，人間，社會，世界；人生，一生，一世；時代，年代，統治時代

世直し⓪〈名・サ變〉社會的改造，改革社會

世渡り②〈名・サ變〉生活，謀生，處世

例 ～がへた[不會處世]

世紀①〈名〉世紀

世界①〈名〉世界

世間①〈名〉社會，人世，世上，世人；個人的交際

世故①〈名〉世故

世事①〈名〉世事

世辞⓪〈名〉恭維，奉承，獻殷勤

例 お～を言う[說恭維話]

世襲⓪〈名・サ變〉世襲＝せいしゅう

世人①〈名〉世人

世塵⓪〈名〉俗事

世相⓪②①〈名〉世相

世俗⓪①〈名〉世俗

世帯①②〈名〉家庭，戶口，戶

例 彼女が〜の持ち方を知らない［她不會管理家務］

世代①⓪〈名〉世代，一代，輩

世評⓪〈名〉社會上的評論，輿論

世論①⓪〈名〉世論，輿論

世話②〈名・サ變〉幫助；照料，照顧；推薦，周旋 **例** 病人の〜をする［照顧病人］

★ 一世・浮世絵・永世・厭世・隔世・救世主・挙世・近世・時世・辞世・出世・前世・俗世・中世・万世・未世・来世・乱世

仕 つか・える/シ/ジ
shì［日＝繁＝簡］
舊指做官；從事，做事

仕える③④⓪〈自一〉服侍，侍奉；服務，工作 **例** 病人に〜える［服侍病人］

仕上げる⓪〈他一〉做完，做成，建成；（工作的）收尾 **例** ここのところを〜げればおしまいだ［完成這部分收尾工作，就算完了］

仕入れる③〈他一〉採購，買進；（由他處）取得，弄到 **例** 新しい歌を〜れて来た［學來一首新歌］

仕送り⓪〈名・サ變〉寄生活費，寄生活補貼 **例** 郷里へ〜する［往老家寄生活補貼］

仕儀①〈名〉情形，狀態；結果

仕切る②〈他五〉隔，隔開，加間壁；結帳，清帳；（相撲）蹲踞預備姿勢 **例** スタンドをなわで四つに〜る［用繩子把看台分隔成4部分］

仕組み⓪〈名〉構造，結構；籌劃，計畫，安排，企圖；情節，結構

例 〜簡単な劇［情節簡單的劇］

仕事⓪〈名〉工作，活兒，事兒，職業；（物理）功 **例** 〜に追われる［工作繁忙］

仕出す②〈他五〉做起來，開始做；送飯菜；幹出（大事）；積累（財富）**例** 料理を〜す［外送飯菜］

仕様⓪〈名〉方法，做法

★ 給仕・出仕・奉仕

市 いち/シ
shì［日＝繁＝簡］
集中買賣貨物的固定場所；城市；行政區劃單位

市①〈名〉集市，市場；市街

市域⓪〈名〉市區

市営⓪〈名〉市營，市辦

市価①②〈名〉市價，市場價格

市街①〈名〉市街；城鎮

市外①〈名〉市外，城郊

市議会②〈名〉市議會

市況⓪〈名〉市場情況，行情

市区①〈名〉市街的區劃

市場⓪〈名〉市場，集市，菜市；交易市場，交易所；銷路，市場

市政⓪〈名〉市政

市税①⓪〈名〉市稅

市長①②〈名〉市長

市町村②〈名〉（日本的行政區劃）市、鎮、村

市内①〈名〉市內

市販⓪〈名・サ變〉在市場出售

市民①〈名〉市民；資產階級

市有⓪〈名〉市有

市立①〈名〉市立

★ 朝市・都市・南京市

式 シキ
shì[日＝繁＝簡]

物體外形的樣子；特定的規格；典禮；自然科學中表明某種規律的一組符號

式辞⓪〈名〉致辭，祝詞

式場⓪〈名〉舉行儀式的場所、會場、禮堂 **例** 結婚～[舉行結婚典禮的會場]

式典⓪〈名〉儀式，典禮

★ 格式・儀式・旧式・形式・公式・新式・数式・正式・等式・版式・分子式・方式・方程式・様式・略式

事 こと/ジ/ズ
shì[日＝繁＝簡]

自然界和社會中的現象和活動；變故；職業；關係；做

事②〈名〉事情，事實，事件，工作，問題；內容；情況，場合，時候

事業①〈名〉事業；企業，實業

事件①〈名〉事件，事情；案件

事故①〈名〉事故

事後①〈名〉事後

事項①〈名〉事項

事実①〈名・副〉事實；實際上

事象①〈名〉事象

事情⓪〈名〉情形，情況；緣故

事績⓪①〈名〉功績

事前⓪〈名〉事前

事態①〈名〉事態，局勢，情況＝事体

事大主義④〈名〉事大主義（趨炎附勢）

事典⓪〈名〉百科辭典（「百科事典」的略語）

事物①〈名〉事物

事変①〈名〉事變；事件，騷動；不宣而戰

事務①〈名〉事務，辦公 **例** ～所[事務所]

事務局⓪〈名〉秘書處，事務局，庶務處

事由⓪①〈名〉事由，理由

事理①〈名〉事理

事例⓪〈名〉事例；(解釋法律條文等援引的)前例

★ 往事・外事・記事・議事堂・旧事・軍事・刑事・慶事・故事・後事・好事・茶飯事・参事・惨事・師事・指事・従事・叙事・人事・炊事・他事・多事・知事・当事・難事・判事・無事・変事・返事・民事・理事・領事

侍 さむらい/ジ
shì[日＝繁＝簡]

陪伴侍候 **圖** 在日語中，為「武士」的別稱

侍⓪〈名〉武士；有骨氣、行動果斷的人物，了不起的人物

侍医①〈名〉主治醫，御醫

侍従⓪〈名〉侍從

侍女①〈名〉侍女，女僕

★ 近侍・典侍

拭 ぬぐ・う/ふ・く/ショク
shì[日＝繁＝簡]

擦，揩

拭う②〈他五〉擦拭，擦掉

拭き取る③〈他五〉擦去，擦掉

拭く②⓪〈他五〉擦

★ <ruby>払<rt>ふっ</rt></ruby><ruby>拭<rt>しょく</rt></ruby>

柿 ^{かき/シ}shì[日＝繁＝簡]

一種落葉喬木；這種植物的果實

<ruby>柿<rt>かき</rt></ruby>⓪〈名〉柿子

★ <ruby>甘<rt>あま</rt></ruby><ruby>柿<rt>がき</rt></ruby>・<ruby>渋<rt>しぶ</rt></ruby><ruby>柿<rt>がき</rt></ruby>・<ruby>熟<rt>じゅく</rt></ruby><ruby>柿<rt>し</rt></ruby>・<ruby>干<rt>ほ</rt></ruby>し<ruby>柿<rt>がき</rt></ruby>

是 ^ゼshì[日＝繁＝簡]

對，正確；認為正確

<ruby>是<rt>ぜ</rt></ruby>①〈名〉是，正確，合乎道理

<ruby>是是非非<rt>ぜぜひひ</rt></ruby>⓪〈名〉以是為是，以非為

非，是非分明

<ruby>是正<rt>ぜせい</rt></ruby>⓪〈名・サ變〉訂正，更正，矯

正，糾正，改正 **例** <ruby>税<rt>ぜい</rt></ruby>制の～を強

く<ruby>要求<rt>ようきゅう</rt></ruby>する[強烈要求改變稅制]

<ruby>是認<rt>ぜにん</rt></ruby>⓪〈名・サ變〉同意，肯定，認

可，承認 **例** <ruby>非公式<rt>ひこうしき</rt></ruby>に～する[非正

式同意]

<ruby>是非<rt>ぜひ</rt></ruby>①〈名・副〉是非，正確與錯誤，

對與不對，善惡；務必，必須，一定

★ <ruby>国<rt>こく</rt></ruby><ruby>是<rt>ぜ</rt></ruby>・<ruby>社<rt>しゃ</rt></ruby><ruby>是<rt>ぜ</rt></ruby>・<ruby>党<rt>とう</rt></ruby><ruby>是<rt>ぜ</rt></ruby>

室 ^{むろ/シツ}shì[日＝繁＝簡]

屋子；機關、學校等內部的工作單

位；家族

<ruby>室<rt>むろ</rt></ruby>②〈名〉花窖，溫室，暖房；窖；窯

洞；僧房

<ruby>室員<rt>しついん</rt></ruby>⓪②〈名〉(研究室等的)成員

<ruby>室温<rt>しつおん</rt></ruby>⓪〈名〉室溫

<ruby>室外<rt>しつがい</rt></ruby>⓪〈名〉室外

<ruby>室長<rt>しつちょう</rt></ruby>②〈名〉室長，室主任

<ruby>室内<rt>しつない</rt></ruby>〈名〉室內

★ <ruby>暗<rt>あん</rt></ruby><ruby>室<rt>しつ</rt></ruby>・<ruby>王<rt>おう</rt></ruby><ruby>室<rt>しつ</rt></ruby>・<ruby>居<rt>きょ</rt></ruby><ruby>室<rt>しつ</rt></ruby>・<ruby>空<rt>くう</rt></ruby><ruby>室<rt>しつ</rt></ruby>・<ruby>皇<rt>こう</rt></ruby><ruby>室<rt>しつ</rt></ruby>・

<ruby>在<rt>ざい</rt></ruby><ruby>室<rt>しつ</rt></ruby>・<ruby>寝<rt>しん</rt></ruby><ruby>室<rt>しつ</rt></ruby>・<ruby>側<rt>そく</rt></ruby><ruby>室<rt>しつ</rt></ruby>・<ruby>茶<rt>ちゃ</rt></ruby><ruby>室<rt>しつ</rt></ruby>・<ruby>同<rt>どう</rt></ruby><ruby>室<rt>しつ</rt></ruby>・

<ruby>別<rt>べっ</rt></ruby><ruby>室<rt>しつ</rt></ruby>

逝 ^{ゆ・く/セイ}shì[日＝繁＝簡]

(時間、水流等)過去；死亡

<ruby>逝<rt>ゆ</rt></ruby>く②⓪〈自五〉逝世，死去；一去

不復返 **例** <ruby>先生<rt>せんせい</rt></ruby>が～かれてからす

でに5<ruby>年<rt>ねん</rt></ruby>[老師逝世已經5年]

<ruby>逝去<rt>せいきょ</rt></ruby>①〈名・サ變〉逝世，去世

★ <ruby>永<rt>えい</rt></ruby><ruby>逝<rt>せい</rt></ruby>・<ruby>急<rt>きゅう</rt></ruby><ruby>逝<rt>せい</rt></ruby>・<ruby>長<rt>ちょう</rt></ruby><ruby>逝<rt>せい</rt></ruby>

釈 ^{シャク}[釋][释]shì[日≒繁≒簡]

解説，說明；消除；放開；放下；

釋迦牟尼的簡稱，泛指佛教

<ruby>釈義<rt>しゃくぎ</rt></ruby>①〈名〉釋義，解釋

<ruby>釈然<rt>しゃくぜん</rt></ruby>⓪〈名・サ變〉消釋，釋然，心中

平靜

<ruby>釈尊<rt>しゃくそん</rt></ruby>⓪②①③〈名〉釋迦牟尼

<ruby>釈放<rt>しゃくほう</rt></ruby>⓪〈名・サ變〉釋放，開釋

<ruby>釈明<rt>しゃくめい</rt></ruby>⓪〈名・サ變〉闡明，說明，申明，

解釋，辯明，申辯，辯解

★ <ruby>会<rt>え</rt></ruby><ruby>釈<rt>しゃく</rt></ruby>・<ruby>解<rt>かい</rt></ruby><ruby>釈<rt>しゃく</rt></ruby>・<ruby>註<rt>ちゅう</rt></ruby><ruby>釈<rt>しゃく</rt></ruby>・<ruby>評<rt>ひょう</rt></ruby><ruby>釈<rt>しゃく</rt></ruby>・<ruby>保<rt>ほ</rt></ruby><ruby>釈<rt>しゃく</rt></ruby>

視 ^シ[視][视]shì[日≒繁≒簡]

看；看待；考察

<ruby>視界<rt>しかい</rt></ruby>⓪〈名〉視野，眼界；見識，知識

<ruby>視覚<rt>しかく</rt></ruby>⓪〈名〉視覺

<ruby>視角<rt>しかく</rt></ruby>⓪〈名〉視角

<ruby>視座<rt>しざ</rt></ruby>①⓪〈名〉觀點，立場

<ruby>視察<rt>しさつ</rt></ruby>⓪〈名・サ變〉視察，考察

<ruby>視軸<rt>しじく</rt></ruby>①〈名〉(醫)視軸，眼軸

<ruby>視神経<rt>ししんけい</rt></ruby>②〈名〉視神經

<ruby>視線<rt>しせん</rt></ruby>⓪〈名〉視線

視点⓪〈名〉視點

視野①〈名〉視野

視力①〈名〉視力

★ 可視・監視・凝視・近視・軽視・
警視庁・座視・正視・注視・
直視・敵視・透視・度外視・
蔑視・無視・黙視・乱視

勢 いきお・い/セイ
[勢][势]shì[日≒繁≒簡]

權力，威力；自然界的現象或形勢；
狀況或情勢；姿態

勢い③〈名・副〉勢，勢力，氣勢，勁
頭；控制不住的勢頭；趨勢，形
勢；權勢，威勢；勢必，自然而然
地

勢威①〈名・サ變〉威勢，權勢

勢力①〈名〉勢力

勢力圏④〈名〉勢力範圍

★ 威勢・運勢・大勢・気勢・軍勢・
形勢・権勢・豪勢・姿勢・時勢・
実勢・守勢・情勢・水勢・衰勢・
趨勢・多勢・体勢・大勢・態勢・
退勢・筆勢・優勢・余勢・劣勢

飾 かざ・る/ショク
[飾][饰]shì[日＝繁≒簡]

裝點得好看；掩飾；裝飾品；扮演

飾り気⓪〈名〉好裝飾，打扮（的心
情）例 ～のないことば[率直（誠
懇）的語言]

飾りたてる⑤〈他一〉漂亮地裝飾，
巧打扮 例 衣裳を～てる[衣裳穿得
漂漂亮亮]

飾り付ける⑤〈他一〉裝潢，裝飾，
修飾 例 クリスマス・ツリーを～け

る[裝飾聖誕樹]

飾る⓪③〈他五〉裝飾，裝點，裝
潢；只裝飾表面；潤色，渲染；擺
出，陳列；使添色，使增光 例 文章
を～る[潤色文章]

★ 虚飾・修飾・装飾・服飾・粉飾・
文飾

試 こころ・みる/ため・す/シ
[試][试]shì[日≒繁≒簡]

按照預定的想法非正式地去做；
考，測驗

試みる④〈他一〉試試，嘗試，試試
看 例 やれるかやれないか～みな
さい[能辦不能辦你試試看吧]

試す②〈他五〉試，試驗 例 機械の調
子を～す[調試機器]

試合⓪〈名・サ變〉比賽

試案⓪〈名〉試行辦法，試行方案

試飲⓪〈名・サ變〉試飲，品嘗

試運転②〈名・サ變〉（車、船等）試
車，試開，試運轉

試演⓪〈名・サ變〉預演

試金石②〈名〉試金石

試掘⓪〈名・サ變〉（礦山、油田等）試
採、試鑽

試験②①〈名・サ變〉試驗，實驗；考
試 例 ～管[試管]

試行錯誤④〈名〉試行錯誤

試作⓪〈名・サ變〉試製，試做；（農）
試種

試算⓪〈名・サ變〉試算；驗算

試写会②〈名〉試映會

試製⓪〈名・サ變〉試製

試練①〈名〉考驗

★ 追試・入試

誓 ちか・う/セイ

[誓][誓]shì[日≒繁＝簡]

表示決心依照説的話實行；表示決心的話

誓う③②⓪〈他五〉起誓，發誓，宣誓，立誓 例 禁酒を～う[立誓戒酒]

誓願⓪〈名・サ變〉誓願，許願；(佛)誓願

誓言⓪〈名〉誓言

誓試①〈名〉誓詞

誓書①〈名〉宣誓書

誓文⓪〈名〉誓約書

誓約⓪〈名・サ變〉誓約，起誓

★ 宣誓

適 かな・う/テキ

[適][适]shì[日＝繁≒簡]

符合；恰好；舒服

適う②〈自五〉適合，符合，合乎；能，做得到 例 それはとてもわたしの力には～わない[那絕不是我力所能及的]

適応⓪〈名・サ變〉適應，順應

適温⓪〈名〉合適的溫度

適格⓪〈名〉夠格，具備規定的資格＝てっかく

適宜①〈副・形動〉適宜，適當，合適；酌情，酌量，隨意

適業⓪〈名〉適當的職業

適合⓪〈名・サ變〉適合，適宜

適才⓪〈名〉適當的才能

適材⓪〈名〉適當的人才

適作⓪〈名〉適當的作物(莊稼)

適時①〈名〉適時

適者①〈名〉適者

適所①〈名〉適當的地位(位置)

適職⓪〈名〉合適的職位，適當的職業

適する③〈サ變〉適合，適應，適於；適當，恰合，適宜於；適應，適於 例 機宜に～した処置[恰合時宜的措施]

適正⓪〈名・形動〉適當，恰當，公平，公正，合理

適性⓪〈名〉適於某人的性質(資質，才能)，適應性 例 編集者としての～[適於當編輯的素質]

適切⓪〈形動〉恰合，恰當，妥當，適應，適當

適地①〈名〉適宜的土地

適度①〈名・形動〉適度

適当⓪〈名・形動〉適當，適合；恰當，適度；隨便，馬虎，敷衍 例 あの件は～にあしらっておけばいい[那件事隨便對付一下就行了]

適任⓪〈名・形動〉適合(某種工作)，勝任，稱職

適否①〈名〉適當與否，適不適當

適評⓪〈名〉適當的批評，恰當的評語，妥當的評價

適法⓪〈名・形動〉合法

適役⓪〈名〉適當的角色，勝任的人才

適訳⓪〈名〉恰當的翻譯

適用⓪〈名・サ變〉適用

適量⓪〈名〉適量

適齢⓪〈名〉適齡

適期①〈名〉適當的時期

★ 快適・好適・最適・清適・悠悠自適

収 おさ・まる/おさ・める/シュウ

[収][收]shōu[日≒繁＝簡]

把事物拿到裏面或聚攏；取自己有
權取的東西；獲得；割斷成熟的農
作物；接受，容納；約束，控制；
逮捕，拘禁；結束，停止

収まる③〈自五〉容納，收納；（被）
繳納；心滿意足；復原，復舊
例 元の地位に～る[恢復原來的地
位；官復原職]

収める③〈他一〉收，接受；取得，
獲得；收藏，收存；使鎮靜下來
例 怒りを～める[抑制怒火；息怒]

収益⓪①〈名〉收益
収穫⓪〈名・サ變〉收穫
収監⓪〈名・サ變〉監禁
収支①〈名〉收支
収拾⓪〈名・サ變〉收拾，整頓
収集⓪〈名・サ變〉收集，搜集
収縮⓪〈名・サ變〉收縮，縮小
収蔵⓪〈名・サ變〉收藏
収束⓪〈名・サ變〉收集成束；結束；
（數）收斂
収奪⓪〈名・サ變〉奪取，掠奪
収入⓪〈名〉收入
収納⓪〈名・サ變〉收納，收藏
収攬⓪〈名・サ變〉籠絡，收攬
収斂⓪〈名・サ變〉收斂
収録⓪〈名・サ變〉收錄
収賄⓪〈名・サ變〉受賄

★ 押収・吸収・月収・減収・査収・
接収・増収・徴収・年収・買収・
没収

熟 う・れる/ジュク
shóu(shú)[日＝繁＝簡]

植物的果實等完全長成；（食物）加
熱到可以食用的程度；加工製造或

鍛鍊過的；因常見或常用而知道得
清楚；精通而有經驗；程度深

熟れる②〈自一〉熟，成熟 例 ～れ
ると甘くなる[熟了就甜了]
熟議①〈名・サ變〉仔細討論，再三討
論
熟語⓪〈名〉複合詞；漢語詞；慣用
句，成語
熟視①〈名・サ變〉熟視，審視
熟思①〈名・サ變〉熟慮，再三考慮
熟字⓪〈名〉（兩個以上漢字組成的）
漢語詞
熟す③〈サ變〉熟，成熟；熟練；（語
言）普遍使用，固定下來 例 この語
はまだ～していない[這個詞還沒有
固定下來（還不通用）]
熟睡⓪〈名・サ變〉熟睡，酣睡
熟成⓪〈名・サ變〉熟練；成熟
熟達⓪〈名・サ變〉熟練，嫺熟
熟談⓪〈名・サ變〉仔細商量；商談解
決，和解
熟知①〈名・サ變〉熟知，熟悉
熟度①〈名〉（水果等）成熟的程度
熟読⓪〈名・サ變〉熟讀，精讀
熟眠⓪〈サ變〉熟睡
熟慮①〈名・サ變〉熟慮，深思
熟練⓪〈名・サ變〉熟練，熟習
例 ～工[熟練工人]
熟考⓪〈名・サ變〉熟慮，仔細考慮

★ 円熟・完熟・習熟・成熟・早熟・
晩熟・豊熟・未熟・老熟・爛熟

手 た/て/シュ
shǒu[日＝繁＝簡]

人體上肢前端能拿東西的部分；親
手；技能，本領；擅長某種技能的

人或做某種事的人

手綱⓪〈名〉繮，繮繩

手①〈名〉手，手掌，臂，胳膊，手指頭；架子；把手；人手；照顧；本領；(做時的)手；費事，費工；手段，方法，著數，把戲，詭計；修改；到手，獲得；關係；類；方向，方位；筆跡，字跡；負傷；勢頭；動作，手勢；(手裏的)棋子(牌)　**慣**～が上がる[本領提高；寫字進步；酒量增長]；～が空く[閒著，空著，有空]；～が掛かる[費事，麻煩]；～が切れる[關係斷絕]；～が込む[手續複雜，手工精巧]；～が付く[開始著手；(女性)遭主人姦污]；～が出ない[無法著手，無能為力]；～が届く[力所能及，伸手可得；周到；近…歲]；～がない[人手不足；無計可施]；～が長い[好偷東西]；～が入る[前來逮捕，捜查罪犯；補充，修改]；～が離れる[不再從事，脫身；已不需要照料]；～が早い[手腳麻利，敏捷；好動手]；～が塞がる[占著手(沒空兒)]；～が回る[照顧得周到；佈置人員]；～が悪い[態度不好，手法惡劣，手裏的牌不好]；～取り足取り[連手帶腳，親自手把手]；～に汗を握る[捏一把汗，提心吊膽]；～に余る[棘手，力不能及]；～に入る[到手，歸自己所有；熟練，到家]；～に落ちる[落到…手裏]；～に掛かる[落入…之手]；～に掛ける[親自動手；親自照料；親自下手殺死]；～にする[拿在手裏]；～に乗る[上當，中

計]；～に入る[拿到手裏，到手，得到]；～も足も出ない[無能為力，一籌莫展]；～を上げる[掄起拳頭，舉手；投降，認輸]；～を入れる[加以修改，加工；捜捕；把手伸進…裏]；～を打つ[拍手，鼓掌；採取措施，設法；成交；和好]；～を変える[改變手法]；～を貸す[幫助別人]；～を借りる[求別人幫助]；～を切る[斷絕關係]；～を加える[加工，修改]；～をこまぬく[袖手旁觀]；～を染める[著手，開始]；～を出す[參與，打交道，私通；動手，舉手打人]；～を尽くす[想盡一切辦法]；～を付ける[動，摸，使用，消耗；動，著手；亂搞(男女關係)]；～を抜く[潦草從事，偷工減料]；～を濡らさず[不沾手，不親自動手，不費力氣]；～を引く[牽手引導；斷絕關係，洗手不幹]；～を回す[暗中佈置，處理；千方百計地找]；～を焼く[嘗到苦頭，無法對付]；～を緩める[鬆開手，鬆勁]；～を汚す[幹麻煩事；幹過去自己瞧不起的事情，染指]；～を煩わす[請…幫助，麻煩…]

手足①〈名〉手腳，手足；俯首帖耳的人，左右手＝手足

手厚い③④⓪〈形〉熱情，熱誠，殷勤；豐厚，優厚　**例**～いもてなしを受ける[受到熱情的款待]

手当て①〈名・サ變〉津貼，補貼；補助費，保健費；醫療，治療；對付的辦法

例～がよければ助かるかもしれな

手荒い③④⓪〈形〉粗魯，粗暴 **例** ～く扱うとこわれてしまう[粗手粗腳地拿放會弄壞的]

手洗い②〈名〉洗手；洗手盆，洗手用的水；廁所，洗手間

手一杯②〈形動〉竭盡全力，儘量；沒有空閒，忙得不可開交；勉強維持

手遅れ②〈名〉耽誤，為時已晚，錯過時機 **例** 病気は～になっていた[已病入膏肓了]

手押し⓪〈名〉手推，手壓

手織り⓪〈名〉手織，家織

手加減②〈名・サ變〉斟酌，體諒，照顧，留情；程度，分寸，火候；手感重量 **例** 料理は味付けの～が難しい[做菜調味恰到好處很難]

手書き⓪〈名・サ變〉手寫，手抄

手形⓪〈名〉手印，掌印；票據 **例** 約束～[期票，本票]

手紙⓪〈名〉信，函 **慣** 漢語的「手紙」在日語中為「ちり紙」或「トイレット・ペーパー」

手軽⓪〈形動〉簡單，簡便，輕易 **例** ～に引き受ける[痛快地答應下來]

手厳しい④〈形〉厲害，嚴厲 **例** ～い批判を受ける[受到嚴厲批判]

手際⓪③〈名〉手法，技巧，程序；手腕，本領；做出的結果 **例** あっぱれなお～[幹得好]

手管①〈名〉(騙人的)手腕，圈套 **例** 手練～[花招，騙局]

手口①〈名〉手法，方法，手段

手心②〈名〉斟酌，酌情，分寸，深淺 **例** ～を加える[加以酌量]

手応え②〈名〉一定打中的感覺；反應，效果 **例** ～のない相手[不起勁的對手]

手頃⓪〈名・形動〉適合；適稱

手強い③〈形〉不好對付，難鬥 **例** ～い敵にであった[遇見了勁敵] ＝手強い

手細工②〈名〉手工藝品

手先③〈名〉手指尖兒；手下，部下；爪牙，狗腿子 **例** ～の早い連中[扒手幫伙]

手探り②〈名・サ變〉摸索，試探 **例** 新事業はまだ～の段階だ[新事業還處於摸索的階段]

手提げ③⓪〈名〉手提袋，手提包，提籃

手品①〈名・サ變〉魔術

手酌⓪〈名〉自酌

手順⓪①〈名〉次序，層次，程序 **例** ～を踏む[按部就班]

手錠⓪〈名〉手銬

手数②〈名〉費事；費心，麻煩 **例** ～のいらない仕事[不費事的工作]

手数料②〈名〉手續費，經手費，佣金

手漉き⓪③〈名〉手工抄製紙

手相②〈名〉手相，掌紋

手違い②〈名〉錯誤，差錯 **例** 万事～ばかりであった[漏洞百出]

手付①〈名〉手的姿勢 **例** 妙な～で箸を使う[手很笨拙地使用筷子]

手続き②〈名・サ變〉手續

手作り②〈名〉親手做的，自製的

手詰まり②〈名〉無計可施；手頭拮据；(日本將棋)沒有步走

手荷物②〈名〉隨身攜帶的物件、行李

手拭い⓪〈名〉布毛巾

手配①〈名・サ變〉籌備，安排，佈置；部署，指令 例 全国～[全國通緝令]

手羽先⓪〈名・サ變〉雞翅膀肉

手旗⓪〈名〉手中的小旗；(旗語用的)手旗

手控える④③〈他一〉暫緩，推遲，拖延；記下來；留在手邊，保留起來 例 売れ行きをみて仕入れを～える[觀察銷路，暫緩進貨]

手引き①〈名・サ變〉輔導，啓蒙；入門；引薦，介紹；引路，嚮導 例 先生の～で就職する[蒙老師推薦，找到工作]

手拍子②〈名〉打拍子；(圍棋、將棋)偶一失慎

手袋②〈名〉手套

手弁当②〈名〉自己帶飯去工作；無報酬的勞動 例 ～で応援する[無報酬地進行援助]

手本②〈名〉字(畫)帖，範本；模範，榜樣

手間②〈名〉勞力和時間，工夫；工錢 例 お～は取らせません[不耽擱你的工夫]

手前⓪〈名・代〉跟前；靠近自己這方面；(茶道的)禮法，點茶(儀式)；顧慮，考慮到；我，鄙人；你 例 世間の～[也得考慮體面]

手招き②〈名・サ變〉招手

手元③〈名〉身邊，手頭，手裏；膝下；生計；手的動作 例 大事な品は～から離してはいけない[重要的東西不能離身]

手休め②〈名・サ變〉歇口氣，稍事休息

手業⓪〈名〉手工，手藝；(柔道)手技

手渡す③〈他五〉面交，親手交給，遞給，傳遞 例 順々に～す[依次傳遞]

手淫⓪〈名・サ變〉手淫

手記①②〈名〉手記

手芸⓪①〈名〉手工藝

手術①〈名・サ變〉手術，開刀

手段①〈名〉手段，辦法

手法⓪〈名〉手法，技巧

手話①〈名〉手語，啞語

手腕①⓪〈名〉手腕，才能，本領

★ 握手・運転手・歌手・旗手・挙手・助手・触手・選手・敵手・徒手・入手・拍手・落手

守 まも・る/も・り/シュ/ス
shǒu[日＝繁＝簡]
保持，看管；在一個地方不動；遵照；維持原狀，不想改變；節操

守り抜く④〈自五〉堅守，保衛住，始終守護 例 首都を～いた[守住了首都]

守る②〈他五〉守，保衛，守衛，維護；遵守，恪守；保持 例 原則を～る[遵守原則]

守り①〈名〉守衛，保衛，戒備；護身符；保佑

守衛⓪〈名〉門崗，門衛

守旧⓪〈名〉守舊

守護①〈名・サ變〉守護

守勢⓪〈名〉守勢

守戦⓪〈名・サ變〉防禦戰

守銭奴②〈名〉守財奴

守備①〈名・サ變〉守備，防備；(棒球)防守

★ 看守・嚴守・固守・死守・遵守・
太守・保守・墨守・留守

首 くび/シュ

shŏu[日＝繁＝簡]

頭；第一，最高的；頭領；最早；
出頭告發

首⓪〈名〉腦袋，頭部；職位；解雇
圖 ～が回らない[債台高築]；～に
なる[被解雇]；～がつながる[免於
被解雇]；～が飛ぶ[被斬首，被革
職]；～を長くする[翹首以待]；～
をひねる[苦思冥想，搜腸刮
肚]；～を横に振る[否認，否定]

首飾り③〈名〉項鏈

首切り⓪④〈名〉斬首，劊子手；撤
職，解雇

首筋⓪〈名〉項，脖頸子

首位①〈名〉首位，第一位，首席

首魁⓪〈名〉罪魁，主謀者，罪魁禍
首；魁首

首卷⓪〈名〉第一卷

首肯⓪〈名・サ變〉首肯

首座①〈名〉上座，首席；坐在上座
的人，主席

首相⓪〈名〉首相，總理大臣

首唱⓪〈名・サ變〉首倡

首席⓪〈名〉首席，第一位

首都①②〈名〉首都

首都圏②〈名〉首都圏(日本指以東京
車站為中心半徑100千公尺以內的地
區)

首腦⓪〈名〉首腦

首班⓪〈名〉第一位，首席，首領；
首相，總理大臣

首尾①〈名〉首尾；情形

首府①〈名〉首都，首府

首謀⓪〈名〉主謀

首領⓪〈名〉首領，頭目，頭頭

★ 元首・斬首・自首・党首・頓首・
部首

寿 ことぶき/ジュ

[壽][寿]shòu[日＝簡≒繁]

活得歲數大，長命；年歲，生命；
生日

寿②〈名〉慶賀，祝詞 圖 ～を述べる
[祝賀；道喜]

寿命⓪〈名〉壽命；耐用期限

★ 喜寿・長寿・天寿・白寿・米寿

受 う・かる/う・ける/ジュ

shòu[日＝繁＝簡]

接納別人給的東西；忍耐某種遭
遇；遭到

受かる②〈自五〉考中，考上，及格
圖 大学に～った[考上了大學]

受け継ぐ③⓪④〈他五〉繼承 圖 財
産を～ぐ権利[繼承財產的權利]

受付⓪〈名・サ變〉受理，接受；接
待，傳達室，問訊處 圖 ～へおま
わりください[請到問訊處]

受取人⓪〈名〉接收人，領受人，領
款人，受益人，收貨人，收件人，
收信人

受ける②〈他一〉承接；承蒙，受
到，得到；遭受；答應，承認；
應，考；繼承，接續；秉承，享
受；認為，理解；受歡迎 圖 大衆
に～ける[受群眾歡迎]

受益⓪①〈名・サ變〉受益

受戒⓪〈名・サ變〉受戒

受給⓪〈名・サ變〉領受配售

受刑⓪〈名・サ變〉受刑，服刑

受檢⓪〈名・サ變〉接受檢查，接受考核

受驗⓪〈名・サ變〉投考，報考，應試

受驗料②〈名〉報考費，考試報名費

受講⓪〈名・サ變〉聽講，受訓

受賞⓪〈名・サ變〉獲獎，得獎

受信⓪〈名・サ變〉接收；收聽

受診⓪〈名・サ變〉接受診斷

受精⓪〈名・サ變〉受精

受贈⓪〈名・サ變〉受贈，接受饋贈

受胎⓪〈名・サ變〉受孕，妊娠

受託⓪〈名・サ變〉受託，受人委託

受諾⓪〈名・サ變〉接受，承諾，承擔

受注⓪〈名・サ變〉接受訂貨

受動⓪〈名・サ變〉被動

受難⓪〈名・サ變〉受苦難；(宗教)受難

受納⓪〈名・サ變〉收納，收下

受命⓪〈名・サ變〉接受命令

受容⓪〈名・サ變〉容納，接受；鑑賞，感受

受理①〈名・サ變〉受理

受領⓪〈名・サ變〉收領，領受

受話器②〈名〉聽筒，耳機

★感受・甘受・享受・授受・伝授・拜受・傍受

狩 か・り/か・る/シュ
shòu[日＝繁＝簡]
打獵

狩り①〈名〉打獵，打魚，打鳥

狩衣⓪③〈名〉(高官等的)便服；(用花樣衣料做的)禮服，神官服

狩り出す③〈他五〉趕出來，驅逐出

來 例 いのししを～す[把野豬趕出來]

狩り立てる④⓪〈他一〉轟出，驅趕出來 例 うさぎを～てる[把兔子轟出來]

狩場⓪〈名〉圍場，打獵的地方

狩る①②⓪〈他五〉打獵，狩獵；捕魚；搜尋 例 さくらを～る[尋訪櫻花]

狩猟⓪〈名・サ變〉狩獵，打獵

授 さず・かる/さず・ける/ジュ
shòu[日＝繁＝簡]
交付，給予；傳給，教

授かる③〈自五〉被授予，被賜予，領受；受孕；受教 例 学位を～る[被授予學位]

授ける③〈他一〉授，授予，賦予，賜給；教授，傳授 例 会社が～けた任務[公司賦予的任務]

授業①〈名・サ變〉授課，教課，上課

授権⓪〈名〉授權

授産⓪〈名〉介紹職業，找工作

授受①〈名・サ變〉授受

授賞⓪〈名・サ變〉授予獎賞，發獎

授章⓪〈名・サ變〉授予勛章，授予獎章

授精⓪〈名・サ變〉授精

授乳⓪〈名・サ變〉餵奶，哺乳

授与①〈名・サ變〉授予

★教授・神授・親授・伝授

瘦 こ・ける/やせ・る/ソウ
[瘦][瘦]shòu[日≒繁＝簡]
肌肉不豐滿；土地瘠薄，不肥沃

瘦ける②〈自下一〉憔悴，消瘦

痩せ腕⓪〈名〉纖細的胳膊；微薄的力量

痩せ我慢③〈名・サ變〉硬挺；逞能

痩せ地⓪〈名〉貧瘠的土地

痩せる③⓪〈自下一〉瘦；貧瘠

痩躯①〈名〉消瘦的身軀

痩身⓪〈名〉瘦身

獣 けもの/ジュウ
[獣][兽]shòu[日≒繁≒簡]

哺乳動物的通稱；比喻野蠻、下流

獣⓪〈名〉獸類；畜生＝けだもの

獣医①〈名〉獸醫

獣行⓪〈名〉獸行

獣心⓪〈名〉獸心

獣性⓪〈名〉獸性

獣肉⓪〈名〉獸肉

獣皮⓪〈名〉獸皮

獣欲⓪①〈名〉獸慾，肉慾

★怪獣・禽獣・鳥獣・珍獣・猛獣・野獣

枢 スウ
[樞][枢]shū[日＝簡≒繁]

門上的轉軸；指重要的或中心的部分

枢機①〈名〉樞機，機要

枢軸⓪〈名〉樞軸，樞紐；機要，樞要，政權的中心

枢密院④〈名〉樞密院(明治憲法下天皇的咨詢機構)

枢要⓪〈名・形動〉關鍵，樞要，極其重要

★中枢

叔 シュク
叔shū[日＝繁＝簡]

父親的弟弟；跟父親輩分相同而年紀較小的男子；弟兄排行中的第三位 辨 在日語中，還可以用來指母親的弟弟

叔父①②〈名〉叔父；舅父

叔母①②〈名〉姑母；姨母

殊 こと/シュ
shū[日＝繁＝簡]

不同，差異；特別；很，極

殊に①〈副〉特別，格外，分外，尤其 例〜優れている[特別優秀]

殊更⓪〈副〉故意，特意；特別 例〜返事を遅らせたのだ[故意拖延了答覆]

殊遇⓪〈名〉特別待遇，優待

殊勲⓪〈名〉特殊，功勳

★特殊

書 か・く/ショ
[書][书]shū[日＝繁≒簡]

寫字，記錄；字體；裝訂成冊的著作；書信；文件

書き入れる④⑤⓪〈他一〉寫上，記入，列入 例帳簿に〜れる[登帳]

書き下ろし⓪〈名〉新寫的(作品) 例この小説は〜です[這篇小說是新寫的]

書き込む③④⓪〈他五〉寫上，記入，填寫 例手帳に電話番号を〜む[把電話號碼寫在筆記本上]

書き添える⓪〈他一〉補充寫上，附帶寫上，添寫 例2、3句〜える[添寫上兩三句話]

書き損なう⑤〈他五〉寫錯，寫壞 例〜わないように気を付けなさい[注

意別寫錯了]

書き出す③④⓪〈他五〉開始寫；摘錄；寫出，標出 例 要点を～す[摘錄要點]

書留⓪〈名〉掛號(信)

書き取る④③⓪〈他五〉記下來，記錄，聽寫，抄錄 例 本の中の気に入った文章を～る[把書裏有一段中意的文章抄錄下來]

書く①〈他五〉寫；畫；作；描寫，描繪 例 このことについて新聞にはどう～いてあるか[這件事報紙上是怎樣報導的]

書院⓪①〈名〉書院；書齋；客廳

書架①〈名〉書架

書画①〈名〉書畫

書簡⓪〈名〉信，書信

書記①〈名・サ變〉書記，文書，錄事；(政黨)書記

書庫①〈名〉書庫，藏書室

書斎⓪〈名〉書房，書齋

書誌①〈名〉書籍，圖書；文獻目錄；書志

書式⓪〈名〉公文程式，公文格式

書写①〈名・サ變〉習字，抄寫

書状⓪〈名〉書信

書信⓪〈名〉書信

書生⓪〈名〉書生，學生；工讀學生

書籍①⓪〈名〉書籍，圖書

書体⓪〈名〉字體

書棚⓪〈名〉書架，書櫥

書店⓪〈名〉書店，書局

書道①〈名〉書法，書道

書幅⓪〈名〉書法的掛軸

書評⓪〈名〉書評

書名⓪〈名〉書名

書面⓪〈名〉信件，書信，函；文件；書面

書目①⓪〈名〉書目

書物①〈名〉書，書籍，圖書

書類⓪〈名〉文件，檔案，資料

★ 遺書・覚書・家書・楷書・行書・禁書・原書・公文書・司書・史書・私書・辞書・証書・詔書・上申書・真書・信書・新書・親書・寸書・清書・聖書・誓書・叢書・草書・蔵書・俗書・代書・調書・図書・読書・白書・秘書・兵書・報告書・洋書・隷書・和書

淑 シュク

淑 shū[日＝繁＝簡]

溫和善良，美好

淑女①②〈名〉淑女，女士

淑徳⓪〈名〉淑德，貞淑的婦德

★ 私淑・貞淑

疎 うと・い/うと・む/ソ

疎[疏][疏] shū[日≒繁＝簡]

清除阻塞，疏通；事物之間距離遠，事物的部分之間空隙大；關係遠，不親近；疏忽；空虛；分散

疎い②〈形〉疏遠；不了解 例 世事に～い[不諳世故]

疎む②〈他五〉疏遠，冷待，怠慢 例 人に～まれる[被人疏遠]

疎音⓪〈名〉久不往來，久疏音訊

疎遠⓪〈名・形動〉疏遠

疎開⓪〈名・サ變〉散開；遷走，拆去；疏散，離開城市

疎外⓪〈名・サ變〉疏遠

疎隔⓪〈名・サ變〉隔閡，疏隔

疎水⓪〈名〉水渠，水道，排水渠

疎通⓪〈名・サ變〉疏通，溝通

疎密①〈名〉疏密，稀密

疎林⓪〈名〉疏林

疎漏⓪〈名・形動〉疏忽，潦草，不周到

★ 過疎・空疎・親疎

輸 ユ
[輸][输]shū[日＝繁≒簡]

運送；捐獻

輸血⓪〈名・サ變〉輸血

輸出⓪〈名・サ變〉輸出，出口

輸送⓪〈名・サ變〉運輸，運送，輸送

輸入⓪〈名・サ變〉進口，輸入

★ 運輸・空輸・密輸

塾 ジュク
shú[日＝繁＝簡]

舊時私人設立的教學的地方

塾生⓪〈名〉私塾的學生

塾長⓪〈名〉(私塾的)塾長

★ 義塾・私塾・村塾

暑 あつ・い/ショ
shǔ[日＝繁＝簡]

熱

暑い②〈形〉熱 例うだるように～い
[悶熱，酷熱]

暑気①⓪〈名〉暑氣

暑中⓪①〈名〉暑期，炎暑期間，三伏天

暑熱⓪①〈名〉暑熱，炎暑，炎熱

★ 炎暑・酷暑・残暑・小暑・消暑・大暑・避暑・猛暑

属 ゾク
[屬][属]shǔ[日＝簡≒繁]

同一家族的；類別；有管轄關係的，歸類；生物群分類系統上

属する③〈サ變〉屬於，歸於，從屬於；隸屬，附屬 例すべての権力は人民に～する[一切權力屬於人民]

属性⓪〈名〉屬性

属地⓪〈名〉附屬的土地；屬地

属島⓪〈名〉屬島，屬於大陸的島嶼

属領⓪〈名〉屬地

属僚⓪②〈名〉屬僚，部下，屬吏

属国⓪〈名・サ變〉屬國，附屬國

★ 帰属・金属・軍属・係属・従属・所属・専属・直属・同属・配属・付属・隷属

署 ショ
shǔ[日＝繁＝簡]

辦公的處所；佈置；簽(名)

署員①〈名〉(警察局、稅務局等的)工作人員

署長⓪〈名〉署長

署内①〈名・サ變〉署內

署名⓪〈名・サ變〉簽名，署名

★ 警察署・自署・消防署・税務署・代署・部署・本署・連署

束 たば/たば・ねる/ソク
shù[日＝繁＝簡]

捆，繫；量詞：聚集成一條的東西；控制，限制

束①〈名〉把，捆，束 例花～[花束]

束ねる③〈他一〉包，捆，紮，束；管理，整頓

例 町内を〜ねる[管理街政]
<ruby>束縛<rt>そくばく</rt></ruby>⓪〈名・サ變〉束縛，限制
<ruby>束髪<rt>そくはつ</rt></ruby>⓪〈名〉婦女西式髮髻

★ <ruby>結束<rt>けっそく</rt></ruby>・<ruby>拘束<rt>こうそく</rt></ruby>・<ruby>収束<rt>しゅうそく</rt></ruby>・<ruby>約束<rt>やくそく</rt></ruby>

述 の・べる/ジュツ

述 shù[日＝繁≒簡]

陳説，講話

<ruby>述<rt>の</rt></ruby>べる②〈他一〉敍述，陳述，説
明，申訴，闡明 例 <ruby>感想<rt>かんそう</rt></ruby>を〜べる
[發表感想]
<ruby>述懐<rt>じゅっかい</rt></ruby>⓪〈名・サ變〉談心，敍述，胸懷
<ruby>述語<rt>じゅつご</rt></ruby>⓪〈名〉謂語；(邏輯)賓辭

★ <ruby>既述<rt>きじゅつ</rt></ruby>・<ruby>記述<rt>きじゅつ</rt></ruby>・<ruby>供述<rt>きょうじゅつ</rt></ruby>・<ruby>口述<rt>こうじゅつ</rt></ruby>・<ruby>叙述<rt>じょじゅつ</rt></ruby>・
<ruby>詳述<rt>しょうじゅつ</rt></ruby>・<ruby>前述<rt>ぜんじゅつ</rt></ruby>・<ruby>著述<rt>ちょじゅつ</rt></ruby>・<ruby>陳述<rt>ちんじゅつ</rt></ruby>・<ruby>略述<rt>りゃくじゅつ</rt></ruby>・
<ruby>論述<rt>ろんじゅつ</rt></ruby>

術 すべ/ジュツ

[術][术]shù[日＝繁≒簡]

技藝；方法，策略

<ruby>術<rt>すべ</rt></ruby>①②〈名〉方法，辦法，手段，策略
<ruby>術策<rt>じゅっさく</rt></ruby>⓪〈名〉計策，權謀術數，策略，
謀略
<ruby>術数<rt>じゅつすう</rt></ruby>③⓪〈名〉權謀術數

★ <ruby>医術<rt>いじゅつ</rt></ruby>・<ruby>学術<rt>がくじゅつ</rt></ruby>・<ruby>奇術<rt>きじゅつ</rt></ruby>・<ruby>芸術<rt>げいじゅつ</rt></ruby>・<ruby>剣術<rt>けんじゅつ</rt></ruby>・
<ruby>権謀術数<rt>けんぼうじゅつすう</rt></ruby>・<ruby>算術<rt>さんじゅつ</rt></ruby>・<ruby>手術<rt>しゅじゅつ</rt></ruby>・<ruby>心術<rt>しんじゅつ</rt></ruby>・
<ruby>針術<rt>しんじゅつ</rt></ruby>・<ruby>戦術<rt>せんじゅつ</rt></ruby>・<ruby>秘術<rt>ひじゅつ</rt></ruby>・<ruby>美術<rt>びじゅつ</rt></ruby>・<ruby>武術<rt>ぶじゅつ</rt></ruby>・
<ruby>魔術<rt>まじゅつ</rt></ruby>・<ruby>妖術<rt>ようじゅつ</rt></ruby>

庶 ショ

庶 shù[日＝繁＝簡]

眾多；平民，百姓；宗法制度下指
家庭的旁支；但願，或許

<ruby>庶幾<rt>しょき</rt></ruby>①〈名・サ變〉或許可以(表示希
望或期待)
<ruby>庶子<rt>しょし</rt></ruby>①〈名〉庶子；非嫡子

<ruby>庶出<rt>しょしゅつ</rt></ruby>⓪〈名〉庶出
<ruby>庶政<rt>しょせい</rt></ruby>①〈名〉庶政，各方面的政務
<ruby>庶物<rt>しょぶつ</rt></ruby>⓪〈名〉諸物，各種東西，諸種
物件
<ruby>庶民<rt>しょみん</rt></ruby>①〈名〉庶民
<ruby>庶務<rt>しょむ</rt></ruby>①〈名〉庶務，總務，雜務
<ruby>庶流<rt>しょりゅう</rt></ruby>①〈名〉庶子的系統；非長子各
家的家系

数 かず/かぞ・える/ス/スウ

[數][数]shù(shǔ)[日＝簡≒繁]

數學上表示事物的量；幾，幾個；
表示概數

<ruby>数<rt>かず</rt></ruby>①〈名〉數
<ruby>数数<rt>かずかず</rt></ruby>①〈名・副〉種種，許多
例 〜の<ruby>作品<rt>さくひん</rt></ruby>[許多作品]
<ruby>数<rt>かぞ</rt></ruby>える③〈他一〉數，計算；列舉，枚
舉 例 <ruby>発明家<rt>はつめいか</rt></ruby>の<ruby>中<rt>なか</rt></ruby>に〜えられる[算
一個發明家]
<ruby>数回<rt>すうかい</rt></ruby>⓪〈名〉數回，數次
<ruby>数学<rt>すうがく</rt></ruby>⓪〈名〉數學
<ruby>数詞<rt>すうし</rt></ruby>⓪〈名〉數詞
<ruby>数字<rt>すうじ</rt></ruby>⓪〈名〉數字
<ruby>数次<rt>すうじ</rt></ruby>①〈名〉數次，數回
<ruby>数式<rt>すうしき</rt></ruby>⓪〈名〉數學式
<ruby>数<rt>すうち</rt></ruby> ⓪〈名〉數值
<ruby>数年<rt>すうねん</rt></ruby>⓪〈名〉數年
<ruby>数倍<rt>すうばい</rt></ruby>⓪〈名〉數倍
<ruby>数量<rt>すうりょう</rt></ruby>③〈名〉數量

★ <ruby>回数<rt>かいすう</rt></ruby>・<ruby>関数<rt>かんすう</rt></ruby>・<ruby>奇数<rt>きすう</rt></ruby>・<ruby>偶数<rt>ぐうすう</rt></ruby>・<ruby>係数<rt>けいすう</rt></ruby>・
<ruby>権謀術数<rt>けんぼうじゅつすう</rt></ruby>・<ruby>算数<rt>さんすう</rt></ruby>・<ruby>指数<rt>しすう</rt></ruby>・<ruby>小数<rt>しょうすう</rt></ruby>・
<ruby>少数<rt>しょうすう</rt></ruby>・<ruby>整数<rt>せいすう</rt></ruby>・<ruby>定数<rt>ていすう</rt></ruby>・<ruby>度数<rt>どすう</rt></ruby>・
<ruby>人数<rt>にんずう</rt></ruby>(＝にんずう)・<ruby>倍数<rt>ばいすう</rt></ruby>・<ruby>分数<rt>ぶんすう</rt></ruby>・
<ruby>変数<rt>へんすう</rt></ruby>・<ruby>無数<rt>むすう</rt></ruby>・<ruby>有数<rt>ゆうすう</rt></ruby>・<ruby>有理数<rt>ゆうりすう</rt></ruby>

樹ジュ
[樹][树]shù[日≒繁≒簡]

木本植物的通稱；種植，栽培；樹立，建立

樹陰⓪〈名〉樹陰(蔭)
樹影⓪〈名〉樹陰(蔭)
樹液⓪〈名・サ變〉樹液，樹膠
樹下①〈名〉樹下
樹海⓪〈名〉樹海，無邊的樹林
樹幹⓪〈名〉樹幹
樹脂①〈名〉樹脂
樹枝①〈名〉樹枝
樹皮①〈名〉樹皮
樹氷⓪〈名〉樹掛，霧淞
樹木①〈名〉樹木
樹立⓪〈名・サ變〉樹立，建立
樹林⓪〈名〉樹林
樹齢⓪〈名〉樹齢

★ 果樹・街路樹・常緑樹・植樹・菩提樹

刷す・る/サツ
shuā[日＝繁＝簡]

印刷；用刷子清除或塗抹

刷り上がる⓪〈自五〉印刷出來，印完；印得…，印成 **例** はっきりと～る[印得清楚]
刷り損なう⑤〈自五〉印錯，誤印；印壞，印糟
刷り直す③〈他五〉重印
刷る①〈他五〉印，印刷 **例** 版画を～る[印版畫]
刷新⓪〈名・サ變〉刷新，革新

★ 印刷・縮刷・増刷

衰おとろ・える/スイ
shuāi(cuī)[日＝繁＝簡]

力量減退；減少，削弱

衰える④〈自一〉衰弱，衰退，衰落，衰亡，委頓，凋敝 **例** 元気が～える[精神委頓]
衰運⓪〈名〉衰敗的趨勢，頽勢
衰残⓪〈名〉衰殘，衰弱
衰弱⓪〈名・サ變〉衰弱
衰勢⓪〈名〉衰勢，頽勢
衰退⓪〈名・サ變〉衰退，衰落
衰微①〈名・サ變〉衰微
衰亡⓪〈名・サ變〉衰亡
衰滅⓪〈名・サ變〉衰滅，衰亡

★ 盛衰・老衰

帥スイ
[帥][帅]shuài[日＝繁≒簡]

軍隊中最高的指揮員

★ 元帥・将帥・総帥・統帥

栓セン
shuān[日＝繁＝簡]

器物上可以開關的機件；(瓶)塞子

栓塞⓪〈名・サ變〉栓塞，阻塞
栓抜き③④⓪〈名〉螺絲錐，開塞鑽，瓶起子

★ ガス栓・給水栓・血栓・密栓・元栓

双ふた/ソウ
[雙][双]shuāng[日＝簡≒繁]

兩個(多為對稱的)；量詞；偶數的；加倍的

双子⓪〈名〉雙生子，雙胞胎
双極子②③〈名・サ變〉(理)偶極子

そう きょく せん
双曲線⓪④③〈名〉雙曲線
そう けん
双肩⓪〈名〉雙肩，肩上
そう よく
双翼⓪〈名〉雙翼

★ 一双・無双

霜 しも/ソウ
shuāng[日＝繁＝簡]

在低溫地水汽凝結成的白色結晶；
比喻白色
しも
霜②〈名〉霜；白髮
しも つき
霜月②〈名〉農曆11月
しも と
霜取り⓪③④〈名〉除霜，去霜
しも ふ
霜降り⓪〈名〉降霜；兩色紗混紡的
布，深色帶斑點的布；夾有脂肪的
牛肉；熱水焯的生魚片
しも や
霜焼け⓪〈名〉凍傷，凍瘡；遭霜打
（變顏色）
そう がい
霜害⓪〈名〉霜害，霜災
そう せつ
霜雪⓪〈名〉霜雪；白髮

★ 秋霜・星霜・晩霜

爽 さわやか/ソウ
shuǎng[日＝繁＝簡]

明朗；暢快
さわ
爽やか②〈形動〉清爽，爽快
そう かい
爽快⓪〈名・形動〉爽快

★ 颯爽

誰 だれ
shuí/shéi[日＝繁≒簡]

疑問人稱代詞
だれ
誰①〈代〉誰
だれ だれ
誰誰①〈代〉誰，某某

水 みず/スイ
shuǐ[日＝繁＝簡]

最簡單的氫氧化合物；河流
みず
水⓪〈名〉水
みず いろ
水色⓪〈名〉淡藍色
みず か ろん
水掛け論④〈名〉沒有休止的爭論，
抬死槓 例 結局～に終わる[結局是
抬死槓]
みず ぎわ
水際⓪〈名〉水邊，水濱
みず ぎわ た
水際立つ⑤〈自五〉特別顯著，絕妙
例 ～った演技[精彩的演技]
みず くさ
水臭い④〈形〉水分多；鹽分少，味
淡；客套，見外 例 ～いまねはやめ
よう[(你我之間)不要這麼客套了]
みず く
水汲み⓪④③〈名・サ變〉汲水(的
人)
みず け
水気⓪〈名〉水分＝すいき
みず さ
水差し③④〈名〉水罐，水瓶，水壺
みず しょうばい
水商売③〈名〉接待客人的行業
みず たま
水玉⓪〈名〉水珠，飛沫；露珠
みず わ
水割り⓪〈名〉摻水，對水，加水，沖
淡；增加數量，降低質量 例 ウイス
キーの～一杯[一杯摻水的威士忌酒]
すい あつ
水圧⓪〈名〉水壓
すい い
水位①〈名〉水位
すい いき
水域⓪〈名〉水域，水區
すい うん
水運⓪〈名〉水運，水上運輸
すい えい
水泳⓪〈名・サ變〉游泳，泅水
すい えん
水煙⓪〈名〉水煙，水霧
すい おん
水温⓪〈名〉水溫
すい がい
水害⓪〈名〉水災
すい かん
水管⓪〈名〉水管
すい きゅう
水球⓪〈名〉(體)水球
すい ぎゅう
水牛⓪〈名〉水牛
すい ぎん
水銀⓪〈名〉汞，水銀 例 ～柱[水銀
柱]
すい けい
水系⓪⑤〈名〉水系，河系
すい げん
水源⓪③〈名〉水源

水軍⓪〈名〉水軍

水彩画⓪〈名〉水彩畫

水産⓪〈名〉水產

水質⓪〈名〉水質

水車①⓪〈名〉水車；水磨；水力渦輪機

水晶①〈名〉水晶

水上⓪〈名〉水上，水面

水蒸気③〈名〉水蒸氣

水深⓪〈名〉水深

水勢⓪〈名〉水勢

水洗⓪〈名・サ變〉水洗

水槽⓪〈名〉水槽

水族館③〈名〉水族館

水滴⓪〈名〉水滴

水痘⓪〈名〉水痘

水稲⓪〈名〉水稻

水道⓪〈名〉自來水　例～管［自來水管］

水難⓪〈名〉（船舶沉沒、溺水等）因水而遭受的災難；水害

水爆⓪〈名〉氫彈

水夫①〈名〉水夫

水分⓪〈名〉水分

水兵①〈名〉水兵

水平線⓪〈名〉水平線

水辺⓪〈名〉水邊＝みずべ

水泡⓪〈名〉水泡

水防⓪〈名〉防洪

水墨画⓪〈名〉水墨畫

水門⓪〈名〉水閘門，閘門，防洪閘門

水雷⓪〈名〉水雷

水利①〈名〉水運、舟楫之便；水利，用水，供水

水量⓪〈名〉水量

水冷⓪〈名〉用水冷卻，水冷

水路①〈名〉水路，水渠，水槽；航路，航道；泳道

★一衣帯水・飲用水・雨水・汚水・温水・海水・渇水・冠水・喫水・下水・洪水・撒水・山水・上水・浄水・浸水・耐水・治水・天水・透水・噴水・分水嶺・用水・流水・冷水

税 ゼイ
[税][税]shuì[日＝簡≒繁]

國家向企業或集體、個人徵收的貨幣或實物

税額⓪〈名〉稅額

税関⓪〈名〉海關

税金⓪〈名〉稅款，捐稅

税源⓪③〈名〉稅源，課稅對象

税収⓪〈名〉稅收

税制⓪〈名〉稅制，捐稅制度

税引き⓪〈名〉稅款在外，扣除稅款

税務①〈名〉稅務

税務署③〈名〉稅務局

税理士③〈名〉稅理士

税率⓪〈名〉稅率

★印税・課税・関税・国税・重税・租税・脱税・地方税・納税・免税

睡 スイ
shuì[日＝繁＝簡]

閉目休息

睡魔①〈名〉睡魔

睡眠⓪〈名・サ變〉睡眠

★仮睡・昏睡・熟睡

順 ジュン
shùn[日＝繁＝簡]

向著同一個方向(與「逆」相對);依著,沿著;依次;服從,不違背;適合,如意

順位①〈名〉名次,位次,席次,等級

じゅんい

順延⓪〈名・サ變〉順延

じゅんえん

順縁⓪〈名〉(佛)順緣,老者先死

じゅんえん

順逆⓪①〈名〉順逆,是非;順境和逆境

じゅんぎゃく

順繰り③⓪〈名〉順序,依次,輪流,輪班 例～に当番をする[輪流值班]

じゅんぐ とうばん

順行⓪〈名・サ變〉順序而行,依次而行;(天文)順行

じゅんこう

順次①〈副〉順次,依次;逐漸

じゅんじ

順序①〈名〉順序

じゅんじょ

順接⓪〈名〉順接,順態接續

じゅんせつ

順調⓪〈名・形動〉順利

じゅんちょう

順手⓪〈名〉(體操)正手(握法)

じゅんて

順当⓪〈名・形動〉理當,理應,應當;正常 例～に行けば負けるはずはない[在正常情況下是不會失敗的]

じゅんとう

順に③⓪〈副〉按順序,依次,逐漸 例ご～願います[請按順序]

じゅん ねが

順応⓪〈名・サ變〉順應,適應 ＝じゅんおう

じゅんのう

順番⓪〈名〉順序,次序,輪班,輪流

じゅんばん

順風⓪〈名〉順風

じゅんぷう

順法⓪〈名〉守法

じゅんぽう

順良⓪〈名〉溫順善良

じゅんりょう

順列⓪〈名〉順序;排列

じゅんれつ

★温順・帰順・逆順・恭順・柔順・随順・先着順・手順・番号順・筆順・不順

おんじゅん きじゅん ぎゃくじゅん きょうじゅん じゅうじゅん ずいじゅん せんちゃくじゅん てじゅん ばんごうじゅん ひつじゅん ふじゅん

瞬 またた・く/シュン

shùn[日＝繁＝簡]

眨眼;極短的時間

瞬く③〈自五〉眨眼;閃爍,明滅 例不安そうに目を～かせた[顯得很不安地眨眼睛]

またた ふあん め

瞬間⓪〈名〉瞬間

しゅんかん

瞬時①〈名〉瞬時,瞬息

しゅんじ

★一瞬

いっしゅん

説 と・く/セツ/ゼイ

[説][说]shuō(shuì)

[日≒繁≒簡]

用話來表達;解釋;言論,主張;用話勸別人

説き明かす④⑤⓪〈他五〉說明,解明,究明

と あ

説き伏せる④⑤⓪〈他一〉說服,勸說 例彼を～せようとした[想說服他]

と ふ かれ

説く①〈他五〉說明;勸說,說服;宣傳,提倡 例貯金の必要を～く[宣傳儲蓄的必要]

と ちょきん ひつよう

説教③①〈名・サ變〉說教;教誨

せっきょう

説得⓪〈名・サ變〉說服,勸導 例～力のない文章[沒有說服力的文章]

せっとく りょく ぶんしょう

説伏⓪〈名・サ變〉說服

せっぷく

説法③①〈名・サ變〉說法,講經;勸說,規勸 慣在漢語中,還有措辭、意見、觀點的意思(言い方、意見)

せっぽう い かた いけん

説明⓪〈名・サ變〉說明

せつめい

説話⓪〈名〉故事;童話,神話,傳說 慣在漢語中,還有「用語言表述、責備、聊天(話す、雑談、議論、取り沙汰)」等意思

せつわ はな ろん さた

★演説・臆説・仮説・解説・概説・逆説・空説・言説・再説・細説・自説・社説・邪説・叙説・序説・小説・詳説・俗説・珍説・通説・

えんぜつ おくせつ かせつ かいせつ がいせつ ぎゃくせつ くうせつ げんせつ さいせつ さいせつ じせつ しゃせつ じゃせつ じょせつ じょせつ しょうせつ しょうせつ ぞくせつ ちんせつ つうせつ

定説・伝説・遊説・略説・力説・
論説

司 つかさど・る/シ
sī[日＝繁＝簡]

主持，操作，經營；中央部一級機
關裏的一個部門

司る④〈他五〉掌管，管理，主持，擔
任 例 国政を～る[掌管國政]

司会⓪〈名・サ變〉主持會議，掌握會
場，司儀 例 結婚式の～をする[作
結婚典禮的司儀]

司教①②〈名〉(宗)(天主教的)主教

司祭①⓪〈名〉(宗)(天主教的)司
祭，神甫，司鐸；(基督教的)牧師

司書①〈名〉圖書管理(員)

司法①⓪〈名〉司法

司令⓪〈名・サ變〉司令；指揮

司令官②〈名〉司令官

★行司・祭司・上司

糸 いと/シ
[絲][丝]sī[日≒繁≒簡]

蠶絲；像絲的物品

糸①〈名〉線；弦；箏，三弦，彈箏
(的人)；釣絲；風箏線；似線的東
西 例 だれか後ろで～を引いている
[有人在背地操縱]

糸口②〈名〉線頭；頭緒，線索；開
始，開端 例 ～を得る[找到頭緒]

糸車③〈名〉紡車

糸偏⓪〈名〉絞絲旁；纖維製品

糸巻き②③〈名〉纏線板；弦軸

糸竹②〈名〉管弦，音樂

★金糸・銀糸・絹糸・蚕糸・製糸

私 わたくし/わたし/シ
sī[日＝繁＝簡]

屬於個人或為了個人的；暗地裏；
秘密而不合法的

私⓪〈名・代〉私，私事；私利；私
自；不公平，偏私；我 例 ～のない
人[無私的人] 慣「わたくし」比「わ
たし」要更謙遜一些＝わたし

私案⓪〈名〉個人的設想方案

私意①〈名〉個人的想法，一己之見；
私心

私印⓪〈名〉私人圖章

私営⓪〈名〉私營

私益⓪①〈名〉私人利益，個人利益

私怨⓪〈名〉私怨

私学①〈名〉私立學校

私刑⓪②〈名〉私刑

私権⓪〈名〉私權，私法上的權利

私見⓪〈名〉(我)個人見解，個人意
見，己見

私語①〈名〉私語，耳語

私行⓪〈名〉私人行為，私生活

私恨⓪〈名・サ變〉私恨

私財①⓪〈名〉自己的財產，個人財
產，私產

私産⓪〈名〉私產，私有財產

私事①〈名〉私事，私生活；隱私

私淑⓪〈名・サ變〉私淑，(不能直接
受教而)衷心景仰 例 彼は伊藤博士
に～した[他曾景仰過伊藤博士]

私塾⓪①〈名〉私塾

私書①〈名〉私人信件

私小説②〈名〉以自己體驗為題材的
小説；自敍體小説，以第一人稱寫
的小説

私情⓪〈名〉私情；私心

私信⓪〈名〉私人信件

私人⓪〈名〉私人

私製⓪〈名〉私人製造，私商所製

私生活②〈名〉私生活

私生子②〈名〉私生子

私蔵⓪〈名・サ變〉私人收藏

私宅⓪〈名〉私宅

私通⓪〈名・サ變〉私通

私邸⓪〈名〉私邸

私鉄⓪〈名〉私營鐵路，民營鐵路

私道⓪〈名〉私有道路

私版⓪〈名〉個人出版；個人自費出版物

私費①〈名〉自費

私服⓪〈名〉便服，便衣；便衣警察 例 〜が張り込んでいる[四面埋伏著便衣警察]

私腹⓪〈名〉私囊 例 〜を肥やす[中飽私囊]

私物⓪〈名〉個人私有物

私憤⓪〈名〉私憤

私文書②〈名〉私人文件

私法⓪〈名〉私法

私有⓪〈名・サ變〉私有

私用⓪〈名〉私事

私欲⓪①〈名〉私慾

私利①〈名〉私利

私立①〈名〉私立 例 〜大学[私立大學]

私論⓪〈名〉自己的意見，私人的評論

★公私・無私・滅私奉公

思 おも・う/シ
sī[日＝繁＝簡]

想，考慮，動腦筋；想念，掛念；想法

思い上がる⑤⓪〈自五〉驕傲起來，自滿起來，狂妄自大 例 人を〜らせる[使人頭腦發熱]

思い当たる⑤⑥⓪〈自五〉想起，想到，想像到；覺得有道理 例 ぼくの言うことがいまに〜るだろう[我的話你很快就會感到說得對]

思い浮かぶ⓪⑤〈自五〉想起來，回憶起來 例 ふとあることが〜んだ[忽然想起一件事]

思い起こす⑤⓪〈他五〉想起，憶起 例 〜せば結婚前のことだ[回憶起來那是結婚前的事了]

思い及ぶ⑤〈名・サ變〉想到，考慮到，意料到，思及 例 だれもそこまで〜ばなかった[誰也沒有想到那一點]

思い掛けない⑤⑥〈形〉意想不到，沒料想到，意外 例 これは〜い成功だ[這是意外的成功]

思い切る④〈他五〉斷念，死心，想開 例 いまとなっては〜ることもできない[事到如今欲罷不能]

思い過ごす⑤⓪〈他五〉思慮過度，考慮過多，胡亂猜疑 例 〜して病気になる[思慮過度而生病]

思い直す⑤⓪〈他五〉重新考慮，改變主意 例 〜して旅行をやめた[改變了主意不去旅行了]

思い違い⓪〈名・サ變〉想錯，誤會，誤解 例 君はぼくの心を〜している[你誤解我的意思了]

思い付く④⓪〈他五〉想出，想起，想到 例 新しい考えを〜いた[想到了一個新主意]

思い詰める⑤⓪〈自一〉左思右想想

不開，越想越鑽牛角尖，過度地思慮 **例** あまり～めると体に悪い［思慮過度對身體有害］

思い出⓪〈名〉回憶，回想，追憶；紀念 **例** これを～にさしあげます［把這個送給您作為紀念］

思い遣り⓪〈名〉同情心，體諒，體貼，關心 **例** 心からの～を示す［表示熱情的關懷］

思う②〈他五〉想，思索，思考；相信，確信；預想，預料，推想；感覺，覺得；認為，以為，看做；期待，希望，想要；懷念，想念，著想；愛慕，思慕，擔心，惦記，關心；回憶，記得；懷疑，猜疑；疼愛 **例** 君には～人がいるのか［你有意中人嗎?］

思惑⓪②〈名〉想法，打算，用心，心願，預期，期待；意見，看法，議論，評價；投機 **例** あの人は世間の～を気にしすぎる［他對社會上的看法有些過於介意］

思案①〈名・サ變〉主意，思量，考慮，盤算；憂慮，擔心

思惟①〈名・サ變〉思考；思維

思考⓪〈名・サ變〉思考，考慮

思索⓪〈名・サ變〉思索

思春期②〈名〉懷春期，青春期

思想⓪〈名〉思想，想法

思潮⓪〈名〉思潮

思念①〈名・サ變〉思念

思慕①〈名・サ變〉思慕，懷念

思慮①〈名・サ變〉考慮，思慮 **例** 君の言動は～分別がなさすぎる［你的言行太魯莽了］

思量⓪〈名・サ變〉思量，考慮

★**意思**・**再思**・**熟思**・**所思**・**静思**・**相思**・**沈思**・**不思議**

死 し・ぬ/シ
si［日＝繁＝簡］

失去生命（與「生」「活」相對）；不顧生命；表示堅決；不可調和的；死板；過時，失去作用

死ぬ②⓪〈自五〉死；停止活動，休止；無生氣，不生動；不起作用，沒有效果；(圍棋)死；(棒球)出局 **例** ～んだことば［過時的語言］

死因⓪〈名〉死因

死骸⓪〈名〉死屍，屍首，屍體；遺骸

死角⓪〈名〉死角

死火山②〈名〉死火山

死活⓪〈名〉死活

死期②①〈名〉死期

死去①②〈名・サ變〉死去，去世

死刑②①〈名〉死刑

死刑囚⓪〈名〉死刑犯人，死囚

死後①〈名〉死後；後事

死語①〈名〉死語

死罪①〈名〉死罪

死産①⓪〈名・サ變〉死産

死屍①〈名〉死屍

死者①②〈名〉死者

死守①〈名・サ變〉死守

死傷⓪〈名・サ變〉死傷，傷亡

死体⓪〈名〉屍體

死闘⓪〈名・サ變〉殊死搏鬥

死人⓪〈名〉死人，死者＝死人

死病⓪〈名〉絕症

死別⓪〈名・サ變〉死別，永別

死亡⓪〈名・サ變〉死亡

死没⓪〈名・サ變〉死亡，故去，逝世

死命①〈名〉死命
死滅⓪〈名・サ變〉死滅，死絕，絕種
死靈⓪〈名〉魂靈，鬼魂；冤魂，怨靈
死力①〈名〉全部力量，最大的努力
例 ～をつくして抵抗する[拼死抵抗]

★ 縊死・餓死・客死・窮死・九死一生・決死・戰死・即死・溺死・徒死・必死・病死・瀕死・不死・變死・老死

四 よ/よっ・つ/よつ/よん/シ
si[日＝繁＝簡]
數目
四日⓪〈名〉四日，四號；四天
四つ③〈名〉四，四個；四歲；巳時，亥時
四人⓪〈名〉四人
四①〈名〉四
四角③〈名・形動〉四角形，方形，四方形；(態度)生硬，端正
四月③〈名〉四月
四季②①〈名〉四季
四苦八苦③〈名・サ變〉(佛)四苦八苦；千辛萬苦，所有的苦惱，非常苦惱
四肢①〈名〉四肢
四分五裂④〈名・サ變〉四分五裂
四壁①〈名〉四壁
四面楚歌④〈名〉四面楚歌
四隣⓪〈名〉四鄰

★ 三寒四溫・朝三暮四

寺 てら/ジ
si[日＝繁＝簡]
佛教的廟宇；伊斯蘭教徒禮拜、講經的地方
寺②〈名〉廟，佛寺，寺廟，寺院
寺院①〈名〉寺院
寺社①〈名〉寺院和神社
寺門①〈名〉廟門，寺院的門

★ 古寺・社寺・仏寺

似 に・る/ジ
si[日≒繁＝簡]
像，相類
似る②⓪〈自一〉像，似，相似，相像，類似 例 似ても似つかない[一點也不像，毫無共同之處]
似合う②〈自五〉相稱，相配，合適，調和，般配 例 ふだんの彼には～わないやり方だ[他的做法一反常態]
似顔繪⓪〈名〉肖像畫，頭像速寫，速寫人像畫；(浮世繪的)美人像，演員像
似通う③〈自五〉相似，類似 例 大陸と～った気候[跟大陸相似的氣候]
似たり寄ったり④〈名〉差不了多少，差不多，大同小異 例 二人の境遇は～だ[兩人的境遇大同小異]
似て非なる③〈連體〉似是而非 例 ～芸術家[徒有其名的藝術家]

★ 擬似・近似・酷似・相似・類似

嗣 シ
si[日＝繁＝簡]
接續，繼承；子孫
嗣子①〈名〉嗣子

★ 継嗣・後嗣

飼 か・う/シ

[飼][饲]sì[日＝繁≒簡]

餵養；餵家畜、家禽的食物

飼犬⓪①②〈名〉家犬

飼い主②①〈名〉飼養主，主人，所有者

飼う①〈他五〉養，飼養 **例** 牧場で羊を〜う[在牧場養羊]

飼育⓪〈名・サ變〉飼養

飼養⓪〈名・サ變〉飼養

飼料①〈名〉飼料

松 まつ/ショウ

sōng[日＝繁＝簡]

種子植物的一屬，一般為常綠蕎木

松①〈名〉松，松樹

松飾り③〈名〉新年時裝飾正門的松枝

松葉①〈名〉松葉，松針

松竹梅④〈名〉松竹梅

松柏①〈名〉松柏

★青松・老松

送 おく・る/ソウ

sòng[日＝繁＝簡]

把東西運去或拿去給人；贈給；陪離去的人一起走

送り返す④〈他五〉送回，退回，運回；遣送回國 **例** 不良品が多くまじっているのでメーカーに〜す[因為夾雜著很多次品，退回給製造廠]

送り込む④〈他五〉送到，帶到 **例** 被災地に救援物質を〜む[把救援物資送到災區]

送り先⓪〈名〉送達地點，發往地，寄送地址 **例** 荷物を〜に届ける[把貨物送到交貨地]

送り状⓪〈名〉發貨單，裝貨清單，送貨單 **例** 〜を作る[開發貨單]

送り出す④〈他五〉送出去，打發出去；發出(貨物) **例** 客を〜す[送出客人]

送り手⓪〈名〉送貨人，寄件人；提供者

送り届ける⑥〈他一〉送到，送達，送來 **例** この品をAさんに〜けてください[請把這個商品送到A先生那裏]

送り迎え③〈名・サ變〉迎送，接送 **例** 自動車で〜する[用汽車接送]

送る③〈他五〉送，郵寄，匯寄；發送，傳；派，派遣，打發；送(人)，送行，送走；度過；傳送，傳遞；標上假名 **例** 情報を本社に〜る[把訊息送給總公司]

送還⓪〈名・サ變〉遣送，送還

送金⓪〈名・サ變〉寄錢，匯款

送迎⓪〈名・サ變〉迎送，接送

送検⓪〈名・サ變〉送交檢察署

送稿⓪〈名・サ變〉送稿

送辞⓪〈名〉送別詞

送信⓪〈名・サ變〉發送(電波、郵件等)

送水⓪〈名・サ變〉送水，輸水

送達⓪〈名・サ變〉送交；傳遞

送致⓪〈名・サ變〉送交；解送

送電⓪〈名・サ變〉輸電，供電

送付⓪〈名・サ變〉發送，寄送

送風⓪〈名・サ變〉送風，吹風

送別⓪〈名・サ變〉送別

送料①③〈名〉郵費，運費

★運送・回送・歡送・急送・葬送・

託送・直送・逓送・転送・電送・
配送・発送・別送・返送・放送・
目送・郵送・陸送

訟 ショウ

[訟][讼]sòng[日≒繁≒簡]

在法庭上爭辯是非曲直，打官司

★ 訴訟

捜 さが・す/ソウ

[捜][搜]sōu[日≒繁＝簡]

尋求，尋找；檢查

探し当てる⑤〈他一〉搜尋到，找
到，找著 **例** 市役所をやっと～てる
[好容易才找到了市政府]

捜し回る④〈他五〉到處尋找，到處
搜尋 **例** 家中～ったけれども、ど
うしても見つからなかった[家裏到
處找遍，怎麼也沒有]

探し求める④〈他五〉追求，尋覓
例 真理を～める[追求真理]

捜す③⓪〈他五〉找，尋找；尋求，
追求；搜尋；搜查 **例** 仕事を～す
[找工作]

捜査①〈名・サ變〉搜查；查找

捜索⓪〈名・サ變〉搜索，搜尋；搜查

俗 ゾク

sú[日＝繁＝簡]

社會上長期形成的風尚、禮節、習
慣等；大眾的，普遍流行的；趣味
不高的，令人討厭的；指沒有出家
的人

俗悪⓪〈形動〉低級，庸俗惡劣

俗縁⓪〈名〉俗緣，塵緣；僧人出家
前的親戚

俗学⓪〈名〉世俗的學問，粗淺的學問

俗楽⓪〈名〉通俗音樂，民間音樂

俗気⓪③〈名〉俗氣，俗情

俗言⓪〈名〉俗話，俗語；社會上的評
論，風傳

俗語⓪〈名〉俗話，口語，白話；俗
語，俚語，慣用語

俗事①⓪〈名〉俗事，瑣事

俗字⓪〈名〉俗字，通俗字體的字；白
(別)字

俗耳①⓪〈名〉世俗之耳

俗臭⓪〈名〉俗氣

俗書⓪〈名〉通俗讀物，俗淺的書，無
價值的書；俗筆，粗俗的書法

俗称⓪〈名・サ變〉俗稱

俗人⓪〈名〉俗人

俗塵⓪〈名〉塵世，塵寰，世俗，塵
事，塵緣

俗世⓪①〈名〉俗世，塵世，人世

俗姓⓪〈名〉俗姓；和尚出家前的姓

俗説⓪〈名〉俗説，民間傳説，一般傳
説

俗体⓪〈名〉(僧侶)在家人的打扮；
粗俗的樣子；(詩歌的)通俗體

俗談⓪〈名〉閒話；俗話

俗念⓪〈名〉俗念

俗筆⓪〈名〉庸俗的書法

俗物⓪〈名〉庸人，俗人

俗文⓪〈名〉通俗體文，用通俗的話
寫的文章

俗名⓪②〈名〉俗名＝ぞくめい

俗務①〈名〉俗務，瑣事

俗用⓪〈名〉(身邊)瑣事，俗事

俗吏①〈名〉俗吏，小吏

俗流⓪〈名〉庸俗之輩

俗論⓪〈名〉俗論，庸俗的議論

俗化⓪〈名・サ變〉庸俗化，俗化

俗解⓪〈名〉通俗的解釋

俗界⓪〈名〉俗世，塵俗的世界

★ 在俗・習俗・世俗・脫俗・通俗・
低俗・土俗・反俗・卑俗・風俗・
凡俗・民俗・離俗・良俗

素 ス/ソ
sù[日＝繁＝簡]

本色，白色；顏色單純，不豔麗；
蔬菜、瓜果等食物(跟「葷」相對)；
本來的、原有的；向來；帶有根本
性質的物質

素足①〈名〉光腳，赤腳

素顏①〈名〉不施胭脂的臉，清水臉；
原狀，本色，眞實面貌

素手①②〈名〉光著手；空手，赤手
空拳

素泊まり⓪②〈名・サ變〉(投宿旅館
時)只住宿不吃飯，光住

素肌①〈名〉皮膚，肉體

素裸②〈名〉光身，裸體

素面⓪〈名〉(劍道)不戴護面具

素意①〈名〉夙願

素因①〈名〉原因，原由；體質，素質

素懷⓪〈名〉素懷，素志

素行⓪〈名〉品行，操行

素材⓪〈名〉素材

素子①〈名〉單元，元件；成分，要
素，元素

素志①〈名〉夙願

素地①⓪〈名〉質地，底子；基礎，根
基＝そち

素質⓪〈名〉素質

素食⓪〈名〉素食

素描⓪〈名・サ變〉素描

素樸⓪〈形動〉樸素

素養⓪〈名〉素養

★ 簡素・元素・色素・質素・水素・
炭素・平素・要素

速 すみ・やか/はや・い/はや・める/
ソク
sù[日＝繁＝簡]

快；運動快慢的計量；急迫，緊急

速やか②〈形動〉快，迅速，及時
例 ～に処理する[立即處理]

速い②〈形〉(時間)早；快，簡單；
(速度)快，迅速 例 スピードが～い
[速度快]

速める③〈他一〉加快，加速；提前，
提早 例 足を～める[加快步伐]

速算⓪〈名・サ變〉速算

速射⓪〈名・サ變〉快速射擊，速射

速写⓪〈名・サ變〉速寫

速修⓪〈名・サ變〉(外語、技術等的)
速成

速成⓪〈名・サ變〉速成

速達⓪〈名〉快速，快信，快件

速断⓪〈名・サ變〉當機立斷，立即決
定；倉促決定，速決

速度①〈名〉速度

速答⓪〈名・サ變〉速答，快答

速読⓪〈名・サ變〉速讀，快讀

速筆⓪〈名〉筆快，寫得快

速歩①〈名〉快步，小跑；(馬術的)駕
馬，騎馬小跑

速報⓪〈名・サ變〉速報

速力②〈名〉速度，速率

速乾⓪〈名〉速乾，快乾

速記⓪〈名・サ變〉速記

速急⓪〈名〉急速

速球⓪〈名〉(棒球)快球

速決⓪〈名・サ變〉速決

速攻⓪〈名・サ變〉速攻

速効⓪〈名〉速効

★音速・加速・快速・急速・時速・
失速・迅速・拙速・早速・遅速・
等速・秒速・敏速・風速

宿 やど/やど・す/やど・る/シュク

sù[日＝繁＝簡]

夜裏睡覺，過夜；拖延，停留；駐
紮；隱含，寄寓；舊有的，一向有的

宿①〈名〉房屋，家；旅館，旅店
例友人の家に〜を求める[在朋友家
借宿]

宿す②〈他五〉留宿，留住；保有，留
下，映照 **例**胸に秘密を〜す[把秘
密藏在心裏]

宿屋⓪〈名〉旅館，旅店，客棧 **例**〜
に泊まる[住在旅館裏]

宿る②〈自五〉住宿，投宿；寄生，寄
居；懷孕；存在，有；映，照 **例**鳥
は木に〜る[鳥棲息在樹上]

宿意①②〈名〉以前的心願，宿願；
舊仇，宿怨

宿営⓪〈名・サ變〉宿營

宿緣⓪〈名〉前世因緣，宿緣

宿怨⓪〈名〉宿怨

宿願⓪〈名〉夙願

宿舍②〈名〉宿舍

宿主②〈名〉店主，房東

宿所②〈名〉歇宿的地方

宿題⓪〈名〉(課外)作業；有待將來
解決的問題，懸案

宿敵⓪〈名〉夙敵

宿泊⓪〈名・サ變〉住宿，住

宿弊⓪〈名〉積弊，多年的惡習

宿便⓪〈名〉腸內停滯的糞便

宿望⓪〈名〉宿願，宿望，多年來的
願望

宿命⓪〈名〉夙命，註定的命運

宿料⓪②〈名〉住宿費

★合宿・寄宿・下宿・星宿・投宿・
同宿・野宿・民宿・無宿・旅宿

肅 シュク

[肃][肃]sù[日≒繁≒簡]

恭敬；嚴肅；肅清

肅肅⓪〈副〉肅靜；莊嚴肅穆

肅正⓪〈名・サ變〉整頓，振刷

肅清⓪〈名・サ變〉肅清，清洗

肅然⓪〈副〉寂靜，寂然；肅然

★嚴肅・自肅・静肅

訴 うった・える/ソ

[诉][诉]sù[日≒繁≒簡]

説給人聽；傾吐；控告

訴える④③〈他一〉訴訟，控告，控
訴；申訴，訴説，呼籲；訴諸…，
求助於…；打動
例苦しみを〜えるところがない
[有苦無處訴]

訴因⓪〈名〉起訴的理由，指控的罪狀

訴願⓪①〈名・サ變〉請願；申請，請
求

訴求⓪〈名・サ變〉(運用廣告、宣傳
等)懇求對方購買，吸引買主

訴權⓪〈名〉控訴權，訴訟權

訴訟⓪〈名・サ變〉訴訟，打官司

訴状⓪〈名〉起訴書，訴訟狀

訴追⓪〈名・サ變〉提起公訴，起訴；
彈劾

★ 哀訴・起訴・控訴・告訴・愁訴・
勝訴・上訴・直訴・提訴・敗訴

塑 ソ
sù[日＝繁＝簡]

用泥土等做成人、物的形象；柔
軟，非流質，可任意變形的材料

塑性⓪〈名〉可塑性，塑性
塑像⓪〈名〉塑像，雕塑像
塑造〈名〉塑造，造型

★ 彫塑

遡 さかのぼ・る/ソ
sù[日＝繁＝簡]

逆流而上

遡る④〈自五〉逆流而上；追溯
遡及⓪〈名・サ變〉溯及
遡行⓪〈名・サ變〉溯流而上
遡航⓪〈名・サ變〉溯流航行

酸 す・い/サン
suān[日＝繁＝簡]

能在水溶液中產生氫離子的化合物
的統稱；悲傷、傷心

酸い①〈形〉酸 價〜いも甘いも嚙み
分ける[（飽經風霜）通曉人情世故]
酸化⓪〈名・サ變〉氧化
酸性雨③〈名〉酸雨
酸素①〈名〉氧
酸度①〈名〉酸度
酸味③⓪〈名〉酸味

★ 塩酸・甘酸・酢酸・硝酸・辛酸・
硫酸

算 サン
suàn[日＝繁＝簡]

計算數目；謀劃，計畫；推測

算式⓪〈名〉算式
算出⓪〈名・サ變〉算出
算術⓪〈名〉算術
算数③〈名〉算術，初級數學；數量的
計算
算する③〈サ變〉數達，有若干數目，
計有
算定⓪〈名・サ變〉估計，估算，計算，
推算
算入⓪〈名・サ變〉算入，計入，計算
在內
算法⓪〈名〉算法，演段
算盤⓪〈名〉算盤(唐宋音「ソン」+「盤」
的訛音)

★ 暗算・演算・概算・換算・起算・
計算・決算・誤算・公算・珠算・
勝算・心算・成算・清算・精算・
打算・破算・筆算・胸算用・
目算・予算・累算

隨 ズイ
[隨][随]suí[日＝簡≒繁]

跟；順從；任憑；順便

隨意①⓪〈名・形動〉隨意，隨便
隨一①⓪〈名〉第一，首屈一指
隨員⓪〈名〉隨員
隨感⓪〈名〉隨感，隨想
隨行⓪〈名・サ變〉隨行
隨時①〈副〉隨時
隨從⓪〈名・サ變〉隨從
隨順⓪〈名・サ變〉順從，遵從
隨所①〈名〉到處，隨處
隨身⓪〈名〉侍從(的人)，隨從(的
人) 價在漢語中，是「隨身攜帶(身
の回りに、身につけて、手元に、

携帯して）」的意思

随想⓪〈名〉隨想

随伴⓪〈名・サ變〉伴隨

随筆⓪〈名〉隨筆

★ 気随・追随・夫唱婦随・付随・
附随

髄 ズイ
[髓][髓]suǐ[日≒繁＝簡]

骨中的凝脂；比喻精華

髄質①⓪〈名〉髓質

髄脳⓪〈名〉髓和腦；腦髓，腦漿；最
重要的部分

髄膜炎④〈名〉腦膜炎

★ 骨髄・心髄・真髄・神髄・精髄・
脊髄・脳髄

砕 くだ・く/くだ・ける/サイ
[碎][碎]suì[日≒繁＝簡]

完整的東西破成零片零塊；使碎；零
星，不完整

砕く②〈他五〉打碎，砸碎，弄碎；挫
敗，摧毀；用淺近易懂的話說明；
絞盡腦汁，煞費苦心，傷腦筋 **例**古
典を～いて説明する[把古典著作作淺
近易懂地加以解釋]

砕ける③〈自一〉破碎，粉碎，碰碎，
打碎；(鋭氣、氣勢等)受挫折，減
弱，衰敗；融洽起來，不刻板 **例**意
志～ける[頹廢，意志衰退]

砕心⓪〈名〉心碎

砕身⓪〈名・サ變〉粉身碎骨

砕石⓪〈名〉碎石

砕氷⓪〈名・サ變〉破冰

砕片⓪〈名〉碎片

砕米⓪〈名〉碎米

★ 玉砕・撃砕・破砕・粉骨砕身・
粉砕

遂 と・げる/スイ
[遂][遂]suì[日＝簡≒繁]

順，如意；完成

遂行⓪〈名・サ變〉執行，完成

遂げる③②〈他一〉完成，達到 **例**目
的を～げる[達到目的]

★ 完遂・未遂

歳 サイ/セイ
[歳][岁]suì[日≒繁≒簡]

年；量詞，表示年齡的單位

歳計⓪〈名〉歲計，年度總結算，年
度總帳

歳月①〈名〉歲月

歳歳⓪〈副〉年年歲歲，每年

歳時記③〈名〉關於各個季節生活習俗
的書

歳出⓪〈名〉歲出

歳入⓪〈名〉歲入

歳晩⓪〈名〉歲暮

歳費①〈名〉一年的費用

歳暮⓪〈名〉歲暮，年底；年底送的禮
物＝さいぼ

歳末⓪〈名〉年末，年底

★ 万歳

穂 ほ/スイ
[穗][穗]suì[日≒繁＝簡]

稻麥等禾本科植物的花或者果實聚
生在莖的頂端

穂状⓪〈名〉穗狀

穂①〈名〉穗；(物體的)尖端 **例**～が
出[出穗，抽穗]

穂先③⓪〈名〉芒；槍尖，矛頭 **例** 槍
の～にかける[以槍尖刺(人)]

穂波⓪〈名〉麥浪；稻浪 **例** ～が立つ
[風吹麥浪生]

★出穂期

孫 まご/ソン

[孫][孙]sūn[日＝繁≒簡]

兒子的兒子；跟孫子同輩的親屬；
孫子以後的各代

孫②〈名〉孫子；孫女；外孫子；外孫
女 **例** ～は子よりかわいい[孫子比
兒子更可愛；疼孫子勝於疼兒子]

孫引き⓪〈名〉盲目抄襲，引用其他書
的引句，間接引用其他書的引句
例 この本は他の文献の～ばかりし
ている[這本書完全是從其他文獻抄
襲來的]

★外孫・玄孫・子孫・嫡孫・曾孫・
末孫

損 そこ・なう/そこ・ねる/ソン

[損][损]sǔn[日≒繁≒簡]

減少(與「益」相對)；傷害；損壞

損なう③〈他五〉破壞，損害，破損，
傷害，損害；損傷，死傷；(和動詞
的連用形連用)沒有成功，失敗，做
錯，錯過時機 **例** 感情を～う[傷害
感情]

損ねる③〈他一〉傷害，損傷；(和動
詞的連用形連用)沒有成功，失敗
例 上司の機嫌を～ねた[得罪了上
司；惹得上司不高興]

損益①〈名〉損益

損壞⓪〈名・サ變〉損壞，毀壞

損害⓪〈名〉損害，虧損

損気①〈名〉損失，吃虧(的性情)
慣 短気は～[性急要吃虧]

損金①⓪〈名〉賠的錢，虧空的錢

損失⓪〈名〉損失

損傷⓪〈名・サ變〉損傷，損壞

損する①〈サ變〉損失，虧損
＝そんじる

損得①〈名〉損益，得失，利害

損耗⓪〈名〉損耗

損料①③〈名〉租錢，租金

★汚損・毀損・欠損・破損

唆 そそのか・す/サ

[唆][唆]suō[日≒繁＝簡]

慫恿人做壞事

唆す④〈他五〉唆使，教唆，慫恿
例 だれに～されてこんなことをした
のか[受誰的指使幹出這種事]

★教唆・示唆

縮 ちぢ・まる/ちぢ・む/ちぢ・める/
ちぢ・れる/シュク

[縮][缩]suō[日≒繁≒簡]

由大變小或者由長變短；後退；節省

縮まる④⓪〈自五〉縮，抽，縮小，縮
短；抽縮 **例** 距離が～る[距離縮短]

縮む③⓪〈自五〉縮，抽，縮小，收
縮，抽縮；縮短；畏縮，退縮，惶
恐 **例** 服の丈が～んだ[衣服的身長
縮短了]

縮める④⓪〈他一〉縮，縮短，縮小；
截短，弄小；蜷曲，縮回；減少，
削減 **例** しかられて首を～める[被
罵得抬不起頭]

縮れる⓪④〈自一〉(頭髮等)捲曲；
起皺，出皺 **例** 生まれつき髪が～

れている［頭髮生來就是捲曲著］

縮減⓪〈名・サ變〉縮減，削減

縮刷⓪〈名・サ變〉縮印

縮写⓪〈名・サ變〉（用照相方法）縮小（地圖、書籍等的原版）**辨** 在漢語中，「縮寫」指簡便寫法（略稱），或把文章的篇幅縮小（要約する）

縮尺⓪〈名・サ變〉縮尺，比例尺

縮小⓪〈名・サ變〉縮小，縮減；削減，裁減

縮図⓪〈名〉縮圖；縮影

★ 圧縮・畏縮・萎縮・恐縮・凝縮・緊縮・軍縮・収縮・伸縮・短縮・濃縮

所 ところ/ショ

［所］［所］suǒ［日≒繁＝簡］

地方；用做機關或者其他辦事地方的名稱；與後面的動詞結合，構成名詞性結構；量詞，用於指地點、建築物等

所③⓪〈名〉地方，地區，場所；住處，家；部分，點，處；地方；正在…，正當…，剛（剛）；程度；事，事情；所…；情況 **例** いま行く～です［現在正要去］

所為①〈名〉所為；緣故

所員①⓪〈名〉工作人員，職員

所懷①〈名〉所懷，所感，所想

所轄⓪〈名・サ變〉所轄

所感⓪〈名〉所感

所管⓪〈名・サ變〉所管

所願⓪〈名〉所願，願望

所見⓪〈名〉所見

所作①〈名〉所為

所載⓪〈名〉所載，登載

所在⓪〈名〉所在

所産⓪〈名〉所產，果實，成果

所思①〈名〉所思

所持①〈名・サ變〉持，攜帶

所収⓪〈名〉所收，所集

所出⓪〈名〉所生；出生的地方

所信⓪〈名〉所信，信念

所説⓪〈名〉主張，意見

所詮⓪〈副〉歸根到底，結局，畢竟，反正，終歸

所蔵⓪〈名・サ變〉收藏

所属⓪〈名・サ變〉（人、物）所（隸）屬，屬於；所屬，所轄

所存⓪〈名〉主意，想法，打算

所帯②①〈名〉家庭；成家，有家庭

所長⓪〈名〉所長

所定⓪〈名〉指定，規定

所得⓪〈名〉所得

所有⓪〈名・サ變〉所有

所有権②〈名〉所有權

所与①〈名〉所與

所要⓪〈名〉所要，所需

所用⓪〈名〉所用，使用；事情

所労⓪〈名〉勞致疾，疾病

所論⓪〈名〉所論（的事物），論點

★ 個所・急所・居所・局所・近所・刑務所・御所・事務所・住所・随所・短所・駐在所・長所・出所・適材適所・難所・任所・配所・保健所・役所・要所

索 サク

suǒ［日＝繁＝簡］

大繩子或大鏈子；搜查，尋找；寂寞，沒有味道

索引⓪〈名〉索引，檢字表

索然⓪〈副〉索然(無味)
索敵⓪〈名〉搜索，偵察(敵人)
索道⓪〈名〉索道

★ 検索・思索・詮索・捜索・模索

鎖 くさり/サ

[鎖][锁]suǒ[日＝繁≒簡]

加在門、箱子、抽屜等物體上的封
緘器；鏈子；用鎖關住

鎖③⓪〈名〉鎖鏈(子)，鏈子；聯繫，
關係
例 時計の～[表鏈]
鎖国⓪〈名・サ變〉鎖國

★ 鉄鎖・封鎖・閉鎖・連鎖

T ㄊ

他 ほか/タ

tā[日＝繁＝簡]

稱自己和對方以外的某個個人；另
外的

他⓪〈名〉別處；其他，其餘＝外他
意①〈名〉他意，二心，惡意
他界⓪〈名・サ變〉他界，冥府；(「去
世」的委婉説法)逝世
他郷①〈名〉他鄉，異鄉，異國
他県①〈名〉外縣，別的縣
他見⓪〈名・サ變〉給別人看
他言⓪〈名・サ變〉對別人説，洩露，
外傳＝たごん
他国①〈名〉他國
他殺⓪〈名〉他殺
他山の石①+②〈名〉他山之石，他山
攻錯 例 ～をもって玉を攻むべし
[他山之石可以攻玉]

他紙①〈名〉其他報紙，別的報紙
他誌①〈名〉其他刊物，別的雜誌
他事①〈名〉他事，他人的事
他日①〈名〉他日，改日，以後
他社①〈名〉其他公司；其他報社；其
他神社
他者①〈名〉別人，其他人
他出⓪〈名・サ變〉外出，出門
他所①〈名〉別處，他鄉
他称⓪〈名〉第三人稱，他稱
他心⓪〈名〉他意，他心
他姓①⓪〈名〉他姓，別的姓
他説⓪〈名〉別的主張，別的學説
他薦⓪〈名・サ變〉由別人推薦
他動詞②〈名〉他動詞
他人⓪〈名〉他人
他年⓪〈名〉他年，將來，以後
他派①〈名〉其他(黨)派
他聞⓪〈名〉走漏風聲
他方②〈名〉他方，另一方向；其他方
面；另一方面
他面①⓪〈名〉其他方面，另一方面；
從另一方面看，在另一方面
他用⓪〈名〉他用
他力⓪〈名〉他人之力，外力
他律⓪〈名〉他律，受外界支配
他流⓪〈名〉別派，異派，其他流派

★ 自他・排他・利他

塔 トウ

tǎ[日＝繁＝簡]

佛教的建築物；塔形的建築物

塔①〈名〉塔

★ 管制塔・金字塔・石塔・尖塔・
鉄塔・仏塔・宝塔

踏 ふ・まえる/ふ・む/トウ
tà[日＝繁＝簡]

踩；查，勘察

踏まえる③〈他一〉踏，踩，用力踏；立足於…，根據，依據 例 事実を～えて[根據(立足於)事實]

踏み入れる④〈他一〉步入，跨進，進 例 危険な場所に足を～れる[走進危險的地方]

踏み固める②〈他一〉踏結實，踏實 例 土を～める[把土踩實]

踏切⓪〈名〉道口；起跳，起跳點；(相撲)腳踩出圈外 例 ～を渡る[過道口]

踏み込む③〈自五〉陷入，跨進，踩陷進去；突然闖進去，闖入，擅自進入；踩進去 例 敵地に～む[闖入敵區(陣、營)]

踏み潰す②〈他五〉破，踩壞，踏毀，碾碎；消滅(敵人)，踏平(敵陣)；使人丟面子 例 葡萄を～す[把葡萄碾碎]

踏み止まる⑤〈自五〉用力站住不動，站穩；留下，剩下，堅持到底；打消了念頭 例 最後まで～る[堅持到最後]

踏み外す④〈他五〉失足，踩空；脫離正軌，幹不正經的事；失敗，下台 例 足を～して階段から落ちる[失足(失腳)從樓梯上摔下來]

踏み間違える②〈他一〉邁錯，踏錯，失足 例 階段を～える[踏錯台階]

踏む②⓪〈他五〉踏，踩，踐踏；走上，踏上；實踐，經驗；估計，估價，評價；經歷，經過，履行；押(韻) 例 警察はまちがいなくその

男が犯人だと～んでいる[警察認定那個男人是犯人]

踏査⓪〈名・サ變〉勘察，勘測，踏勘，實地調查

踏襲⓪〈名・サ變〉沿襲，承襲，繼承，沿用

踏破①〈名・サ變〉走過，走遍

★ 雑踏・舞踏・未踏

胎 タイ
tāi[日＝繁＝簡]

人或者哺乳動物母體內的幼體

胎教⓪〈名〉胎教

胎児①〈名〉胎兒

胎生⓪〈名〉胎生

胎動⓪〈名・サ變〉胎動；前兆，苗頭，萌芽

胎内①〈名〉胎內，胎裏

胎盤⓪〈名〉胎盤

★ 懐胎・換骨奪胎・受胎・堕胎・脱胎・胚胎・母胎

台 タイ/ダイ
[臺][台]tái[日＝簡≒繁]

公共場所室內外高出地面便於講話或表演的設備；量詞；桌子或類似桌子的器物；某些做座子用的器物；像臺的東西(臺也作台)

台座⓪〈名〉臺座，座子

台詞⓪〈名〉台詞＝せりふ

台数③〈名〉台數

台地⓪〈名〉臺地

台帳①⓪〈名〉總帳，底帳，底冊；腳本，劇本

台所⓪〈名〉廚房；經濟狀況

台なし⓪〈形動〉弄壞，糟蹋，斷送

台風③〈名〉台風
台本⓪〈名〉腳本，劇本
台覽⓪〈名〉御覽，台覽
台湾③〈名〉臺灣

★緣台・鏡台・燭台・寢台・
天文台・土台・灯台・舞台・
砲台・屋台・楼台

太 ふと・い/ふと・る/タ/タイ
tài[日＝繁＝簡]

極，最；高，大 **辨** 在日語中，還有
「胖」「厚臉皮」的意思

太い②〈形〉粗；(膽子)大，無恥，不
要臉 **例** ～いやつ[無恥的東西]
太字⓪〈名〉筆道粗的字；黑體 **例** ～
用の筆[寫粗筆道字用的筆]
太る②〈自五〉胖，發胖，發福，肥；
發財，增加 **例** いくら食べても～
れない[吃多少也不會胖]
太陰曆③〈名〉陰曆，農曆
太極拳④〈名〉太極拳
太古①〈名〉太古
太鼓⓪〈名〉鼓，大鼓
太子①〈名〉太子，皇太子
太守①⓪〈名〉太守；(日本古時領有
數郡領地的)諸侯
太祖①〈名〉太祖
太平⓪〈名〉太平
太平洋③〈名〉太平洋
太陽①〈名〉太陽，日 **例** ～系[太陽
系]
太刀打ち⓪〈名・サ變〉拿大刀(交
鋒)；競爭，爭勝負，較量
太陽曆③〈名〉太陽曆，陽曆
太郎①〈名〉長子；第一，最初，最
大的，最老的；男孩兒

★皇太子

汰 タ
tài[日＝繁＝簡]

淘洗；挑選

★音沙汰・表沙汰・御無沙汰・
沙汰・淘汰・取沙汰

泰 タイ
tài[日＝繁＝簡]

平安，安寧；極，最

泰山①〈名〉泰山 **慣** ～は土壤を讓ら
ず[泰山不讓土壤(故能成其高)；河
海不擇細流]
泰然⓪〈形動〉泰然
泰斗①〈名〉泰斗，大師
泰平⓪〈名〉太平，天下太平

★安泰

態 タイ
[態][态]tài[日＝繁≒簡]

情狀，神情

態勢⓪〈名〉態勢，姿態
態度①〈名〉態度；表現；作風
態樣⓪〈名〉形態，狀態，樣式

★惡態・舊態・形態・姿態・事態・
失態・實態・醜態・重態・狀態・
生態・靜態・變態・媚態・樣態

貪 むさぼり/むさぼ・る/ドン
tān[日＝繁≒簡]

愛財；求多；片面追求

貪る③〈他五〉貪，貪婪
貪欲⓪〈名・形動〉貪慾
貪婪⓪〈名・形動〉貪婪

★突っ慳貪

談^{ダン}

談[談][谈]tán[日≒繁≒簡]

説話或者討論；所説的話

談義①〈名・サ變〉講經，説教；訓斥，教訓；講話，冗長無趣

談合⓪〈名・サ變〉暗中商量，勾結，圍標

談笑⓪〈名・サ變〉談笑

談ずる④⓪〈自一〉談；商量，商議 ＝だんじる

談判①〈名・サ變〉談判，協商

談論⓪〈名・サ變〉談論

談話⓪〈名・サ變〉講話，談話

★怪談・歡談・閑談・奇談・懇談・座談会・雜談・示談・商談・冗談・政談・破談・美談・筆談・漫談・面談・猥談

壇^{タン/ダン}

壇[壇][坛]tán[日＝繁≒簡]

古代舉行祭祀、誓師等大典時用的台，多用土石等建成；用土堆成的台，多在上面種花；指文藝界或體育界

壇上⓪〈名〉壇上，台上

★歌壇・花壇・戒壇・劇壇・講壇・降壇・祭壇・詩壇・登壇・俳壇・文壇・論壇

曇^{くも・る/ドン}

曇[曇][昙]tán[日＝繁≒簡]

雲彩密布，多雲

曇り③〈名〉(天)陰；模糊不清，朦朧；內疚，虧心，私心；污點 例彼の身には一点の～もない[他身上沒有一點污點]

曇る②〈自五〉陰，陰天；變模糊不清，朦朧，暗淡，憂鬱不樂；語音含糊不清 例涙で目が～った[淚水使雙眼朦朧]

曇天⓪〈名〉陰天

炭^{すみ/タン}

炭[炭][炭]tàn[日≒繁＝簡]

木炭的統稱；像炭的東西；煤

炭②〈名〉炭，木炭；燒焦的東西 例山で～を焼く[在山裏燒炭(燒製木炭)]

炭火②⓪〈名〉炭火 例～が消えかかっている[炭火快要滅了]

炭化⓪〈名・サ變〉炭化，成煤

炭鉱⓪〈名〉煤礦

炭坑⓪〈名〉煤礦，礦井

炭酸⓪〈名〉碳酸

炭水化物⑤〈名〉碳水化合物

炭素①〈名〉碳

★黑炭・採炭・石炭・泥炭・塗炭・粉炭・煉炭・炉炭

探^{さが・す/さぐ・る/タン}

探tàn[日＝繁＝簡]

試圖發現；看望

探し当てる⑤〈他一〉搜尋到，找到，找著 例市役所をやっと～てる[好容易才找到了市政府]

探し回る⑤〈他五〉到處尋找，到處搜尋 例家中～ったけれども、どうしても見つからない[家裏到處找遍，怎麼找也沒有]

探す③⓪〈他五〉找，尋找；尋求，追求；搜索，搜查 例仕事を～す[找工作]

探る③⓪〈他五〉摸，探；探聽，試
　探，偵察，偵探；探訪 **例** 敵情を～
　る［摸敵情］
探求⓪〈名・サ變〉探求，尋求
探究⓪〈名・サ變〉探究，探求
探検⓪〈名・サ變〉探險
探鉱⓪〈名〉勘探，勘察
探査①〈名・サ變〉探查，探索
探索⓪〈名・サ變〉探索，搜索
探照灯⓪〈名〉探照燈
探針⓪〈名〉探針
探測⓪〈名・サ變〉探測
探知⓪①〈名・サ變〉探知，探查
探偵⓪〈名・サ變〉偵探
探訪⓪〈名・サ變〉採訪

嘆 なげ・かわしい/なげ・く/タン
[嘆][叹]tàn［日＝繁≒簡］
　因憂鬱悲痛而呼出長氣；因高興、
　興奮、激動而發出長聲
嘆かわしい⑤〈形〉可嘆 **例** ～い世
　の中だ［令人嘆息的世道］
嘆く②〈自五〉悲嘆，哀嘆；慨嘆，嘆
　惋 **例** 毎日を～き暮らす［終日嘆息］
嘆願⓪〈名・サ變〉請求，懇求，請願
嘆賞⓪〈名・サ變〉讚賞，讚嘆，稱讚
嘆ずる④⓪〈サ變〉慨嘆，嗟嘆，悲
　嘆，哀嘆；欽佩，讚嘆＝たんじる
嘆声⓪〈名〉嘆息，感嘆，讚嘆
嘆息⓪〈名・サ變〉嘆氣，嘆息
嘆美①〈名・サ變〉讚美，讚嘆

★ 詠嘆・慨嘆・感嘆・驚嘆・讚嘆・
　愁嘆・賞嘆・痛嘆・悲嘆

湯 ゆ/トウ
[湯][汤]tāng［日＝繁≒簡］

熱水，開水；專指溫泉 **慣** 現代漢
　語中的「湯」在日語中為「スープ」
湯①〈名〉開水，熱水，洗澡水，浴
　池；溫泉；液體金屬 **例** ～の町［温
　泉勝地］
湯上がり②〈名〉剛洗完澡（的時
　候）；浴巾，大浴巾 **例** ～にビール
　を飲む［剛洗完澡喝啤酒］
湯気①〈名〉蒸汽，熱氣，（熱氣凝結
　的）水滴 **例** ～が立つ［冒熱氣］
湯豆腐②〈名〉煮豆腐
湯元③〈名〉溫泉湧出的地方
湯屋①②〈名〉（營業的）公共浴池
湯沸器②〈名〉燒水壺；熱水器

★ 温湯・銭湯・熱湯・薬湯

唐 から/トウ
táng［日＝繁＝簡］

朝代名；空，徒然
唐①〈名〉中國、朝鮮（的古稱）；從中
　國（韓國）來的，外國
唐紙②③〈名〉花紙，花紋紙；隔扇
　例 ～をはり替える［重糊紙隔窗］
　＝とうし
唐物⓪〈名〉從中國來的東西
唐辛子③〈名〉辣椒
唐詩①⓪〈名〉唐詩，漢詩
唐代①〈名〉唐代
唐突⓪〈形動〉唐突，突然，貿然
唐風⓪〈名〉唐朝的樣式；中國樣式
唐本⓪〈名〉由中國傳到日本的書籍

★ 遣唐使・荒唐無稽

堂 ドウ
táng［日＝繁＝簡］

正房；專為某種活動用的房屋

堂①⓪〈名〉佛堂，神殿；禮堂，會
場，會堂 慣〜に入る[升堂入室；
工夫到家；爐火純青]

堂社①〈名〉建築物

堂塔⓪〈名〉殿堂和佛塔；寺院

堂堂③⓪〈形動〉堂堂，儀表堂堂，
威風凜凜，堂堂正正，冠冕堂皇，
無所顧忌，勇往直前

★一堂・議事堂・経堂・講堂・
聖堂・草堂・殿堂・礼拝堂

糖 トウ

táng[日＝繁＝簡]

有機化合物的一類；食糖的統稱；
糖果

糖①〈名〉糖，糖分＝あめ

糖衣①〈名〉糖衣

糖化⓪〈名・サ變〉糖化(作用)

糖質⓪〈名〉甜性，甜度；含糖分的
物質

糖尿病⓪〈名〉糖尿病

糖分①〈名〉糖分；甜味

糖類①〈名〉糖類

★果糖・血糖・砂糖・精糖・製糖・
粗糖・乳糖・葡萄糖

逃 に・がす/に・げる/のが・す/
のが・れる/トウ

táo[日＝繁＝簡]

為躲避不利於自己的環境或事物而
離開；躲開不願意或不敢接觸的事物

逃がす②〈他五〉放，放掉，放跑；
沒有抓住，放跑掉；錯過，丟掉(機
會) 例窓を開けて煙を外へ〜す
[打開窗戶放出煙氣]

逃げ隠れ⓪③〈名・サ變〉逃避，逃

匿 例もう〜はいたしません[我再
也不躲不藏了]

逃げ口②〈名〉逃路

逃げ腰⓪〈名〉想要逃脫(逃跑)，想
要逃避 例強そうな相手と知って〜
になる[知道對方厲害，想打退堂鼓]

逃げる②〈自一〉逃，跑，溜，逃跑，
逃走，逃遁；避開，逃避，躲避，
回避，避免；甩開緊追的對手而取
勝 例記者の質問を〜げる[搪塞記
者的提問]

逃す②〈他五〉逸失，放過；錯過 例
せっかくの機会を〜した[把難得的
機會錯過了]

逃れる③〈自一〉逃跑，逃出，逃遁，
逃脫；逃避，避免，擺脫，躲避
例危ないところを〜れる[從危難
中逃出來]

逃走⓪〈名・サ變〉逃走，逃跑

逃避⓪①〈名・サ變〉逃避

逃亡⓪〈名・サ變〉逃亡

桃 もも/トウ

táo[日＝繁＝簡]

桃樹，落葉小喬木，品種很多；這
種植物的果實；形狀像桃的東西

桃李①〈名〉桃李；門生，學生

桃⓪〈名〉桃樹，桃子，毛桃

桃色⓪〈名〉粉紅色，桃紅色

★黄桃・桜桃・白桃・扁桃腺

陶 トウ

táo[日＝繁＝簡]

瓦器；比喻教育、培養；快樂

陶器①〈名〉陶器，陶瓷器

陶芸⓪〈名〉陶瓷工藝

陶工⓪〈名〉陶工，陶匠

陶磁器③〈名〉陶瓷器

陶醉⓪〈名・サ變〉陶醉

陶製⓪〈名〉陶製

陶然⓪〈形動〉陶然，舒暢

陶土①〈名〉陶土，瓷土

陶冶①〈名・サ變〉陶冶，薰陶

陶窯⓪〈名〉燒陶瓷器的窯

★薰陶・製陶

討 う・つ/ダ

[討][讨]tǎo[日≒繁≒簡]

查究，處治；征伐，發動攻擊；索
取，請求；研究

討ち取る③⓪〈他五〉用武器殺死(敵
人)；(比賽中)擊敗強敵；攻取，奪
取，捕獲 **例** 敵の大将を〜る[擊斃
敵軍主將]

討ち滅ぼす⑤〈他五〉使…滅亡，消
滅 **例** 敵は〜された[敵人被消滅了]

討つ①〈他五〉殺，討，攻 **例** 賊軍
を〜つ[討賊]

討議①〈名・サ變〉討論

討究⓪〈名・サ變〉探討，深入研究

討幕⓪〈名・サ變〉討伐幕府

討伐⓪①〈名・サ變〉討伐，征討

討論①〈名・サ變〉討論

★檢討・征討・掃討・追討

特 トク

tè[日＝繁＝簡]

不平常的，超出一般的

特異⓪〈形動〉異常；非凡 **朏** 在漢語
中，指武術、馬術、飛機駕駛等方
面的特殊技能，以及電影攝製特殊
鏡頭的技巧

特技①〈名〉拿手的技術

特産⓪〈名〉特産

特使①⓪〈名〉特使

特質⓪〈名〉特徵，特質

特写⓪〈名・サ變〉特別攝影 **朏** 在漢
語中，「特寫」還指報告文學的一種
(ルポルタージュ)

特赦①⓪〈名・サ變〉特赦

特種①⓪〈名〉特種另見「特種」

特殊①〈形動〉特殊，特別

特需①⓪〈名〉特別需要

特集⓪〈名・サ變〉專刊，專集

特賞⓪〈名〉特獎

特色⓪〈名〉特色，特徵，特長

特性⓪〈名〉特性，特點

特製⓪〈名・サ變〉特製

特薦⓪〈名・サ變〉特別推薦

特選⓪〈名・サ變〉特別用心製作(的
東西)；特別選出的東西

特待⓪〈名〉特別對待，優待

特大⓪〈名〉特大(的)

特種⓪〈名〉特訊，特別消息另見「特
種」

特段⓪〈名〉特別，格外

特注⓪〈名・サ變〉特別訂貨

特徴⓪〈名〉特徵，特色

特長⓪〈名〉特長，特點

特定⓪〈名〉特定

特典⓪〈名〉優惠，特殊利益

特電⓪〈名〉專電

特等⓪〈名〉特等

特派⓪〈名・サ變〉特派

特売⓪〈名・サ變〉特別賤賣，廉價出
售

特別⓪〈名・形動〉特別

特報⓪〈名〉特別報導

特命⓪〈名〉特別命令，特別任命

特有⓪〈名・形動〉特有

特例⓪〈名〉特例，例外

特価①⓪〈名〉特價

特科①〈名〉特種，特殊兵種

特記①〈名・サ變〉特別記載，大書特書

特急⓪〈名〉特快，特別快車；火速，趕快

特級⓪〈名〉特級

特許①〈名・サ變〉特別許可，專利，專利權，特許

特訓⓪〈名〉特別訓練

特恵⓪〈名〉特惠，特別優惠

特権⓪〈名〉特權

特効⓪〈名〉特效

★奇特・独特

謄 トウ
[謄][謄]téng[日≒繁≒簡]
轉錄，抄寫

謄写⓪〈名・サ變〉抄寫；油印，謄寫

謄本⓪〈名〉副本，謄本，繕本；戶口副本

藤 ふじ/トウ
téng[日＝繁＝簡]
某些植物的匍匐莖或攀緣莖

藤⓪〈名〉藤

★葛藤

騰 トウ
[騰][騰]téng[日＝繁≒簡]
奔跑或跳躍；升(到空中)

騰貴①〈名・サ變〉騰貴，漲價

騰落⓪〈名〉漲落

★急騰・高騰・飛騰・沸騰・暴騰・奔騰

提 さ・げる/テイ
tí[日＝繁＝簡]
垂手拿著；使事物由下往上移；把預定的期限往前挪；提取；談到，談起

提げる②〈他一〉提，拎 **例** 手に大きなかばんを～げている[手裏提著大皮包]

提案⓪〈名・サ變〉提議，提案

提起①〈名・サ變〉提起，提出

提議①〈名・サ變〉提議，倡議

提供⓪〈名・サ變〉提供，供給

提携⓪〈名・サ變〉協作，合作

提言⓪〈名・サ變〉建議，提議

提示⓪〈名・サ變〉出示 **辨** 在漢語中，是給背誦者提醒忘記了的內容(ヒントを与える)，以及敦促他人不要忘記(注意を促す)的意思

提出⓪〈名・サ變〉提出，提交

提唱⓪〈名・サ變〉提倡，倡導

提訴①〈名・サ變〉提起訴訟，起訴，訴訟

提督⓪〈名〉(海軍)提督，艦隊司令官

提要⓪〈名〉提要，概要

★前提・菩提樹

題 ダイ
[題][題]tí[日＝繁≒簡]
寫作或講演內容的總名目；練習或考試時要求解答的內容；寫上，簽上

題意①〈名〉題意，問題的意義

題詠⓪〈名〉按題詠詩

題材⓪〈名〉題材
題詞⓪〈名〉題詞
題字⓪〈名〉題字
題辞⓪〈名〉題詞
題する③〈サ變〉提名，標題；題字，
　題詞
題名⓪〈名〉標題，題名
題目⓪〈名〉題目
★ 課題・解題・議題・即題・勅題・
　難題・表題・命題・問題・話題

体 からだ/タイ/テイ
[體][体]ti[日＝簡≒繁]
　身體，有時指身體的一部分；事物
　的本身或全部；物質存在的狀態或
　形狀；事物的格局、規矩；文字的
　書寫形式；親身(經驗)，設身處地
　(著想)
体⓪〈名〉身體，身子；體格，身材；
　體質，健康；體力
体位①〈名〉體位
体育①〈名〉體育 例 ～祭[體育節]
体温①〈名〉體溫 例 ～計[體溫計]
体格⓪〈名〉體格
体感⓪〈名・サ變〉體感
体形⓪〈名〉體形
体系⓪〈名〉體系
体験⓪〈名・サ變〉體驗，(親身)經驗
体言①〈名〉體言(名詞、代詞的總
　稱)
体質⓪〈名〉體質；素質
体臭⓪〈名〉體臭，氣味；特點，獨特
　風格
体重⓪〈名〉體重
体制⓪〈名〉體制
体勢⓪〈名〉體勢，姿勢

体積①〈名〉體積，容積
体操⓪〈名・サ變〉體操
体長⓪〈名〉身高
体調⓪〈名〉健康狀況，身體條件
体得⓪〈名・サ變〉體會，領會
体内①〈名〉體內
体罰①〈名〉體罰
体面⓪〈名〉體面，面子
体力①〈名〉體力
体裁⓪〈名〉樣子，樣式，門面，外
　表，外形；體面，體統；(應有的)
　形式，局面，體裁；奉承話，門面
　話 辨「(文藝作品的)體裁」應翻譯
　為「(文芸作品の)ジャンル」
★ 異体字・遺体・一体・液体・
　気体・躯体・具体・形体・敬体・
　個体・固体・剛体・合体・国体・
　三体・死体・肢体・事体・字体・
　自体・失体・実体・主体・重体・
　書体・正体・身体・成体・政体・
　整体・生体・総体・草体・俗体・
　大体・天体・動体・同体・導体・
　胴体・肉体・媒体・半導体・
　文変体・母体・無体・勿体・容体

替 か・える/か・わる/タイ
ti[日＝繁＝簡]
　代，代理；為，給
替える⓪〈他一〉代替，替換 例 簡単
　ですがこれをもってお礼の言葉
　に～えさせていただきます[請允許
　我用這幾句簡單的話略表謝意]
替わる⓪〈自五〉更換，更迭；代
　替，替代，代理 例 部長に～って
　応対する[代替部長進行接待]
★ 交替・代替・隆替

天 あま/テン

天 tiān[日＝繁＝簡]

在地面以上的高空；在上面；自然的，天生的；大自然；迷信的人指自然界的主宰者，造物；迷信的人指神佛仙人所住的地方；天氣

天⓪〈名〉天 例 〜の川[天河，銀河]

天意①〈名〉天意，自然的道理

天衣無縫①⓪〈名〉天衣無縫，完滿無缺；天眞爛漫

天運⓪〈名〉天命，命運；天體的運行

天恩⓪〈名〉天恩，自然的恩惠；皇恩，升恩

天下①〈名〉天下，全國，世界，宇內 慣 〜は回り持ち[榮枯無常]；〜晴れて[公開；公然]；〜無双[無與倫比]；〜無敵[不可戰勝]

天涯①⓪〈名〉天涯，天邊

天外①〈名〉天外

天眼⓪〈名〉鋭眼，千里眼

天顔⓪〈名〉龍顔

天機①〈名〉天機

天気①〈名〉天氣；晴天；心情

天空⓪〈名〉天空

天候⓪〈名〉天氣

天国①〈名〉天堂，天國；理想境界，樂園

天才⓪〈名〉天才

天災⓪〈名〉天災，自然災害

天子①〈名〉天子

天使①〈名〉天使

天資①〈名〉天資，天賦，天分

天質⓪〈名〉天資

天主①〈名〉天主，上帝

天寿①〈名〉天壽，天年

天象⓪〈名〉天象

天職⓪〈名〉天職

天助①〈名〉天助，上天保佑

天津①〈名〉天津

天眞爛漫⓪〈形動〉天眞爛漫

天水①⓪〈名〉天水，雨水

天性①〈名〉天性，秉性

天体①〈名〉天體

天地①〈名〉天地

天頂⓪〈名〉天頂

天敵⓪〈名〉天敵

天動説③〈名〉地心説

天女①〈名〉仙女，天仙；(俗)(喻)美女

天然⓪〈名〉天然，自然 例 〜痘[天花]

天皇③〈名〉日本天皇，日皇

天王③〈名〉天王

天罰①〈名〉天罰，天誅，報應

天賦①〈名〉天賦，天禀

天麩羅⓪〈名〉油炸食品

天幕①〈名〉帳篷

天命⓪〈名〉天命，命運；天年

天網⓪①〈名〉天羅地網

天文①〈名〉天文 例 〜学[天文學]；〜台[天文台]

天理①〈名〉天理

天竜①〈名〉天和龍；守護天宮的龍

★楽天・寒天・奇想天外・仰天・晴天・先天・不倶戴天・摩天楼・満天

添 そ・う/そ・える/テン

添 tiān[日＝繁＝簡]

在原有的之外，增加同類的

添い遂げる④〈自一〉白頭到老，偕老；如願結成夫婦 例 どんな反対

にあっても～げるぞ[別人無論怎麼反對也要結婚]

添い寝⓪〈名・サ變〉在旁邊陪著睡
囫 母親が～をする[母親在一旁陪著睡]

添う⓪①〈自五〉滿足，一致；結成夫妻一起生活，結婚；緊跟，不離地跟隨 囫 ご要望に～うよう心がけます[努力滿足您的要求]

添え物⓪〈名〉陪襯，助興；配菜
囫 あいつは～すぎないだよ[那傢伙不過是個陪襯罷了]

添える③⓪〈他一〉附上，配 囫 プレゼントに手紙を～える[在禮物上附上一封信] 囶 錦上花を～える[錦上添花]

添加⓪①〈名〉添加，加上

添削⓪〈名・サ變〉刪改，修改，批改，斧正

添乗⓪〈名・サ變〉(旅行社等特派人員)陪同旅遊

添付⓪①〈名・サ變〉添上，附上

★ 錦上添花

田 た/デン

tián[日＝繁＝簡]

種植農作物的土地；和農業有關的

田①〈名〉田，田地；稻田，水田
囫 ～に水を引く[往田裏引水]

田植え③〈名〉插秧

田畑①〈名〉水田和旱田，田地

田園⓪〈名〉田地，田園

田楽⓪〈名〉「田樂」歌舞；醬烤串豆腐；醬烤串魚片

田租①〈名〉田租

田野①〈名〉田野

★ 我田引水・墾田・湿田・新田・水田・丹田・炭田・屯田・油田

填 はま・る/は・める/テン

[填][填]tián[日≒繁＝簡]

把凹陷地方墊平或塞滿

填まる③⓪〈自五〉嵌入；正好合適；陷入，墜入；中計，中招；熱衷於

填める③⓪〈他下一〉鑲，嵌；戴上，安上；讓中招、中計

★ 充填・装填・補填

挑 いど・む/チョウ

tiāo(tiǎo)[日＝繁＝簡]

撥弄，引動

挑む②〈自他五〉挑戰，挑釁，尋釁，找碴兒；(一心要)征服，打破，挑戰 囫 論争を～む[挑起爭論]

挑戦⓪〈名・サ變〉挑戰

挑発⓪〈名・サ變〉挑釁，挑起；挑撥；挑逗

条 ジョウ

[條][条]tiáo[日＝簡≒繁]

細長的形狀；分項目的；層次，秩序

条規①〈名〉條文的規定

条件③〈名〉條件；條文，條款

条項⓪〈名〉條款，項目

条文⓪〈名〉條文

条目⓪〈名〉項目，條款

条約⓪〈名〉條約

条理①〈名〉條理，道理

条令⓪〈名〉條令

条例⓪〈名〉條例

★ 簡条・教条主義・金科玉条・信条・逐条・発条・別条

眺 なが・める/チョウ
tiào［日＝繁＝簡］

往遠處看

眺 める③〈他一〉眺望，遠眺；凝
視，注視 **例** 窓から景色を～める
［眺望窗外的景色］

眺 望⓪〈名・サ變〉眺望

跳 と・ぶ/は・ねる/チョウ
tiào［日＝繁＝簡］

腿向上用力，使身體突然離開所在
的地方；物體由於彈性作用突然向
上移動；一起一伏地動

跳び箱⓪〈名〉跳箱

跳 ぶ②⓪〈自五〉跳，蹦 **例** 石から石
へ～んで歩く［跳著石頭走］

跳ね上がる④〈自五〉跳(起來)，飛
濺；(物價等)暴漲；(不服從領導)
輕舉妄動，行為過激 **例** 物価が～る
［物價暴漲］

跳ね返す③⓪〈他五〉推翻，翻轉；
推擋回去；拒絕 **例** 球を～す［把球
反彈回去］

跳ね返る③〈自五〉跳回，彈回，撞
回；反彈，跳躍；反過來影響… **例**
石油の高値がコストに～る［石油的
高價反過來影響了成本］

跳ねる②〈自一〉跳，蹦，跳躍；濺，
飛濺；散戲，散場；爆，裂開，繃
開 **例** 油がなべの外に～ねる［油往
鍋外濺］

跳 馬⓪〈名〉跳馬

跳 躍⓪〈名・サ變〉跳躍

跳 梁⓪〈名・サ變〉跳樑

★ 高跳び・縄跳び

貼 は・る/チョウ
tiē［日＝繁≒簡］

把薄片狀的東西黏在另一個東西上

貼 る②⓪〈他五〉貼，糊

貼付①〈名・サ變〉黏貼

鉄 テツ
［鐵］［铁］tiě［日≒繁≒簡］

金屬元素；形容堅硬、堅強；形容
堅定不移；特指鐵路

鉄⓪〈名〉鐵 **慣** ～は熱いうちに打て
［趁熱打鐵］

鉄火⓪〈名〉燒紅的鐵；刀劍，槍炮，
炮火；潑辣，凶悍，賭棍

鉄管⓪〈名〉鐵管

鉄器①〈名〉鐵器

鉄橋⓪〈名〉鐵橋

鉄筋⓪〈名〉鐵筋，鋼筋

鉄屑⓪〈名〉廢鐵屑

鉄血⓪〈名〉鐵血，武器和人血，武
力，軍備

鉄鋼⓪〈名〉鋼鐵

鉄鉱⓪〈名〉鐵礦(砂)

鉄骨⓪〈名〉鐵骨，鋼骨，鋼鐵構架

鉄鎖①〈名〉鐵鎖鏈

鉄材⓪②〈名〉鐵材，鋼材

鉄錆⓪〈名〉鐵鏽

鉄山②〈名〉鐵礦山

鉄則⓪〈名〉鐵的法則

鉄蹄⓪〈名〉鐵蹄，馬掌

鉄塔⓪〈名〉鐵塔；塔狀電線桿

鉄道⓪〈名〉鐵路，鐵道

鉄板⓪〈名〉鐵板

鉄扉⓪〈名〉鐵門

鉄瓶⓪〈名〉鐵壺

鉄分⓪〈名〉鐵分，鐵質

鉄粉⓪〈名〉鐵粉

鉄砲⓪〈名〉步槍，槍；拳頭；（相撲）雙手猛推對方胸部；河豚；中間夾葫蘆條的紫菜飯捲；（日式澡盆的）燒水鐵管；吹牛皮，説大話

鉄棒⓪〈名〉鐵棒，鐵條；單槓

鉄腕⓪〈名〉鐵臂，鐵腕

★鋼鉄・私鉄・寸鉄・製鉄・銑鉄・地下鉄・鋳鉄・電鉄

庁 チョウ
[廳][厅]tīng[日≒繁≒簡]

聚會或招待客人用的大房子；大機關裏一個辦事部門的名稱；某些機關的名稱

庁舎①〈名〉政府機構的建築物

★官庁・宮内庁・警視庁・県庁・支庁・省庁・退庁・登庁・防衛庁・本庁

聴 き・く/チョウ
[聽][听]tīng[日≒繁≒簡]

用耳朵接受聲音；治理，判斷

聴く⓪〈他五〉聽，聽到，聽説；聽從，聽…的話；聽取，應允，答應
例 楽を～く[聽音樂]

聴音機③〈名〉音響探測器，測音機

聴解⓪〈名〉聽解，聽力

聴覚①〈名〉聽覺

聴許①〈名・サ變〉准許，允許

聴講⓪〈名・サ變〉聽講，旁聽

聴視⓪〈名〉聽視，收聽

聴取①〈名・サ變〉聽取；收聽

聴衆⓪〈名〉聽眾

聴診⓪〈名・サ變〉聽診

聴聞⓪〈名・サ變〉聽説法，聽説教；（向利害關係人）徵詢意見；聽信徒懺悔

★謹聴・視聴・清聴・静聴・盗聴・拝聴・傍聴

廷 テイ
tíng[日＝繁＝簡]

朝廷；官署

廷内①〈名〉府邸內，公館內，宅邸內

★開廷・宮廷・出廷・退廷・朝廷・閉廷・法廷

亭 テイ
tíng[日＝繁＝簡]

建在路邊或花園裏的供休息的有頂無牆的建築物 辨 在日語中還指亭子風格的精美建築

亭主①〈名〉主人，老板，店主；丈夫；東道主

★席亭・料亭

庭 にわ/テイ
tíng[日＝繁＝簡]

廳堂；正房前的院子

庭園⓪〈名〉庭園，花園

庭⓪〈名〉庭院；場所

庭先⓪〈名〉庭前 例 ～から部屋に入る[穿過院子進屋]

★家庭・径庭・校庭・石庭・前庭

停 テイ
tíng[日＝繁＝簡]

止住，中止不動；暫時不繼續前進

停会⓪〈名〉休會

停学⓪〈名〉停學(處分)

停刊⓪〈名・サ變〉停刊

停_{てい}止_し⓪〈名・サ變〉停止

停_{てい}車_{しゃ}⓪〈名・サ變〉停車

停_{てい}職_{しょく}⓪〈名〉停職

停_{てい}戦_{せん}⓪〈名・サ變〉停戰

停_{てい}滞_{たい}⓪〈名・サ變〉停滯

停_{てい}電_{でん}⓪〈名・サ變〉停電

停_{てい}泊_{はく}⓪〈名・サ變〉停泊，拋錨

停_{てい}留_{りゅう}⓪〈名・サ變〉停留，停止

★調_{ちょう}停_{てい}

艇 テイ

tǐng［日＝繁＝簡］

船的一種

艇_{てい}身_{しん}⓪〈名〉艇身

★艦_{かん}艇_{てい}・魚_{ぎょ}雷_{らい}艇_{てい}・競_{きょう}艇_{てい}・舟_{しゅう}艇_{てい}・
短_{たん}艇_{てい}

通 かよ・う/とお・す/とお・る/ツ/ツウ

tōng［日＝繁＝簡］

沒有堵塞，可以穿過；有路達到；
了解，懂得；通順；整個，全部；
指精通某一方面的人

通_{かよ}う③⓪〈自五〉上學，班，去；往
來，來往，通行；通，流通，循
環；通曉，相印，(心意)相通；相
似，(有)相同(之處) **例**私_{わたし}はバス
で学校_{がっこう}に～っている[我每天坐公共
汽車上學]

通_{とお}し番_{ばん}号_{ごう}④〈名〉(從頭)連續的號碼

通_{とお}す①〈他五〉穿過，穿通，貫通；滲
透，透過；讓到裏邊；連續，連
貫，貫徹，一直…；堅持，固執，
一意孤行；通過，說妥，聯繫好，
通知，告知；連續，一貫，一直，
到底 **例**社_{しゃ}長_{ちょう}に～す[報告總經理]

通_{とお}り掛_かかる⑤〈自五〉路過順便 **例**～
ったので、その店_{みせ}をちょっとのぞ
いてみた[因為恰好路過，順便進商
店去看看]

通_{とお}り越_こす④⓪〈自五〉走過，越過，
通過；渡過，闖過危機；超過，越
過(可想的程度) **例**危_き機_きを～す[渡
過危機]

通_{とお}り過_すぎる⑤〈自一〉走過，越過
例彼_{かれ}はなんのあいさつもしない
で～ぎた[他連個招呼也沒打就走過
去了]

通_{とお}り抜_ぬける⑤〈自一〉穿過 **例**人_{ひと}ご
みを～ける[穿過人群]

通_{とお}り魔_ま③〈名〉過路的妖魔；神出鬼
沒的歹徒 **例**～事_じ件_{けん}が起_おこる[發生
歹徒傷害過路行人事件]

通_{とお}る①〈自五〉通過，走過；穿過；
通，通暢；透過，滲透；響亮，清
朗；知名，聞名；得到承認，通用；
通，通行，開通；透過議會，及格；
合格；了解，理解，明白；前後一
貫 **例**声_{こえ}は低_{ひく}いがよく～る[聲音雖
低，但很清朗]

通_{つう}院_{いん}⓪〈名・サ變〉(經常或定期)到醫
院去

通_{つう}運_{うん}⓪〈名〉運送，運輸，搬運

通_{つう}貨_か①〈名〉通貨，(法定)貨幣

通_{つう}過_か⓪〈名・サ變〉通過

通_{つう}学_{がく}⓪〈名・サ變〉走讀，上學

通_{つう}関_{かん}⓪〈名〉(按規定辦理進出口手續
取得批准)由海關，報關，結關

通_{つう}気_き⓪〈名〉通氣

通_{つう}暁_{ぎょう}⓪〈名・サ變〉通曉，精通

通_{つう}勤_{きん}⓪〈名・サ變〉上下班

通_{つう}計_{けい}⓪〈名・サ變〉總計，共計，合計

通交⓪〈名・サ變〉互通友好，通好

通航⓪〈名・サ變〉通航，航行

通行⓪〈名・サ變〉通行

通告⓪〈名・サ變〉通告，通知

通算⓪〈名・サ變〉總計，統計

通史①〈名〉通史

通日⓪〈名〉總日數

通商⓪〈名・サ變〉通商，貿易

通称⓪〈名・サ變〉通稱

通常⓪〈名・副〉通常，平常，普通，
一般

通信⓪〈名・サ變〉通信 **例** ～簿［通信
簿］；～網［通信網］

通説⓪〈名〉一般的説法

通則⓪〈名〉一般的規則；(某規定中
的)總則

通俗⓪〈名・形動〉通俗

通達⓪〈名・サ變〉通知，通告，傳達，
下達；精通，深通，熟悉

通知⓪〈名・サ變〉通知

通帳⓪〈名〉折子，存折

通電⓪〈名・サ變〉通上電流

通読⓪〈名・サ變〉通讀

通年⓪〈名〉一整年，全年

通念①〈名〉普通的想法，一般的想法

通風⓪〈名・サ變〉通風

通弊⓪〈名〉通病

通報⓪〈名・サ變〉通報，通知

通訳①〈名・サ變〉(口頭)翻譯；譯員

通用⓪〈名・サ變〉通用

通覧⓪〈名・サ變〉綜觀，通盤看，普
遍觀察，通讀

通力⓪〈名〉神通之力，超人的力量

通例⓪〈名〉通例，常例；照例，通常

通路①〈名〉道路，通行路，人行道；
通路，通道

通論⓪〈名・サ變〉公論，一般的定
論；通論，概論

通話⓪〈名・サ變〉(電話)通話

通夜①〈名〉徹夜守靈

★ 開通・交通・精通・疎通・内通・
日本通・普通・文通・変通・
密通・流通

同 おな・じ/ドウ
tóng［日＝繁＝簡］
一樣，沒有差異；共同，一起

同じ⓪〈形動・副〉同樣，相同；同
一；一樣，反正

同位⓪〈名〉相等，地位相同；同位

同意⓪〈名・サ變〉同義；意見相同；
同意，贊成

同一⓪〈形動〉同一

同音⓪〈名〉同音

同化⓪〈名・サ變〉同化

同格⓪〈名〉同級，同等資格，等級相
同，相等

同額⓪〈名〉同等金額

同感⓪〈名・サ變〉同感

同期①〈名〉同期，同時期；同學年，
同年級

同級⓪〈名〉同班，同年級

同居⓪〈名・サ變〉同居；同住，住在
一起

同郷⓪〈名〉同鄉

同行⓪〈名〉教友；同去朝山拜廟的
人

同慶⓪〈名〉同慶，同喜

同好⓪〈名〉嗜好(愛好)相同 **例** ～ 会
［同好會］

同行⓪〈名・サ變〉同行(的人)，一起
走(的人)，一起去

同工異曲⓪⑤〈名〉異曲同工

同士①〈名〉同伴，伙伴，同好，志趣
　　相同者；彼此，一伙

同氏①〈名〉該氏，該人

同志①〈名〉同志

同時⓪〈名〉同時；同時代；同時，立
　　刻；同時，既…又…；同時，也，
　　又，並且

同軸⓪〈名〉同軸，共軸

同質⓪〈名〉同質，同一性質

同室⓪〈名・サ變〉同室(的人)，同屋

同日⓪〈名〉同日，同一天，該日；當
　　天，那天

同種⓪〈名〉同種

同宿⓪〈名・サ變〉同住

同床異夢⑤〈名〉同床異夢

同上⓪〈名〉同上

同乗⓪〈名・サ變〉同乘，同搭

同情⓪〈名・サ變〉同情

同心⓪〈名・サ變〉同心，一條心；(江
　　戶時代的)下級官員

同数③〈名〉同數，數目相同

同棲⓪〈名・サ變〉住在一起；同居，
　　姘居，姘度

同性⓪〈名〉性質相同；性別相同

同姓⓪〈名〉同姓

同窓⓪〈名〉同窗，同學

同属⓪〈名〉同屬，同一種類；同一類
　　的人

同体⓪〈名〉一體

同点⓪〈名〉分數相同

同等⓪〈名〉同等

同年①⓪〈名〉同年，該年；同歲，
　　同齡，同庚

同輩⓪〈名〉同學；同事

同伴⓪〈名・サ變〉同伴

同封⓪〈名・サ變〉附在信中

同文同種⑤⓪〈名〉同文同種

同胞⓪〈名〉同胞

同様⓪〈名・形動〉同樣

同僚⓪〈名〉同僚，同事

同類項③〈名〉同類項；同伙

同類⓪〈名〉同類，同種類；同伙

同列⓪〈名〉同列，同排；同等(地位，
　　程度)；一起，偕同；該列

★異曲同工・一同・一視同仁・
　異同・会同・共同・協同・合同・
　混同・贊同・大同・不同・
　付和雷同

童 わらべ/ドウ
tóng[日＝繁＝簡]

　小孩子；指沒有結婚的

童顔⓪〈名〉童顏，娃娃相

童子①〈名〉兒童

童女①〈名〉女孩子，幼女

童心⓪〈名〉童心

童貞⓪〈名〉童貞

童謡⓪〈名〉童謠

童話⓪〈名〉童話

童①〈名〉小孩兒(們)；兒童(們)

童歌③〈名〉兒歌；童謠

★悪童・学童・児童・神童・牧童

銅 ドウ
[銅][铜]tóng[日＝繁≒簡]

　金屬元素

銅①〈名〉銅＝あかがね

銅貨①〈名〉銅幣，銅錢

銅管⓪〈名〉銅管

銅器①〈名〉銅器

銅鉱⓪〈名〉銅礦

銅山① 〈名〉銅礦山
銅製⓪ 〈名〉銅製
銅線⓪ 〈名〉銅絲
銅錢⓪ 〈名〉銅錢，銅幣
銅像⓪ 〈名〉銅像
銅版⓪ 〈名〉(印刷)銅版
銅板⓪ 〈名〉銅板
銅盤⓪ 〈名〉大銅盆；銅鈸
★ 金銅・赤銅・青銅・白銅

瞳 ひとみ/ドウ
tóng[日＝繁＝簡]
眼珠中心虹膜上一個可收縮的孔
瞳⓪ 〈名〉瞳，眼睛
瞳孔⓪ 〈名〉瞳孔

筒 つつ/トウ
tǒng[日＝繁＝簡]
粗大的竹管；較粗的管狀器物；衣
服等的筒狀部分
筒② 〈名〉筒；炮筒，槍筒 **例** 茶～
[茶葉筒]
筒音⓪ 〈名〉槍聲；炮聲
筒型⓪ 〈名〉筒形，管形 **例** ～ ピスト
ン[管筒活塞]
筒口⓪ 〈名〉槍口，炮口
筒袖⓪ 〈名〉套袖，窄袖(衣服)
★ 水筒・封筒

統 す・べる/トウ
[統][统]tǒng[日＝繁≒簡]
事物彼此之間連續的關係；總起來，
總括
統べ括る④⓪ 〈自五〉總結，總括，
結束；統管，統轄，捆在一起 **例** 校
長が全校を～る[校長統管全校工作]

統べる② 〈他一〉概括，總括；統轄，
統率，統治
統一⓪ 〈名・サ變〉統一，集中，一致，
一律
統括⓪ 〈名・サ變〉總括，總合，歸攏
在一起
統轄⓪ 〈名・サ變〉統轄，統管，管轄
統監⓪ 〈名・サ變〉通監，統轄，監督
統計⓪ 〈名・サ變〉統計 **例** ～ 表[統
計表]
統合⓪ 〈名・サ變〉合併，統一，綜合
統帥⓪ 〈名・サ變〉統帥
統制⓪ 〈名・サ變〉統一，統管，統制；
統一管理
統率⓪ 〈名・サ變〉統率，領導
統治⓪ 〈名・サ變〉統治
統領⓪ 〈名・サ變〉領袖
★ 一統・系統・血統・皇統・正統・
総統・伝統・法統

痛 いた・い/いた・む/いた・める/ツウ
tòng[日＝繁＝簡]
疾病、創傷等引起的難受的感覺；
悲傷；盡情地，深切地，徹底地
痛い② 〈形〉疼，疼痛，痛；痛苦，難
過，難受，夠嗆 **例** 少しも～くない
[一點也不疼]
痛手⓪ 〈名〉重傷，重創；沉重的打擊
(損害，損傷) **例** ～ を負う[負重傷]
痛む② 〈自五〉疼，疼痛，痛；苦惱，
悲傷，痛苦，傷心 **例** 心が～む[傷
心]
痛める③ 〈他一〉使(肉體)疼痛，損
傷；使(精神、心靈)痛苦；弄壞，
損壞；使(水果、青菜)腐爛 **例** 足
を～めてよく歩けない[傷了腳，行

走不便]

痛飲(つういん)⓪〈名・サ變〉痛飲，暢飲

痛快(つうかい)⓪〈名・形動〉痛快，愉快

痛覚(つうかく)⓪〈名〉痛覺，疼痛的感覺

痛感(つうかん)⓪〈名・サ變〉痛感，深切地感覺
到(認識到)

痛苦(つうく)①〈名〉痛苦

痛撃(つうげき)⓪〈名・サ變〉痛擊

痛言(つうげん)⓪〈名〉極端地説；逆耳的忠言

痛哭(つうこく)⓪〈名・サ變〉痛哭，慟哭

痛恨(つうこん)⓪〈名・サ變〉痛恨，悔恨

痛心(つうしん)⓪〈名・サ變〉痛心

痛惜(つうせき)⓪〈名・サ變〉痛惜

痛切(つうせつ)⓪〈名〉痛切，深切，迫切

痛打(つうだ)⓪〈名・サ變〉痛打，痛擊

痛嘆(つうたん)⓪〈名・サ變〉深為惋惜，非常痛
惜

痛罵(つうば)①〈名・サ變〉痛罵，大罵

痛風(つうふう)⓪〈名・サ變〉痛風

痛憤(つうふん)⓪〈名・サ變〉痛恨

痛烈(つうれつ)⓪〈名・形動〉猛烈，激烈

痛論(つうろん)⓪〈名〉痛加批判，嚴厲批判

★哀痛(あいつう)・胃痛(いつう)・苦痛(くつう)・激痛(げきつう)・心痛(しんつう)・
陣痛(じんつう)・沈痛(ちんつう)・頭痛(とうつう)・疼痛(とうつう)・悲痛(ひつう)・
腹痛(ふくつう)・腰痛(ようつう)

投 な・げる/トウ
tóu[日＝繁＝簡]

向一定目標扔；放進去，送進去；參
加進去，找上去；寄給人(書信等)；
迎合

投(な)げる②〈他一〉扔，投，拋，擲；
摔；提供；投射；放棄，不認眞幹，
潦草從事 **例** 鋭(するど)い視線(しせん)を～げる[投
以鋭利的目光]

投影(とうえい)⓪〈名・サ變〉投影 **例** ～図[投影

圖]

投下(とうか)⓪〈名・サ變〉投下，投擲；投(資)

投(とう)⓪〈名・サ變〉投進信筒

投棄(とうき)①〈名・サ變〉投棄

投機(とうき)①〈名〉投機

投球(とうきゅう)⓪〈名・サ變〉投球

投稿(とうこう)⓪〈名・サ變〉投稿

投降(とうこう)⓪〈名・サ變〉投降

投合(とうごう)⓪〈名・サ變〉投合，相投

投獄(とうごく)⓪〈名・サ變〉下獄，關進監獄

投資(とうし)⓪〈名・サ變〉投資

投手(とうしゅ)①〈名〉(棒球)投手

投宿(とうしゅく)⓪〈名・サ變〉投宿，住店

投書(とうしょ)⓪〈名・サ變〉投稿，寄稿；寫信，
投書

投身(とうしん)⓪〈名・サ變〉投身

投石(とうせき)⓪〈名・サ變〉投石，扔石頭

投弾(とうだん)⓪〈名・サ變〉投炸彈

投擲(とうてき)⓪〈名・サ變〉投擲

投入(とうにゅう)⓪〈名・サ變〉投入

投票(とうひょう)⓪〈名・サ變〉投票

投薬(とうやく)⓪〈名・サ變〉投藥，下藥

投与(とうよ)①〈名・サ變〉給(病人)藥；投與，
扔給

★完投(かんとう)・好投(こうとう)・続投(ぞくとう)・暴投(ぼうとう)・力投(りきとう)・
連投(れんとう)

頭 あたま/かしら/ズ/ト/トウ
[頭][头]tóu[日＝繁≒簡]

人身最上部或動物最前部長著口、
鼻、眼等器官的部分；第一，次序
居先的；物體的頂端；首領；量詞，
多指牲畜

頭(あたま)③〈名〉頭，腦袋；頭腦，腦筋，腦
子；想法，念頭；頭髮；上部，開
始，開頭；首領，頭目；人，人數

例～が白くなった［頭髮白了］慣
～が上がらない［抬不起頭來］；～
が下がる［欽佩，佩服］；～をかく
［（因失誤、難為情等）撓頭］；～を
ひねる［絞盡腦汁，費心思］

頭金⓪〈名〉定金，首付款

頭越し⓪〈名〉隔著頭，越頂 例 ～外
交［（外交上）高層次接觸；越頂外
交］

頭③〈名〉頭，腦袋；頭髮；首領，首
腦人物，頭目；頂端，最上，最初，
頭一個 慣 ～を下ろす［落髮（出家）］

頭文字④〈名〉大寫字母，首字母，
第一個字母

頭蓋①〈名〉顱，頭蓋＝とうがい

頭巾②〈名〉兜帽，頭巾

頭上⓪〈名〉頭上，頭頂上

頭痛⓪〈名〉頭痛；煩惱，苦惱

頭腦①〈名〉頭腦

頭角⓪〈名〉頭角

頭骨⓪〈名〉頭骨，頭蓋骨

頭取⓪〈名〉行長，董事長，總經理；
後台總管

頭髮⓪〈名〉頭髮

頭部①〈名〉頭部

頭目①〈名〉頭目，頭子，頭頭兒

頭領①〈名〉首領，頭目

★音頭・巻頭・巨頭・口頭・出頭・
陣頭・徹頭徹尾・店頭・番頭・
埠頭・冒頭・没頭・竜頭蛇尾

透す・かす/す・く/す・ける/トウ
tòu［日＝繁＝簡］

通過，穿通；通達

透かす③⓪〈他五〉留開縫隙，留出
空隙，留出間隔；使（樹木枝幹）稀

疏，間伐，間拔（禾苗）；透過…
（看），迎著亮光（看）；放無聲屁 例
木の枝を～す［打枝］

透く②⓪〈自五〉露縫 例 少し枝を～
いたほうがいいな［應該剪剪樹枝了］

透ける③⓪〈自一〉透過…看見，透
明 例 ～けるブラウス［有點透明的
女式襯衫］

透過⓪〈名・サ變〉透過，穿過

透視⓪〈名・サ變〉透視

透写⓪〈名・サ變〉透寫，映寫，描圖，
複寫

透水⓪〈名〉透水，滲水

透析⓪〈名・サ變〉滲析，透析，隔膜分
離

透徹⓪〈形動〉清澈，清新；透徹，精
闢，清晰

透明⓪〈名・形動〉透明

★浸透

凸でこ/トツ
tū［日＝繁＝簡］

高於周圍（跟「凹」相對）

凸①〈名〉突出，突出的東西

凸凹⓪〈名・形動〉凹凸不平，坑窪不
平，坑坑窪窪；不平均 例 給与の～
をならす［調整工資的高低不均］
＝おうとつ

凸型⓪〈名〉凸型

凸版⓪〈名〉凸版

凸面⓪〈名〉凸面

★凹凸

突つ・く/トツ
［突］［突］tū［日≒繁＝簡］

猛衝；忽然；高於周圍

突く①②〈他五〉紮，刺，戳；撞，頂 例 鐘を～く[撞鐘]

突っ返す③〈他五〉推回去，撞回去；退回去，頂回去，駁回 例 不法な要求を～す[把非法的要求頂回去]

突っ張る③〈他五〉頂，支上，支撐；頂，強烈反駁，堅持己見；(相撲)使勁猛推；抽筋，突然劇痛 例 自分の意見を最後まで～る[始終堅持己見]

突貫⓪〈名・サ變〉一氣呵成，突擊

突起⓪〈名・サ變〉突起，隆起；突然發生

突擊⓪〈名・サ變〉突擊，衝鋒

突出⓪〈名・サ變〉突出

突如①〈副〉突然

突進⓪〈名・サ變〉突進，直衝上去，猛進

突然⓪〈副〉突然，忽然

突端⓪〈名〉突出的一端

突堤⓪〈名〉(伸入海中的)防波堤；(河口的)防沙堤

突入⓪〈名・サ變〉突入，衝進

突破⓪〈名・サ變〉突破，衝破；超過

突発⓪〈名・サ變〉突然發生

突風⓪〈名〉突然刮起的暴風

★ 煙突・激突・衝突・猪突・唐突

図 はか・る/ズ/ト
[圖][图]tú[日≒繁≒簡]
用繪畫表現出來的形象；謀劃，計畫；意圖

図る②〈他五〉謀求，圖謀，企圖，策劃 例 自殺を～る[企圖自殺，尋死]

図案⓪〈名〉圖案

図絵①〈名〉圖冊，畫冊

図画①〈名〉圖畫

図解⓪〈名・サ變〉圖解

図柄⓪〈名〉圖案，花樣

図鑑⓪〈名〉圖鑑

図形⓪〈名〉圖形

図工⓪〈名〉圖畫和手工

図式⓪〈名〉圖表，圖式

図説⓪〈名・サ變〉插圖說明，圖解說明

図版⓪〈名〉(印在書中的)插圖

図表⓪〈名〉圖表

図譜①〈名〉圖譜，畫譜

図面⓪〈名〉圖紙，設計圖，構造圖，藍圖

図録⓪〈名〉圖錄，圖鑑

図書①〈名〉圖書，書籍

図書館②〈名〉圖書館

★ 意図・絵図・企図・系図・構図・縮図・製図・設計図・地図・天気図・投影図・版図・略図

徒 ト
tú[日＝繁＝簡]
步行；空的，沒有憑借的；從事學習的人；同一派系的人；人(含貶義)；信仰某種宗教的人

徒死①〈名・サ變〉徒死

徒事①〈名〉沒有意義的事

徒手①〈名〉徒手

徒食⓪〈名・サ變〉坐食，光吃

徒然⓪〈名・形動〉寂寞，閒得無聊 ＝つれづれ 辨 在漢語中是「僅僅如此」「無緣無故」「白白地，不起作用」等意思

徒弟⓪〈名〉徒弟

徒費①〈名・サ變〉浪費

徒歩① 〈名〉徒步＝かち

徒労⓪ 〈名〉徒勞，白費勁

★ 学徒・凶徒・教徒・使徒・囚徒・
信徒・生徒・博徒・暴徒・門徒

途 ト
tú[日＝繁＝簡]

道路

途次① 〈名〉途中

途上⓪ 〈名・サ變〉道上，路上，中途

途絶⓪ 〈名・サ變〉杜絕，斷絕，停止

途絶える③ 〈自一〉斷絕，杜絕，中斷

途端⓪ 〈副〉正當…時候，剛一…時
候，一…就… 例 立ち上がった～に
頭をぶつけた[剛一站起來就碰了
頭]

途中⓪ 〈名〉途中，路上，中途

途方⓪ 〈名〉方法，手段；條件，道理
慣 ～に暮れる[想不出辦法，迷
惘]；～もない[毫無道理；出奇，
駭人聽聞]

★ 一徒(＝いちず)・官徒・帰徒・
使徒・中徒・長徒・半徒・別徒

塗 ぬ・る/ト
[塗][涂]tú[日＝繁≒簡]

使油漆、顏色、脂粉、藥物等附著
在物體上；抹去

塗る②⓪ 〈他五〉塗(顏料)，擦，
抹，搽；搽粉 例 かゆいところに
薬を～る[擦藥止癢]

塗擦⓪ 〈名・サ變〉塗抹，塗搽

塗装⓪ 〈名・サ變〉塗飾，塗抹

塗炭⓪ 〈名〉塗炭

塗布① 〈名・サ變〉塗，敷，搽

塗料① 〈名〉塗料

★ 糊塗

土 つち/ト/ド
tǔ[日＝繁＝簡]

地面上的泥沙混合物；疆域；本地
的，地方性的

土② 〈名〉土地；土，土壤，土質；地
例 ～を掘る[掘地] 慣 ～が付く
[(相撲)著地；輸，敗]；～となる
[死]；～に帰る[歸土，入土，死]

土塊⓪ 〈名〉土塊，土坷垃＝どかい

土方⓪ 〈名〉從事土木工程的工人

土管⓪ 〈名〉陶管，缸管

土器① 〈名〉土器，陶器

土偶⓪ 〈名〉泥偶人，陶俑

土下座⓪② 〈名・サ變〉跪在地上(致
敬、求情)

土建⓪ 〈名〉土木建築

土語① 〈名〉土話；土著民的語言

土質⓪ 〈名〉土質

土砂① 〈名〉沙土

土壤⓪ 〈名〉土壤

土人⓪ 〈名〉土著，當地人，土人

土葬⓪ 〈名〉土葬

土足⓪ 〈名〉不脫鞋，穿著鞋；帶泥的
腳

土俗① 〈名〉當地風俗習慣

土台⓪ 〈名〉地基，根基

土壇場⓪ 〈名〉絕境，最後關頭

土地⓪ 〈名〉土地，耕地；土壤，土
質；當地，某地方，地區；地，地
皮；領土 慣 ～柄[當地的風氣]；～
勘[對該地熟悉]

土着⓪ 〈名・サ變〉定居

土鍋⓪ 〈名〉沙鍋

土俵⓪ 〈名〉土袋子；相撲的場地(台)

土瓶⓪〈名〉(陶製)茶壺，水壺

土塀⓪〈名〉土牆，泥牆

土木①〈名〉土木(工程)

土曜日②〈名〉星期六

土塁①〈名〉野戰工事

★ 黄土(＝こうど)・郷土・耕土・荒土・焦土・浄土・凍土・陶土・風土・冥土・沃土・楽土

吐 は・く/ト
tǔ(tù)[日＝繁＝簡]

使東西從嘴裏出來；說出來；(消化道或呼吸道裏的東西)不由自主地從嘴裏湧出來

吐き気③〈名〉噁心，吐意，想要嘔吐(的感覺) 例 ～をする[想要嘔吐，令人作嘔]

吐き出す③⓪〈他五〉吐出，嘔吐；冒出，湧出，噴出，拿出，退出，吐出 例 臓物を～す[退出臟物]

吐く①〈他五〉吐，吐出，嘔吐；冒出，噴出；吐露，說 例 飲みすぎて～いた[飲酒過量嘔吐了]

吐息⓪〈名〉大喘氣，嘆氣

吐血⓪〈名・サ變〉吐血

吐剤⓪〈名・サ變〉吐劑

吐乳⓪〈名・サ變〉吐奶

吐露①〈名・サ變〉吐露

★ 嘔吐・音吐

団 ダン/トン
[團][团]tuán[日＝簡≒繁]

圓形的；結成球形的東西；會合在一起；工作或活動的集體

団員⓪〈名〉團員 辨 在中國多指「中國共產主義青年團的團員」。日語中的「団員」沒有政治含義，指「集團的成員」或者「某個團體的成員」，如「劇～」、「暴力～」

団円⓪〈名・サ變〉圓滿；團圓，結束，結果

団塊⓪〈名〉團，塊兒；(礦)結核

団結⓪〈名・サ變〉團結

団子⓪〈名〉米粉團，江米團；丸子

団交⓪〈名・サ變〉團體交涉

団体⓪〈名〉團體，集體

団地⓪〈名〉(有計畫地集中建立很多公寓或住宅的)住宅區；住宅新村

団長⓪〈名〉團長

団欒⓪〈名・サ變〉團欒，團圓

★ 音楽団・教団・軍団・劇団・財団・集団・船団・代表団・訪問団

推 お・す/スイ
tuī[日＝繁＝簡]

向外用力使物體或者物體的某一部分順著用力的方向移動；使事情開展；根據已知的事實斷定其他；往後挪動(時間上)；辭讓，脫卸；舉薦，指出某人優點

推し進める⑤〈他一〉推進，推動，推行，進行 例 政策を～める[推行政策]

推し量る④〈他五〉推測，推度，推想，猜測，揣想，揣度 例 相手の心を～る[推測對方的心理]

推す⓪〈他五〉推，擠，撐；按，壓，摁；蓋(章)，按(印)，貼(紙)；冒，不顧；堅持；壓倒 例 風雨を～していく[冒著風雨前往] 慣 ～しも～されもせぬ[地位穩固；牢不可

破；無可否認；穩如泰山]；念を～
す[叮問，叮囑]

推移①〈名・サ變〉推移

推挙①〈名・サ變〉推舉

推計⓪〈名・サ變〉推算

推考⓪〈名・サ變〉推想，推測，推理，
猜度

推敲⓪〈名・サ變〉推敲，琢磨

推察⓪〈名・サ變〉推測，推察，猜想；
諒察

推参⓪〈名・サ變〉造訪，登門拜訪

推算⓪〈名・サ變〉推算

推奨⓪〈名・サ變〉推薦

推進⓪〈名・サ變〉推進，推動

推薦⓪〈名・サ變〉推薦

推測⓪〈名・サ變〉推測

推戴⓪〈名・サ變〉推戴，推舉

推断⓪〈名・サ變〉推斷，判斷

推定⓪〈名・サ變〉推定，推斷

推服⓪〈名・サ變〉推崇而又服從，心
服，敬服，敬佩

推理①〈名・サ變〉推理，推斷

推量⓪〈名・サ變〉推測，推斷，推量

推力①〈名〉推力

推論⓪〈名・サ變〉推論

★ **類推**

退 しりぞ・く/しりぞ・ける/タイ
tuì[日＝繁＝簡]

向後移動(跟「進」相對)；離開，辭
去；衰退，下降；脫落；退還；把
已經定的事撤銷

退く③〈自五〉倒退，後撤；退出；退
職，離開；讓步

例 政界から～いて隠居する[退出
政界隱居]

退ける④〈他一〉(使)離開；駁回；
擊退 **例** 反対意見を～ける[駁回反
對意見]

退位①〈名・サ變〉退位

退院⓪〈名・サ變〉出院；走出議院

退隠⓪〈名・サ變〉隱退，退休，卸任

退役⓪〈名・サ變〉退役

退化①〈名・サ變〉退化

退会⓪〈名・サ變〉退會

退学⓪〈名・サ變〉退學

退官⓪〈名・サ變〉辭去官職，從官職
告退，退休

退却⓪〈名・サ變〉退卻

退去①〈名・サ變〉退去，離開

退勤⓪〈名・サ變〉下班

退屈⓪〈名・形動・サ變〉無聊，悶，厭
倦

退校⓪〈名・サ變〉退學；開除學籍

退座⓪〈名・サ變〉退席

退散⓪〈名・サ變〉逃走，逃散；散去，
離去，走開，回去

退治①〈名・サ變〉懲辦，撲滅，消滅

退社⓪〈名・サ變〉退職，辭職；下班

退出⓪〈名・サ變〉退出，退下

退場⓪〈名・サ變〉退席，退場，退出；
下台

退職⓪〈名・サ變〉退職，退休，離職

退色⓪〈名・サ變〉褪色，掉色

退陣⓪〈名・サ變〉(由陣地)撤退；下
台，退出公職

退勢⓪〈名〉頹勢

退席⓪〈名・サ變〉退席，退場

退団⓪〈名・サ變〉退出團體(組織)

退潮⓪〈名〉退潮，落潮；衰退趨勢，
趨向低潮

退任⓪〈名・サ變〉卸任，退職

退廢⓪〈名・サ變〉頹廢，頹敗，衰頹

退避①〈名・サ變〉躲避，退避

退步①〈名・サ變〉退步

退路①〈名〉退路

★ 引退・撃退・減退・後退・辭退・進退・衰退・早退・脫退・中退・撤退・廢退・勇退

屯 トン

tún[日＝繁＝簡]

聚集，儲存；(軍隊)駐紮

屯營⓪〈名〉駐紮，屯駐

屯所⓪①〈名〉駐地，駐屯地，駐守地，駐紮地

屯田⓪〈名〉屯田，屯田制

★ 駐屯

豚 ぶた/トン

tún[日＝繁＝簡]

小豬，泛指豬 慣 日語中的「猪のしし」指野豬

豚舍①〈名〉豬圈，豬舍

豚汁⓪〈名〉豬肉醬湯

豚⓪〈名〉豬 慣 ～に真珠[投珠與豬；對牛彈琴；毫無意義]

豚肉⓪〈名〉豬肉

★ 養豚

託 タク

[託][托]tuō[日＝繁≒簡]

用手掌承著東西；陪襯，鋪墊；請別人代辦

託兒所⓪〈名〉託兒所

託する③〈サ變〉託，託付，委託；託，借口，託詞

託送⓪〈名・サ變〉託運

★ 依託・委託・遺託・寄託・供託・結託・嘱託・信託・請託・宣託・附託

脫 ぬ・ぐ/ぬ・げる/ダツ

[脫][脫]tuō[日＝簡≒繁]

離開，落掉；遺漏；取下，除去

脫ぐ①〈他五〉脫，摘掉 例 服を～ぐ[脫掉衣服]

脫げる⓪〈自一〉脫落下來，掉下來 例 帽子が～げる[帽子掉下來]

脫衣⓪〈名・サ變〉脫衣

脫化⓪〈名・サ變〉蛻化，蛻變

脫會⓪〈名・サ變〉退會

脫却⓪〈名・サ變〉擺脫，抛棄

脫臼⓪〈名・サ變〉脫位，脫臼

脫誤⓪〈名〉脫落與錯誤

脫稿⓪〈名・サ變〉脫稿，完稿

脫穀⓪〈名・サ變〉脫粒，脫穀

脫獄⓪〈名・サ變〉越獄

脫獄囚⓪〈名〉越獄犯

脫脂⓪〈名・サ變〉脫脂

脫字⓪〈名〉漏字，掉字

脫脂綿③〈名〉脫脂棉，藥棉

脫臭⓪〈名・サ變〉除臭

脫出⓪〈名・サ變〉逃出，逃脫，逃亡

脫色⓪〈名・サ變〉脫色，去色，漂白

脫水⓪〈名・サ變〉脫水，去水

脫稅⓪〈名・サ變〉逃稅，偷稅，漏稅

脫線⓪〈名・サ變〉出軌，脫軌；離開本題，脫離常軌

脫走⓪〈名〉逃脫，逃跑

脫俗⓪〈名・サ變〉脫俗，超俗

脫退⓪〈名・サ變〉脫離，退出

脫胎⓪〈名・サ變〉脫胎

脫黨⓪〈名・サ變〉脫黨，退黨

脱皮⓪〈名・サ變〉(動物)蛻皮;(喻)轉變,棄舊(圖新),打破舊習

脱法⓪〈名・サ變〉逃脱法律,鑽法律的空子

脱帽⓪〈名・サ變〉脱帽;佩服,甘拜下風

脱毛⓪〈名・サ變〉脱毛

脱落⓪〈名・サ變〉漏掉,脱落;脱離

脱漏⓪〈名・サ變〉遺漏,漏掉

★ 遺脱・逸脱・虛脱・誤脱・超脱・離脱

妥 ダ
tuǒ[日=繁=簡]

適當,合適;安穩,停當

妥協⓪〈名・サ變〉妥協,和解

妥結⓪〈名・サ變〉妥協

妥当⓪〈名・形動・サ變〉妥當,妥善

拓 タク
tuò[日=繁=簡]

開闢(土地、道路)

拓殖⓪〈名・サ變〉開墾和殖民

拓本⓪〈名〉拓本

★ 開拓・干拓・魚拓

唾 つば/ダ
tuò[日=繁=簡]

從唾液腺分泌至口腔內的消化液;用力吐唾沫

唾①〈名〉唾

唾液⓪〈名〉唾液

唾棄①〈名・サ變〉唾棄

W **X**

瓦 かわら/ガ
wà[日=繁=簡]

用陶土燒製的東西

瓦⓪〈名〉瓦

瓦解⓪〈名・サ變〉瓦解

瓦礫⓪①〈名〉瓦礫

★ 煉瓦

外 そと/はず・す/はず・れる/ほか/ガイ/ゲ
wài[日=繁=簡]

外邊,外邊的(跟「內」或「裏」相對);指自己所在地以外的;外國,外國的;關係疏遠的

外①〈名〉(相對於裏的)外邊,外面;家以外的地方,外面,外頭;(所定範圍以外的)外部,外人;(相對於內心的)表面;社會,外界 例 感情を～に出さない[感情不外露]

外す⓪〈他五〉取下,摘下,解開;錯過,失掉,偏離;離開;刪除,除去;躲過 例 眼鏡を～す[摘下眼鏡]

外れる⓪〈自一〉脱落,掉下;偏離;不中,不準,落空;除去 例 彼の話しはいつも調子が～れている[他說起話來總是跑題]

外⓪〈名〉別處,別的地方,外部,外地;別的,另外,其他,其餘;除了…以外 例 ～にも支店がある[別處也有分店] 慣 ～でもない[不為別的(事)];～ならない[無非,就是;既然是];思いの～[出乎意

外；沒想到]

外圧⓪〈名〉外壓

外衣⓪〈名〉外衣

外因⓪〈名〉外因

外延⓪〈名〉外延

外貨①〈名〉外國貨幣，外幣，外匯；進口貨，外國貨

外殻⓪〈名〉外殼

外郭⓪〈名〉外圍，外廓，輪廓

外観⓪〈名〉外觀

外患⓪〈名〉外患

外局⓪〈名〉(屬於總理府或各部的)中央直屬局

外勤⓪〈名・サ變〉外勤；外勤人員

外形⓪〈名〉外形，外表

外見⓪〈名〉外面，表面；外觀；外貌，外表

外交⓪〈名〉外交

外向⓪〈名〉外向(傾向)

外剛内柔⓪〈名〉外剛內柔

外債⓪〈名〉外債

外在⓪〈名〉外在

外資⓪〈名〉外資

外出⓪〈名・サ變〉外出

外相⓪〈名〉外交部長

外孫⓪〈名〉外孫

外注⓪〈名・サ變〉向外部訂貨

外電⓪〈名〉外電

外泊⓪〈名・サ變〉在外住宿

外皮①〈名〉外皮，表皮；皮膚

外部⓪〈名〉外部

外聞⓪〈名〉聲譽，面子

外務省③〈名〉外務省(外交部)

外面⓪〈名〉外面，表面；外表，外觀

外遊⓪〈名・サ變〉出國旅行

外洋⓪〈名〉遠洋

外来⓪〈名〉外來，舶來

外科⓪〈名〉外科

★以外・意外・言外・限外・郊外・治外法権・除外・涉外・疎外・中外・天外・度外・内外・内憂外患・法外・望外・門外漢・慮外・論外

湾 ワン

[灣][湾]wān[日＝簡≒繁]

水流彎曲的地方；海岸凹入陸地、便於停船的地方

湾岸⓪〈名〉海(港)灣的沿岸

湾曲⓪〈名〉彎曲，彎

湾内⓪〈名〉灣內

湾入⓪〈名・サ變〉海灣深入陸地

湾流⓪〈名〉灣流

★台湾・港湾

丸 まる/まる・い/まる・める/ガン

wán[日＝繁＝簡]

球形的小東西；量詞 辨 在日語中，可以用做形容詞(圓形的)、動詞(使變成圓形)，另外還有「整個」「全部」的意思

丸⓪〈名〉圓，圓圈，圓形；句號；整個，全部；城郭的內部；原樣 例 鶏を～のまま鍋に入れて煮る[把整隻雞放在鍋裏煮]

丸洗い③〈名・サ變〉(不拆開)全洗，整個洗 例 布団の～[整個地清洗被褥]

丸暗記③〈名・サ變〉死記硬背；全部記住，全部背下來 例 彼はその詩を～していた[他一字不差地把那首詩背了下來]

丸い ⓪〈形〉圓，圓形；圓滿，妥善，安詳，和藹 例 争いを～く収める[紛爭圓滿地解決了] 慣 ～卵も切りようで四角[事在人為]

丸写し ③〈名〉照抄 例 参考書の～[照抄參考書]

丸顔 ⓪〈名〉圓臉

丸刈り ⓪〈名〉全剪，全推，剪光，推光 例 頭を～にする[推光；推成禿子]

丸腰 ⓪〈名〉徒手，不攜帶武器

丸損 ⓪〈名〉全賠，滿賠，滿虧，整個虧光 例 株で～をする[買股票全部賠光]

丸太 ⓪〈名〉(剝掉樹皮的)圓木頭，木料 例 ～を組む[交叉(搭)圓木]

丸出し ⓪〈名〉全部露出，完全暴露 例 方言～で話す[操著滿口方言說話]

丸潰れ ⓪〈名〉完全崩潰，完全倒塌，完全倒台；丟光，丟盡；報銷，白浪費 例 面目～[丟光了面子，信譽掃地]

丸裸 ③〈名〉赤身裸體，一絲不掛；一無所有，一貧如洗 例 火事で～になった[因遭火災變得一貧如洗]

丸坊主 ③〈名〉光頭；光禿 例 ～の山[光禿禿的山，禿山]

丸める ④⓪〈他一〉團，弄圓，揉成團，捲；籠絡，拉攏；剃頭 例 雪を～める[團雪球]

丸儲け ③〈名〉全部賺下；(無本兒)滿賺 例 拾ったくじが当たって10万円～した[撿到的彩票中了彩，白賺了10萬日元]

丸焼き ⓪〈名〉整烤 例 アヒルの～[烤全鴨]

★ 一丸・弾丸・砲丸

完 カン
wán[日＝繁＝簡]

全；消耗盡，沒有剩的；做成，了結；交納

完結 ⓪〈名・サ變〉完成，完結

完工 ⓪〈名・サ變〉完工，竣工

完済 ⓪〈名・サ變〉還清，還完；清償

完治 ①〈名〉痊癒，完全治好 ＝かんち

完熟 ⓪〈名・サ變〉成熟，熟透

完遂 ⓪〈名・サ變〉完成，達成，竣工

完成 ⓪〈名・サ變〉完成，落成

完全 ⓪〈名・形動〉完全，完整

完全無欠 ⑤〈形動〉完整無缺

完走 ⓪〈名・サ變〉跑完全程，跑到頭

完納 ⓪〈名・サ變〉繳清，繳齊

完敗 ⓪〈名・サ變〉大敗，慘敗

完備 ①〈名・サ變〉完備，齊全

完膚 ⓪〈名〉完膚

完本 ⓪〈名〉足本，全本

完訳 ⓪〈名・サ變〉翻譯全文，全譯本

完了 ⓪〈名・サ變〉完了，完畢

★ 補完・未完

玩 もてあそ・ぶ/ガン
wán[日＝繁＝簡]

耍，遊戲；使用某種手段來達到某種目的；輕視，戲弄；觀賞

玩ぶ ④⓪〈他五〉玩；玩賞；玩弄

玩具 ①〈名〉玩具

玩弄 ⓪〈名・サ變〉玩弄

★ 愛玩

頑 ^{ガン}

[頑][頑]wán[日＝繁≒簡]

不容易開導或制伏；堅硬

頑強⓪〈形動〉頑強(不屈)

頑健⓪〈形動〉健壯，強健

頑固①〈形動〉頑固，固執；久治不癒的病，痼疾

頑丈⓪〈形動〉堅固，結實；健壯，強健

頑張る③〈自五〉堅持己見，硬主張，頑固，固執己見；堅持，拼命努力，加油，鼓勁；不動，不走，不離開 **例**〜てください[請加油]

頑迷⓪〈名・形動〉冥頑，頑固

宛 ^{あて/あてが・う/あ・てる}

wǎn[日＝繁＝簡]

曲折 **辨** 在日語中多用做假借字，表示「目標，目的」等意思

宛て⓪〈名・接尾〉寄給，發給；每，平均

宛がう③⓪〈他五〉緊靠，緊貼；分配，給

宛て名⓪〈名〉收件人姓名

宛てる③⓪〈他下一〉寄給

晚 ^{バン}

wǎn[日＝繁＝簡]

太陽落了的時候；一個時期的後段

晚夏①〈名〉晚夏

晚期①〈名〉晚年；晚期，末期

晚婚〈名〉晚婚

晚餐⓪〈名〉晚餐

晚酌⓪〈名・サ變〉晚飯時喝(的)酒

晚秋⓪〈名〉晚秋

晚熟⓪〈名〉晚熟，成熟較晚

晚春⓪〈名〉晚春

晚鐘⓪〈名〉黃昏時的鐘聲

晚生⓪〈名〉晚生，晚熟 **例**〜植物[晚生植物] **辨** 漢語中表示自謙的「晚生」在日語中為「小生」

晚成⓪〈名・サ變〉晚熟；晚成 **慣**大器〜[大器晚成]

晚節⓪〈名〉晚節

晚霜⓪〈名〉晚霜(4月至5月上旬下的霜)

晚冬⓪〈名〉晚冬

晚年⓪〈名〉晚年，暮年

★ 朝晚・今晚・歲晚・昨晚・早晚・大器晚成・每晚・明晚

万 ^{よろず/バン/マン}

[萬][万]wàn[日＝簡≒繁]

10個1000；形容很多；極，很，絕對

万屋⓪〈名〉百貨店；萬事通

万①〈名〉萬；數量多

万一①〈名・副〉萬一；倘若

万言⓪〈名〉千言萬語

万年筆③〈名〉自來水筆

万引き⓪〈名・サ變〉扒手，小偷；扒竊

万病⓪〈名〉各種各樣的病

万步計〈名〉計步器

万感⓪〈名〉各種各樣的感覺

万機①〈名〉各種各樣的大事

万国①〈名〉世界上所有國家

万歲③〈名〉萬歲

万事①〈名〉萬事

万障⓪〈名〉萬難

万象⓪〈名〉萬象

万丈⓪〈名〉萬丈，非常高

万世⓪〈名〉萬世，萬代

万全⓪〈名〉萬全

万代①〈名〉萬代，萬世

万端⓪〈名〉一切，萬事

万難⓪〈名〉萬難，種種困難

万能⓪〈名〉萬能，全能

万物①〈名〉萬物

万民③⓪〈名〉萬民，人民大眾

万有⓪〈名〉萬物 例 ～引力［萬有引力］

万里①〈名〉萬里 例 ～の長城［萬里長城］

★巨万・千軍万馬・千差万別・千秋万歳・千緒万端・千万・波乱万丈

腕 うで/ワン
wàn［日＝繁＝簡］

辨 在漢語中，指胳膊下端跟手掌相連的地方；在日語中，指從肘部到胳膊下端相連的部分

腕②〈名〉上肢，腕，胳膊；本事，本領；腕力；支架，扶手 例 ～がある［有本事］

腕首②⓪〈名〉腕關節

腕組③〈名〉雙手胸前交叉 例 ～をして考え込む［抱著胳膊沉思］

腕比べ③〈名・サ變〉比力氣，比本領 例 よし、それじゃあ～しよう［好，那就比比看］

腕相撲③〈名〉掰手腕

腕揃い③〈名〉淨是能手，全是有本事的人 例 仲間達は皆～です［伙伴們都是高手］

腕試し③〈名・サ變〉試試自己的能力 例 ～に模擬試験を受ける［為了測試自己的能力而參加模擬考試］

腕時計③〈名〉手錶

腕前⓪〈名〉能力，本事，技術 例 ～を披露する［顯露身手］

腕枕〈名〉以手臂為枕頭，枕著胳膊

腕捲り③〈名・サ變〉捲袖子；擺架勢 例 ～して議長に詰め寄る［捲起袖子追問議長］

腕章⓪〈名〉袖章

腕白⓪〈形動〉頑皮，淘氣

腕力①⓪〈名〉臂力；暴力

★右腕・怪腕・左腕・細腕・手腕・鉄腕・敏腕・片腕・扼腕・辣腕

亡 な・い/な・くす/ボウ/モウ
wáng［日＝繁＝簡］

逃；死；滅

亡い①〈形〉已死的 例 あの有名な俳優も今は～い［那個著名的演員現在也已去世了］

亡くす③〈他五〉喪失 例 子供を～した母親［失去孩子的母親］

亡兄⓪〈名〉亡兄

亡国⓪〈名〉亡國

亡妻⓪〈名〉亡妻

亡児①〈名〉亡兒，死去的孩子

亡失⓪〈名・サ變〉丟失，遺失

亡弟⓪〈名〉亡弟，死去的弟弟

亡夫①〈名〉亡夫

亡父①〈名〉亡父

亡母①〈名〉亡母

亡命⓪〈名・サ變〉亡命，流亡

亡友⓪〈名〉亡友

亡羊補牢⓪〈名〉亡羊補牢

亡靈⓪〈名〉亡靈；幽靈

★興亡・死亡・衰亡・存亡・逃亡・敗亡・滅亡

王 オウ

wáng[日＝繁＝簡]

古代一國君主的稱號；首領

王位①〈名〉王位

王冠⓪〈名〉王冠，皇冠；桂冠

王宮⓪〈名〉王宮，皇宮

王家①〈名〉王家，王室，王族

王侯⓪〈名〉王侯，帝王和諸侯

王国①〈名〉王國

王座①〈名〉王座，王位；第一位，冠軍

王様⓪〈名〉大王；最好的；處於有利地位的人 **例** 消費者は～だ[消費者是上帝]

王子①〈名〉王子

王室⓪〈名〉王室

王女①〈名〉公主；王族的女兒

王政⓪〈名〉國王親政

王制①〈名〉君主制度

王族⓪〈名〉王族

王朝⓪〈名〉王朝；朝代

王道⓪〈名〉王道；捷徑 **例** 学問に～なし[學問無捷徑]

王妃①〈名〉王妃，皇后

★ **勤王・国王・女王・親王・先王・帝王・天王・覇王・法王・竜王**

往 オウ

wǎng[日＝繁＝簡]

去、到；過去、從前

往往⓪〈副〉往往，常常 **例** ～にして失敗することがある[往往失敗]

往還⓪〈名〉往來；(古語)街道

往古①〈名〉遠古

往事①〈名〉往事

往診⓪〈名・サ變〉出診

往信⓪〈名〉去信，要求回覆的聯絡

往生①①〈名・サ變〉(佛教)往生(極樂淨土)；死；死心，放棄；一籌莫展 **例** 問い詰められて～した[被質問得無話可說]

往昔⓪〈名〉往昔，過去＝おうじゃく

往年⓪〈名〉往年，從前

往復⓪〈名・サ變〉往返；來往 **例** ～切符[往返票]

往訪⓪〈名・サ變〉往訪，前去訪問

往来⓪〈名・サ變〉往來

往路①〈名〉去路，去時走的路

★ **右往左往・既往・勇往・来往**

網 あみ/モウ

[網][网]wǎng[日＝繁≒簡]

用繩線結成捕捉鳥、魚的工具；網狀組織或系統

網②〈名〉網；鐵絲網；羅網

網棚⓪〈名〉(火車、電車)上的行李架(以前為用繩結成的網)

網戸②〈名〉紗門，紗窗

網元⓪〈名〉船主，漁霸

網目③〈名〉網眼

網状⓪〈名〉網狀

網膜⓪〈名〉視網膜

網羅①〈名・サ變〉網羅，收羅，包羅

★ **一網打尽・漁網・交通網・通信網・天網・電話網・放送網・法網**

妄 ボウ/モウ

wàng[日＝繁＝簡]

胡亂，荒誕，不合理；非分的，不實的

妄言⓪〈名〉妄言，胡言亂語

＝ぼうげん

妄語①〈名〉（佛教）打妄語，説謊

妄執⓪〈名〉迷惑

妄想⓪〈名・サ變〉妄想；夢想

妄動⓪〈名・サ變〉妄動，盲動＝盲動

妄念⓪〈名〉執迷

妄評⓪〈名・サ變〉胡亂評論

　　＝ぼうひょう

★ 虚妄・軽挙妄動・迷妄

忘 わす・れる/ボウ
wàng[日＝繁＝簡]

不記得，遺漏

忘れ物⓪〈名〉忘記(的)東西 例 雨の
日は電車に傘の～が多い[雨天電車
裏忘帶的傘很多]

忘れる⓪〈自他一〉忘記，忘卻 例 悲
しみを～れる[忘卻悲傷]

忘恩⓪〈名〉忘恩

忘我①〈名〉忘我

忘却⓪〈名・サ變〉忘卻

忘失⓪〈名・サ變〉遺失

忘年⓪〈名〉忘年；年末聚會

★ 健忘・備忘

旺 オウ
wàng[日＝繁＝簡]

盛，興盛

★ 旺盛

望 のぞま・しい/のぞ・む/ボウ/モウ
[望][望]wàng[日≒繁＝簡]

看，往遠處看；盼望，希望；名望，
聲譽

望ましい④〈形〉期望的，盼望的，
可喜的 例 君が一人りで行くこと

が～い[希望你一個人去]

望み⓪〈名〉期望，期盼；希望，可能
性 例 まだまだ～がある[還有希望]

望む③⓪〈他五〉希望，期望；眺望
例 彼に多くは～めない[對他不能
期望太多]

望遠鏡⓪〈名〉望遠鏡

望外⓪〈名〉意外，望外

望郷⓪〈名〉望鄉，思鄉

望見⓪〈名・サ變〉眺望，遠望

望蜀⓪〈名〉得隴望蜀

望楼⓪〈名〉瞭望塔

★ 渇望・願望・希望・失望・衆望・
宿望・嘱望・信望・人望・声望・
切望・絶望・羨望・待望・眺望・
徳望・熱望・非望・名望・野望・
要望・欲望

威 イ
wēi[日＝繁＝簡]

使人敬畏的氣魄

威圧⓪〈名・サ變〉威壓，恐嚇

威嚇⓪〈名・サ變〉威嚇，恫嚇

威喝⓪〈名・サ變〉大聲喝問

威儀①〈名〉威儀

威厳⓪〈名〉威嚴

威光⓪〈名〉威望；威力

威信⓪〈名〉威信

威勢⓪〈名〉威勢，威力；勁頭，勇
氣，朝氣

威徳⓪〈名〉威德，威嚴和仁德

威張る②〈自五〉逞威風，趾高氣揚
例 部下に対して～る[對部下耍威
風]

威武①〈名〉威武

威風⓪〈名〉威風凛凛

威服⓪①〈名・サ變〉懾服

威名〈名〉威名

威力①〈名〉威力；強大的力量

威令⓪〈名〉嚴令

★ 脅威・権威・国威・猛威

微 ビ
[微][微]wēi[日≒繁＝簡]

　小，細小；少，稍；衰落，低下

微雨①〈名〉小雨，毛毛雨

微温⓪〈名〉微溫

微温的⓪〈形動〉不徹底的 **例** ～な処理[不徹底的處理]

微瑕②〈名〉微瑕，微疵

微吟⓪〈名・サ變〉低聲吟唱

微光⓪〈名〉微弱的光

微細⓪〈名・形動〉微小

微弱⓪〈名・形動〉微弱

微小⓪〈名・形動〉微小

微少⓪〈名・形動〉很少

微笑⓪〈名・サ變〉微笑

微震⓪〈名〉輕微的地震

微酔⓪〈名〉微醉

微生物②〈名〉微生物

微賎⓪〈形動〉微賤，卑賤

微増⓪〈名・サ變〉少量增加

微動⓪〈名・サ變〉微動

微熱⓪〈名〉微熱

微風⓪〈名〉微風

微妙⓪〈形動〉微妙

微量⓪〈名〉微量，少量

微力⓪〈名〉很小的力量；微薄之力

★ 隠微・軽微・顕微鏡・細微・
　衰微・精微・微微

危
あぶ・ない/あや・うい/あや・ぶ
む/キ

　wéi[日＝繁＝簡]

　不安全；損害；指人臨死

危ない③⓪〈形〉危險，危急；靠不住 **例** ～い世界[危險的世界]

危うい③⓪〈形〉危險；險些，差一點 **例** ～く川に落ちるところだった[差點掉進河裏]

危ぶむ③〈他五〉擔心，懷疑 **例** 健康を～む[擔心健康]

危害①〈名〉危害

危機①②〈名〉危機

危急⓪〈名〉危急

危局②〈名〉危險的局面

危惧①〈名・サ變〉擔心，害怕

危険⓪〈名・形動〉危險

危殆⓪〈名〉危險 **例** ～に瀕する[危在旦夕]

危篤⓪〈名〉病危

危難①〈名〉危難；災難

★ 安危

囲
かこ・う/かこ・む/イ
[圍][围]wéi[日≒繁≒簡]

　環繞；四周

囲う③⓪〈他五〉圍；儲藏，窩藏 **例** 野菜を～う[儲存蔬菜]

囲む③⓪〈他五〉圍著，環繞 **例** テーブルを～む[圍著桌子]

囲碁①〈名〉圍棋 **例** ～を打つ[下圍棋]

囲炉裏⓪〈名〉地爐，坑爐

★ 胸囲・周囲・範囲・雰囲気・
　包囲

唯 ィ/ユイ
wéi[日＝繁＝簡]

單一，只；答應的聲音

唯唯諾諾〈熟語〉唯唯諾諾

唯一①〈名〉唯一

唯心論③〈名〉唯心論

唯美〈造語〉(文藝學)唯美

唯物論④〈名〉唯物論

違 ちが・う/ちが・える/ィ
[違][违]wéi[日＝繁≒簡]

不同，不一樣；背，反，不遵守

違う③⓪〈自五〉不同，不一樣；錯誤 **例** 見本と〜う[和樣本不一樣]

違える④⓪〈他一〉更換，使不同；弄錯；扭傷關節 **例** 言い方を〜える[換句話說]

違憲⓪〈名〉違反憲法

違背⓪〈名・サ變〉違背

違反⓪〈名・サ變〉違反，違犯

違法⓪〈名〉違法，犯法

違約⓪〈名・サ變〉違約

違令⓪〈名・サ變〉違犯命令、法令

違和①〈名〉(身體)不適；不協調，不合適 **例** 〜感[不協調的感覺]

★ 差違・相違

維 ィ
[維][维]wéi[日≒繁≒簡]

聯結；保全，保護；思考

維持①〈名・サ變〉維持

維新①〈名〉維新

★ 纖維

尾 お/ビ
wěi[日＝繁＝簡]

鳥、獸、蟲、魚等身體末端突出的部分；末端；在後面跟著

尾①〈名〉尾巴；尾狀物；(事物的)尾部；山麓

尾長〈名〉喜鵲

尾行⓪〈名・サ變〉尾隨，盯梢

尾灯⓪〈名〉尾燈，後面的燈

尾部①〈名〉尾部

尾翼⓪〈名〉(飛機的)尾翼

★ 燕尾・巻尾・結尾・語尾・交尾・首尾・追尾・徹頭徹尾・末尾・竜頭蛇尾

委 ゆだ・ねる/ィ
wěi[日＝繁＝簡]

把事交給某人辦；末，尾

委ねる③〈他一〉委託，託付；獻身 **例** 科學研究に身を〜ねる[獻身於科學研究]

委員①〈名〉委員 **例** 〜会[委員會]

委細①〈名〉詳細情況

委譲⓪〈名・サ變〉(權力的)轉讓，移交

委嘱⓪〈名・サ變〉(向外部)委託(特定的工作)

委託⓪〈名・サ變〉委託，託付

委任⓪〈名・サ變〉委任

萎 しお・れる/しな・びる/しぼ・む/な・える/ィ
wěi[日＝繁＝簡]

乾枯衰落

萎れる④⓪〈自下一〉枯萎，凋零；沮喪

萎びる⓪③〈自上一〉枯萎，乾枯，蔫

萎む③⓪〈自五〉枯萎，凋零；萎縮，

蔫

萎える②〈自下一〉枯萎；泄氣

萎縮⓪〈名・サ變〉萎縮

偽 いつわ・る/にせ/ギ

[偽][伪]wěi[日≒繁≒簡]

假，不眞實；不合法

偽る③〈他五〉説謊，欺騙；歪曲；假裝，假冒 例 病気と〜る[假裝生病]

偽金⓪〈名〉假幣

偽札⓪〈名〉假鈔

偽者⓪〈名〉冒名頂替的人，冒牌貨

偽物⓪〈名〉假貨，贋品＝ぎぶつ

偽悪⓪〈造語〉誇大自己醜惡面(的癖好)

偽書①〈名〉偽造的信件；後人偽造的字畫

偽証⓪〈名・サ變〉(做)偽證

偽称⓪〈名・サ變〉偽造(的)姓名、經歷

偽善⓪〈名〉偽善

偽装⓪〈名・サ變〉偽裝

偽造⓪〈名・サ變〉偽造

偽足⓪〈名〉(原生動物為便於運動的)偽足

偽名⓪〈名〉假名字

★ 虚偽・真偽

偉 えら・い/イ

[偉][伟]wěi[日＝繁≒簡]

大；奇異；卓越；遠大

偉い②〈形〉偉大、傑出的，了不起的；地位、身份高的；嚴重、厲害的 例 〜い人[偉大的人，大人物]

偉観⓪〈名〉壯觀(的景象)

偉業⓪〈名〉偉業

偉勲⓪〈名〉特殊功勞

偉功⓪〈名〉豐功偉績

偉才⓪〈名〉奇才，天才

偉人⓪〈名〉偉人

偉大⓪〈形動〉偉大

偉力①〈名〉偉大的力量，強大的作用

★ 魁偉

緯 イ

[緯][纬]wěi[日≒繁≒簡]

編織物的橫線；地理學上跟赤道平行的線

緯線①〈名〉緯線

緯度①〈名〉緯度

★ 経緯・南緯・北緯

未 ひつじ/まだ/ミ

wèi[日＝繁＝簡]

不曾，沒有；地支的第8位，屬羊

未⓪〈名〉地支的第8位(羊)

未①〈副〉尚，還，未；才，僅，不過 例 〜時間がある[還有時間]

未開⓪〈名〉不開化；未開墾

未刊⓪〈名〉未出版

未完⓪〈名〉未完

未決⓪〈名〉未決，尚未決定

未決囚③〈名〉未判決的囚犯

未見⓪〈名〉未見過面

未婚⓪〈名〉未婚

未熟⓪①〈名〉未熟

未詳⓪〈名〉不詳

未遂⓪〈名〉未遂

未成年②〈名〉未成年人

未然⓪〈名〉未然

未曽有⓪②〈名〉空前

未知①〈名〉未知

未知数⓪〈名〉未知數

未着⓪〈名〉未到

未定⓪〈名〉未定

未踏⓪〈名〉足跡未到

未納⓪〈名〉未繳納

未発⓪〈名〉未然；未發現

未亡人②〈名〉寡婦，遺孀

未満①〈名〉未滿，不足

未明⓪〈名〉黎明，拂曉，凌晨

未来⓪①〈名〉未來

未了⓪〈名〉未了，未完

未練①〈名〉依戀，戀戀不捨，留戀

位 くらい/イ
wèi[日＝繁＝簡]

所處的地方；職務的高低；特指皇位；數字中每個數碼所占位置；量詞，常用於人，表尊重　辨 在日語中還能指大致的數量、程度

位⓪〈名・サ變〉地位，等級；王位；（數學）位；位於，處於　例 ～の高い人[地位高的人]

位〈副助〉（表示大致數量或程度）左右；（表示程度低）一點點；基準　例 会社までは三十分～かかる[到公司需要半小時左右]

位階⓪①〈名〉授予公務員的一種榮譽

位相⓪〈名〉位相

位置①〈名・サ變〉位置，地位；位於　例 重要な～を占める[占有重要的地位]

★ 各位・官位・虚位・皇位・高位・在位・爵位・叙位・譲位・即位・退位・単位・地位・品位・復位・劣位

味 あじ/あじ・わう/ミ
wèi[日＝繁＝簡]

舌頭嘗東西所得到的感覺；意味，情趣；體會，研究

味⓪〈名〉味，味道；滋味，好處，樂趣　例 貧乏の～を知らない[不知道貧窮的滋味]

味気ない④〈形〉乏味，無趣，無聊　例 一人で食事をするのは～いね[一個人吃飯很乏味]＝あじきない

味付け⓪〈名・サ變〉調味；調好味的食品　例 塩や胡椒で～をする[用鹽、胡椒調味]

味見⓪〈名・サ變〉嘗一下味道　例 ～をする時のコツ[嘗味時的要領]

味わう③〈他五〉品嘗；玩味，欣賞；體驗　例 ～うべき言葉[值得玩味的語句]

味覚⓪〈名〉味覺

味方⓪〈名〉同伴，同伙，自己人

味噌①〈名〉豆醬；醬狀物；特色　例 ～汁[醬湯]

★ 意味・一味・加味・甘味・玩味・気味・吟味・地味・滋味・趣味・臭味・正味・新味・醍醐味・珍味・美味・風味・妙味・無味

畏 おそれ/おそ・れる/かしこま・る/イ
wèi[日＝繁＝簡]

怕；敬服

畏れ③〈名〉害怕，恐懼；敬畏，恭敬；擔憂

畏れる③〈自他下一〉害怕，恐懼；敬畏，恭敬；擔憂

畏まる④〈自五〉惶恐；拘謹；正襟

危坐；遵命

畏敬⓪〈名・サ變〉敬畏

畏縮⓪〈名・サ變〉畏縮

畏怖①〈名・サ變〉畏懼

畏友⓪〈名〉可敬的朋友

胃 イ
wèi[日＝繁＝簡]

人和動物消化器官的一部分

胃液⓪〈名〉胃液

胃炎⓪〈名〉胃炎

胃潰瘍②〈名〉胃潰瘍

胃癌⓪〈名〉胃癌

胃酸⓪〈名〉胃酸

胃腸⓪〈名〉腸胃

胃痛⓪〈名〉胃痛

胃病⓪〈名〉胃病

胃袋②〈名〉胃

為 ため/イ
[爲][为]wèi(wéi)[日≒繁≒簡]

表示目的、替、給；行事，做事；
當作，認作；治理，處理

為②〈名〉利益；目的；原因，理由；
結果 **例** 君の～を思えばこそ言う
のだ[正是為你好才這麼説的]

為政⓪〈名〉當政，執政 **例** ～者[執
政者]

★行為・作為・所為・人為・当為・
無為・有為

尉 イ
wèi[日＝繁＝簡]

古代官名；軍銜名

尉官①〈名〉尉官

★海尉・空尉・少尉・大尉・中尉

衛 エイ
[衛][卫]wèi[日＝繁≒簡]

保護，防護；防護人員

衛生⓪〈名〉衛生

衛星⓪〈名〉衛星，人造衛星

衛兵⓪〈名〉衛兵，哨兵

★護衛・自衛・守衛・前衛・防衛

慰 なぐさ・む/なぐ・さめる/イ
wèi[日＝繁≒簡]

使人心裏安適；心安

慰む③〈自他五〉鬱悶得以排解，快
慰；玩弄 **例** 心が～む[心情好起來]

慰める④〈他一〉安慰，撫慰；使愉
悅 **例** 人の悲しみを～める[撫平他
人的悲傷]

慰安⓪〈名・サ變〉慰勞

慰謝①〈名・サ變〉安慰，慰藉 **例** ～
料[撫恤金，補償費]

慰撫①〈名・サ變〉撫慰

慰問⓪〈名・サ變〉慰問

慰留⓪〈名・サ變〉挽留

慰靈⓪〈名〉安慰亡靈

慰労⓪〈名・サ變〉慰勞，慰問

★自慰・弔慰

温 あたた・か/あたた・かい/あ・た
たまる/あたた・める/オン
[温][溫]wēn[日＝簡≒繁]

不冷不熱；溫度；性情柔和；使東
西熱

温か③②〈形動〉溫暖；溫和 **例** ～
な態度[和藹的態度]

温かい④〈形〉溫暖；熱情，熱心；
和睦；寬裕 **例** ～い飲み物[熱飲料]

温まる④〈自五〉暖，暖和；感到暖

和 **例** 体_{からだ}が～る[身體暖和]

温^{あたた}める④〈他一〉使溫暖；重溫；不發表而進一步完善 **例** 残^{のこ}りご飯^{かか}を炊飯器^{すいはんき}で～める[用電飯鍋熱剩飯]

温雅^{おんが}①〈形動〉溫和，文雅 **例** な香^{かお}り[溫和的香味]

温顔^{おんがん}⓪〈名〉和藹、慈祥的面容

温厚^{おんこう}⓪〈形動〉溫厚，敦厚

温故知新^{おんこちしん}①-⓪〈名〉溫故知新

温室^{おんしつ}⓪〈名〉溫室

温順^{おんじゅん}⓪〈形動〉溫順；平和

温床^{おんしょう}⓪〈名〉溫床

温情^{おんじょう}⓪〈名〉溫情

温色^{おんしょく}⓪〈名〉暖色調(紅、黃、綠)；平和的顏色

温水^{おんすい}⓪〈名〉溫水

温泉^{おんせん}⓪〈名〉溫泉

温存^{おんぞん}⓪〈名・サ變〉珍藏，保存；姑息不改；保溫 **例** 実力^{じつりょく}を～する[保存實力]

温帯^{おんたい}⓪〈名〉溫帶

温暖^{おんだん}⓪〈名・形動〉(氣候)溫暖

温度^{おんど}①〈名〉溫度 **例** ～計^{けい}[溫度計]

温湯^{おんとう}⓪〈名〉熱水，溫水

温熱^{おんねつ}⓪〈名〉溫熱

温浴^{おんよく}⓪〈名・サ變〉(洗)熱水澡

温良^{おんりょう}⓪〈形動〉(性格)溫和，謙讓

温和^{おんわ}⓪〈形動〉(氣候、性格)溫和

★ 気温^{きおん}・検温^{けんおん}・恒温^{こうおん}・高温^{こうおん}・水温^{すいおん}・体温^{たいおん}・低温^{ていおん}・適温^{てきおん}・微温^{びおん}・保温^{ほおん}

文 ふみ/ブン/モン

wén[日＝繁＝簡]

記錄語言的符號；用文字記載下來的；人類勞動成果的總結；自然界的某些現象；事物錯綜所成的紋理或形象；關於知識分子的、非軍事的；專指社會科學

文^{ふみ}①〈名〉信

文案^{ぶんあん}⓪〈名〉草稿，草案

文意^{ぶんい}①〈名〉文章要表達的意思

文化^{ぶんか}①〈名〉文化，文明 **例** ～祭^{さい}[文化節]

文化圏^{ぶんかけん}③〈名〉文化圈

文科^{ぶんか}①〈名〉文科 **例** ～系^{けい}[文科，文科院系]

文学^{ぶんがく}①〈名〉文學 **例** ～界^{かい}[文學界]

文官^{ぶんかん}⓪〈名〉文官

文教^{ぶんきょう}⓪〈名〉文教

文芸^{ぶんげい}⓪〈名〉文藝；學問和藝術；文學作品的語言藝術

文献^{ぶんけん}⓪〈名〉文獻

文言^{ぶんげん}⓪③〈名〉文章用語；書信用語＝もんごん

文庫^{ぶんこ}⓪〈名〉私人圖書館，書庫；普及版系列叢書

文語^{ぶんご}⓪〈名〉文言，文語

文豪^{ぶんごう}⓪〈名〉文豪

文才^{ぶんさい}⓪〈名〉文采，寫文章的才能

文士^{ぶんし}①〈名〉文人，職業作家

文治^{ぶんじ}①〈名〉文治(與武力統治相對)＝ぶんち

文辞^{ぶんじ}①〈名〉文章(的詞句)

文集^{ぶんしゅう}⓪〈名〉文集

文書^{ぶんしょ}①〈名〉文書，文件，公函＝もんじょ

文章^{ぶんしょう}①〈名〉文章

文人^{ぶんじん}⓪〈名〉文人

文責^{ぶんせき}⓪〈名〉對所寫文章付的責任

文節^{ぶんせつ}⓪〈名〉句節，短語(日語斷句的最小單位)

文選^{ぶんせん}⓪〈名・サ變〉排字；文選，選集

文藻⓪〈名〉文才，才能；辭藻
文体⓪〈名〉文體；寫作風格
文題⓪〈名〉文章的標題
文壇⓪〈名〉文壇，文學界
文中⓪①〈名〉文章之中
文鎮⓪〈名〉鎮紙
文通⓪〈名・サ變〉通信
文典⓪〈名〉語法書
文筆⓪〈名〉文筆，寫作
文武①〈名〉文武
文物①〈名〉文物，文化的衍生物(藝
　術、學術、宗教等)
文法⓪〈名〉語法；表現手法
文房具③〈名〉文具
文末⓪〈名〉文章的結尾(部分)
文脈⓪〈名〉文章的脈絡，上下文的
　邏輯關係；文章的展開方法
文民⓪〈名〉職業軍人以外的人
文明⓪〈名〉文明
文面⓪〈名〉(書信、文章的)字面內
　容
文楽①〈名〉木偶戲
文理〈名〉文科和理科，人文科學和
　自然科學
文例⓪〈名〉文章的例子，範文
文字①〈名〉文字；文字記號
　＝もんじ
文句①〈名〉詞語，語句；不平，不
　滿，牢騷 例 ～が有る[有意見]
文盲⓪〈名〉文盲

★漢文・空文・芸文・檄文・原文・
言文・古文・公文・構文・行文・
作文・散文・条文・縄文・人文・
成文・正文・短文・注文・弔文・
長文・天文・同文同種・碑文・

不文律・本文・名文・明文・
銘文・論文

蚊 カ
wén[日＝繁＝簡]
　昆蟲名
蚊⓪〈名〉蚊子
蚊帳⓪〈名〉蚊帳

紋 モン
[紋][纹]wén[日≒簡≒繁]
　文理
紋章⓪〈名〉(家族、團體的)徽章，圖
　案
紋様⓪〈名〉花紋，花樣

★家紋・指紋・地紋・波紋・斑紋

聞 き・かす/き・く/き・こえる/ブン/
モン
[聞][闻]wén[日＝繁≒簡]
　聽見；聽見的事情，消息；名聲；
　打聽，詢問 辨 在日語中沒有「嗅氣
　味」的意思
聞かす⓪②〈他五〉告訴；使…知道，
　讓…聽 例 子供に童話を読んで～
　す[讀童話給孩子聽]
聞き誤る⑤〈他五〉聽錯 例 電話番
　号を～りました[聽錯了電話號碼]
聞き入る③〈自五〉專心地聽，傾聽
　例 講演に～る[專心地聽演講]
聞き入れる④〈他一〉聽進並首肯，
　聽從 例 民衆の希望を～れる[聽取
　民眾的希望]
聞き落とす④〈他五〉聽漏，沒聽到
　例 単語を一つ～した[漏聽了一個
　單詞]

聞き覚える⑤〈他一〉聽過後記住 例発音を～える[記住發音]

聞き過ごす④〈他五〉因不認真聽而沒聽懂 例大臣の発言を～した[沒聽清大臣的發言]

聞き損う⑤〈他五〉因錯過機會而沒聽到；聽錯 例ちょっと泣いてもすぐ乳首をお口に差し込むことは、赤ちゃんの訴えを～うことになります[一哭就給孩子餵奶，這樣會錯過傾聽孩子訴說的機會]

聞き手⓪〈名〉聽的人，聽的一方 例話し手と～[說話人和聽話人]

聞き違える⑤〈他一〉聽錯 例質問を～えていた[聽錯了問題]

聞き取る③〈他五〉聽清；聽明白；聽到並且理解 例騒音で彼の言葉がよく～れなかった[因為噪音沒能聽清他的話]

聞き慣れる④〈自一〉聽慣 例～れた声[聽慣了的聲音]

聞き間違う⑤〈他五〉聽錯，理解錯 例聞き慣れた声を～うはずがない[不可能聽錯熟悉的聲音]

聞き漏らす④〈他五〉聽漏 例大事な部分を～した[漏聽了重要的部分]

聞く②⓪〈他五〉聽；聽見；聽說；聽從；問 例警察に道を～く[向警察問路]

聞こえる④⓪〈自一〉聽得見；聽起來像是…；聞名 例足音が～える[聽得見腳步聲]

★ 異聞・艶聞・寡聞・怪聞・外聞・奇聞・旧聞・見聞・醜聞・他聞・伝聞・風聞・名聞・余聞

穩 おだ・やか/オン
[穩][稳]wěn[日≒簡≒繁]

安定；可靠

穩やか②〈形動〉平靜，平穩；溫和，安詳；穩妥，穩當 例～に流れる川[平靜流淌著的河流]

穩健⓪〈名・形動〉穩健

穩当⓪〈名・形動〉穩當，穩妥

穩便⓪〈形動〉溫和，平穩 例～な手段[溫和的手段]

穩和⓪〈形動〉溫和，穩重

★ 安穩(＝あんのん)・静穩・不穩・平穩

問 と・い/と・う/とん/モン
[問][问]wèn[日＝繁≒簡]

請人解答；審訊，追究；管，干預

問い⓪〈名〉問，詢問；問題 例～に答える[回答問題]

問い合わせる⑤⓪〈他一〉查詢，查問 例～せてみたらそれは誤報だった[查詢了一下，那消息不正確]

問いかける④〈他一〉問，向…提問 例隣の人に～る[向旁邊的人詢問]

問い質す④〈他五〉質問，盤問，追問 例真意を～す[問清對方的真實想法]

問い詰める④〈他一〉追問，逼問 例～められてとうとう白状した[被追問得終於坦白了]

問う①②〈他五〉問，詢問；追究；在意 例責任を～う[追究責任]

問屋⓪〈名〉批發商(公司、店)

問罪⓪〈名・サ變〉問罪

問診⓪〈名・サ變〉問診

問責⓪〈名・サ變〉追究責任

問題⓪〈名〉題目；麻煩事，問題；(值得關注、需要研究的)事情 例～点[問題點]

問答③①〈名・サ變〉問答；交談

★ 慰問・下問・学問・喚問・疑問・詰問・顧問・拷問・諮問・質問・審問・尋問・訊問・設問・弔問・難問・不問・訪問

翁 おきな/オウ
wēng[日＝繁＝簡]

老頭兒

翁①⓪〈名〉老翁

★ 老翁

渦 うず/カ
[渦][涡]wō[日＝繁≒簡]

漩渦

渦①〈名〉漩渦；漩渦狀花紋 例～を巻く[打旋]

渦巻く③〈自五〉打旋，起漩渦；混亂 例欲望が～く世界[人慾橫流的世界]

渦状⓪〈名〉漩渦狀

渦中①⓪〈名〉(爭執、事件的)漩渦之中 例～に巻き込まれる[被捲入事件之中]

渦動⓪〈名〉漩渦、螺旋狀運動

我 わ/わ・が/われ/ガ
wǒ[日＝繁＝簡]

代詞，自稱，自己

我が国①〈名〉我國

我が輩⓪〈代〉(男子用語)我，吾，余

我が儘③④〈名・形動〉任性，恣意 例～に振舞う[恣意妄為]

我が身①〈名〉自己的身體；自己的立場

我が家①〈名〉自己的家

我①〈代〉自己，自身，我；(方言)你 例～を忘れる[忘我]

我ら①〈代〉我們；(方言)你們

我我⓪〈代〉我們

我見⓪〈名〉個人的淺見

我執⓪〈名〉自我中心，固執

我慢①〈名・サ變〉忍耐，克制，將就 例痛くて～できない[疼得受不了]

我欲①⓪〈名〉個人慾望

我利①〈名〉個人利益

我流⓪〈名〉自己獨特的流派、做法

★ 自我・彼我・忘我・没我・無我

沃 ヨウ
wò[日＝繁＝簡]

土地肥沃

沃土①〈名〉沃土

沃野①〈名〉沃野

★ 肥沃・豊沃

握 にぎ・る/アク
wò[日＝繁＝簡]

手指彎曲合攏，執持

握り締める⑤〈他一〉緊握 例両手を～める[緊握雙手]

握り潰す⑤〈他五〉捏碎；隱瞞，扣壓 例課長は私の提案を～した[科長扣下了我的提案]

握り飯⓪③〈名〉飯團

握る③⓪〈他五〉捏，握，抓；掌握；(圍棋)猜先 例権力を～る[大權在握]

握手①〈名・サ變〉握手；言和，和解

握り力②〈名〉握力

★掌握・把握

汚 きたな・い/けが・す/けがら・わしい/けが・れる/よご・す/よご・れる/オ

[汚][汚]wū[日≒繁＝簡]

骯髒；骯髒的東西；不廉潔

汚い③〈形〉不乾淨的；令人不快的；骯髒、卑鄙的 **例**～い手を使う[使用卑鄙手段]

汚す②〈他五〉弄髒；玷污，褻瀆 **例**名を～す[玷污名譽]

汚らわしい⑤〈形〉不乾淨的，污穢不堪的；討厭的 **例**口にするのも～い[說說都覺得噁心]

汚れる③〈自一〉變骯髒，被玷污；(產期、經期)身體不淨 **例**～れた金[骯髒的錢]

汚す③⓪〈他五〉弄髒；污染 **例**泥で服を～す[用泥把衣服弄髒]

汚れる④⓪〈自一〉髒，不乾淨；被污染；不正當 **例**～れた顔[髒兮兮的臉]

汚臭⓪〈名〉惡臭

汚職⓪〈名〉(官員)腐敗，瀆職

汚辱⓪〈名〉恥辱

汚水⓪〈名〉污水，髒水

汚染⓪〈名・サ變〉污染 **例**大気の～[大氣污染]

汚損⓪〈名・サ變〉弄髒、損壞

汚濁⓪〈名・サ變〉(變得)污濁

汚泥⓪〈名〉污泥

汚点⓪〈名〉污點

汚物⓪〈名〉污物，髒東西

汚名⓪〈名〉壞名聲，污名

屋 や/オク

wū[日＝繁＝簡]

房，房間

屋〈造語〉房屋，家；店舖，從事某種職業的人；有某種性格或特徵的人 **例**技術～[技術員，技術工作者]

屋敷③〈名〉宅地；宅第，公館

屋台①〈名〉流動攤點，售貨車；臨時舞台，祭祀時拉的房車；售貨車的支架，家業

屋根①〈名〉房頂，屋脊；篷，頂蓋

屋外②〈名〉房屋的外面

屋上⓪〈名〉房頂，屋脊上

屋内②〈名〉屋內

★家屋・楽屋・社屋・陣屋・床屋・部屋・八百屋

呉 ゴ

[呉][吴]wú[日≒繁≒簡]

古代國名、地名

呉越同舟①⓪〈名〉吳越同舟

呉音⓪①〈名〉吳音

呉服⓪〈名〉絲綢(製的和服)

無 な・い/な・くす/ブ/ム

[無][无]wú[日＝繁≒簡]

沒有；不

無い①〈形〉無，沒有；(接形容詞、形容動詞連用後)表示否定 **例**この植物は日本には～い[這種植物日本沒有]

無くす③⓪〈他五〉使…沒有，喪失，失去 **例**公害を～す[消除公害]

無事⓪〈形動〉平安，太平無事；(身體)健康

無難⓪①〈名・形動〉安全，保險，説

得過去

無頼⓪〈名・形動〉無賴，流氓，惡棍

無礼①②〈形動〉無禮、失禮(的)

無為①〈名〉無為，任其自然；(佛教)無為；無所事事

無意識②〈名・形動〉失去知覺，不省人事；無意識，不知不覺

無一物③〈名〉一無所有＝むいちもつ

無一文③②〈名〉身無分文

無意味②〈名・形動〉沒有意義，沒有價值

無益①〈形動〉無用，無益

無縁①〈名・形動〉無緣，兩者間沒有關係；死後沒有親人

無煙⓪〈名〉無煙

無我①〈名〉無私；忘我；(佛教)無我

無害①〈名・形動〉無害

無学①〈名・形動〉沒有文化，未受教育

無過失②〈名〉沒有過失

無関係②〈名・形動〉沒有關係，無關

無期①〈名〉沒有期限

無機物②〈名〉無機物

無記名②〈名〉無記名

無休⓪〈名〉沒有休息

無給⓪〈名〉沒有報酬

無窮⓪〈名〉無窮，永遠

無競争②〈名〉沒有競爭(對手)

無気力②〈形動〉沒有魄力、生氣，無精打采

無菌⓪〈名〉無菌

無形⓪〈名〉無形 例 ～文化財[無形的文化財產(傳統藝術等)]

無稽⓪〈名〉無稽，沒有根據

無限⓪〈名・形動〉無限

無効⓪〈名・形動〉無效

無言⓪〈名〉無語，沉默

無罪①〈名〉無罪

無策⓪〈名〉沒有對策

無作為②〈名・形動〉隨機，任意

無差別②〈名・形動〉不作區別，不分對象

無残①〈形動〉殘酷，慘無人道；悲慘，凄慘

無産階級④〈名〉無產階級

無視①〈名・サ變〉無視，忽視

無私①〈名・形動〉無私

無実①〈名〉沒有證據；沒有實質內容

無邪気①〈形動〉天真無邪，單純

無臭⓪〈名〉無臭，無味

無宿⓪〈名〉沒有住處(的人)

無性⓪〈副〉(感覺、心情)非常強烈，忍不住 例 ～に眠い[睏得屬害]

無償⓪〈名〉無償

無情⓪〈形動〉無情，冷酷

無常⓪〈名・形動〉(世事)無常

無上⓪〈名〉無上，最

無条件②〈名〉無條件

無職①〈名〉沒有職業；失業

無色①〈名〉無色，白色；中立

無所属②〈名〉不屬於任何黨派

無人⓪〈名〉無人，沒有人(的) 例 ～島[無人島]

無尽⓪〈名〉無盡；(民間小規模的)一種經濟互助會 例 ～蔵[取之不盡，用之不竭]

無神経②〈形動〉感覺遲鈍，不體諒人

無尽蔵②〈名・形動〉無窮無盡，取之不盡

無神論⓪〈名〉無神論

無数②⓪〈名・形動〉無數

無声⓪〈名〉無聲，沒有聲音

無制限②〈名・形動〉無限制(的)

無政府主義⑤〈名〉無政府主義

無責任②〈形動〉沒有責任(感)

無節操②〈名・形動〉沒有節操，朝三暮四

無線⓪〈名〉無線

無想⓪〈名〉什麼也不想

無双⓪〈名〉無雙，無二，無比；裏面用同樣材料做的衣服、用具等

無造作②〈名・形動〉輕鬆，隨便；不慎重

無駄⓪〈名・形動〉徒勞，無用；浪費　**例** 行っても～だ[去了也沒用]

無体①〈形動〉硬來，不講道理

無題①⓪〈名〉無題，沒有題目

無駄話③〈名〉廢話，閒聊

無断⓪〈名〉擅自，私自

無知①〈名・形動〉無知

無恥①〈名・形動〉無恥

無茶苦茶⓪〈形動〉過分，不合常理(的)；混亂不堪

無痛⓪〈名〉無痛

無抵抗②〈名・形動〉不抵抗(的)

無敵⓪①〈名・形動〉無敵

無鉄砲②〈名・形動〉草率，魯莽，冒失(的)

無糖⓪〈名〉無糖

無得点②〈名〉沒有得分

無念①〈名・形動〉什麼也不想；懊恨，氣氛，遺憾，悔恨

無能⓪〈形動〉無能

無配当②〈名〉沒有紅利

無比①〈名〉無比，無雙

無病①〈名〉無病　**例** ～息災[無病息災]

無分別②〈形動〉不計後果、不考慮影響(的)

無辺⓪〈形動〉無邊無際

無法⓪〈形動〉目無法紀

無謀⓪〈形動〉輕率，魯莽，欠考慮(的)

無防備②〈形動〉沒有防備

無味①〈名〉無味；無趣，乏味

無名⓪〈名〉無名

無免許②〈名〉沒有執照

無闇①〈形動〉胡亂；過分，過度　**例** ～に信じる[輕信]

無用⓪〈名・形動〉沒有用處；不必要，無需　**例** ～の心配[不必要的擔心]

無欲①〈名・形動〉沒有慾望，不貪婪

無理①〈名・形動・サ變〉無理，沒有道理；勉強，不行；硬來，強行　**例** ～に通る[強行通過]

無理子②〈名〉沒有利息

無料⓪①〈名〉免費

無量⓪〈名〉無量

無力①〈名・形動〉無力(體力、勢力、財力等)

無類⓪〈名・形動〉無與倫比

無論⓪〈副〉當然，不用說

無礼講⓪〈名〉(不分座次，不講虛禮，全體與會者)開懷暢飲(的宴會、集會)

★完全無欠・荒唐無稽・絕無・天衣無縫・天下無双・天下無敵・傍若無人・有名無実

五 いつ/いつ・つ/ゴ
wǔ[日＝繁＝簡]

數目字

五〈造語〉五

五日⓪〈數〉五號；五天

五つ⓪〈數〉五個

五月①〈名〉五月

五官⓪〈名〉五官

五穀①〈名〉五穀，糧食

五十音②〈名〉(日語假名)五十音

五人⓪〈數〉五人

五分①〈名〉半寸；一半

五分五分⓪〈名〉相當 **例** 実り力は～だ[實力相當]

五輪⓪〈名〉(象徵五大洲的)奧林匹克運動會會標

★ 七五三・四分五裂

午 ゴ
wǔ[日＝繁＝簡]

地干的第七位；特指白天12點

午後①〈名〉下午，午後

午睡⓪〈名・サ變〉午睡

午前①〈名〉上午，午前

★ 正午・端午

武 ブ/ム
wǔ[日＝繁＝簡]

關於軍事或技擊的；勇猛

武威①〈名〉雄武，威風

武官①〈名〉武官，軍官

武器①〈名〉武器；手段

武家①⓪〈名〉武士階層，武士

武士①〈名〉武士

武術①〈名〉武術，武藝

武将①⓪〈名〉武將；武藝高超的將軍

武装⓪〈名・サ變〉武裝

武断⓪〈名〉憑借武力；黷武 **辨** 在漢語中，指主觀輕率地判斷(独断)

武道①〈名〉武士道；武術 **例** ～館[武道館]

武備①〈名〉軍備

武勇①〈名〉武勇，英勇

武力①〈名〉武力

武者①〈名〉武士，戰士

★ 威武・尚武・文武

侮 あなど・る/ブ
wǔ[日＝繁＝簡]

欺負，輕慢

侮る③〈他五〉輕視，侮辱 **例** ～り難い相手[不可輕視的對手]

侮辱⓪〈名・サ變〉侮辱，凌辱

侮蔑⓪〈名・サ變〉侮蔑，輕視

★ 輕侮

舞 まい/ま・う/ブ
wǔ[日＝繁＝簡]

按一定的節奏轉動身體表演各種姿勢

舞⓪〈名〉舞蹈 **例** ～を舞う[跳舞]

舞上がる④〈自五〉飛舞，飛揚；(高興得)手舞足蹈 **例** 栄転が決まり～ってしまった[榮升確定後高興得手舞足蹈]

舞子⓪〈名〉(年輕的)舞女

舞う②⓪〈自五〉跳舞；飛舞，飛揚 **例** 雪花が～う[雪花飛舞]

舞楽①〈名〉舞樂

舞曲①〈名〉舞蹈和音樂，舞蹈和樂曲；舞曲

舞台①〈名〉舞台

舞踏⓪〈名〉舞蹈　例～会[(社交)舞會]

舞踊⓪〈名〉(傳統)舞蹈

★歌舞・剣舞・鼓舞・乱舞

物 もの/ブツ/モツ
wù[日＝繁＝簡]

東西；「我」以外的人或環境

物②〈名〉事物，物品，東西；事理，人情世故；話，語言

物言い③〈名〉措辭，説話的方式；抗議，異議　例あの人はまったく奇妙な～をする[那人的説話方式很奇怪]

物置③④〈名〉庫房，倉庫

物音③④〈名〉響聲，響動

物覚え③〈名〉記憶(力)　例～が悪い[記性不好，記不住事情]

物語③〈名〉談話(的内容)；故事，傳奇，小説；平安時代以後像散文的一種文學作品

物心③〈名〉人情世故方面的知識　例～がつく[開始懂事]

物事②〈名〉事物，事情；萬事，凡事　例～が全て順調に運んでいる[所有的事都進展順利]

物差し③④〈名〉尺；尺度，基準

物静か③〈形動〉寂靜，平靜；(舉止)穩重，沉著冷靜　例～で謙虚な人[穩重、謙虚的人]

物知り③⓪〈名〉知識淵博、見多識廣(的人)

物好き③〈名・形動〉好奇，好事(的人)　例～な人[好事者，多管閒事的人]

物凄い④〈形〉可怕、可怖的，毛骨悚然的；非常的，驚人的　例～い発見[驚人的發現]

物の哀れ④〈名〉感觸，感傷；(對人生、世事的)無常感

物干し③④〈名〉曬衣服(的地方)

物真似⓪〈名〉模仿(聲音、樣子)　例～がうまい[善於模仿]

物物しい〈形〉(氣氛)森嚴的；誇張、小題大做的　例～く警戒する[戒備森嚴]

物分り③〈名〉理解、領會(的能力)　例～が速い[領會得快]

物別れ③〈名〉(談判、交流)破裂，決裂

物価⓪〈名〉物價

物議①〈名〉社會輿論，大眾的批評

物件⓪〈名〉(法律用語)物品，物件

物産⓪〈名〉當地的產品、產物

物資①〈名〉物資

物質⓪〈名〉物質

物証⓪〈名〉物證

物象⓪〈名〉物象

物色⓪〈名・サ變〉物色，選擇

物体⓪〈名〉物體，物質

物品⓪〈名〉物品，東西

物欲⓪〈名〉物慾，對金錢等的慾望

物理①〈名〉物理，物理學

★異物・遺物・貨物・器物・供物・禁物・見物・好物・鉱物・財物・作物・事物・実物・書物・植物・人物・造物主・俗物・宝物・唐物・動物・荷物・博物館・万物・風物・文物・名物・唯物論

悟 さと・る/ゴ
wù[日＝繁＝簡]

理解，明白，覺醒

悟る③⓪〈他五〉省悟，認識到；看
破，發覺，注意到 例 重要性を〜る
[認識到重要性]

悟性①⓪〈名〉悟性，理解力

★ 悔悟・覚悟・大悟・頓悟

務 つと・まる/つと・める/ム
[務][务]wù[日＝繁≒簡]

事情；從事，致力

務まる③〈自五〉勝任，稱職 例 あの
人はどんな役目だって〜る[那人什
麼工作都能勝任]

務める③〈自他一〉擔任，擔當 例 司
会役を〜める[擔任主持]

★ 外務省・義務・急務・勤務・
兼務・公務・国務・財務・雑務・
事務・実務・庶務・職務・政務・
税務・責務・専務・総務・俗務・
服務・法務省・用務・労務

誤 あやま・る/ゴ
[誤][误]wù[日≒繁≒簡]

錯；耽誤，耽擱；因自己做錯而使
之受到損害

誤る③〈自他五〉錯；搞錯；耽誤，貽
誤 例 選択を〜る[錯誤地選擇]

誤解⓪〈名・サ變〉誤解，誤會

誤記①〈名・サ變〉寫錯；筆誤

誤差①〈名〉誤差

誤算⓪〈名・サ變〉錯誤計算；錯誤估
計

誤字①⓪〈名〉錯別字

誤写①〈名・サ變〉寫錯，抄錯

誤植⓪〈名〉印刷錯誤

誤審⓪〈名・サ變〉錯審，錯判

誤信⓪〈名・サ變〉錯信，誤信

誤診⓪〈名・サ變〉誤診

誤脱⓪〈名〉錯字漏字

誤伝⓪〈名・サ變〉誤傳

誤電⓪〈名〉內容有誤的電報

誤答⓪〈名・サ變〉錯誤地回答；錯誤
的答案

誤認⓪〈名・サ變〉誤認

誤配⓪〈名・サ變〉誤投，(郵件等)送
錯地方

誤判⓪〈名〉錯誤判斷、判決

誤聞⓪〈名〉聽錯(的部分)

誤報⓪〈名〉錯誤的報告、報導

誤訳⓪〈名・サ變〉誤譯

誤用⓪〈名・サ變〉誤用

★ 過誤・錯誤・正誤

霧 きり/ム
[霧][雾]wù[日＝繁≒簡]

水蒸氣凝結後漂浮在空氣中的小水
點；霧狀物

霧⓪〈名〉霧，霧氣 例 〜を吹く[噴
霧]

霧雨⓪〈名〉毛毛雨，濛濛細雨

霧散⓪〈名・サ變〉像霧一樣散去

霧中⓪〈名〉霧中 例 五里〜[頭昏腦
漲]

霧笛⓪〈名〉濃霧時的汽笛

霧氷⓪〈名〉霧淞

★ 煙霧・濃霧・噴霧

X **丁**

夕 ゆう/セキ
xī[日＝繁＝簡]

日落的時候

夕 ⓪ ①〈名〉(雅語)黃昏時分

夕風 ⓪〈名〉黃昏時涼爽的風

夕方 ⓪〈名〉黃昏，傍晚 **例** 彼女は昨日の～に出発した[她昨天傍晚時出發了]

夕刊 ⓪〈名〉日報在傍晚時發行的部分；晚報

夕暮れ ⓪〈名〉傍晚，黃昏

夕景 ⓪〈名〉(方言)傍晚，黃昏；黃昏時的景色

夕刻 ⓪〈名〉傍晚，黃昏(「夕方」稍正式的説法)

夕食 ⓪〈名〉晚飯

夕立 ⓪〈名〉(夏季黃昏時的)雷陣雨

夕月 ⓪〈名〉黃昏時出來的月亮

夕映え ⓪〈名〉晚霞

夕日 ⓪〈名〉夕陽＝夕陽

夕べ ③⓪〈名〉(雅語)黃昏，傍晚；(舉辦某項活動的)夜晚 **例** 映画の～[電影之夜]

夕焼け ⓪〈名〉晚霞

夕闇 ⓪〈名〉薄暮，暮色

★ 今夕 • 旦夕 • 朝夕

西 にし/サイ/セイ
xī[日＝繁＝簡]

方向，太陽落的一方；歐美

西 ⓪〈名〉西；西風；(佛教)西方淨土

西側 ⓪〈名〉西側；西方國家、西方陣營

西域 ⓪〈名〉西域＝せいいき

西欧 ⓪〈名〉西歐

西経 ⓪〈名〉(地理)西經

西南 ⓪〈名〉西南

西部 ①〈名〉西部

西北 ⓪〈名〉西北

西洋 ①〈名〉西洋

西暦 ⓪〈名〉公曆，西曆

★ 関西 • 東西

吸 す・う/キュウ
xī[日＝繁＝簡]

從口鼻把氣引入體內；引取，吸收

吸い口 ⓪〈名〉煙嘴，過濾嘴；浮在湯裏的香味料

吸い取る ③〈他五〉吸取，吸收；榨取 **例** 雇い主に金を～られる[被雇主榨取金錢]

吸い物 ⓪〈名〉(用鹽、醬油調味的)清湯

吸い寄せる ④〈他一〉吸引 **例** 視線を～せる[吸引視線]

吸う ②⓪〈他五〉吸，吸入；吸收；吮吸，吸引 **例** 空気を～う[呼吸空氣]

吸引 ⓪〈名・サ變〉吸引

吸音 ⓪〈名・サ變〉吸收音波

吸気 ①〈名〉吸氣

吸血 ⓪〈名〉吸血

吸湿 ⓪〈名〉吸濕，吸收水分

吸収 ⓪〈名・サ變〉吸收

吸水 ⓪〈名・サ變〉吸水

吸着 ⓪〈名・サ變〉吸附

吸入 ⓪〈名・サ變〉吸入

吸盤 ⓪〈名〉(章魚等的)吸盤

★ 呼<ruby>吸<rt>きゅう</rt></ruby> <ruby>呼<rt>こ</rt></ruby>

希 キ/ケ
xī[日＝繁＝簡]

少；盼望

<ruby>希<rt>き</rt></ruby><ruby>求<rt>きゅう</rt></ruby>⓪〈名・サ變〉希求，期望
<ruby>希<rt>き</rt></ruby><ruby>釈<rt>しゃく</rt></ruby>⓪〈名・サ變〉稀釋＝希
<ruby>希<rt>き</rt></ruby><ruby>少<rt>しょう</rt></ruby>⓪〈名・形動〉稀少＝希少
<ruby>希<rt>き</rt></ruby><ruby>薄<rt>はく</rt></ruby>⓪〈名・形動〉稀少，稀薄；淡薄
＝希薄
<ruby>希<rt>き</rt></ruby><ruby>望<rt>ぼう</rt></ruby>⓪〈名・サ變〉希望
<ruby>希<rt>け</rt></ruby><ruby>有<rt>う</rt></ruby>①〈名・形動〉稀有，少有＝希有

★ <ruby>古<rt>こ</rt></ruby><ruby>希<rt>き</rt></ruby>

昔 むかし/シャク/セキ
xī[日＝繁＝簡]

從前

<ruby>昔<rt>むかし</rt></ruby>⓪〈名〉過去，從前，很久以前
例～ここに<ruby>寺<rt>てら</rt></ruby>があった[以前這裏
有家寺院]
<ruby>昔<rt>むかし</rt></ruby><ruby>馴<rt>な</rt></ruby><ruby>染<rt>じ</rt></ruby>み④〈名〉老相識，老朋友
例～と<ruby>酒<rt>さけ</rt></ruby>を<ruby>飲<rt>の</rt></ruby>みにいく[和老朋友
喝酒去]
<ruby>昔<rt>むかし</rt></ruby><ruby>話<rt>ばなし</rt></ruby>④〈名〉舊話，往事
<ruby>昔<rt>むかし</rt></ruby><ruby>風<rt>ふう</rt></ruby>⓪〈名・形動〉式樣舊的，按老樣
子的 例～の<ruby>味<rt>あじ</rt></ruby>[和以前一樣的味道]
<ruby>昔<rt>せき</rt></ruby><ruby>時<rt>じ</rt></ruby>①〈名〉很久的以前
<ruby>昔<rt>せき</rt></ruby><ruby>日<rt>じつ</rt></ruby>⓪〈名〉昔日，往昔

★ <ruby>往<rt>おう</rt></ruby><ruby>昔<rt>せき</rt></ruby>・<ruby>今<rt>こん</rt></ruby><ruby>昔<rt>じゃく</rt></ruby>

析 セキ
xī[日＝繁＝簡]

分開；解釋

<ruby>析<rt>せき</rt></ruby><ruby>出<rt>しゅつ</rt></ruby>⓪〈名・サ變〉(溶液中)析出(結
晶物體)；分析出

★ <ruby>解<rt>かい</rt></ruby><ruby>析<rt>せき</rt></ruby>・<ruby>透<rt>とう</rt></ruby><ruby>析<rt>せき</rt></ruby>・<ruby>分<rt>ぶん</rt></ruby><ruby>析<rt>せき</rt></ruby>

息 いき/ソク
xī[日＝繁＝簡]

呼吸時進出的氣；停止，歇；繁殖；
滋生；音信；兒女；利錢

<ruby>息<rt>いき</rt></ruby>①〈名〉呼吸，氣息；呼吸的空氣
例～を<ruby>抜<rt>ぬ</rt></ruby>く[鬆口氣]
<ruby>息<rt>いき</rt></ruby><ruby>切<rt>ぎ</rt></ruby>れ⓪④〈名・サ變〉氣喘吁吁，呼
吸困難；接不上勁，難以為繼
例<ruby>景<rt>けい</rt></ruby><ruby>気<rt>き</rt></ruby>の～<ruby>感<rt>かん</rt></ruby>[經濟發展難以為繼
的感覺]
<ruby>息<rt>いき</rt></ruby><ruby>苦<rt>ぐる</rt></ruby>しい⑤〈形〉呼吸困難；(氣氛)
緊張、沉悶 例～い<ruby>雰<rt>ふん</rt></ruby><ruby>囲<rt>い</rt></ruby><ruby>気<rt>き</rt></ruby>[令人窒
息的氣氛]
<ruby>息<rt>いき</rt></ruby>づく③〈自五〉呼吸，喘氣；存
在；嘆氣 例<ruby>現<rt>げん</rt></ruby><ruby>代<rt>だい</rt></ruby>に～く<ruby>伝<rt>でん</rt></ruby><ruby>統<rt>とう</rt></ruby>[存在
於現代的傳統]
<ruby>息<rt>いき</rt></ruby><ruby>詰<rt>づ</rt></ruby>まる④〈自五〉(緊張得)喘不過
氣來 例～る<ruby>熱<rt>ねっ</rt></ruby><ruby>戦<rt>せん</rt></ruby>[驚心動魄的大
戰]
<ruby>息<rt>いき</rt></ruby><ruby>抜<rt>ぬ</rt></ruby>き③④〈名・サ變〉歇口氣，稍微
休息一下；通氣孔 例<ruby>仕<rt>し</rt></ruby><ruby>事<rt>ごと</rt></ruby>の～に
<ruby>音<rt>おん</rt></ruby><ruby>楽<rt>がっ</rt></ruby><ruby>会<rt>かい</rt></ruby>に<ruby>行<rt>い</rt></ruby>く[工作之餘去聽音樂
會]
<ruby>息<rt>い</rt></ruby><ruby>吹<rt>ぶ</rt></ruby>き①〈名〉(雅語)氣息 例<ruby>春<rt>はる</rt></ruby>の～
[春天的氣息]
<ruby>息<rt>そく</rt></ruby><ruby>災<rt>さい</rt></ruby>⓪〈名〉平安無事，身體健康
<ruby>息<rt>そく</rt></ruby><ruby>女<rt>じょ</rt></ruby>①〈名〉小姐；(您的)女兒
<ruby>息<rt>むす</rt></ruby><ruby>子<rt>こ</rt></ruby>⓪〈名〉兒子

★ <ruby>愛<rt>あい</rt></ruby><ruby>息<rt>そく</rt></ruby>・<ruby>安<rt>あん</rt></ruby><ruby>息<rt>そく</rt></ruby>・<ruby>休<rt>きゅう</rt></ruby><ruby>息<rt>そく</rt></ruby>・<ruby>愚<rt>ぐ</rt></ruby><ruby>息<rt>そく</rt></ruby>・<ruby>姑<rt>こ</rt></ruby><ruby>息<rt>そく</rt></ruby>・
<ruby>終<rt>しゅう</rt></ruby><ruby>息<rt>そく</rt></ruby>・<ruby>消<rt>しょう</rt></ruby><ruby>息<rt>そく</rt></ruby>・<ruby>生<rt>せい</rt></ruby><ruby>息<rt>そく</rt></ruby>・<ruby>嘆<rt>たん</rt></ruby><ruby>息<rt>そく</rt></ruby>・<ruby>窒<rt>ちっ</rt></ruby><ruby>息<rt>そく</rt></ruby>・
<ruby>利<rt>り</rt></ruby><ruby>息<rt>そく</rt></ruby>・<ruby>令<rt>れい</rt></ruby><ruby>息<rt>そく</rt></ruby>

渓 ケイ
[溪][谿]xī[日≒繁＝簡]

山裏的小河溝

<ruby>渓<rt>けい</rt></ruby><ruby>谷<rt>こく</rt></ruby>⓪〈名〉山谷，溪谷

渓流⓪〈名〉溪流

★ 山渓

惜 お・しい/お・しむ/セキ
xī[日＝繁＝簡]

愛，重視；捨不得；感到遺憾，哀痛

惜しい②〈形〉遺憾；可惜，捨不得；
值得珍惜的 **例** 〜いことに彼 若く
して死んでしまった[可惜的是他英
年早逝]

惜しむ②〈他五〉吝惜；惋惜；珍惜
例 努力を〜まない[不遺餘力]

惜敗⓪〈名・サ變〉令人惋惜的失敗，
惜敗

惜別⓪〈名〉惜別

★ 哀惜・愛惜・痛惜

膝 ひざ/シツ
xī[日＝繁＝簡]

大腿和小腿相連的關節的前部

膝⓪〈名〉膝，膝蓋；大腿

膝当て⓪〈名〉護膝

膝掛け⓪④〈名〉膝蓋毯

膝が頭③〈名〉膝蓋

膝車③〈名〉將對方摔倒

膝小僧④⓪〈名〉膝蓋

膝枕③〈名〉以膝為枕

膝元⓪〈名〉膝蓋邊；身邊

膝下①〈名〉膝下，身邊

嬉 うれ・しい/キ
xī[日＝繁＝簡]

辨 在漢語中是「嬉戲、玩耍」的意
思，在日語中是「高興」的意思

嬉③〈形〉高興，喜悅

犧 ギ
[犧][牺]xī[日≒繁≒簡]

為某種目的捨棄權利或利益

犧牲⓪〈名〉犧牲，代價 **例** 〜を払う
[付出代價]

席 セキ
xī[日＝繁＝簡]

用草或葦子編成的成片的東西；座
位；酒筵；職位

席⓪①〈名〉席位，座位；場所，場合

席次⓪〈名〉座位的順序，席次；名次

席順⓪〈名〉座位的順序，座次

席上⓪〈名〉會上，席上

席料②〈名〉場地費

席巻⓪〈名・サ變〉席卷

★ 宴席・会席・議席・客席・空席
欠席・座席・主席・酒席・首席
出席・即席・着席・陪席・末席
臨席・隣席・列席

習 なら・う/シュウ
[習][习]xī[日＝繁≒簡]

反覆地學使熟練；對某事熟悉；長
期重複地做，逐漸養成的不自覺的
活動

習う②〈他五〉跟…學，學習 **例** 日本
人に日本語を〜う[跟日本人學日語]

習慣⓪〈名〉習慣；風俗

習合⓪〈名・サ變〉捏合，融合(宗教的
教義、主張)

習作⓪〈名・サ變〉習作

習字⓪〈名〉練習書法

習熟⓪〈名・サ變〉熟練掌握

習性⓪〈名〉(動物的)習性；習慣

習俗①〈名〉習俗

習得⓪〈名・サ變〉學會，掌握
習癖⓪〈名〉惡習，陋習
習練①〈名・サ變〉反覆練習

★ 悪習・因習・演習・温習・学習・
慣習・奇習・既習・教習・講習・
自習・常習・伝習・風習・復習・
補習・練習・陋習

襲 おそ・う/シュウ

[襲][袭] xí [日＝繁≒簡]

趁敵人不備時攻擊；觸及；照樣繼
續下去

襲いかかる⑤〈自五〉猛撲上去，襲
撃 例 猛犬が～ってきた［惡狗猛撲
上來］
襲う③②〈他五〉襲擊，攻擊；繼承
例 経済危機に～われる［遭到經濟
危機的襲擊］
襲撃⓪〈名・サ變〉襲擊
襲名⓪〈名・サ變〉（商號、藝人、黑
社會團伙等）繼承上代的名號
襲用⓪〈名・サ變〉沿用
襲来⓪〈名・サ變〉（暴風雨、敵人等）
撲過來，入侵

★ 因襲・奇襲・逆襲・強襲・空襲・
世襲・踏襲・夜襲・来襲

洗 あら・う/セン

xí [日＝繁＝簡]

用水去掉污垢；清除乾淨

洗い落す⑤〈他五〉洗去，洗掉
例 シャンプーを～す［洗掉香波］
洗い粉⓪〈名〉去污粉，洗頭粉
洗い出す④〈他五〉查出，查清
例 問題点を～す［查清問題所在］
洗い立てる⑤〈他一〉好好洗；揭穿

例 身元を～てる［揭穿身份］
洗い直す⑤〈他五〉重新洗；重新調
査 例 日々びの行動を～す［重新調
査每天的行動］
洗い流す⑤〈他五〉沖洗 例 水溶性な
ので、水で簡単に～せます［因為溶
於水，可以簡單地用水沖洗掉］
洗い場⓪〈名〉（飯店、餐館）洗餐具
的地方
洗い物⓪〈名〉要洗（已經洗）的東
西；洗東西
洗う③〈他五〉洗；調查 例 食っ器
を～う［洗餐具］
洗眼⓪〈名・サ變〉洗眼
洗顔①〈名・サ變〉洗臉
洗剤⓪〈名〉洗滌劑
洗浄⓪〈名・サ變〉洗淨
洗濯⓪〈名・サ變〉（衣服）洗滌
例 この布は～すると縮みます［這
布料洗後會縮水］
洗脳⓪〈名・サ變〉洗腦，改造思想
洗髪⓪〈名・サ變〉洗頭髮
洗礼⓪〈名〉（基督教）洗禮；考驗，鍛
鍊
洗練⓪〈名・サ變〉洗練，優雅，完美
無缺 例 ～された技術［高超的技術］

★ 水洗・手洗い

喜 よろこ・ぶ/キ

xí [日＝繁＝簡]

高興，快樂，樂意；可慶賀的

喜ぶ③〈自五〉高興，喜悅；樂意，願
意 例 ～んでお供いたします［樂於
奉陪］
喜悦⓪〈名・サ變〉喜悅
喜劇①〈名〉喜劇，戲劇（性的）

喜寿①〈名〉77歳生日(「喜」的草體像「七十七」)

喜色⓪②〈名〉喜色

喜怒①〈名〉喜與怒 慣～哀楽[喜怒哀楽]

★ 歓喜・驚喜・欣喜

璽 ジ

[璽][玺]xǐ[日＝繁≒簡]

印，皇帝的印

★ 印璽・国璽・御璽

系 ケイ

xì[日＝繁＝簡]

有連屬關係的 辨 在日語中，高等院校裏的「系」為「学部」，它沒有動詞用法，表示「結，扣」意思的動詞「系」(jì)為「繋ぐ」、「繋げる」

系図⓪〈名〉系譜；由來，來歷

系統⓪〈名〉系統，體系；血統

系譜⓪〈名〉系譜；家譜

系列⓪〈名〉系列，集團 例 三井～の会社[三井集團的公司]

★ 家系・太陽系・体系・直系・日系・文科系・母系・傍系・理科系

係 かか・り/かか・る/かかわ・る/ケイ

[係][系]xì[日＝繁≒簡]

有關的(人)

係り①〈名〉負責某項工作的職員，主管人員 例 ～を呼んでこい[把負責的人叫來]

係員③〈名〉某件事情的負責人

係長③〈名〉股(在課長之下)

係る②〈自五〉涉及，關係到，關聯，牽連

係る③〈自五〉與…有關，涉及 例 生死に～る問題[生死攸關的問題]

係数③〈名〉係數

係属⓪〈名〉(法律用語)事件正在訴訟之中；取得聯繫，有關聯

係留⓪〈名・サ變〉固定(船等漂流物)

係累⓪〈名〉家累；累贅

★ 関係・連係

細 こま・か/こま・かい/ほそ・い/ほそ・る/サイ

[細][细]xì[日≒繁≒簡]

小(與「粗」相對)；周密，詳細；微小，不重要的

細か②③〈形動〉細，細碎，細膩 例 ～な点は説明を省く[零碎之處不說明]

細かい③〈形〉細、細小的；零碎的；詳細的；敏感的 例 ～い観察[細緻的觀察]

細細③〈副・サ變〉詳細，仔細，細緻；零碎，瑣碎 例 彼は事件の経緯を～と語った[他詳細地講述了事情的經過]

細い②〈形〉細的，狹窄的；數量少、微弱的 例 鉛筆を～く削る[把鉛筆削尖]

細腕⓪〈名〉纖細的胳膊

細長い④〈形〉細長的 例 ～い建物[又細又高的建築物]

細細③〈副〉非常細；勉強，湊合 例 ～とした足[纖細的腿]

細道②〈名〉狹窄的道路

細める③〈他一〉使…細，弄細 例 目を～める[眯縫眼睛]

細る②〈自五〉變細，變瘦；減少

例 心配で体が～る[因擔心而消瘦]

細菌⓪〈名〉細菌

細工⓪③〈名・サ變〉細緻的工作(作品)；(俗語)耍花招，弄虛作假

例 あの人は～をやりすぎる[那人花招很多]

細君①〈名〉(自己以及他人的)妻子

細事①〈名〉瑣事，小事

細心⓪〈名・形動〉細心，小心

細説⓪〈名・サ變〉細説，詳細説明

細則⓪〈名〉細則

細微①〈名・形動〉細微，細小

細部①〈名〉細節，細微之處

細分⓪〈名・サ變〉細分

細別⓪〈名・サ變〉細別，詳細區分

細胞⓪〈名〉細胞

細密⓪〈形動〉細緻，精細

細目⓪〈名〉詳細的項目，細節

★ 委細・巨細・些細・仔細・詳細・精細・纖細・微細・零細

隙 すき/ゲキ

xì[日＝繁＝簡]

裂縫

隙〈名〉空隙，縫隙；疏忽大意，不備

隙間⓪〈名〉空隙，縫隙；閒暇

★ 間隙・空隙

戲 たわむ・れる/ギ

[戲][戏]xì[日≒繁≒簡]

玩耍；嘲弄，開玩笑；演員在舞台上化裝表演故事的藝術

戲れる④〈自一〉玩耍，遊戲；説笑，鬧著玩；挑逗，調情 例 私は彼女が～れているだけだと思った[我

以為她只是在説笑]

戲画①〈名〉諷刺漫畫

戲曲⓪〈名〉戲劇，劇本

戲評⓪〈名〉採取漫畫、雜文等形式的社會時評

★ 球戲・児戲・遊戲

峽 キョウ

[峽][峡]xiá[日＝簡≒繁]

兩塊陸地或山夾著的水道

峽谷⓪〈名〉峽谷

峽湾⓪〈名〉狹長的海灣

★ 海峽・山峽

狹 せば・まる/せば・める/せま・い/キョウ

[狹][狭]xiá[日＝簡≒繁]

窄，不寬闊(與「廣」相對)

狹まる③〈自五〉變窄，變小

例 幅が～る[幅度變小]

狹める③〈他一〉使變窄、變小

例 範囲を～める[縮小範圍]

狹い②〈形〉狹窄、狹小的；有限的

例 就職口が～い[就業渠道狹窄]

狹軌①〈名〉(比標準軌道小的)狹軌

狹義①〈名〉狹義

狹窄⓪〈名〉狹窄

狹斜①〈名〉狹窄而又歪斜

狹小⓪〈名・形動〉狹小，狹窄

狹心症⓪〈名〉心絞痛

狹量⓪〈名・形動〉度量小，心胸狹窄

★ 偏狹

暇 ひま/カ

xiá[日＝繁≒簡]

空閒，沒有事的時候

暇⓪〈名・形動〉(可以自由處理的)時間，閒暇 例先週しゅう～を作って故郷ふるさとを訪たずねた[上週抽空回了家鄉]

暇潰ひまつぶし③⓪〈名〉消磨時間，消遣 例～に本を読む[讀書消遣]

★ 閑暇かんか・休暇きゅうか・寸暇すんか・余暇よか

轄 カツ

[轄][辖]xiá[日＝繁≒簡]

管理

★ 管轄かんかつ・所轄しょかつ・直轄ちょっかつ・統轄とうかつ・分轄ぶんかつ

下 お・りる/お・ろす/くだ・さる/くだ・す/くだ・る/さ・がる/さ・げる/した/しも/もと/カ/ゲ

xià[日＝繁＝簡]

位置、級別低；由高處到低處；去除，卸掉；攻克；退讓；降落

下お りる②〈自一〉(從高處)下；(從交通工具上)下來；下(霜等)；批下來，發下來 例電車でんしゃから～る[從電車上下來]

下お ろす②〈他五〉(從高處)卸下，放低；(從交通工具上)卸貨物，讓人下來；新東西開始使用；提取現金；剪掉，切開；墮胎 例棚たなから花瓶びんを～す[從櫃子上取下花瓶]

下くだ さる③〈他五〉(「くれる」的敬語)給(我、我們) 例このお金かねは私わたしに～るのですか[這錢您給我嗎?]

下くだ す③⓪〈他五〉使下降；下達，派遣；使投降；驅除，排出體外 例結論けつろんを～す[下結論]

下くだ る③⓪〈自五〉(從高處、上游、中心、過去等)下來；下達；投降；腹瀉；低於 例判決はんけつが～った[判決下達了]

下さ がる②〈自五〉下降；下垂；後退 例気温おんが～る[氣溫降低]

下さ げる②〈他一〉使下降、降低；使退後；提、掛著；提取現金 例頭あたまを～げる[低頭]

下した⓪②〈名〉下，下面；低，小；裏面，內側；馬上，隨即 例机つくえの～[桌子下面]

下請した け⓪〈名〉(工程、加工等)轉包；承(轉)包人 例三菱みつびしの～工場こうじょう[三菱的配件廠]

下書したが き⓪〈名・サ變〉打草稿，勾畫輪廓；草稿，底稿

下着したぎ⓪〈名〉內衣，貼身衣服

下心したごころ③〈名〉壞心思，企圖

下地したじ⓪〈名〉基礎，事先的準備；本性，素質；(油漆等)底子 例～が入はいっている[已經做過準備了(事先喝了點酒)]

下準備したじゅんび③〈名〉事先準備，籌備

下調したしらべ③〈名・サ變〉預先調查；預習

下積したづみ⓪〈名〉被壓在其他東西下面(的物品)；懷才不遇、受人支配做雜事(的人)；船壓艙用的重物

下値したね⓪〈名〉低價，便宜的價格

下働したばたらき③〈名〉打雜(的人)，助手，配角

下町したまち⓪〈名〉大城市中靠近河、海低窪處、普通百姓聚居的小工商業區

下回したまわる④〈自五〉少於，比…低 例予想そうを大おおきく～る[大大低於預計目標]

下見したみ⓪〈名・サ變〉預先查看，預先讀

下向したむき⓪〈名〉向著下面；衰落，蕭條 例景気けいきは～の様相ようそうを呈ていする[經濟呈現出蕭條景象]

下(しも)②〈名〉下，下邊；下游；後半部分；身份、地位低(的)

下座(しもざ)〈名〉地位低的人的座位＝げざ

下手(しもて)⓪③〈名〉河的下游；從觀眾席看舞台的左側

下半期(しもはんき)③〈名〉(會計年度等的)下半期

下(もと)②〈名〉物體的下部；力量所及範圍，在…之下 例 親の～を離れる(おや)(はな)[離開父母]

下位(かい)①〈名〉序列低，等級低

下記(かき)①〈名〉下列，下述

下級(かきゅう)⓪〈名〉下級

下限(かげん)⓪〈名〉下限

下弦(かげん)⓪〈名〉下弦

下降(かこう)⓪〈名・サ變〉下降

下肢(かし)①〈名〉下肢，腿，腳

下賜(かし)①〈名・サ變〉下賜，賜予

下層(かそう)⓪〈名〉下層，底層

下端(かたん)⓪〈名〉下端

下等(かとう)⓪〈名・形動〉下等，低級

下半身(かはんしん)②〈名〉下半身

下付(かふ)①〈名・サ變〉交付，撥給

下部(かぶ)①〈名〉下面部分，下級

下問(かもん)⓪〈名・サ變〉下問，垂問

下僚(かりょう)⓪〈名〉下僚，下屬，部下

下界(げかい)⓪〈名〉下界，地上

下巻(げかん)⓪〈名〉下卷

下校(げこう)⓪〈名・サ變〉(學生)放學，下學

下克上(げこくじょう)③〈名〉以下犯上

下剤(げざい)⓪〈名〉瀉藥，通便藥

下車(げしゃ)⓪〈名・サ變〉下車

下宿(げしゅく)⓪〈名・サ變〉長期寄宿他人家中；寄宿處

下旬(げじゅん)⓪〈名〉下旬

下水(げすい)⓪〈名〉髒水，污水；下水道

下足(げそく)⓪〈名〉脫下來的鞋

下駄(げた)⓪〈名〉木屐

下段(げだん)⓪〈名〉下一層；劍道中刀尖下垂的握刀姿勢

下人(げにん)⓪〈名〉下人，僕人

下品(げひん)②〈形動〉下流，庸俗，粗俗 例 ～な会話(かいわ)[庸俗的談話]

下野(げや)①〈名・サ變〉下野，下台

下落(げらく)⓪〈名・サ變〉下跌，下降；降低，低落

下痢(げり)⓪〈名・サ變〉腹瀉，瀉肚子，拉肚子

下劣(げれつ)⓪〈形動〉卑鄙，下流

下郎(げろう)②〈名〉身份低賤的人，佣人；小子

★ 足下(あしもと)・以下(いか)・階下(かいか)・閣下(かっか)・眼下(がんか)・机下(きか)・却下(きゃっか)・形而下(けいじか)・降下(こうか)・傘下(さんか)・上下(じょうげ)・臣下(しんか)・地下(ちか)・直下(ちょっか)・沈下(ちんか)・低下(ていか)・天下(てんか)・殿下(でんか)・土下座(どげざ)・配下(はいか)・卑下(ひげ)・部下(ぶか)・陛下(へいか)・目下(めした)・目下(もっか)・門下(もんか)・落下(らっか)

夏 なつ/カ/ゲ
xià[日＝繁＝簡]
四季中的第二季

夏(なつ)②〈名〉夏天，夏季

夏風邪(なつかぜ)⓪〈名〉夏天得的感冒，熱傷風 例 ～は治りにくい(なお)[夏天的感冒很難治]

夏枯れ(なつがれ)⓪〈名〉夏天的銷售淡季 例 事業には～がある(じぎょう)[生意上夏天是淡季]

夏着(なつぎ)⓪〈名〉夏天穿的衣服

夏時間(なつじかん)③〈名〉夏令時

夏姿(なつすがた)③〈名〉夏天的打扮

夏空(なつぞら)⓪③〈名〉夏日的天空

夏場⓪〈名〉夏季，夏日

夏場所⓪〈名〉每年五月份舉行的相撲比賽

夏ばて⓪〈名・サ變〉苦夏，因夏天的炎熱而無精打采

夏日⓪〈名〉夏日

夏服⓪〈名〉夏季的服裝

夏物⓪〈名〉夏季服裝

夏休み③〈名〉暑假

夏痩せ⓪〈名〉苦夏，夏天因炎熱而消瘦

夏季①〈名〉夏季

夏至⓪①〈名〉夏至

★春夏秋冬・初夏・盛夏・仲夏・晩夏・立夏

嚇 カク

[嚇][吓]xià[日＝繁≒簡]

使害怕

★威嚇

仙 セン

xiān[日＝繁＝簡]

神話中有特殊能力的人

仙界⓪〈名〉仙界，仙境

仙境⓪〈名〉仙境，桃源仙境

仙骨①〈名〉仙風道骨

仙術⓪①〈名〉仙術

仙女①〈名〉仙女；女巫＝せんにょ

仙人③〈名〉仙人

★神仙

先 さき/セン

xiān[日＝繁＝簡]

時間、次序在前的；祖先，上代

先⓪〈名〉細長物體的頂端；去處，目的地；前面，前方；早，先；將來，以後；對方 例 ～を争う[爭先恐後]

先駆ける④〈自一〉率先，領先 例 他社に～けて新製品を発売する[先於其他公司推出新産品]

先立つ③〈自五〉走在前列；在…之前，搶先；首要，最需要 例 人に～って提唱する[率先提倡]

先取り⓪〈名・サ變〉先取得，搶先，率先 例 時代の流行を～する[搶在時代潮流的前頭]

先回り⓪〈名・サ變〉走捷徑搶先

先覚⓪〈名〉先知先覺；知識淵博的老前輩

先学⓪〈名〉學術上的前輩

先客⓪〈名〉先來的客人

先駆⓪①〈名〉先驅

先決⓪〈名・サ變〉先決，首先決定

先月①〈名〉上個月

先見⓪〈名〉先見，預見

先賢⓪〈名〉先賢

先験的⓪〈形動〉先驗的，先天的

先後①〈名〉先後

先行⓪〈名・サ變〉先行

先妻⓪〈名〉前妻，亡妻

先進⓪〈名〉前輩，先輩；先進

先人⓪〈名〉先人

先陣⓪〈名〉先鋒

先祖①〈名〉始祖；祖先，先人

先代⓪〈名〉上一代，上一輩

先端⓪〈名〉先端

先着⓪〈名・サ變〉先到

先着順⓪〈名〉到達的先後順序

先帝⓪〈名〉先帝

先哲⓪〈名〉先哲

先導⓪〈名〉先導
先入観③〈名〉先入觀
先王③〈名〉先王，先帝
先輩⓪〈名〉先輩，前輩；高年級同學
先発⓪〈名・サ變〉先出發，先遣
先般①〈名〉前幾天；上次；前些日子
先方⓪〈名〉對方
先憂後楽⓪〈名〉先憂後樂

★ 祖先・率先・優先

鮮 あざやか/セン
[鮮][鲜]xiān[日＝繁≒簡]

新的，不陳的；（顏色）有光彩 辨
日語中沒有「味道鮮美」的意思
鮮やか②〈形動〉鮮豔，鮮明；出色，
漂亮 例 ～な色彩[鮮豔的色彩]
鮮魚①〈名〉鮮魚
鮮血⓪〈名〉鮮血
鮮紅⓪〈名〉鮮紅
鮮少⓪〈名・形動〉稀少，非常少
鮮度①〈名〉新鮮的程度
鮮肉⓪〈名〉鮮肉
鮮明⓪〈形動〉鮮明，清楚
鮮麗⓪〈名・形動〉鮮豔，豔麗
鮮烈⓪〈形動〉鮮明，強烈 例 ～な印
し象[鮮明的印象]

★ 新鮮・生鮮・朝鮮

纖 セン
[纖][纤]xiān(qiān)

[日≒繁≒簡]

非常細小 辨 在現代漢語中，「纖」
同時還是表示「拉船前進的繩子」的
「縴」的簡化字
纖維①〈名〉纖維
纖細⓪〈名・形動〉纖細；細膩，微妙

纖弱⓪〈名・形動〉纖弱，苗條

★ 化纖・合纖

弦 つる/ゲン
xián[日＝繁＝簡]

繫在弓背兩端的、能發箭的繩狀物；
樂器上發聲的線；月亮半圓；（數
學）圓周、三角形的弦
弦②①〈名〉弓上的弦
弦楽⓪〈名〉弦樂

★ 下弦・管弦・上弦・正弦・余弦

舷 ゲン
xián[日＝繁＝簡]

船、飛機等的左右兩側
舷窓⓪〈名〉舷窗
舷側⓪〈名〉船舷
舷灯⓪〈名〉舷燈
舷門⓪〈名〉舷門

★ 右舷・左舷

閑 カン
[閑][闲]xián[日＝繁≒簡]

沒事做（的時候）；與正事無關
閑暇①〈名〉閑暇
閑雅①〈形動〉風雅，高雅；幽靜，幽
雅
閑閑⓪〈形動〉悠閑自在
閑却⓪〈名・サ變〉置之不理，擱置
閑居①〈名・サ變〉幽靜的住宅；悠閑
度日；閑居
閑散⓪〈名・形動〉閑散；冷清，清靜
閑寂⓪〈名・形動〉寂靜，幽靜
閑職⓪〈名〉閑職
閑人⓪〈名〉閑人，無所事事的人
閑静①〈名・形動〉幽靜，清靜

閑談⓪〈名・サ變〉閒談

閑地①〈名〉被閒置之地；被閒置的職位

閑話⓪〈名・サ變〉(說)閒話，閒聊

★ 安閑・消閑・清閑・農閑期・有閑

嫌 いや/きら・い/きら・う/ケン/ゲン
xián[日＝繁＝簡]

厭惡，不滿意；可懷疑之處；怨恨

嫌②〈形動〉討厭，不喜歡；不願意；厭煩，不耐煩 例 ～な天気[令人討厭的天氣]

嫌気⓪〈名〉討厭，厭煩的心情 例 ～がさす[開始感到厭煩]＝いやき

嫌い⓪〈名・形動〉討厭，不喜歡；(不好的)傾向 例 猫は～だが、犬は～じゃない[討厭貓，但不討厭狗]

嫌う③⓪〈他五〉厭惡，不喜歡 例 学校を～う[不喜歡、厭惡學校]

嫌悪①〈名・サ變〉厭惡，討厭

嫌忌①〈名・サ變〉厭惡，忌諱

嫌疑①〈名〉嫌疑

★ 機嫌

賢 かしこ・い/ケン
[賢][贤]xián[日＝繁≒簡]

有道德、才能(的人)；舊時敬稱，用於平輩或晚輩

賢い③〈形〉聰明、伶俐、睿智的 例 ～いやり方[聰明的做法]

賢愚①〈名〉聰明與愚笨

賢兄⓪〈名〉賢兄，仁兄

賢才⓪〈名〉傑出的才能(人才)

賢妻⓪〈名〉賢妻

賢察⓪〈名・サ變〉(尊敬語)觀察，明察

賢者①〈名〉賢者，賢人

賢人⓪〈名〉賢明之士

賢台⓪〈名〉信中對同輩以上人的稱呼，兄台

賢弟⓪〈名〉賢弟

賢哲⓪〈名〉賢人與哲人；賢明

賢答⓪〈名〉高明的回答

賢母⓪〈名〉賢明的母親

賢明⓪〈形動〉賢明，睿智 例 こうした方が～だよ[這樣做比較聰明]

賢慮①〈名〉賢明的考慮

★ 諸賢・先賢

険 けわ・しい/ケン
[險][险]xiǎn[日≒繁≒簡]

可能發生災難的；要隘，不易通過的地方

険しい③〈形〉險峻，陡峭；險惡；(表情)嚴肅，可怕 例 日っ本経済の前途は～い[日本經濟前途險惡]

険悪⓪〈名・形動〉險惡，危險，可怕 例 事態は～になってきた[事態變得險惡起來]

険峻⓪〈名・形動〉險峻(的地方)

険阻①〈名・形動〉艱難險阻

険難⓪〈名〉險惡的難關

険要③〈名〉險要

険路①〈名〉險惡的道路

★ 陰険・危険・探険・保険・冒険

銑 セン
[銑][铣]xiǎn[日＝繁≒簡]

有光澤的金屬

銑鋼⓪〈名〉生鐵和鋼鐵

銑鉄⓪①〈名〉生鐵

★ 溶銑
<ruby>溶<rt>よう</rt></ruby><ruby>銑<rt>せん</rt></ruby>

顯 ケン
[顯][显]xiǎn[日≒繁≒簡]

容易看出來的；表現，露出

<ruby>顯官<rt>けんかん</rt></ruby>⓪〈名〉地位顯要的高官
<ruby>顯現<rt>けんげん</rt></ruby>⓪〈名・サ變〉顯現，顯出
<ruby>顯在<rt>けんざい</rt></ruby>⓪〈名・サ變〉明顯存在
<ruby>顯示<rt>けんじ</rt></ruby>⓪〈名・サ變〉顯示
<ruby>顯彰<rt>けんしょう</rt></ruby>⓪〈名・サ變〉彰顯
<ruby>顯然<rt>けんぜん</rt></ruby>⓪〈形動〉顯然
<ruby>顯著<rt>けんちょ</rt></ruby>①〈形動〉顯著
<ruby>顯微鏡<rt>けんびきょう</rt></ruby>⓪〈名〉顯微鏡
<ruby>顯揚<rt>けんよう</rt></ruby>⓪〈名・サ變〉宣揚
<ruby>顯要<rt>けんよう</rt></ruby>⓪〈名・形動〉顯要，要職

★ 露顯
<ruby>露<rt>ろ</rt></ruby><ruby>顯<rt>けん</rt></ruby>

限 かぎ・る/ゲン
xiàn[日＝繁＝簡]

指定的範圍，界限；限制

<ruby>限<rt>かぎ</rt></ruby>る②〈他五〉限制，限定；限於，只有…最好 例 演説は5分間に～られている[演説只限5分鐘]
<ruby>限界<rt>げんかい</rt></ruby>⓪〈名〉界限，限度，極限
<ruby>限外<rt>げんがい</rt></ruby>⓪①〈名〉限制之外
<ruby>限定<rt>げんてい</rt></ruby>⓪〈名・サ變〉限定，限制
<ruby>限度<rt>げんど</rt></ruby>①〈名〉限度，界限

★ 期限・局限・極限・權限・制限・年限・無限・門限・有限

県 ケン
[縣][县]xiàn[日≒繁≒簡]

行政區劃單位 辨 日本的「縣」相當於中國的「省」

<ruby>県<rt>けん</rt></ruby>①〈名〉(行政區劃)縣
<ruby>県営<rt>けんえい</rt></ruby>⓪〈名〉縣政府經營
<ruby>県議<rt>けんぎ</rt></ruby>①〈名〉縣的議會
<ruby>県境<rt>けんきょう</rt></ruby>⓪〈名〉縣的邊境
<ruby>県警<rt>けんけい</rt></ruby>⓪〈名〉縣的警察(本部)
<ruby>県政<rt>けんせい</rt></ruby>⓪〈名〉縣的行政、政治
<ruby>県知事<rt>けんちじ</rt></ruby>③〈名〉縣的行政長官
<ruby>県庁<rt>けんちょう</rt></ruby>①〈名〉縣政府
<ruby>県道<rt>けんどう</rt></ruby>⓪〈名〉縣建設、管理的道路(與「<ruby>国道<rt>こくどう</rt></ruby>」相對)
<ruby>県内<rt>けんない</rt></ruby>①〈名〉縣內
<ruby>県民<rt>けんみん</rt></ruby>⓪③〈名〉縣內的居民
<ruby>県立<rt>けんりつ</rt></ruby>⓪〈名〉縣立

★ 都道府県
<ruby>都<rt>と</rt></ruby><ruby>道<rt>どう</rt></ruby><ruby>府<rt>ふ</rt></ruby><ruby>県<rt>けん</rt></ruby>

陷 おちい・る/おとしい・れる/カン
[陷][陷]xiàn[日≒繁＝簡]

掉進，墜落；被攻克，占領；缺點

<ruby>陷<rt>おちい</rt></ruby>る③④〈自五〉陷入，落入；失陷，淪陷 例 財政難に～る[陷入財政困難的窘境]
<ruby>陷<rt>おとしい</rt></ruby>れる⑤〈他一〉使陷入，使中計；攻陷 例 人を絶望に～れる[使人陷入絕望]
<ruby>陷没<rt>かんぼつ</rt></ruby>⓪〈名・サ變〉塌陷，沉陷
<ruby>陷落<rt>かんらく</rt></ruby>⓪〈名・サ變〉陷落，淪陷；被説服

★ 欠陷
<ruby>欠<rt>けつ</rt></ruby><ruby>陷<rt>かん</rt></ruby>

現 あらわ・す/あらわ・れる/ゲン
[現][现]xiàn[日＝繁≒簡]

顯露；現在，目前；實有的，當時就有的

<ruby>現<rt>あらわ</rt></ruby>す③〈他五〉呈現，使出現 例 頭角を～す[嶄露頭角]
<ruby>現<rt>あらわ</rt></ruby>れる④〈自一〉出現；顯露 例 英雄が～れる[英雄出現]
<ruby>現役<rt>げんえき</rt></ruby>⓪〈名〉現役(軍人)；在職；應屆

生
現況◎〈名〉現狀
現金③〈名〉現金，現款
現行◎〈名〉現行 例 ～の選挙法［現行的選舉法］；～犯［現行犯］
現今①〈名〉現金，當今，現在，目前
現在〈名・サ變〉現在，目前
現実◎〈名〉現實
現出◎〈名・サ變〉出現
現象◎〈名〉現象
現状◎〈名〉現狀
現数③〈名〉現在有的數量
現世①〈名〉現世，現在
現像◎〈名・サ變〉(攝影)顯影，沖印
現存◎〈名・サ變〉現存＝げんぞん
現代①〈名〉現代
現代詩③〈名〉現代詩
現地①〈名〉現在生活的地方；當地，事情發生地
現に①〈副〉實際上，的確；作為實 例 例 ～ 彼は賄賂を受け取った［事實上他確實收了賄賂］
現任◎〈名〉現任
現場◎〈名〉現場＝げんじょう
現品①③〈名〉現貨，現有物品
現物◎〈名〉現有物品；(與金錢相對)實物
現有◎〈名〉現有

★ 具現・顕現・再現・実現・出現・体現・表現

献 ケン/コン ［献］［献］xiàn［日＝簡≒繁］
恭敬、莊嚴地給
献花①〈名・サ變〉獻花
献金◎〈名・サ變〉捐款

献血◎〈名・サ變〉獻血
献言◎〈名・サ變〉進言，向上司提(的)意見
献策◎〈名・サ變〉獻計獻策
献酬◎〈名・サ變〉日式宴會上互相斟酒
献上◎〈名・サ變〉呈獻，獻上
献身◎〈名・サ變〉獻身，捨身
献呈◎〈名・サ變〉將著作贈送給他人作為禮物
献立◎〈名〉菜單；計畫，準備 例 会議の～をする［做會前的準備工作］
献納◎〈サ變〉捐獻，奉獻

★ 貢献・文献・奉献

腺 セン xiàn［日＝繁＝簡］
生物體內能分泌某些液汁的組織

★ 汗腺・胸腺・甲状腺・耳下腺・舌下腺・前立腺・乳腺・扁桃腺・涙腺

羨 うらやまし・い/うらや・む/セン xiàn［日＝繁≒簡］
因喜愛而希望得到
羨ましい⑤〈形〉羨慕
羨む③〈他五〉羨慕
羨望◎〈名・サ變〉羨慕

線 セン ［線］［线］xiàn［日≒繁≒簡］
用絲、金屬、棉麻等製成的細長物；線狀物
線①〈名〉線，線條；電線；光線；路線；方針 例 ～ を引く［畫線(以示區分)］

線形⓪〈名〉線的形狀

線香①〈名〉(供在菩薩前的)線香

線材⓪〈名〉線材，盤條

線狀⓪〈名〉線狀

線引き⓪〈名・サ變〉拉絲；畫線，劃分 **例** 計画の～を見直す[重新研究規劃的區劃]

線描⓪〈名〉線描，用線條描繪

線路①〈名〉鐵路，鐵軌

★ 沿線・架線・幹線・曲線・光線・視線・斜線・水平線・戰線・脫線・單線・直線・点線・電線・導火線・白線・複線・傍線・本線・路線

憲 ケン

[憲][宪]xiàn[日＝繁≒簡]

法令；特指憲法

憲章⓪〈名〉憲章

憲政⓪①〈名〉憲政，立憲政治

憲兵①〈名〉憲兵

憲法①〈名〉憲法

★ 違憲・官憲・護憲・合憲・立憲

相 あい/ショウ/ソウ

xiāng(xiàng)[日＝繁≒簡]

交互，互相；樣子，容貌；大臣 **辨** 日語中沒有「看」「察看」這樣的動詞用法

相変わらず⓪〈副〉照舊，仍舊，依舊 **例** ～元気にしております[我一直很健康]

相性③〈名〉性情相投 **例** ～がいい(悪い)[投緣，性情相投，對勁兒(不投緣)]

相席⓪〈名〉(素不相識的人)同桌，

同席就餐 **例** ～でお願いします[請安排在同桌]

相次ぐ①〈自五〉相繼發生，連續不斷，一個接一個 **例** 故障が～ぐ[事故連續不斷]

相槌④⓪〈名〉打對錘；隨聲附和，打幫腔；點頭稱是 **例** ～を打つ[隨聲附和，幫腔，接話茬]

相手③〈名〉伙伴，共事者；對方，對手，敵手；對象 **例** ～にしない[不理睬]

相部屋⓪〈名〉(在旅館等處)同屋，同室，住在同一房間 **例** ～になる[住在同一個房間裏]

相棒③⓪〈名〉伙伴，同伙；同抬一頂轎子的轎夫，(轎夫相互見的稱呼)伙計 **例** あの二人はいい～だ[他倆真是一對好伙伴]

相まって①相依，相符，相結合；趕到一起 **例** 好天気と～この日ち曜は人出が多かった[這個星期天正好趕上好天氣，上街的人很多]

相伴⓪〈名・サ變〉作陪，陪伴；沾光

相愛⓪①〈名・サ變〉相愛

相違⓪〈名・サ變〉差異，不同，分歧＝相異

相応⓪〈名・形動・サ變〉適合，相稱，適應

相関⓪〈名・サ變〉相關

相互①〈名〉相互，互相；交替，交互

相好③〈名〉面孔，表情 **辨** 在漢語中，指關係密切、感情好(仲が良い)，還可指不正當的男女關係(愛人)

相克⓪〈名・サ變〉(迷信)相剋；(對立、矛盾的事物相互)鬥爭

相殺⓪〈名・サ變〉相抵，抵消 **辨** 沒
　有漢語中「相互殘殺」的意思
　＝そうさつ

相思①〈名〉相思

相似⓪〈名・サ變〉相似

相承⓪〈名・サ變〉相承

相乗⓪〈名・サ變〉相乘

相続⓪①〈名・サ變〉繼承

相対⓪〈名〉相對

相談⓪〈名・サ變〉商量，商談，磋商

相伝⓪〈名〉家傳，世代相傳

相当⓪〈名・サ變・副・形動〉適合，相
　稱；相等，等於，相當於；頗，很，
　相當；相當好，過得去

相同⓪〈名〉（生物學）同源 **辨** 在漢語
　中，是「彼此無差異」的意思

相場⓪〈名〉行市，行情，市價，時
　價；（交易所）投機買賣，倒把；一
　般的趨向，公認，評價

★ 位相・異相・外相・宰相・実相・
　首相・真相・貧相・福相・滅相・
　面相

香 か/かお・リ/かお・る/キョウ/コウ
xiāng[日＝繁＝簡]
　氣味好聞（與「臭」相反）；味道好，
　稱一些天然有香味的東西，特指用
　香料做成的細條

香⓪〈名〉氣味；香氣，香味

香⓪〈名〉氣味；香氣，香味

香り⓪〈名〉芳香，香氣 **例** 梅の～が
　漂う［梅花飄香］

香る⓪〈自五〉飄香，散發香氣，有香
　味 **例** 菊がほのかに～る［菊花散發
　著清香］

香気①〈名〉香氣，香味

香辛料③〈名〉香辣調味料

香水⓪〈名〉香水

香油⓪〈名〉香發油

香料③①〈名〉香料；（食品的）作料；
　奠儀，香資

香炉①〈名〉高爐

★ 薫香・焼香・線香・芳香

郷 キョウ/ゴウ
[郷][乡]xiāng[日≒繁≒簡]
　城市以外的區域；自己生長的地方
　或祖籍

郷愁⓪〈名〉鄉愁；懷舊之情

郷土①〈名〉故鄉，鄉土

郷党⓪〈名〉鄉黨，同鄉

郷里①〈名〉故鄉，家鄉

郷①〈名〉（過去的行政區劃）鄉；當
　地 **慣** ～に入りては～に従え［入鄉
　隨俗］

★ 帰郷・故郷・在郷・同郷・望郷

箱 はこ
xiāng[日＝繁＝簡]
　收藏衣物的方形器具；像箱子的東西

箱⓪〈名〉箱、盒、匣；客車車廂

箱詰め⓪〈名〉裝箱（物），裝進箱子
　（的東西）

箱庭⓪〈名〉山水式或庭園式盆景

★ 化粧箱・空箱・貯金箱・筆箱・
　本箱

祥 ショウ
xiáng[日＝繁＝簡]
　吉利的；指吉凶的預兆

祥瑞⓪〈名〉祥瑞，吉兆，吉祥

★ 吉祥・瑞祥・清祥・発祥・不祥

詳 くわ・しい/つまび・らか/ショウ
[詳][详]xiáng[日≒繁≒簡]

細密，完備；清楚地知道；説明，細説

詳しい③〈形〉詳細；熟悉，精通
例～く説明する［詳細説明］

詳らか③〈形動〉清楚，詳細 例～に調べる［詳細調查］

詳解⓪〈名・サ變〉詳解，詳細解釋

詳記①〈名・サ變〉詳細記載；詳細記錄

詳細⓪〈名〉詳情

詳述⓪〈名・サ變〉詳述

詳説⓪〈名・サ變〉詳細説明

詳伝⓪〈名〉詳傳

詳報⓪〈名・サ變〉詳報，詳細報告

詳密⓪〈名・形動〉詳細，周密，細緻

詳論⓪〈名・サ變〉詳論，詳細論述，詳細議論

★ 不詳・未詳

享 キョウ
xiǎng[日＝繁＝簡]

受用

享受①〈名・サ變〉享受，享有

享年⓪〈名〉享年

享有⓪〈名・サ變〉(權利、能力等生來就)享有

享楽⓪〈名・サ變〉享樂

想 ソ/ソウ
xiǎng[日＝繁＝簡]

動腦筋，思索；懷念，惦記

想起①〈名・サ變〉想起

想像⓪〈名・サ變〉想像

想定⓪〈名・サ變〉假設，設想

想念①⓪〈名〉想念

★ 愛想・回想・感想・奇想天外・空想・幻想・構想・思想・随想・着想・追想・発想・夢想・無想・瞑想・妄想・黙想・理想・連想

響 ひび・く/キョウ
[響][响]xiǎng[日≒繁≒簡]

聲音；發出聲音；回聲；説話有影響或聲名遠揚

響く②〈自五〉響，響徹；震響，震動；餘音繚繞；揚名，聞名，出名；影響；反響 例世間に名が～く［聞名於世］

★ 影響・音響・反響

向 む・かう/む・く/む・ける/む・こう/コウ
xiàng[日＝繁＝簡]

對著，朝著(與「背」相對)；目標，意志所趨；偏袒，袒護；從前，從開始到現在

向かう⓪〈自五〉向，對，朝著；往，去(指前進的目標)；趨向，接近；反抗，對抗 例正面に～い坐る［朝正面坐］

向く⓪〈自五・他五〉向，朝；趨向，傾向；適合，對路；變換方向 例気が～いたら行ってみよう［如果高興的話就去看看］

向ける⓪〈他一〉向，朝，對；派遣，打發；撥為，挪用 例顔を前に～けなさい［請面對前方］

向こう⓪〈名〉前頭，對面；那邊兒；對方；從今以後；對面 例～の意見を訪ねる［詢問對方意見］

向上⓪〈名・サ變〉向上，提高，進步，改善

★ 意向・一向・外向・傾向・志向・趣向・出向・動向・内向・偏向

象 ショウ/ゾウ
xiàng[日＝繁＝簡]

一種多產於印度、非洲等熱帶地方體格大、鼻子長的哺乳動物；形狀，樣子

象形⓪〈名〉象形(文字)
象徵⓪〈名・サ變〉象徵
象①〈名〉大象，象
象牙③⓪〈名〉象牙

★ 印象・気象・巨象・具象・形象・現象・事象・捨象・心象・対象・抽象・天象・表象・物象・万象

項 コウ
[項][項]xiàng[日＝繁≒簡]

事物的種類或條目 辨 日語中沒有「頸後部」的意思

項目⓪〈名〉項目

★ 移項・事項・条項・同類項・要項

像 ゾウ
xiàng[日＝繁＝簡]

比照人物做成的圖形 辨 日語中沒有「相似」「比如、比方」的意思

★ 影像・映像・画像・解像・胸像・偶像・群像・実像・肖像・塑像・想像・彫像・銅像・仏像・立像

削 けず・る/サク
xiāo[日＝繁＝簡]

用刀平著或斜著切去外面的一層

削る⓪〈他五〉削，刮，刨；刪去，鏟去；削減，縮減；剝奪 例 リストから名を～る[從名單上把名字刪去]

削減⓪〈名・サ變〉削減，縮減，裁減；(勢力)削弱

削除①〈名・サ變〉削除，刪掉，抹掉，勾銷

★ 開削・添削・筆削

消 き・える/け・す/ショウ
xiāo[日＝繁＝簡]

溶化，散失；滅掉，除去 辨 日語中沒有「消遣」「打發時間」(如「消夜」)、「需要」(如「不消說」)的意思

消える⓪〈自一〉消失；(雪等)融化；(燈、火)熄滅；(從心中)消除，磨滅 例 火が～えた[火滅了]

消印⓪〈名〉注銷印；郵戳 例 上海の～のある手紙[蓋著上海郵戳的信]

消す⓪〈他五〉弄滅，熄滅；關閉(電燈、煤氣、收音機等)；擦掉，勾銷，消除；消滅，殺死 例 電灯を～す[關燈]

消炎⓪〈名〉消炎

消音⓪〈名〉(內燃機、機械、手槍等)消音，消聲；隔音

消化①〈名・サ變〉消化

消火⓪〈名・サ變〉消火，滅火

消閑⓪〈名〉消閒，消遣

消却⓪〈名・サ變〉注銷，刪掉；大量耗費；償還

消去⓪〈名・サ變〉消去

消極⓪〈名〉消極

消散⓪〈名・サ變〉消散

消失⓪〈名・サ變〉消失

消臭⓪〈名〉去臭，去臭味

消暑①⓪〈名〉消暑，解暑

消尽⓪〈名・サ變〉用光，耗盡

消息⓪〈名〉消息

消長⓪〈名・サ變〉消長，興衰

消沈⓪〈名・サ變〉消沉

消灯⓪〈名・サ變〉熄燈

消毒⓪〈名・サ變〉消毒

消費⓪〈名・サ變〉消費，耗費

消防⓪〈名〉消防，防火，救火

消防署⑤〈名〉消防署

消磨①〈名・形動〉消磨，磨損，磨掉

消滅⓪〈名・サ變〉消滅；失效

消耗⓪〈名・サ變〉消耗，耗費；疲
勞，疲乏

★ 解消・抹消・霧消

宵 よい/ショウ
xiāo[日＝繁＝簡]

夜

宵⓪〈名〉天剛黑，傍晚；夜晚(前半
夜) 例 夏の〜[夏天的傍晚]

宵越し⓪〈名〉隔宿，過夜

宵祭り③〈名〉日本的大祭(祀)前夜
的小祭(祀)

宵宮⓪〈名〉日本的大祭(祀)前夜的小
祭(祀)

★ 春宵

硝 ショウ
xiāo[日＝繁＝簡]

藥石，可用來製造火藥、炸藥

硝煙⓪〈名〉硝煙

硝酸⓪〈名〉硝酸

硝石①⓪〈名〉硝石，硝酸鉀

硝薬⓪〈名〉火藥

小 こ/ちい・さい/ショウ
xiāo[日＝繁＝簡]

指面積、體積、容量、數量、強度、
力量等不及(與「大」相反)；範圍
窄，程度淺，性質不重要；時間短

小さい③〈形〉(體積、面積、身長)
小；(數量、程度)微小，小，低；
(年齡)幼小；瑣碎，細小；(度量)
小，(心胸)狹小，狹隘 例 〜い声で
話す[小聲說]

小型⓪〈名〉小型

小作⓪〈名〉佃耕；租地種；佃農；佃
戶

小雨⓪〈名〉小雨，細雨

小皿⓪①〈名〉小碟子

小遣い①〈名〉零用錢，零花錢

小判⓪①〈名〉⓪(紙、書等)小張、
小本；①日本古時的橢圓形金幣

小降り⓪〈名〉(雨、雪等)下得小

小麦⓪〈名〉小麥

小屋⓪〈名〉(簡陋的)小房，窩棚；臨
時性的小房；(演戲等)搭的棚子

小雪⓪〈名〉小雪

小指⓪〈名〉小指

小異①〈名〉小異

小宴⓪〈名〉小宴，便宴

小額⓪〈名〉小額

小学校③〈名〉小學

小寒⓪③〈名〉(二十四節氣之一)小
寒

小吉⓪〈名〉小吉利

小径⓪〈名〉小路，小道，小徑

小計⓪〈名・サ變〉小計

小憩⓪〈名・サ變〉小憩，稍微休息

小康⓪〈名〉(戰亂、疾病)暫時平穩，
小康

小国⓪〈名〉小國

小暑⓪①〈名〉(二十四節氣之一)小暑

小銃⓪〈名〉步槍

小心⓪〈名・形動〉膽小，謹慎 **朔** 在漢語中還有「注意，留心(注意する、用心する)」的意思

小数③〈名〉小數目，小數額；(數)小數

小説⓪〈名〉小説

小節⓪〈名〉(音樂)小節；小節，細節

小胆③〈名・形動〉膽小

小腸⓪〈形〉小腸

小児科⓪〈名〉小兒科

小脳⓪〈名〉小腦

小便③〈名〉小便

小欲⓪〈名〉小小的慾望，寡慾

小話⓪〈名〉小故事

★ 狭小・軽少・最小・弱小・縮小・大小・短小・微小・矮小

暁 あかつき/ギョウ
[曉][暁]xiǎo[日≒繁≒簡]

天明；知道，懂得

暁⓪〈名〉黎明，拂曉，天亮；…實現之時；…實現之際 **例** 〜 に出発する[天亮時出發]

暁闇⓪〈名〉黎明前的黑暗

暁光⓪〈名〉曙光

暁鐘⓪〈名〉曉鐘，晨鐘；使人覺醒的事件，警鐘

暁星⓪〈名〉晨星；啓明星；極為稀罕的事

暁天⓪③〈名〉拂曉的天空；曉天

★ 今暁・春暁・通暁・払暁

孝 コウ
xiào[日＝繁＝簡]

對父母盡奉養並順從的義務

孝行①〈名・形動・サ變〉孝順

孝子①〈名〉孝子

孝女①〈名〉孝女

孝養⓪〈名・サ變〉孝養

★ 忠孝・不孝

肖 ショウ
xiào[日＝繁＝簡]

像，相似

肖像⓪③〈名〉肖像；雕像

★ 不肖

効 き・く/コウ
[効][効]xiào[日≒繁＝簡]

模仿；效驗，功用，成果

効き目⓪〈名〉效驗，效果 **例** 〜 がある[有效果]

効く⓪〈自五〉有效，生效 **例** この薬は非常に〜[此藥很有效力]

効果①〈名〉效果，功效，成效

効験⓪〈名〉效驗

効能⓪〈名〉效能

効用⓪〈名〉用處，用途，功用；效驗，效能，功效

効率⓪①〈名〉效率

効力①〈名〉效力，效果

★ 時効・失効・奏効・速効・特効・発効・無効・有効

笑 え・む/わら・う/ショウ
xiào[日＝繁＝簡]

露出愉快的表情，發出歡喜的聲音；譏嘲

笑顔①⓪〈名〉笑臉，笑容

笑む①〈自五〉微笑；開（花）；（果實外皮）裂開 例 にっこりと～む［嫣然一笑］

笑う⓪〈自五〉笑；（花）開；（果實）熟裂；（衣縫兒）綻線；可笑；嘲笑，嘲弄，谿落，譏笑 例 腹を抱えて～う［捧腹大笑］

笑劇⓪〈名〉笑劇，滑稽戲

笑殺⓪〈名・サ變〉付之一笑，笑而不理；引人大笑

笑声⓪〈名〉笑聲

笑納⓪〈名・サ變〉笑納，哂納

笑覧⓪〈名・サ變〉笑覽

笑話⓪〈名〉笑話

★一笑・苦笑・哄笑・失笑・談笑・嘲笑・爆笑・微笑・冷笑

邪 ジャ
xié(yé)［日＝繁＝簡］

不正當；奇怪，不正常 辨 在日語中，沒有讀 yé 時的作為語氣詞的用法

邪悪①⓪〈名・形動〉邪惡

邪気⓪〈名〉邪氣，惡意；（致病的）邪氣

邪教①⓪〈名〉邪教

邪険①〈形動〉刻薄，殘酷，心狠

邪心⓪〈名〉邪心，壞心，惡意

邪神⓪①〈名〉邪神，惡神

邪推⓪〈名・サ變〉胡亂猜疑（推測），往壞處猜疑

邪説⓪〈名〉邪説

邪知①〈名〉邪智，奸智，狡點，詭詐

邪道⓪〈名〉邪道，歧途；不正當的方法，歪門邪道；邪教

邪念⓪①〈名〉邪念；雜念，妄想

邪法⓪①〈名〉邪道，邪教；魔法，妖術

邪魔⓪〈名・サ變〉妨礙，打擾，打攪，礙事，累贅；訪問，拜訪；邪魔，惡魔

邪欲①〈名〉邪惡的慾望，不正當的慾望；淫慾

邪恋⓪〈名〉不正經的戀愛

★正邪・破邪

協 キョウ
xié［日＝繁＝簡］

共同合作，和諧

協会⓪〈名〉協會

協議①③〈名・サ變〉協議，協商

協賛⓪〈名・サ變〉贊助；表示贊同

協商⓪〈名・サ變〉協商，協議

協奏曲③〈名〉協奏曲

協調⓪〈名・サ變〉協調

協定⓪〈名・サ變〉協定

協同⓪〈名・サ變〉協同，合作，同心協力

協約⓪〈名・サ變〉協約，合同；商定，訂合同

協力①⓪〈名・サ變〉協力，共同努力，合作

協和⓪①〈名・サ變〉協和，和諧；音調和諧

★妥協

脇 わき
xié［日＝繁＝簡］

從腋下到肋骨盡處的部分 辨 在日語中，表示「逼迫、恐嚇」的意思時，用「脅」

脇② 〈名〉腋下；旁邊；別處
脇差し⓪④ 〈名〉短刀
脇腹⓪ 〈名〉側腹；庶出
脇見③② 〈名・サ變〉東張西望
脇道⓪② 〈名〉岔路；歧途
脇目③② 〈名〉東張西望
脇役⓪ 〈名〉配角

★ 小脇・両脇

脅 おど・かす/おど・す/おびや・かす/キョウ

[脅][胁]xié[日＝繁≒簡]

逼迫，恐嚇 **胼** 在日語中，它沒有表示從腋下到肋骨盡頭的部分的名詞用法

脅かす⓪ 〈他五〉威脅，威逼；恫嚇，嚇唬 **例** ピストルで～す[用手槍威脅]

脅す⓪ 〈他五〉威脅，嚇唬；恐嚇 **例** ～したりすかしたりする[威逼利誘]

脅かす④ 〈他五〉恫嚇，嚇唬，威脅；威脅 **例** 社長の地位が～される[總經理的地位受到威脅]

脅威① 〈名〉威脅，脅迫
脅迫⓪ 〈名〉強迫，逼迫；威嚇

斜 なな・め/シャ

xié[日＝繁≒簡]

不正，跟平面或直線既不平行也不垂直

斜め② 〈名・形動〉斜，歪，傾斜；心情不好 **例** 日が～になる[太陽西斜]
斜影⓪ 〈名〉斜影
斜眼① ⓪ 〈名〉側目，斜視；斜眼
斜光⓪ 〈名〉斜光(線)

斜視① 〈名〉斜視，斜眼
斜線① 〈名〉斜線
斜度① 〈名〉斜度，坡度
斜塔⓪ 〈名〉斜塔
斜面① 〈名〉斜面
斜陽⓪ 〈名〉斜陽

★ 狭斜・傾斜

携 たずさ・える/たずさ・わる/ケイ

[攜][携]xié[日＝簡≒繁]

帶；合作

携える④ 〈他一〉攜帶；偕同，攜手 **例** ともに手を～える[共同攜起手來]
携わる④ 〈自五〉參與，從事 **例** 国家の大事に～る[參與國家大事]
携行⓪ 〈名・サ變〉攜行，攜帶前往
携帯⓪ 〈名・サ變〉攜帶

★ 提携・必携・連携

諧 カイ

[諧][谐]xié[日＝繁≒簡]

配合得當；滑稽

諧謔⓪ 〈名〉詼諧
諧調⓪ 〈名〉諧調

★ 俳諧

写 うつ・す/うつ・る/シャ

[寫][写]xiě[日≒繁≒簡]

用筆做字；描述，描摹，敍述

写す② 〈他五〉抄，謄，描摹；寫作，繪畫；拍照 **例** 黄山の美しさを絵に～す[把黄山的美畫下來]
写る② 〈自五〉透過來，透明；映，照 **例** この写真はよく～っている[這張照片照得很好]

写経⓪〈名・サ變〉抄寫經文；抄寫的經卷

写実⓪〈名・サ變〉寫實

写植⓪〈名〉照相排版（「写真植字」的略語）

写真⓪〈名〉照相，攝影；照片，相片；電影，影片

写生⓪〈名・サ變〉寫生（畫）；寫實（的短歌、文章等）

写本⓪〈名・サ變〉抄寫；寫本，抄本

★ 映写・活写・誤写・試写・縮写・書写・速写・転写・謄写・描写・複写・模写・臨写

卸 おろし/おろ・す
xiè[日＝繁＝簡]

把東西去掉；解除

卸売り③〈名・サ變〉批發 例 ～の値段[批發價]

卸す②〈他五〉批發，躉售；切開，切碎 例 商品を～す[批發商品]

械 カイ
xiè(jiè)[日＝繁＝簡]

物，傢伙；武器；刑具

★ 器械・機械

潟 かた
[潟][泻]xiè[日≒繁≒簡]

淺灘 辨 在日語中僅作名詞使用，沒有「液體很快地流動」「排泄」等意思

潟②〈名〉潟湖（海濱湖的一種）；淺灘；灣

★ 新潟

謝 あやま・る/シャ
[謝][谢]xiè[日＝繁≒簡]

表示感激；道歉或認錯；辭去，拒絕；凋落，衰退

謝る③〈他五〉賠禮，道歉，謝罪；認輸，折服；謝絕，辭退 例 手をついて～る[低頭認錯] 辨「謝る」沒有「感謝」的意思。「感謝」可用「謝する」來表示

謝意①〈名〉謝意，謝忱；歉意

謝恩⓪〈名・サ變〉謝恩，報答

謝儀①〈名〉謝禮，答謝的禮品

謝金⓪〈名〉酬金

謝罪⓪〈名・サ變〉謝罪，道歉

謝辞①〈名〉謝詞；道歉的話

謝絶⓪〈名・サ變〉謝絕，拒絕

謝礼⓪〈名〉謝禮

★ 慰謝・月謝・代謝・陳謝・拝謝

心 こころ/シン
xīn[日＝繁＝簡]

心臟；習慣上指思想的器官和思想感情等；中央，在中間的地位或部分

心②〈名〉心，心裏；心地，心術，心腸，心田；胸懷，心胸，氣度；精神，心靈，靈魂；內心，真心，衷心，誠心；想法，念頭，心思，心願，意志；心情，心緒，情緒；關懷，體諒，同情，人情；意義，意思 例 ～の優しい人[心地善良的人]

心得③〈名〉素養，經驗；規則，須知，注意事項；代理；精神準備，思想準備 例 音楽の～がある[有音樂素養]

心意①〈名〉心意

心外①〈名・形動〉意外，（由於和預料相反而感到）遺憾

心願⓪〈名〉心願

心眼⓪〈名〉慧眼，洞察（力），敏銳的眼力，心竅

心機①〈名〉心機 **例** ～一転[靈機一動]

心気①〈名〉心緒，心情

心技①〈名〉精神和技術

心境⓪〈名〉心境，心情

心血①⓪〈名〉心血

心魂①〈名〉神魂，精神；內心深處

心算⓪〈名〉打算，盤算，心裏計畫

心中⓪〈名・サ變〉情死；（兩人以上）一同自殺；守信義；發誓忠貞於愛情 **例** 二人は結婚できないのを悲観して～する[因不能結婚感到悲觀而情死] **辨** 與「心中」一詞讀音不同，意思也完全不同（另見「心中」）

心術①〈名〉心術，居心

心緒①〈名〉心緒

心証⓪〈名〉心證（審判官在審理案件時，從各種證據中得出的「認定」）；（給人的）印象

心象⓪〈名〉心緒

心情⓪〈名〉心情

心酔⓪〈名・サ變〉醉心；仰慕

心髄⓪〈名〉心髓

心臓⓪〈名・形動〉心臟；中心；厚臉皮，膽大

心胆①〈名〉心膽

心中①〈名〉內心，心中另見「心中」

心痛⓪〈名・サ變〉憂慮，憂愁；胸痛，心痛

心底⓪〈名〉心底

心電図③〈名〉心電圖

心配⓪〈名・サ變〉擔心，掛念，不安

心拍⓪〈名〉心臟的搏動，心搏

心服⓪〈名・サ變〉心服，敬服

心腹⓪〈名・サ變〉心腹，腹部和胸部；心，心腹

心房⓪〈名〉心房

心理①〈名〉心理

★安心・以心伝心・会心・戒心・核心・肝心・帰心・虚心・苦心・砕心・細心・重心・小心・身心・人心・寸心・誠心誠意・赤心・他心・丹心・胆大心小・中心・衷心・同心・童心・腐心・腹心・仏心・民心・野心・唯心論・用心

芯 シン

芯 xīn xìn[日＝繁＝簡]

讀成 xīn，表示燈心草莖中的髓；讀成 xìn，表示物體的中心部分

芯①〈名〉芯，中心

辛 から・い/つら・い/シン

辛 xīn[日＝繁＝簡]

辣；勞苦，艱難；悲傷

辛い②〈形〉辣；嚴，嚴格，刻薄 **例** 甘いも～いも知っている[懂得甘苦]

辛子⓪〈名〉芥末，芥黃

辛党⓪〈名〉酒鬼 **例** あの人は～だ[他是個酒鬼]

辛い⓪〈形〉痛苦，難過，難受，吃不消，難堪；勞累，辛苦；無情，刻薄 **例** ～い目に遭った[遭遇難堪]

辛苦①〈名・サ變〉辛苦

辛酸①⓪〈名〉辛酸

辛抱①〈名・サ變〉忍耐，忍受，耐

性；耐心(做勞累的)工作

辛辣① 〈名・形動〉辛辣，尖刻，尖酸

辛勞① 〈名・サ變〉辛勞，辛苦

★香辛料

新 あたら・しい/あら・た/にい/シン
xīn[日＝繁＝簡]

初始的(與「舊」相對)；性質改變得更好；表示一種有異於舊質的性質和狀態；新近，剛才；稱結婚時的人或物

新しい④〈形〉新的；新鮮的；新做的；現代的，進步的；新式的，時髦的 例 ～い段階に入る[進入新的階段]

新た①〈形動〉新；重新；猶新 例 ～に製造した品種[新製的品種]

新潟①〈名〉新潟(縣)

新嘗祭④〈名〉新嘗祭(天皇品嘗新米的祭祀，現為「勤勞感謝日」〈11月23日〉)

新案①〈名〉新設計，新創造，新發明

新銳①〈名・形動〉強有力的新手

新顏①〈名〉新(來的)人；新參加的人

新型①〈名〉新型

新刊①〈名〉新刊，新出版

新幹線③〈名〉(鐵路的)新幹線

新奇①〈名・形動〉新奇

新規①〈名・形動〉新；重新，另行；新規則，新規定，新規章

新紀元③〈名〉新紀元

新舊①〈名〉新舊

新居①〈名〉新居

新曲①〈名〉新歌(樂)曲

新記錄④〈名〉新紀錄

新劇①〈名〉新劇

新月①〈名〉新月，朔月

新興①〈名〉新興

新婚①〈名〉新婚

新作①〈名〉新作

新式①〈名・サ變〉新式

新秋①〈名〉新秋，初秋，陰曆七月

新春①〈名〉新春

新書①〈名〉新書，新版書；小型版本叢書

新進①〈名〉新出現(的人物)，初露頭角

新制①〈名〉新制(度)，新體制

新政①〈名〉新政

新生①〈名・サ變〉新生

新雪①〈名〉新雪

新設①〈名・サ變〉新設

新裝①〈名・サ變〉新的外觀、服飾

新卒①〈名〉新畢業生

新宅①〈名〉新居

新知①〈名〉新知

新築①〈名・サ變〉新建

新茶①①〈名〉新茶

新著①〈名〉新著，新著作

新調①〈名・サ變〉新制，新款

新陳代謝⑤〈名〉新陳代謝

新任①〈名・サ變〉新任

新年①〈名〉新年

新版①①〈名〉新出版的書籍；新版(重新排的版)

新品①〈名〉新(產)品；新買的物品

新婦①〈名〉新婦，新娘

新譜①〈名〉新譜，新譜曲的唱片

新風①〈名〉新風氣，新風

新聞①〈名〉報紙 朔 漢語中的「新聞」在日語中為「ニュース」

新編⓪〈名〉新編

新本⓪〈名〉新版本；新書

新盆①⓪〈名〉(死後)初次盂蘭盆會
＝にいぼん

新米⓪〈名〉(當年收的)新米；新手，
新參加的人

新味①③〈名〉新穎，新奇，新鮮感

新芽⓪〈名〉新芽

新訳⓪〈名〉新譯，重新翻譯

新薬⓪①〈名〉新藥

新来⓪〈名〉新來，新到

新涼⓪〈名〉初秋，新涼

新緑⓪〈名〉新綠，嫩綠

新暦⓪〈名〉新曆，陽曆

新郎⓪〈名〉新郎

★維新・一新・温故知新・改新・
革新・更新・最新・刷新・斬新

薪 たきぎ/まき/シン
xīn[日＝繁＝簡]

柴火；工資

薪⓪〈名〉劈柴，木柴 例 ～ を割る
[劈木柴]

薪⓪〈名〉(關東方言)劈柴 例 ～ をつ
む[堆柴火]

薪水①⓪〈名〉薪與水；炊事；日常
雜務 觧 在漢語中，還可引申為薪
金、工資(給料、賃金)

薪炭⓪①〈名〉薪炭，燃料

★臥薪嘗胆

信 シン
[信][信]xìn[日≒繁＝簡]

誠實，不欺騙；信任，不懷疑，認
為可靠；消息；函件

信愛⓪〈名・サ變〉信愛；信仰和愛

信義①〈名〉信義

信教①⓪〈名〉信教，信仰宗教

信仰⓪〈名・サ變〉信仰

信号⓪〈名〉信號，紅綠燈

信者①③〈名〉信徒；崇拜者，迷，
愛好者

信書①〈名〉書信

信条⓪〈名〉信條，信念

信心③①〈名・サ變〉信仰心，信仰，
篤信，虔心 觧 在漢語中，還指相
信自己的願望或計畫能夠實現的心
理(自信)

信託⓪〈名・サ變〉信託，委託，託管

信徒①〈名〉信徒

信女①〈名〉信女

信任⓪〈名・サ變〉信任

信念①〈名〉信念，信心

信憑⓪〈名・サ變〉信憑，憑信，可靠，
靠得住

信服⓪〈名・サ變〉信服

信奉⓪〈名・サ變〉信奉，信仰

信望⓪〈名〉信譽

信用⓪〈名・サ變〉信用，相信，信賴，
信任，信譽；信用

信頼⓪〈名・サ變〉信賴，可靠

★威信・音信・家信・確信・交信・
私信・自信・受信・所信・書信・
送信・通信・逓信・電信・入信・
背信・返信・盲信・来信

星 ほし/ショウ/セイ
xīng[日＝繁＝簡]

天空中發光或反射光的天體

星⓪〈名〉星；五角星；小圓點，小斑
點；(相撲)勝負的分數標誌；靶
心，目標，嫌疑犯，犯人；命運

例〜移り物変わる〔物換星移〕

星影③〈名〉星光 例〜白く海を照ら
す〔皎潔星光映照海上〕

星屑③〈名〉夜空上可以看到的很多
小星星；群星

星空⓪〈名〉星空

星雲⓪〈名〉星雲

星座⓪〈名〉星座，星宿

星宿⓪〈名〉星宿，星座

星霜⓪①〈名〉星霜，歳月

星夜①〈名〉星夜

★火星・金星・恒星・木星・流星・
惑星

興 おこ・す/おこ・る/キョウ/コウ
〔興〕〔兴〕xīng〔日＝繁≒簡〕

舉辦，發動；起來；旺盛；流行，
盛行

興す②〈他五〉振興，使…興盛；興
辦，創辦 例会社を〜す〔創辦公
司〕

興る②〈自五〉興起，興盛，昌盛
例事業が〜る〔事業興盛〕

興趣①〈名〉興趣，趣味，情趣

興味①③〈名〉興味，趣味，興致

興起①〈名・サ變〉興起，興奮

興業⓪〈名〉興業，振興工業(事業)

興行⓪〈名・サ變〉演出，演藝

興廃⓪〈名〉興廢，興亡

興奮⓪〈名・サ變〉興奮

興亡⓪〈名〉興亡

興隆⓪〈名・サ變〉興隆，昌盛，興盛

★新興・即興・中興・不興・復興・
勃興・遊興・余興

刑 ケイ
xíng〔日＝繁＝簡〕

對犯人各種處罰；特指對犯人的體
罰

刑期①〈名〉刑期

刑事①〈名〉刑事；刑警

刑罰①〈名〉刑罰

刑法①〈名〉刑法

刑務所③⓪〈名〉監獄

★求刑・極刑・厳刑・減刑・死刑・
私刑・受刑・処刑・流刑・量刑

形 かた/かたち/ギョウ/ケイ
xíng〔日＝繁＝簡〕

樣子；體，實體；表現

形⓪〈名〉形狀，樣子；形式，表面；
相貌，容貌，姿態；態度

形見⓪〈名〉紀念品；(死者的)遺物，
離別者的思念 例この写真を〜に上
げましょう〔這張照片送給您做個紀
念〕

形骸⓪〈名〉形骸，軀殼；(建築物的)
骨架

形而下②〈名〉有形的；(哲)形而下

形式⓪〈名〉形式

形而上⓪〈名〉無形的；形而上

形質⓪〈名〉形狀和性質；(生物的)
遺傳特徵，外形特徵

形象⓪〈名〉形象，形態

形状⓪〈名・サ變〉形狀，形容

形勢⓪〈名〉形勢，局勢

形成⓪〈名・サ變〉形成，組成

形跡⓪〈名〉形跡，痕跡

形体⓪〈名〉形態，形式

形態⓪〈名〉形態，形式

形容詞③〈名〉形容詞

形容動詞⑤〈名〉形容動詞

★ 円形・外形・奇形・球形・原形・
固形・象形・図形・成形・整形・
正方形・造形・地形・人形・
変形・無形・有形

型 かた/ケイ
xíng[日＝繁＝簡]

鑄造器物用的模子；樣式

型紙⓪〈名〉(剪裁西服用的)紙型，
紙樣；(印染花紋用的)紙板 例 ～
を取る[剪紙樣]

型付②〈名〉(用紙型)印花，印的花
紋；印花布

型破り③〈名・形容〉破例，破格，打
破常規(慣例)；別具一格，獨具匠
心，與眾不同 例 ～ な人物[與眾不
同的人物]

★ 原型・造型・典型・模型・類型

醒 さま・す/さ・める/セイ
xǐng[日＝繁＝簡]

睡眠狀態結束或尚未入睡

醒ます②〈他五〉弄醒，喚醒；清醒；
酒醒

醒める②〈自下一〉醒來；醒悟，覺醒

★ 覚醒

幸 さいわ・い/さち/しあわ・せ/コウ
xìng[日＝繁＝簡]

意外地得到成功或免去災害；福氣；
高興；希望；舊指寵愛；指封建帝
王到達某地

幸い⓪〈名・形・副・サ變〉幸運，幸
福；幸而，幸虧，好在；對…有
利，帶來好影響 例 もっけの～い
[意想不到的幸運]

幸①〈名〉幸福，幸運；海裏和山上出
產的食物 例 海の～、山の～[山珍
海味]

幸せ⓪〈名〉運氣，機遇；幸福，幸
運；幸而，幸虧，幸好 例 ～ な生活
[幸福的生活]

幸運⓪①〈名・形動〉幸運，僥倖

幸甚⓪〈名〉(多用在信件中)幸甚，
十分榮幸

幸便⓪〈名〉喜訊，好消息；吉便，合
適的便人

幸福⓪〈名・形動〉幸福，幸運

★ 行幸・巡幸・多幸・不幸

性 さが/ショウ/セイ
xìng[日＝繁＝簡]

人或事物的本身所具有的能力、作
用等；男女或雌雄的特質，有關人
以及生物生殖的

性①〈名〉性情，本性，性格；風習，
習慣 例 持って生まれた～[生性，
稟性]

性根⓪〈名〉毅力，耐性

性根③〈名〉根性，本性，性體

性分③⓪〈名〉稟性，性情，性格，
生性

性愛⓪①〈名〉性愛

性格⓪〈名〉性格，性情；性質，特徵

性感⓪〈名〉性感

性器①〈名〉生殖器

性急⓪〈形動〉性急，急性，急躁

性交⓪〈名・サ變〉性交，交媾

性向⓪〈名〉性格傾向，性情，個性，
稟性

性差①〈名〉男女差別

性質⓪〈名〉性格，脾氣，性情；性質，特性

性じ情⓪〈名〉性情，性格，脾氣，生性

性じ状⓪〈名〉(人的)性情和品行；(物的)性質和狀態

性能⓪〈名〉(機械等的)性能，效能，機能

性病⓪〈名〉性病，花柳病

性別⓪〈名〉性別

性欲⓪〈名〉性慾

★ 陰性・急性・個性・根性・資性・習性・食性・惰性・知性・適性・天性・特性・毒性・品性・本性・慢性・野性・溶性・陽性・理性

姓 セイ
xìng[日＝繁＝簡]

表明家族系統的字

姓氏①〈名〉姓氏

姓名①③〈名〉姓名

★ 易姓革命・改姓・旧姓・同姓・復姓

凶 キョウ
[兇][凶]xiōng[日＝簡≒繁]

不幸的(與「吉」相對)；莊稼收成不好；惡，暴；關於殺傷的；屬害，過甚

凶悪⓪〈名・形動〉凶惡，凶狠

凶漢⓪〈名〉凶漢，惡漢

凶器①〈名〉凶器

凶行⓪〈名〉凶惡的行為

凶荒⓪〈名〉嚴重的災荒；大災荒引起的飢饉

凶作⓪〈名〉歉收，災荒

凶事①〈名〉凶事，不幸事件

凶日⓪〈名〉凶日，不吉利的日子

凶状⓪〈名〉罪狀

凶刃⓪〈名〉殺人凶器

凶弾⓪〈名〉凶手發射的子彈

凶兆⓪〈名〉凶兆

凶徒①〈名〉凶徒，凶手；(搞暴動、騷亂的)暴徒

凶年⓪〈名〉荒年；災年

凶変⓪〈名〉凶變，(發生天災人禍的)凶事

凶報⓪〈名〉凶信，噩耗，訃聞

凶暴⓪〈名・形動〉凶暴，殘暴

★ 吉凶・元凶・大凶・豊凶

兄 あに/キョウ/ケイ
xiōng[日＝繁＝簡]

哥哥

兄①〈名〉兄，哥哥；內兄，夫兄，姊丈

兄貴①〈名〉(俗)哥哥；(賭徒、幫會中的)大哥，老兄

兄弟①〈名〉兄弟姐妹，義兄弟，義姊妹；(男人之間表示親熱的稱呼)老兄 辨 在古漢語中，可用於女性(姐妹)；在現代漢語中，僅用於男性

兄事①〈名・サ變〉以兄事之 例 先輩に～する[對先輩以兄事之]

★ 学兄・父兄

胸 むな/むね/キョウ
xiōng[日＝繁＝簡]

胸腔，身體前面頸下腹上的部分

胸毛⓪〈名〉胸毛

胸元④⓪〈名〉胸口，心口 例 彼は～が痛い[他心口痛]

胸②〈名〉胸；心，心臟；肺；胃；心，心裏，內心 **例** ～三寸に納める[藏在心裏]

胸算用③〈名・サ變〉內心估計，心中盤算 **例** ～が外れる[如意算盤落空]＝むなざんよう

胸囲①〈名〉胸圍

胸奥⓪〈名〉胸中，內心

胸懐⓪〈名〉胸懷，胸襟

胸襟⓪〈名〉胸襟，胸懷

胸腔⓪〈名〉胸腔

胸声⓪〈名〉胸聲

胸像⓪〈名〉胸像

胸中①〈名〉胸中，心間，內心

胸痛⓪〈名〉胸(部疼)痛

胸底⓪〈名〉內心

胸部①〈名〉胸部；呼吸器官

胸裏①〈名〉胸中，心中，內心

★ 度胸

雄 お/おす/ユウ
xióng[日＝繁＝簡]

公的，陽性的；強有力的；宏偉，有氣魄的；強有力的人或國家

雄花①〈名〉雄花

雄②〈名〉雄，公

雄勁⓪〈名・形動〉雄勁，雄渾

雄渾⓪〈名・形動〉雄渾

雄姿①〈名〉雄姿

雄心⓪③〈名〉雄心，壯志

雄図①〈名〉雄圖，宏圖

雄大⓪〈名・形動〉雄壯，雄偉，宏偉

雄飛①〈名・サ變〉雄飛

雄弁⓪①〈名・形動〉雄辯

雄略⓪①〈名〉雄略，雄才大略

★ 英雄・群雄・雌雄

熊 くま
xióng[日＝繁＝簡]

一種哺乳動物

熊①②〈名・接頭〉雄；大的

熊手⓪③〈名〉耙子，釘耙

★ 熊蜂・白熊・北極熊

休 やす・まる/やす・む/やす・める/キュウ
xiū[日＝繁＝簡]

歇息，停止

休まる③〈自五〉得到休息，(心神)安寧 **例** 気が～る[心情安定]

休む②〈自他五〉休息；停歇，停止；缺勤，缺席；公休；睡覺，就寢 **例** 学校を～む[沒上學，缺課]

休める③〈他一〉使休息，使停歇，使…停下；使安寧，使安心 **例** 心を～める[養神，安心]

休園⓪〈名・サ變〉(幼兒園、公園)休息日，不開放

休演⓪〈名・サ變〉停演

休暇⓪〈名〉休假

休会⓪〈名・サ變〉(會議等的)休會；(交易所)臨時停止交易

休学⓪〈名・サ變〉休學

休刊⓪〈名・サ變〉(定期刊物)暫時停刊

休閑⓪〈名〉休閒；閒著未用

休館⓪〈名・サ變〉(圖書館、美術館等)閉館

休業⓪〈名・サ變〉停業，歇業

休憩⓪〈名・サ變〉休憩，休息片刻

休校⓪〈名・サ變〉(學校)停課，放假

休航⓪〈名・サ變〉(船、飛機等)停航

休講⓪〈名・サ變〉(教師因故)停講

休止⓪〈名・サ變〉停止

休場⓪〈名・サ變〉不出場，停止演出

休職⓪〈名・サ變〉停職

休診⓪〈名・サ變〉停診

休戰⓪〈名・サ變〉停戰；(爭論、論戰、比賽等)中止，停止進行

休息⓪①〈名・サ變〉休息

休廷⓪〈名・サ變〉停審，休庭

休眠⓪〈名・サ變〉休眠；停滯

休養⓪〈名・サ變〉休養

★ 運休・歸休・公休・産休・代休・定休・連休

修 おさ・まる/おさ・める/シュ/シュウ

xiū[日＝繁＝簡]

使完美或恢復完美；建造；著作，撰寫；鑽研，學習，研究

修まる③〈自五〉(品行)改好 **例** 身持が～る[改邪歸正]

修める③〈他一〉修，治，學習 **例** 身を～める[修身]

修學⓪〈名・サ變〉修學，學習

修業⓪〈名・サ變〉修業，學習

修好⓪〈名・サ變〉修好，友好，親善＝修交

修士①〈名〉碩士；(天主教的)修士，修道僧

修辭⓪〈名〉修辭

修飾⓪〈名・サ變〉修飾，裝飾；(語法)修飾

修身①〈名〉修身(日本舊制中小學課程之一，現改稱「道德」)

修整⓪〈名・サ變〉(照片等)修整

修正⓪〈名・サ變〉修正，改正

修繕⓪〈名・サ變〉修繕，整理

修築⓪〈名・サ變〉修築，修理

修訂⓪〈名・サ變〉修訂，改定

修得⓪〈名・サ變〉掌握

修復⓪〈名・サ變〉修復

修養⓪〈名・サ變〉修養，涵養

修理①〈名・サ變〉修理，修繕

修鍊①〈名・サ變〉錘鍊，磨鍊，鍛鍊

修行⓪〈名・サ變〉修行；學武，學藝

★ 改修・監修・研修・自修・必修・編修・補修・履修

羞 シュウ

xiū[日＝繁＝簡]

感到恥辱

羞恥①〈名〉羞恥

朽 く・ちる/キュウ

xiǔ[日＝繁＝簡]

腐爛，多指木頭；衰老

朽ちる②〈自一〉朽，腐爛，腐朽；朽，衰敗，衰落；終生默默無聞 **例** ～ちた木[朽木]

★ 不朽・腐朽・老朽

秀 ひい・でる/シュウ

xiù[日＝繁＝簡]

特別優異的；美麗

秀でる③〈自一〉優秀，卓越，擅長 **例** 一芸に～でる[有一技之長]

秀逸⓪〈名・形動〉優秀，傑出，超群；傑作，佳作

秀才⓪〈名〉卓越的才華，有才華的人，才子；(中國封建社會科舉的)秀才

秀作⓪〈名〉優秀作品

秀拔⓪〈名・形動〉卓越，卓著，出眾

秀麗⓪〈名・形動〉秀麗

★ 俊秀・優秀

袖 そで/シュウ
xiù[日＝繁＝簡]

衣服套在胳膊上的部分　辨 在日語
中沒有「藏在袖子裏」意思的動詞用
法

袖⓪〈名〉袖，衣袖；兩側

袖口⓪〈名〉袖口

袖丈②⓪〈名〉袖長

袖の下⑤〈名〉賄賂

★ 小袖・筒袖・長袖・半袖・振袖・
領袖

嗅 か・ぐ/シュウ
xiù[日＝繁＝簡]

聞，用鼻子辨別氣味

嗅ぎ当てる④〈他下一〉嗅出；猜出

嗅ぎ出す③〈他五〉聞出；探聽出

嗅ぎ付ける④〈他下一〉嗅出；探聽
出

嗅ぎ分ける④〈他下一〉嗅出，聞出

嗅覚⓪①〈名〉嗅覺

虛 キョ/コ
xū[日＝繁＝簡]

空；不眞實的；心裏怯懦；衰弱；
不自滿；抽象的

虛位①〈名〉虛位，有職無權的地位

虛栄⓪〈名〉虛榮

虛偽①〈名〉虛偽

虛言⓪〈名〉虛言，謊言

虛構⓪〈名・サ變〉虛構

虛根⓪〈名〉(數學)虛根

虛字①⓪〈名〉(漢文中的)虛字

虛実①〈名〉虛實，眞假

虛弱⓪〈名・形動〉虛弱

虛飾⓪〈名〉虛飾，矯飾

虛心①⓪〈名・形動〉虛心

虛数②〈名〉(數學)虛數

虛勢⓪〈名〉虛張聲勢，裝腔作勢

虛説①⓪〈名〉無稽之談，謠傳，謊言

虛像⓪〈名〉(物理)虛像；虛傳，假象

虛脱⓪〈名・サ變〉虛脱；呆然若失

虛聞⓪〈名〉虛傳

虛報⓪〈名〉虛報，謠言

虛無①〈名〉空虛，虛無

虛名⓪〈名〉虛名；假名

虛妄⓪〈名〉虛妄，迷信

虛礼⓪〈名〉虛禮

虛空①②〈名〉虛空；太空，天空，
空中

★ 空虛・謙虛

須 ス
xū[日＝繁≒簡]

應當，必得

★ 急須・必須

需 ジュ
xū[日＝繁＝簡]

必用；必用的東西

需給⓪〈名〉供求，供需

需要⓪〈名〉需要，需求

★ 官需・軍需・特需・必需・民需

徐 ジョ
xú[日＝繁＝簡]

緩，慢慢的

徐行⓪〈名・サ變〉(電車、汽車等)徐
行，慢行

徐徐①〈名〉徐徐，緩緩，慢慢；逐
　步，漸

許 ゆる・す/キョ
[許][许]xǔ[日＝繁≒簡]
　應允，認可；預先答應給予
許す②〈他五〉允許，許可，准許；承
　認；信任，相信；放鬆，鬆弛；饒
　恕，寬恕；容讓 例 外出を～す[允
　許外出]
許可①〈名・サ變〉允許，許可；准
　許，批准
許婚⓪〈名〉未婚夫(妻)；從小訂的
　婚約
許諾⓪〈名・サ變〉許諾，允許
許否①〈名〉許可與否
許容⓪〈名・サ變〉容許，寬容
★ 允許・裁許・聽許・勅許・特許・
　認許・免許

序 ついで/ジョ
xù[日＝繁＝簡]
　次第；排列次第；在正式內容之前
　的 辨 在日語中，還有「順便、就
　便」的意思
序で⓪〈名〉得便，有機會；順序，次
　序 例 くじを引いて、～を決める
　[用抽籤的辦法決定順序]
序曲①〈名〉序曲
序言⓪〈名〉序言
序次①〈名〉順序，次序
序章⓪〈名〉序章
序説⓪〈名〉緒論
序奏⓪〈名〉序曲，序奏，前奏(曲)
序文⓪〈名〉序言，序文
序幕⓪〈名〉序幕

序列⓪〈名〉序列，(按年齡、職位、
　成績等)排列順序
序論⓪〈名〉緒論
★ 次序・順序・秩序

叙 ジョ
[叙][敍]xù[日＝簡≒繁]
　述説；評議等級次第
叙位①〈名・サ變〉敍位，被授予爵位
叙勲⓪〈名・サ變〉敍勳，授勳
叙景⓪〈名・サ變〉(詩、文章)敍景，
　寫景
叙事⓪〈名〉敍事
叙述⓪〈名・サ變〉敍述
叙情⓪〈名〉抒情
叙する②〈サ變〉敍述；敍(爵)，敍
　(勳)，授予(爵、勳等) 例 情景
　を～する[敍述情景]
叙説⓪〈名・サ變〉敍述，解說，說明
叙法⓪〈名〉敍述的方法，表現方法
★ 昇叙・平叙

婿 むこ/セイ
xù[日＝繁＝簡]
　丈夫；女兒、妹妹及其晚輩的丈夫
婿①〈名〉婿 例 娘に～を取る[給女
　兒招女婿]
婿入り⓪④〈名・サ變〉入贅，當養老
　女婿，娶姑爺；(婚後男方第一次)
　到妻子的娘家
婿取り②③〈名・サ變〉招女婿，招
　贅，娶女婿
婿養子①〈名〉養老女婿
★ 女婿・花婿・令婿

蓄 たくわ・える/チク

xù[日＝繁＝簡]

積聚，儲藏；存於心中

蓄える④⓪〈他一〉積蓄，儲存，儲備；（頭髮、鬍鬚）留，養，蓄 **例** 金を～える[積蓄錢，存錢]

蓄音機③〈名〉唱機

蓄財⓪〈名・サ變〉攢錢，積累錢財；攢下的錢，積蓄下的財產

蓄積⓪〈名・サ變〉積蓄，積累，儲備

蓄蔵⓪〈名・サ變〉積蓄，積累，儲備

蓄電⓪〈名・サ變〉蓄電

★含蓄・貯蓄・備蓄

続 つづ・く/つづ・ける/ゾク

[續][续]xù[日≒繁≒簡]

連續，接下去；在原有的上面再加

続く⓪〈自五〉繼續，連續；接連不斷；通連，相連；接著，跟著；次於；連續發生，不斷發生 **例** 雨が五日間も降り～いた[一連下了五天雨]

続ける⓪〈他一〉連續，繼續；連接在一起；持續，保持（原來的狀態）**例** 勉強を～ける[繼續學習]

続行⓪〈名・サ變〉繼續進行

続載⓪〈名・サ變〉連載

続出⓪〈名・サ變〉不斷發生，接連發生，不斷出現，層出不窮

続伸⓪〈名・サ變〉（股價）持續上漲，牛市

続投⓪〈名・サ變〉續投（棒球中不替換投手連續投球）；連任

続騰⓪〈名・サ變〉（交易行市、物價）持續上漲，不斷上升

続発⓪〈名・サ變〉連續發生

続編⓪〈名〉續編

続報⓪〈名・サ變〉繼續報告，繼續報導

続落⓪〈名・サ變〉（行市）續跌，持續下跌

★永続・勤続・継続・持続・接続・相続・存続・断続・連続

緒 お/ショ/チョ

[緒][绪]xù[日≒繁≒簡]

絲的頭；連綿不斷的情思

緒①〈名〉弦；線繩，細帶；木屐帶 **例** 琴の～[箏弦]

緒言⓪〈名〉緒言，序言＝緒言

緒戦⓪〈名〉戰鬥（比賽）的開始，序戰；初戰，首戰，頭一次戰鬥（比賽）＝緒戦

緒論⓪〈名〉緒論＝緒論

★情緒・心緒・千緒万端・端緒・内緒・由緒

宣 セン

xuān[日＝繁＝簡]

發表，公開說出；疏通

宣教⓪〈名・サ變〉傳教，布道

宣言⓪③〈名・サ變〉宣言，宣告

宣告⓪〈名・サ變〉宣告，宣布

宣誓⓪〈名・サ變〉宣誓，誓言

宣戦⓪〈名・サ變〉宣戰

宣伝⓪〈名・サ變〉宣傳，宣講

宣揚⓪〈名・サ變〉宣揚，顯示

軒 のき/ケン

[軒][轩]xuān[日＝繁≒簡]

古代的一種有圍棚的車；有窗的長廊或小室；門、窗、樓板或欄杆；高

軒①〈名〉房檐，屋檐
軒下①〈名〉屋檐下面，屋檐下
軒並み①〈名・副〉屋檐櫛比；櫛比的
　房屋；家家戶戶，一律　例 豪雪
　のため列車は～遅延した［因為大
　雪，列車都晚點了］
軒昂①〈形動〉軒昂
軒数③〈名〉戶數

玄 ゲン
xuán［日＝繁＝簡］
　深奧，不容易理解的；虛偽，不眞
　實，不可靠；黑色
玄奥①〈形動〉玄奥，深奥，（意義）
　深遠
玄関①〈名〉房子的正門，大門；（寺院
　的）廟門；領會禪學的開端
玄孫①①〈名〉玄孫
玄米①〈名〉粗米，糙米
玄妙①〈名・形動〉玄妙
★幽玄

旋 セン
xuán［日＝繁＝簡］
　轉動；回，歸；表示與各方來往或
　來往於各方之間
旋回①〈名・サ變〉迴旋，旋轉，盤
　旋；（飛機）改變航向，轉彎
旋転①〈名・サ變〉旋轉，轉動，迴轉
旋盤①〈名〉旋床，車床，切削車床
旋風③①〈名〉旋風；風潮，風波
★斡旋・回旋・迴旋・凱旋・螺旋

懸 か・かる/か・ける/ケ/ケン
［懸］［悬］xuán［日＝繁≒簡］
　掛，吊在空中；沒有著落，沒有結

束；牽掛，掛念；距離遠
懸かる②〈自五〉掛著，吊著，懸掛；
　（炊具）放在爐火上；（船隻）停泊；
　上鎖；鈎上，掛上；架，架設；（天
　空）出現；稱量；提交；課（稅），上
　（稅）；懸（賞）；（表示和某人、事）
　發生關係；濺上，澆上，淋上；陷
　入，落入…中　例 門の両側に赤い
　提灯が～っている［門的兩旁掛著紅
　燈籠］
懸ける②〈他一〉掛，懸掛；架上，放
　上，鋪上；繫上，捆上，戴上，搭
　上，蓋上，蒙上，罩上；澆，灑，
　撒；花，費，花費；乘法，增加，
　加，施加；辦理，處理；提交，提
　供，提出；懸賞；分期繳納；開
　動，發動，揚（帆）；坐；稱，量，
　衡量；支，架，結（網），築（巢）；
　交配；使…受到，使…遭受；使…
　陷入，設（圈套）；課，刷，磨，
　刨，燙，篩；鎖，上鎖，扣上；發
　出；以某種行動加到別人身上；留
　在，記在；寄託，懇求　例 頭に水
　を～ける［往頭上澆水］
懸想②〈名・サ變〉思慕，戀慕
懸念①①〈名・サ變〉擔心，懸念，惦
　記；（佛）執著
懸案①〈名〉懸案
懸賞①〈名〉懸賞
懸絶①〈名・サ變〉懸殊，懸隔
懸命①〈形動〉拼命地，竭盡全力

選 えら・ぶ/セン
［選］［选］xuǎn［日≒繁≒簡］
　挑揀，擇；被選中了的（人或物）；
　被編輯成冊的作品

選ぶ②〈他五〉選擇，挑選；選舉，選
　拔　**例**吉日を～んで挙式する[擇好
　日子舉行婚禮]
選挙①〈名・サ變〉選舉
選挙権③〈名〉選舉權
選挙区③〈名〉選舉區
選曲⓪〈名・サ變〉選曲
選考⓪〈名・サ變〉篩選，選拔人才
選手①〈名〉選手，運動員
選集⓪〈名〉選集
選出⓪〈名・サ變〉選出
選奨⓪〈名・サ變〉選優推薦
選択⓪〈名・サ變〉選擇，挑選
選定⓪〈名・サ變〉選定
選任⓪〈名・サ變〉選任，選拔任命
選抜⓪〈名・サ變〉選拔，挑選
選評⓪〈名・サ變〉選評，評選；評選
　後的評語
選別⓪〈名・サ變〉選別，挑選
選民⓪〈名〉上帝選中的民族
　辨在漢語中，指有選舉權的公民
　(選挙民)
選良⓪〈名〉選良，選優，選賢
　★改選・官選・決選・嚴選・互選・
　　再選・精選・当選・入選・文選・
　　民選・予選

靴**くつ/カ**
　xuē[日＝繁＝簡]
　在漢語中，指有長筒的鞋，在日語
　中泛指鞋
靴②〈名〉鞋　**例**～を履く[穿鞋]
靴下④②〈名〉襪子
靴屋⓪〈名〉鞋店
　★隔靴搔痒

穴**あな/ケツ**
　xué[日＝繁＝簡]
　窟窿，洞；人體可以進行針灸的地方
穴②〈名〉坑，窪；洞穴，獸窩；(別
　人不知道的)賺錢的地方，賺錢的事
　兒；空缺，缺陷，虧空，損失；(賽
　馬、賽車等)意外得勝，意外之財；
　缺點，毛病；穴，孔，眼兒，窟窿
　例～を開ける[打眼，穿孔，出虧
　空]
穴埋め④③〈名・サ變〉填坑，埋坑；
　填補虧空(虧損)，彌補不足
　例～がつかない[無法填補]
穴場⓪〈名〉好地方；(賽馬、賽車
　的)售票處
穴ぼこ⓪〈名〉(俗)坑
穴居①〈名・サ變〉穴居
　★風穴・虎穴・洞穴・墓穴

学**まな・ぶ/ガク**
　[學][斈]xué[日＝簡≒繁]
　效法；鑽研知識，獲得知識，讀書；
　傳授知識的地方；掌握的知識；分
　門別類的有系統的知識
学ぶ⓪〈他五〉學，學習；體驗　**例**運
　転を～ぶ[學開車]
学位①②〈名〉學位
学院⓪②〈名〉學院
学園⓪〈名〉學園；(從低年級到高年
　級一貫下來的私立學校名稱)學校
学外②〈名〉(大學)校外
学業②⓪〈名〉學業
学兄⓪〈名〉學兄(男性在書信等中對
　同輩人的稱呼)
学芸②⓪〈名〉學問和藝術
学際⓪〈名〉跨學科(的)

学士① 〈名〉學士

学資⓪ 〈名〉學費，學習期間的費用

学事① 〈名〉教務，學務(有關學習、學校的事情)

学識⓪ 〈名〉學識

学舎① 〈名〉學舍，校舍

学者⓪ 〈名〉學者；科學家

学習⓪ 〈名・サ變〉學習

学術⓪② 〈名〉學術

学制⓪ 〈名〉學制

学生⓪ 〈名〉學生

学籍⓪ 〈名〉學籍

学窓⓪ 〈名〉學校，學舍

学則⓪ 〈名〉校規

学卒⓪ 〈名〉大學本科畢業生；畢業生

学長⓪ 〈名〉大學校長　辨 在漢語中，是對高年級同學的稱呼(先輩)

学徒① 〈名〉學生；學者

学童⓪ 〈名〉學童，小學生

学内② 〈名〉學校內部，大學內部

学年⓪ 〈名〉學年；年級

学派⓪ 〈名〉學派

学閥⓪ 〈名〉學閥

学費⓪ 〈名〉學費

学部①⓪ 〈名〉(綜合性大學的)院，系；日本舊制大學的本科

学風⓪ 〈名〉學風；(大學)校風

学報⓪ 〈名〉(大學的)學報；(學校的)校內公報

学帽⓪ 〈名〉學校的制帽，學生帽

学務① 〈名〉學務，教育行政

学名⓪ 〈名〉學名，學術上的名稱；學術聲望

学問② 〈名・サ變〉學習，學業；學問；科學，學術；見識，知識

学友⓪ 〈名〉學友，同窗，同學

学力⓪② 〈名〉學力；(專業學科上)特殊卓越的判斷力(洞察力)

学齢⓪ 〈名〉學齡

学歴⓪ 〈名〉學歷

学割⓪ 〈名〉(車、船、電影等)優待學生的折扣票價

学科⓪ 〈名〉學科；(大學系下設立的)學科；(高中以下學校教學的)科目

学課⓪ 〈名〉課程

学会⓪ 〈名〉學會，學社；學術界的集會

学界⓪ 〈名〉學術界

学期⓪ 〈名〉學期

学究⓪ 〈名〉學究

学級⓪ 〈名〉班級

学区①⓪ 〈名〉學區

学校⓪ 〈名〉學校

★異学・医学・化学・科学・勧学・官学・漢学・共学・教学・苦学・雑学・史学・私学・実学・社会学・儒学・小学校・神学・進学・碩学・先学・浅学・大学・中学校・哲学・博学・晩学・文学・兵学・勉学・法学・遊学・蘭学・理学・力学

血　ち/ケツ
xuě[日＝繁＝簡]

血液；同一祖先的；比喻剛強熱烈

血⓪ 〈名〉血，血液；血統　例 〜がかたまった[血凝固了]

血筋⓪ 〈名〉血脈，血管；血統，血緣關係　例 あの人とは親戚だが〜は引いていない[和他雖是親戚，但沒有血緣關係]

血圧⓪②〈名〉血壓

血液②〈名〉血液

血緣⓪〈名〉血緣，血統

血管⓪〈名〉血管

血気①〈名〉血氣，精力，熱情

血球⓪〈名〉血球

血行⓪〈名〉血液循環

血痕⓪〈名〉血跡，血痕

血漿⓪〈名〉血漿

血色⓪〈名〉血色，氣色，臉色

血清⓪〈名〉血清

血税⓪〈名〉重稅，苛稅；徵兵

血戦⓪〈名・サ變〉血戰

血栓⓪〈名〉血栓

血相③〈名〉(受驚或發怒時的)臉色，神色

血糖⓪〈名〉血糖

血統⓪〈名〉血統

血肉⓪②〈名〉血肉；骨肉，至親

血脈⓪②〈名〉血脈；血統

血盟⓪〈名・サ變〉血盟

血涙⓪〈名〉血淚

★喀血・吸血・献血・止血・出血・純血・心血・鮮血・鉄血・吐血・熱血・脳溢血・輸血・流血・冷血

雪 ゆき/セツ

xuě[日＝繁＝簡]

冷天天空落下的白色結晶體

雪②〈名〉雪；雪白，潔白

雪国②〈名〉雪國，多雪的地方

雪解け④⓪〈名〉雪融(時期)；(國際間的關係)緩和，解凍 例 山の〜が始まっている[山上的積雪已經開始融化了]

雪肌⓪〈名〉積雪的表面，雪面；雪白的肌膚，美人的肌膚

雪見③〈名〉賞雪，賞雪宴會 例 〜に行く[去賞雪]

雪害⓪〈名〉(農作物、交通等遭受的)雪災

雪原⓪〈名〉雪原

雪舟⓪〈名〉畫僧名(1420〜1506年)

雪中①⓪〈名〉雪中

雪白⓪〈名〉雪白，純白

★大雪・降雪・豪雪・小雪・除雪・新雪・深雪・霜雪・風雪・吹雪

勲 クン

[勳][勛]xūn[日≒繁≒簡]

特殊功勞

勲位①〈名〉勳位的等級，位階

勲記①〈名〉(和勳章同時授予的)授勳證書

勲功⓪〈名〉功勳，功績

勲章⓪〈名〉勳章

勲等⓪〈名〉勳位的等級

★偉勲・殊勲・叙勲・戦勲

薫 かお・る/クン

xūn[日≒繁＝簡]

古書上說的一種香草；花草的香氣

薫る⓪〈自五〉飄香，散發香氣，有香味 例 風〜五月[薫風送香的5月]

薫煙⓪〈名〉薫煙

薫香⓪〈名〉薫香

薫製⓪〈名〉燻(魚、肉)＝燻製(くんせい)

薫陶⓪〈名・サ變〉薫陶

薫風⓪③〈名〉薫風

★余薫

旬 ジュン
xún[日＝繁＝簡]

十天為一旬，一個月有三旬，分稱
上旬、中旬、下旬；指10歲

旬刊⓪〈名〉旬刊，十日刊
旬月①⓪〈名〉（十天或一個月的）短
時間，短期間；（古）十個月
旬日⓪①〈名〉旬日，十天
旬報⓪〈名〉旬報，旬刊

★下旬・初旬・上旬・中旬

巡 めぐ・らす/めぐ・る/ジュン
xún[日＝繁＝簡]

往來查看

巡らす〈他五〉（朝相反的方向）旋
轉，轉過去，向後轉；圍上，圈
上；動腦筋，籌謀 例体を～す[轉
過身去]
巡る⓪〈自五〉旋轉，循環；圍繞，環
繞；周遊，巡迴 例世界を～る[周
遊世界]
巡閲⓪〈名・サ變〉巡閲，巡視
巡演⓪〈名・サ變〉巡迴演出
巡回⓪〈名・サ變〉巡迴，巡視
巡検⓪〈名・サ變〉巡查，巡視檢查
巡幸⓪〈名・サ變〉（天皇）巡幸
巡航⓪〈名・サ變〉（艦船、飛機）巡航，
遊弋
巡查①⓪〈名〉警察（日本警察職位
之一）
巡察⓪〈名・サ變〉巡查，巡邏
巡視⓪〈名・サ變〉巡邏，巡視
巡遊⓪〈名・サ變〉巡遊，周遊
巡洋艦③〈名〉巡洋艦
巡覧⓪〈名・サ變〉遊覽，觀光
巡礼③〈名・サ變〉巡禮（的人），（到

各處）參拜聖地
巡歴⓪〈名・サ變〉巡歷，遊歷

★遂巡

循 ジュン
xún[日＝繁＝簡]

遵守，依照

循環⓪〈名・サ變〉循環

★因循

尋 たず・ねる/ジン
[尋][寻]xún[日＝繁≒簡]

找，搜求；古代的長度單位，8尺為
尋

尋ねる③〈他一〉問，打聽；尋求，探
尋；找，尋；訪問 例道を～ねる[問
路]
尋常⓪〈形動〉尋常，普通，通常；純
樸，老實
尋問⓪〈名・サ變〉（法官、警察）盤
問，訊問

★千尋

迅 ジン
xùn[日＝繁＝簡]

快

迅速⓪〈名・形動〉迅速
迅雷⓪〈名〉迅雷

★奮迅

殉 ジュン
xùn[日＝繁＝簡]

為達到某種目的犧牲自己性命；古
代用人或器物隨葬

殉教⓪〈名・サ變〉殉教
殉国⓪〈名〉殉國，為國捐軀

殉死⓪〈名・サ變〉殉死，殉節
じゅん し

殉職⓪〈名・サ變〉殉職
じゅんしょく

殉難⓪〈名〉殉難，遇難
じゅん なん

訓 クン
[訓][训]xùn[日＝繁≒簡]

教導，教誨；可以作為法則的話

訓育①〈名・サ變〉訓育
くん いく

訓戒⓪〈名・サ變〉訓誡，教訓
くん かい

訓告⓪〈名・サ變〉教導，訓導；對公
くん こく
務員等的一種懲戒處分方式

訓示⓪〈名・サ變〉訓示
くん じ

訓辞⓪〈名〉訓詞，訓話
くん じ

訓電⓪〈名・サ變〉電令，電示
くん でん

訓導⓪〈名・サ變〉訓導(日本小學教
くん どう
師的職銜名稱)；教導

訓読⓪〈名・サ變〉訓讀；按日語文法
くん どく
直接讀漢文＝訓読み

訓令⓪〈名・サ變〉命令，訓令
くん れい

訓練①〈名・サ變〉訓練
くん れん

訓話⓪〈名・サ變〉訓話
くん わ

★遺訓・音訓・家訓・教訓・古訓・
い くん おん くん か くん きょうくん こ くん
字訓・請訓
じ くん せい くん

遜 へりくだ・る/ソン
xùn[日＝繁≒簡]

謙讓，恭順；次，不及

遜る④⑤〈自五〉謙遜，謙恭
へりくだ

遜色⓪①〈名〉遜色
そん しょく

★謙遜・不遜
けん そん ふ そん

圧 アツ
[壓][压]yā[日≒繁≒簡]

從上面加重力；用威力制服，鎮服；
制止，逼近

圧延⓪〈名・サ變〉壓延，軋制
あつ えん

圧巻⓪〈名〉壓卷(書刊中最精彩的部
あっ かん
分)；壓軸，叫座(演出節目中最精
彩的部分)

圧砕⓪〈名・サ變〉壓碎，碾碎
あっ さい

圧搾⓪〈名・サ變〉壓榨；壓縮
あっ さく

圧殺⓪〈名・サ變〉壓死，砸死，扼殺，
あっ さつ
壓制

圧死⓪〈名・サ變〉壓死，擠死
あっ し

圧縮⓪〈名・サ變〉壓縮
あっしゅく

圧勝⓪〈名・サ變〉以絕對優勢取勝，
あっしょう
大勝

圧政⓪〈名・サ變〉暴政，強權政治，
あっ せい
專制政治

圧制⓪〈名・サ變〉壓制
あっ せい

圧倒⓪〈名・サ變〉壓倒，凌駕
あっ とう

圧迫⓪〈名・サ變〉壓迫
あっ ぱく

圧力②〈名〉壓力
あつりょく

★威圧・気圧・血圧・高圧・指圧・
い あつ き あつ けつあつ こう あつ し あつ
重圧・水圧・制圧・弾圧・鎮圧・
じゅうあつ すい あつ せい あつ だん あつ ちん あつ
電圧・風圧・抑圧
でん あつ ふう あつ よく あつ

押 お・さえる/お・す/オウ
yā[日＝繁＝簡]

在文書、契約上所簽的名字或所畫
的符號；把財物交給人作擔保；拘
留；跟隨看管

押さえる③〈他一〉按，壓；制止，
お
遏止，控制，抑制，阻止，忍住；
扣押，扣留；壓制；抓住；掩，捂
例財産を～える[查封財産]
ざいさん

押す⓪〈他五〉推，擠；按，壓，貼；
お
押韻；壓倒；冒著，不顧；捺 例扉
とびら
を～して開ける[把門推開]
あ

押印⓪〈名・サ變〉蓋印，蓋章
押韻⓪〈名・サ變〉押韻
押収⓪〈名・サ變〉扣押（東西），沒收
押送⓪〈名・サ變〉押送，押解
押捺⓪〈名・サ變〉蓋印，蓋章
★花押

牙 きば/ガ/ゲ
yá[日＝繁＝簡]

大齒；古稱軍中長官住所 辨 在現
代漢語中，「牙」是齒的通稱
牙①〈名〉獠牙，虎牙
牙城⓪〈名〉根據地，大本營
★歯牙・象牙・毒牙

芽 め/ガ
yá[日＝繁＝簡]

植物的幼體；像芽的東西
芽①〈名〉芽，卵的胚盤；事物的苗
頭 例 事業に～が出る[事業有成功
的跡象]
芽生え③②〈名〉發芽，萌芽，發出
來的芽；苗頭，(事物的)萌芽 例 愛
の～[愛的萌芽]
★麦芽・発芽・萌芽

崖 がけ/ガイ
yá[日＝繁＝簡]

高地的邊，陡立的山邊
崖⓪〈名〉懸崖
★懸崖・断崖

涯 ガイ
yá[日＝繁＝簡]

邊際，極限
★境涯・生涯・天涯

雅 みやび/ガ
[雅][雅]yǎ[日≒繁＝簡]

正規的，標準的；高尚的，不粗俗
的；敬辭
雅⓪〈名・形動〉風流，文雅 例 ～ご
ころ[雅懷，雅量]
雅楽①〈名〉雅樂，宮廷古樂
雅言⓪〈名〉雅語；平安時代的文學
語言
雅語①〈名〉雅語(詩歌、俳句中用的
詞語)
雅号①⓪〈名〉雅號
雅趣①⓪〈名〉雅趣
雅称⓪〈名〉雅稱
雅量⓪〈名〉雅量
★温雅・閑雅・古雅・高雅・典雅・
風雅・優雅

亜 ア
[亞][亚]yà[日≒繁≒簡]

次，次一等的；指亞洲
亜鉛①②〈名〉鋅；(俗語)鍍鋅薄鐵
板，白鐵皮
亜寒帯⓪②〈名〉亞寒帶
亜細亜①〈名〉亞洲
亜種①〈名〉亞種，生物學分類等級
「種」的次級
亜熱帯②〈名〉亞熱帶
亜麻①〈名〉亞麻
亜流⓪〈名〉追隨(者)，效仿(者)；
亞流，接近某流派的人物
★欧亜・東亜

煙 けむ・い/けむり/けむ・る/エン
[煙][烟]yān[日＝繁≒簡]

物質燃燒時所產生的氣體；像煙的；

一年生草本植物；菸草製成品

煙い⓪〈形〉(煙)嗆人 例～くて目が
痛い[煙嗆得眼睛疼]

煙⓪〈名〉煙；煙霧 例～のように消
える[煙消雲散]

煙る⓪〈自五〉冒煙；看不清楚，迷茫

煙雨①〈名〉煙雨，濛濛細雨

煙害⓪〈名〉(工廠、礦山、火山的煙
塵引起的)煙害

煙硝⓪〈名〉有煙火藥；硝酸鉀

煙道⓪〈名〉(鍋爐等的)煙道；(煙
斗、煙嘴的)煙管

煙突⓪〈名〉煙囪，煙筒

煙幕①〈名〉煙幕

煙霧①〈名〉煙霧

★雲煙・喫煙・禁煙・黑煙・硝煙・
人煙・水煙・炊煙・煤煙・噴煙・
砲煙

延 の・ばす/の・びる/の・べる/エン
yán[日＝繁＝簡]
引長；延長，向後推遲

延ばす②〈他五〉(時間)延長，推遲，
拖延 例出発を～す[推遲出發]

延びる②〈自一〉(時間)延長，拖長
例寿命が～びる[壽命延長]

延べる②〈他一〉(日期、時間)拖
長，拖延，推遲 例期日を～べる
[拖延期限]

延引⓪〈名・サ變〉拖延，遲延

延延⓪〈形動〉(指講話或做事)沒完
沒了

延期⓪〈名・サ變〉延期

延焼⓪〈名・サ變〉火勢蔓延

延滞⓪〈名・サ變〉拖延，遲誤

延着⓪〈名・サ變〉(火車等)晚點

延長⓪〈名・サ變〉延長，延伸；(某
種行為的)繼續，延續

延年⓪〈名〉延年，延壽

延納⓪〈名・サ變〉遲繳，過期繳納

延命⓪①〈名・サ變〉延壽，延長生命

★外延・順延・遲延・蔓延

言 い・う/こと/ゲン/ゴン
[言][言]yán[日≒繁＝簡]
講，説；説的話；漢語的字

言いなり⓪〈名〉唯命是從，任人擺
布 例人の～になる[任由人擺布]

言い分⓪①〈名〉主張，意見；牢騷，
不滿 例両方の～を聞く[聽取雙方
的意見]

言い訳⓪〈名〉分辨，辯解；道歉，
賠不是，謝罪 例～をするな[不要
辯解]

言う⓪〈他五〉説，講述；告訴，訴
説；據説，聽説；值得一提，像樣
的；(接在數詞下表示)多達…，
有…之多 例～いたいことを～っ
てくれた[説到我心裏去了]

言付かる④〈他五〉受人委託(帶來口
信，捎來東西) 例これは姉から～
って持って来た本です[這是姐姐託
我帶來的書]

言付ける④〈他一・自一〉託人帶口
信，託人捎東西；託詞，借口，假託
例病気に～て来ない[借生病不來]

言葉③〈名〉語言；單詞，詞語；詞，
話；(小説、戲劇中的)對話部分；
(歌劇、説唱)中的道白 例お～に
甘えて[那麼就接受您的好意]

言外①〈名〉言外

言及⓪〈名・サ變〉言及，説到

言語①〈名〉語言，言語＝ごんご
言行⓪〈名〉言行
言辞①〈名〉言辭，辭藻
言責⓪〈名〉言責(對自己的言論負有的責任)
言説⓪①〈名〉闡述；言論，言詞
言質①〈名〉諾言，口頭約定＝言質
言動⓪〈名〉言行
言文⓪〈名〉言文，口語和書面語
言明⓪〈名・サ變〉言明，説清
言論⓪①〈名〉言論
言語道断④〈名〉(佛)言語道斷；荒謬至極，豈有此理

★寡言・格言・確言・虚言・狂言・
苦言・空言・献言・失言・緒言・
助言・序言・誓言・善言・壮言・
俗言・体言・大言・他言・忠言・
伝言・罵言・文言・妄言・無言・
名言・明言・約言・予言・揚言・
用言・立言・流言

岩 いわ/ガン
yán[日＝繁＝簡]

高峻的山崖；構成地殼的石頭
岩②〈名〉岩，岩石
岩肌⓪〈名〉岩石的表面
岩塩⓪〈名〉岩鹽
岩窟⓪〈名〉岩窟，岩洞，山洞
岩礁⓪〈名〉(隱藏在海面下的)岩石
岩石①〈名〉岩石
岩盤⓪〈名〉岩盤
岩壁⓪〈名〉岩壁，陡峭的岩石，懸崖

★花崗岩・奇岩・溶岩

炎 ほのお/エン
yán[日＝繁＝簡]

火；焚燒；炎症
炎②①〈名〉火焰，火苗 **例**～が上がる[冒火苗]
炎暑①⓪〈名〉炎暑，酷暑
炎症⓪〈名〉炎症
炎上⓪〈名・サ變〉燃燒起來；(大建築物)失火，燒毀
炎天③⓪〈名〉炎天，炎熱的天氣
炎熱⓪①〈名〉炎熱，酷熱

★胃炎・火炎・中耳炎・脳炎・
肺炎・皮膚炎

沿 そ‧う/エン
[沿][沿]yán[日≒繁＝簡]

順著，照著；因襲相傳
沿う⓪〈自五〉沿，順；按照，遵循 **例**この方針に～って交渉する[按此方針進行交涉]
沿海⓪〈名〉沿海；靠近陸地的海
沿革⓪〈名〉沿革
沿岸⓪〈名〉沿岸
沿線⓪〈名〉沿線，沿路
沿道⓪〈名〉沿路，沿途
沿路①〈名〉沿途，沿路，沿道

研 と‧ぐ/ケン
yán[日＝繁＝簡]

細磨；深入地探求
研ぐ①〈他五〉磨，研磨；擦亮；淘 **例**水で米を～ぐ[用水淘米]
研究⓪〈名・サ變〉研究
研鑽⓪〈名・サ變〉鑽研
研修⓪〈名・サ變〉研修，進修
研磨①〈名・サ變〉研磨，磨削，抛光；鑽研，研究

塩 しお/エン
[鹽][盐]yán[日≒繁≒簡]

氯化鈉；化學上稱酸類與鹼類中和
而成的化合物

塩②〈名〉鹽，食鹽；鹹度 例 料理
に～をきかせる[菜裏再多放點鹽，
再弄鹹點]

塩辛い④〈形〉鹹 例 彼は～ものが好
き(嫌い)だ[他(不)喜歡吃鹹的]

塩化⓪〈名・サ變〉氯化(化學名詞)

塩基①〈名〉鹼

塩酸⓪〈名〉鹽酸

塩水①〈名〉鹽水；鹹水

塩素①〈名〉氯，氯氣

塩梅③〈名〉鹹淡，味道；情形，情
況；方法；狀況

塩分①〈名〉鹽分

★岩塩・食塩・米塩

嚴 おごそ・か/きび・しい/ゲン/ゴン
[嚴][严]yán[日≒繁≒簡]

緊密，沒有空隙；認眞，不放鬆；屬
害的，高度的

嚴か②〈形動〉莊重，嚴肅，鄭重；莊
嚴，肅穆 例 ～に儀式を行う[莊嚴
隆重地舉行典禮]

嚴しい③〈形〉嚴格，嚴屬，嚴肅；
嚴重，嚴峻，嚴酷，殘酷；屬害，
很，甚 例 ～い試練に耐える[經得
起嚴峻的考驗]

嚴戒⓪〈名・サ變〉嚴防，嚴密的防守

嚴格⓪〈名・形動〉嚴格，嚴屬

嚴寒⓪〈名〉嚴寒

嚴禁⓪〈名・サ變〉嚴禁

嚴刑⓪〈名〉嚴刑

嚴酷⓪〈形動〉嚴酷，嚴屬，苛刻

嚴守①〈名・サ變〉嚴守

嚴重⓪〈形動〉嚴重，嚴屬，嚴格

嚴肅⓪〈形動〉莊嚴，嚴肅；(嚴肅)
認眞；確定無疑，嚴峻，儼然

嚴暑①〈名〉酷暑

嚴正⓪〈名・形動〉嚴正

嚴選⓪〈名・サ變〉嚴選，嚴格選擇

嚴然⓪〈形動〉儼然，莊嚴，嚴肅

嚴冬⓪〈名〉嚴冬

嚴罰⓪〈名〉嚴罰

嚴秘①〈名〉絕密

嚴父①〈名〉嚴父

嚴封⓪〈名・サ變〉密封

嚴密⓪〈形動〉嚴密

嚴命⓪〈名・サ變〉嚴命，嚴令

★威嚴・戒嚴・謹嚴・莊嚴・尊嚴

顏 かお/ガン
[顏][颜]yán[日＝繁≒簡]

面容，臉色，臉面；顏色，色彩

顏⓪〈名〉臉；表情，神情，神色，做
出…的樣子；容貌；人；信譽，交
際，名望；臉面，面子，體面 例 驚
いた～をする[出現吃驚的樣子]

顏合わせ③⓪〈名・サ變〉(初次)會
面；碰頭；合演；(相撲、比賽等)
交鋒 例 決勝戰で強敵と～をする
[在決賽中同強隊交鋒]

顏色⓪〈名〉氣色，臉色，面色；神
色 例 人の～を窺う[看人臉色]

顏出し⓪④〈名・サ變〉出席，露面；
拜訪 例 忙しくて～もできない[忙
得連露個面都不行]

顏つき⓪〈名〉相貌，臉形；表情，
神色，樣子 例 ～がお父さんにそ
っくりだ[長相和爸爸一模一樣]

顔馴染③〈名〉面熟，看見過幾次；
　熟識，熟人 例 彼とは昔からの～だ
　[跟他是老朋友了]
顔見知り③〈名〉相識(的人)，認(的
　人)，熟人 例 あの人とはほんの～
　です[我跟他只有一面之識]
顔面③〈名〉顔面，臉面
顔料③〈名〉顔料；胭粉
　★汗顔・厚顔・紅顔・洗顔・蒼顔・
　天顔・童顔

眼 まなこ/ガン
yǎn[日＝繁＝簡]
　人和動物的視覺器官；見識，對事
物的看法
眼①〈名〉眼珠；眼睛；眼界，視野
例 ～が広い[眼界寬闊，見識廣]
＝め
眼差し②⓪〈名〉目光，眼神；(文)
視線 例 好意的な～でみる[用善意
的目光看]
眼下①〈名〉眼下
眼科①⓪〈名〉眼科
眼窩①〈名〉眼窩
眼球⓪〈名〉眼球
眼鏡⓪〈名〉眼睛＝めがね
眼光①〈名〉眼光，目光；眼力
眼孔⓪〈名〉眼窩；眼界，見識
眼識⓪〈名〉眼力，鑑別力
眼疾⓪〈名〉眼疾，眼病
眼前⓪④〈名〉眼前
眼中①〈名〉眼中，目中
眼底⓪③〈名〉眼底
眼病⓪〈名〉眼病
眼福⓪〈名〉眼福
眼目⓪〈名〉重點，要點

眼力①〈名〉眼力＝がんりき
　★開眼・魚眼・近眼・慧眼・検眼・
　主眼・酔眼・正眼・洗眼・
　千里眼・天眼・点眼・肉眼・
　白眼・複眼・裸眼・老眼

演 エン
yǎn[日＝繁＝簡]
　把技藝當眾表現出來；根據一件事
理推廣、發揮；按照一定程式練
習；不斷變化
演歌⓪〈名〉流行歌曲
演技①〈名・サ變〉演技；表演
演義①〈名〉演義
演劇⓪〈名〉演劇，戲劇
演算⓪〈名・サ變〉演算
演じる⓪〈他一〉表演，扮演；做出，
招致 例 先生の役を～じる[扮演老
師的角色]＝えんずる
演習⓪〈名・サ變〉(軍事)演習；研究
討論，課堂討論；實地練習
演出⓪〈名・サ變〉演出；(電影、戲
劇、電視等的)導演；(會議等的)組
織安排
演説⓪〈名・サ變〉演説，講演
演奏⓪〈名・サ變〉演奏
演壇⓪〈名〉講壇，講台
　★開演・競演・講演・実演・主演・
　出演・上演・独演・熱演

咽 のど/むせ・ぶ/イン/エン
yān[日＝繁＝簡]
　口腔後部由肌肉和黏膜構成的管子
咽①〈名〉咽喉
咽び泣く④⓪〈自五〉抽泣
咽ぶ⓪②〈自五〉嗆，噎，嗆；抽泣

咽喉⓪〈名〉咽喉
咽頭⓪〈名〉咽頭

★ 嗚咽

宴 うたげ/エン
yàn［日＝繁＝簡］

拿酒飯招待客人；聚會在一起吃酒
飯；酒席

宴⓪〈名〉(文)宴，宴會 例 〜に赴く
[赴宴]
宴会⓪〈名〉宴會
宴席⓪〈名〉宴席
宴楽①〈名〉(文)宴樂，作樂

★ 賀宴・酒宴・祝宴・小宴・招宴・
盛宴・別宴・夜宴

驗 ケン/ゲン
［験］［验］yàn［日≒繁≒簡］

檢查，察看；有效果

験①〈名〉徵兆，苗頭；(文)(佛)效
驗，靈驗 例 〜がいい[好徵兆]
＝けん

★ 経験・効験・試験・実験・受験・
先験的・体験

艶 あでやか/つや/なまめかし・い/
エン

［艷］［艳］yàn［日≒繁≒簡］
色彩光澤鮮明好看；有關男女愛情
方面的事情

艶やか②〈形動〉艷麗，嬌艷
艶⓪〈名〉光澤，潤澤；風流事
艶出し⓪〈名・サ變〉上光，磨光
艶艶〈副・サ變〉光滑，有光澤
艶めかしい⑤〈形〉艷麗，妖艷
艶福⓪〈名〉艷福

★ 妖艶

央 オウ
yāng［日＝繁＝簡］

中心

★ 中央③〈名〉(空間)中央，正中間；
中央，中樞，中心；首都，中央

羊 ひつじ/ヨウ
yáng［日＝繁＝簡］

哺乳動物，一般頭上有一對角

羊⓪〈名〉羊，綿羊
羊羹①〈名〉羊羹
羊水①〈名〉(生理)羊水
羊腸⓪〈名〉羊腸
羊頭⓪〈名〉羊頭
羊毛⓪〈名〉羊毛

★ 亡羊補牢・綿羊・羊頭狗肉

洋 ヨウ
yáng［日＝繁＝簡］

比海更大的水域；外國的

洋画⓪〈名〉西洋畫，油畫；歐洲影
片，西方影片
洋学⓪〈名〉(江戶時代相對「和學」
「漢學」而言的)西洋學術和語言學
洋楽⓪〈名〉西洋音樂
洋菓子③〈名〉西式糕點
洋館⓪〈名〉(明治、大正時代)西式
建築物(特指住宅)
洋銀⓪〈名〉白銅(銅、鎳、鋅合金)；
西洋銀幣
洋裁⓪〈名〉西裝的裁縫
洋紙⓪〈名〉西洋紙
洋式⓪〈名〉西式，歐美式
洋室⓪〈名〉西式房間

洋酒⓪〈名〉西洋酒，西方酒（如威士忌等）

洋書⓪〈名〉西方書籍；外文書籍；洋裝書

洋上⓪〈名〉海上，海洋上

洋食⓪〈名〉西餐

洋装⓪〈名〉洋裝，西服

洋風⓪〈名〉西式

洋服⓪〈名〉西服

洋間⓪〈名〉西式房間

★ 遠洋・海洋・外洋・巡洋艦・西洋・東洋・南洋・和洋

陽 ヨウ
[陽][阳]yáng[日＝繁≒簡]

明亮；跟「陰」相對：太陽；帶正電的；山的南面、水的北面（多用於地名）；男性生殖器

陽気⓪〈名・形動〉陽氣；天氣，氣候；（性格）爽朗，快活，熱鬧，興高采烈

陽極⓪〈名〉陽極；磁石的北極

陽光⓪〈名〉陽光，日光

陽性⓪〈名〉性情明朗，性格爽朗；（醫）陽性

★ 陰陽（＝おんよう）・斜陽・太陽・夕陽・洛陽

揚 あ・がる/あ・げる/ヨウ
[揚][扬]yáng[日＝繁≒簡]

高舉，向上；在空中飄動；向上播散，傳布，宣説 辨 在日語中還有「用油炸」的意思

揚がる⓪〈自五〉（食品）炸好，炸熟 例 海老が～った[蝦炸好了]

揚げる⓪〈他一〉炸 例 肉団子を～げる[炸肉丸子]

揚言⓪〈名・サ變〉揚言

揚水⓪〈名・サ變〉抽水，汲水

揚子江④〈名〉揚子江，長江

揚陸⓪〈名・サ變〉（從船舶向陸地上）卸貨，卸船

揚力①〈名〉（物）舉力，升力

★ 掲揚・顕揚・昂揚・高揚・止揚・称揚・賞揚・宣揚・発揚・浮揚・悠揚・抑揚

瘍 ヨウ
yáng[日＝繁≒簡]

潰爛

★ 潰瘍・腫瘍・膿瘍

仰 あお・ぐ/おお・せ/ギョウ/コウ
yǎng[日＝繁＝簡]

臉向上（跟「俯」相對）；敬慕；依賴

仰向く⓪〈自五〉仰，朝上 例 ～いて寝る[仰臥，仰著睡]

仰向ける⓪④〈他一〉仰，仰起 例 箱を～けてください[請把箱子口朝上放]

仰ぐ②〈他五〉仰，仰視，仰望；仰慕，敬仰，推崇；仰仗，仰賴，依靠；飲，服；請求 例 師として～ぐ[仰慕為師]

仰せ⓪〈名〉吩咐，囑咐，命令；（敬）您的話 例 ～に従う[遵命，遵囑]

仰せ付ける⑤〈他一〉（敬）吩咐，命令 例 何でも遠慮なく～けてください[請不要客氣，有什麼就吩咐吧]

仰臥①〈名・サ變〉仰

仰角①〈名〉（數）仰角

仰視⓪〈名・サ變〉仰視，仰望
ぎょうし

仰天③⓪〈名・サ變〉非常吃驚
ぎょうてん

例 びっくり～［大吃一驚］

★ 景仰・信仰・俯仰
けいぎょう しんこう ふぎょう

養 やしな・う/ヨウ
［養］［养］yǎng［日≒繁≒簡］
撫育，供給生活品；飼養動物，培
植花草；生育，生小孩兒；（非血親
的）撫養的；使身心得到滋補和休
養；培養；扶持，幫助

養う⓪〈他五〉養活，撫養；飼養；收
やしな
養，養育；保養，調養，休養，療
養；餵（病人、小孩）；養成，培養
例 よい習慣を～う［養成好習慣］
しゅうかん

養育⓪〈名・サ變〉養育
よういく

養魚①〈名〉養魚
ようぎょ

養鶏⓪〈名〉養雞
ようけい

養護⓪〈名・サ變〉護養；保育
ようご

養蚕⓪〈名・サ變〉養蠶
ようさん

養子⓪〈名〉養子
ようし

養女①〈名〉養女
ようじょ

養生③〈名・サ變〉養生，養身；養病，
ようじょう
療養

養殖⓪〈名・サ變〉養殖
ようしょく

養成⓪〈名・サ變〉培養，造就
ようせい

養豚⓪〈名〉養豬
ようとん

養父⓪〈名〉養父
ようふ

養分①〈名〉養分
ようぶん

養母⓪〈名〉養母
ようぼ

養蜂⓪〈名〉養蜂
ようほう

養老⓪〈名〉養老
ようろう

★ 安養・栄養・休養・教養・供養・
あんよう えいよう きゅうよう きょうよう く よう
修養・静養・培養・扶養・保養
しゅうよう せいよう ばいよう ふ よう ほ よう

樣 さま/ヨウ
［樣］［样］yàng［日≒繁≒簡］
形狀；種類 朔 在日語中還可以接
在人名、稱呼以及表心意的詞語後
面表示敬意或客氣

樣②①〈名・代〉樣子，情景，情況；
さま
姿態，形狀；您；他；（接尾）接在
人名、稱呼下表示敬意；（接表示心
意的詞語下）表示敬意或客氣的說
法 例 ～にならない［不成樣子，不
成體統］

樣式⓪〈名〉樣式，方式；格式，固定
ようしき
的形式；（藝術作品）體裁，文體，
風格

樣態⓪〈名〉樣態
ようたい

★ 異樣・一樣・各樣・仕樣・多樣・
い よう いち よう かく よう し よう た よう
同樣・別樣・模樣・紋樣
どう よう べつ よう も よう もん よう

妖 ヨウ
yāo［日＝繁＝簡］
迷信的人指異於常態而害人的東西；
媚，豔麗

妖艶⓪〈名・形動〉妖豔
ようえん

妖怪⓪〈名〉妖怪
ようかい

妖気①〈名〉妖氣
ようき

妖術⓪〈名〉妖術
ようじゅつ

妖精⓪〈名〉妖精
ようせい

妖婦①〈名〉妖婦
ようふ

腰 こし/ヨウ
yāo［日＝繁＝簡］
胯上肋下的部分，在身體的中部；
事物的中段，中間

腰⓪〈名〉腰；衣服的腰身；（牆壁、
こし
隔扇等的）下半部分；（物質的）硬
度，黏度；腰部姿勢；山腰；（接尾）

(計算戴在、穿在腰上的東西時用)
把,件 **例**〜が砕ける[中途鬆勁]

腰椎①〈名〉腰椎

腰痛⓪〈名〉腰痛

★ 弱腰

搖 ゆ・さぶる/ゆ・すぶる/ゆ・する/ゆ・らぐ/ゆ・る/ゆ・るぐ/ゆ・れる/ヨウ

[搖][搖]yáo[日≒繁≒簡]
擺動

搖 さぶる⓪〈他五〉搖動,搖晃；(喻)震動,震撼 **例** 天地を〜る[驚天動地]

搖 すぶる⓪〈他五〉搖動,搖晃；震動,震撼 **例** 木を〜って枯れ葉を落とす[搖晃樹使枯葉落下來]

搖 する⓪〈他五〉搖動,搖晃 **例** 寝ている者を〜りおこす[把睡著的人推醒]

搖 らぐ⓪②〈自五〉搖擺,搖晃,搖動；動搖,搖搖欲墜 **例** 考えが〜ぐ[思想(意見)動搖]

搖 る⓪〈自他五〉搖動,擺動；淘(米),淘(金),用水淘,刷洗；發生地震 **例** 米の砂を〜る[把米裏的沙子淘一淘]

搖 るぐ②〈自五〉動搖 **例** 土台が〜ぐ[基礎動搖]

搖 れる⓪〈自一〉搖動,搖擺,巔簸；(喻)躊躇,動搖；(喻)動蕩,成問題,不穩,沒把握 **例** 内閣が大いに〜れる[内閣動蕩不定,内閣即將垮台]

★ 動搖

窯 かま/ヨウ

[窯][窑]yáo[日≒繁≒簡]
燒磚、瓦、陶器等物的建築物；為採煤而鑿的洞；窯洞,在土坡上特為住人挖成的洞

窯⓪〈名〉窯

窯元⓪〈名〉陶(瓷)窯,窯戶

窯業⓪①〈名〉陶瓷工業；窯業(磚瓦、玻璃、水泥等工業)

★ 官窯・民窯

謠 うたい/うた・う/ヨウ

[謠][谣]yáo[日≒繁≒簡]
大眾編的反映生活的歌曲 **辨** 在日語中沒有「憑空捏造的假話」的意思

謠⓪〈名〉「能樂」的歌詞,謠曲

謠う⓪〈他五〉唱,歌唱 **例** 〜ったり踊ったりする[載歌載舞]

謠曲⓪〈名〉日本「能樂」的詞(曲)

★ 歌謠・童謠・民謠

要 い・る/ヨウ

yào(yāo)[日=繁=簡]
重大,值得重視的；應該,必須；求,有所倚仗而強求；希望得到,希望保持；求

要る⓪〈自五〉要,需要 **例** 〜るだけ持っていけ[需要多少就拿多少]

要員⓪〈名〉必要的人員,工作人員

要因⓪〈名〉主要原因(因素)

要害⓪〈名〉要害,險關；(軍事上)要塞,堡壘

要義①〈名〉要義

要求⓪〈名・サ變〉要求；需要

要件③⓪〈名〉要事,緊要事；必要的條件

要項⓪〈名〉必要的事項，重要的事項

要綱⓪〈名〉綱要，綱領

要塞⓪〈名〉(軍事)要塞

要旨①〈名〉要旨，要點

要所⓪〈名〉要點；要地，要衝

要衝⓪〈名〉要衝，重要地點

要職⓪〈名〉要職，重要職務

要人⓪〈名〉要人

要する③〈サ變〉需要，必要；埋伏；摘要，歸納 例 敵を道に～して討つ [在路上伏擊敵人]

要請⓪〈名・サ變〉請求，要求

要素①〈名〉因素，要素

要地①⓪〈名〉要地，重地，要衝

要諦⓪〈名〉關鍵，要點＝ようたい

要点③〈名〉要點，重點

要望⓪〈名・サ變〉要求，期望，願望

要務①〈名〉重要任務(職務)

要約⓪〈名・サ變〉要點，概要，摘要，歸納

要覧⓪〈名〉要覽，簡章

要領③〈名〉要領，要點；(處理事物的)訣竅，竅門，方法

要路①〈名〉要衝，要道；重要的地位

★ 概要・肝要・紀要・強要・緊要・險要・顯要・綱要・至要・主要・需要・重要・所要・樞要・切要・大要・提要・摘要・必要・不要

薬 くすり/ヤク

[薬][药]yào[日≒繁≒簡]

可以治病的東西；有一定作用的化學物品

薬⓪〈名〉藥；益處；釉子；火藥 例 ～より養生[服藥不如養生]

薬屋⓪〈名〉藥店，藥房；(俗)製藥公司

薬指③〈名〉無名指

薬液②〈名〉藥水

薬園⓪〈名〉藥圃

薬害⓪〈名〉藥害(藥物引起的病害)

薬学⓪②〈名〉藥學

薬剤⓪〈名〉藥劑

薬剤師③〈名〉藥劑師

薬殺⓪〈名・サ變〉藥死，毒死

薬餌①⓪〈名〉藥餌；藥

薬酒①〈名〉藥酒

薬種①⓪〈名〉藥；中藥材

薬草⓪〈名〉藥草

薬湯⓪〈名〉加藥的洗澡水；湯藥

薬毒⓪〈名〉藥毒，藥中所含的毒

薬品⓪〈名〉藥品

薬物⓪〈名〉藥物

薬方②⓪〈名〉藥方，處方

薬味③⓪〈名〉辣味作料；藥品

薬用⓪〈名〉藥用，做藥材用

薬量③〈名〉藥量

薬価①〈名〉藥價；藥錢，藥費

薬科⓪〈名〉藥學科；藥學院，藥學系

薬局⓪〈名〉(醫院的)藥局；藥房

薬効⓪〈名〉藥力，藥效

★ 医薬・火薬・劇薬・膏薬・弾薬・投薬・毒薬・農薬・秘薬・服薬・麻薬・良薬・釉薬

曜 ヨウ

[曜][曜]yào[日≒繁＝簡]

日光；照耀；日、月、星都稱「曜」，日、月和火、水、木、金、土五星合稱為七曜，分別用來稱一個星期的七天

曜日⓪〈名〉星期(一週的七天)

★ 月曜日(火曜日・水曜日・木曜
日・金曜日・土曜日・日曜日)

冶 ㄧㄝˇ[日＝繁＝簡]

熔鍊金屬

冶金⓪〈名〉冶金

★ 陶冶

野 の/ㄧㄝˇ[日＝繁＝簡]

郊外，村外；指不當政的地位(和
「朝」相對)；不講情理，沒有禮
貌，蠻橫；不馴順，野蠻；不受約
束或難於約束；不是人所馴養或培
植的(動物或植物)

野①〈名〉野地，原野；(接頭)野生；
增添卑賤之意

野菊①〈名〉野菊

野晒し②〈名〉丟在野地，任憑風吹
雨打(東西)；髑髏 例 自動車を～
しておく[把汽車丟在外邊不管]

野宿①〈名・サ變〉露宿，露營

野放し②〈名〉放牧；任不管(任其成
長) 例 ～に育てる[任其自然成長]

野原①〈名〉原野，野地 例 ～犬[野
狗]；～猫[野貓]

野放図②〈形動〉散漫放肆，蠻橫無
理，肆無忌憚；無邊無際，無窮無
盡 例 ～なやつ[放肆的傢伙]

野火①〈名〉野火

野良②〈名〉地，田地

野営⓪〈名・サ變〉野營，露營

野外①〈名〉野外

野球⓪〈名〉(體)棒球 例 ～部[棒球
俱樂部]

野牛⓪〈名〉野牛

野禽⓪〈名〉野禽

野犬⓪〈名〉野狗，野犬

野合⓪〈名・サ變〉私通

野菜⓪〈名〉蔬菜

野次馬⓪〈名〉(跟在後面)起哄的人，
(瞧熱鬧)亂吵亂嚷(的人) 例 ～に
乗る[跟在後面起哄]

野手①〈名〉(棒球)內場手和外場手

野趣①〈名〉野趣，田園風趣

野獸⓪〈名〉野獸

野心①〈名〉野心；禍心

野人⓪〈名〉(古)鄉下人；粗野的人；
在野的人，普通老百姓

野生⓪〈名・サ變・代〉野生

野性⓪〈名〉野性

野戰⓪〈名〉野戰

野草⓪〈名〉野草

野鳥⓪〈名〉野鳥，山禽

野党⓪〈名〉在野黨

野蠻⓪〈名・形動〉野蠻；粗野

野卑①〈名・形動〉卑鄙，下流

野暮①〈名・形動〉庸俗，土氣，不文
雅；不知好歹

野望⓪〈名〉奢望；野心

野郎⓪②〈名・代〉(俗)(罵男人的話)
小子；小伙子

★ 下野・原野・荒野・在野・山野・
視野・粗野・朝野・田野・分野・
平野・沃野・林野

夜 よ/よる/ㄧㄝˋ[日＝繁＝簡]

從天黑到天亮的一段時間(跟「日、
晝」相對)

よる
夜①〈名〉夜，夜裏，晚上

よあ
夜明け③〈名〉拂曉，黎明，天亮

よぎり
夜霧①〈名〉夜霧

よぞら
夜空①②〈名〉夜空

よなか
夜中③〈名〉半夜，夜半

よみせ
夜店⓪〈名〉夜市，夜攤

よえん
夜宴⓪〈名〉晚宴

やがく
夜学⓪〈名〉夜校

やかん
夜間①〈名〉夜間

やきょく
夜曲①〈名〉(音)小夜曲；夢幻曲，夜
想曲

やきん
夜勤⓪〈名・サ變〉夜間值勤，夜班

やけい
夜景⓪〈名〉夜景

やけい
夜警⓪〈名〉夜警，夜間的警備人員

やこう
夜光⓪〈名〉夜光

やこう
夜行⓪〈名〉夜行，夜間行走

やしゅう
夜襲⓪〈名・サ變〉夜襲

やとう
夜盜⓪〈名〉夜盜，夜賊

やにょうしょう
夜尿症⓪〈名〉遺尿

やはん
夜半①〈名〉夜半，半夜

やもうしょう
夜盲症⓪〈名〉夜盲症

やろうじだい
夜郎自大④〈名〉夜郎自大

やわ
夜話①〈名〉夜話

★ しゅうや しょや じょや しんや
終夜・初夜・除夜・深夜・
ぜんや ちゅうや つうや てつや
前夜・昼夜・通夜・徹夜・
に や れんや
日ち夜・連夜

液 エキ
yè[日＝繁＝簡]

能流動、有一定體積而沒有固定形
狀的物質

えき
液①〈名〉液，液體

えきおん
液温⓪〈名〉液體的溫度

えきか
液化⓪〈名・サ變〉液化

えきしょう
液晶⓪〈名〉(化)液晶體

えきじょう
液状⓪〈名〉液態，液狀

えきたい
液体⓪〈名〉液體，液態

★ いえき けつえき じゅえき せいえき たいえき
胃液・血液・樹液・精液・体液・
どくえき ねんえき はいえき ようえき
毒液・粘液・廃液・溶液

葉 は/ヨウ
[葉][叶]yè[日＝繁≒簡]

植物的營養器官之一，多呈片狀、
綠色，長在莖上；像葉子的；時期

は
葉⓪〈名〉葉，葉兒，葉子；(加工後
は
的)葉葉

がき
書⓪〈名〉明信片(「郵便葉書」的略
語)

はまき
葉巻⓪〈名〉雪茄菸，葉捲菸

ようさん
葉酸⓪〈名〉葉酸

ようりょくそ
葉緑素③〈名〉葉綠素

★ えだは こうよう しんようじゅ ちゅうよう
枝葉・紅葉・針葉樹・中葉・
まっよう らくよう
末葉・落葉

業 わざ/ギョウ/ゴウ
[業][业]yè[日＝繁≒簡]

國民經濟中的部門；職務，工作崗
位；學習的功課；重大的成就或功
勞；從事；財產

わざ
業②〈名〉行為；工作，事情，力所能
にんげん
及的(事情) 例 人間～とは思われな
い[非人力所能辦到的]

ぎょうかい
業界⓪〈名〉業界，同業界

ぎょうしゃ
業者①〈名〉(工商)業者；同業者

ぎょうしゅ
業種①〈名〉企業(職業、業務的)種
類，行業

ぎょうせき
業績⓪〈名〉業績，成績

ぎょうむ
業務⓪〈名〉業務，工作

★ えいぎょう かぎょう かいぎょう がくぎょう きぎょう
営業・家業・開業・学業・企業・
きぎょう きゅうぎょう ぎょぎょう けんぎょう こうぎょう
起業・休業・漁業・兼業・興業・
こうぎょう こうぎょう さぎょう さんぎょう ざんぎょう
工業・鉱業・作業・産業・残業・
しぎょう じぎょう じごうじとく しつぎょう
始業・事業・自業自得・失業・

実業・授業・就業・修業・終業・
従業・商業・職業・生業・創業・
操業・卒業・怠業・乳業・農業・
覇業・廃業・副業・分業・本業・
林業

謁 エツ
[謁][谒]yè[日≒繁≒簡]
拜見
謁見⓪〈名・サ變〉謁見，晉見
謁する⓪〈サ變〉晉謁，謁見 例ロー
マ法王に～する[晉謁羅馬教皇]

★ 請謁・拜謁

ひと/ひと・つ/イチ/イツ
yī[日＝繁＝簡]
數目字，最小的整數；純，專；滿，
全；相同
一つ②〈名・副〉一個，一歲；(列舉
條款時的順序號)一；相同，一樣，
一體；一方面；(接體言以加強語
氣)連，只；試一試，稍微；請
例努力～で成功する[只要努力就
會成功]
一息②〈名〉一口氣；喘一口氣，歇一
口氣；一鼓作氣，一股勁兒；(再
加)一把勁 例～入れる[稍事休
息，喘一口氣]
一苦労②③〈名・サ變〉稍微費點力，
少下點功夫 例～願おうか[想麻煩
你一下可以嗎]
一筋②〈名〉一條，一道，一縷，一
絲，一線；一心一意 例～に思い
つめる[深思熟慮，苦思冥想]
一握り②③〈名〉一把，一小撮；不
費力，輕而易舉地解決 例敵を～に

する[一舉平定敵人]
一肌②〈名〉慣～脱ぐ[助一臂之力，
幫一把勁] 例友人のために～脱ぐ
[為朋友助一臂之力]
一休み②〈名・サ變〉休息一會兒，歇
一會兒 例～して出かける[休息一
會兒再出去]
一位②〈名〉首位，第一，一等；(數
學)一位數，個位數；(官階、品級)
正一位，從一位
一意②①〈名〉一種意義；一心一意
一衣帯水④〈名〉一衣帶水 例～を隔
てて[一水之隔]
一員②⓪〈名〉一員，一分子
一因⓪②〈名〉一因，一個原因
一応⓪〈副〉大致，大略；暫且，姑
且；一次，一下 例～承諾した[姑
且答應了]
一概②〈副〉(常接否定語)一概，籠
統地 例そう～には言えない[不能
那樣一概而論]
一丸⓪〈名〉一個整體
一義②〈名〉一義；第一義；根本意
義，一番道理 例それにも～はあ
る[那也有一番道理]
一見⓪〈名〉初次見面；(飯店等的)
新客，生客另見「一見」
一元⓪〈名〉一元
一群⓪②〈名〉一群
一時②〈名〉某時；當時；臨時，一
時；一次，一回；一點鐘
一字千金②〈名〉一字(值)千金
一時的⓪〈形動〉一時的，暫時的
一助②〈名〉一點兒幫助
一存②〈名〉個人意見
一諾千金⓪〈名〉一諾千金

一段②〈名〉一級，一層；（文章的）一段，一節

一堂②⓪〈名〉一堂，一處

一読⓪〈名・サ變〉一讀

一任③〈名・サ變〉一任，完全委託給（…辦），責成

一人前⓪〈名〉一個人的份兒，一份兒；成人；（技藝等）夠格，能頂一個人

一番②⓪〈名・副〉第一，最初；最好，最佳；（下棋、摔跤等）一盤，一場；（謠曲）一曲；（事物）一次，一回；最，頂，首要；試試 例 承知するかどうか～当たってみよう［同意與否先試試看］

一部②〈名〉一部分；（書刊的）一部；一套

一瞥⓪〈名・サ變〉一瞥，看一眼

一抹⓪〈名〉一股，一片，一縷

一味②〈名・サ變〉（幹壞事的）一伙，一幫，同黨；（中藥）一味；一種味道；一股 辨 在漢語中，是「盲目」「不顧客觀條件」的意思

一面⓪②〈名〉一面

一望千里⑤〈名〉一望無際

一網打尽⓪〈名〉一網打盡

一目瞭然⓪〈名・形動〉一目了然

一躍④⓪②〈副・サ變〉一躍

一様⓪〈名・形動〉一樣，一律

一翼⓪〈名〉一翼；左右手，臂膀，得力助手；一部分任務

一覧⓪〈名・サ變〉一覽，一覽表

一理②〈名〉一定的道理

一律⓪〈名・形動〉同樣的音律；一律，一樣，千篇一律

一流⓪〈名〉第一流，頭等；一個流派；獨特風格

一両⓪〈名〉一兩；一元錢；一輛

一塁②〈名〉（棒球）第一壘；守第一壘的人

一連⓪〈名〉一連串，一系列

一家①〈名〉一家；（學術等的）一家，一派；一個團體（組織）

一回③⓪〈名〉一回，一次

一階⓪〈名〉一樓

一角⓪④〈名〉一角

一攫千金⓪〈名〉一攫千金

一箇月③〈名〉一個月

一喝⓪〈名・サ變〉大喝一聲

一括⓪〈名・サ變〉捆成捆的東西，一包在內；總括，匯總

一環⓪〈名〉一環

一貫⓪〈名・サ變〉一貫（日本的重量單位，相當於3.75公斤）；一貫（古時的貨幣單位）；一貫，自始至終 例 ～した政策［一貫的政策］

一気①〈名〉一氣，一口氣

一揆①〈名〉（日本歷史上的）農民武裝起義，武裝暴動

一喜一憂①〈名・サ變〉一喜一憂

一騎当千①〈名〉一騎當千

一級⓪〈名〉一級

一局④〈名〉一局，一盤棋

一見⓪〈名・サ變〉一見，一看；初看，乍一看；初次見面 辨 另見「一見」

一戸①〈名〉一戶

一向⓪〈名〉一向

一刻千金⓪〈名〉一刻值千金

一切①③〈名〉一切，全部

一再⓪〈名〉一再

一笑⓪〈名・サ變〉一笑

いっしょくそくはつ
一触即発⓪〈名・サ變〉一觸即發

いっしゅ
一種①〈名〉一種；某種

いっしゅう
一周⓪〈名・サ變〉一周

いっしゅう
一蹴⓪〈名・サ變〉(一腳)踢開；拒
絕,頂回去；(比賽時)輕取 例 相手
を軽く～する[輕而易舉地戰勝了對
方]

いっしゅう
一週⓪〈名〉一週,一星期

いっしゅん
一瞬⓪〈名〉一瞬,霎時

いっしょ
一緒⓪〈名・サ變〉一同,一起,一塊
兒；一樣,相同；同時

いっしょく
一色④〈名〉一色

いっしん
一新⓪〈名・サ變〉一新

いっしんいったい
一進一退③〈名・サ變〉一進一退；忽
好忽壞

いっしんふらん
一心不乱③〈名・形動〉一心一意,專
心致志

いっせ
一世⓪〈名〉(佛)一世(過去、現在、
未來三世之一)；一生,一輩子另見
「一世い」

いっせ
一世い⓪①〈名〉一生,一世；當時
代,某時代；(國王、皇帝的)一世；
(移民的)第一代另見「一世」

いっせい
一斉⓪〈名〉一齊,同時(多以「～に」
的形式作副詞用,表示)

いっせき
一石④〈名〉一石 例 ～を投じる[引
起風波]

いっせつ
一説⓪〈名〉一說；另(某)一種說法；
異說

いっせん
一銭⓪〈名〉(貨幣的單位)錢；表示
極少的錢

いっそう
一掃⓪〈名・サ變〉一掃

いっそう
一双⓪〈名〉一雙,一對,(屏風等)
一架

いったい
一体⓪〈名・副〉一體,同心協力；一
種式樣,一種體裁；(佛像、雕像)

一尊；總的來說,一般說來；究
竟,到底；本來,根本 例 今年は～
に雨が少ない[總的來說今年雨少]

いったん
一旦⓪〈副〉一旦,萬一,既然；姑
且,暫且 例 ～家へ帰ってからま
た出かけるつもりです[打算先回一
趟家,然後再出去]

いったん
一端③〈名〉一端另見「一端」

いっち
一致⓪〈名・サ變〉一致

いっちはんかい
一知半解④〈名〉一知半解,半瓶醋

いっつい
一対⓪〈名〉一對

いってい
一定⓪〈名・サ變〉統一規定,統一；
一定,固定

いってん
一転⓪〈名・サ變〉一轉,一變

いっと
一途①〈名〉一途,一條道；只,一個
勁兒 例 激化の～をたどる[一個勁
兒激化]

いっとう
一等⓪③〈名・副〉一等,頭等

いっぱ
一派①〈名〉一派,一個流派；一伙,
同伙

いっぱい
一杯①〈名・副〉一杯,一碗；滿,滿
滿當當；全部,最大限度

いっぱく
一泊⓪〈名・サ變〉一宿,外宿一夜,
住一宿；一泊(船等入港停泊一夜)

いったん
一端⓪〈名・副〉也算得上一個；裝出
另見「一端」

いっぱつ
一発④〈名〉一發(子彈、炮彈等)

いっぱつ
一髪⓪〈名〉一髪 例 危機～[千鈞一
髪]

いっぱん
一般⓪〈名〉一般,普通；普遍；同
樣,同類,相同

いっぱんろん
一般論③〈名〉一般論,大道理

いっぴつ
一筆⓪〈名〉同一筆跡；一筆寫出、
畫出；簡短的文章；一塊(土地)
＝ひとふで

いっぺん
一変⓪〈名・サ變〉一變,完全改變

一片③〈名〉一張，一片；一點點，微
微，少量

一辺倒③〈名〉一邊倒

一歩①〈名〉一步

一方③〈名・副助〉一方，一側，一個
方向；一方面，單方面，片面；（一
對中的）一個；（多用於貶義）專…，
只…，一直…，越來越…

一本⓪①〈名・副助〉（計算細長的東
西）一把（扇子）一支（槍）一棵（樹）；
（書）一本，一册，某書；（劍術用
語）一刀，一下子；一壺酒；（同一
作品的）不同版本，異本

★ 画一・間一髪・帰一・均一・
合一・随一・単一・逐一・統一・
同一・二者択一・不一・万一・
唯一

衣 ころも/イ
[衣][衣]yī[日≒繁＝簡]
服裝；披或包在物體外面的東西

衣⓪〈名〉（文）衣服；（僧侶穿的）法
衣，道袍；（點心、油炸食品、藥
片、藥丸等的）麵衣，糖衣 例 ～ を
つけてあげる[裹上麵炸]

衣冠⓪〈名〉衣冠

衣装①〈名〉服裝；盛裝；戲裝

衣食住③〈名〉衣食住

衣服①〈名〉衣服

衣料①〈名〉衣料，衣服

衣糧①〈名〉衣服和糧食

衣類①〈名〉衣服，衣裳

★ 一衣帯水・更衣・囚衣・脱衣・
天衣無縫・白衣・布衣・便衣

壱 イチ
[壹][壹]yī[日≒繁＝簡]
「一」字的大寫

壱②〈名〉壹

医 イ
[醫][医]yī[日＝簡≒繁]
治病；治病的人；預防和治療疾病
的科學

医院①〈名〉（私人）診所

医科①〈名〉醫科；醫學院，醫學系

医学①〈名〉醫學

医師①〈名〉醫師，醫生，大夫

医者⓪〈名〉醫生，大夫

医術①〈名〉醫術，醫道

医書①〈名〉醫書

医務①〈名〉醫務

医薬①〈名〉醫藥

医用⓪〈名〉醫療用

医療⓪①〈名〉醫療，治療 例 ～ 費
[醫療費]

★ 軍医・校医・侍医・獣医・
主治医・女医・名医

依 イ/エ
[依][依]yī[日≒繁＝簡]
依靠，依賴；按照

依願①〈名〉根據自願；本人自願

依拠①〈名・サ變〉依據，根據

依然⓪〈副・形動〉依然，仍然

依存⓪〈名・サ變〉依存，依靠

依託⓪〈名・サ變〉託付；依靠

依頼⓪〈名・サ變〉委託；依靠

★ 帰依

宜 ^ギ
yí[日＝繁＝簡]

用，拿，把，將；因為；適合，適
當；應該，應當

★辭宜・適宜・便宜

移 うつ・す/うつ・る/イ
yí[日＝繁＝簡]

挪動；改變，變動

移す②〈他五〉遷移，挪，搬；（視線、
心情）轉移，改變；（地位、工作）變
動，移動；度過；傳染；染 例 視線
を～す[轉移視線]

移る②〈自五〉遷，移；轉向，轉到；
變遷，推移；變，變化；傳染，感
染；染上，薰上 例 においが～った
[串味了，沾上味了]

移管⓪〈名・サ變〉移管，移交
移項⓪〈名・サ變〉（數）移項
移行⓪〈名・サ變〉過渡，轉變；轉移，
移交

移住⓪〈名・サ變〉移住，移居
移出⓪〈名・サ變〉搬出，運出
移植⓪〈名・サ變〉移植
移籍⓪〈名・サ變〉遷移戶口，轉戶籍
移送⓪〈名・サ變〉移送，轉送
移築⓪〈名・サ變〉移建，移築
移駐⓪〈名・サ變〉（軍隊等）移防
移転⓪〈名・サ變〉遷移，搬家；轉讓；
變遷

移動⓪〈名・サ變〉移動，轉移；巡迴
移入⓪〈名・サ變〉（從縣外、國外）運
進；（人的）遷入

移民⓪〈名・サ變〉移民
移用⓪〈名・サ變〉挪用（經費）

★推移・遷移・変移

疑 うたが・う/ギ
yí[日＝繁＝簡]

不信，猜度；不能解決的，不能斷
定的

疑う⓪〈他五〉疑，懷疑，疑惑；不相
信 例 自分の目を～う[不相信自己
的眼睛]

疑義①〈名〉疑義，疑問
疑獄⓪〈名〉疑案，難於判決的案件
（有關高官等的大規模的貪污案件）

疑心①〈名〉疑心，疑慮 例 ～暗鬼
[疑神疑鬼]

疑団⓪〈名〉疑團，心中的懷疑
疑点⓪〈名〉疑點
疑念⓪〈名〉疑念
疑問⓪〈名〉疑問 例 ～符[問號]
疑惑⓪〈名〉疑惑

★懷疑・嫌疑・猜疑・質疑・遲疑・
半信半疑・容疑

遺 ^イ
[遺][遺]yí[日＝繁≒簡]

丟失，漏掉；丟失的東西，漏掉的
部分；餘，留；不自覺地排泄糞便
或精液

遺影⓪〈名〉遺像，遺容
遺骸⓪〈名〉遺骸，遺體，遺容
遺憾⓪〈名・形動〉遺憾，可惜
遺棄①〈名・サ變〉遺棄，丟棄
遺業⓪①〈名〉遺業，未完成的事業
遺訓⓪〈名〉遺訓
遺稿⓪〈名〉遺稿
遺骨⓪〈名〉遺骨；骨灰
遺恨①⓪〈名〉遺恨，宿怨，舊仇
遺言⓪〈名〉遺言，遺囑＝ゆいごん
遺作⓪〈名〉遺著，遺作

遺産⓪〈名〉遺產

遺志①〈名〉遺志

遺児①〈名〉遺兒；孤兒

遺書①〈名〉遺書，遺囑，遺言；死後
遺留下的書籍

遺精⓪〈名・サ變〉(醫)遺精

遺跡⓪〈名〉遺跡，古跡

遺族①〈名〉遺族，遺屬

遺体⓪〈名〉遺體

遺託⓪〈名〉遺囑

遺脱⓪〈名・サ變〉遺漏，脱落

遺著⓪〈名〉遺著

遺伝⓪〈名・サ變〉(生)遺傳

遺徳⓪①〈名〉遺德

遺尿⓪〈名・サ變〉遺尿

遺筆⓪〈名〉遺筆，遺著

遺品⓪〈名〉(死者)遺物

遺物⓪〈名〉遺物；古物；遺失物品

遺墨⓪〈名〉遺墨，死者的筆跡

遺留⓪〈名・サ變〉遺忘；(死後)遺留

遺漏⓪〈名〉遺漏

★拾遺・補遺

儀 ギ
[儀][仪]yi[日≒繁≒簡]

人的容貌、舉止；按程序進行的禮
節；禮物

儀式①〈名〉儀式

儀容⓪〈名〉儀容，風采

儀礼⓪〈名〉禮節，禮儀，禮貌

★威儀・行儀・婚儀・仕儀・辭儀・
祝儀・葬儀・余儀・容儀・流儀・
礼儀

乙 オツ
yi[日＝繁＝簡]

天干的第二位，用作順序的第二

乙①〈名〉(天干的第二位)乙；第二
位，乙；(日本音樂的)低八度調

乙種⓪〈名〉乙種，乙類，第二類

★甲乙

以 もっ・て/イ
yi[日＝繁＝簡]

放在位置前表明時間、地位、方向
或數量的界限

以て①〈連語・接續〉以，用，拿；因
為，憑，根據；到…截止

以往①〈名〉以後，今後；(也有誤用
為)以往，以前

以下①〈名〉(程度等)以下；以下(包
括所提的數量在內)；以下，後面，
以後

以外〈名〉(一定範圍)以外；除…之
外

以後①〈名〉今後，往後；(接尾)以
後，之後

以降①〈名〉以後

以上①〈名・接續〉更，再；上述，上
面；(寫在信、目錄、條文的後面表
示)完結，完，終；(程度、數量、
等級)以上，不止；既，既然

以心伝心①-⓪〈名〉以心傳心，心領
神會

以西①〈名〉(連某地在內)以西

以前①〈名〉過去，從前，原來

以東①〈名〉(連某地在內)以東

以内〈名〉(空間、時間的)以內

以南①〈名〉(連某地在內)以南

以北①〈名〉(連某地在內)以北

以来①〈名〉以來，以後；今後

椅 イ
yi［日＝繁＝簡］

有靠背的坐具

椅子⓪〈名〉椅子

抑 おさ・える/ヨク
yi［日＝繁＝簡］

壓，壓制

抑える③〈他一〉按，壓；制止，遏
止，控制，抑制，阻止，忍住；扣
押，扣留；壓制；抓住；掩，捂
例 涙を～える［忍住眼淚］

抑圧⓪〈名・サ變〉壓制，壓迫

抑止⓪〈名・サ變〉抑制，制止

抑制⓪〈名・サ變〉抑制，制止

抑揚⓪〈名〉(聲調的)抑揚；貶和
褒，貶低和贊揚

抑留⓪〈名・サ變〉(法)(對外國人或
物)扣留，扣下

★ 謙抑

芸 ゲイ
［藝］［艺］yi［日≒繁≒簡］

才能，技能

芸者⓪〈名〉藝妓；擅長技藝的人；
(說笑話、演餘興以助酒興的)男藝
人

芸術⓪〈名〉藝術 例 ～家［藝術家］

芸道⓪〈名〉技藝之道

芸能①⓪〈名〉表演藝術，文娛；技
藝(指歌舞、三弦等)

芸能人③〈名〉藝人

芸風③〈名〉(獨特的)演技的風格，
演技的特色

芸名⓪〈名〉藝名

★ 園芸・学芸・技芸・曲芸・工芸・
才芸・手芸・農芸・武芸・文芸・
民芸

役 エキ/ヤク
yi［日＝繁＝簡］

戰事；指勞力的事，需要出力的事；
服兵役；使喚；被使喚的人

役員⓪②〈名〉(公司、團體等負責
人)，幹事，董事；(集會、展覽等
的)工作人員

役割④⓪〈名〉分派的職務(任務)，
職責，角色，作用

役者⓪〈名〉演員；(俗)手段高明的
人

役所③〈名〉官署，官廳，機關

役職⓪〈名〉職務，擔當的職務；要
職，重要職位

役立つ③〈自五〉有用，有益 例 スポ
ーツは健康に～つ［體育活動有益於
健康］

役場③〈名〉(日本的)村公所，鎮公
所；事務所

役人⓪〈名〉官吏，公務員

役目③〈名〉任務，職責，職務

★ 悪役・苦役・軍役・現役・在役・
雑役・使役・重役・助役・退役・
懲役・適役・配役・服役・兵役・
免役・用役・徭役・労役

易 やさ・しい/やす・い/イ/エキ
yi［日＝繁＝簡］

不費力(與「難」相對)；平和；改
變；交換；指《易經》

易しい⓪〈形〉簡單，容易，易懂
例 いうのは～いが、行うのは難し
い［說是容易，做可難］

易い②〈形・接尾〉容易，簡單；(接尾)
　容易；容易，好　例使い〜い[好使]
易学②⓪〈名〉易學，占卜學
易者①⓪〈名〉卜者；算卦人，風水先生
易姓⓪〈名〉改朝換代

★安易・簡易・軽易・交易・難易・
　不易・平易・変易・貿易・容易

疫 エキ/ヤク
yi[日＝繁＝簡]

流行性急性傳染病的總稱
疫病②〈名〉疫病，瘟疫，傳染病
　＝やくびょう
疫痢①⓪〈名〉(醫)小兒赤痢，中毒
　性痢疾

★検疫・防疫・免疫

益 エキ
yi[日＝繁＝簡]

利，有好處；增加；更加
益金②⓪〈名〉利潤，贏利，賺頭
益する③〈サ變〉有益，有用　例体
　に〜する[對身體有益]
益虫⓪〈名〉益蟲
益鳥⓪〈名〉益鳥
益友⓪〈名〉益友，良友

★権益・公益・国益・差益・
　私え益・実益・受益・収益・
　純益・増益・損益・裨益・便益・
　無益・有益・用益・利益

異 こと・なる/イ
[異][异]yi[日＝繁≒簡]

不同的；另外的，別的；特別的；
奇怪
異なる③〈自五〉(口)不同，不一樣

例はっきりと〜る[截然不同]
異化①〈名・サ變〉(生)分解代謝；
　(心)異化
異学⓪〈名〉異端邪説
異義①〈名〉異義，意義不同
異議①〈名〉異議，不同意見，反對
　意見
異境⓪①〈名〉外國，異國
異教⓪〈名〉異教
異形⓪〈名・形動〉異形，奇形，怪態；
　鬼怪
異郷⓪〈名〉異鄉，他鄉；外國
異曲同工①-⓪〈名〉異曲同工
異口同音⓪①〈名〉異口同聲
異見⓪〈名〉異議，不同見解
異国⓪①〈名〉異國，外國
異彩⓪〈名〉異彩，特色
異質⓪〈名〉異質，不同性質
異種①〈名〉異種，變種
異臭⓪〈名〉異臭
異称⓪〈名〉別稱，別名
異常⓪〈名・形動〉異常，反常，非常
異状⓪〈名〉異狀
異色⓪〈名〉異色，不同的顏色
異人⓪〈名〉外國人；另一個人
異姓⓪〈名〉異姓
異性⓪〈名〉異性
異説⓪〈名〉異説
異相⓪〈名〉相貌特殊，相貌異常
異存⓪〈名〉異議，不同意見
異体⓪〈名〉異體
異端⓪〈名〉異端，邪説
異動⓪〈名・サ變〉(人事)變動，更動，
　調動
異同⓪〈名〉異同，差別
異物⓪〈名〉異物

異聞⓪〈名〉珍聞，奇聞

異分子②〈名〉異己分子

異変⓪〈名〉異變，異常變化；顯著變化

異母①〈名〉(同父)異母

異邦⓪〈名〉外國，異國

異本⓪〈名〉不同的版本

異名⓪〈名〉別名；綽號，外號

異様⓪〈形動〉奇怪，奇異，離奇

異例⓪〈名〉破格，破例，沒有先例

異類①〈名〉異類(人類以外的動物)；種類不同(的東西)

異論⓪〈名〉異議，不同意見

★怪異・奇異・驚異・差異・
同工異曲・同床異夢・変異

逸 イツ

[逸][逸]yì[日≒繁＝簡]

跑，逃跑；散失；安樂；超過一般

逸材⓪〈名〉卓越的才能；卓越的人才

逸事⓪〈名〉逸事，軼事

逸する⓪③〈サ變〉逸，失去，失掉；脫離，逸出，遺漏，遺忘，佚失，散失 囫好機を～する[失去好機會]

逸脱⓪〈名・サ變〉離開，逸出；遺漏，漏掉 囫活字を一字を～した[漏掉一個鉛字]

逸品⓪〈名〉(美術、古董等的)逸品，珍品

逸楽⓪〈名〉逸樂，安樂

逸話⓪〈名〉逸話，逸聞，軼聞

★安逸・隱逸・秀逸・放逸

訳 わけ/ヤク

[譯][译]yì[日≒繁≒簡]

把一種語言依照原義改變成另一種

語言 辨 在日語中，還有「理由」「緣故」的意思

訳①〈名〉意思，內容；(事物的)道理，條理；理由，原因，緣故，情形；(用「わけだ」和「というわけだ」的形式表示)當然，怪不得；(用「…わけにはいかない」的形式表示)不能…；(用「わけではない」的形式表示)並不是…，並非… 囫教育は万能である～ではない[教育並非是萬能的]

訳語⓪〈名〉譯語，譯詞

訳詞⓪〈名〉翻譯的歌詞

訳者①〈名〉譯者

訳出⓪〈名・サ變〉譯出，翻譯

訳述⓪〈名・サ變〉譯述，口譯；譯著，翻譯作品

訳書①〈名〉譯本，翻譯本

訳する③〈サ變〉翻譯；解釋 囫昔の文章を今の言葉に～する[把古文譯成現代語]

訳注⓪〈名〉翻譯和注釋；譯者注

訳文⓪〈名〉譯文

訳本⓪〈名〉譯本，翻譯本

訳解⓪〈名・サ變〉譯釋，譯解

★意訳・英訳・音訳・完訳・旧訳・
重訳・新訳・全訳・対訳・直訳・
通訳・定訳・適訳・邦訳・翻訳・
名訳・和訳

翌 ヨク

yì[日＝繁＝簡]

明(年、月、週、日)

翌月⓪②〈名〉下月，下個月

翌日⓪〈名〉翌日

翌週⓪〈名〉下週，下星期

翌朝⓪〈名〉翌日早晨，第二天早晨
＝よくあさ

翌年⓪〈名〉翌年，第二年＝よくとし

翌晩⓪〈名〉翌晩，第二天晩上

詣 もう・でる/ケイ

[詣][诣]yì[日＝繁≒簡]

到，舊時特指到尊長那裏去；學業
或技藝所達到的程度

詣でる③〈自下一〉參拜

★ 初詣・參詣・造詣

意 イ

yì[日＝繁＝簡]

心思；心願，願望；料想；人或事
物流露的情態

意外①⓪〈形動〉意外，想不到

意気①〈名〉意氣，氣概，氣勢

意義①〈名〉意義，意思；(行動的)價
值，意義

意見①〈名・サ變〉意見，見解；規勸，
勸告

意向⓪〈名〉意向，打算，意圖

意志①〈名〉意志；意向，志向

意思①〈名〉意思，心意，意圖

意地②〈名〉志氣，要強心；固執，倔
強；物慾，食慾；心腸，用心，心術
例 ～ を通す(張る)[堅持己見，固
執己見]

意地汚い④〈形〉嘴饞，貪食；貪婪
例 金に～い人[貪財的人]

意地っ張り⑤〈名・形動〉固執，倔
強，別扭(的人)

意地悪③〈名・形動〉心眼壞(的人)，
心腸壞(的人)

意識①〈名・サ變〉意識

意匠①〈名〉匠心，構思，獨出心裁；
設計，圖案 例 ～ を凝らす[精心構
思]

意想外②〈名・形動〉意外 例 ～ な出
来事[意外的事件]

意中⓪〈名〉意中，心中

意図①〈名・サ變〉心意，打算；意圖，
企圖

意味①〈名・サ變〉意思，意義；意
圖，動機；價值，意義；意味，意
味著；原因，理由

意訳⓪〈名・サ變〉意譯

意欲①〈名〉熱情，積極性

★ 一意・愚意・寓意・敬意・故意・
厚意・好意合意・懇意・恣意・
辞意・失意・謝意・真意・随意・
戦意・善意・素意・創意・他意・
大意・達意・敵意・天意・同意・
得意・任意・本意・民意

義 ギ

[義][义]yì[日＝繁≒簡]

公正合宜的道理或舉動；感情的聯
繫；意思，人對事物認識到的內
容；指認作親屬的

義援⓪〈名〉捐助，捐贈

義挙①〈名〉義舉

義兄⓪〈名〉盟兄，乾哥哥；大伯子、
內兄、姐夫等

義士①〈名〉義士

義姉①〈名〉盟姉，義姉；嫂子，大姑
子，大姨子

義肢①〈名〉義肢，假肢(假手，假腿)

義歯①〈名〉義齒，假牙

義手①〈名〉義手，假手

義塾①〈名〉義塾

義人（ぎじん）①〈名〉義人，義士
義絶（ぎぜつ）⓪〈名・サ變〉斷絕君臣、骨肉、夫妻、朋友關係
義足（ぎそく）⓪〈名〉假腿
義弟（ぎてい）⓪〈名〉義弟；內弟，小叔子，妹夫
義父（ぎふ）①〈名〉義夫，繼父，養父；公公，岳父
義憤（ぎふん）⓪〈名〉義憤
義兵（ぎへい）⓪〈名〉義兵，正義之師
義母（ぎぼ）①〈名〉養母，繼母，義母；婆母，岳母
義妹（ぎまい）⓪〈名〉義妹，乾妹妹；小姨子，小姑；弟妹
義民（ぎみん）⓪①〈名〉義民，起義的農民
義務（ぎむ）①〈名〉義務
義勇（ぎゆう）①〈名〉義勇
義勇軍（ぎゆうぐん）⓪〈名〉義勇軍
義理（ぎり）②〈名〉情理，道理；情義，人情，情面，情分；姻親，親屬關係
義烈（ぎれつ）①〈名〉義勇，忠烈

★意義・異義・演義・疑義・教義・原義・講義・主義・真義・仁義・同義・道義・不義・本義・名義・要義

駅 エキ
[驛][驿] yì [日≒繁≒簡]
舊日傳遞政府文書的人中途休息的地方，驛站 [辨] 現代漢語中已經不用，日語中專指火車、電車的車站
駅員（えきいん）②〈名〉車站工作的人員，站務員
駅舎（えきしゃ）①〈名〉車站的建築物；（古代的）驛舍
駅長（えきちょう）⓪〈名〉（古時）宿驛長；（火車站）站長

駅伝（えきでん）⓪〈名〉（古時）宿驛間傳送貨物等的車馬（制度）；距離接力賽
駅弁（えきべん）⓪〈名〉火車站站台上出售的盒飯
駅前（えきまえ）③⓪〈名〉車站前

★始発駅（しはつえき）・終着駅（しゅうちゃくえき）・東（とう）き京駅（えき）

億 オク
[億][亿] yì [日＝繁≒簡]
數目，一萬萬；通「臆」，臆測，預料
億（おく）①〈名〉億
億測（おくそく）⓪〈名・サ變〉臆測，猜測，揣度＝憶測（おくそく）＝臆測（おくそく）億（おく）
兆（ちょう）①〈名〉億兆；無數（之多）；（古）萬眾，萬民
億万（おくまん）③〈名〉億萬

★巨億（きょおく）

臆 オク
yì [日＝繁＝簡]
意料，推測；主觀地 [辨] 在日語中，還有「畏縮、膽怯」的意思
臆（おく）する③〈サ變〉畏縮，羞怯，畏懼，膽怯 [例] 彼には〜する色（いろ）もない[他毫無懼色]
臆説（おくせつ）⓪〈名〉臆說，假說
臆病（おくびょう）③②〈名・形動〉膽小，膽怯，怯懦 [例] 〜でびくびくする[心虛膽怯]
臆面（おくめん）②⓪〈名〉害臊，腼腆

翼 つばさ/ヨク
yì [日＝繁＝簡]
翅膀；左右兩側中的一側；幫助，輔佐
翼（つばさ）⓪①〈名〉（鳥的）翼，翅膀；（飛機的）機翼 [例] 〜を広（ひろ）げる[展翅]
翼下（よっか）①〈名〉翼下，翅膀下，飛機翼

下；(團體組織等的)勢力，體系範
圍內，卵翼下＝よっか

翼賛⓪〈名・サ變〉(指對天子等的)協
助，輔佐，輔弼

翼状⓪〈名〉翼狀，翅形

★一翼・右翼・羽翼・銀翼・左翼・
主翼・双翼・比翼・尾翼・両翼

議ギ
[議][议] yì[日＝繁≒簡]

表明意見的言論；商議，討論

議案⓪〈名〉議案

議員①〈名〉議員

議院①〈名〉眾議院和參議院

議会①〈名〉議會，國會

議決⓪〈名・サ變〉決議，表決

議事①〈名〉議事，審議 例 ～堂[議
事堂]；議事 [議事記錄，會議記
錄]

議席⓪〈名〉議席；議員的資格

議題⓪〈名〉議題，討論的題目

議長①〈名〉議長，會議主席；(團體
的)主席

議定⓪〈名・サ變〉議定

議論①〈名・サ變〉議論，爭論，爭辯

★異議・協議・決議・建議・抗議・
参議院・市議・衆議院・商議・
審議・党議・討議・動議・非議・
評議・不思議・物議・稟議・和議

因 よ・る/イン
yīn[日＝繁＝簡]

緣故，緣由；理由；順著，沿襲

因る⓪②〈自五〉根據，按照；由
於，緣於；憑借，取決於 例 過労
に～る病気[緣於過度疲勞的病]

因が①〈名・形動〉因果；報應；命
運，注定的不幸

因果律③〈名〉因果律

因子①〈名〉因子，因素，(數學)因數

因習⓪〈名〉陋習

因襲⓪〈名〉因襲＝因習

因循⓪〈形動〉因循，保守；猶豫不決

因数③〈名〉(數學)因數

因縁⓪〈名〉因緣；由來

★悪因・一因・遠因・起因・近因・
原因・勝因・成因・動因・病因・
誘因・要因

音 おと/ね/イン/オン
yīn[日＝繁＝簡]

聲，亦特指有節奏的聲；消息

音②〈名〉音，聲音，音響；傳説，名
聲 例 この山道は～に聞こえた難
所だ[這兒的山路是有名的險路]

音域⓪〈名〉音域

音韻⓪〈名〉音韻

音階⓪〈名〉音階

音楽①⓪〈名〉音樂 例 ～会[音樂
會]；～団[樂團]

音感⓪〈名〉音感

音義⓪〈名〉(漢字的)字音和字義；
音義，每個音的意義

音響⓪〈名〉音響，聲音

音曲⓪①〈名〉(使用日本近代樂器
演奏的)音樂，樂曲；(用三弦伴奏
的)俗曲

音訓⓪〈名〉音訓(日文中漢字的音讀
和訓讀)

音質⓪〈名〉音質

音色⓪〈名〉音色

音信⓪①〈名〉音信

音声① 〈名〉聲音

音節⓪ 〈名〉音節

音素① 〈名〉音素

音速⓪ 〈名〉音速

音痴① 〈名〉音痴，五音不全(的人)；(在某一方面)感覺遲鈍的人；(學生隱語)低能(的人)，呆子

音調⓪ 〈名〉語調；音調，曲調；聲調

音程⓪ 〈名〉音程

音吐① 〈名〉吐音，聲音

音頭① 〈名〉領唱(的人)；發起(人)，帶頭(人)；集體舞，集體舞曲；(雅樂中管樂器的)領奏人

音読⓪ 〈名・サ變〉朗讀；(漢字的)音讀

音波① 〈名〉(物)音波，聲波

音符① 〈名〉音符

音便⓪ 〈名〉音便(如イ音便，ウ音便，促音便，撥音便)

音訳⓪ 〈名・サ變〉音譯，譯音

音律⓪ 〈名〉音律，音調，旋律

音量③ 〈名〉音量，聲量

★ 漢音・観音・吃音・玉音・五十音・呉音・雑音・子音・字音・消音・清音・声音・騒音・促音・濁音・短音・蓄音器・長音・低音・同音・爆音・発音・撥音・鼻音・福音・母音・防音・約音・拗音・録音・和音

姻 イン
yīn[日＝繁＝簡]

男女嫁娶；由婚姻關係而結成的親戚

姻戚⓪ 〈名〉姻戚，姻親，親戚

姻族①⓪ 〈名〉姻族，姻親，親戚

★ 婚姻

陰 かげ/かげ・る/イン
[陰][阴]yīn[日＝繁≒簡]

黑暗；雲彩遮住太陽或月、星；(跟「陽」相對)陰性，女性的；太陰，月亮；帶負電的；水的南面，山的北面；暗的，不露出來的；光線被東西遮住所成的影；背面；詭詐，不光明；生殖器

陰① 〈名〉日陰，背光處；看不見的地方，背後，後面，背地裏

陰口② 〈名〉背地裏說的話

陰る② 〈自五〉光線被遮住，發暗；(太陽)西斜 例 日が～る[夕陽西下]

陰雨① 〈名〉陰雨

陰雲⓪ 〈名〉陰雲

陰影⓪ 〈名〉陰影，暗影；含蓄，耐人尋味，奧妙之處 例 ～に富む文章[富於含蓄的文章] 辨 在日語中除了表示陰影的意思之外，還引申為「含蓄，耐人尋味」的意思，注意與中文「陰影」的區別

陰気⓪ 〈形動〉陰暗，陰沉；陰鬱，憂鬱，鬱悶 例 ～な顔をする[愁眉苦臉]

陰極⓪ 〈名〉陰極，磁石的南極

陰険⓪ 〈名・形動〉陰險

陰湿⓪ 〈名・形動〉陰濕

陰性⓪ 〈名〉(性格)憂鬱，消極；(醫)陰性 例 ～の性格[憂鬱的性格]

陰晴⓪ 〈名〉陰晴

陰部① 〈名〉陰部

陰謀⓪ 〈名〉陰謀

陰毛⓪ 〈名〉陰毛

陰暦⓪ 〈名〉陰曆

★ 光陰・山陰・樹陰・寸陰

吟 ギン
yín[日＝繁＝簡]

唱，聲調抑揚地念；嘆息、痛苦的聲音

吟詠⓪〈名・サ變〉吟詠

吟唱⓪〈名・サ變〉吟誦，朗誦

吟釀⓪〈名・サ變〉(精選材料)精心釀造

吟ずる⓪〈他一〉吟(詩)；作詩，作俳句 **例**詩を～ずる[吟詩]＝ぎんじる

吟声⓪〈名〉吟詩聲

吟味①③〈名・サ變〉仔細研究，玩味，斟酌，推敲；(舊)審訊(嫌疑犯)

★ 高吟・呻吟・即吟・低吟・放吟

淫 みだら/イン
yín[日＝繁＝簡]

過多，過甚；在男女關係上態度或行為不正當

淫ら①⓪〈名・形動〉淫亂，淫蕩

淫行⓪〈名〉淫穢行為

淫する③〈サ變〉耽溺，沉湎；淫亂

淫蕩⓪〈名・形動〉淫蕩

淫靡①〈名・形動〉淫靡

淫乱⓪①〈名・形動〉淫亂

淫猥⓪〈名・形動〉淫猥

★ 姦淫・邪淫・手淫

銀 ギン
[銀][银]yín[日＝繁≒簡]

一種金屬元素，符號Ag，白色有光澤；舊時用銀鑄成的一種貨幣；像銀的顏色

銀色⓪〈名〉銀色

銀貨①⓪〈名〉銀幣

銀河①〈名〉銀河，天河

銀塊⓪〈名〉銀塊

銀行⓪〈名〉銀行

銀鉱⓪〈名〉銀礦，銀礦石，銀礦山

銀山①〈名〉銀礦山

銀製⓪〈名〉銀製品

銀盤⓪〈名〉銀盤；(喻)(滑冰場的)冰面

銀粉⓪〈名〉銀粉

銀幕⓪〈名〉銀幕，電影界

銀翼⓪〈名〉銀翼，機翼

銀輪⓪〈名〉銀環；自行車

銀鈴⓪〈名〉銀鈴

★ 白銀

引 ひ・く/ひ・ける/イン
yín[日＝繁＝簡]

領，招來；拉，伸；用來做證據、憑借或理由；誘發，惹；退卻

引く⓪〈自他五〉吸入，進入體內；拔出，抽(籤等)；引用；查(詞典等)；減，減去，扣除；伸長，拖長，拉長；畫線，描繪；引入，引進，安設，安裝(電線、自來水管等)；塗上；(悄悄)拖走，偷走；抽回，收回(手腳)，(舞蹈)手向後甩；提拔；繼承；引誘，吸引，招惹；撤去；收回，撤手，作罷；退出；拉，曳，引；拖，搭拉；(向前)拉，牽；退下，後退，逃走；辭去，退出；消退，減退 **例**左足を～いて構える[把左腿抽回做好準備]

引ける⓪〈自一〉不好意思，畏縮；下班，放學 **例**学校は五時に～ける[學校5點鐘放學]

引越す③〈他五〉搬家，遷居 **例**新居

に〜す[遷入新居]

引っ張る③〈他五〉(用力)拉、曳；引進，拉過來，拉(通)上；拉攏，引誘；拉走(來)，揪走(來)；拉長，拖拉，拖延；(棒球)擊球員向側面猛打 例 足を〜る[拖後腿，干擾]

引火⓪〈名・サ變〉引火

引見⓪〈名・サ變〉接見

引証⓪〈名・サ變〉引證

引責⓪〈名・サ變〉引咎

引接⓪〈名・サ變〉接見，會見；介紹，引見

引率⓪〈サ變〉率領

引退⓪〈名・サ變〉引退，下野

引導⓪〈名〉引導

引用⓪〈名・サ變〉引用

引力①〈名〉(物)引力

引喻①〈名〉引喻

★延引・援引・吸引・強引・牽引・字引・万引

飲 の・む/イン
[飲][饮]yǐn[日＝繁≒簡]

喝；可喝的東西；含，忍

飲む①〈他五〉喝，吞，嚥，吸；壓倒，吞沒；(不得已)接受，容納；暗中攜帶 例 恨みを〜む[飲恨]

飲酒⓪〈名・サ變〉飲酒

飲食①〈名・サ變〉飲食 例 〜店[餐館]

飲用⓪③〈名・サ變〉飲用

飲用水③〈名〉飲用水

飲料③〈名〉飲料

★愛飲・試飲・痛飲・暴飲

隱 かく・す/かく・れる/イン/オン
[隱][隐]yǐn[日≒繁≒簡]

藏匿，不顯露；憐憫

隱す②〈他五〉藏起來，隱藏；隱瞞 例 姿を〜す[躲藏起來，失蹤]

隱れる③〈自一〉躲藏，隱藏；潛在，隱蔽；隱遁，辭官在野；(身份高的人)逝世；被埋沒，未被發現 例 物の〜れた性質[事物的內在的性質]

隱逸⓪〈名〉隱逸，隱居

隱居⓪〈名・サ變〉把戶主權及財產讓給繼承人；不工作閒居(的人)，賦閒(的人)；退休的老年人；老人

隱語⓪〈名〉隱語，黑話，行話 例 〜で話す[說行話]

隱者①〈名〉隱者，隱士

隱退⓪〈名・サ變〉隱退，隱居

隱匿⓪〈名・サ變〉隱匿，隱藏

隱遁⓪〈名・サ變〉隱遁

隱忍⓪〈名・サ變〉隱忍

隱避⓪〈名・サ變〉隱蔽，隱匿，隱藏

隱微①〈形動〉隱微，玄妙

隱蔽⓪〈名・サ變〉隱蔽，隱瞞，隱藏

隱滅⓪〈名・サ變〉湮滅，消失；銷毀

隱喻①〈名〉引喻

隱密⓪〈形動〉密談，奸細，細作，秘密＝いんみつ

★惻隱・退隱

印 しるし/イン
yǐn[日＝繁＝簡]

圖章，戳記；痕跡；留下痕跡，特指把文字或圖畫等留在紙上或器物上；合

印⓪〈名〉記號，符號，信號；證據，證明，標誌，象徵，表示 例 品物を受け取った～にあなたの印をおしてください［請你蓋上印，作為收到物品的證明］

印鑑③⓪〈名〉印鑑；圖章
印材⓪〈名〉印材，刻戳的材料
印刷⓪〈名・サ〉印刷
印紙⓪〈名〉印花
印字⓪〈名・サ變〉印字，打字；印的字，打的字
印璽①〈名〉印璽
印綬①〈名〉印綬
印象⓪〈名〉印象
印章⓪〈名〉印章
印税⓪〈名〉版稅

★ 検印・公印・刻印・私印・実印・調印・捺印・封印・烙印

応 オウ
[應][応]yīng(yìng)[日≒繁≒簡]

回答或隨聲附和；應付，對待；適合，配合；接受，答應

応援⓪〈名・サ變〉援助，支援；幫助；(比賽)聲援，助威
応急⓪〈名〉應急
応じる⓪③〈自一〉答應，回答；接受，響應；滿足；(用「…に応じて」的形式)適應，按照 例 規則に～て処理する［照章辦事］＝おうずる
応酬⓪〈名・サ變〉還擊，回敬，報復；回信，應答；回敬酒 辨 在漢語中，是「交際往來(交際、付合い)」的意思
応召⓪〈名・サ變〉應召
応接⓪〈名・サ變〉應接，接待

応戦⓪〈名・サ變〉應戰
応対⓪〈名・サ變〉應對，應答；接待
応諾⓪〈名・サ變〉應諾，承諾，答應
応答⓪〈名・サ變〉應答，答問
応分⓪〈名〉量力，相稱
応変⓪〈名〉(隨機)應變
応募⓪〈名・サ變〉應徵，應募
応報⓪〈名〉(因果)報應
応用⓪〈名・サ變〉應用，適用，利用

★ 一応・感応・勘応・供応・呼応・順応・相応・即応・対応・適応・内応・反応

英 エイ
yīng[日＝繁＝簡]

花；傑出，傑出的人；精華；指英國

英傑⓪〈名〉英傑，豪傑，英豪
英語⓪〈名〉英語
英国⓪〈名〉英國＝イギリス
英魂⓪〈名〉英魂，英靈
英才⓪〈名〉英才
英姿①〈名〉英姿
英字⓪〈名〉英國文字，英文
英断⓪〈名〉英明果斷
英知①〈名〉英知
英文⓪〈名〉英文；英國文學
英米⓪①〈名〉英國和美國
英明⓪〈名・形動〉英明
英訳⓪〈名・サ變〉譯成英文，英譯本
英雄⓪〈名〉英雄
英霊⓪〈名〉英靈
英和⓪〈名〉英語和日語

★ 育英・俊英・和英

桜 さくら/オウ
[櫻][櫻]yīng[日≒繁≒簡]

櫻花，落葉蕎木，春季開鮮豔的淡

紅花，供觀賞

桜⓪〈名〉櫻樹，櫻花

桜花①〈名〉櫻花

桜桃⓪〈名〉櫻桃

迎 むか・える/ゲイ
yíng[日＝繁＝簡]

接；向著，面對著；揣度別人心意而

投其所好

迎える⓪〈他一〉迎接；請，接；娶，

迎娶；迎合；(時期)來臨，等待，

迎接(某一時期的來臨)；迎擊 例他

人の意を～える[迎合別人的心意]

迎撃⓪〈名・サ變〉迎擊

迎合⓪〈名・サ變〉迎合，逢迎

迎春⓪〈名〉迎春，迎接新年

迎接⓪〈名〉迎接

迎賓⓪〈名〉迎賓

★歡迎・送迎

蛍 ほたる/ケイ
[螢][蛍]yíng[日≒繁≒簡]

一種能發光的昆蟲，黃褐色，尾部

有發光器

蛍①〈名〉螢，螢火蟲 例～の光窓

の雪[囊螢映雪]

蛍光燈⓪〈名〉熒光燈，日光燈

蛍雪⓪〈名〉螢雪，苦學 慣～の功を

積む[積螢雪之功]

営 いとな・む/エイ
[營][营]yíng[日≒繁≒簡]

軍隊駐紮的地方；軍隊的編制單位，

是連的上一級；籌劃管理；謀求

営む③〈他五〉營，辦，做；營造，營

建；經營 例本屋を～む[經營書店]

営為①〈名〉經營，(經營的)事業

営業⓪〈名・サ變〉營業，經商

営巣⓪〈名・サ變〉營巢，造窩

営造⓪〈名・サ變〉營造，建築

営利①〈名〉營利

★運営・官営・経営・兼営・公営・

国営・私営・自営・陣営・造営・

直営・兵営・本営・民営・野営・

露営

影 かげ/エイ
yíng[日＝繁＝簡]

物體擋住光線時所形成的四周有光

中間無光的形象；形象；指電影

影①〈名〉影，影子；(水面、鏡面等

的)映像，映影；踪影，身影；面

貌，姿容，形象；(日、月、星、燈

等的)光；陰影，不祥的苗頭；(接

日、月、星、燈等)光 例見る～も

ない[(變得)不成樣子，面目全非，

不復當初]

影法師①〈名〉人影，影子 例窓の～

[窗子上的影子]

影響⓪〈名・サ變〉影響

★遺影・近影・孤影・撮影・倒影・

灯影・投影

映 うつ・す/うつ・る/は・える/エイ
yíng[日＝繁＝簡]

照射而顯出

映す②〈他五〉映，照；(電影等)放

映 例鏡に顔を～す[對鏡子照臉]

映る②〈自五〉映出；映，照；(兩物

的顏色)相稱，諧調

例帽子の色が服によく～る[帽子

的顏色和衣服很諧調]

映える②〈自一〉照，映照；顯得美
麗(漂亮)，顯眼；陪襯，襯托，調
和 例 このように並べると～える
[這樣一擺就顯得好看(美麗)]

映画①⓪〈名〉電影，影片 例 ～館
[電影院]

映像⓪〈名〉影像，映像；形象，印象

★上映‧反映‧放映‧夕映え

硬 かた‧い/コウ
yìng[日＝繁＝簡]

堅固(跟「軟」相反)；剛強有力；固
執；能力強

硬い⓪〈形〉硬；堅固，牢固，結實；
緊，嚴實；堅強，堅決；有把握，
可靠，正派；呆板，拘束，生硬；
頑固；嚴厲(多作副詞用)
例 ～い表情[拘謹的表情]

硬化⓪〈名‧サ變〉(物質)硬化；(態
度等)強硬化；(商)(行情)看漲，堅
挺

硬貨①〈名〉硬幣，金屬貨幣

硬式⓪〈名〉(體)硬式(棒球、網球、
乒乓球等)

硬質⓪〈名〉硬質

硬直⓪〈名‧サ變〉僵硬，僵直；僵
化，死板，不靈活
例 寒さで手足が～する[凍得手腳
僵硬]

硬度①〈名〉(金屬、礦物等的)硬
度；(化)(水的)硬度(含鹽類的程
度)；X射線透過物體的程度

硬軟⓪①〈名〉軟硬，強弱

硬派①〈名〉強硬派；(日本)政經新

聞記者；(不談女色、好動武的)暴
徒

★強硬‧生硬

庸 ヨウ
yōng[日＝繁＝簡]

平常，不高明的

庸才⓪〈名〉(文)庸才，平庸無能的人

★中庸

擁 ヨウ
[擁][拥]yōng[日＝繁≒簡]

抱；圍，聚到一起；擁護；持有

擁護①〈名‧サ變〉擁護

擁する③〈サ變〉擁抱；擁有，具有；
率領，統率；擁立，擁戴(幼主等)
例 大軍を～する[統率大軍]

擁立⓪〈名‧サ變〉擁立(君主)

★抱擁

永 なが‧い/エイ
yōng[日＝繁＝簡]

長；長久，久遠

永い②〈形〉(時間)長，長久 例 ～く
お目に掛かりません[久違]

永遠⓪〈名‧形動〉永遠，永久

永久⓪〈名〉永久，永遠 例 ～歯[恆
齒]

永劫⓪〈名〉(佛)永劫，永久

永住⓪〈名‧サ變〉定居，長住，落戶

永世い⓪〈名〉永世，永久

永逝⓪〈名‧サ變〉永逝，長眠

永続⓪〈名‧サ變〉永續，持久

永代①⓪〈名〉永久，永世

永眠⓪〈名‧サ變〉永眠，長眠

泳 およ・ぐ/エイ

yǒng[日＝繁＝簡]

在水裏游動

泳ぐ②〈自五〉泳，游泳；穿行，擠
過，穿過；鑽營；(相撲等)向前栽
倒，打趔趄 **例** プールで[在游泳池
中游泳]

泳者①〈名〉(一組)游泳比賽選手

泳法⓪〈名〉游泳的方法

★競泳・水泳・遊泳

勇 いさ・ましい/いさ・む/ユウ

[勇][勇]yǒng[日≒繁＝簡]

有膽量，敢幹

勇ましい④〈形〉勇敢，勇猛；活潑，
潑辣；雄壯 **例** ～く戦う[勇敢戰鬥]

勇む⓪②〈自五〉奮勇，振作，躍躍
例 スタートラインに立、心も～む
[一站到起跑線上就振奮起来了]

勇姿①〈名〉英姿

勇敢⓪〈形動〉勇敢

勇気①〈名〉勇氣

勇健⓪〈名・形動〉勇健；康健

勇士①〈名〉勇士

勇者①〈名〉勇者

勇戦⓪〈名・サ變〉奮戰，奮勇戰鬥

勇壮⓪〈形動〉雄壯

勇退⓪〈名・サ變〉勇退，主動辭去
(官職)

勇断⓪〈名・サ變〉勇斷，果斷，果決

勇猛②〈名・形動〉勇猛

勇躍⓪〈名・サ變〉躍躍

★義勇・忠勇・武勇

詠 よ・む/エイ

[詠][咏]yǒng[日≒繁≒簡]

聲調抑揚地念，唱；用詩詞等來敘述

詠む⓪〈他五〉詠(詩)，吟(詩) **例** 短
歌を～む[詠短歌]

詠歌①〈名〉(古)和歌，吟和歌，吟
的和歌；(佛)進香歌，拜廟歌

詠吟⓪〈名・サ變〉吟詠，吟詠的詩歌

詠唱⓪〈名・サ變〉(音)詠嘆調；(許
多人打著拍子)詠唱

詠じる⓪③〈他一〉吟詠雪景色を詩
に～じる[把雪景詠成詩]＝えいずる

詠嘆⓪〈名・サ變〉詠嘆；讚嘆；感嘆

★吟詠・題詠

湧 わ・く/ユウ

[湧][涌]yǒng[日≒繁＝簡]

水由下向上冒出來；像水一樣冒出來

湧き出る③〈自下一〉湧出

湧く⓪〈自五〉湧出；湧現

湧水⓪②〈名〉泉水

湧出⓪〈名・サ變〉湧出

踊 おど・り/おど・る/ヨウ

yǒng[日＝繁＝簡]

跳，跳躍

踊り⓪〈名〉舞蹈；「おどりぶ」的略
語；「おどりじ」的略語；(飯館用
語)活蝦

踊る⓪〈自五〉跳舞，舞蹈；(用使役
被動形式)為人效勞，被人操縱；
跳，跳躍，跳騰；搖蕩，顛簸；亂，
紊亂 **例** 字が～っている[字跡不工
整]

踊躍⓪〈名・サ變〉雀躍

★舞踊

用 もち・いる/ヨウ
yòng［日＝繁＝簡］

使人、物發揮其功能；花費的錢財；物質使用的效果

用いる⓪〈他一〉用，使用；錄用，任用；採用，採納 **例** 重く～いる［重用］

用意①〈名・サ變〉準備，預備；注意，考慮到，小心 **例** 災害に対する～を怠けない［對災害不能放鬆警惕］ **辨** 在漢語中，是「居心、意圖或動機(意図、つもり、下ご心)」的意思

用益①〈名〉使用和收益

用役①⓪〈名〉作用，服務

用具①〈名〉用具，工具

用件③⓪〈名〉(應辦的)事情(的內容)

用語⓪〈名〉用語，措詞；術語

用紙⓪〈名〉規定用紙，格式紙

用事⓪〈名〉(應辦的)事情，工作

用心①〈名・サ變〉注意，小心，留神，警惕，提防 **例** 彼にだまされないように～しなさい［留神別被他騙了］ **辨** 在漢語中，是集中注意力(一心)，有意圖(下心、意図)的意思

用心棒③〈名〉保鏢的衛士；護身棒；頂門棍(栓)，門閂

用水⓪①〈名〉(飲食、灌溉、防火等)水，用水設備

用地①〈名〉用地

用途①〈名〉用途，用處

用品⓪〈名〉用品，用具，備品

用法⓪〈名〉用法，使用方法

用務①〈名〉工作，事務，業務

用例⓪〈名〉用法的例子，實例，例句

★ 引用・運用・援用・活用・慣用・器用・起用・雇用・誤用・公用・効用・作用・採用・雑用・使用・私用・試用・実用・所用・常用・信用・転用・任用・費用・服用・併用・乱用・濫用・利用・流用

幽 ユウ
yōu［日＝繁＝簡］

形容地方很僻靜、光線暗；使人感覺沉靜、安閒的；迷信的人指所謂陰間

幽界①〈名〉幽界，幽冥，黃泉

幽鬼①〈名〉亡靈，幽靈

幽玄⓪〈名・形動〉幽玄，玄妙

幽谷⓪〈名〉幽谷

幽囚⓪〈名〉幽囚，囚禁，囚犯

幽寂⓪〈名〉幽寂

幽閉⓪〈サ變〉幽禁

幽冥⓪〈名〉微暗；冥府，陰間

幽霊⓪〈名〉幽靈，亡靈，幽魂；(喻)有名無實 **例** ～会社［皮包公司］

悠 ユウ
yōu［日＝繁＝簡］

長久，閒適；在空中擺動

悠遠⓪〈名〉悠遠

悠久⓪〈名・形動〉悠久，久遠

悠然⓪③〈形動〉悠然，從容不迫

悠長①〈形動〉不慌不忙，慢騰騰，悠閒，穩靜

悠悠自適③⓪〈名・サ變〉悠然自得

悠揚⓪〈形動〉從容不迫，泰然自若 **辨** 在漢語中，一般用來形容聲音高低起伏、持續和諧(抑揚がある)

憂 う・い/うれ・い/うれ・える/ユウ
[憂][忧]yōu[日＝繁≒簡]
發愁；可憂愁的事
憂い①〈形〉（文）憂，愁，苦悶 例旅は～いもの[旅行是苦差事]
憂い②〈名〉愁，憂鬱；憂，憂慮，擔心 例～のない生活[無憂無慮的生活]
憂える③〈他一〉擔憂，憂慮，憂愁 例母の病気を～える[為母親的病發愁]
憂鬱⓪〈名・形動〉憂鬱，鬱悶
憂患⓪〈名〉憂患，憂慮，擔心
憂苦①〈名〉憂苦
憂国⓪〈名〉憂國
憂愁⓪〈名〉憂愁
憂色⓪〈名〉憂色，愁容
憂悶⓪〈名・サ變〉憂悶
憂慮①〈名・サ變〉憂慮
★一喜一憂・先憂後楽・内憂外患

優 すぐ・れる/やさ・しい/ユウ
[優][优]yōu[日＝繁≒簡]
美好的；古代指演劇的人；充足，富裕
優れる③〈自一〉（用過去形）出色，傑出，優秀，卓越；（否定形）不佳 例気分が～ない[心情不佳，感覺不舒服]
優しい⓪〈形〉溫柔，溫和，溫存，溫順；親切，慈祥；優美，典雅 例～い目つき[慈祥的目光]
優位①〈名・形動〉優越地位，優勢
優越⓪〈名・サ變〉優越
優雅①〈名・形動〉優雅；悠閒

優遇⓪〈名・サ變〉優遇，優待
優秀⓪〈名・形動〉優秀
優勝⓪〈名・サ變〉優勝，冠軍
優勢⓪〈名・形動〉優勢
優生⓪〈名〉優生
優先⓪〈名・サ變〉優先
優待⓪〈名・サ變〉優待，優遇
優等⓪〈名〉優等
優美①⓪〈名・形動〉優美
優良⓪〈名・形動〉優良
優麗⓪〈名・形動〉溫柔美麗
優劣①⓪〈名〉優劣
★女優・声優・男優・俳優

由 よし/ユ/ユイ/ユウ
yóu[日＝繁＝簡]
自，從；原因；憑借
由①〈名〉因由，緣由，緣故，事由，情由；方法，手段；來歷；據説，聽説；情況，內容 例彼は～ある人だそうです[聽説他是個有來歷的人]
由縁⓪〈名〉緣故，理由，原因；因緣，關係
由緒①⓪〈名〉事物的開端，緣由，由來，歷史；來歷，閲歷
由来⓪①〈名・サ變・副〉來歷，由來；從來，歷來
★縁由・経由・事由・自由・来由・理由

油 あぶら/ユ
yóu[日＝繁＝簡]
動植物體內所含的脂肪物質；各種碳氧化合物的混合物
油⓪〈名〉油

油絵③〈名〉油畫
油圧⓪〈名〉油壓
油脂①〈名〉油脂
油井⓪〈名〉油井
油性⓪〈名〉油性，油質
油断⓪〈名・サ變〉疏忽大意，粗心大意，麻痺大意 例 絶対に～してはならない[絕不能麻痺大意]
油田⓪〈名〉油田
油分①〈名〉油的成分

★ 肝油・給油・魚油・軽油・原油・香油・採油・搾油・重油・潤滑油・醤油・製油・石油・灯油

郵 ユウ
[郵][邮]yóu[日＝繁≒簡]
由國家專設的機構傳遞信件；有關郵務的
郵政⓪〈名〉郵政
郵送⓪〈名・サ變〉郵寄
郵便⓪〈名〉郵政；郵件
郵便局③〈名〉郵局

猶 ユウ
[猶][犹]yóu[日＝繁≒簡]
如同；還
猶予①〈名・サ變〉猶豫，遲疑；延期，緩期 例 三日間の～を与える[給3天的緩期時間，緩期3天]

遊 あそ・ぶ/ユ/ユウ
yóu[日＝繁＝簡]
人或動物在水裏行動；不固定；閒逛，從容地行走；來往，交往
遊ぶ⓪〈自五〉玩，遊戲；遊玩，遊覽，消遣，閒置，放著不用，(人)

不工作，閒著；遊蕩，嫖，賭；遊學 例 機械が～んでいる[機器閒著]
遊泳⓪〈名・サ變〉游泳；(喻)處世 例 彼は～術がうまい[他處世圓滑]
遊園地③〈名〉遊樂園，遊樂場
遊郭⓪〈名〉妓院集中的地方，妓院區，煙花巷
遊学⓪〈名・サ變〉遊學，留學
遊戯①〈名・サ變〉遊戲
遊興①⓪〈名・サ變〉玩樂，遊玩；飲酒，召妓作樂，遊樂
遊撃⓪〈名〉游擊(隊)；(棒球)游擊手
遊資⓪〈名〉(經)游資
遊女①〈名〉(中世紀)藝妓；(江戶時代)娼妓
遊説⓪〈名・サ變〉遊説
遊牧⓪〈名・サ變〉遊牧
遊牧民⓪〈名〉遊牧民
遊民⓪〈名〉無業遊民
遊楽⓪〈名〉(到山野、溫泉等地)遊樂，遊玩
遊覧⓪〈名・サ變〉遊覽
遊離①〈名・サ變〉脱離，離開；(化)游離，自由
遊歴⓪〈名・サ變〉遊歷

★ 回遊・外遊・交遊・周遊・巡遊・漫遊

友 とも/ユウ
yǒu[日＝繁＝簡]
彼此有交情的人；有親近和睦關係的；相好，互相親愛
友②〈名〉友，友人，朋友
友達⓪〈名〉朋友，友人
友愛⓪〈名〉友愛；友情，友誼

友誼① 〈名〉友誼，友情

友好⓪ 〈名〉友好

友軍⓪ 〈名〉友軍

友情⓪ 〈名〉友情

友人⓪ 〈名〉友人，朋友

友邦⓪ 〈名〉友邦，友好的國家；締結軍事同盟的國家，盟國

★ 悪友・畏友・益友・学友・級友・旧友・交友・師友・親友・知友・朋友・盟友・良友

有 あ・る/ウ/ユウ

yǒu[日＝繁＝簡]

表示所屬；存在；表示發生或出現；表示大、多

有る① 〈自五〉有；具有，備有；舉行，辦理；發生 例 地震が～る[發生地震]

有無① 〈名〉有無；願意不願意，肯不肯

有為① 〈名〉有為

有意義③ 〈名・形動〉有意義，有價值

有益⓪ 〈名・形動〉有益，有用

有害⓪ 〈名・形動〉有害

有閑⓪ 〈名・形動〉閒散，悠閒

有機① 〈名〉有機(物)

有給⓪ 〈名〉有薪，有工資

有形⓪ 〈名〉有形(物)

有限⓪ 〈名・形動〉有限；有限制

有効⓪ 〈形動〉有效

有罪⓪ 〈名〉有罪

有志① 〈名〉有志，志願，志願者

有事① 〈名〉有事，發生事件

有償⓪ 〈名〉有代價，有報酬，有償

有色⓪ 〈名〉有色

有職⓪ 〈名〉有職業

有数⓪ 〈形動〉有數，屈指可數的

有する③ 〈サ變〉有

有線⓪① 〈名〉有線

有徳⓪ 〈名〉有德

有毒⓪ 〈名・形動〉有毒

有能⓪ 〈名・形動〉有能力，有才能

有望⓪ 〈名・形動〉有(希)望

有名⓪ 〈名・形動〉有名，著名

有名無実⑤ 〈名〉有名無實

有用⓪ 〈形動〉有用

有利① 〈名・形動〉有利，順利

有理数③ 〈名〉(數)有理數

有料⓪ 〈形動〉收費

有力⓪ 〈形動〉有力，有權勢，有威望

★ 含有・希有・共有・固有・国有・私有・所有・特有・保有・未曾有・領有

又 また

yòu[日＝繁＝簡]

重複，連續，指相同的

又② 〈名・副・接續〉又，別，另，其他；或者，或是 例 なんで～そんなことをするんだ[你怎麼又幹出那種事]

又貸し⓪ 〈名・サ變〉轉貸，轉借(出去) 例 本を人に～する[把書轉借給別人]

又聞き⓪ 〈名・サ變〉間接聽到 例 ～ではあてにならない[傳聞不可靠]

右 みぎ/ウ/ユウ

yòu[日＝繁＝簡]

面向南時靠西的一邊(跟「左」相對)；上(古人以右為尊)；政治思想

上屬於保守的或反動的

右⓪〈名〉右，右側，右邊；(豎寫信、文件等)以上，前文，上文；勝過，比…強；(思想、政治方面)右，右傾 **例**～に<ruby>出<rt>で</rt></ruby>るものがない[無出其右者，沒有勝過他的人]

右<ruby>往<rt>おう</rt></ruby>左<ruby>往<rt>おう</rt></ruby>④〈名・サ變〉四處亂竄，亂跑

右<ruby>傾<rt>けい</rt></ruby>②〈名・サ變〉右傾

右<ruby>折<rt>せつ</rt></ruby>⓪〈名・サ變〉右拐，向右轉

右<ruby>側<rt>そく</rt></ruby>⓪〈名〉右側，右邊

右<ruby>派<rt>は</rt></ruby>①〈名〉右派

右<ruby>翼<rt>よく</rt></ruby>①〈名〉右翼

右<ruby>腕<rt>わん</rt></ruby>①〈名〉右手

★<ruby>左<rt>さ</rt></ruby><ruby>右<rt>ゆう</rt></ruby>

幼 <ruby>おさな<rt></rt></ruby>・い/ヨウ

yòu[日＝繁＝簡]

年紀小，初出生的；小孩兒

<ruby>幼<rt>おさな</rt></ruby>い③〈形〉幼小，年幼；幼稚，不成熟 **例**<ruby>計画<rt>けいかく</rt></ruby>は～い[計畫不成熟]

幼<ruby>馴染<rt>なじみ</rt></ruby>④〈名〉童年的友誼，童年的朋友，青梅竹馬之交(多指異性) **例**～と<ruby>結婚<rt>けっこん</rt></ruby>する[和童年時的好友結婚]

幼<ruby>児<rt>じ</rt></ruby>①〈名〉幼兒

幼<ruby>女<rt>じょ</rt></ruby>①〈名〉幼女

幼<ruby>稚<rt>ち</rt></ruby>⓪〈形動〉幼稚

幼<ruby>稚<rt>ち</rt></ruby>園<ruby><rt>えん</rt></ruby>③〈名〉幼兒園

幼<ruby>虫<rt>ちゅう</rt></ruby>⓪〈名〉幼蟲

幼<ruby>年<rt>ねん</rt></ruby>⓪〈名〉幼年，童年

★<ruby>長<rt>ちょう</rt></ruby><ruby>幼<rt>よう</rt></ruby>・<ruby>老<rt>ろう</rt></ruby><ruby>幼<rt>よう</rt></ruby>

誘 <ruby>さそ<rt></rt></ruby>・う/ユウ

[誘][诱]yòu[日≒繁≒簡]

勸導，教導；使用手段引人

<ruby>誘<rt>さそ</rt></ruby>う⓪〈他五〉會同，邀，勸誘；引誘，誘惑；引起，促使 **例**<ruby>友人<rt>ゆうじん</rt></ruby>を<ruby>悪<rt>あく</rt></ruby>に～う[引誘朋友做壞事]

誘<ruby>因<rt>いん</rt></ruby>⓪〈名〉誘因，起因，原因

誘<ruby>拐<rt>かい</rt></ruby>②〈名・サ變〉誘拐，拐騙

誘<ruby>致<rt>ち</rt></ruby>①〈名・サ變〉誘致，招致，導致；招徠，招攬 **例**<ruby>観光<rt>かんこう</rt></ruby>き<ruby>客<rt>きゃく</rt></ruby>を～する[招攬遊客]

誘<ruby>導<rt>どう</rt></ruby>⓪〈名・サ變〉誘導，引導

誘<ruby>発<rt>はつ</rt></ruby>⓪〈名・サ變〉引起

誘<ruby>惑<rt>わく</rt></ruby>⓪〈名・サ變〉透惑，引誘

★<ruby>勧<rt>かん</rt></ruby><ruby>誘<rt>ゆう</rt></ruby>

余 <ruby>あま<rt></rt></ruby>・す/<ruby>あま<rt></rt></ruby>・る/ヨ

[餘][余]yú[日＝簡≒繁]

剩下來的，多出來的；十、百、千等整數或名詞後的零數

<ruby>余<rt>あま</rt></ruby>す②〈他五〉留下，保留；剩餘，殘餘 **例**～した<ruby>食<rt>た</rt></ruby>べ<ruby>物<rt>もの</rt></ruby>[吃剩下的東西]

<ruby>余<rt>あま</rt></ruby>る②〈自五〉餘，剩，剩餘；(數量)超過；(接在身體及其能力的名詞之後表示)過分，力不能及，承擔不了 **例**<ruby>手<rt>て</rt></ruby>に～る<ruby>仕事<rt>しごと</rt></ruby>[不能勝任的工作]

余<ruby>威<rt>い</rt></ruby>①〈名〉餘威

余<ruby>韻<rt>いん</rt></ruby>⓪〈名〉(鐘、鑼等的)餘音；餘韻，餘味 **例**～がつきない[餘味無窮]

余<ruby>暇<rt>か</rt></ruby>①〈名〉閒暇，業餘時間

余<ruby>寒<rt>かん</rt></ruby>⓪〈名〉餘寒

余<ruby>技<rt>ぎ</rt></ruby>①〈名〉業餘專長，業務愛好

余<ruby>儀<rt>ぎ</rt></ruby>ない③①〈形〉不得已，無奈

余<ruby>興<rt>きょう</rt></ruby>⓪〈名〉(集會、宴會等演出的雜技等)餘興

余<ruby>響<rt>きょう</rt></ruby>⓪〈名〉餘響，餘音

余<ruby>計<rt>けい</rt></ruby>⓪〈形動・副〉浮餘；無用，多

餘；多；更加 **例** ～な世話だ[別多
管閒事]

余弦⓪〈名〉(數)餘弦

余光⓪〈名〉餘光，殘照；(喻)庇蔭

余薰⓪〈名〉餘香；(先人的)餘德，餘
蔭

余罪⓪〈名〉餘罪，其餘的罪行

余財⓪〈名〉餘財，剩餘財產；其餘的
財產，另外的財產

余事⓪①〈名〉餘事，別的事情；閒事

余日⓪①〈名〉剩下的日子；他日，
改日；空閒的日子

余剩⓪〈名〉剩餘

余情⓪〈名〉留下深刻的印象；(詩、
文章的)餘味，餘韻 **例** ～がまだ残
る[餘味尚存]

余色⓪〈名〉互補色

余震⓪〈名〉餘震

余勢⓪〈名〉餘勢，餘勇，剩勇

余所②〈名〉別處，別人家；與己無
關 **例** ～のことに口を出さないほ
うがいい[與己無關的事，最好別插
嘴]

余談⓪〈名〉離題的話，閒話

余地⓪①〈名〉餘地，空地

余年⓪〈名〉餘生，萬年

余程⓪〈副〉很，頗，相當；差一
點，幾乎要… **例** この方が～いい
[這個好得多]

余熱⓪〈名〉餘熱；殘暑，秋老虎

余念⓪〈名〉別的念頭，雜念 **例** ～
なく仕事にはげむ[埋頭工作]

余波①〈名〉(風的)餘波；影響

余輩⓪〈名〉我輩，我們

余白⓪〈名〉空白

余分⓪〈名・形動〉剩餘，多餘；格外，
額外 **例** 人より～に働く[比別人格
外多幹]

余聞⓪〈名〉軼事，軼話

余弊⓪〈名〉流弊，遺弊；隨之而來的
弊病，流弊

余命①⓪〈名〉餘生，殘年

余裕⓪〈名〉從容，沉著；富餘，充
裕，剩餘 **例** ～のある態度[態度從
容不迫，沉著的態度]

余力⓪①〈名〉餘力

余話①〈名〉餘聞，軼事

★窮余・残余・剰余

娛ゴ
[娛][娛]yú[日≒繁≒簡]

　快樂或使人快樂

娯楽⓪〈名〉娛樂

魚 うお/さかな/ギョ
[魚][鱼]yú[日＝繁≒簡]

　脊椎動物的一類，生活在水中，通
常體側扁，有鱗和鰭，用鰓呼吸

魚⓪〈名〉魚

魚⓪〈名〉(作為食用的)魚，魚肉；
(作為水中動物的)魚，魚類；酒
菜，酒餚；酒席宴會上助興的歌舞、
話題等 **辨**「魚」有「うお」和「さか
な」兩種讀法，讀「さかな」時可表示
食用的魚、魚肉，「うお」則只表示
水中活魚

魚介⓪〈名〉魚介，魚類，貝類

魚眼⓪〈名〉魚眼

魚貝類②〈名〉魚類和貝類＝魚介類

魚群①⓪〈名〉魚群

魚拓⓪〈名〉魚的拓本
魚粉⓪〈名〉魚粉
魚網⓪〈名〉漁網
魚油①〈名〉魚油
魚雷⓪〈名〉魚雷
魚卵⓪〈名〉魚卵，魚子
魚類①〈名〉魚類

★海魚・活魚・金魚・成魚・鮮魚・
淡水魚・池魚・稚魚・熱帯魚

愉 ユ
yú[日＝繁＝簡]

　愉快
愉悦⓪〈名・サ變〉愉快，喜悅
愉快①〈形動〉愉快；有趣
愉楽⓪〈名〉愉悅，快樂

虞 おそれ
[虞][虞]yú[日≒繁≒簡]

　預料；憂慮
虞③〈名〉虞，有…危險，有…可能
　性，恐怕會… 例 豪雨の〜がある
　[可能下暴雨]

愚 おろ・か/グ
yú[日＝繁＝簡]

　傻，笨；謙辭；欺騙；謙辭，用於
　自稱
愚か①〈名・形動〉愚笨，愚蠢 例 〜
　な夢[癡心妄想]
愚案⓪①〈名〉(謙)愚見，拙見；愚
　蠢的想法，意見，辦法
愚挙①〈名〉愚蠢的舉動；下策
愚兄⓪①〈名〉(謙)愚兄，家兄
愚計⓪〈名〉(謙)愚計；愚蠢的計策
愚見⓪〈名〉(謙)愚見

愚考⓪〈名・サ變〉(謙)愚見，拙見；
　愚蠢的看法
愚妻⓪〈名〉(謙)愚妻
愚作⓪〈名〉(謙)拙作；無價值的作品
愚策⓪〈名〉愚策，拙劣的計策；(謙)
　愚意，拙見
愚者①〈名〉愚者，愚人
愚人⓪①〈名〉愚人，糊塗人
愚図愚図①〈副・サ變〉拖沓，磨磨蹭
　蹭；嘟嘟囔囔 例 〜しないではや
　くやりなさい[別磨磨蹭蹭的，快
　幹]
愚説⓪〈名〉愚蠢之談；(謙)愚見，
　拙見
愚僧⓪①〈名〉(謙)愚僧
愚息①⓪〈名〉犬子，小兒
愚痴⓪〈名〉牢騷，怨言 例 〜をこぼ
　す[發牢騷，發怨言，鳴不平]
愚直⓪〈名・形動〉愚直，過於正直
愚弟⓪〈名〉(謙)舍弟
愚答⓪〈名〉愚蠢的回答
愚鈍⓪〈名・形動〉愚鈍，愚蠢，糊塗
愚昧⓪〈名・形動〉愚昧
愚民⓪〈名〉愚民
愚問⓪〈名〉無聊的質問，愚蠢的質
　問
愚劣⓪〈名・形動〉愚蠢，糊塗
愚弄⓪〈名・サ變〉愚弄，嘲弄
愚論⓪〈名〉謬論；(謙)拙見

★暗愚・頑愚・賢愚

漁 あさ・る/ギョ/リョウ
[漁][漁]yú[日＝繁≒簡]

　捕魚；謀取
漁る⓪②〈他五〉找食；搜尋，尋求
　例 参考資料を〜る[收集參考資料]

漁火①〈名〉漁火

漁獲⓪〈名・サ變〉捕魚，漁獲量

漁期①〈名〉魚汛，漁期，捕魚期

漁況⓪〈名〉魚情

漁業①⓪〈名〉漁業

漁区①〈名〉漁區

漁具①〈名〉漁具

漁港⓪〈名〉漁港

漁舟⓪〈名〉漁舟

漁場⓪〈名〉漁場；有漁業權的水域

漁船⓪〈名〉漁船

漁村⓪〈名〉漁村

漁夫①〈名〉漁夫

漁民①⓪〈名〉漁民

漁網⓪〈名〉漁網

漁猟⓪〈名〉捕魚和狩獵；捕魚，漁業

漁①〈名〉打魚，捕魚 例 船で～に出る[乘船去打魚]

漁師①〈名〉漁夫

漁場③〈名〉漁場

★ 大漁・不漁

与 あた・える/ヨ
[與][与]yǔ(yù)
[日≒繁≒簡]

給；交往，友好；贊許，贊助；參與

与える⓪〈他一〉給，賜予；使蒙受 例 便宜を～える[給予方便]

与件①〈名〉作為證據的事實

与党⓪〈名〉執政黨；同伙，同黨

★ 関与・寄与・給与・供与・参与・授与・所与・賞与・譲与・贈与・投与・附与

宇 ウ
yǔ[日＝繁＝簡]

房檐，泛指房屋；上下四方，所有的空間，世界

宇宙①〈名〉宇宙

★ 気宇・廟宇

羽 は/はね/ウ
yǔ[日＝繁＝簡]

羽毛；古代五音之一

羽⓪〈名〉羽毛；翅膀，翼；箭翎

羽織⓪〈名〉（穿在和服外面的）短外褂

羽子板②〈名〉羽毛键木拍兒

羽⓪〈名〉羽毛；翅膀，翼；箭翎；（日本的）羽毛键子 例 ～をつく[拍毽子]

愉毛⓪〈名〉羽毛，羽翎，絨毛

羽翼①〈名〉羽翼；幫手

★ 換羽

雨 あま/あめ/ウ
yǔ[日＝繁＝簡]

從雲層中下降到地面上的水滴

雨傘③〈名〉雨傘

雨具②〈名〉雨具

雨雲③〈名〉雨雲，烏雲

雨乞い②〈名〉求雨，祈雨

雨空③〈名〉要下雨的天空

雨漏り②〈名・サ變〉漏雨

雨水②〈名〉雨水

雨宿り③〈名・サ變〉避雨

雨①〈名〉雨，雨天

雨風①〈名〉風雨；世間的風霜

雨期①〈名〉雨季，濕季＝雨季

雨後①〈名〉雨後 慣 ～のたけのこ[雨後春筍]

雨中①〈名〉雨中

雨滴①〈名〉雨滴
雨天①〈名〉雨天
雨量①〈名〉雨量，降水量

★淫雨・陰雨・煙雨・降雨・豪雨・
穀雨・山雨・慈雨・時雨・多雨・
梅雨・風雨・猛雨

隅 すみ
yú[日＝繁＝簡]
角落；靠邊沿的地方
隅①〈名〉角，角落，隅 例 ～から～
まで知っている[知道得極其詳細]
隅隅①②〈名〉各個角落，到處

語 かた・らう/かた・る/ゴ
[語][语]yǔ[日≒繁≒簡]
話；説；諺語，成語；取代語言表
達意思的動作或方式
語らう③〈他五〉親切交談；勸誘，
邀約 例 友達を～って旅行に出[邀
朋友去旅行]
語る①〈他五〉説，談；(曲藝)説唱
例 体験を～る[談體驗]
語彙①〈名〉單詞
語意①〈名〉語意，詞義
語学①①〈名〉外語；語言學
語幹①〈名〉語幹
語感①〈名〉語感；對語言的感覺
語義①〈名〉語意，詞義
語形①〈名〉語形，詞形
語源①〈名〉語源
語調①〈名〉語調，聲調
語尾①①〈名〉語尾，詞尾
語弊①〈名〉語病
語末①〈名〉語尾
語録①①〈名〉語録

★隠語・英語・漢語・季語・敬語・
言語・古語・口語・豪語・国語・
死語・私語・主語・熟語・述語・
壮語・造語・俗語・土語・反語・
卑語・文語・別語・妄語・類語・
和語

予 あらかじ・め/ヨ
[豫][豫]yù[日≒繁≒簡]
事先，預先，通「預」
予め①〈副〉預先，事先，事前 例 ～
しらせておく[預先通知一下]
予科①〈名〉(日本大學的)預科
予感①〈名・サ變〉預感
予期①①〈名・サ變〉預期，預想，意
料
予見①〈名・サ變〉預見
予言①〈名・サ變〉預言；神的啓示
＝預言
予告①〈名・サ變〉預告
予算①〈名〉預算
予習①〈名・サ變〉預習
予選①〈名・サ變〉預選；預賽
予想①〈名・サ變〉預想，預料
予測①〈名・サ變〉預測，預料
予断①〈名・サ變〉預先判斷
予知①①〈名・サ變〉預知
予定①〈名・サ變〉預定(的事情)
予備①〈名〉預備，準備
予報①〈名・サ變〉預報
予防①〈名・サ變〉預防
予約①〈名・サ變〉預約
予鈴①〈名〉預備鈴

★猶予

玉 たま/ギョク

yù[日＝繁＝簡]

可用來製造裝飾品或做雕刻的一種
石頭；比喻潔白或美麗，敬辭，指
對方的身體或行動 辨 在日語中，
還可以指圓形的東西

玉②〈名〉玉石，寶石，珍珠；球，
泡；電燈炮；算盤珠；麵團；眼鏡
片；子彈

玉突き④②〈名〉撞球

玉手箱③〈名〉(童話)珠寶箱；秘藏
的法寶

玉虫②〈名〉玉蟲

玉音⓪〈名〉日本天皇的聲音

玉顏⓪〈名〉日本天皇的臉，龍顏

玉座⓪〈名〉天子坐的椅子，寶座

玉砕⓪〈名・サ變〉玉碎(寧為玉碎，
不為瓦全)

玉石⓪〈名〉玉和石；好的和壞的

玉露①〈名〉玉露(日本的上等茶)；
露水，露珠

玉稿⓪〈名〉尊稿

★金玉・珠玉・碧玉

芋 いも

yù[日＝繁＝簡]

薯類植物

芋②〈名〉薯的總稱；地下莖

芋蔓⓪〈名〉甘薯藤

★薩摩芋

育 そだ・つ/そだ・てる/イク

yù[日＝繁＝簡]

生養；養活；按照一定的目的長期
地教導和訓練

育つ②〈自五〉(生物)發育，成長；

(技能、能力的)長進 例 作物はと
てもよく～っている[農作物生長得
很好]

育てる③〈他一〉養育，撫養；教
育，培養 例 親は子供を～てる義
務がある[父母有養育小孩的義務]

育英⓪〈名〉育英，教育青少年

育児①⓪〈名〉育兒

育種⓪〈名・サ變〉育種，培育動植物
的改良種

育成⓪〈名・サ變〉培養，培育

★教育・薫育・訓育・飼育・生育・
体育・徳育・発育・撫育・保育・
養育

浴 あ・びせる/あ・びる/ヨク

yù[日＝繁＝簡]

洗澡

浴びせる⑤〈他一〉潑，澆；(接連
地，集中地)施加，給予 例 水を～
せる[潑水]

浴びる⓪〈他一〉淋，澆；曬，照；遭，
蒙，受 例 シャワーを～びる[淋浴]

浴室⓪〈名〉浴室

浴槽⓪〈名〉浴缸

浴用⓪〈名〉洗澡用的

★入浴・沐浴

域 イキ

yù[日＝繁＝簡]

在一定疆界內的地方，疆域

域外②〈名〉區域外，境外

域内②〈名〉區域內，境內

★区域・市域・聖域・声域・西域・
全域・流域・領域

欲 ほ・しい/ほっ・する/ヨク
yù[日＝繁＝簡]

想得到某種東西或想達到某種目的
和要求；想要，希望；需要；將要

欲しい②〈形〉希望得到的，想要
的，需要的 **例** 私はカメラが～い
[我想要照相機]

欲する⓪③〈サ變〉希望，想要得到

欲情⓪〈名〉慾望，貪心；情慾，性慾

欲心③〈名〉貪念，貪心

欲念②⓪〈名〉慾念，貪心

欲る③〈自五〉貪婪，貪得無厭
例 あまり～るな[別太貪心了]

欲望⓪〈名〉慾望

欲目③②〈名〉偏愛，偏心

欲求⓪〈名・サ變〉慾望，希求

★ 愛欲・意欲・寡欲・禁欲・財欲・
私欲・獣欲・小欲・情欲・食欲・
性欲・肉欲・物欲・利欲・貪欲

遇 あ・う/グウ
yù[日＝繁＝簡]

相逢，碰到；對待，款待；機會

遇う①〈自五〉遇見，碰見 **例** ひどい
目に～う[吃苦頭，遭殃，倒霉]

遇する③〈サ變〉待遇，對待

★ 奇遇・厚遇・殊遇・千載一遇・
遭遇・待遇・知遇・薄遇・不遇・
優遇・冷遇

喻 たとえ/たと・える/ユ
yù[日＝繁＝簡]

比方 **辨**「喻」的異體字

喻③②〈名〉比喻，比方

喻える③〈他下一〉比喻，打比方

★ 暗喻・隠喻・引喻・直喻・比喻

御 お/おん/ギョ/ゴ
[禦、御][御]yù

駕馭車馬，趕車；駕駛，操縱；封
建社會指上級對下級的管理或支
配；封建社會指與皇帝有關的；抵擋

御辞儀⓪〈名・サ變〉行禮，鞠躬；辭
謝，客氣

御社①〈名〉貴公司

御礼⓪〈名〉感謝，禮節＝おれい

御意⓪①〈名〉尊意，尊旨

御璽①〈名〉御璽

御苦労②〈名・形動〉辛苦，勞駕
例 ～さまでした[辛苦你了]

御所①〈名〉太上皇、皇太後、親王
等的住處及對這些人的敬稱

御免⓪〈名・感〉許可，允許；請原
諒，對不起，請不要見怪；不幹，
不能；准許，特許；免職，罷免

★ 制御・防御

裕 ユウ
yù[日＝繁＝簡]

豐富，寬綽；從容，不緊張費力

裕福①〈名・形動〉富裕

★ 余裕・富裕

誉 ほま・れ/ほ・める/ヨ
[譽][誉]yù[日≒繁≒簡]

名聲；稱讚，讚美

誉れ③⓪〈名〉名譽，榮譽

誉める②〈他一〉讚揚，稱讚，表揚
例 成績がよかったので、先生に～
められた[因為成績很好，受到了老
師的表揚]

★ 栄誉・名誉・毀誉

預 あず・かる/あず・ける/ヨ

[預][预]yù[日＝繁≒簡]

預先，事先 辨 在日語中，還有「保管」的意思

預かる③〈他五〉收存，保管；擔任，承擔；保留，暫不發表 例 荷物を～る[保管行李]

預ける③〈他一〉寄存，寄放 例 荷物を～ける[寄存行李]

預金⓪〈名・サ變〉存款

預言⓪〈名・サ變〉預言＝予言

預貯金

獄 ゴク

[獄][狱]yù[日≒繁≒簡]

監禁罪犯的地方；官司，罪案

獄死⓪〈名・サ變〉死在獄中

獄卒⓪〈名〉獄卒

獄中⓪〈名〉獄中

獄吏①〈名〉獄吏

★監獄・疑獄・出獄・脱獄・投獄・入獄・煉獄・牢獄

諭 さと・す/ユ

[諭][谕]yù[日≒繁≒簡]

告訴，吩咐(舊時用於上級對下級或長輩對晚輩)

諭す⓪②〈他五〉教導，訓喻 例 くりかえして～す[諄諄教導]

諭告⓪〈名・サ變〉諭告，警告

諭旨①〈名〉諭告，曉諭

★教諭・訓諭・告諭・勅諭・風諭・諷諭

癒 いや・す/ユ

[癒][愈]yù[日＝繁≒簡]

病好了，也作「愈」，較好，勝過；疊用，跟「越…越…」相同

癒す②〈他五〉醫治，解除 例 苦るしみを～す[解除痛苦]

癒合⓪〈名・サ變〉癒合

癒着⓪〈名・サ變〉粘連，勾結

★快癒・治癒・全癒・平癒

鬱 ウツ

[鬱][郁]yù[日＝繁≒簡]

樹木叢生；形容很盛；積聚，阻滯

鬱鬱⓪〈トタル〉憂鬱

鬱屈⓪〈名・サ變〉鬱悶，不開心

鬱血⓪〈名・サ變〉鬱血，淤血

鬱積⓪〈名・サ變〉鬱積

鬱蒼⓪〈トタル〉鬱鬱蔥蔥

鬱陶しい⑤〈形〉鬱悶；厭煩

鬱憤⓪〈名〉鬱憤

鬱勃⓪〈トタル〉勃勃，飽滿

元 もと/ガン/ゲン

yuán[日＝繁＝簡]

開始的，第一；為首的，居首的；主要，根本；元素；構成一個整體的；貨幣單位；朝代

元⓪②〈名〉過去，從前，原先，昔日；起源，根源，發源處；基礎，根基；材料，原料；原因；本錢，資本

元栓⓪〈名〉(自來水、煤氣等的)總開關

元値⓪〈名〉原價，進貨成本

元金①〈名〉資金，資本；本金

元旦⓪〈名〉元旦

元本①〈名〉本錢，資金；財產

元来⓪〈副〉本來，原來，生來

元気① 〈名・形動〉精力；(身體)結實，健康，精力足 例皆様、どうぞお～で[各位，請多保重]

元凶⓪ 〈名〉元凶，首惡

元首① 〈名〉元首

元帥① 〈名〉元帥

元素① 〈名〉元素

元利① 〈名〉本利，本金和利息

元老⓪ 〈名〉元老

★ 一元・改元・還元・紀元・次元・多元・中元・復元

円 まる・い/エン
[圓][元]yuán[日≒繁≒簡]

從中心點到周邊任何一點的距離都相等的形；完備，周全，婉轉，滑利；運轉無礙；貨幣單位

円い⓪ 〈形〉圓的；鼓起的；圓滑的；圓滿的，沒有稜角的 例目を～くする[睜圓眼睛]

円安⓪ 〈名〉(在外匯市場中)日元下跌

円滑⓪ 〈名・形動〉圓滑，圓滿，順利 例事が～に捗る[事情順利地進展] 辨 在漢語中，多用來形容為人處世善於敷衍、討好，各方面都應付得很周到(八方美人、角を立てない)

円形⓪ 〈名〉圓形

円弧① 〈名〉弧

円周⓪ 〈名〉圓周

円熟⓪ 〈名・サ變〉(技術)成熟；老練，圓通

円心⓪ 〈名〉圓心

円錐⓪ 〈名〉圓錐

円卓⓪ 〈名〉圓桌

円柱⓪ 〈名〉圓柱子

円盤⓪ 〈名〉圓盤，圓板；鐵餅

円満⓪ 〈形動〉圓滿；完美，和睦 例～な家庭[和睦的家庭]

★ 団円・半円・方円

垣 かき
yuán[日＝繁＝簡]

牆；城

垣② 〈名〉垣牆，籬笆

垣根②③ 〈名〉籬笆，柵欄

原 はら/ゲン
yuán[日＝繁＝簡]

最初的，開始的；本來；寬廣平坦的地方

原① 〈名〉平原，原野

原案⓪① 〈名〉原案

原意① 〈名〉原意，本意

原因⓪ 〈名・サ變〉原因

原価① 〈名〉生產費，成本；原價，進貨價格

原義③① 〈名〉原意

原形⓪ 〈名〉原形

原型⓪ 〈名〉原型，模型；類型

原稿⓪③ 〈名〉原稿，草稿

原告⓪ 〈名〉原告

原罪⓪ 〈名〉原罪

原作⓪ 〈名〉原作，原著

原産⓪ 〈名〉原產；原料、製品的產地

原子① 〈名〉原子

原始① 〈名〉原始

原住民③ 〈名〉原住民，土著居民

原書①⓪ 〈名〉原書，原版本；原文本

_{げんじょう}
原状⓪〈名〉原狀，原形

_{げんしょく}
原色⓪〈名〉原色(紅、黃、藍)；原
來的色

_{げん し りょく}
原子力③〈名〉原子能

_{げん し りん}
原始林③〈名〉原始森林

_{げん し ろ}
原子炉③〈名〉原子反應堆

_{げんじん}
原人⓪〈名〉原人，原始人

_{げんすん}
原寸⓪〈名〉實物的尺寸

_{げんせい}
原生⓪〈名〉原生，原始

_{げんせいりん}
原生林⓪〈名〉原始林，原生林

_{げんせき}
原籍⓪①〈名〉原籍

_{げんそく}
原則⓪〈名〉原則

_{げんちゅう}
原注⓪〈名〉原注

_{げんちょ}
原著①〈名〉原著，原作

_{げんてん}
原典⓪①〈名〉原書，原著

_{げんてん}
原点⓪〈名〉①基點，起點；(坐標
的)原點

_{げん どうりょく}
原動力③〈名〉原動力，動力

_{げんばく}
原爆⓪〈名〉原子彈

_{げんばん}
原版⓪〈名〉(印照片的)底版；(對
翻版、複製品而言)原版

_{げんぶつ}
原物⓪〈名〉原物，原件，實物

_{げんぶん}
原文⓪〈名〉原文

_{げんぼ}
原簿⓪〈名〉底帳

_{げんぽん}
原本⓪〈名〉原本，原書，藍圖；根
源，根本；底本 辨在漢語中，還有
「起初，首先」(_{さいしょ}最初、はじめ)以及
「往昔，先前，從前」(_{がんらい}元来、_{ほんらい}本来、
もともと)的意思

_{げんや}
原野①〈名〉原野

_{げん り}
原理①〈名〉原理

_{げんりょう}
原料③〈名〉原料

★_{こうげん}荒原・_{こうげん}高原・_{しつげん}湿原・_{せつげん}雪原・_{そうげん}草原・
_{ちゅうげん}中原・_{ふくげん}復原・_{へいげん}平原

員 イン
[員][员]yuán[日＝繁≒簡]

指工作或學習的人；指團體或組織
中的成員；量詞，用於武將

_{いんずう}
員数③〈名〉額數，定額

★_{い いん}委員・_{きゃくいん}客員・_{きょういん}教員・_{しゃいん}社員・_{じょういん}冗員・
_{じょういん}剰員・_{しょくいん}職員・_{ずいいん}随員・_{せいいん}成員・_{だんいん}団員・
_{とういん}党員・_{どういん}動員

援 エン
yuán[日＝繁＝簡]

牽引；引用；援助

_{えんいん}
援引⓪〈名・サ變〉引用

_{えんぐん}
援軍⓪〈名〉援軍，救兵；幫助(支
援)的人

_{えん ご}
援護①〈名・サ變〉援救

_{えんじょ}
援助①〈名・サ變〉援助，幫助

_{えんぺい}
援兵⓪〈名〉援兵，援軍

_{えんよう}
援用⓪〈名・サ變〉援用，引用

★_{おうえん}応援・_{きゅうえん}救援・_{こうえん}後援・_{し えん}支援・_{せいえん}声援・
_{ぞうえん}増援

園 その/エン
[園][园]yuán[日＝繁≒簡]

種蔬菜、花果、樹木的地方；供人
遊覽娛樂的地方

_{その}
園①〈名〉庭園，園地

_{えんげい}
園芸⓪〈名〉園藝

_{えん じ}
園児①〈名〉托兒所、幼兒園的兒童

_{えんちょう}
園長①〈名〉(幼兒園、動物園等的)
園長

_{えんてい}
園丁⓪〈名〉園丁；花匠

★_{がくえん}学園・_{こうえん}公園・_{さいえん}菜園・_{ぞうえん}造園・
_{ちゃえん}茶園・_{ていえん}庭園・_{でんえん}田園・_{のうえん}農園・_{めいえん}名園・
_{ゆうえんち}遊園地・_{らくえん}楽園・_{りえん}梨園・_{れいえん}霊園

猿 さる/エン
[猿][猿]yuán[日≒繁＝簡]
猿猴
猿①〈名〉猿猴；耍小聰明的人；(木板套窗)插銷；(自由上下釣鈎的)鈎扣
猿回し③〈名〉耍猴的藝人
猿楽②⓪〈名〉(鎌倉時代的)藝術的總稱；滑稽劇
猿知恵⓪〈名〉小聰明
猿真似⓪〈名〉表面上的模仿，機械模仿，東施效顰
猿人⓪〈名〉猿人
★犬猿

源 みなもと/ゲン
yuán[日＝繁＝簡]
水流起頭的地方；事物的根由
源⓪〈名〉水源；根源；源泉
源泉⓪〈名〉源泉
源流⓪〈名〉起源，源流
★源泉・根源・財源・資源・遡源・本源

縁 ふち/エン
[縁][缘]yuán[日≒繁≒簡]
因由，因為；人與人或人與事物之間發生聯繫的可能性；沿著，順著；邊
縁②〈名〉邊，緣，框
縁側⓪〈名〉(日本房屋的)屋簷下的走廊
縁起⓪〈名〉緣起，(寺廟的)起源；吉凶之兆
縁故①〈名〉親朋；關係
縁者①〈名〉親戚，親屬
縁台⓪〈名〉長板凳
縁談⓪〈名〉提親，説媒
縁日①〈名〉廟會；趕集市
縁由⓪〈名〉緣由
縁類⓪〈名〉姻親
★奇縁・機縁・血縁・順縁・絶縁・俗縁・内縁・無縁・離縁

遠 とおい/エン/オン
[遠][远]yuǎn[日＝繁≒簡]
空間或時間的距離長(跟「近」相對)；(血統關係)疏遠；(差別)程度大；不接近
遠い⓪〈形〉(距離)遠；(時間)長，久；遠親，遠族；遠離，關係淡薄；(性質、內容)差得遠，有距離，相差懸殊；遲鈍，不敏感 例耳が～い[耳朵聽不清]
遠ざかる④〈自五〉遠離，走遠；疏遠 例親類同士がだんだん～った[親戚逐漸疏遠了]
遠ざける④〈他一〉使之遠離；疏遠；節制，禁忌 例人を～ける[躲開人]
遠因⓪〈名〉遠因
遠隔⓪〈名〉遠隔
遠近⓪〈名〉遠近
遠景⓪〈名〉遠景
遠視⓪〈名〉遠視(眼)
遠心力③〈名〉離心力
遠征⓪〈名・サ變〉遠征；到遠處參加比賽、探險、登山等
遠足⓪〈名〉遠足，郊遊
遠大⓪〈名・形動〉遠大
遠投⓪〈名・サ變〉(球、釣魚鈎等)往

遠處投擲

遠方⓪〈名〉遠方

遠望⓪〈名・サ變〉遠望

遠謀⓪〈名〉遠謀，深謀

遠洋⓪〈名〉遠洋

遠来⓪〈名〉遠來

遠雷⓪〈名〉遠處的雷聲

遠慮①〈名・サ變〉遠慮；客氣；謝
　絕，迴避 例 煙草はご～ください
　[請勿抽菸]

遠路①〈名・副〉遠路，遠道

★ 永遠・久遠・敬遠・深遠・疎遠・
　望遠鏡

怨 うらみ/うら・む/エン/オン
yuàn[日＝繁＝簡]

仇恨；不滿意

怨み③〈名〉怨恨

怨む②〈他五〉怨，怨恨

怨恨⓪〈名〉怨恨

怨嗟①〈名・サ變〉抱怨，埋怨

怨霊⓪〈名〉冤魂

★ 私怨・宿怨

院 イン
yuàn[日＝繁＝簡]

圍牆裏房屋四周的空地；某些機關
和公共處所的名稱

院外①〈名〉院外；眾議院（參議院）
　的外部

院政⓪〈名〉院政，太上皇代替天皇
　執政

院長①〈名〉（醫院等的）院長

院内①〈名〉院內，眾議院（參議院）
　的內部

★ 医院・下院・学院・議院・産院・
　寺院・書院・上院・僧院・退院・
　入院・病院

媛 ひめ/エン
yuàn[日＝繁＝簡]

美女

★ 愛媛・才媛

願 ねが・う/ガン
[願][愿]yuàn[日＝繁≒簡]

樂意，想要；希望

願う②〈他五〉請求，懇求；希望，
　願望；（向神佛）祈求，禱告 例 ～っ
　てもないこと[求之不得的幸運]

願意①〈名〉願意，願望

願書①〈名〉申請書；入學申請書

願望⓪〈名・サ變〉願望

★ 哀願・祈願・懇願・志願・宿願・
　心願・請願・嘆願・念願・悲願

約 ヤク
[約][约]yuē[日≒繁≒簡]

提出或商量（需要共同遵守的事）；
邀請；約定的事，共同訂立、需要
共同遵守的條文；限制使不越出範
圍，拘束；儉省；大概；約分

約言⓪〈名・サ變〉簡言，簡單地說；（語
　法）約音

約定⓪〈名・サ變〉約定，協定，商定

約数③〈名〉（數學）約數

約する③〈サ變〉約定；簡略，約略；節
　約；（數）約分

約束⓪〈名・サ變〉約，約會，約定；
　規則；注定的命運

約諾⓪〈名・サ變〉許諾，應諾，答應

約分⓪〈名・サ變〉(數學)約分
約款⓪〈名〉(契約、條約等的)條款

★ 違約・契約・倹約・公約・条約・
制約・節約・密約・盟約

月 つき/ガツ/ゲツ
yuè[日＝繁＝簡]

月球，月亮；計時的單位，一年分為
12個月；每月的；形狀像月亮的

月②〈名〉月，月亮；月光；衛星；月
月影②③〈名〉月光，月影
月日⓪〈名〉月日
月下①〈名〉月下
月額⓪〈名〉(收支等的)一個月的金
額
月刊⓪〈名〉月刊
月間⓪〈名〉一個月
月給⓪〈名〉月薪，工資
月光⓪〈名〉月光，月影
月産⓪〈名〉月產量
月謝⓪〈名〉(每月付給學校或私塾
的)酬謝金，學費
月收⓪〈名〉每月的收入
月食⓪〈名〉月食
月賦⓪〈名〉按月分期付款
月報⓪〈名〉月報，每月的報告
月末⓪〈名〉月末，月底
月曜日③〈名〉星期一
月利①〈名〉月利，利息
月齡⓪〈名〉月齡，出生後的月數
月例⓪〈名〉每月定期舉行

★ 隔月・寒月・今月・歳月・
残月・秋月・閏月・正月・新月・
日ち月・年月・半月・風月・
毎月・満月・明月・来月・臨月

岳 たけ/ガク
yuè[日＝繁＝簡]

高大的山；稱妻的父母或叔伯

岳②〈名〉高山
岳父①〈名〉岳父

★ 山岳

悦 エツ
[悦][悦]yuè[日＝簡≒繁]

高興，愉快；使愉快

悦楽⓪〈名・サ變〉歡樂，喜悅
悦服⓪〈名・サ變〉悅服，心服口服

★ 喜悦・満悦・愉悦

越 こえ・る/こ・す/エツ
yuè[日＝繁＝簡]

跨過(阻礙)，跳過；不按照一般的
次序，超出(範圍)；(聲音、情感)
昂揚

越える⓪〈自一〉越過；過，度過；超
過，超越；跳過 例気温が三十度
を～える[氣溫超過了30℃]
越す⓪〈自他五〉越，過，渡；(時間)經
過，度過；超過，趕過；勝於，優
於；搬家，遷居；來，去 例冬を～
す[過冬]
越境⓪〈名・サ變〉越境
越権⓪〈名〉越權
越冬⓪〈名・サ變〉越冬，過冬
越年⓪〈名・サ變〉越年，過年

★ 激越・僭越・卓越・超越

閲 エツ
[閲][阅]yuè[日＝繁≒簡]

看；察看；經歷，經過

閲する⓪〈サ變〉閱，閱覽，審閱；

經過，閱歷

閱兵⓪〈名・サ變〉閱兵，閱檢

閱覽⓪〈名・サ變〉閱覽

閱歷⓪〈名〉閱歷，經過

★ 檢閱・校閱・巡閱

躍 おど・る/ヤク

[躍][跃]yuè[日≒繁≒簡]

跳

躍る⓪〈自五〉跳舞，舞蹈；跳，跳躍；顛簸；紊亂 例胸が～る[心情激動]

躍起⓪③〈名・形動〉著急，急躁；熱衷，拼命 例娘のために～になって働く[為了女兒拼命工作]

躍進⓪〈名・サ變〉躍進

躍如①〈形動〉逼真，栩栩如生 例この絵は見るからには～とした感じがある[這幅畫看上去有栩栩如生的感覺]

★ 暗躍・一躍・活躍・欣喜雀躍・雀躍・飛躍・踊躍

雲 くも/ウン

[雲][云]yún[日＝繁≒簡]

水汽上升遇冷凝聚成微小的水珠，在空中懸浮的由水滴聚集形成的物體

雲①〈名〉雲，雲彩

雲煙⓪〈名〉煙雲

雲海①⓪〈名〉雲海

雲水①〈名〉雲水，行雲流水

雲台⓪〈名〉(照相機等的三腳架上的)方向轉台

雲泥⓪〈名〉雲泥，天壤

★ 暗雲・陰雲・行雲流水・彩雲・瑞雲・戰雲・風雲

運 はこ・ぶ/ウン

[運][运]yùn[日＝繁≒簡]

循序移動；搬送；使用；人的遭遇

運ぶ⓪〈自他五〉運送，搬運；開展，進行，推行；(事物)進展 例足を～ぶ[前去，前往]

運①〈名〉運，運氣

運営⓪〈名・サ變〉辦，經營

運河①〈名〉運河

運休⓪〈名〉停開，停航

運行⓪〈名・サ變〉運行

運航⓪〈名・サ變〉(船、飛機)航行，飛行

運送⓪〈名・サ變〉運輸，運送

運賃①〈名〉運費，票價

運転⓪〈名・サ變〉開，駕駛；(機器)開動，操作，運轉；周轉

運転手〈名〉(汽車、電車等的)司機

運動⓪〈名・サ變〉運動 例～場[運動場]

運搬⓪〈名・サ變〉搬運，運輸

運筆⓪〈名〉運筆，用筆

運命①〈名〉命運，宿命；遭遇，命運；必然的結果

運輸①〈名〉運輸，輸送

運用⓪〈名・サ變〉運用

★ 悪運・運命・開運・空運・時運・水運・盛運・天運・陸運

韻 イン

[韻][韵]yùn[日＝繁≒簡]

好聽的聲音；韻母；情趣

韻文⓪〈名〉韻文

韻律⓪〈名〉韻律

★ 押韻・音韻・神韻

Z　ㄗˋ ㄓ

雜 ザツ/ゾウ
[雜][杂]zá[日≒繁≒簡]

多種多樣的，不單純的；混合在一起

雑① ⓪〈名・形動〉粗糙，草率；混雜；雜 例 ～な頭[粗心]

雑益⓪〈名〉雜項收益；各種零星收益

雑役⓪〈名〉雜務，雜活兒

雑音⓪〈名〉雜音

雑貨⓪〈名〉雜貨

雑学⓪②〈名〉沒系統的知識

雑感⓪〈名〉雜感

雑記⓪〈名〉雜記

雑技⓪〈名〉雜技；雕蟲小技

雑居⓪①〈名・サ變〉雜居

雑穀⓪〈名〉雜糧

雑誌⓪〈名〉雜誌

雑種⓪〈名〉雜種；各種各樣

雑食⓪〈名・サ變〉雜食

雑草⓪〈名〉雜草

雑多⓪〈形動〉各式各樣

雑談⓪〈名・サ變〉閒談，聊天

雑踏⓪〈名・サ變〉人多擁擠；喧鬧

雑念⓪②〈名〉雜念

雑費⓪〈名〉雜費

雑文⓪〈名〉雜文

雑務①②〈名〉雜務，瑣事

雑用⓪〈名〉雜事，各種用途

雑録⓪〈名〉雜錄，雜記

雑炊⓪〈名〉雜燴粥

雑煮⓪③〈名〉(日本過新年時吃的)菜肉醬湯；年糕紅豆湯

★ 交雑・混雑・錯雑・粗雑・繁雑・複雑・乱雑

災 わざわ・い/サイ
[災][灾]zāi[日≒繁≒簡]

水、火、荒、旱等所造成的禍害；個人遭遇的不幸

災い⓪〈名〉禍，災禍

災禍①〈名〉災禍，災難

災害⓪〈名〉災害，災難

災難③〈名〉災難，災禍

災厄⓪①〈名〉災禍，災難

★ 火災・震災・人災・息災・天災

栽 サイ
zāi[日＝繁＝簡]

移植

栽培⓪〈名・サ變〉種植

★ 盆栽

宰 サイ
zǎi[日＝繁＝簡]

主管，主持；官；殺(牲畜、家禽等)

宰相⓪〈名〉宰相

宰領①③〈名・サ變〉(對工人、貨物的)監督，管理(人)；團體旅行的管理(者)

★ 主宰

再 ふたた・び/サ/サイ
zài[日＝繁＝簡]

表示又一次

再び⓪〈副〉再，再次 例 ～過ちを犯さないように気をつけてください[小心不要再犯錯]

再演⓪〈名・サ變〉再演，重演

再開⓪〈名・サ變〉重開，恢復，再次舉行

再会⓪〈名・サ變〉重逢，再次見面

再起①〈名・サ變〉再起，重整旗鼓；（病人）恢復健康

再建⓪〈名・サ變〉重建，重修

再現⓪〈名・サ變〉再現，復現

再考⓪〈名・サ變〉再次考慮，重新考慮

再婚⓪〈名・サ變〉再婚

再三⓪〈副〉再三，屢次

再思①〈名・サ變〉再思，重新考慮

再試驗③〈名・サ變〉補考，重新試驗

再伸⓪〈名・サ變〉（書信中的）補充內容

再審⓪〈名・サ變〉再審，重新審查

再診⓪〈名・サ變〉再次診斷

再生⓪〈名・サ變〉重生，復活；新生，重新做人；（利用廢物製造新產品）再生，翻新；（動植物組織破壞後）重新生長，更新；（錄音的）重放；（意識到的事物重新）出現，再現

再説⓪〈名・サ變〉重述，反覆（重新）說明

再選⓪〈名・サ變〉再選，再次選擇（同一個人）；連選，再次當選

再築⓪〈名・サ變〉重建，重組

再度①〈名・副〉再度，再次

再読⓪〈名・サ變〉再讀，重讀

再入国③〈名・サ變〉再入境，重新進入國境

再任⓪〈名・サ變〉再任，連任

再認⓪〈名・サ變〉再次承認，再次許可

再燃⓪〈名・サ變〉復燃；再現，復發

再発⓪〈名・サ變〉再發，復發

再犯⓪〈名〉再次犯罪（的人）；重犯，再犯

再版⓪〈名・サ變〉再版（的書），第二版

再評価③〈名・サ變〉重新評價

再編⓪〈名・サ變〉重新組成；改組；整頓

再来⓪〈名・サ變〉再來；復生，再生

再録⓪〈名・サ變〉轉載，再次登載（的文章）；（廣播、錄音的）複製（品），再次錄音（的東西）

再論⓪〈名・サ變〉再次議論

再来週⓪〈名〉下下週

★一再

在 **あ・る/ザイ**
zài[日＝繁＝簡]

存，居；表示人或事物的位置；留在；參加（某團體），屬於（某團體）；在於，決定於；介詞，表示時間、處所、範圍等

在る①〈自五〉在，有；在世；位於；歸屬，歸於；歸結，在於 **例** 責任は彼に～る[責任在他]

在位①〈名・サ變〉（皇帝、國王）在位

在役⓪〈名・サ變〉服兵役，服苦役，服刑

在外⓪〈名〉僑居國外；存放在國外

在学⓪〈名・サ變〉在學

在庫⓪〈名・サ變〉庫存

在郷⓪〈名〉住在鄉下

在室⓪〈名〉在室內，在房裏

在住⓪〈名・サ變〉居住

在籍⓪〈名・サ變〉在籍

在俗⓪①〈名〉（佛）在俗（的人）

在宅⓪〈名・サ變〉在家
在任⓪〈名・サ變〉在任，在職
在野①①〈名〉在野（黨）
在来①①〈名〉原有，通常
在留⓪〈名・サ變〉僑居（國外），旅居（國外）

★ 介在・外在・健在・顕在・現在・
混在・散在・自在・実在・所在・
潜在・存在・滞在・駐在・点在・
内在・不在・偏在

載 の・せる/の・る/サイ

[載][载]zài(zǎi)[日＝繁≒簡]
年（讀 zǎi）；鄭重地記錄下來（讀
zǎi）；用車船裝運（讀 zài）

載せる⓪〈他一〉（使）乘上，裝上；
傳播，傳導；放上，擺上；誘騙，
欺瞞；和著拍子（節奏）；參加，入
伙，加入；刊載，登載 **例** 新聞に〜
せる［登在報上］

載る⓪〈自五〉放，置，擱；登載，刊
載 **例** 机の上に本が〜ってある［桌
子上放著書］

載録⓪〈名・サ變〉記載，收錄

★ 記載・掲載・積載・千載一遇・
転載・搭載・満載

拶 サツ

zān[日＝繁＝簡]
逼近，擠壓

★ 挨拶

賛 サン

[賛][赞]zàn[日≒繁≒簡]
幫助，輔佐；誇獎，稱揚
賛意①〈名〉贊同，同意

賛辞①〈名〉贊詞，頌詞
賛助①〈名・サ變〉贊助
賛成⓪〈名・サ變〉贊同，同意
賛同⓪〈名・サ變〉贊同，贊成
賛否⓪〈名〉贊成與否，贊成和反對
賛美①〈名・サ變〉讚美，贊揚

★ 協賛・自賛・称賛・賞賛・絶賛・
礼賛

暫 しばら・く/ザン

[暫][暂]zàn[日＝繁≒簡]
時間短

暫く②〈副〉不久，一會兒；許久，好
久暫且，暫時 **例** 〜お待ちください
［請稍候］

暫時①〈副・名〉暫時，片刻
暫定⓪〈名〉暫定，臨時規定

葬 ほうむ・る/ソウ

zàng[日＝繁＝簡]
掩埋死者遺體，泛指處理死者的遺體

葬る③〈他五〉埋葬；掩蓋，忘卻；遺
棄，抛棄 **例** 墓に〜る［埋葬在墳墓
裏］

葬儀①〈名〉葬禮
葬祭⓪〈名〉殯葬和祭祀
葬式⓪〈名〉葬禮，殯儀
葬送⓪〈名・サ變〉送葬
葬礼⓪〈名〉喪禮，葬禮
葬列⓪〈名〉送葬的行列；與死者告
別的行列

★ 火葬・合葬・国葬・土葬・埋葬・
密葬

臓 ゾウ

[臓][脏]zàng[日≒繁≒簡]

內臟
臓器①〈名〉內臟器官
臓腑①⓪〈名〉內臟，五臟六腑

★ 肝臓・心臓・內臓・肺臓

遭 _{あ・う/ソウ}
zāo[日＝繁＝簡]

遇到(多指不幸或不利的事)
遭う①〈自五〉遇見，碰見 **例**事故に～う[遇到了事故]
遭遇⓪〈名・サ變〉遭遇，遇到
遭難⓪〈名・サ變〉遇難

早 _{はや・い/はや・まる/はや・める/サッ/ソウ}
zǎo[日＝繁＝簡]

太陽出來的時候；很久以前；時間在先的；比一定的時間靠前
早い②〈形〉早；還不到時候，為時尚早 **例**結婚はまだ～い[談結婚還早]
早合点③〈名・サ變〉貿然斷定，自以為是
早死に⓪④〈名〉早死，夭亡
早寝②〈名・サ變〉(晚間)早睡
早見③〈名〉一覽表
早番⓪〈名〉早班
早まる③〈自五〉提前；過急；忙中出錯，因急誤事 **例**期日が～る[日期提前]
早める③〈他一〉提前 **例**開会を～めた[提前開會了]
早急⓪〈名・形動〉火速，緊急 **例**～な措置をとる[採取緊急措施]
＝そうきゅう
早速⓪〈副〉立刻，馬上 **例**～お送り

します[馬上送去]
早期①〈名〉早期，提前
早婚⓪〈名・サ變〉早婚
早秋⓪〈名〉早秋，初秋
早熟⓪〈名・形動〉早熟，成熟早；(水果、穀物等)早熟
早春⓪〈名〉早春，初春
早早⓪③〈名〉倉促，匆匆；簡慢，怠慢；(書信)草草，匆匆，不盡欲言 **例**お～さまでした[怠慢了]
早退⓪〈名・サ變〉早退
早朝⓪〈名〉清晨
早晩⓪〈副〉早晚，遲早

★ 尚早

藻 _{も/ソウ}
zǎo[日＝繁＝簡]

藻類植物；泛指生長在水中的綠色植物，也包括某些水生的高等植物；華麗的文辭
藻⓪〈名〉藻類
藻類①〈名〉藻類

★ 才藻・文藻

造 _{つく・る/ゾウ}
zào[日＝繁＝簡]

製作；假編，捏造
造る②〈他五〉作，做；加工，製造；化妝，打扮；栽培，培育，培養；假裝，虛構；制定，創建，組織 **例**子供を～る[生孩子]
造営⓪〈名・サ變〉營造，興建(神社、寺廟、宮殿等)
造園⓪〈名・サ變〉營造庭園
造化①〈名〉造化，造物主；天地萬物，自然界

造花⓪〈名〉造花，假花，紙花，絹花
造型⓪〈名・サ變〉造型＝造形
造詣⓪〈名〉造詣
造語⓪〈名・サ變〉造語，創造的新詞，
　創造的複合詞
造作⓪③〈名〉費事，麻煩；招待；
　行為，方法，手段
造船⓪〈名・サ變〉造船
造反⓪〈名・サ變〉造反
造物主④〈名〉造物主，上帝
造幣⓪〈名〉造幣
造林⓪〈名・サ變〉造林
★ 営造・改造・偽造・建造・構造・
　醸造・製造・創造・鍛造・築造・
　鋳造・捏造・変造・密造・模造・
　木造

燥 はしゃ・ぐ/ソウ
zào[日＝繁＝簡]
　缺少水分；焦急，焦躁
燥ぐ⓪〈自五〉乾，乾燥；歡鬧，雀躍
　例 子供らはうれしくて～ぎまわっ
　ている[孩子們樂得又蹦又跳]
★ 乾燥・枯燥・焦燥

択 タク
[擇][择]zé[日≒繁≒簡]
　挑選
択一⓪〈名〉(二者中)選取其一
★ 採択・選択

沢 さわ/タク
[澤][泽]zé[日≒繁≒簡]
　聚水的地方；濕；金屬、珠玉等的
　光；恩惠
沢②〈名〉沼澤，濕窪地

沢山⓪〈副・名・形動〉許多，很多；
　足夠 例 今日はすることが～ある
　[今天有許多事情要辦]
★ 恩沢・光沢・潤沢・贅沢

則 のっと・る/ソク
[則][则]zé[日＝繁≒簡]
　規範；規程；效法；量詞，用於分
　項或自成段落的文字的條款
則る③〈自五〉遵照，以…為準則
　例 規則に～って処理する[按照規
　則辦理]
則する③〈サ變〉依據，遵照
★ 学則・規則・原則・準則・通則・
　党則・罰則・附則・変則・補則・
　法則

責 せ・める/セキ
[責][责]zé[日＝繁≒簡]
　責任；要求做成某件事或行事達到
　一定標準；詰問；責備
責める②〈他一〉責備，責難，責問；
　拷打，折磨，逼迫；催促，逼；馴
　馬 例 彼の非行を～める[責問他的
　不正當行為]
責任⓪〈名〉責任，職責
責務①〈名〉責任和義務，職責
★ 引責・譴責・罪責・重責・免責・
　問責

賊 ゾク
[賊][贼]zéi[日＝繁≒簡]
　偷東西的人；做大壞事的人(多指危
　害國家和人民的人)；邪的，不正派
　的；狡猾；傷害
賊軍⓪〈名〉賊軍

賊徒①〈名〉匪徒，賊黨

★ 海賊・逆賊・国賊・盜賊・匪賊

増 ふ・える/ふ・やす/ま・す/ゾウ

[増][增]zēng[日≒繁＝簡]

加多，添

増える②〈自一〉増加，増多 **例**人口
が～える[人口増加]

増やす②〈自他五〉増加，繁殖 **例**資
金を～す[擴大資本]

増す⓪〈自五〉増加，増多；増長，増
大；添加，増添 **例**実力が～す[實
力增強]

増員⓪〈名・サ變〉増加人員，増加名
額

増益⓪〈名・サ變〉増加；増加利益

増援⓪〈名・サ變〉増援

増加⓪〈名・サ變〉増加

増額⓪〈名・サ變〉増額，増量

増強⓪〈名・サ變〉増強，加強

増結⓪〈名・サ變〉加掛車廂

増減⓪〈名・サ變〉増減

増刷⓪〈名・サ變〉増印，加印

増産⓪〈名・サ變〉増産

増資⓪〈名・サ變〉増加資本，増加的
資本

増収⓪〈名・サ變〉收入増加，産量増
加

増殖⓪〈名・サ變〉増殖；(生物)繁殖

増進⓪〈名・サ變〉増進

増税⓪〈名・サ變〉増税

増設⓪〈名・サ變〉創設，創辦

増大⓪〈名・サ變〉増大，増多

増築⓪〈名・サ變〉増建，擴建

増長⓪〈名・サ變〉滋長，越來越甚；
傲慢，自大

増発⓪〈名・サ變〉増加班次

増便⓪〈名・サ變〉(飛機、車等)増加
班次

増幅⓪〈名・サ變〉(無線電)放大，増
幅

増補①⓪〈名・サ變〉増補，修訂

増量⓪〈名・サ變〉増量

★ 急増・激増・逓増・倍増

憎 にく・い/にく・しみ/にく・む/に

く・らしい/ゾウ

[憎][憎]zēng[日≒繁＝簡]

厭惡，恨

憎い②〈形〉可憎，討厭；(用於反義
時)佩服，欽佩 **例**～いやつ[討厭
鬼]

憎しみ⓪④〈名〉憎惡，憎恨

憎む②〈他五〉憎惡，恨；嫉妒
例あいつを骨の髄まで～む[恨透
了那傢伙]

憎らしい④〈形〉可憎，可恨，討厭
例顔つきが～い[面目可憎]

憎惡①〈名・サ變〉憎惡，討厭

★ 愛憎

贈 おく・る/ソウ/ゾウ

[贈][贈]zèng[日≒繁＝簡]

贈送

贈る⓪〈他五〉贈送，授予(稱號、謚
名等)；報以，致以 **例**記念品を～る
[贈送紀念品]

贈呈⓪〈名・サ變〉贈呈，贈送

贈答⓪〈名・サ變〉(詩歌、書信、禮
物等)相互贈送

贈与①〈名・サ變〉贈送

贈賄⓪〈名・サ變〉行賄

★ 寄^{きぞう}贈・恵^{けいぞう}贈

札 ふだ/サツ
zhá[日＝繁＝簡]

古代寫字用的小而薄的木片；信件

辨 在日語中，還有「標籤」「號牌」

「告示牌」「紙幣」等意思

札⓪〈名〉紙幣

★ 改^{かい}札・贋^{がん}札[假鈔]・入^{にゅう}札・表^{ひょう}札・
落^{らく}札

詐 サ
[詐][诈]zhà[日≒繁≒簡]

欺騙；假裝；用假話試探，使對方

吐露眞情

詐欺^{さぎ}①〈名〉欺詐，詐騙

詐取^{さしゅ}①〈名・サ變〉詐取，騙取

詐称^{さしょう}⓪〈名・サ變〉詐稱，偽稱，冒充

（住址、姓名、職業等）

柵 しがらみ/サク
[柵][栅]zhà[日≒繁≒簡]

用竹木鐵條等做成的阻攔物

柵く^さ②〈名〉柵欄

★ 鉄^{てっ}柵^{さく}

斎 サイ
[齋][斋]zhāi[日≒繁≒簡]

祭祀或舉行典禮前清心潔身；信仰

佛教、道教等宗教的人所吃的素

食；拾飯給僧人；屋子，常用做書

房、商店的名稱

斎戒^{さいかい}⓪〈名・サ變〉齋戒

斎日^{さいじつ}⓪〈名〉齋戒日

斎場^{さいじょう}⓪〈名〉殯儀場，殯儀館

★ 書^{しょ}斎^{さい}

摘 つ・む/テキ
zhāi[日＝繁＝簡]

採取，拿下；選取；借

摘む^つ⓪〈他五〉摘，採 例 茶を～む
[採茶]

摘記^{てっき}①〈名・サ變〉摘記，摘錄

摘出^{てきしゅつ}⓪〈名・サ變〉摘出，剜出；指出，
揭露

摘発^{てきはつ}⓪〈名・サ變〉揭發，檢舉

摘要^{てきよう}⓪〈名・サ變〉摘要，提要

摘録^{てきろく}⓪〈名・サ變〉摘錄，節錄（的東
西）

★ 指^し摘^{てき}

宅 タク
zhái[日＝繁＝簡]

住所，房子（多指較大的）

宅地^{たくち}⓪〈名〉住宅用地

宅配^{たくはい}⓪〈名・サ變〉把物品直接送到對
方家中

★ 家^か宅^{たく}・帰^き宅^{たく}・旧^{きゅう}宅^{たく}・在^{ざい}宅^{たく}・自^じ宅^{たく}・
社^{しゃ}宅^{たく}・住^{じゅう}宅^{たく}・新^{しん}宅^{たく}・邸^{てい}宅^{たく}・別^{べっ}宅^{たく}

債 サイ
[債][债]zhài[日＝繁≒簡]

欠別人的錢

債券^{さいけん}⓪〈名〉債券

債権^{さいけん}⓪〈名〉債權

債務^{さいむ}①〈名〉債務

★ 外^{がい}債^{さい}・起^き債^{さい}・公^{こう}債^{さい}・国^{こく}債^{さい}・社^{しゃ}債^{さい}・
負^ふ債^{さい}

展 テン
zhǎn[日＝繁＝簡]

張開，放開；延緩，放寬期限；察

看，審視；陳列；施行，發揮

展開◎〈名・サ變〉展開

展示◎①〈名・サ變〉展示，陳列

展墓①〈サ變〉掃墓

展望◎〈名・サ變〉展望

展覧◎〈名・サ變〉展覽 **例** ～会［展覽會］

★個展・親展・進展・発展

斬 き・る/ザン

zhǎn［日＝繁≒簡］

砍斷

斬る①〈他五〉斬，砍

★惨殺・斬首・斬新

占 うらな・う/し・める/セン

［佔（占）］［占］zhàn（zhān）

［日＝簡≒繁］

據有，用強力取得；處在某一種地位或情形；迷信的人用牙牌等判斷吉凶（讀zhān）

占う③〈他五〉占卜，算命 **例** 人の運勢を～う［算人的命］

占める②〈他一〉佔，佔有 **例** 中国の人口は世界の人口の4分の1を～めている［中國人口占世界人口的四分之一］

占拠①〈名・サ變〉佔據，佔有

占有◎〈名・サ變〉佔有

占用◎〈名・サ變〉佔用

占領◎〈名・サ變〉佔領；佔據

★先占・独占

栈 サン

［棧］［栈］zhàn［日≒繁≒簡］

儲存貨物或供旅客住宿的房屋；用竹木編成的遮蔽物或其他東西；用木料或其他材料架設的通道

桟橋◎〈名〉棧橋，浮碼頭

桟道◎〈名〉棧道

戦 いくさ/たたか・う/セン

［戰］［战］zhàn［日≒繁≒簡］

打仗；泛指爭鬥，比高下；發抖

戦③〈名〉戰爭，戰鬥

戦う◎〈自五〉戰鬥；（與困難等）搏鬥；競賽 **例** 敵と～う［跟敵人作戰］

戦意①〈名〉戰意，鬥志

戦域◎〈名〉戰區

戦役◎①〈名〉戰役

戦果①〈名〉戰果

戦火①〈名〉戰火

戦禍①〈名〉戰禍

戦艦◎〈名〉戰艦

戦記①〈名〉戰爭記錄，戰史

戦機①〈名〉戰機

戦況◎〈名〉戰況

戦局◎〈名〉戰局

戦後◎①〈名〉戰後（特指第二次世界大戰後）

戦災◎〈名〉戰爭災害，戰禍

戦士①〈名〉戰士

戦死◎〈名・サ變〉戰死，陣亡

戦時①〈名〉戰時

戦車①〈名〉坦克

戦術◎①〈名〉戰術；策略

戦勝◎〈名・サ變〉戰勝

戦場◎〈名〉戰場

戦線◎〈名〉戰線

戦前◎③〈名〉戰前；第二次世界大戰以前

戦争◎〈名〉戰爭

戦地①〈名〉戰地，戰場

戦闘⓪〈名・サ變〉戰鬥 **例** ～機［戰鬥機］

戦犯⓪〈名〉戰犯

戦備①〈名〉戰備

戦没⓪〈名・サ變〉陣亡，戰死

戦友⓪〈名〉戰友

戦乱⓪〈名〉戰亂；戰爭

戦利①〈名〉戰利，獲勝 **例** ～品［戰利品］

戦慄⓪〈名・サ變〉戰慄

戦略⓪①〈名〉戰略，策略

戦力①〈名〉戰鬥力，軍事力量

戦歴⓪〈名〉戰鬥的經歷

★ 悪戦・開戦・合戦・苦戦・決戦・血戦・交戦・好戦・抗戦・緒戦・舌戦・宣戦・善戦・速戦・挑戦・野戦・論戦

綻 ほころび/ほころ・びる/タン
zhàn［日≒繁≒簡］

衣縫脫線解開，引申為裂開

綻び⓪④〈名〉破綻

綻びる④〈自上一〉綻開；開花；微笑

★ 破綻

章 ショウ
zhāng［日＝繁＝簡］

歌曲詩文的段落；條目；條理，規程；戳記；佩戴在身上的標誌

章句①〈名〉（文章的）章與句；（文章的）段落

章節⓪〈名〉（文章的）章節

★ 印章・楽章・徽章・勲章・憲章・肩章・序章・文章・紋章・腕章

張 は・る/チョウ
［張］［张］zhāng［日≒繁≒簡］

開，展開；拉緊；擴大，誇大；陳設，鋪排；量詞；看，望

張⓪〈名・接尾〉張力，拉力；氣力，活潑有力；勁頭兒，起勁；（接尾：計算幕簾、弓、提燈等的單位）張，只

張る⓪〈他五〉伸展，展開；覆蓋；緊張，膨脹，發硬；牽拉（繩索等）；設置，開設；張貼；對抗，較量 **例** 幕を～る［張掛帳幕］

張本人⓪③〈名〉肇事者，罪魁禍首

張力①〈名〉張力

★ 拡張・緊張・誇張・主張・出張・弛張・伸張

彰 ショウ
zhāng［日＝繁＝簡］

明顯，顯著

★ 顕彰・表彰

掌 てのひら/ショウ
zhǎng［日＝繁＝簡］

手心，腳心；把握，主持，主管

掌③⑤〈名〉手掌

掌握⓪〈名・サ變〉掌握

掌中⓪①〈名〉手中，掌中

掌理①〈名・サ變〉掌理，掌管

★ 合掌・車掌・職掌・分掌・落掌

丈 たけ/ジョウ
zhàng［日＝繁＝簡］

中國市制長度單位；丈量；古時對老年男子的尊稱 **朝** 在日語中，可泛指長度，特指身高

丈②〈名〉(人或物的)高矮，長短；
所有一切，全部

丈夫⓪〈形動〉(身體)健康，健壯；
堅固，結實 例 水に〜な布[耐洗的
布] 辨 在漢語中，是指已婚女子的
配偶(主人)以及成年男子(男)

★ 気丈

帳 チョウ
[帳][帐]zhàng[日≒繁≒簡]

用布、紗或綢子等做成的遮蔽用的
東西；通「賬」，關於銀錢貨物出入
的記載；指賬簿

帳場③〈名〉賬房，櫃台
帳簿⓪〈名〉賬簿
帳面③〈名〉筆記本；賬簿

★ 記帳・几帳面・台帳・通帳

脹 チョウ
[脹][胀]zhàng[日≒繁≒簡]

體積變大；數量增加；身體內壁受
到壓迫而產生不舒服的感覺

★ 腫脹・膨脹

障 さわ・る/ショウ
zhàng[日＝繁＝簡]

阻隔，遮擋；用來遮擋的東西

障る⓪〈自五〉妨礙，障礙，有害
例 しゃくに〜る[令人生氣]
障害⓪〈名〉障礙
障子⓪〈名〉(日本式房屋的)拉窗，拉
門，紙隔扇
障壁⓪〈名〉障壁；障礙，隔閡

★ 故障・支障・白内障・万障・
保障

招 まね・く/ショウ
zhāo[日＝繁＝簡]

舉手上下揮動叫人來；用公告的方
式使人來；引來(不好的事物)；惹

招く②〈他五〉招呼；請，招聘，聘
請；招待，宴請；惹起，招致 例 彼
を食事に〜く[請他吃飯]

招宴⓪〈名〉招待宴會
招魂⓪〈名〉招魂
招集⓪〈名・サ變〉召集
招請⓪〈名・サ變〉邀請
招待①〈名・サ變〉請客，邀請
招待券③〈名〉招待券
招致①〈名・サ變〉爭取，招來
招来⓪〈名・サ變〉招來，惹起

★ 手招き

昭 ショウ
zhāo[日＝繁＝簡]

光明；明顯

昭和⓪〈名〉日本的年號(1926～1988
年，天皇名裕仁)

爪 つま/つめ/ソウ
zhǎo[日＝繁＝簡]

指甲或趾甲

爪先⓪〈名〉腳尖
爪弾き③〈名・サ變〉用指甲彈
爪弾く③〈他五〉用指甲彈
爪楊枝③〈名〉牙籤
爪⓪〈名〉指甲
爪痕⓪〈名〉爪痕
爪切り③④〈名〉指甲剪

★ 生爪

沼 ぬま/ショウ
zhǎo[日＝繁＝簡]

天然的池子

沼②〈名〉沼澤
沼地⓪〈名〉沼澤地
沼沢⓪〈名〉沼澤

★ 湖沼・池沼

召 め・す/ショウ
zhào[日＝繁＝簡]

召喚 辨 在日語中，可用來表示尊敬
召す①〈他五〉召見；(敬)吃，喝，穿，乘，入浴，感冒，買 例 コートをお～しください[請穿上外套]
召喚⓪〈名・サ變〉傳喚
召還⓪〈名・サ變〉召還，召回
召集⓪〈名・サ變〉召集
召募①〈名・サ變〉招募

★ 応召

兆 きざ・し/きざ・す/チョウ
zhào[日＝繁＝簡]

預兆；預示；數量單位

兆し⓪〈名〉預兆，苗頭
兆す②⓪〈自五〉有預兆，有苗頭，動心
兆候⓪〈名〉徵兆，跡象

★ 億兆・吉兆・凶兆・慶兆・瑞兆・前兆

詔 みことのり/ショウ
[詔][诏]zhào[日≒繁≒簡]

告訴，告誡；帝王所發的文書命令

詔のり⓪〈名〉詔書，敕語
詔書⓪〈名〉詔書
詔勅⓪〈名〉詔敕，詔書和敕書

照 て・らす/て・る/て・れる/ショウ
zhào[日＝繁＝簡]

光線射在物體上；對著鏡子或其他反光的東西看自己或其他人物的影像；按著，依著；通知；查對

照らす②〈他五〉照，照耀；對照，按照，參照 例 青い月の光が谷川を～している[皓月當空映照溪澗]
照る①〈自五〉照，照耀；晴天
例 ～るにつけ曇るにつけ[不管晴天下雨]
照れる②〈自一〉害羞，腼腆 例 ～れて顔を赤くした[臊得臉通紅]
照応⓪〈名・サ變〉照應，適應，呼應 辨 在日語中，沒有「照顧、照料」的意思
照会⓪〈名・サ變〉照會，詢問
照合⓪〈名・サ變〉對照，核對
照明⓪〈名・サ變〉照明；舞台燈光

★ 観照・参照・残照・対照・探照灯・日照・反照・返照

遮 さえぎ・る/シャ
zhē[日＝繁＝簡]

攔住；掩蓋，掩蔽

遮る③〈自五〉遮擋，遮掩；遮斷，打斷 例 カーテンで～る[用窗簾擋住]
遮断⓪〈名・サ變〉(交通、電流等的)遮斷，隔斷
遮蔽⓪〈名・サ變〉遮蔽

哲 テツ
zhé[日＝繁＝簡]

有智慧；有智慧的人

哲学②⓪〈名〉哲學
哲人②⓪〈名〉哲人，哲學家

哲理①⓪〈名〉哲理

★ 賢哲･先哲･明哲保身

者 もの/シャ
zhě[日＝繁＝簡]

代指人、事、物

者②〈名〉(指特定情況下的)人，物

★ 医者･隠者･縁者･学者･患者･
記者･強者･業者･芸者･後者･
作者･使者･死者･弱者･儒者･
拙者･前者･他者･第三者･
達者･著者･長者･当事者･
読者･二者択一･忍者･念者･
覇者･敗者･筆者･編者･役者･
訳者･勇者･両者･論者

珍 めずら･しい/チン
zhēn[日＝繁＝簡]

寶貴的東西；寶貴的，貴重的；著重

珍しい④〈形〉少有，少見，罕見，
稀罕，難得；新奇，新鮮，新穎

例 入学式に父母がついてくるの
は～くない[父母跟著來參加入學典
禮並不稀奇]

珍奇①〈名･形動〉珍奇，稀奇

珍客⓪〈名〉稀客＝ちんかく

珍事①〈名〉罕見的事，稀奇事，離奇
事，新鮮事；奇禍，偶發事故，非
常事件

珍獣⓪〈名〉珍奇的野獸

珍説⓪〈名〉奇説，奇談

珍談⓪〈名〉奇談

珍重⓪〈名･サ變〉珍重，珍視，器重

珍答⓪〈名〉奇妙的回答

珍品⓪〈名〉珍品，稀罕物

珍宝⓪〈名〉珍寶

珍本⓪〈名〉珍本，珍籍

珍味①〈名〉稀罕的美味

珍妙⓪〈形動〉奇怪，稀奇古怪

珍問⓪〈名〉奇問，怪問，離題太遠
的提問

★ 袖珍

貞 テイ
[貞][贞]zhēn[日＝繁≒簡]

忠於自己所重視的原則，堅持不變；
封建禮教指女子的貞節

貞潔⓪〈形動〉貞潔

貞淑⓪〈形動〉貞淑

貞女①〈名〉貞女

貞節⓪〈形動〉貞節

貞操⓪〈名〉貞操，貞節

貞婦①〈名〉貞婦，貞女

★ 童貞･不貞

真 ま/シン
[眞][真]zhēn[日≒繁≒簡]

與客觀事實相符合(跟「假、偽」相
對)；的確，實在；本性，本原；人
的肖像 朔 在日語中，可作為接頭
詞使用，表示程度高

真意①〈名〉本意，本心，真意；真
正的意思

真価①〈名〉真正的價值

真義①〈名〉真正的意義

真偽①〈名〉真假，真偽

真空⓪〈名〉真空；真空狀態，空白
(點)

真剣⓪〈名･形動〉真刀，真劍；認
真，正經

真珠⓪〈名〉珍珠

真書①⓪〈名〉楷書

真髓⓪①〈名〉精髓＝神髓
真相⓪〈名〉眞相
真率⓪〈形動〉直率，坦率
真理①〈名〉眞理
真⓪①〈名・接頭〉眞實，實在 慣～
に受ける[信以為真，當真]
真下③〈名〉正下面，正下方 例橋
の～にボートがある[在橋底下有一
隻小船]
真面目⓪〈名・形動〉認真，老實，踏
實，嚴肅；誠實，正派，正經
例～に考える[認真考慮(思考)]
辨在漢語中，「眞面目」指眞實的面
貌(正体、真相)
真っ赤③〈名・形動〉通紅，鮮紅；純
粹 例～に燃えているストーブ[燒
得通紅的火爐]
真っ黒③〈名・形動〉漆黑，黑暗，黑
漆漆，烏黑，黑油油 例～な髮[烏
黑的頭髮]
真っ白③〈名・形動〉雪白，純白，潔
白 例山の上に～な雪が降り積も
っている[山頂上堆積著皚皚白雪]
真夏⓪〈名〉盛夏，三伏天，仲夏 例
～の太陽[盛夏的太陽]
真横⓪〈名〉側面，正旁邊 例～から
見る[從側面看]
★写真・純真・天真

針 はり/シン
[針][针]zhēn[日＝繁≒簡]
縫東西用的工具；細長像針的東西；
針劑；中醫用特製的金屬針按一定
的穴位刺入體內醫治疾病
針①〈名〉針，針狀物；裁縫；刺，
鈎；針刺療法；釣魚鈎

針金⓪〈名〉鐵絲
針箱⓪〈名〉針線盒
針圧⓪〈名〉針壓
針術①〈名〉(醫)針刺療法，針灸術
針葉樹③〈名〉針葉樹
★検針・指針・避雷針・方針・
羅針盤

偵 テイ
[偵][侦]zhēn[日＝繁≒簡]
暗中查看；調查
偵察⓪〈名・サ變〉偵察，偵探
★探偵・内偵・密偵

枕 まくら/チン
zhēn[日＝繁＝簡]
躺著時墊在頭下的東西
枕①〈名〉枕頭
枕木③〈名〉枕木
枕詞④〈名〉和歌枕詞；開場白，引
子
★腕枕・草枕・高枕・膝枕・肘枕・
水枕・夢枕

診 み・る/シン
[診][诊]zhěn[日≒繁≒簡]
醫生為斷定疾病而察看病人身體內
部、外部的情況；察看，驗證
診る①〈他一〉診察，看病 例医者が
患者を～る[大夫給病人看病]
診察⓪〈名・サ變〉看病，檢查(身體、
患部)，診察，診斷
診斷⓪〈名・サ變〉診斷
診療⓪〈名・サ變〉診療，診斷治療，
診治
★往診・回診・休診・急診・誤診・

打診・問診

陣ジン

[陣][阵]zhèn[日＝繁≒簡]

作戰隊伍的行列或組合方式；戰場；
量詞，指事情或動作經過的段落

陣營⓪〈名〉陣營；陣地

陣地①〈名〉陣地

陣中①〈名〉陣地之中；戰陣之中；
第一線

陣痛⓪〈名〉陣痛；苦悶，艱苦，困難

陣頭⓪〈名〉前線，隊伍的最前列；
第一線，先頭

陣沒⓪〈サ變〉陣亡，戰死

陣屋⓪③〈名〉兵營，營地

★軍陣・出陣・先陣・対陣・退陣・
筆陣・布陣・論陣

振ふ・る/ふ・るう/シン

[振][振]zhèn[日≒繁＝簡]

搖動，揮動；奮起，興起

振り替え⓪〈名〉調換；過戶，匯
劃，轉帳，轉讓 例～で金を送る
[用轉帳匯款]

振出人③〈名〉(支票等的)開票人
例小切手の～[支票的簽票人，開
支票人]

振る②⓪〈他五〉揮，搖，擺；撒，
丟，扔，擲；拒絕，甩；分派，分
配；注上；偏於，偏向 例恋人に～
られた[被情人甩了] 慣棒に～る
[斷送]

振るう③⓪〈他五〉施展，發揮，行
使；興旺，佳；揮，抖；離奇，奇
特，新穎 例料理の腕を～う[施展
做菜的手藝]

振起①〈名・サ變〉振起，振奮，激
發，鼓起

振興⓪〈名・サ變〉振興

振作⓪〈名・サ變〉振作，振起

振動⓪〈名・サ變〉振動

振幅⓪〈名〉振幅

★不振

朕チン

zhèn[日≒繁＝簡]

皇帝的自稱

朕①〈名〉天皇或國王的自稱

震ふる・える/シン

[震][震]zhèn[日＝繁＝簡]

使物體或人劇烈地顫動；特指地
震；情緒過分激動

震える④〈自一〉顫動，發抖，哆
嗦，震動 例興奮のあまり体が～
えた[興奮得渾身發抖]

震撼⓪〈名・サ變〉震撼

震源⓪〈名〉震源；根源

震災⓪〈名〉震災，地震的災害

震度①〈名〉(地震)烈度

震動⓪〈名・サ變〉震動，晃動

★強震・激震・地震・弱震・耐震・
大震・微震・余震

鎮しず・まる/しず・める/チン

[鎮][镇]zhèn[日≒繁＝簡]

壓，抑制；安定；用武力維持安定；
軍事上的重要地方

鎮まる③〈自五〉平定，平息，平復；
痛止住；供奉 例暴動が～った[暴
動平息了]

鎮める③〈他一〉鎮，止住；鎮定，

平息 **例** 痛みを～める［鎮痛，止痛］

鎮圧⓪〈名・サ變〉鎮壓

鎮火⓪〈名・サ變〉救火，撲滅火災

鎮魂⓪〈名・サ變〉安魂

鎮守⓪〈名・サ變〉鎮守

鎮静⓪〈名・サ變〉鎮靜

鎮台⓪〈名〉(守衛地方的軍隊，明治
初期的地方行政長官)鎮台

鎮定⓪〈名・サ變〉鎮定

鎮撫①〈名・サ變〉鎮撫，平定

★重鎮・風鎮・文鎮

争 あらそ・う/ソウ
[爭][争]zhēng[日＝簡≒繁]

力求得到或達到；力求實現

争う③〈他五〉爭，爭奪，競爭，對
抗；鬥爭，奮鬥，爭論，爭辯；爭，
爭奪 **例** 財産を～う［爭奪財産］

争議①〈名〉爭議

争奪⓪〈名・サ變〉爭奪

争点①〈名〉爭論點

争闘⓪〈名・サ變〉爭鬥

争覇①〈名・サ變〉爭霸

争乱⓪〈名〉天下大亂

争論⓪〈名〉爭論

★競争・抗争・政争・戦争・闘争・
紛争・論争

征 セイ
zhēng[日＝繁＝簡]

走遠路(多指軍隊)；用武力制裁

征する③〈サ變〉抑制，壓抑；控制，
奪取，制

征戦⓪〈名〉征戰

征途①〈名〉征途

征討⓪〈名・サ變〉征討

征伐①〈名・サ變〉征伐

征服⓪〈名・サ變〉征服

★遠征・出征・長征・東征

蒸 む・す/む・らす/む・れる/ジョウ
zhēng[日＝繁＝簡]

氣體上升；燒煮；形容悶熱

蒸す①〈自他五〉蒸；悶熱 **例** 今夜は
酷く～す［今晚特別悶熱］

蒸らす②〈他五〉燜(飯) **例** ご飯を～
す［燜飯］

蒸れる②〈自一〉蒸透，燜透，蒸熟；
熱而潮濕，悶，熱氣籠罩 **例** 室內
が～れる［室內很悶熱］

蒸気①〈名〉蒸汽

蒸散⓪〈名・サ變〉蒸騰

蒸発⓪〈名・サ變〉蒸發

蒸留⓪〈名・サ變〉蒸餾

徴 チョウ
[徵][征]zhēng[日≒繁≒簡]

召集；收集；表露出來的跡象，現象

徴収⓪〈名・サ變〉徵收

徴集⓪〈名・サ變〉徵集

徴税⓪〈名・サ變〉徵稅

徴発⓪〈名・サ變〉徵發，徵用

徴兵⓪〈名・サ變〉徵兵

徴募①〈名・サ變〉徵召，招募

徴用⓪〈名・サ變〉徵用

★象徴・特徴

整 ととの・う/ととの・える/セイ
zhēng[日＝繁＝簡]

有秩序，不亂；治理；修理，修飾；
完全無缺，沒有零頭

整う③〈自五〉整齊，完整，勻稱；齊

備，完備；達成（協議），談好，商
妥 **例** 協議が～う[達成協議]

整える④〈他一〉整理，整頓，整齊，
齊整；齊備，準備好；達成（協
議），談妥 **例** 部屋を～える[把房
間收拾整潔]

整形⓪〈名・サ變〉整形，矯正

整合⓪〈名・サ變〉調整，矯正，使合
適，整合

整数③〈名〉(數)整數

整斉⓪〈副〉整齊

整然⓪〈副〉有條不紊，井井有條，
整齊，規則，井然，清楚

整体⓪〈名・サ變〉整形

整頓⓪〈名・サ變〉整頓，整理

整髪⓪〈名・サ變〉理髮

整備①〈名・サ變〉維修，整修；完
善；配備，配置

整理①〈名・サ變〉整理

整列⓪〈名・サ變〉排隊，排列；校
正，對直線，定位，定向

★均整・端整・調整

正 ただ・しい/ただ・す/まさ/
ショウ/セイ

zhèng[日＝繁＝簡]
垂直或符合標準方向（跟「歪」相
對）；位置在中間（跟「側、偏」相
對）；用於時間，指正在那一點上或
在那一段的正中；正面（跟「反」相
對）；正直，正當；合乎法度，端
正；基本的，主要的（區別於
「副」）；圖形的各個邊的長度和各個
角的大小都相等；改正，糾正(錯誤)

正しい③〈形〉正確，對；正當，正
直；端正，周正 **例** 君の考えは～い

[你的想法正確]

正す②〈他五〉改正，訂正；正，端
正；糾正，矯正 **例** 誤りを～す[糾
正錯誤]

正月④〈名〉正月，新年

正午①〈名〉正午，中午

正直③〈名・形動・副〉老實，正直

正体①〈名〉原形，真面目，本來面
目；意識，神志

正念場⓪〈名〉(歌舞伎的)重要場面；
關鍵時刻，緊要關頭

正味①〈名〉實質，內容，淨剩部分；
淨重；實數；實價，不折不扣的價
格，買進價格，批發價

正面③〈名〉正面

正解⓪〈名〉正確答案；對，正確

正確⓪〈名・形動〉正確，準確

正眼⓪〈名〉(劍道的)中段架勢

正規①〈名〉正規

正義①〈名〉正義；正確的意義，正確
的意思

正教①〈名〉正教，正統的宗教；希
臘正教，東正教

正金①〈名〉金幣，銀幣；現款，現金

正弦⓪〈名〉正弦

正誤①〈名〉正確和錯誤；勘誤，更
正錯誤

正坐⓪〈名・サ變〉端坐，(日本式的)
跪坐著＝正座＝しょうざ

正妻⓪〈名〉正妻

正式⓪〈名・形動〉正式，正規

正邪①〈名〉正義與邪惡

正常⓪〈名・形動〉正常

正数③〈名〉正數

正装⓪〈名・サ變〉正裝，禮服

正当⓪〈名〉正當

正統⓪〈名・形動〉正統
正反対③〈名・形動〉正相反，完全相
　反
正否①〈名〉正確與否
正負①〈名〉正號和負號；正數和負
　數；陰極和陽極
正文⓪〈名〉正文，本文；標準文本
正方形③〈名〉正方形
正論⓪〈名〉正論，正確的主張，合
　乎道理的言論（說法）
★改正・賀正・規正・矯正・厳正・
　公正・更正・校正・修正・粛正・
　純正・是正・訂正・適正・不正・
　斧正・補正

政 まつりごと/ショウ/セイ
zhèng［日＝繁＝簡］
　治理國家的事務；國家的某一部門
　主管的業務；家庭或集體生活中的
　事務
政⓪〈名〉政治，政務 例 ～を行う
　［執政］
政界⓪〈名〉政界，政治舞台
政客⓪〈名〉政客
政局⓪〈名〉政局
政権⓪〈名〉政權
政見⓪〈名〉政見，政治見解
政策⓪〈名〉政策
政治⓪〈名〉政治 例 ～犯［政治犯］
政情⓪〈名〉政情，政局
政争⓪〈名〉政治鬥爭
政体⓪〈名〉政體
政談⓪〈名〉政談，政論
政敵⓪〈名〉政敵
政党⓪〈名〉政黨政
政府①〈名〉政府

政変⓪〈名〉政變
政務①〈名〉政務
政令⓪〈名〉政令，政府的命令
★王政・家政・軍政・行政・国政・
　財政・参政・市政・施政・失政・
　摂政・徳政・内政・農政・郵政

症 ショウ
zhèng zhēng［日＝繁＝簡］
　疾病
症候⓪〈名〉症候，症狀，病狀
症状③〈名〉症狀，病情
症例⓪〈名〉病例
★炎症・狭心症・後遺症・
　自閉症・重症・難症・尿毒症・
　病症・不妊症・夜尿症

証 ショウ
［證］［证］zhèng［日≒繁≒簡］
　用人物、事實來表明或斷定；憑
　據，幫助斷定事理的東西
証拠⓪〈名〉證據，證明
証言⓪〈名・サ變〉證詞，證言；作證
証紙①〈名〉驗訖（收訖）的標籤
証書⓪〈名〉證書，字據
証人⓪〈名〉證人；保人
証明⓪〈名・サ變〉證明
★暗証・引証・確証・偽証・
　検証・公証・口証・考証・左証・
　査証・実証・認証・反証・物証・
　弁証法・保証・傍証・立証・
　例証・論証

支 ささ・える/シ
zhī［日＝繁＝簡］
　持，伸出；調度，指使；付出或

領取（款項）；附屬於總體的一個部
分；歷法中用的十二個字

支える③⓪〈他一〉支，支　；支持，
維持；阻止，防止

例 傾いた木を棒で～える［用棍子
支撐傾斜的樹木］

支援⓪〈名・サ變〉支援
支給⓪〈名・サ變〉支付，支給，發給
支局②〈名〉分局，分社
支持①〈名・サ變〉支持
支出⓪〈名・サ變〉支出，開支
支所①〈名〉分公司，分所，辦事處
支障⓪〈名〉障礙；故障
支柱⓪〈名〉支柱
支店⓪〈名〉分店，支店，分銷店；分
公司，分行
支配①〈名・サ變〉統治，控制，掌
握；影響，主導，支配
支払う③〈他五〉付，支付，付款
支部①〈名〉支部
支弁⓪〈名・サ變〉支付，開支，付款
支脈⓪〈名〉支脈
支流⓪〈名〉支流；支派

★収支・十二支

汁 しる/ジュウ
zhī[日＝繁＝簡]

含有某種物質的液體

汁①〈名〉汁液，漿；湯，漿湯；利
益，好處 **例**～を搾る［榨出汁液］
汁粉③⓪〈名〉年糕小豆湯 **例** 田舎～
［帶小豆皮的年糕小豆湯］
汁物⓪〈名〉湯菜，燴菜
汁液⓪①〈名〉汁液，液汁

★果汁・苦汁・胆汁・乳汁・墨汁

芝 しば
zhī[日＝繁＝簡]

可藥用的一種真菌 **辨** 在日語中，
還有「草坪、草地」「雜草」的意思

芝⓪〈名〉結縷草；草坪 **例**～を植え
る［鋪草坪］
芝居⓪〈名〉戲劇，戲，劇，話劇；演
技；做戲，花招，假裝，圈套
例～を見る［看戲］
芝地⓪〈名〉草坪
芝生⓪〈名〉草坪，矮草地 **例**～に入
るべからず［請勿入草坪］

★霊芝

枝 えだ/シ
zhī[日＝繁＝簡]

由植物主幹上分出來的莖條；分支

枝⓪〈名〉樹枝；分支 **例**～を折る
［折枝］**慣**～を交わす［連理枝］
枝毛⓪〈名〉（頭）髮梢開花；髮梢分
叉的頭髮
枝葉⓪〈名〉枝葉，末節
枝豆⓪〈名〉毛豆 **例**～をゆでる［煮
毛豆］

★樹枝・切枝・楊枝

知 し・る/チ
zhī[日＝繁＝簡]

曉得，明瞭；使曉得；學識，學問；
主管；彼此了解

知る⓪〈他五〉知道，知曉；清楚，了
解，發覺 **例** 彼はそのへんの事情を
よく～っている［他很了解那方面的
情況］
知恵②〈名〉智慧，智能；主意，思
想，辦法

知覚⓪〈名・サ變〉知覺；察覺，認
識，辨別，醒悟

知遇⓪〈名〉知遇

知見⓪〈名〉見識；想法，意見，見解

知事①〈名〉知事，(都、道、府、縣
的)首長

知識①〈名〉知識

知人⓪〈名〉相識，熟人，朋友

知的⓪〈形動〉智慧的，智力的；理智
的，理性的

知能①〈名〉智力，智慧 **例** ～犯[運
用智慧的犯罪(如詐騙)]

知命⓪〈名〉知天命；50歲

知友⓪①〈名〉知己，知心朋友

知慮①〈名〉智慮，聰明

知力①〈名〉智力

★英知・温故知新・感知・旧知・
故知・告知・察知・周知・熟知・
承知・新知・探知・通知・認知・
未知・無知・良知

肢 シ
zhī[日＝繁＝簡]

人的手、腳、胳膊、腿的統稱；某
些動物的腿

肢体⓪〈名〉肢體，四肢，手足；手
足和身體

★下肢・義肢・四肢・前肢

隻 せき
[隻][只]zhī[日＝繁≒簡]

單獨的；量詞

隻⓪〈接尾〉隻，艘，條 **例** 船1～[一
艘船]

隻眼⓪〈名〉獨眼，一隻眼；獨具慧眼
例 美術に対して～をそなえている

[對於美術獨具慧眼]

隻腕⓪〈名〉隻手，單臂

隻脚⓪〈名〉隻腳，隻足；一隻腳，一
隻足

★片言隻句

脂 あぶら/シ
zhī[日＝繁＝簡]

動植物所含的油質；胭脂

脂⓪〈名〉油，脂肪，油脂

脂質⓪〈名〉類脂體，類脂質，類脂
(化合)物

脂粉⓪〈名〉脂粉

脂肪⓪〈名〉脂肪

★樹脂・脱脂・皮脂・油脂

織 お・る/シキ/ショク
[織][织]zhī[日≒繁≒簡]

使紗或線交叉穿過，製成綢、布、
呢子等；用針使紗和線相互套住，
製成毛衣、襪子、花邊、網子等

織物②〈名〉紡織品，織物，織品

織る②〈他五〉織，編織 **例** 布を～る
[織布]

織女①〈名〉織布的女子；織女星

★染織・組織・紡織

直 ただ・ちに/なお・す/なお・る/
ジキ/チョク
[直][直]zhī[日≒繁＝簡]

不彎曲；把彎曲的伸開；公正合理；
爽快，坦率；豎(與「横」相對) **辨**
在日語中，還有「改正」「修理」等
意思。另外，還可通「值」

直ちに①〈副〉立刻，立即，當即，
及時，即刻，馬上；直接 **例** ～ご返

事はできかねます［難以直接答覆］

<ruby>直<rt>なお</rt></ruby>す②〈他五〉改正，矯正；修理；修
改，改，訂正；恢復，復原 **例** <ruby>欠点<rt>けってん</rt></ruby>
を～す［改正缺點］

<ruby>直<rt>なお</rt></ruby>る②〈自五〉改正過來，矯正過來；
修理好；恢復，復原；改成 **例** <ruby>発音<rt>はつおん</rt></ruby>
がなかなか～らない［發音總糾正不
過來］

<ruby>直<rt>じか</rt></ruby>⓪〈副・接頭〉直接；直接交易；就
在眼前；立刻，馬上

<ruby>直訴<rt>じきそ</rt></ruby>①〈名・サ變〉(不履行法定手
續)直接上訴，直接上告，越級上訴

<ruby>直伝<rt>じきでん</rt></ruby>⓪〈名〉直接傳授

<ruby>直答<rt>じきとう</rt></ruby>⓪〈名・サ變〉直接回答，當面回
答

<ruby>直筆<rt>じきひつ</rt></ruby>⓪〈名〉親筆；親筆寫的文件
＝ちょくひつ

<ruby>直営<rt>ちょくえい</rt></ruby>⓪〈名・サ變〉直接經營，直屬

<ruby>直撃<rt>ちょくげき</rt></ruby>⓪〈名・サ變〉直接射擊，直接轟
炸，直接中彈

<ruby>直言<rt>ちょくげん</rt></ruby>⓪〈名・サ變〉直言

<ruby>直後<rt>ちょくご</rt></ruby>①〈名〉剛…之後，…之後不
久，緊接著；正後面

<ruby>直視<rt>ちょくし</rt></ruby>①〈名・サ變〉注視，盯著看；正
視，認真看待

<ruby>直射<rt>ちょくしゃ</rt></ruby>⓪〈名・サ變〉直射，直照；(軍
事上)直射，低射

<ruby>直進<rt>ちょくしん</rt></ruby>⓪〈名・サ變〉一直前進，直線前
進

<ruby>直接<rt>ちょくせつ</rt></ruby>⓪〈名・副〉直接

<ruby>直前<rt>ちょくぜん</rt></ruby>⓪〈名・サ變〉即將…之前，眼看
就要…的時候

<ruby>直送<rt>ちょくそう</rt></ruby>⓪〈名・サ變〉直接輸送

<ruby>直属<rt>ちょくぞく</rt></ruby>⓪〈名・サ變〉直屬

<ruby>直腸<rt>ちょくちょう</rt></ruby>⓪〈名〉直腸

<ruby>直通<rt>ちょくつう</rt></ruby>⓪〈名・サ變〉直達；直通，直撥

<ruby>直売<rt>ちょくばい</rt></ruby>⓪〈名・サ變〉直接銷售；自產自
銷

<ruby>直販<rt>ちょくはん</rt></ruby>⓪〈名・サ變〉直接銷售；自產自
銷

<ruby>直面<rt>ちょくめん</rt></ruby>⓪〈名・サ變〉面臨，面對

<ruby>直訳<rt>ちょくやく</rt></ruby>⓪〈名・サ變〉直譯

<ruby>直喩<rt>ちょくゆ</rt></ruby>⓪〈名〉直喻

<ruby>直立<rt>ちょくりつ</rt></ruby>⓪〈名・サ變〉直立；聳立，矗立

<ruby>直流<rt>ちょくりゅう</rt></ruby>⓪〈名・サ變〉直流

<ruby>直下<rt>ちょっか</rt></ruby>①〈名〉正下面，眼底下；直下，
垂直降下

<ruby>直角<rt>ちょっかく</rt></ruby>⓪〈名・形動〉直角

<ruby>直覚<rt>ちょっかく</rt></ruby>⓪〈名・サ變〉直覺，直接感覺到

<ruby>直轄<rt>ちょっかつ</rt></ruby>⓪〈名・サ變〉直轄，直屬

<ruby>直観<rt>ちょっかん</rt></ruby>⓪〈名・サ變〉憑直覺進行觀察，
直觀

<ruby>直感<rt>ちょっかん</rt></ruby>⓪〈名〉直感

<ruby>直系<rt>ちょっけい</rt></ruby>⓪〈名〉直系，嫡系

<ruby>直径<rt>ちょっけい</rt></ruby>⓪〈名〉直徑

<ruby>直結<rt>ちょっけつ</rt></ruby>⓪〈名・サ變〉直接連接，直接聯
繫，(與…)直接有關聯，直接關係到

<ruby>直航<rt>ちょっこう</rt></ruby>⓪〈名・サ變〉直達，直航，直飛

<ruby>直行<rt>ちょっこう</rt></ruby>⓪〈名・サ變〉一直去，徑直去；
直達；直率

★<ruby>曲直<rt>きょくちょく</rt></ruby>・<ruby>愚直<rt>ぐちょく</rt></ruby>・<ruby>硬直<rt>こうちょく</rt></ruby>・<ruby>剛直<rt>ごうちょく</rt></ruby>・<ruby>正直<rt>しょうじき</rt></ruby>・
<ruby>垂直<rt>すいちょく</rt></ruby>・<ruby>率直<rt>そっちょく</rt></ruby>・<ruby>単刀直入<rt>たんとうちょくにゅう</rt></ruby>・<ruby>当直<rt>とうちょく</rt></ruby>・
<ruby>日直<rt>にっちょく</rt></ruby>

値 あたい/ね/チ

[值][値]zhí[日≒繁＝簡]

價錢；物和價相當，引申為有意義
或有價值；數學上指演算所得的結果

<ruby>値<rt>あたい</rt></ruby>⓪〈名〉價值；價，價錢；(數)值
例 Xの～を求める［求X的值］

<ruby>値上<rt>ねあ</rt></ruby>げ⓪〈名・サ變〉提高價格，加
價，加薪 **例** <ruby>水道料金<rt>すいどうりょうきん</rt></ruby>の～［自來水

566 ㄓ、ㄓ 執 植 殖

（漲價）

値打ち⓪〈名〉估價，評價，定價；價値 **例** 彼の作品は非常に～がある［他的作品非常有價值］

値下げ⓪〈名・サ變〉降低價格，減價，降價，費用降低 **例** 商品をすべて半額に～する［商品全部減價一半］

値段⓪〈名〉價格，價錢，行市，價碼 **例** 目の玉が飛び出るような～［貴得驚人的價格］

値引き⓪〈名・サ變〉降（減）價，削價 **例** 200円～する［減價200日元］

★ 価値・数値・絶対値

執 と・る/シツ/シュウ
［執］［执］zhí［日＝繁≒簡］
拿著；掌握；捕捉，逮捕，實行；堅持

執る①〈他五〉辦理，處理，辦公；執筆，提筆 **例** 忙しくて筆を～るひまがない［忙得無暇執筆］

執権⓪〈名〉掌權，當權，掌握政權；掌權者；（鎌倉時代輔佐將軍的）執政官；（室町時代的）管領

執行⓪〈名・サ變〉執行，舉行

執事①〈名〉執事，管家

執政⓪〈名〉執政，處理政務的人；攝政

執筆⓪〈名・サ變〉執筆，寫作；寫稿，撰稿

執務①〈名・サ變〉辦公，工作

執拗⓪〈形動〉執拗，頑強，頑固

執着⓪〈名・サ變〉貪戀，留戀，不肯捨棄，執著，固執＝しゅうじゃく

執念①〈名〉執著之念，堅持到底的

決心（信念）；記仇心，復仇心

★ 愛執・確執・固執・偏執・妄執

植 う・える/う・わる/ショク
［植］［植］zhí［日≒繁＝簡］
栽種

植える③⓪〈他一〉種，植，栽；嵌入，排（字）；培植，培育 **例** 子どもたちに環境保護の思想を～える［培養孩子們環境保護意識］

植木鉢③〈名〉花盆

植わる③⓪〈自五〉栽上，載著，栽活 **例** 庭にモモの木が～っている［院裏栽著桃樹］

植栽⓪〈名・サ變〉栽植，栽種

植字⓪〈名・サ變〉排字

植樹⓪〈名・サ變〉植樹

植物②〈名〉植物

植民地③〈名〉殖民地

植毛⓪〈名・サ變〉植毛，移植毛髮

植林⓪〈名・サ變〉植樹造林

★ 移植・誤植・写植

殖 ふ・える/ふ・やす/ショク
［殖］［殖］zhí［日≒繁＝簡］
生息，孳生

殖産⓪〈名〉發展生產，增加生產；增加財產

殖える②〈自一〉（財產或金錢的）增加，增多 **例** 収入は～えないのに支出は～る一方だ［收入並沒有增加，可支出越來越多］

殖やす②〈他五〉增加，添；增添 **例** 報酬を～す［增加報酬］

★ 生殖・増殖・拓殖・繁殖・養殖・利殖

職 ショク
[職][职]zhí[日＝繁≒簡]

管理某種事務，分內應做的事；執行事務所處的一定的地位；掌管

職員②〈名〉職員

職業②〈名〉職業，工作

職工⓪〈名〉職工，工人

職種⓪〈名〉職業(職務)的種類，工作種類；職別

職掌⓪〈名〉職務

職制⓪〈名〉職務分工制度

職人②〈名〉手藝人，工匠

職能⓪〈名〉業務能力；機能，職業機能，職業

職場⓪〈名〉工作單位，工作地點；工作崗位；車間

職分⓪〈名〉職責，本分

職務①〈名〉職務，任務

職名⓪〈名〉職業名稱；職務名稱，職稱，職銜

職歷⓪〈名〉職業的經歷，職歷，資歷

職階⓪〈名〉職員的等級；職務等級制

職權⓪〈名〉職權

★汚職・解職・辞職・失職・住職・重職・殉職・退職・天職・転職・流職・無職・有職＝ゆうしょく

止 と・まる／と・める／シ
zhǐ[日＝繁＝簡]

停住不動；攔阻，使停住

止まる⓪〈自五〉停，停止，停住，停下，站住；止住，止息，停頓；堵塞，堵住，中斷，斷 例この列車は次の駅では〜らない[這次列車在下一站不停]

止める⓪〈他一〉停，止，停止；堵，憋，屏，關，關閉；制止，阻止，阻攔 例ガスを〜める[把煤氣關上]

止血⓪〈名・サ變〉止血

止水⓪〈名〉靜水；堵塞漏水，止住水流

止痛⓪〈名〉止痛

止揚⓪〈名・サ變〉揚棄

★休止・挙止・禁止・終止・制止・静止・阻止・中止・停止・廃止・防止・抑止

旨 うま・い／むね／シ
zhǐ[日＝繁＝簡]

滋味美；意義，用意，目的；帝王的命令

旨い②〈形〉美味，可口，香，好吃，好喝；巧妙，高明，好；有好處，美(好)，順利，幸運 例〜くいけば[進展順利的話] 慣〜い汁を吸う[占便宜，撈油水，揩油]

旨趣②〈名〉宗旨，旨趣；意思；內容

旨②〈名〉意思，要點，大意，趣旨；以…為宗旨，以…為最好，最重要的是… 例節約を〜とする[以節約為宗旨]

★主旨・趣旨・宗旨・勅旨・本旨・諭旨・要旨・論旨

祉 シ
zhǐ[日＝繁＝簡]

幸福

★福祉

指 さ・す／ゆび／シ
zhǐ[日＝繁＝簡]

手指頭；(手指頭、物體尖端)對著，
向著；點明，告知；針對

指図①〈名・サ變〉指示，吩咐，命
令 例 ～を受ける[接受指示]

指す①〈他五〉指，指示；指名，指
定；指(…而言)；向，往，朝；指
著，指摘；下(棋)，走(棋) 例 先生
に～されたが、答えられなかった
[老師點了我的名，但是我答不上來]

指②〈名〉指，手指，指頭；趾，腳
趾，趾頭，腳指頭；(動物的)趾
例 ～の先[指尖] 慣 ～を折る[屈
指]；～をくわえる[羨慕，垂涎，眼
饞]；～を差す[用手指；背地嘲笑，
戳脊梁骨]；～を染める[開始做
(幹)]

指圧⓪〈名・サ變〉指壓，用手指或手
掌按壓或敲打

指揮②〈名・サ變〉指揮

指呼②〈名・サ變〉用手指指著招呼；
(距離)很近，眼前

指向⓪〈名・サ變〉指向，面向，定向；
志向，意向

指示①〈名・サ變〉指示

指針⓪〈名〉指針，方針

指数②〈名〉指數

指弾⓪①〈名・サ變〉排斥，非難

指定⓪〈名・サ變〉指定

指摘⓪〈名・サ變〉指出，指摘

指導⓪〈名・サ變〉指導，教導

指南①〈名・サ變〉教導，指示

指標⓪〈名・サ變〉指標

指名⓪〈名・サ變〉指名，提名

指紋⓪〈名〉指紋

指令⓪〈名・サ變〉指令

★ 屈指・十二指腸・小指

紙 かみ/シ
[紙][纸]zhǐ[日≒繁≒簡]
寫字、繪畫、印刷、包裝等所用的
東西，多用植物纖維製造

紙②〈名〉紙；(猜拳時伸的)布

紙屑③〈名〉廢紙，爛紙，破紙

紙袋③〈名〉紙袋，紙製的口袋

紙型⓪〈名〉紙型

紙質⓪〈名〉紙質

紙上⓪〈名〉紙上；報紙上，版面上
慣 ～の空論[紙上談兵，紙上空談]

紙背①〈名〉紙的背面；言外之意

紙幣①〈名〉紙幣，鈔票

紙片①〈名〉紙片，碎紙

★ 印紙・罫紙・製紙・白紙・表紙・
別紙・洋紙・用紙・和紙

# 至 いた・る/シ
zhì[日=繁=簡]
到；極，最

至る②〈自五〉到，至；到來，來臨；
達，及，到達 例 悲喜こもごも～る
[悲喜交集]

至急⓪〈名・副〉火急，火速，趕快；
快，急，加急

至境⓪〈名〉最高的境界，登峰造極，
爐火純青

至近⓪〈名〉最近，極近

至高⓪〈名〉至高，最高

至極①〈副〉極，最，非常，萬分

至情⓪〈名〉至誠，真誠，熱忱，衷情

至尊⓪〈名〉至尊

至当⓪〈名・形動〉最適當，最合理，
最恰當，最妥當

至難①〈名・形動〉極難，最難
至福⓪〈名〉非常幸福
至便⓪〈名・形動〉極其方便，非常方便
至宝⓪〈名〉至寶，極為珍貴的寶物
至妙⓪〈名・形動〉非常巧妙，非常美妙
至要⓪〈名・形動〉極為重要
至論⓪〈名〉至論，極為合理的意見
★夏至・冬至・乃至・必至

志 こころざし/こころざ・す/シ
zhì[日＝繁＝簡]

意向

志 ⓪〈名〉志，志向，志願，意圖
例～を遂げる[實現志願]
志ろざす④〈自他五〉立志，志向，志願 例作家を～す[立志當個作家]
志願①〈名・サ變〉志願，報名，申請
志気①〈名〉志氣，精神，幹勁
志士①〈名〉志士
志操⓪〈名〉操守，節操
志望⓪〈名・サ變〉志願，志望

★意志・遺志・厚志・弱志・初志・寸志・素志・大志・闘志・同志・篤志・芳志・有志

制 セイ
zhì[日＝繁＝簡]

擬訂，規定；用強力約束，限定，管束；制度
制圧⓪〈名・サ變〉壓制，控制
制御①〈名・サ變〉駕取，支配，控制；操縱，調節
制限③〈名・サ變〉限制，限定
制裁⓪〈名・サ變〉制裁

制作⓪〈名・サ變〉製作，創作
制止⓪〈名・サ變〉阻止，阻攔
制する③〈名・サ變〉抑制，壓抑；控制，奪取，制
制定⓪〈名・サ變〉制定
制度①〈名〉制度，規定
制覇①〈名・サ變〉制霸，占領；優勝，冠軍
制服⓪〈名〉制服
制約⓪〈名・サ變〉限制，制約

★圧制・王制・管制・規制・旧制・強制・牽制・時制・職制・新制・専制・体制・統制・兵制・幣制・編制・法制・抑制

治 おさ・まる/おさ・める/なお・す/なお・る/ジ/チ

zhì[日＝繁＝簡]

管理，處理；整理；懲辦；醫療；消滅農作物的病蟲害；從事研究；安定

治まる③〈自五〉安定，平定，安泰
例国が～る[國家安定；國泰民安]
治める③〈他一〉治，治理，統治，處理；平定，鎮壓，平息，排除，排解，解決 例武力をもって～める[以武力統治]
治す②〈他五〉治，治療，醫治
例傷を～す[醫治傷口]
治る②〈自五〉(病)治好，痊癒
例病気がなかなか～らない[病怎麼也治不好]
治安⓪〈名〉治安
治外法権④〈名〉治外法權
治国⓪〈名〉治國，治理國家
治水⓪〈名・サ變〉治水

治癒①〈名・サ變〉治癒，治好，痊癒
治乱⓪①〈名〉治亂
治療⓪〈名・サ變〉治療，醫療，醫治，治

★根治・自治・主治医・政治・全治・退治・統治・難治・不治・文治・法治

致 いた・す/チ
zhì[日＝繁＝簡]

給予，向對方表示（禮節、情意等）；招引，使達到（意態，情況）；細密，精緻

致す②〈他五〉（「する」的敬語）做，為，辦；致，達，及；引起，招致，致；帶來，招來，造成；盡力，致力，貢獻 **例** 書を～す［致書］
致死①〈名〉致死
致命⓪〈名〉致命

★一致・合致・極致・趣致・招致・送致・誘致・拉致（＝らっち）

秩 チツ
zhì[日＝繁＝簡]

次序
秩序②〈名〉秩序，條理，次序

窒 チツ
[窒][窒]zhì[日≒繁＝簡]

阻塞不通
窒化⓪〈名〉氮化
窒素⓪〈名〉氮
窒息⓪〈名・サ變〉窒息

滞 とどこお・る/タイ
[滯][滯]zhì[日≒繁≒簡]

凝積，不流通，不靈活

滞る⓪〈自五〉堵塞，積壓；拖延，延遲，耽擱 **例** 交渉が～って進まない［談判遲遲沒有進展］
滞貨①〈名〉滯銷貨品；積壓的貨物
滞在⓪〈名・サ變〉逗留，停留，呆，待；旅居（海外）
滞納⓪〈名・サ變〉滯納，拖欠，逾期未繳
滞留⓪〈名・サ變〉逗留；（事物）停滯，停留

★延滞・渋滞・遅滞・停滞

置 お・く/チ
[置][置]zhì[日≒繁＝簡]

擱，放；設立，設備；購買

置き去り⓪〈名〉扔下，拋開，丟在後頭，遺棄 **例** 彼はすべてを～にして、実に無責任なやつだ［他把一切的事情全都拋開不管，真是不負責任的傢伙］
置く⓪〈他五〉降，下；放，擱，置，擺，排，陳列；放置，處於，處在；放下，留下，落下，拋棄；設置，設立，雇傭，留（在家）住；隔，間隔；當做，當（抵押）；停；除外，撤開；擺（棋），撥（算盤）；裝上，貼上 **例** ここに自転車を～くべからず［此處不許停放自行車］ **慣** ただでは～かない［不會輕易放過，不輕饒］；何はさて～き［暫且不談，閒話休提］
置換⓪〈名・サ變〉置換，調換，取代

★安置・位置・拘置・処置・常置・設置・前置詞・措置・装置・対置・倒置・廃置・配置・併置・

放置・留置

稚 チ
zhì[日＝繁＝簡]

幼小

稚気①〈名〉稚氣，孩子氣

稚魚①〈名〉魚苗，魚秧

稚児①〈名〉嬰兒，幼兒；童男童女，童僕

稚拙⓪〈名・形動〉幼稚而拙劣

★ 幼稚

製 セイ
[製][制]zhì[日＝繁≒簡]

造，作

製塩⓪〈名〉製鹽

製菓①〈名〉製造糕點(糖果)

製鋼⓪〈名・サ變〉製鋼，鍊鋼

製材⓪〈名・サ變〉木材加工，製成木材

製作⓪〈名・サ變〉製作，製造

製糸⓪〈名〉繰絲

製紙⓪〈名〉造紙

製図⓪〈名・サ變〉製圖

製造⓪〈名・サ變〉製造，生産

製鉄⓪〈名〉鍊鐵，製鐵

製陶⓪〈名・サ變〉製造陶瓷

製糖⓪〈名〉製糖

製版⓪〈名・サ變〉製版

製氷⓪〈名・サ變〉製冰

製品⓪〈名〉製品，產品，成品

製粉⓪〈名・サ變〉製粉，磨麵

製法⓪〈名〉製法，做法

製本⓪〈名・サ變〉裝訂

製薬⓪〈名〉製藥，製造藥品

製油⓪〈名・サ變〉鍊油，榨油

★ 官製・既製・金製・銀製・私製・試製・自製・精製・陶製・特製・複製・縫製・木製・和製・燻製

誌 シ
[誌][志]zhì[日≒繁≒簡]

文字記錄；記號

誌上⓪〈名〉雜誌上

誌面①〈名〉雜誌上，雜誌的篇幅

★ 雑誌・書誌・地誌

摯 シ
[摯][挚]zhì[日＝繁≒簡]

親密，誠懇

★ 真摯

質 ただ・す/シチ/シツ/チ
[質][质]zhì[日＝繁≒簡]

特性，本性；樸素，單純；詢問，責問；抵押，抵押品

質す②〈他五〉詢問，問 例 問題を～す[詢問問題之點]

質屋②〈名〉當舖

質感⓪〈名〉(材料不同所引起的)質量的感覺

質疑①〈名・サ變〉質疑

質素①〈形動〉樸素

質朴⓪〈名・形動〉質樸

質問⓪〈名・サ變〉質詢，詢問，提問，發問，問題

質料②〈名〉內容，實質

質量②〈名〉質量

★ 形質・言質・硬質・材質・紙質・資質・実質・上質・水質・性質・素質・体質・対質・地質・天質・土質・同質・特質・軟質・品質・

物質・変質・本質・良質

緻 チ

[緻][致]zhì[日≒繁≒簡]

結構上細密

緻密⓪〈名・形動〉細緻，精緻；周密

★ 巧緻・細緻・精緻

中 なか/チュウ

zhōng(zhòng)[日＝繁＝簡]

跟周圍的距離相等，中心；指中國；
範圍內，內部；位置在兩端之間的；
等級在兩端之間的；不偏不倚；適
於，合於

中①〈名〉裏邊，內部；中，當中；
中，其中；中央，當中，中間；中等

中庭⓪〈名〉院子，中庭，裏院

中位①〈名〉中等，當中

中尉①〈名〉中尉

中央③〈名〉中間，當中；中心，中
樞；中央，首都

中華④〈名〉中華

中外①〈名〉內外，國內外

中核⓪〈名〉中心，核心

中学①〈名〉中學，初級中學，初中
覇 中國的「中學」包括高中和初中，
在日本只指初中

中間⓪〈名〉中間，兩者之間

中期①〈名〉中期，中葉

中級⓪〈名〉中級，中等

中空⓪〈名〉空中，半空中，半懸空；
空心，內部空虛

中繼⓪〈名・サ變〉中繼；轉播

中堅⓪〈名〉精銳，主力軍；骨幹(人
物)，中堅(人物)；(棒球)中外場

中元⓪〈名〉中元節；中元節禮品

中原⓪〈名〉中原

中古⓪〈名〉中古；半舊，半新，半新
不舊＝ちゅうぶる

中興⓪〈名・サ變〉中興

中国①〈名〉中國

中耳炎③〈名〉中耳炎

中軸⓪〈名〉中軸

中秋⓪〈名〉中秋

中旬⓪〈名〉中旬

中心⓪〈名〉中心

中枢⓪〈名〉中樞，樞紐；關鍵

中世①〈名〉中世紀

中性⓪〈名〉中性

中絕⓪〈名・サ變〉中斷

中退⓪〈名・サ變〉中途退學

中断⓪〈名・サ變〉中斷，中輟

中途⓪〈名〉中途

中途半端④〈名・形動〉半途而廢，不
明朗，不完整，不完善

中等⓪〈名〉中等，中級

中東⓪〈名〉中東

中毒①〈名・サ變〉中毒，上癮

中年⓪〈名〉中年

中波①〈名〉中波

中部①〈名〉中部

中腹⓪〈名〉(半)山腰

中米⓪〈名〉中美(洲)；中國和美國

中編⓪〈名〉中篇

中庸⓪〈名・形動〉中庸

中葉⓪〈名〉中葉

中立⓪〈名・サ變〉中立

中流⓪〈名〉中游；河中，河心；中
層階級，中間階級，中等(階層)

中和⓪〈名・サ變〉中和，中正，溫
和；中和，平衡，抵消

★意中・雨中・渦中・懐中・集中・
暑中・心中・心中・的中・途中・
日中・熱中・夢中・命中・連中

忠 チュウ

zhōng[日＝繁＝簡]

誠心盡力

忠勤① ⓪〈名〉忠勤，忠實勤奮
忠君⓪〈名〉忠君
忠言⓪〈名〉忠言，忠告
忠孝⓪①〈名〉忠孝
忠告⓪〈名・サ變〉忠告，勸告
忠魂⓪〈名〉忠魂，忠義精神
忠実⓪〈形動〉忠實，忠誠；忠實於，
　如實，照原樣
忠臣⓪〈名〉忠臣
忠誠⓪〈名〉忠誠
忠節①⓪〈名〉忠節
忠僕⓪〈名〉忠僕，忠實的僕人

★尽忠・不忠

衷 チュウ

[衷][衷]zhōng[日≒繁＝簡]

內心

衷情⓪〈名〉衷情，真情，真心
衷心⓪〈名〉衷心，內心

★苦衷・折衷・和衷

終 おえる/おわる/シュウ

[終][终]zhōng[日≒繁≒簡]

最後，末了(跟「始」相對)；指人
死；總歸，到底；自始至終的整段
時間

終える⓪〈他自一〉做完，完成，結
束 例 やっと仕事を～えた[好容易
把工作做完了]

終わる⓪〈他自五〉完，完畢，結
束，告終，終了；做完，完結，結
束；…完 例 芝居が～る[散戲，散
場]

終期①〈名〉終期，末期；期限屆滿，
　滿期
終業⓪〈名・サ變〉下班，收工
終局⓪〈名〉終局；結局
終極⓪〈名〉最終，末了
終結⓪〈名・サ變〉終結，完結，結
束；歸結
終始①〈名・副〉末了和起首；從頭到
　尾，始終，一貫
終日⓪〈名・副〉整天，終日
終止⓪〈名・サ變〉終止
終止符③〈名〉句點，句號；終結，
　結束
終章⓪〈名〉(論文、小説等的)最後
　一章
終身①〈名・副〉終身，一生
終生①〈名・副〉終身，一生，畢生
終戦⓪〈名〉戰爭結束
終息⓪〈名・サ變〉終結，結束
終着⓪〈名〉到達終點
終点⓪〈名〉終點；(汽車、電車的)
　終點站
終電⓪〈名〉(當天的末班)電車，最
　後一次電車
終発⓪〈名〉末班車
終末⓪〈名〉收尾，完結
終夜①〈名〉終夜
終了⓪〈名・サ變〉結束，終止

★最終・始終

鐘 かね/ショウ

[鐘][钟]zhōng[日＝繁≒簡]

響器，中空，用銅或鐵製成

鐘⓪〈名〉鐘，吊鐘，鐙，鐙鼓；鈴；
　　鐘聲，鐘　例除夜の～[除夕的鐘聲]

鐘乳石③〈名〉鐘乳石

鐘乳洞③〈名〉鐘乳岩洞

★暁鐘・警鐘・晩鐘

塚 つか
[塚][塚]zhǒng[日≒繁=簡]

墳墓

塚②〈名〉冢，土冢，墳墓；土堆
　例一里～[一(日本)里的里程標]

★貝塚

# 腫 はら・す/は・れる/シュ
zhǒng[日=繁=簡]

皮肉浮脹

腫らす③⓪〈他五〉發腫

腫れ⓪〈名〉腫，腫脹

腫れ上がる④〈自五〉腫起來，腫脹

腫れ物⓪〈名〉腫胞

腫れる⓪〈自下一〉腫，腫脹

★癌腫・水腫・肉腫・脳腫・囊腫

# 仲 なか/チュウ
zhòng[日=繁=簡]

地位居中的；指一季的第二個月；
在兄弟排行裏代表第二

仲①〈名〉交情，交誼，關係　例～が
悪い[關係不好，不和]

仲間③〈名〉朋友，伙伴，同伙，一
伙；同事；同志　例～に入る[入
伙；合伙；成為其中一員]
＝ちゅうげん

仲良し②〈名〉要好，友好；好朋友
例彼はだれとでも～だ[他和誰都

很要好]

仲夏①〈名〉仲夏

仲介⓪〈名・サ變〉居間，從中介紹；
居間調停

仲裁⓪〈名・サ變〉調停，調解，排
解，説和，勸解；仲裁

仲秋⓪〈名〉仲秋

仲春⓪〈名〉仲春

仲冬⓪〈名〉仲冬

★伯仲

重 え/おも・い/かさ・なる/かさ・
ねる/ジュウ/チョウ
zhòng(chóng)[日=繁=簡]

重量，分量；重量大，分量大(跟
「輕」相對)；程度深；重要；重視；
不輕率；層；再次，又

重⓪〈接尾〉重，層　例ひと～[單層，
單衣]＝じゅう

重い⓪〈形〉重，沉重；不舒暢；遲
鈍，懶得動彈；重大，重要，嚴重
例口が～い[拙於言辭，不愛説話]

重荷⓪〈名〉重擔子，重載，重貨；
(精神上的)重擔子，沉重負擔，重
責，重任，包袱　例～に堪えない
[被重擔壓垮，不堪重負]

重なる⓪〈自五〉重疊，重重；趕在
一起，碰在一起；重複，重重，
連…　例元旦と日ち曜日が～る[元
旦和星期天趕在一天]

重ねる⓪〈他一〉重疊著堆放，碼，
摞；再加上，放上，蓋上；反覆，
屢次，多次，一次又一次　例失敗
を～ねる[屢遭失敗]

重圧⓪〈名〉重壓，沉重的壓力

重患⓪〈名〉重病(患者)

重刑⓪〈名〉重刑，重的刑罰

重厚⓪〈名〉沉著，穩重

重婚⓪〈名・サ變〉重婚

重視①〈名・サ變〉重視

重症⓪〈名〉重病

重傷⓪〈名〉重傷

重職⓪〈名〉責任重大的職務，重任，要職

重心⓪〈名〉重心

重臣⓪〈名〉重臣

重稅⓪〈名〉重稅

重責⓪〈名〉重責，重大責任

重奏⓪〈名・サ變〉重奏

重体⓪〈名〉病危，危篤，性命有危險＝重態

重大⓪〈形動〉重大，重要，嚴重

重鎮⓪〈名〉(某界的)重要人物，權威

重訂⓪〈名・サ變〉重新修訂

重点③〈名〉重點

重度①〈名〉程度嚴重，重度

重篤⓪〈名〉病危

重任⓪〈名〉重任，重要任務；連任

重農主義⑤〈名〉重農主義

重版⓪〈名・サ變〉重版，再版

重犯⓪〈名〉重大犯罪，重罪犯；重犯，屢教不改的犯人

重病⓪〈名〉重病

重宝⓪〈名〉重要寶物＝ちょうほう

重役⓪〈名〉重要職位，重位；重任者；董事，監事

重訳⓪〈名・サ變〉再譯

重油⓪〈名〉柴油，重油

重要⓪〈形動〉重要，要緊

重用⓪〈名・サ變〉重用

重量③〈名〉重量

重力①〈名〉重力

重畳⓪〈名・サ變〉重疊；非常滿意

重複⓪〈名・サ變〉重複＝じゅうふく

★貴重・軽重・厳重・自重・慎重・荘重・珍重・丁重・鄭重・偏重

衆　シュ／シュウ
[衆＝眾][众]zhòng[日＝繁≒簡]

許多(跟「寡」相對)；許多人

衆寡①〈名〉眾寡，多數和少數 慣～敵せず[寡不敵眾]

衆議院③〈名〉眾議院

衆人⓪〈名〉眾人，群眾

衆知①〈名〉眾人的智慧

衆徒①〈名〉眾僧＝しゅと

衆望⓪〈名〉眾望

衆目⓪〈名〉眾目

★観衆・群衆・公衆・大衆・聴衆・民衆

種　たね／シュ
[種][种]zhǒng(zhòng)
[日＝繁≒簡]

物種的簡稱；人種；生物傳代繁殖的物質；量詞

種①〈名〉種，子兒，核兒；核，果核；種，品種；原料，材料；題材，話題；秘密 例物笑いの～になるのが落ちる[只不過成了大家嘲笑的話題]

種牛⓪〈名〉種牛

種本⓪〈名〉藍本 例この小説の～を発見した[發現了這部小說的藍本]

種痘⓪〈名〉接種牛痘

種別⓪〈名・サ變〉類別，按類別區分

種苗⓪〈名〉種苗；魚苗

種目⓪①〈名〉項目

★育_{いく}種_{しゅ}・一_{いっ}種_{しゅ}・機_き種_{しゅ}・業_{ぎょう}種_{しゅ}・雑_{ざっ}種_{しゅ}・
職_{しょく}種_{しゅ}・人_{じん}種_{しゅ}・接_{せっ}種_{しゅ}・同_{どう}種_{しゅ}・特_{とく}種_{しゅ}・
播_は種_{しゅ}

舟 ^{ふな/ふね/シュウ}
zhōu[日＝繁＝簡]

船

舟歌_{うた}②〈名〉船歌，（船夫）一邊駛船

一邊唱的歌曲

舟_{ふね}①〈名〉船，舟
舟運_{しゅううん}⓪〈名〉船運，船舶運輸
舟行_{しゅうこう}⓪〈名・サ變〉乘船遊玩；行船

★漁_{ぎょ}舟_{しゅう}・雪_{せっ}舟_{しゅう}

州 ^{す/シュウ}
zhōu[日＝繁＝簡]

一種行政區劃

州_す①⓪〈名〉沙洲，沙灘
州知事_{しゅうちじ}④〈名〉（美國等的）州長

★欧_{おうしゅう}州・九_{きゅうしゅう}州・豪_{ごうしゅう}州・神_{しんしゅう}州

周 ^{まわ・り/シュウ}
zhōu[日＝繁＝簡]

圈子，環繞；普遍，全面；完備

周_{まわ}り⓪〈名〉周圍，附近；周，圈
例～の人_{ひと}たちの意_{いけん}見を聞_きく[聽聽
周圍人的意見]
周囲_{しゅうい}①〈名〉周圍，四周
周期_{しゅうき}①〈名〉週期
周忌_{しゅうき}⓪〈名〉（每年的）祭辰
周旋_{しゅうせん}⓪〈名・サ變〉介紹，斡旋，推薦
周知_{しゅうち}①〈名・サ變〉周知，眾所周知
周到_{しゅうとう}⓪〈形動〉周密，綿密，周全，
周到
周年_{しゅうねん}⓪〈名・副〉周年
周波数_{しゅうはすう}③〈名〉頻率，周率

周辺_{しゅうへん}⓪〈名〉周邊，四周
周密_{しゅうみつ}⓪〈名・形動〉周密，縝密
周遊_{しゅうゆう}⓪〈名・サ變〉周遊
周覧_{しゅうらん}⓪〈名・サ變〉遍覽

★一_{いっしゅう}周・円_{えんしゅう}周

週 ^{シュウ}
[週][周]zhōu[日＝繁≒簡]

星期

週刊_{しゅうかん}⓪〈名〉週刊
週間_{しゅうかん}⓪〈名〉（一個）星期，（一個）禮
拜，（一）週；週
週休_{しゅうきゅう}⓪〈名〉一週的休息日；一週休
息一日
週給_{しゅうきゅう}⓪〈名〉週薪，週工資
週日_{しゅうじつ}⓪〈名〉平日，每個週日
週番_{しゅうばん}⓪〈名〉值週
週末_{しゅうまつ}⓪〈名〉週末

★隔_{かくしゅう}週・再_{さいらいしゅう}来週・毎_{まいしゅう}週・来_{らいしゅう}週

軸 ^{ジク}
[軸][軸]zhóu[日＝繁≒簡]

圓柱形的零件；把平面或者立體分
成對稱部分的直線；圓柱形的用來
往上繞東西的器物

軸_{じく}②〈名〉車軸；掛軸，捲軸，書畫，
畫軸；核心，中心；莖，蒂；（筆等
的）
杆軸受_{ルじくうけ}⓪〈名〉門軸；承軸
軸線_{じくせん}⓪〈名〉軸，軸線

★掛_{かけじく}軸・基_{きじく}軸・機_{きじく}軸・座_{ざひょうじく}標軸・
車_{しゃじく}軸・枢_{すうじく}軸・中_{ちゅうじく}軸

肘 ^{ひじ/チュウ}
zhǒu[日＝繁＝簡]

上臂與前臂相接處向外凸起的部分

肘② 〈名〉肘，胳膊
肘掛け⓪④〈名〉扶手
肘鉄砲③〈名〉用肘撞人；嚴屬拒絕
肘枕③〈名〉用胳膊當枕頭
★ 肩肘・掣肘

呪 のろ・う/のろわし・い/まじな い/ジュ
zhòu[日＝繁＝簡]
某些宗教或巫術中的密語；說希望人不順利的話
呪い⓪③〈名〉詛咒，咒
呪う②〈他五〉詛咒，咒
呪わしい④〈形〉令人詛咒的
呪い⓪〈名〉巫術
呪術①〈名〉念咒，妖術
呪詛①〈名・サ變〉詛咒

宙 チュウ
zhòu[日＝繁＝簡]
指古往今來的時間；天空
宙返り③〈名・サ變〉翻筋斗，翻跟斗；飛行特技，(飛機的)翻筋斗
宙吊り⓪〈名〉懸空，懸在空中
★ 宇宙

昼 ひる/チュウ
[畫][晝]zhòu[日＝簡≒繁]
白天(跟「夜」相對)
昼②〈名〉白天，白晝；中午，正午；午飯，中飯，晌飯
昼寝⓪〈名・サ變〉午睡，午覺 例～の習慣はない[沒有午睡的習慣]
昼間③〈名〉白天，白日，晝間
昼夜①〈名・副〉晝夜
★ 白昼

酎 チュウ
zhòu[日＝繁＝簡]
經過兩次或多次重釀的酒
★ 焼酎

朱 シュ
zhū[日＝繁＝簡]
紅色；礦物品
朱印⓪〈名〉紅色官印；蓋有紅色官印的公文
朱色⓪〈名〉紅色
朱墨⓪〈名〉朱墨
朱肉⓪〈名〉朱色印泥
朱筆⓪〈名〉朱筆；用紅筆批改 例～を入れる[用紅筆批改]

珠 たま/シュ
zhū[日＝繁＝簡]
珠子；像珠子的東西
珠たま②〈名〉寶石，玉，玉石；球(兒)，珠(兒)；電燈炮；鏡片，透鏡；雞蛋；睾丸；子彈，彈丸；妓女，美女；犯人，嫌疑犯；手段，幌子 例～にあたる[中彈]
珠ぎ玉⓪①〈名〉珠玉
珠算⓪〈名〉珠算
★ 真珠・連珠

株 かぶ
zhū[日＝繁＝簡]
露在地面上的樹木的根和莖；指整個的植物體；量詞 辨 在日語中，可用來指「股份」、「股票」
株⓪〈名〉樹墩子，樹椿子，樹根，殘株；株，棵，根；股份，股，股票 例～を募集する[招股份；招股]

株価②〈名〉股市行情，股票價格，股價

株券⓪〈名〉股票

株式②〈名〉股，股份；股票，股權 **例** ～資本[股票資本]

株主②〈名〉股東 **例** ～総会[股東大會，股東總會]

諸 もろ/ショ
[諸][诸]zhū[日≒繁≒簡]
眾；許多

諸⓪〈名〉**例** ～人[眾人，眾多人]

諸悪①〈名〉各種壞事

諸家①〈名〉百家，諸家，各家，各種學派；很多人家，各家

諸君①〈名〉諸位，各位

諸賢①〈名〉許多賢人；諸位

諸侯①〈名・代〉諸侯

諸説①〈名〉諸説，各種意見；各種説法

諸点①〈名〉諸點，各點；各節，各項；各地點

諸島①〈名〉諸島，群島

諸派①〈名〉各黨派，各派系

諸般①〈名〉各種，種種

諸物①〈名〉諸物，各種東西

諸法①〈名〉諸法，森羅萬象

諸流①〈名〉諸黨派，各種流派

竹 たけ/チク
zhú[日＝繁＝簡]
一種常綠多年生植物；指竹製管樂器

竹⓪〈名〉竹子；竹製樂器

竹垣⓪〈名〉竹籬笆，竹牆

竹細工③〈名〉竹器工藝；竹工藝品，細竹器

竹筒⓪〈名〉竹筒，竹管

竹林⓪〈名〉竹林，竹叢

★ 紫竹・破竹・爆竹

逐 チク
zhú[日＝繁≒簡]
追趕；強迫他人離開；挨著(次序)

逐一②⓪〈副〉逐一，一個一個地；詳細地，仔細地

逐語⓪〈名〉逐字逐句

逐次①②〈副〉逐次，依次，逐步，按照次序

逐条⓪〈名〉逐條，逐項

逐年⓪〈副〉逐年

★ 角逐・駆逐・放逐

主 おも/ぬし/シュ/ス
zhǔ[日＝繁＝簡]
接待別人的人；權力或財物的所有者；最重要的，最基本的；從自身出發的；主張

主①〈形動〉主要，重要；大部分，多半 **例** ～な内容[主要內容]

主①〈名〉主人；丈夫 **例** 飼い～[飼養者]

主因⓪〈名〉主要原因

主格⓪〈名〉主格

主客⓪〈名〉主人和客人，賓主；主體和客體；主語和賓語＝しゅきゃく

主観⓪〈名〉主觀

主幹⓪〈名〉主任，主管，主持者，主腦人物

主管⓪〈名・サ變〉主管；主管人

主眼⓪〈名〉主要之點，主要著眼點，主要目標

主義①〈名〉主義，主張

主君①〈名〉主人，主君

主権⓪〈名〉主權

主語①〈名〉主語；主辭

主査①〈名〉審查主任；主查；主審

主催⓪〈名・サ變〉主辦，主持

主宰⓪〈名・サ變〉主持 例 会議を～
する[主持會議] 辨 在漢語中指支
配、統治、掌握或者掌握、支配人
或事物的力量

主旨①〈名〉主旨

主治医②〈名〉主治醫生

主従①〈名〉主從，主僕

主唱⓪〈名・サ變〉提倡，主張

主将⓪〈名〉主將；隊長，領隊

主食⓪〈名〉主食品

主人①〈名〉主人；丈夫；老板，店
主，主人 辨 在漢語中，還指權力
的所有者(主人公)

主席⓪〈名〉主席

主戦⓪〈名〉主戰；主力

主体⓪〈名〉主體；核心

主題⓪〈名〉主題

主張⓪〈名・サ變〉主張；論點

主導⓪〈名・サ變〉主導，主動

主動⓪〈名〉主動

主任⓪〈名〉主任

主犯⓪〈名〉主犯，正犯

主筆⓪〈名〉主筆

主賓⓪〈名〉主賓

主婦①〈名〉主婦，家庭婦女

主峰⓪〈名〉主峰

主役⓪〈名〉主角；主要人物，中心
物

主要⓪〈形動〉主人的事情；主要的
事情

主翼⓪〈名〉(飛機的)主翼

主流⓪〈名〉主流 例 ～派[主流派]

主力⓪〈名〉主力

★家主・株主・君主・戸主・祭主・
自主・地主・宗主・亭主・店主・
民主・明主・領主

煮 に・える/に・る/シャ
zhǔ[日＝繁＝簡]

把食物或其他東西放在有水的鍋裏
燒

煮える③⓪〈自一〉煮，煮熟，煮爛
例 サツマイモが～える[白薯熟了]

煮る②⓪〈他一〉煮，燉，熬，煨，
燜 例 ダイコンを煮る[煮蘿蔔]

煮沸⓪〈名・サ變〉沸騰

★雑煮

嘱 ショク
[嘱][嘱]zhǔ[日＝簡≒繁]

託付，告誡

嘱する③〈サ變〉囑，囑託；託人帶
口信

嘱託⓪〈名・サ變〉囑託，委託；特約
人員，特約顧問，非正式職員 辨
在漢語中，「囑託」是「託付、求助
、拜託(頼む、依頼する)」的意思

嘱望⓪〈名・サ變〉矚望，期待，期望

★委嘱

助 すけ/たす・かる/たす・ける/ジョ
zhù[日＝繁＝簡]

協同，輔佐

助⓪〈名〉幫助，幫忙；援助；助演；
幫腔的；情婦 例 飲み～[酒鬼]

助かる③〈自五〉得救，獲救；脫險，

免於災難；逃生；省力；省事；省
錢 **例** 命が～る[死裏逃生]

助ける③〈他一〉幫，幫助，援助，
助；有助於；救濟；輔佐；資助；
救助，搭救 **例** 父の仕事を～ける
[幫助父親的工作]

助役⓪〈名・サ變〉副手，助理

助教授②〈名〉副教授

助言⓪〈名・サ變〉出主意，建議；指
點

助産⓪〈名〉助産

助詞⓪〈名〉助詞

助手⓪〈名〉助手

助成⓪〈名・サ變〉助成，扶助，促
進，推動

助走⓪〈名・サ變〉助跑

助長⓪〈名・サ變〉助長；促進

助動詞②〈名〉助動詞

助力⓪〈名・サ變〉幫助；協助，支援

★ 一助・援助・救助・共助・互助・
賛助・自助・天助・扶助・補助

住 す・まう/す・む/ジュウ
zhù[日＝繁＝簡]

長期居留或短暫歇息

住まう②〈自五〉(長期)居住；住
例 田舎に～う[住在農村]

住む①〈自五〉居住，住 **例** 大都会
に～む[住在大城市]

住居①〈名〉住所，住宅

住所①〈名〉住址，地址；住所

住職⓪〈名〉住持

住宅⓪〈名〉住宅，住房

住宅街④〈名〉住宅街

住民⓪〈名〉居民

★ 安住・移住・永住・居住・
原住民・在住・常住・定住

注 そそ・ぐ/チュウ
zhù[日＝繁＝簡]

灌入；(精神、力量)集中；用文字
來解釋字句；解釋字句的文字；記
載，登記 **辨** 在日語中，還有「點
菜」「訂貨」「定做」「要求」等意思

注ぐ③⓪〈自五〉流進，注入；澆，
倒入，灌進；貫注，傾注 **例** 火に油
を～ぐ[火上澆油]

注意①〈名・サ變〉注意，留神；當
心，小心；仔細，謹慎；提醒，警
告；警惕，防備 **例** 先生に～される
[受到老師的警告] **辨** 漢語的「注
意」沒有警告的含義

注解⓪〈名・サ變〉注解，注釋

注記①⓪〈名・サ變〉注釋

注釈⓪〈名・サ變〉注釋

注水⓪〈名・サ變〉注水，灌水

注入⓪〈名・サ變〉注入；灌輸

注目⓪〈名・サ變〉注目，注視

注文⓪〈名・サ變〉訂貨；訂購；定
做；要求

注油⓪〈名・サ變〉上油，加油

★ 外注・脚注・傾注・原注・校注・
受注・発注・補注・傍注・訳注

柱 はしら/チュウ
zhù[日＝繁＝簡]

建築物中直立的起支　作用的構
件；像柱子的東西；作用重要如柱
子的

柱③〈名〉柱子；杆子，支柱；頂樑
柱，靠山 **例** テントの～を立てる

[支起帳篷支柱]

★ 円柱・支柱・水銀柱・電柱

祝 いわ・う/シュウ/シュク
zhù[日＝繁＝簡]

表示良好願望

祝う②〈他五〉祝賀，慶賀；慶祝，祝福，祝願；致賀詞；送賀禮；祝，祝福，祝願 例 クリスマスを～う

[慶賀聖誕節]

祝儀①〈名〉慶祝儀式，典禮，喜事，紅事；婚禮；祝詞；贈品，喜儀，喜錢，喜封；小費，酒錢

祝意①〈名〉賀意，祝賀，賀忱

祝宴⓪〈名〉慶賀的宴會，喜宴，賀宴

祝賀⓪〈名・サ變〉慶賀，祝賀

祝詞⓪②〈名〉祝詞＝のりと

祝辞⓪〈名〉祝詞，賀詞

祝日⓪〈名〉(政府規定的)節日

祝勝⓪〈名〉慶祝勝利，祝捷

祝典⓪〈名〉慶祝儀式，慶典

祝電⓪〈名〉賀電

祝杯⓪〈名〉慶祝的酒杯

祝福⓪〈名・サ變〉祝福

★ 慶祝・奉祝

著 あらわ・す/いちじる・しい/チョ
zhù[日＝繁＝簡]

顯現，顯揚；寫作，撰述；作品

著す③〈他五〉著，著作，寫 例 植物学の本を～す[寫植物學的書]

著しい⑤〈形〉顯著，顯然，明顯 例 ～い差違がある[有很大差別]

著作⓪〈名・サ變〉著作

著作権③〈名〉著作權，版權

著者③〈名〉著者，作者

著述⓪〈名・サ變〉著述，著作

著書①〈名〉著書，著作，著述

著名⓪〈名・形動〉著名，有名

★ 遺著・共著・編著・名著

貯 チョ
[貯][㝈]zhù[日＝繁≒簡]

儲存，積存

貯金⓪〈名・サ變〉存，存錢；存款；儲蓄 例 ～箱[儲蓄盒]

貯水⓪〈名・サ變〉蓄水，貯水 例 ～池[蓄水池]

貯蔵⓪〈名・サ變〉儲藏 例 ～庫[倉庫]

貯蓄⓪〈名・サ變〉儲蓄，積蓄

箸 はし/チョ
zhù[日＝繁＝簡]

筷子

箸①〈名〉筷子

箸休め③〈名〉小吃，小菜

★ 菜箸・火箸・割り箸

駐 チュウ
[駐][驻]zhù[日＝繁≒簡]

停留；(部隊或工作人員)住在執行職務的地方；(機關)設在某地

駐在⓪〈名・サ變〉駐在 例 ～所[派出所，事務所]

駐車⓪〈名・サ變〉停車

駐屯⓪〈名・サ變〉駐屯，駐紮

駐兵⓪〈名・サ變〉駐軍，駐紮軍隊

駐留⓪〈名・サ變〉留駐，駐紮

★ 移駐・常駐・進駐

鑄 い・る/チュウ

[鑄][铸]zhù[日≒繁≒簡]

把金屬熔化後倒在模子裏製成器物

鑄物⓪〈名〉鑄器，鑄造物，鑄件，模製件 **例**～師[鑄工]

鑄る①〈他一〉鑄，鑄造 **例** 釜を鑄る[鑄鍋]

鑄金⓪〈名〉鑄造器物＝しゅうきん

鑄鋼⓪〈名〉鑄鋼

鑄造⓪〈名・サ變〉鑄造

鑄鉄①〈名〉鑄鐵

★ 改鑄

築 きず・く/チク

[築][筑]zhù[日＝繁≒簡]

建造，修建

築く②〈他五〉築；構築，修建；建立，構成；形成，積累 **例** 城を～く[築城]

築城⓪〈名・サ變〉築城

築造⓪〈名・サ變〉修築，營造

築堤⓪〈名・サ變〉修壩，築堤；堤壩

★ 改築・建築・構築・再築・修築・新築・增築

專 もっぱ・ら/セン

[專][专]zhuān[日≒繁≒簡]

集中在一件事上的；獨自掌握和占有

專ら⓪〈副〉專門；主要；淨；專心致志，專擅，獨攬 **例** 権勢を～にする[專權跋扈]

專一⓪〈名・形動〉專一

專横⓪〈名・形動〉專横

專科⓪〈名〉專科，專攻的學科

專業⓪〈名〉專業

專攻⓪〈名・サ變〉專攻

專修⓪〈名・サ變〉專修，專攻

專制⓪〈名・サ變〉專制

專属⓪〈名・サ變〉專屬

專任⓪〈名・サ變〉專任，專職

專念⓪〈名・サ變〉一心一意(地做)；專心致志

專売⓪〈名・サ變〉專賣

專務①〈名〉專職，專任；專務董事

專門⓪〈名〉專門；專業；專長

專有⓪〈名・サ變〉專有，獨占；壟斷

專用⓪〈名・サ變〉專用

轉 ころ・がす/ころ・がる/ころ・げる/ころ・ぶ/テン

[轉][转]zhuàn(zhuǎn)[日≒繁≒簡]

改換方向、位置、形勢、情況等；把一方的物品、信件、意見等傳給另一方

轉がす④⓪〈他五〉滾動，轉動；搬倒，翻倒，摺翻；推進；駕駛 **例** 球を～す[滾球]

轉がる④⓪〈自五〉滾轉；倒下，躺下；扔著；放著；有 **例** 寝～る[隨便地躺下]

轉げる④⓪〈自一〉滾轉；倒下，躺下；扔著；放著；有 **例** あちこち～げる[滾來滾去]

轉ぶ③⓪〈自五〉摔，跌，栽，倒，摔倒，跌倒，栽倒，摔跤，倒下；跌跤，摔跟頭，栽跟頭；滾，滾轉；形勢發展 **例** ～ぶように走る[連滾帶爬地跑]

轉嫁①〈名・サ變〉轉嫁，推諉

轉回①〈名・サ變〉迴轉

轉換⓪〈名・サ變〉轉換，轉變，變換

転機①〈名〉轉機，轉折點

転記⓪〈名・サ變〉轉讓，過帳

転居①〈名・サ變〉遷居，搬家

転勤⓪〈名・サ變〉調動工作；調換工
作地點

転句①〈名〉轉句

転向⓪〈名・サ變〉轉變方向；轉變；
背叛

転校⓪〈名・サ變〉轉學，轉校

転載⓪〈名・サ變〉轉載

転写⓪〈名・サ變〉描繪；抄寫

転借⓪〈名・サ變〉轉借

転出⓪〈名・サ變〉調職，調出；遷出，
搬遷

転職⓪〈名・サ變〉轉業，改行；跳槽

転身⓪〈名・サ變〉轉身；改變身份；
改變信仰；改變職業，改行

転籍⓪〈名・サ變〉遷戶口；轉學籍

転送⓪〈名・サ變〉轉送，轉發；轉寄，
轉遞

転倒⓪〈名・サ變〉跌倒，摔倒；顛倒；
驚慌失措；(嚇得)神魂顛倒

転売⓪〈名・サ變〉轉賣，倒賣

転覆⓪〈名・サ變〉顛覆

転用⓪〈名・サ變〉轉用，挪用

転落⓪〈名・サ變〉滾下，掉下；墮落，
淪落

★暗転・移転・一転・運転・栄転・
横転・回転・機転・逆転・急転・
空転・好転・心機一転・反転・
流転

荘 ショウ/ソウ
[荘][庄]zhuāng[日≒繁≒簡]
村落；嚴肅，莊重 辨 在日語中，還

可用來指在鄉下的臨時住處

荘厳⓪〈形動〉莊嚴＝そうごん

荘重⓪〈名・サ變〉莊重

★山荘・別荘

装 よそお・う/ショウ/ソウ
[装][裝]zhuāng[日＝簡≒繁]
穿著的衣服；特指演員演出時的穿
戴打扮；用具，器械；用服裝改變
人的原來面貌；假作，故意，做
作；安置，安放；佈置，點綴；特
指對書籍、字畫加以修整或修整後
的式樣

装う③〈他五〉穿戴，打扮；假裝，偽
裝，裝作 例 平静を～う[故作鎮
靜]

装束①〈名〉裝束

装甲⓪〈名・サ變〉披戴盔甲；裝甲
例 ～車[裝甲車]

装飾⓪〈名・サ變〉裝飾，陳設，裝潢

装置①〈名・サ變〉設備，裝置

装着⓪〈名・サ變〉安裝，裝上

装丁⓪〈名・サ變〉裝訂，裝幀

装填⓪〈名・サ變〉裝

装備①〈名・サ變〉裝備，配備

★衣装・仮装・改装・偽装・擬装・
軽装・女装・新装・正装・盛装・
男装・塗装・内装・武装・服装・
変装・舗装・包装・洋装・礼装・
和装

粧 ショウ
[妝][妆]zhuāng[日≒繁≒簡]
修飾，打扮

★化粧

壯 ソウ

[壯][壮]zhuàng[日＝簡≒繁]

大，有力，強盛；增加勇氣和力量

壯観① 〈名〉壯觀
壯挙① 〈名〉壯舉
壯健⓪ 〈形動〉創建，創設
壯言⓪ 〈名〉豪言壯語
壯語① 〈名・サ變〉豪語；誇口，大話
壯行⓪ 〈名〉壯行，送行
壯士① 〈名〉壯年男子；壯士；打手，無賴
壯絶⓪ 〈名・形動〉非常壯烈，氣壯山河
壯大⓪ 〈形動〉雄偉，宏大
壯途① 〈名〉壯途；征途，躍躍出發
壯年⓪ 〈名〉壯年
壯美① 〈名〉壯美，壯麗
壯麗⓪ 〈名・形動〉壯麗，壯觀
壯齢⓪ 〈名〉壯齡，壯年
壯烈⓪ 〈形動〉壯烈

★ 強壯・悲壯・勇壯

狀 ジョウ

[狀][狀]zhuàng[日＝簡≒繁]

形容，樣子；情況；陳述事件或記載事跡的文字；褒獎、委任等文件

状況⓪ 〈名〉情況，狀況
状態⓪ 〈名〉狀態，情況，情形

★ 異状・環状・管状・球状・窮状・凶状・行状・近状・形状・原状・現状・弧状・甲状腺・罪状・惨状・実状・書状・商状・症状・賞状・情状・真状・訴状・怠状・白状・病状・別状・名状・令状・礼状

追 お・う/ツイ

zhuī[日＝繁＝簡]

追趕；追究；追求；事後補辦

追う②⓪ 〈他五〉追，趕，追趕，追逐；追求；趕開，趕走，攆走，轟走；驅逐；驅趕；催逼；隨著，按照 例 理想を～う[追求理想]
追憶⓪ 〈名・サ變〉追憶，回憶，追想；緬懷
追加⓪ 〈名・サ變〉追加，再增加，添補，補上
追懐⓪ 〈名・サ變〉追憶
追記⓪ 〈名・サ變〉補記，補寫
追求⓪ 〈名・サ變〉追求；尋求；追加要求，補充要求 例 超過分を～する [補充要求超額部分] 辨 漢語中的「追求」沒有「追加要求」「補充要求」的意思
追究⓪ 〈名・サ變〉追求，追究；搞清，弄清
追及⓪ 〈名・サ變〉追趕，追究
追撃⓪ 〈名・サ變〉追擊
追試① 〈名〉補考
追従⓪ 〈名・サ變〉追隨，效法
追申⓪ 〈名〉再啓，又及
追随⓪ 〈名・サ變〉追隨，跟隨，跟著…跑；步人後塵，當尾巴；仿效，效法
追跡⓪ 〈名・サ變〉追踪
追訴① 〈名・サ變〉追訴，追加訴訟，補充控告
追想⓪ 〈名・サ變〉追憶；回憶；追念
追走⓪ 〈名・サ變〉追趕
追討⓪ 〈名・サ變〉討伐，掃蕩
追悼⓪ 〈名・サ變〉追悼
追突⓪ 〈名・サ變〉從後面撞上
追認⓪ 〈名・サ變〉追認

追納◎〈名・サ變〉事後交納；補交，追交

追白◎〈名〉再啓，又及

追肥◎〈名〉追肥＝追肥

追尾①〈名・サ變〉尾隨，跟隨；追蹤

追慕①〈名・サ變〉眷念，懷念；追慕，景慕

追録◎〈名・サ變〉補寫，添寫；補寫部分，附錄

★急追・窮追・訴追・猛追

椎 しい/ツイ
zhuí［日＝繁＝簡］

樹木名；構成高等動物背部中央骨柱的短骨

椎①〈名〉米櫧樹

椎茸①〈名〉香菇

椎間板◎③〈名〉椎間盤

椎骨①〈名〉椎骨

★頸椎・胸椎・腰椎・尾椎

墜 ツイ
［墜］［坠］zhuì［日＝繁≒簡］

落；（沉重的東西）向下垂，垂在下面

墜死◎〈名・サ變〉摔死

墜落◎〈名・サ變〉墜落，掉下；墜毀；摔下

★失墜

准 ジュン
［准］［准］zhǔn［日＝繁＝簡］

允許，許可；通「準」，如同，類似

准尉①〈名〉準尉

准看護婦⑤〈名〉助理護士；準護士

★批准

準 ジュン
［準］［准］zhǔn［日＝繁≒簡］

定平直的東西；法則，可以作為依據的和某類事物差不多；如同，類似

準◎〈名〉準；候補，非正式

準急◎〈名〉準快車，普通旅客快車

準拠①〈名・サ變〉依照，按照，遵照，遵循；根據，依據

準決勝③〈名〉半決賽

準ずる◎〈サ變〉以…為標準，按照，按…看待＝じゅんじる

準則◎〈名〉標準；準則；守則

準備①〈名・サ變〉準備，預備；籌備

★基準・規準・公準・照準・水準・標準

卓 タク
［卓・桌］［卓・桌］zhuō
［日≒繁＝簡］

超然獨立；高明；高超 **朔** 在日語中，同時也是指可用於飲食、讀書、寫字的几案的「桌」的簡化字

卓◎〈名〉桌，桌子

卓越◎〈名・サ變〉卓越

卓絶◎〈名・サ變〉卓越，卓絕

卓抜◎〈形動〉卓越，超群

卓球◎〈名〉乒乓球

卓見◎〈名〉卓見

★円卓・食卓

捉 とら・える/ソク
zhuō［日＝繁＝簡］

抓，逮；握；把我

捉え所◎〈名〉要點

捉える③〈他下一〉捉住，捕捉；把握

★捕捉

拙 セツ
zhuó[日＝繁＝簡]

笨；謙辭，稱自己的(文章、見解等)

拙稿⓪〈名〉拙稿，弊稿
拙作⓪〈名〉拙劣的作品；拙作，拙著
拙策⓪〈名〉笨拙的計畫；拙策，愚策
拙者⓪〈名〉鄙人
拙速⓪〈名〉粗而快，拙而速
拙著①〈名〉(謙)拙著
拙筆⓪〈名〉拙筆
拙文⓪〈名〉拙劣的文章；拙文，拙作
拙劣⓪〈形動〉拙劣；笨拙

★古拙・巧拙・稚拙

酌 く・む/シャク
zhuó[日＝繁＝簡]

斟(酒)，飲(酒)；考慮，度量

酌む②⓪〈他五〉打水；汲水；取
水；舀水；斟；倒；沏；繼承；理
解，酌量；體察，體諒，諒解 例お
茶を～む[斟茶]
酌量⓪〈名・サ變〉酌量，斟酌，酌
情，體諒

★独酌・晩酌

着 き・せる/き・る/つ・く/つ・ける/
ジャク/チャク

[著][着]zhuó(zhāo)(zháo)(zhe)
[日≒繁≒簡]

接觸，挨上；使觸到別的事物，
使附在別的物體上 例 在日語中，
只有讀zhuó時的動詞用法
着せる⓪〈他一〉給穿上，蒙上，蓋
上；使蒙受 例子供に上着を～せる
[給孩子穿上衣]
着る⓪〈他一〉穿；承受，承擔

例 セーターを着る[穿毛衣]
着く②①〈自五〉到，到達；碰，
觸，頂；入席，就座 例目的地に～
く[到達目的地]
着ける②〈他一〉入席；穿；安裝，
佩戴 例着物を身に～ける[穿和服]
着意①②〈名・サ變〉留神，注意；構
思，立意
着駅⓪〈名〉(火車)到站
着眼⓪〈名・サ變〉著眼
着岸⓪〈名・サ變〉到岸，靠岸
着席⓪〈名・サ變〉就座，入席
着想⓪〈名・サ變〉立意，構思
着服⓪〈名・サ變〉穿衣服；私吞
着陸⓪〈名・サ變〉著陸，降落
着火⓪〈名・サ變〉著火，點火
着工⓪〈名〉開工

★愛着・帰着・決着・固着・執着・
終着・新着・接着・先着・装着・
沈着・定着・土着・到着・頓着・
粘着・発着・必着・漂着・付着・
附着・未着・密着・悶着・癒着・
落着

濁 にご・す/にご・る/ダク
[濁][浊]zhuó[日＝繁≒簡]

水不清，不乾淨；(聲音)低沉粗重；
混亂

濁す②〈他五〉弄髒，弄濁；含糊，支
吾 例水を～す[把水弄渾]
濁る②〈自五〉渾濁，污濁；不透明，
不清，變嘶啞；不清晰；起邪念，
生煩惱；發濁音 例空気が～って
いる[空氣渾濁]
濁音⓪〈名〉濁音

濁水⓪〈名〉濁水，渾水

濁世①〈名〉污濁的世界，塵世，紅塵；現世，人世間

濁声⓪〈名〉嘶啞音，嗓音不清

濁点③〈名〉濁音點，濁音符

濁流⓪〈名〉濁流

★ 污濁・混濁・清濁

濯 ゆす・ぐ/タク

[濯][濯]zhuó[日≒繁＝簡]

洗

濯ぐ③⓪〈他五〉滌，刷洗，漂洗，沖洗；漱 例 口を～ぐ[漱口]

★ 洗濯

姿 すがた/シ

zī[日＝繁＝簡]

容貌；形態，樣子

姿①〈名〉外形，樣子；外表，穿著，打扮；身影，形影；面貌，情形，狀態 例 立派な～の紳士[很有風度的紳士]

姿見③〈名〉穿衣鏡

姿煮⓪〈名〉清水整煮的魚、蝦

姿焼⓪〈名〉(烹飪方法)整隻烤魚

姿勢⓪〈名〉姿勢

姿態⓪〈名〉姿態

★ 英姿・千姿万態・風姿・勇姿・雄姿・容姿・麗姿

滋 ジ

zī[日＝繁＝簡]

生出，長；增添，加多

滋養⓪〈名〉滋養；營養；養分

資 シ

[資][资]zī[日＝繁≒簡]

錢財，費用；經營工商業的本錢和財產；供給，幫助；智慧，能力；出身和經歷；材料

資格⓪〈名〉資格，身份

資金②〈名〉資金，資本

資源①〈名〉資源

資材①〈名〉資材；材料；器材

資財①〈名〉資產；財產

資産①〈名〉財產，資產

資質⓪〈名〉資質，素質，天性，秉性，天資，天賦，天稟

資する②〈サ變〉對…有益，有助於…，貢獻

資性①〈名〉天性，秉性；天資，資質

資本⓪〈名〉資本；本錢

資料①〈名〉資料

★ 外資・学資・巨資・合資・出資・増資・天資・投資・物資・遊資・融資・労資

諮 はか・る/シ

[諮][谘]zī[日≒繁≒簡]

跟別人商量

諮る②〈他五〉商量，徵求意見，請示 例 上司に～ってお返事いたします[請示過上級後再給您回答]

諮問⓪〈名・サ變〉諮問，諮詢，諮議

子 こ/シ/ス

zī[日＝繁＝簡]

人的通稱；卵；幼小的，小的，嫩的 辨 漢語中的「子」在古代指兒女，現在專指兒子；日語中的「子」既可指兒子，也可指女兒

子⓪〈名〉孩子，子女；小孩兒，孩
子；姑娘，女孩子；仔，崽；子兒；
小塊莖，新株，小株 例 ～ を養う
［養兒］

子会社②〈名〉子公司；系列公司
例 ～に出向する［調往子公司］

子供⓪〈名〉孩子，兒女 例 ～ を生む
［生孩子］

子分①〈名〉義子，乾兒子；部下；黨
羽；嘍囉；走卒 例 ～ を集める［召
集部下］

子音⓪〈名〉子音，輔音；聲母
＝しおん

子宮⓪〈名〉子宮

子爵①〈名〉子爵

子孫①〈名〉子孫；後代；後裔

子弟①〈名〉子弟

★菓子・君子・原子・皇太子・妻子・
才子・女子・精子・赤子・太子・
男子・嫡子・天子・電子・拍子・
分子・母子・養子・利子

姉 あね/シ
[姊][姉]zi［日≒繁＝簡］
姐姐

姉①〈名〉姐姐，姊；家姐

姉妹①〈名〉姐妹；姊妹；同一系統
之物

★長姉

紫 むらさき/シ
zi［日＝繁＝簡］
紅和藍合成的顏色

紫②〈名〉紫，紫色；醬油；紫丁香；
藥用紫草

紫雲⓪〈名〉紫雲，祥雲

紫煙⓪〈名〉香菸的煙

紫外線⓪〈名〉紫外線，紫外光

紫竹⓪〈名〉紫竹

自 みずか・ら/シ/ジ
zi［日＝繁＝簡］
本人，己身；當然

自ら①〈副〉自己；親自；親身；親
手；親口；親眼；親筆 例 ～ 手を
下す［親自動手］

自愛⓪〈名・サ變〉保重

自慰①〈名・サ變〉自慰；手淫

自営⓪〈名・サ變〉個體經營，獨資經
營；獨自經營，獨立經營

自衛⓪〈名・サ變〉自衛

自衛隊②〈名〉自衛隊

自演⓪〈名・サ變〉自演

自家①〈名〉自己的家；自我，自己
例 ～ 用車［私家車］

自我①〈名〉自我，自己

自画①〈名〉自己畫圖畫；自己畫的
圖畫

自壊⓪〈名・サ變〉自己崩潰，自然瓦
解

自戒⓪〈名・サ變〉自戒，自我約束，
自我警惕

自害①〈名・サ變〉自殺

自覚⓪〈名・サ變〉自知，認識到；覺
醒，覺悟，自覺；感覺

自学①〈名・サ變〉自學

自活⓪〈名・サ變〉自己謀生

自棄①〈名〉自棄

自虐⓪〈名〉虐待自己，自虐

自業自得⓪-⓪，①-① 自作自受，
自食其果

自給自足⓪〈名〉自給自足

自供⓪〈名・サ變〉招供，自供，口供，供詞

自警⓪〈名・サ變〉自衛；自戒，自警

自決⓪〈名・サ變〉自己決定，自決；自殺

自己①〈名〉自我

自在⓪〈形動〉自由自在，自如，隨意

自殺⓪〈名・サ變〉自殺

自贊⓪〈名・サ變〉自畫自贊；自誇，自我吹

自主⓪〈名〉自主

自首⓪〈名・サ變〉自首，投案

自修⓪〈名・サ變〉自修，自學

自習⓪〈名・サ變〉自習，自學

自粛⓪〈名・サ變〉自己克制，自慎，自我約束，自行

自署⓪〈名・サ變〉自己(的)署名

自助①〈名〉自助

自称⓪〈名・サ變〉自稱

自乗⓪〈名・サ變〉自乘，平方

自縄自縛⓪〈名〉作繭自縛

自炊⓪〈名・サ變〉自己燒飯菜

自製⓪〈名・サ變〉自製

自説⓪〈名〉己見，自己的主張，自己的學説

自薦⓪〈名・サ變〉自薦

自然⓪〈名〉自然，天然；大自然，自然界

自足⓪〈名・サ變〉自足

自尊⓪〈名〉自尊

自他⓪〈名〉自己和別人

自体①〈名・副〉自己，自身；原來，究竟，(從根本上)説起來

自宅⓪〈名〉自己的住宅，自己的家裏

自治①〈名〉自治；地方自治

自重⓪〈名・サ變〉自重，自愛，愼重；保重，珍重

自転車②〈名〉自行車

自伝⓪〈名〉自傳

自動⓪〈名〉自動

自動車②〈名〉汽車

自得⓪〈名・サ變〉自己領會；得意，滿足；自受

自白⓪〈名・サ變〉自白

自爆⓪〈名・サ變〉自己爆炸

自筆⓪〈名〉親筆

自負①〈名〉自負

自閉症⓪〈名〉孤獨症

自弁⓪〈名・サ變〉自己負擔(費用)

自暴自棄④〈形動〉自暴自棄

自慢⓪〈名・サ變〉自誇，自大，驕傲，得意

自明⓪〈名・形動〉自明，當然

自滅⓪〈名・サ變〉自然消滅，自然滅亡；自取滅亡

自由②〈名・形動〉自由

自力⓪〈名〉自力，自己的力量；自力修行

自立⓪〈名・サ變〉自立，獨立

自律⓪〈名・サ變〉自律

★各自・出自・独自・夜郎自大

字 あざ/ジ

字 zì[日＝繁＝簡]

用來記錄語言的符號；文字的不同形式；書法的派別；書法的作品 **辨**
在日語中，還可用來指鎮、村中的區劃，相當於中國古代的「閭」

字①〈名〉閭 **例** 中野村～吉田100番地[中野村吉田閭100號]

字音⓪〈名〉字音(日語中的漢字讀

音）

字画⓪〈名〉筆畫

字義①〈名〉字義

字句①〈名〉字句

字形⓪〈名〉字形

字源⓪〈名〉資源

字訓⓪〈名〉漢字的訓讀

字数②〈名〉字數

字体⓪〈名〉字體；字形

字典⓪〈名〉字典，字彙

字引③〈名〉字典；詞典，辭典；辭書

字幕⓪〈名〉字幕

字面⓪〈名〉文字的排列；字面 **例**～
だけで判断する［單從字面上判斷］

★ 活字・漢字・欠字・検字・国字・
識字・習字・植字・俗字・題字・
点字・難字・文字

恣 ほしいまま/シ
zì［日＝繁＝簡］

放縱，無拘束

恣 ②〈名・形動〉隨心所欲，縱情

恣意①〈名〉恣意

漬 つ・かる/つ・ける
［漬］［漬］zì［日＝繁≒簡］

浸，漚，沾

漬かる③⓪〈自五〉淹；泡；泡在（澡
堂裏）洗澡；醃好，醃透 **例** 漬物
が～る［鹹菜醃好］

漬ける③⓪〈他一〉醃（菜等）**例** 菜っ
葉を～ける［醃菜］

宗 シュウ/ソウ
zōng［日＝繁＝簡］

祖先；家族；派別；主要的目的和
意圖

宗教①〈名〉宗教

宗旨①〈名〉中心教義，教旨；派
別，宗派；（個人的）主義；趣味，
愛好；作風

宗祖①〈名〉開山祖

宗派①〈名〉宗派，教派；流派

宗族①〈名〉宗族

★ 禅宗

踪 ソウ
zōng［日＝繁＝簡］

人或動物走過留下的腳印

踪跡⓪〈名〉踪跡

★ 失踪

総 ソウ
［總］［总］zōng［日≒繁≒簡］

匯集；全部的，全面的；概況全部
的，為首的

総じて④〈接〉總的，一般地説來，
通常，概括地

総会⓪〈名〉總會，大會，全會

総額⓪〈名〉總額，全額，總數

総括⓪〈名・サ變〉總結，總括

総監⓪〈名〉（警察等的）總監，總管
（的官職）

総記①〈名〉總論類；總論

総計⓪〈名・サ變〉總計，總共

総合⓪〈名・サ變〉綜合

総裁⓪〈名・サ變〉總裁；董事長；行
長；總經理

総称⓪〈名・サ變〉總稱

総帥⓪〈名・サ變〉總帥，統帥

総数③〈名〉總數

総則⓪〈名〉總則，總章

総体⓪〈名・副〉總體，全體，全局；一般説來，總的説來；本來，原來

総長①〈名〉總長；大學的校長

総統⓪〈名〉總統

総督⓪〈名〉總督

総務①〈名〉總務 **例** ～部［總務部］；～課［總務科］

総覧⓪〈名・サ變〉總覽，通覽

総理①〈名〉總理，內閣總理 **例** ～府［總理府］

総力①〈名〉總力，全力

総論⓪〈名〉總論

総和⓪〈名〉總和

縦 たて/よ・しんば/ジュウ
［縱］［纵］zòng［日≒繁≒簡］

地理上南北向的(與「橫」相對)；放任，不拘束；即使

縦①〈名〉縱，豎；長，寬

縦横①〈名〉橫豎，經緯

縦しんば②〈副〉縱令，縱然，即使 **例** ～彼が謝ったとしても、私は絶対に許さない［即使他道歉，我也決不答應］

縦横③〈名〉縱橫；四面八方；縱情，盡情，隨意，毫無拘束

縦貫⓪〈名・サ變〉縱貫，南北貫通

縦走⓪〈名・サ變〉沿山脊走；南北走向，縱貫

縦断⓪〈名・サ變〉縱貫；縱斷，從中劈開

★ 操縦・放縦

走 はし・る/ソウ
zǒu［日＝繁＝簡］

跑 **辨** 在現代漢語中，是「行走」的意思

走る②〈自五〉跑，奔跑；行駛，奔馳；橫貫，縱貫，綿延；掠過，劃過；投向，轉向，逃向；偏於，走，追求 **例** 筆が～る［筆走龍蛇］

走行⓪〈名・サ變〉行走，行駛

走者①〈名〉賽跑運動員，接力賽的運動員；跑壘員

走破①〈名・サ變〉跑完；跑過

走塁⓪〈名・サ變〉跑壘

★ 滑走・競走・疾走・助走・脱走・東奔西走・逃走・独走・敗走・暴走・奔走・迷走

奏 かな・でる/ソウ
zòu［日＝繁＝簡］

依照曲調吹彈樂器；呈現，取得(功效等)；臣子對帝王陳述意見和說明事情

奏でる③〈他一〉奏，演奏 **例** 琴を～でる［彈箏］

奏功⓪〈名・サ變〉成功

奏効⓪〈名・サ變〉奏效，見效，起作用

奏上⓪〈名・サ變〉上奏(天皇、皇上)

奏法⓪〈名〉演奏方法，演奏法

★ 演奏・合奏・間奏・協奏曲・重奏・上奏・前奏・独奏・伴奏・変奏曲・密奏

租 ソ
zū［日＝繁＝簡］

租用；出租；出租所收取的金錢或實物

租界⓪〈名〉(舊中國的)租界

租借⓪〈名・サ變〉(對他國領土的)租

借
租税①〈名〉租税，税款
（そぜい）

★ 地租・田租・免租
（ちそ）（でんそ）（めんそ）

足 あし/た・す/た・りる/た・る/ソク
zú[日＝繁＝簡]

腳，腿；充分，夠量；值得，夠得上

足②〈名〉腳；腿；腳步；步行；吃
（あし）
水；交通工具；去；來；來往；速
率；進度；錢 例 お～が足りない
（た）
[錢不夠]

足音③〈名〉腳步聲 例 ～がする[有
（あしおと）
腳步聲]

足型⓪〈名〉腳型，本楦子，腳樣
（あしがた）
例 ～を取る[取腳樣]
（と）

足軽⓪〈名〉步卒，走卒；最下級武士
（あしがる）

足場③〈名〉立足處，搭腳處，踏板；
（あしば）
腳手架；立腳點，基礎；腳下，下
腳處；交通之便 例 ～を組む[搭腳
手架]

足元③〈名〉腳下；身邊；腳步，步
（あしもと）（かた）
伐；立場；身份；身旁 例 ～を固
める[鞏固自身立場]＝足下
（あしもと）

足す②⓪〈他五〉加；添；續；上
（た）
例 数字を～す[加數字]
（すうじ）

足りる③⓪〈自一〉夠，能夠，足；
（た）
不夠，不足；缺乏；缺少；短缺，
低能，頭腦遲鈍 例 きょうの仕事
（しごと）
は三人で～りる[今天的工作3個人
（さんにん）
做就夠了]

足る②⓪〈自五〉夠，能夠，足；不
（た）
夠，不足；缺乏；缺少；短缺；低
能，頭腦遲鈍 例 用が～る[管用]
（よう）

足跡⓪〈名〉足跡，腳印；歷程，經
（そくせき）
過，事跡；成就，成果，業績

足部①〈名〉腳部，足部
（そくぶ）

足労③〈名〉勞步，勞駕 例 ご～を願
（そくろう）（ねが）
います[勞您駕來(去)一趟]

★ 遠足・義足・下足・高足・自足・
（えんそく）（ぎそく）（げそく）（こうそく）（じそく）
充足・蛇足・手足・纏足・土足・
（じゅうそく）（だそく）（てあし）（てんそく）（どそく）
発足・人足・不足・補足・満足
（はっそく）（ひとあし）（ふそく）（ほそく）（まんそく）

卒 ソツ
zú[日＝繁＝簡]

兵；完畢，結束；到底，終於；死

卒業⓪〈名・サ變〉畢業；體驗過，過
（そつぎょう）
時，過了階段

卒然⓪〈副〉突然，忽然；輕率
（そつぜん）

卒倒⓪〈名・サ變〉昏倒，暈倒；昏
（そっとう）
厥，暈厥

★ 獄卒・士卒・将卒・兵卒
（ごくそつ）（しそつ）（しょうそつ）（へいそつ）

族 ゾク
zú[日＝繁＝簡]

親屬；種族，民族；具有共同屬性的
人或物

族長⓪〈名〉族長；家長
（ぞくちょう）

★ 遺族・姻族・華族・貴族・旧族・
（いぞく）（いんぞく）（かぞく）（きゅうぞく）
士族・氏族・親族・宗族・部族・
（しぞく）（しぞく）（しんぞく）（そうぞく）（ぶぞく）
民族
（みんぞく）

阻 はば・む/ソ
zǔ[日＝繁＝簡]

險要的地方；攔擋

阻む②〈他五〉阻止，阻擋；擋 例 人
（はば）（ひと）
の行く手を～む[擋住行人的去路]
（ゆ）（て）

阻害⓪〈名・サ變〉阻礙，障礙；妨礙
（そがい）

阻隔⓪〈名・サ變〉阻隔
（そかく）

阻止①〈名・サ變〉阻止，阻擋
（そし）

★ 険阻
（けんそ）

祖 ソ
zǔ[日＝繁＝簡]

父母親的上一輩；先代；事業或派
別的首創者

祖国①〈名〉祖國

祖先①〈名〉祖先

祖父①〈名〉家祖父；外祖父 辨 漢語
中的「祖父」特指父親的父親

祖母①〈名〉祖母；外祖母 辨 漢語中
的「祖母」特指父親的母親

★教祖・始祖・先祖・太祖

組 くみ/く・む/ソ
[組][组]zǔ[日＝繁≒簡]

結合，構成；由不多的人員組成的單
位；量詞，用於事物的集體

組②〈名〉套，組，對；班，級，組；
隊，伙，幫；排版；份；套；副 例
自分たちの～の者[我們班的人]

組合⓪〈名〉工會，行會；組合，合作
社；工會 例 ～運動[工人運動]

組む①〈他五〉合伙，聯合；組織，結
成；組成組；配成對；互相揪打；
扭成一團；交叉在一起，交叉起
來；編，織；交叉搭成；排版；匯
款；編，造 例 グループを～む[結
組]

組閣⓪〈名・サ變〉組閣，組織內閣

組織①〈名・サ變〉組織

組成⓪〈名・サ變〉組成，構成

★改組

醉 よ・う/スイ
[醉][醉]zuì[日≒繁＝簡]

飲酒過量，神志不清；沉迷；過分
愛好

醉う①〈自五〉醉，喝醉；暈；陶醉
例 船に～う[暈船]

醉漢⓪〈名〉醉漢，醉鬼

醉眼⓪〈名〉醉眼

醉顔⓪〈名〉醉顏，醉酒的面孔

醉生夢死⑤〈名〉醉生夢死

醉態⓪〈名〉醉態

★心醉・泥醉・微醉・麻醉・乱醉

最 もっと・も/サイ
zuì[日＝繁＝簡]

表示某種屬性超過所有同類的人或
事物

最も③〈副〉最 例 ～良い[最好]

最愛⓪〈名〉最愛，最親愛

最悪⓪〈名・形動〉最壞，最惡劣，最
不利，最糟糕

最強⓪〈名〉最強

最近⓪〈名・副〉最近，近來

最恵国③〈名〉最惠國

最古①〈名〉最古，最早，最古老

最後①〈名〉最後

最期①〈名〉臨終，死亡，最後，逝
世前夕，末日

最高⓪〈名・形動〉最高，至高無上

最終⓪〈名〉最後；最末尾

最初⓪〈名〉第一，第一個，第一次；
最初，起初，起先，開始，頭，開頭

最小⓪〈名〉最小

最上⓪〈名〉最上面，最頂上

最上階③〈名〉最上層，最高層

最新⓪〈名〉最新

最盛期③〈名〉最盛期，極盛時代，
最繁榮的時期

最前③⓪〈名〉最前，最前頭；方才，
剛才

最先端③〈名〉最尖端，最前頭
最善⓪〈名〉最善，最好；全力
最大⓪〈名〉最大
最短⓪〈名〉最短
最中①〈名〉正在…中，正在…的時候
最長⓪〈名〉最長；最年長
最低⓪〈名・形動〉最低；最壞
最適⓪〈名・形動〉最適，最適合，最適度，最合
最北⓪〈名〉最北，極北
最良⓪〈名〉最好，最優良，最好，最佳；最精良；最優秀

罪 つみ/ザイ
[罪][罪]zuì[日≒繁＝簡]
犯法的行為；過失；苦難，痛苦
罪①〈名・形動〉犯罪，罪，辜；罪孽；罪過，罪咎，罪責；壞事，歹事；罪孽勾當，造孽；狠毒，殘忍 例～がない[無罪]
罪悪①〈名〉罪惡
罪因⓪〈名〉罪因，犯罪原因
罪過①〈名〉罪過，罪惡和過失
罪業⓪〈名〉罪孽
罪状⓪〈名〉罪狀
罪責⓪〈名〉罪責
罪人⓪〈名〉罪人，罪犯，犯人 ＝つみびと
罪名⓪〈名〉罪名
★原罪・功罪・死罪・謝罪・贖く罪断罪・犯罪・余罪・流罪

尊 たっと・い/たっと・ぶ/とうと・い/とうと・ぶ/ソン
zūn[日＝繁＝簡]

地位或輩分高；敬重
尊い③〈形〉珍貴，貴重，寶貴；高貴，尊貴 例その気持ちが～い[那種心情可貴]
尊ぶ③〈他五〉尊貴，尊重；尊敬，欽佩 例親を～ぶ[尊敬父母]
尊い③〈形〉珍貴，寶貴，貴重；尊貴，高貴，值得尊敬 例～い教訓[寶貴的教訓]
尊ぶ③〈他五〉尊重，尊敬，尊崇，崇敬，恭敬；重視，珍視，珍重 例名誉を～ぶ[重名譽]
尊貴①〈名・形動〉尊貴
尊敬⓪〈名・サ變〉尊敬，敬重；恭敬；敬仰
尊厳⓪〈名・形動〉尊嚴
尊称⓪〈名〉尊稱，敬稱
尊大⓪〈名・形動〉自大，驕傲自大
尊重⓪〈名・サ變〉尊重，重視
尊皇攘夷⑤〈名〉尊王攘夷
尊卑①〈名〉尊卑，尊貴與卑賤
★至尊・自尊・男尊女卑・独尊

遵 ジュン
zūn[日＝繁＝簡]
依照
遵守①〈名・サ變〉遵守，遵從

昨 サク
zuó[日＝繁＝簡]
昨天；泛指過去
昨②〈名〉昨天，昨兒，昨兒個；近來，最近，剛剛 例～の朝[昨天早晨]
昨日②〈名〉昨日，昨天＝きのう
昨秋⓪〈名〉去年秋天

昨週⓪〈名〉上週，上星期

昨春⓪〈名〉去年春天

昨冬⓪〈名〉去年冬天

昨晩②〈名〉昨晩，昨天晚上

昨夜②〈名〉昨夜，昨晚

昨夕⓪〈名〉昨晚

昨夏①〈名〉去年夏天

昨今①〈名・副〉近來，最近

左 ひだり/サ
zuǒ［日＝繁＝簡］

面向南時靠左的一邊（與「右」相對）；指思想上進步或超過現實實現許可的過頭思想和行動；降低官職

左⓪〈名〉左，左側，左邊；左手；「左派」，「左傾」；左外場；左側

左側③〈名〉左側，左邊

左利き⓪③〈名〉左撇子；好喝酒的人

左記①〈名〉左面所書，下列

左傾⓪〈名・サ變〉向左傾斜；（思想）「左傾」

左証⓪〈名〉佐證

左折⓪〈名・サ變〉向左拐彎

左遷⓪〈名・サ變〉降職，降級調職；左遷

左派①〈名〉「左派」

左右①〈名〉左面和右面，左右方；閃爍其詞，支吾；支配，操縱，影響，左右

左翼①〈名〉左翼；「左派」，「左傾」

左腕①〈名〉左臂

佐 サ
zuǒ［日＝繁＝簡］

輔助，幫助；處於輔助地位的人

佐官①〈名〉校官

★補佐

作 つく・る/サ/サク
zuò［日＝繁＝簡］

從事，做工；舉行，進行；創造；文藝方面的作品

作る②〈他五〉做，作，造，弄；製造；製作；寫作；創作；形成，組成；製定，建立；設立；耕種，栽培；培養，培育，養成；生育；化妝；假裝；虛構；掙；樹立 **例**料理を～る［做飯］

作業①〈名・サ變〉工作；操作，勞動 **例**～服［工作服］

作為①〈名・サ變〉做作，造作，虛構；作偽；作為，行為，有積極行動

作柄⓪〈名〉收成，年成

作詞⓪〈名・サ變〉作詞，作歌詞

作者①〈名〉作者，寫作者，著者；創作者

作図⓪〈名・サ變〉繪圖，畫圖；作圖

作成⓪〈名・サ變〉寫；作

作戦⓪〈名〉作戰

作品⓪〈名〉作品

作風⓪〈名〉作品的風格 **辨**在日語中，沒有指在思想、工作和生活等方面表現出來的態度或行為的意思

作物②〈名〉作品

作文⓪〈名・サ變〉作文，（寫）文章；空做文章，空談闊論

作物②〈名〉作物，農作物，莊稼

作家⓪〈名〉作家

作況⓪〈名〉收成，農作物的生長情況

作曲⓪〈名・サ變〉作曲；配曲

作動⓪〈名・サ變〉工作，動作，啟動

作法①〈名〉禮法；禮節，禮儀；禮貌；規矩；作法

作用①〈名・サ變〉作用，起作用

★ 凶作・傑作・原作・減作・秀作・習作・制作・製作・創作・造作・大作・著作・動作・農作・豐作・力作・輪作・勞作

座 すわ・る/ザ
zuò[日＝繁＝簡]

座位；放在器物底下墊著的東西；星座

座る③⓪〈自五〉坐，跪坐；居某地位，占據席位 例 きちんと～る[端坐]

座視①〈名・サ變〉坐視，漠不關心地觀望，視而不管

座敷③〈名〉(鋪著榻榻米的日本式的)房間；(日本式)客廳；宴會，(宴會上的)應酬

座礁⓪〈名・サ變〉觸礁，擱淺

座席⓪〈名〉座位；席位

座禅⓪〈名〉坐禪，打坐，打禪

座談会②〈名〉座談會

座標⓪〈名〉坐標 例 ～軸[坐標軸]

★ 王座・上座・口座・講座・首座・星座・正座・静座・即座・対座・端座・土下座・便座・満座

刈 か・る
yi[日＝繁＝簡]

刈り上げる④〈他一〉割完，完全割光；推頭，理髮 例 田を～げる[把稻穀收割完]

刈り入れる④〈他一〉收割 例 もう～れる時節だ[已經到了收割時期]

刈り込む③〈他五〉修剪，修整 例 芝生を～む[修剪草坪]

刈り取る③〈他五〉收割；鏟除，除掉 例 イネを～る[收割稻子]

刈る②⓪〈他五〉割，割掉；剪，修剪 例 草を～る[割草]

匂 におい/にお・う

匂い①〈名〉氣味；香氣；氣息；味道，跡象

匂う②〈自五〉發出氣味；發臭；露出跡象

込 こ・む/こ・める

込む①〈自五〉擠，擁擠；混雜 例 電車が～む[電車裏乘客擁擠]

込める②〈他一〉裝填；包括在內，計算在內；集中，貫注 例 心を～めて書く[精心地寫]

扱 あつか・う

扱う⓪④〈他五〉待，待遇，對待，接待；處理；辦；使用，操縱；管，經營 例 客として～う[以客相待]

枠 わく

枠②〈名〉框，框子；邊線，輪廓；護板，鑲板，模子；範圍，界限，圈子，框框 例 各ページに～をつける[各頁都加上邊線]

枠外②〈名〉框子外；範圍外 例常
用漢字の～[超出常用漢字的範圍]
枠組み⓪〈名〉框子的結構，框架
結構，輪廓 例計画の～[計畫的輪
廓]
枠内②〈名〉框子裏；範圍內，限度
內 例予算の～でやりくりする[在
預算範圍內設法安排]

栃 とち
h[日＝繁＝簡]
樹名
栃①⓪〈名〉日本七葉樹

咲 さ・く
咲きこぼれる⑤〈自一〉盛開，開得
爛漫，開滿枝頭 例サクラの花が
山いっぱい～れている[櫻花爛漫]
咲き誇る④〈自五〉遲開，開得晚，
後開；謝得晚，還沒謝，仍然開著
例庭にはコスモスが～っている
[院子裏的波斯菊還在開著]
咲き乱れる⑤〈自一〉盛開，開得十
分爛漫，開得五彩繽紛 例さまざ
まな色の花が～れている[各種顏色
的花朵五彩繽紛地盛開著]
咲く②⓪〈自五〉開 例花が～く[開
花]

峠 とうげ
峠③〈名〉山巔，嶺，山口；頂點，絕
頂；緊要時期；危險期；危機，難
關 例この仕事も～を越した[這項
工作最困難的部分已過去了]

畑 はたけ
畑⓪〈名〉旱田，田地；專業的領域
例茶～[茶田]
畑作⓪〈名〉耕種旱田 例この辺り
は～が主だ[這一帶主要種旱田]

塀 ヘイ
塀⓪〈名〉圍牆，牆壁
★板塀・土塀・煉瓦塀

搾 しぼ・る/サク
搾る②〈他五〉擰；榨，擠；硬擠，強
逼；剝削，勒索，榨取；申斥；縮
小，集中(到一點) 例タオルを～
る[擰毛巾]
搾取①〈名・サ變〉榨取，剝削
搾乳⓪〈名・サ變〉擠奶；擠下來的奶
搾油⓪〈名・サ變〉榨油
★圧搾

働 はたら・く/ドウ
働く④⓪〈自五〉工作；勞動，做
工，幹活兒；起作用；活動；幹 例
朝から晩まで～く[從早到晚勞動]
★稼働・別働隊・労働

附錄一　特殊讀法漢字表

明日②〈名〉明天

小豆③〈名〉小豆，紅豆

海女①〈名〉海女

硫黄⓪〈名〉硫黄

意気地①〈名〉魄力，志氣，骨氣

田舎⓪〈名〉鄉下，農村；故鄉，家
　鄉，老家

息吹①〈名〉呼吸；氣息，氣氛

海原⓪②〈名〉大海，汪洋

乳母①〈名〉奶媽，保姆

笑顔①〈名〉笑容，笑臉

お母さん②〈名〉媽媽

叔父⓪伯父①②〈名〉叔父，伯父

お父さん②〈名〉爸爸

大人⓪〈名〉大人

乙女②〈名〉少女，處女

叔母⓪伯母⓪〈名〉姑媽，嬸媽，伯
　母；姨媽；舅媽

お巡りさん②〈名〉警察，巡警

お神酒⓪〈名〉敬神的酒

神楽①〈名〉(日本的)古典舞樂

河岸⓪〈名〉河岸

風邪⓪〈名〉感冒，傷風

仮名⓪〈名〉假名

蚊帳⓪〈名〉蚊帳

為替⓪〈名〉匯兌，匯款

河原⓪川原⓪〈名〉河灘

昨日⓪〈名〉昨日，昨天

今日①〈名〉今日，今天

果物②〈名〉水果

玄人①〈名〉內行，行家

今朝①〈名〉今天早上

景色①〈名〉景色

心地⓪〈名〉感覺，心情

今年⓪〈名〉今年

早乙女⓪〈名〉插秧姑娘；少女

雑魚①〈名〉各種小魚；無足輕重的
　人物

桟敷⓪③①〈名〉看台；(劇場的)樓座

五月晴れ⓪〈名〉梅雨期間的晴天

早苗⓪〈名〉稻秧，秧苗

時雨⓪〈名〉(秋冬之交的)陣雨

竹刀①〈名〉(練習擊劍用的)竹劍

芝生⓪〈名〉草坪，矮草地

清水⓪〈名〉清澈的泉水

三味線⓪〈名〉日本三弦(一種樂器)

砂利⓪〈名〉砂石，碎石子

数珠②〈名〉念珠

上手③〈形動〉擅長，善於

白髪③〈名〉白髮

素人①〈名〉外行，門外漢

師走⓪〈名〉臘月，十二月＝しはす

数奇屋・数寄屋⓪〈名〉(日式)茶室

相撲⓪〈名〉相撲(日本的一種摔跤運動)

草履⓪〈名〉草鞋

山車②〈名〉(在廟會或節日出現的)佈滿各種彩飾的花車

太刀①〈名〉長刀，大刀

七夕⓪〈名〉七夕

足袋①〈名〉(日本建築工人穿的)短布襪

稚児①⓪〈名〉嬰兒，幼兒

一日④⓪〈名〉一號

築山⓪〈名〉假山

梅雨⓪〈名〉梅雨

凸凹①⓪〈名・サ變〉凹凸不平

伝馬船⓪〈名〉大舢板

投網⓪〈名⓪サ變〉撒網

十重二十重①–②〈名〉許多層

読経⓪〈名⓪サ變〉念經

時計⓪〈名〉鐘，錶

友達⓪〈名〉朋友

仲人②〈名〉媒人，婚姻介紹人

名残③⓪〈名〉惜別，依戀；遺跡，殘餘

雪崩⓪〈名〉雪崩；蜂擁

兄さん①〈名〉哥哥

姉さん①〈名〉姐姐

野良①②〈名〉原野，野地

祝詞⓪〈名〉祈禱文

博士①〈名〉博士

二十歳⓪二十①〈名〉二十歲

二十日⓪〈名〉二十號

波止場⓪〈名〉碼頭

一人②〈名〉一個人

日和⓪〈名〉天氣；晴天；形勢，趨勢

二人③〈名〉兩人

二日⓪〈名〉二號

吹雪①〈名〉暴風雪

下手②〈形動〉笨拙，不高明；不慎重，馬虎

部屋②〈名〉房間

迷子①〈名〉迷路的小孩；迷路；失蹤，下落不明

土産⓪〈名〉特產，土產

息子⓪〈名〉兒子，男孩

眼鏡①〈名〉眼鏡

猛者①〈名〉猛將，健將

紅葉①〈名〉紅葉

木綿⓪〈名〉木棉

最寄り⓪〈名〉最近，附近

八百長⓪〈名〉(事先講好勝負的)假比賽；合謀，同謀，串通

八百屋⓪〈名〉蔬菜店

大和①〈名〉大和(古代的國民；日本的別名)

浴衣⓪〈名〉夏天穿的日式單衣；浴衣

寄席⓪〈名〉曲藝場，說書場，雜技場

若人②〈名〉年輕人，青年

附錄二　日本主要地名

【說明】

1. 本附表所收錄的為市級以及市級以上的地名；
2. 都道府縣名按漢語拼音順序排列；
3. 市名列於所屬都道府縣名之下，按日語假名五十音順序排列；
4. 與都道府縣名相同的市名，以及用假名表示的市名省略。

1　愛媛県

今治市
伊予市
伊予三島市
宇和島市
大洲市
川之江市
西条市
東予市
新居浜市
北条市
松山市
八幡浜市

2　愛知県

安城市
一宮市
稲沢市
犬山市
岩倉市
大府市

岡崎市
尾張旭市
春日井市
蒲郡市
刈谷市
江南市
小牧市
新城市
瀬戸市
高浜市
知多市
知立市
津島市
東海市
常滑市
豊明市
豊川市
豊田市
豊橋市
名古屋市
西尾市
日進市

半田市
尾西市
碧南市

3　北海道

赤平市
旭川市
芦別市
網走市
石狩市
岩見沢市
歌志内市
恵庭市
江別市
小樽市
帯広市
北見市
釧路市
札幌市
士別市
砂川市
滝川市

伊達市
千歳市
苫小牧市
名寄市
根室市
登別市
函館市
美唄市
深川市
富良野市
三笠市
室蘭市
紋別市
夕張市
留萌市
稚内市

4　兵庫県

相生市
明石市
赤穂市
芦屋市
尼崎市
伊丹市
小野市
古川市
加西市
川西市
神戸市
三田市
洲本市
高砂市

宝塚市
竜野市
豊岡市
西宮市
西脇市
姫路市
三木市

5　長崎県

諫早市
大村市
佐世保市
島原市
平戸市
福江市
松浦市

6　長野県

飯田市
飯山市
伊那市
上田市
大町市
岡谷市
更埴市
駒ヶ根市
小諸市
佐久市
塩尻市
須坂市
諏訪市
茅野市

中野市
松本市

7　沖縄県

石垣市
石川市
糸満市
浦添市
宜野湾市
具志川市
名護市
那覇市
平良市

8　茨城県

石岡市
岩井市
牛久市
土浦市
笠間市
鹿嶋市
北茨城市
古河市
下館市
下妻市
高萩市
取手市
日立市
常陸太田市
水海道市
水戸市
結城市

竜ヶ崎市

9 大阪府

池田市
和泉市
泉大津市
泉佐野市
茨木市
大阪狭山市
貝塚市
柏原市
交野市
門真市
河内長野市
岸和田市
堺市
四條畷市
吹田市
摂津市
泉南市
大東市
高石市
高槻市
豊中市
富田林市
寝屋川市
羽曳野市
阪南市
東大阪市
枚方市
藤井寺市
松原市

箕面市
守口市
八尾市

10 大分県

宇佐市
白杵市
杵築市
佐伯市
竹田市
津久見市
中津市
日田市
豊後高田市
別府市

11 島根県

出雲市
大田市
江津市
浜田市
平田市
益田市
松江市
安来市

12 徳島県

阿南市
小松島市
鳴門市

13 東京都

稲城市
青梅市
清瀬市
国立市
小金井市
国分寺市
小平市
狛江市
立川市
田無市
多摩市
調布市
八王子市
羽村市
東村山市
東久留米市
日野市
府中市
福生市
保谷市
町田市
三鷹市
武蔵野市
武蔵村山市

14 福島県

会津若松市
喜多方市
郡山市
白河市

須賀川市
相馬市
二本松市
原町市

15　福岡県

甘木市
飯塚市
大川市
大野城市
大牟田市
小郡市
春日市
北九州市
久留米市
古賀市
田川市
太宰府市
筑後市
筑紫野市
中間市
直方市
豊前市
前原市
宗像市
柳川市
山田市
八女市
行橋市

16　福井県

大野市

勝山市
武生市
小浜市
鯖江市
敦賀市

17　富山県

小矢部市
魚津市
黒部市
新湊市
高岡市
砺波市
滑川市
氷見市

18　岡山県

井原市
笠岡市
倉敷市
総社市
高梁市
玉野市
津山市
新見市
備前市

19　高知県

安芸市
宿毛市
須崎市
土佐市

土佐清水市
中村市
南国市
室戸市

20　宮城県

石巻市
岩沼市
角田市
気仙沼市
塩竈市
白石市
仙台市
多賀城市
名取市
古川市

21　宮崎県

串間市
小林市
西都市
日南市
日向市
延岡市
都城市

22　広島県

因島市
大竹市
尾道市
呉市
庄原市

竹原市
廿日市市
東広島市
福山市
府中市
三原市
三次市

23 和歌山県

有田市
海南市
御坊市
新宮市
田辺市
橋本市

24 京都府

綾部市
宇治市
亀岡市
京田辺市
城陽市
長岡京市
福知山市
舞鶴市
宮津市
向日市
八幡市

25 静岡県

三島市
熱海市

伊東市
磐田市
掛川市
湖西市
御殿場市
島田市
清水市
下田市
裾野市
天竜市
沼津市
浜北市
浜松市
袋井市
富士市
藤枝市
富士宮市
焼津市

26 栃木県

足利市
今市市
宇都宮市
大田原市
小山市
鹿沼市
黒磯市
佐野市
日光市
眞岡市
矢板市

27 鹿児島県

阿久根市
出水市
指宿市
大口市
加世田市
鹿屋市
串木野市
国分市
川内市
垂水市
名瀬市
西之表市
枕崎市

28 奈良県

生駒市
香芝市
橿原市
御所市
五條市
桜井市
天理市
大和郡山市
大和高田市

29 鳥取県

倉吉市
境港市
米子市

30　岐阜県（ぎふけん）

恵那市（えなし）
大垣市（おおがきし）
各務原市（かかみがはらし）
可児市（かにし）
高山市（こうやまし）
関市（せきし）
治見市（じみし）
土岐市（ときし）
中津川市（なかつがわし）
羽島市（はしまし）
瑞浪市（みずなみし）
美濃市（みのし）
美濃加茂市（みのかもし）

31　埼玉県（さいたまけん）

上尾市（あげおし）
朝霞市（あさかし）
入間市（いるまし）
岩槻市（いわつきし）
大宮市（おおみやし）
桶川市（おけがわし）
春日部市（かすかべし）
加須市（かぞし）
上福岡市（かみふくおかし）
川口市（かわぐちし）
川越市（かわごえし）
北本市（きたもとし）
行田市（ぎょうだし）
久喜市（くきし）
熊谷市（くまがやし）

鴻巣市（こうのすし）
越谷市（こしがやし）
坂戸市（さかどし）
幸手市（さってし）
狭山市（さやまし）
秩父市（ちちぶし）
鶴ヶ島市（つるがしまし）
所沢市（ところざわし）
戸田市（とだし）
新座市（にいざし）
蓮田市（はすだし）
浦和市（うらわし）
鳩ヶ谷市（はとがやし）
羽生市（はにゅうし）
飯能市（はんのうし）
東松山市（ひがしまつやまし）
日高市（ひだかし）
深谷市（ふかやし）
富士見市（ふじみし）
本庄市（ほんじょうし）
草加市（そうかし）
三郷市（みさとし）
八潮市（やしおし）
吉川市（よしかわし）
与野市（よのし）
和光市（わこうし）
蕨市（わらびし）

32　千葉県（ちばけん）

旭市（あさひし）
我孫子市（あびこし）
市川市（いちかわし）

市原市（いちはらし）
印西市（いんざいし）
浦安市（うらやすし）
柏市（かしわし）
勝浦市（かつうらし）
鎌ヶ谷市（かまがやし）
鴨川市（かもがわし）
木更津市（きさらづし）
君津市（きみつし）
佐倉市（さくらし）
佐原市（さはらし）
袖ヶ浦市（そでがうらし）
館山市（たてやまし）
銚子市（ちょうしし）
東金市（とうがねし）
流山市（ながれやまし）
習志野市（ならしのし）
成田市（なりたし）
野田市（のだし）
富津市（ふっつし）
船橋市（ふなばしし）
松戸市（まつどし）
茂原市（もばらし）
八街市（やちまたし）
八千代市（やちよし）
八日市（ようかいち）
場市（ばし）
四街道市（よつかいどうし）

33　青森県（あおもりけん）

黒石市（くろいしし）
五所川原（ごしょがわら）

八戸市
弘前市
三沢市

34 秋田県

大館市
大曲市
男鹿市
鹿角市
本荘市
湯沢市
横手市

35 群馬県

安中市
伊勢崎市
太田市
桐生市
渋川市
高崎市
館林市
富岡市
沼田市
藤岡市
前橋市

36 三重県

久居市
伊勢市
上野市
尾鷲市
亀山市

熊野市
桑名市
鈴鹿市
津市
鳥羽市
名張市
松阪市
四日市市

37 山口県

岩国市
宇部市
小野田市
下松市
下関市
新南陽市
徳山市
長門市
萩市
光市
防府市
美祢市
柳井市

38 山梨県

塩山市
大月市
甲府市
都留市
韮崎市
富士吉田市

39 山形県

尾花沢市
上山市
寒河江市
酒田市
新庄市
鶴岡市
天童市
長井市
南陽市
東根市
村山市
米沢市

40 神奈川県

厚木市
綾瀬市
伊勢原市
海老名市
小田原市
鎌倉市
川崎市
相模原市
座間市
茅ヶ崎市
秦野市
平塚市
藤沢市
三浦市
南足柄市

大和市
横須賀市
横浜市

41　香川県

坂出市
高松市
観音寺市
善通寺市
丸亀市

42　石川県

加賀市
金沢市
小松市
珠洲市
七尾市
羽咋市
松任市
輪島市

43　新潟県

新井市
糸魚川市
小千谷市
柏崎市
加茂市
五泉市
三条市
新発田市
上越市
白根市

燕市
十日町市
栃尾市
豊栄市
長岡市
新津市
見附市
村上市
両津市

44　熊本県

荒尾市
牛深市
宇土市
菊池市
玉名市
人吉市
本渡市
水俣市
八代市
山鹿市

45　岩手県

一関市
江刺市
大船渡市
釜石市
宮古市
北上市
久慈市
遠野市
二戸市

花巻市
盛岡市
陸前高田市

46　滋賀県

近江八幡市
大津市
草津市
長浜市
彦根市
守山市
八日市市

47　佐賀県

伊万里市
鹿島市
唐津市
多久市
武雄市
鳥栖市

參 考 文 獻

［ 1 ］　新村出・廣辭苑・東京：岩波書店・1999・

［ 2 ］　旺文社・國語辭典・東京：旺文社・1985・

［ 3 ］　小學館辭書編集部・國語大辭典・東京：小學館・1988・

［ 4 ］　山田俊雄・小材芳規，築鳥裕，等・新潮國語辭典・東京：
　　　　新潮社・1992・

［ 5 ］　金田一京助，山田忠雄，柴田武，等・新明解國語辭典・東
　　　　京：三省堂・1992・

［ 6 ］　（北京）商務印書館・小學館・中日・日中統合辭典・東
　　　　京：小學館・1998・

［ 7 ］　松村明・大辭林・東京：三省堂・1996・

［ 8 ］　梅棹忠夫，金田一春彦，傖倉馬義・日本語大辭典・東京：
　　　　講談社・1997・

［ 9 ］　小學館國語辭典編集部・日本國語大辭典・2版・東京：小學
　　　　館・〔2001〕・

［10］　王力，岑麒祥，林燾，等・古漢語常用字字典・蔣紹愚，唐
　　　　作藩，張可起，等譯・北京：商務印書館・2005・

［11］　中國社會科學院語言研究所詞典編輯室・現代漢語詞典・北
　　　　京：商務印書館・2005・

［12］　大連外國語學院《新日漢辭典》增補版編寫組・新日漢辭
　　　　典・瀋陽：遼寧人民出版社・1996・

［13］　商務印書館・辭源・北京：商務印書館・1999・

［14］　夏征農・辭海・上海：上海辭書出版社・2002・